千首七律咏国史

（五）

张矛◎著

中国社会科学出版社

出版人　赵剑英
责任编辑　熊　瑞　张　湉
责任校对　郝阳洋
责任印制　戴　宽
出　　版　中国社会科学出版社
社　　址　北京鼓楼西大街甲158号
邮　　编　100720
网　　址　http://www.csspw.cn
发 行 部　010－84083685
门 市 部　010－84029450
经　　销　新华书店及其他书店
印刷装订　北京君升印刷有限公司
版　　次　2018年9月第1版
印　　次　2018年9月第1次印刷
开　　本　710×1000　1/16
印　　张　142
字　　数　1618千字
定　　价　598.00元（全五卷）

图书在版编目（CIP）数据

史海游吟：千首七律咏国史：共五卷\张矛著．—北京：中国社会科学出版社，2018.9
ISBN 978－7－5203－1221－9

Ⅰ.①史…　Ⅱ.①张…　Ⅲ.①中国历史—古代史—通俗读物　Ⅳ.①K220.9

中国版本图书馆CIP数据核字（2017）第256665号

目 录

明

清

明

朱元璋从和尚到帝王——明朝（太祖）时期

遁入佛门自远行，投身义勇若龙腾。
三言砺志积强壮，十载磨刀扫劲雄。
水战奇招焚汉舰，陆攻良策陷吴城。
廓清敌手登皇位，一统江山建大明。

注释

●朱元璋，为元末农民起义一支队伍的首领（继郭子兴之后），他出身贫寒，父母及兄长在淮北大灾中先后去世，他孤苦伶仃，无依无靠，只得削发为僧，去皇觉寺当了和尚。由于是灾年，来皇觉寺当和尚的人越来越多，寺里供给十分困难。因此，和尚们都要出去化缘。朱元璋也加入了化缘行列，过起了游方僧的生活。他云游了三四年，走遍了淮西、豫南，深切了解到百姓疾苦和各地的民怨，同时，也锻炼了自己的机警性格。至正八年，朱元璋回到了皇觉寺。三年后，红巾起义爆发，经儿时好友引荐，朱元璋几经思量，毅然离开寺院去濠州投奔郭子兴（朱时年二十五岁），起初朱元璋只是当一名小兵，后因作战勇敢，被郭子兴收为亲兵，不久，郭子兴又将义女许配与他。从此，朱元璋在军中地位大大提升，开始了他龙腾虎跃、大展宏图的军旅生涯。

●当时各路义军风起云涌，有点势力的都纷纷要过皇帝瘾。朱元璋攻下徽州后，召见当地名流名士问策，一个叫朱升的人见朱元璋胸怀大志，礼贤下士，便为其提供了三言九字的战略方针，即『高筑墙（强固后方军事），广积粮（发展农业生产，积蓄经济实力），缓称王（不要急于称帝，以免树大招风）』，朱元璋觉得朱升所言，实为深谋远虑之语，自此，他一直将其视作行动指南，有条不紊地花了整整十年时间巩固根据地，积蓄政治、经济力量，为以后扫除各支强劲势力，奠定了雄厚基础。

●当朱元璋以应天府为中心，向四周发展势力时，首先遇到的强敌就是陈友谅。陈称帝，国号汉，他仗着地广兵多，称帝不久，就亲率水军沿江东下，进攻应天府。朱元璋听从谋士刘基的意见，采取诱敌深入之策，用伏兵将陈打败。过了三年，陈友谅又统率六十万水军，数百艘巨舰，进攻已被朱元璋占领的洪都（今南昌），朱元璋亲率二十万水军前来救援。在敌众我寡、敌舰大我舟小的情况下，朱元璋听从部属意见，用小船满载火药、芦苇，组成敢死队，以火攻方式，在鄱阳湖将陈友谅的数百艘巨舰一举烧毁，陈突围时被流矢射中，当场毙命。解决了陈友谅后，朱元璋遇到的另一个强劲对手是张士诚，张已于一三六三年以平江（今苏州）为都，自称吴王。一三六六年，朱元璋令徐达、常遇春统率二十万大军讨张，出发前定下了先取湖州、杭州，再围平江之策，一路上横扫千军如卷席，终使平江成为一座孤城。然后，对平江进行铁桶般的围困，终于一三六七年攻陷平江。

●至此，陈友谅、张士诚两个最强劲的对手都被廓清，一三六八年，朱元璋见时机已经成熟，便登基称帝，定国号为明，大明王朝随即诞生。

传奇谋士刘基——明朝（太祖）时期

象纬史经均贯融，世称诸葛誉朝廷。
看人通透知优劣，料事神奇晓败成。
本欲隐居防暗箭，却蒙诬陷辱清名。
丹心一片遭残害，可否缘于太有能？

注释

●明太祖朱元璋在夺取天下的过程中，帐下集中了一批文人谋士，刘基（字伯温）就是其中最著名者。刘基聪颖过人，博通经史，尤其精通象纬之学，常常『未卜先知』，世人将他与诸葛亮相提并论。当年朱元璋打到浙东，招名士刘基等人入帐，刘基纵论天下，精准地预测了未来形势的发展，为朱元璋设计了一整套方略：先灭掉陈友谅，孤立张士诚，然后一举歼之，继而北向中原，成就霸业。后来的发展，果然如刘基所预料。朱元璋对其佩服得五体投地，十分器重，甚至把他比作刘邦的谋士张良。因此，刘基声名大震，受到众臣僚的尊崇。

●刘基因博学且有异乎寻常的洞察力，特别在识人方面，十分精准。朱元璋当上开国皇帝后，封刘基为诚意伯，一度还想让他做丞相。刘推辞，朱便问他杨宪、汪广洋、胡惟庸如何。刘基逐人分析，指出他们的长项和短板，最后得出三人皆不可为相的结论。后来，杨、汪、胡都曾先后当过丞相，但不幸被刘基言中，很快被罢免，并相继被诛。刘基有『料事如神』之誉，人传他能『呼风唤雨』，其实，这是因为他精通天象，能根据天气变化，制定策略，安排行军打仗，每每取胜。他还常利用天象知识，做一些好事，如吴元年（朱元璋在建大明前曾称吴王），江南大旱，刘基夜观天象，判断出近日将下大雨，于是对朱元璋说，天一直不下雨是因狱中有冤案，朱笃信不疑，平反了不少冤假错案。其后，刘基又多次利用类似机会，谏劝朱元璋不要太过严苛。

●朱元璋登基后，对开国文武功臣很不放心，多有猜忌，刘基早就看出了这一点。再加上刘本性刚烈，疾恶如仇，得罪了李长善、胡惟庸等权臣，于是，他在被封为诚意伯的第二年，就回乡隐居，以防不测。可是，他终不泯忧国忧民之心。为遏制谈洋（在浙江瓯、括之间）盗匪盗盐，刘基让在京任官的儿子刘琏上奏朝廷，谏议在谈洋设立巡察司。这时，胡惟庸执掌中书省，意欲独断专权，自然对此事不快，加之以前与刘基的矛盾，便在朱元璋面前诬陷刘基想借谈洋王气，建自家的墓地。皇上将信将疑，虽未给刘基加罪，但还是剥夺了他的俸禄。

●刘基十分忧愤，一病不起。胡惟庸假意前来探望，并带医生给刘看病，刘服药后，当即感到腹中堵上块垒，一月后便死去。刘基殒命，耿耿丹心空耗一场，其悲哀之处，固然是胡惟庸下了毒手和皇上的无端猜疑，但是不是与其本人太有才能和锋芒毕露也有很大关系呢？

贤德仁爱的马皇后——明朝（太祖）时期

伴婿征伐共苦甜，仁德助政进忠言。
绵绵婉语拦屠戮，脉脉温情阻挂连。
屡劝兼听勤纳谏，常明慎断善求贤。
深宫不忘民间苦，希冀君臣互保全。

注释

●马皇后，明太祖朱元璋的结发妻子，她为元末义军首领郭子兴的养女，郭将其嫁予朱元璋后，一直相伴朱元璋转战创业，同甘共苦。战争期间，马氏想尽办法安排好朱元璋的饮食起居，并以自己的贤德仁惠和聪明才智，消除了郭子兴和朱元璋之间一度产生的嫌隙，让朱万分感激。入住应天府后，马氏亲制军衣、军鞋以鼓舞士气。与陈友谅大战时，她又尽发宫中金帛犒劳将士。朱元璋称帝，马被封为皇后，她尽心竭力，以仁德助政，常谏忠言，及时矫正偏差，因此，太祖常向群臣称赞马皇后的贤德，将她比作唐代李世民的长孙皇后。

●朱元璋称帝后对打江山的有功之臣心存猜忌，总想找理由杀掉他们。马皇后见状，常以委婉的语气和朱元璋讲道理，设法保全文武大臣，不少重臣正是因此而免遭杀戮。胡惟庸案发，朱元璋大搞株连，就连已退休在家的大学士宋濂也因子孙被指为胡党而受到牵连。马皇后对朱元璋说：『孙辈们的事宋濂未必知道，切不可滥杀无辜。』并在席间为宋濂祈福，太祖动了恻隐之心，免了宋濂一死。

●马皇后屡劝太祖要兼听纳谏，处理国事一定要慎之又慎。直到洪武十五年，她临死前还留下遗言，要朱元璋『求贤纳谏，慎终如始』。马皇后太了解朱元璋的脾气秉性，所以才放心不下。

●马皇后虽身为国母居于深宫，但她始终关心民间疾苦。一天，她问太祖：『现在天下的百姓是否安居乐业？』太祖认为这不是她该关心的事情，她却说：『陛下是天下之父，我是天下之母，子民的事怎能不问！』她又询问太学生妻儿的衣食来源，朝廷因而为太学生家属立仓积粮，并成为制度。马皇后最担心的是朱元璋坐上皇位后与群臣产生裂隙，这样大明江山就难以长久，于是，她曾对太祖语重心长地说：『夫妇相保易，君臣相保难。陛下没有忘记我与你同贫贱的事，希望也不要忘记群臣与你同艰难的日子。』可惜朱元璋的所作所为使马皇后的一片苦心付诸东流了。

朱元璋削棘大开杀戒——明朝（太祖）时期

臣恣君疑日渐嚣，胡蓝两案引屠刀。
天哀地恸十余载，血溅尸横五万条。
废弃二丞除旧制，开通六部使新招。
元勋宿将多诛斩，本欲削棘反鼓包。

注释

● 朱元璋手下有一批跟随他打天下的功勋卓著的文臣武将，如徐达、李文忠、李善长、邓愈、常遇春、常茂、汤和、汪广洋、刘基等。洪武二年，初建大明的太祖亲定功臣位次，并分别封公赐侯。这时，他们中的许多人恃功骄恣，越礼不法，有的甚至横行霸道，鱼肉百姓，直接危及朱氏王朝的统治秩序。特别是胡惟庸、蓝玉等权臣，结党营私，独断专行，并在暗地里策划谋反。这使本来就猜忌多疑的朱元璋更加感到大权旁落的危险。于是，朱元璋以胡蓝案为由头，向这些勋臣宿将举起了屠刀。

● 洪武十三年，太祖以谋反罪首先杀了左丞相胡惟庸。十年后，他又颁布了《昭示奸党录》，以伙同胡惟庸谋反的罪名，赐死第一功臣李善长，杀列侯数人，株连达三万余人。洪武二十六年又以谋反罪杀了凉国公蓝玉，并亲定《逆党录》布告天下，列名其中的有一公、十三侯、二伯，波及人员达一万五千之多，把军中的骁勇将领几乎杀了个干净。胡蓝之狱，前后延续十四年之久，诛杀五六万人。此外，朱元璋还常以猜疑附会而成的罪名赐死、杀戮一批功臣，如周德兴、傅友德、廖永忠、朱亮祖等，能够得以善终的功臣寥寥无几。

●胡惟庸一案，祸起『擅权植党』，朱元璋看到丞相权力过大，对自己的皇权构成极大威胁，于是，此案后便罢中书省，废除了自秦汉以来实行了一千多年的丞相制度，取消左、右二相，设置六部（吏、户、礼、兵、刑、工），直属皇帝，其目的是加强集权统治，防止大权旁落。

●朱元璋为加强皇权，将开国元勋宿将几乎诛杀殆尽，他想通过这一血腥的措施来保证自己的子孙们以后能稳坐江山，但适得其反，他死后不久，子孙们就为争夺皇位开始了厮杀。

胡惟庸案——明朝（太祖）时期

一路飙升上顶层，博得宠信肆横行。
戕良害善除敌手，网佞罗奸聚党朋。
内敛豪财充府库，外结凶寇叛朝廷。
盈天大罪实该斩，何故株连数万名？

注释

●胡惟庸，明代太祖年间的左丞相。此人早年只是一名小吏，由于极善溜须拍马，曲意逢迎，数年间，步步升迁。洪武三年拜中书参知政事，与杨宪、汪广洋并列。后来，杨宪被诛，汪广洋降职，只有胡惟庸深得朱元璋宠信，加封左丞相。胡大权在握，便以皇上为靠山，在朝廷中横行霸道，专权擅政，官员的生杀黜陟，多由他个人决定，甚至连皇上也不完全知道。

●胡惟庸极其险恶，对政敌极尽残害之能事。朝臣徐达、刘基等对胡的独断专行十分不满，曾在太祖面前屡陈其罪。胡怀恨在心，便对他们百般陷害，还暗中派人将刘基毒死。与此同时，胡惟庸大肆网罗奸佞，把一些干了坏事受到皇上斥责的人，如吉安侯陆仲亨、平凉侯费聚等，揽在自己门下，结成朋党，图谋不轨。

●胡惟庸贪婪无度，他凭借手中大权，以官爵权位吸引恶棍歹徒，接受他们贿赂的大量金帛、名马和各类珍宝，用以充盈自家府库。后来，胡自知所做不法之事太多，担心一旦败露，身家性命难保，就一不做二不休，令死党在外召集兵马，以图反叛。同时，又派人与北方元朝及海上凶恶的倭寇联络，相互勾结，准备起事时里应外合。

●对胡惟庸的所作所为，太祖已有觉察。后来胡滥杀无辜，惹怒太祖，太祖要对其惩处。胡见大事不妙，连忙召集属下，准备起事。洪武十三年，胡的亲信涂节上告胡惟庸谋反，太祖亲自审讯，然后将胡及死党正法诛斩。这是胡惟庸罪有应得。但是，朱元璋借胡案之名，株连多达三万余人，一时间朝野上下相互告讦，人心惶惶，这显然是朱元璋别有用心了。

蓝玉案——明朝（太祖）时期

御赐殊荣比卫青，骄蛮暴戾若发疯。
公然掠庶侵良亩，恣肆驱兵毁要冲。
睥睨君威责圣旨，觊觎皇座叛廷宫。
罪该当灭无非议，可叹满朝腾血腥。

注释

●蓝玉，明太祖年间的悍将，他英勇善战，锐不可当，先后跟随常遇春、徐达作战，后又率兵征讨西番，洪武十二年，被封为永昌侯，赐世券。徐达、常遇春去世后，蓝玉多次统率大军南征北战，立下赫赫战功。洪武二十一年，太祖以蓝玉为大将军，率军十五万远征北元，大胜而归。为此，太祖赐敕褒赞，将他比作汉武帝时的卫青。此后，蓝玉自恃有功，骄横暴戾，越来越走向极端。

●蓝玉居功自傲，为所欲为，不可一世。他在家中蓄养了许多庄奴、义子，无恶不作，横行不法。他还公然霸占百姓的良田，当官府举劾此事时，他立即把御史官强行驱逐。蓝玉北征获胜经过喜峰关，因当时天色已晚，城门已关，守城士兵开门开得稍慢了点，他便胆大妄为，驱使兵士毁关而入，一个军事要冲，竟然被他随意毁掉，此事使得太祖大怒，对其严加斥责，把原打算封他的梁国公，改为凉国公，并把他的种种过失刻在颁赐给他的世券上，希望他能改邪归正。可蓝玉不思悔改，依然故我。

●蓝玉在朝中猖狂已极，不要说众臣僚，就是连皇上也不放在眼里，对圣旨也敢说三道四，出言不逊。太子朱标去世后，朱元璋立孙子为太子，以冯胜、傅友德为太子师，蓝玉为太子太傅。蓝玉大为不满，当即拎起衣袂，大喊大叫：『我难道就不配做太师！』蓝玉的种种不轨言行，已渐渐使他失去了太祖的信任。这时，蓝玉不但没有丝毫收敛，而且对皇上心生恨意，暗中勾结景川侯曹震、鹤庆侯张翼、舳舻侯朱寿等，图谋反叛，策划在太祖举行田礼时起事，妄图一举夺权，登上皇位。

●历数蓝玉罪行，罄竹难书。洪武二十六年，锦衣卫指挥蒋瓛（音：环）告蓝玉谋反，太祖令人查实后将蓝玉诛杀，对此，世人皆无异议。但是，太祖借此案大肆株连，波及一万五千多人，并亲定《逆党录》布告天下，列名其中的有一公、十三侯、二伯，整个朝廷掀起腥风血雨，却是别有用意的。蓝玉案是继胡惟庸案之后，太祖第二次大规模诛杀朝臣，两案合称『胡蓝之狱』。至此，明朝开国文武勋臣几乎被全部杀光。

明代的特务机关——明朝始末

动辄缉捕骇天惊，特务横行贯始终。
有意施惩胡造狱，无端定罪滥杀生。
良臣瑟瑟阴风吼，名士凄凄血雨腥。
亘古罕闻黑政治，奸阉魏党倍超凶。

注释

● 明代政治的一大祸害，就是从朱元璋建明始直至朝终，利用特务机关来维护朱氏的集权统治。由于朱元璋颇多猜疑，对功臣勋贵总是不放心，因而他豢养了一批人，始称『检校』，专门替他伺察朝廷官员的各种活动，随时向他汇报，就连谁请谁吃了饭，吃的什么菜，喝的什么酒，都掌握得一清二楚。后来，朱元璋不满足于『检校』的设立，又进一步建立了一个集伺察、缉捕、刑讯于一体的机构，即『锦衣卫』。这一机构贯穿整个明朝且越来越完备，以致后来又设立了东厂、西厂，与锦衣卫既互相勾结，又互相掣肘，在宦官、佞幸的控制下，把持朝政，恣意横行，戕害朝野，其罪行罄竹难书，令人发指。

● 这类特务机关，想惩办谁就惩办谁，想诛杀谁就诛杀谁，无须理由和证据，因而冤狱遍布全国，遭冤杀者不计其数。

●深受皇上宠信的宦官佞臣把持着这些特务机构，他们乘机凌虐异己，无所不用其极。如宦官王振、门达、逯杲、刘瑾之流，指使爪牙，戕害了大批忠臣义士，搞得朝廷上下噤若寒蝉，人人自危。至天启年间，宦官魏忠贤窃取权柄，把持朝政，他更是利用锦衣卫残酷打击异己，其暴烈程度达到登峰造极的地步。他们把反对自己的官员全部逮捕入狱，施以械、镣、棍、拶（音、宰）、夹棍五刑（称全刑），还常用枷、断脊、堕指、刺心等更为残酷的刑罚。抓来的人一旦入狱，便受刑不断，使其求生不能，求死不得，直至被折磨丧命。许多人就是这样死于锦衣卫的狱中，如左光斗、杨涟等。

●明代皇帝利用特务机关加强统治，造成了政治的极度黑暗，而最甚者当数明后期天启年间的以魏忠贤为首的阉党。直到崇祯即位后，阉党才受到惩处，死者的冤情方得昭雪。

朱元璋封王建藩遗后患——明朝（太祖）时期

为控权臣御境边，重行古制建诸藩。
封王统镇拥兵马，设府开衙掌吏官。
蛮拒忠言疏大弊，屈囚赤子造奇冤。
若知身后宗族乱，应悔当初定策偏。

注释

●明太祖朱元璋疑心重，他对开国文武功臣总是不放心，生怕他们威胁到朱氏政权。为了强基固本，他通过『胡蓝之狱』杀掉众多功臣后，又采取了封王建藩的措施。在朱元璋看来，宋、元皇室孤立、宗室衰弱，朝廷危急时宗室无力援助的教训太深刻了。所以，他决定重启古代的封建制，挑选一些名城大都，交给儿子、孙子管辖。再加上建都南京，远离塞北，北元军队时常在塞北出没，边境受到侵扰。这样，朱元璋就想通过分封建立藩国，以达到内挟权臣、外御敌寇的双重目的。

●洪武三年，明太祖第一次分封，九位皇子和一位从孙受封为王。之后，又分别于洪武十一年、洪武二十四年两次分封。三次分封藩王达二十五个。朱元璋允许这些藩王建立王府，并设置各类官吏、王的冕服、车旗、邸，享受仅次天子一等的待遇，地位十分尊贵。同时，各王辖管重镇，自拥数量不等的兵马，其中宁王朱权，号称『带甲八万，革车六千』，并辖蒙古三卫精骑。晋、燕二王曾多次受命出征塞北，军中大将均受其节制。燕王朱棣，因屡屡率军击败北元入侵，受命统辖各边镇军马，位列诸王之上。

●对于朱元璋封王建藩，众臣僚颇有微词，但谁也不敢提出反对意见。洪武九年山西平遥训导叶伯巨，怀着一颗赤诚之心上书太祖，直言藩王封国太大，拥兵太盛，恐『数世之后，尾大不掉』，到那时再削藩，势必造成大乱，他建议皇上『节其都邑，减其卫兵，限其疆域』。太祖见书，怒火中烧，竟然认为叶伯巨是离间皇家父子骨肉亲情，要把叶处死。后来，在朝臣奏请下，虽未处死叶，却将他投入大狱，后死于狱中。

●叶伯巨上书时，诸王的藩国尚未成形，所以，有人还觉得叶伯巨危言耸听。可宗族内部斗争的爆发，比叶的预测来得还要快。朱元璋死后，先是建文帝削藩，引起藩王强烈不满，接着就是燕王朱棣以『靖难之役』夺取皇位。如果朱元璋料知自己死后是这样一种局面，想必非常后悔。

建文帝被迫退位——明朝（建文帝）时期

深忧叔辈觊皇宫，定策削藩剪悍凶。
虽有决心挥利刃，却无实力对刚锋。
道高百丈边防旅，谋胜一筹靖难兵。
陷落京都何处去？疑云密布未知踪。

注释

●洪武三十一年，明太祖朱元璋去世，此时皇太子朱标已病故六年，根据嫡长制继承原则，立朱标长子朱允炆为皇太孙继承帝位，年号建文。至太祖晚年，藩国势力日益强盛，诸王拥有重兵，他们自恃久经沙场，屡立战功，又以『叔父之尊』自居，根本不把年轻的皇太孙放在眼里，言行多有不逊。朱允炆对皇叔们的拥兵自重深感忧虑，担心他们中会有人夺取皇位。于是，他召集侍读黄子澄和兵部尚书齐泰，共谋削藩事宜，决定采取行动，剪除后患。

●大策定下后，朝廷正要付诸行动时，恰巧周王（燕王的同母弟弟）的一个儿子告发其父『谋不轨』，供词涉及燕、齐、湘三王。建文帝借此机会，命曹国公李景隆以备边为名，调兵开封，将周王及子女、嫔妃押送京城。在黄子澄和齐泰的劝导下，建文帝终把周王废为庶人。之后，在不到一年的时间里，建文帝又先后剥夺了岷、湘、齐、代四位亲王的藩王爵位，废为庶人。削藩取得的初步成果，进一步坚定了建文帝的决心，但他对实力雄厚的燕王等估计不足，而对朝廷的实力却估计过高，没有在思想和军事上做好充分准备。

●这时燕王朱棣已有明显反意，建文帝采纳齐泰之计，以备边防为名，想抽空燕王的精锐卫军，同时，派兵进驻开平（今内蒙古多伦西北），以便一举削之。可朝廷的这种计策，早已被燕王朱棣看穿，他听僧道衍之计，把朝廷派来包围王府的张昺（音：丙）、谢贵引诱至府，用伏兵将二人抓获，然后斩首。接着朱棣以『靖难』之名，向皇城南京发起进攻。

●经过四年激战，燕王朱棣终于攻入南京。至此，建文帝削藩的计划和行动全部失败，自己失去了皇位。当燕王朱棣进城时，文武百官纷纷在道旁跪迎，这时，宫中忽然燃起冲天大火。此后，建文帝便无影无踪，有的传闻他出家当了和尚，有的说他逃到了海外，他到底在何处，到底是死是活，疑云重重，成为朱棣难以解除的一块心病。

燕王朱棣『靖难』夺皇权——明朝（建文帝）时期

龙吟虎啸势超群，岂愿失藩做下人？
就计设伏诛御使，乘机引训伐廷臣。
名曰靖难清君侧，实为夺权挑帝门。
四载刀兵终遂意，乾纲在握自登临。

注释

●在明朝初期分封的诸藩王中，朱元璋的第四个儿子、燕王朱棣的实力最为强大，他坐镇北平，拥兵十万，且受命节制边塞各路兵马。朱棣精明强干，多次率兵出征，立有战功，当年深受太祖器重。有善相面者对他说：『殿下龙行虎步，日角插天，是太平天子的面相。』燕王听后，更是踌躇满志。建文帝即位后看到诸藩王权势越来越大，唯恐日后尾大不掉，便开始削藩，在削去了周、岷、湘、代、齐五王后，准备向燕王开刀。可燕王朱棣野心勃勃，早就召集勇士，选将练兵，以图谋反。如今，皇上要削去他的王位，他岂肯甘心俯首？于是，在谋士僧道衍的帮助下，开始了与建文帝的殊死较量。

●建文帝采纳近臣齐泰的建议，遣张昺为北平左布政使，谢贵为都指挥使，负责监察燕王的动静。同时，以备边为名，要抽空燕王的精锐卫军，并派兵进驻开平（今内蒙古多伦西北）。建文元年，建文帝下诏削夺燕王爵位，令张昺、谢贵率兵包围燕王府，索要逮拿的王府官员。又是僧道衍出计，在燕王府周边伏兵，以假降设宴，将张、谢二人引诱入府，然后伏兵四起，诛杀张、谢。并以迅雷不及掩耳之势攻占北平九门，控制北平局势。接着，朱棣公开起事，为师出有名而援引《皇明祖训》，声言：朝无正臣，内有奸逆，则亲王训兵待命，为天子讨平之。自此，燕王把兵锋直指京都，开始了夺皇位的南征。

●燕王起事，打着『清君侧』的旗号，看似针对建文帝身边的亲信黄子澄、齐泰等廷臣，实则是要把建文帝赶下台，自己当皇帝。战争打到第三年，燕王军虽屡屡取胜，占领许多城池，但由于兵力不足，有些地区得而复失，燕王颇感忧虑。这时，朝廷也要求以割地为条件议和，但燕王看出了这是朝廷的缓兵之计。于是，他率兵渡过难关，继续前进，终于兵临南京城下，迫使守城官军开门迎降。

●燕王朱棣进入南京城，建文帝不知所踪。经过四年苦战，燕王朱棣以『靖难之役』终于如愿，掌控皇权，改年号为永乐，是为明成祖。

方孝孺不事新君殉旧主——明朝（成祖）时期

文赫士林非重名，以宣王道为遵行。
诚拥旧帝一腔暖，凛拒新君满腹凌。
抗旨申纲随狱炼，吟诗抨乱任刀横。
决然殉主堪悲壮，可用愚忠作论评？

注释

● 方孝孺，明朝建文帝时期重臣，自幼聪颖过人，长大后师从名家宋濂，文采出众，名气渐大，声赫海内，每写出一篇文章，世人争相传诵。但他对这样的名声却不看重，而是以『明王道、致太平』为己任，一生遵行不怠。

● 明太祖朱元璋当朝时，方孝孺就受到皇上赞许，建文帝即位后，方孝孺得到重用，历任翰林侍讲、侍讲学士和文学博士，主修《太祖实录》，朝廷诏书、檄文多出其手，他还参与重大决策，建文帝削藩和后来与燕军作战，方孝孺都提出不少建议。在建文帝手下，方孝孺可谓殚精竭虑，鞠躬尽瘁。燕王朱棣攻占南京取代朱允炆称帝，出于对方孝孺学识的钦佩，召其入朝，欲委以重任。朱棣百般劝慰，可方孝孺满腔怒火，执意不归附，并决心与新君抗争到底。

●由于朱棣的皇权是抢来的，他自然知道朝廷上下及国人多有微词。为此，他在谋士僧道衍的策划下，要发布一道诏书，让方孝孺为其草拟，想用巧言丽语，论说其登基的合理、合法性，并抚慰方孝孺不要再苦自己了，声言他是『效法周公辅成王』。方孝孺听了朱棣这番表白，步步紧逼，连连诘问，一再申明纲纪，把朱棣搞得十分狼狈。他边哭边骂，掷笔于地，宁死不肯为朱棣草拟诏书。朱棣以『灭九族』相威胁，方孝孺针锋相对道：『就是灭十族，又能把我怎样！』朱棣见方孝孺不肯就范，便勃然大怒，令卫士割开他的嘴，一直割到两耳，然后关入牢狱。在种种酷刑面前，方孝孺坚贞不屈。朱棣又下令逮捕他的亲属、朋友及门生，每抓到一人都带给方孝孺看，方孝孺始终不动声色。直到后来，朱棣见已无可挽回，将方孝孺处以磔刑（分尸），并把其『十族』全部杀害。赴死前，方孝孺写下绝命诗一首，激烈抨击奸臣乱世，表达自己甘愿殉先主的一片忠心（诗曰：『天降乱离兮孰知其由，奸臣得计兮谋国用犹。忠臣发愤兮血泪交流，以此殉君兮抑又何求。呜呼哀哉兮庶不我尤。』）。

●方孝孺作为一个正直的朝廷重臣，毅然以身殉主，堪称悲壮，这在历史上也不多见，其铁骨铮铮的做人风采，确实令人景仰。但其行其举，是否有些愚忠呢？

景清崇尚节义——明朝（成祖）时期

备崇节义气腾云，甘愿捐躯致大仁。
本已盟约忠旧主，何能毁誓孝新门？
明归为假蒙成祖，暗算实真慰建文。
藏匕上朝即露底，抄瓜剁蔓遍冤魂。

注释

●景清，明朝成祖年间的御史大夫，此人和方孝孺一样，铮铮铁骨，崇尚节义，对朱棣夺得皇位十分不满，誓死忠于建文帝。

●建文初年，景清出任过一段时间的北平参议。他曾与方孝孺相约永不叛主，以死殉国。可在建文四年朱棣攻入南京后，他却随建文朝的文武百官一起归附了朱棣。因过去当北平参议时与朱棣有过接触，朱棣又对他十分赏识，所以被顺理成章地留在了朝中，做了御史大夫。此时，方孝孺等一批建文诸臣相继赴难，人们便指责景清违弃盟约，贪生怕死。而景清却不做任何抗辩。

●其实，景清归附朱棣完全另有所图，他是想以『明归』为掩护，实行『暗算』，寻机刺杀朱棣，以告慰建文帝。

●为了实现自己的企图，景清每次上朝都怀藏利刃，耐心等待机会。朱棣起初很信任景清，后来发现他有些可疑。一日上朝，景清身着绯衣，站于班行之中。朱棣突然下令卫士搜查景清，发现他身藏匕首，满朝一片惊骇。朱棣质问景清为何这样做，景清泰然自若地说：『我是一心想为先帝报仇！』朱棣大怒，将景清打入大牢。后来，景清与方孝孺一样，被处以磔刑。至此，景清的复仇计划化为泡影。朱棣处死景清后，做一噩梦，梦见景清绕殿追杀他。后来，朱棣一想起梦中情景，便以为景清变成厉鬼前来报仇。于是下令灭景清九族，掘其祖坟。同时籍没其乡，景清家乡顿时化为一片废墟。继而广为株连，凡跟景清有一点关联的人皆不放过，史称『瓜蔓抄』，它与方孝孺的『灭十族』一起，成为明成祖朱棣诛杀建文诸臣最残酷的两案。

三保太监下西洋——明朝（成祖）时期

百舸扬帆驶大洋，劈波斩浪越苍茫。
既查前帝彰威盛，又振今朝炫势强。
力赏服国安众属，严惩逆域慑诸王。
七航壮举惊天下，添彩中华意远长。

注释

●明朝永乐三年六月，明成祖朱棣命心腹宦官、太监郑和（本姓马，回族，小名『三宝』，亦称『三保』）为主使、王景弘为副使，率一支庞大的船队出使『西洋』（指中国南海以西的海域和沿海各地）。船队共有六十二艘大海船（号称百艘），每只船长达四十四丈，宽十八丈。此次出航，共有各类人员二万七千八百余人，携带大量金银，故称『宝船』。郑和的船队，一路浩浩荡荡，劈波斩浪，首先到达占城（今越南南方），之后经真腊（今柬埔寨）、爪哇、暹罗（今泰国）、满剌加（今马六甲）、苏门答腊等地。这在当时世界航海史上是绝无仅有的。

●明成祖朱棣所以派出这样大规模的船队下『西洋』，主要出于两方面的考虑。一是他即位后，担心建文帝朱允炆逃亡海外，如不把他的踪迹查个水落石出，恐怕留下后患。二是朱棣以武力夺得天下，也很想耀兵域外，显示中国的富强。

●郑和船队每到一地，都要宣谕明朝皇帝的诏书，并赏赐各部酋长，对甘愿服从的众属国进行安抚；同时，对各域中有意对抗的逆反者，则进行武力威慑。位于苏门答腊半岛的旧港酋长陈祖义抢劫商旅，阻挠南海至印度洋的海道。郑和派人招谕，陈假装投降，暗中则袭击船队。于是郑和出兵，将其一举擒获，海道从此畅通。永乐五年，郑和回国，各国纷纷派使者随船朝见明成祖。东南亚各国在大明的震慑下相继称臣纳贡。就在这一年，郑和再次率船队下西洋。

●此后，郑和又于永乐七年、十一年、十五年、十九年及宣德六年五次通使西洋诸国，加上前两次出航，共七下西洋，先后到过东南亚、中亚、西亚及东非、中非海岸的三十多个国家，最远到达非洲的木骨都束国（今索马里摩加迪沙）。郑和七下西洋，是当时航海史上的一大壮举，其规模之大、次数之多、范围之广、时间之长，都是世所罕见的，它为中国的声誉远播，起到了极其重要的作用，对于东西文化交流，更是具有十分久远的意义。

朱棣迁都北京——明朝（成祖）时期

既因燕地势深屯，又为安边御蒙人。
排障迁都兴土木，疏淤引水畅漕轮。
精修数殿开宫院，湛筑多坛祀祖神。
大火连烧非议涌，杀罚震慑哑群臣。

注释

●明成祖朱棣登基不久，就打算把国都由应天（今南京）迁到北平（今北京）。明成祖迁都出于两点考虑：一是他曾为燕王，北平是他夺取天下的起兵之地，在这里他的势力根深基厚，于此建都，更便于加强统治。二是北平的地理位置十分重要，削藩之后，诸王失去了兵权，北方边防薄弱，而当时的蒙古势力还很强大，经常派兵南下侵扰，如果迁都北平，就可以对北方进行有效的防守和控制。为此，朱棣与近侍大臣多次密谋，终于下定迁都的决心。

●永乐元年朱棣下诏，将北平改为北京顺天府。永乐五年五月，开始动工建新都。当时，对迁都一事，许多朝臣并不赞同，但朱棣冲破来自各方面的阻力，派出大批官员分赴湖广、四川、江西、浙江、山西等地，采集木材、石料，又在全国征集优秀工匠和百万民工，开始了大规模的土木工程。为保障未来京师的物资供应，朱棣从永乐九年始，调派工部着手对大运河进行疏浚，重点整治淤塞，引汶水、泗水入其中，同时，筑堤建闸，使京杭大运河的漕船畅行无阻。

●新建的北京城，以紫禁城内皇宫为中心，宫殿宏伟壮观，中心是三大殿（奉天殿即今太和殿、华盖殿即今中和殿、谨身殿即今保和殿），为皇帝和文武百官处理朝政的地方。此外，还建设了天坛、社稷坛、山川坛、太庙等，用以供帝王祭祀天地、祖先和神灵。永乐十九年正月，朱棣正式迁都北京，原来的应天京师改称南京，作为留都。

●迁都北京不到三个月，三大殿接连发生大火，一时间引起朝野上下极大震动，一些当初反对迁都的朝臣乘机非议四起，说是因迁都不吉利导致天灾。又说建设新都，劳民伤财，致使百姓终岁供役，苦不堪言。其中，主事萧仪、侍读李时勉言辞最为激烈。成祖听后，勃然大怒，速将萧仪杀掉，把李时勉投入大狱，并令所有非议迁都的朝臣都跪于武门外，听候发落。好在经夏原吉反复劝说，这些朝臣才逃过一劫。从此，再也没人敢非议迁都之事了。

明成祖五次北征——明朝（成祖）时期

相安之路已难通，一怒挥戈五北征。
屡败鞑靼堪为绩，全歼瓦剌亦称功。
只思靖边频出马，不顾倾囊猛用兵。
拒纳良言遗悔憾，回师染恙半途崩。

注释

● 明朝初年，太祖朱元璋对北撤的蒙古势力进行多次打击，使其内部分裂为鞑靼、瓦剌和兀良哈三部，其中以鞑靼最为强悍。朱元璋对三部采取通好与防御相结合的政策。明成祖朱棣继承了这一政策，即位后陆续封蒙古部落酋长为王，并赐予各种物品，多次派官员出使鞑靼等部，意欲与之修好相安。可在永乐七年朱棣派往鞑靼的给事中那骥却遭鞑靼可汗本雅失里杀害，这使朱棣火冒三丈，他看到相安之路已被堵塞，于是，决定大举北征，揭开了前后达五次（永乐七年至永乐八年第一次、永乐十二年第二次、永乐二十一年第三次、永乐二十二年第四次和第五次）的征讨序幕。

● 经过几次征讨，屡屡打败鞑靼，终将鞑靼部臣阿鲁台驱逐到大漠之中，这堪称朱棣的一大功绩。后来，瓦剌部渐盛，瓦剌的顺宁王马哈木特拥兵饮马河，试图南犯，气焰十分嚣张。永乐十二年，朱棣率兵亲征，大破瓦剌兵，杀得马哈木特落荒而逃，这也堪称朱棣的一大功绩。永乐二十年，成祖第三次北征时，在打败阿鲁台的同时，又分兵进攻兀良哈，也取得了一些胜利。

●朱棣亲自出马连年征战，是想彻底消灭北方蒙古势力，以保证边境安全。但他不顾国力，一味征战讨伐，也给当朝带来了极大伤害。

●朱棣在第三次亲征前，召集廷臣商议时就有不少人提出反对意见。兵部尚书方宾指出，现已『军兴费绌』。朱棣听后极不高兴；户部尚书夏原吉直陈：『皇上连年用兵，军用储备丧失十之八九，加上灾害频繁，内外俱疲，请求皇上不要再大举兵事了。』对此，朱棣更是怒不可遏；朱棣又召见刑部尚书吴中，结果所言与夏、方二人相同。朱棣不仅听不进大臣们的良言，反将夏原吉、吴中关入大牢，方宾在惊恐之中自尽。第五次北征时，朱棣已是六十五岁高龄。敌方连连败北，他也开始厌倦战事。班师回朝的路上，看到沿途白骨累累，民不聊生，后悔当初未听忠臣良谏，满怀遗憾感地叹道：『夏原吉爱我！』此时，他已染上疾病，病情日益加重，行至榆木川，便告驾崩。

才子解缙遇害——明朝（成祖）时期

才茂文华众叹奇，心直口快奉皇极。
评非论是招臣恨，遏莠推良惹帝疑。
失宠遭谪出圣殿，蒙冤获罪进囚篱。
钦天指狱一声问，遂被活埋殁雪泥。

注释

●解缙，明朝初年才华横溢的大才子，他年少出仕，于洪武中登进士，授职中书庶吉士，极受太祖朱元璋器重，经常侍立左右，所上《太平十策》颇有真知灼见。此人胸怀坦荡，心直口快，表里如一。成祖即位后，解缙迅速高升，擢为侍读，与黄淮、杨士奇、胡广等人入文渊阁参与机务。后来，解缙又升为侍读学士，奉命总裁编纂《太祖实录》、《列女传》等书，深得成祖朱棣青睐。

●解缙由于喜欢评论是非，且无所顾忌，因而得罪了朝中一些权贵臣僚，招致忌恨。特别在成祖立储的问题上，解缙更是直言不讳，引起皇上的疑虑。永乐之初，淇国公丘福在成祖面前屡夸朱高煦的战功，建议立其为太子，而解缙则公开反对，主张立朱高炽为太子，最终说动了成祖，使朱高炽登上太子之位。可这样一来，解缙得罪了朱高煦，从此朱高煦对他怀恨在心。不料朱高炽继太子位后，常常不称成祖之意，解缙偏偏还要直言上书，劝谏皇上不要过分宠爱朱高煦。这时，成祖心有不快，认为解缙是在离间他们父子关系，开始逐渐冷落解缙。

●后来，好大喜功的成祖想发兵征讨安南，解缙又唱起了反调，极力阻止对安南用兵。这次成祖没有采纳他的意见，坚决出兵，并平定了安南。从这以后，解缙基本失宠。时隔不久，丘福等诬陷解缙泄露宫中机密，于是，成祖一怒之下将解缙逐出皇宫，贬谪为广西布政司参议。随后，又有人告发解缙心怀不满，以致被再贬到交趾（今越南河内），并连降数级。永乐八年，解缙因公务到南京，拜见了太子朱高炽。朱高煦便告解缙背着皇上私谒太子，违逆臣子礼节。成祖震怒，把解缙投入大牢，并施以酷刑。

●永乐十三年，锦衣卫指挥纪纲上报囚犯名册，成祖见有解缙的名字，便问：『解缙还活着？』皇上这一问，纪纲立解其意，接着马上把解缙灌醉，将其活埋于雪中，硬是将其憋死。一位旷世奇才就这样蒙冤惨死！

唐赛儿起义——明朝（成祖）时期

不堪徭役反朝廷，佛母白莲怒火腾。
幻术迷魂集众勇，仙书壮胆汇群雄。
严词拒抚兴隆势，妙计诈降脱险情。
虽受夹击遭剿灭，巾帼浩气贯长虹。

注释

● 明朝自洪武末年起，山东青州一带就连年灾荒，再加上山东又是『靖难之役』的主要战场，使百姓的日子苦不堪言。至成祖永乐年间，朱棣为了修建北京城和开凿会通河，先后在山东征调民夫数十万，繁重的徭役使得人民难以忍受，民众与朝廷的矛盾日益尖锐。于是，在永乐十八年，山东蒲台县农妇唐赛儿率众揭竿而起，把矛头直指朝廷。唐赛儿以『佛母』自称，用白莲教组织发动群众，一时间山呼海啸，烈火熊熊。

● 唐赛儿为了凝聚人心，加强动员力，声称自己曾于悬崖缝隙间得到一部『仙书』，只有她能读懂，并声言自己还精通『幻术』。运用这样一些手段造势，唐赛儿很快就集合了数万民众，并会合了其他义军，如董彦杲、宾鸿等，队伍迅速壮大，使朝廷十分震惊。

●董彦杲率众参加了唐赛儿起义军后据守在益都卸石栅寨，官军前往镇压，结果兵败而归。自此，朝廷改变策略，对义军进行招抚，山东都司、布政司、按察司多次派人劝降，但不仅均被唐赛儿等严词拒绝，而且义军士气越来越高涨，队伍越来越壮大。为此，明成祖朱棣十分惊讶，决定派官军进行大规模围剿，令安远侯柳升、都指挥使刘忠率京军前往，把义军围困在卸石栅寨中。唐赛儿看到形势严峻决定以诈降引诱官军，然后突围。唐赛儿派人假装向柳升告密，说寨中已断粮断水，寨子东门有汲道，唐赛儿等正商议前往取水。柳升因轻看义军而信以为真，认为只要断了水源义军必降。于是立即率军前往东门抢占汲水道。这时义军突然袭击官军营地，都指挥刘忠仓促应战，结果身中流矢，当场毙命。待到柳升发现受骗回师追剿义军时，仅有百余人被其抓获，唐赛儿、董彦杲等均已逃脱。

●后来，明廷调集大量官军来对付义军，唐赛儿等受到内外夹击，除宾鸿等少数人逃脱外，其余全部战死。可朝廷始终未寻到唐赛儿的踪影，成祖怀疑她削发为尼，或混迹于女道士中，拘捕了山东、北京一带的许多尼姑、道姑，一直没有抓获唐赛儿。唐赛儿起义虽遭失败，但她留下的浩然正气却永远为后人景仰。

朱高煦叛乱——明朝（宣宗）时期

恃功骄纵比唐宗，梦寐龙墩肆逞凶。
制器拉丁编战伍，放囚集恶备兵锋。
只思出手满堂彩，未料丧魂一场空。
入狱贼心仍不死，缸闷火烤惨结生。

注释

●朱高煦是明成祖朱棣的第二个儿子，他骁勇善战，跟随朱棣起兵『靖难』，立下赫赫战功。有几次朱棣处于危局，朱高煦及时救援，使朱棣转危为安。朱高煦打了些胜仗，便恃功骄纵，野心膨胀，常把自己比作唐太宗李世民，并僭用皇帝器物，组织亲军，在京城横行劫掠。他对朱棣立其兄朱高炽为太子（后来的仁宗帝）、自己被封为汉王（封国在云南）十分不满。朱高炽死后，朱瞻基即位为帝（宣宗），朱高煦更是怀恨在心，欲除之而夺皇位。早在成祖北征途中驾崩，朱瞻基从南京前往奔丧时，朱高煦就曾阴谋在路上设伏兵袭击，因事出仓促，未能得逞。现在宣宗即位，虽对朱高煦厚赐重赏，并一再满足他的种种要求，可朱高煦仍处心积虑地谋划政变。

●为发动政变夺取皇位，朱高煦紧锣密鼓地做各方面准备，私下里在乐安州日夜制造兵器，并强拉壮丁，聚集无赖之徒，招兵买马，编成战斗队伍。甚至打开监狱，放出死囚犯人，充作士兵。宣德元年八月，朱高煦在乐安州设立五军都督府，约山东都指挥靳荣等同时叛乱，还派亲信枚青潜入京师，想联络英国公张辅为内应。可张辅逮捕了枚青，上奏宣宗。宣宗立即派人前往赐书劝阻。朱高煦则效法其父朱棣，声称皇帝身边有夏原吉等奸臣，自己是要举兵靖难。

●朱高煦踌躇满志，觉得自己兵强马壮，势力雄厚，发动政变必能稳操胜券。他领着朝廷使者观赏自己的军马武器，得意扬扬地说：『以此足可横行天下！』可朱高煦打错了算盘，他万万没有料到宣宗能亲自出征来围剿他。起初，他听说皇上要派将领来征讨，便得意忘形地说：『这容易对付。』可在搞清楚是皇上御驾亲征时，一下子慌张起来。当乐安城被皇上指挥的大军紧紧包围后，朱高煦手下有将士要逮捕他献城。朱高煦见大势已去，便焚烧兵器及谋叛文书，想从暗道潜逃，结果被官军抓获。至此，朱高煦欲坐皇位的美梦彻底破灭。

●朱高煦被抓后与他的几个儿子一起被囚禁在西安门内的逍遥城。一天，宣宗到囚牢看他，他乘宣宗不备，伸脚将宣宗钩倒在地，宣宗看到他贼心不死，便命人抬来一只三百斤重的大铜缸将他盖住。但朱高煦力大无比，竟顶缸而起。宣宗又令人在缸上堆起木炭，连闷带烧，终让他以凄惨之状死于缸中。

况钟治理苏州——明朝（宣宗）时期

履任苏州做府官，公廉植善誉青天。
严查恶吏除贪暴，厚恤寒民减税捐。
夯础兴学扬正气，颁规建簿扫乌烟。
满城情切求留任，万众铭恩奉若仙。

注释

● 况钟，明代宣宗年间郎中，后受荐任苏州知府。他在苏州知府任上十三年，刚正廉洁，孜孜爱民，盛赢民心，被百姓誉为『况青天』。

● 况钟赴任伊始，了解到苏州当地积弊甚重，尤其是在原昏聩知府手下的衙门胥吏，屡屡作恶，鱼肉百姓，引起民众极大不满。所以，他首先从整治官吏队伍开始，严厉查处贪腐和残暴行为，当即将几个罪大恶极的官吏处死，并把属僚中贪婪暴虐之徒及平庸无能之辈清除出胥吏队伍，使全府大为震动，从此吏役们再也不敢胡作非为。况钟还针对苏州百姓税捐繁重，人民生活十分艰辛，出现大规模逃民的情况，奏请朝廷减免赋粮七十余万石，使当地贫苦黎庶得以减轻负担，对其心生无限感激。

●况钟在任期间，为备荒年解饥馑，建立济农粮仓；他十分重视教育，大力兴办学校，除陋习，改民风，弘扬正气；为防止吏役贪赃枉法，乱收税负，他着力建章立规，设立各种簿册，使财务往来一目了然，扫除了随意摊派的恶浊之风。此外，在锄豪强、植善良，为地方兴利除害等方面，况钟亦做了大量卓有成效的工作，受到百姓的衷心拥护。

●况钟有好几次离任调迁的机会，都因苏州百姓的挽留作罢。正统六年，况钟任期已满，当地官民得知这一消息后，全城倾巢出动，拥到巡按御史处，强烈要求况大人再任苏州知府。朝廷后来同意况钟继续留任，诏进正三品俸。次年冬，况钟逝于任上，享年六十一岁。他死后，苏州民众十分悲痛，为纪念他的高风亮节和丰功伟绩，特地建起况公祠，把他视若神仙供奉起来，当地民众常去拜谒祭祀。

『仁宣之治』——明朝（仁宗、宣宗）时期

父接儿嗣两英明，继往开来力守成。
倡俭去奢勤政务，救灾蠲税恤民情。
尊贤纳谏谋良策，剪恶施仁废酷刑。
上下同心图盛世，比肩文景现兴隆。

注释

●明朝成祖之后，仁宗朱高炽、宣宗朱瞻基父子先后即位。这两位君主深知先帝开基创业非常不易，因而励精图治，继往开来，采取了一系列让百姓休养生息、巩固社会安定的英明措施，继承以往成就，勤于守成，创立了令人瞩目的业绩。

●仁宗、宣宗针对永乐一朝战争、工役频举，民众负担沉重的情况，首先从高层做起，倡俭去奢。仁宗即位后，立即下令取消到云南取宝石、去交趾采金珍等多项劳民伤财的事。同时，还减少封禅、祭祀等活动的开支。宣宗亦把节俭作为大事，压缩宫廷耗费。他刚即位时，有官员提出宫中御用器物不足，需到民间采办，宣宗予以坚决制止，说：『汉文帝的衣物没有文绣，史称恭俭爱民，朕也要做俭约的表率。』在修建仁宗陵墓时，宣宗遵行仁宗遗嘱，建成的陵墓远不及成祖的长陵。仁、宣两代都比较体恤民情，当时河南、山东及江南地区灾荒频发，两帝多次下令免除税负，并打破常规，允许各地开仓赈灾。宣宗还采纳工部意见，施行济农仓法，在各地设粮仓，由廉洁正直官员管理，每年播种时贷出，秋收时收还，遇有灾荒，则以仓粮赈济。这一系列措施的实行，深得百姓的拥护。

●仁、宣二帝当朝风气比较正，特别在用人方面体现得尤为突出。仁宗时期集中了一大批贤臣良将，如杨士奇、杨荣、蹇义、杨溥、黄淮、夏原吉、金幼孜等。宣宗让部院大臣推荐了一批廉直官员出任府、州长官，如况钟、何文渊等。这批贤能之士，为政治上的清明奠定了良好基础。仁宗、宣宗广开言路，善于纳谏，仁宗鼓励大臣们对朝政直言批评，即或有些言辞激烈、过头，也不动气，而且还注重在自己身上找毛病。正因如此，臣僚们多能各抒己见，谋出了许多善略良策。仁、宣时期，援引历史经验教训，施行仁政，用刑较宽，不兴大狱，废止酷刑。仁宗曾下令宥免遇害的建文帝诸臣家属，宣宗以唐太宗李世民为榜样，为政力行仁厚，即或惩处奸佞，也多采用流放的办法，不轻易诛杀。

●仁、宣二帝在位虽仅有十一年，但朝廷上下同心协力，共图强盛，使先祖开创的基业得到较大发展。史家常以仁、宣两代勤于守成、政治清明与汉代的文景之治相媲美。

『三杨』辅政——明朝（成祖—英宗）时期

殚精辅政领风骚，虽异性情德俱高。
厉笔直疏推减赋，温言曲谏遏挥刀。
始襄明主谋宏略，又助冲龄献妙韬。
垂暮忧忡含怨去，尽哀昏聩纵魔妖。

注释

●『三杨』是明代成祖至英宗初年三位辅政大臣杨士奇、杨荣、杨溥的合称。此三人虽性情不同，各有特点，但都忠心耿耿辅佐皇帝，做出了突出成绩，深得朝野赞誉，享有很高的德望。

●杨士奇刚直敢言。仁宗即位之初，他针对因战事频繁、工役沉重导致民众生活困苦的情况，连续五次上奏章，秉笔直书提出减轻赋税、休养生息的建议。仁宗采纳了他的主张，大大促进了社会经济的恢复发展。而杨荣多谋善断，遇事不温不火，却总能把问题解决得恰到好处。他曾随成祖北征，常能在皇上发怒时温言曲谏，因此使许多大臣免于成为刀下之鬼，如夏原吉、李时勉等，都是有赖杨荣规劝皇上才得以不死。杨溥则为人恭谨，每次上朝都挨着墙走，大臣们发生争执，他常能巧妙化解，令大家十分佩服。

●在仁宗至英宗初年，『三杨』掌握着朝廷的实权，他们曾襄助仁、宣二帝谋划了许多事关全局的方略，对『仁宣之治』做出了极大贡献。待年方九岁的英宗即位，太皇太后对『三杨』信任有加，让他们『同心辅佐，共安社稷』。当时，凡军国大事，英宗都通报太皇太后，太皇太后则向『三杨』征求意见，然后再行定夺。『三杨』不辜负信任，竭尽所能，知无不言，提出了很多高韬妙策。如杨士奇建议精简军队，严备边防，派遣文武官员镇抚江西、湖广、山东、河南等地。杨士奇还建议减免租税、慎用刑狱、整饬吏治等，都经太皇太后准许，由英宗下诏颁行。

●在『三杨』的辅佐下，英宗正统初年，基本上沿袭了仁、宣之治，政治清明，社会稳定。可不久，英宗宠信宦官王振，王振权势越来越大，极力排斥『三杨』。此时『三杨』中有两位已是垂暮之年，他们见朝廷越发昏暗而忧心忡忡。正统五年，杨荣七十高龄还乡途中病故；杨士奇遭到弹劾也忧愤告归，八十岁时死去，朝中仅剩杨溥一人，势单力孤，难与王振抗衡，于正统十一年也抱憾病故。从此，『三杨』辅政的成果很快就被奸宦王振之流吞噬，三年之后便发生了土木之变。

宦官王振专权——明朝（英宗）时期

狡黠奸诈善逢迎，恃宠专权枉律绳。
纳叛招降擢恶佞，诬忠剪异害贤能。
凡甘顺水皆升职，有敢戗茬必获刑。
暴虐狂贪无顾忌，陷君绝境自遭惩。

注释

●明代英宗（朱祁镇）登基后，宦官王振日益得宠。此人在永乐时自阉入宫，宣宗时被选入内书堂读书，后又被派往东宫侍候当时为太子的朱祁镇。王振为人狡黠奸诈，极善于阿谀逢迎，赢得了朱祁镇的信任和欢心。朱祁镇即位后便让他执掌司礼监（明代宦官二十四衙门之一，督理皇城内礼仪、刑名、当差、关防门禁等一切事务），负责掌管机密、批阅奏章。从此，他凭借这个机构，极力掌控和驾驭年轻的英宗。再加上一代贤臣『三杨』（杨士奇、杨荣、杨溥）中的两人相继病故，只剩杨溥难以与其抗衡，王振便越发有恃无恐，大肆专权，无视纲纪，把朝廷搞得乌烟瘴气。

●王振一方面招降纳叛，结党营私，把自己的侄子及私党，一个个加官晋爵，掌管机要部门；另一方面残酷排挤、打击、陷害忠臣贤能，其手段令人发指。侍讲刘球在奏疏中语刺王振，便被其投入大狱，残忍肢解。几个内侍和锦衣卫卒对王振的专横心怀不满，以匿名书揭露他的种种罪行，王振查获后全部处以磔刑。至于与其相左者，如大理寺少卿、御史等朝中正直大臣被其迫害者还有许多。一时间满朝肃杀，即便是公侯勋戚也不得不尊称他为『翁父』。

●王振在朝廷中横行肆虐，顺我者昌，逆我者亡，凡追随他的人皆得到提拔重用，凡与其有不同意见和对立者，尽遭刑狱之灾，整个朝廷陷入极度黑暗与恐怖之中。

●王振在专权擅政的同时，不忘狂贪暴敛，他通过卖官鬻爵，贪婪地搜取钱财珍宝。『土木之变』后，朝廷抄没王振家产，搜出金银六十余库，玉盘百面，光高达六七尺的珊瑚就有二十余株，其他奇珍异宝不计其数。王振千方百计寻机立『大功』，以攫取更大的权势。当蒙古瓦剌部入侵边镇时，他极力怂恿英宗亲征。结果英宗战败，陷入绝境，被瓦剌军俘获。护卫将军樊忠悲愤之下，痛斥王振，将其锤杀于军中。

于谦指挥北京保卫战——明朝（英宗、景帝）时期

强敌压境显真忠，怒斥迁都誓卫京。
募勇缮戎修固垒，推良荐将战顽凶。
识穿诡计消盲动，布设伏兵举猛攻。
浴血拼杀夺大胜，宣威瓦剌抑狂疯。

注释

●于谦，明代英宗、景帝年间的兵部侍郎、兵部尚书。正统十四年八月，明朝北征大军在土木堡遭瓦剌军围歼，英宗被俘。于是，朝廷立英宗长子朱见深为太子，由英宗之弟、郕王朱祁钰辅政。这时，瓦剌军由也先率领，挟持英宗，兵临明都北京，局面岌岌可危。在这种情势下，朝臣惶惶不安，有人上奏，要求迁都南京，以避锋芒。时为兵部侍郎的于谦听后怒火中烧，大声吼道：『主张迁都者，应立斩！京城是国家的根本所在，一动则大势去矣，难道忘记了宋室南渡的教训吗？』于谦对朝廷的一片忠诚感染了许多臣僚，大家纷纷支持他的意见。于是，郕王出榜告示，决心固守北京，并任命于谦为兵部尚书，负责指挥这场北京保卫战。

●鉴于英宗被瓦剌军胁迫，形势非常不利，郕王朱祁钰在群臣推举下即皇位，改元景泰，是为景帝。于谦担纲守京任

务后，立即建议朝廷招募武勇、修缮武器、加固城墙；同时，要重用杨洪、石亨等善谋略、能打仗的文臣武将，让他们分路严守，拼力御敌。这些建议均被景帝采纳。

●瓦剌军很快到达京畿，驻扎西直门外。也先施用诡计，想押着英宗，让明廷派人出迎，然后乘机攻进城去。面对此状，朝臣一时六神无主，不知如何是好。于谦当即看穿也先的阴谋，说服景帝拒绝开门迎英宗。也先看到明廷没有上当，随即对京城发起猛烈进攻。于谦率众一边反击，一边令石亨带兵埋伏在民房之中，仅派数骑前去挑战，将万余瓦剌骑兵诱入埋伏圈内，随着一声炮响，伏兵四起，火器齐发，把瓦剌军打得人仰马翻，大败而逃，也先的弟弟中炮毙命。

●经过五天的激烈拼杀，瓦剌军死伤惨重，也先看到明援军激增，恐怕后路被截断，不敢再战，只好退兵。北京保卫战中于谦指挥有方，使瓦剌军元气大伤，从此瓦剌慑于明军威力，南侵的势头被抑制。

英宗复辟——明朝（景帝）时期

被释前君受辱凌，群臣见状愤难平。
纷责即废重封嗣，连谴长拖不册承。
遂引谋权还道统，继发夺位动兵戎。
破门拥主忙登殿，钟鼓齐喧复掌廷。

注释

●明英宗朱祁镇在土木堡一役被瓦剌军俘虏，祁镇之弟祁钰即位，是为景帝。景泰元年八月，英宗被瓦剌释放，景帝将其安置在南宫，奉为太上皇。景帝总感到英宗返回对自己的皇位是一大威胁，于是，派人守备，对英宗的一举一动严加监视，实际上等于禁困英宗于冷宫，使其没有多少自由。群臣见此状，觉得景帝做得太过分，大家议论纷纷，愤怒难平。

●英宗返京后，景帝当即将已立的太子、英宗长子朱见深废黜，贬为沂王，同时，立自己的儿子朱见济为太子。可是，朱见济短命，被立太子的第二年病死，因他是景帝唯一的儿子，一些大臣便上疏请求让朱见深复太子位。景帝不加理会，认为自己年纪尚轻，以后还会有子，遂将立太子的事一拖再拖，搁置起来。对景帝的做法，群臣愤愤不平，暗地里多有微词。

●正是在满朝不满情绪日益增长的情况下，武清侯石亨、都督张軏（音：月）、太监曹吉祥等，认为这是天赐良机，他们估计景帝将不久于人世，与其附和众臣们复立太子，不如让英宗复辟，这一方面名正言顺，还原皇统，另一方面可建『不世之功』，得以加官晋爵。出于这样的野心，石、张、曹等人找到徐有贞（即当初瓦剌兵临城下时主张南迁的徐珵）密谋，几人一拍即合。同时，为万无一失，徐又让他们征求了英宗的意见。随即于两天后，石亨等决定发动政变。恰在此时有边吏报警，他们抓住这个机会，以备急为名，率千余兵士火速进入皇宫。

●石亨等乘夜色直奔南宫，南宫门紧闭不开，他们便毁墙破门而入，跪伏于地，请英宗登位。一群人簇拥着英宗出南宫，行至东华门，宫门卫士喝止，英宗说了一声：『朕，太上皇也！』门卫只好放行。徐有贞等便拥着英宗直至奉天殿，英宗登上帝位。这时已是黎明时分，文武百官正在朝堂等候景帝视朝，忽听宫中嘈杂一片。正惊愕间，各门大开，钟鼓齐喧，徐有贞走出来大声宣布：『太上皇复位了！』百官见事已至此，只得列班朝贺。可此时的景帝正在病床上，听见钟鸣鼓响，忙问身边人，得知英宗已复位，只得无可奈何地说：『好，好。』英宗重新即位后，改元天顺，废景帝，仍封为郕王，迁居西宫。没过几天，郕王朱祁钰就一命呜呼了。

刚正清白的于谦——明朝（英宗）时期

胆略超群外虏愁，高格亮品似晶璆。

一身正气行明路，两袖清风抵暗流。

担道平冤襄士庶，秉公执法律王侯。

惨遭杀害还西子，万丈浩光冲斗牛。

注释

●明朝英宗年间的兵部尚书于谦，是著名的忠臣良将，在北京城面临瓦剌军进攻的危急时刻，力排逃避、迁都等错误之策，挺身而出，以超群的胆略和过人的智慧，击退来犯之敌，取得了北京保卫战的伟大胜利，使瓦剌军闻风丧胆，再也不敢轻易南侵。于谦功勋卓著，其高尚的人格，澄明洁白如美玉，更是被人们所尊崇和景仰。

●于谦贯以清正廉洁而闻名。他在世道昏暗的情况下，一身正气，大义凛然，任何时候都光明磊落，从不随波逐流。『三杨』辅政之后，宦官王振专权，朝廷上下贿赂公行，贪污成风，地方官进京办事，总要送礼贿赂上司，而于谦从不搞这一套。有人劝他要尽量随俗，他总是甩着两只袖子笑道：『只有清风。』为了表明自己的态度，他还专门写了一首《入京》诗，其中写道：『清风两袖朝天去，免得闾阎话短长。』石亨在北京保卫战中得到于谦的起用，立了战功，被封为侯。他为了讨好于谦，上疏推荐于谦的儿子为千户。于谦坚辞，上疏说：『国家多事，臣子不应顾及私恩。石亨身为大将，不举荐一名隐士，不提拔一个士兵以补军国，独独推荐我的儿子，我绝不敢以子滥功。』

●于谦一向刚直不阿，高扬正义。宣德初他出任江西巡抚时，冒着极大的政治风险，仗义执言，为民请命，同时，平反昭雪了冤囚数百人，老百姓感恩戴德，颂声满道。进入朝廷后，于谦更是秉公办事，严格执法，哪怕是勋臣宿将、王公贵族，只要违反纲纪，均要绳之以法，绝无丝毫姑息迁就。

●正因为这样，于谦得罪了不少小人，尤其是徐有贞、石亨、曹吉祥之流，早就对他恨之入骨（徐有贞当年因南迁建议受到于谦痛斥，更是怀恨在心。石亨为了讨好反而遭到批评而恼羞成怒）。英宗复辟后，这群小人因迎立有功，纷纷得势，他们认为时机已到，便开始对于谦进行诬陷，硬说他与大学士王文等密谋迎立襄王的世子为太子，并将于、王等人冠以『谋反』罪，终将于谦杀害。于谦死后，其女婿将其灵柩运回故乡杭州，安于西子湖畔，后人经常去瞻仰，有人用『赖有岳于双少保，人间始觉重西湖』（岳飞墓亦在西子湖畔）的诗句，赞扬岳飞和于谦这两位精忠报国的英雄。

石亨、曹吉祥等奸佞谋反——明朝（英宗）时期

自恃迎拥有大功，骄狂任性耍威风。
网罗恶棍结奸党，起用亲族掌重兵。
握柄欺君多冷酷，亮刀夺位倍残凶。
岂知皇梦酿殃祸，蛋打鸡飞一场空。

注释

●明朝英宗复辟后，论功行赏。武清侯石亨、翰林侍讲徐有贞、大太监曹吉祥等，因在『夺门之变』中有功，得以加官晋爵。石亨被封为忠国公，在武将中权势最重；曹吉祥擢升为司礼太监，成为内臣之首。时人将他们并称为『曹、石』。曹、石之流恃功骄恣，忘乎所以，不可一世，骄狂专横到了令人发指的地步。石亨肆无忌惮地干预朝政，每天都进宫见英宗，遇事必定要英宗采纳他的意见，否则就给皇上脸色看。

●随着权势日盛，石亨、曹吉祥为争权夺利，在斗倒了与他们有利害冲突的徐有贞的同时，极力网罗人马，结党营私，甚至将恶棍无赖都集于门下，至于他们的亲属家族，更是纷纷被起用，担任要职。石亨的侄子石彪被封为定远侯，弟侄家人冒功得官者五十余人，亲朋故旧中有四千余人得官。石亨叔侄两家还蓄养官员、猛士数万人，朝廷将

帅有一半出自他家门下，国家的兵权很大一部分已掌控在他们手中。太监曹吉祥本是王振的余党，其嗣子曹钦，侄子曹铉、曹铎、曹睿等也都被任命为都督，执掌兵权。曹钦还被封为昭武伯。曹吉祥门下的冒功当官者多至千人。

●这些人手握重柄，欺君罔上，随意僭越。石亨营建宅第，其规模和富丽堂皇的程度与王府不相上下。石亨侄子石彪竟胆敢私制蟒龙衣袍，足见其野心勃勃。天顺三年，石彪要出镇大同，想与石亨里应外合，共掌兵权。此阴谋败露，缉查石彪，罪行昭然天下，石彪被捕下狱。第二年，石亨也被揭发图谋不轨，遂遭逮捕，籍没家产，后死于狱中。曹吉祥、曹钦与石亨狼狈为奸，他们担心自己会落得与石亨同样下场，便迫不及待地要发动兵变。他们密谋，待西征军出师，前朝门开启时，由曹钦率亡命之徒杀入宫中，曹吉祥在宫中做内应。可不料被属下告密，英宗立即逮捕了曹吉祥。曹钦见宫门紧闭，屡攻不下，便在京城中发疯般地见官员就砍，以泄愤怒。这时，怀宁侯孙镗集合西征军与曹铉、曹铎、曹睿等作战，将他们全部杀掉。天亮时，曹钦想外逃，可京城九门尽闭，他只好逃回家中，投井自尽。三日后，曹吉祥被处以磔刑，其亲戚同党也多被处死。

●石亨、曹吉祥等人的皇帝梦不但没有成真，反而招来了杀身之祸，最后落得个鸡飞蛋打一场空！

『传奉官』——明朝（宪宗）时期

凡来奉贡即加官，随意授衔逾数千。
恶吏一朝能显贵，刁民几步可登天。
臣怀少墨担朝政，将手无弓统战鞍。
方术风靡浊浪涌，弛纲乱纪纵凶奸。

注释

● 明朝宪宗登基不久，命宦官传旨，任命一名工匠为文思院副使，这一任命改变了一向由吏部、内阁授官的制度，开启了由皇上颁布诏令直接封授官职的先例，此种方式时称『传奉官』。朝廷有了这种制度，一些趋利之徒便通过进献书画、玩物、药材等，去谋取官位。宪宗见有贡奉者，立即授予官职。整个成化朝（宪宗即位后的第二年改元成化），上自文人武士，下至僧人道士，由此得官者比比皆是，有时一次就授官百十人，几年下来，用这种方式擢拔者，少说也有数千人之多。

● 当时朝廷的一大景观是：恶吏能突然得第，刁民可几步登天。有个叫李孜省的江西人，原本是贪赃枉法的小官吏，他听说宪宗喜好方术，便投其所好，学会五雷法后，用重金买通太监，向宪宗进献符箓，随之宪宗就传旨授李为太常丞，后又改为上林苑监丞，同时，还赐以金冠、法剑和印章，准许他密封奏事。继李孜省之后，许多图谋官职之流纷纷效仿，结交宦官，进献方术，一些平民几步就登上高位，如邓常恩、赵玉芝等人就是因为通晓方术，很快就被擢为太常卿。

●这些被加官的小人，有的高升为朝廷大臣和将官，但他们其中不少人胸无点墨，甚至目不识丁，有的武将『未挟一矢』（手都没拿过弓箭），却让他们统率千军万马。而李孜省这样的人，权势越来越大，很快升为右通政，不到两年又升为左通政，并渐渐开始干预朝政。

●宪宗极度崇尚方术，沉湎其中，如醉如痴。朝廷中一些正义之臣屡屡上谏，力陈传奉官之弊，指出，一年传奉千人，几年就是几千人，几千人的俸禄，一年就要耗费几十万银两，这些都是国家的租税、百姓的脂膏。请求废止此种做法。可宪宗置若罔闻，让本已降职的李孜省官复原职，没过多久，又擢为礼部侍郎。由于朝廷纲纪的废弛，李孜省等胡作非为，一方面结党营私，一方面打击异己。兵科给事中张善吉本被谪官，但他通过太监献『秘术』，随即重任原职。大学士万安，为了巩固自己的地位，居然向宪宗进献『房中术』。诸如此类加官为侍郎、通政、太常、太仆、尚宝的人不胜枚举，整个朝廷凶奸当道，正气不扬，国家陷入一片混乱之中。

太监汪直执『西厂』——明朝（宪宗）时期

阴险狡黠博帝欢，把持西厂恶无边。
群臣头顶千张网，众庶足临万丈渊。
朝野不知尊御主，官民只晓畏廷阉。
贪功固位结朋党，终现原形被贬官。

注释

● 明朝宪宗年间，宫中有一太监叫汪直，年幼时入宫，在宪宗宠妃万贵妃宫中做小太监，后升为御马监太监。此人阴险狡诈，心毒手狠，因常为皇上秘密侦察外间的事而得到宪宗宠信。后来，宪宗为出外缉拿谋逆作奸之人，于成化十三年在『东厂』（成祖时设立的特务机关）之外，又设立『西厂』，任命汪直为主管。『西厂』缇骑（贵官前导和随从的骑士）几倍于『东厂』，其权势远在锦衣卫之上。在汪直把持下，特务四处侦察，无孔不入，无论王府、边镇，还是南北河道，上下官员、百姓，大政小事，以至民间街谈巷议，统统在他们监视之下，稍不留神，便会被缉拿下狱。

● 当时，朝廷、民间，官员、百姓，全都陷入一片恐惧之中，众臣僚头上如悬千钧利剑，百姓足下如临万丈深渊。汪直巧立名目，随意问罪，屡兴大狱。『西厂』设立仅四个月，就逮捕拷问诸多大臣，株连官员众多，民间被罗织罪名而冤死、流放者更是不计其数。

●后来，在朝野的一片反对声中，宪宗不得不罢了『西厂』，但宪宗仍不顾群臣屡次对汪直的弹劾，依然对汪太监十分宠信。继之，又恢复了『西厂』，将上奏弹劾汪直的大臣贬的贬，放的放，而由汪直的亲信接任，更使汪直的权势越发炽盛，以至于天下只知畏西厂和汪直而不知怕朝廷和皇上。

●汪直总想立下『战功』来巩固自己的地位，因此，他借口辽东有战事，几次协同其死党王越、陈钺等人出征，每次回来都获得宪宗的不少奖赏。可是，汪直的所作所为，终于露了馅。成化十八年，言官弹劾『西厂』胡作非为，有违国体，宪宗下诏再罢『西厂』。次年，将汪直贬到南京司马监任职。八月，御史徐镛上疏弹劾汪直与王越、陈钺勾结欺罔不法之罪。宪宗对汪直擅权用事这才进一步觉察，下诏将其贬为南京奉御，其党羽王越等被罢黜，结束了汪直多年的横行霸道、胡作非为。

弘治中兴——明朝（孝宗）时期

痛感前朝累弊端，登临即举整河山。
剥夺妖孽驱污气，逐放奸邪罢冗官。
严法擢贤兴朴简，宽刑减税去奢贪。
励精图治多良策，重现昌隆世泰安。

注释

●明朝成化二十三年，宪宗驾崩，太子朱祐樘（音：称）即位，改元弘治，是为孝宗。宪宗时，由于怠于政事，沉湎方术，致使小人得势，把朝廷搞得乌烟瘴气，积下了种种弊端。孝宗即位伊始，便决心针对当时的国势，立即展开大刀阔斧的整治。

●孝宗首先将宪宗朝的一批奸佞、冗官尽数罢去，把李孜省等奸邪重臣全部逮捕，下狱治罪。成化年间滥授的二千多名传奉官一律削籍流放，一千多禅师、国师、真人也被罢遣，并处死了作恶多端的妖僧。

●放逐和惩处了妖佞之臣后，孝宗着手擢拔贤良之士，委以重任，如起用徐溥、刘健、李东阳等素负声望的名臣，让他们进入内阁，参与机务。并把本已辞官、为人刚直方正的南京兵部尚书王恕重召入朝，擢升为吏部尚书，位列九卿之首。当时，一大批贤能官员都得到重用，所以有『弘治朝中多君子』之称。孝宗还严格法纪，大兴朴简之风，诏减皇宫的开支和供奉，不许大兴土木，主张节约费用，减轻民众负担。他屡次下诏，禁止宗室、勋戚侵占民田，鱼肉百姓，还多次下诏减免一些地方的税负。孝宗还力施仁政，用刑宽松，严格限制和管束东厂、锦衣卫，使他们不敢任意行事，只能奉守本职。同时，孝宗还广开言路，重开大小经筵，倾听各方面意见，文武百官纷纷上谏，如马文升上疏十五事，包括选贤能、禁贪污、正刑狱等，孝宗都一一采纳，付诸实施。

●孝宗励精图治，为重振国势，采取了一系列正确政策和有力措施，有效地清除积弊，缓和了社会矛盾和社会危机。正统、成化年间，农民起义不断，而弘治一朝，几乎没发生大规模农民起义。孝宗经国理政有方，使政治清明，经济发展，社会稳定，史称『弘治中兴』。

泄露试卷案——明朝（孝宗）时期

两榜出身易响名，千家万户瞩公平。
忽传泄密哗科场，遂控卖题惊圣廷。
试子含冤遭罢贬，考官衔恨受欺凌。
本无实据兴冤狱，为抢肥缺肆妄行。

注释

●明朝时期，官员的任用和升迁，须经过科举考试，考中举人者为乙榜，考中进士者为甲榜，凡经历举人、进士的官员，被称为『两榜出身』或『甲科出身』。这块『牌子』被时人看成是『正牌』，一旦有了它，便容易名声响亮，得到擢升的机会大大增加。因此，官员们对此非常关注，如果出现考试的不公平现象，立即就会引起风波。

●弘治十二年举行会试，主考官是程敏政、李东阳两位大臣。此时，有来自江南的考生唐寅和徐经。唐寅在早一年的乡试中就考了第一。唐、徐二人这次会试前曾预先作文，不料后来发现本年度的考试题目竟与他们事先作文题目相合。这件事立即引起轩然大波，纷纷传言有人作弊，士子激愤的情绪滚滚而来。这时，给事中华昶乘机指控程敏政出卖试题，泄露试卷，对其进行弹劾。此事件一时间沸沸扬扬，皇上得知此事后十分震惊。

●当时尚未发榜，孝宗紧急下令，不准程敏政继续参加阅卷，尽管李东阳发现程要录取的名单中没有唐、徐二人，并据实为程辩解，可程还是被打入了大狱，虽然后来放了出来，却令其辞了官，致使他不久衔恨而死。唐寅被罢贬为小吏，他和徐经从此便断了仕途之路。

●所谓『泄露试卷』，本来未有确凿证据，却稀里糊涂地造了一起冤案。这其中必有隐情。后来人们传说，有一个官员看到主考官的职位是个肥缺，想从程敏政手中夺来，便与华昶相勾结，以致出现这样的局面。此种说法应该可信，因为在封建官场中，为争权夺利，什么样不可思议的事都可能发生，所以，有此冤案就不足为怪了。

武宗败坏朝政——明朝（武宗）时期

尽把先言付水东，依从八虎乱廷宫。
贤臣斥佞犹谪贬，恶宦行奸却跃升。
未想图强丢俭气，只思淫乐纵奢风。
中兴落幕衰微至，但见阴霾又漫空。

注释

●明孝宗于弘治十八年驾崩，十五岁的太子朱厚照即位，是为武宗。武宗在做太子时，专心读书，且小心谨慎，很得孝宗喜欢。可当他登基后，立即脱去伪装，显露出顽劣的本性。同时，他对宦官极度宠信，依从『八虎』（大宦官刘瑾及内廷的马永成、谷大用、魏彬、张永、丘聚、高凤、罗祥），沉溺于声色犬马，把孝宗遗诏中要求兴办的事，全部抛置脑后，使朝政陷入一片混乱。

●看到武宗与内廷太监整天耽于逸乐，不仅荒怠政事，而且造成国库空虚，便有大学士刘健、谢迁及其他大臣上疏，斥责太监们败朝。后又有户部尚书韩文联合九卿冒死进言，痛骂『八虎』，并以汉代『十常侍之祸』和唐朝『甘露之变』的教训，劝说武宗对太监刘瑾等治罪。可武宗只是将刘瑾等人暂逐出京师，不久又召回，并任命刘瑾掌司礼监，让马永成与谷大用分掌东、西两厂，八虎迅速占据了各要害部门。而弹劾刘瑾的大臣们则一个个削职的削职，贬谪的贬谪。

●武宗在『八虎』的诱导下，不思朝政，一味淫乐，彻底丢掉孝宗朝的节俭之风，不断大兴土木，搜罗美女，纵情声色，朝廷一片乌烟瘴气。

●孝宗所创立的『弘治中兴』至此落幕，明朝国势已呈衰败景象，大明王朝的天空刚见到一点亮色，遂被阴霾所笼罩。

奸宦刘瑾乱朝丧命——明朝（武宗）时期

蛇蝎大宦效前阉，诱主沉沦以作奸。
专揽疏文攫重柄，私颁御旨造奇冤。
贤良瑟瑟清风偃，妄佞汹汹恶浪翻。
幸有朝臣张正义，磔杀妖孽告苍天。

注释

●刘瑾，明朝武宗年间的大太监。此人本姓谈，小时由一位刘姓中官引入宫中，故冒姓刘，在东宫侍候太子，即后来的武宗。刘瑾极羡慕英宗朝太监王振擅权时的风光，一心效仿之。武宗登基后，刘瑾随即得势，为了达到专权的目的，他千方百计地诱引武宗沉溺于声色犬马。他从各地物色许多美女，让武宗纵情淫乐，还给武宗修建专门用于歌舞淫乱的宫殿，致使武宗无心理政，为他自己擅政制造机会。

●由于武宗完全沉迷淫乐，便把处理各类疏文奏章的大权交给了刘瑾，这正中刘瑾下怀。不久，武宗又把吏、兵二部官员的进退之事也交由刘瑾处讨论定夺。这样，刘瑾权力越来越大，他也就更加有恃无恐，为所欲为。正德三年的一天，御道上出现了揭露刘瑾罪恶的匿名书，刘瑾闻讯勃然大怒，竟然私自颁发假御旨，集合朝廷文武百官，责令大家长跪于奉天门下。因天气炎热，多人中暑而死。同时，他又将三百多人逮入锦衣卫。当时内外官员稍正直者，都遭谪徙贬死。刘瑾手握生杀予夺大权，经常假借武宗之命，随意抓人，大施酷刑，制造了无数骇人听闻的冤案。

●刘瑾专权，横行无忌，使得满朝文武人心惶惶，只求自保，甚至曲意逢迎，清风正气已荡然无存。与此同时，刘瑾大肆搜罗恶佞，豢养一批奴才，成为其得力打手。并将亲信党羽都擢升要职，如：刘宇任吏部尚书，后又擢为文渊阁大学士，加授少傅兼太子太傅；张彩由于极善献媚，也被刘瑾委以重任，视为心腹。这些奸佞以刘瑾为保护伞，飞扬跋扈，气势汹汹，无恶不作，整个朝廷乌烟瘴气，浊浪汹涌。

●刘瑾擅权日久，朝廷终有正义无畏之士挺身而出，欲将其除掉。正德五年，曾被刘瑾陷害罢官的杨一清，借衔命讨叛（西北的安化王朱寘鐇起兵叛乱）之机，做通已与刘瑾反目的宦官、征师监军张永的工作，在武宗面前揭发刘瑾的种种罪行，最后使皇上下决心以谋逆罪逮捕了刘瑾，抄家后，查出了大量谋反证据，于是，对其处以磔刑，车裂分尸。这个作恶多端的妖孽终于得到了应有的下场。

佞臣江彬——明朝（武宗）时期

虎去狼来一脉因，方除刘瑾又江彬。
冒功行贿攫廷位，献媚赢荣统镇军。
戕害良臣挖陷阱，诱欺昏帝布迷津。
假传钦旨毫无忌，树倒台塌即殁身。

注释

●江彬，明武宗年间又一佞臣。当年太监刘瑾擅权乱政，终被右都御史杨一清用计将其除掉。可武宗并未从中吸取教训，继续宠信宦官佞臣，所以不久又出现了佞臣江彬专权的局面。真可谓是去了凶虎又来恶狼。

●江彬原本是一名普通军官，在朝廷镇压刘六、刘七起义时，冒功请赏，并通过贿赂武宗的宠臣钱宁，攫得朝廷官职，出任左都督。江彬极善献媚，并寻机展示自己。武宗好逞能，一次与老虎搏击，被老虎逼到角落，钱宁吓得瑟瑟发抖，而江彬觉得这是向主上献媚的好时机。于是，他奋不顾身冲上前去保护主子。自此后，武宗对他更加宠信，竟然听从他别有用心的意见，将辽东、宣府、大同、延绥四镇边军骁勇（号称『外四家军』）调入京都，由江彬统辖。

●江彬权势日隆，而武宗对他言听计从。正德十四年武宗北巡数千里回到京师，仍不满足，又借宁王朱宸濠叛乱想要南巡亲征，大臣百余人跪求劝阻。江彬则故意激怒武宗，以此为陷阱，致使百余人全部下狱。江彬还极力引诱武宗出巡作乐，并到处搜罗美女供武宗享用，使这个本就十分昏庸的皇帝更加沉醉于寻欢作乐之中，对朝政一概不理。

●江彬无恶不作，他经常假传圣旨，打着皇上的旗号，派自己手下恶徒到处扰民和搜刮民脂民膏，百姓苦不堪言。武宗于正德十六年去世（三十一岁），自此江彬失去靠山。皇太后张氏秉执朝政，信任顾命大臣杨廷和。杨首先把江彬当年调入京师的边兵遣还各镇，然后表面上稳住江彬，暗中与太监温祥、魏彬等设计，乘江彬入宫觐见太后之机，将其逮捕。世宗即位后，江彬被处以磔刑。

朱宸濠之乱——明朝（武宗）时期

脉系非嫡属远门，野心膨胀欲登临。
搜罗党羽结贼盗，贿赂廷僚揽佞臣。
挟部称皇发圣旨，驱兵废号下檄文。
嚣张气焰一时旺，美梦化灰终被擒。

注释

●朱宸濠，为明朝开国皇帝朱元璋五世孙，血缘上朱宸濠一脉离武宗很远，但他被封为宁王（于南昌）后，野心膨胀，总想推翻武宗，自己称帝。

●为此，朱宸濠极力搜罗党羽，先后纠合巨盗杨清、凌十一等数百人为心腹，自称国主，称护卫为侍卫，改令旨为圣旨，把书院称离宫。同时，他大力贿赂武宗近臣和地方官员，收买太监刘琅、张锐及近臣钱宁、江彬等，并与广西土官及南赣、汀、漳等地的土司相勾结，为壮大日后的反叛势力做准备。

●朱宸濠在自认为准备已充分之后，决定利用正德十四年六月自己生日之际，宴请江西众官僚起兵反叛。他挟持部下，令他们跟随他反叛朝廷，不从者被当场斩杀。朱宸濠悍然称帝，任命了左右丞相、兵部尚书，并颁发『御旨』

和声讨朝廷的檄文。同时，宣布废除正德年号，派人四处招降。同年七月初一，朱宸濠留儿子宜春王朱拱樤和内官万锐守南昌，亲率大军顺江而下，攻克九江、南康，围攻安庆。

●朱宸濠气焰十分嚣张，好像皇位唾手可得。此时，正在福建视察的提督南赣军务都御史王守仁得知朱宸濠叛乱，立即会同吉安知府伍文定等起兵征讨，乘朱宸濠南昌防守空虚之机，于七月二十日攻下南昌，活捉朱拱樤。朱宸濠得知南昌失守，被迫回援。但连续被王守仁击败，官军乘胜收复九江等地。二十六日，王守仁以火攻大破朱宸濠军，朱宸濠父子及郡王、谋臣均被擒。不可一世的朱宸濠从起兵反叛到兵败被俘，前后不过四十余天。

大哲学家、书法家王守仁——明朝（孝宗、武宗）时期

及第登科走顺风，辞官退隐又回宫。
寒凉险道激情落，寥寞深山顿悟兴。
论证一心成本体，宣扬万物为旁征。
佳书被掩实精湛，源自羲之法李邕。

注释

●王守仁，明代著名哲学家、书法家。他出身官宦家庭，十八岁开始研修朱熹的『格物之学』，后产生怀疑，转而研习道家养生之道，也与佛家僧侣交往，请教禅机，希望从佛、道那里寻求修身治国的道理。王守仁并未将科举视为头等大事，但他应试登科十分顺利，二十八岁中进士。不过他只做了两年官就返乡隐居于阳明洞修养身心（故称『阳明先生』）。后来，他觉得远离红尘是『断灭种性』，于是，便又从洞中走出，返回官场，到朝中任职。

●不久，武宗即位，宦官刘瑾专权。王守仁因触犯刘瑾被贬出朝廷，到贵州龙场驿当驿丞。此时，他意志消沉，面对官场险恶，豪情一落千丈，他在寂寥的深山丛林中日夜静坐，以摆脱内心的苦闷。一天半夜，他突然大声呼喊，说是悟出了圣贤『格物致知』的道理，认为圣人之道都存于内心，不必外求。这就是历史上有名的『龙场之悟』。

●王守仁通过龙场悟道，创立了自己的『心学』哲学，之后，经不断丰富，先后在贵阳、南昌、浙江等地聚徒讲学。他的学生将其讲学内容和书信问答汇编成《大学问》和《传习录》，成为『心学』的理论教本。王守仁在自己的『心学』理论中，论证『心者，天地万物之主也』，即认为：人心是宇宙的本体，为万物之主宰，整个宇宙都在人的心中，『心』之外，并无他物，而万物只不过是『心』这一本体的旁证。由『心外无物』，王守仁又引出『心外无理』，他认为天地万物之理，不必到心外去求索，『良知』存在于人『心』。但『良知』常为物欲所昏蔽，必须通过道德修养，扫除物欲昏蔽，恢复『良知』固有美德。这便是他引申出来的『致良知』学说。

●因王守仁是位大学者、大哲学家，人们多关注的是他在哲学方面的成就，而掩盖了其他。其实，王守仁在哲学之外的许多方面都卓然不凡，比如书法。从《龙江留别诗卷》中人们可清晰看到，他的书法出自王羲之，韵致和灵气极为到位，既如行云流水，又毫无柔媚之感，其结体取法李邕，更是气贯其中，近三米长卷，犹如江河奔腾而下，气势恢宏，一泻千里。

大礼仪之争——明朝（世宗）时期

登基伊始便违规，祀礼尊名引是非。
不顾群情申正统，只凭孤意要淫威。
百官驳辩受牢禁，众吏应声遭杖摧。
酷斗纷争十数载，衣冠丧气满朝悲。

注释

●明世宗朱厚熜即位后，朝廷内部在权威与正统问题上，展开了一场激烈斗争，即：大礼仪事件。因武宗生前无子，死后，皇太后和内阁首辅杨廷和依据朱元璋时期《皇明祖训》规定的『兄终弟及』条款，以武宗遗诏的名义立兴宪王朱祐杬长子、宪宗之孙，即武宗的堂弟朱厚熜为世子，嗣皇帝位，改年号嘉靖，是为世宗。世宗即位后，就下令礼官讨论其父兴献王的祭礼与尊称问题。礼部尚书毛澄请示大学士杨廷和后，奏疏皇上，建议尊兴献王为皇叔父，兴献王妃为皇叔父母。世宗对这一议案极为不满，于是，一场大礼仪之争在皇帝与群臣之间拉开了序幕。

●世宗几次下令让朝臣复议提案，非得要把兴献王和王妃加号为兴献皇帝和兴献皇后不可。但以杨廷和为首的臣僚坚决反对，甚至封还了世宗的手诏。世宗极其愤怒，把杨廷和外放为南京刑部主事，直至逼迫杨廷和辞官离职。之后，世宗于嘉靖三年七月，在左顺门召集群臣，示以手敕，继续一意孤行地贯彻自己的意志，结果引来数百名朝廷官员一齐跪伏于左顺门，大申正统，强烈抵制皇上不遵行祖训的行为。即使这样，也没有使皇上改变主意，仍然大施淫威，我行我素。

●数百名官员于左顺门请愿，更加激怒了世宗，他立即派出锦衣卫将为首的八人逮捕入狱，杨慎（正德六年的状元，一代名臣之子）、王元正见状，撼门大哭，一时间群臣哭声震天撼地。世宗更加恼怒，随后又把一百多人投入大牢。几天后，世宗又把杨慎等人发配边关，四品以上参与事件者均夺去俸禄，五品以下官吏一百八十余人处以杖刑，其中十六人因受刑太重先后死去。轰动一时的『左顺门事件』，使大礼仪之争达到了高潮。

●大礼仪之争前后历时十数年，其间波谲云诡，明争暗斗，反反复复。左顺门事件后，原先在礼仪上不同意世宗做法的官员被迫屈服了，整个朝廷的士气逐渐萎缩，史家称为『衣冠丧气』。这时大明王朝已完全失去生机。

奸臣严嵩——明朝（世宗）时期

观色察颜善辨风，香冠谀赋速攀升。
毒招窃柄攫廷辅，诡计专权揽御宫。
纳贿敛财罗妄佞，营私植党灭良忠。
欺蒙瞶主连得手，父子一丘共逞凶。

注释

●严嵩，明朝世宗年间的大奸臣。此人深谙官场潜规则，极善察言观色，随风就势。他原来只是一个翰林院编修这样的小官，就是凭着阿谀献媚而步步高升的。世宗登基后，力主为其父兴献王封皇帝尊号，遭到众多朝臣的强烈反对，许多官员被廷杖、罢官、贬谪，而严嵩则看准时机，百般应和皇上旨意，以礼部尚书的身份积极筹划礼仪。同时，制造天上出现庆云的谎言，并施展文才，撰《庆云赋》，进献世宗，深得世宗赏识。因世宗崇信道教，一日，赏内阁首辅夏言和严嵩等人沉水香冠。夏言认为那是道家的服饰，不是大臣的法服，因而拒绝戴于头上。而严嵩则不仅遵旨戴上，而且在香冠外笼以轻纱，显现出十分虔诚的样子，讨来世宗一片欢心。

●严嵩就是依靠这样的招数，使世宗对其信任与日俱增，而对内阁首辅夏言逐渐冷落，并最终于嘉靖二十一年让严嵩取代夏言，先以礼部尚书兼武英殿大学士入阁参与机务，两年后升为首辅。这时的严嵩已权倾朝野，他利用自己『独承顾问』的地位窃权专行，对世宗下的圣旨、讲话一律秘而不宣，即使内阁辅臣也不得而知。至于票拟之事，严嵩更是独自把持，其他阁僚一律不得参与。于是，朝中大权统统归于严嵩一人。对此，世宗亦有感觉，但严嵩自有诡计，他通过种种办法，揣摩世宗心思，终使世宗看不出破绽。

●严嵩与历史上所有的奸臣一样，要巩固自己的地位，必大肆纳贿敛财，网罗党羽。他常根据贿赂多少，决定官员升迁贬谪。在培植亲信方面，严嵩奉行『顺者昌，逆者亡』的原则，对不依附他的官员一概排斥、打击，一些弹劾过他的官员纷纷被陷害下狱，重者处死，轻者被流放、罢黜。兵部员外郎杨继盛，因弹劾严嵩最为坚决，他便唆使世宗将杨投入牢狱。嘉靖三十四年，严嵩在世宗批准处决的案件中私自附上杨继盛的名字，将杨处死，做得十分巧妙。

●因世宗昏聩，总能使严嵩的欺蒙得逞，而严嵩则连连得手，为所欲为，长达二十年之久。后来，严嵩年事已高，他便将许多权力交给任工部左侍郎的儿子严世蕃。严世蕃与其父一样，也是个无恶不作的奸臣。他们父子同谋，狼狈为奸，搅得朝廷一片昏暗。而对严家父子的罪恶行径，世宗不仅不限制，还倍加宠信二人，为严嵩营造庐舍，朝夕赐御膳、法酒，同意严嵩乘肩舆出入宫禁。昏君之下必出奸臣，这是被历史一再证明的规律！

庚戌之变——明朝（世宗）时期

套区沦陷已多年，昏主无心拒虏蛮。
忠勇急督催战马，奸凶力阻毁营盘。
抗敌良将常遭斩，鼎势贤臣屡受残。
听任鞑靼施暴虐，庚戌大辱丧尊严。

注释

● 长期以来，明朝北部边疆一直受到蒙古各部落的侵扰，继英宗时的『土木之变』之后，弘治年间，鞑靼部悍然入侵河套地区。至嘉靖朝，世宗昏聩，边防大为削弱，鞑靼继续占据河套，并经常深入明朝边境以内，杀掠人畜。面对河套沦陷的局面，世宗整日坠入淫乐之中，从未考虑过抗击强虏、收复失地。

● 河套地区战略地位十分重要，它三面临河，土地肥沃，接近明朝的一些重要边镇。东向即可攻击明宣府、大同、三原等重镇，威胁畿辅；南向则可攻击延绥、宁夏、固原等地，侵扰关中。鉴于河套地区的重要性，总督三边军务的兵部侍郎曾铣力主出兵收复河套。其时，被奸臣严嵩排挤出内阁的夏言重被召回担任首辅。他坚定地支持曾铣的主张。在主战官员的反复要求下，世宗不得不在嘉靖二十六年，令曾铣率兵出塞袭击鞑靼，并取得了初步胜利。可奸臣严嵩不甘居于夏言之下，在第二年，便借河套问题向世宗进谗言，说夏言与曾铣勾结，轻开边战，败坏国事。结果使曾铣获牢狱之灾，致使刚有起色的驱虏之战毁于一旦。

●严嵩采取诬陷等阴谋手段，使世宗轻易听信谗言，不经调查核实，不分是非曲直，就将曾铣问斩，之后，鞑靼又入侵，严嵩乘机激怒世宗，说这是因夏言、曾铣挑起边战引起的。于是，世宗又追捕夏言，将其斩于西市。

●抗虏的核心人物相继被斩杀后，引来了鞑靼的加倍疯狂的入侵。嘉靖二十九年，鞑靼俺答汗亲率大军进犯大同，大同总兵仇鸾用重金收买俺答，求他不要进攻自己的防区，俺答于是引兵东去，攻占古北口，挥师长驱直入，进逼京师。这时，严嵩令诸将不可轻举妄动。于是，众将士不发一矢，任由鞑靼兵在京郊狂施暴虐，大肆抢掠整整八天，最后带着大批人畜引兵西去。嘉靖二十九年的干支纪年是庚戌年，所以，史称『庚戌之变』。这一奇耻大辱，使明王朝的国家尊严丧失殆尽，足见其已国将不国了！

张经抗倭大捷反获罪——明朝（世宗）时期

洗劫千里倭贼凶，受命督军统剿征。

会聚诸师围上海，合同各路打嘉兴。

首击发力敌魂抖，继战扬威寇阵崩。

靖海安民犹获罪，何来地道与天公？

注释

● 明朝嘉靖三十二年，海盗大头目王直勾结倭寇卷土重来，数百艘船只接连而至，在滨海数千里烧杀抢掠，上海附近的青龙、蟠龙、乌泥泾、下砂、新场等地尽成瓦砾。上海县治两个月时间连遭五次祸寇，县署、民居尽被火焚，街市一片焦土。到了第二年，朝廷再也不能置之不理了，便任命南京兵部尚书张经，总督军务讨倭。

● 张经原总督江南、江北、浙江、山东、福建、湖广诸军，他到任后，立即选练将士，并征发两广地区士兵听用。当时倭寇两万余人屯据上海县东南的柘林、川沙洼，那里一度成为倭寇侵扰江南的据点。嘉靖三十三年三月后，张经征调的诸师陆续到达上海地区，然后命令总兵俞大猷、游击将军邹继芳、参将汤克宽分别率师守金山卫和围困上海的柘林，等待另外两支部队的到来。同时，筹划合兵攻打嘉兴，欲将倭寇主力彻底剿灭。

●在张经指挥的部队完成全部集结之前，大股倭寇从柘林、川沙洼涌出，四处疯狂杀掠。此时，另两支部队已与张经会合，于是，在石塘湾首开一战，将倭贼打得落花流水，首战告捷。五月中旬，倭寇又进攻嘉兴，张经会同浙江巡抚胡宗宪，派参将卢镗为援军，俞大猷奔赴平望，汤克宽率水军由中路进发，各路明军与倭寇大战于嘉兴境内的王江泾，三面水阻，斩贼首一千余级，溺死者千余，残余之敌逃奔老巢。于是，明军再追至柘林，终于烧毁敌老巢，倭寇被迫从海上遁去。此役攻破倭贼盘踞之地，共歼敌一千九百余人，烧死、淹死者不计其数，史称『王江泾大捷』。

●张经指挥抗倭取得重大胜利，可谓功勋卓著，但奸臣严嵩死党赵文华却在昏聩的世宗帝面前诬陷他『错失战机，空耗军饷』，世宗不分青红皂白，立即将张经逮捕下狱。一些大臣站出来为张经申辩，世宗只听奸臣严嵩和赵文华的诬陷之言，最终还是将张经处死。靖海安民，为国立功者无辜获罪，在昏主经国、奸臣横行的世道下，真是没有一点公道可言！

大书画家徐渭——明朝（世宗—神宗）时期

屡登科场落孙山，满腹淤愁上笔端。
酣畅喷发狂草内，蓬勃绽放靓葩间。
书林侠骨开奇境，戏苑绝思涌妙篇。
苦水青藤多厄运，才情盖世贯长天。

注释

●徐渭，明代杰出的书法家、画家。他曾八次科考（乡试），都名落孙山，后来把满腹淤愁倾注于书法、绘画之中，成为历史上赫赫有名的一代书画大师。

●徐渭性格放荡不羁，他的狂草字如其人，极富个性，笔触奔放豪迈，大气磅礴，有一种惊风雨、泣鬼神的气魄，从《草书李白诗》中可见一斑。同时，他极擅长写意花卉，用笔狂放，酣畅淋漓，不拘形似，创立了水墨写意画新风。

●徐渭在书法上开创了一种奇境，明代思想家袁宏道对其极为赞赏，他在《中郎集》中说徐渭『不论书法而论书神』，是一位『字林侠客』。此外，徐渭在戏剧上也有不凡之作，他的杂剧《四声猿》深得汤显祖等人的称赞。

●徐渭，字文长，号天池山人，别号青藤。他一生厄运连绵，八次乡试不中，九次自杀不成，还因杀妻下狱七年，晚年更是穷困交加、潦倒不堪。然而正是这样一个人，却才华横溢，在书法、绘画等方面取得了惊世骇俗的成就，为中华文化的传承和发展做出了巨大贡献。

胡宗宪督海十年——明朝（世宗）时期

拥奸附佞走廷宫，督海十秋弄雨风。
离间有方诛盗首，劝降无信斩贼凶。
微赢钓誉得加赏，惨败辞责获晋升。
幸纂图编堪贡献，抗倭诸事载其中。

注释

●胡宗宪，明朝嘉靖三十三年受命以御史巡按浙江。此人谙达权术，依附大奸臣严嵩死党赵文华，此后不断升迁，任巡抚、总督，后又以兵部右侍郎总督闽浙军务，负责抗击沿海倭寇前后达十年之久。

●海盗商人头目王直，后成海盗首领，与日本商人以及流亡武士、浪人勾结，不断侵扰明属沿海各地，到处烧杀抢掠。胡宗宪见倭患一时难以平定，便想出一个计策，派遣使者去近海岛屿离间和招抚海盗，让一个海盗首领徐海与另一海盗首领陈东之间相互猜疑，产生互不信任的矛盾。然后，诱使徐海绑缚陈东来献礼。然后，再包围本已有降心的徐海，致其投水而死。胡宗宪又派人劝降王直，放出已被关押的王直的母亲、妻子，使王直来到胡的府第请罪，并表示愿意效命抗倭。胡上疏赦免王直，可朝中有人坚决反对，胡为了自保，未去讲情，暗中通知按察司，将王直处死。结果，使王直本想归降的部属重新加入倭寇队伍，此后，倭寇侵扰沿海更加猖狂。

●胡宗宪负责抗倭十年，一有小胜就极力夸大，得到昏皇的奖赏，而遭到惨败，就一推六二五，从不承担任何责任，还得到皇上屡屡擢升。直到嘉靖四十一年，奸臣严嵩失势，胡宗宪终被指为严嵩同党遭弹劾革职、下狱，三年后死于大牢之中。

●胡宗宪在十年抗倭中也有一个不小的贡献，那就是他与幕僚郑若曾合作编纂了《筹海图编》一书。此书共十三卷，图文并茂，先载录舆地全图、沿海河山图；然后记述王官使倭略、倭国入贡事略及倭国事略；再依次记载广东、福建、浙江、直隶、登莱五省沿海郡县图、倭变图、兵防官考及事宜；最后编录倭患总编年表以及倭迹发合图谱。《筹海图编》在嘉靖年间即刊印发行，在当时是一部著名的防倭参考书，今天仍是研究明代中日关系、抗倭斗争和历史地理的重要史料。

抗倭英雄戚继光——明朝（世宗）时期

驱倭荡寇志恢宏，不为封侯愿海平。
编练新军磨勇猛，裁除旧法训机灵。
短长相倚共发力，轻重互彰同显能。
所向披靡经百战，功昭日月史镌名。

注释

●戚继光，明朝抗倭英雄，他出身军人家庭，年轻时目睹倭寇的野蛮行径，就立下宏大志愿，一定要荡平倭寇，保疆卫国。他曾以诗明志：『封侯非我意，但愿海波平。』表达了自己不图个人名利，只为靖海安民的崇高情怀和英雄气概。他还在一首诗中写道：『奋臂千山振，英声百战留。天威扬万里，不必侈封侯。』

●戚继光调到浙江御倭前线后曾任参将。他在实战中发现，当地卫所军士战斗力极差，靠这些人是不可能取得抗倭胜利的。于是，他向上级提出招募新兵，在一向尚勇好斗的义乌等地选拔武勇好汉三千多名，把他们编成新军，集中训练，着力提倡不畏强敌的英勇顽强战斗精神，使军士个个生龙活虎，士气十分高昂。同时，戚继光根据江南水乡泽国道路曲折、难于组织大规模阵地战的实际，着力改革旧战法，创造了一种新阵法——『鸳鸯阵』，大大提高了部队的机动性和作战能力，给倭寇有生力量以有效打击。

●所谓『鸳鸯阵』，就是将各种兵器集中在一个战斗小组里，长短兵器配合，彼此相倚，凭借战士的英勇顽强精神，类似游击战一样，机动灵活地作战。正是运用这种战法，戚继光在嘉靖四十年倭寇进犯台州时，率军作战，不到一个月，九战九胜，歼敌一千多人，救出被掠的百姓六千多人，大大鼓舞了浙江军民。因此，戚继光连升三级。戚继光还十分重视轻重火力搭配协同，在长短兵器交互使用的同时，配备了战船、火器和多种特殊兵器，真有些现代军队联合作战的味道。

●戚继光抗倭威名远扬，百姓都亲切地称他的军队为『戚家军』。戚继光抗倭转战浙、闽、粤等沿海各地十二年之久，指挥大小战役百余次，灭寇不计其数，仅福建横屿一役，先歼敌二千六百余，之后乘胜追击，连克六十营，再灭寇千余人。在消灭闽境内倭寇后，戚继光又挥师南下，与俞大猷并肩作战，肃清了广东一带倭寇残余。至此，长期困扰东南沿海地区的倭乱基本平定。戚继光在明代抗倭的历史上建立了不朽功勋。万历十五年，戚继光病逝，浙江、福建、山东等地的百姓为这位抗倭名将建立了许多祠堂，以缅怀他的功绩。

藏书大家范钦——明朝（世宗）时期

离任携书不带钱，爱藏如命誉江南。
多方购买集孤本，数载搜寻汇众函。
合并族存得扩量，录抄他储获开源。
建楼明号蕴深义，地六天一祈保全。

注释

●范钦，明代嘉靖年间的兵部右侍郎，他一生酷爱收藏书籍，在离任时，不像人家大车小车装满黄金白银，而是携带一捆捆书籍回家。由于收藏数量巨大，他所建的藏书楼被誉为『南国书城』，成为亚洲现存的最古老的图书馆和世界最早的家族图书馆之一。

●范钦先后在江西、福建、陕西、河南等地任职，他每到一地，都千方百计地购买善本、孤本，并到处搜寻各种版本典籍，把它们精心汇集在一起，日积月累，书籍的种类和数量越来越多，到他去世时，书量已居浙东之首，多达七万余卷，都是宋、元、明的刻抄本。其中尤以明代方志、政书、实录、诗文集数量为多，二百七十一种方志的百分之六十五是海内孤本，登科录、会试录和乡试录，有的为仅见之本，是研究明代政治、经济、人物等的珍贵资料。

此外，他还收藏了自远古至宋、元七百二十余种碑帖。

●范钦殚精竭虑地为藏书开源增量，为此，他一方面把侄子范大澈的藏书并入自己的藏书楼，还收购丰氏旧藏遭大火后的遗存；另一方面与江南另一位藏书大家王世贞互相借抄，以此获得新的书源。

●从嘉靖四十年起，范钦开始建造自家的藏书楼，命名为『天一阁』。此名蕴有深刻含义，它取自汉代郑玄注解《易经》中的『天一生水，地六成之』之语。历来藏书最怕失火，史上不少著名藏书楼都因火灾而毁灭。水能克火，既然『天一生水』，就可以防止火患，保证安全。天一阁楼上不分间，以体现『天一生水』之意。楼下分六间，应『地六成之』的说法，甚至在门、窗、书橱的制作上，也处处体现六、一之数。天一阁的建筑，在我国古代藏书楼建筑史上可谓首屈一指，后来的文渊阁、文澜阁均以天一阁为参照。

徐阶铲除严嵩父子前后——明朝（世宗）时期

通达宦海驭波涛，看准时机使狠招。
明葺皇宫除老鬼，暗操劾状剪青妖。
长谋仕道节节胜，善揣君心步步高。
无限风光难久驻，终遭对手捅一刀。

注释

●徐阶，明代世宗、穆宗年间曾担任首辅，此人深谙官场法则，善于应对各种变局，嘉靖三十一年入内阁，与大奸臣严嵩在阁共事十余年而安然无恙。但他非常善于捕捉对自己有利的时机，出狠手置敌于死地。嘉靖时期，严嵩以首辅把持朝政，恃宠弄权，并与另一个奸臣仇鸾相勾结，先后谋害了大臣夏言等多人。后来严、仇两人反目，在皇帝面前互相攻击。徐阶看到这是一个除掉他们的大好时机，便巧妙利用二人之间的矛盾，一方面使严嵩渐失宠信，同时，也借机除掉了仇鸾。

●正当严嵩被世宗逐渐疏远时，朝廷发生的一件事对严嵩又极为不利。原委是：皇上所居的永寿宫突然失火，世宗被迫迁居玉熙宫，而这里很狭窄，世宗想重新修复永寿宫。在征求严嵩意见时，严嵩认为重修不易，建议世宗迁于大内，大内原是景帝幽禁英宗的地方，因此世宗非常不满。而这时徐阶却坚决主张重修永寿宫，并让自己的儿子尚宝丞徐璠兼工部主事，具体负责修复工作。新修复的永寿宫更气派，世宗十分高兴。至此，徐阶地位日盛，而严嵩逐渐失势，终被勒令辞官，其子严世蕃也被贬谪雷州。严世蕃在被发配途中与其爪牙罗文龙逃脱。老谋深算的徐阶紧紧抓住这一机会，指使亲信罗列严嵩、严世蕃父子种种罪行，最后竟然将预先亲拟的奏疏让他们抄录上报，使世宗做出决定，终将严嵩削籍为民，并将严世蕃处死。

●徐阶长于计谋，仕途顺风顺水，尤其是他极善揣摩皇上的心思，并适时迎合。当年严嵩受宠信时，他『谨事嵩』；而世宗崇信道教，他『益精治斋词迎帝意』。正是这样，徐阶避免了严嵩的加害，又渐得皇上信任，终于扳倒严嵩父子，自己登上了首辅高位。

●嘉靖年间的首辅之争一直未断，至隆庆年间争斗有增无减。世宗死后，穆宗即位。这时徐阶的另一个敌手高拱开始与其较量起来，高拱欲夺徐阶首辅之位，加之过去高拱就怀疑徐阶暗中指使人弹劾过他，于是便罗罪徐阶『谤先帝』。高拱捅的这一刀，足以置徐阶于死地，加之徐阶对穆宗多有劝谏，穆宗已对其渐生不满，于是，徐阶只好于隆庆二年七月自请致仕，高拱终于当上首辅。

海瑞冒死上谏——明朝（世宗）时期

冒死上疏先备棺，诤言似剑指皇天。
猛攻心惑迷邪术，厉斥情偏宠恶奸。
痛骂伤民兴土木，激批荒政醉淫欢。
忠臣有胆君无道，岂允刚锋犯顶端？

注释

●海瑞，明朝嘉靖年间（世宗）的户部主事，他眼见皇上在邪路上越走越远，长期深居西苑，一心拜神求仙，不理朝政，大明王朝陷于一片混乱之中，便于嘉靖四十五年二月上了一篇言辞激烈、针针见血的奏疏，直指世宗的疮疤痛处。这种情况，在有明一代以来，从未发生过。当时曾偶有几位大臣上书讽谏，都先后被问罪逮捕。而这一次海瑞竟敢上奏此疏，事先是有一死以报国的思想准备的，于是，在上疏前特意给自己买了一口棺材，并与妻子做了诀别。

●海瑞的奏疏洋洋千言，他明确指出，皇上沉迷于求神拜仙而不理朝政的根源，就在于『心惑』，而宠信奸臣，打压忠良，则是由于『情偏』。他还引用了一些确凿事例说明神仙方术的欺妄，劝谏世宗幡然醒悟，洗清数十年来的积弊，重新振作起来，以求国家兴旺。

●疏中，海瑞还一针见血地揭露了世宗只知道搜刮民脂民膏，大兴土木，只知道沉醉于声色犬马的淫欢生活，而对于法纪废弛、吏贪官横、民不聊生、盗贼蜂起等严重问题不闻不问，二十余年不理朝政。

●海瑞的上疏极大地震惊了世宗，他在内心里也觉得海瑞忠心可嘉，但他本人早已昏庸无道，绝不允许朝臣犯上，何况海瑞挑战权力巅峰，几乎到了破口大骂的程度，怎可得到饶恕？再加上有人为海瑞说情，世宗就更加恼怒，于是将海瑞下狱。直到世宗病死，穆宗即位，海瑞方得释放。

李时珍与《本草纲目》——明朝（世宗—神宗）时期

遍览千家誓峻拔，攀山涉水苦寻查。
搜集请教勘虚假，鉴定甄别理混杂。
纲目相彰明要义，图文互配证精华。
二十七载潜心就，巨典辉煌绘晚霞。

注释

●李时珍，明代医学家、药学家，祖上几代从医，他深受家庭影响，孩提时就喜欢读医药书籍，并随父出诊。后来三次乡试不中，即决心不再追求功名，一门心思钻研医学。他发现传统的中医《本草》，从传说中的神农起，历经世代无数人多次补充，品类繁多，名目混杂，其中有许多错误。于是，李时珍遍览历史上近千种（八百余）医学书籍，决心要重新编纂一部新的本草，立志超越前人。同时，他尤其重视实地考察，从家乡湖北远行至江西、南直隶、安徽、河北等地，跋山涉水，不辞辛苦，哪里草密林茂，盛产药材，他的足迹就到哪里。

●李时珍在实地考察中，一方面广泛搜集标本，一方面虚心向当地各种职业的人请教，征集了许多民间治病的处方和经验。他还特别注重对各种药材、药方的分析鉴别，把虚假的东西剔除，把混杂的东西剥离，使各种药方、药物的性能更加真实、准确、可靠。嘉靖年间，有一段时间李时珍在楚王府任奉祠正，兼管医药之事，几年后，又转至太医院任职，在这里，他有机会查阅许多民间罕见的医药书籍，这使他的医药知识得到更大的丰富。

●由于李时珍不愿与太医院的那些制作所谓仙丹的人同流合污，便托病辞职。返乡后，他利用自己多年来积累的丰富资料，着手编纂书籍，取名为《本草纲目》，全书共分五十二卷，以药物的自然属性进行分类，矿物四部、植物五部、动物六部。加上『服器』，共计十六部。『部』下有『类』，『类』下有『种』，纲目相彰，深得要义。同时，还配以图解，把药物、验方的精华之处阐释得一清二楚。

●李时珍用了二十七年，含辛茹苦，潜心著作，三易其稿，直至万历六年才最终完成《本草纲目》。《本草纲目》全书共记载药物一八九二种，验方一一〇九六个，配图一一六〇幅，共一九〇万字。李时珍完成这部皇皇巨著时已是七十多岁高龄，他去世（万历二十一年，七十五岁）后，于万历二十四年方得刊行。以后，传入朝鲜及欧洲各国，先后被译成日、英、法、德、俄、朝鲜以及拉丁等多种文字，影响遍及全世界，被人们称为『东方医学巨典』。这恐怕是李时珍以自己的辛劳和聪明才智，绘就的最美丽的晚霞盛景。

杰出改革家张居正——明朝（神宗）时期

朝权在握勇撑天，利斧锋刀砍弊端。
饬政清衙三本账，查田并税一条鞭。
强防整备安明境，通市经商睦蒙番。
敢越雷池迎万箭，可悲十载化灰烟。

注释

●张居正，明代著名的政治家、改革家。他于嘉靖二十六年中进士，步入仕途任翰林院编修，亲眼看见明王朝日益腐败，立志要做『磊落奇伟之人，大破常格，扫除廓清』。由于得不到朝廷重用，七年后称病归乡。穆宗即位后，由徐阶推荐进入内阁参与机务。其间，张居正向穆宗上《陈六事疏》，建议在六个方面实行改革，摒弃弊端，重振纲纪。穆宗仅在位六年便去世，临终前，将高拱、张居正定为顾命大臣，辅佐太子朱翊钧（神宗）即位，改元万历。不久，张居正联合司礼太监冯保，将内阁首辅高拱赶下台，自己出任首辅。当时神宗只有十岁，朝廷大权实际操控在张居正手里，他在皇太后的支持下，一方面严格教育神宗，一方面『慨然以天下为己任』，大刀阔斧地在政治、经济、军事等方面推行改革。

●张居正针对朝廷官员贪腐成风的情况，首先从整饬吏治开始。为此，他推出一套『考成法』，即：要求各衙门设立三本账，一本为底本，一本分送六科，一本送内阁，由内阁稽查六科，再由六科稽查六部，对每一个官员『月有考，岁有稽』，全部记录账上。用这种办法考勤考绩，搞清官员的勤惰、贤愚，以决定进退和升迁，并裁减各部冗员十分之二三，使官员不敢玩忽职守，保证了朝廷号令畅通。在经济方面，张居正的一项重大举措是推行『一条鞭法』（所谓『鞭』，即『编』），就是通过查田丈量土地，将田赋、徭役等合并，统统收入一编，由地方官吏直接计亩征银。这就有力地抑制了豪强兼并土地，减少了胥吏从中层层盘剥，使国家财政收入大幅度增加。

●军事方面，张居正也采取了一系列改革措施：在整饬军务的同时，加强边境防务，任用如戚继光、李成梁等一批英勇善战、效忠王朝的守边将领，保证了大明边境的安宁。同时，对蒙古积极推行安抚政策，封蒙古俺答汗为顺义王。并通好互市，加强双边贸易，使蒙汉两族和睦相处。

●张居正的改革前后历时十年之久，其间遇到权贵和豪绅的重重阻挠。对此张居正有充分的思想准备，他曾坚定地表示：『哪怕前有陷阱，我也不受阻拦；哪怕万箭穿身，我也毫不畏惧。』由于张居正的改革触犯了既得利益集团，因此，在他于万历十年病逝、神宗亲政后，原来对他不满的大臣再次纷纷对他发起攻击。于是，张居正被革除封号，抄没家产，子孙或死或被发配。至此，张居正含辛茹苦取得的十年改革成果顷刻化为乌有。这正是在那种制度下改革者的极大悲哀。

张居正为子谋科场高中——明朝（神宗）时期

改革赢誉耀光环，为子登科却滥权。
罗致学才明布势，疏通路径暗操盘。
先攫榜眼惹非议，再取状元激恶言。
以柄授人留铁证，狂风大作遂凋残。

注释

●明朝万历年间名臣张居正，通过大刀阔斧的十年（一五七三—一五八二）改革，取得了显著成效，赢得了极大声誉，史称『海内肃清，边境安全』，国库也得到迅速充实。但张居政在执政期间，也有些滥用职权为己谋私的不正当行为，特别是为两个儿子科考进入鼎甲不择手段，引起朝野的一片非议，留下了很不光彩的一页。

●当时明朝已形成『非进士不入翰林，非翰林不入内阁』的朝政格局。为使儿子们将来能进入朝廷核心层，张居正多方网罗有才学之人，巧妙布局，为其儿子作赶考陪衬。同时，寻访当地名士，如沈懋学、汤显祖等，暗中操盘，打通关节，虽然汤显祖予以拒绝，但因沈懋学和礼部侍郎何雒文、主考官高启愚等人的积极配合，终于达到目的。

●张居正通过周密策划，上下运作，次子张嗣修于万历五年（一五七七，丁丑年）考试时，高中榜眼（明代经殿试取中进士的第一等为一甲，共三人，称状元、榜眼、探花），三子张懋修在万历八年（一五八〇，庚辰年）高中状元，长子张敬修也在这一年中进士。张家三子，金榜一揭，立即引起朝野强烈非议、讥讽和攻击，人们议论纷纷，到处传言『丁丑无眼，庚辰无头』。一时间，张居正陷入负面舆论的重重包围之中而十分被动。

●这时，因张居正改革而利益受损的政敌，借追查科场之事，开始向张居正下狠手。待到两年后张居正病死，立即刮起了一场强大的反张风暴。有人告发何雒文为张嗣修、张懋修代撰殿试策，有人揭发高启愚在主试时与张居正暗通，透露考题。这些都成为张居正不可反驳的罪证。于是，后来张家被满门籍没，其子弟全部削职，长子张敬修自缢身亡，时为翰林院编修的张嗣修与其叔叔张居易等一起被发配。这种悲惨结局是张居正生前绝对没有预料到的。

汤显祖与剧作『临川四梦』——明朝（神宗）时期

秉笔抒怀蕴性灵，临川四梦露峥嵘。
讥时入骨一腔恨，颂爱倾心满目情。
慨叹人生多晦暗，哀戚世道少光明。
绝思曼妙开奇境，艺苑奇葩永艳红。

注释

●汤显祖，明代著名的文学家、戏剧家，万历十一年中进士。他刚直不阿，不趋炎附势，只做过几年小官，就归乡隐居，写出了传奇剧作《南柯记》、《邯郸记》、《紫钗记》、《还魂记》（又名『牡丹亭』）。因汤显祖为江西临川人，写出的『四记』均与梦境有关，故称为『临川四梦』。又因他反对复古、拟古和封建礼教，强调以情动人，把传奇文学创作提到了一个前所未有的新高度，故成为明代中后期『性灵派』的重要代表人物。

●汤显祖在《南柯记》和《邯郸记》中，借淳于棼将几十年的宦途化作一梦和卢生在梦中经历荣华富贵、迁谪、遭捕等过程，深刻揭露了官场的黑暗、人情的险恶和人生无常、富贵功名的空虚，给官场时弊以极大的讥讽，释放了自己对时弊的满腔愤恨。在《紫钗记》和五十五出长篇传奇剧《还魂记》（『牡丹亭』）中，汤显祖倾注心血，热烈歌颂了李十郎（李益）和霍小玉、杜丽娘和柳梦梅忠贞不渝的爱情，对封建势力和封建伦理进行了无情鞭挞。

● 《临川四梦》愤世嫉俗，慨叹人生坎坷无常，哀戚世道黑暗不公，表达出对现实社会的深刻批判。

● 《临川四梦》的创作，采用浪漫主义手法，多让魂游梦中。特别是《还魂记》，情节独特，唱词感人，其中的『惊梦』、『寻梦』、『魂游』等折，曲辞优美，佳句连篇，开拓出一个崭新的境界，在戏曲发展史上产生了极其深远的影响。

神宗荒政——明朝（神宗）时期

方启风帆遂落锚，激情泯灭避辛劳。
沉欢盛宴贪佳馔，淫乐深宫戏美娆。
建殿修陵兴土木，弛纲废礼拒臣僚。
为君荒政二十载，接踵危机自乱朝。

注释

●明朝万历十年，首辅张居正去世，神宗（朱翊钧）亲政后，立即清除了张居正和太监冯保的势力。起初几年，神宗信心十足，曾有过励精图治的表现，但没过几年便激情泯灭，再也不想付出辛劳经国理政了。

●神宗整日沉浸在花天酒地之中，日夜饮酒行乐，常常酩酊大醉，要起酒疯来还会杀人。有一位官员上疏劝谏，他一怒之下将那位官员贬为平民。同时，神宗荒淫无度，后宫养了数以千计的美女，每年都派人到民间搜罗选美，以供他极尽淫乐之事。

●神宗还有另一个嗜好，就是喜欢营建。他不顾国力衰微、民间疾苦，强征赋税，大肆搜刮民脂民膏，以满足自己修陵建殿的需要。张居正死去的第二年，他就迫不及待地亲自率领文武百官和一批方士，去京郊天寿山明皇陵一带寻觅风水宝地，筹建他死后的陵园，而这一年他才二十一岁。神宗对大兴土木乐此不疲，经常下诏搞大型工程，每次用银动辄千万，把国家财政搞得捉襟见肘。神宗无心经理朝政，为此，他甚至公然废弛朝廷纲纪礼制，连对祖宗太庙祭祀等大礼都一概抛弃，至于研读经史、经筵讲席等活动早就全部免除。由于他长期罢朝，文武百官很少有机会当面奏事，即使是亲信顾问的内阁大学士也难得见他一面。万历二十四年四月，朝廷要出兵援朝抗倭，这样的重大事情，大学士赵士皋紧急求见都未能实现。而中央及州府官职空位，长期得不到补员，更是司空见惯。

●神宗二十余年不上朝，致使吏治败坏和官僚机构混乱，亘古罕见。所以，万历朝政治极度腐败、社会危机深重是必然的。

赵南星等与癸巳京察（万历二十一年）——明朝（神宗）时期

衔命京察力秉公，黜留升降尽厘清。
敢迎强势唱黑脸，勇避亲情关绿灯。
严考德行明善恶，实核绩效辨能庸。
君昏臣佞天无日，正不压邪路怎通？

注释

● 明代万历二十一年是为癸巳年，考功郎中赵南星和吏部尚书孙鑨、左都御史李世达受命主持『京察』。所谓『京察』，是明朝政府考核京官的一种制度，始行于洪武初年，规定两京（北京、南京）五品以下官员六年考察一次，每逢巳、亥年举行；四品以上京官由皇上钦定。通过京察，搞清京官的实际情况，以此作为罢黜、提升、降职的依据。

● 赵南星、孙鑨、李世达三人一向以廉直著称，赵南星做事尤为认真。他们领命后，严格秉公，不徇私情，对不称职的官员，无论位置多高，权力多大，都敢唱黑脸，绝不留情面。就连大学士赵志皋的弟弟也被坚决罢黜。当时，首辅王锡爵想荫庇一些人，但赵南星等绝不买账，一律照章办事。赵南星等三人，在京察中以身作则，即或对亲属也一视同人，对有错者绝不迁就，把绿灯通通关闭。赵南星的姻亲、给事中王三余，孙𫓩的外甥、文选员外郎吕允昌首先被毫不留情地罢斥。

●赵南星等三人在考核中，严肃认真，深入细致，既考核官员的德行，又考核官员的政绩，以此分出善恶、能庸，为朝廷任用官员提供翔实可靠的材料。

●可是，因赵南星等三人的举措，触犯了以王锡爵为首的阁臣们的利益，王等奸佞向赵南星三人发起疯狂进攻，在神宗面前诬陷孙、赵专权结党。昏庸的神宗帝不问青红皂白，只听信王锡爵等人的谗言，许多朝臣出面为赵南星等辩解，都无济于事，赵被连降三级，后被削职为民，孙𫓩悲愤交加，以病由退休还乡。万历二十一年的京察，本来是公认的最为公正的一次，然而，秉公者却遭到昏君佞臣的残酷迫害。自此之后，王锡爵等借机把吏部的正直官员全部排挤出去，使得奸佞们更无所顾忌地胡作非为。

『异端』李贽——明朝（神宗）时期

自谓异端独道行，轻薄孔孟敬阳明。
非将二子作神圣，不把六经当准绳。
敢破世俗抨伪礼，勇张人性倡真情。
童心化剑劈枷锁，暗夜风雷震耳聋。

注释

●李贽，明代著名的思想家、文学家。他以『异端』自居，在社会普遍尊崇孔子、孟子的儒家学说的时代，他反其道而行之，对孔、孟抱着轻蔑的态度，而对王守仁（阳明先生）的哲学思想则敬重有加，并深受其影响。

●李贽认为二子（孔子、孟子）并非是什么圣人，《论语》、《孟子》只不过是当时他们的弟子随笔记录的一些只言片语，有头无尾，得后遗前，多半不是什么圣人之言，哪里称得上『万世之至论』？至于『六经』，更不能把它作为判别是非的准绳。他指责道学家对孔子的盲目崇拜是『一犬吠影，众犬吠声』，他说，孔子也是人，没有什么可怪的，如果千年以前没有孔子，难道人们就不活了吗？

●李贽还有一个特别之处，就是猛烈抨击虚伪的封建礼教，主张『人有男女之分，而见识高低则没有男女之别』。他极力赞同寡妇再嫁，对程朱理学所谓的『饿死事小，失节事大』进行严厉批判，并从人性的角度提倡男欢女爱的真情，大力张扬『自然之性』。

●李贽在王守仁『心学』影响的基础上，逐渐形成了自己的『童心说』，『童心』即是『真心』，就是与虚伪相对立的真实思想感情。他以此为武器，直抒胸臆，走出一条离经叛道之路，他的思想中包含着许多合理、进步的因素，这在风雨如磐、暗夜漫漫的世道之下，无疑是冲击思想禁锢，振聋发聩的一声惊雷。

顾宪成与东林党人——明朝（神宗—明亡）时期

不阿权贵犯皇尊，聚首东林汇众君。
风雨声声皆入耳，家国事事尽关心。
高扬节义勇担道，猛挑奸邪甘舍身。
涉陷党争罹大难，云翻浪卷四十春。

注释

●顾宪成，明代后期的东林党人，他博学多才，胸怀大志，二十七岁考中乡试第一名。万历八年考中进士，开始入仕，先后在户部、吏部及地方州县任职。顾宪成刚直不阿，屡犯权贵甚至皇上，很不合神宗心意，于万历二十二年被削籍为民。返回故乡后，顾宪成致力于读书讲学，为此，他修复了无锡城东的东林书院，并汇聚其弟顾允成和同郡的高攀龙、叶茂才、安希范、刘元珍，以及武进的钱一本、薛敷教诸君，一起讲学，此八人被时人称为『东林八君子』。

●东林书院讲学的内容十分广泛，如『参身心密切』、『叩诗书要义』、『考古今人物』、『商经济实事』、『究乡井利害』等。他们特别要求讲习者必须关注『国事世道』，积极评判时政，强调躬行实践，为国家和百姓的利益鼓与呼。

顾宪成曾写下一副对联：『风声雨声读书声声声入耳，家事国事天下事事事关心。』十分精妙地诠释了东林书院的宗旨。

● 以顾宪成为首的东林书院人特别重视气节，大力培养勇担道义、敢挑奸邪、不畏强权的精神，且注重身体力行。如杨涟、左光斗、魏大中、周顺昌、黄尊素、缪昌期、李应昇等，都是重气节、讲大义之人，以英勇不屈、慷慨赴死的精神，与阉党进行毫不妥协的斗争。

● 明代后期，朝廷腐败，党争纷起，东林书院人也被牵入党争，他们被称为『东林党人』。当时，以魏忠贤为首的阉党驾驭昏君，把持朝政，无恶不作，把矛头直指东林党人。但东林党人毫不退让，与阉党进行着你死我活的斗争。如万历三十九年京察案、熊廷弼案及梃击、红丸、移宫三案，东林党人都挺身而出，慷慨陈词，据理力争，遭到阉党不遗余力的打击。宦官魏忠贤专权后，更是对东林党人狠下毒手，大肆杀戮禁锢，一时间东林狱案，惨绝人寰。直到崇祯初年，惩治了魏忠贤及其党羽，被黜的东林党人才逐渐翻身。从东林结社到明亡，恰好四十年。这四十年间，东林党人受尽磨难，他们的名声却流传后世。

神宗因偏私引发立储之争——明朝（神宗）时期

长子嗣承为正传，只因偏爱惹麻烦。
本该遵制立封储，却故犯规迟定盘。
拒纳群言一地怨，恣行孤意满廷寒。
明争暗斗多冤狱，延宕竟达十五年。

注释

●明代万历年间，因立储引起一场激烈的君臣之争。按惯例，皇长子被立为储君，以备将来名正言顺地继承皇位，但神宗大婚后长期没有子嗣，直到万历十年，皇长子朱常洛才出生。可朱常洛的母亲王氏原为太后宫中的宫女，因神宗私幸生下朱常洛。再加上神宗宠爱的郑贵妃于万历十四年也生下了皇子朱常洵，神宗对常洵偏爱有加，暗暗打算立其为皇太子，而欲将朱常洛排斥在外。于是，在立储一事上，惹出了极大麻烦，君臣之间引起激烈争论。

●册立谁为太子，实为关乎『国本』的大事，群臣感到必须遵循『有嫡立嫡，无嫡立长』的祖制，应册封朱常洛为太子。而神宗却寻找种种理由，故意拖延，迟迟不立。

●万历十四年二月，内阁首辅申时行上疏，要求立皇长子为太子。神宗则以长子尚年幼为由，推说等两三年后再行册封。其实，神宗是不想立长子，只是因为没有合适的理由，所以一再拖延。与此同时，神宗决定进封郑妃（常洵之母）为皇贵妃。朝臣明白神宗之意，又有人上疏提出应在郑妃之前将恭妃（常洛之母王氏）晋为贵妃。神宗见疏，十分恼怒，将上疏者统统贬谪。神宗公然违制，朝臣怨声载道。郑妃进封皇贵妃后，愈加受到宠幸，神宗的日常起居多由她安排。于是，臣僚猜疑她有意图谋立自己儿子为太子。万历十八年正月初一，首辅申时行等乘神宗召见之机，又一次提出立太子之事，仍遭到神宗的拒绝。申时行见状又建议皇长子年已九岁，应出阁读书。神宗知道他们是什么意思，绝不松口。十月，群臣再次联名上疏请立太子，神宗勃然大怒，将诸臣全体停俸。但神宗迫于压力，只得同意次年册封。到了次年，皇上毫无册立之意，不少官员又重提立储。结果有的被削职，有的被廷杖，逼得申时行、王锡爵、许国等不是辞职而去，就是告病回乡。

●立太子之事前后延宕了十五年之久，最后在太后的压力和群臣的强烈呼吁下，一直拖到万历二十九年，朱常洛才正式被立为东宫太子。这期间，不少臣僚因主张遵循祖制而遭罢官和吃冤狱。从历史上看，立储之事历来伴随着残酷争斗，但像万历朝这般旷日持久历经磨难的却十分罕见。

恶官、名家董其昌——明朝（神宗—思宗）时期

以势欺民若恶妖，毫情墨韵却堪标。
奇绝书绘两朝秀，独到赏析一代骄。
广取诸家流异彩，深融各派领风骚。
官衙文苑非同等，常有德低才气高。

注释

●董其昌，明代万历十七年进士，曾任编修、湖广副史、太常寺少卿、南京礼部尚书等职，历仕神宗、光宗、熹宗、思宗四朝。董其昌自恃高官显位，与其子在乡里为富不仁，以势欺民，残害无辜，被民众骂为『兽宦』、『枭孽』，酿成命案后，终于引发万余人围困其家，将其宅邸一火焚之。虽然董其昌作恶多端，可在书法和绘画上却十分著名，成就斐然，堪称当时书画界的一个标杆。

●董其昌的书法和绘画以及书画鉴赏，在明末和清代名声极大。尤其是他创造性地以禅宗南北派比附绘画，将整个画界分为『南北宗』，为后世画作赏析和评论提供了基本框架，可谓绝思骄人，这也是他对绘画理论的一个重大贡献。

●董其昌在绘画上广取诸家，远师董源、巨然、黄公望，其画讲究笔情墨韵，画格清润明秀。在书法上工楷、行、草

书，初学颜真卿，后上溯晋、唐、宋诸家，字体秀媚巧妙，墨色变化丰富，用笔率意自然，流畅中兼有生涩之趣，与邢侗、米万钟、张瑞图并称『明末四大书家』。

●董其昌一方面是个人格极低、罪行累累的恶徒，一方面又是称绝一代、才艺极高的大书画家，这看似不可思议。其实，政坛与文坛并不能完全等同，人品低劣而艺术水准高超的人在历史上并不少见，如宋代的蔡京是个大奸臣，却也是书法大家。

宋应星与《天工开物》——明朝（思宗）时期

屡落孙山遂转型，潜心技艺著恢宏。
数门工种皆诠释，诸项农方尽阐明。
倡导科学祛假象，破除迷信探真情。
秉持实用多独创，立传无缘却永恒。

注释

●宋应星，明代著名科学家。他出身世代为官的家庭，万历四十三年考中举人，且名列前茅，后来多次应试，却始终未能考中进士。渐渐地，宋应星对科举失去兴趣，转而潜心研究实用的生产技艺。崇祯（思宗）七年，宋应星出任江西分宜县教谕，公务之余，他着手著书立说。经过三年努力，到崇祯十年，终于写出并刊行了《天工开物》一书。此书可谓皇皇巨著，共三卷十八篇，全面系统地记述了中国古代农业和手工业的生产技术和经验，对当时和后世都影响深远。

●《天工开物》涉猎的内容十分广泛，包括：作物栽培、养蚕、纺织、熬盐、制糖、酿酒、陶瓷、舟车制造、石灰烧制、造纸、采矿、冶炼等，书中诠释翔实，并配有精美的雕版插图。在农业方面，书中的不少内容甚至超过了同代学者徐光启的《农政全书》，如『膏液篇』中列举十六种之多，其中许多是《农政全书》中没有的。对农耕各种方法的阐释，更是细致入微，如在『乃粒篇』中关于『麦』的记载，明确指出江南、江北麦子开花的时间差异；同篇对水稻在水、旱不同环境下适应能力也做了详细论述。此外，介绍的有机肥的培养、蚕种杂交变种的方法等，都具有重要价值。

●宋应星在《天工开物》中大力倡导科学，致力破除迷信。比如，长期以来人们将夜晚田野上出现的光亮看成『鬼火』，《天工开物》则明确告诉人们那是磷火，根本没有什么『鬼火』。这对于迷信盛行的社会，无疑是一道撕裂黑暗的闪电。

●宋应星著作《天工开物》，始终以『实用』为宗旨，目的在于推动生产技术的发展。在这个过程中，他十分注重创新，取得了骄人的成果，如『冶铸篇』中的『蜡铸法』，至今仍属高级技艺。宋应星一生没做过大官，因而《明史》没为其立传。但他的《天工开物》无疑是一座历史丰碑，被翻译成日、法等文字，介绍到西方，成为世界了解中国古代科学技术发展全貌的重要文献，宋应星的名字连同他的著作，永远深植于人民心中。

近代科学的先驱徐光启——明朝（神宗—思宗）时期

实学致用系苍生，开眼向西堪首称。
翻译几何师外教，编修历法借夷风。
众说博采书农政，独见频出论本宗。
贡献非凡多领域，中华世代尽虔恭。

注释

●徐光启，明代著名的科学家、农学家，他心系国计民生，主张实学致用，是明清实学中的科学派代表人物，也是先于清代林则徐二百多年的放眼西方世界的第一人，成为名副其实的中国近代科学的先驱者。

●万历二十八年，徐光启结识了意大利传教士利玛窦，以其为老师，学习西方科学知识。二人合作翻译了古希腊数学家欧几里得数学著作《几何原本》（前六卷）。徐光启把欧洲书籍译成汉文，由此引起世界的极大关注。除数学之外，徐光启还广泛涉猎西方天文、测量、历法、水利等诸多方面，如饥似渴地学习、钻研。他还在研究我国古代天文历法的基础上，吸收西方大量的人文知识，主持编撰了《崇祯历书》（因徐去世而搁浅）。

●徐光启在科学上最突出的成就是花了数十年时间，编修了一部浩大的农学著作《农政全书》。他本着博采众论、独抒己见的理念，论证了农业是衣食之源、强国之本的重要思想，对一系列技术成果多有精彩、独到的见解。全书选辑和引述了历代农业文献达一百三十余种，并通过亲自实验，进行了大量的鉴别和补充。《农政全书》共六十卷，分农本、田制、农事、水利、农器、树艺、蚕桑、蚕桑广类、种植、牧养、制造、荒政十二类。这部著作不仅发展了中国古代的农学，而且记录了生物科学知识，既集中国传统农学之大成，又引进了西方科技成果，在中国古代科技史上占有十分重要的地位。

●徐光启的科学研究，在众多领域中都有不凡的贡献，他以自己的一腔热血，在科坛上建立了卓越功勋，成为中华民族的骄傲，永远被世代追思景仰。

奇人徐霞客——明朝（神宗）时期

钟爱山川弃政坛，行国大半数十年。
千重峻岭千般险，万丈深渊万道难。
详考岩情析地貌，精勘水脉溯流源。
双足作笔书绝唱，旷世奇人史赫然。

注释

●徐霞客（徐弘祖，字振之，号霞客），明代伟大的地理学家。他十五岁参加一次童子试，没考取，毫不沮丧，但从此自断入仕从政的念头，立志考察名山大川。他在母亲的支持下，以超人的毅力，走遍今天的江苏、浙江、福建、山东、河北、山西、陕西、河南、湖北、湖南、江西、广东、广西、四川、云南等地，饱览各地风光，深入细致地考察地理、地质情况，不间断地进行了三十多年。

●在考察中，徐霞客经历了难以想象的艰难困苦，途中险象环生，时刻面临生死考验。一次，在湘江遇上盗匪，他跳入水中，险些溺死，多亏有人搭救，方得获生。有人劝他回归家乡，他却说：『厄难何所惧，何处不埋尸骨？』

●徐霞客登山必达顶，探洞必至幽，他做事严肃认真，穷本溯源。他在云南、贵州、广西等地考察溶蚀地形，对各种地貌进行了石峰、环洼、石梁等的详细分类，记录洞穴走向、高深、宽乍，并对溶洞、钟乳石、石笋等的成因做了科学分析。这是世界上岩溶地形考察的最早文献。他还深入西南山区，考察金沙江，发现这条江真正发源于昆仑山南麓，比岷江长一千余里，纠正了《禹贡》中记载的错误，并弄清了长江的真正上源。

●徐霞客游走大半个中国，以双脚为笔，写下了千古绝唱《徐霞客游记》。有人称赞说：『徐霞客乃千古奇人，游记乃千古奇书。』此称誉，为徐霞客及其书当之无愧。

努尔哈赤统一诸部起兵反明——明朝（神宗）时期

甲胄十三作底钱，挥戈靖内振威严。
凌攻古勒刀锋展，劲扫海西捷报传。
整饬本族承旧统，慑服他部启新盘。
开国定号应天命，怀恨反明揭战帘。

注释

●努尔哈赤，清朝的奠基者，后金开国之君。明万历十年，其祖父、父亲被明军杀死，努尔哈赤向明廷提出质问，明廷称为边吏『误杀』。为安抚努尔哈赤，明廷任命他做建州左卫指挥使。努尔哈赤审时度势，自知现有实力不是明军对手，便强忍悲痛，卧薪尝胆，以待将来复仇。当时，女真族分为建州女真、海西女真、野人女真三部，每一部中又分为若干小部。努尔哈赤所属的建州女真就有苏克素护、哲陈、浑河、栋鄂、完颜五部。努尔哈赤想到，要想自己的实力壮大起来，首先必须把建州诸部统一。于是，在一五八三年，他凭借祖上遗留下的十三副兵甲，在赫图阿拉西南的呼兰哈达开始了创业历程。万历十四年，努尔哈赤挥师进攻避居在鄂勒浑城的苏克素护部首领尼堪外兰（他怀疑是尼堪外兰受明廷指使杀死其祖父和父亲），将其擒杀，不久就控制了苏克素护部。一些部落见此状开始转投努尔哈赤。至万历十六年建州女真的五部先后被努尔哈赤征服。在这个过程中，努尔哈赤彰显了威严，终使建州诸部统一在他的旗帜之下。

●统一建州女真之后，努尔哈赤把目光投向了其他部的女真。万历十九年，海西女真叶赫部首领纳林布禄向努尔哈赤进行敲诈不成，发起进攻，他纠合九部组成联军分三路进攻努尔哈赤。努尔哈赤抢先占领要地古勒山，采取设伏兵、诱敌深入之策，将敌引入包围圈，使叶赫部的一首领布斋中箭丧命，接着斩敌四千余人，大败九部联军。古勒山一役，海西女真势力大减。之后，努尔哈赤不断扩大战果，接连取胜，捷报频传，至万历四十一年，海西女真的大多数部落被努尔哈赤所征服。

●通过一系列兼并战争，努尔哈赤逐渐统一了女真各部。万历三十一年，努尔哈赤在苏子河畔修建了赫图阿拉城（今辽宁新宾），成为女真的政治、经济、文化中心。努尔哈赤还对自己家族进行整饬，创设了一个新姓叫『爱新觉罗』（『爱新』是『金』的意思；『觉罗』即『族』），表明他要承续旧金朝，以此号召与组织整个女真族，开拓新的局面。

●万历四十四年正月，努尔哈赤在赫图阿拉城开国称汗，定年号为天命，国号大金。接着，努尔哈赤以『七大恨』召开誓师大会，把矛头直指大明王朝，从此揭开了反明战争的序幕。

努尔哈赤与明军决战萨尔浒——明朝（神宗）时期

直面明军大讨征，沉着谋势计于胸。
他从四路分头进，我向一方聚力攻。
断道驰援歼杜部，回师蒙诈灭刘兵。
倾巢对阵决高下，战略格局遂变更。

注释

●明朝万历四十六年，努尔哈赤统一女真各部，建立了后金政权后，便大规模举兵反明，接连克明数城，就连号称『天险』的明重要边城清河，也被其攻破。面对此种局面，明王朝在全国范围内调集号称四十七万的兵力（实际只有十万），于次年二月，对努尔哈赤进行讨伐。而努尔哈赤则大略在胸，沉着应战，终于以少胜多，将明军挫败。

●明军在兵部右侍郎杨镐的经略下，以开原总兵马林、山海关总兵杜松、辽东总兵李如柏、辽阳总兵刘綎为统帅，分四路向努尔哈赤发起进攻。努尔哈赤审时度势，采取了『凭你几路来，我只一路去』、集中优势兵力各个击破的作战方针。明军实际兵力十万，四路一分，每路仅二三万人马。而努尔哈赤只留兵五百抵挡明南路军，却以六万之众向西迎敌，首先在兵力上占有极大优势。

●努尔哈赤派代善、皇太极二子率兵前去迎敌，自领四万五千人包围萨尔浒（今辽宁抚顺东，离赫图阿拉百余里，是后金的一大门户），与明军杜松部短兵相接，战斗异常激烈。杜松作战勇猛，但容易轻敌，终被努尔哈赤打败。之后，努尔哈赤急速驰援代善和皇太极。明军见后路已被切断，顿时军心大乱，结果杜松战死，西路军全军覆没。接着，努尔哈赤乘胜追击北路军，马林部不堪一击，他只身逃走。坐镇沈阳的明军经略杨镐得知西、北二路皆败，急令南、东二路停止进攻。而东路刘綎部不知其他路的情况，仍率部挺进三百余里。这时，努尔哈赤迅速回防，猛攻刘綎，试图使其退兵，但刘綎仍然驱兵激战。努尔哈赤想出一条妙计，让士兵打着杜松的旗帜，穿明军衣甲，欺骗刘綎。刘綎中计，当发现时为时已晚，终战死军中，至此，明东路军也彻底崩溃，杨镐见势不妙，慌忙下令李如柏率南路军撤回沈阳。

●萨尔浒大战是明与后金进行的一场决战，双方都倾尽全力。通过这一战役，战略格局发生了根本性的变化，明朝由战略进攻转为战略防御，并开始节节后退。

名将熊廷弼冤死——明朝（神宗、光宗、熹宗）时期

有职无权两手空，多方掣肘满途荆。
他出谬策可行畅，我具良谋难走通。
兵败西平飘血雨，魂失北镇卷腥风。
丢疆佞种非究罪，守土英豪却遇凶。

注释

●熊廷弼，明朝名将，性情刚烈，有胆有识，英勇善战。万历二十六年中进士，擢御史，万历三十六年任辽东巡抚。他曾多次上疏，对明军将帅在辽东的做法不满。杨镐在萨尔浒战役惨败后，朝廷任命熊廷弼为兵部侍郎兼右佥都御史，率军赴辽东与后金作战。熊廷弼刚出关，就传来开原、铁岭失守的消息。于是，他日夜兼程，赶赴前线，整顿军务，造战车、治火器，浚河缮城，仅数月余，便守备严固。正当他全力整饬辽东军事之时，朝中他得罪过的一些人向他发起攻击。泰昌（光宗）元年，他遭朝臣弹劾，被免去职务。第二年，沈阳失守，不久辽阳又陷落。这时，朝廷复召熊廷弼，令其防守山海关。同时任命王化贞为巡抚。熊廷弼虽身为辽东经略，却有职无权，所有的决策和行动都受制于根本不懂用兵之道却狂妄轻敌的巡抚王化贞。

●在辽东战事上，熊廷弼与王化贞各有主张。熊据战局实际，提出三面布防之略，而王则要全线出击，分兵屯守，并吹牛说给他六万兵马，即可一举荡平后金。由于熊廷弼无实权，其正确主张不能得到贯彻，而王化贞荒谬决策却大行其道，结果使明军遭受不可挽回的巨大损失。

●后金军渡辽河后并没有直接围攻广宁（北镇），而是直指广宁的前哨西平，目的是引诱广宁兵南来。王化贞狂妄自大，果然中计，派兵到西平、镇武等城堡设防。战斗进行得十分激烈，明军三千将士全部阵亡。副总兵罗一贯自刎殉国。后来，明援军三万又覆没于西平附近的沙岭。明军暗中投金的叛将中军孙得功逃回北镇后，以流言蛊惑人心，使北镇陷入一片混乱，王化贞被人挟持仓皇西逃，北镇落入后金手中，最后，明军以惨败之状退入关内。

●广宁一战，以金胜明败告终。明廷追究弃守失疆之罪，熊、王均被处以死刑。其间，阉党魏忠贤一伙乘机对熊廷弼进行大肆诬陷。天启五年，熊廷弼含冤赴死，临刑前他写下绝命诗一首：『他日傥拊髀，安得起死魂？绝笔叹可惜，一叹天地白。』以表达自己的愤懑之情。

袁崇焕苦战宁远获大捷——明朝（熹宗）时期

怒抗撤防发誓言，孤军奋战卫城垣。
诱降难撼忠国愿，陷困非移守志磐。
炮似雷鸣一地惨，石如雨注满天寒。
大捷宁远伤金主，首败强敌义不凡。

注释

●袁崇焕，明代万历年间进士，熹宗时任兵备佥事，官至佥都御史、辽东巡抚。天启二年，大学士孙承宗接替主张撤出关外的王在晋经略辽东，放手让时任兵备佥事的袁崇焕整饬军务。袁崇焕兴工修建宁远城（今辽宁兴城），构筑牢固防线，使金军不敢轻易挑衅。然而这时明廷内部党派纷争加剧，孙承宗受到阉党魏忠贤排挤被迫去职，接任的是阉党成员高弟。此人既不懂兵法，又胆小怕事，极力要撤销关外防线退守山海关。袁崇焕据理力争，认为『锦州、右屯防线动摇，宁远、前屯震惊，关内就失去了保障』。但高弟一意孤行，不容袁崇焕多言，命令其放弃宁远，撤兵入关。袁崇焕坚决不从，发出铿锵誓言：『我在这里当官，就是要死在这里，绝不离开！』高弟见状，只好自顾自地下令将守御锦州、右屯、大小凌河、松山、杏山、塔山诸城的兵力全部内撤，而袁崇焕岿然不动，孤军坚守宁远。

●后金主努尔哈赤见明军易帅，想乘机发起进攻，遂于次年正月发兵十三万，连下锦州、松山、大小凌河、杏山诸城。袁崇焕苦守宁远孤城，撤入关内的高弟坐视不救。这时，努尔哈赤向袁崇焕招降，袁则坚如磐石，断然拒绝道：『义当死守，岂有降理？』继续组织军民准备与敌决一死战。

●金军四面围城，袁崇焕与满桂、祖大寿等率军英勇抗击，向敌施放箭石。但敌军攻势凶猛，眼看就要攻上城墙。此时，袁崇焕令部下发射西洋巨炮，霎时似炸雷震天，石如雨注，尘浪翻滚，后金兵将腾空乱摔，纷纷逃窜。努尔哈赤见金兵死伤累累，急红了眼，下令继续攻城，但伤亡越来越大，最后只得宣布撤兵。

●宁远保卫战，袁崇焕以与阵地共存亡的决心，将后金军挫败。据说在此役中努尔哈赤被炮石击伤，不久伤发而死。宁远大捷，是明朝对后金作战以来取得的第一个胜利，其意义非凡。由于袁崇焕功勋卓著，战后，朝廷擢拔他为佥都御史，高弟被撤职。不久，朝廷又命袁崇焕巡抚辽东，镇守宁远，担负起守卫辽东的重任。

梃击案——明朝（神宗）时期

持梃袭宫惹沸扬，揭开内幕尽知详。
国戚授意罗鹰犬，阉宦寻机放虎狼。
明纵狂徒出狠手，暗谋奸计使毒肠。
本是夺储惊天案，却掩实情把祸藏。

注释

●『梃击案』是明朝后期在朝廷内部各派政治力量斗争中发生的三大案（其他两案：红丸案、移宫案）之一。万历四十三年五月的一天，突然有一男子手持木梃（棍棒）闯进太子朱常洛居住的慈庆殿，击伤数名内侍，继续向里面冲去，一路不断用木梃伤人，直到大殿檐下才被擒住。此事件立即震动宫廷，一时舆论哗然。接着朝廷派人对此案进行调查。开始，巡视皇城御史刘廷元因与福王朱常洵之母郑贵妃交情很深，故意将行凶者说成是患疯癫病之人，想以此将案子压下。后来，刑部主事王之寀在探询行凶者后得知，此人叫张差，精神完全正常，是因有人背后给了他好处，受人指使去干的这件事。这就把矛头指向了早想让自己亲生儿子朱常洵取代太子朱常洛的郑贵妃。

●案件已真相大白。可神宗宠爱郑贵妃，心里十分矛盾。迫于舆论压力，只好决定会审。事件的内幕越弄越清，原来是郑贵妃及其弟郑国泰授意太监庞保、刘成，收罗、豢养张差三年，答应他除掉太子后，可给他田地，让他有吃有穿，享受好日子。正是在这个背景下，张差才装疯卖傻，大打出手。

●郑贵妃一伙一方面放纵狂徒，让他用木梃随意伤人，另一方面紧锣密鼓策划取而代之之策，自觉得如意算盘打得很精明，可万万没有想到被张差的棍棒揭了老底。

●事已至此，郑贵妃十分害怕，她立即转换手法，去哀求太子。太子见事情牵连到郑贵妃，既很吃惊，又不想把事态扩大，就请皇上快些结案，不要株连。这正合神宗心愿，因为他太宠爱郑贵妃了。于是，就上演了一场亲情戏，神宗当朝拉着太子的手，表白父子感情多么深，太子多么孝，并指责群臣离间他们父子关系，致使群臣只好叩头谢罪。这样，一个阴谋夺储的惊天大案便草草收场，郑贵妃及其团伙毫发未损，岂不知却为以后埋下了祸根。

红丸案——明朝（光宗）时期

新皇纵欲受疾缠，一命呜呼两粒丸。
市井八方传怪论，宫廷四处走流言。
猜疑佞辅操台后，指控庸医演幕前。
可有恶妃参案内？阴霾密布起谜团。

注释

●明万历四十八年七月，太子朱常洛即位，是为光宗，年号泰昌。新皇帝因纵欲过度，重疾缠身，难以痊愈。他所宠幸的李选侍（西李）以近侍皇上为由，入住光宗寝殿。而西李与郑贵妃暗中交结密切，曾替郑妃请封皇太后，因群臣反对未果。光宗得病日渐加重，此时首辅大臣方从哲举荐鸿胪寺官李可灼，说他有奇效药丸。随即光宗服下一粒，身体觉得舒服许多。于是，李可灼又献上一丸，由太监崔文昇送上。结果光宗昏睡不醒，次日凌晨竟然死去。

●光宗登基仅月余，便因两粒红丸驾崩，引起朝野上下极大震动，四面八方议论纷纷，各种流言不胫而走，出现极度混乱的局面。

●有不少官员将光宗之死归咎于李可灼。而这时，方从哲却利用拟遗诏的机会，对李可灼进行赏赐。这就引起朝臣的强烈不满。御史王安舜首先发难，说方从哲故意错荐庸医，致皇上以死，方从哲是李可灼的后台，而李可灼只是按方从哲之命在幕前施行而已。此时，弹劾方从哲等人的奏章接二连三，有的指责太监崔文昇是郑贵妃的心腹，故意用泻药损害光宗身体，有的指责李可灼进红丸，致光宗死，罪不容诛，而方从哲的庇护更是罪不能赦。

●红丸一案搞得整个朝廷沸沸扬扬，可是一直没有结果。直到熹宗即位后的天启二年四月，礼部尚书孙慎行上疏继续追究方从哲进红丸罪，直指方为『弑逆』，要求立即正法。但最后李可灼被判流刑，崔文昇被贬放南京，而方从哲仍未判罪。在这一重大案件中，郑妃是否参与其中，她与方从哲、李可灼又是什么关系，人们只是有种种猜测。当时政局如阴霾满天，这中间有什么奥妙和玄机，外人是很难搞清楚的。

移宫案——明朝（熹宗）时期

庶母赖宫天不容，拒绝移所隐狰狞。
名曰抚嗣撑龙椅，实为专权擅御廷。
激怒老臣揭暗幕，惹翻新主罪奸行。
虽驱厉鬼波方落，尚有凶妖浪复腾。

注释

●这是明朝末年宫廷的又一宗大案。光宗死后，太子朱由校即位，是为熹宗。熹宗还是太子时，对光宗的李选侍（西李）言听计从，李氏本人怀有极大的野心。按规制，光宗去世，李氏非嫡非亲，应立即撤出乾清宫（天子居住之所，当初李氏因侍候光宗病体而进入的），但她赖着不走，并与心腹太监魏忠贤密谋要挟皇长子，其目的是要把未来的皇帝掌控于股掌之中。

●李氏号称抚养皇太子，实际是想专权擅政。这一阴谋，朝臣看在眼里明在心上。

●光宗刚去世，李氏就提出要与皇长子朱由校一起居住在乾清宫，企图控制这个十六岁的皇位继承人。她还让朝廷官员把奏章先交给她看，然后才转给朱由校。这引起众大臣的强烈不满，纷纷上疏加以反对。御史左光斗言辞激烈地指出，李选侍既非太子嫡母，更非亲生之母，俨然居正宫，殿下反退处慈庆宫，这于名分悖逆。并揭露李氏的险恶用心，是借抚养之名，行专制之实，有似唐代武则天的闹剧重演。后来，刘一燝又质问赞同李氏的首辅方从哲，为何移宫之事一再拖延。可李氏还是继续赖着不走。直到太子登基的前一天，大臣杨涟又力促移宫，再次指出李氏『托保护之名，图专擅之实，宫不可不移』。在群臣的一再催促下，李氏不得已搬出了乾清宫。但事情到此并未结束，围绕着移宫之案的斗争仍在继续。左光斗、杨涟等，又先后上疏，陈述移宫始末。新即位的熹宗，出于自身利益的考虑，传谕内阁，历数李氏犯有要挟封皇后、企图垂帘听政等种种罪行。这样，移宫之案才算了结。

● 李氏被驱逐了，这无疑是铲除了朝中的一大祸害，一场风波得以平息。但这样的日子只是暂时的，因为朝廷党争不断，越来越残酷，特别是阉党魏忠贤之流，继续兴风作浪，大明政局不可能稳定下来。

阉宦魏忠贤受宠专权——明朝（熹宗）时期

手辣心毒善奉承，后宫掀浪又前廷。
欺蒙瞶主操国柄，豢养恶僚结党朋。
五虎五彪施酷狱，十孩十狗造冤刑。
竟然无耻称神圣，亘古难寻大蛀虫。

注释

●魏忠贤，明代熹宗年间作恶多端的大太监。他于万历朝入宫，手辣心毒，极善于阿谀逢迎，先取信于太监魏朝，后又与太子（光宗之子，即后来的熹宗）的乳母客氏私结，在宫中地位迅速上升。熹宗上台后，本来目不识丁的他却当上秉笔太监。接着他与识字的司礼太监王体乾等人结党，又与客氏先后除掉太监魏朝、王安等，很快在后宫形成强大势力。这时，熹宗已厌恶朝政，不再信任朝臣，而亲近身边的宦官。魏忠贤抓住机会，便从后宫走到前庭，开始了更大规模的为非作歹。

●魏忠贤极善权术，他把与东林党人作对的许多人拉到自己一边，很快结成一个以他为首的邪恶集团，人们称之为『阉党』。天启四年四月，已获得兼掌东厂大权的魏忠贤借中书汪文言被劾一事，大力打击东林党人。同时，欺蒙皇上，在客氏与皇上的庇护下，阉党的势力大大加强。以后，魏忠贤更加有恃无恐，变本加厉地打击、镇压异己，并将自己的同党安插在各个要害部门，借以操纵国政。当时，在内宫有王体乾、李朝钦、王朝辅等三十余人，与魏忠贤朋比为奸。在外廷，从内阁、六部到四方总督、巡抚，也遍布魏阉的私党，整个朝廷全部被阉党所控制。此外，他还将几个养子、养孙皆封伯封侯，分别加太子太保、少师、太师等衔。

●魏忠贤结成的朋党中，有一群最为凶恶：文官有崔呈秀、田吉、吴淳夫、李夔龙、倪文焕五人，号称『五虎』；武臣有田尔耕、许显纯、孙云鹤、杨寰、崔应元五人，号称『五彪』。同时，还有所谓『十孩』、『十狗』、『四十孙』等大小爪牙。这些家伙，按照魏忠贤的旨意，到处打击异己，大施酷刑，制造冤狱，残害无辜，搞得整个朝廷邪恶横行，毫无正义。

●魏忠贤在熹宗宠信和庇护下，把朝廷搞得乌烟瘴气，国将不国。可是，竟然有阿谀奉承之徒为其建『生祠』，以彰其『功』。自浙江巡捕潘汝桢在杭州西湖边为魏忠贤建第一座生祠起，生祠很快遍布全国。建祠之人极尽吹捧之能事，竟然称魏忠贤『尧天地德，至圣至神』，将他与孔子比肩。如此这般，居然得到了熹宗的许可，真是亘古未有的荒唐之事！

杨涟冒死弹劾魏忠贤——明朝（熹宗）时期

一纸弹劾怒火熊，惊天动地骇朝廷。
刀刀捅肺揭真相，箭箭穿心列罪行。
勇挑皇权拔妄佞，甘担道义尽忠诚。
君昏政乱戕良士，万众鸣冤唤大洪。

注释

●明代熹宗朝天启年间，奸宦魏忠贤把持朝政，无恶不作。多有良知之士，如左光斗、魏大中、李应昇等，屡屡上疏抨击阉党，但都遭到魏阉的残忍报复。天启四年六月，左副都御史杨涟，又以极大的愤怒，不顾生死，上疏一纸弹劾状，向魏忠贤及其党羽进行义正词严的声讨，一时引起朝廷上下的极大震动。

●杨涟在疏状中，针针见血，刀刀捅肺，直击魏忠贤阉党的要害，彻底揭露他们凶恶残酷的真面目。同时，以无可辩驳的事实，如利箭穿心般地历数阉党胡作非为的二十四项大罪，如：迫害忠良，擅揽朝政；结党营私，草菅人命；违背祖制，阴谋叛逆；等等。并指出，魏忠贤擅权已到了倾动天下的地步，请求朝廷迅速将其逮问治罪。

●杨涟深知魏忠贤的后台是当朝皇上，但他不畏皇权，勇担道义。当有人劝他躲避锋芒早日辞官时，他明确表示，

『只要能对国家有利，生死可以不顾』，仍然义无反顾地与魏忠贤阉党进行坚决斗争。

●熹宗十分昏聩，对魏忠贤言听计从，魏忠贤借汪文言冤案，把杨涟等六人逮捕，熹宗却不分青红皂白，立即将杨涟下狱问罪，终被魏党施以残刑，于天启五年七月惨遭杀害，时年五十四岁。杨涟被捕之日，士民数万人拥道呼喊，一声声哀号大洪（杨涟号大洪）的名字，为其鸣不平，祈愿他能够生还。但君昏政乱，阉党横行，杨涟难逃厄运。直到思宗即位，其冤案方得平反昭雪。

魏忠贤残酷打击东林党——明朝（熹宗）时期

为剿东林制录刊，猖狂缉斩遍奇冤。
如能趋附尽得宠，若敢抗争皆受煎。
编造诬言夺六士，罗织罪状害七官。
封杀舆论拆书院，代以生祠颂恶阉。

注释

●明代天启年间，大太监魏忠贤权势日隆，擅权乱政，草菅人命，无所不用其极，令人发指。以东林党人为主的一批正直官员对其进行猛烈抨击。而魏忠贤在熹宗的庇护下，对东林党人进行残酷报复。为此，他指使党羽，编制了东林党人的大量黑名单和黑材料，企图置东林党人于死地。如：其死党魏广微与顾秉谦作的《缙绅便览》，崔呈秀作的《同志录》、《天鉴录》等，此外还有《东林党人榜》、《东林朋党录》、《东林籍贯录》等。他们把这些逐一刊印进行公布，以此为依据，到处抓捕东林党人，制造了无数冤案。

●魏阉党十分凶残，顺我者昌，逆我者亡，能够趋附于他们的，都得到提拔重用，如：徐兆魁、乔应甲、孙杰、王绍微、霍维华、阮大钺等。而敢于对他们进行抵制抗争者，或罢官，或刑狱，或致死，如大学士叶向高、万燝、陈于廷等。

●魏忠贤打击东林党人，手段十分残忍。天启四年有一姓傅的给事中与魏忠贤的外甥勾结，诬陷内阁中书汪文言，并涉及左光斗、魏大中等东林党人，汪文言被廷杖夺职。次年三月，御史梁梦环迎合魏忠贤心意，再兴汪文言之狱，将汪逮至京城，并牵连杨涟、左光斗等二十余人。汪文言宁死不屈，阉党成员许显纯就亲自动手，伪造诬陷之词，说杨、左等收受贿赂。不久，杨涟、左光斗、魏大中、袁化中、周朝瑞、顾大章六人被捕，顾大章自杀，其余五人惨死狱中（『前六君子』）。天启六年二月，阉党在魏忠贤授意下，又伪造太监李实奏疏，给七位东林党人加上暗杀罪名而大兴冤狱，施以严刑拷打，七人（称『七君子之狱』）或自杀，或被害。

●魏忠贤一伙，为了钳制舆论，压制民心，毁掉了东林党人讲学的所有书院，严禁人们评议时政，形成了万马齐喑的沉闷局面。书院被拆毁，却用魏忠贤的无数生祠取而代之，借以为其歌功颂德。

苏州五义士——明朝（熹宗）时期

庶民担道护东林，敢抗淫威泣鬼神。
怒骂奸贼狂矫旨，激抨阉党乱抓人。
挺身说理杀旗尉，聚众鸣冤捣府门。
大义薄天甘赴死，虎丘碑祭颂英魂。

注释

●明朝天启六年二月，魏忠贤阉党再兴大狱，遣旗尉（朝廷官吏的名称）在苏州逮捕东林党人周起元、高攀龙、周顺昌、缪昌期、黄遵素等人。周顺昌原为吏部主事，为官颇得民心，因不满魏忠贤阉党横行，仗义执言而获罪。他直呼魏忠贤恶名，骂不绝口，魏一心想把周置于死地。苏州百姓以颜佩韦、杨念如、周文元、马杰、沈扬等五人为首，聚集数万人，发起保护东林党人周顺昌的行动。他们执香请命，对阉党的凶神恶煞毫不畏惧，其大义凛然，惊天地泣鬼神。

●愤怒的民众当面质问阉党成员、巡抚毛一鹭抓人的圣旨应出于朝廷，怎么会出于东厂？这种乱抓人的行为明显是魏忠贤的矫旨行为。于是，群情更加激愤，纷纷涌向旗尉，与他们发生冲撞。

●愤怒人群喊声震天，情绪激昂，顿时如山崩海啸，当场打死两名旗尉，其余的仓皇逃跑。接着，大家直冲进官府衙门。毛一鹭见势不妙，吓得躲了起来。后来在苏州知府寇慎（百姓认为他是个好官）的极力劝阻下，才逐渐散去。

●事件过后，周顺昌还是被乘夜带走，后来死于狱中。毛一鹭向朝廷报告，说『吴人尽反』。朝廷派军队进行残酷镇压，五义士一身浩然正气，『挺身自投』，终于全部罹难。第二年，魏忠贤失势，阉党被诛灭，苏州市民把坐落在虎丘的魏忠贤生祠拆毁，在该处安葬了『五义士』，并立了『五人之墓』碑。复社领袖、文学家张溥撰写了《五人墓碑记》，祭祀和歌颂『五人』不畏阉党淫威、高扬道义的伟大精神，墓碑记中，张溥追述了当时的事件，十分感慨地指出：『大阉之乱，缙绅而能不易其志者，四海之大，能有几人欤？而五人生于编伍之间，素不闻诗书之训，激昂正义，蹈死不顾，亦曷故哉？』

明军宁锦大捷——明朝（熹宗）时期

咽喉要道必夺争，大战在即纷砺锋。
此处酣时忙筑垒，彼方度势速合兵。
拥城死守一腔血，列阵强攻遍地缨。
胜负均由谋略定，明捷宁锦败天聪。

注释

●明朝天启七年（后金天聪元年），后金大汗皇太极派大军入侵朝鲜，以解决腹背之患，为西进攻明做准备。此时，明朝也想乘宁远之胜和皇太极新即位之机恢复辽东。这样，作为辽东通往关内的咽喉要道的宁远、锦州地区，便成了后金与明朝在战略上的必争之地。对此，交战双方都有清醒认识，各自抓紧时间厉兵秣马，以迎大战。

●明朝方面，以袁崇焕为首的一些抗金派，乘后金进攻朝鲜之时，加紧筑城固垒，以备坚守。而皇太极认为，明朝宁锦防线的城堡一旦筑就，将严重威胁后金的生存。于是，当机立断，把刚结束征朝的大军迅速集结起来，力图抢在明城堡筑成前一举攻克宁锦地区。

●后金军在皇太极统率下连夜急行军，直趋大凌河、小凌河、锦州、右屯卫。大、小凌河和右屯卫因城未修好，明军撤入锦州。五月十一日，后金军进抵锦州城外，开始大举攻城。守城的明总兵赵率教与太监纪用、副将左辅、朱梅等据城固守，战斗异常惨烈，双方激战整整一天，后金军伤亡巨大，只得退兵五里扎营。皇太极怀着为父报仇的愤怒，一面继续发起进攻，一面派人去沈阳调集援军，想以集中兵力围锦之策，引诱明军来援，借此时机，发挥骑射的野战优势，进而歼灭明军。明经略辽东的袁崇焕识破了皇太极的意图，坚持采取坚壁清野的策略，同时派祖大寿率四千精兵绕到敌后进行袭击，以牵制后金军。战事持续到二十五日，后金军已对锦州攻打了十四天，但毫无进展，而且伤亡越来越大。这时，后金沈阳援军已到，皇太极便令只留少数部队在锦州，其余数万人，由他亲自统领，全力向宁远发起攻击。袁崇焕率众将士登城坚守，排列火炮猛烈射击，致敌不能近城。皇太极仍不认输，亲率诸贝勒誓死进攻，结果是贝勒济尔哈朗、萨哈廉都被重创，皇太极只好下令退兵至二十里外。这时，明锦州守军乘势出城作战，后金军游击拜山，备御巴希被射死。宁远城固难攻，锦州腹背受敌，二十九日，皇太极无奈从宁远撤军。

●宁锦之役，以明胜后金败而告终。明在这一战役中，实施了正确的策略，凭借城郭坚固、储备充足、将士齐心，使后金大汗皇太极一败涂地。这是明朝继宁远大捷后对后金的又一次重大胜利。

崇祯帝清算阉党——明朝（思宗）时期

心存大计面装谦，掩恨藏锋作静观。
熟势未达非动色，良机已到必除奸。
严惩首恶平诸怨，痛打帮凶雪众冤。
有意振纲求旺运，却无方略再回天。

注释

●明代天启六年八月，熹宗死去，遗诏其弟信王朱由检嗣位，改元崇祯，是为思宗。崇祯在做信王时，就对魏忠贤一伙阉党的为非作歹强烈不满，可当时他只能冷眼旁观。而今登基执政，欲除掉以魏忠贤为首的阉党，以求廓清朝廷，重振纲纪。但他觉得魏党势力十分强大，因此，决定暂时采取韬光养晦之策。为麻痹魏阉，在接熹宗遗诏时，故意装出一副诚惶诚恐的谦卑之状。而后，又与魏忠贤虚与委蛇，做出随顺的样子。

●崇祯审时度势，在铲除魏党时机未成熟时，不管遇到什么情况，他总是不动声色，即或魏党内部有人反水、其他臣僚不断上疏弹劾，也不表态。直到嘉兴贡生钱嘉徵历数魏忠贤犯上弄权、乱政害民等十大罪状时，崇祯看到良机已到，于是，当机立断，迅速采取一系列措施，对魏党进行穷追猛打，直至彻底根除。

●崇祯令大学士韩炉、李标等，拟定阉党逆案名单，先拟出四五十人，崇祯不满意，又扩大范围，把内廷、外廷所有助纣为虐者一一纳入，接着，严惩首恶魏忠贤、客氏（熹宗帝养母），以谋反大逆之罪处以磔刑，将其余恶徒分六个等级定罪，并在每个人的姓名下注明罪行，然后刊布天下。同时，为先前被迫害死难的东林党烈士一律平反昭雪，幸存的东林党人先后被重新起用。

●崇祯帝即位时年方十七，早就对朝廷靡风盛行、国势日衰忧心忡忡，而今登基执政，便想大展宏图，重振朝纲，以求国旺。但是，由于他性格偏狭，疑心过重，再加上为集权而控制百官，又重蹈其兄熹宗的覆辙，同样宠信宦官，使内外廷纷争不止。所以，想挽狂澜于既倒的雄心，最终化作泡影，大明王朝终于在其手里覆亡。

复社会盟——明朝（熹宗—思宗）时期

目睹朝官日渐庸，会盟结社自发声。
贤达浪涌规模盛，才俊云集品位精。
崇尚实学祛瘴气，摒除空论促清风。
欣然暗夜微光闪，不幸罹殃遂灭灯。

注释

●明朝天启、崇祯年间，文人结社逐渐增多，意在研究时艺，揣摩风气，以求科举成功。当时以揭露阉党顾秉谦而名扬天下的娄东（江苏太仓）、张溥最为显赫，他联合当地名士成立文社，取名复社。张溥目睹朝中公卿『不通六艺』，庸碌无为，便决心举行江南、江北各路文社的会盟，提出自己的主张，发出自己的声音，力图重振学风，匡正时弊。

●崇祯二年，张溥会同名士杨廷枢、夏允彝、陈子龙等，在江苏吴江的尹山举行各地文社会盟。崇祯三年又举行了金陵（南京）大会。而于崇祯六年在江苏召开的虎丘大会，更是规模空前，各地文社的贤达如潮水般涌来，与会者数千人，被认为是三百年来从未有过的盛况。这些与会者，才俊如云，品位极高，都堪为当世精英。

●参加复社的文士，征集各地文章，汇为文集，称为『国表』，通报各地风气，同时扩大自身影响。复社成员，秉持忧国忧民的情怀，极力推崇『实学』，摒除空疏之论，力开一代新风。他们在研讨文章之外，还关心时政，指出世道的各种弊端，给人耳目一新之感。

●由于当时朝野党争十分激烈，阉党余孽仍暗中兴风作浪，因此，复社也卷入了门户之争，被马士英、阮大铖诬为『嗣东林』、『小东林』加以打击迫害，致使在暗夜里的这几缕光亮，很快就熄灭了。但复社会盟所提倡的实学，对晚明文人士大夫还是产生了不小的影响。

毛文龙被袁崇焕诛斩以肃军纪——明朝（思宗）时期

自恃功高肆纵狂，督核不受丧天良。
内结奸党明攀树，外附凶番暗跳墙。
虚报兵员吞府库，偷输物品饱私囊。
目无军法多端恶，忽落花翎致命亡。

注释

● 毛文龙，明朝崇祯年间总兵官，为总督蓟辽的兵部尚书袁崇焕下属，受命抵抗后金，驻守与朝鲜一水之隔的登、莱大海之中的东江（皮岛）。他曾在与后金军作战中立下战功，明廷屡赐褒奖，累加至左都督，挂将军印。此人自恃势强，恣意妄为，不甘受袁崇焕监核节制，骄狂至极，严重影响了军令畅通。

● 毛文龙心理十分阴暗，对内，他与朝中阉党魏忠贤之流相互勾结，狼狈为奸，想依靠奸党，获得朝廷支持；对外，则暗中『跳墙』，里通后金，想依附敌方，给自己留条后路。

● 毛文龙还公然虚报兵员数额，坐吃空饷，侵吞国库，并且在岛上广招商贩，从事走私物品活动，借以中饱私囊。

● 袁崇焕上任后，看到毛文龙无视军法，胡作非为，为节制他的恶劣行为，曾奏请在宁远设饷臣，以控制粮饷。毛文龙对此极度不满，上书抗议。为此，袁崇焕从抗金大局计，决心除掉毛文龙。崇祯二年，袁崇焕以阅兵为名，将毛文龙逮捕，宣布毛不受监核、奏报欺罔、侵盗粮饷、口出狂言、大逆不道、交结阉党、私通外番等罪状后，将其斩于帐下。毛文龙拿军法当儿戏，有令不行，有禁不止，自恃背后有权势隆天的阉党头子魏忠贤做靠山，不可一世地嚣张至极。可他万万没有想到会落得如此下场。临刑前，他如梦方醒，连连叩头，请求开恩。但罪孽铸成，为时已晚。古往今来，多行不义必自毙，这是一条谁也逃不脱的历史法则。

后金军奔袭北京——明朝（思宗）时期

更新战略走偏锋，三路出击举冷攻。
迂绕明防突隘口，直穿蒙部打都京。
夺城克垒从捷始，溃阵折师以败终。
千里奔袭虽受创，敌方内幕却摸清。

注释

●明朝崇祯元年，袁崇焕被明廷任命为兵部尚书、蓟辽督师，兼督天津、登、莱一带军务后，着重加强宁锦的防卫力量。此举使后金感到要突破明宁锦防线向前推进，必付出巨大代价。于是，后金大汗皇太极决定调整、更新战略，避开明军正面，借道蒙古科尔沁部，从侧面兵分三路，由北往南，越过长城，直奔北京，给明廷以突然袭击。

●明崇祯二年（后金天聪三年）十月，皇太极亲率大军从沈阳出发，携归降的蒙古各部，绕过明正面防线，从喜峰口突入塞内，随后，左翼自龙井关（今河北遵化东北）、右翼从大安口（今河北遵化西北）、中路从洪山口逾边墙直入长城。

●后金军一路势如破竹，连克蓟州、三河、顺义、通州，直逼北京，开始作战十分顺利，取得了不小战果。面对后金军的突然兵临城下，明廷官员顿时惊慌失措。崇祯帝立即令袁崇焕回师救援，战敌于广渠门外，后金军遭重创，蒙古喀尔喀、札鲁特部兵马被击败后溃逃。后来，明军在孙承宗指挥下，又猛攻永平、滦州、迁安、遵化四城的后金军，后金军迅速溃败。至此，后金首次入塞之役以失败告终。

● 后金皇太极统兵千里奔袭明都北京，虽然吃了败仗，无功而返，但是这次行动却使后金对明廷政治腐败和内地兵力的虚实，有了真切的了解，因而更激发了后金入主中原的雄心。

袁崇焕遭冤杀——明朝（思宗）时期

国衰日甚露峥嵘，屡建卓功赫晚明。
宁锦挥师防要塞，京畿溃虏解危情。
复仇番主行奸计，泄恨朝臣促厉刑。
罹罪多端蒙大难，奇冤助异毁长城。

注释

●袁崇焕，明朝末年著名将领，于万历四十七年中进士。当他还是福建邵武知县时，就十分关注北方辽东战局，对国势衰颓、明军屡败于后金军、丢失关外大片土地痛心疾首。为此，他认真探究边塞事务，虽身在南方，却对北方边境情况了如指掌。后来，袁崇焕经人举荐进入朝廷，官阶渐升，遂露峥嵘，成为辽东抗击后金军的主要统帅之一，并屡建军功，声名煊赫晚明朝野，被世人所尊崇。

●袁崇焕建立的功勋主要是：领导和指挥了宁远、锦州大捷，致使后金突破明关外防线的行动屡屡受挫，提振了军民抗敌的信心。再就是，崇祯二年，后金皇太极统兵突入明都北京城下，远在宁远的袁崇焕率军回援，给后金军以沉重打击，使京城解除了危机。

●后金大汗皇太极把袁崇焕看成是他实现攻明战略的最大障碍，再加上袁曾与其父努尔哈赤交战，致其父重伤后死亡，心中久淤深仇大恨，所以，皇太极总想把袁崇焕置于死地而后快。于是，皇太极大施反间计，派人制造谣言，说袁崇焕密通后金，暗中助敌进攻北京。此计一出，果然奏效，崇祯帝本就多疑，并联想到袁崇焕擅杀毛文龙，便立即将袁下狱问罪。这时，一向与袁崇焕有过节的毛文龙同党、内阁大学士温体仁接连五次上疏，力请诛袁；平时与袁有很深矛盾的兵部尚书梁廷栋也乘机落井下石，终使袁崇焕陷入绝境。

●崇祯三年，袁崇焕被加上『通虏谋叛』、『擅主和议』、『专戮大帅』、『失误封疆』等诸多罪名，被处以磔刑，分尸于市，并籍没家产，流放妻子、兄弟。抗金屡建卓功的大英雄，就这样蒙受了不白之冤，广大兵将无不为之心寒。从此，明朝国势日衰，灭亡已近。后人评说明廷冤杀袁崇焕，实为『自坏长城，为敌复仇』。

『闯王』李自成——明朝（思宗）时期

驿卒怀恨反朝堂，速振雄威做闯王。
度势蛰伏磨利刃，寻机奋起展锋芒。
严军饬纪兴兵马，消馑开仓放饷粮。
直捣京都登帝位，方迎旭日便夕阳。

注释

●李自成，明朝末年农民起义领袖。崇祯三年，朝廷大量裁减驿卒，李自成在被裁减之列。此前，他曾向一举人借过高利贷，现在已无力偿还，于是被借贷人抓入县衙，并被戴枷游街，后因朋友相救，方得脱逃。在他被抓时，其妻被一衙役霸占。旧恨未除，新恨又至，李自成满怀深仇大恨，决定投奔当地义军，开始了反抗朝廷的活动。他先是随张存孟作战，张败后，他又投奔了舅舅、『闯王』高迎祥。李自成作战十分勇敢，且有谋略，在单独领兵后，大败官军总督陈奇瑜，连克七州县，雄威大振。后来，各路义军采纳李自成多路出击的方案，摆脱官军合围。崇祯九年，高迎祥在战斗中被擒处死，李自成便被部众推为『闯王』，成为义军的新领袖。

●崇祯十一年，李自成接连遭到官军优势兵力的合击，所部伤亡极大。在这种情况下，他会同八将，突出重围，隐伏于陕西商洛山中。在这里，他收拢余部，整顿人马，鼓舞士气，总结教训。经过一段时间的准备，寻机又打出『闯』字大旗，并召数万饥民入伍，离开陕、鄂、川边界，向河南进发，一路上从者如云，声势浩大，屡获胜利。崇祯十四年正月，李自成义军进攻河南首府洛阳，生擒崇祯帝叔叔、福王朱常洵，并将其处死。这一仗的胜利更极大地鼓舞了士气。

●李自成重新崛起后，严明军纪，秋毫无犯，深受百姓欢迎，使得队伍不断壮大；同时，义军每到一地都开仓放粮，赈济饥民，为此，百姓传唱歌谣：『开了城门迎闯王，闯王来时不纳粮。』

●面对节节胜利，李自成于崇祯十七年正月在长安宣布建国，定国号为大顺，年号永昌。一个月后，他便挥师直指明都北京，并在当年四月二十九日于武英殿登皇帝位。可是好景不长，入北京仅四十一天，就在清军的强大攻势下，不得不撤出，后来被害于湖北通山县九宫山中。真可谓是朝日刚见，就入夕阳了。

张献忠复起屡败官军称帝后即亡——明朝（思宗）时期

蓄略佯降避祸殃，待机重起撼八方。
伏兵猛打折良玉，设计奇袭败嗣昌。
威扫官衙除恶佞，恩泽庶舍赈灾荒。
大军压境忙称帝，宛若流星遂逝光。

注释

●张献忠于明末崇祯三年在陕西米脂县发动农民起义，成为义军另一重要首领。明廷对起义军展开大规模围剿，在重兵合击下，义军损失极大。至此，负责南畿、河南、山西、陕西、湖广、四川军务的明廷官员熊文灿，用拉拢手段，先后招降了起义军多个头目。张献忠则就势假装投降，避免祸殃，保存实力，以图东山再起。他将部队分屯四处，把谷城牢牢控制在自己手中，并向熊文灿索要十万兵马的粮饷，同时，加紧练兵，研究阵法。经过一段时间的修整和训练，张献忠兵强马壮，粮秣充足，抓住机会，于崇祯十二年五月六日，在谷城重新起兵，一时声威大震，使朝廷十分棘手。

●张献忠率部迅速攻克谷城周边数县，七月，他与罗汝才在房县罗睺山设下伏兵，对明军主力左良玉部进行猛烈攻击，将其击溃，杀敌万余人。九月，明廷命崇祯帝的亲信、大学士杨嗣昌以囤积大量粮饷的重镇襄阳为依托，欲集中兵力包围张献忠、罗汝才，聚以歼之。张献忠想出妙计，令部将李定国带二三十精骑，扮成官军模样，在襄阳城门砍死卫兵，夺得军符，并与早已混入城中假装成商人的义军相策应，形成里应外合、内外夹攻之势，将襄阳城一举攻下，活捉明襄王朱翊铭，并将其处死，终使杨嗣昌围剿计划彻底破产。

●张献忠的义军纵横驰骋，成功奇袭襄阳后，又转战河南、湖北、安徽，后移师湖广。崇祯十六年，张献忠西进，一路连克黄梅、广济、蕲州、蕲水、黄州、麻城，又攻取汉阳、武昌，捉拿了楚王朱华奎，列数他种种罪状后将其沉入长江。在攻打各地的过程中，张献中部每到一地，都开仓放粮，散发银两，赈济灾民，同时还免征、减征税负，深得民众的欢迎。

●张献忠率部东征西讨，取得了一个又一个胜利。不久明军大兵压境，他权衡再三后，决定由荆州西经夔州进入四川，杀了蜀王后，于崇祯十七年十一月在成都正式称帝，国号大西，年号大顺。但好景不长，两年后，张献忠率部北上抵御清军，在南充凤凰山中箭身亡，几年后，这支义军被清军剿灭。

洪承畴降清——明朝（思宗）时期

率师援锦抗强番，战术遭非尽化烟。
弃甲折兵超五万，丢骑丧马近七千。
炊息粮断虽无望，阵破身囚却不甘。
难抵清君多魅力，喟然长叹受招安。

注释

●洪承畴，明末蓟辽总督。明崇祯十三年（清崇德五年，一六三六年皇太极在沈阳称帝，定国号为大清，改元崇德），清帝皇太极派郑亲王济尔哈朗、贝勒多铎率兵前往锦州北九十里外的义州屯田和修筑城堡。同时，命亲王大臣轮番出师，进攻杏山、松山、宁远、锦州一带，意在摧毁明朝山海关外的宁锦防线。次年，清军便开始攻打锦州。在锦州频频告急之时，明廷令洪承畴率吴三桂等八总兵、十三万大军驰援锦州。此时，清军已将锦州团团围住，洪承畴采取步步为营、稳扎稳打之战术，屡败清军，皇太极急得忧愤呕血。可这一战术却遭到兵部尚书陈新甲等人的非议，并一再派人催促洪承畴紧急进兵，结果使明军陷入极大的被动。

●洪承畴只好率六万人马进抵松山，与清军形成对抗态势。可皇太极却在松山与杏山之间横截大路，掘开深沟，割断了松山、杏山之间的联络，切断了明军退路。同时，派兵攻打塔山，缴获明军大量粮饷。清军还布下疑阵，使明军阵营大乱，又因退路已断，明军更加惊慌失措，一些将领纷纷率部由沿海逃向杏山、塔山方向。清军乘夜追击，明军在黑暗中自相践踏残杀，弓甲遍野。当时正值涨潮，葬身大海者不计其数。洪承畴率部左右突击，均未奏效。此一役，明军伤亡惨重，损兵折将五万三千余人，毙马近七千匹，从杏山以南至塔山，一路看去，尸横遍野，海中浮尸漂荡。

●洪承畴在松山几次领兵突围，均未成功，从此不敢再战，坚持半年之久，在粮饷殆尽，军民陷入绝境，且有内奸的情况下，松山陷落，洪承畴被俘。

●被俘后，洪承畴拒绝清重臣范文程的劝降，态度刚硬，大骂不止。可清君皇太极却十分冷静，亲自到囚牢看望洪承畴，并嘘寒问暖，将自己的貂裘给洪承畴披上。这时，洪承畴觉得皇太极的确魅力无穷，沉默一阵之后，喟然长叹：『真命世之主也！』随之，便叩头请降。皇太极大喜，当即给予重赏，并设盛宴款待庆贺。可悲的是，松山陷落后，明廷却认为洪承畴已殉国，崇祯帝下令设祭坛，亲自致祭，直到洪承畴降清的消息传来，才气急败坏地撤除祭典。

崇祯帝煤山自缢而死——明朝（思宗）时期

兵临城下满朝惊，诸策迎敌尽落空。
颁旨勤王多抗令，鸣钟聚属少回声。
诛杀爱女防凌辱，隐匿亲儿避虐攻。
自缢煤山含怨去，丧国之罪怎脱清？

注释

●明朝末年，李自成领导的农民起义军攻克太原后，兵分两路，向明都北京进攻。崇祯十七年三月，农民军先后取大同、宣府、居庸关，直逼北京城下。闻此讯，明廷一片惊慌，崇祯帝紧急召集大臣们商议对策，采取一系列措施，以挽危局。先任命东阁大学士李建泰为兵部尚书督师迎战；又派出太监十人监视各边镇和京畿要地；同时征发全国军队赴京勤王；并令文武百官、勋戚、太监捐饷；为了争取民心，崇祯帝还破天荒地三下『罪己诏书』。但是，尽管招数很多，终因大势已去，一个个全部落空。

●崇祯帝下令全国军队进京勤王，可多数军队抗旨拒行，来勤王者寥寥无几。当北京即将被农民军攻陷时，崇祯想逃跑，却无法出城门。他折回皇宫，鸣钟召集百官，却无人响应。

●得知李自成军攻破外城后，崇祯帝登上煤山，望见烽火彻天，连声叹息。他在煤山徘徊良久，神情黯然地回到宫中，先派人把太子朱慈烺及另外两个儿子定王朱慈炯、永王朱慈炤分别送到大臣家中躲藏，以防遭受攻击。他又怕长平公主被俘后受辱，便含泪狠心拔剑将其砍死，并悲戚地道：『你何故生在帝王之家！』他还令皇后周氏在宫中自杀，又用剑砍死嫔妃数人。

●在抗击不成、逃跑无望的情势下，崇祯帝于三月十九日凌晨再次登上煤山，自缢身亡，临死前，他扯下衣襟，写下了『朕凉德藐躬，上干天咎，然皆诸臣误朕……』等字句，以表明亡国非己之罪。这与他之前召集群臣而未得回应时所言的『君非亡国之君，臣皆亡国之臣』一样，都是他推诿亡国之罪责的真实表达。可是，历史事实摆在那里，临终的几句话怎么可能把罪责洗刷干净呢？

清

吴三桂引清军入关——清朝（世祖）时期

皇城留眷战关东，奉命勤王速举兵。
恩父遭殃仇遂起，爱姬蒙辱恨忽升。
冲冠斩使回攻顺，剃发称臣转效清。
借助敌军终雪耻，甘当导犬破都京。

注释

●吴三桂，明朝崇祯年间官至辽东总兵，参加过与后金的松山战役，兵败后退守宁远。吴一直在关外领兵，但家眷却留在京城。李自成农民军进攻北京时，吴三桂被明廷封为平西伯，朝廷命其迅速撤兵入关，进京勤王，他带领部队火速出发，奔向京城。

●在进京的半路上，吴三桂听到北京已被农民军攻陷，随即退回山海关。李自成克京后，派人招降吴三桂，吴拒绝，李便胁迫吴之父吴襄（曾做过锦州总兵）写信劝降，吴三桂只得表示归顺，即日率军回京。可行至滦州，得知父亲被农民军抓去（后被杀），家产被抄，心中立即燃起仇恨的怒火。后又听说自己视若珍宝的爱妾陈圆圆被农民军抢走，更是火冒三丈，怒不可遏，恨得咬牙切齿，发誓荡平李贼，报杀父夺妾之仇。

●吴三桂顿时怒发冲冠，举刀斩了李自成派来劝降的使者，决意回攻大顺（李自成政权的国号），誓与农民军血战到底。这时，李自成亲率二十万大军前来征讨，从三面包围了山海关，吴三桂陷入农民军的重围之中，形势岌岌可危。无奈之际，吴三桂企图借清军为自己解围，表示愿意开关引导清军入关。然而，时过多日，清军统帅多尔衮却按兵不动，采取观望态度。而此时农民军不断发起猛攻，吴三桂实在难以抵挡，只得亲赴清营，剃发称臣，转而效清，要与清军一起，合力剿灭李自成农民军。

●清军入关后，多尔衮先命吴三桂与农民军交战，清军则养精蓄锐。待到双方都杀得精疲力竭时，清军突然冲入，对农民军进行两面夹击。吴三桂借清军之力，终将李自成打败，雪了杀父夺妾的奇耻大辱，自己甘当清军鹰犬，引导清军迅速攻占了北京城。

清军入京——清朝（世祖）时期

势若破竹一路风，严军肃纪入都京。
昭彰国法除诛斩，笼络民心禁派征。
起用前官求稳定，发丧末主赚名声。
设营圈地重登位，自此皇城属大清。

注释

●明末李自成农民军占领北京后，还来不及完成政权建设，就遭到了清军的进攻。清顺治元年四月二十九日，李自成在皇城武英殿匆匆即皇位，深夜便焚烧皇宫和九门城楼，然后率军撤出北京。这时，清军在多尔衮的统率下，以严格的军纪要求部队，一路英勇作战，势如破竹，直逼北京。

●多尔衮率军一入京，就发出安民告示，借以彰明国法，一方面严禁杀戮掳掠，一方面笼络民心，取消摊派、加征，以此招抚军民。

●同时，多尔衮为使京城稳定，下令在京的原明廷内阁六部、都察院等衙门官员照旧录用。并听从谋臣范文程等人的建议，为明末帝崇祯举行隆重的发丧仪式，命臣民服丧三日，又令礼部以礼改葬崇祯，为其加谥『庄烈愍皇帝』，陵墓为『思陵』。这一举措，使原明廷官员为之感动、佩服，为清军赚得了很好的名声。

●与此同时，大清八旗陆续进京，在北京的东、西、南、北、中分别设营、圈地，屯兵驻守。并让六岁的顺治帝福临重新登基。至此，北京完全控制在大清王朝手中，成为其统治全国的政治中心。

皇太极登帝位建大清——清朝（太宗）时期

登临汗位审时情，方略迭出事必成。
改制设衙开部府，增旗扩域聚兵戎。
整编庄户兴诸业，考选人才展各能。
厘定尊卑消后患，山呼万岁坐团龙。

注释

●皇太极，清太祖努尔哈赤的第八子、四贝勒。努尔哈赤死后，诸子在表面平静下，经过一番明争暗斗，皇太极继承了后金国的汗位。不过，根据努尔哈赤生前的安排，须兄弟几人共治国政，皇太极虽然坐了汗位，却受到各方面的掣肘。为了使自己真正具有权威，皇太极从即汗位伊始，就谋划了一系列方略，每策一出，必有成效。

●皇太极主要做了以下几件大事：仿效明制，对国家机构进行改革，设立六部官衙（户、吏、礼、兵、刑、工），下设承政、参政、启心郎等官职，由满、蒙、汉人任职，既调动了各民族积极性，又分散了满人贵族的权力；实行军事改革，组织了蒙八旗、汉八旗，壮大军力，并造了许多『天佑助威将军』红衣大炮，还将黑龙江流域纳入后金国版图。

●皇太极还通过整编庄户，放庄园汉人为民户，并选汉官管理汉民，发展农、牧、工生产，以保障供给；实行考试制度，选拔人才，量才录用，充实官府，以使人才各尽其能。

●特别是皇太极以定服制来厘定尊卑，规定护军以上方可穿绸缎，其他只能穿布衣，规定黑狐帽、五爪龙、明黄、杏黄、金黄、紫色，非汗赏赐不得随便使用。又明文规定亲王、郡王、贝勒、贝子、公主、格格、额附等级和公文样式。皇太极在整治内政的同时，对几个贝勒的行动十分关注，他以屠杀关内永平、迁安两地降官和军民罪，将二贝勒阿敏幽禁；以持刀上殿罪将三贝勒莽古尔泰降为普通贝勒，又以图谋不轨罪剥夺了他对正蓝旗的领导权；另外，对大贝勒代善的权力也进行了有计划的削弱。通过这一系列行动，皇太极终于大权独揽。至此，他在群臣的拥戴下，借传国玉玺，终于登上了绣金团龙椅宝座，建国号大清，改纪年为崇德，从此大清帝国正式诞生。

皇太极攻占大凌河——后金（天聪）时期

闻敌筑垒势方兴，速抵凌河备进攻。

挑路掘壕施妙策，打援围阵用奇兵。

含情劝附申诚意，抱礼迎降道厚称。

惨败明军收悍将，胸怀大略见高风。

注释

●后金天聪汗皇太极运用反间计除掉明朝抗金名将袁崇焕后，明廷为加强宁锦防线，在距锦州四十五里处筑大凌河城，由总兵祖大寿、副将何可纲率军一万三千人镇守。皇太极闻讯后，绝不允许明军加固防线。天聪五年八月，他亲率八万余大军，迅速抵达大凌河，欲抢在大凌河城筑成之前一举破之。

●皇太极来到大凌河，在周边立即扎下营帐四十五座，周围绵延五十里，同时，环城挑路挖壕，有的深达丈余，壕沟边还筑起高墙，把大凌河城围得水泄不通。皇太极审时度势，采取围城打援的策略，待城中弹尽粮绝之时再攻城。同时，他不断出奇兵，运用突袭、设伏等战法，将敌援军消灭在援途之中。

●皇太极深知明军守将祖大寿骁勇善战，人才难得，便在严密围城的同时，千方百计对祖大寿进行招降。他一连书信三封，情真意切，表示捐弃前嫌，并检讨太祖（努尔哈赤）妄杀之事，表示降后再不妄杀一人，并愿意与之肝胆相照，苦乐与共。开始祖大寿拒绝，可一个月后，城中兵民已因饥馑陷入绝境，出现了人吃人的惨况。这时，祖大寿只好派出儿子祖可法为人质，出城献降。祖可法进后金军帐刚要下跪，济尔哈朗、岳托当即起立扶住，不让其下跪，两人还回拜满族的抱见礼，并以『兄弟』的厚称以表亲切真诚。当晚，祖大寿出降，皇太极派诸贝勒出营迎接，自己也出帷以抱见礼款待。

●大凌河一战，皇太极足智多谋，指挥有方，使明军遭受惨败。同时，还招降了明廷悍将祖大寿。后来，祖大寿返回明营，一去不归。皇太极仍厚待祖可法等祖氏子弟。十年后，祖大寿在锦州城破时再次投降，被押解至盛京（沈阳）。当时许多后金大臣要求将其处死，但皇太极心存宏韬大略，仍以宽阔的胸怀，表示不改初衷，耐心等待祖大寿十年之久，使祖大寿深为感动，终于诚心诚意地归附。

多尔衮摄政——清朝（世祖）时期

嗣位风波妙手平，宏韬大略辅冲龄。
驱兵破垒夺关隘，排议迁都定帝城。
握柄率班扶御椅，担纲摄政揽宫廷。
深知伟业方伊始，心系全局再纵横。

注释

● 清崇德八年中秋节前一天，太宗皇太极暴毙，由谁来嗣承帝位？在诸贝勒亲王中展开了一场波谲云诡的争斗。皇太极共有十一子，尚存七人。长子豪格（和硕肃亲王），凭着自己的文韬武略而跃跃欲试；多尔衮（和硕睿亲王），作为努尔哈赤的第十四子，在六王中名列第三，他的两个弟弟阿济格和多铎一再劝他即位。而双方背后都有强大的支持者，豪格后面是老臣索尼和鳌拜。面对这样的严峻形势，多尔衮想的是，如果这次在皇位继承上发生冲突，八旗的实力肯定会受到损失，那样，努尔哈赤和皇太极进关灭明的宏愿就难以实现了。所以，在崇政殿议定此事时，多尔衮巧妙地利用豪格假装谦让之机，就势将其排除出即位者之列，他自己也不想惹出麻烦而影响大局。于是，多尔衮灵机一动，说让皇太极最年幼的儿子（第九子）六岁的福临继承皇位，他则与郑亲王济尔哈朗左右辅政。多尔衮的这一方案，既挫败了豪格，使其有苦难言，又把险些发生的喋血风波迅速平息下来。

●福临即位后，多尔衮按既定方针，指挥八旗主力，夺取了宁远附近的三个要塞后，又直指明山海关总兵吴三桂据守的宁远城，迫使吴三桂投降，然后紧急入关，进入京畿地区，迅速占领北京。并力排阿济格等亲王贝勒返回盛京（沈阳）之议，决定迁都北京。

●多尔衮在福临（顺治帝）于北京登基后，即被正式封为摄政王，从此，他率领满朝文武官员，辅佐新帝，担负起经略国家的重任，并靠自己的功勋和权威，掌控和决定一切军国大事。

●此时的多尔衮，心里并不平衡，他没有坐得天下，还要向六岁的侄儿俯首称臣，心里当然有些不是滋味，可是他深知大清的宏图伟业才刚刚开始，自己必须继续攻坚克险，入主中原，为实现天下统一责无旁贷地建功立业，以告慰先帝的在天之灵。

李自成的下场——清朝（世祖）时期

内讧外压盘欲崩，登基翌日即离京。

逃前泄恨连天火，撤后失魂遍地缨。

避险西出遭重创，求存南下受强攻。

穷途末路仓皇去，身坠迷茫不见踪。

注释

●明朝末期，李自成的农民军发生了严重内讧，谋士牛金星大搞阴谋诡计，使李岩被冤杀，引起军心涣散，矛盾重重；而外部受清军攻击，连遭惨败，压力极大，整个农民军队伍已岌岌可危，接近崩盘。这时，已入北京的李自成，于清顺治元年四月二十九日，草草登基做了一天皇帝，就在翌日清晨撤离了北京（从进京到撤离前后仅四十一天），向西安方向逃去。

●李自成农民军逃跑之前，在深夜放了一把大火，焚烧皇宫和九门城楼（后因大雨而熄灭），城中百姓见状，深恶痛绝，骂声不绝于耳。在逃往西安途中，背后始终有清军追击，一路上将士们皆失魂落魄，毫无战斗力，一败于庆都，二败于定州，三败于真定，折损兵将不计其数，遍地是尸骨和盔甲。

●李自成暂时摆脱清军追击。五个月后，清军经休整兵分两路，又向李军发起进攻，于潼关四战四捷，把李自成、刘宗敏亲率的农民军主力打得大败，李自知西安难保，便撤出西安。这时，清军穷追不舍，李军不敢回击。为争取存活的希望，李军只好南下襄阳，进入武昌。可李军只在武昌驻留了十五天，就顶不住清军的强攻，连连溃败，在富池口东几十里处，其主力被清军全歼，刘宗敏被俘杀，宋献策投降。

●李自成见大势已去，便收罗残部，仓皇西去。后来，他到底去了何方，是死是活，众说纷纭，有的说他在湖北通山县的九宫山中箭身亡，有的说他在湖南石门夹山落发为僧，成为奉天玉和尚，最后死于寺院。不过，一九八一年发掘的位于夹山寺西坡的奉天玉墓，发现了一系列文物，如咏梅残版、闯王令箭、奉天玉诏等，都有力地佐证了李自成兵败后隐居夹山的说法。

史可法守扬州——清朝（世祖）时期

面对清军设铁笼，挺身迎战保京屏。
无援势紧仍忠胆，有叛局危更义容。
骂退降贼杀说使，哭来悍勇守孤城。
悲歌一曲从天落，欲挽狂澜怎可能？

注释

●清顺治二年，豫亲王多铎率十万大军攻击南明小朝廷，连克数城后，直逼扬州。扬州是南明首都南京的屏障，扬州一旦失守，南京便岌岌可危了。在这万分紧急的情势下，小朝廷的弘光帝命原兵部尚书史可法以督师为名，死守扬州。史可法挺身而出，写下血书，决心誓与扬州共存亡。

●当时，扬州城内守军仅有几千人，要打退十万清军保住城池，绝无可能。为此，史可法向小朝廷紧急求援，但时任兵部尚书的阮大铖，本是阉党魏忠贤的爪牙，最嫉恨正直官员，而史可法又恰是东林党人左光斗的学生，因此，阮大铖袖手旁观，按兵不动，史可法求援无望。但史可法的赤胆忠心丝毫未改变，他召集了胡尚友、韩尚良、应延吉，何刚、刘肇基、李栖凤、高岐凤等部，然而各路加起来也不过一万余人。而这时，扬州城已被清军围得水泄不通，且清军统帅多铎又令五万铁骑前来增援，整个局势十分危急。李栖凤、高岐凤见大事不妙，决定放弃抵抗，并逼迫史可法出城投降，这就使本已濒临绝境的局面雪上加霜。然而史可法绝不动摇，他怒斥李、高二将说：『你们想去投降卖身求荣，请便，我不拦你们，要我投降，休想！我为明朝大臣，此地便是我捐躯报国的地方！』

●清军在围城之初，曾派明降将李遇春到城下劝降史可法，说世人皆知你大忠大义，但现在清军已将扬州死死困住，你何必为一个将死的朝廷尽忠呢？史可法听后，破口大骂降贼，李遇春只得退回。多铎仍不死心，又派二使者带劝降信来城中史可法处做说客，史立即命士卒用绳索把二人吊上城头，然后抛入护城河中。李栖凤、高岐凤投降后，城内军心动摇，史可法激励留下的官兵，但没有多少响应的。史悲愤交加，放声大哭，终使官兵感动，决心与他一起死守孤城，与敌血战到底。

●经过几番苦战，史可法终因寡不敌众，被清军俘获。清军统帅多铎对其恭敬有加，再次以高官厚禄做引诱，进行劝降，但史可法终不移志，伸出头颅，甘愿受死。史可法以无比忠诚，与敌战斗到最后一息，其英勇行为，可歌可泣，荡气回肠。但他谱写的是一首壮烈的悲歌，因为南明小朝廷末日已近，纵使有几个英雄壮士，也不可能力挽狂澜了。

侠妓柳如是——明末清初时期

嫩柳烟花嫁老郎，侠心义胆系兴亡。
资财复武襄兵马，励阵劳军犒勇强。
国耻临头甘赴死，世俗逼命不屈降。
从容恬静投缳尽，人去魂存气久长。

注释

●柳如是，明末清初江南名妓，原名杨爱，因自忖身为章台之柳，红粉飘零，深得宋代词人辛弃疾一曲《贺新郎》中『我见青山多妩媚，料青山见我应如是』之意，将自己的名字改为柳如是。她从小接受棋琴书画、歌舞诗词的良好训练，被文士权贵转来卖去，后来被逐为娼，流落江湖，常与当时的复社、几社中的张溥、陈子龙、汪然明等一班文士诗酒唱和，并关心时政，议论天下兴亡，成为秦淮风流一时的女子。柳如是在情感上遭受严重打击后，终于看清了人间冷暖，世态炎凉，经过前思后想，终于做出人生选择，在二十四岁时，本想遁入空门的她，嫁给了在社会地位和文坛声望上都很显赫的花甲老人钱谦益。

●转眼三四年过去，柳如是得知明廷已被清军推翻，原明廷福王朱由崧在南京建立了弘光小朝廷，以图反清复明。而其夫钱谦益降清后，又因受官场株连，被逐南归。于是，柳如是鼓励钱谦益利用自己的社会影响和钱财，去襄助郑成功、张煌然等抗清义军，她自己更是卖掉首饰，资助姚志卓招兵买马，建立起一支抗清队伍。早在弘光小朝廷建立之初，柳如是就极力支持钱谦益出任弘光政权的礼部尚书，自己又亲去前线犒师劳军。如今，她又秘密前往舟山群岛，慰劳张煌然的海上义师，鼓励将士反清复明，英勇杀敌。

● 弘光小朝廷在内部斗争和外部清军的打击下，很快就覆灭了。当时，柳如是对钱谦益说，我们已到殉国的时候了。在此关头，你必须舍生取义，以全大节，以副盛名。她见钱谦益不想如此，便携其手强拉着他来到池边，要和他一起自沉。而钱却返上了岸，柳向深水处走去。待人将她救上来时，她已失去知觉，经一番抢救，才得以生还。柳如是在对待世俗上更是坚定抗争，绝不屈服，表现出当时女子少有的刚烈性格。

● 钱谦益在八十三岁时死去，此时，钱氏家族一伙人凶神恶煞般地逼上门来，威胁谩骂，逼她交出家产。柳如是何堪此辱？她淡定从容，只身登楼，给女儿写下一封遗书后，拿出三尺白绫，投缳自尽。柳如是经历了一生的种种坎坷，命运多舛，以这样的方式结束了自己的生命。其肉体生命虽已不复存在，但其不苟世俗，勇于抗争，且忧国忧民之精神却让后人永难忘怀。

凛然不屈江阴城——清朝（世祖）时期

剃发满规伤汉心，风潮迅起卷江阴。
激杀懦吏齐消辱，奋战凶兵共卫尊。
宁可抛头甘洒血，绝非结辫任曲身。
惨遭屠戮尸塞道，数万英魂烁古今。

注释

●清军入关后，在南明小朝廷南京不战而降、农民军李自成败亡后，立即按满族规定的风俗（剃发结辫），颁布了剃发令，声言『留头不留发，留发不留头』，以作为归顺清朝的标志。这便极大地伤害了汉民族的传统习俗，引起了汉族官民的强烈愤怒和反抗。顺治二年，江阴城官民拒不剃发，与镇压的清军展开了殊死搏斗，就是一起惊天地泣鬼神的重大事件。

●知县方亨对民众拒绝清廷的剃发令，十分害怕，暗请清兵前来平息。民众闻之，怒火中烧，立即进行反抗，一时间商民罢市，四方农民赴城支援，十余万民众汇集在广场，举行誓师大会，高呼『头可断，发绝不可剃』的口号，并在一怒之下，将知县方亨和监督剃发的清兵杀死。然后，他们抓紧备战，据城死守，为洗刷耻辱、保卫尊严，决心与清军血战到底。

●清军用重炮攻城，但江阴城官民在武秀才阎应元和县主簿陈明遇的率领下，英勇作战，严加防守，接连一个多月，清军多次攻城均未得逞。守城官民同仇敌忾，宁可丢头而死，也与江阴共存亡，绝不剃发结辫，向清军屈身，直至与清军在大街小巷进行肉搏，阎应元血染战袍，被俘后壮烈牺牲。陈明遇与清军展开巷战，身负重伤，最后投火自焚。

●清军攻打江阴，用兵二十四万，攻城时死了六万八千多人，巷战中又死了七千多，损失将领有『三王十八将』。为此，清军统帅多铎恨得咬牙切齿，进城后，立即展开大规模的杀戮，使江阴十七万二千余民众罹难，被害者的尸体把全城的道路都塞满了。江阴人民抗清剃发令，虽然以最后的失败告终，但十几万官民誓死不屈的抗争精神却永远为后人铭记。

大儒黄道周力抗清军死效南明——清朝（世祖）时期

花甲鸿儒斗志坚，残局破败勇承担。
汇集学子奔疆场，招募兵丁跨战鞍。
恨佞通敌伤社稷，仇降叛我损江山。
抛头洒血书忠义，自慰孤臣不愧天。

注释

● 清军南下渡江后，明朝遗臣黄道周等在福州拥立唐王朱聿键为皇帝，是为南明隆武帝。黄道周为江南一代鸿儒，著作等身，此时被封为武英殿大学士兼吏部尚书、兵部尚书，可他有职无权，既管不了官吏的升黜，也调动不了一兵一卒，所有大权都操控在郑芝龙和其家族手中。尽管如此，黄道周仍不甘心僻守残局，于清顺治二年上奏隆武帝说，与其坐以待毙，不如出关迎敌。此时，他已是花甲之年，却血气正酣，请求担起反清复明的大任。

● 隆武帝批准了黄道周的请求。黄道周将自己的学生聚集起来，连同自己的家人，取道延平（南平）、建宁（建瓯），出仙霞关，打算经江西广信（上饶）上徽州，会合当地义勇抗清。一路上，黄道周招兵买马，到达崇安（武夷山）时，部队已发展到四千六百余人。但是，由于很多人都未经过军事训练，再加上武器极度缺乏，所以战斗力十分有限。

●黄道周孤军出关，武器、粮饷难以为继，几次向郑芝龙求援，郑不仅不伸援手，还造谣说黄道周交结外番。其实，郑芝龙确与清军有暗通，他拥兵自重，是想据实力将福建献于清军。对此黄道周心知肚明，对郑伤毁社稷的劣行痛恨至极。在南明小朝廷没有一丝援助的情况下，黄道周只好孤注一掷，离开广信（江西上饶）北上。当地民众请他坚守孤城，在所剩人马不足三百的险恶形势下，他率众与敌展开了殊死搏斗，最后被俘。当降清的明将张天禄、洪承畴对其劝降时，黄道周破口大骂他们毫无廉耻，最后以忠义之躯，慷慨赴死。

●黄道周死前就留有绝命诗，死后，人们从他所带的行包里发现用鲜血写有『大明孤臣黄道周』七个大字，旁边还写有十六个小字：『纲常万古，节义千秋。天地知我，家人无忧。』

郑成功抗清惨败于南京——清朝（世祖）时期

连伐未果恨难除，再奋雄心誓灭胡。
破阵歼敌如剪草，克城收土若削竹。
偏听诡计中圈套，错丧良机翻灶炉。
威赫一时终惨败，骄兵怎可气吞吴？

注释

●在南明诸政权中，『反清复明』的最大势力是郑成功领导的武装组织。郑成功随其父郑芝龙最先归属隆武政权，隆武亡，郑芝龙降清，而郑成功拒降，后归永历政权，相继被封为威远侯、广平公、延平郡王。他虽属永历，但没见过永历帝，是一个基本独立的军事集团。郑成功为收复明朝故土曾三次北伐，但由于种种原因都半途而废。清顺治十六年（明永历十三年），郑再次北伐，他以『缟素临江誓灭胡』的决心，率十万大军，与鲁王监国名将张煌然合师，向清军总督郎廷佐据守的南京发起进攻。

●起初，战事进展十分顺利，张煌然打先锋，率部直奔长江口，大破清军木浮营。郑成功又直指镇江，一举歼敌万余人，攻下瓜州。接着，联军以芟草破竹之势，先后攻克仪征、镇江、六合、浦口诸城，收复大片土地，直逼南京城郊。此时，郑、张召集部将商讨进攻南京方略，由张溯江而上，占领芜湖，以阻止清军通过上游支援南京，而郑则直攻南京。张煌然迫使芜湖不战而降，不久长江下游二十四个州、县被北伐军收复。

●郑成功攻打南京时，南京守敌只有三万人，据守的两江总督郎廷佐是明朝降臣，他见郑成功如此阵势，十分胆怯。接受部属意见，对郑进行诈降，说他一家老小都在北京，自己须再待一个月以上投降，方可免遭满门抄斩（据说是清廷的规定），请郑谅解他的苦衷。郑这时已被胜利冲昏了头脑，不听部属提醒，居然轻易就中了圈套。结果坐失良机，遭到清援军的毁灭性打击。很快清军分水陆两路倾城出动，郑军猝不及防，军灶未开，仓皇应战。之前，郑成功曾宣布，各阵无令不得应战。在清军进攻面前，大家不敢互援。最后，七路人马四路俱溃，投江死者六千余人。郑成功见兵败之势已定，只得驾船出海，还军厦门。

●一场震动全国的宏大抗清北伐之战，经过短时间的轰轰烈烈而功亏一篑。当初，郑成功在向南京进发途中，曾踌躇满志地写下『雄师十万气吞吴』的豪迈诗句。可由于他终没逃脱骄兵必败的规律，『气吞吴』的雄心壮志，只能化作泡影。

达赖五世觐京——清朝（世祖）时期

频繁遣使屡沟通，被准觐皇亲赴京。
浩浩荡荡行万里，轰轰烈烈走千僧。
绝无特例得高赏，仅有殊荣获盛封。
继奉新朝仍为属，中华一域勿须争。

注释

●达赖五世阿旺罗桑嘉措，是清朝初期西藏黄教领袖。早在皇太极建大清时，达赖五世、班禅四世和执掌西藏地方政权的蒙古和硕特部固始汗就共同议定，派遣专使携书信前往盛京（今沈阳）朝见皇太极，并称皇太极为『曼殊师利大皇帝』（曼殊，汉语即『妙吉祥』之意）。之后，清廷与西藏频繁沟通，清崇德八年，清廷遣使臣随西藏使者赴藏分别持书信向达赖和班禅致敬，并要求西藏摆脱明朝归清。顺治元年，清廷又派专使去拉萨迎请达赖五世和班禅四世。接着，顺治四年、五年、六年、七年、八年清廷与西藏每年往来不断，互送礼品，互派使者。达赖、班禅和固始汗又各遣使向清廷上表问安。到顺治九年，顺治帝答应了达赖到京觐见皇上的请求。于是，达赖五世立即动身，前往北京。

●达赖临行时，因年老不能赴京的班禅四世和固始汗，亲自为其送行。达赖率领的队伍很庞大，竟达三千余人，万里长途上，浩浩荡荡，轰轰烈烈，甚是壮观。他们行至青海境后，沿途都有官员迎送，并取国库粮食供应。

●顺治九年十二月，达赖乘坐顺治帝特赐的金顶轿来到北京南苑，顺治帝举行盛大宴会，当天即令布施白银九万两，并请达赖住进特意为其建造的黄寺。达赖五世在北京住了两个月，翌年二月，当他要返回西藏时，顺治帝特在太和殿设宴，并赏赐黄金五百五十两，白银一万一千两，大缎一千匹，其他珍贵物品无数。临行时，顺治帝又命和硕郑亲王济尔哈朗等在南苑德寿寺饯行。四月，当达赖一行到代噶时，顺治帝又派礼部尚书觉罗朗球送来有满、汉、蒙、藏四种文体的金册、金印，并封他为『西天大善自在佛领天下释教普通瓦赤喇怛喇达赖喇嘛』。

●达赖五世进京朝觐，再次表明西藏已对清朝取得了政治隶属关系。西藏为中华之一部分，至少从元朝起，这一历史铁证真真确确，这是任何别有用心的势力永远都无法改变的事实。

丁酉科场案——清朝（世祖）时期

悬梁刺股为登科，乱象丛生龌龊多。
河北浊流方止浪，江南污水又掀波。
朝廷降旨施严法，考场除奸使利戈。
流放诛杀结两案，前轻后重引疑说。

注释

●自隋唐推行科举制度以来，读书人悬梁刺股，皓首穷经，以此为金榜题名、通向仕途的阶梯。这种制度固然为寒门学子提供了一些功成名就的机会，但由于科场往往操控在有权有势人手中，所以，行贿受贿、打通关节、营私舞弊等龌龊之事，屡屡发生。

●清朝顺治十四年（丁酉年），发生了两场科场案。一是发生在黄河以北的顺天府（北京）的乡试中，钦点翰林院侍读曹本荣和侍讲宋之绳为主考官，房考官有李振邺、张我朴、郭濬等十四人。这些考官喜出望外地捞到了肥缺，便个个通关节、受贿赂。特别是李振邺，年少轻狂，无所顾忌。有个名叫张汉的，曾帮李振邺疏通不少关节，以此作为录取他的条件。可李发现张从中私吞了银两，便将张排除在录取名单之外。张大怒，将李告到衙门。可此案刚得平息，江南应天府（清时为江宁）的乡试，也发生了同样的案件，同样是钦点的方猷、钱开宗，任正副考官，二人心黑手狠，专取行贿之人，引起落榜士子的极大愤怒，他们拦住考官恶声怒骂，甚至向他们投掷砖头，又有人以此事为据，编成剧本，发泄憎恨和诅咒。这真是一波未平，一波又起，此时，各地又不断揭发出类似案件。

●顺天、应天两案得到了及时处理。顺天案发后，顺治帝勃然大怒，立即降旨严加惩办，将李振邺等七人处斩，家中财物抄没，妻儿老小一百多人流放到关外，主考官曹本荣连降五级，受牵连者达百余人。应天（江南）案前后审理一年多，结果是方猷、钱开宗二主考官被处斩刑，家产充公，妻妾儿女入官为奴。其他考官、监考官十八人（除卢铸鼎死于狱中）全部处以绞刑，家产家属也被没收。

●科场两案虽已审结，或斩杀，或流放，可谓十分苛酷。但这里面引出朝野不少议论，有人说朝廷对江南案处罚要比对顺天案的处罚重得多，因为顺天案，刑部拟出斩首四十的名单，而皇上宽大处理，大多免除了死罪。而江南案却一下子杀了二十多人。何以如此？大概是清廷对江南地区抗清运动的一种报复吧。

李定国劲蹶二清王——清朝（世祖）时期

崇仰精忠意志坚，扬威纵略壮河山。
攻伐北满披烽火，守护南明骋战鞍。
勇闯雄关夺固垒，智蹶骁帅慑强番。
残朝破败犹延喘，多赖此君撑大天。

注释

● 李定国，南明小朝廷的一名智勇双全的名将。他原为明末起义军张献忠的部将，张死后，他转战川、滇、贵等地，后来拥戴南明最后一个皇帝永历帝。李定国非常崇仰历史上的忠臣良将，对文天祥、陆秀夫、张世杰诸公的精忠浩气十分钦佩，誓把他们作为自己的榜样。李定国归附南明后，以高风亮节和武略文韬，为恢复明朝江山，英勇作战，取得了一个又一个的重大胜利。

● 李定国怀着光复大明的决心，身先士卒，驰骋疆场，浴血奋战，使得清军南下屡屡受阻，成为他们占领江南的最大障碍。

● 清顺治九年，李定国率步骑八万，向攻陷桂林的清军主力——定南王、平南大将军孔有德部发起进攻。在全州附近的严关，孔有德严密布阵，水泄不通。李定国审时度势，巧妙地运用从云南征调的二十头巨象，带头冲破敌之防线，一举闯过严关。这时，孔有德气急败坏，再于榕江布阵，李定国再将巨象驱赶出阵，在大象一片吼声之中，清军吓得掉头就跑。李定国乘势掩杀，清军大溃。孔有德只身逃入桂林城。接着，李定国实施围困，三天后，以巨象群撞开城门，孔有德走投无路，被逼自杀。李定国乘胜北上，攻战了衡阳、长沙、岳州等地，辟地三千里。闻此讯，清廷大震，觉得这个李定国实在是不好对付，当时竟产生了放弃南方七省的设想。后来还是决定派敬谨亲王尼堪为定远大将军，率十万大军进行南征，临行前，顺治帝对其寄予厚望，还亲自到南苑送行。尼堪进入湖南，首战大败明军。李定国为诱敌深入，主动放弃长沙。而尼堪求胜心切，亲率轻骑星夜紧追，并连夜上书朝廷，先预告了凯旋的消息。结果在追到衡阳时，中了李定国事先设下的埋伏，激战中尼堪马陷泥潭，被乱刀砍死。李定国接连蹶了定南王孔有德和敬谨亲王尼堪，对清军产生了极大的震慑。后来，清朝学者黄宗羲称赞『李定国桂林、衡阳之战，两蹶名王，天下震动，此自万历戊午年以来全盛天下所不能有。』

●永历小朝廷是南明最后一朝，它之所以在残破不堪的情况下，还能苟延残喘十九年，多是有赖于李定国的大西军苦苦支撑。

永历帝的末日——清朝（世祖）时期

凡闻报警便惊惶，拔腿速逃极擅长。
未稳犹知临末日，稍安却忘近残阳。
生非属部推离间，避难他邦拒返航。
竟以卑躬溜叛将，曲终魂断落荒唐。

注释

●永历帝朱由榔是南明小朝廷的最后一个皇帝，他于清顺治三年由监国登上皇位。此君胆小怕事，又无经国理政的能力，且当时清军正在日甚一日地吞食江南，所以，他每听到报警就吓得瑟瑟发抖，从不谋划如何抵抗，而是立即组织逃跑。可以说，永历帝是历史上最擅长逃跑的皇帝，在清军进攻面前，他从肇庆逃往梧州，又逃往桂林，再逃至南宁。后因大西军抗清的胜利，一度回驻桂林和肇庆，不久又因韶州等地失陷，便闻风丧胆，再次逃到梧州。在梧州，他不住行宫，而住进楼船，随时准备逃跑。果然，清军逼近，他很快就逃往广西的濑川。在风闻敌船只距百里时，则将自己乘的船烧掉，然后登陆而逃。

●在惶惶不可终日的情况下，永历帝也觉得末日已近，但形势稍微有点缓和，他便忘乎所以。由于在云南、贵州一带的大西军李定国、孙可望的挽救，顺治九年，永历帝和他的逃亡政府被安置在贵州安隆，改安隆为安龙府，在这里住了五年。就是在这样艰难的形势下，永历帝却无所用心，而整日坠入花天酒地之中，极尽奢华。所以，当时有见识的人都说他比刘禅（三国时蜀后主）还要无能，比福王（弘光帝，南明小朝廷第一个皇帝）还要奢侈。

●永历帝虽然毫无政治才能，但于部属之间实施挑拨离间却颇有一套，他极力在抗清主力、大西军的两位将领李定国和孙可望之间制造矛盾，让他们互相倾轧，使得孙对李产生忌恨，大大地削弱了抗清的力量，最后导致孙可望战败后降清，李定国也在清军三路进攻云南时战败。这时，李定国向永历帝提出再战方案，可他却闭耳不听，执意逃往外邦缅甸避难。此间，李定国多次率军前去迎接，永历帝却以『朕已航海，将军善自为计』，拒绝返航。

●缅甸王在清军吴三桂进逼后，将永历帝交了出来。这时，永历帝为保命竟然向原明朝叛将吴三桂卑躬屈膝，乞求宽恕，说『倘得与太平草木，同沾雨露于圣朝』。但吴三桂将其押回云南后，还是将他及他的儿子缢死了。从此，南明小朝廷灭亡，而最后一位皇帝永历帝则以自己的丑陋行为演出了最荒唐的一幕。

金圣叹与哭庙案——清朝（世祖、圣祖）时期

帝誉可真犹未明，忙掏肝胆谢龙廷。
借丧哭庙揭虚廪，聚众煽风讨蛀虫。
勇犯官威冲禁令，敢维民益抗冤刑。
何知大祸临头顶，温语成刀哪有情？

注释

●清初顺治十八年，发生了一起『哭庙案』，领头的是江南著名的文艺评论家金圣叹（曾批点《水浒传》、《西厢记》）和倪用宾。金圣叹是真心拥护清王朝的。他五十二岁时（顺治十七年），从友人处得悉，顺治帝读到他所批注的《西厢记》时曾对翰林们说：『此是古文高手，莫以时文眼看他。』金圣叹听到皇上有此说法，未辨到底是否真有此事，便急忙感恩，涕泪俱下，朝着京城方向连连叩头，并还写诗抒发自己谢主隆恩的心情。

●顺治帝死后，国丧哀诏传到苏州，巡抚以下的官员都得接连三天设幕哭灵。这时，金圣叹与倪用宾商议，要借此机会，采取『哭庙』行动（苏州一带的习俗：读书人受了委屈，便将心事写成文章，穿戴儒家冠服，到孔庙把写好的文章撕碎，算是向孔夫子倾诉了自己胸中的不平之气，此种举动谓之『哭庙』）来揭露吴县知县任维初贪污盗卖

而掏空仓粮的罪行。他的意见得到大家赞同。于是，他们到文庙鸣钟击鼓，用散发揭帖的方法来控告这个贪官，一时间，几千民众聚集到孔庙，金圣叹乘势对任维初进行愤怒声讨，把大家的情绪鼓动了起来。

●在一年前，清廷已针对明末以来江南知识分子的结社活动颁发了禁令，而今，金圣叹、倪用宾等无视禁令，聚众『哭庙』，显然为朝廷所不容。江南巡抚朱国治，马上派兵镇压，将一百二十余人逮捕下狱。但金圣叹、倪用宾等文士毫不畏惧，他们严厉斥责任维初自己盗卖仓粮却让百姓给补齐，不从者便施冤狱酷刑的罪状，为维护民众的利益与官衙进行了激烈的抗争。

●金圣叹们过于天真了，他们本想为民请命，却招来了杀身之祸。朝廷先处决了金圣叹和倪用宾，于顺治十八年七月十三日，又在南京城南的三山街上，将一百二十余人全部处死，其中斩首的七十人，凌迟的十八人，余下的都是绞刑。当初，金圣叹为皇上夸奖（不知是真是假）他的文采而感动，曾写下《春感八首》抒怀，其中写道：『忽承帝里来知己，传道臣名达圣人。合殿近臣闻最切，九天温语朗如神。』可如今，『温语』变成了屠刀，皇上对金圣叹一类知识分子是何种感情已不言自明。

郑成功收复台湾——清朝（世祖）时期

一图在握万涛惊，驱虏收台卷劲风。
指要歼援摧固垒，围孤溃守克凶兵。
红毛俯首哀潮落，黑发昂头喜日升。
宝岛回归龙纛舞，中华世代颂成功。

注释

●郑成功（原名郑森，南明隆武皇帝赐姓朱氏，赐名元功，后改名成功），明末清初收复台湾的著名将领。台湾于十七世纪被荷兰殖民者侵占。郑成功在南明失败后，就设想去台湾。正在这时，荷兰人派通事何斌前来谈判，要求郑成功取消经济封锁。何斌向郑成功介绍了台湾的情况，送上一幅水陆交通极为详细的地图，并激励郑渡海光复台湾。于是，清顺治十八年三月，郑成功由金门出兵，开始了收复台湾的行动。

●郑成功分析了荷兰殖民者布兵的态势，明确了敌人的各个要点，然后率两万五千人马打得荷兰军龟缩在他们称之为热兰遮和普罗文查的台湾城和赤嵌城里，而荷兰驻台长官揆一拒不投降。在热兰遮堡中有好几座碉堡，其中小山丘上的乌特利支圆堡居高临下，地势最为险要。郑军将热兰遮围住，打退荷兰船队的支援，同时，二十八门火炮一齐开火，使乌特利支圆堡顷刻化为废墟，郑军迅速占领了这个制高点。接着，把所有大炮都运到制高点上，炮口全都对准热兰遮孤堡。荷兰军在郑军的强大压力和劝降下，终因走投无路而投降。

●清顺治十八年十二月十八日，郑成功在台湾海滨举行了隆重的受降仪式。台湾百姓称呼的『红毛番鬼』像退去的海潮一样，俯首脱帽致礼，把一份签了字的投降书献到了郑成功面前。这时经历了荷兰人三十八年殖民统治的台湾人民，终于在黑暗中盼来了日出，其喜悦心情无以言表。

●郑成功受降时，在广场上搭起了帐幕，中间悬挂起带『龙』字的大旗，这标志着宝岛台湾回到了祖国的怀抱。郑成功收复台湾的不朽功勋，永远为世代中华儿女所称颂！

张煌言英勇就义——清朝（圣祖）时期

藏身海岛志犹雄，终被缉拿誓不从。
恪守节操甘舍命，回绝利禄拒投诚。
缅怀英烈无遗憾，哀叹亡国未了情。
七尺男儿千丈气，放歌一首贯长虹。

注释

●南明末抗清名将张煌言，一六六四年六月三湾水战兵败后，暂时遣散将士，化整为零，自己带少数人马藏身于海岛。在这种困局下，他反清复明之志毫不动摇，仍日思夜想，伺机东山再起。可不幸的是，终因浙江提督张杰收买了他旧部的小军官做引导，而被捉拿。落入敌手后，张煌言誓不屈服，与清廷官员展开了英勇斗争。

●张煌言被押解到宁波，接近提督衙门时，差官要他从角门进去，张屹然不动。张杰赶快令人打开正门，张方入内。接着张杰开始劝降，说：『朝廷非常需要你，你若归顺，立刻可得富贵利禄。』而张煌言则直言冷对，严正地说：『你少说废话，国亡不能救，我甘愿一死！』十几天后，张杰知道张煌言丝毫没有屈服的意思，只得把他押往杭州。

●当船行至钱塘江南岸，准备横渡时，张煌言浮想联翩，回想自己十九年里出生入死，效忠大明，现在就要结束生命了，心生无限感慨，于是，作绝命诗一首，以抒胸臆。在诗中，他缅怀于谦、岳飞，称二位英烈为『我师』，决心以他们为榜样，至死不失节。同时，对大明江山『国亡家破』既哀叹不已，无可奈何，又寄托了忠臣赤子的怀念真情。

●张煌言到了杭州，清朝浙江总督赵廷臣又多次劝降，他仍不为所动。为了表达自己的坚定意志，他干脆在狱中墙壁上大书《放歌》一首，其中写道：『予生则中华兮死则大明，寸丹为重兮七尺为轻』，再次以抒壮怀。赵廷臣见张煌言已不可能回头，便请示朝廷将其杀害。张煌言死后，后人据其临刑前『我年适五九，复逢九月七。大厦已不支，成仁万事毕』的诗意，把他的遗体安葬于西湖畔南屏山，位在于谦和宋岳飞墓之间。

『庄氏史案』——清朝（世祖、圣祖）时期

一桩史案震京都，冠恶八宗定逆书。
缉捕何须知有罪，开刑不必问无辜。
千民肉绽阴风吼，百众尸横冷雨哭。
文狱凶残除异见，不分名士暨凡夫。

注释

●『庄氏史案』，即『明史案』，系清顺治、康熙时的文字狱之一。顺治年间，南浔富户庄廷铣购得明大学士、首辅朱国桢生前的部分明史稿（缺崇祯一朝史实），然后，组织江、浙茅元铭、吴之铭等十多位名士，对朱氏的《明史》加以增补、润色，编成一本《明史辑略》，算作自己的著作。不久，庄廷铣死去，其父庄允城将此书刻印，并请名人李令皙作序。为了提高书的身价，在未征得查继佐、陆圻、范骧等名人同意的情况下，将他们作为『参阅者』列在书中。该书写到明朝在辽东与满人交战时，仍沿用了习惯用语和明朝年号，称满人先祖和清兵为『贼』，对清室先世直呼其名，不加尊称，等等。有人将此事上告到朝廷，刑部立即审查，指出该书在扬明毁清上有『八大罪状』，定为『逆书』。于是，清廷开始了一场大规模的文字狱。

●在这场文字狱中，清廷实施了大规模的逮捕和残酷用刑，进行了广泛株连。康熙元年冬，朝廷派人来到湖州府，立即逮捕了庄允城、朱佑明（庄廷铣的岳父）等，对他们严刑拷打，庄允城供出了作序的李令皙。康熙二年正月二十日清晨，湖州城门紧闭，按书内名单挨家搜捕，父子、兄弟、姐妹、祖孙以及内外奴仆，一律擒拿。仅李令皙一家就有百十口被逮捕，连前来拜年的亲戚和看热闹的邻居也未能幸免。庄、朱两家被抓了数百人，不在湖州的还要通缉追拿。

●凡与《明史辑略》有关的刻写、校对、印刷、装订者，以及卖书、购书、藏书，甚至读书的两千余人，全部被捕，遭刑讯而皮开肉绽，被处以死刑者达七十多人，其中有十八人被凌迟。

●清政府所以因一本史书大兴文字狱，完全是为了清除与清廷相左的意识形态，从而遏制和镇压反清复明势力。自此之后，不管是名门贵族，还是凡夫俗子，涉文字狱者不计其数，至乾隆年间，已达到无以复加的程度。

康熙智除鳌拜——清朝（圣祖）时期

难容末辅擅廷宫，决意择机剪恶凶。
明演台前无壮志，暗谋帷后有奇峰。
培植少勇磨刀剑，麻痹老顽藏色声。
门侧伏兵张密网，众娃齐跃立摘缨。

注释

● 清朝康熙帝玄烨八岁登基，是为圣祖。根据先皇顺治的遗嘱，国家大事由前朝元老索尼、苏克萨哈、遏必隆和鳌拜四位顾命大臣共同辅弼。当时四大臣曾表示，一定要忠心辅佐幼主，绝不辜负先皇托孤之恩。可没过多久，位处四辅臣之末的鳌拜，则利用索尼年迈多病、遏必隆软弱、苏克萨哈没有他势力大的形势，开始独揽朝政。鳌拜根本没把小皇帝放在眼里，自己专横跋扈，安插亲信，礼仪上多有僭越，有时穿戴竟然和皇上一样。更有甚者，他在上朝时公然顶撞皇上，几次硬逼少帝下令杀捕他的政敌苏克萨哈（终得逞）。对于鳌拜的所作所为，康熙帝极为恼火，决心寻找时机，将其除掉，然后自己亲政。

● 为了顺利剪除鳌拜，康熙帝抓紧做各方面的准备。他深知鳌拜武功不凡，且势力雄厚，要把他除掉，务必周密计划，不得有丝毫闪失。所以，康熙表面上不露一点声色，似乎对一切都不在意，给人以胸无大志、无所事事的感觉，暗中却紧锣密鼓地策划，盘算如何『擒贼先擒王』。为此，他用索尼的儿子索额图做贴身侍卫，诸事皆与其密谋。

●当时，满人有摔跤玩耍的习俗，康熙利用这种形式，从八旗子弟中挑选出一批与他年龄相仿的身体强壮、机智勇敢的少年，来到宫中陪他玩布库游戏（摔跤），他与这些少年朝夕相处，练习摔跤、角斗，一段时间下来，功夫了得。鳌拜常进宫，看到这种情形，不以为意，反而很高兴，认为康熙终日贪玩，成不了什么大事，自己可以高枕无忧。

●经过训练，十几个少年个个一身武功，同时，也成了康熙的心腹。这时，康熙见时机已经成熟，便决定对鳌拜采取行动。一天，康熙宣鳌拜单独觐见。趾高气扬的鳌拜毫无戒备之心，如往常一样，大摇大摆地走进宫来，可刚一跨进门槛，便被事先埋伏在门两侧的一群娃娃兵扑倒，在他还没弄明白是怎么一回事时，就已经被五花大绑起来。至此，权倾朝野、不可一世的鳌拜终被除掉，康熙帝为自己的亲政拉开了序幕。

大儒朱舜水拒仕途赴日本讲学——清朝（世祖、圣祖）时期

满腹诗书拒做官，戏玩科场自寻欢。
甘凭己力荣家谱，不借他名赫祖先。
领讲中学博盛誉，襄修日史著鸿篇。
东瀛数载传经典，细雨轻风沐异番。

注释

● 朱舜水，明（南明）末清初的大学者。他虽然出身书香门第、官宦世家，但拒绝做官。他曾在家庭逼迫下不得不参加科考，但每次入考场都当成一种游戏，所作问卷，草草了事，自己常说，就是玩玩而已。

● 旧时文人为了抬高自己身价，往往拉历史上某些大名人当自己的祖宗。而朱舜水则非常鄙视这种做法，他三十七岁时，有人带来朱氏家谱，自称是朱熹的后裔，认定朱舜水是本家。朱舜水经查阅得知，虽然事实基本相符，但有一世不甚明了，故当场表示，自己不必被写进这部有朱熹做老祖宗的家谱。后来，他到日本讲学时还提到此事，说：『有一世不明，就不足为凭了。况且后世子孙如果有所作为，何必要靠朱文公（朱熹）声誉；倘若子孙不肖，虽然是尧、舜之父，子孙也仍是丹朱、商均嘛！』

●朱舜水在南明时期从事反清复明活动。此间，他曾先后七次到日本长崎。清顺治十六年，最后一次到日本时，他决定于此定居。在日本，经幕府同意，朱舜水到首都江户（东京）讲授中华儒学，并招收许多日本学生。他的讲学，深得日本水户藩主德川光国和众多学子的景仰，赢得各方的赞誉。后来，德川光国在水户建造了大成殿。康熙八年，德川光国正式建学宫，又请朱舜水制定释奠仪注，并率儒生行释奠礼。当时，德川光国为专标尊王一统之义，设立彰考馆，主持编撰《大日本史》，朱舜水被邀参加，并由他的学生安积觉任首任总裁。而这部史书，则是以朱舜水的正名分、尊王攘夷作为指导思想的，对日本后来的明治维新产生很大影响。

●朱舜水在日本讲学传播中华儒学二十三年，直到康熙二十一年（日本天和二年）逝世，其时八十三岁。他为促进中日文化交流，传播中华儒学，做出了卓越贡献，特别对日本后来的社会变革起到了很大的推动作用，朱舜水的历史功绩，永为中日人民所铭记。

『天下兴亡，匹夫有责』的顾炎武——明末清初时期

疾风劲草痛残阳，寄愿河清锐气昂。
官宦本该担胜败，凡夫亦要负兴亡。
文山照胆千秋壮，十载催足万里长。
野店昏灯成巨著，崇实致用炫光芒。

注释

●顾炎武，明末清初著名学者，与黄宗羲、王夫之并称为十七世纪中国三大杰出思想家。他曾在家乡组织过复明抗清活动，落入敌手后，由同乡好友归庄营救，得以脱身。顾炎武虽然看到大明王朝已如残阳西下，但他挽救败局的意志和决心至死不移，相信自己的政治理想能够实现，他曾在诗中写道：『远路不需愁日暮，老年终自望河清。』

●顾炎武胸怀天下，始终心系国家兴亡。他在明崇祯十二年参加秋试落榜后，就曾对友人归庄说：『保君主朝廷，是当官的责任；保天下却是人人有责。』（顾在《日知录》中说：『保国者，其君其臣，肉食者谋之；保天下者，匹夫之贱，与有责焉耳矣。』）这也就是后人梁启超归纳的：『天下兴亡，匹夫有责。』

●顾炎武十分敬仰南宋的民族英雄文天祥（号：文山）。文天祥有个学生叫王炎午，出于崇敬之情，他便将自己的名

字顾绛改为顾炎武。顾炎武还受好友归庄的启发，向三国时期的名将邓艾（字：士载）学习，在抗清失败后，迈开双脚，从江南昆山出发，沿途栉风沐雨，跋山涉水，备尝艰辛，行程万里，一直到达山海关、居庸关。一路上，他仔细考察各地山川形势，了解民间实际状况，并把自己的所见所闻一一记录。发现疑问时，就查阅随身携带的相关书籍，直到弄个水落石出为止。

●经过一番艰苦努力，顾炎武终将自己实地考察的结果以著作的方式呈现出来，在野店昏灯下，他写出了《天下郡国利病书》、《肇域志》、《日知录》等巨著。他的这些著作，始终贯穿着『崇实致用』（崇实，即『修己治人之实学』；致用，即探寻『国家治乱之源，生民根本之计』）的思想理念，这不失为昏黑中的一道闪光，对于矫正明末清初的空疏之风起到了很大作用。

一代鸿儒黄宗羲——明末清初时期

名响士林播域中，百家经典尽博通。
专心著述开独派，罄力研读哺众英。
躲避鸿词甘隐舍，回绝显位拒栖宫。
助修前史答疑惑，无意闻达却赫声。

注释

●黄宗羲，与顾炎武、王夫之并称为明末清初三大启蒙思想家，著名历史学者。他博览群书（读完家中所有藏书，又尽览家乡余姚各藏书楼的藏书），精通诸子百家，且人格令人景仰，堪称士林楷模。

●清兵南下时，黄宗羲于浙东等地组织抗清斗争，失败后，隐居乡里，潜心著书（其代表作为《明夷待访录》，被后人称为十七世纪中国民权宣言），并在周边聚集许多英才学子，如万斯同（后来著名的史学家）、万斯大、仇兆鳌（后来的杜甫诗注家）等。这些人拜其为师，深得其导，并形成了自己独特的学术风格。这是黄宗羲开创的『浙东学派』的一大成果。

●清康熙十七年，朝廷为笼络高层读书人而诏征『特科』（博学鸿词科），令三品以上官员推荐学行兼优、文辞卓越之人，对山林隐逸者尤为放宽，致使某些热衷于功名的明朝遗民趋之若鹜。而黄宗羲则不屑一顾，其友人叶方蔼特向康熙帝面陈，还邀请他赴京，他采取规避态度，婉言谢绝。康熙十八年，朝廷决定开始编修《明史》，黄宗羲同意自己的学生万斯同参加此项活动，并将自己手中的《大事记》、《三史钞》等史料交与他。第二年，康熙帝听从叶方蔼和徐文元等人建议，礼聘黄宗羲出山参加《明史》的编修。黄宗羲以老母病逝为由又推辞了。十年后的康熙二十九年，康熙帝诏征顾问，大学者徐乾学再次提及黄宗羲，康熙帝当即表示，可召黄来京做顾问。但徐乾学知道黄宗羲是不会来的，康熙帝只好叹息不已。

●黄宗羲虽没有直接参加编修《明史》，但凭着对大明王朝的忠诚和一代鸿儒的良知，还是对《明史》的编撰很关心。史官每遇疑难，常通过书信向他请教，他都认真作答。有的行走千里送稿，求其审正，他也毫不含糊地勘误。后人称历代史书中，《明史》是编得比较好的一部，这恐怕与黄宗羲付出的心血不无关系。

清廷洋教师汤若望——清朝（世祖、圣祖）时期

登门自荐送欧风，力以渊博效大清。
推广西学赢盛誉，折服东土获高称。
重云压顶罹灾祸，巨伞遮身免血腥。
更喜君怀天地阔，众多洋教再临宫。

注释

●汤若望，德国人，原名约翰·亚当·沙尔·冯·贝尔，天主教耶稣会教士，在葡萄牙殖民者的支持下来中国传教，经过几年努力，打入了中国上层社会，可这时明朝灭亡了。大清立国后，他携带浑天星球、地平、日晷、望远镜等科学仪器，来到清廷，毛遂自荐，愿以自己的渊博知识为大清王朝效劳。

●汤若望来到清廷后，正值顺治元年八月丙辰朔日（一六四四年九月一日），他要用带来的仪器测验日食。群臣会聚在一起，观看测验是否准确。结果，他的测验比清廷钦天监官员测定的准确得多，因而赢得一片赞誉声。接着朝廷下令采用徐光启和耶稣教士合作编定的《崇祯历书》，并改名《时宪历》（这便是农历）。汤若望的这一测验，立即折服了朝廷，随之任命他为钦天监负责人——监正。不久，他又获得了太常寺少卿、通议大夫、通玄教师加通政使

以及光禄大夫等封号和官爵。

●对于洋人在中国朝廷中获得高官，朝中一些顽固守旧的官僚很不满意，极尽诬蔑、打击之能事。待顺治帝死后，康熙帝即位，鳌拜等人专权，他们更是变本加厉地给汤若望罗织罪名，诸如借历法藏身，刺探机密；制造兵器，囤积兵马，欲夺大清江山；等等，并且扬言宁可国无历法，不可国有洋人。这样就把已七十三岁的汤若望等洋人全部罢职，关入监牢。并把与他有联系的中国官员都斩了首。同时，废除了《时宪历》，恢复《大统历》，明令禁止中国人信天主教，把散居各地的传教士全部押送澳门。而汤若望算是幸运，因康熙帝的祖母孝庄太皇太后保护，才免遭凌迟和流放。

●鳌拜势力被清除后，胸怀广阔的康熙帝给汤若望等人平了反，全国又启用了时宪历法，并恢复了汤若望『通玄教师』的封号（因避康熙之名玄烨的讳，改称『通微教师』）。除汤若望外，康熙帝对精通科技、遵守法规的洋人都很信任。南怀仁、张诚、白晋等都曾是他请教算学、天文、地理、生理解剖的教师，南怀仁还做了钦天监的监正，又被封为工部侍郎。自此以后，钦天监的监正、监副以及内部工作，多有洋人参与。

大学者傅山——清朝（圣祖）时期

诗章书画尽精深，更有清风见本真。
才赫当朝文苑仰，名播后代艺林尊。
甘当道士犹思主，拒领中书不认君。
守志如磐生死已，惟忧误我似刘因。

注释

●傅山（山西人），明末清初大学者，著名的思想家、艺术家，在诗、文、书、画诸方面皆善学妙用，造诣颇深。尤其是他的高风亮节，更尽显清流本色。

●傅山才学骄人，涉猎领域之广、成就之大，显赫当朝，无出其右者，深受儒士们的景仰。而对后世亦有不凡的影响，受到极高的尊崇。

●傅山一直以反清复明为己任。清廷颁布剃发令，傅山鉴于不少汉人抗令被杀的事实，想出了一个办法，即假装当了道士（道士可以留发），穿上红色衣服，号称『朱衣道人』，以此暗表自己思明恨清、抗争到底的坚定决心。当时，他的家几乎成了反清志士的联络站。后来，清廷稳定了，对汉族知识分子的政策亦有所宽松，试图征召一批声望卓著的人到京，凡点到名的，谁也不能借故推辞。傅山在无奈之中，只好进京，但他到京后，故意托病不参加鸿词科的考试。康熙帝考虑到他这样的人才实在难得，在未参加考试的情况下，特开恩授予其内阁中书的头衔。可傅山不仅不领这个情，而且被逼迫上朝时，说啥也不向皇上磕头。按清律，这便是『大不敬』的杀头之罪。康熙帝还是网开一面，说傅山年纪大了，让他带职回乡去吧。返回太原后，当有人叫他『内阁中书』时，他从不答应，因为他根本就不认大清的皇上是君主。

●傅山至死都坚守着反清复明的信念，临去世前，他只忧虑一件事，就是怕有人把他比作元朝的刘因。当时，元世祖曾征辟刘因为右善大夫，不久因母病辞官，以后再召也未入朝，元世祖称其为『不召之臣』。傅山认为，刘因是承认元世祖为『君』的，而自己从来就没认清朝皇帝是『君』，怎么可把他与刘因相提并论呢？

康熙帝平三藩——清朝（圣祖）时期

何容举叛逆廷宫？遂讨三藩卫大清。
主次析明施大略，宽严握准振长缨。
分兵挺进降从恶，合力歼击灭首凶。
八载征伐除后患，擒贼枭首壮威声。

注释

●『三藩』是指明末投清受封的三个藩王，即据守云南的平西王吴三桂，据守福建的靖南王耿仲明，据守广东的平南王尚可喜。耿仲明父子去世后，王位由孙子耿精忠承袭；尚可喜年老多病，实际上权力掌握在其长子尚之信手中。这『三藩』原本只享受爵位而无封地。后来他们南征，拥有了军政大权，坐地为大，俨然成了三个独立王国。特别是吴三桂，仗着曾领清军入关有功，且兵多将广，更是不可一世，当清廷要分出他的一部分权力时，他便公开举起了反叛朝廷的旗帜，自称天下都招讨兵马大元帅，并约定尚之信、耿精忠共同起事，同时裹胁云贵、湖广、四川诸省，发动武装叛乱。对于三藩的野心，康熙帝早有预料。得知吴三桂等起兵反叛后，立即决定对三藩进行讨伐，以清除危及清廷的祸患。

●康熙帝认为，现在撤藩的条件已经成熟，剪灭他们的方略，早就成竹在胸：主要是派重兵集中打击实力最雄厚的吴三桂（『三桂灭，则诸贼自散』）。同时，在政治上采取孤立顽固分子，瓦解叛军的策略；对悔罪投归者，俱行免罪，给以原官；俘虏人员一概宽免；对叛军在京亲属，区别对待，不知逆情者，概不株连。由于战略和策略的正确，清军一路所向披靡，连连告捷。

●康熙帝命令大军采取有分有合，集中优势兵力歼敌之策，向吴三桂的老巢云南一路追杀。平叛战争打到第八年，耿精忠、尚之信力不能支，被迫投降，使吴三桂陷入孤立挨打的境地。这时，清廷又采取大军合围的方式，致使在昆明的吴氏小朝廷（此前，吴三桂临死前当上了皇帝，国号『大周』。死后，由其孙子吴世璠即位）粮尽援绝，守将方志球打开城门投降，吴世璠走投无路自缢身亡，郭壮图自焚，其余将领马宝、方光琛、夏国相等均被活捉。

●至此，历时八年的平三藩战争落下了帷幕，消除了危及大清王朝的祸患。康熙二十年冬，在昆明闹市区树起一排竹竿，上面依序挂着吴世璠、马宝、夏国相等逆首的人头。同时，另一竹竿挂上已经死去三年的吴三桂的骨骸。用这种方式，来警告那些胆敢反叛的势力，有极大的威慑作用。

清廉有为的于成龙——清朝（圣祖）时期

纤尘不染领清风，旷世大德赢美称。
情洒寒门播厚爱，诚掬热土建卓功。
平冤千庶还活命，减负万民归稼耕。
泪雨哀丧天地恸，虔心祭奉视先宗。

注释

●于成龙，清顺治十八年出仕，历任知县、知州、道员、按察使、布政使、巡抚和总督，加兵部尚书、大学士等职。此人为官一生，以清正廉洁著称，即便已当了总督，仍每日吃粗粮、青菜，从未有与百姓不一样的地方，同僚呼其为『于青菜』。因而被康熙帝誉为『天下廉吏第一』。

●于成龙始终对百姓怀有深厚感情，时刻体恤和关心民间疾苦。他在任广西罗城知县时，这个多民族杂居的山间小县正是兵灾之后，百姓生活十分困难。于成龙首先强化治安，保障民众尽力耕耘。他还经常奔走于寒门陋舍和垅亩阡陌之中，帮助大家解决实际困难。百姓听说于大人到来，都纷纷前去拜见。他常与百姓同坐树下，促膝谈心，问寒问暖。不久罗城大治，五谷丰登，人民日子得到很大改善。凡于成龙做过官的地方，都倾尽了他的一片真诚，竭尽全力发展生产，清除逆贼，安定社会，取得了十分显著的成绩，赢得朝野的盛赞。

●于成龙为官坚决秉持公正公平原则。康熙十七年，他升任福建按察使，当时，驻闽清军借防御郑成功侵犯漳、泉，以『通海』罪将所株连的几千人全部定为死罪。于成龙闻之，向上修书说明其中大多为普通百姓，与此案并无关联，不该论罪以死。上峰同意了他的意见，由此使上千人保住了性命。当时，清军为了打仗，每月向民间征调几万民夫，百姓苦不堪言。于成龙取得康亲王的同意，将征调民夫的事项取消，让民众得以返回土地去安心务农。

●于成龙于康熙二十三年病故，同僚入其室，只见他的住处十分简陋，衣服、饭食特别寒酸。江南民众得知他去世，都自动罢市，聚会痛哭。丧归之日，几万人步行二十余里，伏地跪送，很多人家还视其为祖宗，绘像祭拜。康熙帝知道后，深有感慨地说：『做官像于成龙那样的，能有几人啊！』这年冬天，康熙帝南巡到江宁，又多次提到于成龙，说：『我到处听到舆论，说于成龙是天下廉吏第一。』

施琅收复台湾——清朝（圣祖）时期

分割两岸岂能容，破浪扬帆鼓角鸣。
攻克屿群敌丧锐，招降岛主我扬雄。
襟宽且释一家恨，志壮但思九壤同。
如愿收台归大统，永垂青史爱国情。

注释

● 施琅，清初著名将领，原属郑芝龙部下，顺治三年随郑芝龙降清。不久又加入郑成功反清队伍。后因与郑成功发生矛盾，其父和弟弟被郑成功诛杀而再次降清。降清后，被授为同安副将，迁总兵。施琅多年的夙愿就是收复台湾，实现两岸统一。为此，他曾两次奉命出征台湾，但因风浪所阻未成。康熙二十年，台湾内部发生政变，康熙帝听从福建总督姚启圣谏议，决定乘机攻取台湾，实现统一。施琅衔命出征，十分高兴。他向康熙帝表明决心后，立即率水师二万、战船三百出海，誓死夺回宝岛，以了心愿。

● 施琅率水师先向台湾的外围岛屿发起进攻，连克花屿、猫屿、草屿等澎湖列岛，在自己左眼中箭的情况下仍然指挥作战，连打两日，致敌刘国轩全军覆没，刘仓皇逃回本岛，施琅一举收回澎湖二十六岛，扫除了本岛前面的屏障。

接着，施琅在对本岛继续施以军事、政治压力的同时，派人前去招抚，并讲清政策。在走投无路的情况下，台湾守军统帅郑克塽（郑成功之孙）在冯锡范、刘国轩陪同下，剃发归降，并将代表台湾军事割据政权的『延平郡王』、『招讨大将军』之印捧给了施琅。

●施琅以政治家的宽广胸怀接受了郑克塽等人的投降。早年，郑成功杀了他的父亲和弟弟，在平台前，留在台湾的家属七十三人又被刘国轩诛杀。施琅每想到此情此景，心如刀绞，痛恨万分。但他进抵台湾后，却把家仇放在了一边，坚决以国家统一的大局为重（『九壤同』，康熙语），未做任何报复。不仅如此，他还亲临郑成功庙宇行告祭之礼，并向皇上奏报是刘国轩力排冯锡范等逃往菲律宾之议，促使台湾归顺的，充分展示了一位大政治家的非凡气度。

●康熙帝得到施琅收复台湾的捷报，激动万分，时值中秋夜，即兴吟咏《中秋日闻海上捷音》诗一首：『万里扶桑早挂弓，水犀军指岛门空。来庭岂为修文德，柔远初非黩武功。牙帐受降秋色外，羽林奏捷月明中。海隅久念苍生困，耕凿从今九壤同。』他还派专使为施琅送去自己所穿的衣袍，并写了一首《赐施琅诗》，以表嘉许。施琅收复台湾，实现了海峡两岸的大一统，其功绩和爱国主义情怀永垂青史，为中华儿女永远铭记。

张英与『六尺巷』——清朝（圣祖）时期

学富五车朝野闻，忠心奉帝为亲臣。
当官谨慎勤襄政，处事谦恭善待人。
宁可留情三尺地，绝非结怨二家门。
和谐小巷传绝唱，石立桐城教万民。

注释

●张英，清康熙七年进士，历任翰林院编修、日讲起居注官、侍读学士、文华殿大学士等职。此人才学出众，当时皇上颁布的诏书，多出其手，备受康熙帝器重，被引为亲臣。

●张英身居高位，做官十分谨慎、细心，且非常勤勉，每天天明五更就振衣上朝，直到万家灯火时才归家休息。他为人处事又特别谦和，从不在人面前要威风、弄权势，因而深得康熙帝赞赏，在朝野上下都有很好的口碑。

●一天，张英接到一封家书，内容是：家宅侧墙外有一块空地，隔着这块空地，乃是吴家的大宅。现在吴家要修葺、扩充住屋。拆去边墙重建时，却将原墙基向前推进，由此影响了张家的墙基。张家不甘，也将边墙拆了向前推进，双方都想多占一点空地，两家就此发生冲突。吴家是当地大户，很不好惹。张家哪甘吃亏，便仗着家有相当于宰相的大学士做靠山，派人给张英送去一封信，意在让张英出面，把吴家压下去。张英接到信后，立即想到此情此景与明代嘉靖年间宛平县令李锦袭家中发生的一件事相似，于是，参照李锦袭给儿子李兰玉的四言诗的回信（『千里寄书只为墙，让他一步有何妨。含元殿上离离草，原辈风流诗味长』），在原信后页空白处回了一首诗：『一纸书来只为墙，让他三尺又何妨。万里长城今犹在，不见当年秦始皇。』家人接到此信，觉得张英说得极有道理，不能因三尺土地而伤了邻里和气，因此遵照张英所说，在已建墙基处主动后撤三尺。吴家知道了这个情况，觉得不好意思，也在贴近张家墙基处自动后撤三尺。两家消除了怨恨，且相隔有了六尺之距。这就是后世所传的『六尺巷』。

●『六尺巷』成为邻里和谐的象征，一直在民间广为流传。『六尺巷』的遗址，在今安徽桐城城西后街，巷内竖有两米见方的一块巨石，上面镌有『六尺巷』三个字，时刻提醒和警示过往行人切不可因一点小利之争而忘却了和谐友好相处之理。

词作大家纳兰性德——清朝（圣祖）时期

少壮富学谙史经，绝思妙笔善词工。

随君九载明寒暖，伴驾万程知雨风。

帐内托情吟爱痛，塞边怀古写亡兴。

妙篇三百赢佳誉，惟憾奇葩早落英。

注释

● 纳兰性德（原名成德，后因避太子名讳，即允礽小名保成，改为性德），清代大学士明珠之子，著名词人。他年少时就饱读诗书，师从著名学者徐乾学，精通经史学问，尤其极善辞令。

● 纳兰性德于康熙十五年考中进士，授乾清门三等侍卫，跟随康熙帝九年，行程万里，深得器重，升为一等侍卫。康熙每次外出，纳兰必伴行。这段时间里，纳兰既看清了朝廷诸事，又了解了民间的情况，阴晴冷暖、雨雪风霜都有所经历，因而为其词作奠定了雄厚基础，使其下笔妙不可言。

● 纳兰一生中写的词，悼亡妻之作五十余首，占现存纳兰词作的三分之一。康熙十三年，纳兰娶卢氏女为妻，两人恩爱有加。但婚后三年，妻子便因病去世，纳兰十分悲痛。他的一首《蝶恋花》是他梦中见到妻子，执手哽咽，醒后而作：『辛苦最怜天上月，一昔如环，昔昔都成玦。若似月轮终皎洁，不辞冰雪为卿热。无那尘缘容易绝，燕子依然，软踏帘钩说。唱罢秋坟愁未歇，春丛认取双栖蝶。』表达了对妻子的挚爱深情。纳兰随康熙帝到边塞，远眺群山莽原，随即涌起感慨古今兴亡之情，成《蝶恋花·出塞》一首：『今古河山无定据，画角声中，牧马频来去。满目荒凉谁可语？西风吹老丹枫树。从前幽怨应无数，铁马金戈，青冢黄昏路。一往情深深几许，深山夕照深秋雨。』

●纳兰性德有名篇佳词三百余首传世。近代大学者王国维誉其为『北宋以来，一人而已』，况周颐称其为『国初（清初）第一词人』。可惜，纳兰只活了三十一岁就病逝了，诚如梁启超所言，如果纳兰活得长些，也许清儒皆须让此君出一头地也。

中俄签订《尼布楚条约》——清朝（圣祖）时期

罗刹折兵取胜难，休兵罢战应和谈。
案前斗智争疆域，幕后筹谋保地盘。
我有真凭申正理，他无实据放蛮言。
数轮激辩终协定，划界安边义不凡。

注释

●清朝康熙年间，俄国军队在托尔布津的统率下，侵犯中国的雅克萨城。清廷派黑龙江将军萨布素予敌以毁灭性打击，俄军惨败，只得提议与清廷和谈。康熙帝本着战争非善事的想法，决定同意和谈，于康熙二十七年，命令侍卫内大臣索额图、国舅佟国纲率使团启程与俄谈判。临行前，康熙帝交代他们要据理力争，万勿轻易放弃祖宗的每一寸土地。同时，也给了他们相机处置的权力，即在不损害原则的前提下，灵活机动地完成使命。

●谈判地点在尼布楚城（今俄罗斯的涅尔琴斯克）。俄方首席代表为御前大臣戈洛文和尼布楚将军符拉索夫。整个谈判气氛森严，剑拔弩张，俄方拼凑了三千人武装，带着大量枪支弹药，还有大炮，打算谈不成就开战。谈判桌上，双方斗智斗勇，唇枪舌剑，互不相让。索额图等则精心筹谋，有理有节，决心守住底线，保全大清国土。

●在双方的激烈辩论中，清廷代表义正词严，索额图拿出确凿证据，指出尼布楚这块土地一向是中国领土，只是在四十多年前被沙俄强占，这是不可推翻的历史事实。面对索额图举证，戈洛文百般抵赖，胡搅蛮缠，大放厥词，致使谈判陷入僵局。

●经过数轮激烈争论，仍不见效果。这时，尼布楚附近的布里亚特和温科特等民族举行反对沙俄压迫，要求重返祖国的起义。戈洛文深知拖下去对俄不利，不得不坐下来重启谈判。康熙二十八年七月二十四日，经过十六天的僵持，终于在清廷预期的条件下达成协议，形成了《尼布楚议界条约》（简称《尼布楚条约》）。条约规定：中俄以流入石勒河的格尔必齐河向北，沿外兴安岭直到海为界，以南归中国，以北及格尔必齐河以西归俄国。自此，中俄两国在这一段上有了比较明确的分界，使大清北部边疆获得了安定，其历史意义非同小可。

女政治家孝庄——清朝（太宗、世祖、圣祖）时期

为固清基沥胆肝，怀盈大略理高端。
非拘满制辅雄主，善使汉臣挑重担。
定策消灾除恶霸，出谋去患剪凶藩。
一言九鼎三朝事，云诡波谲避险滩。

注释

●孝庄，即清初皇太极（太宗）的庄妃博尔济吉特氏，死后谥号孝庄文皇后。她于皇太极之后，扶持顺治、康熙两位皇帝，尽心竭力，披肝沥胆，为大清初期的繁荣稳定建立了不朽功勋。她身居高位，胸怀军国大略，始终想的是大清江山社稷的长治久安。

●孝庄努力辅佐十三岁的儿子福临（顺治）亲政，福临早逝，她又挑起教育和辅佐皇孙玄烨（康熙）的重担。当时，安徽有个叫周南的秀才，很有政治头脑，看出了孝庄在朝廷中的分量，便千里迢迢赶赴京城，请求孝庄垂帘听政。孝庄没有被蛊惑，严词拒绝了他。同时，她说服皇上变更满族祖宗的成法，规定不再用宗室辅政，而改用大臣辅政。孝庄还善于使用汉族能人，她让皇上重用汉人范文程、洪承畴等，使这些汉官在政治、军事上为清廷效力，借

以壮大自己的力量，以牢牢握住中央权柄。

●康熙时，朝廷的许多重大决策，都来自孝庄的策划与指导，如除掉权臣鳌拜、削平凶恶的三藩、征讨察哈尔等重大行动，都是孝庄拿的主意。

●孝庄身居大清王朝最高端，经历了清初太宗（皇太极）、世祖（福临）、圣祖（玄烨）三朝，可谓一言九鼎，在云诡波谲的清初政局中，支撑着爱新觉罗的基业，所以她被称为杰出的女政治家，应当之无愧。

蒲松龄与《聊斋志异》——清朝（圣祖）时期

妙笔绝思善借题，寒灯冷雨指疮痍。

荒坟鬼叫人间病，野岭狐鸣世道疾。

善恶相连非怪诞，阴阳互表不迷离。

毕生心血磨一剑，似妄实真创意奇。

注释

●蒲松龄，清朝初期伟大文学家。他自幼聪颖好学，十九岁应童子试，以县、府、道三考皆第一而闻名籍里，补博士弟子员，可后来却屡试不第，直至七十一岁才成贡生。此人最出名的著作就是《聊斋志异》，他以妙笔和绝思，凭鬼、狐和托梦等故事借题发挥，在自己生活十分窘迫的情况下（正如其本人所言『冷雨寒灯夜话时』）创作笔记小说，揭露当时社会现实的黑暗，表达民众追求美好生活的愿望和感情。此书深受当时的大学者王士禛的嘉许，他与蒲松龄之间还曾和诗相赠。

●蒲松龄的《聊斋志异》大多是借鬼、狐说教，其笔下的许多鬼、狐都很善良，乐意帮助别人解困，她们还都大胆、主动地与异性接触，反映了个性解放和人与人平等的强烈要求。同时，他以高超的艺术手法，借鬼、狐之口，道出了人间种种『病态』，给世人以极大的震撼。

●《聊斋志异》中的故事人物个个栩栩如生，把善与恶、阴间和阳间相连接且互为表里表现得淋漓尽致。从表面上看，这些故事似乎荒诞不经，令人扑朔迷离，其实蒲松龄就是用这种巧妙的手法来深刻鞭挞现实社会的黑暗。如《席方平》中，蒲松龄就是以阴间影射阳间官场的昏暗。

●《聊斋志异》共八卷四百九十一篇，约四十余万字，它耗费了蒲松龄一生的心血，充分展示了蒲松龄的文学才情和新颖神奇的创意，成为风靡海内外、翻刻不穷的名著。

大诗人王士祯——清朝（圣祖）时期

品正学渊墨蕴神，获尊赢赏越常寻。
佳篇熠熠名诗苑，力作皇皇赫士林。
只泛清流出妙语，不趋浊气拒谀文。
时称泰斗当无愧，若比东坡却望尘。

注释

●王士祯，清初著名学者、诗人，历任礼部主事、国子监祭酒、左都御史、刑部尚书等职。此人品格高尚，为官恤民，在扬州做推官（司法官）五年，清理了大案八十三件，纠正了不少冤假错案，还逐案审理因海盗狱而受株连的无辜民众，予以平反。王士祯博学好古，学识渊博，极善诗文。他论诗创立『神韵说』，即以『不著一字尽得风流』为作诗要诀，因而他的诗深得朝廷君臣赞佩。康熙十一年的一天，康熙帝问大学士李霨：『当今国内博学善诗文，要数哪个人第一？』李答：『为首当称王士祯。』康熙帝又分别问冯溥、陈廷敬、张英等大臣，他们都异口同声地说当推王士祯。这种情况，在历史上极为罕见。

●王士祯一生著作颇丰，意境奇绝，在当时，无论诗坛还是士林，可谓无出其右者。他的代表作主要是《带经堂集》、

《渔洋山人精华录》（王士禛别号『渔洋山人』）等。

●王士祯诗文尽显风骨，从不阿谀逢迎，从不向权贵献媚。有一年，权倾朝野的内大臣明珠做寿，不少官员趋之若鹜。有一大官手持千金作润资，请王士祯作一首吹捧明珠的诗文，王士祯当场拒绝，说：『曲笔以媚权贵，君子不为也！』这种只泛清流而不趋浊气的诗品、人品实在是难能可贵。

●王士祯名噪四海，为当时文人墨客所尊崇，把他奉为文坛泰斗，并将其与宋代苏东坡并列。称其为清朝文坛泰斗似无可厚非，但比之东坡尚有不小的距离。

多伦会盟——清朝（圣祖）时期

旌环帐绕设行营，御驾亲临主会盟。
化解恩仇重挽手，分清对错再言情。
编旗确制留荣号，定序别级赐贵名。
建寺迎佛彰大典，修德乐众胜长城。

注释

● 清朝初期，蒙古共分三部：喀尔喀蒙古、漠南蒙古、厄鲁特蒙古。清统一了中国，喀尔喀内部却时有内讧，扎萨克图汗被杀，所属部众多归附土谢图汗。新汗要求索回，对方不允，双方形成僵局。康熙二十三年，新汗只得上书康熙帝清求解决。康熙二十五年，康熙帝派理藩院尚书阿喇尼和大喇嘛等到土谢图汗部库伦（库伦伯勒齐尔）会盟，使得喀尔喀三部（土谢图、扎萨克图、车臣）重归于好。但由于噶尔丹（厄鲁特蒙古的准噶尔部首领）从中挑唆破坏，致使土谢图汗和扎萨克汗矛盾又起。康熙帝得知此种情况后，决定与噶尔丹开战，同时要求解决好这一问题。于是，康熙三十年，康熙帝召集咯尔咯蒙古各部和漠南蒙古四十九旗，在多伦（多伦诺尔）举行会盟。事先，在当地设立行营，四周插旌旗，中间是金帐，其余大帐环绕，景象十分壮观。四月三十日，康熙帝亲自驾临，来主持这项重大活动。

●会盟共举行八天。康熙帝命令各部自我检讨，分清是非，并再三申明既往不咎，以观来者。经过一番细致工作，终使各部之间化解恩怨重新和好。

●康熙帝还决定，将喀尔喀蒙古编为三十六旗，保留了土谢图汗、车臣汗名号，并按序分级封赐各蒙古贵族以爵位。接着康熙帝又进行了阅兵、视察营寨、接见黄教领袖人物等活动。

●为了表示清廷对这次会盟盛典的重视，康熙帝还拨出专款在多伦建造寺庙。在返京途中，康熙帝指着长城说：『秦始皇造长城，我朝施恩于喀尔喀蒙古，使之防御北方，比它更为坚固。』回到紫禁城时，看到有请修古北口长城奏折时，又说：『自秦筑长城以来，汉唐宋亦常修理，但仍有边患。可见治国在于修德安民，民心大乐，边境自固，这就是常说的众志成城啊！』

为官清正的汤斌——清朝（圣祖）时期

名重当朝遐迩闻，登堂从祀赫儒林。
清风两袖严官府，正气一躯恤庶门。
勇保民宅辞御道，敢拆神庙净凡尘。
身居显位赢民赞，品亮格高照后人。

注释

●汤斌，清顺治九年进士，康熙二十三年，由内阁学士外放任江苏巡抚。此人是著名理学家，可谓名重朝野，妇孺皆知，四海闻达。康熙朝大儒如云，但经过评比，能登堂立牌从祀孔庙的只有三人（张伯行、陆陇其、汤斌），而汤斌名列其中，这在儒林中是十分罕见的。

●汤斌为官始终两袖清风，一身正气，公正廉明，体恤民众。他刚出任江苏巡抚，就向所属的道、府、县发出警告，要求众官吏当官要走正道，绝不能搞行贿受贿那一套，如果有违者，必严加惩处。他十分关心百姓疾苦，凡事多从庶民角度考虑，并尽力帮助他们解决实际问题。

●一年，苏北发生大水灾，灾民成千上万涌进苏州城。恰在此时，康熙帝要来苏州巡察，两江总督等官员见苏州城里灾民沿街搭建很多简陋民宅，致使本来就很狭窄的道路难以通行，便要下令清除塞路的民居，以打通御道。汤斌闻之，立即阻止，保持了原样未变。康熙帝驾临后，汤斌向皇上解释了灾民的难处，赢得了皇上赞赏，还当即批准蠲免睢宁、沭阳和邳州等地税银几千两，以缓解灾民的困难。汤斌赴京出任礼部尚书之前，听说苏州及很多地方有『五通神祠』，长期以来欺骗了无数善男信女，使他（她）们中不少人倾家荡产，甚至有人丧命。于是，他赶赴上方山，对着熙熙攘攘的人群，揭露『五通神』愚弄百姓、坑害良民的种种恶行，然后，立即下令将五通神以及五显神、刘猛将、五方贤圣等木像全部焚毁，泥偶尽抛湖中，并拆毁了五通神祠，将木材砖瓦用以扩建学宫，修葺城墙。

●汤斌每到一地都政绩斐然，深受广大民众爱戴，离开苏州时，百姓送了他一个绰号『黄连半夏人参汤』，又因他生活十分俭朴，还称为『豆腐汤』。汤斌为人和做官的高风亮节，深为人们敬仰，也为后人留下了宝贵的精神财富。

孔尚任与《桃花扇》——清朝（圣祖）时期

恬水幽笛岸火荧，秦淮往事伴舟行。
痴心俊雅千般爱，负意风流几日情。
豆蔻香消犹吐麝，桃花艳褪尚含红。
苦琢十载成一扇，有感兴亡可品明？

注释

●孔尚任，清康熙年间著名剧作家，其代表作为传奇剧《桃花扇》。孔尚任入仕为官后，随侍郎孙在丰到江淮一带治河，借此机会，游历了南京、扬州等地名胜古迹。他参观明故宫，拜谒明孝陵，在秦淮河乘舟品茗，听着凄婉幽怨的箫笛声，看着岸上的点点灯火，明代李香君与四公子之一的侯方域发生在秦淮河畔的爱情故事，不觉涌上心头，生发了要将他们的爱情故事写成戏剧的想法，之后，孔尚任便开始了这项创作。

●李香君，孔尚任剧中的人物，其真名叫李香，此女能歌善文，虽生得小巧玲珑，却性格磊落豪迈。她与复社人士侯方域相识后，倾心结交，以身相许，不怕权贵利诱威胁，对爱情矢志不渝，并支持侯方域抨击阉党与反清复明的斗争。而侯方域却因其家嫌李香君出身低贱，横加阻挠而屈服压力，将李香君赶出家门，终致李香君郁郁寡欢，含恨而死。

●李香君对爱情始终坚贞不渝，她曾给侯方域写信表示：『桃花艳褪，血痕岂化胭脂？豆蔻香消，手泽尚含兰麝。』并追问侯方域：『妾之志固如玉兰，未卜公子之志，能似金钿否？』后来，李香君用侯方域送给她的扇子作为武器，抗拒权贵逼婚，将额头鲜血溅于扇面之上，侯方域好友杨龙友便以扇面之血点染成艳丽桃花。这便是剧名《桃花扇》的来历。

●孔尚任以桃花扇作为贯穿人物故事的主线，经过十余载的雕琢，终于写就传奇剧《桃花扇》，而孔尚任写此剧真正目的，正如他自己所言：『是借李香君与侯方域的离合之情，写兴亡之感。』而他最担心的是：『世人能理解否？』

洪昇与《长生殿》——清朝（圣祖）时期

叙爱说情道李杨，谱将残恨话兴亡。
梨园喝彩博皇赏，酒肆欢呼致庶狂。
正喜光环方戴顶，即悲锋刃已悬梁。
前推后打同一戏，潦倒余生恨断肠。

注释

●洪昇，清代初期著名剧作家，其代表作为《长生殿》，写的是唐明皇（李隆基）在开元以后，纵情声色，委政权奸，国政日非，杨贵妃（杨玉环）恃宠善妒，杨国忠擅权纳贿，安禄山拥兵造反的故事。表面上看，这是一部爱情悲剧，其实质是『谱将残恨说兴亡』。它与孔尚任的《桃花扇》齐名，在当时被称为『南洪北孔』。

●洪昇的《长生殿》历时十余年，三易其稿而成。一出炉，就赢得朝野一片喝彩。康熙帝亲自观看了京城梨园演出，连声叫好，并赏赐演员白金二十两，同时向诸王推荐。此后在朝廷宴会上经常演出。而在歌楼酒肆中，更是火得空前，纷纷演唱，人们都连连称赞，如醉如痴，一时间出现了『勾栏争唱孔洪词』的盛况。

●然而，就是这样一部深受欢迎的好戏，却招来了意想不到的大祸。因为洪昇在《长生殿》中不仅有唐明皇和杨贵妃这样的主角，而且还有外族人安禄山及其番兵番将入侵中原的描述。别有用心者便抓住这些情节大作文章，说洪昇是在影射满族入关之事，再加上洪昇参与了佟皇后国丧一百天内的违规宴饮唱演，便获『大不敬』之罪而被逮捕。

●一出《长生殿》前后命运竟然判若泾渭，前期得到极高的推崇，而后期则被打入十八层地狱。这一案中，洪昇虽然没因此丧命，但从此他便陷入贫困潦倒的悲惨境地，最后含恨而死。《长生殿》是一出悲剧，而洪昇本人何尝不是如此！

康熙帝六下江南——清朝（圣祖）时期

巡察探访屡出京，六下江南尤可称。
舍驾临堤勘水害，却舟登岸慰河工。
擢拔廉吏祛邪气，黜免贪官树正风。
惟据民舆识众相，存良去莠辨能庸。

注释

●清康熙帝在位六十一年，为掌握全国各地的实际情况，先后积十八年时间离开京城去外地巡察探访一百三十次，而其中的六下江南最为民间称道（共五百四十九天）。

●康熙二十三年，他首次南巡来到苏北勘察水害，所过之处，舍弃乘驾，亲临大堤，详查实情，并面谕治河大臣，严防有不肖官役侵蚀河工的劳务报酬，务必让人人都拿到定额银两。当他看到田地庐舍被水淹没，心中十分不安，弃船登岸，慰问河工，并召集当地父老和读书人，询问水灾原因，寻找解决办法。他还指示陪同的两江总督，务必关注民间疾苦，设法兴利除弊，需要多少经费，就用多少，为解民困，在所不惜。

●康熙帝南巡，一路上认真考核官吏，对清廉能干的好官大力提拔，如兖州知府张鹏翮、吴江知县郭琇、江宁知府于成龙（非天下第一廉吏于成龙）等。对贪污腐败的坏官则进行罢免，如漕运总督邵甘、杭州副都统朱山等。从而打压邪气，树立正风。

●康熙帝十分重视民间舆论对官员的评价，为官一任是好是差，全听老百姓对他们的口碑如何，他说：『凡居官贤否，唯舆论不爽。果其贤也，问之于民，民自极口颂之；如其不贤，问之于民，民必含糊应之。官之贤否，于此立辨矣。』康熙帝注意倾听各方面声音，对官员的擢升和罢免十分慎重，张鹏翮、郭琇、于成龙等，都是经过反复考察才予以提拔的。而河道总督靳辅官复原职，也正是在听取民间的舆情后才做出的决定。

戴名世因《南山集》获死罪——清朝（圣祖）时期

屡兴冤狱肃文坛，又向南山涌恶澜。
定罪无须凭确证，杀头竟可据诬言。
株连百口阴风卷，涉累九族凶剑悬。
万幸生辰忌血染，方留众命斩一员。

注释

●戴名世，清康熙年间文人，官至翰林院编修。此人放荡不羁，相当直率，才思洋溢，驰名文坛，久想写部明史，因而，据方孝标（与戴同乡，为其前辈）《滇黔纪闻》和其他资料，写了不少文章，然后由其学生龙云鄂选出百余篇，成书《南山集》（因戴名世所居江宁南山冈而得名）。书中有的地方用了南明政权的年号，也流露出一些思念故国之情。这便让与其有仇的都察院都御史赵申乔抓住把柄，以一纸书状，将其上告。清代屡兴文字狱，康熙帝见状，立即命刑部严查审明，寻找反清证据。于是，文坛上又一场整肃像汹涌的狂澜一样，压向了『南山』。

●刑部将此案不断升级，书中虽无反清的证据，却硬定为『反清』，且要大开杀戮，戴名世被定『大逆』罪，将被凌迟。方孝标已死，但要戮尸锉骨，方苞为书作序，也要杀头。而定下的这些罪，都毫无实证，仅凭赵申乔的诬告之言。

●此案株连达数百人，除戴名世、方孝标的『九族』都要杀头外，戴的学生及参与编辑人员也都被处刑，一时间，整个文坛，风起云涌，利剑高悬，一场大的杀戮即将来临。

●恰逢此时，正是康熙帝的六十寿辰，朝廷上下为祝寿忙个不停。康熙也不愿用这么多人的鲜血染红这个生日庆典。于是，开恩只将戴名世一人减刑砍头（原判为凌迟），其余人免于死罪，有的流放黑龙江，有的配入旗籍为奴。至此，南山一案算是了解。这一案虽未杀更多的人，但它仍然是清廷在思想领域镇压异端的一个典型。

康熙帝创建木兰围场——清朝（圣祖）时期

阔谷峭崖流水长，禽飞兽走野茫茫。
南依峻岭撒鹰犬，北靠高原御虎狼。
哨鹿呦呦纷展技，旌旗猎猎尽彰强。
遂立成规当家法，意练雄兵以固防。

注释

●清康熙二十年，康熙帝第二次出巡承德以北一百一十七公里的崖口外，勘察圈定了木兰围场。『木兰』是满语『哨鹿』之意，就是指猎人头上套着制作逼真的鹿头，口中吹着木哨，以呦呦鹿鸣吸引真鹿的一种诱猎方式。木兰围场周长一千多里，总面积有一万多平方公里，按地形变化与禽兽分布情况，划分成六十七个小围场。木兰围场处在陡峭壁立的两崖之间形成的一个峡谷中，伊逊河从峡谷中奔流而出，前面十分开阔。这里泉水丰沛，旷野茫茫，且飞禽走兽繁多，是一个行猎的好地方。

●木兰围场南依燕山，北靠坝上高原，林木茂盛，峦谷起伏，既是狩猎的最佳地点，也是北方边境防御的要地。

●每年秋分过后，康熙帝便率各部院官员和青海蒙古、喀尔喀蒙古、内蒙古六盟四十九旗的王公贵族及察哈尔八旗的蒙古官兵一万二千余人，前来狩猎，并有内蒙古喀喇沁、科尔沁、翁牛特、巴林、克什克腾、敖汉等旗派出的一千二百五十名骑兵做向导和侍候。围猎开始，哨鹿声声，皇上和皇子射猎后，众将士纷纷上阵，各展射技，一天结束，统计战果，论功行赏。一年一度的围猎活动中，除了打猎，还令官兵越高山、登峻岭、奔平甸、跨深涧、练骑术等，培养官兵吃苦耐劳、英勇顽强的战斗精神，使他们个个奋力拼搏，彰显强势。

●这项活动每年都要进行，遂成为一个规矩，并将其定为家法。康熙帝明确指出：『围猎是军事训练的一种方式，不可荒废。不认真对待，按军法从事。』雍正帝嗣位后，专门立规：后世子孙，当遵皇考所行，习武木兰，毋忘家法。康熙帝创造的这一常备不懈的军事训练方式，使八旗军保持了昂扬的斗志和娴熟的军事技术，对巩固北方边防起到了重要的作用。

康熙帝立储难——清朝（圣祖）时期

理政经国为圣君，却因承继陷迷津。
得封一子急登位，失立诸儿紧抢尊。
此派重臣谋鼎旧，彼帮名相策推新。
尘埃落定驾崩后，可有遗言举胤禛？

注释

● 清康熙帝可为经国理政的一代圣君，可却在立储问题上长期陷入纠结，成为他终身的遗憾。

● 康熙十四年，康熙帝曾将出生才十八个月的胤礽册封为皇太子，确立了皇位继承人。但这个太子，渐显自私、乖戾的性格，特别是他的奶公凌普的贪婪和舅公索额图的专横跋扈，给了他极大负面影响，使他越来越肆无忌惮。康熙帝因而产生不安，要他接受儒家正统教育，但为时已晚。皇帝出征病重回来召见太子，竟发现他毫无忧虑之色。国舅阵亡，皇上抱病参加葬礼，可胤礽却没有任何反应。祖母去世，皇上极尽孝道，想以此感召胤礽，胤礽还是无动于衷。同时，胤礽野心膨胀，总想尽早登基，年过半百的康熙帝觉得太子已不可救药，于是在康熙四十七年九月，将其废黜。太子一废，众皇子见势纷纷活动起来，相互之间钩心斗角，个个对太子之位垂涎三尺，这使康熙帝身心受到极大伤害。为了稳定局势，康熙不得不恢复了胤礽的太子地位。可重做太子的胤礽，不但劣性不改，而且变本加厉，甚至在朝鲜驻京使节面前公然发牢骚，说：『自古至今，有过立太子四十年而不让他即位的吗？』康熙帝十分担心太子会发动宫廷政变，于是在康熙五十一年，以胤礽叛逆嫌疑罪诏告天下，将其永远废黜。

●其实，胤礽之所以敢如此胆大妄为，是因为他身后有实力派人物——舅公索额图——的强力支持，索额图已多次向康熙帝表达过让太子早日登基的意向，并于康熙三十三年授意礼部，将太子的祭祖拜褥同皇上的一起放在奉先殿门槛之内。而另一重臣，曾与皇长子胤禔关系密切，后转而支持皇四子胤禛的隆科多，则在康熙帝葬礼上突然宣布先帝『遗诏』，立皇四子胤禛为新君。从中可看出，胤礽、胤禛背后都有一个庞大的势力集团，只不过双方较量，后者取得了胜利而已。

●皇位继承人的最终确定是在康熙帝逝后，可以说，康熙帝生前未敲定将来由哪个皇子嗣位。至于康熙有没有立嗣的遗嘱，如果有，是否确定是胤禛，真相扑朔迷离，各种各样的说法都有。

年羹尧、隆科多获罪——清朝（世宗）时期

随风转舵获尊荣，自傲功高渐忘形。

肆挑皇权欺御主，擅专朝政乱龙廷。

充囊受贿侵纲纪，壮势聚奸结党朋。

大恶无边遭灭顶，其中可否隐别情？

注释

●年羹尧、隆科多，为清雍正朝的两位重臣。年羹尧本是雍正为亲王时的藩邸旧人，与亲王关系密切，后来关系疏远。可他一听说雍亲王要做皇帝，立即转变态度，表示衷心拥护。隆科多是雍正帝的舅舅，原先同皇长子胤禔比较接近，又是皇八子胤禩的积极支持者。然而，他在关键时刻突然投到雍亲王麾下。因此，雍亲王登基后，便把年羹尧和隆科多分别委以重任，年羹尧任川陕总督，挂大将军印；隆科多被提拔到总理事务大臣之位，并袭一等公的勋爵。年羹尧、隆科多获得雍正帝如此尊荣，不禁自恃功高，渐生骄蛮，得意忘形。

●年羹尧、隆科多随着权势的膨胀，根本不把皇帝放在眼里，他们恣意挑战皇权，随便僭越，狂妄至极。年羹尧到京师，竟然要总督、巡抚跪地迎接，甚至皇上的女婿也要如是而行。年、隆还无所顾忌，专擅朝政，『年选』文武官

员，连吏部都不能过问，对众臣僚，他们更是随意打压，把御前侍卫当马夫一样驱使，动辄就大耍淫威。

●他们两个都贪得无厌，克扣军饷，大肆受贿，中饱私囊，且生活极度奢侈糜烂，对国家纲纪任意侵凌践踏。他们一个在外，一个在内，为壮大自己的势力，极力网罗奸佞，结成朋党，党羽遍布朝野上下，掌控重要权力。对皇权形成严重威胁。

●年羹尧、隆科多依仗权势，所做恶事罄竹难书，雍正帝忍无可忍，于是，对他们进行严惩。把年羹尧定大罪九十二条，逮捕入京下了大牢，迫令其自杀；而对隆科多以四十一条大罪下狱，实行终身监禁。雍正帝剪除年、隆二霸，无疑是为了巩固和强化皇权，但是否因隆科多掌握当年雍正帝即位的内幕，所以必须将其除掉呢？人们不得而知。

知名谏臣孙嘉淦——清朝（世宗、高宗）时期

入仕八约以束身，才高胆壮善求真。
持诚奏策直击弊，秉正推官敢犯尊。
遭贬依然出大力，得擢照旧尽全心。
幸逢明主识贤俊，驱走严冬又见春。

注释

●孙嘉淦，清雍正、乾隆年间有名的谏臣。他于康熙朝刚入仕时，就给自己定下了『八约』（事君笃而不显、与人共而不骄、势避其所争、功藏于无名、事止于能去、言删其无用、以守独避人、经清费取廉）的戒律，要求自己耿直为人，清廉为官。孙嘉淦学养丰厚，研究理学颇有名气，特别是他有胆有识，一向善于讲真话、做实事，从不随波逐流。

●孙嘉淦陈指时弊直接而尖锐。雍正帝登位，鼓励群臣上疏议事，孙嘉淦尖锐地上谏皇上『亲骨肉、停捐纳（用银买官）、罢西师』，群臣听后十分吃惊，雍正帝则给予赞扬，说：『朕亦不能不服其胆！』乾隆三年，孙嘉淦担任直隶总督，当时朝廷严禁民间酿酒，孙嘉淦经过调查后，发现此规定不符合实际，它会致百姓失业，而又使酒枭犯令聚

众，所以建议朝廷对禁酒令进行改革，即：禁酿酒应在歉年而不在丰年，同时，禁酿黄酒（因要用粮食）而放宽酿烧酒（因用糠麸）。乾隆帝收到他的建议，相当欣慰，遂下诏执行。孙嘉淦在任国子监时仍兼任祭酒，并负责向皇帝推荐官员。一次，他秉公向雍正举荐两个教习时，因直言顶撞了皇上，被认为『大不敬』，论罪应斩。雍正帝予以宽恕，给他留了一条命。面对险有杀身之祸，孙嘉淦不改初衷，仍一如既往，一心为公，直言不讳。

●因顶撞皇上，孙嘉淦被贬到户部当了一名无品级的行走，在这个职位上，他依然卖力工作，整天不辞辛苦，亲称银两，经复核竟然丝毫不差，使果亲王允礼大为惊叹、钦佩。雍正帝听说后，也倍加赞扬，遂命其为河南盐政。乾隆帝即位后，立即召孙嘉淦回京，让其先后出任吏部侍郎、左都御史、刑部尚书兼管国子监总务，当上高官后，孙嘉淦依旧尽心竭力，日夜操劳，处理政务，深受皇上嘉许。

●孙嘉淦敢于直言相谏，一心为朝廷尽职尽责，关键是雍正、乾隆二帝尚能识贤俊，方使其继续在朝廷做事，并还能得到提升。如果遇上一个昏聩之君，恐怕不仅不容，而且早就掉脑袋了。

吴敬梓著《儒林外史》——清朝（世宗、高宗）时期

冷眼旁观审怪圈，依实塑像涌毫端。
穷经皓首千君憾，罄力伤神几士欢。
落榜无光如坠地，题名有彩若登天。
儒林百丑活灵现，妙笔绝思著巨篇。

注释

●中国古典小说《儒林外史》为清代文坛著名现实主义作家吴敬梓所著。吴敬梓本出身显宦望族，后来家道中落，但吴对科举仕途并不热心，可谓儒林『逃兵』。他以冷眼旁观的姿态，审视科举怪圈，依据大量的真人实事（如：书中的范进，就是生活中的陶镛；牛布衣就是朱草衣的化身；等等），描述了科场上的种种怪象，对科举弊端做了深刻批判和鞭挞。

●阅览全书，可以清楚地看到，科举是让人们升官发财的必经之路，结果弄得儒林士人如痴如醉，甚至一辈子皓首穷经，竭尽心力，但能如愿者寥寥无几，确有真才实学的儒士常常名落孙山，大量人才被埋没，受到精神上的摧残，不少人因此而陷入极度痛苦之中，而成为心理疾病者和精神变态者。如书中的范进，年过半百，屡试不中，后来终

于考中，却受不了刺激，乐极生悲，竟然疯了。

●人们把科举考试作为晋升的唯一途径，因而是金榜题名还是名落孙山，就成为检验是否成功的唯一标准。如果榜上有名，立即光彩熠熠身价百倍；如果榜上无名，就会暗淡无光，被人瞧不起。范进屡试不中时，一直被丈人胡屠户奚落，常遭辱骂，而登榜后，胡屠户却连夸女婿如何优秀。前后判若两人，足见时人衡量一个人是否成功的标准何在。

●吴敬梓在饥寒交迫的情境下，以绝思妙笔，把百余位痴醉科举儒生的种种丑态，描绘得栩栩如生，活灵活现，成为一幅儒林百丑图长卷，为中国乃至世界文坛留下了不朽的杰作。

雍正帝一手制造查嗣庭狱案——清朝（世宗）时期

本是传言却不容，穿凿附会铸冤情。
先将面相当依据，再以文辞定罪行。
指控阴毒谗故主，罗织妄悖蔑今廷。
凭空制造惊天案，意欲何为尽肚明。

注释

●查嗣庭，清代雍正年间内阁学士、礼部左侍郎。他由于一起文字狱——『查案』而出名。传说查嗣庭在江西主持乡试时出了道『维民所止』的试题，前一个『维』字，后一个『止』字，连起来刚好是砍去脑袋的『雍正』二字。雍正帝闻之，立即大发雷霆，非要对查嗣庭问罪不可。其实，查嗣庭并未出过『维民所止』的试题，而雍正所以听风是雨，兴师问罪，是因为雍正帝早就在寻机整查嗣庭，于是在查主持江西乡试时出的众多题目中进行极其可笑的穿凿附会，最后硬说查嗣庭恶毒攻击雍正年号，于是，雍正便以此为据，大兴冤狱，欲置查嗣庭于死地而后快。

●为给查嗣庭定罪，雍正帝竟然先从查的面相入手，说相书上讲『狼顾之相』，必有谋逆之心，查正具此相，所以他必心术不正，怀有异志。接着，又查抄了查嗣庭的日记，经过『分析』、『推理』，证明查确有『狼子野心』，随之，将其下狱。

●通过在查嗣庭的日记中『鸡蛋里挑骨头』，雍正给查嗣庭加的罪名主要是两大方面：一是恶毒攻击先皇及朝政；二是恶毒攻击本朝，妄悖不敬。皇帝的调子一定，刑部、都察院、大理寺三法司过堂，认定查嗣庭大逆不道，天地不容，应比照『大逆律』治罪。

●查嗣庭一案拖了七八个月，查等不到明正典刑就已死于狱中，但照例还得开棺戮尸，枭首示众。这明明是一个毫无根据的冤案，那么雍正帝为什么要故意制造这一冤案呢？其实局内人都心知肚明：因为查嗣庭是经隆科多推荐得以擢升的，现在雍正帝对查下死手，显然是清除隆科多朋党案的深入。此外还有一个目的，就是借此开辟一个打击『科甲朋党』的新战场，解除科班出身的官僚集团对皇权构成的威胁。

雍正欲利用策反案平息舆论弄巧成拙——清朝（世宗）时期

免斩活身罪死魂，劈灵枭首没族群。
乘机剿异清官场，就便怂降匡士林。
大颂拥国合法理，高歌嗣位符规循。
编书本欲压蜚语，岂料舆情不遂人。

注释

●清雍正年间，发生了一起策反案件：川陕总督岳钟琪接到一封策动他反清的信，他便会同陕西巡抚西林、按察使硕色设计搞清了策反信原来是湖南文人曾静一伙所为，于是，对曾静等进行反复刑讯，曾静屈降后交代，他在策反信中所列雍正帝的谋父、逼母、弑兄、屠弟、贪财、好杀、酗酒、淫色、诛忠、任佞十大罪状全是道听途说来的，他的谋反心思，是受了道学家、诗人吕留良的思想影响。看到曾静被捕后十分懦弱，全部招供，雍正帝心生一计，力排众议，一反常态，决定免除曾静死刑，而把矛头直指已死了四十五年的吕留良，将吕开棺戮尸，枭首示众，并将吕的学生和族人，斩决的斩决，发配的发配，凡有关联者，无一幸免。其目的是通过吕案肃清思想界。

●同时，雍正帝还乘机追查谣言来源，查到了允祀集团党羽身上，并把流言散布者与曾静谋反联系起来，将允祀集团的残余势力一网打尽。雍正帝留下降服的曾静一条命，是要利用他作为传声筒，统一文人思想，为自己的政治目的服务。

●曾静感蒙皇上不杀之恩，自然倾尽全力为皇上服务。他按照雍正的旨意，到处现身说法，在各地宣讲大清统治的合理合法和雍正登基符合祖制、常规，以此消除世间的种种猜测和疑虑。

●为清除文人队伍中有违皇上和朝廷的思想，雍正还把他的上谕、曾静等人的口供、悔过书以及自己的见解，编成一本《大义觉迷录》，他想这样一搞，再加上利用曾静的宣讲，一定会消除流言蜚语，可他万万没有料到，其结果适得其反，不但未对流言起到遏制作用，反而愈演愈烈，越传越奇。

两朝重臣鄂尔泰——清朝（世宗、高宗）时期

臧否奖罚依律行，不阿皇子拒通融。

施职在野博民爱，上位于朝动主情。

透悟祸福知互倚，深参大小懂相承。

鞠躬二帝多佳绩，改土归流赫盛名。

注释

●鄂尔泰，清雍正、乾隆两朝重臣，官至首辅、军机大臣兼领侍卫内大臣和议政大臣。此人一向善恶分明，执法严格，虽王侯公主之家，有过必惩，有善必奖，一切按大清律办事，威武不能屈，权势不能摇。雍正帝尚未登基时，身为亲王曾托鄂尔泰帮忙走私情，鄂就以皇子应毓德春华，不可交结外臣为由，予以拒绝。这种不怕得罪皇子的精神，使后来的雍正帝深为钦佩，说他当时不过是一个小郎官，竟胆敢拒绝皇子请求，可见今天用其为大臣，必能风清气正。

●鄂尔泰于雍正一朝，在广西、云南、贵州、江苏等数地做官，每为官一地，都深受百姓爱戴，被雍正帝誉为『天下第一布政』。后来，他回到朝廷，雍正即授其为保和殿大学士，位居首辅。在此任上，他更是办事认真，谨慎为官，

特别是对皇上无比忠诚，使雍正帝十分动情地朱批：『朕实含泪观之。卿实可为朕之知己，卿若见不透，信不及，亦不能如此行，亦不能如此行也。』

●鄂尔泰对人生和官场之事参悟得十分透彻，深知祸福、大小之辩证。他的弟弟户部尚书兼步军统领鄂尔奇私宅奢侈，他见后厉言训斥：『今偶得志，就那么奢侈，这样大祸要临头了！』鄂尔泰常说：『大事不可糊涂，小事不可不糊涂；若小事不糊涂，则大事必至糊涂矣。』此话连与他不甚合作的张廷玉都相当佩服，说：『最有味，宜静多思之。』鄂尔泰高超的处世哲学，大概正是他在官场上立于不败之地的奥秘。

●鄂尔泰在雍、乾两朝都身居要职，且建立了不凡佳绩，值得一提的是，他在经略云南、贵州、广西三省时实施的『改土归流』举措，使三省自此结束了土司统治的局面，为中央政府加强对边疆的统治做出了巨大贡献，从而也使他盛名愈赫。

鲁亮侪不怕丢官拒摘印——清朝（世宗）时期

奉命摘官代县丞，厘清真相拒遵行。
掉头回府申民意，放胆登堂辩案情。
激抗督衙纠谬误，速追劾状讨公平。
宁失蓝顶襄贤吏，不为肥缺辱净名。

注释

●鲁亮侪，为清雍正年间河南总督田文镜麾下的候补县丞。有一次，总督府查明中牟知县李某盗用银库，触犯了大清律而被罢官。田文镜命鲁亮侪前去摘印，并出任代理知县。鲁亮侪非常高兴，马上前去中牟。可在途中，他屡屡听到百姓和读书人都异口同声赞扬李知县的政绩，特别是到了中牟，了解到李某所以动用银库，是为预支，用来迎接从云南而来的老母，绝非盗用，便立即决定放弃摘印。李知县说这样不行，不摘印要犯抗令之罪，鲁说：『你不了解我是个啥人啊！』

●鲁亮侪清楚了事情的原委，马上掉头返回总督府，先向布政使和按察使报告了情况，申诉了民意，接着理直气壮地登堂向总督田文镜讲了案情的来龙去脉，明确表示此案有误，应该立即甄别。

●当时，鲁亮侪顶着极大的压力，被布政使和按察使指责为『神经病发作了』，而总督田文镜更是十分愤怒，吼道：『普天之下摘印为官的，可有这样的吗？』但鲁亮侪毫不畏惧，直言申辩，指出此案定得荒谬，不平反不足以服众。当鲁亮侪将事情详述后，田文镜觉得在理，就在鲁要离开时，忽然走下台阶，招呼鲁到面前来，取下自己的一品大员珊瑚珠帽子戴在了鲁的头上，叹声说：『你真是当今奇男子，此帽你戴才最适宜，若没有你，我几乎将好官弹劾，只是送吏部的劾状已送出五天了。』鲁见已有转机，马上接话说：『我能日行三百里，一定能追回来，只要给支令箭凭证就能办到。』田文镜允承，鲁亮侪果然策马五日，将劾状追回，为李知县讨得了公道。

●鲁亮侪为李知县平冤是冒着极大风险的，他宁可丢掉候补的官位，摘下蓝顶子（候补官戴的帽子），也不因县丞这个肥缺而失去自己的做人准则，其高风亮节，着实令人钦佩。当时，鲁亮侪所以名扬天下，其原因正在于此。

封疆督抚三楷模之一李卫——清朝（世宗）时期

未历科班入政坛，建功博宠晋高衔。
赴滇革弊出佳境，治浙图强去乱源。
疏浚西湖修古迹，开发玉岛扩良田。
应民之愿彰忠义，鞭挞奸邪颂浩然。

注释

●李卫，清雍正年间重臣，官至直隶总督，与鄂尔泰、田文镜一起被雍正帝树为封疆大吏的三大楷模。李卫并非科举正途出身，而是靠捐班进入政坛。入仕后，他屡建大功，深得皇上宠幸，成为清朝未经科举一路擢升，握重权之柄的第一人。

●李卫三十五岁时曾由京官外放任云南驿盐道，他一到任就大刀阔斧地革除盐政的积年弊端，受到雍正帝的赏识，随即越格升为省布政使，并获得了一般布政使所没有的独自向皇上奏事的权利。后来，李卫受命到浙江主政，他仍雷厉风行，奋发图强，取得如摊丁入地、丁归粮办等佳绩，消除了诸多积弊，使浙江面貌发生很大变化，深受百姓拥护。

●在主政浙江期间，李卫还疏浚了淤积的西湖，修复了不少古迹，特别是他大胆地开发了浙南的玉环岛。此岛曾长时期实行海禁，已是一片荒芜，但民众为生计仍背着官府，进行垦殖、打鱼和煎盐等活动。李卫到任后，派人多次上岛现场勘察，弄清岛上已垦和可垦田地多达十万余亩。为此，他上疏雍正帝，要解决浙江人多地少的问题，与其对民众赴岛禁而不止，不如鼓励前往开垦，并说重要的是在于制定条例，强化管理。把玉环岛开垦起来，既可以解决民生问题，又可以增加税收。雍正帝对李卫之奏深表赞同，连声叫好，还在上面朱批：『此筹是览而不嘉悦者，除非是呆皇帝也！』

●李卫平生十分崇敬南宋岳飞的忠义，为此，他迎合民众仇恨秦桧的心理，将各地收缴兵器熔铸成秦桧、王氏、张俊、万俟卨（音：莫奇谢）四个铁像，缚跪在岳飞墓前，后来又在岳墓门处悬挂楹联一副：『青山有幸埋忠骨，白铁无辜铸佞臣。』用以表达自己爱憎分明的情感。

雍正帝秘密建储——清朝（世宗）时期

御座传承系大局，多生诡异陷难题。
翻波卷浪皇儿斗，耗力伤神主父疑。
有备封函先册储，无虞示诏后登极。
前辙避蹈开新制，自此遵行免扯皮。

注释

● 清代雍正帝在雍正十三年初秋暴毙于圆明园，宝亲王弘历（乾隆帝）顺利接班，一改清廷过去皇位在传承问题上的混乱。帝制下，皇权的嗣承，关乎国本，历来波谲云诡、血雨腥风，成为历朝皇帝身没后的一大难题，这在中国历史上屡见不鲜。

● 为争夺皇位，皇子们互不相让，经常展开你死我活的残酷争斗，如雍正帝上台，就内隐着说不清道不明的诡异，幕后的斗争十分激烈。当初康熙帝册立太子，更是伤透了脑筋，立了废，废了立，反复折腾，弄得朝廷上下风起云涌，因此他受到严重打击，最后抱憾而终。

● 鉴于历史上皇位传承上的种种教训，雍正帝一登基，就想出了一个新招：公开宣布秘密建储的决定，即先定下储君人选，然后将储君的名字写成一函进行密封，藏于一个匣子内，放在乾清宫正中的『正大光明』牌匾的后面；同时，另有同样的一份，藏于皇帝身边的小盒中，等到皇帝死后，将两个匣子打开，相互印证，确定无疑后，便由大臣宣布登基之帝。雍正帝驾崩，正是由顾命大臣张廷玉、鄂尔泰，在庄亲王、果亲王、内大臣海望等人的见证下，宣布由宝亲王弘历即位的。对此，朝廷上下都予以认可。

●雍正帝为避免重蹈过去皇位传承混乱的覆辙，开创了秘密建储的新制，自此以后，清代乾隆、嘉庆、道光、咸丰四帝都是按此制度登上宝座的。只是到了清后期，由于咸丰帝只有一个儿子，同治和光绪帝没有儿子，这种秘密建储的制度才失去作用。

七品知县郑板桥——清朝（圣祖、世宗、高宗）时期

扬州八怪有其人，品正格高响士林。
犯禁开仓消饿殍，竭囊献俸救灾民。
辞官掷印留清气，归舍读书避秽尘。
彻悟糊涂谙大道，三绝卓立寓精魂。

注释

●郑板桥（郑燮），清乾隆年间七品知县，为『扬州八怪』之一（扬州画派有八怪：汪士慎、黄慎、金农、高翔、李鱓、郑燮、李方膺、罗聘）。此人品正格高，不流世俗，性情倔强，为官清明，在士林中享有很高声誉。

●乾隆元年，郑板桥中进士，乾隆六年任山东范县知县。在任上，他拒绝讲排场，经常便服出巡，访贫问苦，体恤百姓疾苦。乾隆十一年又调任山东潍县知县。当时正值荒年，道殣相望人相食。见此情景，郑板桥未经朝廷批准，就开仓放粮，又命大户支灶煮粥，以解民饥，使饿殍大量减少。由于歉收，老百姓手里无粮，难度寒冬，他又倾囊捐出自己的养廉银，救助灾民。

●郑板桥因为民申请救济而触犯了上司，乾隆十八年被罢官回乡。离开潍县时，百姓痛哭遮留，家家画像以祀，他便

以擅长的绘竹相赠，并在画上题款：『乌纱掷去不为官，囊橐萧萧两袖寒。写取一支清瘦竹，秋风江上作渔竿。』

●郑板桥在知县任上，曾多次自题款『难得糊涂』，并写有一跋：『聪明难，糊涂难，由聪明而转入糊涂更难。放一著，退一步，当下心安，非图后来福报也。』这表明他对『糊涂』已有彻悟，正如钱泳在《履园丛话》中所说：『郑板桥尝书四字于座右，曰「难得糊涂」，此极聪明人语也。余谓糊涂人难得聪明，聪明人又难得糊涂，须要于聪明中带一点糊涂，方为处世守身之道。若一味聪明，便生荆棘，必招怨尤，反不如糊涂之妙用也。』郑板桥的画、书、诗堪称『三绝』，所绘的兰、竹、石淡泊清逸，简洁奇妙，极具功力，蕴含了他桀骜不驯的性格和风骨，足见其浩气精魂。

乾隆帝组织编写《贰臣传》——清朝（高宗）时期

强化纲常借贰臣，专修另传警国民。
分编甲乙逾十卷，统序武文超百人。
盛赞忠良拥烈胆，痛批降叛丧雄魂。
均随主意施褒贬，可使无辜进鬼门。

注释

● 清乾隆帝为强化纲常，巩固清朝统治，想出一奇招，即借用贰臣（前朝大臣在新朝任职者）说事，专门组织人员编修了《贰臣传》，用以警示国民，意在天下官员、百姓召明，要重节义，守纲纪，遵国统。

● 《贰臣传》的编修是前无古人的，它在《国史列传》之外，由国史馆修成，是为另册。全传共十二卷，分甲、乙两编，集纳清初重要的明朝降臣，统列文臣六十六人，武将五十四人，计一百二十人。前六卷是降清后为清王朝立有功劳者，并按功劳大小依次排列。后面几卷的贰臣是对清王朝没有贡献，甚至犯有罪行而被革职、流放、送归田园的。如钱谦益就在其中。第十一卷有孙可望等，按乾隆帝所说，此类人只是因大势所趋，日暮途穷时投机取巧的小人。《贰臣传》还附有《逆臣传》四卷，列入三十五人，如『三藩叛乱』者吴三桂等。第四卷乃是降而复叛的重要官员，如李成栋、姜瓖等。

●整个《贰臣传》及附录的《逆臣传》，贯穿着对忠良的赞颂，对叛逆的鞭挞，如高扬史可法，贬损钱谦益。其目的就是强化臣民的忠君意识，使他们对大清王朝忠心耿耿。

●其实，对所有降臣的臧否，全都是依乾隆帝的好恶而书写的，其中不乏无辜被诬为复叛者而罹重罪，如郑芝龙，降清后，长期被软禁在北京，用作招降其子郑成功的诱饵，但郑成功始终坚持抗清，这样一来，郑芝龙就被加上降而复叛的莫须有罪名，惨遭杀害。

江南老名士沈德潜——清朝（高宗）时期

走笔诗坛善颂功，博君宠赏速勃兴。
齐肩二士赢高望，列位三班获美称。
御赐楹联推喝彩，钦题额匾壮蜚声。
流年可喜千重暖，死后凄悲百丈冰。

注释

●沈德潜，清乾隆年间大诗人，官至内阁学士兼礼部侍郎。他早年屡试不第，直到乾隆四年六十七岁时才考中进士。此人在诗坛上颇有建树，诗作很多，且崇尚唐人雄浑豪放的诗歌风格，特别注重诗的体法声调，在当时诗坛上享有盛名。沈德潜的诗大多是歌功颂德之作，因而深得乾隆帝赏识。又因他常与乾隆帝奉和，并为乾隆帝润色诗文，屡受称赞，因此连升五级，到乾隆十三年，已被擢升为内阁学士。

●乾隆帝在读到沈德潜的《归愚集》之后大加赞赏，说他可与明初大诗人高启和当代大诗人王士禛相媲美。后来，沈德潜又被乾隆帝列入『九老』之中，凡三班，沈在『九老』中名列榜首，乾隆帝还命人画其像藏于内府。

●沈德潜多次得到乾隆帝题赐的楹联、额匾和诗赞，如『鹤性松身』、『诗坛老硕』、『江南大老』、『清时旧寒士，吴下老诗翁』等。为此，沈的名声借助皇上的声威，更加显赫。

●沈德潜蒙受乾隆帝的厚恩达三十年之久，直到九十七岁去世，头上的光环仍然耀眼，这对一位名士来说，不啻为命运之大幸。可实际上乾隆帝对这位汉人名士在潜意识里是不甚放心的。就在沈死后的第十年，乾隆帝密令查找沈家是否藏有钱谦益的著作。乾隆四十三年，皇上在处理徐述夔《一柱楼集》案时，发现沈德潜曾为徐书作序，于是，立即下旨，追夺沈德潜的谥号、官衔，并将其墓碑打碎。

真宰相刘统勋——清朝（高宗）时期

军国大事尽全心，不愧楷模赢敬尊。
品尚无私长指弊，行端有胆善追根。
严察职场驱邪气，厉饬朝纲倡正音。
罕见公明真宰相，清风塑骨守终身。

注释

●刘统勋，清乾隆年间官至大学士、刑部尚书。此人忠于职守，一生尽心竭力为军国大事操劳，从未有丝毫懈怠，深得乾隆帝信任，并被作为官员的楷模而受到推崇，赢得朝野上下的敬重。

●刘统勋品德高尚，行为端正，眼里不揉沙子，善于发现弊端，且一旦发现，刨根问底，不弄个水落石出绝不罢手。一次，刘统勋视察黄河堤防工程，发现有乡民在向河工送草料的几十辆车旁站着，其中一些人相对而泣，于是他走上前去详问其由。当了解到收料的官员让他们每车交一两八分银，否则拒收时，立即大怒。他上前替乡民交料，收料官见其身着绸衫，认定他必是财主，便向他勒索十五两，他稍做辩解，此官大怒，令随从用鞭子把他赶走，并没收了他的牛车。刘统勋回府后，立即发令将那个恶官缚来，一顿棍棒之后，将其戴上大枷拉到河堤示众，此后，再也无人敢勒索和刁难送料的乡民了。

●刘统勋对官场上的歪风邪气深恶痛绝。他在浙江视察海塘，发现不少新任督抚提镇上任时，多让他们所带来的亲信担任肥缺。于是，他奏请皇上同意后，严刹了这股职场上的顽疾歪风。刘统勋助皇帝整饬朝纲更是严厉。乾隆六年，他在左都御史任上，发现当朝元老、大学士张廷玉，尚书纳亲两位重臣都有严重违犯朝廷纲纪的行为，就当面指摘，并报请皇上严加训斥，督令改过，以扬正气。

●刘统勋为官公正廉明，刚直不阿，乾隆帝曾评价他『终身不失其正』。刘死时家中十分寒酸，连屋子的门窗都透风漏雨。乾隆帝流泪痛悼，对群臣说：『像刘统勋这样的人，才不愧为真宰相啊！』

一代名臣刘墉——清朝（高宗）时期

子继父德自守荣，公明廉正唾逢迎。
奇招雪耻惩淫鬼，巧法揭贪斗蛀虫。
满腹经纶行士苑，浑身智术走朝廷。
卓文妙墨均绝响，独领书坛为巨擘。

注释

●刘墉，清乾隆朝进士，为『真宰相』刘统勋之子，官至礼部尚书，并充任《四库全书》副总裁、三通馆总裁及上书房总师傅，并为体仁阁大学士，加太子少保等职。刘墉继承其父美德，为官公明廉正，特别在满朝都慑于大贪官和珅淫威，纷纷赂其献媚的情况下，只有他完全不逢迎，对和珅一直采取冷漠态度，不随波逐流。

●刘墉做官历来较真，在处理案件上绝不冤枉好人，也绝不放过坏人，并常出奇招，准确定案。曾有一女与奸夫同谋，将丈夫杀死，之后，她穿起孝衣，到丈夫坟前假装哭夫。刘墉查办此案认真观察所有细节，当他发现此女哭坟时，孝衣被风掀起，露出了里面的红衣服时，立即断定此案内有隐情。于是，他严格审讯该女子，终于弄清案情真相，处死了奸夫淫妇，为死者昭了雪，申了冤。刘墉对大贪官和珅权势熏天、贪腐无度极其仇恨，但囿于和珅得皇帝盛宠，在与其斗争时，方法十分巧妙。和珅衣着最尚奢华，刘墉则故意穿敝衣旧服和他同列。有一年春节风雪交加，刘墉探知和珅出宫，在他经过的路上，故装谦卑跪地给他拜年。和珅见状，也只好下轿跪地回拜，结果把一身锦衣绣裤沾上泥污，弄得狼狈不堪，羞得无地自容。

●刘墉学富五车，长于古文考辨，博通经史，满腹经纶，且外娴政术，内通掌故，蜚声士林和朝廷。他曾三次兼署国子监，数任乡试、会试正考官，深得人们敬重。

●刘墉才华横溢，文章、书法均见深功，在清代皆享盛名。特别是他的书法，笔健神藏，别具一格，有『棉里裹针』之妙，位居清代四大书法家（其余三人为：永瑆、翁方纲、铁保）之首，堪称书坛巨擘。

乾隆御旨编纂《四库全书》——清朝（高宗）时期

欲留功业赫云天，令纂丛书必逾先。

召进名家修各卷，推出泰斗统全编。

官民朝野悉收录，经史子集皆校勘。

遍汇江河成大海，古今风雨纳其间。

注释

- 清代乾隆帝自诩平生做了两件大事：一是成就『十全武功』；二是编就『四库全书』。他觉得这是他的不朽功绩。乾隆三十八年，乾隆帝颁令编纂《四库全书》，随之开设全书馆，命人搜集古今群书，包括散落民间的佚书，要求编辑的总数一定要超过康熙朝所编的《古今图书集成》，以达成史无前例的壮举。
- 为此，朝廷成立了以刘统勋、刘纶、于敏中等为正总裁的高层官员组成的机构，并召集名流儒士三百余人，参加分卷纂修、提调、考订、校勘等工作，其中有姚鼐、翁方纲、邵晋涵、戴震等。同时，遴选文坛泰斗纪昀（纪晓岚）、陆锡熊为总编修，负责全书的统纂。
- 《四库全书》搜集的资料十分广泛，囊括古今、官府、民间和经、史、子、集，每一卷都进行了认真反复的辑录、整理、校订、注释，且写出提要置于正文前页。

●经过十多年的努力，卷帙浩繁的《四库全书》终于在乾隆四十八年编纂完成，全书多达三千五百零三种，七万九千三百三十七卷，三万六千零七十八册，是世界上最大的丛书。仅此而言，说它是乾隆帝的一大功绩，当不为过。

大学者大思想家戴震——清朝（高宗）时期

勤学善悟好追根，不囿成说勇创新。
名震京都赢颂赞，才拔纂馆受崇尊。
研籍考据除芜乱，训诂溯源还本真。
统率乾嘉开朴派，诸多领域见卓深。

注释

●戴震，清代著名学者、思想家，『乾嘉学派』的代表人物之一。戴震其人一生勤学好思，不囿成见、成说，极善于刨根问底，探究事物本源，并勇于开拓新境。相传他在十岁时读朱熹所注《大学章句》，就提出过种种质疑，让塾师都无言以对。后来，他对许慎的《说文解字》及《十三经注疏》，更是一字一字地研读，弄清含义、音韵以及来龙去脉，从而达到由字通词，由词通道。

●乾隆二十年，三十三岁的戴震带着自己的著作，拜见了当时的翰林院庶吉士钱大昕和刑部尚书秦蕙田，钱、秦二人一致认为戴是『奇才』。于是，便将戴推荐给吏部尚书王安国，到王家私塾教授其子王念孙。后来王念孙和其子王引之都成为戴震考据学的继承者，被称为『高邮二王』。从此，戴震声名鹊起，誉贯京师，在京的一批很有才华的学者、进士如王鸣盛、王昶、纪昀、朱筠等，都常来戴震处拜访、请教。乾隆三十八年《四库全书》开编，戴震被任命为纂修官，在整个纂修官员中，他功名最低，但众人遇有奇文疑义的，竟然都向他咨询求教，足见戴震学问之高深。

●戴震的学术活动主要在考据和训诂上，进行语言文字研究和古籍整理，通过追根溯源，多方考证，剔除杂芜，以求真谛。如：他整理郦道元的《水经注》，终于把一千多年混淆在一起的『经』和『注』分开，基本上还原了本来面貌。

●戴震是『乾嘉学派』的领军人物。『乾嘉学派』又称『朴学派』，他们采取的是汉儒注经方法，推崇东汉许慎、郑玄质朴的学术风气，故如是称之。此外，戴震在其他诸多领域如：天文、数学、历史、地理、音韵、名物、制度等，都有深入研究，其学养之丰厚、精深，令人咋舌，真可谓名副其实的大学者。难怪戴震死后十余年，乾隆帝还十分惋惜。

乾隆帝反思六下江南——清朝（高宗）时期

痴摹祖父屡南巡，地动山摇水颤魂。
铺路消尘搭锦帐，建宫结彩缮园林。
华舟丽艳欢一主，美味奇珍伤万民。
暮至回思忽梦醒，方昭教训诫来人。

注释

●清乾隆帝处处模仿其祖父玄烨，康熙帝曾六次南巡，他也六下江南（从乾隆十六年至乾隆四十九年）。但康熙南巡是体察民情，解决实际问题，而他则主要是游山玩水，逸乐消遣。并且乾隆帝每次出巡都大肆铺张，劳民伤财，搞得沿途一片混乱，可谓地动山摇水颤，鸡飞狗跳人忙。

●乾隆南巡必带众多王公大臣和侍卫兵丁，有时多达二千五百余人。他通常是先走陆路，后入大运河，经扬州、镇江、江宁（南京）、常州、苏州和嘉兴，到达杭州，行程五千八百余里，所经之处，必须事先黄沙铺路，泼水消尘，并要沿路搭起连绵不绝的锦帐。事先还须建造行宫别馆，多达三十余处。同时要修缮园林、古迹，到处张灯结彩，以营造喜庆氛围。

●走水路时，经常是用大小舟船一千多艘，有三千六百多个河工拉纤，经流而上，浩浩荡荡，极为壮观。更有甚者，还征来美女拉纤，他坐在船头，垂涎欣赏。一路行来，美味佳肴应有尽有，各种奇珍异宝，更是应接不暇，搞得黎民百姓怨声载道，苦不堪言。

●乾隆晚期，大清帝国已从顶峰走向衰退，他本人亦有感觉。在当上太上皇后，便对直隶总督吴熊光说：『朕在位六十年，并无失德处；只有六次南巡，劳民伤财，做无益事害有益。』还说：『假如将来今皇帝（嘉庆帝）也要南巡，你若不劝阻，就没有脸面见我了。』

钦点状元毕沅——清朝（高宗、仁宗）时期

巧登一甲跃高端，才若奇峰逾万山。
力揽英华长考据，深研经典善追渊。
承前续鉴助行正，启后借资防走偏。
虽赫文坛多大作，却拙官道致车翻。

注释

●毕沅，清乾隆年间进士，历任陕西、河南、山东巡抚，湖广总督。当初，乾隆二十五年殿试时，毕沅虽文章很好，字却写得一般，仅列榜上第四名。可乾隆帝对他关于新疆屯田的策论极感兴趣，钦点他为状元，于是，毕沅在不经意间成为一甲头名。此后毕沅踏入高层，在封疆大吏任上一干就是几十年。毕沅虽为高官，但他一直坚持读书写书，其才华学养十分突出，在当时可谓万山丛中一奇峰。

●毕沅宦迹所至，到处招聘英才，进行古籍经典的考据、溯源和释勘，如知名学者邵晋涵、洪亮吉、孙星衍、章学诚等，都纷纷至其门下。毕沅在金石、地理、文字、音韵、训诂等领域皆有造诣，他进行的考据、开拓，有相当高的学术价值，著成《经典文字辨证书》、《传经表》、《音同义异辨》、《山海经校本》等著作。

●毕沅最为辉煌的成就是领衔编纂了《续资治通鉴》。他集合了邵晋涵、钱大昕、章学诚等经史大家和学者，上承司马光《资治通鉴》，续记了宋、金、辽、西夏和元的各朝历史，历时二十余年，终于完成了体例严谨有法、叙事详而不芜、颇具学术价值的二百三十万字的巨著。毕沅编纂《续资治通鉴》意在以此资政，让君主和朝臣铭记历史教训，并以示后人，防止在经国理政上走偏方向，避免重蹈历史上亡国君臣的覆辙。

●毕沅一生叱咤文坛，可他为官却不是行家里手，嘉庆四年因追论其镇压白莲教起义不力及滥用军需而被剥夺世职，并抄没了家产。这种悲惨的结局，毕沅是万万没有料到的。

大学者、诗人袁枚——清朝（高宗）时期

辞官退隐入随园，趣寄诗文以赋闲。
笔起真情飞异彩，墨达佳境兀奇峦。
清风扑面摇新橹，锐气盈怀摒旧船。
倡导性灵多力作，华章妙韵冠江南。

注释

●袁枚，清乾隆年间大学者、大诗人，乾隆四年进士，选庶吉士，曾任溧水、江浦、江宁等地知县，后辞官，定居江宁，在小仓山下筑『随园』隐入其中，优游其间五十年，以作诗著文抒发闲情逸致，赋闲时光。

●袁枚强调写诗要有真性情，具个性，主张每动笔应来自内心真实感受，这样才能写出流光溢彩、境界上乘的好诗。

●他特别反对写诗一味拟古和形式主义，为此，他的诗作别开生面，采用生动活泼的笔法，破除矫揉造作和僵硬、沉闷、拘谨，以清风扑面之感，给当时的诗坛带来一股舒畅清爽。

●袁枚在写诗上倡导『性灵说』，因而他的诗篇和诗论也多是发自内心写『性灵』，极力彰显个性，独辟蹊径。袁枚著作颇丰，著有《小仓山房诗文集》、诗评《随园诗话》、笔记体志怪小说集《子不语》等，并有汇编《袁太史文集》。由于其才华出众，闻名遐迩，诗文更是盛冠江南，与大学者纪昀并驾齐驱，被时人称为『南袁北纪』。

『白衣诗人』黄景仁——清朝（高宗）时期

意象奇绝妙语连，佳篇流彩炫诗坛。
华服握笔方寻径，素褂挥毫已涌泉。
如起文思常忘啖，若生灵感便难眠。
愁情化墨抒心志，唱尽悲歌自叹寒。

注释

●黄景仁，清乾隆年间大诗人，此君才华横溢，诗作奇绝，多有佳篇，在当时诗坛上如一颗耀眼的明星，为大家、学者所青睐。年长黄景仁三十三岁的大学者袁枚就盛赞他风采过人，不同凡响。

●乾隆三十七年三月，安徽学政朱筠在采石矶太白楼大会几十位文人，赏景赋诗，当时作为朱筠门下的黄景仁亦出席了大会。黄为与会者中年龄最小，只见他身着白袷春衫（故称『白衣诗人』），徘徊在三台阁前日影中。当别人还在握笔构思时，黄景仁却思如泉涌，挥毫写就洋洋几百言，这便是有名的《笥河（朱筠之字）先生偕宴太白楼醉中作歌》。当时安徽八府的读书人听说此诗，都纷纷争抄，纸张都吃紧了，致使价格上涨。这首诗很快传遍长江两岸，一时传为佳话，甚至人们将其与唐王勃的《滕王阁序》相媲美。

●黄景仁作诗十分勤奋。在朱筠门下，他白天帮助学使审读考生试卷，晚上便进行创作。每当文思一起，或来了灵感，就通宵达旦，不吃饭，不睡觉，非写完、写好不可。有时他一夜竟吟出数篇佳作，并不断叫醒与他同寝的洪亮吉，念给他听。黄景仁的《七夕怀容甫（与其要好的哲学家、史学家汪中的字）游采石》、《太白楼和稚存》、《上朱笥河先生》等篇什都是在这段时间写的。

●黄景仁的诗作学李白、韩愈、李商隐，多抒发穷愁不遇、寂寞凄怆之情怀（因其家境贫穷），正如他在《杂感》一诗中所言：『仙佛茫茫两未成，只知独夜不平鸣。风蓬飘尽悲歌气，泥絮沾来薄幸名。十有九人堪白眼，百无一用是书生。莫因诗卷愁成谶，春鸟秋虫自作声。』

曹雪芹与《红楼梦》——清朝（高宗）时期

十载披删历万难，绳床抱梦筑峰峦。
严霜泣泪声声颤，冷雨吟歌曲曲寒。
可喜遵宗来解味，甚忧离谱去拨弦。
学人不把红楼阅，遍览诗书也枉然。

注释

●曹雪芹，清代伟大的文学家，站在时代潮流前沿的思想家，其一生最大贡献是创作了一部《红楼梦》。自乾隆十年起，曹雪芹就开始了《红楼梦》的写作。在此之前，他先写了小说《风月宝鉴》，后来融入《红楼梦》（《脂砚斋甲戌抄阅再评本》）中。为完成《红楼梦》，曹雪芹在穷困潦倒、极度艰难的生活环境里，『披阅十载，增删五次』，在北京西山附近，写出了前八十回初稿，以后几年又多次修改。乾隆二十七年除夕，曹雪芹在穷困中病死。乾隆五十六年，程伟元将搜得无名所续的后四十回与曹雪芹写的八十回合璧，由高鹗进行整理润色，终集成一百二十回本，大体形成了完整的情节和结构。

●《红楼梦》是一部画面广阔、人物鲜活、情节复杂、思想内涵极其深刻的悲剧小说，可谓字字看来皆是血，句句领略尽是泪，它以『四大家族』的兴衰史，折射出中国封建社会没落而必然走向灭亡的大时代命运，其艺术和思想成就当是前无古人的。

●如何解读《红楼梦》，是自其诞生以来中国文坛始终争论不休的话题，无数红学家各有其说，各持己见，研究它的著作浩如烟海，汗牛充栋。出现这种局面，似乎曹雪芹早有预见，他曾不无忧虑地自题一绝：『满纸荒唐言，一把辛酸泪。都云作者痴，谁解其中味？』当然，纷繁的解说都是为了探寻作者的本意和作品的宗旨，这是非常值得提倡和赞许的，可如果硬把自己的误解强加于曹雪芹，那可就是主观臆断的乱弹琴了。

●《红楼梦》一问世，就传播开来，并成为学人永远关注的热点。早在嘉庆四年，它就传遍湖北、江西、浙江、福建，而在北京更是家喻户晓。学者郝懿行说：『余以乾隆、嘉庆间入都，见人家案头必有一本《红楼梦》。』当时北京竹枝词更有流传：『闲谈不说《红楼梦》，读尽诗书也枉然。』足见《红楼梦》具有的强大影响力、震撼力。清代学者黄遵宪特别赞誉有加，他说：『《红楼梦》乃开天辟地、从古到今第一部好小说，当与日月同光，万古不磨者。』及至清末，就已出现了专门研读、评说《红楼梦》的『红学』了。

大奸臣、大贪官和珅的覆灭——清朝（高宗、仁宗）时期

恃宠专权任放狂，疯贪暴掠若伥狼。
先君禅位雷轰顶，后帝登基火炙膛。
欲解危局呈厚礼，思开坦道表衷肠。
千般诡计皆无效，一俟山崩立断梁。

注释

●和珅，清乾隆年间大学士、首辅，因得到乾隆帝的宠信，不仅春风得意，平步青云，而且手握重权，骄横放纵，尤其是贪得无厌，腐败透顶。当他家被抄时，人们无不目瞪口呆，别的不说，仅珠宝库、绸缎库、人参库等，座座填满，简直达到富可敌国的程度，他所侵占、贪污、受贿、掠夺的财物，多得甚至可称谓第二国库。至于其他方面的种种恶行劣迹，更是罄竹难书，用『罪恶滔天』来形容他，是再合适不过了。

●和珅以乾隆帝为靠山，乾隆帝视和珅为股肱，但乾隆帝在八十五岁高龄时的一次御前会议上，突然宣布禅位，却是和珅万万没有想到的。和珅听到乾隆帝要当太上皇，把皇位让给儿子颙琰，并已定年号『嘉庆』，一时如五雷轰顶，烈火烧胸。在毫无思想准备的情况下，和珅想到自己曾得罪过未来的嘉庆帝，立即浑身冒汗，预感到自己气数将尽。

●但是和珅没有轻易放弃，他挖空心思要向嘉庆帝靠拢，以扭转危局，重开坦途。想来想去，想出的一招是先用送礼的方式打通皇上。于是，他将自家那柄价值连城的镶金嵌玉的如意送给了颙琰，并向他祝贺，一再表示对新皇帝的衷心拥戴。

●尽管和珅机关算尽，连出诡招，但嘉庆帝心中有数。暂未对他动手，只是时机未到。因为上面有太上皇，故对和珅仍敬重如常，凡有要对太上皇汇报的事，一概由和珅代劳，暗地里却在谋划如何剪除和珅。过了三年，乾隆太上皇殡天，嘉庆帝终于等来了时机，在乾隆死后的第三天，嘉庆就以迅雷不及掩耳之势，宣布了和珅的二十大罪状，当即逮捕和珅，后赐其自尽。亘古罕见的大贪官和珅就这样彻底覆灭了。

道光帝崇尚节俭——清朝（宣宗）时期

欲扫奢风遏势颓，以淳回本再光辉。
衣食住用立新制，礼乐序仪除旧规。
戒止铺张尤紧大，倡兴节俭不疏微。
本思垂范播春雨，无奈秋萧伴雁悲。

注释

●清嘉庆帝在承德避暑山庄进行秋狝大典时，于一八二一年突然驾崩，次子旻宁即位，是为道光帝。道光帝一上台，就有一种危机感，他看到皇祖父乾隆帝特别重奢华、讲排场，而皇父嘉庆帝在位时国家财力拮据，且社会动乱纷起，忧心忡忡，决心从扫除奢靡之风入手，遏制国势颓废，以求返本还淳，重振国威。

●于是，道光帝刚登基两个月，就发出上谕，要求朝野上下崇俭去奢，不得习尚浮华。他还颁发了《御制声色货利谕》，表达自己的节俭观，强调如不尚俭，为君者，便是甘为祖宗之罪人，为臣者，便为万世不忠之罪臣。与此同时，他立新制，破旧规，在衣食住行、礼乐仪轨等方面严加管束。如取消毫无意义的仪式，下令革去从圆明园进城设仪仗作乐接驾的旧规，又把御用多余的砚台分赐臣子，以求物尽其用。

●道光帝倡行节俭，既抓『大』，也不放『小』，大的方面，停建楼堂馆所，删减园苑陈设，取消耗费巨大的传统木兰秋狝。小的方面则细致入微，不疏小节，如减免各地的土特产进贡，连福建的荔枝、扬州的玉器也都免贡了。至于平时的衣食起居诸方面，更是严格控制开销，绝不『妄费一文钱』。

●道光帝在节俭上自己率先垂范，尽量避免铺张浪费，就连他穿的衣服有时也要打补丁。他指望通过自己的带头作用，能给朝廷注入一股清风春雨，但是朝廷臣僚们早已奢靡惯了，他们虽在表面上有所收敛，暗地里却依然如故，甚至见皇上打补丁，他们也在新衣服上打补丁，以此蒙骗皇上。更重要的是，道光帝的节俭措施之所以难于落实，根本在于大清于『康乾盛世』后，已逐渐衰弱，仅靠这样一些办法是难以扭转颓势的。

力开新风的龚自珍——清朝（宣宗）时期

介甫铭心誓比肩，志存高远审云烟。
还乡满载钟情典，沿路深吟触景篇。
难忍污浊呼变法，不堪沉闷唤更天。
上苍知我当回应，即涌风雷莫静观。

注释

●龚自珍，清代道光年间伟大的思想家、诗人。他从小受到良好教育，外公、大学者段玉裁对其有深刻影响，在青年时他就志存高远，想以自己的知识和能力做一番大事业。他对北宋改革家王安石（字：介甫）十分钦佩，决心以王安石为榜样，关心国家兴衰，大力推动变革。为此，他将王安石的《上仁宗皇帝书》手抄了九遍。在北京时，龚自珍还仅是一个中层官员，就已洞察出了清王朝国家机器的老化、臃肿，并用黑色幽默的故事来加以揭露。

●道光十九年，龚自珍的叔父龚守正迁礼部尚书，按规定龚自珍得引避，于是他辞官返乡（杭州）。临行时，他雇了两辆马车，一车自乘，一车装满了自己钟情的百部文典。沿途中，他被凋敝凄凉的场景所触动，有感而发，写下了三百一十五首绝句，合成组诗，这就是著名的《己亥杂诗》。

●龚自珍不忍当朝积弊严重，国势渐衰之现状，以今文经学的微言大义，揭示腐败政治，呼吁改革变法，《定庵全集》（定庵为其号），充分反映了他力图通过社会变革挽救危机的政治理想。

●在辞官返乡途中，龚自珍路过镇江，看见那里民众为久旱求雨举行迎神会，便触景生情，借题发挥，写下了『九州生气恃风雷，万马齐喑究可哀。我劝天公重抖擞，不拘一格降人才』的名诗，呼唤社会变革的风雷，渴望人才辈出的时代，打破死气沉沉的困局。

林则徐虎门销烟——清朝（宣宗）时期

勇顶浊流做正臣，忠言疾语定君魂。
挺身衔命临南粤，选址销烟赴虎门。
烈焰腾天悲厉鬼，欢声动地喜良民。
空前壮举惩夷逆，绝不无端拒外人。

注释

●林则徐，清道光年间重臣，官至湖广总督，后任钦差大臣关防，兼节制广东水师，其待遇为有清以来汉人官员罕有。当时英国向中国输入大量鸦片，至道光十六年，年输入量已达四万零二百箱，国人受其毒害十分严重，形势岌岌可危。而朝廷中在『禁』和『弛』上分为两派，且『弛派』屡占上风。林则徐是『禁派』代表人物之一，他与『弛派』代表人物、太常寺少卿许乃济等进行针锋相对的斗争。他上奏陈述自己的主张，指出：鸦片流毒于天下，则危害甚巨，法当从严。否则数十年后，中原几无可御敌之兵，且无可充饷之银。林则徐的一片忠心和疾言厉语，使本想禁烟又犹豫不决的道光帝深受感动，于是下定了查禁鸦片的决心。

●林则徐挺身而出，接受了皇上的任命，以钦差大臣的身份来到广东，要将二百三十多万斤的鸦片全部销毁。为了选择销毁地点，他精心筹划，日夜辛劳，充分考虑各方面因素，严防纰漏，终于选定虎门为销毁地点。虎门地处珠江三角洲东南侧，位于珠江入海口，这里风平浪静，是销烟的最理想之处。地址选好后，林则徐命人做了严密周到的准备，确保万无一失，才开始销烟。

●道光十九年四月二十二日虎门海滩人潮涌动，大家从四面八方赶来，以观盛景。林则徐和两广总督邓廷桢、广东巡抚怡良、广东水师提督关天培等官员，亲临现场指挥。只见五百多名民工将一箱箱鸦片投入挖好的大池中，然后撒上盐和石灰，刹那间烈焰腾天，民众欢声雷动，使得不法外商胆战心惊，百姓无不拍手称快。至六月二十五日，前后共用二十三天，将所缴鸦片全部销毁。

●林则徐的虎门销烟，是中国历史上对西方殖民主义者不法行为进行沉重打击的空前壮举，给他们以极大的震慑。但林则徐并非盲目排外，只是惩戒不法外商，而对遵守中国法律的西方商人则持欢迎态度。在销毁鸦片的现场，他曾对美国传教士裨治文说，对正当贸易，应给予特别优待，不受任何牵连。还向他表示，想得到地图、地理书和其他外文书籍，特别是想得到一套马礼逊所编的字典（英华字典），表示了他走向世界、追求新知的强烈愿望。

关天培抗英以身殉国——清朝（宣宗）时期

六旬衔命抗夷人，率部搏杀卫虎门。
多法督师提士气，孤军守阵阻敌群。
亲燃炮火浑身胆，自展刀锋遍体鳞。
碧血丹心书壮烈，山悲海泣悼英魂。

注释

●关天培，清道光年间广东水师提督。林则徐虎门销烟后，英国殖民主义者进行猛烈报复，关天培领命抗击外敌。一八四一年二月二十五日，英军十八艘战舰进攻虎门炮台，关天培与游击麦廷章等分守靖远、威远等炮台，此时，关已年逾六旬，但他仍身先士卒，率部与英军展开激烈搏杀，誓死保卫虎门这一我国的南方门户和战略要地。

●英军的炮火十分猛烈，且兵力数倍于我。在这种严峻形势下，关天培采取多种方法激励士气，甚至取出私财奖励将士，鼓舞他们的斗志，使得将士们个个生龙活虎，立誓与敌决一死战。战斗初期，打退了敌人一次次猖狂进攻，但因我方兵力大大少于敌方，且武器装备难抵敌人洋枪洋炮，致使我方伤亡不断增加。在这种情况下，关天培命人向两广总督琦善请求增援，但琦善以增兵会妨碍与英军议和为由，袖手旁观。关天培只得率部孤军奋战，来抵挡蜂拥而至的敌人。

●英军攻上岸来，关天培此时已负伤十多处，但仍坚守在靖远炮台。他亲自点燃大炮向敌开火，在万分危急的情势下，令仆人护印撤退。当英军攻陷炮台时，他仍手握战刀，与敌展开肉搏，连杀数人，最后在遍体鳞伤中被流弹击中，壮烈牺牲。

●关天培以碧血丹心书写了一曲中国人民抗击殖民主义者的悲壮之歌。他为国殉难后，已被革职的林则徐悲痛不已，深情地写下一副对联，以寄哀思：『六载固金汤，问何人忽坏长城，孤注空教躬尽瘁；双忠同壤滑（音：搅纯），闻异类亦钦伟节，归魂相送面如生』（『何人』指琦善，『双忠』指关天培和麦廷章）。

三元里人民抗英——清朝（宣宗）时期

不忍家园遭铁蹄，火腾阡陌抗英夷。
同心浴血惩魔鬼，共誓捐身举义旗。
会聚多乡施巧计，围歼众寇制顽敌。
喜吾华夏多铮骨，纵使天倾勇顶极。

注释

●一八四一年五月二十九日，盘踞在离广州仅五里左右的四方炮台的小股英军窜至三元里一带行凶作恶，他们到处杀人放火，奸淫掳掠。当地农民群众不甘忍受英军铁蹄践踏，在菜农韦绍光、颜浩长等人的率领下，于阡陌中拿起锄头、扁担等农具，对英军发起猛烈反击，当场打死英军数人，其余狼狈逃跑，从而掀起了一场声势浩大的抗英斗争。

●三元里人民狠狠教训了侵略者，他们估计到英军肯定会报复，于是大家自动聚集在三元古庙前商议对策，约定以庙中黑底白边的北帝三星旗为『令旗』，共同对旗立誓：『旗进人进，旗退人退，打死无怨』，表达了三元里村民同仇敌忾、誓与外敌血战到底的决心。

●三元里村民们意识到，单靠一两个村庄的力量，难以抗敌，所以他们联络附近一百零三乡的群众五千余人，于五月三十日清晨，树起『平英团』大旗，手持锄头、刀矛、鸟枪，浩浩荡荡地向英军占据的四方炮台进发。他们采取『引蛇出洞』的计策，将敌人引进伏击圈实施围歼，打死打伤英军近五十人，并缴获大量战利品。当时英军一派惨象，有的被活捉，有的跪地求饶，不可一世的『海上霸王』威风扫地。三十一日上午，广州附近的佛山、番禺、南海、增城、花县等地四百余乡群众数万人，赶来与『平英团』会合，侵略军司令义律、卧乌古无计可施，只得求助广州知府余保纯前来解围。余采取诱骗之术缓解局势，英军方得逃脱。

●三元里人民抗英的事迹再一次说明，在国家民族危难之时，我中华儿女是敢于挺身而出的，即使天塌下来，他们也勇于担当，撑起四极。这正是我们民族的精魂所在。

魏源与《海国图志》——清朝（宣宗）时期

立誓兴国勇导前，受托执笔意非凡。
愤衰思痛寻赢略，嫉乱图强探败源。
呼改陈规除我弱，倡师新技制夷蛮。
中西对照多高论，炯目灼光贯宇寰。

注释

●魏源，清代杰出的思想家、学者，经世致用思潮的积极倡导者和实践者。面对朝政的腐败黑暗，他立志为国家复兴而奋斗，为此，他勇当先导，将眼光投向域外，根据在宁波、台湾等地收集的英俘口述，写下了《英吉利小记》。恰巧老友林则徐曾主持编译了《四州志》和《澳门月报》等资料。在林则徐遭遣新疆伊犁，路经京口（今镇江）时，魏源专程由扬州赶来迎送。二人久别重逢，纵论国家和世界形势，许多看法非常相近。于是林则徐将自己积累的资料交与魏源，嘱托他在此基础上再做扩充，编纂成册，为的是使国人开眼界、长见识，并找出强国富民的良方。魏源欣然受托，开始了《海国图志》的撰写。该书立意非凡，令人耳目一新。

●中英鸦片战争以中国失败而告终。魏源面对此情此景，痛定思痛，决心寻找筹海制敌、强国富民方略，并深入探究中国失败的根源。书中上至天文，下至地理，政治、经济、历史、人文、风俗、习惯等无所不包，全面呈现出中西差异，让国人看到了我们已明显落后于西方，这是我们被动挨打的根本原因。

●书中，魏源深刻分析中国现状，疾呼变革陈规，铲除积存已久的弊端。特别是他在林则徐『师敌之长技以制敌』主张的基础上，进一步提出『师夷长技以制夷』，力倡向西方学习新技术，以补自己之短，最后达到战胜夷人的目的。他认为，西方国家之长主要有三点：一战舰；二火器；三养兵练兵之法。如果我们把这些东西学来、掌握，就一定能立于不败之地。

●魏源编纂的《海国图志》，共一百卷，五十七万余字，附地图七十五幅，成为当时中国人编纂的最为详尽的史地巨著。书中，通过把中国与西方国家对比，提出了许多真知灼见，如：『人知鸦烟流毒为中国三千年未有之祸，而不知水战火器，为沿海数万里必当师之技；而不知馕兵之厚、练兵之严、驭兵之纪律，为绿林、水师对治之药。』又如：学习外国，『要塞其害，师其长，彼且为我富强……善师外夷者，能制外夷；不善师外夷者，外夷制之』。这些宏论，充分显示了魏源放眼世界的开阔眼界，史誉他为中国近代向西方寻求救国真理的先行者，确为实至名归。

陈化成捐躯吴淞口——清朝（宣宗）时期

一片丹诚誓抗英，七旬上阵守吴淞。
登台放炮轰敌舰，据塞挥旗励我兵。
浩气冲霄甘赴死，雄威撼地拒逃生。
鳞伤遍体迎锋战，热血流光耀夜空。

注释

●陈化成，清道光年间江南提督，久经沙场的老将。一八三九年，陈化成在厦门率舟师屡挫英军。一八四〇年，陈化成奉命与时任两江总督的裕谦紧密配合，据守长江门户的前哨阵地吴淞口，此时，他已年近七旬，凭着报效国家的一片丹心，誓与英军血战到底。

●英军深知陈化成是一位不可小觑的对手，便从印度派来百余艘舰船、万余名士兵增援。陈化成分兵固守东、西两炮台和小沙背。六月十六日，英军向吴淞口要塞发起猛攻，陈化成身先士卒，登上炮台，指挥若定，一边发炮轰击敌舰，一边挥旗鼓舞士气，经过两小时激战，击伤敌舰数艘，大灭英军嚣张气焰。此时，躲在后面不敢与敌交锋的继任两江总督牛鉴，看到陈化成率部抗敌取得初胜，便急忙出来夺功。他坐着八抬大轿，又是锣又是鼓的，结果暴露目标，致使敌乘机轻取小沙背和东炮台，使陈化成部陷于十分被动的境地。

●陈化成已腹背受敌，孤军作战，知府、知县、总兵见大事不妙，纷纷逃跑。而陈化成则仍豪气冲天，说：『四十年来，我在炮弹中出生入死，今奉命讨贼，有进无退！』此时，陈化成已身负重伤，仍独立炮台，岿然不动，决心与敌肉搏。而部将周世荣则劝他退兵逃生，陈化成厉声训斥，并拔剑欲斩之，周只得拔腿逃离。

●陈化成寡不敌众，浑身上下都是伤口，但仍然与敌拼杀，终被一发子弹击中，与守台将士八十余人一起壮烈殉国。陈化成英勇不屈的英雄事迹，被后人永远铭记。他殉国后，人们为他立下丰碑，以示纪念。

杜受田一计定储——清朝（宣宗）时期

弓响镝鸣斩获连，纷施箭法显非凡。
六儿拍马杀禽兽，四子勒缰束羽弦。
若悖常规违御旨，实合正理悦龙颜。
巧彰仁孝得皇储，一计达成自受田。

注释

●清道光帝在立储问题上大费脑筋，其前三子都未成年就夭折了，四子奕𬣙（音：主）就成了大儿子，按祖制本应立为皇储，但道光帝更倾向于精明聪颖的六子奕䜣。正在犹豫不决时，恰逢春季围猎，这一活动则使四子奕𬣙获得了当太子的机遇。一天，道光帝带领诸皇子来到南苑猎场，皇子们各个搭弓射箭，纷纷在父皇面前展示自己不凡的猎技，以丰厚的斩获，来博得皇上的欢心和宠爱。

●六子奕䜣尤为显眼，他神采飞扬，傲气十足，拍马驰骋，箭不虚发，收获猎物最多，皇上看到十分高兴。而四子奕𬣙却勒住马缰，手束弓箭，一动不动，并且命令属下也不许发一箭，只在一边看他人猎捕禽兽。

●看到此种情景，道光帝觉得大煞风景，非常生气，便愤怒地加以责问。这时，奕𬣙从容作答：『儿臣纵然无用，但如果指挥属下动手，当然也会有所收获。只是想到现在正值春回大地，鸟兽在生长繁殖，儿臣实在不忍心杀害生灵；再说，我做兄长的也不愿与弟弟们一争高低。』道光帝听后，立即转怒为喜，连声称赞：『对！对！这才真是帝王之言，是做帝王必具的好生之德呀！』

●奕詝巧呈『仁孝守拙』之态，赢得了道光帝的赞许，于是下了决心，定奕詝为皇储。其实，奕詝在猎场上的一番表演，全是出发前其老师杜受田效仿三国时期曹魏家族的故事精心策划的，奕詝只不过是按师意做得比较到位而已。道光帝死后，奕詝登基，是为咸丰帝。杜受田更受宠信，死后被追谥为『文正』。有清一代近三百年，获此殊荣者仅有八人，杜受田名列其中，可见其声誉名望之高，无几人可比。

洪秀全借上帝之名发动起义——清朝（宣宗、文宗）时期

登科无望笃良言，自命承天救苦寒。
聚众结营开圣库，亮旗加冕坐金銮。
定国明号颁军纪，立嗣封官设政坛。
鼓动信徒同奋勇，杀声四起誓翻盘。

注释

●洪秀全，清道光年间金田农民起义首领。此人曾四次科考，皆名落孙山，陷入极度绝望之中。恰在此时，他得到一本基督教最初的布道之书《劝世良言》。该书宣扬上帝是『独一真神』，是『造化天地万物之主』，并说上帝派遣圣子耶稣下凡，拯救世人，还描绘出一幅『天国』的理想蓝图。对这本书所宣扬的观点，洪秀全笃信不疑，他觉得《劝世良言》是上天特赐给自己的『天书』，可利用『上帝』的权威，替天行道。他自称是『天父』的次子、耶稣的弟弟，奉命下凡来解救受苦受难的世人。

●借着《劝世良言》，洪秀全于一八五〇年迫不及待地在平在山穿起黄袍，登上銮殿，并接受人们的朝拜。与此同时，他加紧起义准备，广泛散布上帝降言说：『我将遣大灾降世，凡信仰坚定不移者将得救。』他把来自各地的信徒集

中在金田村（位于广西桂平市），着手结营组军，并要求来者临行前变卖掉家产，将所得钱悉数交给『圣库』，来后所需衣食杂用都由公款支付，一律平均。

●道光三十年十二月初十，正逢洪秀全三十八岁生日，两万多名各界信徒齐集金田村，洪手握斩妖剑，登上高台宣布起义，定国号为『太平天国』，在众人欢呼声中颁布五条军纪；同时册封幼主。三月二十三日，洪秀全坐上天王之位后，加封五军主将（中军主将杨秀清，前军主将萧朝贵，后军主将冯云山，右军主将韦昌辉，左军主将石达开），成为太平天国前期的领导核心。

●洪秀全以上帝的名义，大力鼓动信徒奋勇『杀妖』，一时间群情激愤，杀声四起，起义迅速席卷江南大地。他们的最终目的只有一个，即：誓将大清王朝彻底推翻，而由他们自己来坐江山。

太平天国的《天朝田亩制度》——清朝（文宗）时期

鼓吹均等禁斜倾，不允私财只讲公。
统配服食钱共享，平分住用地同耕。
植桑养畜皆一式，育幼读书仅两宗。
如此蓝图极荒诞，痴人说梦怎行通？

注释

●清咸丰三年，太平天国攻占金陵（今南京）后，颁布了纲领性文件《天朝田亩制度》。咸丰十年，太平军在击破江南大营、天京（今南京）解围后，又重新颁发。这个被视为太平天国蓝图的文件，通篇贯穿了平均主义思想，它处处鼓吹均等，并主张彻底取缔私人财产，『天下人人不受私，物物归上主』，无论城乡、国家机构和军队，都分别设国库，一切由公家支配社会和家庭生活。

●《天朝田亩制度》规定了未来社会的土地制度、社会组织以及礼俗、教育、选举、赏罚等方面的规范，以实现『有田同耕，有饭同食，有衣同穿，有钱同使，无处不均匀，无人不饱暖』的理想。

●《天朝田亩制度》为每个家庭都做了统一设计，规定每户屋前种地，屋后植桑，男耕女织；每家养母鸡五只、母猪两头，『通天下皆一式』，不准养公鸡、公猪，否则就会超生，造成不均等。它还规定，教育儿童和成年人读书，只能是新旧遗诏圣书和洪秀全写的那些诏旨，让孩子们天天读、年年读，以牢记天父、天兄、天王的开导。除此两宗内容之外，未经洪秀全拍板审定的，均视为妖书而不得刻印。

●《天朝田亩制度》中还有许多荒诞的内容，它从颁布之日起，就没有真正实行过。如『无处不均匀』、『人人不受私』等规定，在以洪秀全为首的高层中，非但没有实行，而且鲸吞大量财富，李秀成迫于无奈，一次就从天京忠王府取出藏银七万两，贡奉给洪秀全。至于洪秀全本人，更是妻子成群，财富如山，奢靡无度。由此看来，《天朝田亩制度》只是写在书面上的一纸空文，『太平』、『天国』通通是农民小生产者的荒诞之梦。

东王起野心，天京出内讧——清朝（文宗）时期

专权擅政纵锋芒，欲上顶巅当首王。
朝主遭欺谋剪恶，廷僚受辱誓除狂。
集兵讨佞火焚邸，破寝惩凶刀刺膛。
头滚尸横诛万众，秦淮涌血漫悲凉。

注释

●清咸丰元年八月，太平军攻克永安州城（今广西蒙山县）。十二月，洪秀全发布诏令，给曾在东乡宣布的五军主将加封王爵：杨秀清为东王，萧朝贵为西王，冯云山为南王，韦昌辉为北王，石达开为翼王。又封秦日纲为天官正丞相，胡以晃为春官正丞相。并强调『以上所封各王，俱受东王节制』。这样，杨秀清就把军政大权全部掌控于手中。杨自恃有卓越的组织、指挥能力和不凡的功绩，便唯我独尊，不把诸王放在眼里，尤为甚者，他野心膨胀，想取天王洪秀全而代之。

●咸丰六年，太平军打垮清军江南大营后没几天，杨秀清便以『天父附体』之名，上演了一出闹剧，质问洪秀全谁功劳最大，并要求洪称其为『万岁』。洪受到欺侮实在不堪忍受，便下密诏给在江西、武昌和金坛前线的韦昌辉、石

达开、秦日纲等人，要他们火速返京，除去杨秀清。众王早就对杨秀清的横行霸道愤恨无比，接到密诏后，发誓剪灭这个狂徒，以解心头之恨。于是，他们迅速举兵，进京『勤王』。

●一八五六年九月一日深夜，韦昌辉率三千精兵，从江西瑞州驰回天京城外，和从金坛前线赶回的秦日纲会合，通过与陈承瑢里应外合打开城门，然后迅速占领城内各重要据点，将东王府团团围住。接着，勤王兵冲进杨秀清府邸，纵起大火，又破门入室，在杨秀清尚未醒悟的情况下，就将锋刃刺进了他的胸膛，他的家人、府中侍从及部属数千人都遭屠戮。

●事已至此，韦昌辉仍不罢手，他设下毒计，假传天王圣旨，说他和秦日纲犯了滥杀之罪，应受杖刑，要杨秀清下属必到现场观看二人受刑。杨的属下信以为真，结果遭到围歼，又死掉数千人。大屠杀整整持续了两个月，有二万多东王部属死于非命。天京内讧中死者的鲜血将秦淮河的水都染红了，城中一片悲惨、凄凉之景。

曾国藩创建湘军——清朝（文宗）时期

是非一体引纷争，帮办湘军著首功。
尽据才能择勇将，悉凭情谊选精兵。
初伐屡败全身耻，后战连赢满面风。
方喜大捷得重赏，遂悲疑忌转头空。

注释

●曾国藩，中国近代（清）史上最显赫亦最有争议的人物之一。章太炎评价他『誉之则为圣相，谳之则为元凶』。此人有远见卓识，长于大略，有丰富的人生经验和社会经验。他在太平军撤长沙之围、北上武昌前夕，接到圣旨帮湖南巡抚张亮基组建『团练』，这就是后来大名鼎鼎的『湘军』。在帮办过程中，曾国藩思路清晰，方法得当，终于造就成规模庞大的练勇，成为继八旗、绿营后，清王朝的一支颇有战斗力的正规军。这其中，曾国藩堪称首功。

●曾国藩招募练勇有自己的一套独特想法：用将必须具备五项条件，即能治兵、不怕死、不急于见利、耐吃苦、善作战等。而选士兵则必是有血缘、亲缘、地缘甚至业缘关系，着意亲戚、朋友、师生、同学、同乡情谊，并进行精选，宁缺毋滥。

●湘军组成后，曾国藩为避免满洲贵族猜忌，把这支部队称为『湘勇』。咸丰四年春，曾国藩在湘潭誓师，发布《讨粤匪檄》，向太平天国宣战，接着水陆大军沿湘江北上，与太平天国西征军交锋。但起初作战并不顺利，接连陷入被动，可谓屡战屡败。为此，曾国藩深感羞耻，无颜面对朝廷，曾两次自杀未遂。后来，逐渐扭转局面，不断积小胜为大胜，一胜于湘潭，二胜于城陵矶，终将太平军赶出湖南。接着又占领了武汉三镇，取得田家镇大捷。

●湘军收复武汉，是清王朝与太平军作战中取得的首次大胜，咸丰帝十分高兴，决定赏给曾国藩兵部侍郎官衔，署理湖北巡抚，曾国藩自然喜不自胜。可随之，咸丰帝受大学士祁俊藻的挑唆，对曾国藩心生疑忌，担心他拥兵自重，威胁朝廷，便取消了赏令，把湖北巡抚一职给了一个叫陶恩培的人。曾国藩后来的日子并不好过。

曾国藩胡林翼与湘军水师——清朝（文宗、穆宗）时期

主辅判明宏略清，狠抓优势举伐征。
折师不忘督船舰，败阵犹思练将兵。
谱曲编歌习战术，颁规正纪肃军风。
千磨万砺终强盛，遂困敌巢著大功。

注释

●清咸丰五年，太平军第三次攻占武昌，击毙了湖北巡抚陶恩培，朝廷任命湘军重要成员胡林翼接任巡抚之职。胡林翼是曾国藩的好友，二人被并称为『胡曾』。胡林翼和曾国藩共同制定了对付太平军的战略，即沿长江两岸作战，必须抓住水军优势，以水军为主，陆军辅之。战略步骤是：一攻武昌，武昌得手后，顺江南下；二取九江，九江得手后，夺取安庆，然后围困南京（天京）。湘军后来始终遵循这一战略方针，不管遇到多大困难，从未更改。

●胡林翼在夺取安庆后病死，曾国藩更加坚定地建设水军，花大气力设厂造船。开始时，水军作战连连受挫，在湘潭靖港被打得大败，后来又惨败于城陵矶，连水军总统褚汝航等几个将领都丧生，再后来又中石达开之计，被分割在九江江面和鄱阳湖里，被打得七零八落。即使在这种连吃败仗的情况下，曾国藩进入南昌城后仍念念不忘造舰船、募武勇，并且抓紧训练水师官兵，以图用水师制胜。

●曾国藩着眼于提高水师将士的战斗素养，为此，他专门编写了既有教习战术，又有军纪和奖励内容的《水师得胜歌》，要求官兵们人人唱、时时唱，牢记于心，特别是其中的『八项注意』，更要认真遵行。后来，他又作了《陆军得胜歌》。咸丰八年三河战役惨败后，为整顿部队，申明军纪，以正军风，他又颁布了《爱民歌》，把湘军营规歌谣化，以使人人会唱，老老实实执行。

●经过多次失败甚至惨败的磨炼，曾国藩终于打造出一支强大的湘军水师，它横行长江水面，截断粮道，切断了太平军的南北呼应，打败和赶走援军，先后攻占沿江重镇九江、安庆，最后围困住太平天国的老巢南京（天京）。太平军多次试图解围，均未奏效。同治元年，太平军李秀成率二十万大军前来，却被湘军五万疲卒打败，其重要原因就是湘军水师控制了长江水面。翌年，李秀成又率二十万大军再解天京之围，依然失败，被湘军水师打得仅剩一万五千人，李秀成靠一只小船方得逃生。

翼王石达开出走——清朝（文宗）时期

目睹全城漫血腥，疾言厉斥滥杀生。
只身逃难浓仇涌，众属遭殃怒火冲。
返所兴师方剪恶，回京辅政又逢凶。
被逼无奈私离去，五路择一自远征。

注释

●太平天国天京内讧，北王韦昌辉血洗东王（杨秀清）府，接着又搞了一场大规模屠杀，二万余人死于非命。在武昌指挥战事的翼王石达开回到天京，看到的是惨不忍睹的屠杀现场，他怒不可遏地痛斥韦昌辉滥杀无辜。这便引起韦昌辉的极大不满，遂即再起杀心，欲将石达开除掉。

●一天夜里，韦昌辉调集杀手，突袭翼王府，欲重演血洗东王府的一幕。石达开足智多谋，对韦昌辉的行动早有预料，他趁着暗夜，越上一处把守不严的城墙，身系绳索，从城墙上滑落而下，得以逃生。当他得知自己的家属、亲友、侍从都死在韦昌辉的屠刀下时，怒火中烧，恨不得立马杀进北王府，将韦昌辉千刀万剐。

●石达开一直逃到自己的管辖区，定下神来，立即调集武昌洪山前线的部属四万余人火速赶赴安庆，准备亲自率部进京讨伐韦昌辉。大军行至宁国府（今宣城）时，洪秀全派人送来韦昌辉的首级，告诉他内乱已经平息，并请他回京辅政（此时金田首义六王，除洪秀全外，仅存石达开一人）。石达开回到天京，万众欢腾，其才能、威望都很高，众官员非常佩服。而身为安王、福王的洪秀全的两个兄长，则颇觉不安。尤其是洪秀全对石也『重重生疑忌』。石达开深知『疑多将图害，百喙难分清』，一场新的凶险早晚要到来。

●面对接踵而来的厄运，石达开被逼无奈开始思考自己的前途。当时，摆在他面前有五条路可走：一是束手待毙；二是委曲求全；三是取而代之（拿下洪秀全）；四是叛变投敌；五是出走安庆。经过一番思考，石达开最后选择了第五条路。于是，他背着天王洪秀全，私离天京。沿途布告军民，说天王起疑忌，自己只得惧祸而走，并号召天京城内外愿随行者可前来。这样，石达开开始以安庆为基地分兵与清军作战。后来，他率部南下，会聚太平天国在江西的大部分将士远征了。

洪仁玕来到天京——清朝（文宗）时期

居港数年开眼光，赴京承任奉成方。
修更旧法明国策，制定新规立政纲。
近代思维革本土，全球视野效洋邦。
蓝图虽美终难现，浊巷何能溢酒香？

注释

●洪仁玕，太平天国天王洪秀全的堂弟，近代中国向西方寻求真理最早者之一。金田起义时，他由于未跟上队伍，只得躲到香港，前后居住七年之久。在香港，洪仁玕向西方传教士学习，了解西方国家的政治、经济、社会制度等方面的情况，积累了丰富知识，大大开阔了眼界。其间，他几次想回太平天国，以施展自己的政治理想，经受无数挫折后，终于在清咸丰八年来到太平天国首都天京，随即被洪秀全封为精忠军师干王八千岁，总理朝政。上任不久，洪仁玕就献上了他酝酿已久的施政纲领《资政新篇》，意在以此改造太平天国。

●在《资政新篇》中，洪仁玕力主修更旧法，制定新规，强化各种制度，提倡以法来治理国家。此番见解，让众官员听后耳目一新，无不佩服。

●《资政新篇》贯穿着鲜明的近代思维和大力变革的思想。洪仁玕主张要对政治、经济、文化诸方面进行全面革新，并以全球视野，倡导大力发展民办工业、矿业、交通运输业，兴办水利，开设银行，设立新闻馆，对外采取通商政策等，并介绍了英国、花旗（美国）、日耳曼（德国）、瑞邦（瑞典）、丁邦（丹麦）、罗邦（挪威）、佛兰西（法国）、土耳其、俄罗斯、埃及和日本等国的地理和政体，主张向洋邦学习，实质是试图发展资本主义，以强大自己。

●《资政新篇》成为太平天国后期的发展蓝图和施政纲领，集中反映了洪仁玕的政治主张，但它并没有付诸施，其根本原因是受太平天国自身局限性的制约，使它终成一纸空文。

英法联军火烧圆明园——清朝（文宗）时期

巧技精工筑壮观，真如仙境降人间。
亭台阁榭涵南北，石水山林蕴地天。
悍寇汹汹夺异宝，孱朝瑟瑟望浓烟。
绝伦一炬化灰烬，再订辱约何以堪。

注释

●圆明园，是位于北京城的一座大型皇家园林，方圆二十余里，由圆明园、万春园、长春园组成，其中圆明园最大，故统称圆明园。园内自然景观和人文景观相辅相成，融合得恰到好处，既精巧别致，又宏伟壮观，真如仙境落入人间，正像一个法国传教士所描绘的：真人间天堂也！世传之神宫仙阙，唯此堪比拟也。

●圆明园中的园林与建筑相映成趣，著名景观就有四十余处，亭、台、楼、阁，石、水、山、林，既有南国风格，又有北方神韵，并把地上的实景与想象的天堂幻景融合于一体，特别是依据陶渊明《桃花源记》而建的『武陵春色』、依据李白的『两水夹明镜』而建的『夹镜鸣琴』等景观，更是美不胜收，令人心旷神怡。

●圆明园中不仅风景如画，而且珍藏着无数奇珍异宝。对此，英、法侵略军垂涎三尺，终于一八六〇年十月六日，气势汹汹地闯入圆明园，开始了震惊世界的大规模洗劫，仅一名法国团指挥官掠夺的珍宝价值就达八十万法郎以上。英国强盗虽晚来一步，但他们不甘落后，侵略军头目格兰特竟公然下令，各军团军官分上下午轮班抢劫，后又下令全体军人自由劫掠。一个军官抢到的一座七英尺高的黄金塔就值二万二千英镑。将圆明园抢劫一空后，英、法侵略军为了毁灭罪证，便到处放火，烧毁了这座皇家园林。面对着方圆二十里的火海浓烟，软弱无能的清政府官员，吓得瑟瑟发抖，而对侵略军无可奈何。

●这座经历明清两代数百年、举世无双的皇家园林被英法联军洗劫一空并焚毁后，他们并未就此罢休，接着又硬逼清政府签订新的条约，并恐吓：『如不答应，即以同样手段焚毁紫禁城和其他宫殿。』俄国人也在一旁趁火打劫。咸丰帝只求英法联军尽早退出北京，结果答应了侵略者的条件，又一次签订了丧权辱国的条约，即与英、法分别签订《北京条约》，承认《天津条约》完全有效（咸丰帝曾单方废除过）。同时，俄国人以『调停有功』为名，要挟清廷与其签订了中俄《北京条约》。至此，泱泱大国再蒙西方列强的奇耻大辱。

辅臣肃顺——清朝（文宗）时期

翘楚老臣博宠恩，尽责朝政辅乾坤。
谦恭汉俊擢良秀，轻蔑满庸压劣昏。
冷眼察妃忧祸水，直言劝主辨毒心。
期君鉴史除遗患，因惹蛇蝎断命根。

注释

●肃顺，清咸丰年间郑亲王端华的同母弟，官至户部尚书、协办大学士、领侍卫内大臣。道光帝死后，咸丰帝登基，肃顺与载垣、端华二老臣一起辅政。在此『三辅』中，肃顺堪为翘楚，他有才识有远见，不像其他二辅政绩平平，因此最得咸丰帝宠信。而肃顺对朝政确也尽职尽责，凭借自己出众的才干诚辅新主，力鼎乾坤。

●肃顺注重在汉人中选拔人才，并对汉族官员极谦恭，他常说：『满人糊涂，不能为国家出力，唯知要钱。国家有难，非依靠汉人不可。』他招揽许多汉族才俊，如有『肃门七子』之称的郭嵩焘、龙湛霖、王闿运、邓辅纶、尹耕云、高心夔、李篁仙等，都是颇有才华的汉人文士名流，这些人皆为肃顺所青睐，而引为羽翼或心腹。且对汉族官员曾国藩、胡林翼、左宗棠等，委以重任。而对满族中的庸碌无能之辈，则严厉打压，他说：『咱们旗人混蛋多，懂得啥？汉人是得罪不起的，他们那支笔厉害得很。』

●肃顺心系大清帝国的未来。咸丰六年，叶赫那拉氏因生皇长子载淳而晋封为懿妃，次年又晋封为懿贵妃。此女随着地位升高，权欲越来越大，她自恃皇宠，对军国大事的决策经常干预。肃顺看在眼里，断定此人必成祸水，便直言上谏，指出懿贵妃叶赫那拉氏绝非安分之人，提醒皇上要识其真相，切不可沉醉于温柔之乡中而酿成后患。

●肃顺又苦口婆心地劝咸丰帝，要借鉴历史经验，效仿汉武帝所行『钩弋故事』（钩弋是汉武帝宠妃赵婕妤，因居住在钩弋宫，故称钩弋夫人。她是汉昭帝刘弗陵之母，武帝担心年轻的钩弋夫人在儿子即位后，『以子显贵』，母后乱权，便将其赐死），把叶赫那拉氏除掉，但咸丰帝绝没有汉武帝之气魄，再加上他对懿贵妃极其宠幸，所以根本未听进肃顺之谏。懿贵妃对肃顺怀恨在心，后来她发动『祺祥政变』，终将肃顺处死。

慈禧太后发动祺祥政变——清朝（穆宗）时期

仇恨八臣控大盘，不甘低首下屋檐。
纠合懦后谋干政，沆瀣凶王策篡权。
使计迎棺除异党，登堂改号举亲缘。
垂帘握柄行专擅，残夜昏灯万类寒。

注释

●清咸丰帝三十一岁时暴病死于热河避暑山庄，其唯一的继承人、懿贵妃叶赫那拉氏所生的载淳即位。这时载淳年仅六岁，遵咸丰帝遗嘱，由八大臣（怡亲王载垣、郑亲王端华、御前大臣景寿、协办大学士肃顺、兵部尚书穆荫、吏部左侍郎匡源、礼部右侍郎杜翰、太仆寺少卿焦佑瀛）『赞襄一切政务』。对于实际掌控朝政的八大臣，已被封为圣母皇太后并加徽号慈禧的叶赫那拉氏十分忌恨，早有野心的她，绝不甘心处在别人的屋檐下，而要奋力一搏，将大权夺到自己手中。

●为此，慈禧太后首先游说性格懦弱的慈安太后，最终说服了她。接着，她勾结八大臣怀恨在心的咸丰帝异母兄弟恭亲王奕䜣，乘咸丰帝驾崩之际，暗中紧锣密鼓地策划政变，准备利用迎咸丰帝梓宫（棺材）回京之机，除掉八大臣，掌控朝政。

●慈禧以在京城迎接咸丰帝灵柩为名，先从热河取道回京，而让肃顺、陈孚恩等护送梓宫，其余七位辅政大臣皆扈从她回京，其目的是让七大臣与肃顺隔离，有意分散他们的力量。慈禧回京后，立即将载垣、端华等捉拿下狱。当肃顺护送梓宫到密云时，慈禧早就派人等候在那里，肃顺还来不及做出反应，就已成为阶下囚。至此，慈禧联手奕䜣等人，彻底剪除了异己。接着，她连发数道谕旨，大力提拔自己的亲信，将奕䜣授为议政王，在军机处行走。接着又授他宗人府宗令、总管内务府大臣，把政权、军权、族权、财权集于一身。这样，以慈禧为首的强大政治联盟，已居于完全的统治地位。

●从此，慈禧太后正式开始了垂帘听政，她把权力紧紧抓在手里，独断专行，而皇帝只成了一个摆设。大清帝国进入了慈禧太后时代，但末日已近，风烛残年，最后的灭亡已是不可避免的了。

翼王石达开英勇就义——清朝（穆宗）时期

百挫千折志不更，军临绝境力拼争。
后横巉壁拦回马，前涌狂涛阻进兵。
借路逃灾遭暗算，撑筏渡险遇凌攻。
迎刀护属何惜死，浩气悲歌唱大风。

注释

●太平天国天京内讧，翼王石达开为躲避洪秀全兄弟加害，不得以出走，在集合散落各地的兵马后，率师南下，进行远征，继续与清军作战。一八六三年五月十四日，石达开率四万余众到达紫打地（今四川安顺场附近）。此处地形十分险要，进退都非常艰难，自古被兵家称为『绝境』、『死地』。在这种严峻形势下，石达开仍然鼓励将士，誓死拼争，坚决与清军血战到底。

●紫打地地势低洼，后面是巉岩狰狞的马鞍山，想退退不了；前面是波涛汹涌的泧江（大渡河的古称），想前进也很难。且左边是松林河，右面是小水（鹿子河）和老鸦漩河。石达开陷入此地，可谓是进退维谷，正是《孙子兵法》所指出的兵家所忌之地。

●为了摆脱困境，石达开派人以银两向盘踞此地的彝族土司王应元『买路』，银两送上后，王应元满口答应，石达开信以为真。可他哪里知道，王应元已被清军收买，三日后，石正准备过大渡河时，清军已在大渡河北岸布置防务，王应元的土司部队也来到松林河西岸，帮助清军围剿石达开。在万般无奈的情况下，从五月二十一日起，石达开率部展开强攻。他选出精兵四五千人，用几十只木船和竹筏强行渡河，结果木船和竹筏全部被清军炮火击中，强渡的勇士无一人生还。大渡河抢渡不成，石达开又转向松林河，这时河上的铁索桥已被拆除，夜间派出水手泅渡偷袭，又告失败。

●石达开已走投无路，弹尽粮绝，但他仍不灰心，写诗道：『大军乏食乞谁籴？纵死涐江（大渡河）定不降。』清军来劝降，并声明『投诚免死』。石达开在兵败之际，为了换取部属的生命，致书四川总督骆秉章，表示『死若可以安民全军，何惜一死』。六月十六日，石达开来到清营，后被解送到成都，面对骆秉章，石达开席地而坐，绝不肯屈膝，终被清军凌迟处死。临刑时，石达开毫无惧色，直到流尽最后一滴血。

李鸿章苏州杀降——清朝（穆宗）时期

频攻不克露狰狞，遂使阴谋破太平。
买叛行凶先灭帅，收奸作孽再攫城。
方开盛宴纷加顶，即举屠刀尽落翎。
背信杀降别有意，狂劫暴掠自囊盈。

注释

●清同治二年（1863）秋，李鸿章率淮军出上海，分三路包围了太平军所据的苏州城，屡次攻城未果，李鸿章心生毒计，要以政治诱降的方式，试图在太平军内部打开缺口，使其瓦解，以求速取苏州。

●太平军防守苏州的统帅为慕王谭绍光，此人舍生忘死，严密布防，誓与清军血战到底，成为李鸿章夺取苏州的最大障碍。为此，李鸿章派遣早就投降淮军的郑国魁潜入太平军营，买通了纳王郜永宽、宁王周文佳、康王汪安钧、比王伍贵文等王爷，让他们先将谭绍光杀掉。于是，这些人便借商讨反投降会议之机，将守军统帅谭绍光杀害，然后割下头颅献于李鸿章。接着，纳王郜永宽等继续作孽，公然打开城门，卑躬屈膝地引淮军进入苏州。这样，李鸿章兵不血刃，就将苏州城拿下。

●李鸿章把苏州城攫入手中后，想到这些太平军叛王们已无用处，便决定用计将他们全部除掉。他以为诸王庆功为名，大摆宴席，请郜永宽、周文佳、汪安钧、伍贵文等八人赴宴，行酒间有武士八人，各手持一红顶花翎于席前跪下，请郜永宽等人加顶升冠。正在郜永宽等人洋洋得意、忘乎所以之时，武士们突然抽刀，将八人刺杀。

●李鸿章残酷『杀降』，有着不可告人的目的。他知道太平军诸王都积累了惊人的财富，如果让他们活着，这些财富就不可能集敛在自己手中。于是，杀了郜永宽等八人后，李鸿章对诸王府进行了疯狂劫掠，他本人抢到的最多，仅从纳王府就掠到价值十几万两的几十颗大明珠。正是通过这次苏州『杀降』，李鸿章财富大增，从而进一步壮大了自己的力量。

天王洪秀全美妻成群——清朝（穆宗）时期

色胆包天日渐汹，常年选美以充宫。
有规惟下非匡上，无禁独王不允兵。
身绕群芳痴夜雨，怀拥众媚醉晨风。
妻多难认需编号，如此荒淫必致崩。

注释

●洪秀全登上太平天国天王的宝座后，色欲日渐膨胀。建都天京以后的十一年里，他年年选美，新占城镇的太平军官员们，以为天王物色女人为头等大事，选好后当作『贡品』送往天京，供洪秀全享用。经过多年选拔，天王府中美女成群，连太监也被废除了，身边都是女人簇拥。

●太平天国有严厉的禁欲制度，不许人们招夫娶妻，但这项规定只适用于下属，而王爷们，尤其是天王洪秀全则毫不受约束，他们可以为所欲为，没有任何禁忌。据说他依据旧约《圣经》，把占有很多的女人看成绝对权威的标志。

●洪秀全整日沉湎于纸醉金迷之中，无论白天黑夜，都有众多美女相伴，极尽淫荡之事。这些女人，经常轮换，都成了洪秀全纵欲的性具。

●洪秀全占有的女人均称为妻子而不称妾，数量之多难以计数，以至于根本分不清是哪一个。为此，他想出了一个奇招：把女人们按进宫先后顺序一一编号，然后按编号呼叫。这种荒淫无度的做法实在令人震惊，其所建立的太平天国怎能不崩溃灭亡呢？

天国夕照——清朝（穆宗）时期

燕雀岂知巢近倾，大兴楼宇赛豪风。
强征税负刮膏血，广揽娴能驭役工。
只想家宅出胜景，不思国府抗凶兵。
奢靡罕见清臣诧，薄暮残阳看落英。

注释

●清咸丰十一年九月，太平天国重镇安庆失陷，其后，太平天国受到清朝湘军和淮军的重重包围，在这种危局之下，天国却大规模封王达一千余人。这些王鼠目寸光，仅有燕雀之志。他们根本不知道天国大厦即将倾覆，而在各自领地依然恣意奢靡，尤其是每到一地都大建楼宇和府邸，且相互之间极力攀比，诸王所建的私宅别馆遍布天京、苏州、浙江等地。

●为了取得建设资金，诸王对民间大幅度增征税负，使黎民百姓苦不堪言。同时，他们在所属各地，广泛招揽能人和娴熟工匠，动辄就成千上万，甚至如嘉兴守将、听王陈炳文，为获取建材，竟然命令嘉善所有窑特制砖瓦，并从苏州香山招募大批能工巧匠前来服役。

●正值诸王比着大兴土木、建筑自己的豪华府邸时，天国首都已陷入了湘军水泄不通的包围之中。但诸王没有一点心思去想如何解围，只是千方百计地让自己所建的府邸超越别人，多出风头。对此种情景，连外国人都非常不解，一个叫钟思的英国船长在苏州失陷前，亲览镇守苏州诸王所营造的王府建筑时曾说过：『他们不但不为苏州的安全忧惧，反而忙于修建府第，真是不可思议。』

●太平天国忠王李秀成在苏州另建忠王府，以四年多时间，动用军民工匠达万人多，直到苏州城陷还未竣工。其建筑的富丽堂皇、宏伟精致，连阅历十分丰富的淮军统帅李鸿章都大为惊骇地说：『忠王府琼楼玉宇，曲槛洞房，真如神仙窟宅。』这真可谓是：燕雀不知巢濒覆，至今犹唱太平歌。

太平天国最终灭亡——清朝（穆宗）时期

受困京都败势成，拒择别路肆孤行。
诸王怠战藏邪念，众将迷奢躲险情。
卑帅失节遗忏悔，忠臣守志放悲鸣。
掀风弄雨十多载，幕落灯熄任品评。

注释

●安庆失守后，湘军主力东下，天京被围困，此时太平军的败势已成定局。情急之下，洪秀全调上海战场的忠王李秀成回京救援。李秀成率十三王、二十万大军与清军曾国荃激战四十六天，以失败告终。一八六三年后，苏州、无锡相继陷落，天京成为一座孤城，被清军围得水泄不通。在此种形势下，李秀成提出『让城别走』，即放弃天京，取道江西、湖北出中原，另辟根据地，再图复兴。可洪秀全坚决反对，使最后的一条出路也被堵死了。

●当时的太平军，论武器要比清军精良，多有洋枪洋炮，但是诸王各揣心腹事，为保存自己的实力，故意怠战，且他们精神萎靡不振，不愿在战场上拼杀，只想躲在自家的豪华府邸，尽情享受奢靡生活。

●一八六四年七月十九日天京陷落。此时洪秀全已死，幼主洪天贵福即位，他登基第四十六天，都城就被清军占领。

李秀成带着幼主逃跑，终被清军俘获，解至湘军大营。开始，李秀成还表现出宁死不屈的样子，后来在曾国藩的诱导下，一改初衷，向清军写出了五六万字的忏悔书，完全失去了一个主帅的气节，但最后还是让曾国藩给杀了。早在同治二年冬天，天京已现危机时，洪秀全就招来干王洪仁玕，让他担起扶持幼天王的重任。天京陷落后，幼天王逃出，洪仁玕得知讯息，立即赶赴广德相会，负起保护幼主的责任，后遭清军偷袭，洪仁玕与幼主皆被俘。在清军江西巡抚沈葆桢提审时，洪大义凛然，坚守自己的信念至死不移，并发誓向文天祥学习，就义前，慷慨赋绝命诗一首：『临终有一语，言之必欣慰。天国虽倾灭，他日必复生。』其精神虽然令人肃然起敬，但太平天国大势已去，所以他的抗争顶多只是几声悲鸣而已。

●太平天国自一八五一年起，至一八六四年终，如一场大戏，惊天动地地上演了十余年，它虽然给予清王朝的腐朽统治以沉重打击，但也体现了极大的阶级局限性，其经验教训值得后人深思！

捻军高楼寨大捷——清朝（穆宗）时期

长于机动屡达成，巧战高楼再打赢。
引诱骄师挖陷阱，伏袭悍旅锁围笼。
折杀万口扬威势，缴获千骑壮阵容。
更有小兵诛大帅，满朝惊悚瑟花翎。

注释

●清朝中期以后，在江苏、安徽、河南、山东和湖北等地，形成了一个声势浩大的反清结社组织——捻军（捻，即一群、一组、一部分之意）。该军善于机动作战，有时果断后撤，有时勇猛前进，有时大杀回马枪，有时乘敌疲乏突然袭击，且常能达成作战目的，使清军屡屡受挫，而于一八六五年在山东菏泽高楼寨与清军主力僧格林沁部一战，更是奇巧无比，取得了巨大胜利。

●一八六五年五月十七日，骄横的科尔沁亲王僧格林沁率部追击捻军至高楼寨，他认为凭借洋枪洋炮和英勇善战的五百红孩兵，在此地歼灭捻军主力毫无问题，因此在开战之前就买了猪、羊各五百头，为取胜庆功做准备。可他哪里知道捻军采取了诱敌深入、聚而歼之的战术。僧格林沁不知是计，正步步为营之时，忽遭捻军左、中、右三路迎击，使其精良的武器装备不能施展威力。接着，杀声四起，埋伏在村庄外围的捻军从后方将清军包围，形成前后夹击之势，僧格林沁部很快被打得落花流水。当夜三更，不甘失败的清军，乘夜色依仗拥有洋枪火力的红孩精锐，向捻军发起猛攻，但他们再一次中了埋伏，遭到隐于林中的捻军突袭。捻军士兵人人都在竹竿一端扎上利刃，将僧军的五百红孩杀得大败。

●高楼寨一役，捻军面对装备精良的清军，采取机动灵活的战法，杀敌万余人，缴马五千匹，大大提振了声威，壮大了实力，正如当时有人目睹所记：捻子马队奔驰，足足有二十里不断。

●值得一提的是，在这次战役中，捻军将不可一世的清廷亲王、剿捻统帅僧格林沁击毙，而取其首级者竟然是一个年仅十三四岁叫张皮绠的童子兵，这使清廷文武百官十分惊悚，不少人下意识地摸着自己的顶戴花翎，心里直打鼓。

曾国藩、李鸿章开展洋务运动——清朝（穆宗）时期

放眼西方续魏源，力推洋务御夷蛮。
投资建厂研枪炮，拓业兴工造舰船。
招揽名流开译馆，集合智士筑科坛。
曙光初现随遮掩，好景不长当自然。

注释

●清代咸丰末经同治至光绪的三十年间，朝廷重臣曾国藩、李鸿章等，继承林则徐、魏源的『师夷长技以制夷』的思想，放眼西方，掀起了一场令人耳目一新的洋务运动，为抵御外夷，进行了空前的富国强兵实践。

●曾国藩在日记中写道：『中国要自强，必须革新政治，访求人才，以学西洋制造船炮技术为基本要务，一旦学到了，那洋人的长处我们也有了，也就不必惧怕他们了。』为此，曾国藩率先开办了中国第一个近代军工厂——安庆军械所，主要研制洋枪洋炮。之后，曾国藩又拓展实业，把目光盯在造船上，于同治二年十二月，终于建成了一艘长五十余尺，每小时行二十余里的木壳轮船。同治四年五月，江苏巡抚李鸿章在上海虹口购买了美商旗记铁厂，不久定名为江南制造局，后为江南制造总局。总局立即投入生产，制造了大量的开花炮、田鸡炮和数量可观的仿制洋

枪，在战场上发挥了巨大作用。江南制造总局继续扩建，建成了汽炉厂、机器厂、熟铁厂、洋枪厂、木工厂、铸铜铁厂、火箭厂等，成为近代中国首个大型工业基地。同治七年七月，斥银八万两，造出第一艘长十八点五丈，宽二点七丈，载重三百余吨，逆水时速七十里，顺水时速一百二十里的轮船『恬吉』号。后来又建造了三艘由曾国藩命名的『操江』、『测海』、『威靖』号轮船。

●在兴办洋务的过程中，曾国藩、李鸿章招揽名流如徐寿、华蘅芳等懂洋文的专家，设立译馆，翻译出版西方科技书籍。同时，集合科技人才，如请出留美学子容闳，让他们专事科学研究，并随即转化为实践，使得洋务运动以江南制造总局为基地，搞得轰轰烈烈，影响极大。

●曾国藩、李鸿章本想以自己的亲身实践，借助西洋科技，冲出封闭状态，迈向近代，以图富国强兵。但洋务运动前后仅持续了三十余年，正如曙光刚现，就被乌云遮蔽。其中原因就是他们遇到原有制度的掣肘、本身的阶级局限性、社会的思想意识的束缚等因素的制约，因而最终走向了失败。

红顶商人胡雪岩——清朝（文宗、穆宗）时期

身卑目炯志超强，极善寻机获厚偿。
敢动公银襄仕场，愿开私库供军粮。
谙通宦海谋红顶，熟驭商潮使锦囊。
屡创传奇成大业，高官巨贾两辉煌。

注释

●胡雪岩，清代晚期大商贾，此人虽出身卑微，但很有眼光，且意志坚强，尤其善于寻找并抓住机会，在商场上总能获得丰厚回报，使他由一个钱庄学徒而变成巨富。

●胡雪岩极具眼光和胆识。早在他当钱庄学徒时（二十一岁），结识了一位朋友王有龄，王于道光年间就已捐了浙江盐大使一职，但因无钱进京谋实缺，感到非常苦闷。胡经过一段时间的观察，认定王未来前途不凡，于是不计后果地私下动用钱庄公银五百两，襄助王进京谋职，因此事，胡被老板扫地出门。后来，王有龄果然擢升为浙江巡抚，胡雪岩便得到王的百般恩惠，把全省粮饷、军械和漕运等事务通通交与胡办理，胡迅速发迹，不仅自己的钱庄十分兴旺，还拓展业务，开起了当铺、药铺，经营丝、茶，使其很快暴富。在经济上胡雪岩获取了巨大利益后，他又将

眼光投向官场。咸丰十一年，胡得知浙江巡抚左宗棠所部在江西时『饷项已欠近五个月，饿死及战死者众多』，此番进兵浙江，据守衢州，缺粮缺饷问题更加突出。颇有心计的胡雪岩看准时机，立即出手，仅用三天时间就筹齐二十万石粮食送予左宗棠，得到左的极大赏识，当即对他委以办理老湘军粮台和转运局务的重任。

●胡雪岩虽为商人，对官道却十分精通，他以自己亦商亦官的身份，利用与外国人交往的机会，于一八六二年在法国军官的协助下，为左宗棠训练了用洋枪洋炮装备的、千余人的『常捷军』，他还于一八六六年协助左宗棠创办了福州船政局，并为左办理采运事务。从同治六年到光绪七年，胡以左宗棠的名义在上海先后代借内外债一二五〇多万两，他从中捞回扣二十余万。至同治末年，胡已成为拥有三千万两资产的巨富，自家的阜康钱庄在上海、北京、天津等地开设分号。另在上海、汉口、温州、宁波、福州、厦门经营六家关银号，为海关代纳进口税的关银号总共达二十一家。另外，胡雪岩秉持『吃小亏占大便宜』的理念，通过慷慨好施，获得更大利益，更是经常的事。在这个过程中，胡屡被左提携，青云直上，官至江西候补道，授布政使衔，享一品顶戴，且被赏穿黄马褂。

●胡雪岩一生传奇甚多，比如，他妻妾成群，与妻下象棋，在屋内画棋盘，用妾做棋子。但他确实成就了一番事业，在官场和商场都创造了自己的辉煌，说此人是奇才绝不为过。

近代最早的买办官僚唐廷枢——清朝（文宗、穆宗）时期

名赫译坛忽改行，置身别界更辉煌。
担当买办堪翘楚，出任廷僚为栋梁。
通晓外交呈睿智，熟知内务展专长。
眼观天下与时进，奋力逐潮敢启航。

注释

●唐廷枢，近代中国第一代买办。早在清道光二十八年，十六岁的他离校后就在香港巡礼厅和教会学校当英文翻译。咸丰八年，他又到上海，在海关出任大写和正翻译。唐廷枢英文水平极高，在翻译这一行里已很有名气。可就在这时，他忽然决定放弃翻译这一职业，改行进入英商怡和洋行，为它主持在长江地区收购丝茶，推销洋货，从而华丽转身到另一领域，成为一位出色的买办。

●唐廷枢当买办，堪称行内翘楚，不仅编写了《英译集全》一书，介绍做买办的种种诀窍，深受欢迎，还编写了近代最早的国人初学英语的教科书。由于业绩突出，不久，唐廷枢就出任了怡和洋行的总买办，为洋行谋取了大量收益，成为炙手可热的人物。在这个过程中，唐廷枢自己也积累了雄厚资本，以至同治十一年，怡和洋行成立轮船公

司的一六五〇股中，唐就独占四百股。在买办行业中唐廷枢取得巨大成功，成为上海社会的名流。这时，他又萌生脱离洋行投身官场的想法。同治十一年，李鸿章在上海创立轮船招商局，唐廷枢经盛宣怀推荐，以四十七万余两银钱为筹码，出任了招商局总办，并被授予道台衔，穿上了三品官服。在这个『官督商办』的企业中，唐廷枢如鱼得水，大展拳脚，成为李鸿章最信得过的人物。

●李鸿章十分赏识唐廷枢的外交才干，唐亦不负厚望。光绪元年，他奉李之命，与丹麦大北电报公司交涉接办福州至厦门电报线事宜。唐凭着自己对洋务内情熟悉和丰富的外交经验及超人的聪明才智，经过十几次辩论，终将此段线路收归官办，维护了中国的利益。在内部政务方面，唐廷枢亦是行家里手，且有不凡的专长。光绪二年，深得李鸿章信赖的唐廷枢赴开平主持矿务局，一边采煤，一边修筑铁路。又取得了骄人的业绩。

●唐廷枢因其特殊经历，具有放眼西方、通观天下的视野，他力图追赶时代潮流，与保守顽固势力进行巧妙的斗争。如修筑唐（山）胥（各庄）铁路时，保守派说惊动了皇家陵寝，极力进行阻挠。唐廷枢在李鸿章的支持下，据理力争。铁路通车后，他为避免再出新的麻烦，开始用驴拉列车运行，后来几经波折，终于用上了火车头。

容闳组织首批官费赴美留学幼童——清朝（穆宗）时期

洋墨盈怀返故乡，随携孺子渡西方。

求学异域师他技，致用本国兴我邦。

跟进潮流削旧发，冲出礼教换新装。

晨风一缕刚拂面，即涌乌云噬曙光。

注释

●容闳，清代同治年间洋务派办留学的领军人物。他早在十九岁时，跟随香港玛利逊教会学校校长塞缪尔·勃朗到美国，后考取耶鲁大学。一八五四年，容闳大学毕业，拒绝了留在美国工作的邀请，回到祖国。在美国读书时，容闳就酝酿着中国的留学计划，回国后他争取到了洋务派曾国藩、李鸿章、丁日昌等实权人物的支持，于同治十一年在上海成立了幼童出洋肄业局，自己任副监督（正监督为陈兰彬），制订留学计划，分四年进行。一八七二年八月十一日，容闳带着三十余名少年，远渡重洋，去美国留学。

●容闳积极操办幼童留学，其目的十分明确，就是要让孩子们学习西方先进科学技术，然后致用于本国，以求民族振兴、强大。

●这些幼童到美国后，由于摆脱了国内严格的封建礼教束缚，获得了空前解放。时间一久，剪去了长长的辫子，穿上了西洋服装，而且淡漠了国内的烦琐礼节。对此，翰林出身的陈兰彬大为恼火，而容闳则不以为然，并据理驳陈，使陈兰彬大为不快。

●数年后，陈兰彬出任了驻美公使，由翰林出身的吴嘉善接任留学监督。吴秉承陈的旨意，上奏朝廷，说留美学生『腹少儒书，德性未坚，尚未究彼技能，实易沾其恶习』，建议朝廷撤回全体留学生。陈兰彬也奏请朝廷遣返。这样，大多数留学生中断了学业，正如一缕晨曦刚露就被乌云遮住，中国近代官费赴美留学的第一次尝试就此夭折了。

王韬首创中文报纸且广采欧风——清朝（穆宗）时期

遁入香江避险凶，周游异域采欧风。

编书广纳西洋景，办报远播东土声。

笔走雷霆轰噩梦，言出利剑刺疽痈。

华文载道论天下，自握语权开首宗。

注释

●王韬，清代同治年间著名报人，首开中国人用汉语独立办报的先河。他早年为追求功名利禄，先是向清廷献策平定太平天国，不被重视后，转而又为太平天国策划攻清，因太平军溃败未果。为此清廷下旨捉拿，他只得遁入香港，以避险凶。在港期间，王韬用数年『历行数十国』，遍访欧洲和日本，了解到了西方和日本政治、经济、文化、社会诸方面情况，启迪了思想，开阔了眼界。

●王韬根据自己在欧洲和日本游历所得，编辑成《漫游随录》、《普法战记》、《扶桑游记》等书，向国人介绍西方和日本情况。并且他为了给国人开拓一个畅所欲言、信息灵通的环境，使国人能够通过一个窗口来了解世界，使外国人也能了解中国，于一八七四年在香港创办了《循环日报》，从而为传播中国声音打造了一个平台。

●《循环日报》一开始就侧重政论，王韬为主笔，政论几乎都由他写，从一八七四年五月到一八八五年十二月，他以几个笔名连发政论文章八百九十篇。其文笔流畅，短小精悍，语言犀利，如雷霆，如利剑，针砭时弊，唤醒国人，呼唤革新，且纵论世界大事，描绘国家未来，读其大作，振聋发聩，耳目一新。在十九世纪七八十年代为发行量最大的中文报纸，在国内外都有常驻代理，一时间称雄报界，堪称龙头老大。

●鸦片战争以后，不断有外国人在中国创办近代报纸，但大多是英文版，即或是中文的，其创办者和后台也都是外国人。而《循环日报》从创办到编辑，从印刷到销售，每一个环节都由中国人操作。这表明在近代报业，中国人第一次掌握了话语权，用自己的平台发自己的声音，其重大意义不言自明。

太监安德海出京被除——清朝（穆宗）时期

下欺臣子上轻君，竟逾都门破祖遵。
华乐方兴狂泛路，悲歌即起祸拥身。
非知索命因王意，岂料暴尸符众心？
更使垂帘吞苦果，百般无奈咬牙根。

注释

●安德海，清同治年间御前大太监，『祺祥政变』前，他曾在慈禧和恭亲王奕䜣之间通风报信，对促成政变『有功』。慈禧垂帘听政后，他备受宠信，恣肆妄为，毫无忌惮，只听慈禧一人，而对众臣根本不放在眼里，连大权在握的议政王奕䜣也玩于股掌之中，甚至对年轻的同治帝都敢轻视。更令人吃惊的是，作为一个太监，竟敢公然违背『太监不得出都门』的祖制，借给同治帝办大婚采购龙袍的名义，说通慈禧太后，私自出京下江南。这种情况自清开国以来，绝无仅有。

●安德海装备了两条大船，船头彩旗飘舞，船旁遍插龙凤旗帜，随员男女成群，且有乐师、乐女。一八六九年八月，安率船队，顺大运河浩浩荡荡南下，沿途轻歌曼舞，鼓乐喧天，以彰显自己的声威，每到一处，都引来众人围观，争先目睹京城来的大官，细打听，方知是个大太监。可正在安德海忘乎所以、无限风光、大肆招摇之际，一场惊天大祸已经临头。他行至山东泰安，迅速遭到逮捕，并被处以死刑。

●安德海没有想到，他的毙命是由议政王奕䜣一手策划的。原来奕䜣对安德海早已恨之入骨，听说他擅自出京喜出望外，暗中派心腹下山东通知巡抚丁宝桢，让他速做准备，张网捕鱼，并说这是同治帝的旨意。而对此，安德海毫无提防。至于安被押解至济南砍头后暴尸于市，更令朝廷上下人心大快。

●安德海被杀，慈禧太后十分无奈，且有苦难言，因为他毕竟是违犯了祖制，丁宝桢将其斩首，完全是依大清律办事。可安确是她的心腹，这口气终难咽下，因而强忍仇恨于心，咬牙切齿地准备伺机报复。

叔嫂争权，奕䜣被黜议政王位——清朝（穆宗）时期

祺祥合手弄风云，渐现裂痕失互尊。
此擅台前生恣意，彼专帘后起疑心。
煞威指罪虽无据，遏势削衔却有因。
凶嫂多谋操胜券，小叔伏地泪沾襟。

注释

●清咸丰十一年，慈禧与恭亲王奕䜣联手发动了『祺祥政变』，剪除了肃顺等辅政八大臣，把朝廷大权掌控在了自己手中。但后来，叔嫂之间渐生裂痕，最早的公开冲突是因奕䜣比较重用汉人。当时，慈禧当面指责奕䜣是要把大清天下送给汉人，并当廷恼羞成怒，欲将其罢官，奕䜣却不示弱，公开顶撞慈禧。自此，两人积下仇怨，且越来越深。

●奕䜣作为议政王，在朝廷中享有仅次于慈禧的权力，他仗着自己有功、有才、有权，许多时候毫无顾忌，为所欲为。两宫垂帘听政，他常常不俟传旨就大摇大摆地径直而入。在处理内外诸事上，往往不听太后懿旨，自作主张。这样，就使慈禧感到权力受到威胁，因之对奕䜣渐起疑心。

●恰巧朝中有善于揣摩慈禧心思者（一个叫蔡寿祺的翰林院编修）上疏弹劾奕䜣，罪其『贪墨、骄盈、揽权、徇私』，这正中慈禧下怀，她欲借此机狠杀奕䜣威风，随即亲笔下诏，革去奕䜣一切差使，不准干预公事。后来在众臣劝说下，慈禧派人严查，虽未得到奕䜣有罪的实据，最终还是剥夺了他的议政王之位。这其中的原因，朝臣个个心知肚明，那就是慈禧要重操『鸟尽弓藏，兔死狗烹』的君王权术。

●在这场叔嫂争权的斗争中，慈禧凭着自己敏锐的政治意识和娴熟的政治权术，将小叔奕䜣击败。奕䜣已知道自己不是对手，只得伏地认输，泪沾衣襟，这是委屈还是悔过，谁能说清呢？

选定嗣位的幕后——清朝（穆宗）时期

归政一年遂断弦，何人承位起疑团。
堂前举目方寻案，帘后落锤即定盘。
全场惊颜皆胆战，满朝缄口尽心寒。
明知侪嗣违家法，故犯常则自有缘。

注释

●清同治十三年，才归政一年的同治帝载淳便撒手归天了，此时年方十九。下一步由谁来继承皇位，一时间扑朔迷离。

●同治帝刚驾崩，慈禧太后便连夜召群臣火速赶到养心殿『商议』嗣位之事，大臣们议论纷纷，有人提议溥伦，因他属皇族近支旁系，被否决了；又有人举溥伟，因其为恭亲王奕䜣的孙子，奕䜣与慈禧有很深过节，所以也被否定。其实，让大家提名皇位继承人，只是慈禧太后搞的一个形式，她本人心中早已确定了人选。看到众臣提议均非其所想，慈禧实在沉不住气了，干脆把自己的主意和盘托出，即让载淳的同辈、咸丰帝的侄子载湉即位，并已确定年号为光绪。

●慈禧的话语一出，立刻使满场臣僚大惊失色，面面相觑，他们万万没有想到慈禧会提出如此方案，个个吓得胆战心惊。接着一片沉寂，众臣皆不敢再言，大家都明白了慈禧决定的用意。

●按大清的『家法』：皇帝有一子，该子承袭；有数子，择贤而立。皇帝无子，选自侄辈，不论年龄长幼。也就是说，嗣位者必比先皇晚一辈。对此祖制慈禧是再清楚不过了。那么她为什么要冒着忌犯祖制的风险，硬是把其子的同辈推上皇位呢？根本原因在于：若溥字辈当了皇上，她就要退居二线，虽尊名为太皇太后，可毕竟与皇帝疏远了，一定会丧失垂帘听政的权力，这对于一个权欲熏心的人来说，是难以容忍的。

左宗棠收复新疆——清朝（德宗）时期

痛失疆土倍心疼，激抗谬言亲领戎。
马踏黄沙谋战略，舟浮碧水审敌情。
分兵稳打破双障，聚力强攻夺数城。
靖北收南开省府，单凭此举亦英雄。

注释

●清代鸦片战争以后，我国新疆屡遭沙俄侵犯，沙俄占领了新疆大片土地，并妄图侵吞整个新疆。同治四年，中亚浩罕汗国安集延部落的军官阿古柏，乘新疆地区纷乱之际，率军侵入喀什噶尔等城。一八六七年，阿古柏在南疆宣布成立七城汗国，一八七〇年又进占乌鲁木齐和吐鲁番盆地。至此，南疆全部和北疆部分地区被阿古柏侵占。而英国和俄国与阿古柏相勾结，订立『条约』，承认阿古柏政权。在此万分危急之时，清廷内部在是否收复新疆问题上展开了激烈争论。直隶总督李鸿章以东南沿海吃紧为由，提出放弃新疆。而陕甘总督左宗棠则坚决反对，他慷慨陈词，说：『若此时停兵节饷，自撤藩篱，则我退寸，而寇进尺。……宜以全力注重西征，俄人不能逞志于西北，各国必不敢构衅于东南。』表达了收复新疆的决心。光绪元年，左宗棠衔钦差大臣之命，亲自领兵西征，开始了收复新疆的伟大征程。

●左宗棠率部经过茫茫大漠，已谋划出了此行的战略战术，即『缓进急战，先北后南，稳扎稳打』。光绪二年四月，左进驻肃州（今酒泉），以此为西征大本营，他泛舟于湖中，密切关注军情，表面悠闲自得，暗中加紧备战，此时他已胸有成竹。

●左宗棠指挥部队分兵稳打，经过三个月激战，收复了乌鲁木齐周边城镇，打垮了盘踞北疆的阿古柏势力，为攻打南疆创造了有利条件。第二年春天，阿古柏集结数万兵力在达坂城、胜金口和吐鲁番、托克逊设置了两道防线。左决定分进合击，仅用半个月就连破两道防线，打开了通向南疆的门户。五月底，阿古柏走投无路服毒自杀。左宗棠率部乘胜追击，连收南疆八城。

●此时，左宗棠已完成了从北到南的大征讨，使除伊犁之外的广大新疆地区又重新回到祖国怀抱。接着，他上疏朝廷，提出『新疆改设行省』，光绪十年，新疆终于正式设省，由刘锦棠首任巡抚。保卫祖国领土，驱寇复疆，仅此一举，就足可称左宗棠为忠心爱国的大英雄。

曾纪泽从俄国手里争还伊犁——清朝（德宗）时期

沙俄借口占伊犁，拒撤兵戎欲久居。

佞使卖国呈懦相，良臣索土凛刚躯。

放言驳谬丝丝紧，持理争锋步步逼。

挫败强蛮收广土，孱朝胜外确堪稀。

注释

●曾纪泽（曾国藩之子），清代末期著名外交家，经世派学者。光绪初年，左宗棠打垮了入侵新疆的阿古柏，收复了乌鲁木齐等重镇和南疆地区后，清政府立即着手收复伊犁。早在同治十年，沙俄乘阿古柏之乱，以帮助清政府『安定』边境秩序和保护侨民为借口，悍然出动重兵，强占了伊犁。当时，俄国人表示，待各城克复后，立即交还。可至光绪二年清廷收复乌鲁木齐后，要求俄履行诺言时，沙俄却毫无归还之意，且拒不撤兵，赖着不走。在这种情况下，清廷只好派出使者与俄谈判。而曾纪泽便是后来的谈判获胜者。

●清政府先是任命崇厚为谈判的全权代表。此人是个庸才、佞臣。一八七九年十月二日，在沙俄的胁迫和愚弄下，崇厚于克里米亚半岛的里瓦几亚擅自与沙俄签订了《里瓦几亚条约》，条约规定：『中国仅收回伊犁城，但沙俄要割去伊犁西面霍尔果斯河以西、伊犁南面特克斯河流域和塔尔巴哈台地区斋桑湖以东的土地；赔偿「代收代守」伊犁兵费五百万卢布（合白银二百八十万两）。』崇厚的卖国行为，引起朝野上下的极大愤慨，清政府拒绝批准条约，将崇厚革职治罪。接着改派曾纪泽赴俄重新谈判。曾与崇截然相反，他一身正气，决心不辱使命，且有左宗棠以武力配合，定要讨回公道，收复国土。

●光绪六年年初，曾纪泽受命以钦差大臣的身份，赴俄进行交涉，『探虎穴索已投之食』。在谈判桌上，曾纪泽针锋相对，丝丝入扣，步步紧逼，毫不退让，驳斥俄外交老手吉尔斯已签约就应算数的谬论，指出崇厚之约并未得到朝廷批准，同时，据理指责俄人无理取闹、胡搅蛮缠，使得吉尔斯无言以对，十分狼狈。经过近一年的较量，俄使终于被迫同意改约。

●曾纪泽以自己的爱国忠心和聪明才智，挫败了沙俄的强蛮无理，于一八八一年二月终于重签了《中俄伊犁条约》，中国收回了伊犁地区及特克斯河流域一万九千余平方公里的土地。这个条约虽然仍是不平等的，但曾纪泽为中国争回了相当大的权益，在大清王朝日益衰落的情势下，于外交上取得如此重大胜利，是十分难得的。

首任台湾巡抚刘铭传——清朝（德宗）时期

闲居数载复出山，受命临台御法番。
巧战基隆撒扣网，奇攻沪尾设伏圈。
开局统令抓急办，兴业强盘作远瞻。
治政安民赢盛赞，倾情宝岛写佳篇。

注释

●刘铭传，清代晚期台湾首任巡抚。一八八四年（光绪十年），中法战争爆发，法军侵占了越南北方后，又派舰队侵入中国东南沿海，企图占领中国台湾。此时闲居在家十四年之久的刘铭传应召进京，被授以巡抚衔，全权督办台湾军务。刘当即呈上《海防十策》，然后带三十名旧部赴台，筹划抗击法军，保卫台湾。

●刘铭传到台湾后，立即巡视了各地防务，看到的情况使他十分不满意，于是，他马上向朝廷提出在海口设防、改建炮台、筹建海军、购买枪械等多项建议，并利用战前有限时间重新调整台湾的财务和兵力。一八八四年八月四日，法军统帅孤拔率五艘军舰向基隆发起炮击。此时，刘铭传早有准备，他深知敌强我弱，便采取诱敌深入、张网捕鱼之战术，当敌被引诱上岸后，立即下令所部从东西两侧迂回包抄，形成三面夹击之势，如一张大网扣下，使敌没有还手之力，余部只得落荒而逃。基隆一战，法军惨败，孤拔怒不可遏，炸毁福建马尾船厂后，于同年十月再次向台湾基隆进攻，久攻不下，又转攻台北的门户沪尾（今淡水）。刘铭传审时度势，决定『不为基隆一隅失台北大局』，下令炸毁基隆煤矿，从基隆撤兵，全力保沪尾。他说服众将士后，设下伏兵，将敌诱上岸，集中优势兵力合击敌军，致敌败北，又获大捷。孤拔连败，气急败坏，于十月增加兵力达四千余人、兵舰二十多艘，封锁台湾所有海口，妄图将台湾困死。刘铭传率领部属与敌周旋八个多月，终于取得了台湾保卫战的最后胜利。

●中法战争结束后，一八八五年（光绪十一年），清政府将原隶属福建的台湾改设行省，刘铭传为首任巡抚。他在详细了解台湾情况后，首先抓紧实施三项『急务』：办防、清赋、抚番，从而加强了关防，增加了财政收入，团结了各族民众，实现了政令统一。同时，刘铭传着眼于台湾长远发展，大力兴办实业，夯实基础，如开设学堂，成立轮船招商局、电报局、邮政局等。此外，还注意开发台湾资源，设立煤务局，并大宗出口蔗糖和茶叶，争取了中国应有的商贸权利。

●刘铭传任台湾巡抚七年间，岛内经济发展，海防坚固，人民生活安泰，其政绩卓越，受到民众盛誉，在历史上写下了辉煌篇章。

守备吴杰抗法舰捷胜招宝山——清朝（德宗）时期

焚香祭祖意决然，非败凶夷誓不还。
解甲撩袍发猛弹，挥旗振臂炸坚船。
腾腾怒火摧敌垒，凛凛雄风固我盘。
百日搏杀连取胜，涛翻浪卷颂英男。

注释

●招宝山，位于今宁波市镇海区，地处宁波甬江出海口，地理位置十分重要，历来被认为是海防要塞，素有『海天重镇』、『浙东门户』之称。清光绪九年，以孤拔为司令的法国远东舰队，由台湾、福建一路北上，逐渐逼近位于镇海口的招宝山。面对战火即将燃起，不熟海岸守卫的清朝浙江提督欧阳利见，主张拆卸一线主要火力，隐藏回避，待机歼敌。守备吴杰则主张发挥海岸大炮威力，决胜于甬江口外，不容敌一兵一卒登陆，并与提督当面辩论。欧阳为稳定军心，下令要对吴杰以军法惩处，因吴杰身后有巡抚刘秉璋支持而作罢。一八八五年初，法军统帅孤拔率四艘装甲巡洋舰向镇海口逼近。吴杰得到消息后，深知此役险恶，便下令加固工事，备足弹药。接着他在家中清香素烛设祭，上告祖宗：『如不击退敌人，则以身殉国，告慰祖先在天之灵。』表达自己誓与外敌死战到底的决心。

●三月一日，四艘法舰排成『一三』队形，向招宝山猛冲过来，妄想一口气夷平山上炮台。吴杰亲临前沿阵地指挥抗击，他解甲撩袍，怒目圆睁，亲自发炮，准确打中敌领头主舰『纽回利』号，使其连中两弹，掉头逃遁。敌另三舰见势不妙，也掉头而逃，清军取得了首战胜利。

●三月三日，孤拔又调来两艘增援舰，再次向招宝山发起猛攻。吴杰镇定自若，鼓舞士气，加固营盘，实行强大火力压制，连连击中敌舰，使敌不得前进一步，只好狼狈逃窜。这次战斗，使敌帅孤拔身受重伤，之后不治而亡。

●经过这两次激战，清军士气大振，后来法军舰虽又多次进攻招宝山，但终未能攻下关口。从三月一日直到六月八日，中法镇海口攻防战持续了一百零三天，清军在吴杰指挥下，接连取得胜利，他的忠心爱国，英勇顽强的精神，永为国人所铭记！

冯子材抗法镇南关大捷——清朝（德宗）时期

七旬执锐勇征南，再展雄威赴阵前。
借势筑墙封险隘，乘虚踞位破凶顽。
披坚怒吼冲敌垒，浴血激搏扭战盘。
全力反攻终制胜，惊闻和议倍心寒。

注释

●冯子材，清代末期抗法英雄，镇南关大捷的指挥者。光绪十年，中法战争爆发，前线各路清军挡不住法军进攻，纷纷撤退。在此情势下，两广总督张之洞推荐已年近七十的冯子材出山，赴镇南关指挥作战。冯子材壮心不已，带着两个儿子（冯相荣、冯相华）急赴前线，立即投入与法军的较量之中。

●冯子材来到前线勘察地形后，决定凭借两山夹一谷的险要地势，在隘口抢构了一条长达三里半的长墙，连接东西山岭，长墙外再深挖长壕，并在岭上赶修多座炮台，把隘口封锁得死死的。法军果然从扣波出发发动进攻，冯子材乘敌扣波空虚之机，先行占领要地。当敌逃回扣波时，冯军乘势发起猛烈攻击，将敌打得落花流水，不得不退至文渊州。

●光绪十一年一月初七，法军司令尼格里由越南谅山倾巢出动，分三路进犯镇南关，其中攻东岭的已将岭上的五座炮台攻陷了三座，另一路也在炮火掩护下接近了清军设置的长墙，形势极为严峻。第二天，法军攻势更加猛烈，已有不少法军越过长壕冲上了长墙。在这千钧一发之际，冯子材大吼一声，手执长矛，跳出长墙，冲入敌阵，他的两个儿子也紧随其后，与敌展开了勇猛的肉搏战。这时，法军的大炮已无法发挥威力。接着，清军另一支部队前来增援，对敌形成前后夹击之势，致敌全线崩溃，从而扭转了不利战局。

●二月初九日，冯子材审时度势，下令对敌实施反攻，各路清军和越南军民从各个山头、从林杀向溃败的法军。敌帅尼格里身受重伤，只得在担架上下令撤退，清军尾追败寇，先后攻克谅山、东海、观音桥、谷松、临洮、太原等地，终于赢得了镇南关大捷。法国人将此次惨败与一八一五年拿破仑兵败滑铁卢相提并论，在冯子材攻克谅山后两天，法国茹费理内阁垮台。可正当前线清军要乘胜前进光复河内时，清政府却突然下诏停战，打了胜仗居然与敌议和。闻此讯，冯子材及众将士十分惊骇，清廷外交上的软弱，让众将士感到无比寒心！

郑观应与《盛世危言》——清朝（德宗）时期

廷僚买办两相兼，秉笔放言惊地天。
御海图强当主线，救国求变贯全篇。
疾呼立宪施新制，大倡兴商改旧观。
金匮良方多对症，只惜枯木忌春山。

注释

●郑观应，中国近代民族资本家、思想家。清末，他先是从事洋行买办，并兼营公司，后来受北洋大臣李鸿章之邀，出任清廷轮船招商局总办，成为官僚。光绪十二年，郑观应辞官赴澳门闲居，他集中精力用五年时间，呕心沥血，写出了《盛世危言》。此书共八十七篇（含附录和后记），一经发表，立即引起朝野上下的极大关注，产生强烈反响。

●《盛世危言》紧紧围绕『富强救国』这一主题，通篇强调要拯救中国就必须实行变法，唯有此路，才能达成国强民富之目的。

●郑观应在书中尖锐指出，中国落后挨打的根本原因就在于落后的专制政治，为此，他疾呼在内部进行政治改革，实行君主立宪制，设立议院。他责问朝廷：『日本和英国实行了君主立宪制，都取得了巨大进步，难道时至今日中国还不能进行改革，设立议院吗？』同时，郑观应还明确提出，在军事上要制造先进军械，政治上要设立议院的同时，在经济上必须发展工商业，首次提出『兵战』不如『商战』的理论，认为只要中国能够学习西方的先进经济理念，在国内大力发展资本主义，就可以抵御列强的经济侵略，从而使中国改变贫穷落后局面，让国家焕然一新。

●郑观应在《盛世危言》中为医治中国的沉疴旧病，开出了许多对症良方，为当时有识之士大力推崇。光绪二十年此书付印，马上引来竞相传阅。到十九世纪末，已重印二十多次，成为中国近代史上版本最多的一种书。一八九五年，光绪帝看到此书，爱不释手，随即下旨印刷二千部，分发给朝臣阅读，被时人称为『医国之灵枢金匮』，且对后来的变法维新产生了颇大影响。可惜此书风靡一时后，郑观应的主张并没得到实施，其原因在于，清王朝已如枯木，慈禧为首的封建顽固派绝不可能轻易放弃专制，所以，尽管有再多的救世危言，他们也不会采纳的。

晚清开明官僚张之洞——清朝（德宗）时期

清流敢谏响朝廷，洋务先锋负盛名。
罄力兴工求壮势，竭心备武为强戎。
育才抓教夯基座，选秀留学造引擎。
纵有回天千百策，声哀残照泣归冥。

注释

●张之洞，晚清重臣，曾任山西巡抚和署理两广总督，官至大学士，此人极度开明，且敢于直谏（出卖新疆的崇厚就因遭到以张为首的一些人弹劾而被革职），对朝政有很大的影响，被时人称为『清流派』首领。张之洞还是洋务运动的急先锋，主张『中学为体，西学为用』，成为近代中国重工业的创始人，故其在朝野上下盛名赫赫。

●张之洞认为中国落后孱弱，根本原因是没有近代工业，为此，他在湖北办起了一系列工业和民用企业，规模最大、最有名的是汉阳钢铁厂。一八九三年汉阳铁厂建成，它是亚洲最大的钢铁联合企业，包括十个分厂，拥有炼炉两座，三千多工人，一千余采煤人员。光绪三十四年，汉阳铁厂和大冶铁矿、萍乡煤矿组合为汉冶萍铁厂矿公司。张之洞始终想着要以精良武器装备部队，他于光绪十六年将原在广东枪炮厂向德国订购的部分设备移运湖北，又陆续购置了新机器，办起湖北枪炮厂，制造新式的快枪快炮，年生产能力达五千多支枪、一百五十余尊炮，其中制造的口径七点九毫米步枪，俗称『汉阳造』，后来成为新军常用的主要武器，使部队的战斗力得到很大提高。

●张之洞把教育和人才看成是图强之本，予以高度重视，先后开办许多书院和新式学堂。光绪三十年，他用慈禧赏赐的白银五千两，加上历年的养廉银两万两千两，筹建了一所『慈恩学堂』，设初、高等小学两部，后又增设中学堂。他还着眼为国家培养拔尖人才，选派大批优秀学生留学日本，其人数占全国留学人员的四分之一，此中人才济济，如黄兴、宋教仁、蔡锷等。张之洞在办学中，一律借鉴西方模式，力求打破旧的教育制度，特别是他上奏朝廷，提出兴办新式学校，废除科举，终使在中国延续了一千三百多年的科举制度得以结束，其功劳彪炳史册。

●张之洞无疑是晚清一位开明官僚，他受西方影响，有许多近代的主张和方略，但他终究没有跳出旧的封建体制的框架，直到进京担任大学士后，仍然不遗余力地支撑腐朽的清政府。但残阳已近，大厦将倾，随着光绪帝和慈禧太后的去世，张之洞的人生之路也走到了尽头。一九〇九年八月，在『国运尽矣』的哀叹声中，张之洞走完了自己七十二年的人生。

维新派黄遵宪——清朝（德宗）时期

域外多年阅世深，欧风美雨阔胸襟。
吟诗不必遵常矩，修史但求寻本因。
办报疾呼精卫志，衔官力鼎女娲心。
寒凝大地岂容暖，独放一花难为春。

注释

●黄遵宪，晚清著名诗人、史学家、维新派人物，光绪三年后，曾驻日本（参赞）四年，后又任驻美旧金山总领事、驻英公使馆参赞、驻新加坡总领事等，因而对世界许多国家情况了解很深。正是由于他沐浴了欧风美雨，所以眼界开阔，胸襟宽广，具有观察世界的不凡眼光。

●黄遵宪在驻日期间，写了一百多首吟咏日本历史和风土人情的诗。这些诗不囿于古诗的通常规矩，进行大胆创新，这便是他提倡的『利用旧形式创作的新诗体』，引起了诗界的一场『革命』。黄遵宪于光绪十一年从美国回国后，拒绝了新任驻美公使张荫桓和两广总督张之洞的聘请，在家乡广东嘉应州（今梅州）闭门写作，终于光绪十三年完成了四十卷、五十余万字的《日本国志》。在这部史书中，他不是单纯地介绍日本国情，而是着重分析和探究日本明治维新后的改革措施，指出日本崛起的根本原因在于革新，进而阐发了自己的改革理念。

●甲午战争后，黄遵宪成为改良派的积极分子，在上海加入了强学会，并于光绪二十二年在上海筹办了《时务报》，借助这张报纸，黄遵宪发出破除旧制推动革新的强音。他邀请梁启超任主笔，并写诗鼓励梁，要具『精卫无穷填海心』。黄遵宪的名声越来越大，得到了光绪帝的重用，被派到湖南代理按察使，力鼎湖南巡抚陈宝箴推行新政，在这个过程中，他们进行了一系列改革，取得了巨大成就。

●黄遵宪成为改革派中的重要人物，但是在当时的条件下，以慈禧太后为首的清廷顽固派绝不容许改革迈出更大步伐，终使湖南新政惨遭扼杀。这再一次证明，在寒凝大地、冰封雪裹的情势下，一花独放绝无可能让春天降临。

邓世昌甲午海战中壮烈殉国——清朝（德宗）时期

云飞浪卷降灾星，对阵强倭誓若钟。
瞠目迎敌发重炮，挺身督部顶顽凶。
劈涛撞舰何惜死，溺水保节甘舍生。
黄海掀潮天洒泪，齐哀甲午祭豪英。

注释

● 清光绪十九年九月十二日，海军提督丁汝昌率北洋舰队十八艘舰船完成护航任务返回旅顺途中，遇到伪装成美舰的日本舰队的突然围攻，中日海军在黄海上的一场激战已不可避免。面对强大的日本海军舰队，北洋海军决心与敌血战到底。丁汝昌在身体多处受伤的情况下，仍在甲板上督战。而主力战舰『致远号』管带邓世昌更是不向强敌让寸分，他发出铿锵誓言：『设有不测，誓与日舰同沉！』

● 敌舰围攻『致远号』，猛烈炮火使舰体中弹累累，已发生倾斜。此时，邓世昌毫无畏惧，直面迎敌，指挥连发重炮，督促部属顽强抗击，使敌舰火力受到很大压制。

● 『吉野号』是日军旗舰，它见清军『致远号』发生倾斜便越发猖狂。邓世昌见此情景，认为必先将其干掉，方可扭转局面。于是，他决定指挥『致远号』直撞『吉野号』，宁可与敌同归于尽，也要为清军争取主动。可在离『吉野号』越来越近时，『致远号』被敌鱼雷击中，舰只被烈火吞没，沉入大海。在舰船爆炸的一刹那，邓世昌被气浪掀入海中。这时，其部下递给他救生圈，他坚定拒绝，说：『事已至此，义不独生！』他的一只爱犬游来用嘴叼住他的发辫，不让下沉，邓毅然将犬溺死，然后自己没于海中。

●此役，『致远号』二百五十余名官兵，除二十七名获救外，其余壮烈殉国，邓世昌的英雄气概更是惊天地、泣鬼神。光绪帝得知邓世昌的事迹后大加赞赏，后来他还亲赐挽联：『此日漫挥天下泪，有公足壮海军威。』

左宝贵激战平壤以身殉国——清朝（德宗）时期

援朝抗日卫国门，碧血丹心舞战云。
斥侉弃城重聚力，携贞守阵再激群。
花翎鹤顶惊天地，黄褂廷袍动鬼神。
裹创拼杀终殉难，秋风哀恸悼英魂。

注释

●左宝贵，高州镇总兵。甲午战争前夕，日本不断增兵朝鲜，抢占军事要塞，暗中筹划以朝鲜为跳板入侵中国。左宝贵奉命赴朝，对清军进行增援。他认为朝鲜为中国门户，必扼守，方可无虞。光绪二十年七月，左宝贵等分别率四路人马计二十九营一万三千余人，开赴朝鲜，增援驻守牙山清军。一八九四年七月二十五日，日军向驻牙山清军发起进攻，中日甲午战争正式爆发。牙山清军战败后，日军又要夺取下一个要塞平壤。左宝贵便率部保卫平壤，与日军苦战。

●早在清军四路入朝时，朝廷帝、后两党在攻守问题上就发生了严重分歧。日军合围平壤，形势危在旦夕，驻平壤诸军统帅、侉将叶志超主张弃城逃跑，而左宝贵主张死守，他慷慨陈词说：『朝廷设机器，养军兵，岁糜金钱数百万，正为今日，若不战而退，何以对朝鲜而报国家？』并痛骂叶道：『若辈惜死可自去，此城为吾家矣！』斥退叶后，左宝贵重新聚集力量，鼓舞众兵将士气，然后亲自率部驻守平壤北面的牡丹台、玄武门一线。

●守城清军在左宝贵统领下顽强抗击，但终因日军火力强大，牡丹台陷落。这时，左宝贵深知整个平壤城即将失守，他屹立在玄武门城楼上，誓与城共存亡。左宝贵先行沐浴，然后身着御赐朝服，镇定地指挥作战。部将劝其摘下头上的花翎鹤顶，脱下马褂朝服，以免引起敌人注意。左坚定地说：『我穿朝服，士卒们见状必舍生忘死，敌人注目，吾何惧乎？』说完，左宝贵亲自燃放巨炮三十六发，狠狠轰击日寇。

●在作战中，左宝贵多处受伤，鲜血已将衣服浸透，但他绝不后退一步，把伤口简单包扎后，继续指挥作战，部下几次要扶他下城，都被他严厉拒绝。阵前将士皆为其英勇顽强精神所激励，下定决心与敌血战到底。战斗从黎明打到午后，这时，一颗炮弹在左宝贵身边爆炸，他不幸英勇牺牲。平壤虽然失守了，但左宝贵率部战斗到最后一息，其惊天地、泣鬼神的大无畏精神，永远感染着中朝两国人民。左宝贵壮烈殉国正值九月，山河为之动容，秋风为之哀恸！

李鸿章签订《马关条约》——清朝（德宗）时期

奉旨求和赴马关，尊严丧尽辱江山。
深忧毙命声声嗫，倍恐加兵步步谦。
拱手赔银惊广岛，屈膝割地骇春帆。
孱朝败势蒙奇耻，激怒国人共讨奸。

注释

● 清代光绪年间，在中日甲午海战和平壤战役失败后，日方抓住清廷急于求和的心理，悍然入侵中国辽东半岛，海军游弋于渤海，直接威胁威海卫。清廷派出户部左侍郎张荫桓和湖南巡抚邵友濂为全权大使，抵达日本广岛马关进行求和。但日方认为张、邵二人等级不够，要求清廷只有改换李鸿章方可谈判（因日方已了解李大权在握，且处事很合他们心意）。此时，刘公岛陷落，北洋水师已全军覆没，在这种情况下，清廷顺应日方意愿，由李鸿章带伍廷芳、马建忠、李经方等人，来到日本广岛马关与日方『议和』。在整个『议和』过程中，李鸿章对日方拟定的霸王条款几乎全盘接受，完全丧失了一个主权国家的尊严。

● 谈判中，日本首相伊藤博文，蛮横无理，大耍威风，一再向李鸿章施压。同时，采取无赖手段，使人暗中向李开枪，然后假惺惺地进行医治。面对强大压力，李鸿章生怕丧命，故对日方拿出的条款，即便有反对意见，也是唯唯诺诺。同时，日方一再威胁，若中方不答应他们提出的条件，将用广岛六十多艘兵舰，大规模加兵于中方。在日方步步紧逼之下，李鸿章步步退让，使日方的如意算盘得以实现，终于光绪二十一年三月二十日与日签订了丧权辱国的《马关条约》。

●《马关条约》中规定，清政府要向日方赔款白银两万万两，并须割让台湾，清廷全部接受。如此拱手奉出巨额赔款，如此屈膝割让大片土地，令广岛震惊，令春帆楼（签约地点）震惊，令整个中国乃至世界都十分震惊！

●李鸿章与日本签订的《马关条约》，使中国蒙受了奇耻大辱，从根本上说，这是清王朝孱颓败落的必然结果。条约一公布，立即引起国人一片愤怒，仅在一个月内，各级官吏上奏章就达一百四十多件，激烈指责朝廷和李鸿章等人的屈辱行径。台湾军民，更是义愤填膺，决心为反抗日军占领奋战到底。各地纷纷组织义军，驻守台湾的刘永福部，在一缺军需，二无外援的情况下，孤军与日军进行了长达五个月的反对割让台湾的战斗，共击毙日军四千六百余人，其中包括日军侵台司令、近卫师团长白川能久亲王，第二旅团长山根信成少将等。

严复与《天演论》——清朝（德宗）时期

马关国耻愤填膺，译述西学敲警钟。
物竞天择说进化，人争势选论勃兴。
昂头当自雄强起，灭顶必从羸弱生。
新颖思维求巨变，力驱黑暗举明灯。

注释

●严复，近代资产阶级启蒙思想家、翻译家，为清政府派遣的第二批出国留学生之一。他在英国期间，利用课余认真考察英国各方面情况，同时，醉心于西方资产阶级思想家亚当·斯密、孟德斯鸠、卢梭、穆勒、达尔文和赫胥黎等人的著作。他学成回国后，不久出任天津北洋水师学堂总教习（教务长），几年后又先后任会办（副校长）、总办（校长）。光绪二十年中日甲午战争爆发，次年清政府派李鸿章等人与日签订了丧权辱国的《马关条约》，严复得知，义愤填膺，先后在天津《真报》上连篇累牍地发表文章，较系统地提出救国方案。严复精通英语，且对西方社会的了解远在当时中国维新派人士康有为、谭嗣同、梁启超等人之上。他深知国人宿命论、循环论的传统思维方式，是阻碍中国变革的巨大障碍，为此，他致力于翻译英国生物学家赫胥黎的名著《进化与伦理》其中的两篇，取名为

《天演论》，想用书中的基本原理，向中国人敲响救亡图存的警钟。

●严复在翻译成的《天演论》中，处处写按语，发表自己的评说和见解。他大力推崇赫胥黎的『物竞天择，适者生存』的进化论思想，指出，从万物到人类社会，都是一个大竞争格局，在竞争中，强者存，弱者亡，这是一条不可违抗的规律。

●严复在书中引申强调，中国要想抬起头来，不被别国欺负，必须奋发自强，否则难逃厄运。他警醒国人必须实行革新，切不可墨守成规。他极力主张向西方学习，改变中国的封建专制制度，进而建立君主立宪制度，唯此，才能谋求中国的强盛。

●严复翻译《天演论》，表达了他的思想精髓，那就是大倡革新，改变中国人的宿命论和循环论的老旧思维方式。《天演论》在甲午战争后译毕，光绪二十四年结集出版。此书得到桐城派大师吴汝纶的极高评价，谓之『虽刘先主之得荆州，不足为喻』，并在出版时为之作序，认定『自吾国之译西书，未有能及严子者也』。《天演论》犹如暗夜里的一盏明灯，一经发行，立即享誉知识界，在社会上产生巨大影响，到清末已流传三十余种版本，即使目空一切的康有为读后也承认严复译《天演论》『为中国西学第一者也』。后来，『物竞天择，适者生存』八个字竟然成为一些人取名的依据，如秋瑾（竞雄）、胡适（适之）、邓演达（择生）、陈炯明（竞存）等，足见人们对《天演论》中理论观点的高度认同。

公车上书——清朝（德宗）时期

一纸条约讨寇欢，公车学子怒涛翻。
捶胸请愿收国土，奋笔陈疏拒马关。
力谏求存强体魄，疾呼变法壮河山。
大江南北风雷动，齐唤维新改地天。

注释

●清光绪二十一年春，广东籍举人康有为偕同梁启超等去京师参加三年一度的会试，因汉代曾用公家车马接送应试者，故后人以『公车』作为举人进京应考的代名词。正当康、梁等人要参加会考时，李鸿章与日本签订了丧权辱国的《马关条约》，这一消息传到北京，国人一片哗然，『公车』学子更是怒不可遏，康有为联合广东、湖南等十八省应试举人，向清廷奏《上皇帝书》，对签订《马关条约》提出严正抗议，同时，表达自己的政治理念。

●『公车』学子在上疏中，强烈要求废除《马关条约》，坚决索回条约中割让的辽东半岛、台湾、澎湖等国土，取消开放沙市、重庆、苏州、杭州为通商口岸。并警告朝廷：『割地之事小，亡国之事大，社稷安危在此一举。』

●康、梁等集合应试举人一千三百余人，起草的一万八千字的上皇帝书，慷慨陈词，要求光绪帝『下诏鼓天下之气，迁都定天下之本，练兵强天下之势，变法成天下之治』，明确强调，中国要摆脱羸弱的现状，必须求存图强，为此，又必须坚决实行变法维新，重整山河。这种振聋发聩之声，震动朝野，风靡华夏，康有为因此而声名大噪。

●公车上书引起了大江南北的强烈激荡，国中有识之士无不热烈响应，都起来呼唤变法维新，这就为康、梁接着推动戊戌变法，做了良好的舆论准备。

舆论界骄子梁启超——清朝（德宗）时期

微言大义鼓春风，椽笔雷霆震夜空。
独到论题皆指要，鲜明道理尽遵宗。
直呼破旧遏衰落，猛鼓鼎新推复兴。
觉世雄文云水怒，图存保种领先声。

注释

●梁启超，近代思想家，清末维新运动领袖之一，深谙今文经学，探其『微言大义』，借此讥议时政，抨击封建末世，提倡改革。他随康有为『公车上书』后，于一八九六年参与创办以变法图存为宗旨的《时务报》，且任主笔。《时务报》共出了六十九期，其中五十二期有梁启超的文章，一时间，在华夏大地产生极大影响。

●梁启超在《时务报》上发表的文章，以浅显通俗的文字阐述深刻道理，论题独到新颖，直击问题要害，且始终遵循『变法图存』之宗旨，讲述道理，鲜明透彻，充满感情，有很大的鼓动性。

●梁启超最著名的文章是《变法通议》，它针对顽固派『天不变，道亦不变』的观点，强烈呼吁，中国要强盛，必须进行变法，指出『法者，天下之公器也；变者，天下之公理也』，并警告国人，不变法维新，必导致亡国灭种，唯有走改革之路，中国才有获得复兴的希望。

●梁启超主笔的《时务报》获得极大成功，成为影响全国的维新派的喉舌。数月内，销售增至一万余份，一时风行海内，为中国有报以来前所未有。由于梁启超发出『图存保种』的先声，因之成为当时舆论界的骄子而声名大噪。

帝、后两党围绕变法激烈斗争——清朝（德宗）时期

欲改陈规治乱摊，双方酷斗遂开篇。
廷前露锐频发令，幕后藏刀屡设圈。
尔罢吾师抬佞党，吾除尔属举明官。
几番博弈终顽胜，百日维新烬化烟。

注释

●清朝末期，光绪帝在康有为、梁启超等维新派的鼓励下，逐渐接受变法思想，决心实行维新，整治衰微破败的江山社稷。一八九八年六月十一日颁发了《明定国是诏》，揭开了维新变法的序幕。在诏书中，光绪帝明确指出：变法古今皆有，『五帝三王，不相沿袭，譬之冬裘夏葛，势不两存』，不能『徒蹈宋、明积习』，而要变法图强。光绪帝和维新派这一主张，立即引起以慈禧太后为首的顽固派的强烈不满。于是，『帝党』和『后党』围绕着变法，展开了一场你死我活的残酷斗争。

●光绪帝下发《明定国是诏》后，连续出台了一系列改革措施，有些得到初步实行，一时间改革的氛围十分浓烈。可维新派哪里知道，慈禧太后之所以一开始没有做出更大干涉，是『后党』采取的欲擒故纵策略，她（他）们在幕后

正进行紧锣密鼓的策划，设下种种圈套和陷阱，阴谋将维新派一网打尽。

●其实，在光绪帝宣布变法后的第四天（一八九八年六月十五日），慈禧太后就忍不住了，她威逼光绪帝连发三道谕旨：将支持光绪的协办大学士、户部尚书、帝师翁同龢革职，逐回原籍，除掉了皇上推行新政的一个得力助手。与此同时，慈禧任命自己的亲信、同党荣禄为直隶总督，统率董福祥、聂士成、袁世凯等部，把主要军力控制在『后党』手中。并且规定：三品以上大臣授新职，必须到太后面前叩头谢恩（也就是由她决定任职与否）。而光绪帝也不甘示弱，他于九月四日以『首违诏旨，故意堵塞言路』之罪，罢免了礼部尚书怀塔布、许应骙等礼部六大臣，并随即封赏维新派杨锐、刘光第、林旭、谭嗣同四人为四品卿衔，任军机处章京，掌握了军机处实权。从而使『帝党』与『后党』的矛盾更加尖锐。

●这期间，维新派康有为等曾策划依靠袁世凯除掉慈禧太后，搬掉维新变法的最大障碍，但由于袁世凯的告密而遭到顽固派疯狂反扑和围剿，自六月十一日开始的维新变法，至九月二十一日就被打压下去，『后党』发动戊戌政变，慈禧太后重新垂帘听政，『百日维新』遂彻底失败。

谭嗣同慷慨就义——清朝（德宗）时期

忽起阴风卷乱云，凶妖怎奈我英魂？
挺身迎狱开前路，含笑对刀昭后人。
义涌江河八万里，情腾山岳九千寻。
京门喋血悲歌壮，浩气冲天慑鬼神。

注释

●清光绪年间，慈禧太后发动戊戌政变后，开始对维新派人士进行全面清剿，革职的革职、监禁的监禁，杀头的杀头，一时间阴风骤起，乱云翻涌，维新志士面临灭顶之灾。而维新派的重要人物谭嗣同，则是清廷追剿的主要对象之一。

●梁启超看到风声越来越紧，劝谭嗣同想办法避避风，谭嗣同则镇定地说：『平时互相劝勉者，全在「杀身灭族」四字，怎能面临小小利害而改变初心呢？』梁又劝其出国，谭执意不肯，说：『不有行者，无以图将来；不有死者，无以酬圣主。』他要梁赶快出逃，以图维新大业的复兴。在梁去日本使馆前，谭嗣同把自己的书稿、诗文稿、信件交与梁，并说：『各国变法，无不流血而成，今日中国未闻有因变法而流血者，此国之所以不昌也。有之，请自嗣同起。』

●一八九八年九月二十五日（戊戌政变后的第四天），一批清兵闯入谭嗣同住所，谭面无惧色，挺胸昂首，走进牢狱。在狱中，谭嗣同大义凛然，在墙上题诗，以抒壮志，写下了『我自横刀向天笑，去留肝胆两昆仑』的豪迈诗句。接着，慈禧太后怕夜长梦多，以『大逆不道』罪，将谭嗣同等六位维新志士（史称『戊戌六君子』）处死。

●在北京菜市口刑场临刑前，谭嗣同气宇轩昂，面不改色。当刽子手举起屠刀时，谭昂首高呼：『有心杀贼，无力回天；死得其所，快哉！快哉！』其浩然正气，惊天动地，吓得清廷『后党』们失魂落魄。

陈宝箴之死——清朝（德宗）时期

大吏众多唯此君，湖湘主政领维新。
更辙变法一腔血，兴业擢才满目春。
迅起谣言诬盖顶，忽来厄运祸殃身。
虽遭毒手成迷雾，却以清风唤绿荫。

注释

●清末戊戌变法时期，各省封疆大吏皆不积极，唯有湖南巡抚陈宝箴勇站潮头，引领并推广新法，成为名赫一时的风云人物。

●陈宝箴把湖南作为变法的实践地，满腔热情地给谭嗣同、梁启超等维新派人士以充分的言论行动自由，在那里他们如鱼得水，创办了南学会和时务学堂、《湘报》等，积极鼓吹变法革新。同时，陈宝箴还以巡抚身份，开矿务，设电信，置火轮，办制造公司。他还大胆起用人才，向朝廷保荐『戊戌六君子』中的杨锐、刘光第到军机处。当时的湖南，变法改革的浪潮到处澎湃，湖湘大地如火如荼，一派春光明媚的景象。

●可是好景不长，随着『百日维新』的流产，陈宝箴在湖南推行的新政也似昙花一现，很快夭折，他本人更是陷入十分危险的境地。先是顽固派到处制造谣言，诬蔑陈宝箴野心勃勃，打算起兵造反，欲做『湖南王』；后被朝廷罢官，永不续用，隐居江西南昌时，又不断有人以种种手段继续造谣生事，加以陷害。慈禧太后则不断加深对陈宝箴的猜忌，她唯恐『帝党』东山再起，而陈宝箴又是『帝党』中很有影响的人物，所以，陈宝箴已大祸临头，当是必然。

●光绪二十六年，慈禧太后与光绪帝的矛盾已呈剑拔弩张之势，她要废去光绪帝，因遭洋人反对而气急败坏。同年六月，慈禧以加急谕旨处死了支持康有为的原户部左侍郎张荫桓，七月又将吏部左侍郎许景澄、太常寺卿袁昶送上刑场。接着又严查左孝同（左宗棠四子）和陈宝箴的关系。之后，陈宝箴就莫名其妙地死了。这个谜团，直至二十世纪末才真相大白：原来是慈禧下了密旨，派人到江西赐陈宝箴自尽，并取其喉骨送往北京验证。陈宝箴虽死在慈禧太后的暗杀之下，为变法改革献出了生命，但他在湖南推行新法，影响了湖南文化，使新思潮在湖南有了更深厚的土壤，更使湖南被国人所瞩目，其意义是不可小觑的。

甲骨文的发现及甲骨学的诞生——清朝（德宗）时期

甲骨留痕似篆文，循踪溯迹破疑云。
懿荣全力开前路，刘鹗竭诚步后尘。
振玉深研明故址，国维细考定先民。
商周社会得实证，自此新学启大门。

注释

●清代光绪二十四年秋，时在京城任国子监的王懿荣在抓药治病时，发现菜市口达仁堂药铺的一味药『龙骨』中的骨块和龟片上有类似篆文的刀痕，十分震惊。于是，他便进行辨认，初步断定，这些『龙骨』是商代占卜用的，上面的刻痕便是记载预测吉凶的文字。这使王懿荣大喜过望，决心循踪溯迹，把这些文字弄个水落石出。

●王懿荣，开始收购甲骨。光绪二十五年秋，他从山东潍县古董商人范维卿处购得十二片甲骨。第二年春，又在范处购买八百多片。也就在这一年，潍县的另一古董商赵执斋也将数百片甲骨卖给了王懿荣。王正要潜心研究时，八国联军侵入北京，王殉难。之后，刘鹗（《老残游记》的作者）将千余片甲骨从王懿荣儿子王翰甫手中买入，继续探询这些文字的奥秘。同时，刘鹗还派人到齐、鲁、赵、魏故地广收甲骨，终获五千余片，并选拓了一千零五十八片甲骨文，于一九〇三年编成中国第一部甲骨学书籍《铁云藏龟》。

●刘鹗请来博学多才的儿女亲家罗振玉帮助研究甲骨。罗经过深入探究，首先弄清了甲骨的出土地点是河南安阳小屯村的殷墟故址。接着，他又与大学者王国维合作，考定殷墟就是商朝晚期先民的旧都。而出土的甲骨文是盘庚迁殷到纣亡二百七十三年间的遗物。

●由于甲骨文的发现，使我国古代商周社会获得充分实证。同时，也由此诞生了一门新学问——甲骨学。其在中国历史上具有非凡意义。

抗夷英雄聂士成——清朝（德宗）时期

国危之际勇当先，北讨东征不卸鞍。
披甲赴朝搏险驿，回师抗日战雄关。
竭诚守土情如海，罄力杀敌志若山。
凛凛一躯担大道，英魂碧血告苍天。

注释

●晚清时期，民族危机日益加重，清军中涌现了不少爱国将领，历任总兵、提督的聂士成便是其中之一，他北讨东征，坚决抗击八国联军。光绪十年，法军入侵台湾，聂即挺身而出，主动请缨率军抗敌。中法战争后，聂被调往北洋驻守旅顺，成为防守北方的一员重将。光绪二十年，聂士成又与提督叶志超率军入朝，与日军作战，身先士卒，冲锋陷阵，在敌我力量对比悬殊的情况下，屡予敌重创。

●赴朝作战时，聂士成驻守前线成欢驿，他指挥有方，以两千名将士对抗拥有巨炮的四千名日军，血战两天两夜，虽因寡不敌众最后撤出战场，但给敌以沉重打击。北撤途中，聂士成镇定自若，准确判断战场态势，巧妙地躲过日军的埋伏，走出险境。三个月后，日军侵入辽东九连城（丹东西北）地区，聂据守摩天岭（位于辽阳东南部，海拔九百六十八米，南北走向）这一奉天（沈阳）门户。聂自知责任重大，步步设防，重重埋伏，并与士兵一起生活，卧雪餐风，苦守十余昼夜，日军久攻不克，遭惨败而撤到连山关。聂士成以攻为守，乘敌不备，深夜冒雪偷袭连山关，打死日军将领富冈三造，这是清军自开战以来首次收复失地。

●甲午战争后，聂士成率新训练的武卫前军驻守京畿地区，拱卫北京。光绪二十六年，八国联军入侵中国，向北京门户天津发起攻击。七月五日，聂士成与义和团合力围攻紫竹林租界，昼夜与敌激战。七月九日凌晨，八国联军六千余人向驻守在八里台的聂部反扑，另有五百名日军也从聂军背后紧逼，聂军陷入重重包围之中。在此万分危急之际，聂不顾遍体鳞伤和弹药匮乏，沉着指挥，激战两个多小时。在突围时，他双腿均已负重伤，但他仍指挥作战，先后四次换下打伤的坐骑，继续作战，直到生命最后一刻。

●聂士成以无限的爱国情怀，坚守祖国的每一寸土地，其崇高义节，永远被国人所铭记。在他牺牲的地方，后人为他建了一座纪念碑，上面镌刻着：『勇烈贯长虹，想当年马革裹尸，一片丹心化作怒涛飞海上；精忠留碧血，看此地虫沙历劫，三军白骨悲歌乐府战城南。』横额为『正气凛然』。

慈禧太后西逃——清朝（德宗）时期

闻夷逼近便瘫躯，溺死珍妃窜向西。
缺水青秸来止渴，断粮糙谷以充饥。
何惜体面求禽蛋，哪顾尊严裹妪衣。
甘忍皇城遭践踏，凶猫变鼠把头低。

注释

●一九〇〇年八月十五日黎明时分，清廷辅国公载澜慌忙求见慈禧太后，惊呼大事不好，夷兵（八国联军）已逼近京城东华门。慈禧闻之，惊慌失措，身子立即瘫软，呆若木鸡，接着又哭又叫。逼迫珍妃跳井后，带着光绪帝和一群后妃、臣僚，慌慌张张离开皇城，向西安方向逃去。一路上，她装扮成农妇，以避洋人，其狼狈之相，如丧家之犬，惨不忍睹。

●慈禧一行逃出已三天，走了数百里路，沿途田园荒芜，不见人烟，渴了连水都没得喝，偶尔找到一口井，水脏得无法饮用，慈禧只好嚼青秸秆来解渴。至于吃的，更是难以寻找。八月十七日走至怀来县，县令吴永前来迎驾，慈禧已饿了两天肚子，急忙狼吞虎咽地喝起了原来给随从准备的小米粥，并连声说：『甚好！甚好！患难之中有此物足矣。』

●慈禧太后连喝几碗粥后，还想吃鸡蛋。吴永实在为难，他挨家挨户搜寻，好不容易在一家橱柜里找到了五个鸡蛋，慈禧一口气吃了三个，再也不讲什么体面了。由于出逃时一片混乱，衣服没来得及带，此时她感到寒冷。吴永只好将母亲的几件旧衣服拿来送给慈禧。此时的太后已毫无以往的尊严，拿过衣服，胡乱地穿在身上御寒。接着，慈禧一行继续西逃，其窘迫之状，令人忍俊不禁。

●慈禧太后西逃后，八国联军以统帅瓦德西为首，在北京城内烧杀抢掠，无恶不作，把一个好端端的皇城践踏得面目全非。可慈禧太后返回北京时，不仅对洋人毫无憎恶，而且派人向八国联军屈膝乞和，一改对内的凶神恶煞，像老鼠见猫一样任洋人摆布，终于签订了有史以来最丧权辱国的条约——《辛丑条约》。

慈禧授签《辛丑条约》——清朝（德宗）时期

不顾国格仅念降，但求活命媚猖狼。
屈膝拜谒当乖犬，俯首恭听做顺羊。
只为夷人皆喜悦，何思我土尽悲凉。
赔银九亿八千万，脉断魂飞怎免亡？

注释

●清末，慈禧太后面对八国联军的进攻，完全不顾大国的尊严，一心想与洋人妥协、言和。当义和团围攻北京东交民巷（外国使馆区）时，她竟然派亲信给外国使馆偷偷送粮食和水果。同时，她十万火急地传和谈老手、两广总督李鸿章速来北京，并授为全权大臣，与庆亲王奕劻一起，与各国商议停战事宜。

●当时，八国联军新任总司令瓦德西已从天津来到北京。在此之前，李鸿章等在天津曾多次请求拜谒，但都被瓦德西拒绝。瓦德西到北京后近一个月时间里，李鸿章和奕劻又多次登门拜谒，仍遭到拒绝。相反，瓦德西命联军在南至正定，北至张家口，东至山海关的广大地区，烧杀抢掠，无恶不作。到瓦德西同意会见时，各国分别提出的议和条款（『议和大纲』）已经敲定，他们要求清政府只能完全照办，不准有任何异议。面对这种极端野蛮的要求，李鸿章、奕劻等俯首帖耳，甘做乖狗和顺羊，悉数遵行。慈禧太后看到八国联军没把她当成『祸首』，更是喜出望外，立即命令李鸿章、奕劻在十二款的『议和大纲』上签字画押。

●光绪二十七年九月，李鸿章、奕劻等在慈禧太后的授意下，代表清政府与十一个帝国主义国家签订了《最后议定书》即《辛丑条约》。此条约完全是按照各帝国主义国家的意愿签订的。在此之后，清廷连连发布上谕，对各国政府的要求一一照准，表示将『量中华之物力，结与国之欢心』。『宁赠友邦，不予家奴』也就成为晚清镇压民众，做帝国主义走狗的既定方针了。

●《辛丑条约》是有清以来卖国条约之集大成。其中赔款达四亿五千万两，三十九年为期，年息四厘，共赔九亿八千万两白银。这样一个血脉已断，精魂不再的王朝，面临最后灭亡的日子不会很远了！

近代实业救国的代表张謇——清朝（德宗）时期

逾百状元惟謇郎，钟情近代露锋芒。
民生为要开纱厂，教育当基办校堂。
致力人才思志壮，倾心实业盼身强。
顶压寻隙求发展，虽败犹荣亦栋梁。

注释

●清代以来，由科举中状元者先后一百一十三位，而思想观念及行动具有近代性的唯有张謇一人。张謇四十一岁中状元，几十年的科举生涯，使他对八股文十分憎恶，因之，不愿进入官场，『南不拜张（张之洞），北不投李（李鸿章）』，而回乡创办实业，以利民生，企图走出一条『实业救国』之路。

●光绪二十二年张謇受两江总督张之洞委托，在通州（南通）设立商务局，尔后采取『商办官助』模式，于光绪二十五年建造了拥有资金四十四万余两的大生纱厂。在张謇经营下，大生纱厂兴旺发达，后来又创办了大生二厂及若干配套企业，是晚清中国人开办的、唯一取得成功的纱厂。张謇认为教育是一个民族振兴的基础，为此，他于光绪二十八年，首先创办了通州师范学校，此后，又陆续开办了若干幼儿园、小学、中学及各类技术学校。

●在『实业救国』思想的指导下，张謇非常注重人才培养，让他们有报国之志和悯人之心，为中华强大敢于担当。而他克服无数困难兴办实业，更是想让中国跟上世界步伐，真正强大起来。从实际看，张謇创办实业所取得的成功，既带动了中国民族资本主义的发展，又在客观上起到了抵制外国资本主义对华经济侵略的作用。

●由于张謇实施自己『实业救国』的主张，是在帝国主义和封建主义双重束缚下进行的，所以，每走一步都十分艰难，只能在高压和缝隙中前行。实业救国最终失败不可避免，但张謇的一系列创举和尝试、探索，证明了在中华民族生死存亡之秋，他不失为敢于为国寻找出路的栋梁之材！

邹容、章太炎与《革命军》——清朝（德宗）时期

笔走雷霆力万钧，再加一序震乾坤。
疾呼革命开新宇，痛斥改良挖旧根。
宁肯抛头担道义，绝非辱志保躯身。
先声浩荡江河啸，遂起洪波唱早春。

注释

● 一九〇三年，鼓吹革命的《苏报》发生一起政治事件，即「苏报案」。原委是：主张革命的作家邹容写了一本《革命军》的书，且有思想家、《苏报》撰稿人章太炎作序。章太炎在序中强调革命之必要，将《革命军》比作震撼人心的「雷霆之声」和「义师先声」。而《苏报》刊载了读《革命军》的一些感想和介绍此书的广告，接着又刊载了章太炎的《驳康有为书》，这便引起清廷的极大仇视和震惊。清政府与帝国主义上海租界当局相勾结，封闭了《苏报》馆，逮捕了章太炎等人。

● 邹容在《革命军》中积极倡导以革命清除旧的封建专制，宣扬资产阶级自由平等，提出建立「中华共和国」的主张，一时风靡中国社会（书的销量超百万册）。章太炎在《驳康有为书》中则用激烈言辞，向神圣不可侵犯的君权

进行挑战，直斥康有为等保皇派所尊崇的『圣主』光绪为『载湉小丑，未辨菽麦』。

●当局逮捕章太炎时，邹容正外出。但他得知章被捕后，不愿将自身置于事外，所以他自行投了案。在狱中，章、邹二人写诗，相互激励，鼓舞士气，决心与清廷斗争到底，不『同兴革命军』扫除『妖氛』誓不罢休。最后，当局判处章太炎监禁三年，邹容因不堪囚禁生活的折磨瘐死狱中，时年二十一岁。

●邹容、章太炎为中国近代资产阶级革命发出了先声，他们虽然或坐牢，或牺牲，对中国社会却产生了巨大影响，随之而来的便是孙中山领导的大规模资产阶级革命，终于结束了统治中国两千多年的封建专制制度，共和制在中华大地上已初见早春。

陈天华与《猛回头》——清朝（德宗）时期

寻策回天鉴日经，驱俄义勇转攻清。
撕开暗夜擂征鼓，召启黎明撞警钟。
唤醒雄狮齐雪耻，呼逐恶兽共求兴。
纵身投海宣宏志，激起惊涛卷飓风。

注释

●清末戊戌变法期间，湖南是施行新政较积极的地区。此地青年陈天华紧跟潮流，在《湘报》上发表文章，向封建礼教发起抨击。一九〇三年，二十八岁的陈天华，怀着寻求救国方案的满腔热情，东渡日本留学，想借鉴日本明治维新后的经验，用以强大自己的国家。一九〇三年，留学日本的中国学生，为抗议沙俄违约不撤走侵入中国东北的军队，开展了声势浩大的『拒俄』运动，陈天华积极投入运动之中，并同蔡锷、黄兴等人以拒俄义勇队为基础，组织了『军国民教育会』，由拒俄入侵转为武力反清。

●陈天华拿起笔，用传统说唱的形式，写出了警醒国人的《猛回头》、《警世钟》等旨在鼓吹革命的宣传作品。《猛回头》以通俗的文字，唱词的形式，从古代说起，讲到近代以来中国备受列强欺凌的悲惨历史。其中写道：『大地沉沦几百秋，烽烟滚滚血横流。伤心细数当时事，同种何人雪耻仇。』其言如征鼓，如警钟，振聋发聩，起到极大的鼓动作用。

●陈天华写这两本书，其目的就是唤醒中国这头东方雄狮，使国人同仇敌忾，团结齐心，一雪国耻；就是呼吁长期被愚弄被压迫的国民，奋起驱逐外虏，争取独立，并学习西方先进的政治制度和科学技术，求得国家兴旺发达。他在《猛回头》的最后，满怀激情地写道：『猛睡狮，梦中醒，向天一吼；百兽惊，龙蛇走，魑魅逃藏。改条约，复政权，完全独立；雪耻仇，驱外族，复我冠裳！到那时，齐叫道：中华万岁！』这些话语，充分反映了陈天华的政治理想。

●光绪三十一年，中国留学生和革命党人等，在东京成立了同盟会，陈天华为发起人之一，担任书记部的工作。十一月，日本政府应清政府要求，颁布了『取缔清国留日学生规则』，引起八千多名留日学生以罢课的形式进行抵制。就在此时，日本《朝日新闻》刊文对中国留学生的罢课行为进行诬蔑，并断言由于『放纵卑劣性情』，必然失败。陈天华看到此文后，无比悲愤，他毅然做出决定，要用自己的生命来唤醒和激励留日学生团结起来，坚持斗争到底。他于十一月十一日晚写下了悲壮的『绝命书』，勉励国人『坚忍奉公，力学爱国』，并希望大家继续斗争，毫不松懈，才能挽救中国。然后，于次日清晨，他伴着初升的太阳，投海自尽。这一行为在中国留学生中引起强烈震撼，纷纷表示要继承陈天华的遗志，将革命进行到底。

孙中山与同盟会——清朝（德宗）时期

赴日沟通整阵容，联合诸会建同盟。
对天发誓激情涌，坐地担纲壮志腾。
鼓动驱皇申主义，批驳守朽立章程。
大旗一举风雷动，奠定翻清大本营。

注释

●清光绪二十七年，清政府与十一个帝国主义国家签订了丧权辱国的《辛丑条约》，且慈禧太后颁布上谕，公然提出『宁赠友邦，不予家奴』的方针。这标志着清政府已完全成为帝国主义统治中国的工具。由此引起全国各地反对清廷卖国的浪潮。光绪三十一年，几次奔波美欧各国宣传革命的孙中山，当了解到国内和日本反清运动蓬勃发展时，立即赶到日本，打算和各方面沟通，整合力量，壮大革命阵容。这年七月十九日，孙中山到达日本东京。他看到留日学生中成立了不少革命团体，其中有的还是在国内被清政府通缉而逃到日本的，如黄兴、宋教仁、刘揆一领导的华兴会，蔡元培、章太炎领导的光复会，以及各省留学生分别办的鼓吹革命的刊物《江苏》、《云南》、《浙江潮》等。孙中山真诚地与他们沟通，促成了各方的联合，建立了一个统一的『中国同盟会』，简称『同盟会』。

●孙中山亲自起草了盟书，且由黄兴、陈天华润色，制定了盟词。然后由孙带领，对天发誓：『驱除鞑虏，恢复中华，创立民国，平均地权，矢信矢忠，有始有卒，如或渝此，任众处罚。』八月二十日，召开中国同盟会正式成立大会，黄兴提议，公议孙中山为同盟会总理，获得一致通过。

●同盟会成立后，孙中山在美国报纸上发表《中国问题真解》的文章，指出『全国之革命已熟』，『满洲政府之推倒，不过时日之问题而已』。同时，大量刊印邹容的《革命军》，陈天华的《猛回头》、《警世钟》，并创办《民报》，宣传推翻清王朝，批驳康有为、梁启超等保皇派，明确提出民族、民权、民生三大主义（简称『三民主义』）。孙中山还联络洪门组织，亲自为美洲致公堂重订新章程，宣明『驱除鞑虏，恢复中华，创立民国，平均地权』的宗旨。

●同盟会的成立，如一杆大旗举起，把各方面的革命力量聚集起来，为推翻清朝统治，结束两千余年的封建专制奠定了基础，它在中国民族资产阶级革命中占有十分重要的地位。

京剧改良开山祖师汪笑侬——清朝（德宗）时期

借古讽今更旧弦，应时编演刺当权。
驰情改扇呼民起，纵愤修碑盼士还。
摒弃靡音除曼调，激扬血性放铮言。
清风润嗓多佳作，教化国民震艺坛。

注释

●汪笑侬，二十世纪初中国京剧革新的领军人物。清光绪三十年汪笑侬和上海《南社》陈去病、柳亚子等创办了中国第一种戏剧杂志《二十世纪大舞台》。该刊以『改革恶俗，开通民智，提倡民族主义，唤起国家思想为唯一之目的』，一改旧时京剧的『颓风』，编演时事新戏，宣传维新变法，借古讽今，隐刺清朝腐败政治。如汪笑侬在《金谷香》里的唱词：『私下里和外邦暗地安排，全不想我中国连遭颠沛，都为那我罗斯（俄罗斯）种下祸胎，众奸臣和将国卖，因此上众外邦兵舰齐来，到如今山东省连年受害。』又如在《黄龙府》中借岳飞之口痛斥清王朝专制：『没良心恶狠狠盘踞中央，逼迫俺民族千重黑狱，扰乱得中华改做犬羊的巢穴。』凡此种种，都写出了旨在推翻清王朝，赞同革命的思想。

●《二十世纪大舞台》锋芒太过，仅出两期就被当局查禁，但汪笑侬对京剧革新的影响却更大了。在这期间，由他编演了《党人碑》、《桃花扇》、《长乐老》、《瓜种兰因》、《缕金扇》等借古讽今的剧目。他把孔尚任同名传奇《桃花扇》进行改编，旨在唤醒民众的爱国热情和民族意识，演出后取得极大成功。《党人碑》是据邱园同名传奇改写的，借书生谢琼仙不满新党蔡京之流对司马光、苏轼的诽谤，醉后怒毁党人碑，被逮将斩，被友人救出的故事，来暗喻戊戌六君子，以表达对维新志士的敬仰。

●汪笑侬革新京剧的目标非常清楚，就是摒弃长期存在的『颓风』、『靡音』，以一种阳刚、血性之气来鼓动民众，开通民智。所以，在他所编演的一系列剧目中铿锵有力之言比比皆是，常给人以耳目一新、振聋发聩之感。

●汪笑侬推行京剧革新，佳作连篇，清新壮阔，引起很大反响，曾为陈独秀高度欣赏和赞扬，对宣传维新变法，推动民众觉醒，起到了很大的『教化』作用。因此，他被称为京剧改良的开山祖师，当之无愧。

巾帼英雄秋瑾——清朝（德宗）时期

鉴湖侠女铸英魂，誓反清廷救万民。
鼓动平权出战报，抨击专制撰檄文。
丹心砺刃劈残夜，热血提颅召美晨。
苦雨凄风终会尽，撑天自有后来人。

注释

●秋瑾，近代民主革命斗士，号称『鉴湖女侠』。她出身名门，对封建礼教深恶痛绝，与富商之子离婚后东渡日本留学，积极参加留日学生的反清革命活动，其间先后发起和参加『共爱会』、『十人会』、『同盟会』。一九〇六年，她和同学为反对日本政府迫害，愤然回国，翌年，接任民主革命者、光复会成员徐锡麟、陶成章创办的大通学堂督办。利用这个职务，秋瑾积极组织抗清活动，决心推翻封建专制，救万民于水火之中。

●早在日本期间，秋瑾就创办了《中国白话报》，直击封建礼教，提倡男女平权，鼓吹反清革命。她还撰写了讨清檄文《告国人书》，以激昂尖锐的措辞，猛烈抨击清政府的腐朽专制，号召人民联合起来反抗清政府的统治，对组织和发动革命起到非常积极的作用。

●一九〇七年五月间，徐锡麟准备在安庆发动起义，约秋瑾同期在浙江金华、处州等地响应。七月六日，安徽巡抚恩铭出席巡警学堂毕业典礼，被徐锡麟枪杀，徐被捕英勇牺牲，起义失败，因而使浙江起义计划泄露，秋瑾面临极大危险。当时有人劝她暂时躲避，她却说：『革命是要流血才会成功的，如我上了断头台，革命成功至少可以提早五年。』秋瑾被捕后，绍兴知府对她进行威逼利诱，严刑拷打，千方百计想从她口中得到革命党人的情报，但最终一无所获。七月十五日凌晨，秋瑾被押赴轩亭口刑场，进行处决。临刑前，她大义凛然，写下了『秋风秋雨愁煞人』七个大字，并仰望着渐渐发白的东方，看到曙光即将普照大地，表现得更加从容刚毅。秋瑾惨遭斩首时，年仅三十一岁。

●徐锡麟、秋瑾所领导的起义虽然失败了，但他（她）们用鲜血点燃的革命烈火预示着清王朝的末日已为时不远，后来的辛亥革命，雄辩地证明，中华民族大有希望，像徐锡麟、秋瑾这样的志士仁人，总会绵延不绝地出现在中华大地上。

慈禧遗命，溥仪登基——清朝（宣统）时期

梦寐江山永续传，以威择嗣血同缘。
临终方醒说殷鉴，在世长昏擅政权。
幼主惶惶惊即位，监国瑟瑟惧接盘。
实如谶语得明验，幕落灯吹戏唱完。

注释

●慈禧太后刚度过七十四岁生日就一病不起，恰在这时，光绪帝不明不白地死去。那么由谁来承继清朝大统？其实慈禧太后早有打算。她想到的是大清江山要永续不断，就必须选自己亲近之人来嗣位。于是，她凭借着至高无上的权威和娴熟的政治权术，控制王朝高层，选定了心腹荣禄之女与醇亲王载沣的儿子溥仪做了新皇帝，改号『宣统』。因溥仪当时只有三岁，所以她任命溥仪的父亲摄政王载沣监国。这个载沣，既是光绪帝的异母同胞，又是慈禧的侄儿兼外甥，具有爱新觉罗氏和叶赫那拉氏的双重血缘。慈禧认为，这样大清江山就不会旁落他人之手，她也就放心了。

●慈禧择定了新皇帝后，已是奄奄一息。临终之前，突然像感悟到了什么，对身边的王公大臣说：『以后勿再使妇人

预闻国政，此与本朝家法有违。尤须严防不得令太监擅权，明末之事，可谓殷鉴。』此话是想使自己以『前无古人，后无来者』自居，还是担心有第二个叶赫那拉氏出现，不得而知。但她明知道有违家法却垂帘听政，一连专权几十年却是事实。

●溥仪登基时是个幼小的孩子。一九〇八年十二月二日，在太和殿举行『登基大典』，当一批批文武百官三跪九叩时，他吓得直哭，而其父摄政王载沣也实在不想当这个『监国』，接任时，弄得浑身瑟瑟发抖。因为他知道自己根本无力扭转大清颓势，这个烂摊子他是没有办法收拾的。

●登基庆典时，朝廷众官员一批接一批地叩拜溥仪，年幼的溥仪不一会就忍耐不住了，哭着要回家。摄政王慌了手脚，急得出了一身冷汗，一边哄孩子，一边叨念：『别哭，别哭，快完了！快完了！』摄政王口中的『快完了』耐人寻味，好似一句谶语，所预示的不祥之兆，还真的应验了。不久，经营了近三百年的清王朝，终于崩塌而寿终正寝。

汪精卫暗杀摄政王后来投日——清朝（宣统）时期

追随革命敢承担，奋勇谋杀指大天。
影馆藏身寻轨迹，石桥埋弹布硝烟。
铮颜受狱慌廷主，厉色陈词慑审官。
可叹终抛精卫志，叛华投日做凶奸。

注释

● 汪精卫（兆铭），清末曾在日本东京加入同盟会，以高昂的精神状态追随孙中山从事反清革命。当时，同盟会在采取武装起义形式的同时，还以另一种打击方式——暗杀，来严惩与革命党为敌的顽固分子。为了增强震慑力，他们首先把矛头指向了当朝最高掌权者、宣统帝的父亲、摄政王载沣。为完成这项任务，汪精卫会同黄复生、喻培伦精心策划，决心共同行动，置载沣于死地。

● 为此，他们在北京琉璃厂火神庙西夹道（今太平桥）开设一家照相馆，作为掩护，在那里认真观察载沣行踪和上下朝的路线。然后，他们准备在载沣必经之路银锭石桥下埋设炸弹，等载沣过桥时，将炸弹引爆。一九〇一年三月三十一日深夜，汪精卫等三人摸黑来到桥下，用锹挖土布弹，不料因发出动静引起邻近人家狗的狂吠，无奈之下，只得暂时放弃。第二天，他们又来此地，被一车夫发现，报告了警察，使得行动彻底暴露，汪等三人均被清廷逮捕。

●当清兵去抓捕时，汪精卫泰然自若，大义凛然，一副视死如归的样子。此案惊动清廷，实际掌权者载沣恨得咬牙切齿，非要将汪杀掉不可。肃亲王善耆亲自负责审理。面对善耆的质问，汪精卫慷慨陈词，明确说明就是要杀掉载沣，『另求贤明』，将善耆震慑得哑口无言。后来，因善耆说明利害关系，载沣改令将汪精卫免死而永远监禁。武昌起义爆发后，袁世凯释放了汪精卫，使其死里逃生。

●汪精卫原名汪兆铭，后来所以改名汪精卫，意在以精卫填海之志来从事革命，可在日本帝国主义侵略中国时，他却把宏大理想和志向抛到九霄云外，当了叛国投敌的汉奸，真乃悲哀之至！

共和方兴袁世凯复辟失败——清末民初时期

千钧霹雳震长空，开启共和专制崩。
赤子无防交剑柄，奸贼有备砥刀锋。
黑心假誓谋摘果，赤面虚诚策退宫。
一俟翻盘追帝梦，黄袍不日化丧钟。

注释

●清朝末年，革命党人通过发动武昌起义，继武汉、上海、南京光复后，有十七个省独立，终于一九一二年一月一日（阴历辛亥年十一月十三日）宣告中华民国成立，从此，统治中国达二百六十八年之久的清王朝灭亡，自有真实纪年的周召公摄政共和元年开始，绵延了二千七百五十二年的以帝王纪年的历史结束，代之以共和制国体。革命先行者孙中山，受众人推选，在南京宣誓就任中华民国临时大总统，誓词是：『颠覆满清专制政府，巩固中华民国，图谋民生幸福，此国民之公意，（孙）文实遵之，以忠于国，为众服务。』

●中华民国虽已建立，却面临外部和内部的强大压力。一向阴险狡诈的大军阀袁世凯和帝国主义各国都不甘心中国实行共和，孙中山却没有完全看清袁世凯的真面目，他表示：『如清帝实行退位，宣布共和，则临时政府绝不食言，

（孙）文即可正式宣布解职；以功以能，首推袁氏。』当然，孙中山做出让步，是以袁世凯『宣布绝对赞同共和』为前提的。可袁世凯所包藏的祸心，民国政府的许多官员并未识破。

●袁世凯是个极端阴险狡诈的两面派，他为了把革命果实窃取到手，一方面信誓旦旦表示拥护共和，以麻痹革命党人，伺机夺取权柄；一方面花言巧语，对清廷表示忠诚，实际是逼迫皇帝退位。最终，袁氏如愿以偿。一九一二年二月十三日，孙中山向临时参议院提出辞职咨文，推荐袁世凯任临时大总统，辛亥革命的胜利果实终于落到了袁世凯手中。

●袁世凯刚上台时，曾坚定地表示『永不使帝制再现于中国』，可是没多久，他便撕去伪装，实行独裁，破坏民主。更有甚者，他独揽军政大权后，做起了黄袍加身、登基为帝的美梦，妄图建立万世一系的袁氏王朝，于一九一五年十二月宣布接受『推戴』，正式实行复辟，建立帝制，并于一九一六年元旦举行登基大典，改是年为『洪宪』元年。但是，袁世凯的倒行逆施引起国人的强烈反对，孙中山和革命党人发起了『二次革命』，全国各地纷纷兴起讨袁的护国战争，袁世凯的心腹也纷纷倒戈。一九一六年六月六日，袁终于在天下一片唾骂声中，结束了八十三天的『洪宪皇帝』梦，然后一命呜呼。

后记

《史海游吟——千首七律咏国史》即将付梓，作为对自己十余载心血之回报，当然甚为欣喜。

本书创作之初衷其实很简单：想起儿时常听说书人讲历史故事，每讲完一篇便将抚尺（醒木）一落，曰『有诗为证』，简洁明了地把故事概括出来，大抵记住这首诗，就把故事基本掌握了。受此启发，遂萌生亦用此法写历史事件和人物之念头，心想若能成功，或许能对在青少年中普及历史知识有所裨益。于是，开始尝试，渐觉尚可继续，便付诸决心，历时数年，四易其稿，终成七律诗一千一百零三首，集为拙作。

『咏史诗』于中国诗坛古已有之，且不乏精彩篇什。但窃以为，彼时此类诗篇，多为『借题发挥』之作，既或有如胡曾、汪遵、周昙（晚唐）及刘子翚（南宋）、厉鹗（清）等以诗来书写历史人物或史实者，亦多为七绝，过于抽象，对事件、人物罕有完整陈述。而本书诸篇则着眼于『真实呈现』各个历史事件和人物之全貌，遂需将其梗概、核心、要点、情节等，一一诗化。这大概正是此咏史诗与彼咏史诗之区别所在，亦是本人斗胆冒昧之探索。

为诗之道，定然离不开古诗「赋、比、兴」之传统，且需以「意象」、「意境」取胜，少有以「直接叙述」为主者。但本书由宗旨（以诗呈现历史事件和人物原貌）所决定，恰需采用「赋（直接叙述）」为基本形式，为避免虚化或模糊历史事实，「比」、「兴」之法则谨慎使用。这是否违忤古诗之传统？窃以为：非也！其实这涉及对「意象」、「意境」形成的理解。吾向来不完全苟同唯有「比」、「兴」方可创造「意象」、「意境」之说。靖节（陶渊明）之诗（如《饮酒诗》二十首）遵从「天然」，大多平铺直叙，更无雕琢修饰，但其「意象」、「意境」之悠远、绵长、深邃，后辈诗人能与其媲美者，风毛麟角。正如迦陵（叶嘉莹）先生所云：陶诗「不用技巧，那是最高的境界，是他心思意念的自然流转。」（叶嘉莹《说诗讲稿》——中华书局——第五十六页）正因如此，陶诗则「质而实绮，癯而实腴」（苏轼《与苏辙书》），方赢得「一语天然万古新，豪华落尽见真淳」（元遗山《论诗绝句》）、「千载下，百篇存，更无一字不清真」（辛弃疾《鹧鸪天》）之千古美誉。这说明，一首好诗生发感动的「意象」、「意境」，就本质而言，绝不是无「风力」而求「丹采」（钟嵘《诗品序》）的「瘠义肥词」（刘勰《风骨》）「造」出来的，而应是作者心里自然「生」出来、「淌」出来的。至于「比」、「兴」，只不过是营造「意象」、「意境」的两种方法和手段。吾如是说，绝无排斥或轻视「比」、「兴」技巧之意，相反，一首诗中适合用「比」、「兴」的地方，巧妙地加以运用，定会使诗篇大增其色，且引发更广阔之联想，生发更深刻之感动，此乃无疑为作诗者必循之重要原则。本人所以力陈上述，盖因本书诸篇不宜过多运用『比』、『兴』。如此而已，冀望诸君莫生误解也！

『意境』是为诗者必谙之功，但过分追求『诗眼』及华丽词藻来刻意制造，实在不妥。本人倒是对『通篇』自然形成的『大意境』情有独钟。《古诗十九首》并无多少『诗眼』，但其『整体意境』实在不凡。『文温以丽，意悲而远』（钟嵘《诗品》），清人陈祚明赞『十九首所以为千古至文者，以能言人间同有之情也』（陈祚明《采菽堂古诗选》），此评确不失真知灼见。中晚唐以降，诗人讲究『诗眼』，对诗之『意境』的提升，当然起到巨大作用。但过度雕琢，『苦吟一个字，捻断数茎须』（唐卢延让《苦吟》），寻求一、二奇词秀句而『凑诗』、『徒知炼句之工拙，遂忘构局之精深』（何文焕《唐诗消夏录》）、忽略整体统一，导致诗之缺乏全篇贯通之偏颇（『只有佳句而不成佳篇』——施蛰存语），则屡见不鲜。而诗评家的『摘句论诗』又对此起到了推波助澜的作用。有鉴于此，本书力求着眼于『大意境』，若能寻得『诗眼』者，当然欣喜；如未寻得，亦无缺憾。此之所思所为，可否为谬？

最后，要向为本书出版付出心血的诸位朋友深表诚挚谢意。大庆市任凯先生，在本书定稿的后期工作中，耗时近年，认真校勘；中国书法家协会创作委员会委员、著名书法家李松先生欣然命笔题写书名；著名作家、国务院参事忽培元先生瀚墨注情，写下序言，诸位皆令吾诚惶诚恐，不胜感激，在此一并拱手揖敬！

作者

二〇一七年九月二十三日

千首七律咏国史

（四）

张矛◎著

中国社会科学出版社

图书在版编目（CIP）数据

史海游吟：千首七律咏国史：共五卷／张矛著．—北京：中国社会科学出版社，2018.9

ISBN 978－7－5203－1221－9

Ⅰ.①史…　Ⅱ.①张…　Ⅲ.①中国历史—古代史—通俗读物　Ⅳ.①K220.9

中国版本图书馆CIP数据核字（2017）第256665号

出 版 人　赵剑英
责任编辑　熊　瑞　张　湉
责任校对　郝阳洋
责任印制　戴　宽
出　　版　中国社会科学出版社
社　　址　北京鼓楼西大街甲158号
邮　　编　100720
网　　址　http://www.csspw.cn
发 行 部　010－84083685
门 市 部　010－84029450
经　　销　新华书店及其他书店
印刷装订　北京君升印刷有限公司
版　　次　2018年9月第1版
印　　次　2018年9月第1次印刷
开　　本　710×1000　1/16
印　　张　142
字　　数　1618千字
定　　价　598.00元（全五卷）

凡购买中国社会科学出版社图书，如有质量问题请与本社营销中心联系调换
电话：010－84083683

目录

五代时期

北宋

南宋

辽　西夏　金

蒙古

元

五代时期

朱温以梁代唐——五代（后梁）时期

背叛义军降大唐，拥兵四镇拜侯王。
出师救驾威名起，蓄势篡权凶相藏。
迫帝迁都杀百吏，逼宫禅位斩双皇。
阿三野盗终圆梦，入殿登基建后梁。

注释

●朱温（被唐僖宗赐名『全忠』）原本砀山贫民，曾与二哥朱存参加黄巢起义，朱存战死，朱温做了黄巢手下的官。后来见势不妙，反叛黄巢，投降唐朝，在与义军作战中立下战功，因此，到唐昭宗天复元年做了宣武、宣义、天平、护国四镇节度使，还被封侯拜王，成为独霸一方的大军阀。

●唐王朝已临末日，宦官专权，朋党酷斗，昭宗先后被宦官刘季述和韩全诲幽禁、劫持。宰相崔胤要朱温出兵救驾，使朱温得到了控制朝廷的机会。朱温把昭宗救出困境，又杀尽宦官，因功被皇上赐予『回天再造竭忠守正功臣』称号，唐朝中央大权也就落到了朱温手中。朱温表面装出一副对皇上忠心耿耿的样子，背地里却加紧准备篡权，乘送昭宗回京之机，派出自己的爪牙和党羽担任京城要地的禁卫，牢牢地控制了京城。当崔胤看破朱温的野心时，朱亳不犹豫地先下手迫使昭宗杀掉了崔胤。

●为了进一步控制皇帝，朱温强迫昭宗迁都洛阳，同时把皇上身边二百多人通通杀掉，并把皇上隔绝封锁。继之决定把昭宗杀掉，立昭宗的一个儿子为小皇帝。到天祐四年，朱温逼迫小皇帝禅位于他，把小皇帝降为济阴王，第二年把小皇帝也杀掉了。

●朱温在兄弟中排行老三，故人称『阿三』。他曾和黄巢一起当过强盗，干了许多伤天害理之事。他归降唐朝后，随着势力日渐壮大，野心愈益膨胀，最后终于推翻了大唐帝国，自己登堂入室当了皇帝，建立了后梁王朝，中国进入了五代十国多个政权并存的局面。

朱温惨死——五代（后梁）时期

凶残暴戾甚荒淫，逆道伤天竟乱伦。
谋册养儿承帝位，欲逐亲子远京门。
戕规引叛腥风卷，悖理招殃血雨淋。
顷刻覆盘刀下鬼，方息恶浪又翻云。

注释

●后梁太祖朱温晚年久病，又因在柏乡、夹寨两次战役中失利，变得更加凶残暴戾，动辄就将功臣宿将开刀问斩。同时，他极度荒淫好色，干尽伤天害理的勾当，竟然把养子朱友文的漂亮妻子王氏霸占供自己享用。

●朱温对养子朱友文宠爱有加，原因是朱友文甘愿把自己的老婆奉献给他，所以他筹谋策划，想立朱友文为太子。而对自己的亲儿子朱友珪却总想将其贬逐出京。

●朱温这样违背廷规、悖逆常理的做法当然引起亲儿子朱友珪的强烈不满，朱友珪遂生反叛作乱的念头。后梁乾化二年，朱温病情恶化，欲派人去京都召朱友文交代后事。朱友珪得知消息大惊失色，在幕僚们的助推下，决定发动政变。他说服了左龙虎军统帅韩勍（音：情），带五百牙兵半夜闯入朱温的寝宫，一剑把朱温刺了个腹背对穿，当场毙命。

●朱温本想向养子朱友文交班，可他的如意算盘顷刻翻覆，自己成了刀下之鬼。朱友珪开始秘不发丧，并以朱温的名义发布诏书，反诬朱友文谋反，说幸亏朱友珪又忠又孝才平息了朱友文的叛乱。待一切准备就绪，朱友珪才宣布了朱温的死讯，自己做了后梁的皇帝。但朱友珪的皇位也没坐多久，到第二年二月，就被弟弟朱友贞取而代之了。

成也魏博，败也魏博——五代（后梁）时期

兄方弑父坐龙墩，弟遂觊觎膨野心。
联袂重臣夺社稷，勾结悍将倒乾坤。
本思除患削藩镇，未料招殃引叛军。
尽忘拥兵决废立，皇基未固反伤根。

注释

● 后梁太祖朱温被亲儿子朱友珪杀死，朱友珪登上皇位，朱友珪之弟朱友贞不服，想到哥哥能靠政变做皇帝，我为什么不能？于是野心膨胀，欲将哥哥除掉，取而代之。

● 朱友贞与赵岩结党（朱温的女婿），共同密谋夺取江山社稷。赵岩献策说，现在的关键人物是那个掌握后梁精锐部队并控制魏博镇的杨师厚，只要把他拉过来，就一定成功。于是，朱友贞派人去疏通杨师厚，答应事成后犒劳钱财五十万缗。杨师厚权衡后终于同意参与朱友贞的政变，这样朱友贞便把手握重兵的杨师厚网罗到自己帐下，杨军成了他举事政变的坚强后盾。同时，朱友贞又煽动在汴梁的龙骧军反叛，用大兵压境，威逼朱友珪，致其大败后死去，朱友贞如愿当上了皇帝，执掌了后梁。

●朱友贞称帝后觉得，杨师厚既能拥立他为帝，又怎能保证以后不拥立别人？所以一直把杨师厚看作心腹之患。贞明元年三月，杨师厚死去，朱友贞十分高兴。大臣赵岩、邵赞乘机向他建议：魏博是战略要地（拥有魏州、博州、相州、卫州、贝州、澶州等六州四十三县），且地广兵强，一直是唐朝的心腹之患，一百五十多年没法除去。现在应乘机改变这种状况，把六州分为两个军镇，以削弱其实力。朱友贞认为这个主意很好，便下令将魏博一分为二。可他哪里知道，魏博军士历来父子相袭，得到朝廷命令后大为不满，遂举兵反叛，改投晋王李存勖，使朱友贞本想削藩的目标一下子落空。

●在唐代后期，悍将就拥兵政变决定『废立』，不过那时他们决定的只是主帅、节度使，到了五代，废立的已是皇帝了，朱友贞是第一个靠骄兵悍将登上皇位的。而他没能如愿削藩，皇基未固而最后失败也是由于魏博的骄兵悍将反叛所致，这真是『成也魏博，败也魏博』啊！

造福于民的『随风倒』张全义——唐末、五代（唐、后梁、后唐）时期

几易门庭不倒翁，福民著绩却堪称。
招流聚庶免租赋，垦地开荒兴稼耕。
葺废修墟屋瓦亮，诫懒荣勤谷粮丰。
仓实帑厚赢声望，久享风光屡晋升。

注释

●五代后梁、后唐时期有个叫张全义的人，是官场上的『不倒翁』，年轻时曾从县衙投到黄巢起义军中，官至吏部尚书。黄巢失败，他又投降唐朝，被唐朝皇帝赐名『全义』。唐朝灭亡，他改投后梁，并请求改名，梁太祖朱温赐其名为『宗奭』（音：是）。后梁亡，他又投后唐，请求后唐庄宗允许他恢复原名『全义』。张全义一生虽几换门庭，随风倒来倒去，名字也改来改去，但他在劝农垦田、为民造福这件事上却有显赫的功绩，颇为世人称道。

●唐僖宗光启三年，张全义担任河南尹，经营东都洛阳。当时洛阳一带由于战乱和军阀的残酷统治，田野荒芜，村落凋敝，民不聊生，到处是一片凄惨景象。张全义来到洛阳后，立即实施召民垦田计划，在他管辖的十八个县内树旗张榜，招募流亡离散的农民回来安居，并规定开垦的荒地归垦荒者所有，垦荒初期不收租赋。同时，他还力保一方

平安，抵御强盗流寇，促使社会稳定，农业生产得到恢复和发展。

●张全义治理了五年后，十八个县的劳动力和人口逐渐增多，编户已达五六万，百姓修旧建新，盖起了片片房屋，田野里到处生机勃勃。他还经常走进农田，对懒怠者告诫，对勤劳者奖励，促进了农业连年丰收。

●张全义在洛阳大力发展农业生产，使政府收入日增，积累了比较雄厚的财力。他正是靠着这样丰盈的财力，才愈加风光，得到了后梁太祖、后唐庄宗等皇帝的信任，屡屡擢升，直至位极人臣，官封魏王、齐王。

李克用临终授箭励子——五代（后梁）时期

壮志未酬心不甘，临终嘱命续前篇。
高韬大略交三箭，厚望深情赋两肩。
赤子拼杀呈虎胆，雄师奋战扫狼烟。
冥灵得慰如宏愿，喜灭诸敌坐大天。

注释

●李克用是沙陀人，原姓朱邪，因为唐王朝立过功，被唐朝赐姓名李国昌，后做河东节度使，封为晋王。朱温代唐后，李克用不服，仍用唐朝年号。朱温便出兵包围潞州与李克用大战，从秋季直打到第二年正月，依然未决出胜负。正在这时，李克用病重，自觉不久于人世，深憾壮志未酬，便立号称『奇才』的儿子李存勖为继承人，并把他叫到病榻前交代后事，要他继续自己的未竟事业。

●李克用从箭袋中拿出三支箭交给李存勖，交第一支时要儿子一定要把后梁灭掉，因梁与晋已是世仇；交第二支时要儿子必把燕灭掉，因为燕背晋投梁；交第三支时要儿子务必赶走契丹，因耶律阿保机违背结拜盟约与朱温交好。李克用以三箭嘱咐儿子的三件事，可谓是深谋远虑的大战略，希望李存勖能够承担起来。李存勖看到父亲对自己寄予厚望，便一一答应，决心以自己的双肩扛起李家的未来大业。

●李存勖通过父亲授箭的激励，精神无比振奋，其部属也斗志昂扬。他把三支箭供奉在李克用的庙堂，每要去完成一项遗命，先令手下去庙堂献祭，然后请出一支箭，装在锦囊中，让亲兵背着，作为军队的先导，凯旋之日再将那支箭与战果的象征一起献到太庙，告慰父亲在天之灵。李克用临终授箭使李存勖始终不敢丝毫懈怠，终于消灭了刘守光（燕），打败了契丹军，并于九二三年灭了后梁，登上皇位，建立后唐。

●李克用的三大遗愿在儿子李存勖手里得以实现，他的在天之灵一定会得到无限慰藉。

李存勖出奇兵解困潞州——五代（后梁）时期

判我举丧敌必松，乘其不备速挥旌。
深铭榻侧三支箭，难忘岗间一具弓。
披雾衔枚袭谧寨，鸣金亮刃斩惊兵。
风云帐下奇儿勇，可叹兴初未善终。

注释

●后梁开平二年，晋王李克用病死。此时正在围困潞州的后梁朱温确认此讯为真后大大松了一口气，感到自己从此少了一个劲敌。至于李克用的儿子李存勖，朱温根本没放在眼里。李存勖承接父亲遗嘱，在分析朱温此时必定认为晋在发丧期不可能动兵后，决定出其不意、攻其不备，迅速出击，破敌制胜。

●李存勖率大军向潞州进发，途经一个叫三垂岗的地方略作休整。在此地他看到了唐玄宗的庙，想起了二十年前自己五岁时，父亲曾到此打猎与众将宴饮，有伶人奏乐助兴，演奏曲子中有一首悲凉的《百年歌》，表达人衰老时的情景，大家听后皆伤感。唯李克用拉满弓弦，表示自己虽已年老，但壮志未酬。当时的这一幕给李存勖留下了永不磨灭的印象，至今仍深受鼓舞和激励。同时，他还想到父亲临终前在榻侧授予自己寓意极深的三支箭，对自己寄予无限期望。此刻他热血沸腾，意气风发，决心继承父亲遗志，与梁军决一死战。

●李存勖率部挺进潞州附近，当时大雾弥漫，几步之外不见人影。他命部队悄然急进，直扑梁军『夹寨』。此时后梁将士都还在睡觉，他们惊醒时，晋军正击鼓进军，披坚执锐，大杀大砍，后梁军顿时惨败，万余人遭斩杀，逃亡者丢下的粮食、兵械堆积如山。

●李存勖不辱父命，取得了大败梁军的决定性胜利，终于建立后唐，登上皇位。清人严遂成有诗赞曰：『英雄立马起沙陀，奈此朱梁跋扈何。只手难扶唐社稷，连城且拥晋山河。风云帐下奇儿在，鼓角灯前老泪多。萧瑟三垂岗畔路，至今人唱百年歌。』但遗憾的是李存勖称帝后，骄奢淫逸，宠幸宦官、伶官，不理朝政，最后被乱军所杀，只有好始，未得善终！

罕见的尽忠守节者王彦章——五代（后梁）时期

脚踏蒺藜铁槊扬，拔城克寨效朱梁。
建功蒙毁犹思战，落败遭俘更拒降。
任舍家人担道义，甘抛性命表衷肠。
随风附主时多见，罕有贞节若此郎。

注释

●后梁时有一猛将叫王彦章，此人少时从军，隶属朱温。王彦章骁勇善战，据说他能赤脚在蒺藜上行走百步，使用的兵器是一把常人举不动的大铁枪，在他手里此枪能上下翻飞，运用自如。王彦章不仅以骁勇著称，更以尽忠守节闻世，他为朱梁王朝攻城拔寨，屡立大功，直到最后献出生命。

●后梁龙德三年夏天，李存勖建立后唐，攻占郓州（今山东东平县）。梁末帝朱友贞命王彦章领兵迎击。王受命后仅用三天时间就用计攻克了后唐军严密防守的德胜南城，杀敌数千。接着又连续攻克好几处后唐军营寨，梁军气势大振。王彦章打了胜仗，建了军功，按理说应得到赏赐，可皇帝极其昏庸，听信与王彦章势不两立的误国权臣赵岩、张汉杰等人的谗言，竟然把王彦章去职罢官。尽管受到如此不公的待遇，王彦章仍一心想着为挽救国家而战斗。后来形势更加危机，昏君朱友贞不得不又派王彦章去御敌，但却不让他统率大军，主力都控制在奸臣段凝手里。王彦章寡不敌众终于战败，身负重伤后成为俘虏。李存勖早知王彦章是难得将才，便对其劝降，可王彦章大义凛然地说：『我本是一介平民，承蒙梁的大恩，把我升为大将军，怎能早上做梁朝大将，晚上就变成唐的臣属呢！』至死也未降。

●在此之前，李存勖曾俘虏了王彦章的妻子儿女，没把他们杀掉，以此作为招降王彦章的条件，但王彦章严词拒绝，杀了李存勖派来的使者，表示宁可舍掉家人也绝不投降。这次王彦章成了李存勖的俘虏，因誓死不降，终被李存勖杀掉。

●五代十国时期，朝代更替频繁，做臣为将的随风就势而朝秦暮楚、改换门庭者，可谓司空见惯。但像王彦章这样从一而终、至死守节的却十分罕见。不过，对昏庸至极如朱友贞那样的皇帝是不是还要尽忠，确实值得研究。就这个意义上，说王彦章是愚忠也未尝不可。

宦官贤才张承业——五代（后唐）时期

十宦九奸如虎狼，难得有善秉忠良。

胸怀恩典偿先主，肩负托孤助后王。

勇犯皇威严府库，敢迎锋刃抑私囊。

新爵不受彰节义，宁殉故国酬大唐。

注释

●历史上宦官专权倾国乱政的事屡屡发生，他们是封建制度的特殊产物，由于被阉割而心态扭曲，所以大多数宦官心狠手辣，如狼似虎，无恶不作。但也有个别例外。五代的后唐时期，有个叫张承业的宦官，就是一位难得的为善忠良。

●大唐昭宗时，朱温杀戮宦官，晋王李克用拿一囚徒顶替，使张承业藏在寺庙中免于斩首。因此，后来张承业对李克用的救命之恩永志不忘，而李克用也对张承业十分信任，临终时将儿子李存勖托付给他。张承业没有辜负李克用的嘱托，他竭尽全力帮助李存勖成就大业，为其处置了企图叛乱的李克宁等人，并劝课农桑，发展生产，积蓄钱粮，招兵买马，严格法纪，为李存勖一心一意地南征北战，提供了各项充分保障。

●但李存勖对张承业也有不满意的地方，就是他公私分明，严格理财，不给他随意贪占留一点空隙。一次，李存勖酒后让儿子李继岌为张承业跳舞。按当时风俗，看人跳舞者要赠予金钱或其他东西作为礼物。张承业按惯例送给李继岌一条宝带和一匹骏马。可李存勖却要乘机敛公财中饱私囊，便指着金库的钱柜，要张承业送给李继岌一柜。张承业当即拒绝，表示不能拿公家的钱做私人交易。李存勖被拒后非常生气，对张承业恶语相加。张承业毫不退让，大声说道：『我是个年纪老迈的钦差宦官，又不用为子孙打算，珍惜这些钱财是为了大王成就霸业。大王一定要用，何必问我？不过钱财用尽，人心离散，大王也将一事无成了！』张承业公然犯上，李存勖更加愤怒，随即抽出佩剑要杀张承业。张承业迎着利剑，大义凛然地说道：『我受先王临终托孤，发誓为国家诛灭朱温父子，现在如因爱惜公家财物死在大王手里，到地下见先王也可问心无愧了，就请大王动手吧！』在大臣们的劝阻下，李存勖渐消火气，放下利剑，后来在后宫母亲曹太夫人训教下，到张承业家里道了歉。

●张承业辅佐李存勖功劳显赫，李存勖要加封他为燕国公，张承业对这个新爵位坚决推辞不受，因为他心里一直想着恢复大唐天下。后来李存勖要称帝建后唐，张承业极力劝阻，李不听，张十分伤心，见恢复大唐无望，便绝食而死。

刘皇后不认生父认义父——五代（后唐）时期

山民小女摄王魂，幸入皇宫讳庶门。
怒拒亲爹笞野老，谦尊义父叩朝臣。
藏卑保位压佳丽，趋势谋财索贵人。
尽享荣华抛孝道，不如禽兽丧天伦。

注释

●后唐庄宗李存勖的皇后刘氏，原本是魏州成安（今属河北）一个刘姓山民之女，其父懂得以草药土方医病，以算卦为生。刘氏五六岁时便眉清目秀，惹人喜爱，在兵荒马乱中被李存勖部将抢去，送给晋王（李存勖）之母曹太夫人做了侍女。她长大后出落得千娇百媚，聪明伶俐，能歌善舞。一次李存勖在给母亲贺寿时见到她立即失魂落魄。曹太夫人见他喜欢，就将刘氏赐给了他。刘氏自归晋王，动用很多心计，极力讨好李存勖，获得宠幸，不久她就为李存勖生下一子（李继岌），于是更身价百倍。但刘氏心有一痛，就是她知道自己出身低贱，所以入宫后千方百计掩饰自己是寒门之后。

●一天，有一山民模样的人来到宫中求见刘氏，说是刘氏的亲生父亲。刘氏闻之，心里本知道这个老头就是自己的亲爹，但她表现出十分气恼，说：『我离开家时父亲已死在乱军之中，现在哪里冒出这个乡下老头，胆敢在这里胡说八道！』于是她下令把亲生父亲一顿鞭打，然后赶出门外。李存勖登基后，刘氏当了皇后。她不认自己贫寒的亲爹，却认有权有势的朝臣富豪张全义为义父。张全义不敢应允，她令人硬是将张强按入座，举行仪式，接受她的跪拜。

●刘氏之所以不认贫寒的亲生父亲，是因为她怕因出身卑微，在和其他夫人争宠时不能压倒别人而影响自己在宫中的地位。而她之所以硬认张全义为义父，是因为张全义权倾朝野，财富丰厚，这样在借张全义光环的同时，还可以索取大量钱财。果不其然，刘氏认张全义为义父，确实达到了一箭双雕的目的，既对自己的寒门家世做了有效的掩盖，又从张那里源源不断地取得了大量财富。

●刘氏在宫中享尽了荣华富贵，但她丧尽天良抛弃孝道的恶行，却永远为人们所不齿！

正义名伶敬新磨——五代（后唐）时期

帝宠俳优礼纪崩，同台戏弄闹廷宫。
多闻佞艺蹚浊水，罕见贤伶鼓正风。
狠手扇君惩迕道，讥言谑主遏杀生。
诙谐诫上难达效，贵在浑中自守清。

注释

● 后唐庄宗李存勖特别宠信『俳优』、『伶人』（唱戏的艺人），且自己也涂脂抹粉，和他们同台『戏弄』（唐中期开始出现的一种表演形式），一时间闹得宫廷混乱不堪，乌烟瘴气。

● 李存勖在皇宫中聚集了许多伶人，凡伶人提出什么要求，他都马上给予满足，可谓言听计从，有求必应。这样一来，伶人仗着皇帝的宠信有恃无恐，为给自己捞好处，有的拨弄是非、挑拨离间，有的造谣生事、颠倒黑白，有的仗势欺人、收受贿赂，干了许许多多坏事，害了不少正直之人。而在俳优队伍中却有一个叫敬新磨的，从不随波逐流，而是秉持良知，伸张正义，力顶歪风邪气。

● 一次，庄宗和伶人们一起排练节目，他突然对着四周大喊『李天下，李天下！（李存勖给自己起的艺名）』。敬新磨闻之，觉得庄宗这样呼喊有违为君之道，于是猛然出手打了庄宗一记响亮耳光。庄宗一时目瞪口呆，其他伶人也都大为震惊，不知所措，担心大祸将至。可敬新磨却神态自若地说：『治理天下的只有皇帝你一个人，那你还在呼喊谁？』大家一听，感到敬新磨言之有理，不由得都舒了一口气，李存勖回过神来也转怒为喜，不但没有怪罪敬新磨，而且还重赏了他。除了爱演戏，庄宗还喜欢打猎。一次他竟然不顾百姓已经成熟的庄稼，为获取猎物，随意策马践踏。中牟县令上前劝阻，请皇上不要毁掉老百姓的粮食，庄宗不仅不听，而且要把这个县令杀掉。敬新磨眼看县令就要没命，便急中生智，把那县令一把抓住带到庄宗面前，严厉训斥道：『你当县令，难道没听说过我们天子喜欢打猎吗？既然听说过，为什么还要叫老百姓耕地种田，妨碍天子骑马奔跑呢？为何不把地都空出来，让天子的马跑得痛快一些？收不到庄稼，老百姓饿死，这有什么要紧？难道比扫天子的兴更重要吗？你犯的罪实在该杀！』说完，转身请求庄宗行刑。李存勖听了敬新磨这一番话，立即意识到他这是在正话反说，讥讽自己，冷静地回味敬新磨的话，觉得既可气又可笑，只好把那个县令给放了。

●敬新磨借助与皇帝接触较多的机会，常以诙谐幽默的方式加以规劝，但收效甚微，终不能阻止李存勖的骄奢淫逸。但在这样一种恶浊的环境中，作为一个『文艺工作者』（伶人）能不弃良知，坚守自清，实在是值得世人钦佩的！

（到了元朝，还有人把敬新磨智救县令的故事编成杂剧《敬新磨戏谏唐庄宗》来演。）

李继麟郭崇韬空有铁券——五代（后唐）时期

丹书铁券永承封，岂料随即可作空。
难抵小人施诡计，不堪昏主纵奸凶。
遭诬获罪魂丢蜀，受辱含冤命殒京。
天子食言国必乱，叛军纷起响丧钟。

注释

●后唐重臣李继麟（原名朱简，投后梁改名为朱友谦，后投晋李存勖，李建后唐，朱友谦又被赐名李继麟）、郭崇韬等曾因有大功，被庄宗李存勖赐予『铁券』，这是君王向臣属立誓，保证他子子孙孙永具此封，永享富贵。可是，当李继麟、郭崇韬遭到伶人景进诬陷时，皇帝赐给他们的『铁券』却根本没起任何作用，成为徒有虚名的一件废物。

●李存勖当上皇帝，后唐朝政日益腐败，伶人、宦官贪得无厌，大肆向地方索取贿赂。李继麟不堪重负，经常抱怨而得罪了这班小人，他们便在皇帝面前对李继麟进行诬陷，说李继麟与蜀中的郭崇韬暗中勾结，准备谋反。对此种毫无根据的诬陷之词，李、郭二人虽然手持『铁券』，却任凭人家去行谗而无还手之力。因为尽管皇上心里明白李继麟不存在谋反的问题，但还是故意放纵伶人们的恶行，偏听伶人们的谗言。

●在伶人们的胡言乱语之中，李存勖先将郭崇韬杀死于蜀地。李继麟觉得自己光明磊落，决定亲自进京面见皇上，表明忠诚之心，并为自己和郭崇韬辩解。可皇上想到的是：现在郭崇韬已被杀，李继麟必然不满，若放过他，难保他回去后不造反。因此，不仅没听李继麟的辩解，而且当晚就派兵包围了李继麟的住所，迅速把他斩首。后来又杀了李继麟的全家。

●做帝王的人说话做事不算数，自食其言，失信于臣或失信于民，必然引起国家大乱。李存勖冤杀了李继麟（朱友谦）、郭崇韬后，各地兵变接连不断，直指后唐王朝，最后丧钟敲响，后唐彻底败亡。

宦官张居翰一字救千命——五代（后唐）时期

并非阉宦尽疽痈，亦有良知尚可称。
克己修仁崇正气，奉公疾恶鄙邪风。
临危矫诏行慈善，冒险消灾遏酷凶。
罢阻屠刀多睿智，略更一字救千生。

注释

●后唐庄宗宠信伶人、宦官，大多数宦官仗着主子的势力，肆虐于宫廷之中，干尽了各种坏事。但其中有个叫张居翰的宦官却不同流合污，平平稳稳，安安分分，始终保持清正，洁身自好。这在当时恶伶奸宦横行霸道、无恶不作的情况下实在是难能可贵。

●张居翰对自己要求严格，鄙视其他宦官的歪风邪气，坚持抑恶扬善，大行正道，警惕污浊沾染。

●不仅如此。张居翰还秉持良知，特别仗义。后唐出兵灭了前蜀，前蜀后主王衍率文武百官投降，王衍携家人及众官员一千多人去京师见庄宗。庄宗原已答应不杀王衍，但由于后唐国内发生兵变，东征时庄宗怕西边的王衍乘机再次反叛，便违背许下的诺言，下了一道将王衍一行全部诛杀的诏书。张居翰是枢密史，当诏书到他手中时，他认为屠杀已降之人是一种犯罪。在这万分紧急的情况下，张居翰毅然决定冒着丢命的危险对诏书进行更改，以仁爱之心拯救了千余人的生命。

●庄宗原下的诏书写有『诛衍一行』。张居翰思来想去，终于计上心来，他极睿智地将『行』字改成了『家』字。这样一来，『诛衍一行』就变成了『诛衍一家』。就凭这一字之改，便救了随王衍而行的一千多位前蜀官员的生命，其大功大德堪称无量！

冯道教君多读《咏田家》——五代（后唐）时期

御前咨政导清波，谏帝咏田防退坡。
处困怀忧能致俭，居安忘患易生奢。
明烛勿照绮罗宴，美味当思粝饭桌。
巧借诗篇申大道，教君知本莫行苛。

注释

●后唐时期有个叫冯道的学者，被明宗李嗣源召为端明殿学士，负责皇帝的政事咨询。冯道博古通今，深得明宗的欣赏和信赖。一日，李嗣源与冯道说起连年丰收的事颇有几分得意。冯道见状，觉得这是一种很危险的苗头。于是他建议李嗣源读一读聂夷中写的《咏田家》一诗（『二月卖新丝，五月粜新谷；医得眼前疮，剜却心头肉。我愿君王心，化作光明烛；不照绮罗筵，偏照逃亡屋。』），意在让皇帝任何时候都要知道农家的艰辛，防止取得江山后走下坡路。

●冯道还借先帝一事讲了居安应思危的道理，他说：『先帝在时，有一次出使中山途经井陉，道路狭窄，我怕马失前蹄，拉住缰绳倍加小心，结果没有闪失；到了平坦大路后，不再担心，便信马由缰一路狂奔，结果竟从马上摔下。

看来，人处于困境时能十分注意，而顺利了很容易丧失警惕。管理国家如同此理，愿陛下不要因为太平、丰收，就得意忘形、铺张浪费，还应该小心谨慎、兢兢业业才是。』

●冯道接着又以《咏田家》诗告诫皇帝：『老百姓多么盼望君王像光明的蜡烛一样，多多照耀他们，不要只想着那些整日宴饮的富人们；多么希望君王在享受美味佳肴时，不要忘了还有那些吃着粗茶淡饭的农家。』李嗣源读诗后很有感触，深受启发，连声说这首诗写得太好了。随即令人把它抄录下来，从此之后，他经常拿出来诵读。

●李嗣源本是个崇尚节俭的皇帝，同时，还能够倾听下属的谏议。所以，冯道巧借《咏田家》一诗来说明君王治国安邦的大道理，他很容易就能接受，进一步悟清了庶民乃为国之本。后来他确实关心农民利益和民众疾苦，下令放了专供皇帝打猎用的猎鹰，不许各地再进贡，并大力减少苛捐杂税，办了许多惠及民生的实事、好事，获得民众的赞许，成为五代十国时期较少的『好皇帝』之一。李嗣源所以能如此，除了其本人品格不错，还由于他身边有冯道这样一位好老师。

卖国求荣的『儿皇帝』石敬瑭——五代（后晋）时期

垂涎龙椅近癫魂，竟弃国格走异门。
觍脸乞援当犬马，屈膝进贡奉幽云。
分疆献媚戗天理，裂土求荣逆世尘。
为做儿皇甘认父，无贼可比史难寻。

注释

●石敬瑭，曾为后唐末年河东节度使。李从珂夺得皇位后，石敬瑭欲将其推翻，在李从珂身边安插『内线』，监视李从珂的一举一动。随着他自己势力的壮大，其野心日渐膨胀，做梦都想当皇帝。但他表面上仍对皇上十分谦恭，假惺惺地连上几个奏章，说自己身体欠佳，请求调任。可李从珂真的下令调他离开晋阳时，他却慌了手脚。于是便准备发动兵变。这时有个叫桑维翰的洛阳人给他出主意，要他委曲求全借助临近的契丹国主耶律德光的力量，并奉其为主，求得庇护，一举灭掉后唐，然后登上皇帝宝座。石敬瑭马上采纳了桑维翰的损招，立即派人与契丹联系，求得帮助。

●石敬瑭举起了反叛的旗帜，朝廷派兵进行讨伐。石敬瑭遂令桑维翰密送书信给耶律德光，提出要以儿子的身份侍奉耶律德光，甘效犬马之劳，并承诺事成后把幽、云十六州割让给契丹。

●石敬瑭这种分疆裂土、卖国求荣的可耻行为，真可谓惊天地、骇鬼神，连给他出主意的大将刘知远都一时目瞪口呆，惊骇不已，觉得割让土地实在是太过分了。

●石敬瑭以牺牲国家和民族利益的惨重代价，出卖丑恶的灵魂，得到了契丹国的支援，终于穿上一身契丹服装，当上了后晋皇帝。他厚颜无耻地称比他小十岁的耶律德光为父亲，自己甘当儿皇，这种极度荒唐之事，在历史上绝无仅有，石敬瑭必然永远被钉在了历史的耻辱柱上！

辱身求荣的赵德钧——五代（后晋）时期

前做儿皇后不甘，同辙一法力争攀。
急函邀宠摸实底，重礼求援找靠山。
本想疏通成美梦，却遭封堵化灰烟。
狼心狗肺无廉耻，竟敢卖国何以堪！

注释

●后唐幽州节度使、北平王赵德钧，看到石敬瑭在契丹主耶律德光的卵翼下当上了儿皇帝，心有不甘。他也想像石敬瑭一样，依靠契丹的力量夺取中原称帝。于是，他与石敬瑭之间展开了一场残酷斗争，竞相攀附契丹，献媚邀宠。

●赵德钧靠着自己兵强马壮，急忙派人持密函去契丹处卑躬阿谀，同时摸清底数。为此，他还让使者带去大批金银绸缎贡奉给耶律德光，乞求契丹能做他当皇帝的后台和靠山。

●耶律德光考虑到赵德钧兵力甚强，且范延光又陈兵东面，恐怕他们联合起来不好对付，所以他打算接受赵德钧的请求，以作缓兵之计。这时，石敬瑭得知此消息大为恐慌，赶紧派部将桑维翰去见耶律德光，一面说赵德钧如何不忠不信，一面再表忠心，说一旦晋国得到天下，必将竭尽全国财富侍奉契丹。最后，耶律德光经过权衡，拒绝了赵德钧的请求，对他派来的使者说：『我已答应了石敬瑭，除非这石头烂掉才可改变。』这样一来，赵德钧本想通过疏通求得契丹保护来圆他的皇帝梦，顷刻化为灰烟。最后赵氏父子兵败投降，在石敬瑭马前叩头谢罪，石敬瑭竟然没有搭理。

●赵德钧和石敬瑭一样，为了自己得到皇位，不惜卖国求荣，其丧尽天良、厚颜无耻，已到了无以复加的程度，他们的可耻行为永远不会为后人所原谅！

安重荣未圆天子梦——五代（后晋）时期

狠毒残暴漫阴森，网悍罗凶纳叛军。

明斥附夷原是假，暗谋称帝本为真。

煽风造势掀狂浪，败阵砸盘灭野心。

终被取头当媚物，大言痴梦碎缤纷。

注释

●后晋成德节度使安重荣是个性情十分残忍狠毒的武夫，他常一发怒就杀人。有个叫贾章的，是他的部下，一家三十口有二十八口死于战乱，仅剩下贾章和他年幼的女儿，后来女儿也被安重荣杀了。安野心勃勃，见到李从珂和石敬瑭都由藩镇节度使当上了皇帝，自己也想一试身手，常对人说：『现今的帝王，只要兵强马壮，谁不能做！』他从不把石敬瑭放在眼里，一心想哪一天起兵打进宫去，过一把皇帝瘾。于是，他到处网罗凶悍的亡命之徒，招兵买马，聚集叛军，准备起事。

●当时怀有称帝之心的人不在少数，安重荣胜出别人一筹的是，他表面上对石敬瑭向契丹人献媚取宠极力反对，上了一道数千言的奏章，斥责石奉辽国皇帝为父等种种丑行，而实际上他的目标并不是辽国，而是谋算如何将石敬瑭掀下台，把皇权攫到自己手里。

●安重荣反对石敬瑭对辽国卑躬屈膝，这很能契合民众的心理，因而对其煽风点火为自己造势，起到了巨大作用。他正是在这样的情势下，利用民众情绪，与安从进配合，举兵起事，对后晋军队发起了气势汹汹的猛攻。可石敬瑭也并不示弱，派出天平节度使杜重威应战，在宗城（今河北威县东）西南摆开战场，开始双方不分胜负，后来杜重威派勇士攻击安重荣的左右两翼，自己则率主力直冲中军。一场激战，安重荣大败，士兵和被纠集来的百姓被杀、被冻死的不下四万人。至此，安重荣夺皇位的野心被彻底灭掉。

●在这场争夺皇位的残酷争斗中，安重荣兵败被活捉，后被斩首。石敬瑭把安重荣的头颅涂上油漆，装在木匣里，送到耶律德光那里，作为对辽国使节被安重荣杀害的交代。安重荣起兵之初曾放出『帝王宁有种乎』的大话，如今随着他当皇帝美梦的破灭，也一起被击打得粉碎。

景延广空谈『十万横磨剑』——五代（后晋）时期

似彰节义保国尊，却少硬功无赤心。
傲顶蛮夷出壮语，激惩叛将唱高音。
何来凛冽刚锋剑，只有凄惶软骨身。
口放空言胸罕略，徒留笑柄戏乾坤。

注释

●景延广原是后晋皇帝的侍卫马步都虞候。石敬瑭死后，他与宰相冯道谋商，立了石敬儒（石敬瑭之兄）的儿子石重贵为后晋皇帝，因拥立有功，当上了宰相。石重贵登基后，须向辽国皇帝耶律德光通报，在如何署名的问题上，大臣之间产生了分歧。景延广摆出一副秉持节义的面孔，主张称『孙』不称『臣』（石敬瑭时向辽既称臣又当儿），因为称『孙』，只表明石重贵与辽国皇帝的个人关系，称『臣』则表示整个国家成了辽的附属国。大臣李崧反对，认为为了社稷仍需要委曲求全。双方争论得很激烈，最后石重贵接受了景延广的意见，并让他来处理此事。

●景延广随即给辽国写了一封措辞傲慢而严厉的信，以示后晋的尊严。耶律德光见信后大为恼火，准备向后晋发起进攻。景延广不仅如此，还上谏石重贵把先前叛晋投辽、尔后当双方联络员的乔荣，投入了牢狱。同时还鼓动石重贵下令捕杀辽国商人，没收他们的财产。后来，乔荣被放出，景延广对乔荣说：『回去告诉你的主子，先帝是辽国拥立的，所以那时向辽称臣，而当今皇帝是我们自己立的，作为邻国，没有称「臣」的道理。辽如果轻举妄动，一意孤行，那我们已备好「十万横磨剑」，到时候且莫后悔！』乔荣回辽后，将景延广一番气壮山河的话如实陈述给耶律德光，耶律德光怒火中烧，下定决心要置后晋于死地。

●当时，后晋国内情况十分糟糕，皇帝石重贵奢侈无度，沉溺于享乐游玩；大臣和地方官大肆搜刮百姓，搞得民不聊生。因此，辽国大军一到，后晋立即惊恐万状。开运三年，后晋被辽所灭。景延广被俘。耶律德光问他：『你的「十万横磨剑」呢？』这时，景延广浑身瑟瑟发抖，只能跪下来脸贴地面，自称犯了大罪。

●景延广口放空言，气壮如牛，可事到临头却无一策御敌，只得屈膝投降。耶律德光下令将其押往北方，他自知辽国不会放过他，路上自扼而死，给后人留下了一个空话误国而丧命的笑柄。

赵延寿『恻隐之心』别有所图——五代（后晋—辽）时期

虽能卖力阻杀降，却有阴谋滚沸汤。
明表忠心忧域境，暗藏邪道觊朝纲。
只思圆梦攫龙椅，未料食蝇望铁窗。
仰异为奴何下场，连篇闹剧屡昭彰。

注释

●辽国皇帝耶律德光出兵攻打后晋，后晋大将杜重威带部队投降，对于这些降兵，耶律德光总担心他们有一天会叛变，所以几次都想把他们杀掉，以绝后患。早已随父赵德钧归附辽国，并一直想仰仗辽国势力取代后晋当中原皇帝的赵延寿，得知这一情况后，认为晋的这些降兵如果能留下来，或许将来对自己有用，所以他经过一番深思熟虑，决定以计策来阻止耶律德光杀降。

●赵延寿说服耶律德光免杀的理由很巧妙，他说：『晋国的疆域长达数千里，南方的气候又潮湿闷热，不适合辽国军民居住，辽兵是不可能长期留下守卫的。如果不杀这些降兵，派他们去守边疆，岂不可使陛下五年来辛苦夺得的地盘得以守住。』耶律德光听了赵延寿的一番陈述，觉得有道理且很忠诚，便改变了杀降的主意。赵延寿怀着恻隐之心救下了降兵降将，却在暗里盘算积蓄自己的力量，为将来夺得皇位做军事上的准备。

●赵延寿只想到自己的计策已奏效，一心做着未来的皇帝梦，可他却没料到耶律德光是个言而无信的人。耶律德光先是答应了赵延寿坐帝位，待杜重威降后又许愿于杜重威，最后把赵、杜二人都一脚踢开，自己头戴通天冠，身穿大龙袍，登上了金銮殿，做起了中原皇帝。而赵延寿则被带回辽国囚禁起来。这时，赵延寿才知道自己受了欺骗，像吃了苍蝇一样，又恶心又悲哀。

●历史一再证明，靠仰仗异邦来谋皇位当奴才的人，从来都没有好下场。赵延寿在辽国被囚禁，见大势已去，最后在无限的伤心和郁闷中死去，把自己可鄙的悲剧演到了头。

耶律德光中原称帝大败身亡——五代（辽）时期

中原灭晋自称皇，蹂躏都城踏洛阳。
抢掠何分贫与富，屠杀哪管弱和强。
流氓地痞纷登场，恶霸夷蛮竞上堂。
无视汉规激众怒，惊魂北返遂身亡。

注释

●辽国皇帝耶律德光灭了后晋，并没有把权柄交给汉人，而是在中原自坐皇位。但他并不清楚怎样来统治中原，仍然按照辽国的习惯，采取残暴手段，任意蹂躏和践踏民众，使得原后晋首都大梁（今开封）至洛阳一带方圆数百里内，一片凋敝，十分凄惨。

●耶律德光纵容辽军四处抢掠，不管是穷人还是富人，通通掠夺一光。同时，逼迫当地官员给十万辽军奖赏，由于府库早已空了，当地官员只好拼命搜刮，连宰相、大臣也不能幸免。辽军兽性发作，经常屠杀平民百姓，青壮年多被杀害，他们连老弱病残也不放过，一时间，整个中原大地，哀鸿遍野，血雨腥风。

●耶律德光对中原政事一无所知，汉人中的地痞流氓乘机纷纷投其门下，教他们如何在汉人中作威作福；官场上的各个重要位置，多为辽人所占，他们与汉人中的无赖恶棍一起，实行暴虐凶残的统治，中原人民深陷水深火热之中。

●由于耶律德光不懂汉规汉制，激起中原汉人的强烈反抗，在很短的时间内，各地起义接连不断。这时耶律德光虽然觉得应改为汉人来管理事务，但他已感到十分恐惧，因此决定返回北方老家。临行时，他令宁国都虞候武行德率千名士兵护送收缴的后晋军的武器，途中武行德号召大家起事倒戈，举起了反抗辽军的大旗，使耶律德光更加心神不宁，走到栾城时，他无限忧郁，身染重病，终于在杀胡林（今河北栾城县北）一命呜呼。

皇家子弟李从益母子的厄运——五代（后晋、后汉）时期

苦雨阴风欲断肠，无边落木叹苍凉。
受逼当主明知祸，遭困称臣未见祥。
廷将朝官犹命保，皇天母后却身亡。
勿说即晓其中意，旧帝新君怎共堂？

注释

● 李从益是后唐明宗李嗣源的小儿子，他的生母是地位低下的宫女，因此李嗣源便让王淑妃当他的母亲。五代十国政局多变，在李从益六七岁时，石敬瑭与李从珂争夺皇位，李从珂失败全家自焚，王淑妃带着李从益躲藏起来，才逃过一死。李从益在短短十几年内，经历了两代三姓的变迁，整日处于凄风苦雨之中。虽然他的妹妹永安公主被宠臣赵延寿娶为继室，他又被封为威信军节度使，但他深感政局险恶，不去军镇就任。

● 辽帝耶律德光北返时留下太后哥哥的儿子萧翰掌管中原。耶律德光于杀胡林病死后，后汉高祖刘知远举兵南下，准备控制全国。萧翰见状想回辽国，就伪造皇命，派人去接李从益母子，要李从益出来做皇帝。李被逼上皇位，其母痛哭不已地说：『我们母子孤单无依被推上高位，这是祸，不是福啊！』李从益登上皇位不久，刘知远的军队便逼

近，眼看就要将他们包围。这时，李从益身边只有萧翰留下的一千多名将士，根本无法抵挡来势汹汹的刘军。在万般无奈之下，李从益只好派人向刘知远奉表称臣，并与母亲同时搬出皇宫。

●虽然李从益放弃皇位甘愿称臣，但并没有给他带来任何祥兆。王淑妃原本希望刘知远能放过他们母子，让他们做普通百姓安度余生。可刘知远把后晋投降的文臣武将一律大赦，而唯独将李从益母子二人杀掉。

●刘知远所以要除掉李从益母子，其实这并不难理解，因为新君坐殿怎么还会允许原来的皇帝存在呢？

南北二恶皆奇贪——五代十国时期

二兽同丘各北南，獠牙血口肆贪婪。
敛财无度欺黎庶，送礼有方谀贵权。
何见荒唐拔刺费，谁闻怪诞捋髭钱？
心毒手狠天人恨，却踞高端久泰然。

注释

●五代十国时期，北方有个叫赵在礼的节度使，从后唐明宗开始，一直到后晋，残酷地搜刮民脂民膏，短短十几年间敛财巨万。无独有偶，南方有一个叫张崇的节度使，其德其行与北方的赵在礼不相上下，同样是贪得无厌、如狼似虎之徒。赵、张二人一北一南，犹如一座山上的两只野兽，此龇獠牙，彼张血口，贪婪无比，弄得民不聊生，苦不堪言。

●赵、张二人对待老百姓都凶残暴虐，他们搜刮来的钱财一是自己尽情享用，一是用来贿赂朝廷权贵，『烧香拜佛』。在这两方面，二位都是『行家里手』。

●赵在礼任职宋州（今河南商丘）时，由于他聚敛钱财十分凶狠，民众对他恨之入骨。一天，突然传来消息说赵在礼要调到另一藩镇，老百姓高兴得不得了，大家奔走相告说：『赵在礼走了，真好比从眼中拔出了钉，从肉中拔出了刺！』赵在礼听到民众这些话后，怒不可遏，决心施以报复。于是，他上奏朝廷，要求让他在宋州继续留任一年。朝廷同意后，他立即下了一道命令：凡属辖区百姓，无论是谁，一律都要交纳『拔钉（刺）费』。交不出的，就鞭打、威逼。这一年光是『拔钉（刺）费』，就让他发了一笔大财。而在南方，张崇有一回去京城朝见君王，百姓猜想他可能要改换任所了，都相互庆幸说：『他那个人不会回来了！』可张崇回来后，听说此传言，便下令征收『渠伊（当地方言——他那个人）钱』。第二年，张崇又去京城，这回当地人都闷声不响了，但内心都希望他一去不返，于是用捋嘴上胡须的动作来表示意愿。和上次一样，张崇回来后，听了狗腿子报告，马上便征起了『捋髭钱』。以这样一些荒唐怪诞的名堂来榨取百姓的钱财，在历史上真见所未见、闻所未闻！

●对赵在礼、张崇这样心毒手狠的官僚，百姓恨不得把他们千刀万剐。可是他们却能在高位上长期安然无恙，并且屡屡高升（赵在礼到后晋高祖时已被封为卫国公，张崇在庐州做了二十年节度使，还被赐爵为清河王）。其中的奥秘就是他们善于用搜刮来的钱财大肆行贿，权贵们得到了好处，自然为他们撑起了保护伞，古往今来，莫不如此啊！

财多招祸——五代时期

面对巨财邪念生，恶徒纷窥若蜂拥。
魂牵五主刀光闪，梦绕三朝血雨腥。
你抢装囊方毙命，他夺入库又罹凶。
螳螂黄雀均无获，蛋打鸡飞断影踪。

注释

●五代时期，地方官员们无不拼命搜刮民财，后唐一个叫董温其的，任镇州节度使没多久，已是家财万贯。面对董家的这笔巨额财产，一群贪婪之徒垂涎三尺，都想把它弄到自己手里。所以，很长一个时期众多小人蜂拥而至，紧盯不放，为此展开了一场又一场惊心动魄的争夺。

●董温其的巨额财富，先后转手五人，历经三朝。先是董温其一手提拔起来的部下秘琼，趁董温其被契丹掳去之机，杀害了董的全家，然后将钱财据为己有。到后晋高祖时，秘琼去做齐州防御史，他带着那笔沾满血腥的巨财上任，可在赴任途中，却被早已侦察好的汴州节度使范延光夺去，秘琼因此而丧命。后来，范延光迁居河阳，搬家时光财宝就装了好几车，一个叫杨光远的后晋将领看到后立即眼红，派儿子乘范不备，将其从浮桥上推下河中，并谎报范是投水自尽。于是，那笔巨财又落入杨光远手中。晋出帝石重贵即位后，杨光远阴谋叛乱，投靠契丹，结果被晋将李守贞打败，杨光远因卖国求荣被李守贞杀死。杨光远的部下宋颜遂把杨光远从范延光手中抢来的那笔钱财献给了李守贞。

●董温其的这笔钱财就这样不断易手，但谁得手谁丧命，一路转来转去，不断有人人头落地，留下遍地血腥。

●综观这一场场争夺钱财的残酷斗争，真可谓上演了一幕幕『螳螂捕蝉，黄雀在后』的闹剧。可是，无论是『螳螂』还是『黄雀』，最终都一无所获。后汉隐帝时，李守贞也背叛了朝廷，结果失败，全家自焚而死。那笔为之死了无数人的巨额财宝，最后却杳无踪影了。

袁正辞买官受骗抱恨断命——五代（后唐、后晋）时期

大笔家财浸血洇，承儿吝啬又胡昏。
济民何肯出一币，买位不惜花万金。
先取虚名难遂愿，后攫实职更揪心。
屡遭捉弄终生恨，希望方来却殒身。

注释

● 五代后唐时期，飞龙副使袁正辞从父亲袁象先手中继承了一大笔财宝。这笔财宝全都是袁象先做十几年节度使搜刮民脂民膏积累起来的。袁象先临死时，没有把家产平分给几个儿子，而是全部给了极端吝啬而善于守财的袁正辞。这个袁正辞是个地道的守财奴，看着这笔家产，这也舍不得，那也舍不得，一心只想让钱越积越多。

● 有一阵子，袁正辞贮钱的屋子里经常发出牛叫一般的怪声，家人很害怕，认为这是不祥之兆，劝袁正辞应施舍些钱财救济穷人以消灾灭祸，可袁正辞却不动分文，并说：『物体发声是征求同类，只有积更多的钱，怪声才会停止。』袁正辞出钱做善事如此吝啬，可为了自己再登高位却出手大方。他梦寐以求地要当刺史，于是，后唐末帝时，他一狠心献钱五万缗（当时一缗一千文），后来，他又连出巨资，千方百计要把这个官位弄到手。

●袁正辞虽屡使大钱，但效果并不好。第一次花了五万缗却只弄了个刺史的虚名，并无实位。他心有不甘，又出五万缗才把真刺史的位子搞定。但朝廷让他做的是既偏僻又遥远且不安全的雄州刺史，使他十分揪心，所以他再次忍痛花钱数万，请求把这刺史之官免掉。

●这时，袁正辞终于明白，这是上边知道他钱多，又做刺史心切，在存心捉弄他，所以，他又气又恨，一气之下竟解下衣带上吊，幸亏家人解救，方免一死。活过来后，袁正辞买官的心仍然不死，到了后晋出帝时，他又献钱财三万缗、银子一万两。出帝听说他曾因此事上吊自杀，出于怜悯，答应这回一定给他一个内地州的官位，让他如愿以偿。可是，还没来得及任命，袁正辞就抱病一命呜呼了！

苏逢吉得人家产反害人——五代（后汉）时期

占人宅产不归还，反溢阴毒耍野蛮。
唆使家奴呈恶状，威逼业主认诬言。
罗织罪证封活路，篡改招词定死盘。
为歹亏心常噩梦，身亡尽自太贪婪。

注释

●五代后唐、后晋时期，朝中高官李崧家财颇丰。辽帝耶律德光灭后晋，李崧被带到北方，其家中豪宅和金银财宝在后汉高祖刘知远进入汴梁（今开封）后均赐予一个叫苏逢吉的朝官。后来，李崧回归后汉，苏逢吉继续占有李的家产不还。李崧的两个弟弟在一次喝酒中随口发出怨言，不料传到苏逢吉耳中。李崧得知此讯十分恐慌，怕闹出大事来，便急忙把房产契约献给苏逢吉。可苏不仅丝毫不领情，而且对人讲：『我这宅第是皇帝赏赐的，要他李崧来献什么契约！』不高兴之余，苏逢吉产生了对李崧的强烈报复之心，于是，便策划阴谋，对李崧开始了野蛮残酷的迫害。

●苏逢吉得知李崧的弟弟李屿的仆人葛延遇和李屿有仇，便派人唆使葛延遇诬告李屿谋反，葛延遇言听计从，递上恶状。于是，苏逢吉就把李崧兄弟投进了监狱。在狱中，苏逢吉指使酷吏史弘肇对李家兄弟施尽酷刑，威逼他们承认葛延遇的诬告之言。在万般无奈的情况下，李屿只得自诬，承认『谋反』。

●李屿『供词』所列『罪证』，完全是逼供出来的，其中说到要组织二十人起事暴动。苏逢吉明知这份口供是假的，但他为了置李氏兄弟于死地，将死罪定住，便把怕别人听了不信的『二十』人改为『五十』人，然后将改了的供词奏报隐帝刘承祐，结果是苏逢吉如愿以偿，李氏兄弟均以谋反罪被处死，而诬告主人的葛延遇却受到赏赐。

●后来，郭威起兵，苏逢吉随汉隐帝一起逃难。因其为非作歹，干尽了亏心事，所以，魂不守舍，常做噩梦，梦见李崧站在他床前。他自知死期已到，汉隐帝身亡，他也自杀。郭威进京后，在李崧受刑的地方将苏逢吉的头颅割下来示众（不久葛延遇经人揭发亦被处死）。这时，阴曹地府下的苏逢吉可否后悔自己是因贪婪而掉的脑袋呢？

吃人恶魔赵思绾——五代（后汉）时期

叛贼凶煞恶多端，竟嗜吃人骇地天。
万户生灵刀下鬼，一城血肉碗中餐。
童肝细品樽樽兴，妇胆活吞宴宴欢。
逾虎超狼实罕见，魔头斩落祭长安。

注释

●五代十国后汉时期，叛将赵思绾占据了长安，他把从小就形成的凶狠残暴的性情发挥得淋漓尽致，在城中烧杀抢掠，无恶不作。尤为甚者，他在被后汉军包围的情况下，竟然用人肉充作军粮，而他自己又以吃人为快乐。此恶行真是惊天骇地，罕有所闻！

●据史载，赵思绾占据长安城前，城里约有人口十几万，待到他后来投降被杀时，城中仅剩一万人，其余的已全都被他们杀光吃掉。

●赵思绾邪恶无比，每逢杀人后都要大摆酒宴，为了把宴席的规模搞大，有时竟杀几百人。他尤其爱吃儿童的肝，常当着众人的面，把肝切成细丝，然后举杯逸兴。他还常生吞女人的胆，一面喝酒，一面对人说：『吃活人胆一千个，胆量就天下无敌了！』

●赵思绾杀人而食，其残忍程度比虎狼更甚。后来，他在走投无路的境况下，投降了后汉，但后汉担心他日后还会反叛，所以设计将其杀死，连同他的父、兄、部下共三百余人全部被斩首。凶煞魔鬼之头终于落地，似乎可告慰长安十万冤魂！

李守贞迷信天命而自灭——五代（后汉）时期

久觊皇权蓄叛兵，祈求天命助成功。
邪僧占卜作圭臬，佞士判音当准星。
已坐愁城鳖入瓮，犹听呓语鸟凌空。
滴恩小惠难服众，梦碎途穷火送终。

注释

●后汉乾祐元年，高祖刘知远去世，小皇子刘承祐即位，即后汉隐帝。小皇帝上台不久，护国节度使李守贞和占据永兴的赵思绾、占据凤翔的王景崇一起反叛朝廷。其实，李守贞早已有谋反之心，他见天子年少，官员大多是后进之辈，所以他有恃无恐，一面招降纳叛，扩充军队，一面暗中与辽国勾结，想借助异国之力来实现自己当皇帝的美梦。李守贞反叛的另一个重要因素，还在于他笃信天命，认为『天命』能助其成功。

●李守贞迷信占卜之类的方术，他请来一个叫总伦的邪恶和尚，因总伦知道他心怀异志，所以占卜时就说他一定能当上天子。对此谬言，李守贞奉为圭臬，毫不怀疑。他听说有一术士善于从一个人的声音中判定命运，便将这个妄佞之人请来，让他一个一个地听家人的声音，当听到李守贞的儿媳符氏发声时，术士装作吃惊：『这女子日后必定贵为皇后。』李守贞闻之大喜，认为儿媳能当皇后，就意味着自己夺取天下必能成功。于是，迫不及待地自称秦王，举兵反叛。

●李守贞反叛后，朝廷派枢密史郭威进行讨伐。郭威听从太师冯道的建议，采取施恩、抚慰等手段，让李守贞靠小恩小惠笼络起来的将士都归顺于朝廷，结果使李丧失兵力，被郭威重重围困，李多次突围，均未奏效，派人向后蜀和辽国求援，亦未得逞，眼看城中粮草将尽，自己已成瓮中之鳖，整日愁眉不展。可这时，他仍相信总伦和尚的胡言乱语。总伦和尚对他说：『大王肯定能当天子，这是人力改变不了的，只是近期有灾难，等灾难到了尽头，情势最危急的时候，只剩一人一马，就是大王凌风而起的时候了。』在即将覆灭时，和尚的这些十分荒诞的谎言，李守贞竟然又相信了。

●郭威用了近一年的时间，终于平定了叛乱。迷信『天命』的李守贞走投无路，只得和妻儿们纵火自焚。李守贞作为沙场老将，平时对部属好施小恩小惠，虽在一定程度上笼络了人心，但在生死存亡的关键时刻，部下即纷纷离开他归顺朝廷，致使他最终归于失败，这其中的原因值得深思。

王峻纵兵烧杀抢掠——五代（后汉）时期

一诺成灾万恶蹿，京都四处起狼烟。
搜街荡巷囊均满，净库空宅底尽翻。
疯抢不分穷与富，残杀哪管庶和官。
公然纵属当强盗，血口獠牙何以堪！

注释

●后汉乾祐三年，隐帝刘承祐在宫里砍杀权臣杨邠（音：宾）、史弘肇、王章之后，又派人持密诏去邺都诛杀枢密史郭威和宣徽使王峻。密诏落入郭威手中，于是郭威、王峻反叛，众属追随郭威向京城进发。途中，王峻对官兵宣布：『大帅有承诺，攻克京城后，听任大家抢劫十天！』官兵闻此讯，立即凶相毕露，个个摩拳擦掌，浑身是劲。朝廷军队大败，郭威军进城，官兵果然开始大肆抢掠，杀人放火，无恶不作，整个京都四处狼烟。

●反叛的众官兵，如一群狂吼乱叫的强盗，越抢越凶，条条街巷、座座屋宅，到处是狂杀乱砍，火光冲天，全城充满了哀叫悲鸣，整个景象一片狼藉，惨不忍睹。

●官兵们连抢带杀，已红了眼，根本不管是穷是富，也不问是民是官，将全城扫荡一空。有个帮辽国统治汉人的贪官白再荣也未得幸免，官兵将其财物全部掠走，然后一刀把他杀掉。还有一个吏部侍郎叫张允，家财颇丰，但生性吝啬。这天抢掠的官兵冲入他家，他与家人躲到寺庙佛殿的天花板夹层中，想逃过一劫。可因天花板承受不住塌下来坠地摔伤。如狼似虎的官兵将其抓住，剥下衣服，搜出钥匙，然后立即把他家库房中的所有财物搬走。张允一气之下吐血而死。

●五代十国时期，兵变频繁，骄兵悍将乘机抢劫杀人十分寻常。但像王峻那样公然事先许诺，明目张胆地把官兵变成强盗土匪的事，却是惊天骇地，自古少见。

慕容彦超利用骗子骗人终害己——五代（后周）时期

疯敛狂贪已满盆，恃权开铺再刮民。
虽知库内多真抵，未料仓中有伪存。
逮恶留头重造假，纵邪操技复坑人。
黑心行骗难长久，绝境失灵进鬼门。

注释

●五代后周时，节度使慕容彦超是个贪得无厌的人，他大肆搜刮民脂民膏，早已盆满钵满，可他仍想着怎样以钱生钱，于是，他利用权力，开了一个典当行，展开了新一轮的疯狂敛财。

●慕容开的典当行，可谓生意兴隆，他看到前来抵押典当的多有货真价实的珍玩宝物，十分高兴。可有一天，库吏检查仓库，发现抵押品的银锭中有不少是假的，即是些外面包了一层银子的铁块（当时人称『铁胎银』）。得知此情况，慕容彦超大吃一惊，万万没有想到的自己的库房中竟然出现假货。

●慕容彦超气得七窍生烟，拍案大叫，决心要把骗子抓获，可他转念一想，忽然乐了，觉得发大财的机会又到了。慕容彦超使用诱、诈等种种手段，终将造铁胎银的家伙逮住，但并没有将其杀掉，而是把他关进一个外人不知道的住所，迫使他教十几个人按照他过去曾使用的造假方法，日夜制造『铁胎银』。然后慕容彦超用这些假货冒充真银子，去骗人坑人。慕容彦超抓了骗子又利用骗子为自己谋取黑心钱，仅这一招使他又发了一大笔财。

●后来慕容彦超反叛后周，周太祖郭威亲临前线督战，向慕容彦超发起猛攻。慕容彦超眼见形势危急，为了让部属继续为自己卖命，竟然欺骗将士，说自家的府库中金银堆积如山，诸将士只要尽心尽力，把这座城保住，一定将库中银锭全部予以赏赐。可是，他的这种欺骗手法早已不灵了，将士们已经知道慕容彦超的银子都是铁块，所以士气十分低落，不久，后周朝廷军队破城，慕容彦超随着自己造假骗术的败露，终于自食其果，难逃一死。

节俭的后周太祖郭威——五代（后周）时期

尝尽艰辛不忘贫，前车为鉴避沉沦。
堵塞浑水严官府，开启清风恤庶门。
平墓纸衣明导向，凡碑瓦柩引遵循。
励精图治革积弊，倡俭防奢谕后人。

注释

●九五一年，后汉大将（枢密史）郭威夺得江山，建立后周（五代最后一个朝代）。他出身贫寒，又逢战乱时代，尝尽人生艰辛，对此，他念念不忘。登基后，他牢记前朝覆灭的教训，常对人说：『汉隐帝每天与宠爱的人在宫中游戏寻欢，赏玩珍宝，不理国政，最终丢了江山。这样的事情刚过去不久，我们应该时刻引以为鉴！』

●为此，郭威特别崇尚节俭，他不沾任何奢靡，把皇宫里的几十件珍宝玉器全部摔碎，以昭明节俭之志。同时，他深知黎民百姓的苦难，取消了过去各地向朝廷进贡的旧习，他说：『我出身贫寒，如今做了皇帝，怎敢为厚待自己而苦了天下百姓？这些东西送到京城，享受的只我一人，却要累及各地的百姓，这怎么能行呢？』

●九五四年，郭威病重，他把养子郭荣召到跟前商量死后安葬之事。他回顾历史，严肃地说：『过去我西征时，看到唐王朝十八座皇帝陵墓，没有一座不被人挖掘，究其原因，是因随葬的金银珠宝太多。我死后，只需给我穿上纸做的衣服，尸体装在瓦棺里马上入土。墓穴不用石头，砖砌即可……不要修地下宫室……只要在墓前立一普通石碑，上面写明「周天子平生喜爱节俭，遗嘱用纸衣裳、瓦棺材，继任皇帝不敢违背」，如果不照我说的做，我地下有知绝不会保佑你！』

●郭威在位仅有三年，虽然时间很短，但他励精图治，革除许多前朝积弊，做了大量有利于百姓的好事，使后周出现与后晋、后汉不同的局面，国家面貌一新，为后周世宗和北宋太祖的事业创造了一定的条件。当时战乱频仍，王朝不断更迭，不少皇帝都上台表演一番，但像郭威这样崇节俭而拒奢华的君主实属罕见。

『长乐老』冯道——五代时期

自有官则不倒翁，善摸国脉定行踪。
方抛旧主无羞愧，再附新君必敬恭。
虽效五朝遵帝命，犹思百姓助民生。
乱云飞渡能长乐，后世判评如渭泾。

注释

●冯道，五代时期侍奉过五个朝代的重臣，他做官有自己的原则，那就是以随风就势、趋利避害为宗旨来确定自己何去何从，因而一直在各朝中担任要职（多为宰相），被人称为官场上的『不倒翁』。

●每当一个王朝要终结、另一个王朝要兴起时，冯道定会活跃起来，他总是第一个把旧主抛掉而毫无愧色；也总是第一个去迎接新君，极尽献媚虔恭之态。对于这样『不守大节』的行为，他从来都没觉得有什么不好，始终泰然处之。

●冯道先后经历了后唐、后晋、辽国、后汉、后周五个朝代、八个姓氏不同的皇帝，大多时候身居宰相之位。他无论在哪个皇帝手下，都尽心竭力，唯命是从。同时，不论侍奉哪个君王，都还想着老百姓，常为他们的生计说些好话，办些好事。他曾劝后唐明宗要关心农民的疾苦；辽国耶律德光灭后晋时，也是听了冯道的劝阻才使许多汉族百姓免于杀戮。

●冯道身处乱世之秋，中原像走马灯似的换了五个朝代，但他在这样的境况下，却能应对自如，未受到大的伤害。他对自己的一生颇为满意，自号『长乐老』，曾写《长乐老叙》，记述平生行迹。后世对其争议很大，北宋撰写《新五代史》的欧阳修和主编《资治通鉴》的司马光，都认为他不能忠于一朝一君，大节已亏，是个奸臣。而也有不少人为其辩护，认为五代短短五十三年间频繁更迭朝代，做皇帝长的不过十几年，短的只有几年，冯道要想在官场混下去，朝秦暮楚也是自然的，何况他还为百姓办了一些好事，所以，其做法无可厚非。上述两种判评，泾渭分明，见仁见智，从不同角度评价一个历史人物是完全正常的。

柴荣杀骄将、整弱军——五代（后周）时期

凶蛮腐败遍军中，废武失精懒散松。
未打即降常缴械，方攻立溃屡逃生。
发威正纪诛骄将，使狠申规斩悍兵。
募勇编强严整饬，征唐讨汉振雄风。

注释

●自后唐以来，军队中将士狂蛮、腐败已成积习，军中的懒、散、松现象更比比皆是，武功废弛，精气丧尽，已使部队没有任何能力去打仗。

●最不可思议的是，在临战时未战即降、刚攻即溃已成为常事。到后周时，此种状况愈演愈烈。北汉刘崇乘周世宗柴荣登基不久，率军来攻，两军决战于高平（今属山西）。战幕刚拉开，后周将领樊爱能、何徽见北汉兵力强于后周，没打几个回合就率骑兵先行逃跑，致使军阵立即崩溃，千余步兵投降北汉，后来多亏禁军将领赵匡胤率部拼死一搏，并与援军汇合，方将汉军打败。

●高平一役，樊爱能临阵脱逃，因过去此类情况经常发生，所以樊爱能回营后并未把此举当一回事，仍然持无所谓态

度。可这次柴荣却发威了，他为了自己的统一大业，决心整饬军纪，狠煞邪风。他先拿樊爱能、何徽等人开刀，将他们及手下的军官七十多人迅速逮捕，当着全军将士的面，严加斥责，然后把他们推出斩首。骄兵悍将们看到柴荣如此严厉，个个目瞪口呆，胆战心惊，过去长期形成的骄蛮腐败之风大大收敛。

●接着，柴荣下令对禁军进行整编，健壮的留下，老、弱的一律淘汰。同时，又招募天下勇士，并挑选最强壮的士兵组成殿前各路亲军。整编后，柴荣严明军纪，以律治军，中央禁军很快就成为一支兵雄马壮、战斗力很强的劲旅，他正是依靠这支军队，南征南唐，北讨北汉和辽国，取得了辉煌的战绩，为后来的北宋统一，奠定了基础。

韩延徽献策兴契丹——五代时期

召任臣僚事异番，两族分治策宏篇。
南遵汉构开衙府，北据胡规设吏官。
彼续修农耕垄亩，此袭游牧走山川。
返国遭阻虽遗憾，却著丰功振契丹。

注释

● 五代时期，后唐派往契丹的联络官韩延徽，因恪守儒家『夷夏有别』的传统，不认耶律阿保机为正统君主而遭扣留，在契丹牧马。后来，在皇后述律的说服下，耶律阿保机将韩延徽召任为幕僚，参与政事。耶律阿保机十分看重韩延徽的才智，许多军国大事，尤其是与统治汉人有关的事都要征询他的意见。那时，幽州、涿州地区的汉人因难忍汉人统治者的残暴，不少逃到契丹境内。基于这样的情况，韩延徽向阿保机献上了『胡汉分治』高策，被耶律阿保机采纳。事实证明，这一政策对契丹的发展，起到了十分重要的作用。

● 韩延徽谏议：『南边要建立与汉族王朝相似的官府机构，来管理境内的汉人；北边仍根据胡人的规矩设置官吏，以适应氏族传统制度。』阿保机根据他的意见，设立了南北两院，到耶律德光时，南北两院大为扩充，设南北两面官，北面官用『国制』，即契丹的传统制度统治契丹人和其他少数族；南面官仿汉制，用来统治汉人和渤海人。

●当时，韩延徽还谏议：『契丹人仍要沿袭游牧生活，而汉人则要让他们继续农耕，开荒垦地，发展农业生产。』因而逃到契丹的汉人陆续安居下来，生产的恢复和发展，增加了政府的租赋收入，国家的实力大为提升。

●韩延徽虽然身在契丹，但他一直心系自己的国家和故乡亲人。由于后唐李存勖属下一个叫王缄的人在李存勖面前说韩延徽的坏话，使韩返国受阻，留下了终身遗憾，但韩延徽为振兴契丹所建的丰功伟绩却永载史册。

述律太后断臂堵口——五代（契丹）时期

唯恐稚儿失驭鞭，灵前计策戮朝官。
名曰殉葬偿恩典，实为解忧防覆颠。
已料忠良能叫板，未知骁勇会呼天。
虽先断臂封群口，却后成囚死墓间。

注释

●九二六年，契丹皇帝『天皇王』耶律阿保机去世，稚嫩的二儿子耶律德光即位，原皇后述律氏被尊为太后。述律太后想到的是，丈夫活着时能用强有力的手段控制住朝臣将领，他不在了，即位的儿子尚年轻，那些有权势的臣僚很难服从小皇帝的统治。述律经过一番深思熟虑，终于在耶律阿保机灵前想出了一个令人不寒而栗的毒谋，即把手握重权的朝官统统杀掉，以绝后患。

●述律出的这一狠手，名义上是让权臣报偿先帝的恩典，实际是为去掉自己的心头之患，即防止儿子的皇帝宝座被颠覆。耶律阿保机下葬的那一天，述律将众臣僚、将官召到灵前，哭着问大家：『你们想不想先帝？』众人异口同声：『我们都深受先帝大恩，怎能不想念？』述律随即说道：『如果真的想念，就应该随他而去！』话音刚落，她一跺脚，早有准备的武士一拥而上，把那些毫无防备的酋长和将领们拉到阿保机墓前，手起刀落，顷刻间这些人都成了殉葬者。

●述律太后明白，她实施这般惨无人道的手段对待臣僚，总会有人要出来算账的。果然，有个叫赵思温的勇将，过去曾深得阿保机的信任，阿保机去世后，他忠于先帝，做了件不合太后心意的事，太后便想除掉他，让他『传话给先帝』。赵对天大呼先皇，说自己忠心耿耿，抗旨不去。太后说：『你是先帝的宠臣，为什么不肯去？』赵思温眼见危险逼近，便挺身公开叫板：『先帝最亲近的是太后，太后如去，我随后就到。』其实，对权臣的『叫板』，述律虽然很吃惊，却也早有预料，她已经做了准备，于是，从容地说：『我并不是不愿追随先帝于地下，只因即位的儿子年纪还小，一国不能无主，一时不能脱身。』说完，迅速拿起一把剑，把自己的左臂砍了下来，然后忍痛用微弱的声音下令把这条臂膀放到阿保机的墓中去，代表她已殉葬。

●述律抽剑断臂，是她早就准备好了的封堵他人之口的一招。不过赵思温的『叫板』却意外地逃过一死。二十多年后，耶律德光死了，其兄之子耶律兀欲自立为契丹皇帝，述律太后坚决反对，她要立耶律德光的儿子为帝。为此，兀欲将述律囚禁于阿保机的墓中，直至她在那里慢慢死去。

吴王杨行密装瞎除奸——唐朝（昭宗）时期

猖狼侧卧寝难安，纳计装瞎痹恶奸。
故把家猫当野狗，常将李四作张三。
蒙晕内鬼消疑雾，骗倒外贼钻套圈。
度势伏兵收密网，阴霾扫尽见晴天。

注释

●唐昭宗年间，出身贫寒农家又做过盗贼的杨行密，依恃一支武装，经过十几年的努力，平定了江淮一带，于唐天复二年三月，被朝廷封为吴王，那些追随他的将领也纷纷加官晋爵，他的妻弟朱延寿也做了奉国军节度使。但杨行密的妻子和妻弟朱延寿心怀异志，总想伺机反叛夺位。对此，杨行密心知肚明，他接受谋臣徐温的妙计，乘得眼疾之机，装起瞎来，以此麻痹异己，静观其变，等到时机成熟，再下手除奸。

●杨行密以极大的毅力，装瞎一装就是几年，他一再做出对外界几乎什么也看不清之状，故意把猫当成狗，还常张冠李戴，将李四说成张三。

●对杨行密眼睛是否真瞎了，其妻朱氏半信半疑，她一边仔细观察，一边故意做丑事，来试探杨行密。每逢此情，杨杨在装瞎的同时，暗行密都装作茫然不知，毫无反应。这样一来二去，朱氏的疑惑消除，对杨的眼瞎完全相信了。杨在装瞎的同时，暗中紧锣密鼓地策划，以徐温之计，布设圈套，引诱朱延寿姐弟和有反心的安仁义等尽早暴露。

●唐昭宗天复三年，安仁义等果然反叛，他们派出两个使者与朱延寿姐弟暗中联络，被杨行密手下的大将尚幺乃抓获，弄清了他们行动的全盘计划。这时，杨行密分析形势，感到收网的时机已经成熟。他当着朱氏的面，仍然装作什么也看不见，并一头撞在柱子上，倒在地上昏了过去。朱氏将他扶起，他醒后对朱氏说：『我的事业虽成却瞎了眼，看来是上天要废我呀！现在几个儿子年幼又无能，军国大事只有交给延寿我才放心，你快去召他前来。』朱氏信以为真，忙派亲信去给朱延寿送信，朱延寿急忙赶来，杨行密迎在门口说：『几年没见，今天果然相见了。』朱延寿见杨行密眼睛突然不瞎了，知道大事不妙。这时，杨行密早就布好的伏兵蜂拥而上，将朱延寿逮住，手起刀落，朱延寿人头遂即落地。不久，杨行密又平定了安仁义等人的反叛。至此，吴地阴霾扫尽，杨行密坐稳了吴王之位。

徐温罢战——五代（吴）时期

无锡对阵各争雄，病榻反思心不宁。
目涌当年折万命，脑旋近日损千灵。
怎堪烽火连天滚，难忍哀鸿遍地鸣。
虽以奇招赢大胜，犹停战鼓讨和平。

注释

● 五代后梁贞明五年七月，钱传瓘（吴越王钱镠之子）率吴越军与大丞相、东海郡王徐温率领的吴军在南吴境内的无锡（今属江苏）展开了一场你死我活的攻防战。当时，吴军主帅徐温正在生病，为迷惑敌人和稳定军心，吴军派一貌似徐温的人坐镇中军大帐。徐温抱病在榻，心里难以平静，他对近些年来的一场场战斗进行反思，越想心里越不是滋味。

● 徐温眼前和脑子里浮现出以往的桩桩战事，想到十一年前，吴越的张仁保入寇东洲，吴兵死伤近万；今年四月的狼山之战，吴军被杀一千多人，七十多名将领被俘，大将彭彦章身负几十处伤，然后自杀。回想过去的这一幕幕尸横遍野、血流成河的场景，再看眼下两军又要残酷厮杀，心情越发沉重。

●徐温感到，这些年由于战事不断，到处烽火连天、哀鸿遍野，老百姓早就难以忍受战乱之苦，如此继续下去，怎么能行呢？

●但眼前战斗正迫在眉睫，又不容他立即罢手，尤其是吴军已在狼山战败，这一仗若再不能取胜，势必威胁到吴国的存亡。于是，他仔细研究双方态势，想到这里长期干旱，战场上草木枯黄，一点就着，且风又吹向吴越军方向。于是当机立断，令吴军乘风纵火，使吴越军顿时大乱，四下溃逃，伤亡无数，好多将领或被杀掉、或被烧死，只有钱传瓘在乱军中逃走。徐温见吴越军已大败，又想到先前在病榻上回忆的那些往事，毅然决定对吴越败军放弃追杀，并摇着头叹息说：『长期战乱，民不聊生，如今我们取胜，不再穷追猛打，吴越一定很感激，如能就此达成和解，让两国人民安居乐业，君王臣属高枕无忧，岂不比你死我伤、争斗不已更有意义！』过些日子，徐温便派使节携吴王杨隆演的书信去见吴越王钱镠，并送还无锡之役的战俘。吴越王钱镠也派使节向吴国请求和解。从此，吴国休兵安民，所属三十余州的军民，平安度日长达二十余年。

徐知诰招才受大益——五代（吴）时期

招才不必问卑尊，一介寒生引作宾。
溯古寻踪明至理，析今审势破迷津。
画灰定计待拔刺，借血出兵遂固根。
得益高韬相鼎助，终成大业掌乾坤。

注释

●五代时期吴王杨隆演在世时，镇海节度使徐温大权独揽，其长子徐知训在首都扬州主政，他自己则率军驻扎在润州（今江苏镇江）进行遥控。吴国昇州（今南京）刺史徐知诰是徐温的养子。徐知诰提倡廉洁，注重节俭，并广泛招揽人才为其所用，以谋与徐知训争夺未来的大位。他用人从不问门第出身，唯才是举。当时，有个叫宋齐丘的人，出身卑微，穷困潦倒，年幼丧父，曾不得不靠娼家资助。徐知诰却因其才华横溢而引入府中，当作重要谋士。

●徐知诰经常与宋齐丘在一起谈古论今，研究有朝一日兴旺发达的策略，在宋齐丘的启发下，徐知诰明白了兴衰之理，破除了许多难解的谜团。

●徐知诰由于理政有方，昇州出现了一派富庶繁华的景象。后来，徐温到昇州视察，决定要把自己的总部迁到昇州，而将徐知诰调任润州团练使。徐知诰闻之不悦。一日，他找来宋齐丘，二人在顶楼密室里商量对策，为避免有人偷听，他们密商事情时总是不说话，只用拨火棍在炭灰上写字，然后抹掉，这次依然如此。宋齐丘了解了徐知诰的苦恼后，便在灰上画了幅润州、扬州的简略地图，并在扬州旁注上『徐知训』，又写上了几个字。徐知诰看了思索一会，终于明白其意。第二天就高高兴兴地启程去润州就职。原来，宋齐丘提醒徐知诰的是：徐知训骄横放纵，胡作非为，所以随时都会出事；而润、扬二州仅一江之隔，扬州一出事，身在润州的徐知诰便可立即采取行动，所以，调入润州当是极好机会。后来，徐知训果然被朱瑾杀掉。徐知诰得知消息，迅速率军渡江到扬州，在那里稳定民心，恢复秩序，待到徐温赶来，徐知诰已站稳脚跟。徐温见状，考虑到自己的儿子都还年幼力弱，只好默认既成事实，命徐知诰来管理首都的政事。

●徐知诰成就大业多得益于具有高韬大略的宋齐丘的鼎力相助，徐知诰终能登上南唐皇帝的宝座也与宋齐丘密不可分。

徐知训荒淫无道终丧命——五代（吴）时期

霸道荒淫造孽深，超狼越虎甚毒阴。
逼王演戏装仆役，由己登台饰主尊。
竟敢强奸他府女，公然痛骂本朝君。
良知老将实难忍，笏板一击剪祸根。

注释

●五代时期吴国权臣徐温的长子徐知训，倚仗父亲的势力，骄横跋扈，无恶不作，上欺君王，下凌众臣，造孽极深。

●徐知训竟然逼着吴王杨隆演和他一起演戏，让杨做配角装奴仆，把头发扎在头顶，身着破衣，跟随其后，而他却扮主角参军，在戏台上随意戏弄杨隆演。

●吴国有名的将领朱瑾，与徐家为世交。一日，朱瑾派一丰姿绰约的婢女前去徐府问安，徐知训见到此女，立即垂涎三尺，随即就要强占，婢女好不容易得以脱身。污辱别人家的婢女就是对人家主人的极大不敬，因此，朱瑾怒火中烧。徐知训得知朱瑾不满后，不但不反省自己的劣行，反而恼羞成怒，要将朱瑾贬往外地。徐知训根本不把吴王杨隆演放在眼里，一次到禅智寺赏花，徐知训竟借酒装疯，辱骂杨隆演，杨隆演离去，徐知训还追赶着继续骂。

●朱瑾得到被贬的消息，对徐知训更加痛恨，于是，在忍无可忍的情况下，决心要将其除掉。朱瑾离京前，特在家中设宴与徐知训话别。酒足饭饱后，朱瑾乘徐知训向朱妻还礼之际，抽出早已备好的笏板向徐知训头部猛击，徐知训应声倒地，事先埋伏好的勇士一拥而上，将其头砍下，终将这个罪恶滔天的无道之人剪灭。朱瑾深知自己杀掉徐知训必引来徐温的追查和报复，便对卫兵说：『我为万人除害，后果一身承担。』说罢，拔剑刎颈自杀。

徐知诰（李昪）黄袍加身——五代（吴—南唐）时期

力表深情似报恩，明呈孝顺暗藏阴。

白袍献寿含别意，赤目守更藏另心。

遣客言荒责妄佞，谀公德美赞忠贞。

接班握柄谋王位，后建南唐享至尊。

注释

●五代时期的徐知诰，是吴国大丞相徐温的养子，他对养父徐温极尽孝顺，殷勤侍奉，无微不至。徐温常对几个亲生儿子说：『你们都不如他，以后要好好地待他。』徐知诰的确有报恩之心，表面上也确实非常孝顺，但内心里却别有打算，即通过尽孝，取得养父的高度信任，将徐温的亲子逐个排除，然后由自己来即位。

●徐知诰特别能投徐温所好，徐温平时喜欢穿白色袍子，因此在徐温过生日那天，徐知诰便用上乘料子，用银线绣上图案，制成一件白袍奉于徐温。徐温见后，十分高兴，说这个养子比亲生儿子还孝顺。徐知诰送白袍，固然有徐温喜欢穿白袍的原因，然而更深层的原因是徐知诰认为，如果给徐温送黄袍，那样徐温就可能急于夺位，自己不是亲生儿子，黄袍今后不一定由自己继承。徐知诰谨慎小心，总是千方百计地讨徐温欢心，一次，徐温在徐知诰府中，吃过晚饭后身体不适，早早就上床睡觉了。可他半夜醒来时，却见徐知诰在床前守更，眼睛都熬红了，徐温对此十分感动，从此就更加喜欢徐知诰。但徐知诰的这一举动却隐含着另外的心思。

●徐温生日时，徐知诰祝寿送了白袍，当时有个善于巴结的客人说：『可惜白袍不如黄袍好。』此话一出，四座皆惊，因为黄色是帝王的专用颜色，徐知诰当即对那个客人厉声谴责，骂他胡言乱语，并对徐温说：『父亲的忠孝美德，受到朝野人士的仰慕，万一谄佞小人的话被朝廷内外听到，岂不玷污了显赫名声？』徐温听罢，连连点头称是。

●徐温一生果然没披黄袍。吴王杨隆演去世后，因杨家只有女儿，徐温便拥立丹阳公杨溥登上吴国国王之位。徐温死后，徐知诰乘势接了徐温的班，独掌吴国的实权。十多年后，徐知诰终把杨溥身上的黄袍加到了自己的身上，从而摇身一变成了南唐的开国君主李昪。李昪在位期间，颇有政绩，他延揽人才，优待知识分子。当时中原混乱，南唐却和平安定，北方一些贤达之士和有声望的文人纷纷南下，南唐因此发展很快。

乐师申渐高替饮毒酒醒知诰——五代（吴）时期

谋权何顾手足情？盛宴佳肴异味浓。
兄送煦风装挚爱，弟觉寒气躲狰狞。
优伶替酒方亡命，辅政休杯立愧容。
方坐龙墩即去鸩，依纲按法走光明。

注释

●五代时期，吴国大丞相徐温死后，亲子徐知询与养子徐知诰展开了一场争权夺势的较量。徐知询身为镇海、宁国节度使兼侍中，整日胡作非为，竟然使用皇帝才能享受的金玉镶嵌、龙凤图案的马鞍和日用器皿。而徐知诰则不同，他自从代替徐温在京城辅政后，就严格束己，厉行节俭，体恤民情。他为了将无恶不作、野心勃勃的徐知询除掉，扫清自己未来登基之路，便用计将徐知询诱入京城，在府里特备美酒佳肴，想利用宴请之机将徐知询剪灭。

●席间，徐知诰表现出一副温馨友善的态度，用金杯斟满含有剧毒的酒，递给徐知询说：『愿老弟活一千岁。』徐知询此时觉得势头不对，顿时脊背发凉，他怀疑酒中有毒，接过酒杯不喝，却另拿一只金杯，把酒匀出一半，然后一个杯子拿在自己手里，另一个杯子献给徐知诰说：『愿与哥哥各活五百岁。』徐知诰顿时一惊，见徐知询举杯跪地不起，一时不知所措。

●这时，歌舞助兴的伶人中有个叫申渐高的，擅自走上前来，一边说着轻松幽默的话，一边抢过两只酒杯，仰脖一饮而尽，随后把金杯揣入怀中，大笑扬长而去。徐知诰清醒过来后，立即派人去给申渐高送解药，但为时已晚。徐知诰听说伶人因他们兄弟相互残杀，替他们饮毒酒而死，满面愧色，无地自容。

●徐知诰深知伶人申渐高是用自己的性命向他进谏，希望不要再有兄弟相残的事发生。此后，徐知诰果然再也没有对徐知询下毒手，并将他派出去做节度使，赐爵东海郡王。徐知诰后来终于当上了南唐皇帝，改名李昪。称帝的第二年，就有人向他进献毒酒方，徐知诰说：『犯法自有常刑处置，何必用这种不光明正大的东西！』这大概是他吸取了申渐高替他们兄弟饮毒酒而亡的惨痛教训吧！

南唐烈祖假造身世——五代（南唐）时期

寒门庶子做君王，竟冒皇族以示强。
乱纂身家驱晦暗，胡编脉系聚光芒。
敢拉高祖上牌位，硬使太宗登庙堂。
几代先人皆伪造，何来源远又流长。

注释

●南唐烈祖李昪（由『徐知诰』改来）本是寒门庶子，他出身微贱，六岁时父母在兵荒马乱中去世，后来做了吴国大丞相徐温的养子，到登上南唐皇帝之位后才恢复李姓。李昪为了标榜『正统』，竟然冒充唐朝皇族，指使人给自己编造『辉煌』家世。

●为此，李昪首先胡编了一整套皇族脉系。他要手下认真考察唐太宗李世民的儿子们及其后代的表现，看到李恪一脉较有出息，特别是李恪的孙子李祎，唐玄宗时戍边有功，被封为信安王，其子李岘做过唐肃宗的宰相。所以，李昪决定认吴王李恪为始祖。随之，便编出从李岘到李昪的世系家谱：李岘生曾祖父李超，李超生祖父李志，李志生父亲李荣。这些『祖宗』的名字无一不是其手下假造出来的。这样，李昪就用这些『光芒』人物将自己的卑微出身掩盖了起来，全身上下尽被光环所笼罩。

●李昇大张旗鼓地设了一个祖庙，竟然把唐高祖李渊和唐太宗李世民全都请出来，将他们的牌位放于最尊贵的位置上，用以增强说服力。

●李昇假造身世，搞得十分系统，似乎无懈可击。其实这在当时，也只不过为祖庙多增些牌位而已，谁都知道，他『出身高贵、源远流长』的家世完全是伪造的。

乱世奇才韩熙载——五代（后唐、南唐）时期

气傲才高欲挽澜，逃身避祸去江南。

先怀壮志求官位，后丧激情躲政坛。

把酒宴朋摔破罐，弹歌拥伎戏残盘。

未留宏业垂青史，却入名图永世传。

注释

●韩熙载，五代时期的风流才子，他是中原人，年轻时就已颇负盛名。后唐明宗时，其父出了事，他为避祸逃到江南。韩熙载一向恃才自傲，自认为有力挽狂澜的本事。去江南临行前仍口吐狂言说：『江南如果用我做宰相，我一定长驱直入，平定中原。』

●韩熙载来到江南吴国，开始满怀雄心壮志，一心想在朝中求得高位，却未被徐知诰重用，只让他做了个地方小官。过了几年徐知诰成了南唐皇帝李昪，才将韩任命为秘书郎，让他辅佐太子。至南唐元宗李璟即位后，韩熙载才开始提出一些政治主张，但他的主张总是不被采纳。这使得他的激情之火逐渐熄灭，开始心灰意冷，特别是到后主李煜年间，南唐国势已衰微破败，而自己又没有挽救残局的良策，所以，他采取规避策略，拒绝接受李煜授予他的宰相

之职，以求将来能有个好下场。

●韩熙载为了躲避做宰相，整日陷于花天酒地之中，他一方面自污自虐，破罐破摔，干出许多荒唐之事，经常穿起打补丁的衣服，背着破筐，去歌伎舞女的院中乞讨；又养了四十多个歌伎，把酒弹歌，宴饮不断，恣意胡闹玩乐。李煜对韩熙载的行事十分恼火，便把他贬官，要赶他去南都。可朝令一下，韩熙载就把家里的女人们全部驱散，李煜得知消息，又下令留他在首都，官复原职，可韩又立即把那些女人召了回来。他就是这样折腾来折腾去地戏弄这个摇摇欲坠的朝局。

●李煜对韩熙载不参与政事而在家中纵情声色十分不解，不知他在家中究竟搞了些什么名堂，便命宫中画家顾闳中于晚间去窥视。顾闳中把韩熙载的所作所为，一一用画笔记录下来，绘成一幅绝妙的《韩熙载夜宴图》呈给了李煜。韩熙载一生并没有什么丰功伟绩可垂青史，但他那风流倜傥的形象却因这一幅名画而流传千古。

后主李煜的悲剧——五代（南唐）时期

撩风弄月戏宫娥，苟且奢靡尽快活。
为主不思兴社稷，做囚方悔丧山河。
哀愁付水吟悲曲，怨恨托花泣败国。
昏聩无能虽可鄙，词坛新境却难得。

注释

● 李煜，李璟之子，建隆二年即位，史称南唐后主，为亡国之君。李煜即位时，南唐国力已衰弱不堪，成了北宋的附属国。可在这种岌岌可危的情势下，李煜却仍过着吟风弄月、笙歌达旦、把酒言欢的生活，他不仅疏于朝政，整天陷入与大、小周后的温柔淫靡之中，而且奢侈无度，用绸缎装饰墙壁，农历七月初七，还用红白绸缎连接成月宫天河的样子，一百多匹绸缎用一天就扔掉了。大臣潘佑实在看不下去他的奢靡行径，对其劝谏说：『再如此下去，比古时的亡国之君夏桀、商纣都不如。』李煜勃然大怒，要杀潘佑，潘佑得知消息，被迫自杀。这样一个处于大厦将倾时的昏庸主政者，不蹈历史上的亡国覆辙是完全不可能的了。

● 大臣潘佑死后第二年，南唐就亡了国，李煜被带到北宋京城，开始过上半是俘虏半是寓公的生活。到这时，他方有亡国之痛，真正清醒起来，后悔当初为国主时没有用心思去治国，而现在成了阶下囚，才知道南唐的大好山河在自己手中丢掉的耻辱，但都为时已晚。

●李煜在无比绝望中，想到再也见不到故国山河，便每日以泪洗面，并把孤寂、愁苦、悔恨的真情和对江南故国的思念，都填进了他的词里。如在《虞美人》、《浪淘沙》等辞章中，借流水、落花，吟叹亡国之悲愤，令人十分震撼。

●李煜无疑是一个昏君，其断送南唐江山的罪恶实不可赦，但他在降宋之后所写的一系列抒发亡国之伤的词篇，在题材和意境上都打破了五代『花间词』的旧框框，使词从音乐的附属转变为一种全新的艺术形式，开拓出了一个前所未有的新境界，却是十分难得的（王国维称其词由『伶工之词转变为士大夫之词』）。

『酒囊饭袋』杀功臣——五代（楚）时期

楚靠名臣壮庙堂，诸国妒恨欲除强。
交权老父虽英主，受任青儿却酒囊。
蠢货听谣难遏怒，愚徒中计立发狂。
擎天巨子遭冤斩，亲痛仇欢自毁梁。

注释

●五代时期，楚武穆王马殷手下有一得力的名臣高郁，在马殷创业的过程中为他出了不少良策，使楚国社会安定，经济发展，日益富强，引来其他各国的警惕和嫉妒，因此，为楚国富强出谋划策的高郁就成了诸国的眼中钉、肉中刺，都一心想除掉高郁削弱楚国。

●楚王马殷可以算得上是一代英主，这时，他已七十八岁高龄，体弱多病，便把处理政事的大权交给了儿子马希声，并允许马希声『先斩后奏』，有什么事，可以先处理了再向他汇报。马殷还有一个儿子叫马希范。谁知这两个儿子没有一个成器的，他们都十分浅薄，胸中毫无韬略，是两个名副其实的『酒囊饭袋』。

●后唐庄宗李存勖与南平王高季兴看到楚国这种情况，便想利用楚王两个儿子的无知浅薄，实行反间计，把高郁除掉。一次，马殷派马希范去见后唐庄宗李存勖，李存勖故意拍着马的肩膀说：『都传湖南将要落入高郁之手，我看未必，马家有你这样的儿子，高郁再有本事又有何惧？』这本是明显的挑拨离间，可马希范却信以为真，其父已明确告诉他这是反间计，他仍执迷不悟，又去说给他哥哥马希声听。马希声更是个不学无术、愚蠢至极的家伙，听到弟弟的话后，立即火冒三丈，不容分说就背着马殷把高郁给杀了。

●就这样，为楚国兴盛立下了汗马功劳的栋梁之材高郁，不明不白地背上了谋反的罪名而冤死于马希声的屠刀之下。当马殷得知高郁已死的消息后，捶胸顿足，号啕大哭地说：『我真是老了，有功老臣冤死竟不知道，真是可悲呀！』因忧郁悔恨，马殷在高郁被杀后的第二年就死去了。

闽王王审知——五代（闽）时期

白马三郎踞闽疆，经国有略善执纲。
强农减赋收流庶，重教招才引贸商。
淡馔粗衣兴俭朴，凡宫清舍去铺张。
心存百姓赢拥赞，建庙宣德永驻芳。

注释

●王审知，五代后梁时被加封为中书令、闽王，后立国，定都闽州（今福州市），用后梁年号。九二五年病死于闽州，后被追谥为太祖。王审知兄弟三人，他排行老三，因其方口高鼻，身材高大，经常骑一匹白马，故军中人称其『白马三郎』。王审知统治闽地，经国理政很有方略，多有作为。

●王审知采取了一系列宽松和谐的政策措施，如减免税负，收集流民，大力发展农业。同时，他还非常重视教育，办了四门义学，并广泛招纳闽地各方优秀人才，对于因中原战乱而来福建安居的文人学士、公卿大臣及读书之人，都真诚延揽，如晚唐诗人韩渥等。他还招来海外商人到泉州等地进行贸易。因此，闽国渐渐富足，百姓日子比较好过。

●王审知家中世代为农，他做闽王后仍然保持节俭之风，每日粗茶淡饭，穿麻制鞋，着粗绸衣，有时裤子破了，补一补仍继续穿。他住的地方很简陋，不常整修，宫廷里无奢华摆设，一位使者曾带回一个造型奇特、色彩艳丽的玻璃瓶献予他，他很喜欢，但还是把这个瓶子摔了，宫人都感到十分可惜，他却说：『喜欢崇尚奇异的东西，这是奢侈的根源，现在破坏了它，是为了使子孙后代不浸染奢侈的作风（遗憾的是他的后代并没有继承他的俭朴作风）。』

●王审知身居王位，心里却能想到百姓的疾苦，实属不易，因而得到民众的拥戴和赞扬。他死后，百姓为他建起了『闽王庙』，以彰宣其功绩、德行，让其高尚精神永驻人间。

徐寅献赋惹是非——五代（闽）时期

赋秀文坛盛誉扬，时人逐录挂厅堂。
欲邀功赏犯梁主，想补过失伤晋王。
忧雨方停通体暖，愁云又起透心凉。
自觉船大缺深水，止桨落帆即断航。

注释

●徐寅，五代时期的文人，才学出众，擅长写赋，盛誉文坛。他的《斩蛇剑赋》、《御水沟赋》、《人生几何赋》等作品，被许多读书识字之人所追逐和抄录，陈列或悬挂于厅堂，不少达官显贵以拥有徐寅的赋而为荣。

●但徐寅也因写得一手好赋而惹出了麻烦。当年，他去后梁，带着自己精心写就的赋呈送给后梁太祖朱温，想求功邀赏。可他没想到这篇赋中有触犯忌讳的地方，朱温看着看着，脸色就变了，虽然没有当场把他治罪，却十分恼怒地把那篇锦绣华章摔在了地上，致使徐寅十分狼狈地退下殿去。他深知自己闯了大祸，左思右想，既然在赋上得罪了梁主，只有再从赋上想办法挽回。于是，他又搜肠刮肚地写了一篇《过大梁赋》再献给朱温。徐寅在这篇赋中，对朱温极尽阿谀之能事，赋中有这样的句子：『千金汉将，感精魄以神交；一眼伧夫，望英风而胆落。』前半句，指的是朱温曾说自己梦见过汉淮阴侯韩信为他讲授兵法的事；后半句的『一眼伧夫，望英风而胆落』则是指『独眼』晋王李克用，以李的渺小来反衬朱的伟大。朱温读了这篇赋，当然扬扬得意，也就谅解了徐寅先前的冒犯。但徐寅贬低、侮辱李克用却为自己埋下了祸根。

●后来，徐寅回到闽国，与闽太祖王审知的侄子（人称『招宝侍郎』的泉州刺史王延彬）交往甚密。王延彬广揽人才，专门设立了招贤院，不少中原文人都来此安身，徐寅便和他们经常在一起郊游宴饮，赋诗作文，把以前触犯李克用的事全忘了，着实过了几年快活的好日子。可是，李克用之子（后唐庄宗）李存勗做皇帝后，灭了后梁，闽太祖王审知派使者前去祝贺，李存勗在与使者交谈中得知徐寅还在闽国，立即指责闽国为什么还能容忍这个诟骂自己父亲的人？王审知明白，这是李存勗要杀徐寅，以了『一眼伧夫』的旧账。当时，唐强闽弱，王审知得罪不起李存勗，于是，对徐寅不再关照，并从此再也不接见徐寅，徐寅感到心里彻底凉了。

●徐寅虽然眼看自己的前途再也没有希望了，可仍傲慢地说：『只有很浅的水，又前有坡后有堰的，怎能容得下能装万斛粮的大船！』于是拂袖而去，回老家隐居起来，直到最后死去。

薛文杰自制囚车自己用——五代（闽）时期

善媚长拍受宠荣，魔心鬼胆乱宫廷。
依巫害命兴冤狱，设陷图财使酷刑。
逼良认罪哗庶众，勒富出银炸兵营。
囚车自制装栏刺，本为残他却己乘。

注释

● 后唐时期的闽国，有个叫薛文杰的人，靠见风使舵、溜须拍马取得闽帝王鏻盛宠。他为迎合王鏻奢侈的生活作风，采用巧取豪夺的手段，为王搜刮钱财；同时，横行朝廷之中，无恶不作，将闽国搅得天昏地暗。

● 薛文杰知道王鏻宠信巫师盛韬等人，对他们的鬼话笃信不疑，便纵容盛韬编造胡言乱语，借以残害忠良，制造了无数起冤案。特别是他经常调查有钱人的隐私和『罪行』，然后把人抓起来严刑拷打，用铁锤击打胸部，再不招，就用烧红的铜熨斗灼烫，直至屈打成招，定罪后没收财产，有不少人被残害而死。

● 枢密史吴勖深得王鏻的信任，被委以重任，薛文杰十分嫉妒，一心想把吴勖除掉。于是，他一方面让巫师盛韬在王鏻面前说吴勖欲谋反，一方面又在吴勖面前假示好意，终使吴落入陷阱，遭到逮捕。然后，薛文杰对其施尽酷刑，直到逼迫吴勖违心认罪，于是，吴勖和妻子一起惨遭杀害。吴勖曾主持过军务，深得士兵爱戴，所以听到他冤死的消息，闽人大哗，无不对薛文杰痛恨入骨。薛文杰贪得无厌，有个名叫吴光的建州土豪来觐见皇上，薛贪图人家的财产，又想如法炮制把吴勖逮捕进行勒索。吴勖闻风后连夜逃回建州，召集全族近万人叛闽，投奔吴国。他一到吴国，便请求吴国出兵伐闽。闽帝王鏻派兵前去迎敌，可未到前线，发生了兵变，士兵纷纷提出，不抓薛文杰决不作战。薛文杰听说后，见大势已去，慌忙溜出宫，没想到被早已埋伏的士兵一下击倒在地，然后立即装入一辆特制的囚车之中，押送前方。

●薛文杰所入的这辆囚车，原本是他亲自设计、亲自督造的。它与一般的囚车不同，车内空间特别窄小，而且四周装上密实的铁栏和钉刺。囚车若在不平的路面上行走，车内犯人的头、脸和身体各部便会撞到铁钉上，刺得头破血流。薛当初造这部囚车本是为了给他人使用的，没想到如今却自己首先得以『享用』，真是作恶多端必得恶报啊！

二王父子卖官敛财——五代（闽）时期

狂奢暴敛肆盘剥，父瞶子昏无异辙。
增税竟及牲果菜，加官莫论智才德。
不依能力施遴选，只据金钱作定夺。
如此君王来理政，羞天臊地辱山河。

注释

●五代时期，闽国国主王昶、王曦父子都极其奢侈昏瞶，他们为了自己过奢华生活，采取种种骇人听闻的手段聚敛钱财。闽康宗王昶竟然公开对大臣蔡守蒙说：『官员受贿的事，我已知道很久，与其让他们捞钱，不如由我获利。』

●王昶敛财，无所不用其极，可谓是见缝插针，不放过一点一滴，其中一个重要方面就是大力增加税收，为此，他专门下诏，鸡鸭、鱼肉、水果、蔬菜，一律征收重税。弄得百姓叫苦连天。王家父子敛财的另一条主要渠道则是公开卖官。王昶亲自向大臣蔡守蒙交代：『凡要做官的，即使是不肖之徒或无能之辈，只要他们肯出钱，就可录用。』自此之后，任命官员只看贿赂多少，不看有没有才干。王昶觉得钱来得还不够，干脆把空着姓名的官员委任状，交给能领会他意图的御医陈究，命他拿到外面去公开出卖，谁出钱，填上姓名，谁就算是做了官。

●王昶死后，王曦接班，在卖官上比其父有过之而无不及。他任命一个名叫黄绍颇的人代理国计使（管理钱粮的官员），黄向他提出建议：『凡想做官的，愿意出钱就可授予；官位的价格按职位高低和州县户口的多少来定，从一百缗到一千缗，任人选择。』王曦认为只要有钱就行，对如此荒唐的建议，竟欣然接受，并下令照此办理。

●王昶与王曦这一对父子，在卖官敛财上居然也子承父业。由这样的父子来统治一个国家，真是羞天臊地辱山河，闽国的政治和百姓的日子也就可想而知了。

酒鬼皇帝醉酒乱杀人——五代（闽）时期

借酒杀人已为常，琼浆和血漫宫堂。
推杯拒饮必身死，把盏奉陪犹命亡。
怒起挥刀随取首，兴来剖腹立查肠。
凶残暴虐极荒诞，喝垮江山醉倒梁。

注释

● 五代时期，闽国皇帝王曦是个有名的酒鬼，他不仅逢酒必醉，而且常常借醉酒滥杀无辜，使皇宫厅堂里总是弥漫着酒和血的混合气味，令人十分窒息。

● 王曦即位后，整日放量狂饮，同时，强迫大臣们与他一起喝，每次都必须一醉方休。如果有人拒绝狂饮，立即拉出去杀掉，就是能喝的有时也难逃一死。如此这般，王曦醉酒后，糊里糊涂地杀了许多人。

● 王曦狂饮发怒时要杀人，高兴时也要杀人。一天晚上，王曦喝得酩酊大醉，无端地发起怒来，下令把宰相李准拉出去杀掉。多亏李准当时也喝醉了，正躺在大街上，监斩官只好暂时把他关进大牢。可第二天上朝，王曦酒醒后，连声召李准，昨晚要杀李准的事早已记不起了，这样，李准才幸免一死。还有一次，王曦大宴群臣，喝到半夜，大臣们不胜酒力，见王曦已醉，便乘机纷纷逃席，只有周维岳还在一旁相陪。王曦醉眼蒙眬地看着周维岳说：『这个人个子短小，怎么能喝下那么多酒？』左右说：『酒有别肠，所以不必高大。』王曦一听，兴致来了，立即下令把周维岳揪下殿去，当场要给周剖腹查看他是否真有『别肠』。这时有人劝道：『如果杀了周维岳，还有谁能侍候陛下这样狂饮呢？』王曦这才罢手，饶了周维岳一命。

●作为一国之主，王曦凶残暴虐和荒诞不经，已达到无以复加的程度。所以，最终他被人杀掉，王氏所建的闽国政权，在他的不断醉酒中轰然倒塌了。

练夫人义救全城——五代（闽）时期

知书明礼女儿身，尽显仁德倍受尊。
秉善休杀还二命，含情阻戮抵千军。
免屠一户非行义，弃斩全城为报恩。
挽救濒亡十万众，无疆大爱暖民心。

注释

● 练夫人是五代闽国刺史章仔钧的妻子，她知书明礼，见识过人，仁德高尚，受到人们的广泛尊敬。

● 闽国在太祖王审知执政时，有一天，南唐军队来进攻。章仔钧驻守浦城西岩山，因敌众我寡，坚守不出，并派出两个军校去请求增援。可那两个军校直到南唐退兵也没完成任务。章仔钧为严肃军纪，欲将二军校斩首。练夫人知道后，以悯爱之心立即制止，对她的丈夫说：『现在时势艰难，天下不太平，你为什么要杀壮士呢？军法当然不能废，但壮士得之不易，你不如先不急于处置，让他们自己逃走算了。』章仔钧被练夫人说动，暂未处置二人。练夫人随即派儿子去对他俩说，『你们赶快逃走吧，不然要被处死的。』并送予二人一些路费。两个壮士感动得痛哭流涕，对天发誓说：『夫人的恩德如果不报，天地不容。』他俩逃到了南唐，后来两人都做了大将。章仔钧死后，练夫人率全家居于建州城。闽（殷）天德三年，即后晋开运二年，建州城被南唐军攻破。练夫人曾救过的那两个军校，正在攻城的南唐军中，其中一个已做了行军招讨史。当时，南唐军就要屠杀全城。练夫人想到全城百姓即将遭灭顶之灾，心头即刻涌上悲悯之情，便挺身而出，去做当年那两个军校的工作。

●南唐军在攻城时，当年的两军校想起练夫人的救命之恩，觉得现在恰是报恩之机，就派人送给练夫人一面白旗说：『我们即将屠城，夫人赶快把白旗插在门口，我们已严令士兵，看到白旗不可侵犯。』练夫人不肯接受白旗，对他们说：『你们为了报恩，单单让我一家活命，这哪里是行仁义呢？你们要是真记住了往日之恩，那就应保住全城人的性命，不再屠城。如果一定要屠城，我家与全城人共生死，绝不单独活着！』听了练夫人仁爱悲悯的一番话，两人十分感动地说：『夫人的仁爱，使鬼也能变成人。』于是，决定就此罢手，不再屠城。

●练夫人以自己的高尚品德和仁爱之心，挽救了建州城十万百姓的生命，全城人因此免遭屠戮，无不对练夫人的仁德赞赏有加。

刘晟杀绝手足——五代（南汉）时期

踏血登台自理亏，心忧后患愈淫威。
残杀外姓施刑狠，暴殄内族出手黑。
侪辈悉成冥府鬼，晚妹皆作寝宫妃。
屠刀狂舞戕人性，斩尽杀绝满地悲。

注释

●五代时期，南汉高祖死后，其第三子刘玢即位。仅过一年，高祖的第四子刘晟就将刘玢杀掉，自己做了皇帝。刘晟就是靠踏着兄弟鲜血而登上皇位的南汉中宗。之后，刘晟又把弟弟刘弘杲（音：搞）赐死。刘晟因自己是用阴谋杀掉兄长后登基的，他以小人之心度君子之腹，猜忌他的兄弟们也会像他一样，有朝一日以血腥的方式把厄运降到自己的头上，所以，整日惶惶然，决定先下手为强，把剩下的十三个兄弟一个个都杀掉（高祖共有十九子，长子、次子早死，第九子阵亡，第三子和第十子已被刘晟除掉），以扫清后患，达到坐稳皇位的目的。

●刘晟是个极度残忍的家伙，他继承了父亲的衣钵，对臣下、百姓采取严刑峻法，凡刑皆用惨无人道的刑具，人受刑时无异在地狱中受苦，所以被人称作『生地狱』。而对家族兄弟，更是不讲一点骨肉亲情，把他们都看成自己巩固皇权的威胁，欲除之而后快。

●刘晟在杀死刘弘杲的第二年，又杀了曾被父皇欲立为接班人、对他威胁最大的五弟刘弘昌。后来，把其余的兄弟都陆续杀掉，其中有八个兄弟是同时被毒死的。不仅如此，这些兄弟的家属也一起遇难。更令人发指的是，兄弟们的一些女儿，也就是他的侄女们，长得漂亮的，竟都被掳进宫去，做了他的嫔妃。

●刘晟的荒淫暴虐，实在是离伦理道德太远了，对权力的疯狂追求和对失去权力的恐怖，使他变成了一个禽兽不如的魔鬼，他剪灭手足的卑鄙残酷程度，在历史上可谓绝无仅有。

奢靡后主王衍丧国——五代（前蜀）时期

盛衰强弱勿须说，一览宫风便可捉。
豪阙彩楼亭摆宴，华舟靓女水流歌。
已嫌檀麝香馨少，更喜皂荚芳馥多。
虎啸榻旁仍不备，兵临即溃败由奢。

注释

●王衍，前蜀后主（前蜀是王建在后梁朱温称帝的同一年建立的。王建在位十几年，死后由小儿子王衍即位，史称前蜀后主）。后唐庄宗同光二年，客省史李严被庄宗派往前蜀，以通好为名，去察看该国的盛衰情况。李严来到蜀地后，一览宫廷的风气，便知晓了虚实强弱。他回到后唐，立即向庄宗报告，由此定下了灭蜀的大计方略。

●李严到蜀后受到了很好的接待，他在蜀主王衍的陪同下首先参观了壮观豪华的上清道宫，接着又到彩楼赴宴，只见富丽堂皇的彩楼前设了两座彩亭，里面摆着金银做的锅釜，御厨们拿来食料就在彩亭里烹炒。宴罢天色已晚，王衍又请李严登上华美的龙舟观景。彩楼山前有一条水渠，直通皇宫，龙舟在水渠中缓缓游动，前面无数宫中靓女乘着画船，手举一千多支蜡烛照亮水面，为龙舟引路。又有奏乐唱歌伴着流水的声音，让人如痴如醉。

●李严在王衍的陪同下，一路欢歌笑语，悠然自得地来到了皇宫，接着又是一番宴饮，直到天亮方歇。此时，宫里到处弥漫着浓烈的香气，李严闻着，既不像檀香、麝香，又不像沉香、兰香。原来那些『香』，王衍早已闻厌，嫌它们香味不浓，现在是皂荚树的果实焚烧发出的香气，要比过去常闻的那几种『香』得多。搞了一整天的活动，王衍是想显示一下他的豪华皇家气派，而李严却从中看到，有这样一个奢侈无度的皇帝，前蜀是不足为惧的，完全可以把它攻下。

●第二天，李严在前蜀朝堂上故意夸耀后唐庄宗李存勖的功德，并说出了庄宗统一全国的意愿。李严说这些话，目的是要前蜀感到惧怕，臣服后唐。当时，在座的蜀臣们都感到震惊，退朝后，宣徽北院使宋兴葆对王衍说：『从李严的话中，可听到李存勖有欺我之野心，我们应该选将练兵，加强边防，积蓄粮草，整修战船，严阵以待才是。』可王衍听后只当作耳旁风，毫无防备，仍然过着他的奢侈生活。李严回到后唐与庄宗共同分析了前蜀的形势，定下了伐蜀的决心。第二年九月，后唐发兵，远征的后唐军从出发到攻克成都，只用了七十天。前蜀军一触即溃，王衍率文武百官立即投降，后于同光四年四月，终被杀身而死。前蜀之所以在后唐军进攻面前不堪一击，这正如李严所说：『王衍堕落放纵，君臣上下都以奢侈荒淫为时尚，只要讨伐大军一到，蜀国一定土崩瓦解。』

李严二次入川丧命——五代（后唐）时期

立功心切勇当先，拒母忠言再进川。

误判此君如彼主，错断今日似昨天。

岂知失信曾积怨，未料监军又累冤。

众怒难平汹浪卷，昏头使桨致船翻。

注释

●后唐灭前蜀后，庄宗李存勖派堂妹夫孟知祥去接管蜀中。后来，中原发生大变，庄宗李存勖去世，李嗣源做了皇帝，即后唐明宗。面对局势突变，孟知祥生了在蜀中称王的念头。李嗣源的谋臣安重诲建议派人去蜀中遏制孟知祥，以防不测。这时，先前出使前蜀并首议伐蜀的李严，看到立功的时机又到了，便自告奋勇，一马当先，要求去当西川的监军官，来控制孟知祥。李严认为自己既熟悉蜀中情况，又与孟知祥有老关系，完全有把握控制住孟知祥，这样就可以再建功勋。李严的母亲却忧心忡忡地对他说：『你首先提请朝廷灭蜀，今天再去，定会受到蜀人报复。』李严一心只想立功，对母亲的忠言相告只当成了耳旁风。

●李严过于相信自己的能力，来蜀后看到孟知祥对其招待十分周到，便认为孟知祥与当年的王衍一样。但他不晓得此孟知祥并非彼王衍，而且时移事易，今天的情景也不是当年情景的重演。这天，李严去见孟知祥，孟知祥首先发难说：『前次你来见王衍，回去就建议出兵讨伐，今天又来，蜀人深感不安。况且各地都已废除监军，唯独派你来监我的军，是何道理？』李严听话音不对，又见孟知祥满面怒容，堂下军士都持剑而立，顿感大祸临头，不由惊惶失措，连连向孟知祥请求宽恕。

●其实，李严没有想到当年他曾失信于蜀中。王衍投降时曾把母亲和妻子托付给他，庄宗原答应不杀死王衍，后来却变了卦，把王衍一家都杀了。另外，后唐伐蜀之初曾宣布减免税负，平蜀后非但不减，反而加倍征收，就此失去巴蜀人心。在蜀人心目中，所有这些失信，根子都在李严身上。而对此，李严却没有去深想。他更没想到的是，在旧恨未平的情况下来当监军，只能是在原有仇恨上再积累新的冤仇。如此这般，其下场可想而知。

●李严再次入川，引起蜀人众怒。所以，孟知祥将其杀死，应当说也是顺了蜀中的人心。而李严过度追求功名，头脑发热，最终在宦海中桨断船翻，当是自然的。孟知祥杀李严，实际是对后唐的挑战，后来他终于在蜀中建国称帝，史称后蜀。

花蕊夫人的亡国之哀——五代（后蜀）时期

国色天香簇锦城，秋风萧瑟尽凋零。
哭别蜀道忆前事，泪入宋宫思旧情。
疾首投降哀欠种，痛心丢甲恨无能。
子规声咽肝肠碎，当晓缘何啼血鸣。

注释

●花蕊夫人，是五代时期后蜀君主孟昶的妃子（慧妃），她体态轻盈，容颜绝世，且特别喜欢芙蓉花和牡丹花。孟昶十分宠幸她，特意为她修了一座牡丹苑，还下令城墙上和百姓家都要种芙蓉花，使得成都满城花团锦簇，争奇斗艳，沿城四十里远近，如铺了锦绣一般，故时人称成都为『锦城』。可是，到后蜀广政二十八年，北宋乾德三年，宋太祖赵匡胤发兵攻蜀，孟昶自缚请降，花蕊夫人也成了囚徒，连同满城的芙蓉、牡丹，一起像被秋风劲扫一般，飘零凋落了。

●花蕊夫人在被押解去宋京的路上，心情十分凄楚，经过葭（音：加）萌关时，在驿站的墙壁上写下了一首词，抒发了『离恨绵绵，春日如年』的心绪，回忆起过去的许多往事，不禁潸然泪下。来到宋京后，她因艳绝尘寰，被赵匡胤纳入后宫，封为贵妃，但花蕊夫人仍然思念前夫孟昶，且常常以泪洗面。她还把孟昶的画像供奉在宫内，骗宋太祖说是『张仙送子图』。

●花蕊夫人被赵匡胤强行纳入后宫，太祖让她即席吟诗，她随口而出：『君王城上树降旗，妾在深宫哪得知。十四万人齐解甲，宁无一个是男儿。』这就是后人所称道的有名的《述亡国诗》。这首诗可以说是花蕊夫人在国家倾覆之时心情的集中表达。她在诗中对君主投降表示了不满，对十四万守成都的蜀兵不战而溃，宋仅用六十多天就将蜀灭掉，表示愤怒和斥责，说他们连一点男子汉的样子都没有。

●花蕊夫人从成都来宋京的一路上，时常听到杜鹃『不如归去，不如归去』的声声凄鸣，真是令她肝胆俱裂，芳心尽碎。她对后蜀的亡国显然十分惋惜，但她可否知道蜀灭的原因呢（杜鹃为何啼血）？其实，她应该明白，蜀灭是必然的，因为孟昶虽然前期励精图治，政治清明，可后期则纵情淫乐，荒废朝政，整个国家都沉浸在奢靡之中，这样的国家不灭亡是不可能的。

钱镠治理钱江潮——五代（吴越）时期

奢华享尽却非庸，镇海安澜显慧聪。
列队截潮兴壮举，排弓射浪抖威风。
竹笼缚水千秋业，石堰屏郭百代功。
天地之间一杆秤，谋福大众必赢称。

注释

●钱镠，五代后梁时期被封为吴越王。此人功成名就后，便极尽奢华享受。父亲钱宽曾严肃提醒过他一定要居安思危，但这并没有使他有多少改变。钱镠虽然追求享受，但他还不是那种无能昏庸之辈，在治理地方上倒也有些作为，特别在治理钱塘江大潮上，显示出了不凡的聪明才智。

●钱镠看到钱塘江的潮水年年侵袭杭州城，便决定修筑从六和塔到艮山门一带的捍海石塘，于后梁开平四年动工。工程开始时，由于潮水太大，江涛汹涌，难以马上施工，钱镠突然做出一个惊人之举，要举行一个闻所未闻的『射潮』仪式。他命五百士兵，手挽强弓，排成一阵，每人六支箭，迎着呼啸而来的波涛，共发箭三千，使潮水后退。其实，钱镠只是抓住了潮起潮落的时机，用箭射浪不过是向人们显示自己的威风而已。

●每人连发五箭之后，潮水开始后退，两岸霎时欢声雷动，早已做好准备的工匠抓紧时间，把盛有巨石的大竹笼子一个个沉到水里，筑成石塘，同时，打下数排木桩。这样就使潮水不再侵涌，然后再筑起石堰，使杭州城郭得以保全。钱镠所做的这件事，可谓千秋之业、百代之功，除掉了威胁人们已久的一大灾害。

●历史证明，无论哪个君主、帝王，只要他能为老百姓谋福祉，广大民众就会称赞他们，即或他们在从政中有过不良记录，人们也不会轻易把他们忘掉，这正是『天地之间有杆秤，秤砣就是老百姓』的道理所在。钱镠作为吴越国王，虽然享尽了荣华富贵，但他主持修筑捍海石塘的事迹为当地人所永远传颂。

北宋

赵匡胤黄袍加身（一）——北宋（太祖）时期

八姓五朝浊浪翻，兵戎四起抢皇天。
你方休唱吾登场，吾正挥戈你骋鞍。
血雨弥空寒饿殍，阴风漫野瑟褴衫。
分合有律循规走，乱世枭雄必冒尖。

注释

●唐朝灭亡后，天下大乱，各地割据的军阀纷纷起兵争夺皇位，五十三年间，中原地区经历了八姓、五个朝代（后梁、后唐、后晋、后汉、后周），其中最短的仅有五年，最长的也不过十七年。

●当时，军阀们都像无头苍蝇，今天我起兵打倒你，明天我又被新的兵变推翻，旁边新兴的辽国还趁火打劫，真个是『乱哄哄，你方唱罢我登场』，形成了极其混乱的局面。

●烽烟四起，生灵涂炭，老百姓饱受战争之苦，整个中原大地尸骨累累，血雨腥风，哀鸿遍野。

●其实历史的发展是有规律的，可谓『合久必分，分久必合』。而在乱世之中，一代枭雄们必然脱颖而出，赵匡胤正是在这样的形势下夺得皇权建立大宋帝国的。

赵匡胤黄袍加身（二）——北宋（太祖）时期

他人轻易坐江山，萌动野心谋顶端。
方拜龙墩拥幼主，即衔君命御凶番。
流言颤胆神方乱，怒杖抨头志立坚。
久盼凌云今遂愿，陈桥兵变领皇天。

注释

●五代后汉时，赵匡胤投在军阀郭威帐下，不久他亲眼看到郭威发动兵变，登上皇帝宝座，建立了后周王朝（郭领兵出征抗辽，在途中披上撕裂的黄旗，当上皇帝回京）。他想到，当皇帝这般容易，一颗野心便萌动起来。为此，他借着自己立下的赫赫战功和豁达大度，在禁军中苦心经营六年后，拉拢收服了众多将士和其他官员（暗地里同其他禁军将领石守信等结拜为『十兄弟』）。但由于当时周世宗（柴荣）威望甚高，使各个野心家都不敢轻举妄动，赵匡胤也只好蛰伏窥测。

●后周显德六年，周世宗柴荣英年早逝，七岁的儿子柴宗训即皇位，是为恭帝。赵匡胤作为守卫京师汴梁的殿前都点检，与文武百官一起，山呼万岁，拥戴新主。第二年元旦，朝廷的贺岁大礼还未结束，便有河北镇州、定州谎报辽兵勾结北汉入侵。这时，赵匡胤立即衔命领兵前去抵御。

●赵匡胤的兵马刚出发，汴梁城（开封）内即起一个流言，说『出军之日，当立点检为天子』。赵听到后，心中十分恐慌，便偷偷跑回家，将盛传的流言告诉了家人，让大家给拿个主意。赵匡胤的姐姐此时正在厨房中做面食，看到他不知所措的样子，十分生气，当即举起擀面杖，就朝赵的头上打去，并气愤地说：『大丈夫在生死关头，是否行动应在自己心里决定，跑回家来吓唬妇女有什么用！』姐姐的一擀面杖，使赵匡胤即刻清醒起来，他决心孤注一掷，一干到底。

●元旦后的第三天一早，赵匡胤率军出发，走到汴梁东北四十里外的陈桥驿，便下令宿营。夕阳的余晖下军中一算命先生说太阳下面还有一个太阳的影子，这是天命，要应在点检身上，改朝换代就在眼前了。算命先生的这个说法，立即传遍整个军营。赵匡胤装作若无其事的样子，早已睡下。东方欲晓之时，众将士把赵匡胤的营帐团团围住，呼叫声震天动地。赵光义和赵普冲进赵匡胤的营帐，赵才缓缓起身，随后众人一拥而上，把早就准备好的黄袍披在了赵的身上，并齐声高呼万岁。赵匡胤假做一番推辞后，披着黄袍率军开回京城，接着幼主被迫举行禅让礼，赵匡胤正式即位，国号为『宋』，改年号为建隆，国都开封，称东京。至此，赵匡胤以兵变的方式，终于实现了自己当皇帝的夙愿。

杜太后教子——北宋（太祖）时期

儿坐龙廷母虑生，箴言教子若鸣钟。
须知福祸常相倚，谨记兴衰易互更。
理政无方招众叛，经国有道受民拥。
莫言金匮之盟事，稳宋初局确有功。

注释

●赵匡胤陈桥兵变、黄袍加身后，回到京城开封。其部下快马加鞭向赵母杜氏报告了喜讯，但杜氏并没有大动声色。赵匡胤登基，其母自然成为皇太后。一日，赵匡胤在朝堂为母亲举行庆贺大礼，文武百官喜气洋洋，纷纷上前祝贺，可杜太后却板着脸，毫无喜色，群臣感到纳闷不解。原因是，杜太后心中生起忧虑，担心儿子是否能坐好这个江山。为此，她以至理箴言对儿子进行了一番训导，为刚登基的儿子敲响了警钟。

●贺礼上太后面有忧色，掷地有声地向皇儿和群臣讲了福祸相倚，兴衰互更，做皇帝不容易的道理。

●接着杜太后又说：『天子位居亿万百姓之上，治国有道，做得好，自然会获得民众的尊崇；如果治国无方，做得不好，就会众叛亲离，招致被群起而攻之的下场。到那时候想做个普通百姓，过太平日子也办不到。这也正是我为什么担忧的原因。』赵匡胤听了母亲的一席话，立即跪倒在地，连声说：『母亲的教诲我一定铭记在心。』

●传说后来杜太后病重，把赵匡胤叫到身边，问道：『知道你为什么能得天下吗？』赵匡胤说：『这全靠祖上和太后的福气。』太后微微一笑说：『你得天下，是因为柴家让小孩子坐了皇位，你才有机会。』然后，杜太后又说：『你不行时，要把皇位传给光义（匡胤之弟），光义再传给小弟廷美，保证皇位一直在成年君主手里，这样你的子孙也能长保富贵。』说完后，令赵普把这一传位顺序写成誓言，并把盟誓藏于一个金制的匣内。这便是旧史所说的『金匮之盟』。但后代的史学家认为这是赵光义当皇帝后，为证明自己名正言顺接班而伪造出来的故事。可否有此『金匮之盟』暂且不论，但杜太后为大宋立国之初局面的稳定做出了重要贡献却是不争的事实。

赵匡胤制服强藩——北宋（太祖）时期

稳势固基方略明，凡存异志尽削平。
恩威并用慑十勇，软硬兼施除二雄。
北讨叛兵夺潞地，南征逆将靖扬城。
强藩受扼皆生惧，若窥龙墩定不容。

注释

●赵匡胤一夜之间做了皇帝，与他出身、资历差不多且曾与他称兄道弟的一些将领，心生妒火，愤然不平，赵匡胤的皇帝宝座面临着很大威胁。为了把皇帝的位子坐稳，为了巩固皇权，赵匡胤采取了明确的策略：凡是对他存有异心的一概削平，该杀就杀，该打就打，绝不心慈手软。

●沿袭唐以来的旧制，当时后周也任命了许多武将为节度使，他们拥兵在外，实力很强，人称『十兄弟』。赵匡胤明白，要把这些心怀不满的人收拾掉，首先必须在气势上压倒他们。于是，赵将他们招来，每人骑一匹马，带上弓箭，他自己也不带随从，一起来到郊外丛林，然后下马喝酒。这时，赵匡胤突然从容地说：『现在此地无人，谁要想做皇帝就可以杀我。』、『十兄弟』一听，立即惊骇，接着都伏在地上，吓得直打哆嗦，赵匡胤再三喝问也无人敢应。赵匡胤又厉声说道：『既然你们愿意拥我为帝，今后都必须谨守臣节，且不得骄横！』众将见赵匡胤威仪凛然，急忙叩谢龙恩，山呼万岁。这样，『十兄弟』就被赵给震慑住了。后来，赵匡胤又采取软硬兼施、有理有节的策略，剪除了反叛的『二李』（李筠、李重进）。

●潞州节度使李筠，统领河东子弟，抵御北方的北汉与辽国侵犯，实力雄厚，战功卓著。他对赵匡胤坐上龙椅十分不满，谋划起兵反叛。他草拟讨赵匡胤檄文，历数赵匡胤的不忠之罪，句句穿心透骨。赵匡胤又羞又气，下诏亲征，与众将士一起背石开路，迅速围困李筠于泽州，继之占领了北方重镇潞州。李筠见大势已去，只得赴火自杀。在征讨北方的同时，赵匡胤对南方扬州亦要反叛的节度使李重进先采取缓兵之策，使他推迟起兵时间，以免自己北征时腹背受敌。待收拾完李筠后，赵匡胤调转锋芒，挥师南下，一举攻下扬州，走投无路的李重进也赴火自焚。

●赵匡胤削平了二李，打掉了最大的两个强藩，极大地震慑了各路节度使，使他们再也不敢轻举妄动，只好听从赵匡胤的调遣，赵匡胤终于控制了原属后周的领土。

赵匡胤杯酒释兵权——北宋（太祖）时期

外呈宏度内忧烦，问策求谋顿豁然。
设宴感恩谈以往，端杯叫苦话当前。
琼浆几盏身心暖，峻语一席齿发寒。
软硬兼施皆惊骇，无刀仅酒释兵权。

注释

●赵匡胤做了北宋的开国皇帝，史称宋太祖。因他是靠兵变而黄袍加身的，所以，他一直忧心会有人也像他使用的手段一样把他赶下台。事实上，且不说割据一方的霸主和草头王，就是在都城之内也确实潜伏着不少虎视眈眈的野心家。对此，赵匡胤表面上装作很大度，内心里却一直惊惧不安。一天，赵匡胤召见谋臣赵普，向其问策求谋。赵普对他说：『自唐以来，战乱不息，国家不安，都是因为节度使权势太大，君弱臣强。』赵普分析之后指出：『要治理也容易，那就是收其精兵，控制钱粮……』赵普的话还没讲完，赵匡胤便豁然开朗，急忙说：『别说了，我懂了！』

●第二天晚朝后，赵匡胤设宴招待手握重兵且战功卓著的武将们。赵匡胤先是举杯感谢大家以往的恩德说：『诸位，要不是你们出力，我哪有今天，因此对你们的恩德我永远不忘！』武将们一听此话，高兴得忘乎所以，个个开怀痛饮。接着赵匡胤话锋一转叫起苦来，他说：『当天子太难了，还不如当初做节度使快活。』众人听罢，都一头雾水，面面相觑。

●赵匡胤这一句沉重的话，把在座的文臣武将吓得个个出了一身冷汗，连忙趴在地上拼命磕头，宴会开始时那种温暖和谐的气氛立即荡然无存，人人感到凄寒彻骨。

●赵匡胤的老朋友、为赵『黄袍加身』做出突出贡献的石守信目瞪口呆后，战战兢兢地说：『陛下怎么突然说这种话？如今天命已定，谁还敢起异心啊！』赵匡胤一字一顿地说：『未必！即便你们没有异心，但一旦部下贪图富贵，把黄袍强加于诸位身上，想不当皇帝也不成吧？』众将哭声一片，一边磕头一边哀告，皆责自己愚笨，请求皇上给指出一条活路。这时赵匡胤放缓口气说：『人人都羡慕富贵，也不过是多积些金银，自己得到享受，使子孙不至贫穷而已。你们为何不放弃兵权？真不如买些良田美宅，为子孙留下永久的产业，再多收罗歌姬舞女，每天喝酒作乐，以终天年，君臣之间互不猜疑，上下相安，这不是很好吗？』众臣听后，谢主隆恩，拜了又拜，纷纷把兵权交了出来。赵匡胤就这样没动一兵一卒，仅用几杯酒就把众将的兵权给收了，其韬略的确不一般。

太祖雪夜访谋臣赵普——北宋（太祖）时期

群狼绕榻不宁神，雪夜询谋访重臣。
围火言情思旧谊，举杯商策定新轮。
先南后北成方略，由弱及强作法门。
横扫荆湖赢首战，威唐慑蜀汉失魂。

注释

●赵匡胤当上北宋皇帝，先铲除了内部的心腹之患，然后把目光投向了境外。当时，北面有强大的辽国，与北汉互为犄角，南面有南唐、吴越、后蜀、南汉、荆南等国，还有割据湖南的周行逢、盘踞泉州的留从效。这些势力如不扫平，就不可能实现大一统的局面。为此，赵匡胤常常心神不宁，他决心要征伐这些国家，以实现大一统的宏图。但到底从哪里下手，又一时难以定夺。为此，他在一个大雪纷飞的夜晚，去访谋臣赵普，以询良策。

●深夜时，赵匡胤约好了自己的弟弟（晋王赵光义），叩开了赵普家门，三人围炉而坐，一起喝起酒来。他先与赵普重叙过去老朋友的深情厚谊，越谈三人越感到亲切。接着赵普问皇上为何夜深大寒而登臣门，赵匡胤说：『一榻之外都是人家的地盘，我怎能睡得着觉？』赵普明白了皇上的来意，便问皇上下一步如何打算。赵匡胤豪气满怀地拿出了自己的想法。赵普听后不以为然，直言不讳地为他分析了形势，纠正了赵匡胤的方案，赵匡胤觉得赵普言之有理，便欣然接受了赵普的建议。

●赵匡胤原打算先直捣太原消灭北汉，赵普认为不妥。他说：『太原为我们挡住西北两面，如先打下太原，我们就要独自抵御辽兵。如若收拾了南方诸国，北汉那弹丸之地是逃不掉的。』这样，『先南后北、由弱及强』的方略便形成了，成为后来赵匡胤扫平诸国的基本方针。

●当时南方诸国中，占据湖北江陵一带的荆南最弱。恰巧此时割据湖南的周保权（周行逢之子）的部下张文表起兵反叛，周遣使向宋求援，赵匡胤声称向荆南借道，援救周保权，实际是一箭双雕，一举扫平荆湖，然后，继续向湖南进发。这时，周保权才明白了宋军的意图，可是为时已晚。宋军占有了荆湖，这样就直接威慑着南唐、后蜀和南汉。太祖纳赵普之策扫平荆湖，为下一步的大一统奠定了基础。

灭蜀之战（一）——北宋（太祖）时期

易扫荆湖取蜀难，详筹细备尽于前。
挥师二路分承命，遣将三员各领衔。
妙计袭夔平险阻，奇兵破剑灭狂言。
攻伐两月夺全胜，携虏归京奏凯旋。

注释

●北宋太祖赵匡胤扫平荆湖后，便决定向后蜀进攻。但蜀道之难难于上青天，且后蜀兵力远胜于荆湖。为此，他做了长期准备，派人探听蜀国虚实，勘查山川形势，绘制详细地图，然后制定出精密的作战计划和行军路线。这一切都准备好后，一场伐蜀战役随即展开。

●乾德二年十一月，宋太祖令六万宋军兵分两路，自剑门和三峡入川，并授命重将王全斌、刘光义和曹彬各统领一路，向后蜀发起全面进攻。

●蜀主得知北宋大军来伐，慌忙从温柔繁华的梦境中醒来，令只善于纸上谈兵的王昭远为统帅，率部抵御。王昭远利用有利地形，在夔州锁江上建造浮桥，上设三重栅栏，江岸布有炮具，形成易守难攻之势。对此，宋军出发前赵匡胤就早已料及，他曾交代刘光义和曹彬，到这里时切勿以战船相争，应以步兵袭取。刘光义、曹彬如今行至距锁江三十里外，便弃船上岸，依赵匡胤所定之计，突袭浮桥，很快破除险阻，占领夔州。接着宋军三战三捷，蜀军精锐丧尽，退至剑门，企图凭借天险拒守。这时，宋军得到蜀降卒指点，出奇兵从小路直插江边，另造起浮桥迅速过江。蜀兵见状，纷纷溃逃。王昭远留下偏将守剑门，自己则仓皇逃往汉源，在逃跑途中便传来剑门失守的消息。至此，这个在抵御宋军前口放『我此行何止克敌，取中原也易如反掌』狂言的将军，吓得瑟瑟发抖，等到束手就擒之日，两眼哭得如桃子，早已无半点风度。

●宋军从发兵到蜀降，前后不过六十多天。宋军攻下蜀都成都后，进行了一番掠夺，带着财物和降虏，连同蜀主孟昶，一起返回了宋京。至此，赵匡胤完成了灭蜀大业。

灭蜀之战（二）——北宋（太祖）时期

蜀都攻陷抖精神，竟以浩劫来洗尘。
小宴大席皆美味，长街短巷尽惊魂。
贪心恣意夺财宝，兽性狂喷掠女人。
未用凉风消酷暑，却驱凶煞害兵民。

注释

●北宋军队仅用了六十六天，就将后蜀京都成都攻破。在伐蜀前，太祖赵匡胤就有言在先：『攻下城镇，钱财都分给将士，我只要这片土地。』所以，在进军途中，宋军将士们都分得了不少财物，到了成都后，就更加有恃无恐，大肆掠夺，以中饱私囊。

●破成都后，蜀主献出了大量金帛劳军，使得宋将王全斌等人的欲望更加膨胀，他们被成都的暖风熏醉，沉浸在肉山酒海之中，大席小宴一个接一个，日夜开怀痛饮，不理军事。同时，他们疯狂抢掠，大街小巷都被扫荡一空，搞得成都民众惶惶不可终日。

●王全斌纵容部下大肆抢劫，不论是富商大贾还是平民百姓，所有财物尽收入他们囊中。同时，他们兽性发作，见女人就抢，然后恣意糟蹋，令人不寒而栗。

●王全斌等还残酷欺压后蜀降兵，不断引起哗变。他们将成都二万降兵骗至夹城，全部杀害。当年，蜀人在后蜀主孟昶的统治下过着非人的生活，他们久盼出头之日，正如朱长山《苦热》诗中所言：『烦暑郁蒸无处避，凉风清冷几时来？』可宋军来了，蜀人未见凉风消暑，却见了一群残害兵民的凶煞野狼！

南汉昏主刘鋹——北宋（太祖）时期

历览昏君尽恶魔，如观此主更咋舌。
金涂宫顶银铺地，玳饰殿梁珠布河。
重赋蛮刑夺庶命，冤魂枉骨筑豪阁。
穷奢极暴致国灭，竟以厚颜推罪责。

注释

●北宋初期，宋军在取得湖南之后，便与建都于广州的南汉接壤。南汉主刘鋹（音：场）昏庸无比。虽然历史上昏君都是些恶贯满盈的魔鬼，但如果看一下刘鋹的所作所为，众恶魔都会瞠目结舌而自叹弗如。

●刘鋹极端荒淫奢侈，他不理朝政，把政事都交给宦官和宠姬，自己则整日和金发碧眼的波斯女厮混。宫中宦官多达七千余人，女巫在宫中设座，自称玉皇的代言人。南汉君臣的奢华令人咋舌，在北方人听来犹如神话。他们用黄金涂宫殿的屋顶，用白银来铺地面，梁柱用玳瑁、珍珠装饰，饰一根柱子就消耗三千两银子，殿下的小河（水渠）里布满珍珠。如此这般奢华，历史上十分罕见。

●为了满足自己奢侈荒淫的需要，刘鋹极力加重百姓的税负，人们出入城门都要纳税。同时，下海采珠做出定额，不完成者，加重处罚。刘𬬮为盘剥百姓，使尽了蛮刑酷法，其名目繁多、残酷至极，如火烧、水煮、剥皮、掐筋、跳刀山剑树等，甚至逼刑徒斗虎取乐，实在是骇人听闻，令人发指！他正是通过这样一些残酷手段，戕害了无数庶民百姓，几乎杀尽了所有的老将，他的金碧辉煌的殿阁正是在这无数冤魂和枉骨的基础上建起来的。

●刘𬬮沉迷于花天酒地的享乐之中，五十余年不打仗，使得武备废弛，战船遭毁，兵器朽烂，城墙深池已被改建成楼台庭院。这样，开宝三年，宋太祖令潘美为统帅，率军南下，南汉军一触即溃，这位荒淫暴戾的国主很快就投降了宋军，被押解到宋京。此时，刘𬬮不仅毫无忏悔之意，还厚颜无耻地把罪责全部推给了他手下的大臣龚澄枢等人，一再向宋主哀求，说自己什么事也做不了主。刘𬬮说这些话时，引起了宋廷官员的哄堂大笑，他们都向这个小丑投去了鄙夷的目光。

赵匡胤怀仁治国——北宋（太祖）时期

一身武勇却温存，理政经国力秉仁。
知愧可容前帝子，念情能恕旧朝臣。
昔廷免死给出路，今士罢诛开谏门。
莫论誓碑无与有，腥风未起少冤魂。

注释

● 赵匡胤身为一介武夫，登上皇位后却轻易不开杀戒，而是力求秉持仁慈，去经国理政。

● 赵匡胤初进皇宫时，看到宫女抱一小孩，当得知这个孩子是前朝皇帝周世宗的儿子，便问在一旁的范质、赵普和潘美等重臣该如何处置。赵普等人主张『斩草除根』，潘美则默不作答（实际是不主张杀掉）。这时，赵匡胤说：『我们夺了人家的皇位，再杀人家的儿子，我有点不忍心下手。』接着赵匡胤要潘美把这个孩子当作侄子，带回家去抚养。一次，赵匡胤举行国宴，前朝留下的学士王著喝醉了酒大声喧哗，痛哭不止，很多人都控制不住他，把国宴搅得一塌糊涂。第二天有人上奏道：『王著之所以酒后痛哭，是因为他思念前朝皇帝周世宗，让当今皇上难堪，应该严加惩处。』可赵匡胤却说：『王著不过是一个酒徒罢了，我当年在周世宗手下时就深知他的为人。何况一个白面书生为前朝皇帝掉几滴眼泪，又能掀起什么大浪呢？』赵匡胤对王著这个旧朝之臣大度宽宥，使王著深受感动，从此便死心塌地效忠当今皇上了。

●赵匡胤还对前朝皇族（柴氏）定了很宽大的政策：柴氏子孙，有罪不得加刑；即使犯上作乱，最多让他们在牢中自杀，不可在大庭广众之处公开行刑，也不可株连他们的亲属。事实上赵匡胤确实兑现了自己的政策，柴氏的后代依旧享受了富贵荣华。同时，赵匡胤还规定：不得杀士大夫和上书议论国家大事的人。这也为广大知识分子参政议政，开启了建言献策之门。

●据说赵匡胤曾叫人秘密刻了一块碑，立在太朝寝殿的夹室之内，称为『誓碑』，用贴金的黄布遮盖着，门户紧闭，秘不示人，规定以后新天子即位，必须来此拜读碑上誓词。誓词的内容共有三条：第一条就是给柴氏的特殊政策；第二条是给士大夫、文人的政策；第三条则是警示子孙：如有违反这些誓词的，必将遭到老天的惩罚。这个『誓碑』到底有没有，史家说法不一，其实，这并不重要，重要的是赵匡胤主政时，宋代的政治较为宽松，没有动不动就开刀问斩，知识分子们议论国事，不必担心掉脑袋，这却是不争的事实。

文人奸佞张洎——北宋（太祖）时期

笔下华章腹隐奸，随风使舵善高攀。
无权尽显儿孙样，有势极呈父祖般。
谄媚新君甘做犬，欺凌旧主任伤天。
人妖两面丢廉耻，笑骂由他自享官。

注释

●北宋初期，有个官至参知政事（副相）的张洎（音：记），他少时便以博学闻名，举止风流倜傥，文章清丽，谈起玄机禅理更无人可及，是很有名气的江南才子，深得南唐后主李煜的青睐。此人虽然才华横溢，但人格卑琐，为了爬上高位，可随时翻云覆雨，被南唐和北宋两朝的士人侧目而视，唾笑不齿。

●当张洎还是个举人时，他常去拜见显贵张佖，并以『从表侄孙』自称；可他中进士后，辈分便升高为『侄子』了；待升了官，又变成『弟』了；等到成了李煜的亲信后，即刻与张佖断绝了亲戚关系，并板起了面孔，动辄对张佖像祖父、父亲对孙子、儿子一样，颐指气使，恶语相加，过去的谦恭样子早已荡然无存。

●南唐被北宋灭掉，后主李煜当了阶下囚。张洎随李煜降宋。本来，南唐亡前，张洎和宰相陈乔有约：城破之日，两人一起殉国。可事到临头，陈乔兑现誓约，张洎却以随主为由，随李煜来到北宋。这时的张洎，已把目光投向了新朝，极力巴结权贵，阿谀皇上。而对旧主李煜不仅弃之不管，而且干尽了伤天害理的勾当。他偶尔也到李煜处，可并不是来探望，而是来敲诈勒索。昔日的爱卿已是新朝大臣，李煜不敢不给，把自己正在用的白金制的洗脸盆都拿了出来，即或这样，张洎仍不满意，嘴里还骂骂咧咧的。

●张洎人妖两面，丧尽天良，只要能往上爬，什么礼义廉耻通通不顾。到宋太宗时，他已官至参知政事，不管时人怎样骂他，他都不往心里去，心安理得地做自己的官。

赵匡胤整治骄兵悍将——北宋（太祖）时期

帝畏军阀将惧兵，末唐及宋累成痈。
骄蛮犯上频频冒，恶煞戕民屡屡生。
竟现巡卒欺宰相，犹出浚吏戮河工。
纲弛纪废局难稳，铁掌一挥遂廓清。

注释

●皇帝怕武将、武将怕骄兵，是自唐末以来，形成的一种见怪不怪的现象。所以，兵变频仍，社会震荡，朝廷不稳，民不聊生。及至宋初，此种现象仍然势头不减。宋太祖赵匡胤深感这个累积已久的顽疾不除，初建的大宋王朝必将受到严重威胁。所以，他决心下大力进行整饬。

●当时，手握兵权的武将们，大多不把朝廷放在眼里；而他们对自己的部下又任意放纵，兵痞欺众、武将犯上的事情司空见惯，屡屡发生。

●赵匡胤即位初期，骄兵悍将十分猖狂。有天晚上，一群兵夜巡时竟到宰相范质家要酒喝，坐下来就不肯离去。范质被逼无奈，只得拿出白金千两，才好说歹说把他们打发走。而赵匡胤听说此事，也只好不了了之。有一年春天，朝廷征民夫疏浚河流，一些河工忍受不了浚吏的残暴企图逃跑，一个禁军小吏一怒之下，连杀了十几个民夫小队长，并把抓回的逃亡者的左耳割下。类似这样武夫滥刑的事情，在当时很是普遍。兵部曾多有上书，痛陈其弊，但由于整饬的时机尚未成熟，赵匡胤便推迟了一段时间。

●这样长期的纲弛纪废，已使大宋难以长治久安。赵匡胤终于亮出铁掌，开始整治。他先将侍卫中因要赏而闹事的骄横之徒中的四十多个领头的当众斩首，又把到处抢掠妇女的一百多个士兵当场砍头，很快就将歪风煞住。以后，他一再施以严酷手段，终于扭转了军队中长久以来形成的混乱局面。

赵匡胤倡读书重实用——北宋（太祖）时期

提倡读书看践行，扬文抑武选贤能。
迁升考绩轻资历，任用核长重水平。
遏制迂儒登大雅，擢拔俊士上高层。
题名金榜不足道，尽以真功为准绳。

注释

●宋太祖赵匡胤以一介武夫登上皇位，但他执政后却极力提倡读书，带头拿钱修孔庙，地方官员有招生讲学的，马上给予嘉奖。他所以有此举，可能一是要转变唐末以来武将害国的世风，二是因为自己缺乏教养，特别羡慕文雅之士。不过，赵匡胤提倡读书，不是为了装点门面，而是为了学以致用。他曾对皇子的老师说：『帝王之子读书，只要懂治国大道理就行了，不必学作文章，这些东西没用。』他让朝廷官员和国人读书，主要是为了在读书人里面选拔经国理政的人才，为大宋江山的巩固和发展服务。

●赵匡胤在读书人中遴选官员，不在乎选拔对象的资历，重在看是否有实际能力。平时他常注意观察部下的特长和实绩，把它们一一记录下来，当要用人时，就查找有特长的合适人选，哪怕是下层官吏也可越级提拔。

●赵匡胤虽然读书不少，但对没有实际能力的迂儒十分反感，绝不让他们登上大雅之堂，也绝不重用。而对既有知识，又具实际能力的人，则广开擢拔之门，让他们在治理地方和朝廷中充分发挥作用。

●宋初，科举取士还未成为选官的重要途径，每科进士不过十人左右。即或如此，赵匡胤也不看重状元、榜眼之类的金榜题名者。有一年，士人王嗣宗与赵昌言为争状元互不服气，竟然在皇上面前吵闹起来。赵匡胤则乘机戏弄他们，让他们二人打斗，谁赢了谁就是状元，谁输了谁则为榜眼。结果王嗣宗取胜。赵匡胤所以这样做，是因为他认为考取的名次并不重要，关键在于你有没有解决实际问题的真功夫、真本事。

赵普其人——北宋（太祖）时期

陈桥兵变领头功，鼎政新朝唱大风。
妙策排忧削武柄，疾言纠错举文英。
襄君定略实忠耿，攫利争权确狠凶。
《论语》一书方阅半，学通致用尚堪称。

注释

●赵普，宋初重臣。当年，他参与策划陈桥兵变，助赵匡胤坐登了皇位，可谓头功人物。北宋建立后，由于他在兵变中出了大力，再加上与赵匡胤关系特殊，二人曾以兄弟相称，所以深得赵匡胤的信任。赵普也确实力挺新主，在朝廷中呼风唤雨，为宋初局势的巩固和稳定立下了汗马功劳。

●赵匡胤因自己是靠兵变而黄袍加身的，所以他登位后总担心武将们也会像他当年一样，寻机夺权。为此他忧心忡忡，找赵普商量对策。正是赵普为其献上『收兵权』之计，才使赵匡胤仅用几杯酒就解除了后顾之忧。宋立国之初，急需各种人才，选人的问题成为朝廷的一项极重要事情。赵普对此认真负责，及时纠正皇上的偏差。赵匡胤十分信任前朝名将符彦卿，想让他掌管军队。赵普认为符已名声显露，不能再给他重权了。赵匡胤不听，赵普一再劝阻，皇上还是坚持任用，干脆避开赵普下发了委任状。赵普听说了又中途扣下。皇上十分不满，对赵普痛加指责：『你何必苦苦怀疑彦卿，我对他恩情最深，他必不会辜负我！』赵普轻轻地说：『周世忠也对陛下最好，为什么陛下辜负他呢？』赵普的一句话使赵匡胤立即明白了，默默地收回了成命。后来，赵普向皇上推荐过许多有才能的人，由于赵匡胤常出于个人情绪而加以否认，赵普不厌其烦地做工作，使这些有才之人都得到任用。实践证明，这些被任用的人都很称职，为大宋政权做出了贡献。为此，赵匡胤对赵普的远见卓识非常佩服。

●赵普忠心耿耿地为大宋社稷日夜操劳，为皇上经国理政出了许多好主意，可谓功勋卓著。但他在人格上却存在严重缺陷。为了争权夺利，他出手凶狠，暗害了不少人，而且相当贪婪、奢华，收人贿赂，强买民宅，为一己私利干了许多伤天害理的事。

●赵普读书不多，曾闹出过笑话。为此曾遭到皇上的责备。后来，赵普在皇上的压力下开始读书，变得更加明智，处理事情更加机敏。他死后，其家人打开他装书的箱子，发现其中只有半部《论语》，这意味着赵普读书确实很少。但他学以致用，学就学通，用就用活，这种精神是很值得称道的。

儒将曹彬——北宋（太祖）时期

品性谦和蕴善根，豪门儒将避骄矜。
宽宏待属解人意，严谨奉君修自身。
灭蜀防屠得帝赏，伐唐禁掠获民尊。
功名不计娴柔术，脱颖群僚揽众心。

注释

●曹彬，北宋初期有名的儒将。他出身名门，其家族是后周皇室的姻亲，故而显贵。但他性格温柔，且慈善谦和，从不因身份高贵而显现出骄矜。

●曹彬既儒雅又善解人意。一次，部下一小吏犯了罪过，曹彬判定打二十大板，可过了一年才执行。大家对此不解。曹彬对部下解释道：『因那人刚结婚，如果马上执行刑罚，他家公婆就会怪罪新媳妇给丈夫带来噩运，必然每天打骂，那样他的婚姻就完了。但国法又不能废，所以缓一年执行。』大家对曹彬这种善解人意的做法十分钦佩，被打的小吏更是感激不尽。曹彬对下宽宏，对上严谨，处事公道，从不阿谀奉承，更不拿公家的东西向上讨好，始终保持自身的清正廉洁。后周末期，赵匡胤掌管禁军，权势日盛，许多势利的官员都极力巴结，而曹彬除公事外，从不与赵交谈。赵匡胤爱喝酒，一次，赵匡胤叫掌管公酒的曹彬给他点酒喝，曹彬一本正经地说：『这是官酒，不敢私下给人。』然后到街上自己掏钱买了酒送给赵匡胤。赵匡胤做了皇帝后曾问曹彬：『当初我想与你亲近，你为什么总躲着我？』曹答：『我为周皇室近亲，又身负重任，谨慎守职还恐怕有过错，怎么还敢私下结交大臣呢？』

●大宋建立初期，赵匡胤派大将王全斌、曹彬等攻打后蜀，后蜀被灭后，王全斌等纵兵抢夺百姓财物，滥杀战俘，而独有曹彬不肯滥杀无辜，出川时行李中只装了几本书和换洗衣服。为此，曹彬得到皇上奖赏，曹彬却一再推辞不受。后来，太祖又令曹彬为统帅攻打南唐，曹彬严格军纪，直逼金陵后焚香禁杀。宋军攻城获胜，军纪严明，百姓未遭祸害，民心安定，使宋廷顺利地统一了江南。

●曹彬屡立战功，但每次皇上要封赏时，他都百般推却，不把功名利禄看重。曹彬就是这样凭借远见卓识和柔弱之术，在朝廷百官中脱颖而出，受到朝野上下一致尊敬。

烛影斧声（太祖之死）——北宋（太祖）时期

凡行篡位必阴风，宋诩仁慈不血腥？
校场方观君正盛，寝宫即见驾忽崩。
烛光剪下双身影，卧榻传出几斧声。
兄去弟承非子继，重云迷雾怎说清？

注释

●历代王朝，施展阴谋篡夺皇位的事件屡屡发生，刀光剑影、血雨腥风，你死我活的明争暗斗十分残酷。而宋朝，一直以仁慈宽厚自诩，皇位的继承似乎未见血洗京城的政变和伏尸千里的战争，但实际上表面仁慈的背后，其穷凶极恶的程度并不逊于他朝，只不过是平淡之中充满杀机，留下了一个个千古疑案而已。『烛影斧声』便是其中之一。

●宋开宝九年春，南方割据势力只剩下名存实亡的吴越。宋太祖赵匡胤踌躇满志，盘算迁都洛阳，便入关巡视一番，不久回到开封。阴历十月，天已很冷，人们看到他仍威风凛凛地站在校场上看部队练兵，众将都说皇帝精气十足，不久又要领兵亲征太原。可没过几天，在一个雪夜之后的清晨，宫中却传出噩耗，说太祖突然驾崩，而皇弟赵光义已坐上了龙椅。

●此事发生后，朝野上下议论纷纷，各种说法不胫而走。有一种说法是：当天晚上，太祖把皇弟赵光义召到跟前，赶走了身边的侍从。人们远远看见烛光下两个身影，时而合，时而离；并听见有人把斧子狠狠摔在地上，发出很大的响声。接着，听到赵光义叫侍从，说太祖已驾崩了。

●按中国正统的皇位传承顺序应是父死子继，但宋朝的第二个皇帝却是太祖的弟弟赵光义，这种继承显然是极不正常的。所以，出现种种传说和疑惑是不足为奇的。由于宋代史书每写到不合常理的事件时就十分含糊或隐讳，所以这段历史疑点重重，后人也就只能把『烛影斧声』之类的事件当作千古之谜了。

吴越懦主钱俶纳土丧国——北宋（太宗）时期

不思强盛只求宁，俯首低眉惧宋廷。
岁岁年年甘奉贡，时时处处愿掬诚。
出兵助战钻圈套，献土投降入禁笼。
听任宰割丢社稷，绵筋软骨愧君容。

注释

●宋建国之初，太祖赵匡胤全力扫灭周边诸小国。而在诸国中南方的吴越灭亡最晚。原因是吴越国主钱俶（音：触）对宋最恭顺。钱俶是吴越国创立者钱镠（音：流）之后，其人谦和雅善，生活俭朴，好草书，喜吟诗，从不滥杀。但他从不思图强，对北方宋朝十分惧怕，甘为附庸，俯首帖耳，百依百顺。

●宋刚建立，钱俶就马上派人前去祝贺，以后每年都遣使贡物问安。而且时时处处听从宋朝指挥，几乎是宋朝让他干什么他就干什么，从不讲价钱。

●宋太祖赵匡胤伐南唐前，命钱俶出兵相助，并警告他：『因为南唐倔强不服，我才收拾它！』钱俶很害怕，急忙点兵出征。当时有丞相劝谏说：『南唐是吴越之屏障，大王自己动手毁掉屏障，将来靠什么保卫江山社稷？』可钱俶慑于宋的压力，不听劝阻，派兵攻下南唐重镇。可他哪里知道此时已钻进了宋设置的圈套。南唐被宋灭后，吴越立即大难临头。太平兴国三年五月，钱俶见大势已去，在宋的胁迫下只好上表献出吴越十三州一军八十六县，向宋投降，自己则与他国降主一样，成了宋的禁笼之鸟。

●钱俶作为吴越国君，听凭大宋任意宰割，终于丢掉了江山社稷。他在当了宋的阶下囚之后，经常哭哭啼啼，以泪洗面，没有一点国之君主的样子，这样一个懦弱之人，怎么可能撑起一国之天呢？吴越亡后十年，钱俶在宋过生日，宋太宗赵光义派使者赐宴，当晚钱俶便暴毙归天。这就是他甘当附庸、一再忍让的必然结果。

勤于政事雅兴有度的赵光义——北宋（太宗）时期

大事亲为必认真，辛劳不怠系乾坤。
读籍悟道得通古，展卷寻规以鉴今。
酷爱棋琴离粉黛，钟情字墨去玩心。
虽多雅兴能约束，力效唐宗做圣君。

注释

●宋太宗赵光义即位后励精图治，凡军国大事必亲自处理，且十分认真。他日夜辛劳，毫不懈怠，近臣们劝他不要过于劳累，他只付之一笑，继续阅览来自全国各地的公文和审理京城大案。

●赵光义酷爱读书，他为了使大宋长治久安，常和儒臣们探讨历史经验。为此，他令属下将前朝历史及天文地理等百科知识编成一千卷大型类书（此书后来定名为《太平御览》）。书尚在编纂中，他就命令每天送进三卷，下决心要在一年之内将全书读完。通过挤时间刻苦阅读，赵光义从书中搞明白了许多治国理政的经验教训，并通古以鉴今，为治理国家奠定了深厚的思想基础。

●赵光义十分风雅，棋琴书画无所不好，尤其痴迷围棋，常与国手对弈。有臣僚曾劝谏他将『国手』流放，以免贻误国事。赵光义则说：『我并不傻，下下棋不过是为了躲开六宫粉黛的诱惑。』这时群臣才明白他迷棋的目的。赵光义对书法情有独钟，这除了确有爱好之外，尚有他意。没当皇帝前，赵光义喜欢放鹰牵狗去打猎。做皇帝后，便把玩心去掉了，以书法来陶冶情操。

●赵光义十分聪明，爱好广泛，但他能很好地约束自己，把握得适度得体。一次，他问臣属：『我能和唐太宗相比吗？』一大臣只是轻轻念起白居易的诗句：『怨女三千放出宫，死囚四百来归狱。』赵光义一听，立即起身，严肃地说：『我不如他，我不如他，你的话提醒了我！』显然，在他的心目中，是以唐太宗李世民为榜样的。

苦战太原灭北汉也留下了后患——北宋（太宗）时期

先帝频征屡不摧，后君接续令旗挥。
雄师怒吼如席卷，烈马嘶鸣若矢飞。
浴血围城敌丧胆，赤身旋剑我扬威。
凌攻巧打终吞汉，未料欢声已隐悲。

注释

●北宋初年，在北方诸国中，北汉最为强大。为了解除这心腹之患，宋太祖于开宝元年、开宝二年及七年后，连续北伐，都因种种原因无功而返，并未使北汉政权伤筋动骨。宋太宗赵光义接班后，便雄心勃勃地宣称必取太原（北汉国都）。当时，文臣武将都说太原打不得，赵光义找来枢密史曹彬商议，曹彬则主战，于是，赵光义下定决心，继承皇兄遗志，向北汉大举进攻。

●太平兴国四年新年刚过，宋太宗便领兵亲征了。他令大将潘美等，兵分四路，直指太原。一路上，宋军十分威猛，万马急驰，势如卷席。三月，大败辽军，使辽军不敢出战。四月，宋太宗领兵围困太原，致使城内守军粮秣断绝，军心动摇。

●各路宋军齐集太原城下，宋太宗冒着箭雨，日夜在城下督战，宋军将士个个一往无前，浴血奋战，拼死攻城，使敌军不寒而栗。出征前，宋太宗曾从各营中挑选几百壮汉，集中练习舞剑，人人都学会各种绝技。眼下，太宗用早已准备好的招数进行心理战。只见这些壮士赤身旋舞，以身体左右接剑，人人无伤。城内敌军看到城下壮士们表演的这些剑术，吓得大呼小叫，心理防线首先崩溃。

●宋军运用各种战术，巧妙而凌厉地进攻，至五月，北汉将士纷纷出城投降。北汉主刘继元也打出了白旗，献上十州一军四十一县的图籍。至此，北汉终于被宋所灭。宋两代皇帝亲征，好不容易完成了灭汉大业。宋人深恐留下后患，便在入城后急忙毁去城墙，把百姓赶往新城，又放火把太原烧毁。然而，以后在面对辽兵时，失去了防御的屏障，使宋军陷入极大的被动。这种后果是宋太宗万万没有想到的。

太宗征辽惨败——北宋（太宗）时期

方罢南伐又北征，鞍疲将怨士弛弓。
进击形散旌麾乱，撤退气竭龙辇倾。
再战断粮尸阻水，继防绝略血凝冰。
虽存复土收疆志，怎奈嗣君皆懦庸。

注释

●北宋伊始，按照太祖制定的『先南后北』策略，太宗先灭了北汉，接着，在太平兴国四年，立即开始北征，试图灭掉北方契丹族建立的辽国，并收复被后晋石敬瑭出卖的燕云十六州。但由于宋军已苦战数月，将士皆疲惫不堪，再加上太宗在打太原时允诺的奖赏未能兑现，官兵的怨气很大，士气极为低落，根本就不想再去打仗。

●太宗亲自披挂上阵，于六月指挥宋军包围了辽国的南京（今北京）。虽然太宗亲临前线督战，但因城坚守固，特别是部队已丧失锐气，进攻时阵形散乱，打了半个多月，毫无进展。这时，太宗又听迷信之说，加之听说辽国名将耶律休哥引大军将至，便乱了手脚，急忙下令班师返程。返回途中宋军已溃不成军，将士皆垂头丧气。归师途中，宋军主力在高粱河遭遇辽军，被打得落花流水，丢下上万具尸体。在逃跑至涿州时，太宗的大腿被追赶的辽兵射中两箭，龙旗御辇皆落入敌手，在当地找了两头毛驴，套了辆大车，方从小路逃脱。

●首次征辽惨败后，主和派气焰嚣张，太宗不为其左右，于雍熙三年再度北伐，派出大将曹彬率主力向辽进攻。但辽将耶律休哥采取不正面交锋的拖、扰战术，使宋军粮秣断绝。此时辽军乘机大举出击，致使宋军死伤无数，尸体将沙河水都堵住了。其他两路也大败，名将杨业兵败被俘，宋军全线崩溃。此后，宋开始变攻为守，在无险可凭的情况下，便在边境大开塘泊，想以此限制敌骑。可北方冬季结冰，并不能阻挡辽军长驱直入，宋军的鲜血凝结在冰面上已是寻常之事。

●主和派渐占上风，说燕云不过是『穷荒之地』，得之无用。太宗却仍坚定地说：『恢复旧疆，此朕之志！』然而，后代皇帝已再无进攻的锐气，大臣们主战、主和争吵不休，直吵到宋亡。

杨家将报国无门——北宋（太宗）时期

赫然青史满门忠，为首当推老令公。
耿耿丹心兴宋室，巍巍浩气慑辽兵。
遭谗忍辱仍坚志，临难怀恩不苟生。
热血一腔彰道义，雄鹰断翅怎凌空？

注释

●北宋时期，宋太宗亲征北汉，北汉主出降，其手下悍将杨业一家，无奈之中随主降宋。从此杨门诸将一心一意为宋而战，不管遇到什么情况，都矢志不渝。其中尤以杨业（戏剧中的杨老令公）为楷模。

●杨家一门，对大宋王朝忠心耿耿。为保卫大宋江山，杨业的妻子佘太君，曾助杨业立下战功。杨业有七子，除延玉与父同死外，其余都曾为国戍边，其中最著名的是杨延昭，他智勇双全，能征善战，契丹人称其为『杨六郎』。延昭的儿子文广和他的妻子慕容（戏剧中的穆桂英）也都是善战的猛将。太平兴国四年，宋太宗亲征辽国，大败后，辽军对宋军十分轻视。第二年，辽发十万兵马来攻雁门，杨业领几千精兵，绕到敌后发动突然袭击，大败辽兵。从此，辽兵一见杨业的旌旗就望风而逃。

●杨业如此为保卫大宋尽诚竭忠，却招来奸佞的妒忌和诬陷。但他效忠大宋、护卫江山的坚定志向丝毫不改。雍熙三年，宋二次大举攻辽。杨业分析战场形势后，认为敌军势大，不可正面迎击。众将因早就对杨业嫉恨在心，所以故唱反调。监军王侁（音：申）依仗钦差的身份，诬蔑杨业怕死，杨业只好领兵迎敌，结果被辽兵俘虏。他仰天长叹道：『皇上待我恩重如山，本想破敌立功作为报答，谁知被奸臣嫉恨，逼我走上绝路，致全军大败。我还有什么脸面苟活下去！』然后绝食而死。

●杨家满门忠义，一心报国，但报国无门。杨业只能以一腔热血彰显道义，如雄鹰被剪断翅膀一样，凌空之志怎么能得以实现呢？

愚蠢至极的将军党进——北宋（太祖）时期

丑态频出蠢又庸，胸无点墨不识丁。

说韩定歹惩书匠，绘相求凶斥画工。

破口嗔责街市鸟，屈膝笑媚晋王鹰。

粗俗顽劣登高位，可窥一斑大宋风。

注释

●北宋初年，有一武将党进，因不识字没文化，且愚蠢憨直，常常丑态百出，闹出许多令人啼笑皆非的趣闻逸事。一次上朝前，他让人把情况和数字记在木棍上，以备皇上问时能回答出来。可就是一些数字他也读不出来，只好说：『我只愿皇上好好睡觉。』

●一天，党进走在街上，见众人围聚一起听人说书。他走上前去，问说书人说的是什么，说书人答道：『小人正在说韩信。』党进听后勃然大怒道：『你对我说韩信，见韩信就该说我了吧？好一个两面三刀的小人！』接着打了说书人一顿板子。还有一次，朝廷派画师画功臣像，党进也被列入其中。他看了画稿，非常不满意，大发雷霆训斥道：『我看人家画老虎还用金铂贴眼呢，为什么就不能给我画一对金眼？』画师无奈，只好也给他画像的眼睛贴了金铂，画像凶神恶煞，十分可怖。

●党进奉诏巡视东京街市，看见有人提着鸟笼溜达，二话不说，强行让人把鸟放了，嘴里骂道：『买肉不供养父母，倒拿来喂鸟。』又有一天，他看到一个小兵臂上举着一只鹰招摇过市，便气冲冲地走过去，一边教训小兵一边抬手要放掉鹰。这时他身边的小吏说：『这是晋王（皇上的弟弟，后来的太宗帝）的鹰。』他马上将手缩回，脸上立即堆满笑容，点头哈腰地说：『你可要买点鲜肉好好养啊！』

●党进这样一个不学无术愚蠢至极的人，竟然当上了全国步兵的统帅，这与大宋抑武重文的基本国策有关。可见后来宋王朝的阳刚之气越来越衰落，是并不奇怪的。

呼延赞故作怪异猎功名——北宋（太宗）时期

旁门左道猎功名，有勇无谋硬逞能。
劲舞钢鞭博重彩，疾挥枣槊炫威容。
镌身刺字标忠义，蘸血陈疏秀赤诚。
怪饰招摇冲上阵，临敌即溃现原形。

注释

●呼延赞，北宋初期的一员猛将。此人有勇无谋，能力平庸、地位不高，却一心想建功立业，为此他挖空心思，大搞『怪异』、『另类』，以吸引皇上和众臣的注意，想以此来达到自己的目的。

●呼延赞把唐初名将尉迟敬德作为榜样，自称『小尉迟』。太宗时，他为建立盖世功名，坚决要求去驻守边疆。太宗接见他，他当场为皇上表演武艺。只见他身披金甲，头裹绛红帕布，打扮得十分怪异。他骑一匹白花战马，手持钢鞭、枣槊，并令四个儿子与他一起，在皇宫院子里如旋风一样狂舞，引来阵阵喝彩。这一番炫耀，使太宗很高兴，当即赏给他们衣物和几百两黄金。但皇上深知呼延赞缺乏指挥才能，对他请求去守边疆并没有答应。

●呼延赞建盖世之功的心情急迫，后来他反复上书，表示要与契丹血战到底。同时，他又想出奇招，以引起皇上和朝廷的关注。一日，他叫人在他全身上下刺满『赤心杀贼』字样，连嘴唇也刺了字。然后，又令儿子和妻妾也都这么做。为了达到目的，他甚至在皇上面前拔出佩刀把自己的胸刺出血，然后让从官蘸血写奏书，以明对主忠诚和守边之志。皇上被他的一系列举措所感动，终于答应了他的守边请求。

●呼延赞出发去守边前，又搞了一番怪异打扮，并请求皇上说：『我的服饰怪异，一路上定会引来众人围观，请陛下命各州县派兵为我清道。』太宗笑了笑，没有同意。呼延赞一路招摇到了北方前线，不仅没有建立功勋，而且因为指挥不力而被调至地方，后又因没有行政能力而被调回东京，不久就默默无闻地死去了。呼延赞的悲剧在于，自己没有大本事，尤其是缺谋少略，却一心想建盖世之功，其结果当然是适得其反。

『饭桶』名相张齐贤——北宋（太宗、真宗）时期

顿餐盈桶不平庸，酒肉穿肠腹蕴英。
在野恤民无假意，上朝襄主有真功。
奇招巧断皇家事，妙计智削辽阵兵。
另类文臣实罕见，长谋善略大家风。

注释

●宋朝名相辈出，多文雅深沉之士，而张齐贤则与众不同，此人豪放不羁，尤以食量惊人。一次，张齐贤设宴待客，掌厨的小吏想测试一下他的饭量，便在墙角放了一个大桶，他吃下多少酒食，就把同样的食物倒入桶中，酒席未散，大桶已装满，人们大为惊骇，暗地里都称其『饭桶』。但这个『饭桶』绝不是平庸之辈，虽然酒肉穿肠过，但在经国理政上确有非凡的才能。

●张齐贤行为举止貌似粗俗，实则精明干练。在地方任知州时，就实实在在地体恤民情，敢作敢为，纠正了许多冤假错案，并提议取消苛税弊政，将所治之处搞得十分安定。后来，他被调入朝廷做了宰相，处事得当，知人善任，议政时常能提出高明建议，帮助皇上制定了许多事关军国的大政方针，本事不凡，深得皇上赏识。

●太宗时伐辽失败，名将杨业战死，边关吃紧。正在国家危急关头，张齐贤主动要求守边。一次，辽兵攻到代州城下，武将畏惧，缩在堡垒中固守，张齐贤便亲自率兵出战，以一当百，击败辽兵。又一次，张齐贤约潘美带太原大军前来会战，可信使中途被辽军截获。张齐贤正担心潘美军队遭伏击，可潘美带信说，东路宋军已败，太原大军中途退回。这时辽军铺天盖地向代州涌来，在这万分危急的情况下，张齐贤心生妙计，于半夜时分，派出二百士兵出城，每人手持旗帜，在城西南点起篝火。辽兵遥见火光熊熊，旗帜飞扬，误认为潘美大军已到，便急忙退兵。谁知张齐贤早已在敌退路上设下二千伏兵，乘机发起猛攻，终获大胜而归。张齐贤作为一个文臣，却能在战场上出奇制胜，可见其智慧非凡。至于在处理朝廷内部棘手之事上，就更是奇招不断。宋真宗时，他再度为相。不久，两家皇亲国戚因分家产吵得不可开交，各级衙门改判了十几次都不服，直告到皇帝面前。一日，张齐贤亲审此案，他对双方说：『你们都认为自己得到的财产太少，都认为对方得到了太多吧？』双方都说是这样。于是，他命双方都把此意写下，并签字画押，保证不反悔。然后让双方各搬到对方家中，而原有财产一律不准动。于是，这个旷日持久的案子便轻而易举地断定了，皇上闻之，十分高兴。

●张齐贤在宋臣中可谓『另类』，但其长谋善略的才能却十分令人敬佩。

宽宏大度的名相吕蒙正——北宋（太宗、真宗）时期

燕雀凌空变大鹏，三居相位走朝廷。
达官不忘曾蒙耻，显贵深知要守澄。
坦荡襟怀长忍让，宽宏度量善包容。
拒凭权势谋私利，品正格高铸美名。

注释

●北宋初年的名相吕蒙正，虽然出身非常贫寒，但他胸怀大志，历经无数艰难困苦，孜孜不倦地学习，终于在太宗初年高中状元，很快进入朝廷高层，成为大宋两个三度当宰相的重臣之一（另一个为赵普），声赫朝野。

●吕蒙正由寒门子弟发迹成高官后，从不忘记少时曾经历的苦难。当年，他在洛阳求学时，有一天酷热难耐，赶路中，看见路边有一瓜摊，望着西瓜，真想吃一块解解渴，可身无分文，只好拾捡小贩扔掉的烂瓜。这件事使他蒙受的耻辱，让他终生不忘。当了宰相，还经常想到当时的情景，时刻提醒自己现在好了不能忘记艰苦的过去。吕蒙正显贵后，不仅没忘记过去，而且经常警醒自己，且勿丢掉清廉本色。有一朝官，为了巴结他，要把家中藏的一面据说可照见二百里的古镜作为礼物送给他，他笑着说：『我的脸不过碟子大小，哪用得着照二百里的镜子呢？』巧妙

地拒绝了别人的贿赂。

●吕蒙正胸怀坦荡，宽容大度。因他年轻时就当上了参知政事（副相），许多大臣很不服气。一天上朝，有人在后帘议论说：『哼，这小子居然也能当参知政事？』吕蒙正身边的从官大怒，要冲进帘内，将那个议论的人拿下，吕蒙正当即阻止，不予追究。此事传出，众臣都十分佩服，他的威信一下就树立起来了。又有一次，吕蒙正以贪赃罪罢免了知州张绅。有人告发说：『张绅家十分富有，不可能贪赃。肯定是吕蒙正贫寒时张绅不肯接济，现在借故报复。』太宗听信谗言，给张绅复了官。对此，吕蒙正未做任何辩解。不久，负责监察的官员再次查出张绅贪污的证据，终将张绅罢免。太宗非常后悔，让吕蒙正回到相位，并对吕说：『张绅果然有罪！』可吕蒙正依然不为自己辩解，也不追究诬陷他的人。他的这种作风感动了许多朝臣，就连一向嫉贤妒能的赵普都说吕蒙正是难得的好宰相。

●吕蒙正不以权势谋取私利，他的儿子从未沾他的光得到高官。吕蒙正说：『我当初状元及第也要从九品小官做起，何况天下还有许多才子连进士也中不了，我家小儿何德何能，不该居此高位。』从此，规定宰相的儿子必须从九品官做起。

皇子严师姚坦——北宋（太宗）时期

为师宫内敢执鞭，导正祛邪不允偏。
若见恶习非放马，凡逢劣迹必通天。
悲情闷饮抨豪宴，怒气激喷斥血山。
严教皇儿招恨怨，亏得明主免蒙冤。

注释

●宋太宗有九子，为了江山后继有人，皇帝为儿子选了老师。在宫内执教，很不容易，一方面要避免宫廷斗争的连累，另一方面，皇子都不好惹，得罪了他们以后会引来麻烦。可有一位叫姚坦的老先生却不信邪，他当太宗第五子益王元杰的老师，尽心竭力，严肃认真，从不容忍元杰走偏。

●姚坦若见到元杰显露恶习，立即纠正，绝不睁只眼闭只眼，马马虎虎。同时，一旦发现元杰有劣迹必报告皇上，有时弄得皇上都觉得过分。如：益王元杰在府中大造亭台楼阁，招来一帮纨绔子弟，变着花样游玩。姚坦看到此情此景，当面向益王直谏不听，便多次向皇上告状，惹得益王对其恨之入骨。连皇上也有些不耐烦，训斥了他。但姚坦依然如故，见益王有过失扔抓住不放。

●益王元杰在府中新造了假山，耗资数百万钱。一日，他在府中大摆宴席，招来一群公子哥，一边喝酒，一边欣赏。席间，大家看着假山狂欢豪饮，唯有姚坦闷闷不乐，不屑看山一眼。益王大怒，令人把姚坦的头拎起，硬让他看山。姚坦怒不可遏，猛烈抨击道：『我只看见一座血山，哪里有什么假山？』并大声说：『我是农家出身，在乡下时，常见州县官催租，官兵抓住农家父子兄弟，就送往衙门鞭打，往往打得血流满身。这假山都是用百姓交来的租税造的，不是血山又是什么？』姚坦大义凛然，弄得益王十分难堪，只好不欢而散。太宗得知此事，对姚坦大加赞赏，然后把自己宫苑的假山也毁掉了。

●姚坦施教严格，最终还是招来了皇子的忌恨，太宗在位时，多亏皇上还算英明，使得他比较平安。太宗死后，益王的哥哥即位，立即将姚坦赶出京城去地方做官了。如若益王接班，姚坦很可能死无葬身之地！

刚直无忌的寇准——北宋（太宗）时期

浪子回头遂赫声，刚直无忌展华英。
诤言犯上纠偏误，盛气凌廷秉正公。
坚守贞节襄宋事，激驳妄谬抗辽兵。
树敌积怨遭诬陷，失宠离都屡挫锋。

注释

● 北宋名相寇准，小时候十分放荡，常和一群市井浪子鬼混。后来在母亲的严厉教育下，终于改邪归正，发愤读书，立志成才，在十九岁时便中了进士，从此声名鹊起，显于当世。由于才华横溢，寇准很快得到升迁，进入朝廷后，又敢言国事，多显远见卓识，深受宋太宗赏识和器重，太宗曾说：『我得到寇准，就和唐太宗得到魏徵一样！』

● 寇准以敢言敢谏著称。一年春天，北方大旱，太宗召集近臣，依据天人感应之说，讨论政事得失。众臣都唯唯诺诺，只讲好话，不敢指出问题。只有寇准朗声说道：『天大旱是由于朝廷处事不公！』太宗听后气得愤然回宫。过些时候太宗消气又把寇准叫来，要他说清楚。寇准言道：『要高官都在场我才说！』太宗只得把高官都叫来。寇准道：『前一段时间祖吉、王淮二人都犯贪赃罪，祖吉受贿较少判了死刑，而王淮只因是参知政事的弟弟，打了几板子就复职了，这不是处事不公是什么？』事后，太宗赞叹：『寇准真是宰相之才，可惜太年轻了。』寇准常因直言犯上惹恼皇上。一次，为提拔官员的事，他当场与同事争吵起来。太宗为息事宁人，将寇准训斥一番，可寇准据理力争，又是找对证，又是翻文件，非要弄个清楚。

●寇准为大宋军国大事尽心竭力，恪守良知，忠心耿耿。景德元年九月，辽圣宗率大军二十万入侵，直逼黄河边上的澶州，威胁东京。这时宋廷乱作一团，参知政事王钦若等人极力主张放弃东京，迁都金陵（今南京）或成都。寇准听后力驳愚谬之言，斩钉截铁地说：『应斩下这些人的脑袋祭旗，然后发兵北伐！』他以激言厉语，逼迫御驾亲征，结果使辽军不能前进，订下了『澶渊之盟』，保住了东京。

●寇准总是刚直不阿，锋芒毕露，因而树敌过多，且失皇宠，屡遭陷害，几次被赶到外地。看来，即或是明主，听逆耳之言也很难啊！

吕端大事不糊涂——北宋（太宗、真宗）时期

外呈愚钝内藏精，小处糊涂大事清。
平日藏头能顺水，险时出手敢迎风。
当机救命拦杀戮，果断担纲定立拥。
远略深谋一智相，明君慧眼辨真英。

注释

● 吕端，北宋太宗年间参知政事（副相）、宰相。此人看似愚蠢迟钝而内藏精明，小事上似乎柔弱糊涂而在大事上却十分刚强果断。当时朝廷有人议论说：『吕端为人太糊涂。』太宗却看得很清楚，对臣下说：『吕端是小事糊涂，大事可不糊涂啊！』

● 吕端平日处处谦让，从不和别人争风头。寇准当上参知政事时仅有三十多岁，而此时的吕端已是六十高龄。但他主动要求位居寇准之后。朝廷众臣们都意气风发，个个争显才华，只有吕端不显山不露水。可在关键时刻，吕端却该出手时就出手，展现出非凡的才能。

● 一天，边关报信，说抓住了西夏主的母亲。太宗想杀掉她以示威，并让寇准去执行。吕端听说后，急忙进宫，厉声

问皇上：『陛下今日杀夏国母，明日就能抓住夏国主吗？做大事的人不顾亲人，何况那种叛逆之人呢？杀了夏国母，不过结下怨仇，使他的叛逆之心更坚定罢了。』接着，太宗向吕端问策，吕端说：『不如把她好好养在延州，这样也许能招来夏国主，即使他不肯投降，也能使他牵挂，而这老太婆的生死不是在我们手里吗？』太宗听后抚胸长叹道：『妙啊，要不是你，我几乎误了大事。』太宗病重后，朝中都在揣度接班人问题。李皇后觉得现太子过于精明，将来难以控制，就勾结一些大臣和内侍，想另立有精神病的长子元佐为帝。太宗刚咽气，内侍王继恩就来请吕端进宫。吕端知道事情有变，突然把王继恩锁在房内，然后急忙进宫，当着李皇后的面不卑不亢地说：『先帝立太子就是为了今天，如今先帝尸骨未寒，怎么能违背先帝遗命呢？』然后立即派人去接太子。不一会，在灵柩前举行即位典礼。诸臣皆跪下，只有吕端未跪，直到看清御座上确为太子后，方走下台阶，跪下高呼万岁（新帝以后的庙号为真宗）。

●吕端在军国大事上不仅不糊涂，而且精明过人。平时他被许多朝臣看不起，而太宗对他却十分器重，足见太宗看人很准！

澶渊之盟——北宋（真宗）时期

辽军进犯宋廷蒙，主战求和各力争。
强相挺躯催战马，懦臣缩首避兵锋。
敌前猛将浑身勇，城内庸君满目惊。
本可趁机赢大胜，竟甘屈辱乞夷凶。

注释

● 北宋自太宗两败于辽之后，一直处于守势。而辽至圣宗时，国力日渐强盛，便对宋开始大规模入侵。景德元年九月，辽圣宗率大军二十万（号称）直趋宋朝黄河边上的澶州，威胁东京。面对如此局面，宋朝朝野上下一片惊慌，君臣大多发蒙，乱作一团，不知所措。此时，存在已久的主和言论又甚嚣尘上，极力主张放弃东京，迁都金陵（今南京）或成都。而主战派则强烈反对迁都，要求皇上率军亲征，给敌以坚决打击。

● 当时，众臣僚畏敌如虎，谁也不想与辽交锋，只想苟且偷安，保全自己。而临危受命出任宰相的寇准，当听到参知政事王钦若出的迁都主意时，十分气愤，在皇上面前要求将王斩首祭旗，然后发兵北伐。他铿锵有力地对皇上说：『现在我军尚强，如果皇上能亲征，敌军必仓皇而逃；如果陛下抛弃都城，必然全国人心崩溃，这样天下还能保住吗？』在寇准的百般劝说下，皇上只好同意发兵亲征。但在主和派的压力下，同时还派人与辽议和。

●真宗率兵走到澶州南城，看到铺天盖地的辽军，立即吓得两腿发软，又想逃往金陵，寇准严加制止。正在真宗犹豫之时，大将高琼坚定支持寇准，并请皇上进澶州北城。这时，一文臣在旁呵斥高琼无礼，高琼怒吼道：『如今敌军迫近，还说什么有礼无礼？君以文章得做大臣，为何不赋一首诗吓退敌军？』真宗无奈，只得下令开往北城。但到浮桥前，他又犹豫了。这时，高琼举起手中的鞭子，猛抽轿夫的背，硬是把真宗送入北城内，用皇上的旗号来鼓舞士气。真宗在围城之中，整日心惊肉跳，惶惶不可终日。当他派人了解到在前敌指挥的寇准仍在喝酒、唱曲、玩牌，一副无所谓的样子后，情绪才稍微稳定下来。

●由于皇上亲征，后续几十万宋军开来，辽军见大势不好，便派人前来议和。寇准坚决不同意，他觉得此时正是逼辽称臣并收复燕云故地的好时机，为此，他制订出详细计划，向真宗上谏。但真宗不仅不屑一顾，还坚持派人与辽议和，而且竟然答应每年贡奉给辽三十万钱财，以求相安无事！

谦和宽厚的宰相王旦——北宋（真宗）时期

喜怒无痕稳若山，谦和大度走高端。
阅清天下千般景，悟彻朝中万道关。
慧眼识人行正道，善心平事遏奇冤。
连承相位二十载，一咎污名死不安。

注释

●北宋真宗年间，王旦为宰相，此人谦和大度，喜怒皆不形于色，在朝野上下赢得很好口碑。一次，皇帝赐给他家十坛御酒，王旦之兄看见后，要马上搬走两坛。王旦妻子说这是皇上赐的，不可随便拿走。哥哥大怒，将十坛酒全部砸碎。王旦妻子很生气，不许人收拾。王旦回来后，看到满地酒浆碎陶，仆人又在一旁『烧火』，王旦却心平气和地说：『人生能有几年光景，何必这么计较呢？』

●王旦家族自后汉以来世代为官。王旦本人长期身居高位，对世间和朝廷的情况了然于心，什么事情都看得清清楚楚，所以，在真宗时期像寇准这样的重臣都几起几落，而他则一帆风顺，游刃有余。

●王旦在大多情况下都能秉以公心、正义，对军国大事认真负责，特别在选人、用人上，做出很大贡献。尽管他平时从不发怒，但部属还是很畏惧他，他家常常宾客满堂，但谁也不敢以私事相求。人们大发议论，王旦只在一旁静听，发现有见地或知名的人，就会默默记下，过后把这人叫来，详细询问，然后记下他的特长。以后，这人再来登门，绝不相见。待到朝廷用人时，同僚们都争相引荐自己的亲朋好友，而王旦总是依据平日掌握的翔实情况给皇上推荐人才，常常得到皇上的赞许。王旦为人厚道，总是能在同僚危机时伸出援助之手。一次，一个算命先生上书，妄谈皇室的未来，皇帝大怒，将这个算命先生杀头示众，可抄家时发现许多当朝大臣求他算命的文书，真宗要追查这些大臣，判以重刑。王旦急忙劝阻，说：『求人算命也是人之常情，这些文书并没有诽谤朝廷，就凭这些不能判大臣们的罪。』接着，王旦又拿出自己过去算命的文书，说：『我年轻时也做过这种蠢事，一定要判罪，就连我一起抓起来吧！』皇上感到有点理亏，摆了摆手，让王旦去处理。王旦立即到办公处，将这些文书都烧了。过了一会儿皇上后悔了，又派人来取这些文书，可已经来不及了，只好不了了之。就这样，王旦凭自己的聪明才智，遏止了冤案的发生，保护了一大批朝臣。

●王旦为政宽厚，在风云变幻的朝廷连做宰相二十年。可有一件事让他到死还愧疚不已。这件事是这样的：真宗后期，佞臣王钦若鼓动皇帝造天书拜神仙，让真宗帝借神道树威。对此事王旦内心本觉得不对，因性格不够刚直，且又收了皇上的赏赐，就随波逐流地跟着干了起来，并且每次盛典都由王旦捧着天书行礼。他明知不对，又不敢反对，因此常常郁郁不乐。临终时他对儿子说：『我一生别无过错，只不劝止皇上造天书一事，罪不可恕。我死之后，你要剃光我的头发，让我穿僧衣入殓。』

急性而能干的州官张咏——北宋（太宗、真宗）时期

急性喷发似火山，侠肝义胆勇承担。
出拳凛冽浊流止，用策温良怒浪安。
恶吏当除挥铁掌，贪官必肃舞钢鞭。
灵机避祸消兵变，政绩卓然誉满川。

注释

●北宋太宗、真宗年间，有一个州官叫张咏，此人虽为进士，却以侠肝义胆、敢于担当著称，且性情急躁得非常出名。一天早晨，张咏穿戴完毕准备到官府去，出门前赶着吃热馄饨。可他一低头吃，帽带就滑下来掉到碗里，他伸手撩到肩后，再低头吃，帽带又滑下来。这时他无名火冲上脑门，一把扯下帽子，把它扔进汤里，气呼呼地大叫：『你吃！你吃！』

●张咏虽然性格急躁，在处理问题上却能掌握分寸。一方面，他疾恶如仇，打击丑恶势力下手非常狠。他当县令时，有一次看到一小吏从仓库中出来帽带上吊着一个铜钱，便质问从何而来。这种仓官平日拿惯了公库中的钱财，便理直气壮地说：『当然是仓里的钱。』张咏大怒，令拖下去打板子。可这个恶吏不服气，嘟哝着：『拿一个钱有什么

了不起，总不会杀了我吧！』张咏听后，立即拿笔写下『一日一钱，千日一千，绳锯木断，水滴石穿』。写完后，操起剑将这个恶吏杀了，然后自己到上司面前自首。从此，这个县的大小官吏再也不敢嚣张了。另一方面，张咏据实情决定政策，该严必严，该宽必宽，恩威并用。在杭州时，部下抓到许多卖私盐的贩子，张咏常施以轻罚然后放掉。部下不解，他说：『眼下发生饥荒，百姓不过靠贩盐苟活，若不让他们有活路，必然引起众怒，导致他们揭竿而起，那样可就不好收拾了！』张咏入川后，也注意减轻赋税，让农民归田耕地，深得当地民心。

●当时，奉命出京办事的宫廷内侍十分骄蛮，地方官都很畏惧。有一次半夜，一群内侍叫开北门，闯入成都。张咏正气凛然地质问他们：『你们半夜进城，惊扰一城民众，可知何罪？现在是先斩后奏呢，还是要先奏后斩？你们挑选吧！』内侍们见状，个个吓得叩头求饶。接着张咏把他们赶出门外，让他们露宿街头。张咏一身正气，两袖清风，不畏强权，在蜀川任职期间，严厉打击贪官污吏，民众无不拍手称快。

●张咏是一个非常有智慧的州官。他在第二次守成都时，正值兵变之后，军中怨声载道，骚动不安。一天，他检阅当地驻军，刚到校场，全体士兵突然向张咏高呼『万岁！万岁！』这显然是兵变的信号，也等于把他推向绝境。可此时张咏，却不慌不忙，跳下马后，转过身也和士兵们一样面朝东北，与众人一道高呼『万岁』。于是，造反的象征立即变为共同效忠皇上的举动。事后，寇准对张咏的这一举措都佩服得五体投地。张咏两度入川，政绩卓然，不仅受到皇上嘉奖，而且稳定了当地局势，深受百姓爱戴。

和尚蒙冤得雪耻——北宋（真宗）时期

借宿游僧被拒容，霜天月夜睹奸情。
逃嫌躲难跌枯井，引祸下牢遭厉刑。
不忍残活编罪证，唯求速死认污名。
奇冤落定刀悬首，幸遇清官错案平。

注释

●北宋真宗年间，有一游僧游到河南。一天，他从早晨走到黄昏，已精疲力竭，忽见路边有一独家民舍，便叩门请主人借上一宿，不料被冷漠拒绝。此时正值霜天夜晚，游僧只好和衣在宅主人门外的破车厢里过夜。时至半夜，他忽见一个人影翻过那家院墙，过一会，一个男人扶着一个女人从墙头爬过来，手里还拎着一个包裹，很快消失在黑暗之中。和尚意识到有奸情发生。

●游僧马上想：『主人不肯留宿，我却硬睡在这里，明天主人发现少了钱财和女人，我一定会受怀疑。』想到这里，和尚连夜离开这是非之地。他怕被人追上，不敢走大道，便走小路，因在夜里，四面漆黑，突然跌进一口枯井中，一下子昏死过去。待他醒来，天已微明，他睁眼一看，井里有一具血淋淋的女尸。这时他想从井中爬出，但井深壁陡，未能实现。天明后，那家男主人醒来，发现女人和财物失踪，便集合一群人来找，终于在枯井中发现了女人尸体与和尚。于是将和尚捆起来送到了县衙报案。和尚被打入大牢，县官根本不听和尚申辩，对他施以酷刑，逼迫和尚招供。

●和尚实在忍受不了严刑拷打，想到已无生路，不如早死。于是他给自己编造罪证，说是与这家女人通奸，和她一起私奔。女人走不快，怕男主人追上，便杀了她扔在井内。自己在慌乱中也跌入井中，赃物掉在井旁，不知被何人拿走。

●和尚招供后，县官满意地笑了，让他在供词上按了手印，给他定了死罪，并上报洛阳。河南府的官员都认为证据确凿，这个和尚必死无疑。但这个和尚在即将受死刑时却遇到一位出名的清官向敏中。向敏中觉得不见赃物十分奇怪，于是他四次提审和尚，越审越有疑点，最后和尚说了实话。然后，向敏中暗中派人四处查访，终于弄清了案件真相：原来那女人是本村的一年轻人张三杀的。他们抓住了张三，并搜出了赃物，张三供认不讳。于是，游僧的冤情得以洗清，而向敏中因此奇案也声名大噪，在到处都是草菅人命、昏官当道的年代里，向敏中成了百姓心中的偶像。

宋真宗伪造天书封禅修道——北宋（真宗）时期

伪造天书骗视听，又行封禅炫神通。
淋淋血泪铺桥路，滚滚钱财筑阙宫。
浩浩汤汤从万众，轰轰烈烈走千旌。
求仙修道祈长寿，怎奈上苍回逆声。

注释

● 北宋真宗听信佞臣王钦若的妄言，伪造所谓天书和各种奇异现象，证明自己已得到统治天下的天命，借以大树权威，欺骗民众。接着他又听从王钦若的建议，学当年秦始皇和汉武帝，到泰山封禅，一时间把朝野上下搞得乌烟瘴气，使得许多小人因大搞妖术而得宠。

● 为造声势，大臣王旦率文武官员及和尚、道士三万人联名上表，请真宗到泰山封禅。继之，从开封到泰山沿途大规模地筑路铺桥，建造行宫，残酷驱使劳役，耗费了惊人的钱财，把国库的积蓄几乎挥霍殆尽。这时，又有人谎称在泰山也发现了天书。于是，又免不了一番祝贺、拜谢之类的表演，花钱如流水。

● 一切准备就绪，真宗带着几万人从京城出发，一路上浩浩荡荡，车水马龙，彩旗飘飘，整整走了十七天，来到了泰山脚下。然后，真宗步行上山，举行隆重禅礼，拜天拜地拜祖宗，并宣布大赦天下，赏赐百官，各地也大摆宴席，以示庆祝。回京途中，又祭祀孔子、老子，各种礼仪下来，又不知花了多少钱。

●真宗本想通过封禅祭神和修道来求得长生不老，可事与愿违，老天偏偏不领情，不买账，给他的回应恰恰相反，不仅未获长生，晚年还得了精神病。真宗驾崩后，天书随葬于陵墓，再也无人提起。到仁宗时，当年真宗修道拜神的玉清昭应宫遭雷击，一夜之间全部烧毁，此后再未修复。

『鹤相』丁谓媚主——北宋（真宗）时期

寻机媚上助邪风，尽逞聪明造观宫。
系统筹谋相匹配，分别设计互衔通。
运行有序环环妙，操作无瑕步步精。
只见乌鸦飞旷野，何来仙鹤舞长空？

注释

●北宋真宗年间，任宰相的丁谓，对上极善谄媚逢迎之能事。真宗在佞臣王钦若的鼓动下，大造天书、求仙修道。丁谓凭其聪明机敏、足智多谋，乘时于政界兴风作浪，助长歪风邪气。他最突出的『政绩』就是迎合皇帝的需要，修复被大火烧毁的宫殿和大建道观。

●丁谓虽然为人巧佞，但组织巨大工程却很有招法。他所搞的施工方案，颇具系统工程的思路，既着眼整体，又注意部分，相互匹配、衔接，妥善地解决了在皇城中搞建筑的取土、建材运输和建筑垃圾等一系列难题，收到了一举多得的效果。

●丁谓在组织施工时有条不紊，程序运行上环环相扣，操作细节上步步精良。大中祥符四年，真宗西行汾阳，举行祀后土典礼，为安置『天书』，皇上下令在京城修建一个前所未有的道观——玉清昭应宫。丁谓主持这项工程，设计得十分豪华。由于丁谓设计高超，组织严密，再加上拼命驱使劳役，原本要十五年建成的道观仅用七年就得以竣工，取得了省时省力的良好效果。

●丁谓因造宫观有功，很快爬到相位，从此他更起劲地炮制神怪故事。每次皇帝到玉清昭应宫烧香，他都报告说有仙鹤飞临；每次『天书』下凡，他都报告说有仙鹤舞于道，后来几乎带翅膀的东西在他眼里都成了仙鹤，于是得了个『鹤相』的绰号，被朝野上下传为笑谈。一天，寇准在山上游玩，一群乌鸦从头顶飞过，讥笑着说：『丁谓看到这个，准会说黑鹤飞舞于仙山了。』

名流未必尽识画——北宋（真宗）时期

收藏字画蔚成风，优劣混杂难鉴清。
廷将无凭缺辨力，村夫有据显识功。
文豪不晓花茶瓣，庶子却知猫闭睛。
莫论名家常走眼，须防伪雅乱胡蒙。

注释

● 北宋真宗年间，从文人到武士，皆爱书画，一时收藏蔚然成风。这样一来，优、劣、真、赝纷至沓来，使许多收藏者难以鉴别。

● 一个叫马知节的将门之子，好书善儒，藏有一幅唐代名画家戴嵩所作的《斗牛图》，珍爱有加。一日，马知节将这幅画拿出来晾晒，并有滋有味地欣赏着。这时，一交租的村夫经过此处，好奇地上前看了看那幅《斗牛图》，禁不住发出笑声。马知节问其何故，村夫说：『我虽不懂画，可成天和真牛打交道，熟知真牛斗架时的情景。牛在角斗时尾巴都是紧紧夹在大腿之间，连大力士也无法将牛尾拉出来。这画上的两头牛斗得正凶，可牛尾巴怎么像旗杆高高翘起？这与真实情况是不符的！』可马知节听说戴嵩是最善于画牛的，怎么被一个老农看出了破绽。然而事实就是这样，马知节深感自己知识贫乏，缺少辨别能力，对老农十分佩服。

●大文豪欧阳修也曾藏有一幅古画，上面画着一丛打蔫发茶（音：聂的二声）的牡丹，花的下方蹲着一只眯眼的老猫。他拿不准这幅画是不是精品，便请来一个叫吴育的庶人（欧阳修的亲家）来帮助鉴定。吴育一搭眼就脱口而出，道：『此画画的是正午牡丹。』欧阳修问其根据何在，吴育说：『花瓣萎靡无力，色泽略显干燥，这说明是中午时的牡丹。而老猫的眼睛眯成一条线，如同闭上差不多，这也正是正午的猫眼。清晨的牡丹称为带露花，花蕊收敛，色泽湿润。猫的眼睛早晨和晚上都圆溜溜的，近中午时就渐显狭长，正午时就眯成一条线了。』对吴育的评析，欧阳修觉得十分精彩，入情入理，非常折服。

●对于古字画这些东西，谁都不敢说百分百地鉴定准确，即或具真才实学的大家，也有走眼的时候。所以，收藏者在请教大师的同时，关键要靠自己知识和经验的积累。至于那些乘收藏之风盛行而附庸风雅，伪装大师的人，千万要对他们百倍警惕，不能听他们的胡蒙乱侃，避免上当受骗。

迂腐儒生陆参——北宋（真宗）时期

头昏脑胀苦读经，死啃教条均是听。
火近家宅犹矩礼，贼逃法网尚怜凶。
凭诗断案谈先圣，据典登堂讲古风。
迂腐至极贻笑柄，竟得欣赏获擢升。

注释

●宋代号称以文治国，科举不讲门第，向文人开放。所以，士人为追逐功名，纷纷在作文读书上狠下功夫。真宗时有个叫陆参的读书人，苦读经书如醉如痴，整天读得头昏脑涨。他读书认真，但却十分刻板教条，一言一行，一举一动都唯经书是从，丝毫不走样。

●有一天半夜时分，邻居家突然失火，他母亲醒过来大声叫他，可陆参一声不响，母亲急坏了，接连喊叫，他还是不搭腔。原来他是在按礼仪穿戴衣物。等按部就班穿好后，才回应母亲的召唤。母亲看他那个样子，真是既好气又好笑。所幸大火没烧到他家，否则这书呆子和那些经书非一起烧光不可。后来陆参中了进士，当了县令。一次他审理一个被部下抓到打家劫舍的强盗，竟然当着强盗的面说：『你做这种事完全是出于无奈，不是本性不善。』并让人给他松绑。当天晚上强盗就逃之夭夭。部下向他报告时，他却感叹道：『我以仁爱之心可怜他，他还忍心辜负我，他要是再被抓来，还怎么有脸见我！』听到陆参这番话，旁边的官吏都忍不住笑出了声。

●一天，陆参端坐大堂，审理一起两家争田产的官司。开庭时，陆参什么都没说，便提笔写下了『你们怎么不学学虞、芮那两家人呢？』陆参用的是《诗经》中的一个典故，说的是：商末虞、芮两个国家的边界上有两家人因为地界争端打起了官司，虞、芮两国都无法公正判决，就去找周文王（先圣）评理。两家人一进周境，就发现当地风气非常淳朴，农民都在地界上相互谦让，于是，两家人转身回家，再也不打官司了。《诗经》中『虞芮质厥成，文王蹶厥生』一句讲的就是这件事。陆参引用这个典故，意思是说你们见了我这样的君子，也该惭愧，还打什么官司呀？可陆参却不知道，乡下人哪懂什么《诗经》啊！那两家人听了陆参这番讲解，更加糊涂了，不但问题没解决，反倒争吵得更厉害了。

●陆参在大堂上凭《诗经》断案，其迂腐至极，可见一斑，此事成了当时人们茶余饭后经常谈起的笑话。可就是这样一个死读经书、古板教条到无以复加的酸儒，竟然得到了提拔。这完全是由于宋朝以文治国，推崇文弱风气所致。

皇帝终明生母——北宋（仁宗）时期

未知原本侍妃生，母故数秋方弄清。
跺脚捶胸如火烤，呼天抢地似雷轰。
追名加号封尊位，改葬更棺造寝宫。
如若不登天子座，即揭真相有谁听？

注释

●北宋仁宗赵祯十三岁登基，刘太后垂帘听政。刘太后并非赵祯亲母，赵祯原本为宫中一个姓李的侍女所生，刚生下时，就被刘皇后领来当了自己的儿子。李侍女虽然后来被提升为昭仪（地位较低的妃子），但她根本不敢来认亲生骨肉。对于这个宫中之谜，身为李侍女亲子的赵祯一无所知。直到赵祯即位、刘太后去世，他才终于知道自己原为李宸妃所生。

●赵祯弄清了自己的身世，极为震惊，一时间号啕大哭，如烈火煎烤，五雷轰顶，搞得宫廷天昏地暗。

●接着，赵祯立即下诏，对其生母李宸妃追赐谥号，追封为李太后。同时，更换棺木，改葬永定陵，一时间，满朝上下，轰轰烈烈，好不隆重，仁宗终使自己九泉之下的母亲得到慰藉。

●李宸妃应该说是幸运的。活着的时候并未受到残酷迫害，死后在宰相吕夷简的建议下，刘太后还是把她的葬礼办得十分隆重。所以能如此，主要还是因赵祯登上了天子之位，不然的话，吕夷简也不会提出那样的建议，刘太后更不会按吕夷简的建议行事。至于『狸猫换太子』的传说，纯属戏剧情节，而非历史事实。

厚道俭朴的仁宗——北宋（仁宗）时期

衔德为政忌蛮刁，束己怜民百业骄。
不啖佳肴惜血汗，拒更陈设省脂膏。
御园干口休颜怒，餐碗爬虫抑火烧。
握柄四十零二载，仁慈朴厚领风骚。

注释

●北宋仁宗帝赵祯，为真宗帝赵恒第六子，他的前五个哥哥相继夭折，其登基时年仅十三岁。仁宗在位四十二年，国泰民安（有诗云：『农桑不扰岁常登，边将无功更不能。四十二年如梦觉，春风吹泪过昭陵。』）仁宗天性宽厚仁慈，虽为君王，崇尚俭朴，体恤民生，这在历代皇帝中都是佼佼者。

●平日里，仁宗吃、穿、用处处节俭。一年秋初，仁宗吃饭时见有鲜蛤蜊，便问这是从哪来的，价格贵不贵？下人说，每个值千钱，一次送来二十八个。仁宗听后很不高兴，说：『我常告诉你们不要侈靡，现在动一下筷子就得花这么多钱，我实在吃不下去！』还有一天早上，仁宗对近臣说：『昨晚睡不着觉，肚子饿了，很想吃烤羊肉。』近臣说：『为何不降旨索取？』仁宗说：『听说宫中想要什么东西，下面就会形成惯例。如果朕半夜下旨要食烤羊，以后他们必每夜宰羊，这不是太劳民伤财了吗？』仁宗平时多穿旧衣服，宫中的摆设也多年不换。一些大臣屡次劝他更新，仁宗说：『宫中所用的钱都是百姓的膏血，怎么能轻易浪费呢？』

●仁宗向来宽宏大度，该容人时必容人。一次，他与臣属在御花园中散步，不时回头，随从不知他要干什么。回宫后，他急忙对嫔妃说：『我好渴，快拿水来！』嫔妃问道：『你刚才在外面为什么没说渴，熬了这么久，多难受呀。』仁宗说：『朕回头看了好几次，都不见奉茶的侍从。若开口要水，难免有人会因此获罪，所以我忍着回宫来了。』有一次吃饭，仁宗发现碗里有只小虫子在爬，一时怒火直冲脑门。但一想，如果指出来，定会有人要倒霉，于是，把火气压了下去，装作没有看见虫子。

●有一书生，为了达到自己往上爬的目的，在成都府献诗：『把断剑门烧栈道，西川别是一乾坤。』从诗意上看，这是在劝成都知府造反。知府看诗后大惊失色，急忙上报皇上。仁宗笑着说：『不过是个老秀才急于要当官而已，没必要严加处罚，就让他到边疆做个小官也无妨。』仁宗这般衔德为政，在历代君王中确属罕见！

曹皇后临危不乱——北宋（仁宗）时期

忽闻暗夜叛凶临，直面危局自有循。
速令引兵安御驾，急催灭火堵宫门。
当机论赏励忠胆，就事行罚惩恶魂。
果断指挥平内乱，卓识大勇骇群臣。

注释

●曹皇后为宋代名将曹彬的孙女，仁宗时入宫，被册封为皇后。此女性情仁慈，生活俭朴，重稼穑，善书法（飞白），十分文静。但在关键时刻却能临危不乱，处变不惊，在处理棘手问题上，显示出了非凡的智慧和勇气。庆历八年元宵节后的一天夜里，仁宗与曹皇后正在宫中睡觉，忽闻外面一片嘈杂，并伴有女人哭叫声。曹皇后立即感到是有人谋反。此时的仁宗有些慌乱，而曹皇后则十分冷静，非常有章法地应对危险局面。

●曹皇后首先派内侍去通知都知王守忠，命令他速速引兵入内保驾。王守忠的兵马还未到达，反叛者已逼近。仁宗更是六神无主，要大家一切听曹皇后安排。曹皇后想到叛乱者可能进攻宫门，虽宫门一时难以攻破，但就怕火烧。于是，她即刻催促内侍赶快去取水备用。果然叛乱者开始火攻，曹皇后指挥大家迅速灭火，力保宫门不失，为王守忠的到来争取了时间。

●为了鼓舞内侍们的士气，曹皇后当机出了一招，即将每个参战者的头发剪下一缕，宣布事后将以此论功行赏。所以，众内侍更加英勇作战，拼命抵抗叛乱者来效忠皇上。正在内外相持之时，王守忠率兵赶到，很快就把叛贼镇压下去。接着曹皇后立即下令，将叛乱的首领速交刑部正法，并强调就事论事，不得株连他人。

●曹皇后有条不紊且十分果断地指挥，迅速将一场宫中叛乱平定，其大智大勇震动了朝廷上下，群臣对这位女子无不惊骇和钦佩。

智勇过人的名将种世衡——北宋（仁宗）时期

当朝边将罕精英，却有能人远赫声。
妙法抬梁修大庙，奇招备武练强弓。
施恩用计得襄助，守信承约获效忠。
智勇超群赢爱戴，安民保境展雄风。

注释

●宋代重文轻武，边将中多为庸辈，很少有出类拔萃者，但有一个叫种世衡的卫边将领则智勇双全，声名远扬。

●种世衡十分聪明，最突出的是善于调动人的积极性。一次，他要在山上建庙，有一根大梁太重，人手少搬不到山上去。于是，他招来一班演杂技的，让他们敲锣打鼓招摇过市，扬言要到山上建庙的场地表演。城里的人听说后都浩浩荡荡地跟在后面。来到山脚下，种世衡指着那根大梁说：『要看杂技可以，请大家帮忙先把这根大木头搬上山。』众人大吼一声『上』，没用多少时间，就把大梁扛了上去。种世衡当上了西北的边将，积极加强武备。由于青涧城的军民都不善于射箭，作战时吃了很大的亏，为了让人们下苦功夫练射箭，他宣布以银子作为箭靶，谁射中，银子就归谁所有。这样，城里的百姓都踊跃参与练箭，连和尚、道士和女人也不甘落后。随着大家命中率的提高，种世衡把箭靶越做越小，但厚度增加，银子的重量和原来一样，人们的箭术也因此越来越精。

●在对付诸族部落上，种世衡更显示出聪明才智。他恩威并施，收到奇效。在羌族中，以慕恩为首的部落最为强悍，种世衡就请慕恩来赴宴，并叫自己的侍姬陪酒。喝到半夜，种世衡计上心来，故意找借口离开大帐，然后潜伏在帐外，从壁缝中窥视里面动静，发现慕恩正在偷偷调戏侍姬，于是他突然闯入帐内。慕恩满脸羞愧，吓得连忙谢罪。这时，种世衡笑道：『你若喜欢她，不妨带走。』慕恩大喜过望。从此，他对种世衡俯首听命，其他部落造反，种世衡令慕恩前去征讨，慕恩总是倾力相助，成为种世衡治理各部族的重要力量。种世衡对人恪守信用，从不打折扣。他任环州郡守时，有个名叫奴讹的部落首领，前往迎拜。种世衡与他约定次日回访。不料当天下了一夜大雪，积雪达三尺多厚。部下劝种世衡改日再去，可他说：『人必守信，不可失期。』于是冒着风雪，策马前往。奴讹以为种世衡不会来了，正躺在军帐中小睡，种世衡突然造访，使他大为感动。从此，奴讹对种世衡唯命是听。

●种世衡以其非凡的智慧和勇敢在边境树立了崇高的威信，深受军民爱戴，为安民保境做出了卓越贡献，其丰功伟绩永载史册。

种世衡智除西夏两将军——北宋时期

高韬大略善攻心，搅乱敌营刺命根。
献树呈图施间计，传谣设祀布迷津。
猖狼入套方失首，恶虎钻圈又丧身。
未动兵戈凭睿智，借刀除夏两将军。

注释

●北宋名将种世衡有高韬大略且工于心计，他用计谋把西夏阵营搅得天翻地覆，使其伤筋动骨，是他干得最漂亮的一件事。

●西夏元昊的崛起对宋构成了严重威胁。元昊手下有两员得力的大将野利旺荣和野利遇乞，二人谋略过人，善于用兵，曾在好水川等战役中大败宋军。宋廷曾派人对他俩行刺未果，为此，种世衡想出种种计谋欲除之。他找到了一个能在西夏实施间谍活动的人，此人叫王崧，曾得到过种世衡的恩惠。种世衡令其携带一封信给野利旺荣，故意将内容写得含含糊糊，暗示宋有意任命他为夏州节度。同时，还让王崧带上一棵枣树和一幅画着乌龟的图，叫他交给旺荣，请他『早归』。王崧来到西夏被抓入军帐，在重刑之下，他取出密信交给元昊，元昊立即对旺荣产生怀疑。

而在种世衡那边，他正大骂西夏的使者，称赞旺荣弃暗投明、归附大宋的义举。使者本是元昊的心腹，待他们把情况报告后，元昊大怒，不久就将野利旺荣和他的全家杀了。除掉了旺荣，种世衡马上又将目标对准野利遇乞。遇乞自恃有功，与元昊的乳母白姥不和。一次，遇乞深入宋境数日未还，白姥乘机向元昊进谗言说遇乞有降宋意图。种世衡探知这事后，又开始用计，派人买通野利遇乞的心腹侍卫，盗得遇乞的宝刀，又令人到处散布谣言，说遇乞已被白姥诬陷致死，他还在边境上大张旗鼓，焚烧纸钱，为遇乞举行祭祀。待西夏兵来时，故意扔下祭文和遇乞的宝刀。西夏兵捡到这些交给元昊，元昊看到祭文上写着野利兄弟有意归宋，对遇乞功败垂成表示惋惜的文字，立刻怒火中烧，马上下令杀了遇乞。

●就这样，种世衡设下圈套，将西夏主元昊手下的两位得力干将先后除掉了。

●种世衡在除掉西夏二将过程中，未动一兵一卒，采取借刀杀人之计而取得成功，足见其是何等睿智聪明！

曹玮妙计杀敌——北宋（真宗）时期

未追逃寇慢回兵，散乱无形诱转锋。
故显仁师彰大气，实藏诡计设深坑。
观敌落魄我突起，看我发威敌速崩。
史有二曹均善战，虽弹异曲却同工。

注释

●北宋名将曹玮，为名将曹彬之子，他多谋善战，十九岁就镇守西北边疆，四十多年里，百战百胜，真宗时屡败西夏兵，立下显赫战功。一年春天，西夏兵又来进犯，曹玮率部迎战，西夏兵闻风丧胆，丢下许多牛羊和辎重溃逃。此时曹玮并未追击，而是令部队赶着缴获的牛羊，带上获取的辎重，收兵回营。一路上，曹玮故意让部队放慢行进速度，且军容不整，队伍散乱。部将对此大惑不解，几次问曹玮为何，曹玮就当没听见，依旧命令部队缓缓而行。其实，曹玮这是在用计，以诱西夏逃军转过锋头再来袭击宋军，以便就势歼灭其有生力量。果然，西夏军逃了数十里后，听说曹玮部队贪图牛羊和财物，以致军容、队形不整，便调过头来追袭宋军。

●西夏军追近，曹玮不慌不忙，派使者迎上去说：『古人道「先礼后兵」，贵军远道而来，想必十分疲劳，我军并不打算趁你们疲惫不堪时进攻，你们可以让士兵和战马先喘口气，休息一下，过些时候再开战，我们是仁义之师，胜要胜得光明正大。』曹玮表面上以仁义之师彰显大气，实则暗藏计谋。因为他明白，敌军远去后又返身追袭，跑了近一百里路程，自然非常疲劳。但他们靠近我部时，锐气尚盛，如果立即交战，我方不一定能占上风。而走远路的人，如果停下来休息，再起身反而会感到腰酸腿软，打不起精神。所以，得让他们松懈下来，然后才能一举歼之。

●敌军首领上了曹玮的当，真的令部队休息了。等到休息好长一段时间，曹玮派人去下战书，敌军首领欣然应战。可这时敌之部队已十分松散，没打几个回合，宋军就占了上风，将西夏军打了个落花流水。宋军用曹玮之计取得大胜，凯旋回营。

●春秋时期，也有一个姓曹（曹刿）的将领，亦谋略超人，很善于打仗用兵，他是想办法让敌人『疲劳』，而宋代这个曹玮却想法让敌『休息』，二曹看似相反，其实有异曲同工之妙，因为战场上瞬息万变，所以战术不能固定，必须因情制宜，因势而变，方能取胜。看来二曹将军皆得此法！

狄青夜袭昆仑关——北宋（仁宗）时期

骏马强弓慑异番，请缨南讨再扬鞭。
灯前美酒放烟幕，月下轻骑袭隘关。
破帐擒贼超数百，挥刀斩首近一千。
虚名不取诚为上，拒借外兵堪远瞻。

注释

●狄青，北宋名将，他是普通士兵出身，擅骑马射箭，作战英勇顽强，常披头散发、戴着铜面具冲锋陷阵，在对西夏的作战中屡建奇功，让敌闻风丧胆。皇祐四年，南方少数民族在头领侬智高的驱使下起兵造反，攻占了南宁，又连破沿江九州，包围广州，岭南骚动，朝廷震惊，派几个大员去征讨，都大败而回。面对极为严峻的形势，狄青向仁宗帝主动请缨，要求率兵南讨，平定叛乱。遂被任命为广西宣抚史。

●侬智高的叛军扼守在昆仑关一带，地势险要，易守难攻，因此有恃无恐。狄青率部驻扎在离昆仑关约五十里的宾州，先整肃军纪，斩首带头溃逃的将官，然后传令全军休整十天。时值元宵，他宣布分三个夜晚连续宴请高、中层将领和全体士兵，以此放烟幕弹，诱使敌人麻痹大意。元宵之夜，正在将士们开怀痛饮之时，狄青借口身体不舒服退席休息，实则率轻骑，乘月色，直指昆仑关，实施偷袭。

●狄青出奇兵攻敌不备，将麻痹之敌在沉睡中打个措手不及，待他们在帐中醒过神来，已被俘数百人，更有近千人被斩首。

●狄青偷袭攻克昆仑关，用了不到一个时辰，第二天凌晨就取得了彻底胜利。可敌首侬智高却在混乱中遁逃。狄青部属在打扫战场时发现一个身穿龙袍的尸体，不少人推断侬智高已死，怂恿狄青向朝廷报功。可狄青坚决拒绝，他说：『这具穿龙袍的尸体，不过是掩护侬智高出逃的骗局，我怎能贪功而欺骗朝廷呢？』当初，侬智高开始反叛时，越南曾主动要求出兵助宋平叛，边将余靖认为可行，准备了大批军粮接济越军，皇帝也打算给越军提供大量饷银，并还答应平叛后给予重赏。狄青坚决反对借外兵平叛，认为借助蛮夷定会给邻国看轻。同时，蛮夷向来贪利忘义，起而效尤，得寸进尺，朝廷将疲于应付。最后，皇帝同意了狄青的意见。平叛后，人们纷纷称赞狄青不仅骁勇善战，而且极有政治远见。

『青天』包拯——北宋（仁宗）时期

凛冽巍然气若山，公明断案誉青天。
权阶有罪均执法，草庶无辜必雪冤。
敢捅蜂窝严打恶，勇排情障狠击贪。
神奇佳话千秋颂，只盼世间出好官。

注释

● 包拯为北宋仁宗年间的一位性情刚直、疾恶如仇的清官，他当过天章阁待制和龙图阁直学士，故人称『包待制』、『包龙图』，因其公明断案，被民间称为『包青天』。

● 包拯在断案中排除一切干扰，不论是权贵豪强还是平民百姓，在法律面前人人平等。权贵违法必究，庶民有冤必雪，绝不依权势地位来执法判案。

● 包拯任开封知府时，有不少官僚依仗权势侵占河边的公有土地，建私人花园，导致河道淤塞。因为这些官僚已结成利益共同体，过去的知府谁也不敢捅这个马蜂窝。而包拯则无所顾忌，迅速出手，将这些私人花园全部摧毁，并对恶霸严加惩处，解决了多年来谁也不敢碰的老大难问题，百姓无不拍手称快。包拯对贪官污吏恨之入骨，一旦发现，绝不手软，不管是谁来说情都绝不给面子，定要一查到底，给予严厉打击。

●包拯的事迹在史书中的记载并不多，而后世的种种神奇传说、故事，多是小说、戏曲编排出来的。事实上，包拯并不像戏曲和小说中描写的那么神，他也曾有过上当受骗的时候。后人之所以对他多加渲染，这是因为人们长期生活在封建专制制度下，贪官污吏多如牛毛，总企盼有清官出现能给他们带来福祉。也就是说，包拯形象，是人们的一种良好心理期盼，并不完全是历史上真实的包拯。

鲁宗道『鱼头参政』——北宋（仁宗）时期

无忌锋芒敢放言，鱼头骨鲠慑强权。
皇族枉法常疏奏，豪贵贪赃屡举弹。
处世为人遵坦荡，当官理政拒欺瞒。
亏得善者多襄助，庶子腾达奉御銮。

注释

●北宋仁宗年间，鲁宗道任朝中参知政事。此人性情刚直，不忌锋芒，不畏强权，敢于直言，朝中权贵对他又恨又怕，因其姓鲁，『鲁』字『鱼』当头，故给他起了个绰号『鱼头骨鲠』。

●不论是皇亲国戚，还是朝中权贵，鲁宗道只要发现谁贪赃枉法，都要上书弹劾，有时竟在皇帝面前直言不讳地揭发，丝毫不留情面，定要一追到底。

●胸怀坦荡，从不说假话，是鲁宗道为人处事和当官理政的准则。一次，皇上有急事召他，使者到他家等待多时，才见他满嘴酒气回家。使者问他：『如果皇上问你为什么迟迟不来，该怎样回答？』鲁宗道立即说：『就照实回话。』使者说：『这样皇上肯定要怪罪你。』鲁答道：『饮酒是人之常情，说谎是欺君之罪。』回朝后，皇上果然问了使者，使者把鲁宗道的话照实给皇上讲了。皇上再问鲁宗道，鲁宗道说：『有老朋友从家乡来访，臣家里太穷，没有像样的杯盘，就和他到酒馆喝了几盅。』皇上看他实话实说，不仅没有怪罪他，反而认为他『忠实可大用』。

●鲁宗道少时家境贫寒，后来他在一个叫王缮的小官手下当司户参军。他微薄的薪俸难于养一家老小。王缮出于怜悯之心，挪用了公款，给鲁宗道预支了俸金。此事暴露，王缮把过错一人揽在了身上，因此留职察看达二十多年，而鲁宗道却做上了朝中高官。对此，鲁宗道一直内疚。王缮直到晚年才得到推荐，提起了和鲁宗道当年发生的事。皇上问鲁宗道，鲁将实情全部讲了出来。可见如果没有王缮当年的诚心相助，鲁宗道作为一个寒门庶子，怎么可能飞黄腾达，在皇帝身边做事呢？

程颢用辨识年龄的办法察奸——北宋时期

歪心老叟诈财东，假冒高堂返本宗。
哀诉送儿因陷困，痛说寻子为安生。
一番审讯锵锵响，几句回答瑟瑟惊。
睿智辨龄揭骗术，四十方到怎称翁？

注释

●程颢是宋代著名的理学家，他不仅学问高深，而且办事能力也相当了得。程颢在山西晋城做县官时，当地发生了一起疑案：一张姓财主，父死后留下一大笔田产，邻人都十分羡慕。有一天，一个老头找上门来，自称是张财主的亲生父亲，现在从外地返回故里，是想和儿子共同生活。张财主看到凭空来了个亲爹，不知所措，急忙带着老头上衙门请县官程颢判明。

●在衙门庭堂上，程颢让老头拿出是张氏父亲的证据，老头说，他早年外出行医，在各地奔波，妻子生了儿子后因家里太穷，无力抚养，就送给了张氏。并说出了某年某月某日由某人抱走，有人还亲眼看到。老头还说，现在自己老了，想找个归宿，与儿子一起生活，以度晚年。

●程颢接着询问老头：『事情已过去这么多年，你怎么还记得如此清楚？』老头说，儿子送给张家是自己回家后才知道的，当时就将详情记在了处方簿的后面。说着从怀中掏出了处方簿。程颢仔细审阅，发现上面确实写着某年某月某日，由某人把儿子抱给了张三翁。看到『张三翁』三个字，程颢眼前一亮，立即感到里面有蹊跷，马上回过头来问张财主今年多大岁数，张答：『三十六岁。』又问他死去的父亲至今年多大岁数，张答为七十六岁。此时，程颢在一番铿锵有力的追问后冷笑一声，感到事情已真相大白。老头看到程县官如此模样，觉得自己编造的谎言已被揭穿，吓得浑身瑟瑟发抖，赶忙伏地认罪。

●程颢所以认定老头说他是张氏的亲爹为假的，因为通过推算年龄一下子就明白了。他对老头说：『略算一下就可知道，张财主出生时，他的父亲才四十岁，这样年龄，人们怎会像你处方簿上写的叫「三翁」呢？』程颢通过辨年龄就将这个疑案很快了结，足见他的聪明睿智。

王安石迎难改革——北宋（神宗）时期

国贫军弱痛淤胸，立志改革求振兴。
变法更俗除陋弊，明纲矫世导清风。
强权设障何足惧，恶语伤身不屑听。
可叹失撑归旧政，尽抛心血郁而终。

注释

●北宋中期，社会各种矛盾已暴露出来，官僚机构臃肿，吏治腐败，军备虚弱，国家财政十分困难。偌大一个帝国，竟然对常来侵犯的辽国和西夏无可奈何，只好用钱财买得暂时平安。面对国贫军弱、官场腐败的严峻局面，即位的神宗赵顼（音：须），决心学当年的唐太宗，做一番大事业。为此，他与身为宰相、敢作敢为的王安石一拍即合，开始了一场轰轰烈烈的改革。

●王安石在神宗的支持下，于国家财政、军事、教育等诸方面进行了大刀阔斧的改革，力图除去积弊，导入清风，把大宋从沉疴宿疾中挽救过来。

●王安石的改革，一开始就触犯了大地主、大官僚的利益，两宫太后、皇亲国戚和保守派士大夫联合起来，共同反对变法，设置种种障碍，放出恶语流言，但面对强大的反对势力，王安石无所畏惧，一往无前地将改革向前推进。他曾作《众人》一诗：『众人纷纷何足竞，是非吾喜非吾病。颂声交作莽（王莽）岂贤？四海流言旦（周公）犹圣。』用以表达自己不媚世从俗、坚持变法的决心。在变法过程中，王安石不断遭到保守派的围攻，连支持他的神宗皇帝也几度动摇。熙宁七年，王安石第一次罢相。次年复职。熙宁九年，又第二次辞职。

●王安石的变法改革，出台了一系列措施，给大宋江山带来了一些新气象。可在神宗死后，保守派得势，他失去了支撑，新法仅实施十五年，就被全部废除，旧政得以复辟，王安石也在郁郁寡欢中去世，一代改革家就这样被旧体制、旧势力无情地吞噬了！

邓绾拍马屁得官又失官——北宋（神宗）时期

谙拍马屁善逢迎，戏雨游云变色龙。
昨晚随风攀大树，今晨看势附高庭。
趋权害理心无疚，攫利伤天脸不红。
弄巧成拙终露馅，良知泯灭必遭惩。

注释

●邓绾是北宋神宗年间宁州的一个小官，地位不高，野心很大，一心想爬上高位，因此，他翻手为云，覆手为雨，既善于溜须拍马，又敢于下手整人，像变色龙一样，游弋于官场。

●在王安石变法势头正盛时，邓绾觉得要升官发财，必须顺应这个大风向，于是，他拼命迎合王安石，一方面给皇帝上书，颂扬皇上英明，王安石如古代姜太公，实施新法深受百姓欢迎；另一方面又私下至辞王安石，对新法大加赞美，极尽阿谀奉承之能事。这样一来，深得王安石的好感，把他推荐给皇上。得到青睐的邓绾，很快就由一个地方通判走进中央，当上了谏官。可后来，王安石因变法受到权贵们的抵制和攻击，一度辞去宰相之职。邓绾见王安石已失势，便马上投靠与王安石不和的吕惠卿，把王安石早就丢到九霄云外。

●谁知事态发展常常难以预料，不久王安石官复原职。这时邓绾为了掩盖自己的丑行，重新取得王安石的信任，又对吕惠卿翻脸不认，毫无顾忌地揭发他抢夺民田的事，结果吕惠卿被贬了官。为了自己的官位和利益，邓绾就是这样不顾廉耻，一会儿靠上这个，一会儿靠上那个，干尽了伤天害理的事情。对此，他并不觉得心里内疚，也从不觉得不好意思，竟然在人们的唾骂面前大言不惭地自我安慰：『笑骂由你笑骂，好官我自为之。』

●后来，邓绾看到王安石因变法树敌过多，担心有朝一日王安石下台自己没了靠山，便在王安石的儿子和女婿身上打主意。他向皇上建议对王安石的儿子和女婿加以重用。可是，这回王安石因看清了邓绾的真面目，不仅没有领他的情，而且对皇上说：『邓绾是个反复无常的小人，他的言行有伤国体，应当受到惩罚。』邓绾弄巧成拙，终于使自己的丑面目大白于天下，这个因拍马屁而得官，又因拍马屁而失官，良知泯灭的小人，最后在人们的笑骂声中郁郁死去。

光明磊落的司马光——北宋（神宗、哲宗）时期

以诚为本作遵循，俭朴清廉不染尘。
腹满才情登甲榜，心无权欲入廷门。
政坛息鼓驰宏愿，史海扬帆驾巨轮。
磊落光明行大道，自谦常者远超群。

注释

●司马光，北宋名臣，著名的史学家。他踏实忠厚，人格高尚，遵循『不诚之事，不可为之』的为人处世原则，深受人们的敬仰。他与王安石一样，生活十分简朴，为政特别清廉，自称『食不敢常有肉，衣不敢常有帛』，甚至让人感到有些迂腐。有一年元宵节，夫人想去看灯，司马光说：『家里不是点着灯吗，何必到外面去凑热闹？』他的夫人不育，朋友劝他再娶个小妾，他屡次拒绝，后来朋友硬是给他配了个，他也不怎么理睬。

●司马光才华横溢，二十岁中进士甲科，但他始终低调，说自己不擅长作文。神宗要选他为翰林学士，这是文人学士极为羡慕的职务，而司马光则无权力欲望，连连上书，声称自己『拙于文辞』。但神宗还是执意要将他调入宫中。即使在这种情况下，司马光仍然说自己写不好华丽的骈体文。最后神宗命内侍硬是把任命书塞到他的怀里。

●司马光起初也主张改革，但他看不惯王安石那种激进的作风，认为新法太欠考虑，容易害民，主张实实在在地办事。由于与王安石意见不合，在政坛失意，便退居洛阳。这时，他并未心灰意冷，仍心存宏愿，在退出官场的十几年里，潜心研究史料，发愤著书，终于完成了中国第一部编年体通史《资治通鉴》这一鸿篇巨制（二百九十四卷）。

●司马光一生光明磊落，行得端，坐得正。王安石是改革派的旗帜，司马光是反对派的旗帜，其在政见上与王安石水火不容，但他们之间却没有多少个人成见，为国家大事吵得不可开交，但从不搞人身攻击，当谈到对方的人品学问时，都十分尊敬。司马光常说他自己是个再平常不过的人，没有超过他人的地方。实际上，这是他的自谦，他无论是人品还是才学都彪炳千秋显赫万代。

贤妻良母成就『三苏』——北宋时期

唐宋八家自有三，均和程氏密攸关。
富门闺秀撑寒舍，贫户贤妻补漏天。
脉脉相夫督进取，谆谆教子励登攀。
满腔心血如宏愿，笑看眉山起紫烟。

注释

●文学史上有『唐宋八大家（唐代：韩愈、柳宗元；北宋：欧阳修、苏洵、苏轼、苏辙、王安石、曾巩）』，其中苏洵、苏轼、苏辙父子就占了三席。之所以能出现这样的奇迹，是与苏洵之妻，苏轼、苏辙之母程氏付出的心血紧密相关的。

●程氏出身官宦之门，十八岁嫁入苏家，为苏洵之妻。当时苏家极度贫困，她的丈夫苏洵既无功名，又不善于经营家产。在这种情况下，程氏一方面考虑丈夫的面子，从不向娘家要钱，另一方面为让苏洵读书将来出人头地，挑起了维持全家生活的担子。她卖掉陪嫁的首饰、服装，用变卖得到的钱做本经商，没过几年，家庭境况不仅好转，而且成了当地的富户。

●程氏凭自己的辛苦劳作和聪明智慧，不仅为丈夫苏洵和两个儿子（苏轼、苏辙）的读书学习创造了良好条件，同时，还不断对他们进行督促激励。苏洵参加进士科考，两次名落孙山，程氏毫无埋怨，仍一如既往地对苏洵给予极大支持。这时苏家的两个儿子也已日益长大，程氏不仅教他们读书，而且特别重视教他们做人，常以历史上的志士贤良激励他们，说：『读书不能只为自己求功名，当你们为正义而死时，我绝不哭泣。』

●在程氏的激励和教育下，苏家父子三人，赴京遍访欧阳修等著名学者，大家看到他们的文章才学，十分震惊，使一些来京赴考的学子自惭而归。于是，苏氏父子声名鹊起，形成了『三苏文章动天下』的盛况。至此，程夫人含辛茹苦抛洒的满腔心血，终于得到报偿。苏氏父子正在京城时，程夫人于老家眉山病逝。可以想见，她看到自己的丈夫和两个儿子都成为文坛上的耀眼明星，一定是含笑于九泉的。

乌台诗案苏轼遭陷——北宋（神宗）时期

灾殃骤降自诗来，被控讽朝难辩白。
反派倾仇如虎豹，同行泄妒若狼豺。
别妻逗趣逐悲气，入狱吟绝释忿怀。
大案奇冤惊四海，因文获罪耻乌台。

注释

●北宋神宗年间，发生一起有名的文字狱，『主犯』是大名鼎鼎的文豪苏轼，他因一部诗集，被指控为讥讽朝政而蒙受不白之冤。元丰二年，苏轼到湖州上任不久，一场大祸骤然从天而降，被朝廷御史台（旧称乌台）从办公场所逮捕，一时使得他大惊失色。

●当时，正值王安石变法，苏轼站到了王安石的对立面，引起王安石的不满，为此，王通过亲信给苏罗织罪状，上书弹劾。苏感到在朝中日子很不好过，就请求去外地做官。但在外地，反对派也不肯罢休，抓住他经常在诗文中贬斥新法这一点，如猛虎恶狼般纷纷向他扑来。苏轼的《咏桧》诗中有『根到九泉无曲处，世间唯有蛰龙知』两句，有人捕风捉影，上纲上线，在神宗面前说：『陛下飞龙在天，苏轼以为不知己，反欲求地下蛰龙，这是想造反。』一心要用这样的罪名置他于死地而后快。更为可恶的是，文人相轻，正是苏轼的同行、《梦溪笔谈》的作者沈括，最先拿苏轼的诗集作为罪证，对苏下了狠手，其如豺狼般的凶狠程度绝不亚于反对派。

●苏轼被逮捕与妻子告别时，妻子泣不成声。为安慰妻子，他故意嬉皮笑脸地和妻子逗趣，说：『你就不学学人家杨朴的妻子，作首诗送我？』妻子不由『扑哧』笑出声来，大大缓解了悲伤的气氛（杨朴是真宗年间的隐士，被迫入京见驾。真宗问他：『卿临行时可有人赠诗？』杨答：『只有臣妻作诗一首：更休落拓耽杯酒，且莫猖狂爱咏诗。如今捉将官里去，这回断送老头皮』）。入狱后，苏轼让儿子每天给他送菜和肉，不要送鱼。如果听到将判他死刑的消息，立即撤掉菜和肉改送鱼。恰好有一天儿子到外面办事，委托亲戚给父亲送饭，忘了告诉不要送鱼的事，结果亲戚给苏轼送了鱼，苏感到末日来临，于是，在狱中写了两首绝命诗，以发泄怀中的愤懑。

●因苏轼诗文名满天下，深得仁宗皇后（神宗祖母）的青睐。在仁宗皇后和丞相吴充等人的强烈要求和劝说下，神宗放了苏轼一马。御史台经过五个多月的审讯，给苏定了个『讥讽政事』的罪名，而使其免于一死。

神医庞安时——北宋时期

钻研医典尽融通，理论高深实践精。
把脉松肠还妇命，针穴放手救婴生。
开方下药达奇效，诊病疗伤见硬功。
新意迭出多著述，崇德尚善众皆称。

注释

●北宋年间有一医生叫庞安时，他出身医生世家，从小随父学医，对所谓的秘诀之类不以为然，而十分重视《黄帝内经》等古籍经典，通过长期刻苦钻研，达到了融会贯通的程度。同时，庞安时十分注重以理论指导实践，在医术上可谓药到病除，常常妙手回春。

●有一次，庞安时在安徽桐城行医，有位孕妇到了产期，肚子疼得要命，孩子就是生不下来，折磨了七天七夜，已奄奄一息。家属求神拜佛，请医服药，还是毫无办法。庞安时在这孕妇生命面临危险之际，给她把了一脉，然后用金针在孕妇腹部扎了一针，孕妇感到腹部疼痛，呻吟了几声，便把婴儿生了下来。事后他告诉孕妇的家属说：『婴儿当时已出了胎胞，但一只手仍抓住母亲的肠子不放，这靠吃药是解决不了的。我在产妇的腹部摸到了婴儿的小手，用针扎他的虎口，他一疼便松手了，所以马上生了出来。』庞安时仅用一针，就使生命垂危的产妇和婴儿双双保住了生命。

●庞安时医术炉火纯青，每下药方多达奇效，每施治病人都往往如愿以偿，其医术非常了得！

●庞安时具有很强的独立思考能力和创新意识，因而他在研读古籍和诊治病人时，常能有独到见解，屡出新意。这也正是他能有多种医学著作，如《杂经辨》、《主对集》、《本草补遗》等的原因所在。庞安时不仅医术高明，而且医德高尚，对于远道而来的求医者，安排他们住在自己租来的房子里，亲自加以护理。他收费公道，很能体恤病人及其家属的难处，受到世人的称赞和景仰，被誉为德行高尚的『神医』。

县令陈襄辨盗——北宋（神宗）时期

谎诈洪钟可显灵，贼摸即响遂分明。
一番祷告蒙疑犯，几下涂刷辨案情。
指上有痕当免罪，手心无染定吃刑。
旁门左道虽得意，确属雕虫小技能。

注释

●陈襄，北宋神宗年间名臣。他任建州浦城县令时，一富家大户被盗，官府捉到了几个嫌疑犯，但拿不准谁是真正盗贼。这时，陈襄便对人撒谎说：『寺庙中有一口大钟辨认盗贼十分灵验。清白的人用手摸钟，钟不出声，而贼手一摸，就会发出声响，谁是盗贼便可分明。』

●接着，陈襄派小吏先行，自己带着疑犯来到寺庙。他向大钟进行了一番虔诚的祷告，让大钟显灵，把疑犯们蒙骗得信以为真。他事先暗中派人在钟的表面涂上墨汁，然后他让疑犯们一个挨一个地去摸钟。

●之后，陈襄对疑犯们的手逐个进行检查。他看到，凡是摸过钟的手上都沾有墨迹，只有一个人双手干干净净，于是，他将手沾墨的人全部放走，而把那个手干净的定罪判刑。因为手干净的那个人做贼心虚，不敢去摸钟，这样便把谁是盗贼确定了下来。

●陈襄虽然用这种办法破了盗窃案，自鸣得意，但纯属雕虫小技，不过是小聪明罢了。

才子奸臣蔡京——北宋（神宗、哲宗、徽宗）时期

如椽巨笔写龟山，团扇书诗价若天。
妙字搭梯博盛彩，奇石铺路上高端。
双纲浸血千家恨，二苑流脂万户冤。
一佞腾飞鸡犬跳，昏君暗世养凶奸。

注释

● 蔡京为北宋徽宗年间的大奸臣，此人因《水浒传》而臭名远扬，其实这个大奸臣文章书法非常了得。早在徽宗即位之前，蔡京便以书法闻名于世，神宗时与其弟蔡卞同为皇帝执笔作文，天下儒生羡慕不已。尤其是蔡京所书大字，可谓举世无双。哲宗时，有一日蔡京乘船到真州，当地忽闯入一不速之客，直言蔡京用如椽巨笔写字是好事者故意渲染，肯定是在烛光之下写的字，影子被放大。蔡京听后冷笑一声道：『现在是白昼，我可为你当面书写。』他令两壮汉抬出一个巨大的箱子，拿出一支丈把长的大笔，然后问那位不速之客要什么字，客拱手答『龟山』。于是，蔡京操笔调墨，在悬挂的白绸上抬手就写，将『龟山』二字写得刚劲有力，活灵活现。旁观者无不喝彩。蔡京手下有两个干粗活的衙吏，只要蔡京一到，必各手执一把白绫团扇。某日，蔡京一高兴，在两把团扇上各书写了一首杜

甫的诗。过了几天，这两个衙吏将两把团扇卖掉，竟然卖了两万钱的天价（原来买扇者是朝中亲王，也就是后来的宋徽宗）。

●徽宗即位后，蔡京还是个闲官，居住在杭州。这时，徽宗派得宠的宦官童贯来江南搜罗书画奇巧。蔡京看到这是个绝好机会，便整日陪童贯游玩，帮他采办珍奇，并通过童贯不时将自己所写的扇面、屏风送入宫中，很快就赢得了徽宗的青睐。后来，蔡京又通过向皇上献名花奇石，博得徽宗欢心，不久就入朝登上了宰相高位。

●当时，徽宗派人在江南大量采集名花奇石，运花木奇石到京的车船队号『花石纲』。每运一株珍树，要耗资百万，运一块高达数丈的太湖石，动用役夫数千人，沿途不惜拆桥毁城，许多商人破产自杀，役夫累死无数。蔡京当上宰相后，作威作福，每年生日，都要各地送大批珍奇礼物，号称『生辰纲』，为此，不知有多少黎民百姓死于非命。为了奢侈豪华，蔡京与儿子蔡攸竟然相互比赛，分别建起『西园』、『东园』。其情其景，正如一大臣所言：『东园嘉木繁茂，望之如云；西园人民流离失所，泪如下雨。』可谓东园如云，西园如雨也。

●蔡京一人飞黄腾达，整个家族都深受其惠，风光无限。他坐相位二十余年。六个儿子、四个孙子都入朝做了执政亲信官，一个儿子还成了皇上的乘龙快婿。大奸臣蔡京及家族所以能如此『辉煌』，完全是昏君暗世使然！

亡国之君赵佶——北宋（徽宗）时期

琴棋书画尽精通，执柄担纲却瞆庸。
废政失责迷妄谬，逐奢纵乐宠奸凶。
非思雪耻常承辱，只想偷安屡避锋。
骨软魂瘫临大难，残窗陋馆伴孤灯。

注释

● 宋徽宗赵佶，是宋神宗赵顼之子，哲宗赵煦之弟，哲宗在位时赵传被封为端王。哲宗去世，兄终弟及，是为徽宗。此君在琴棋书画上样样精通，有很深造诣，成就斐然，但在经国理政上却昏瞆无能，在位二十六年，断送了北宋的江山社稷。

● 赵佶无心理政而崇信道教，在全国大修道观。他穷奢极侈，挥金如土，恣意行乐，建造豪华皇家园林，短时间内就造了几十座亭台楼阁，个个争奇斗丽，一个比一个奢侈。特别是他远贤人，亲小人，宠信蔡京、梁师成、李彦、朱勔、王黼（音：扶）、童贯等『六贼』，把朝廷搞得乌烟瘴气。

● 北宋末年，新兴的女真族金国在北方崛起，屡败辽军，夺取五十余城。这时，奸宦童贯自认为建不世之功的时机已到，便向徽宗建议联金抗辽，夺回燕云十六州。徽宗做腻了安乐天子，也想建立武功，为祖宗雪耻报仇。但可悲的是，他们竟然不惜向金人下跪，将原先给辽的岁币全数贡于金，甘受金人之辱。结果是适得其反，引来了金人的得寸进尺，步步紧逼。在金人的不断入侵和略地攻城的强大压力下，徽宗及蔡京等奸佞们，极尽卑躬屈膝之能事，一再派人割地求和，且屡次欲弃京城而逃离。徽宗在主战派李纲等将领的百般要求下也曾御驾亲征，但一见金军的强大攻势便骨酥腿软，甚至在大敌压境、国家危在旦夕之时，竟然假装患病将皇位交给太子，没有一点为国为民的担当精神。

●宋徽宗毫无骨气，在金人的进攻面前吓破了胆，且国危之时仍极尽享乐，结果导致大难临头。靖康二年（为钦宗年号）四月，金军兵临城下，徽宗、钦宗当了俘虏，被金军押往北方，东京遭洗劫一空。徽、钦二帝至金都，受尽了欺辱，徽宗在被禁锢的屋中墙壁上写诗道：『彻夜西风撼破扉，萧条孤馆一灯微。家山回首三千里，目断山南无雁飞。』此仅是几声凄凉哀叹而已，岂有他哉？

南宋

高宗偏安偷生——南宋（高宗）时期

靖康蒙耻丧河山，有幸存活捡烂摊。
方纳忠言思北复，即听谬见想南迁。
破规杀士伤国统，弃庙丢宗辱祖先。
一路狂逃仍献媚，甘削帝号乞偏安。

注释

●南宋高宗赵构，为北宋徽宗的第九个儿子，原被封为康王，后来因靖康之难，徽、钦帝被金人所掳而在应天府（今河南商丘南）即位。当初，在金人第一次围困东京时，金军要求宋方派亲王与宰相出城作为人质。此时赵构主动请行。进入金营后，在凶悍的敌军威仪面前，宰相张邦昌被吓破了胆，而赵构却神态自若，金人感到奇怪，认为他必不是生长于深宫的亲王，而是冒名顶替者，于是要求另换一个亲王来。钦宗换了肃王前去，康王赵构得以释回，因而免于一死。后来金兵再次南侵，宋廷急于求和，派赵构出使。到磁州，受当地守臣宗泽之劝，没有前去，又一次免难。就是这样一个『命大』的皇子，接下了宋廷南迁后的烂摊子，成为南宋的第一个皇帝。

●赵构即位之初，尚有和金人对抗、北复中原的意思，在既无谋臣又无良将的情况下，委任了深得民心、主张抗金的李纲为相，同时，接受了李纲提出的十条施政纲领，并贬杀了奸臣张邦昌。可是好景不长，他又听信投降派（奸佞汪伯彦、黄潜善等人）的谬言，何去何从，摇摆不定，前一天还慷慨激昂地宣布还都东京，第二天又改主意要南巡（实为南迁）。同时，将力主抗敌的李纲贬往外地。

●这时，有一太学生陈东上书，要留住李纲，罢免汪、黄，并请求皇上还驾东京，亲征抗金。赵构觉得陈东上书句句不合己意。在黄潜善的百般鼓动下，终将陈东斩首示众。赵构此举，打破了宋太祖以来不杀上书言事者的戒条，开了极坏的先例。后来，金军步步紧逼，高宗步步退让，中原大乱，重镇相继失陷。不久高宗在投降派的拥簇下，逃往扬州。建炎三年，金军大举南侵，直趋扬州，高宗立即仓皇出城。情急之下，连皇家太庙的祖宗牌位也顾不得了，开国君主宋太祖的神主亦弃之于路。

●高宗惶惶不可终日，一路狂逃，先后到镇江、建康（今南京）。就是在逃跑途中，仍然不断派人向金人献媚，到了杭州，马上忙于讨好金人，先录用张邦昌的亲属，又宣布惩治李纲，再派人携『约和书稿』向金求和。听说金兵还要穷追，又向金求降，甚至甘愿削去帝号，以乞苟安。不久，金军再次南下，高宗又逃出杭州，直至被赶入海中。

文人名臣宗泽壮志未酬——南宋（高宗）时期

北望中原怒火腾，绝非忍辱向胡廷。
领衔新任败金寇，受命旧都服绿营。
惩治奸商平物价，联合义士壮军容。
屡求还驾潸然泪，含恨归天不了情。

注释

●宗泽，为北宋末南宋初的朝廷名臣，本是文人出身，却担负起了苦守开封的重任。他为人豪爽，经常直言朝政弊端。靖康元年，有人推荐宗泽充任赴金求和使，宗泽一口答应，说：『这一去必不生还。』人问其故，他慷慨激昂地说：『胡儿能悔过退兵就罢了，否则身为大丈夫，又岂能屈膝拜在北庭之下？』钦宗一听，觉得让这样刚直不阿之人去求和定然要弄砸，因而未让其成行。

●接着宗泽被派往北边磁州前线任知州。当时金兵已攻克太原，黄河南北大乱，被派往北方州县的官员往往找借口不敢赴任。宗泽却挺身而出，当天就单骑赴任。到职后，宗泽迅速招募勇士、修缮城池，并到处写信约众将以解东京之围。众将都笑他疯狂，无人肯来。他便孤军深入，屡败金兵，其英名震慑金营，都呼他为『宗爷爷』。高宗即位后，年满六十九岁的宗泽经李纲推荐，被任命为开封（旧都）府尹。开封饱受金军蹂躏，城池残破不堪，金人驻留黄河边，城内人心惶惶。当时各地军政瘫痪，绿林好汉各拉山头，抢占地盘。宗泽为做绿林工作，单骑出城，面见绿林首领，推心置腹地劝他们为国解难。绿林好汉们被宗泽的真诚所感动和折服，当下解甲投诚，表示一切听从宗泽指挥调度。

●大乱过后，东京物价飞涨，奸商囤积居奇，宗泽亲自了解情况，对不法商人实施严厉惩罚，同时，派人去西北行商，使物价很快得到平抑。为了壮大军力，宗泽又派人到北方联合各路义士豪杰，要大家形成合力共同抗金。众义士被他动情入理的言行所感召，纷纷发誓听命，要与金人决一死战。

●同时，宗泽连上二十余封奏章，请求高宗早日还都，高宗不仅不肯回到东京，而且越逃越远。宗泽多次声泪俱下劝说，终未果。为此，宗泽忧愤成疾，含恨而死。临死前，他还不断呼喊：『过河！过河！过河！』其爱国之情可见一斑。

平兵变韩世忠一举成名——南宋（高宗）时期

惊闻御主被逼宫，联袂勤王表效忠。
酹酒鸣金驱劲旅，挥戈领阵励雄兵。
声掀怒浪溃群逆，刀闪仇光捉首凶。
勇冠三军平叛乱，名扬四海振威风。

注释

●韩世忠，南宋名将，小时家境贫寒，却嗜酒尚气，敢与官府作对，被人称为『泼韩五』。韩世忠十八岁时应征入伍。徽宗时期，参与攻西夏、征方腊之战，屡立战功。北宋末年，他以千人驰骋中原，屡败金兵，收容各地叛兵散勇，降服绿林武装。高宗即位后，率军投奔，成为御营中的一支。高宗在金兵的进攻之下屡屡逃跑。不久，皇帝身边的亲军苗傅、刘正彦不满朝政而发动兵变，逼迫高宗让位。韩世忠得知此讯后，虽然觉得皇帝宠信宦官和投降派，但大敌当前，也不希望看到宫廷政变。于是与张浚、张俊等将领商议共同起兵勤王，挽救国家于危难之中，以表对朝廷的忠心。

●韩世忠集合队伍酹酒发誓『与此贼不共戴天』，随即发兵先行，去征讨叛逆。后面张浚派人去做苗、刘的工作，劝他们要深思熟虑，以免招灭族大祸。使得苗、刘又让高宗复位。这时，讨逆诸将已逼近杭州，有人告诫诸将：『皇帝虽已复位，叛将仍握兵于内，如现在此事中止，他们必加反叛恶名于我。』于是，诸将领兵发起总攻。韩世忠下马步战，身先士卒，并激励众将士：『今日当以死报国，脸不中箭者斩！』士卒们争先恐后，英勇奋战。

●韩世忠与张浚等一举突破叛军防线。这时，叛军首领苗傅之弟，仗着弓法娴熟，拉开神臂弓对准了韩世忠。韩大吼一声，如霹雳炸响，直冲向前，苗傅弟吓得弃弓而逃，苗、刘听说勤王兵已攻入城，打开城门带兵连夜溃逃。京都初定，韩世忠乘胜追击苗、刘，两军接战，韩世忠又身先士卒，没打几个回合，就将苗、刘生擒。

●韩世忠勇冠三军，夺得了平定叛乱的胜利，高宗帝十分感动，特将亲手书写的『忠勇』二字的锦旗赐予他。从此，韩世忠与韩家军名扬四海，大展威风。

韩世忠黄天荡勇抗金兵——南宋（高宗）时期

失魂丧胆屡卑躬，但见良臣铁骨铮。
伏悍奇袭提宋气，彰雄巧战困金兵。
女杰擂鼓壮威势，男勇领军出锐锋。
大败胡酋十万众，江山半壁暂安生。

注释

● 面对金兵不断南侵，南宋朝廷丧魂落魄，节节退让，文武官员随高宗帝一路狂逃，并屡屡卑躬屈膝，向金人求和。但在这种懦弱之风弥漫的情况下，以韩世忠、岳飞等为首的主战派却不惧强敌，坚决抗战，力图收复中原，还我河山。

● 一一三〇年，金兀术大举侵宋，高宗渡海南逃，金军焚临安城（杭州）后北还，三月至镇江，为浙西制置史韩世忠所阻。韩领八百壮士重占镇江，募集百余海船，在焦山严阵以待。金兀术不得渡江，便遣使下战书，韩应诺，约定次日开战。此时韩世忠料到金兵必定要登上地形最高处的金山龙王庙窥探其军，便派部下连夜于金山设伏兵，一百人伏于庙内，一百人伏于岸边。东方欲晓时，果然有金军五人向金山龙王庙奔来，因伏兵立功心切，提前冲出，结果仅擒住两人，其余三人逃跑，事后知道逃者中就有金兀术，韩军追悔莫及。不过，这一行动，灭了金军的威风，长了宋人的士气。天明时，宋、金双方水师摆开阵势，展开激战。苦战数日，金军仍不得渡江，被韩世忠部逼入建康（今南京）东北七十里处的死水港黄天荡，紧紧困在那里。宋军乘风驶船，往来如飞，派一部绕于敌后，不时抛出铁钩将敌船拖沉。金兀术无计可施，找来当地一人出主意，才以火攻打败韩军，渡江北归。

●在堵截金军北返的战斗中，韩世忠身先士卒，英勇顽强，打出了军威，让金人愈加刮目相看。而韩夫人梁氏，亦巾帼不让须眉，在双方激战得不分胜负、难解难分的情势下，着一身戎装，冒着箭雨，挺立于中军帅旗之下擂鼓助威，激励将士冲锋陷阵，终使金军退却。

●这次战役韩世忠率部浴血奋战，以八千余人，堵截了金兀术十万大军四十八天之久，虽未破敌军，但鼓舞了宋军士气，使谈金色变的南宋朝廷壮了胆，并令金人从此不敢轻易渡江，南宋都城和半壁江山暂时得以保全。而韩家军也闻名南北，成为南宋初三大主力之一。

岳飞精忠报国——南宋（高宗）时期

相兼智勇尽精忠，复我山河屡建功。
严律饬军提战力，深情恤庶益民生。
旌旗漫卷煞金气，骏马奔腾振宋风。
可叹当朝疑武将，竟于黑夜灭明灯。

注释

●岳飞，南宋初年名将。他自幼熟读《左传》、《孙子兵法》等经典，同时，从师习武，练就一身好武艺。北宋末，应募从军，迅速脱颖而出，被大臣宗泽所赏识。南宋初建，君臣在强大的金兵进攻面前，一味筹划逃跑求和，而岳飞则屡次上书，请皇帝亲征恢复中原，因此被免官为民。后来他投于河北招讨史张所旗下，一心想复我河山，从河北战到江南，屡建卓功，三十岁时，已拜节度使，升至武将官职的顶端，高宗手书『精忠岳飞』四字，悬于旗上。

●岳飞着眼提高部队战斗力而按纪律从严治军，士兵若拿百姓一根绳子，立即斩首示众，在行军作战中『冻死不拆屋，饿死不掳掠』。岳飞始终心系百姓民生，每次分发军饷，总是说：『东南民力耗于军费，百姓真是苦极了。』平定荆湖一带后，岳飞带士兵屯田，以减轻民众负担。因此，岳家军深受百姓爱戴，岳飞还活着时，一些地方百姓就在家里为他建生祠，烧香供奉。

●赵宋王朝定都杭州后，金人在北方扶植了以刘豫为首的伪齐政权。金悍将兀术屡次领兵来犯。岳飞独当一面，多次挫败金军，绍兴四年，岳家军奉命攻打襄阳，两三个月里，便一举收复六郡，取得了宋廷南渡以来第一次北进的胜利，狠煞了金人的嚣张气焰，提振了宋廷的抗敌勇气。

●岳飞在抗金中功勋卓著，但宋廷一向扬文抑武，武将越是骁勇，朝廷越是不放心，对岳飞这样智勇双全的名将更是疑忌重重。正当岳飞倾尽全力抗击金兵时，他却遭到了奸臣秦桧等人的诬陷，高宗又听信谗言，终将岳飞杀害，把这样一盏暗夜中的明灯无理地熄灭了。

岳飞冤死——南宋（高宗）时期

中原破虏赫威名，直指金都复数城。
大胜竟遭夺帅印，高功却被禁囚笼。
本无实证加极罪，更据诬言使酷刑。
饮恨昭天徒殒命，风波溅血满江红。

注释

●岳飞为南宋初年抗金名将，他与韩世忠、张浚一起领军，成为支撑偏安朝廷的三根顶梁柱，正是由于他们艰苦卓绝的奋战，南宋在一片向金人求和声中，半壁江山能得以保全。绍兴十年，金人撕毁和约向南宋大举进攻，在川陕和两淮都遭到惨败，金兀术退回开封。岳飞乘机挺进中原，发起全线进攻，很快收复了洛阳、郑州、郾城、颍昌（今河南许昌）、陈州（今河南淮阳）等重镇，特别是大破金兀术最精锐的『拐子马』，使金军十分震惊，金兀术急得大哭说：『我起兵以来，全靠此取胜，这下完了！』

●正当岳飞取得一个又一个重大胜利之时，高宗帝在奸臣秦桧的鼓动下，一天之内连下十二道金牌，令岳飞火速班师回朝。岳飞东向再拜，悲愤至极，呼喊『十年之功，毁于一旦！』班师回朝后，过去血战夺回的州县复落敌手。回朝不久，岳飞等抗金将领即被解除兵权。随之，绍兴十一年，秦桧又勾结张俊等，对岳飞部下张宪进行诬告，说他密谋让岳飞重掌兵权，然后将事态扩大，累及岳飞父子，将他们下狱。岳飞亮出自己背上刻着的『尽忠报国』进行申辩，但无济于事。

●秦桧指使爪牙给岳飞百般罗织『谋反』的罪名。韩世忠闻之，闯入相府质问秦桧有什么证据，秦桧支支吾吾地说：『事情虽未证实，谋反之心莫须有（也许有）。』就这样，在没有任何确凿证据的情况下，岳飞父子就被秦桧给定了罪，并使人严刑拷打，残酷至极。

●接着，秦桧在其老婆王氏的帮助下，于绍兴十一年十二月二十五日，将岳飞毒死在临安（杭州）大理寺风波亭。一位胸怀壮志、一心抗金报国的忠良骁将白白地冤死于奸臣和昏君之手。岳飞临死前，奸佞让他在『供状』上落印，他雄劲有力地写下了『天日昭昭！天日昭昭！』八个大字。岳飞虽然逝去，但他那精忠报国、光照日月的浩然正气，永远为后世敬仰，特别是那首《满江红》世代传诵，震撼千秋。

铁脸黑心的张俊——南宋（高宗）时期

花拳绣腿弄闲情，铁脸黑心善诡行。
只顾后方兴土木，不思前线复池城。
驱卒海贸攫财富，借妾家书猎利名。
助佞戕忠当走狗，千秋永跪亦难容。

注释

● 张俊，南宋初年三大将（张俊、岳飞、韩世忠）之首。此人论战绩，比不上其他名将；论享福，堪数第一；论捞钱，首屈一指。时人称其『铁脸』（当时俗语，是指不顾廉耻的小人）。宋南渡初期，战事频繁，韩世忠、岳飞等在外作战，而张俊一军却常在杭州。闲来无事，便异想天开，在士卒中挑选一群高大英俊的少年，令他们在身体各部位刺上锦绣花纹，引来民众驻足观看，背地里百姓称他搞的这一套是『花拳绣腿』，对他们报以讥笑和讽刺。

● 当时，韩、岳大军在前线英勇抗击金兵，张俊在后方不闻不问，且动用巨额资财和人力大兴土木。他令军士为皇上营造宫殿，为自己修建豪宅，并盖了一个叫『太平楼』的酒肆，借以赚钱营私。

● 张俊千方百计捞钱，为此，他暗使一老兵为他做起出海贸易，造了巨船，又买了一百多个能歌善舞的美女，采购大量奇珍异宝、绫罗绸缎，扬帆出海，以此等物资和人员，换回了好几船珍珠翡翠、宝石香料，以及不少骏马，从中获利数十倍。人家在前方打仗，张俊虽无多少战绩，但在名声上却不甘落于人后。绍兴十一年春，宋、金在淮西大战，诸将都亲赴前线，张俊放心不下家里的买卖，写信给自己的小妾千叮万嘱。过些天，小妾来信，鼓励他坚定报国之志，字字句句慷慨激昂。张俊立即眉头一皱，计上心来，觉得这是一笔不小的政治资本，便马上将小妾来信送入宫中。皇帝阅毕，下诏褒奖张俊公而忘私，并封其小妾为雍国夫人，赐钱千万。张俊用一封信大做文章，在昏庸皇帝面前弄了个名利双收。

●岳飞、韩世忠抗金战功卓著，引起张俊的强烈嫉妒和不满。于是，他投靠奸臣秦桧，甘当走狗，与秦桧一起密谋陷害岳飞，终将抗金名将岳飞毒死。南宋绍兴三十二年，孝宗即位，岳飞之冤昭雪。后来人们在岳飞坟前铸造了四个当年陷害岳飞的奸人跪像，其中便有在秦桧身旁下跪的张俊。行人过此处，无不唾骂，即使他们千秋万代永远跪下去，也洗刷不掉满身的罪恶。

遗臭万年的卖国贼秦桧——南宋（高宗）时期

媚外做奸多有闻，能如此佞却难寻。
搜罗丑谬开降路，陷害忠良剿义魂。
肆毁军国戕宋室，甘当犬马效金人。
万年遗臭滔天罪，名桧觉羞愧姓秦。

注释

●秦桧，南宋投降派代表人物，死心塌地当内奸，干尽了丧权辱国的坏事。历史上在国家面临危亡之时，总有一类人为了自己的荣华富贵而与外敌勾结，认贼作父，里应外合，出卖国家民族利益，但能像秦桧者实属罕见。

●南宋建炎四年，秦桧随南侵的金军至楚州（今江苏淮安），受金国挞懒密遣归宋，诈称逃脱敌掌。回宋后，他被一心求和的昏君高宗帝擢为宰相，极力网罗死党，把万俟卨（音读作：莫奇谢）、汤思退等推行投降路线的丑类集于麾下，千方百计开辟投降之路。同时，大肆陷害岳飞、韩世忠、张浚、赵鼎等抗金忠良名将，还以『莫须有』罪冤杀了岳飞，干了金人想干而干不了的事情。

●秦桧对金人力主投降议和，置北方大片疆土被金人所占领而不顾，提出『南人归南，北人归北』的主张，阻止岳飞、韩世忠等收复中原，极大地损害了宋朝的江山社稷。与此同时，他甘当金人走狗，极尽献媚之能事，只要金人提出要求，他都撺掇高宗一一答应。金和议使来到南宋都城临安（杭州），他不顾有损国格，竟然代高宗跪迎，还无耻宣称自己是『忍辱济国』。甚至在临死前仍上奏高宗说：『愿陛下益固邻国之欢盟。』

●秦桧卖国求荣罪恶滔天，遗臭万年，永远被钉在历史的耻辱柱上，为后世所不齿。清朝时，一秦姓人来拜岳飞的坟墓，看到跪于坟前的秦桧铁铸像，随手题了一副对联：『人到宋后少名桧，我至墓前愧姓秦。』足见人们对秦桧这个卖国贼厌恶到何等程度。

假公主骗取富贵——南宋（高宗）时期

褴褛小尼忽闯宫，自称皇女泣连声。
含悲叙掳离皇室，忍痛说逃返御京。
十载伪装博爱宠，一朝败露受杀封。
仅凭形貌即得逞，足见君臣甚瞶庸。

注释

●北宋靖康年间，金人攻破汴京，将徽、钦二帝及皇室成员几乎全部押往漠北。建炎四年，南宋朝廷刚稳定下来，一位衣着褴褛的小女子突然闯入皇宫，自称是徽宗之女——柔福公主。徽宗有三十一子、三十四女。靖康之难时，除夭折者外，大多被掳走。今有一女入宫，搞得高宗一时摸不着头脑。因其与柔福公主是异母姐弟，虽都在深宫中，却也不熟。于是，高宗命老宫人前来辨识。

●老宫人见到这女子，觉得面貌身材确像柔福公主，只是脚大了些，便对她进行一番盘问。这女子哽咽着说，自己是与宫中其他人一起被金人押往北方的，一路上如赶牛羊，后来从金人手中逃脱，赤着脚走了万里路，哪能还有千金风韵呢？小女子这么一编，老宫人和高宗帝都信以为真，不禁凄然泪下。于是，将她收入宫中。

●这女子立即被封为福国长公主，不久，又为她选了英俊才子做驸马，举行了盛大婚礼。从此她便享尽了荣华富贵，这样的好日子过了十年之久。可想不到的是，因宋、金达成暂时和议，高宗的生母韦氏得以生还，皇亲国戚都前来请安。当宣至柔福公主夫妇时，韦氏一愣。当晚韦氏对皇上说柔福公主早已死在漠北了。高宗此时才明白建炎时来投的公主是假的，当即就将这个冒牌公主投入牢狱。经审问得知此女是一寺中女尼。由于这事是宫中丑闻，只得把假公主秘密处死于狱中。

●寺中女尼因自己的形象酷似柔福公主，便为求荣华富贵大胆地冒充。小尼诈骗轻易得逞，足见南宋君臣已昏聩到何等地步。

畏敌如虎一味求和的高宗——南宋（高宗）时期

骤雨狂风已见薄，依然沉梦赏婀娜。
不知他醉三秋桂，只晓自痴十里荷。
畏首罢兵皆受赏，扬眉主战尽遭谪。
竟出荒谬散朝策，又欲远航求苟活。

注释

●南宋绍兴十九年，金国完颜亮发动政变夺得帝位。这个野心勃勃的新主立即要南下伐宋。偏安一隅的南宋朝廷已处于『山雨欲来风满楼』的危险境地，但以高宗为首的议和派却不正视这个严峻的现实，自欺欺人，依然如往昔一般沉醉于一片祥和之中，欣赏着西湖岸边那婀娜垂柳，丝毫没有御敌的想法和准备。

●金人完颜亮早就对杭州宝地垂涎三尺，他在读到柳永描述杭州美景的词『有三秋桂子，十里荷花』时已倾慕至极。他得知杭州的仙境、西湖的清秀、宋高宗的排场、小刘贵妃的美貌，更是按捺不住心中的激动。遂令画工潜入杭州，画出西湖景色，再加上自己的戎装像，题诗『立马吴山第一峰』。对完颜亮的这一系列想法和动作，高宗置若罔闻，只知自己痴迷『十里荷』，可否知道金人早已醉于『三秋桂』？

●面对危机，有血性的爱国之士上书要求备战迎敌。可高宗一听就大怒，分别将他们发配、贬谪、处罚。而对于那些主张议和、投降的奸佞，如汤思退之流则言听计从，他还下诏称：『讲和的国策，是朕决定的，秦桧不过执行罢了。秦桧虽死，这一国策也绝不改变。从今以后，再有妄谈惑众者，必受重罚。』为保住『和平』，高宗压制言论，以对金表示诚意。

●绍兴三十一年，金要求宋割让淮南地区，出言不逊，意在激起战争。不久，金主又下令迁都汴京，并大举发兵。这时宋廷一片惊慌，不得不派重病在身的老将刘锜率兵抵御，但因孤立无援而退守扬州。此时的高宗，竟然下诏宣称：『如敌军不退，百官可解散自谋生路。』而他自己则想故技重施，准备乘船往海里逃跑，以求苟活。

一介书生虞允文败金愧武官——南宋（高宗）时期

远望胡旌蔽地天，回巡本部尚休鞍。
散兵无帅营盘乱，懈将乏威士气蔫。
遂统守军撑我阵，即出攻略破敌帆。
书生原负劳师命，却建奇功愧武官。

注释

●南宋绍兴年间，在金军的强大攻势下，江北扬州、镇江等重镇接连失守，宋军只得退守江南，可长江南岸的宋军防线也十分脆弱。将军王权因不战而逃被撤职，整个部队处于群龙无首的状态。这时，朝廷派文官虞允文到前线犒劳将士。虞允文一到采石（今安徽当涂县）大吃一惊，他远望江北岸金兵旌旗遮天蔽日，已摆开进攻的阵势，而南岸我方将士则脱去盔甲，战马卸下征鞍，三五成群地坐在路旁，一点迎战的意思都没有。

●虞允文深知，我军阵营一片混乱，将士无心迎敌作战，是因为旧帅被撤，新帅未至使然。于是，在万分危急之时他挺身而出，把众将士召集起来，整合军力，准备与金兵对抗。

●虞允文迅速集合队伍，以忠义勉励大家，并激动地说：『陛下赏赐的金钱和升官状都在我这里，只待立功者来取。』

听此言，众将精神大振，纷纷表示：『既然有人主持指挥，当奋勇杀敌，为国尽忠。』接着，虞允文立即谋划攻略，令诸将严守阵脚，把水师分为五部，东、西、中各一部，另两部藏于港湾之中以备不测，中部伏有精兵，以加强力量。这时，金军在其主帅完颜亮的指挥下，数百战船铺满江面，喊杀声惊天动地，呼啸而来。虞允文见状奔入阵中，鼓励勇将时俊率兵突击，士兵们尾随其后，与敌展开殊死搏斗。这时恰有一支从别处溃败的宋军经过，虞允文组织他们从山后鼓噪而出。金军以为宋援军赶到，顿时士气消退，纷纷逃跑。虞允文料定金军会卷土重来，当晚便派水师移往上游。天刚亮，敌军果然来攻，宋军上下夹击，烧金船三百余艘，金军再次败退。后来，新帅李显忠赶到，虞允文又让他分兵一万六千人由自己带领，火速赶回京口，后又至瓜州，与金兵再战，终于使南征金军全部拔营撤退，两淮回到宋军手中。

●虞允文不过一介书生，他原本负命到前线劳军，见到军队无将帅指挥，便自告奋勇担大任，建立了武将都难以企及的卓越功勋。抗金老将刘锜曾不无感慨地说：『朝廷养兵三十年，武将一筹莫展，大功却由一介书生所立，真让我辈羞愧！』

高宗禅位——南宋（高宗）时期

身惊不育断亲根，信梦还宗备储君。
初选登堂十幼子，再挑留殿二童贞。
寝宫观测心决意，战场考察锤定音。
厌倦乱摊行禅让，高居极顶享天尊。

注释

●宋高宗赵构好色。建炎时金军突然南下，直取扬州。高宗正在行宫与美人寻欢作乐，听到急报，吓出一身冷汗，扔掉百官后宫，仓皇渡江逃走。经此惊吓，高宗失去了生育能力。苗、刘兵变时，三岁的独生子又受惊吓而死。所以，继承人就成了问题。一日，皇太后孟氏私下对高宗说她做了一个怪梦，意思是太祖以神武定天下，他的子孙却不得享福，从而致国难。若不振兴这一脉（原来接班的均属太宗赵光义一脉），实难免除国家灾难。高宗听后，信以为真，便决定从太祖的后裔中选一个作为养子，并立为储君。

●高宗初选了十名幼子入宫，然后在其中精心挑选了二人（一肥一瘦）。这二人并肩站在高宗面前，这时有一只猫走近，胖孩抬脚就踢。高宗见此，觉得胖子无仁爱之心，便把他赶走，留下了瘦子。这小儿便是太祖七世孙，改名赵昚（音：甚），令张婕妤抚养。而得宠的吴才人也想抚养一个，故又选了一人，改名赵璩（音：渠）。

●对留在宫中的这两个小孩，高宗对他们进行测试。一天，他突然各赐十名宫女给二人。赵昚的老师史浩看出了皇上的用意，要赵昚对宫女以礼相待，赵昚依计而行。过几天，皇上果然将宫女召回，一问，去赵昚这边的均未失身，而去赵璩那里的正好相反。高宗虽然好色，但他希望接班人不是纨绔子弟，于是，心里已决意选择赵昚。绍兴三十一年，金军大举进攻，高宗在良将的百般请求下，不得不『亲征』。临行时，他让赵昚扈从圣驾，待虞允文击退金军后，才带皇子回到建康（今南京）。通过一路上的考察，终将赵昚立为太子。

●金军退走后，南宋的军政一团乱，高宗实在对国事厌倦了，便宣布退位，称太上皇，移居德寿宫。从此赵昚便成为南宋的第二任皇帝，史称孝宗。

如此『孝顺』的孝宗——南宋（孝宗）时期

头上太皇仍凛容，薄冰慎履尽依从。
黑白颠倒失规范，善恶混淆丢准绳。
只想倾朝恭朽木，非思遍野泣哀鸿。
为君如此呈忠孝，邪气歪风更盛行。

注释

●孝宗赵昚成了南宋的第二任皇帝，但他上面还有禅位的高宗，即太上皇。高宗对国事已厌倦，可当上太上皇后，却时时过问军国大事，经常干预朝政。在这种情势下，由养父从平民中拔擢，并最终成为皇帝的赵昚，在经国理政中如履薄冰，十分谨慎，看着太上皇的脸色行事，可谓诚惶诚恐，百依百顺。

●因高宗原本就是个昏君，当上太上皇后更有恃无恐。面对这样的局面，孝宗听之任之，一切规范和法律在太上皇身上全部失效。一次，言官上疏说太上皇居住的德寿宫酿私酒牟利，孝宗顿时大怒，要将言官罢免。言官申辩，孝宗自觉理亏，便放了他一马。可当他听大臣史浩说陛下是个大孝子，事关皇父，应为其隐恶时，还是把那个主张正义的言官免了职。退位后的高宗，常去灵隐寺闲坐，看到一个给他上茶的人不像茶房伙计，当他了解到此人原本为县官，被免后无生计而来茶房做工时，便一口答应为其复职。高宗让孝宗马上办理此事，可宰相说此人贪赃罪大，免死已是幸运，万万不能再让他当官，故此事拖了下来。当孝宗发现太上皇很不满时，马上赔不是，接着就给那个罪大恶极的人官复原职。

●孝宗为了讨好父皇，倾尽所能，只要能使高宗欢心，做什么都行，平时花天价为其购买字画，每年过生日，都进奉大量珍宝财物，为此大肆搜刮民脂民膏，黎民百姓不堪重负，陷于十分悲惨的境地，而对此，孝宗是从来不管不问的。

●作为一国之君，如此这般『孝敬』父皇，朝廷歪风邪气盛行就是必然的了。

北伐败北——南宋（孝宗）时期

久哀胡虏掠河山，欲捣黄龙雪耻冤。
未晓军中缺勇胆，非知殿上少忠肝。
骄兵毁阵抱头窜，悍将拆台抄手观。
老朽至今仍念桧，儿皇却步怎回天？

注释

●南宋孝宗帝，还是皇子时就倾向于抗金的主战派，痛恨奸佞秦桧，对父皇高宗一味屈己求和亦十分不满。他初即位时，雄心勃勃，日夜筹划北伐中原，指望一举打过淮河，直捣黄龙府，以雪靖康之耻。

●但是，他只知道金人已不如往昔，可不知道现在宋军中已很少有骁勇之将，军队更没法与当年岳家军、韩家军相比。同时，朝廷中虽然秦桧已死，但主和派仍有强大势力，朝臣欲精忠报国者除张浚等人外，已寥寥无几，大多安于江南一隅，苟且偷生，根本无意收复中原。

●在这种情况下，孝宗不致力于加强武备，而企图一战定天下，其结果可想而知。张浚不是武将，孝宗却派他在建康（现南京）建立北伐指挥部，然后以李显忠和邵宏渊为将，起初，打了几个胜仗，军民深受鼓舞。这时邵宏渊嫉妒李显忠的战功，处处给李设障。再加上李不肯开仓重赏士卒，引发士兵的强烈不满。不久，金军十万集于宿州。李令邵合力御敌，邵则按兵不动，并散布松懈斗志的情绪，使军心动摇。这时，竟有一部将假冒金兵，击鼓冲乱自己的阵脚，各将纷纷带队逃跑。而邵宏渊见状仍然袖手旁观，不伸援手。李显忠仰天长叹：『老天不让我恢复中原了！』

●孝宗踌躇满志组织的抗金北伐，终以失败告终，致使主和派更加嚣张。而太上皇高宗本就对孝宗北伐不满，一谈到恢复中原，他便不耐烦地说：『待我百岁以后，再谈此事吧！』孝宗深知，要北伐抗金，就必须清算秦桧，为岳飞昭雪。他刚即位时，借助正直大臣的声势，抓紧做这方面的工作。这时，德寿宫新房落成，高宗亲笔自题为『思堂』，意即『思秦桧』。这个老朽至今还念念不忘卖国贼秦桧，仍然坚持他那条屈辱求和的路线。此种形势下，儿皇纵有天大本事，也是不可能在抗金雪耻事业中有所作为的！

抗金英雄大词人辛弃疾——南宋（高宗、孝宗、宁宗）时期

拒事金人效宋廷，壮怀投笔毅从戎。
秉诚昭信斩贼首，以勇表忠袭虏营。
备武伤心愁未了，拍栏碎胆愤难平。
英雄揾泪含悲去，吐郁铸词千古名。

注释

●辛弃疾（字幼安，自号稼轩），南宋抗金英雄、大词人。此人豪爽大度，讲义气，好结交海内豪杰。少年时，他的家乡济南被金人所占领。他有一要好的同学党怀英，二人均有非凡文采，但他们志向相左，党愿在北方金人手下求官，而辛则誓不为金臣，一心想恢复中原，报效宋廷。为此，辛弃疾与党怀英分手后投奔山东抗金的绿林好汉耿京，开始了戎马生涯。

●辛弃疾从军后，常劝耿京臣属南宋。当时，耿京附近还有一支以和尚义端为首的抗金武装，辛弃疾劝他附于耿京旗下，以便聚力抗金。但义端和尚居心不良，一天晚上，偷了耿京的将印逃跑。耿京大怒，以为是辛弃疾与义端合谋来欺骗他，便拔剑要杀辛弃疾。辛当即表示真诚之意，要耿京给他三天时间，斩下义端首级。然后，他策马急追，

终将义端的首级拿下，扔于耿京面前，使得耿京连呼：『佩服！佩服！』宋高宗绍兴三十二年，辛弃疾代表耿京来归南宋，呈上文采华丽的降表，皇上阅后深被打动，当即给辛弃疾封官加爵，并让他将节度使官印带给耿京。可当辛弃疾赶回营寨时，发现有人叛变，把耿京杀掉后逃到金营。这时，如不抓住叛变将领，皇上定会怀疑辛弃疾欺君。所以，他二话不说，带义军残部五十骑直闯五万人的金帐，将正与金人饮酒庆功的两个叛将绑走，星夜驰回宋廷，向皇上献上俘虏，皇上对他的胆略大为钦佩，至此，对辛弃疾的忠诚笃信不疑。

●孝宗初年，辛弃疾上书，分析南北形势，就抗金提出许多具体措施，得到皇上召见。可不久，主战派被高宗等主和派打压，辛弃疾被调往江西、湖南、安徽，远离了抗战前线。但他始终胸怀恢复中原的大志，抓紧武备。在湖南时，他克服种种困难，建立了一支以『湖南飞虎』为号的精兵，得到孝宗的支持。为此，他更加抓紧训练，希望能建成一支如岳家军那样能征善战的部队。但朝廷中主和派对其百般阻挠，大肆诬陷。孝宗末年，辛弃疾终被罢官，时年仅四十二岁。从此他闲居乡间二十余载，整日借酒浇愁，以词抒愤。这期间，他写了大量慷慨悲壮的绝妙好词。如：『落日楼头，断鸿声里，江南游子，把吴钩看了，栏杆拍遍，无人会，登临意。』、『而今识尽愁滋味，欲说还休。欲说还休，却道天凉好个秋。』

●辛弃疾在宁宗初年被重新启用抗金，可不久又被罢官。最后郁郁老死于乡间。他一生尽心报国不得志，而倾吐郁闷写的词却成为千古绝唱，这不是他所追求的，亦是他没有想到的。

『狂生』陈亮屡蒙冤——南宋（孝宗、光宗）时期

柔靡酸腐漫朝廷，凡起清风尽不容。
秉正常疏常受谤，含冤屡狱屡遭刑。
激言泄愤羞国耻，烈酒浇愁盼世明。
抗逆顶压虽中第，何知西子太无情。

注释

●南宋朝廷偏安一隅，至孝宗帝即位已有三十余年。此间，雄豪之气丧失殆尽，而柔靡酸腐之风却充斥朝野，就连孝宗都感到这种情况实在难以忍受。恰在此时，有一被时人称为『狂生』的陈亮站了出来，直言不讳，痛斥时弊，犹如一股清流。但是，久享西湖暖风吹拂的官员们，是绝不允许『狂生』戳他们疼处、搅乱他们的温柔富贵之乡的。

●陈亮针对朝廷的软弱腐败，屡屡上书，但屡屡遭受迫害。隆兴和议签订后，朝臣们弹冠相庆，而孝宗憋了一肚子火，准备北伐。陈亮上了《中兴五论》，可被大臣截下，皇帝根本没有看到。到孝宗即位的第十七个年头，陈亮再次到都城上书，以犀利的文笔指责皇上好大喜功，不顾后患，隐忍至今。他纵论古今形势，劝皇上迁都建康（今南京），以图恢复中原。同时，笔锋所向，大骂儒士们忘却君父之仇。孝宗看后，精神为之一振，将其抄于朝堂，激

励文武百官；同时，召见陈亮。可因为陈亮的上书得罪了左右臣僚，让他们怀恨在心，遭到他们的恶毒诽谤。后来被小人何澹以莫须有罪名下狱，受尽酷刑。孝宗得知后，写了一句『秀才喝醉了，胡说八道，何罪之有？』他才被无罪释放。再后来，陈亮又第三次上书，慷慨陈词，重提抗金话题，因而又被诬陷下狱，受尽严刑拷打。最后一次，多亏大理寺的主管官郑汝谐没有偏见，在即位的光宗面前为陈亮极力辩护，陈亮方得以解脱。

●陈亮羞于国耻，不忍昏暗朝政，屡谏诤言，屡遭失败。为此，他在家乡每日与本地几个失意士人一起借酒消愁。但他始终心系江山社稷，企盼世道清明。

●陈亮多次科考被打压，后来又参加科举考试，文章得到皇上欣赏，高中状元，一举雪耻。然而，就在他春风得意之时，一天晚上，不知何因突然死在家乡，终不能入朝为官。

孝宗禅位——南宋（孝宗）时期

嗣位之初锐气存，消磨数载已沉沦。
朽梁压顶难施政，乱索缠身徒费神。
雪耻雄心成泡影，中兴壮志化烟云。
回天无力即行禅，不料癫狂掌御门。

注释

●南宋孝宗即位之初颇有干一番事业的雄心，可是在政治势力的对比中他并不占优势，经过二十多年的官僚机构的消磨，终于锐气丧尽，渐渐沉沦下去。

●孝宗作为太上皇高宗的养子当了皇帝，不得不屈从高宗的权势，因此，他很难独立做出决策，施政时必得看着太上皇的脸色行事。特别是在抗金恢复中原这样关乎国家命运的大事上，他更是不能与太上皇稍有相左之处。孝宗在位二十七年，竟有二十四年是在诚惶诚恐中侍奉着太上皇，所以，他的心情始终是很沉闷的。

●当初孝宗一心想雪靖康之耻，想发愤要恢复中原，使大宋重振雄风。为此，他积攒了大量钱财，以备北伐之用。可是，每当他显现出这样的想法和做法时，便受到高宗等主和派的无情打压，让他的抱负没有任何施展的可能。长此以往，孝宗越来越心灰意冷，觉得中兴已根本无望。于是，他将多年积攒的钱财存入『封桩库』，为后人留下雄厚的经济基础，将恢复中原的希望寄托在下一代身上。

●孝宗深知自己无力回天，挽救颓局，且日益厌倦政事，所以，在年逾六十时，将皇位禅让给了自己的三儿子赵惇（音：吨）。原想靠这个儿子来完成自己想做而没有做到的事，可哪里知道这个赵惇（光宗）即位不久就显出狂躁易怒的不正常症状。让这样一个癫狂的人来掌控江山社稷，南宋的前途命运是不言自明的。

凶悍皇后李凤娘——南宋（光宗）时期

残忍歹毒如虎狼，得居后位更猖狂。
临廷恶语羞婆母，离殿凶睛蔑父皇。
害死贵妃夺御宠，逼疯君主擅朝堂。
癫男悍女执国政，社稷江山怎久长？

注释

●南宋光宗皇帝的皇后李凤娘，是一武将之女，在赵惇当太子时，李家托道士皇甫坦说媒，在高宗、孝宗的同意下，当了太子妃。后来赵惇做了皇帝，她自然就成了皇后。李氏性情强悍，为人残忍阴毒，经常撒泼争吵，搬弄是非，无所不为。她当上皇后以后，就更有恃无恐了。孝宗看在眼里十分后悔，常说：『这么厉害的女人，到底是武将的种。我被皇甫坦这小子给骗了。』

●光宗即位，李氏当上皇后，和公婆的矛盾更加表面化了。她骄横无忌，逼着光宗给李家赏官，连门客都得给个一官半职。她对待公婆更加傲慢无礼，到重华宫请安时，一步也不肯走，乘着轿子直闯入内殿。当初孝宗的皇后谢氏对公婆十分恭敬，如今自己的媳妇如此嚣张，实在看不下去，便当面说了几句。可这李氏却公然顶撞说：『我与官家可是结发夫妻呀！』因谢氏不是孝宗的原配，是在正夫人死后才扶正的，所以，李氏是在公然羞辱婆母。在一旁的孝宗顿时勃然大怒，但李氏不仅未收敛，而且向父皇投去了蔑视的眼光。

●光宗本性好色，一次，他洗手时，顺便摸了一下持盆宫女的手。李氏发现后，当即把这宫女的双手砍断送到皇上面前。有一姓黄的贵妃，为光宗所宠爱，李氏妒火中烧。绍熙二年岁末，李氏乘光宗不在宫中之机，将黄贵妃活活打死。当时，皇上正主持祭天大典，听说黄贵妃突然死去，知道是李氏搞的鬼，又气又恨。再加上祭祀时出现起怪风、烛光熄灭、帘幕被烧等现象，使光宗受到极大刺激和惊吓，终致精神崩溃。从此，光宗整日疯疯癫癫，发病时狂躁震怒，乱杀乱打身边人。这时，李氏乘机把朝廷大权掌控在自己手里，肆无忌惮，为所欲为。

●南宋江山掌握在这样一对癫男悍女手中，国家的前途命运可想而知。

摒除疯帝谋成内禅——南宋（光宗、宁宗）时期

癫皇废政近塌坍，起谏再拥除乱端。
太后三思锤落地，权臣一举手擎天。
无心御柄偏得坐，有意龙袍却未穿。
细略精谋成内禅，可惜疯去傻接班。

注释

●南宋孝宗禅位于三子赵惇，是为光宗。光宗患上精神病，整天疯疯癫癫，难理朝政，再加上李皇后乘机擅权，把朝廷搞得几近崩溃。绍熙五年，孝宗去世，在举行国葬时，光宗却不出面，朝廷群龙无首，京城内外一片混乱。这时，大臣赵彦逾和枢密院赵汝愚共同策划，欲说服太皇太后吴氏，废除光宗另立新君，以求消除祸端。

●吴氏对光宗本已失去信心，亦想废除，但她在没有十足把握的情况下没有轻率答应。在二赵及韩侂（音：托）胄等人的劝说下，终于下了『废旧立新』的决心。于是，赵汝愚等分头通知几位大臣，布兵分守南北两宫，在孝宗国葬结束后，立即发动了政变。

●原来就有传言，说孝宗二房的皇孙许国公赵柄要当光宗的继承人，所以，赵柄早有准备，一心想穿龙袍。可他哪知

道此时赵汝愚等已于当晚派人送信给嘉王赵扩的老师，让赵扩在明天行大礼时务必到现场。举行大礼仪式时，太后就座，赵汝愚便率百官来到帘前，上奏道：『皇帝生病，不能主持丧礼，我等请求立嘉王为太子，以安定人心。』并利用光宗犯疯病时曾写过的不明不白的『历时岁久，念欲退闲』的批语，请太后定夺。吴太后顺水推舟说：『既有皇帝的亲笔批语，执行就是了。』赵汝愚当即拿出早已拟好的文件，以太皇太后的名义宣布嘉王赵扩即皇帝位，尊光宗为太上皇。嘉王毫无当皇帝的想法，一时目瞪口呆，吓得连连后退，不肯穿黄袍。但最终还是被赵汝愚等连拉带扯地穿上黄袍按到了龙椅上。一个对当皇帝一点想法也没有的人居然登上了御座，而那个想坐皇位的人却闹了个竹篮打水一场空。

●在赵汝愚等大臣与太皇太后吴氏的精心策划下，一场『内禅』大戏终于上演成功。可是，这个接班人宁宗（赵扩）却是个十分懦弱、带有几分呆傻、对政治一点也不感兴趣的人，真不知他比前任的疯皇帝能好到哪里！

愚蠢皇帝赵扩——南宋（宁宗）时期

本是蠢猪忽变龙，军机国政尽难承。
一腔傻气神无主，满脑浑糊理不明。
定策筹谋逐水走，擢官赐职顺风行。
皇权旁落凶奸横，浊浪乌烟漫宋廷。

注释

●南宋宁宗赵扩本是一个性格懦弱且智力不健全的愚蠢之辈，只因他是光宗唯一的儿子，便被重臣赵汝愚、韩侂胄等硬是『内禅』成皇帝（接光宗的班）。把执掌江山社稷的重担放在这样一个人的肩上，他怎么可能担得起呢？

●赵扩糊涂无能，遇事六神无主，事理不明。每次上朝，他总是一副呆若木鸡的样子，任凭大臣们争吵不休，他也拿不出主意来，经常是大吵一番，退朝时仍不得要领。更可笑的是，因他不善言辞，事讲不明白，所以接见金国使节时，就令一个能说会道的内侍躲在屏风后帮腔。

●凡军国大事、官员任用，需上朝议定时，赵扩总是听大臣们怎么说，他就怎么办，自己心中从来就没数。一天，他突然想起了教过自己的老师，要给老师一个官位，就对大臣说：『陈老师如今在哪儿？他可是好人哪！』这时，韩侂胄在旁边轻轻说了一句：『监察官曾说他（陈某）心术不正，恐怕不是好人。』赵扩马上改了主意说：『心术不正，那肯定不是好人了。』于是给陈某官位的事就轻易作罢了。

●由于宁宗赵扩根本没有经国理政的能力，使得韩侂胄之类的奸臣将朝权攫于手中，横行霸道、有恃无恐，把朝廷搞得浊浪翻涌、乌烟瘴气，而宁宗却对他们亦步亦趋，言听计从，名为皇帝，实际上成了奸臣的附庸。

群丑马屁精——南宋（宁宗）时期

为求高职贿凶奸，群丑明争暗比攀。
尔献红牙他美毯，他呈金架尔珠冠。
博欢竟可学鸡叫，取赏犹能效犬钻。
正义公平均荡尽，拍赢马屁定升迁。

注释

●南宋宁宗前期，韩侂胄尽管不是宰相，却能操纵皇帝，得到郡王封号，其旨意可通过皇上的诏令得以贯彻。在他权力极盛时，谁要想做官或升迁，必须得他点头，否则没门儿。因此，一些求官和升迁心切的小人，便对他进行百般逢迎，大肆行贿，都想用厚礼来博得韩大人的青睐，于是，送礼成了一场竞争，你送得多、送得好，我比你更多、更好。

●一年，韩侂胄过生日，一官员抬来十张红牙果桌、四川茶马司来人献上精美的地毯，接着又有人献上十副光灿灿的珍珠饰品，据说是某公主的遗物。还有临安知府献上的用黄金做成的一副小葡萄架，上面缀有一百多颗巨大的名贵北珠。不久，这位临安知府又给韩侂胄的十名小妾每人弄了一顶北珠帽。类似这样的礼品，堆积如山，使这个贪得无厌的韩大人乐不可支。当然送礼者按送的规格都各得其所，那个临安赵知府马上就升了一级。

●朝野上下的一群小人，为了当官、升官，简直到了毫无廉耻的地步。一天，众官员陪着韩侂胄在南园喝酒，园林按山庄形式建造，竹林茅舍，小桥流水，颇为雅致。韩侂胄高兴之余说：『好一派田园风光，只可惜没有鸡鸣犬吠。』话音刚落，忽闻庄内传出声声鸡鸣狗叫，一行人十分惊奇，马上派人去看，原来是那个赵知府趴在篱中模仿的，逗得韩大人开怀大笑，不久，这位赵知府又升了一级。还有一个叫许及之的人，虽然没多少钱送礼，但却具有非凡的谄媚本事。韩过生日时，他晚来了一步，大门已关闭，他硬是从一个洞口钻了进来，让韩侂胄十分感动，不久，便当上了尚书。过了两年，许及之又来到韩家，一进门就给韩跪下，连奉承带哭穷，于是，许挤进了执政班子。当时人们都说这位许先生是『钻洞尚书，屈膝执政』。

●在韩侂胄擅权之下，一帮无耻之徒靠送礼攫官，公平正义荡然无存，谁善拍马屁，谁就能当官，能升迁，宋廷的政治黑暗可想而知。

陈自强由先生变儿子——南宋（宁宗）时期

梦想借光终上堂，忽来鸿运速飞黄。
浑身媚骨奴才相，满腹毒汁走狗肠。
拼命营私擢劣子，发疯受贿饱贪囊。
尊严丧尽极无耻，竟把学生叫父王。

注释

●南宋宁宗年间的奸臣韩侂胄少年时有个私塾老师叫陈自强，此人听说韩侂胄发迹了，便想借光谋个一官半职。于是，他在京城四处打听。忽有一日，陈自强得知自己入住客店的主人经常到韩府去给韩侂胄泡茶，便立即通过这个人的介绍，终于与韩侂胄见了面。好在这个韩侂胄还没忘记这个老师，给了他一个最高学府太学主管的官职。陈自强忽来鸿运，喜出望外，凭着他那善于钻营的本事，深得学生韩侂胄的青睐，不久，便节节高升，飞黄腾达，不到四年时间居然当上了宰相。

●陈自强身居宰相之位，却没有任何政治才能，只会看着韩侂胄的脸色行事，韩说『金可伐』，他就点头哈腰地说『可伐』，韩说『兵可用』，他就应声说『可用』，根本没有主见，呈现出的完全是一副奴才相。而韩侂胄正是看中了他这一点，才让他当宰相的。陈自强虽然在理政上无能，心却阴险毒辣，一方面甘当韩侂胄的走狗，甚至把印好的任官空白敕札送到韩府，任韩填写；另一方面借势营私舞弊，干出种种丧尽天良的罪恶勾当。

●投之以桃报之以李。陈自强把大权都暗中交给了韩侂胄，韩则对其营私舞弊大开方便之门。为此，陈将自家的顽劣子弟全部都任了官，并让他们纷纷收受贿赂。而他自己更是有恃无恐，越老越贪，无论公私信函，若信封上没有注明『并献某物』，就根本不拆此信。陈还有一个潜规则，无论求官还是办事，都有一定价格。这样疯贪狂敛，陈家很快成了巨富。

●可能是老天有眼，一场大火将陈家的财物烧得精光，陈自强痛不欲生。这时，为弥补陈家损失，韩侂胄带头捐款，朝廷大小官员也不得不纷纷解囊，没几个月，陈府所得已两倍于火灾的损失。陈自强感动得涕泪横流，情动所致，竟然把昔日的学生韩侂胄唤作『恩王』、『恩父』，其厚颜无耻真是令人恶心！

杨妃智取后位——南宋（宁宗）时期

艺女怀才入御宫，身卑志大力攀登。
千佳较劲独脱颖，二宠争荣自跃升。
掌控钦天拔腹刺，勾结皇子去胸钉。
心毒手狠多奸计，终揽乾纲唤雨风。

注释

●南宋宁宗的皇后杨氏，本是随养母入宫的一名小艺女，因其聪明伶俐，深得高宗皇后吴氏的喜爱。成人后，姿容出众，举止得体，又善于弹琵琶，便成为吴氏的贴身侍女。随着年龄的增长，她对宫中的一切越来越留心，看得越来越明白，便逐渐滋生了夺取宁宗皇后之位的野心。

●宫中三千佳丽，能从中脱颖而出实在是一件很难的事，但杨氏却不因自己身世卑微有丝毫松懈，而是义无反顾地去争取。宁宗还是嘉王时，常到太皇太后吴氏处请安，就已注意到这个容貌美艳、举止得体的宫女，一次嘉王乘杨氏倒水不慎将水洒到手上之机，摸了她的手。杨氏立即心领神会，知道嘉王喜欢自己，以后便一有机会就往嘉王院里跑。后来，吴氏就将杨氏赏给了嘉王。嘉王即位，是为宁宗，杨氏马上得到宠幸，不久就升为贵妃。为此，她精心策划，伪造身世，找了一个叫杨次山的人当长兄，从此便把出身贫寒的家世改写成了豪门之后。

●当时，宁宗除了宠幸杨氏，还宠幸另一个曹美人，到底立哪一个为皇后一时定不下来。在这『二宠争荣』中，杨氏设下巧计，让曹氏上当，然后她把皇上留在自己屋里过夜，一通甜言蜜语后用酒将宁宗灌醉，乘机让宁宗写下了一式两份的『贵妃杨氏可立为皇后』的圣旨，第二天上朝由杨次山当场公布。就这样，杨氏在与曹氏竞争皇后时，没费吹灰之力就得以胜出。

●重臣韩侂胄认为杨贵妃十分机警，又会读书写字，不好控制，所以韩曾力劝宁宗立性格温顺的曹氏为后。现在，杨氏通过掌控皇上夺得了后位，她对韩侂胄阻碍自己当皇后一事耿耿于怀，一想起来就恨得咬牙切齿。于是，她一方面在皇上面前屡说韩的坏话，另一方面暗中指使杨次山寻机陷害韩。不久，她终于和皇子赵㬇联手，将韩侂胄铲除，去除了扎在胸中已久的钉子，把朝廷大权掌握在自己手中。

●杨氏绝顶聪明，善于抓住机遇施展谋略，终于从一个卑微艺女爬到了皇后高位。她利用宁宗的懦弱无能，逐渐取得代书御笔的资格，常常伪造圣旨达到自己的目的。在这个过程中，杨氏充分展示了她的工于心计和阴险毒辣。

杨皇后除韩纳首议和——南宋（宁宗）时期

久恨淤胸似火山，终出狠手扣机关。
密商廷相先削职，伪诏禁军即灭奸。
只想报仇除己患，非思雪耻致国安。
旧魔方去来新鬼，内擅外阿无二般。

注释

●南宋宁宗时，杨皇后与太师韩侂胄结下的仇恨越来越深。因原先韩曾反对杨氏当皇后，杨氏对其恨得咬牙切齿，总在寻找机会要把韩除掉。这时，正赶上韩侂胄主持的北伐遭到惨败，朝野上下对其恨之入骨。杨皇后认为这是搞掉韩侂胄的有利时机，便怂恿皇子赵曮向宁宗谏言，罢除韩侂胄，但皇上一直不肯。杨皇后感到，这事如果传出去，必会危及自己。于是，一不做二不休，下决心与韩侂胄来个你死我活，决一死战。

●杨皇后密嘱其兄杨次山在朝臣中物色倒韩的组织者，他找到皇子的老师史弥远。史向来与韩不和，又有取而代之的野心，所以双方一拍即合。后又联合参知政事（副相）钱象祖等。由于近两年杨皇后已能代书御笔，便有条件假造圣旨。开禧三年十一月，她暗中写好密诏：『令韩侂胄免职与闲官，即日出国门，由士兵三十人护送，不得有失。』

为防止意外，她写了一式五份，都盖上御玺。钱象祖找到宫禁卫队的统帅夏震，要他领兵逮捕韩侂胄。夏有些犹豫，当钱拿出假诏书后，夏便信以为真，表示：『既是君命，当然拼死效劳。』夏震率三百士兵等在韩侂胄上朝必经的六部桥，当韩由此通过时，士兵一拥而上，将韩拿下，押入玉津园的夹墙内，一边大骂『国贼』，一边举起铁鞭狠击韩的下身，把他一下子打死。

●事后，杨皇后向宁宗说已将韩侂胄除掉，宁宗只是惊诧而无其他说法。杨皇后除掉韩侂胄并非出于对军国大计的考虑，只是为自己报仇，消除心腹之患而已，更谈不上恢复中原为国雪耻。

●杨皇后一伙剪灭了大奸臣韩侂胄，接着上台的是比韩侂胄有过之而无不及的史弥远。此人虽无经国理政的能力，但搞阴谋诡计却是个行家里手。他以纯熟的政治手腕除掉了一个个政敌，包括那些组织政变的重要人物，自己迅速得到提升，很快就当上了宰相。他和韩侂胄一样，对内专权，对外（金人）极尽阿谀献媚之能事。他组成执政新班子后，立即向金求和，完全听金人摆布。金要韩侂胄的人头，史弥远等不顾国体尊严，马上送去，并增加对金的岁币和战争赔款，对金主的称呼也由『叔』改为『伯』。难怪时人说：『一侂胄死，一侂胄生。』

宋慈与世界上最早的法医著作——南宋（理宗）时期

多年数地任提刑，锐目精思握准绳。
博览古籍研狱例，广搜今案理囚情。
检尸验药皆详考，救命查伤尽细明。
一部洗冤实用录，堪称世首价连城。

注释

●宋慈，南宋理宗年间的官员，长年在地方任职，历任广东、江西、湖南等地数路提刑。他目光敏锐，思想深邃，精明干练，及时准确地审理过大量棘手案件，声名显赫。

●宋慈为探寻和总结办案的规律和经验，阅览了前朝大量的治狱书籍，并对当代各类囚犯的情况加以研究，从中梳理破案审案的经验教训。

●他还参考医学知识，证以平生办案经验，对尸检、毒药、验伤、急救等，详细记述和考证，然后进行归纳整理。

●宋慈把自己的实践经验和研究成果，写成法医大作——《洗冤集录》，全书共五十三项，由政府印行颁布全国，作为地方官的应读之书。此书具有很高的实用价值，对我国古代法医学的发展起到了不可低估的作用，也是世界上最早的法医著作。

史弥远专权——南宋（宁宗、理宗）时期

阴毒满腹踞高端，国政军机两擅专。
只顾弄权兴祸水，无心守土扫狼烟。
绞杀皇子清拦障，拥立民娃垒靠山。
九载朝中独相位，廷昏野敝难连天。

注释

●南宋宁宗年间，杨皇后联合皇子的老师史弥远等人除掉了权臣韩侂胄之后，史弥远以阴险毒辣的政治手腕搞掉了一个个政敌，自己迅速登上了宰相之位，他把军国大权全部握在手中，呼风唤雨，不可一世，比起韩侂胄有过之而无不及，时人都说：『一侂胄死，一侂胄生』。

●史弥远在搞政治阴谋上是行家里手，而在经国理政上则是一个无能之辈。他作为一人之下万人之上的宰相，毫无政治责任心，经常托病在家，暗中指挥党羽大搞阴谋诡计，收受贿赂，把朝廷搞得歪风盛行，祸水泛滥。而当时外敌的铁蹄已日益逼近，他却无动于衷，在朝廷中高谈阔论，没有一点守土御敌的意思。

●史弥远曾是皇子赵曮的老师，本指望靠赵曮稳坐两朝，可不料赵曮病死，宁宗想立从太祖一系中选出来的赵竑为继。

这使史弥远立即感到危机。起初，史弥远极力向赵竑献媚，但赵竑就是不吃他那一套。这样，史弥远见笼络赵竑当靠山已无希望，便心生阴谋，欲除去赵竑，寻找新的靠山。于是，他暗地里派人在民间选了一个小孩赵与莒，这个小孩是宁宗的远房堂侄，但其家在当时与一般平民无异，乘宁宗下诏选十余个太祖后裔入宫上学之机，把赵与莒一起弄来，接受了全套的贵族教育。后来，史弥远又设法让赵与莒成为沂王的继子，即宁宗的侄儿。嘉定十七年八月，宁宗驾崩，史弥远做通杨皇后的工作，假托宁宗遗嘱，迅速将赵与莒召入宫中，立为皇子，改名赵昀，让他以孝子身份向宁宗遗体行礼。这时，才派人召赵竑入宫。赵竑知道自己被废，当即吵了起来，以后史令其出居湖州，最终派人将赵竑绞死，对外宣称他死于急病。

●平民出身的赵昀（赵与莒）在史弥远的操纵下坐上了皇位，史称理宗。这样，史弥远在新朝又独坐相位九年，以后其侄子史嵩之又当了几年宰相，把朝野上下搅得天昏地暗，赵家的天下更是一代不如一代了。

十恶不赦的浪子宰相贾似道——南宋（理宗、度宗）时期

奢靡浪子坐朝堂，造孽兴灾肆纵狂。
淫漫西湖集恶佞，凶出贾府害贤良。
求荣奉贡结胡虏，固位擅权挟宋皇。
逆理伤天犹受宠，怎消国难挽危亡？

注释

●贾似道，南宋理宗、度宗年间的平章（宰相）。此人在官宦人家长大，因得『恩荫』进入官场。后又仗着姐姐是理宗宠爱的贵妃，官越做越大，直至当上了权倾朝野的宰相。贾似道坐上朝堂高位，纨绔子弟的种种恶习暴露无遗，在朝廷中横行霸道，无恶不作，如狼似虎。

●宋理宗因宠幸贾妃而对贾似道另眼相看，特意在西湖风景区里为他建造了一个前所未有的庄园，贾似道在此整日与娼妓、尼姑、旧宫女鬼混，极尽淫乐之事，根本不尽宰相之责，军国大事全部荒废。所以当时人们都说『朝中无宰相，湖上有平章』。贾似道吃喝玩乐的同时，在身边集合了一群奸佞小人，对朝中贤良进行打压陷害，屡屡逼死贤臣，并迫使良将北降蒙军。同时，对身边侍从极其残酷，稍不满意，就置之于死地。一次，一小妾对行舟于湖上的

两个儒雅书生赞叹了几句，便被他砍了脑袋。

●金亡后，蒙军大举攻宋。开庆元年，忽必烈率领的东路军攻势凌厉，重镇鄂州（今武汉）告急。理宗欲弃都逃跑。这时，身为守卫两淮的宋军统帅贾似道，当即在军中拜为右丞相，奉命前往鄂州救援。正在宋军下级军官和士兵顽强抵抗之时，他急于结束战争回京享乐，竟然私下向忽必烈求和，以划江为界、岁贡银绢二十万等丧权辱国的条件，向胡虏献媚。同时，对皇上隐瞒求和真相，说是自己率军一战告捷，蒙军大败而逃，由此骗得军功。贾似道为了巩固自己在朝廷的地位，极力排挤异己力量，挟持呆傻的度宗，大肆专权，独掌朝政，搞得官场贪风肆虐，军备废弛，民不聊生。

●这样的一个大奸臣受到傻皇帝的宠信，大权在握，掌控南宋江山，国家的危难怎可能消除，其灭亡的命运怎可挽回？

南宋失国——南宋（恭帝）时期

胡马扬尘已迫京，却如鸵鸟拒闻听。
师臣怯战蒙呆主，步帅贪生弃弱兵。
寡母孤儿急献玺，庸僚懦吏速逃宫。
临危虽有忠诚现，无奈势薄难遏崩。

注释

●北方蒙古忽必烈巩固了汗位后，集中力量向南宋发动全面进攻，采取久困襄樊、逐渐南压的战略。襄阳和樊城是南宋的军事重镇，如果它们沦陷，京都临安就无法坚守，那么南宋亡国就不可避免了。可面对蒙军已经逼近的严峻态势，南宋朝廷以贾似道为首的一群奸佞，不但无心组织救援，而且整天沉溺于花天酒地的淫乐之中。他们如鸵鸟一般不面对现实，并故意欺骗傻瓜皇帝度宗，说『北兵早就退走了』。若有谁说出实情，便立即遭到灭顶之灾，一嫔妃因此而丧命。

●贾似道（时人称『贾师臣』）十分怯战，但又要装出一副英雄的样子。他一面上书请求亲自带兵援救，一面又指使走狗上书挽留，说国事繁重，贾丞相不可一日离京，以达到既唱高调又不上前线的目的。对贾似道这番表演，傻皇帝竟然笃信不疑。后来，迫不得已，贾似道只好出征，但他事先就做好了出逃的准备。同时，暗中派人向元人求和。在这种统帅的指挥下，下属及士兵毫无斗志。元军大炮一响，前军刚一交锋，步兵领帅孙虎臣便钻进小妾的座船，掉头就跑，众士兵大喊『步帅跑了』，接着全军溃散，败兵沿江而逃。不久，贾似道被罢官流放，中途被仇家暗杀。

●面对这样的残局，南宋朝廷还寄希望于求和，被元丞相伯颜拒绝。德祐二年正月，宋太皇太后谢氏带六岁小皇帝（恭帝）奉传国玉玺投降。这时，满朝文武早已逃离宫廷，不见踪影。

●值得一提的是，在国家灭亡之时，还有文天祥（一直被罢官在家）、张世杰等忠诚之士挺身而出，一方面想保护宋廷，一方面要组织力量与元军决一死战。但他们实在是势单力薄，已无力挽救大宋江山。

文天祥忠心报国——南宋末期

罡风泪雨拯国危，身陷敌牢节不亏。
凛凛雄颜驱诱惑，铮铮劲骨拒降归。
疾声诉愿一腔恨，奋笔抒怀满纸悲。
取义成仁昭日月，丹心炳史耀光辉。

注释

●南宋末年，蒙古铁骑踏遍大江南北，宋军望风披靡，而作为一介儒生的文天祥，却怀着对大宋江山的无限忠诚，挺身而出，一展风骨。文天祥因受到朝廷权臣排挤，三十七岁便被迫闲居江西老家。宋都临安（今杭州）告急时，皇帝下诏天下起兵勤王，文天祥手捧诏令，泪如雨下，马上变卖全部家产，聚集万余子弟兵，向京城进发。后来，直到元军逼近城下，朝廷不得不把文天祥任为宰相。他奉命至元营议和，因坚决抗争而被扣留，后冒险逃脱，收拾残军，不幸被叛徒出卖，陷入元军囚牢。在监狱中，文天祥与敌展开了殊死斗争，始终保持着大宋忠臣的气节。

●文天祥被押解到元京城，元人对其威逼利诱，允给其高官厚禄，但他毫不动心。元人又派已降的宋臣来劝降，被文天祥一顿痛骂赶走。一天，文天祥被押到元枢密院审讯，元丞柜令其下跪，文天祥就是不从，被几个壮汉按下后，仍愤然朗声说：『文天祥忠于宋朝，以至于此，今日死而无憾！』元丞相软硬兼施，皆无济于事，最后气急败坏地吼道：『你要死，偏不叫你马上死，把你关在牢里熬死！』

●文天祥从被俘始就一再要求速死，但元人总想对其劝降，长期将他关在阴暗大牢里。在狱中，文天祥撰写了大量诗文和回忆录，抒发自己一生悲壮、愤懑、痛切的情怀。狱卒被他的精神所感动，为他传递消息和物品，不久，其诗文便播扬天下。

●文天祥以自己的壮烈行为成就了宋代第一忠臣的美名。元至元十九年，元朝廷发生内乱，外地起兵反元，有人声称要救文天祥。元帝十分担心，亲自召见文天祥，再三劝降，而文天祥宁死不改初衷，于是被杀，时年四十七岁。死后，妻子在他的衣袋中发现他的绝笔：『孔曰成仁，孟曰取义，而今而后，庶几无愧！』

辽西夏金

汉人韩延徽两度仕辽——辽代（太祖）时期

逃去归来两仕辽，功高绩赫历三朝。
征戎献略铺通道，纳汉出谋架坦桥。
参政经国多显睿，襄君创制倍彰峣。
幸得明主识才俊，方有鸿鹄展翅翱。

注释

●五代十国时后唐人韩延徽，原是幽州刘守光手下的一名小官，刘派他出使辽国，初见辽太祖耶律阿保机时，他立而不跪，以示不辱身份。阿保机大怒，将其扣下，押往草原牧马。皇后述律氏认为韩延徽作为使者能坚守节义，堪称贤者，建议阿保机给予重用。于是，韩延徽被任命为高参。久居契丹，韩越来越思国，乘机逃回后唐。可到了后唐，韩与将领王缄不和，为了避祸，又回到幽州老家，藏于朋友王德明家。不久，他被迫又去辽国，从此在辽历仕太祖、太宗、世宗三朝，为辽国各方面建设做出了不可磨灭的贡献。

●韩延徽在辽期间，凡军国大事，辽主都向其问策，韩深思熟虑，献计得体，深得赏识。如：在攻打室韦、党项诸部的战争中，韩出谋划策，颇得阿保机倚重；他还建议阿保机在攻占的土地上建立城郭街区，使来降汉人和契丹人通婚，让他们安居乐业，不再逃亡，为汉民族与少数民族的融合搭起了桥梁。

●韩延徽成为辽国三主经国理政的强有力帮手，出了许多妙策，尤其是辽国创建的礼仪、制度多出于其手。

●韩延徽由一个小官而成辽国的重臣，并在辽的政权建设中发挥了突出作用，是因为辽主慧眼识珠，善用才俊。当韩逃回后唐时，阿保机不胜惋惜，日夜盼其归来。一日，他梦见一只白鹤从帐中飞出，在空中盘旋几圈后又飞回来。次日清晨，太祖高兴地对侍臣说：『韩延徽快回来了！』足见阿保机是多么重视人才。

太后与长孙较量以失败告终——辽代（世宗）时期

陪灵断腕赚贞名，遂欲发威控嗣承。
知子未登燃怒火，闻孙已继动凶戎。
观风藏恨遵国统，纳谏谈和顺世情。
再起野心谋废立，终遭软禁陷途穷。

注释

●辽太祖耶律阿保机死后，皇后述律平称制摄政。这是一个颇有心计和手腕的女人。太祖发丧时，她哭着要以身殉葬，百官苦劝，得以阻止。于是，她用刀砍下自己的右腕，将断腕放在太祖的灵柩之中，由此赢得了『贞烈』的美名。同时，强化了自己在宫中的威势，从而试图操纵君王的嗣承废立。

●九四六年，辽太宗耶律德光病死于征途。述律太后本打算立三子耶律李胡为帝，可长子耶律倍的儿子永康王耶律阮，为诸将所拥戴，于太宗灵柩前即位。闻此讯后，述律太后怒火中烧，便派李胡率兵进攻耶律阮。李胡兵败，太后又亲自出马与长孙耶律阮对阵，一时间，辽国朝廷为争夺皇位，内战迫在眉睫，国家岌岌可危。

●这时，述律太后找来所倚重的权臣耶律屋质商议对策。屋质晓之以理说：『李胡、永康王都是太祖的子孙，皇位并未移入他族之手，请太后还是把眼光放远些，与永康王和谈为上。』述律在屋质反复劝说下，觉得遵从国统有道理。何况当时的形势是：朝廷上下大多拥护耶律阮为帝，如果不顺应时势，互相残杀，必致辽国于万劫不复的境地。因此她决定同意耶律阮登基。同时，斥责了耶律李胡：『都怪你自己不得人心，自作自受！』

●耶律阮名正言顺地登上皇位，但他总感到太后和李胡是一块心病。果然，不久太后与李胡又企图『谋废立』。耶律阮得知这一讯息后，当机立断，毫不手软，立即将二人迁往边地，软禁起来。至此，述律平太后和耶律李胡陷入了穷途末路。

功劳卓著的萧太后——辽代（景宗、圣宗）时期

贵门才女顶辽天，统揽军国壮契丹。
劝课农桑兴各业，擢拔贤俊振诸端。
驱车领战英姿爽，披甲督征锐志坚。
重创劲敌擒悍将，逼和大宋订澶渊。

注释

●辽国的萧太后（小字燕燕），是辽国北院枢密史兼北府宰相萧思温之女，她聪明颖慧，才智过人，十七岁时被景宗耶律贤选为贵妃，保宁元年册为皇后。景宗长期患病，由她代理军国大事。乾亨四年九月，景宗卒，十二岁的长子耶律隆绪即位，是为圣宗。萧燕燕奉诏摄政，并受尊为皇太后。她在摄政期间，励精图治，为辽国综合国力的壮大，做出了卓越贡献。

●萧太后临朝称制期间，注重发展生产，劝课农桑，禁伐桑梓，垦地拓荒，使各业逐渐兴旺。同时，她知人善任，擢拔人才，尤其能重用汉官，有力地促进了辽国的发展。

●萧太后习知兵戎，多次对宋用兵，并亲自驱车领战、披甲督征（『亲御戎车，指麾三军』），一展巾帼风采。

●在对宋作战中，她指挥三军大败宋军统帅曹彬，擒拿了名将杨业，一时声名大噪，逼迫大宋求和，订下了澶渊（今河南濮阳西南）之盟。从此，宋与辽百余年无较大冲突。

大奸乙辛——辽代（道宗）时期

血口贪吞日月星，争权使计倍残凶。
言诬帝后情出轨，语谬皇承意篡宫。
做套抄诗轻取命，设局加罪肆杀生。
大奸如是伤天理，根在庸君目不清。

注释

●耶律乙辛是辽国道宗年间的重臣（枢密史），虽出身贫寒，却少时就相当狡黠。传说有一天他在外放羊，躺在山坡上睡着了，他父将其摇醒，他生气地说：『我正梦见一个神人把太阳和月亮给我吃，我吃完了月亮，才咬了一口太阳，你就把我吵醒了，可惜没把太阳吃完。』足见其从小就野心巨大。入朝后，乙辛果然大搞阴谋诡计，为与道宗皇后萧观音的娘家争权，使尽阴毒残忍的手段。

●萧皇后是一位才女，工诗善文，尤擅音乐。萧后曾作《回心院》词十首，并谱成曲。一日，让她赏识的伶官赵惟一演奏。宫中还有一个叫单登的婢女，也擅弹琵琶，为了争宠，要与赵惟一比高下，结果败于赵，于是十分恼恨。单登有一妹叫清子，与乙辛私通，便把萧后宠幸赵惟一的事告诉了乙辛。乙辛心生一计，向皇上禀报萧后出轨，与赵惟一私通，终将萧后置于死地。除去萧观音后，乙辛担心其子太子即位后自己受到惩罚，遂向太子耶律浚下毒手，诬其阴谋废除道宗帝急于登基。最终也如愿以偿。

●在清除萧后和太子的过程中，乙辛采取了各种骇人听闻的手段。他与同党先是给萧后设下圈套，嘱人作十首内容狎昵的爱情诗，名为《十香词》，谎称是宋国皇后所作，请萧后抄录一遍。萧后不知是计，抄毕意犹未尽，便赋诗一首：『宫中只数赵家妆，败云残雨误汉王。惟有知情一片月，曾窥飞燕入昭阳。』乙辛得到萧后这首诗后，迫不及待地向道宗诬告萧后与赵惟一私通，说《十香词》是萧后为赵惟一作，并以七绝中含有『赵惟一』三字为证。道宗听后大怒，交由乙辛审理此案，于是将赵惟一灭了九族，萧后欲向道宗说明而不被允许，作《绝命词》一首后悬梁自尽，时年方三十六岁。乙辛诬陷太子，更是大出奇招，在起初道宗不相信后，他让人以自诬的方式上奏称：『我也参与了反对皇上的阴谋，我若不说出来，恐怕事发受牵连，所以冒死上奏，乞求宽恕。』这一番表演，使道宗信以为真，立即将太子贬为庶人。道宗根本不听太子申诉，把他流放边城，不久乙辛派人把太子暗杀。

●大奸臣乙辛在朝中肆无忌惮，干尽了伤天害理的勾当，残害了众多忠良。所以能如此，主要是道宗帝糊里糊涂，耳不聪，眼不明，轻信谗言所致。

天祚帝（耶律延禧）亡国——辽代（天祚帝）时期

积忧累患已途穷，重蹈前辙乱内廷。
轻信奸谗戕骨肉，拒听忠谏害亲情。
施恩妄佞荣无度，嫁祸贤良罪不明。
国难当头方梦醒，凄然一笑假英雄。

注释

●辽国到天祚帝耶律延禧时，积累了很多的内忧外患，国家已处于风雨飘摇之中。可此时天祚帝却重蹈其祖父辽道宗的覆辙，害死自己的爱妃萧瑟瑟和亲生儿子敖卢斡，使内廷陷入一片混乱。

●萧瑟瑟出身渤海王族，被天祚帝封为文妃，她聪慧娴雅，多才多艺。看到天祚帝昏聩而致国势颓危，心急如焚，便屡写诗文讽谏。天祚帝不仅不悔悟，反而对文妃心生忌恨。文妃之子晋王武艺高强，待人宽厚，在诸皇子中出类拔萃，文妃期望他将来继承皇位。而天祚帝的元妃贵哥也生有一子，封为秦王。贵哥的兄长萧奉先为枢密史，封兰陵王，此人阴险奸诈，成事不足，败事有余，却深得天祚帝赏识。萧奉先为了自己的目的想立贵哥之子秦王作承嗣，处心积虑地要除掉晋王。于是，便诬告文妃勾结其姐夫、妹夫阴谋搞政变，推自己的儿子晋王上台。天祚帝不问青红皂白，轻易相信了，立即杀了文妃的姐夫、妹夫，并逼文妃自尽。后来，在萧奉先的『为了国家命运，皇上还是不惜一子』的策动下，又将亲生儿子晋王杀害。

●天祚帝昏聩至极，对大奸臣萧奉先之流无比信任，施恩无度，言听计从，使朝廷重权都被他们所控制。并对他们结党营私任意放纵。而对忠臣良将则无情打压，多加疏斥，动辄问罪，戕害无辜，正如文妃诗中所言：『祸尽忠臣兮罚不明』。

●后来，辽南军都统耶律余睹听到文妃被害后，率军投奔女真，借来金兵，讨伐天祚帝，逼迫天祚帝放弃京城退入深山。这时，天祚帝才如梦方醒，对萧奉先说：『正是你们父子害得我国亡家破。』一一二五年，天祚帝于山西应州被金军围困，在走投无路的情况下，还硬装出一副英雄姿态，凄然一笑从马上下来。至此，辽国二百年的江山社稷，断送在他手中。

元昊建国西夏——西夏（景帝）时期

受束宋廷如鲠咽，修文习武欲身翻。
庸夫量窄思绫缎，志士胸宽看地天。
抵掌询谋听大略，倾心纳策酿鸿篇。
终成伟业登皇位，纵马驱兵破隘关。

注释

●党项族出自古老的羌族，后迁至夏州的一部称平夏部。唐代末期，平夏部首领拓拔思恭率部参与镇压黄巢起义，因功被封为夏国公，接受唐朝廷赐姓李。宋初，李家兄弟（被宋赐姓名赵保忠、赵保吉）联辽抗宋，屡败宋军。到宋真宗时，李继迁之子李德明嗣位，同时接受宋、辽的封号，臣服宋朝。李德明之子元昊，自幼修文习武，满腹韬略，他对父亲受制于宋，一直感到如鲠在喉，发誓要挣脱枷锁，彻底翻身，自强独立。

●元昊对父亲的和宋政策极为不满，多次规劝父亲改弦更张。可李德明却说：『我们党项族几十年来得以身着绫罗绸缎，这是宋朝的恩惠，怎可轻易反宋？』而元昊则不以为然地说：『英雄活在世上，应当称王称霸，穿上绫罗绸缎岂是男子汉的志向？』这时，宋朝驻在陕西一带的名将曹玮已看出了元昊是大宋的心腹之患。李德明死后，宋仁宗派人向元昊封赐，在诏书面前，元昊昂首站立，不肯下跪。宋使再三催促，他才勉强跪拜受诏，而内心却愤愤不平，对左右说：『先王大错，搞得国家受制于人！』接着他设宴招待宋使时，故意刁难，并使兵在宴厅后屋舞枪弄棒，铿锵作响，故意吓唬宋使。

●元昊决心独立，义无反顾。为了知己知彼，特别注意招揽由宋投奔过来的知识分子。果然有科场失意的张元、吴昊二人前来投奔。元昊了解了他们的底细后，将二人视为知己，与他们抵掌而谈，咨询反宋建国方略。张、吴二人确为高才智者，为元昊拿出了一整套计划。至此，元昊胸有成竹，成就大业已指日可待。

●方略既定，元昊起兵，金戈铁马，斩关夺隘，加快了反宋步伐，于一〇三八年正式称帝，国号大夏。

任得敬分国身败名裂——西夏（仁宗）时期

率兵降夏获华荣，又领皇亲愈盛隆。
握柄荫族独揽政，分国立户自开廷。
谀金乞册前途尽，媚宋求封后路穷。
裂土未成即告灭，何知铁律最无情？

注释

●西夏后期，宋朝西安州（今宁夏海原县西）通判任得敬，在夏军进攻宋境时率兵降夏，很快得到西夏朝廷重用。之后，任得敬通过贿赂朝官、巴结权贵，使其女儿得以立为皇后。自此，任得敬成为皇亲国戚，被封为西平公，以外戚的身份手握重兵，成为权倾朝野的大军阀。

●任得敬很快被仁宗封为尚书令，后升为中书令，一一五六年，任得敬成为国相。自此，他运用自己手中大权，荫及家族，其弟任得聪为殿前太尉；任得恭为兴庆府尹；族弟任得仁为南院宣徽史；侄子任纯忠为枢密副都承旨。西夏王朝的军政要职几乎全被任氏家族所把持。任得敬势力急剧膨胀，进而胁迫仁宗封他为楚王，出入仪仗，与皇帝不相上下，其篡位的狼子野心日益显露。一一七〇年闰五月，任得敬公然向夏仁宗提出『分国』，要求仁宗分一半国土归他统治，要自己『独树一帜』。

●因任得敬握有军权，仁宗被迫将西南路和灵州、罗庞岭一带区域划归于他。与此同时，任得敬又胁迫夏主奏报金国，为他请求册封，但遭到金世宗严厉拒绝。他看到乞金不成，便调头向宋献媚，企望附宋自立。一一七〇年八月，任得敬密通宋朝，不料阴谋败露，至此走上了穷途末路。

●夏仁宗掌握了任得敬大搞阴谋的证据，设计先诱捕了任得聪、任得仁等，进而将任得敬及其党羽全部诛杀。历史一再证明，凡破坏统一、分疆裂土者，均无好下场，这可谓是一条亘古不变的铁律。

西夏灭国——西夏末期

云飞沙卷战端连，路近黄昏势已残。
内屡争锋伤血脉，外频更策丧尊严。
方结蒙主攻金帝，又附金君打蒙汗。
终做他国刀下鬼，梁折柱断遂崩盘。

注释

●大夏建国后战事不断，自仁宗始国势由盛转衰，已如夕阳西下，日暮途穷。当时，成吉思汗正崛起于蒙古草原，夏国命运危在旦夕。

●形势如此危急，而夏国内部却为争夺皇位不断发生内乱。因夏称藩于金，长期受金压迫的蒙古为了解除夏国的牵制，便首先拿夏开刀。在蒙军强大攻势下，夏桓宗想修复城池，把都城兴庆府改名为中兴府，意在抗蒙实现中兴。可桓宗却在一二〇六年被镇夷郡王李安全废除，镇夷郡王李安全自立为帝，是为襄宗。一二一一年，西夏再度发生政变，齐王李遵顼废襄宗，继立为帝，是为神宗。一二一七年，成吉思汗第四次进攻西夏，神宗仓皇出逃，后来将帝位传给次子李德旺，为献宗。夏国内部反复折腾，像走马灯似的屡换国主，朝政极其混乱。而对外，夏国更是频繁变更外交政策，使国家尊严丧失殆尽。

●夏国时而附金攻蒙，时而联蒙打金，结果搞得自己既损兵折将，又里外不是人，其灭国覆亡的日子已为时不远。

●一二二六年十一月，成吉思汗率兵包围灵州，一二二七年春，夏都中兴府再度被围，在内无粮草、外无援兵的情况下，夏主献城投降，后来蒙军按照成吉思汗的遗嘱将其杀死。至此，建国一百九十年的西夏王朝覆灭。

大金始末——金国时期

周秦之际已发根，屡易其名冠女真。
黑水波涛磨利剑，白山风雪铸雄心。
削平内叛称王霸，扫灭外仇登圣尊。
百载兴衰经九帝，烧熔镔铁未成金。

注释

●金是女真族建立的王朝。这个民族起源于周秦之际，族名多次改变，到五代十国时始称女真。

●契丹人建辽后，女真族从属于辽国。辽为了加强统治，把女真一分为二，编入辽籍者称熟女真，未入辽籍者称生女真，生女真对辽纳贡。他们由部落酋长带领，生活在黑水白山（长白山、黑龙江）一带，磨炼出了坚强的性格和雄心壮志，逐渐崛起，谋图天下。

●女真族最强大的一部是完颜部。金世祖完颜劾里钵胆略过人，他首先平定了部落内部的纷争，为建立大金帝国奠定了基础。他在不断招兵买马壮大自己力量的同时，还粉碎了跋黑、乌春等家族内部的叛乱，一战就手刃敌方九员大将，从此叛军一蹶不振，劾里钵得以称王称霸。劾里钵死后，其子完颜阿骨打即位。阿骨打有勇有谋，能征善战，他决心继承父亲遗志，摆脱契丹人的统治，卧薪尝胆，发展农业生产，练兵牧马，养精蓄锐，准备一举击败辽国。天庆四年九月，阿骨打起兵反辽，十月攻克宁江州（今吉林扶余），大败辽军。阿骨打对辽采取分化瓦解政策，把被俘辽将放回诏谕辽人，并乘胜攻城略地，在军事上形成直捣黄龙之势。一一一五年正月，阿骨打正式称帝。同年八月，阿骨打攻克辽北方重镇黄龙府（今吉林农安）。继而与辽天祚帝亲率的七十万大军激战，一鼓作气，将辽军击溃，从此，辽国末日已近。

●金太祖阿骨打死后，其弟完颜晟即位，史称金太宗，灭辽后，又进军中原，攻入宋都汴京，俘虏了宋徽宗、钦宗二帝。太宗死后，由太祖的孙子完颜亶即位，即金熙宗。他对南宋取得了一系列军事胜利，迫使南宋求和称臣。金国自建立至灭亡，共经历九任皇帝，前后一百二十年。当初阿骨打称帝时曾说：『辽以镔铁为国号，象征辽国坚硬如铁。铁虽坚硬，最终难免朽烂。唯有金不变不坏。所以立国号为金。』但是，金国并没有如自己期望的像金子那样永远不朽，而是随着不断扩张，内部纷争日益激烈，最终还是难逃灭亡的命运。

劾里钵胆略过人——金代时期

不甘篱下誓拼搏，胆略超人志必得。
忍辱含仇集义勇，表哀藏喜战凶魔。
雄风扫阵尸横野，浩气冲霄血染河。
心系宏图择后嗣，奠基夯础为成国。

注释

●金世祖劾里钵曾任辽国节度使，他不甘心让女真族寄人篱下，一直暗下决心挣脱辽国统治，建立自己的国家。

●但在当时，女真族内部纷争激烈，如不先平息下来，不可能成就灭辽大业。劾里钵的叔父跋黑一直对他不满，总想取而代之。跋黑暗中勾结乌春及其他部落首领，准备谋反，并鼓动劾里钵属下背叛主人。对此，劾里钵强忍下来，同时招兵买马以加强自己的力量。他向加古部的锻工买了九十副铠甲，乌春得知后大发雷霆，说加古部是他的领地，要劾里钵悉数退还。劾里钵退还铠甲后，为安抚乌春，要求和他通婚，乌春却傲慢地说：『猪和狗同处怎可能生育？』对这样的奇耻大辱，劾里钵隐忍不发，把仇恨深埋心底。不久，劾里钵为测试属下对他的忠诚度，故意打点行囊，佯装远行，并暗中派人四处扬言『敌寇来了』。部下不知虚实，有的投奔跋黑，有的保护他的家人。这样，劾里钵看清了属下人的真面目。在此基础上，他收集忠诚于自己的义勇之人，逐步壮大力量。后来，跋黑吃肉时被骨头鲠死，劾里钵故装作悲痛为叔父举行了隆重葬礼，内心却十分高兴。这时乌春等正在起兵造反，劾里钵便率部进行平叛，与叛军进行了惨烈的血战。

●上阵前，劾里钵对众部下表示宁可战死也绝不后退，并脱下铠甲，半裸身体，扬旗击鼓，身先士卒，手舞宝剑，冲向敌军。属下为其雄风浩气所威服，纷纷奋勇杀敌，终将叛军杀得丢盔弃甲，狼狈逃窜。战后，劾里钵环视战场，只见叛军尸横遍野，鲜血把河水都染成了红色。这一战，劾里钵手刃敌军九员大将，从此叛军一蹶不振。

●劾里钵心中始终装着灭辽建国的宏伟目标，为此，他死前选定了有勇有谋的完颜阿骨打作为接班人（他认为长子太柔弱，对付不了契丹）。这样，他就为后继者灭辽建立大金帝国奠定了基础。

完颜亮政变登基——金代（海陵王）时期

明表忠诚暗使凶，醉痴三愿度平生。

纠合恶悍织罗网，煽动情仇砺刃锋。

夜幕森森逼御榻，刀光冽冽挑皇宫。

龙墩舍我谁人坐，遂陷大金于火坑。

注释

●金代熙宗时，太祖完颜阿骨打之孙完颜亮为左丞相，此人虽精明果敢却心狠手辣，是个两面派。他在明面上对皇帝屡表忠心，有一次熙宗和他谈及太祖创业艰难，他竟然涕泗横流，熙宗一直认为他是个忠臣。可在背地里，他则野心勃勃，欲取熙宗而代之。他曾对手下亲信说自己平生有三大心愿：一是国家大事由他一人决断；二是率大军占领邻国，让他们的国君跪在自己的脚下请罪；三是让天下最美丽的女人都来做自己的妻子。

●完颜亮为实现『三大心愿』，纠合了如萧裕等阴险凶悍之人，组成了一个抢班夺权的团伙，同时，他利用熙宗树敌过多的情势，勾结包括内侍大兴国、皇上女婿唐括辨和宫廷卫士阿里出虎、忽士等在内的一批人，极力煽动旧怨新仇，终于在一起谋划出了政变的周密计划。

●一天夜间，正值卫士阿里出虎和忽士当班，夜半二更，完颜亮指使大兴国悄然打开宫门，之后，亲带驸马唐括辨等同党身藏利刃闯进宫中，直逼御榻。熙宗听到脚步声，喝一声『什么人』？接着欲拔刀反抗。可哪知平时习惯放在御床边的佩刀早已被内侍大兴国偷偷藏于床下。阿里出虎冲上前先对熙宗刺了一刀，忽士紧接着又是一刀，鲜血如注，四处飞溅。完颜亮生怕熙宗不死，上前又加了一刀。至此，完颜亮精心策划的宫廷政变获得了成功。

●完颜亮当初策划政变时，唐括辨曾问他，废了熙宗，谁来当皇帝？完颜亮直言不讳地说：『除了我还有谁呢！』如今，他终于实现了自己平生的第一大心愿，并没有费太大气力就登上了皇位。但也从此，把大金帝国一步步拖入了火坑，离崩溃灭亡的日子并不遥远了。

海陵王残杀宗室剪异己——金代（海陵王）时期

行篡弑君方罢刀，清宗剪异又兴妖。
御园撒网擒一鹞，廷殿搭弓射二雕。
布陷施诬出伪证，造冤加罪使毒招。
生屠百口无人道，骨肉亲情尽可抛。

注释

●金代海陵王杀君篡位后，唯恐皇位不稳固，于是把刚刚放下的屠刀又举了起来，并指向了皇家宗室中有一定势力的人，开始了清宗剪异的新一轮行动。

●宗本是太宗（完颜晟）之子，官为右丞相兼中书令，位居太傅。早在熙宗（太祖之孙完颜亶）时，海陵王就想将其搞垮，如今执掌了皇权，第一个想搞掉的目标就是宗本。为此，海陵王与奸臣亲信萧裕密谋，请宗本到御花园来玩球。宗本不知是计，刚一进花园就被海陵王指控为谋反，随之埋伏于暗处的刀斧手一拥而上，使其死于乱刀之下。这样，海陵王首先除掉了心腹大患。斜也是太祖完颜阿骨打的同母弟，他有多子在朝中做官，其中九子宗义在海陵朝任平章政事。还有一宗室成员左丞相兼副元帅撒离喝也很有势力，撒离喝之子宗安为朝中御史大夫。海陵王感到这两家对自己构成极大威胁，十分忌恨，决心也将他们一网打尽。他采取一石二鸟之计，以密谋造反之罪，在殿上将宗义、宗安逮捕，最终通通杀害。

●海陵王清除宗室中的异己，使用了种种骇人听闻的卑鄙手段。在无辜残杀宗本后，为了向天下人交代，他唆使奸臣萧裕，以诛灭全家来威胁和逼迫宗本的好友萧玉出面做伪证，诬陷『宗本谋反，蓄意已久』，并把细节说得有鼻子有眼，由此牵连一大批宗室成员，海陵乘机挥起屠刀，杀死太宗子孙七十余人，使太宗一系就此绝了后。对于宗义、宗安，海陵更是狠毒，首先，他唆使元帅府令史遥设模仿左丞相兼副元帅撒离喝的手迹和印章，伪造了一封撒离喝给其子宗安内容为谋反的信，故意丢在宫门口，让其同党捡到送于海陵王，接着以此信为凭，将宗义、宗安等人逮捕入狱，并令酷吏使尽各种毒招，又是严刑拷打，又是炉火烤烧，宗安被活活打死，撒离喝、宗义、谋里野（亦为宗室）和他们的家族上百人全部被诛杀。

●海陵王剪除异己，采取铁血政策，惨无人道地屠杀了百余名宗室成员，为了稳固自己篡夺的皇位，把骨肉亲情全部抛到了九霄云外，其残忍至极，可见一斑。

海陵王嗜淫天下无匹——金代（海陵王）时期

污心秽目骇听闻，暴戾荒淫胜兽禽。
掠爱杀夫戕世理，夺情虐孕踏人伦。
生逼母女做妃妾，硬迫姊姑行雨云。
发愿幸临天下色，终因恣欲鬼招魂。

注释

●金代海陵王完颜亮之荒淫无耻，在历史上可谓『出类拔萃』，即或禽兽恐怕也自愧弗如。《金史》中说『其污心秽目之事，令人不能卒读』。

●节度使乌带的妻子定哥姿色可人，完颜亮见到她旧情复发（定哥婚前曾与完颜亮私通），便令定哥将其夫杀掉，以便把她纳入后宫。乌带曾为完颜亮篡夺皇位立下过汗马功劳，但完颜亮为夺人所爱，不惜将他杀害。开始时，定哥不忍心下手杀夫，可完颜亮威胁如不杀夫必灭其全家，定哥只好用酒将乌带灌醉，然后让家奴把乌带勒死。一次，完颜亮迷上了一个孕妇，他就逼着这个女人喝麝香水打胎，孕妇苦苦哀求，完颜亮不允，并亲自动手，生拉硬拽，硬是使孕妇流产，然后将她霸占。完颜亮还公然把定哥的妹妹、有夫之妇的石哥强掠入宫，以满足他的兽欲。

●蒲察阿里虎是一个容貌娇艳、十分漂亮的女子，前夫死后，寡居家中。完颜亮登基三天，就把她纳入宫中，做了妃子。可没过几天，完颜亮又看上阿里虎与前夫生的女儿重节，也将其占有，让母女同为其妃嫔。《金史》中说完颜亮『姑妇姐妹尽入嫔御』，可见，其伤天害理已到了令人发指的地步。

●完颜亮平生有『三愿』，其中之一是要把天下绝色女子都取来供他玩弄。但是，荒淫至极必遭惩罚，完颜亮终因纵欲过度而一命呜呼。

海陵王的另一面——金代（海陵王）时期

暴虐荒淫嗜血腥，并非无好可堪称。
迁都话卜责邪道，上殿说佛杖恶僧。
偶现慈心扶困庶，时行善举恤饥兵。
虽常作秀装门面，却使祸殃得减轻。

注释

●金代海陵王完颜亮是历史上有名的荒淫暴虐之主，平生可谓坏事做绝，但是，人总有两面性，海陵王亦如此，他也并不是一点好事都没干，多少也有些值得称道的地方。

●海陵王上台后下令迁都燕京（今北京）。为了建新都，负责建筑规划的官员又是问卜算卦，又是看阴阳五行，然后把规划图呈给了海陵王。海陵王听了这个过程后，立即大发雷霆，将官员们痛骂了一通说：『国家的凶吉安危在德不在地，让夏桀、商纣这样的昏君来居住，地方再好有什么益处。如果让尧、舜那样的贤君居住，又何必靠卜卦来选风水宝地？』海陵王时期，京城有一个叫法宝的和尚，很有名气，一帮达官贵人对其十分崇拜。法宝要离京南下，朝臣接踵拜访挽留，一时搞得京城沸沸扬扬。海陵王听说后，把三品以上的大臣全部召到朝上，然后指着他们的鼻子破口大骂：『佛祖本来是一个小国王子，他舍弃了富贵荣华，刻苦修行，终于成佛，直到今天受到人们崇敬。可现在这些烧香拜佛的人却指望以此捞取个人好处，真是荒唐透顶！何况当和尚的往往是些不第秀才、市井无赖。你们身为朝廷高官，居然对这样的人顶礼膜拜，真是丢脸！』接着，海陵王将和尚法宝招来，当面斥责他为谋名图利到处张扬，当廷杖责法宝二百下，带头给法宝捧场的官员也各打了二十大板。

●海陵王有时也良心发现，对百姓生出怜悯之心。一次，他出行时看到老百姓的车子陷入泥淖之中，便吩咐卫士帮助百姓推车子，并给民车让路让其先走；他还时常在公开场合穿打补丁的旧衣服；还和士兵一起吃陈米糙饭，颇有与庶众同甘共苦的意思。

●海陵王所做的这些，虽不无以作秀来装点门面的嫌疑，但是，他这样做毕竟让老百姓的负担得以减轻，总比那些一味对百姓施以暴政的君主要好些。

杨伯雄自比魏徵吃苦头——金代（海陵王）时期

误判君情任放松，以诚疏谏忘吉凶。
直言秉静爱民力，激语去邪匡世风。
只晓往昔出魏相，不知今日没唐宗。
天真逆上终临祸，肉绽皮开险丧生。

注释

●杨伯雄是金代海陵王时期的谏议大夫，在完颜亮尚未发迹时，就深得器重，两人交情不错。完颜亮坐上皇位后，不忘昔日之情，屡请杨伯雄入宫，杨就是不进宫，直到海陵王给了他一个谏议大夫的头衔，才入宫做事。进入朝廷后，杨伯雄觉得海陵王很看重自己，就有些忘乎所以，便无所顾忌，经常直言不讳地上谏，根本不去想是不是有风险。

●海陵王刚登基时急于建功立业，向杨伯雄咨询治国方略。杨伯雄倾心直言，要海陵王秉持一个『静』字来经国理政，就是不要无事生非，去做那些劳民伤财的事。海陵王觉得有道理，对杨伯雄更加信任。海陵王还向杨伯雄问鬼神之事，杨感到皇上不问国家大事，却问这种无稽之事，心里不快。于是，给海陵王讲了当年汉文帝『可怜夜半虚前席，不问苍生问鬼神』的荒唐事，并说他家有一卷书，写人死后的情形：『有人问地狱里的阎王，怎样才可以免罪？阎王说：「你放一本日历在案头，到晚上就把白天的所作所为写在上面，不能写在上面的事，就是不该做的事。」』听了这番话，海陵王感到杨伯雄太尖刻了，脸色一下子变了，心里很不高兴。但那时海陵王正以明君自居，便强忍下了满腔的愤怒，假惺惺地还将杨称赞了一番。

●几次下来，杨伯雄觉得海陵王对自己的谏议都很赞成，便飘飘然起来，竟然把自己当作了敢于直谏的魏徵，把海陵王看成了虚心纳谏的唐太宗。于是，便对皇帝的家事也说三道四起来，私下议论皇子之死全是寄养在宫外的原因，并说这有违国家的风俗。不料杨的这些话被人向皇上打了小报告，海陵王大发雷霆，指着杨的鼻子大骂道：『你不过是个臣子，怎敢用风俗来指责君父的所作所为，宫禁中的事情，要你多什么嘴！』接着把杨平时私下议论皇上的一些话全部说了出来，并要将杨处死。杨伯雄只晓得唐代有魏徵，却不知道今日的海陵王并非唐太宗。此时幡然醒悟，连忙下跪求饶。

●杨伯雄过于天真，一味直谏犯上，结果祸从口出，挨了二百大板，被打得皮开肉绽，奄奄一息，险些丢了小命。从此他再也不敢多嘴了。

海陵王南侵不归——金代（海陵王）时期

欲吞天下肆穷兵，稍有逆音即肃清。
榨尽民膏行暴敛，挖空国库作强征。
盲师渡水满江血，怒属倒戈一帐弓。
梦寐西湖头滚地，何谈立马览吴峰。

注释

●金帝海陵王篡夺皇位后，野心更加膨胀，一心想吞并天下，当上『正统』。于是，他穷兵黩武，首先急不可耐地欲率百万大军南侵宋朝。臣僚们慑于他的独断专行，大多不敢提出反对意见。但也有敢犯颜直谏者，如大臣思忠、江淮人祁宰、皇太后徒单氏等。对于这些『杂音』，海陵王毫不客气，统统肃清。他除放了思忠一马外（念其为老臣），将祁宰和太后诛杀，然后加速了南侵备战的步伐。

●为了伐宋，海陵王实施了一系列横征暴敛的措施。他榨干了民脂民膏，挖空了国库，并举全国之力进行备战。他诏令凡二十岁以上五十岁以下的男子都入伍，违者尽惩。还下令拆毁民居取材造船，大肆搜刮民间骡马，甚至用死人来熬油，搞得哀鸿遍野，满目疮痍，民怨鼎沸。

●一一六一年九月，海陵王开始兴兵伐宋。金兵六十四万，兵分四路南下。同年十一月，海陵在和州造船，准备渡江攻采石镇（今属安徽马鞍山）。他自恃强势，根本不谙水战，却一味蛮干，盲目渡江，结果被宋军虞允文部打得落花流水，金兵的船只被冲得七零八落，全军大部被杀死江中，鲜血染红了江水。而在此时，『后院起火』，完颜雍在辽阳发动政变，拥兵自立。海陵王闻讯，急于灭宋北归，竟然令败军三日渡江，有抗令者格杀勿论。其属下被逼上绝路，在千夫长唐括乌野和浙西兵马都统完颜元宜的策划下，将士们反叛倒戈，乘夜冲入海陵王寝帐，一通乱箭将其射中，再用绳索勒死。元宜又派人火速去南京杀了十一岁的皇太子光英，然后率师北还。

●海陵王一心独霸天下，据说他曾写了一首诗来抒怀：『万里车书一混同，江南岂有别疆封？提兵百万西湖侧，立马吴山第一峰。』可岂料南侵踏上不归路，提兵立马西子湖畔和吴山第一峰的美梦全都化作了泡影，自己则遗臭万年。

李石谙世精明而晚节不保——金代（海陵王、世宗）时期

听音知祸遂蛰居，佐主脱危坐御基。
敢谏君王择宝地，勇劾权贵去污淤。
崇德抚异惜国力，尚法安民虑庶需。
一世英明终自毁，老来贪占眼光低。

注释

● 李石，金代世宗完颜雍的谋士，为世宗登基和经国理政做出重大贡献。他既为人敦厚，又机敏过人。海陵王迁都燕京后，李石随班入见，海陵王指着李石说：『这不是葛王（完颜雍即位前的封号）的舅舅吗？』李石听到这一问立即感到海陵王话里暗藏杀机。他深知海陵王忌恨宗室，为避祸殃，任期一满，就托病回乡隐居起来。后来，海陵王南下伐宋，对完颜雍很不放心，令手下亲信将其除掉。完颜雍得知此讯十分惶恐，李石当即给完颜雍出主意，让他先下手为强，以商议军事为名，把欲搞暗杀的海陵王的亲信擒拿，使完颜雍免除了灭顶之灾。正值海陵王南侵之时，完颜雍发动政变，在辽阳拥兵自立，当上皇帝。这一举动能够成功，李石功不可没。

● 世宗即位后，群臣都劝皇上把首都建于上京（今黑龙江省阿城），世宗一时难以定夺。这时，李石高瞻远瞩，力排

众议，直言上疏，谏议皇上应审视大势，抓住良机，直赴中都（今北京），占领战略要地来号令天下，创立基业，千万不要为群僚的歪理邪说所迷惑。世宗采纳了他的意见，当天就起驾赶赴中都。李石疾恶如仇，不畏权贵，为清除朝廷的『污泥浊水』，他勇于弹劾贪腐重臣。如宰相合喜的侄子贪赃枉法，李石当着合喜的面公开讲：『我上朝时间过长就是向皇上说天下贪官污吏还没有赶尽杀绝！』这句话传出后，许多贪官为之悚然。

●北方异族入侵频繁，世宗准备动员百姓沿边境挖深沟来加强防御。李石坚决反对，他上奏道：『古代建长城防备来自北方的侵袭，结果劳民伤财，于事无补。只有依靠德行来感化他们，才是上策。如果挖沟防御势必要派重兵驻守，而塞北多风沙，用不了几年这些沟堑就会被风沙填平，切不可虚耗民力，干这种得不偿失的蠢事！』当时，山东、河南的驻军常与当地百姓为争田而闹纠纷，当局认为军队是国家根本，应为军队争利。李石断然否定，指出：『老百姓和军队一样重要，国家应以法纪为准绳，秉公处理，绝不能让军队侵占庶民的利益，这才是长治久安之计。』

●李石一生功勋显赫，可到老年时糊涂起来。他年轻时家境贫困，世宗的母亲曾给予接济，李石坚辞不受，说：『我当发奋努力，穷一点没关系。』然而年老后反倒用过时的支帖冒领俸粮，受到查处。李石晚节不保，自毁一世英名，此种现象很值得深思。

完颜昂精明世故——金代（海陵王、世宗）时期

得赐金牌誉美称，数朝游走屡擢升。
插旗撤寨胸中计，平堑防城掌上兵。
纵酒装呆蒙恶主，收杯返正事良公。
慈心乐善轻财物，睿智精明避祸凶。

注释

●完颜昂，金代海陵王、金世宗时期的朝中大臣。他早年随太祖阿骨打南征北战，立下赫赫战功，太祖曾赐他金牌，被人们美誉为『金牌郎君』。此人有勇有谋，历经数朝，不断规避风险，屡获擢升，位至三公。

●完颜昂在军事上谋略过人，善于掌控战局，以少胜多。一一三九年，南宋抗金名将岳飞率十万大军（号称百万）攻打东平。完颜昂仅有五千兵马仓促迎战。面对敌强我弱的严峻形势，完颜昂在茂密的树林中到处插军旗，布疑阵，然后自己带精兵出阵迎战。弄得岳飞一时摸不着头脑，不敢贸然进军，相持数日，只好引兵后退。岳飞军乘船逆流而上，金兵在后面追袭。追一段后，完颜昂令部队扎营。这时他料到岳飞必于夜间来劫营，便令部队于夜半拔寨北撤。部属不解其意。果然不出完颜昂所料，那晚岳飞前来偷袭，结果扑了个空。为此，众将士无不盛赞完颜昂料事

如神。接着，岳飞又以十万大军包围邳州，城中守军才一千多人，祁州派人向完颜昂求援。完颜昂立即告诉求援者，要他们马上把邳州城中西南角一丈多深的沟堑填平，以防岳军从这里挖地道攻城。事实确如此，岳飞看到自己的意图被识破，觉得城中已有防备，再加上完颜昂发兵救援，就放弃了攻城计划，带兵后退。

●海陵王当政时，完颜昂不满其荒淫暴虐，经常醉酒，甚至几日不醒，装疯卖傻，以此来蒙蔽海陵王，躲避灾殃。海陵王南下伐宋，完颜昂虽为右军大都督，但并不卖力。海陵王死于兵变，完颜昂派人杀了海陵王的儿子，率军北归，拥护世宗。从此，他再也不嗜酒如命了，一心一意效忠世宗。他对妻子说：『我并不嗜酒，但当时要是不装疯卖傻、韬光养晦，我早就被海陵王斩杀了。如今明君在位，理当自爱，所以我也就不喝了。』

●完颜昂虽然精于世故，但却有一颗慈悲心，慷慨好施，常常对穷亲戚解囊相助。他对钱财并不看重，曾把家中财物全部赠予他人。有人劝他留点给儿女，他说：『人各有命，儿女只要能自立就可以了，何必要去为子孙做牛马呢？』完颜昂在海陵王这样的暴君当政时能得以保全，固然是他会明哲保身，但在专制暴政下，聪明之人也只能如此，这是没有什么可非议的。

富贵到头一场空（李妃）——金代（章宗）时期

身卑貌美溢才情，迷醉皇天入内廷。
巧对佳联彰己彩，妙出精句颂君明。
纠集众丑虎狼跳，荫庇全族鸡犬腾。
繁盛一时花败落，满门罹罪尽吃刑。

注释

●金代章宗（完颜璟）的元妃李师儿出身卑微，因家族有罪而被没入宫中做奴仆。她既美貌出众，又通汉文，还善诗画，使章宗着迷得如醉如痴。先封为淑妃，后又欲立为皇后，受到大臣们的反对（认为李师儿出身卑微，当皇后有损皇帝尊严）。章宗不得已，只好将其立为元妃，在内心中却将其视为皇后（章宗皇后死后一直未再立）。

●李师儿不仅娇艳可人，而且才华横溢。一次，章宗和她在花园（今北京北海公园）中游玩，两人相携坐下赏月，章宗诗兴大发，口出上联：『二人土上坐。』李妃随即和一下联：『孤月日边明。』章宗听后，不禁拍手叫绝。章宗的上联道出了眼前的情景，而李妃的下联以月比喻自己，以日比作皇帝，日、月二字合成一个『明』字，既暗含了自己的虔诚，又颂扬了皇上的英明，既展示了自己的风采，又使皇上感到妙不可言，足见她的聪慧。

●李师儿受到皇上的宠爱，随着势力逐渐壮大，便在周围纠集了一批趋炎附势的小人，使他们得到重用。这些小人依仗她的势力，在朝中如狼似虎，胡作非为，贪赃枉法，众臣僚敢怒不敢言。李师儿的家人更是得到她的荫庇，个个都升官发财。她的父亲被追赠为金紫光禄大夫、上柱国；连她的祖父、曾祖父也得到追赠。她的哥哥当过强盗，弟弟是个地痞，现在都成了高官。真是一人得道，鸡犬升天。章宗明知李师儿的家人很不像话，但禁不起她吹枕边风，也就睁一只眼闭一只眼了。

●章宗的皇后和妃子共生五个儿子，先后都死了。李妃为章宗生的是第六子。但也没能逃出夭折的厄运。因此，章宗一直到死都后继无人。在母以子为贵的时代，章宗一死，李妃失去了保护伞，便大难临头了。新皇帝暗中指使人以种种罪名状告李妃，逼迫她自尽。她的母亲也被正法，兄弟被罢官流放。繁盛一时的李妃及家族，随即败落，到头来富贵荣华一场空。

权臣擅杀气数将尽——金代（卫绍王、宣宗）时期

你抢他夺肆逞狂，频发政变乱朝堂。
奸贼擅位翻纲纪，恶棍专权黜帝王。
前院适才方去虎，后门即刻又来狼。
残杀迭起群魔舞，不顾蹄声已撼梁。

注释

●金代卫绍王、宣宗时期，权臣们为争权夺利，相互残杀，十分疯狂，致使政变频发，朝廷陷入一片混乱之中。

●重臣胡沙虎，早年做过皇太子的护卫，后来一直在军中当官。他骄横跋扈，无恶不作，却偏偏得到卫绍王的重用，因而更加有恃无恐。当蒙古军入侵时，胡沙虎被任命为副元帅，屯兵中都（今北京）城北。这时他不仅不问军事，整天饮酒打猎、寻欢作乐，还勾结一伙歹徒准备伺机谋反。皇上闻讯，遣使至军中指责，胡便兵分三路向首都进军，直入宫中派太监将卫绍王杀死。胡本想自己做皇帝，但他因不属完颜氏，无奈把年已五十的翼王完颜珣立为帝（即宣宗）。从此，胡沙虎以功臣自居，被封为太师、尚书令、都元帅，把皇上紧紧掌控于手中。元帅右监军高琪与蒙古军交战，连吃败仗，胡沙虎要处其死刑。高琪一不做二不休，干脆率军冲入城内，包围胡沙虎府第，将胡乱刀

砍死（胡只当了两个多月尚书令），自己坐上了左副元帅的高位。

●高琪一朝权在手，便把令来行，其胡作非为的程度比胡沙虎毫不逊色。真个是『前院除虎后门进狼』。高琪作恶多端，惹得天怒人怨，宣宗皇帝亦深恶痛绝。后来，高琪因害怕自己的种种罪恶被妻子公之于世，于是杀妻灭口。事情败露后，终被宣宗下诏诛杀。

●朝廷频繁发生政变，权臣之间相互残杀，金朝已彻底伤了国脉。这时，蒙古兵的铁蹄已逼进京城，可权臣们仍不闻不问，只顾争权夺利。金朝政权的垮台已为时不远。

中都失陷——金代（宣宗）时期

不耻南逃愧对天，皇陵祖庙弃一边。
重兵压境揭心面，大祸临头露胆肝。
有种捐躯昭日月，无能丧土辱河山。
中都沦陷国失据，风卷残云弹指间。

注释

●金代末期，朝廷内外交困，内部频生政变，外部蒙古大军连连入侵。至宣宗年间，形势更加严峻。蒙古军队兵临城下，宣宗吓破了胆，不惜屈辱求和。蒙军暂撤后，宣宗仍心惊胆战，打算离开中都燕京（今北京），迁都南京（今开封）。对宣宗此项决定，左丞相徒单镒及其他几位臣僚持反对意见，劝谏说：『皇上车驾一动，北路必然失守。现在最佳方案是聚集兵力，备足粮草，固守京师，怎可遗弃皇陵祖庙南下逃跑呢？』接着，又有四百多名太学生联名上书劝阻南迁。但宣宗对这些忠谏尽泼冷水，还是执意要走，于一二一四年五月下诏迁都，带着群臣仓皇逃往南京（今开封）。

●在国家面临生死存亡的紧要关头，朝廷官员的真面目都暴露无遗。

●宣宗逃离中都前，任命完颜承晖为尚书右丞相兼都元帅，扶捻尽忠为左副元帅，与太子守忠留守中都。承晖和尽忠都曾信誓旦旦要死守中都，但事到临头二人的表现却截然不同。一二一五年正月，蒙古军包围中都，承晖在奸臣高琪拒派援兵的情况下，与尽忠相约誓死保卫中都。可尽忠后来变卦，收拾家当也逃向了南京。承晖悲愤不已，写下遗书，揭露高琪等人窃弄权柄，挟私报复，包藏祸心，终害国家的种种罪恶，诉说自己不能保住中都而向皇上引咎谢罪，然后把家产全部分于属下，自己饮鸩身亡。而尽忠逃出中都的当天，蒙古大军就将中都占领。尽忠逃到南京后，宣宗并没有马上追究他丢失中都的责任，但对他日渐冷淡。尽忠不满，后来终于走上谋反之路而遭杀身之祸。

●金代自海陵王迁都至中都，六十年间，中都一直是金的政治中心。如今轻易沦陷，使金朝失去了立国之本，这表明，大金帝国的倾覆就在弹指之间了！

昏聩狠毒的别字宰相完颜合周——金代（宣宗、哀宗）时期

别字俗文目不堪，凡征必败臭熏天。
驰援溃阵丢宗庙，抵御折兵丧隘关。
抗寇无能如鼠怯，刮民有术若狼贪。
疯狂造孽京都敝，街巷横尸血泪斑。

注释

●完颜合周，金朝的宗室。宣宗时官至元帅左监军，后因丧师辱国被削官。哀宗年间东山再起，任参知政事。此人出身行伍，却偏偏舞文弄墨，其诗作极其粗俗，别字连篇，不堪入目。合周诗文写得臭，仗打得更臭，可谓是出师必败。

●宣宗时，中都被蒙古军围困，皇上令完颜合周率军驰援，尚未到达中都，他带领的部队就已溃散，结果导致祖宗陵寝沦丧。次年，完颜合周又奉命领兵去陕西抵御入侵的蒙古军，他畏敌如虎，上阵即溃，致使军事重镇潼关失守。合周在战场上一败再败，按律当斩，皇上也曾要将其处死。可后来还是因为他是宗室之人而从轻处置，只是削官回家了事。

●合周在家待了几年，哀宗当朝，他又回到了朝廷。这时蒙古军的铁蹄已逼近南京（今开封），城中严重缺粮。本来可以从外地调运，可打仗无能的合周，在算计百姓上却多有损招。他给皇上出了个馊主意，说京城百姓家中有粮，至少可征得百万石。哀宗竟然觉得他的主意很好，便任命他为参知政事，和左丞相李蹊共同负责搜刮民间粮食。在征粮的过程中，完颜合周动用酷吏，施展了种种惨无人道的手段。有一寡妇只因自报粮数后查出尚存三升糠皮，就将她绑起来游街示众，最后把她活活打死。

●完颜合周指挥一群酷吏像疯狗恶狼一样穿街过巷，按户搜查，最终仅收得粮食三万石，搞得百姓粮尽炊断，饿死者不计其数，昔日繁华的南京几乎变成荒凉的坟场，街巷上到处横着尸体，惨不忍睹。像完颜合周这类昏聩歹毒的家伙，在推动大金帝国迅速走向垮台的进程中，无疑起到了不可低估的作用。

崔立卖国丧命——金代（哀宗）时期

趁乱攫权上顶层，叛金投蒙以求荣。
卑呈降表甘当狗，媚献京都意做龙。
暴掠豪门充本府，强驱御室入敌营。
苍天不允儿皇梦，老树折枝似显灵。

注释

●金哀宗在蒙古军队的威胁下，于一二三二年逃离南京（今开封）。临逃时将守城的任务交给了参知政事兼枢密史完颜申奴和副枢密史完颜斜捻阿不。此二相平庸无能，在民饥城危时六神无主。这时任京城西面元帅的崔立乘机发动叛乱，入城将二相杀死，自己趁乱攫取了高层权力。崔立原本市井无赖，发动政变后，自封为太师、军马都元帅、尚书令。并让人们称他的妻子为王妃。他凭借着这一大堆头衔，野心极度膨胀，开始了叛金投蒙活动，妄图在蒙军的卵翼下，当儿皇帝。

●崔立穿上御衣来到蒙军帐下，卑躬屈膝向蒙军主帅递上降表，献出京都，厚颜无耻地称对方为父。他还放火烧毁了所有的城防装备，以示自己不是诈降，企图换取信任，实现当皇帝的美梦。

●然后，崔立不仅把京城内留下的官太太全部集中起来，每天选几个供他淫乱，而且还大肆掠夺富户豪门，使用种种惨无人道的手段，逼迫贵妇人交出金银财宝，以充本府之库。许多富婆被活活打死或被迫自杀。后来，崔立干脆将皇太后、皇后等五百余皇室成员送往蒙古军营，任其蹂躏迫害。蒙军乘势涌入城内，崔立出城欢迎，一副走狗奴才之相。不料蒙军先冲入他家，将他的大小老婆连同金银珠宝一掠而空。

●崔立卖国求荣，抢男霸女，他看到属下都尉李琦的妻子姿色可人，就要占为己有，激怒李琦，终在深夜将其刺死。在众人的一片欢呼咒骂声中，崔立的头被砍下。愤怒的军士把他的心剖出，当场分食。他的尸体被挂在宫前的一棵老槐树上示众。树枝不能承受重量，咔嚓折断。人们说，这是老天有眼，不允许崔立做儿皇梦；老树显灵，它讨厌恶人玷污它的枝干。这再次证明，一切卖国求荣者均没有好下场！

哀宗的悲哀——金代（哀宗）时期

刀光剑影坐龙墩，凶兆迭出总绕身。
被耻无良擎日月，受讥多恶倒乾坤。
逃途逢乱除国逆，栖地临绝舍御尊。
自缢幽兰含怨去，丧钟遂响告亡金。

注释

●哀宗完颜守绪是金朝的末代皇帝。他是宣宗的第三子，被立为太子。宣宗第二子完颜守纯被封为英王，为此，英王阴险狡诈的母亲庞妃心怀不满，总想把守绪除掉。宣宗临死时，身边只有一个老妇人郑氏，在其他人不知此讯的当天晚上，皇后和庞妃前来向皇帝问安。郑氏唯恐庞妃生事，对她说皇上正在解手，将她引入别的房间，然后把门反锁上。皇后得知宣宗已死，急忙召集大臣，宣读遗诏。当皇太子守绪赶进宫时，英王已先到一步。太子马上派三万亲兵驻扎在东华门，以防不测，同时派出护卫将英王软禁起来，然后自己匆匆地在先皇灵柩前宣布登基，是为哀宗。哀宗刚坐上龙墩，不祥之兆一个接一个，弄得他身心疲惫。

●正当百官入德隆殿庆贺新皇登基时，突然一阵大风将端门上的瓦片刮落，君臣都感到很不吉利。恰在此时又来了一个披麻戴孝的男子，向着承天门一会儿笑，一会儿哭。围观的人问他为何这样疯疯癫癫，他说：『我笑，是笑朝廷无良将、无良相；我哭，是哭金国将灭亡。』大臣听此不吉利之言气得要杀死这个人，但皇上登基盛典毕竟是喜庆之事，所以把这个『疯人』痛打一顿，赶走了事。

●由于蒙古军队不断围攻，哀宗感到南京（今开封）迟早不保。一二三二年，哀宗决定逃离南京。在逃跑途中，金军内部发生一场变乱，元帅官奴谋反，杀了另一元帅马用和归德知府女鲁欢及左丞相李蹊。对官奴其人，哀宗一直信任有加，直到现在才识其真面目，决定将其除掉。因官奴权势日盛，哀宗表面上还给他升官，封为平章政事，暗中与近侍谋划，在他上朝入见时，将他杀于阶下。一二三三年，哀宗逃到与南宋接壤的蔡州（今河南汝南），欲与宋议和，遭拒，金朝许多将领纷纷向宋、蒙投降。在大势已去的情况下，哀宗放弃了皇位，将御座传给了东面元帅完颜承麟，自己处于极度绝望之中。

●承麟即皇帝位，百官进贺刚结束，宋军已如潮水般涌来。哀宗见状，跑到幽兰轩，满怀怨恨和委屈自缢身亡。之后，四百多将士投河自尽，承麟为乱兵所害。至此，金朝宣告灭亡。

神射郭虾蟆——金代末期

号称神箭震西疆，国难当头勇赴汤。
全力救亡情似火，倾心赴战志如钢。
孤城浴血三秋壮，烈火焚身万古芳。
骤雨疾风知劲草，豪歌一曲唱铿锵。

注释

●金朝末期，巩州（今甘肃陇西）有位叫郭虾蟆的武将以搭弓射箭百发百中闻名于西疆，被军中誉为『神箭』。一二三三年初，金哀宗逃至蔡州，恐孤城难保，又准备迁往巩昌（今甘肃陇西）。在国难当头之际，各州将帅群龙无首，先后降蒙。而郭虾蟆仍把自己及家人的生死置之度外，坚定不移地抗敌到底，赴汤蹈火，在所不辞。

●郭虾蟆对国家忠心耿耿。当时绥德州（今陕西绥德县）主帅汪世显见金朝大势已去，打算起兵倒戈，派使者约郭虾蟆一起进攻巩昌。被郭虾蟆严词拒绝，他说：『国家危在旦夕，我们不能拼死前往救援，难道还要互相残杀？你要叛国，自己去罢了，何必拖我下水！』汪世显先后二十多次派人来劝郭虾蟆降蒙，郭一直不为所动，决心与金国共存亡。

●郭虾蟆在没有外援的情况下，率部坚守孤城三年之久，誓死不降。一二三六年十月，蒙古军会力攻城，郭虾蟆率军血战，伤亡惨重。他深知孤城难久守，便把城中所有的金银铜铁熔铸成大炮，杀了所有的牛马充作军粮，烧毁了自家的房子和积蓄。火点燃后，郭虾蟆和众军士满弓以待，做最后的抵抗。郭虾蟆独自站在柴堆顶上，用门板做掩护，向蒙古军连射二三百箭，箭箭命中。最后箭矢射尽，郭虾蟆带着自己心爱的弓一跃跳进熊熊大火之中，以身殉国。

●疾风知劲草，烈火识真金，国家危亡之秋方见英雄本色。郭虾蟆以自己的英雄壮举谱写的一曲忠烈豪迈的战歌，永远被后人所传颂。

大诗人元好问——金代末期

神童才子史扬名，嗣响文坛比少陵。
满目疮痍愁敝野，一腔凄楚咏哀鸿。
绝思鉴赏出精彩，妙论评析入理情。
诗作千篇留后世，终身无过几人能？

注释

●元好问，金代大诗人、文学家、史学家。他七岁能诗，时人称其为神童、才子，金人的诗文成就不高，但元好问例外。清人赵翼曾说：『唐以来，律诗之可歌可泣者，少陵（杜甫）十数联外，绝无嗣响，遗山（元好问的号）则往往有之。』元好问一生坎坷，曾经历国破家亡，因而其诗颇有杜诗遗风。

●一二一四年，蒙古军占领金国忻县城，杀死十余万人。元好问之兄死于非命。两年后，蒙古军包围太原，元好问携老母逃往河南三乡。一路上，他看到生灵涂炭，到处是一片苍凉凋敝、哀鸿遍野的景象，心情十分沉痛，不禁悲从中来，赋诗一首：『浩浩西风入敝衣，茫茫野色动情悲。洗开尘涨雨才定，老尽物华秋不知。烽火苦教乡信断，砧声偏与客心期。百年人事登临地，落日飞鸿一线迟。』

●元好问不仅诗写得好，对诗歌的鉴赏也有独到见解，他在《论诗绝句三十首》中，以诗笔对诗坛前贤一一做出评论，入情入理，十分精彩，表达了自己的文学主张。如他赞许陶渊明的诗文淳朴自然；激赏《敕勒歌》的豪迈；对晋代文人潘岳进行鞭辟入里的分析，指出他写的《闲居赋》格调高雅，但潘岳的为人却无骨气（潘谄媚权贵贾谧，每逢其出则望尘而拜）等。

●元好问一生著有《遗山集》等传世之作。特别是他作诗一千三百六十首，词三百七十七首，散曲若干。其诗文被明清以来文人广泛赞誉，人称诗史。元好问虽然以诗文控诉战争的残酷，仰慕陶渊明的清高，但他却有一个解不开的心结，就是为曾降蒙的叛将崔立撰写过碑文，对其歌功颂德，遭到世人的非议。不管什么原因，这肯定是元好问的一个污点。但人的一生谁能不犯错误呢？对一个文人同样是不能要求他完美无缺的。

合不勒汗捋帝须——金代（太宗）时期

宣威诸部领先躯，加号称汗当属一。
听命来朝虽受敬，应邀赴宴却防欺。
佯装醉酒违廷礼，故作欢心捋帝须。
自此蒙金结恶怨，风刀雪箭比高低。

注释

● 蒙古的合不勒，是成吉思汗的曾祖父，此人熊腰虎背，力大无比，扬威于蒙古诸部，成为蒙古历史上第一个称『汗』之人。

● 当时，金朝打败北宋，势头正盛，北方各部落纷纷向金称臣。金太宗得知合不勒在北边称雄一方，便遣使召他来朝。合不勒仅带几个随从来到金京。金太宗看到合不勒武艺超群，身材魁梧，对他颇为礼遇，多次设宴款待。但合不勒却粗中有细，高度警惕，加倍提防，恐怕金人在酒中下毒，每次豪饮之时，中途都借口外出把酒食全部吐出，然后再回席继续山吃海喝。金人看到合不勒如此海量，既惊异又佩服。

● 一次，金太宗大宴群臣，合不勒佯装喝醉，禁不住手舞足蹈起来，并借酒劲，先是赞美太宗有一面好胡须，接着跳起来伸手把太宗的胡子捋了几下，并傻呵呵地狂笑。群臣见状，无不惊骇震怒，齐声高喊将这个对皇上无礼之人杀掉。太宗并没有太在意，阻止了群臣。合不勒也趁机向皇上请了罪，此事就此止息。太宗所以容忍合不勒的粗鲁犯上，是不想激怒强悍的蒙古族部落，引起北方边境的不安，但满朝文武众口一词地认为合不勒此举是对大金朝的极大不敬，绝不可宽大处理，更不可放虎归山。太宗在群臣的鼓动下，遣使去追合不勒，合不勒当然知道再返金廷肯定有去无回，于是杀了金使者，来了个一不做二不休。

●合不勒捋金帝胡须事件之后，蒙、金从此交恶。于是，连绵不断的战争在双方之间展开，最后，金朝终被北方捋了金帝胡子的一族灭掉。

蒙古

少年铁木真——蒙古部落（铁木真）时期

奇降人间以铁标，少时多舛险折腰。
含屈避难藏林莽，带铐逃生跃浪涛。
幸获哀怜脱桎梏，亏得匿护免屠刀。
千磨万砺终成器，何止弯弓射大雕！

注释

●十二世纪，蒙古草原各部落之间攻伐不断，在这严酷的社会环境中，铁木真（后来的成吉思汗）降生了。据《元史》载，他降生得非常奇特，手握凝血块如赤石。当时，其父也速该正巧俘获塔塔儿部首领铁木真兀格，为纪念自己的武功，就给新生儿取名为『铁木真』，意为『铁化的』，期望儿子在弱肉强食的竞争中坚强如钢铁。铁木真少年时经历种种苦难，命运多舛，险些丧命。

●铁木真九岁时，其父被塔塔儿部人下毒致死，扔下孤儿寡母。他们倍受冷落和欺凌，也速该原来的许多部下纷纷投靠势力强大的泰赤乌部塔儿忽台，铁木真的母亲诃额仑领着他和其他三兄弟迁到斡难河上游艰难度日。后来，塔儿忽台对铁木真仍不放心，他要斩草除根以绝后患。为此，铁木真满含冤屈遁入丛林以避灾难，但仍被塔儿忽台抓获。一日，铁木真乘塔儿忽台及部下豪饮赏月之机，戴着木枷撞倒看守，跳入波涛汹涌的斡难河，借着木枷的浮力顺流漂下。

●铁木真上岸来到泰赤乌部一老牧人家，老牧人怕连累自己不想收留，牧人的两个儿子却有怜悯之心，决意冒险援助铁木真。他俩给铁木真砸开了枷锁，并让妹妹合答安照顾他。第二天追捕的人前来搜索，合答安急中生智将铁木真藏于装羊毛的车中，躲过了追捕者的耳目，使铁木真免于一死。

●铁木真少年时历尽艰难困苦，磨炼成了坚强意志和铁一般的性格，终成一代天骄。于一二〇六年建立了蒙古国，并组建了骁勇善战的军队，征战各地，先后灭了金、辽，西征中亚大国花刺子模，打败斡罗思和钦察的联军，于一二二七年灭掉西夏。铁木真是蒙古历史上罕见的一代雄主，建立了恢宏伟业。

铁木真夺妻杀人夫——蒙古（铁木真）时期

复仇得手掠一花，拥艳思娇再觅佳。
撒网林间寻秀色，交杯帐外揽奇葩。
耳闻哀叹生疑惑，目睹惊惶起戮杀。
强霸人妻无忌惮，苍狼野性恣喷发。

注释

● 铁木真有多个前辈惨死在塔塔儿部人的手中，他与塔塔儿部有不共戴天之仇。十三世纪初，金兵大败塔塔儿部，铁木真乘塔塔儿部溃败之机，出兵一举歼灭其残部，获取大批财物和俘虏，其中有一女子叫也速干，长得艳若草原上的鲜花，铁木真一眼看中，占为己有，倍加宠爱。也速干对铁木真说，她有一个姐姐叫也遂，长得比自己还漂亮，她才真正配做大汗的妃子，她出嫁不久，现在因战乱不知流落何方，如果能找到她，自己甘愿把妃子的位子让给她。铁木真听后立即心潮涌动，马上派人去寻找。

● 铁木真在森林中布下天罗地网，仔细搜寻，很快找到了也遂，也遂的丈夫知道自己寡不敌众，慌忙逃跑。众兵将也遂带回帐中，铁木真见也遂果然是绝色美女，十分高兴。也速干也自愿谦让，铁木真便让姐妹二人并列为妃。击败了仇敌，又得到了两个奇葩秀色，铁木真为庆贺胜利，在军帐外大摆宴席，举杯豪饮，也遂姐妹俩陪伴左右，一时间铁木真意满志得，无限风光。

●正在这时，也遂神色凄楚地一声长叹，立即引起铁木真的警觉，他马上令部将整队清点，发现有一英俊青年人面露惶恐。铁木真厉声追问，青年只好承认自己是也遂的丈夫。铁木真大怒，以他混入军中企图行刺为名，令属下用乱刀将其砍死。

●铁木真如此这般肆无忌惮地夺人妻、杀人夫，其凶狠残暴令人发指，草原苍狼的野性暴露得淋漓尽致！

铁木真削平群雄——蒙古（成吉思汗）时期

几经磨难露峥嵘，盘马弯弓任纵横。
规避阴谋重振势，挖掘陷阱再兼程。
根除内患芟毒草，消解外忧拔刺藤。
一代天骄威大漠，狂飙劲扫滚雷霆。

注释

● 铁木真经历九死一生的磨难，终于逐渐强大起来，其雄才大略得以展现，从此开始了他削平群雄，争当霸主的宏伟大业。

● 铁木真在山穷水尽时曾得王罕和札木合的支持，夺回了被抢走的妻子，渐渐壮大了自己的部落。后来，铁木真被蒙古乞颜部贵族推为首领，他招兵买马，组成一支精锐部队，渐露称雄一方的势头，王罕、札木合心生忌恨，都与铁木真反目成仇。札木合偷袭铁木真惨败后投靠了王罕，他极力挑拨离间，使王罕对铁木真更加仇恨，决意除之。铁木真为了缓和矛盾，为长子向王罕的女儿求婚，并要将自己的女儿许配给桑昆（王罕之子）的儿子。桑昆原本对铁木真恨之入骨（唯恐铁木真夺了自己的继承权），此时他策划阴谋，佯装许婚，准备在宴席上诱捕铁木真。铁木真不知内情，带十多个骑兵前往。途中得一老人指点，调转马头回营，逃过了一场阴谋的侵害。一二〇三年春，桑昆等率部突然包围了铁木真的营地，铁木真受到重创，收拾残部向贝尔湖附近进发，秋天移师斡难河，重整旗鼓，谋攻王罕。铁木真使用诈降之计，挖下陷阱，王罕中计。王罕正在帐中饮酒作乐时被包围，狼狈西窜，逃入乃蛮领地，被守将杀死。桑昆逃到新疆库车地区，被当地酋长斩杀。

●铁木真打败王罕部落，实力大增，引起强大的乃蛮部太阳汗的敌视。这时，铁木真的宿敌札木合已投奔乃蛮。为此，铁木真于一二〇四年春决心对乃蛮太阳汗和札木合进行征讨，以达到内除毒草、外拔刺藤的目的。乃蛮太阳汗自恃强大，又认为春季马瘦，铁木真不可能来攻，因而骄横轻敌。结果遭铁木真率部猛冲，迅速溃败，被逼至山崖上，无数军士坠崖而亡，太阳汗身负重伤死在山顶。逃跑的札木合被反戈的部下将其捉拿献给了铁木真，终被处死。

●铁木真终于削平群雄，成为蒙古大漠上的霸主。一二〇六年铁木真在斡难河源头竖起了九斿（音：游）白旗（蒙古人崇尚数字『九』和『白』的颜色），接受了成吉思汗（意为海洋般的大汗）的称号，正式建立大蒙古国。自此，他率领的蒙古军队如狂飙扫地、雷霆经天，先后灭金、辽，西征中亚花剌子模，战胜斡罗思和钦察联军等，令整个世界目瞪口呆！

哲别杀一还千——蒙古（成吉思汗）时期

彪体威颜浩气腾，镝飞弦响不虚空。
开弓几矢折骁将，匿迹一镞毙烈鬃。
做虏沉着无萎态，当从奋勇有雄风。
率兵西讨夺良骏，欠个还千显豁胸。

注释

●哲别，成吉思汗手下的四员猛将之一（号称『四狗』：哲别、忽必来、哲勒蔑、速不台），此人异常凶悍，箭法超群，所向无敌，只要开弓，一击即中，箭无虚发。

●哲别原名只儿豁阿歹，本是成吉思汗的宿敌札木合的部下。一二〇一年，札木合组成联军大举进攻成吉思汗，被成吉思汗击败。溃军中有个叫只儿豁阿歹的青年人，在作战时几箭发出，射死成吉思汗的好几个战将。他和一群逃兵遁入密林。成吉思汗派大将博尔束骑上他那全身棕黄、嘴唇雪白的战马到林中搜寻。博尔束发现只儿豁阿歹后穷追不舍，正要追上之时，只儿豁阿歹回头一箭，将博尔束的坐骑射死。后来，逃兵们在箭尽粮绝时集体投降。

●只儿豁阿歹混在投降队伍之中。成吉思汗对着俘虏咆哮道：『是谁射死了我的战马？』大家听到怒吼声吓得瑟瑟发抖。这时，只儿豁阿歹挺胸站了出来，毫无惧色地说：『是我！如果大汗要处死我，以报一箭之仇，也不过弄脏你眼前巴掌大的地方。如果你不计较前嫌，免我一死，我将为你效命疆场，赴汤蹈火，在所不辞！』成吉思汗是个大度之人，他立即转怒为喜，说：『你有勇气承认杀了我的马，是条好汉，不打不相识，我们交个朋友，你以后就跟随我征战吧！』并为只儿豁阿歹改名为哲别（意为箭）。从此，哲别跟随成吉思汗东征西讨，立下赫赫战功。

●一二一八年，哲别率军远征西辽，以二万兵力轻而易举地征服了西辽，杀死了西辽主屈出律。同时，缴获了白口黄色的良马千余匹。此种马很像哲别曾射死的成吉思汗的坐骑。于是，哲别派人把这些马匹全部献给了成吉思汗。就这样，哲别以欠一还千的实际行动，表达了自己对成吉思汗的忠诚。

成吉思汗幡然醒悟惩治巫师——蒙古（成吉思汗）时期

欲借天神以固坛，崇巫敬鬼任骄蛮。
轻听离间亲情断，默许戕凌骨肉残。
遭母严责初晓理，得妻苦劝尽知涵。
铲除妖孽除流弊，终使汗威胜教权。

注释

●成吉思汗即位后，想借助神灵来巩固自己的权势。蒙古人信奉萨满教，崇拜至高无上的『长生天』。铁木真称汗时，就是由巫师阔阔出代表『长生天』宣布其『承长生天命君临万民』的。阔阔出是成吉思汗大恩人蒙力克的第四个儿子，再加上他是萨满教的大巫师，成吉思汗对他崇敬和优礼有加。阔阔出自吹能上通天言，经常装神弄鬼，对国家大事指手画脚。而成吉思汗却任其骄横跋扈，为所欲为。

●有一次，阔阔出七兄弟将成吉思汗的弟弟合撒儿痛打了一顿，合撒儿挨揍后向哥哥成吉思汗哭诉，成吉思汗不问青红皂白把弟弟责备了一通。这时，阔阔出趁机挑拨离间，说：『长生天有旨，国家不是铁木真为主，就要以合撒儿为主。如不趁早动手除掉合撒儿，事情的结局就难以预料了。』成吉思汗本来就多疑，听了阔阔出的话不加分辨就信以为真，将合撒儿抓起来严加审讯。阔阔出的势力越来越大，成吉思汗的幼弟铁木哥的很多属民转而投靠阔阔出。铁木哥派亲信前去要人，被阔阔出痛揍一顿。铁木哥大怒，亲自到阔阔出处理论，也险些挨揍，只得跪在阔阔出脚下认错求饶。面对这种情况，成吉思汗依然无动于衷，默许阔阔出任意欺凌自己的弟弟。

●当初成吉思汗对合撒儿进行审讯时，其母诃额仑就痛斥他是『骨肉相残』，要把亲兄弟置于死地。成吉思汗被母亲骂得十分羞惭，只得将合撒儿放了。但他还是担心合撒儿会夺他的汗位，瞒着母亲把分封给合撒儿的四千户百姓减为一千四百户。诃额仑知道后气得生了病不久就死了。后来铁木哥受阔阔出凌辱时，成吉思汗的妻子孛儿帖又对其苦劝，说：『阔阔出根本不把大汗放在眼里，现在大汗尚在，他们就敢欺负大汗的胞弟，一旦大汗去世，我们孤儿寡母必将无处容身。』孛儿帖边说边流泪，这时，成吉思汗才真正意识到阔阔出对自己的严重威胁。于是，他下决心将阔阔出铲除。

●成吉思汗以宴请蒙力克和阔阔出为名，在帐外设伏兵，终将阔阔出除去。处死阔阔出，不仅是除掉一个巫师，而且是铲除了产生于原始社会的巫师代天立言、干预部落事务的流弊，终使王权战胜了神权、教权。

金戈铁马扫中亚——蒙古（成吉思汗）时期

有意通商却遇凶，提兵雪恨猛开弓。
骑驰四路摧诸垒，火噬一城毙众生。
第聂伯边飞矢雨，高加索上舞旌风。
千军席卷平中亚，铁马金戈伴血腥。

注释

●当蒙古帝国在东方崛起时，中亚地区的花剌子模王朝也到了鼎盛时期，它的国王摩诃末征服了波斯、伊拉克、阿富汗等地，拓展了疆域。成吉思汗打通了前往中亚的通道，沿途设置岗哨，保证来往商人的人身安全，有意与中亚通商。同时，成吉思汗对伊斯兰教徒十分尊敬。并捎信给花剌子模国王摩诃末，表示愿意和睦相处，自由交往。可当成吉思汗组成几百人的商队前去花剌子模国时，却遭到摩诃末的袭击，将蒙古商人作为间谍全部扣押，收缴他们所带的一切财物。成吉思汗闻讯怒火中烧，悲愤难忍，独自跑上山头，将脸贴在地上，祈求『长生天』赐予他复仇的力量。他一连在山上祷告三天，决定提兵征讨，报仇雪恨。

●一二一九年夏，成吉思汗亲统蒙古大军，向花剌子模国王摩诃末兴师问罪。他兵分四路，以摧枯拉朽之势摧毁了花剌子模国的许多堡垒，自己率领的中军，直捣不花剌（今布哈拉）城，在向全城居民宣布摩诃末罪状后，一把火将繁华的不花剌城化为灰烬，烧死民众无数，其状惨不忍睹。

●成吉思汗打败了花剌子模国王摩诃末及后继者札兰丁，之后几年间，他的部队所向披靡，攻下阿塞拜疆、格鲁吉亚，越过高加索山，穿过克里米亚半岛，一直推进到第聂伯河，整个中亚大地，到处都鸣响和舞动着蒙古军队的飞箭和旌旗。

●成吉思汗有一句战争格言：『对于国家的敌人来说，没有比去坟墓更好的地方了。』事实为他的这一格言作了有力的注脚，蒙古军队席卷中亚的过程中，兵锋所指，烧杀抢掠，十分凶残。史载：有一次屠城，一老太婆哀求道：『不要杀我，我给你们一颗大珍珠。』蒙古兵要她拿出来，她说已吞入肚中。于是蒙古兵立即剖开老太婆肚子，将珍珠取走。类似的事例，司空见惯，骇人听闻！

『长春真人』丘处机——蒙古（成吉思汗）时期

三教兼容道至深，择枝而落助明君。
披风万里呈宏略，涵气千秋指要津。
理政当思民为本，养生须晓自清心。
箴言动主节屠戮，盛誉仙翁四海尊。

注释

●成吉思汗在位期间，山东栖霞山有一道人叫丘处机，此人为全真教（『全真』指保全人体最根本的实质，即精、气、神三大生命要素）开山始祖王重阳的七大弟子之一，因其博览群书，修行刻苦，王重阳逝后，成为全真教掌门人。丘处机虽为道人，却主张道、儒、佛三教兼容（认为『儒门释户道相通，三教从来一祖风』），提倡在道家清静无为的基础上，糅合儒学的忠孝节义和佛教的禅法戒律，因而吸引了广大群众，深受爱戴。丘处机晚年在燕京（今北京）的天长观定居，成吉思汗赐名天长观为长春宫，故得名『长春真人』。丘处机隐居山东栖霞山时期，各派政治力量都想拉拢和利用他，宋、金朝廷都要招其助主，皆被他托故拒绝。可在他年逾七十时，成吉思汗在西征途中遣使诏请，丘处机则毫不犹豫地应召。因为他看到金、宋气数已尽，而成吉思汗的事业正如日中天，于是带着弟子前去晋见。

●丘处机不畏路途遥远，艰险重重，先北行至呼伦河，然后穿过蒙古高原，越过阿尔泰山，沿天山北麓西行，历时一年零两个月，终于在一二二二年四月到达阿姆河的成吉思汗行营（他的随行弟子将一路见闻写成《长春真人西游记》），向成吉思汗呈献了治国方略和修身养性之道。

●当时，蒙古军所向披靡，攻城略地，大肆屠戮。为此，丘处机前后讲道三次，强调有志统一天下之人，切不可嗜杀，治国的方略在于敬天爱民为本。成吉思汗欲长生不老，向丘处机寻求良方，丘则明确告诉他，『世上有养身修性之道，无长生不老之药』。养身之道根本在于清心寡欲。丘处机一再申明的这些治国养生之道，深得成吉思汗的赞许，丘每讲时，成吉思汗都令书记官做记录，说要用来训导子孙。

●丘处机的一系列治国养生的至理箴言，深深打动了成吉思汗，成吉思汗称誉他为『仙翁』，对他十分恭敬。丘处机虽然没能使成吉思汗放下屠刀，但毕竟使他有所节制，让老百姓免除了一些杀戮之灾。所以，丘处机名扬四海，并为后人所铭记，也就完全在情理之中了。

木华黎经略中原——蒙古（成吉思汗）时期

武勇过人声远弥，金章誓券九斿旗。
搭弓振羽驱顽匪，策马扬鞭扫悍敌。
强禁掳杀除旧弊，力推安抚倡新习。
东征西讨襄雄主，经略中原定大局。

注释

● 木华黎，成吉思汗手下的四大帅才（木华黎、博尔术、博尔忽、赤老温）之一，他既忠心耿耿，又智勇过人，因而声名远扬，备受成吉思汗器重。成吉思汗统一蒙古诸部后，木华黎和博尔术被封为左右万户侯，享受诸侯王待遇。一二一七年，成吉思汗又封木华黎为太师、国王，赐金印和誓券，让他经营太行山以南地区，同时，又授予他九斿（音：由）白旗（蒙古族崇尚数字九和白颜色），并对诸将说：『木华黎树起此旗，发号施令，如同我亲临一般。』

● 成吉思汗取得汗位前，一次作战失利，在大雪中迷了路，他带三十余骑经过一峡谷，有伙土匪从密林中窜出，向成吉思汗冲来。木华黎张弓搭箭，三发三中。当土匪们知道此人是木华黎时，吓得瑟瑟发抖，仓皇逃跑。成吉思汗西征带走了蒙古军主力，木华黎留后，仅有兵力一万三千骑，外加由契丹人、女真人和汉人组成的杂牌军八万人左右。但他以燕京（今北京）和西京（今山西大同）为基地，向河北、山东、山西各地发动进攻，一路横扫劲敌，取得了重大胜利，到一二二一年，木华黎的军队已攻下黄河以北的大部分地区。

●蒙古军队历来有每占领一地便大肆烧杀抢掠的习惯。为了长期占领和统治中原地区，木华黎听从汉族大将史天倪的建议，一改过去恣意掠杀的旧习，下令者敢有掠杀俘虏的，以军法从事，并令部属，凡抓获的老人幼童全部放还，同时，他还大力招降汉族地主武装，安抚占领地区的居民，劝课农桑，发展生产，予利于民。

●木华黎一生东征西讨，襄助成吉思汗成就宏伟大业。他忠心耿耿，独当一面，为大蒙古国入主中原打下了基础，定下了大局，其卓越功勋永载史册！

征西夏魂归大漠——蒙古（成吉思汗）时期

兴师问罪滚雷霆，征讨西凉困夏城。
遣使促降燃怒火，带疾督战泄仇情。
搏强取胜方称趣，欺弱求欢不谓荣。
箭雨刀风千万里，谁知何处是汗陵？

注释

●党项人所建立的西夏，一直是蒙古国难以征服的劲敌。一二〇九年，蒙古军队围攻西夏都中兴府（今宁夏银川），金国拒不救援，西夏主被迫将女儿献给成吉思汗，蒙军才撤兵返程。金、西夏关系破裂后，西夏由附金抗蒙转为附蒙抗金。后来，蒙攻金，西夏曾多次出兵助战。成吉思汗在讨伐花剌子模国时，又向西夏征兵，西夏因不堪重负，拒绝出兵。于是，成吉思汗决定举兵对西夏兴师问罪。一二二五年，成吉思汗留下二子察合台驻守草原，带着三子窝阔台、四子托雷，率大军向西夏进发。

●进军途中，成吉思汗先遣使赴西夏说降，责问西夏国主不守承诺，并恶语相向。西夏大臣阿沙敢不针锋相对，公开说：『骂你们蒙古的就是我，你们号称善战，那就到贺兰山来比试比试！如需要金银财宝，有本事到西凉来拿！』

成吉思汗闻之勃然大怒，大声吼道：『区区小国，居然口出狂言，我宁可死也要与你见高低！』之前，征途中成吉思汗因围猎摔下马身负重伤，引起高烧。大将曾建议他先退兵，待伤愈后再征不迟。成吉思汗认为不可，因蒙军一退，西夏必以为是胆怯。此时，他身负重疾出战，仍如雷霆滚滚，风驰电掣，率部由北面攻入夏境，连克数城，并再次包围西夏都中兴府。一二二七年五月，成吉思汗于六盘山扎营，再派使者去夏都促降。西夏国王在城内已断粮草又发生地震的情况下，只得决定按蒙军要求，在一个月内请降献城。此时，成吉思汗已病危，在余日不多之际，他留下遗诏，要部下在他死后秘不发丧，以防西夏反悔。等到夏主献城后，予以捕杀，并实行屠城。

●成吉思汗生前曾问过部将，对于男子汉来说，什么是平生最大的乐趣，什么是平生最大的光荣。部将们有的说是奔驰在草原上打猎；有的说是看着雄鹰在空中用利爪抓走灰鹤；有的说是穿美丽衣服；有的说喝酒吃肉。成吉思汗一一给予否定，说人生的最大乐趣是和强手相搏，战而胜之，而欺凌弱者是没有什么光荣可言的。

●成吉思汗一生金戈铁马，灭国数十，略地万里，妻妾成群（五个皇后，五百后妃）。在征西夏途中，因伤势过重，于一二二七年七月十二日去世，享年六十六岁。他的尸体被装进棺材，用三圈黄金包裹，埋入地下，然后让马踩平坟地。几年后树木和杂草丛生，谁也辨不出他葬于何地了。直到现在，成吉思汗的陵墓在何处仍然是个未解之谜，一种说法是在内蒙古鄂尔多斯境内，还有一种说法是在乌兰巴托附近的一个山谷中，众说纷纭，莫衷一是，这个谜底只有等待进一步的考古发现来揭开了。

腥风血雨定汗位——蒙古（成吉思汗、窝阔台）时期

采纳妃言选继承，骁英四子各争雄。
二狼狂咬露凶相，一虎静观彰善名。
顺水推舟达胜算，迎风划桨获尊荣。
小儿何以归天去，云诡波谲隐秘情。

注释

●成吉思汗西征前，伴驾的妃子也遂向他进言应早定继承人，以防不测。成吉思汗感到此事非同小可，立即采纳了也遂的建议。成吉思汗的正妻孛儿帖所生的四个儿子地位最尊，长子术赤、次子察合台、三子窝阔台、四子拖雷，个个英姿飒爽，骁勇善战，功勋显赫。一日，成吉思汗将四个儿子和诸将召入帐中，共议接班人之事。自此，便上演了一幕幕兄弟之间相互倾轧的残酷大戏。

●成吉思汗刚让长子术赤说一下想法，术赤还没开口，二子察合台就抢先大叫：『父亲问术赤，莫非是要把大权移交给他？』接着他说术赤是个野种，自己绝不服他管束（因孛儿帖当年曾被蔑儿乞人抢去，在被夺回的路上生了术赤）！术赤受到察合台当众羞辱，勃然大怒，冲上前去，一把揪住察合台的衣领喝道：『父亲从未说过我不是他亲生的，你竟敢恶语伤人！你有什么了不起，哪一点比我强？』二人互不相让，扭打成一团，众将上前硬把他俩拉

开，方才罢休。成吉思汗见状气得火冒三丈，重申术赤是自己的亲生儿子，以后谁也不许胡说八道。这时，三子窝阔台在一旁静观其变，没有任何表示。察合台生怕术赤将来即位，便心生一计，立即举荐窝阔台，说三弟为人敦厚善良，才智出众，最适合继承汗位。术赤同样怕察合台即位，也说拥护窝阔台，愿为他效力。于是，就出现了二狼互咬、一虎得利的局面。窝阔台轻易就获得了美誉善名。

●成吉思汗本来就属意窝阔台，听到察合台的推举，心中暗喜。于是，顺水推舟地说：『天下的土地宽阔无边，江河的流水滔滔不绝，我不会亏待你们。老大、老二，今后要信守诺言，千万不可内讧，让外人看笑话。』窝阔台听父亲一席话后，心里无比高兴，当即谦虚了一番，恭恭敬敬地对父亲说，自己虽然无能，但要尽力而为。这样，窝阔台就顺理成章地获取了未来王汗的继承权。

●按照蒙古习俗，儿子长大后就要离开父母自立门户，并可带走一小部分财产。最小的儿子不离开家庭，继承父母留下的遗产。因此，成吉思汗死后，小儿子拖雷获得了大量的直属部队、百姓和财富，实力非同寻常。对此，登上汗位的窝阔台总是觉得拖雷是自己的最大威胁。一二三一年，窝阔台伐金取胜后得了重病，巫师说这是因为杀人过多所致，唯一的办法是找人以死代为受过，才能逃过一劫。巫师讲这番话时拖雷正好在场，他心知肚明，这明明是逼自己去死。于是，他一口喝下巫师端来的咒水，年仅四十的拖雷不多时就魂归西天了。有史学家认为，一杯咒水是不足以致命的，拖雷所喝的咒水中肯定有毒，下毒者除了窝阔台，不可能是他人。历史的真相是否如此，说法不一。但拖雷之死隐含不可告人的秘密则是毋庸置疑的。

不吝钱财的窝阔台——蒙古（窝阔台）时期

厚名薄利为遵循，不吝资财济庶民。

买枣出钱值过市，收杯付币价惊人。

怜穷行赦赢佳誉，憎恶施罚赚美闻。

勘破红尘谙万象，金山百座亦浮云。

注释

●在蒙古帝国时期，大汗窝阔台以追逐名声而轻钱财出名，为使自己声名显赫，他经常拿出钱财散发给庶民，对臣子也毫不吝啬，史书上记载了不少他慷慨施舍的故事。

●一次，窝阔台过集市看到一种又香又甜的蜜枣，回宫令侍卫去买了一盘。当他得知侍卫付给了店主一两银子时，便说这么好吃的枣，给一两银子太少了。侍卫说，这已经超出市值十倍了。窝阔台把侍卫痛骂了一顿说：『在店主的一生中，像我们这样的买主能遇上几个？』随后令侍卫再送十两银子给店主。还有一次，一个穷人用羚羊角做了一只大杯子，坐在窝阔台出行的路旁。当窝阔台经过时他献了上去。窝阔台收下，吩咐侍从给他五十两银子。一只极普通的杯子付了这么多钱，侍从怀疑自己听错了，又问了一下。窝阔台生气地说：『我对你们说过多次，不要驳回我的赏赐，也不要对穷人吝啬我的财富！如今我要和你们作对，快给他一百两银子吧！』

●窝阔台有一条中亚某国送给他的镶嵌宝石的金腰带，他十分喜欢。一天，金腰带的扣子坏了，他把它交给工匠修理。可工匠总说没修完，原来是他把金腰带给卖了。于是，工匠被抓起来审讯，并被投入死牢。窝阔台知道后说：『虽然这是一桩大罪，但他做出这样的事来，恰证明他极端贫困、无路可走的处境。』窝阔台不仅没杀他，反而还给了他一百五十两银子，要他重新做人，保证今后不再重犯。工匠做梦也没想到因祸得福，逢人便称颂大汗宽宏大量，怜悯穷人。有一个贫穷的伊斯兰教徒向一官员借了四两银子，到期后因无力偿还，被抓去审问，威胁他如在三天之内不还清，就要逼他放弃信仰，并要把他脱光拖到集市上打一百棍。这穷人万般无奈，只好到大汗前告状。窝阔台了解情况后，下令把债主抓了起来，并赏给穷人一百两银子，令属下将债主脱光，在集市上痛打了一百棍。一旁看热闹的穷人欢呼雀跃，拍手称快。

●窝阔台常说：『热衷于聚财的人是缺乏理智的，钱财的好处有限，人无不死，纵然有金山银山，死后又有何益？人不能从彼世回来，所以，我要把真正的宝藏保存在心中，把尘世的财富散发给臣民，使美名远扬。』

窝阔台自评功过——蒙古（窝阔台）时期

史载无瑕属媚评，自估功过近实情。
征金数略中原定，强蒙多方北漠宁。
恋酒贪杯夺美艳，图财立寨害贤能。
尚无遮丑饰非意，罕见君王看己明。

注释

●《元史·太宗纪》对蒙古国第二代大汗窝阔台的评价是『举无过事』，显然这是封建史家的阿谀献媚之词，倒是窝阔台对自己功过是非的『五五开』比较接近历史的真实。

●窝阔台认为自己一生有『四功四过』。四功是：征伐金国，讨平中原；在各地设立驿站，沟通东西南北的交通；在干旱地区掘井，使百姓获得丰美的水草；派军队镇守各城池，使百姓安居乐业。

●窝阔台认为自己也有四大过错：嗜酒如命；曾强夺叔父斡惕赤斤部落的女子，愧对叔父（令该部落七岁以上的姑娘和少妇四千人聚集一处，当着他们的父兄丈夫，列为两行，首先自选最美的纳入宫中，其次赏给诸臣，再次交给妓院。挑剩的任凭在场的士卒蹂躏)；暗害了曾为父亲效力的功臣朵忽鲁；贪图所有野兽，为防止野兽逃到兄弟的领地，立寨筑墙加以阻拦，招来兄弟们怨声一片。

●对自己犯下的罪过，窝阔台能公开承认，并表示悔恨。这种身居权力巅峰而尚有自知之明的表现，在帝王中是不多见的。

耶律楚材助主治国安邦——蒙古（成吉思汗、窝阔台）时期

辽裔金官入蒙门，襄君理政两朝臣。
谏行征税充国库，劝禁屠城保庶民。
抗旨抨贪驱恶气，开科取士选能人。
尊儒重汉接文脉，晚景心寒郁断魂。

注释

● 耶律楚材，蒙古国成吉思汗和窝阔台时期的重臣，他是辽室（契丹族）后裔，辽亡，祖辈附金，其父耶律履曾任金国尚书右丞相。在金朝，耶律楚材通过科举官至左右司员外郎。成吉思汗攻下燕京，听说耶律楚材是个学富五车的能人，便召其入宫。从此，耶律楚材襄助成吉思汗、窝阔台经国理政，成为两朝名臣，为元代立国做出了卓越贡献。

● 成吉思汗西征后，将吏多中饱私囊，搞得国库十分空虚。窝阔台即位后不久，就有近臣说汉人无用，建议把汉人除掉，把田地变成牧场，以增加财富。耶律楚材坚决反对，向窝阔台建议以征税方式来解决国家财政困难，绝不可无辜伤及汉人。窝阔台采纳了他的意见。于是，耶律楚材在燕京等地立课税使，选汉人儒者担任，在各地征收赋税。

果然，第二年秋天耶律楚材承诺的赋税如数完成，受到窝阔台的高度赞扬，随即被封为中书令。耶律楚材一贯反对每攻下一地大肆屠城的恶习，曾多次以各种方法劝阻成吉思汗，现在又为防止中原大地生灵涂炭，阻拦了屠戮汉人的暴行，避免了中华文明的又一场浩劫，其无量功德，永载史册。

●窝阔台去世后，由皇后摄政，耶律楚材受到冷遇，但他仍一如既往地主持正义，严厉抨击征税过程中出现的贪官污吏。皇后曾下令，凡税务官提出的事情，令史如果不予书写，就要被斩断双手。而耶律楚材毫不畏惧，当着皇后的面公开抗旨道：『事如合理，自当奉行，如不可行，老臣死也不怕，何况断手！』皇后听了虽不高兴，但也无可奈何。在窝阔台时期，耶律楚材曾主持开科取士，拔擢了许多汉族知识分子，对于促进蒙古帝国的发展和元朝的建立起到了重要作用。

●耶律楚材身为少数民族的一员，却一贯尊孔学、重汉人，为中原文化的传承做出了特殊贡献。他一生事业辉煌，晚年郁郁不得志，一二四四年在忧愤中死去。他死后，国人十分悲伤，史载：『蒙古诸人如丧亲戚，天下士大夫莫不涕泣相吊。』

长子西征——蒙古（窝阔台）时期

欲把诸邦尽踏平，旋呼马啸势恢宏。
长河放浪狂撒野，大海收潮任逞能。
横扫千军吞广土，生屠万众毁多城。
狂飙卷血掀欧陆，蹂躏他国怎为荣？

注释

●随着国力的增强，蒙古国大汗窝阔台野心膨胀，一二三五年，他召集诸王大会，决定继续西征。他命令诸长子都披挂上阵（由成吉思汗四子的长子、长孙率领，即窝阔台的长子、术赤的长子、察合台的长孙、拖雷的长子等都参加远征），一时间旌旗猎猎，战鼓咚咚，烈马嘶鸣，好一派气吞万里的盛隆景象。由于此次西征诸长子都是将帅，故史称『长子西征』。

●一二三六年，诸军会师后，首先进攻伏尔加河中游的不里阿耳，速不台一举破城。蒙哥（拖雷长子）从左翼沿里海岸逼临钦察部，一部分钦察人投降，钦察部另一首领八赤蛮拒不投降，他率部出入于伏尔加河下游的密林中，不时袭击蒙军。这时伏尔加河水上涨，蒙哥乘势下令造船，沿河搜索。后来侦察到八赤蛮已带辎重转移到里海的一个岛上，蒙军追至海边，正苦于无船渡海时，忽然海水退潮。蒙哥急令骑兵涉水登岛，全歼钦察军，擒获八赤蛮。蒙哥认为这是『天为我开路』，于是，更加有恃无恐，更欲疯狂逞能。

●西征军一路所向披靡，一二三七年攻入斡罗思，拿下莫斯科等十四城，一二四〇年包围斡罗斯国都乞瓦城（基辅），诸路大军云集该地；一二四一年兵分两路，侵入孛烈儿（波兰）、马扎儿（匈牙利），大败孛烈儿、捏迷思（德意志）联军，直抵亚得里亚海。蒙军在攻破各城时，将财物掠夺一空后，大肆屠杀，以致尸横遍野，血流成河，不少城池被毁掉，其景象十分凄惨。

●蒙古国长子西征，威震欧亚大陆。不少史家将此称为蒙古大汗的英雄壮举，其实不然。蒙军恣意侵犯他国，烧杀抢掠，残酷蹂躏，毁灭文明，与其说是荣耀，不如说是罪恶。

蒙哥继汗位——蒙古（蒙哥）时期

汗位虚悬几欲登，诸王各派目圆睁。
均将谑语当遗嘱，尽把仇情化弩弓。
此系强拥明亮剑，他宗力抵暗藏锋。
云开雾散局方定，再起阴霾险象生。

注释

● 蒙古国第二代大汗窝阔台于一二四一年去世，此后皇后脱列哥那摄政达五年之久，一二四六年脱列哥那运用种种权谋推举自己的亲生儿子贵由为汗，但两年后贵由一命呜呼，贵由的皇后海迷失摄政，汗位虚悬。这时诸王中的野心家，纷纷跃跃欲试，都企图攫得汗位。最突出的斗争发生在拖雷的儿子蒙哥和窝阔台的孙子失烈门之间。

● 窝阔台在世时，一次他带着侄子蒙哥外出打猎，看到蒙哥虽年幼却十分骁勇，便不经意地说『小子，将来可以当大汗』。又有一次，窝阔台令人杀母牛喂饲养的豹子，站在一旁的失烈门说：『杀了母牛，谁来养小牛犊呢？』窝阔台觉得这小孩挺有仁爱之心，也随口说了一句：『就凭这句话，小子将来可君临天下。』其实，窝阔台无论说蒙哥还是失烈门的话都是脱口而出的戏言，可如今双方都把它当作了先帝遗嘱和继承汗位的依据，互不相让。当年拖雷被窝阔台害死时留下了寡妻唆鲁忽帖尼，她聪明能干，韬光养晦，精心抚养四个年幼的儿子（蒙哥、忽必烈、旭烈兀、阿里不哥）。现在她觉得时机已到，于是和手握重兵的大将拔都联手，坚定地推自己的儿子蒙哥即位。而失烈门一方，则有窝阔台与察合台两系诸王支持。于是，双方矛盾重重，剑拔弩张。

●手握兵权的拔都支持蒙哥即位，他召集各路宗王到他的驻地开会，商议选举新汗。窝阔台、察合台两系诸王大多拒绝参加。会上拔都列举蒙哥禀赋才能和累累战功，意为大汗之位非蒙哥莫属。这时有人提出异议，说窝阔台曾指定其孙失烈门为继承人。闻此言，忽必烈怒不可遏地站起反驳道：『窝阔台既然有遗言传位给失烈门，那么脱列哥那（窝阔台的皇后）已立贵由，可见你们早已背弃了窝阔台的遗命，还有什么可说的！』此时支持蒙哥的一员大将拔出利剑吼道：『必立蒙哥为汗，谁敢从中作梗，先让他试试我的刀刃！』与此同时，支持失烈门的一方见大势不好，暂时隐忍，暗地里却磨刀霍霍，准备反扑。

●经过一场场你死我活的激烈斗争，一二五一年，蒙哥终于正式登上了汗位，局面刚刚稳定，可一场推翻蒙哥的阴谋正在加紧实施，不久刀兵相见的场面又重新上演。

三王获狱汗位易系——蒙古（蒙哥）时期

浊流暗涌起阴风，梦断半途一场空。
苦酒惊魂剥伪善，严刑慑胆拷真凶。
三王尽狱根挖净，百将皆诛蔓剪清。
整土化零消后患，汗权易系至朝终。

注释

●蒙古国拖雷长子蒙哥登上汗位，窝阔台后代心不服，口亦不服。蒙哥即位前，曾遣使劝失烈门、忽察和脑忽（三王）来会，他们拒不前往。现在眼看蒙哥称汗，大权旁落，失烈门、忽察和脑忽决定铤而走险，欲以朝贺为名，率兵前来，打算趁蒙哥宴饮狂欢之际，发动政变。可在他们用车暗藏武器向蒙哥大帐进发途中，蒙哥手下的一名寻找失踪骆驼的鹰夫在帮他们修车时看出了破绽。鹰夫立即回报，蒙哥火速派兵在凌晨包围了三王营地，揭露他们的阴谋。于是，一场精心策划的政变美梦顿时化为泡影。

●三王矢口否认要发动政变，看到阴谋败露，只得硬着头皮带着几个贴身侍卫前来装作诚心祝贺。在进蒙哥大帐前，三王的卫士都被缴了械。蒙哥见到三王什么也不提，只是设宴请他们喝酒，苦酒连喝了三天，三王越喝越神魂不定，心惊肉跳。当他们要告辞时，蒙哥才揭穿他们的伪装，将他们软禁起来。接着，蒙哥对三王手下的部将严刑拷问，他们终于招了全部阴谋，最后真相大白。于是，蒙哥降旨，给叛乱者戴上镣铐，全部下狱。

●对三王的处理，蒙哥动了一番脑筋。他采取了『拔大树，种幼苗』的策略，先把三王打入牢狱，继而让失烈门随军征宋，出发时将其投入水中淹死。之前，还处死了贵由的皇后海迷失。与此同时，蒙哥将三王手下的近百名将领全部处死，这样，既挖出了树根，又肃清了枝蔓，把一场政变彻底平息。

●之后，蒙哥将窝阔台的领地化整为零，分割成数块，分别授予其年幼的后代，用这种分而治之的办法，使他们无力东山再起。从此，蒙古帝国的大汗之位由窝阔台系转到拖雷系，直到元朝灭亡。

忽必烈败阿里不哥取汗位——蒙古（忽必烈）时期

尊儒鉴史晓衰荣，厄后重兴再盛隆。

还土和南谋御座，班师返北立汗庭。

交锋不忌同根系，夺位可抛一奶情。

四载相残无对错，向来成败论英雄。

注释

●忽必烈，是蒙古国成吉思汗四子拖雷的儿子，他与蒙哥、旭烈兀、阿里不哥属同父同母的兄弟。忽必烈年轻时就胸怀大志，关注历代王朝兴衰，崇尚儒学，效法李世民，结交中原汉族知识分子，研习儒家经典，招揽汉学名士，如金朝名儒元好问等。一二五七年，蒙哥亲自挂帅兴兵伐宋，阿里不哥留守都城和林（今蒙古哈尔和林）。当时，忽必烈因受蒙哥猜忌被夺军权，在家托病不出。后来南征的东路军作战不利，蒙哥只得起用忽必烈，令其带领东路军。忽必烈如鱼得水，指挥部队迅速渡过淮河，直抵长江北岸，给宋廷以巨大威慑，他自己也重新回到权力中心。

●蒙哥在位时，忽必烈和阿里不哥就已形成了各自的势力集团。蒙哥一死，汗位由谁继承？兄弟二人的矛盾自然开始凸显。忽必烈南征，留守和林的阿里不哥立即集结军队出兵关陇，图谋秦蜀，钳制忽必烈，企图夺取汗位。忽必烈闻讯大惊，听从谋士『先下手为强』的建议，不惜将已攻占的土地归还南宋，与其议和，以消除后顾之忧，然后迅速北返。一二六〇年，忽必烈返回开平，拉拢一些宗王，匆匆宣布为汗，定当年为中统元年。

●听说忽必烈抢先自立为汗，阿里不哥岂能甘心，于是，他也匆匆纠集一批宗王在和林召开大会，自立为汗。这样，就形成了一国二汗并峙的局面。中原地区为忽必烈所控制，阿里不哥就试图向川陕发展。忽必烈果断派军队在川陕捕杀阿里不哥的党羽。后来，阿里不哥因其领地发生饥荒而陷入困境，只得北撤，并假意请求忽必烈宽恕。忽必烈也假装接受投降，实际上倍加提防。一二六一年秋，阿里不哥以请降为名，突然袭击和林，打败守军乘胜南下。忽必烈勃然大怒，立即领兵亲征。同年冬，双方苦战，阿里不哥兵败北逃，原依附于他的一些宗王纷纷改换门庭，倒向忽必烈。一二六四年七月，走投无路的阿里不哥只得又向忽必烈投降。为争夺汗位，本是同宗的一奶同胞反目为仇，足见皇权的诱惑何等之大！

●忽必烈和阿里不哥为争夺汗位整整打了四年的仗，以阿里不哥失败告终，虽然忽必烈赦免了胞弟的罪，但还是将阿里不哥的亲信全部处死。当阿里不哥来降时，忽必烈问他：『我们打了四年仗，究竟谁是谁非？』阿里不哥说：『以前是我对，现在当然是你对。』其实，为争权夺位而互相残杀，何来谁对谁错？『胜者王侯败者贼』，历来都是谁胜谁是英雄，唐代的李世民就是最典型的例证。

元

极富远见的察必皇后——元代（世祖）时期

质朴贤德蕴慧聪，通观历史晓亡兴。
精明襄政献良策，巧妙醒君敲警钟。
目锁宏图驱惰气，心存大略领清风。
从严律己身垂范，助稳元初不世功。

注释

●察必，元世祖忽必烈的皇后，她贤惠纯朴，且聪明睿智，通晓历朝兴亡之道，特别富有远见，对忽必烈稳坐天下起到了十分重要的作用。

●察必皇后，常为忽必烈献出高策，并时常敲响警钟。一二七六年元灭宋，忽必烈在上都大摆宴席进行庆贺。众臣僚笑逐颜开，喝得十分高兴，唯有察必皇后闷闷不乐，若有所思。忽必烈问她何故面无喜色，察必说：『我听说从古到今不曾有过一个朝代能千年相传，但愿我们的子孙不会蒙受亡国的厄运。』世祖听后，立即觉得这是皇后在提醒自己，不要因胜利而忘乎所以。接着，世祖命人将从宋国夺来的珍宝搬到殿上，让察必凡相中的尽管拿。察必说：『宋人珍藏这么多宝物打算留给赵家后代，可是他们的不肖子孙却无法守住这些珍宝，我怎么忍心从中挑选物品呢？』世祖知道这是皇后在提醒自己居安思危，力保长治久安，便说：『讲得好，人无远虑，必有近忧，还是皇后有远见。』

●察必皇后一直十分关注国家的前途命运，注意朝廷政务运行的情况，不断提醒世祖驱逐惰怠之气，让其励精图治，大展宏图。同时，她体恤民生，阻止把京城近郊的良田圈为牧场。她还从历史中吸取教训，放眼未来，带头节俭，利用旧的弓弦织成衣服，把废弃的羊皮缝制成地毯，使宫中气正风清。

●察必皇后严于律己，处处率先垂范。一次，她向太府监取了一些丝绸布料，世祖说这不是私家物品，不可擅自动用。察必知错后立即改正，从此再也不动国库中的任何东西。在元朝初期，察必皇后为世祖出了许多经国理政的好主意，及时纠正了世祖及朝廷的一些不当做法。因此，《元史》对她给予了颇高评价，说她为人聪敏，办事能力强，为元初政局稳定做出了巨大贡献。

品格高尚的名将伯颜——元朝（世祖）时期

战绩辉煌誉满廷，统军伐宋再逞雄。
挥师扫垒连夺胜，纵马破都终告赢。
两袖清风辞礼色，一身浩气拒功名。
担头不带江南物，只见梅花几点红。

注释

● 伯颜，蒙古国开国功臣阿剌之孙、晓古台之子，元朝著名军事家，在攻克南宋、平定内乱的战争中立下赫赫战功，被元世祖称为将相之才。尤其在统帅元军讨伐南宋时显示的军事政治才能更令人钦佩。

● 一二七四年，元世祖忽必烈拜伯颜为中书左丞相，令其领兵南下伐宋，与另一大将阿术水陆并进，一路攻城破垒，连败宋军。在攻克江州（今江西九江）后，正逢疫病流行，且遍地饥荒，伯颜体恤民苦，开仓赈饥，发药治病，被百姓称为王者之师。因时值酷暑，北方人水土不服，世祖下诏停战，待明年秋季再出兵。伯颜上奏，建议乘胜追击，切不可半途而废。世祖从之，伯颜率师继续进攻，终于一二七六年正月，包围南宋都城临安（今杭州）。二月，宋恭帝在太后的操纵下，上表求降，并交出传国大印。至此，伯颜大军将宋灭亡，取得了伐宋的彻底胜利。

●在伐宋过程中，伯颜严格约束部队，绝不允许士兵烧杀抢掠，同时，自己率先垂范，保持一身正气，清正廉洁。当元军直逼江州时，宋兵部尚书吕师夔不战而降，伯颜封其为江州太守。吕师夔设宴重谢，并欲将两美女作为礼物送给伯颜。伯颜见状，勃然大怒，训斥道：『我奉天子之命，以仁义之师来向宋廷问罪，女色岂能动摇我的志向？』吓得吕师夔面如土色，赶紧跪地求饶。伯颜平宋大功告成班师回朝，皇帝论功行赏，要重奖伯颜，伯颜百般推辞道：『这全靠陛下英明决断，将士英勇拼杀，我没有多少功劳。』

●伯颜平宋回京时，忽必烈令百官在郊外欢迎，权臣阿合马为讨好伯颜，先在半道向他表示祝贺，为表谢意，伯颜解下随身佩带的玉钩带送予他，并说：『宋皇宫中宝贝确实不少，可我什么也没拿，但愿你不要嫌我的薄礼。』阿合马以为伯颜看不起自己，便怀恨在心，在皇帝面前造谣，说伯颜私藏了宋室至宝玉桃杯。忽必烈令人清查，发现此事纯属子虚乌有，随之感慨道：『差一点让忠良受了冤屈。』伯颜在平宋后曾写下两句诗：『担头不带江南物，只插梅花三两枝。』这正是他不爱色、不贪财高贵品格的生动写照，这样的忠臣良将能得到皇帝的赞许和重用，可见这个政权还是有希望的。

终得恶报的阿合马——元朝（世祖）时期

勤谀善媚速攀升，恣纵淫威举世惊。
剪异卖官擢恶佞，夺田霸女害良忠。
贪赃受贿隆宅邸，结党集权乱御宫。
累罪滔天人尽恨，暴尸街面狗嫌腥。

注释

●阿合马是元世祖忽必烈朝的宠臣。此人生于中亚乌兹别克斯坦境内，初为忽必烈宫中侍臣，他非常善于阿谀逢迎，因而得到忽必烈赏识，很快被破格提拔为中书平章政事，列于相位。从此，他自恃皇宠，在朝中肆无忌惮，大发淫威，所作所为到了骇人听闻的地步。

●阿合马有了忽必烈这个靠山，大肆卖官鬻爵，不经吏部拟定，便私自提拔与其臭味相投的奸佞小人。他贪得无厌，见到良田必攫为己有；看到美女必占为妻妾，以至大小老婆达四百有余。同时，凡异己必剪除而后快，中书左丞许衡、大臣崔斌等朝廷重臣，都因秉正揭发或反对他营私舞弊、欲杀忠良而被解职或排挤出朝廷。

●阿合马实行一系列横征暴敛的措施，无限度地增加民间税负，其中很大部分中饱私囊。他贪赃受贿不计其数，同时，通过种种不正当手段攫取朝权，自己已掌控了民政、财政，还公然任命儿子入枢密院，掌握军事大权，使得朝廷最重要的三权都集于他一家之手，给朝廷留下极大隐患。

●阿合马的骄横跋扈，胡作非为，忽必烈也有所察觉，但对外战争的巨大开支还得靠他来搜刮，所以一时还未罢免他。但阿合马引起了天怒人怨，在一二八二年三月忽必烈和太子真金离开大都时，武将王著与僧人高和尚决定乘机除掉阿合马。王著伪装成太子，把阿合马引入圈套，迅速将其毙命。后来王著因冒充太子被忽必烈处死。阿合马被杀，朝野上下皆拍手称快。忽必烈看到民心所向，且阿合马的罪恶已全部暴露，所以也认为王著杀他『有道理』。于是，将阿合马坟墓掘开，把他的尸体弃于街头，放狗来吃。阿合马的四个儿子也都被处死，家产全部抄没。

和尚掀起盗墓狂潮——元朝（世祖）时期

佛门盛起敛财风，宋室诸陵尽扫空。
众侣伤天当大盗，头僧逆理做元凶。
悬尸控口搜珠宝，砍首偷颅制酒盅。
狂掠珍稀掘百冢，逍遥法外骇人惊。

注释

●元朝忽必烈时，崇尚佛教，时有『佛门如掌，其余如指』之说。僧人们由于受到皇室青睐，住豪宅，蓄美妾，饮酒茹荤，无恶不作。而大肆盗掘前朝皇室之墓，聚宝敛财，更风行一时，宋朝皇家陵寝几乎被扫荡一空。

●大小和尚干尽伤天害理之事，许多是披着袈裟的盗贼，而由忽必烈亲自任命的释教总统杨琏真珈则公然忤逆佛法，成为掀起盗墓风潮的元凶，在杭州、绍兴等地肆无忌惮地发掘南宋皇陵。

●一二八五年八月，绍兴会稽县泰宁寺僧人宗允等因偷盗南宋皇陵地区的树木与守陵人发生冲突。宗允向杨琏真珈进言，说宋陵墓中有奇珍异宝，杨琏真珈贪心顿起，立即怂恿僧人们前去挖掘。他们破开宋理宗的棺材，把所有随葬宝物洗劫一空。他们听说理宗临死时口中含有一枚夜明珠，便将理宗的尸体头朝下悬挂在大树上，让体内的水银流出，以寻找夜明珠。理宗的尸体在树上倒挂了三天，后来脑袋被砍下，不知所终。据说是有僧人相信得帝王的脑壳可带来好运，便将理宗的脑壳做成了酒盅，送给了杨琏真珈。

●在这场亘古未闻的掘墓狂潮中，宋代徽宗、钦宗、高宗、孝宗、光宗五帝陵墓皆遭洗劫，孟、韦、吴、谢四个皇后的陵墓也被盗掘。据不完全统计，被盗掘的南宋皇陵和大臣的坟冢达一百多座，地下珍宝散失殆尽。杨琏真珈大发横财，得到的稀世珍宝不计其数。对于杨琏真珈的累累罪行，朝中官员实在看不下去，屡屡上书弹劾，但忽必烈对其无限宽容，罪不加诛，使其逍遥法外。

水利学家、天文学家郭守敬——元朝（世祖、成宗）时期

知天懂水耀科林，福祉国家益众民。
疏引玉泉波起舞，开凿通惠舸穿巡。
制仪编历八方震，研史修说四海闻。
聪慧超拔多创造，名昭寰宇谓神人。

注释

●郭守敬，元代伟大的天文学家、水利学家，他师从刘秉忠，在天文和水利方面都颇有建树，为国家和人民的福祉做出巨大贡献，在科学界享有极高的声誉。

●郭守敬『习水利，巧思绝人』。中统三年，他受元世祖忽必烈召见，令其治理华北水利工程。他提出六条建议，深得忽必烈赞许，他说：『任事者如此，人不为素餐矣』。郭被任命为提举，负责各路河渠的整修管理，以后又被擢升为副河渠使、都水少监、都水监、工部郎中等官职。同年秋，郭守敬正式提出『开玉泉以通漕运』的具体方案，引来玉泉水增加都城内湖池川流的水量，使都城水源更加充沛，大大便利了人民生活，同时，为大都至通州北线运河的开凿奠定了基础（直至二十世纪五十年代，玉泉水还一直作为北京城市最重要水源）。郭守敬在水利方面的最

大贡献，是开凿了从大都到通州的一段运河，至元二十八年，郭守敬提出了包括兴修大都运粮河在内的十一条水利建设计划。第二年，他以太史令兼领都水监事，主持了这项工作，仅用一年半时间，就完成了一百六十里的运河和配套工程，取名『通惠河』，使南方的运粮船可一直沿着大运河直抵大都城内的积水潭码头，河道上舟船穿梭，好一派『舳舻蔽水』的景象。

●郭守敬精于天文历算，他研制了十二种天文仪器（其中最重要的是简仪和高表）。简仪成为当时世界闻名的天文测量仪，它的功用是测定天体的坐标位置，其测量精度只有西方三百年后丹麦天文学家第谷所发明的仪器才可与其媲美。郭守敬还仔细研究了自西汉以来的七十种历法，编制出新历法——《授时历》，采用了三百六十五点二四二五天为一回归年，测定地球绕日一周的时间与实际只差二十六秒，且早于和它测算相同的格里高利历三百年。《授时历》编成后，郭守敬在研究历史的基础上，集中精力从事著述，先后撰就《推步》、《立成》、《转神选择》、《时候笺注》、《五星细行考》、《仪象法式》等天文书稿十多种一百多卷。

●郭守敬智慧超群，在水利、天文诸方面多有惊人的发明创造，被元成宗誉为『神人』。他留下的一系列科学成果，为后人永远景仰。一九七八年，中科院紫金山天文台宣布一九六四年发现的『小行星（2012）1964tk2』正式命名为『郭守敬』。当代著名科学家茅以升说：『郭守敬不仅在地上闻名，而且还在天上闻名。因为月球上边有一座山，就叫郭守敬，另外太空里面有一颗星，也叫郭守敬。』

马端临著《文献通考》——元朝（仁宗、英宗）时期

倾心修史隐家园，通考典章集大全。
划类分编呈个案，抓纲带目统全盘。
顺时排序展真貌，据事论评揭必然。
卷帙浩繁多创见，流播天下胜前贤。

注释

●马端临，元代著名的史学家，以编撰制度通史而闻名。宋亡后，马端临婉拒元朝廷邀请，隐于家园，潜心读书写作，在认真研究和借鉴唐代杜佑《通典》和宋代司马光《资治通鉴》、郑樵《通志》的基础上，专心于有史以来典章制度的探讨，历时二十多年，融会诸家，独辟蹊径，终成巨作《文献通考》。

●《文献通考》上起上古，下至南宋宁宗嘉定末年，采取分门别类的方法，既呈典型个案，又做总体统揽，抓纲带目。全书共分二十四考，即二十四大类，每考前都有小序，说明著述的原则、考订的新意等。

●《文献通考》按历史时间先后顺序排列，力求呈现历史的真实面貌，但又不是单纯地排比材料，而是有叙述、有考订、有论断，将杜佑的典志体和郑樵的会通之意有机地结合起来，根据史实进行分析评论，努力探寻历史规律。

●《文献通考》卷帙浩繁，共三百四十八卷，结构新颖，多有创见。各类目之下的内容，分『文』、『献』、『考』三个层次。『文』，即叙事部分；『献』，为论事部分；『考』，为作者自己的议论部分，内容包括指点历史演变的线索、评判是非、考辨史料和解释名物等。『文』、『献』、『考』三部分有机结合，浑然一体。马端临的《文献通考》与杜佑的《通典》、郑樵的《通志》，被史家称为『三通』，在史坛上占有极重要地位。虽然他的生平事迹不被正史载录，仅见于《宋元学案》和清初《乐平县志》中的寥寥数语，但他的著作却流播天下，并被人们认为超越了著述制度通史的先贤。

铁穆耳即位——元朝（世祖、成宗）时期

太子归天位空悬，小儿得宠意承盘。
先拿玉玺标合理，再以神符指必然。
宿将拔刀宣祖训，权臣叫板定金銮。
登基竟是无能辈，遂起争锋两党团。

注释

●元世祖忽必烈生前立了真金为太子，但真金由于受到奸臣阿合马余党的诬陷（阿合马已死），说他想让皇上禅位，自己提前登基，引起忽必烈的强烈不满，致使真金险些被废。在大臣们说明这是阿合马余党的阴谋而并非真金本意后，虽使忽必烈缓解了愤怒，可真金却从此忧郁成病，英年早逝（仅四十三岁）。这样，太子之位一时出现空缺。真金死后，忽必烈已年逾古稀，接班人只能在真金的儿子中选。真金与其妻阔阔真共有三子，长子晋王甘麻刺，次子答刺麻不刺，三子铁穆耳。阔阔真最偏爱小儿子，怂恿大臣劝说皇上立铁穆耳为皇储，随即引起三个儿子之间的激烈纷争。

●忽必烈为了让铁穆耳积累掌权的资本，争取军功，便派遣他出镇北边，并委派重臣玉昔帖木儿辅行。玉昔帖木儿是

成吉思汗的四杰之一博尔术的孙子，屡立战功，深受忽必烈重用。他在受命之际，劝忽必烈把真金的旧玉玺授予铁穆耳，以正名分，标榜当太子的合理性，为以后的登基抢占先机。阔阔真又搞到一块秦朝的玉玺，上刻『受命于天，既寿永昌』八个字，以示铁穆耳将来继承皇位的必然性。

●一二九四年，忽必烈去世，宗室诸王会集上都（今内蒙古正蓝旗），议立新君，讨论了三个多月，未果。铁穆耳的大哥晋王甘麻刺也有战功，且为长子，拥有相当大的势力，成为与铁穆耳争锋的强劲力量。支持甘麻刺的宗王认为甘麻刺应是理所当然的皇位继承人。而支持铁穆耳的一派则坚持先帝已有遗言，不可更改，而且铁穆耳掌有天命之符。在大家争论不休、议而难决的情况下，一心想让铁穆耳称帝的功勋老将伯颜，手握宝剑，威风凛凛地立于阶前，大声宣读祖宗宝训，陈述立铁穆耳为帝的理由。诸王见此架势，个个吓得发抖。接着，玉昔帖木儿继续发力叫板，向甘麻刺施压说：『先帝逝世已逾三月，神器不可久虚，铁穆耳既有先帝的遗言，又有受命之符，你身为宗盟之长，怎能一言不发？』甘麻刺被逼无奈，只得勉强表态，承认铁穆耳为帝（是为元成宗）。

●史书称元成宗铁穆耳『善于守成』，其实他是个昏庸无能之辈，除了坐吃前人的遗产，并没有什么作为，即位五年，尚不知六部官员是谁。成宗一朝，政府机构庞杂，贪官污吏横行。至晚年，皇后卜鲁罕和中书右丞相哈剌哈孙各自拉帮结派，成宗一死，两大势力又为争夺皇位展开了血腥争斗。

十恶不赦的奸相铁木迭儿——元朝（仁宗、英宗）时期

攀结太后纵蝎心，叱咤五朝积孽深。
蠹政殃国欺御主，贪赃枉法害朝勋。
该惩不处仍得宠，应斩非杀复享尊。
罪恶滔天终灭顶，可惜芟草未除根。

注释

●元代仁宗、英宗年间，有一奸相铁木迭儿，此人为五朝元老，作恶多端，罪孽深重，罄竹难书，却以不倒翁著称。所以能如此，盖因他紧紧结攀了皇太后答吉（仁宗之母），以她为靠山，横行无忌。

●早在武宗时期，做云南地方官的铁木迭儿就因玩忽职守，受到处分，但被答吉保了下来。武宗死后，答吉趁仁宗尚未执政，便下旨召铁木迭儿为中书右丞相。他依仗答吉威势，欺上瞒下、蠹政害民，根本不把皇上放在眼里。同时，铁木迭儿肆无忌惮地残害朝廷勋臣。一三二〇年，仁宗去世后第四天，皇太后答吉就给铁木迭儿官复原职，又让他当中书右丞相。于是他开始大肆迫害政敌，借皇太后的旨意，把反对他的中书平章萧拜住和中丞杨朵儿只当众斩首。后来，又将弹劾他的赵世延关进死牢，逼其自杀，只是在皇上的干预下，赵方得脱离虎口。

●对于铁木迭儿这样一个十恶不赦的奸臣，朝臣恨得咬牙切齿，纷纷上书要求将其杀掉，仁宗、英宗也曾几次要将其治罪，但都因慑于皇太后的威严，又无可奈何地让他复职，使他更加胆大妄为，尽享尊荣。

●铁木迭儿排斥异己，结党营私，坏事干尽，英宗久已怀恨在心。答吉死后，英宗开始逐渐剥夺铁木迭儿的权力。不久，铁木迭儿死去，英宗仍不解愤恨，下旨砸了他的墓碑，追夺其官爵，抄了他的家，诛杀了他的党羽。但却赦免了铁木迭儿的义子御史大夫铁失。由于斩草未能除根，留下了无穷后患。

书画大家赵孟頫——元朝（世祖—仁宗）时期

鹊起吴兴罕与伦，前朝贵胄后廷臣。
哀当以往丧魂客，喜为如今得势人。
字越先师承晋脉，画逾同代领元门。
纵然纷议多褒贬，仍为大家天下闻。

注释

●元代历任官兵部郎中、集贤直学士，被封为魏国公，谥号文敏的赵孟頫，原本是宋室贵胄，为宋太祖第十一世孙。此人从小聪颖过人，读书过目成诵，为文操笔立就，并向当地名儒学经史，习作画，声名大噪，成为『吴兴八俊』之一（因其生于浙江吴兴，即今湖州），享誉士林。

●赵孟頫十一岁时父去世，十四岁以父荫补任真州（今江苏镇江）司户参军。南宋灭亡后，他无官可做，闲居家中，吟诗作画，以度时光。当时他失魂落魄，心中无限悲凉。至元二十三年，忽必烈派人寻访江南一带有名望的知识分子，许以官职。赵孟頫为了高官厚禄，便应召入朝。忽必烈心仪其英才，立即委以高官。为此，赵孟頫抚今追昔，感慨万千，庆幸自己由往日的失魂客，变为今朝的得势人，一时喜出望外，不禁挥笔写诗道：『海上春深柳色浓，蓬莱宫阙五云中。半生落魄江湖上，今日钓天一梦同。』

●其实，尽管赵孟頫在元朝做了高官，但他在政治上并无大的作为，倒是在书法、绘画等艺术领域取得了显赫的成就。他的书法迈逾唐人，而直接晋风，有人认为他『篆、籀（音：宙，即大篆）、分、隶、行、草书，无不冠绝古今』。『赵书』各体中，成就最大者首推行草，对后世影响极大，传世的代表作有《归去来辞》、《兰亭十三跋》、《赤壁赋》、《与中峰明本书》等。其楷书结体妍丽、落笔遒劲、气韵生动，有《法华经》、《心经》、《道德经》等抄本传世。赵孟頫在绘画上，堪称是有元一代的泰斗，超越同代画家，人物、鞍马、山水、花木、竹石、禽鸟，在其笔下皆栩栩如生，妙不可言。

●对赵孟頫其人，当时及后世褒贬不一。元仁宗将其比作唐朝李白、宋朝苏轼，称他『操履纯正，博学多闻，书画绝伦，旁通佛老之旨，皆人所不及』。明人何良俊在《四友斋丛说》中称他为『唐以后集书法之大成者』。王世贞在《弇（音：演）山堂笔记》中赞其『上下五百年，纵横一万里，复二王之古，开一代风气』。但也有人把赵的书法与他投元联系起来，认为其书法娟秀有余，骨力欠缺。明末的李桢伯甚至直诋赵书为『奴书』。但不管如何有争议，赵孟頫的书法、绘画成就仍在中华艺坛上享有盛名，其为中华文化做出的巨大贡献永不磨灭。

元曲大家关汉卿——元朝时期

勾栏瓦肆任逍游，杂剧抨时若涌流。

烈女鸣冤诘鬼蜮，贞姝使计挫王侯。

心憋苦水成呼唤，笔泻狂澜化诉求。

曲尽人情皆本色，满怀悲悯共民愁。

注释

●关汉卿，元代伟大的戏曲家。他身为艺人，长期生活在社会底层，出入勾栏瓦肆，表面上玩世不恭，放荡不羁，自称『盖世界浪子班头』，元人熊自得《析津志》也说他『生而倜傥，博学能文，滑稽多智，蕴藉风流，为一时之冠』，然而其内心怀有悲天悯人的情感。他文思泉涌，愤世嫉俗，以写杂剧抨击时弊，一生共著杂剧六十七部（今存十八部），其中《窦娥冤》、《望江亭》、《救风尘》、《拜月亭》、《调风月》等为代表作，被后人誉为『东方莎士比亚』。

●『一曲窦娥冤，千古关汉卿。』《窦娥冤》取材汉代流传下来的『东海孝妇』民间故事，但剧本却是以元代冤狱繁多的社会现实为依据。作者借被冤杀的女子窦娥之口，诘问天地，抨击鬼蜮，让窦娥临刑前呼出：『为善的受贫穷更命短；造恶的享富贵又寿延。天地也，做得个怕硬欺软，却原来也这般顺水推船。地也，你不分好歹何为地？天也，你错勘贤愚枉做天！哎，只落得两泪涟涟。』《望江亭》写的是才貌双全的谭记儿新寡，在女观主的撮合下，与往潭州上任的观主的侄儿白士中结为连理。可杨衙内早就看上了记儿，欲纳其为妾。因此，杨衙内暗奏圣上，请得势剑金牌，前往潭州欲取白士中首级。白得知消息，一筹莫展。谭记儿想出妙计，扮渔妇于中秋在望江亭把杨衙内灌醉，将势剑金牌窃走。这下子杨衙内想绑缚白士中已无凭据，白士中出示金牌，说有渔妇告杨衙内对其无礼。等到杨衙内再见到记儿，方知中计。后杨衙内被惩办，谭记儿与白士中夫妻和美。类似这样的杂剧，均指向黑暗的世道，具有强烈的批判意义和震撼人心的力量。

●『世上波澜涌笔底，民间疾苦入戏文』，关汉卿始终站在民众的立场上，以民苦为己苦，以民难为己难。他浩如烟海的戏文，全部是为民发声，替民诉求。

●近代学人王国维在《宋元戏曲考》中称：『关汉卿一空依傍，自铸伟词，其言曲尽人情，字字本色，故当为元人第一。』、『即列之于世界大悲剧中，亦无愧色也。』

巅峰之作《西厢记》——元朝时期

一部西厢冠美名，奇词妙韵绽风情。
溶溶月色春心切，寂寂花荫爱意浓。
墙外拨弦传海誓，闺中书简订山盟。
驱云见日结连理，动魄牵魂至永恒。

注释

● 元朝杂剧大家王实甫所著《西厢记》（全名为《崔莺莺待月西厢记》）被称为北曲夺魁、压卷之作。《西厢记》故事最早见于唐代诗人元稹所著传奇《莺莺传》，宋代赵令畤（音：志）将它改为鼓子词《崔莺莺商调蝶恋花》，后经金人董解元以诸宫调形式写成《董西厢》，至元代，王实甫用戏曲的形式将这一故事演绎到了极致。

● 《西厢记》中写道：洛阳书生张珙赴长安赶考，路过河中府看望同窗好友白马将军，顺便游览普救寺时与崔莺莺相遇，惊其艳丽而生情，遂借寺中暂住。张生与莺莺所住仅一墙之隔。一天晚上，莺莺与侍婢红娘在园中烧香祷告，张生隔墙高声吟诗：『月色溶溶夜，花荫寂寂春。如何临皓魄，不见月中人？』莺莺听到后立即和道：『兰闺久寂寞，无事度芳春。料得行吟者，应怜长叹人。』二人相互唱和，彼此即生爱恋之情。

●张珙借白马将军之力退贼孙飞虎后，崔夫人却食言，只让张生与莺莺以兄妹相称，张生因此致病。红娘出谋，让张生在墙外月下弹琴，打动莺莺。红娘又代传闺中莺莺的书简，相约幽会西厢，终于海誓山盟，私订终身。

●崔夫人得知此事，拷问红娘，红娘以实告之并晓以大义，崔夫人在万般无奈之下，又逼张生上京应试。后来，张生果然金榜题名，回到普救寺，与莺莺结为连理。王实甫以超人的艺术表现力，把张生与莺莺的爱情故事写得令人动魄牵魂，引起世代青年男女的强烈共鸣，让爱情这一永恒的艺术主题升华到一个无与伦比的新境界。

英宗（硕德八剌）南坡殒命——元朝（英宗）时期

外显温柔内寓刚，嗣承执柄勇担当。
排除太后开新制，整饬权臣改旧章。
去患非防他起叛，求兴未料自生殃。
南坡殒命凶奸乐，顺水推舟即坐庄。

注释

●元武宗海山即位时曾与母亲和胞弟约定『兄终弟及，叔位相继』（他死后由其弟即位，其弟仁宗死后，仍传位给武宗的儿子）。可仁宗后来想到要把皇位传给侄子，心有不甘。皇太后答吉和奸相铁木迭儿看到武宗的儿子和世涑性格刚强，恐日后难以驾驭，而仁宗之子硕德八剌看上去温良礼让，为以后能控制和好对付，便力主立硕德八剌为皇太子。仁宗死后，硕德八剌即位，是为英宗。其实，硕德八剌外表柔顺，内心却极有主见。继承皇位后，便大展身手，首先任命开国元勋木华黎的后代、有志于以儒道治天下，且在朝廷内外威信很高的拜住为中书右丞相，挣脱以答吉为首的恶势力的束缚，按照自己的想法经国理政。

●英宗即位之始，其祖母答吉仍劣性不改，屡屡干涉朝政，但英宗绝不像其父仁宗那样唯命是从，而是坚决排除干扰，自作主张。答吉曾要求新帝罢黜旧臣，重用她的亲信，英宗则说：『先帝旧臣，岂宜轻动？』答吉为一些贪赃枉法的官吏说情，英宗则说：『法律为天下公器，如果改重从轻，徇私包庇，如何能正天下？』气得答吉咬牙切齿地骂道：『我当初算是瞎了眼，真不该扶这浑小子上台。』从此闷闷不乐，不久便死去。铁木迭儿和答吉相继病死，英宗着手实行新政：大胆起用儒生，裁除冗官，减轻徭役，制定新法律《大元通制》。同时，整饬权臣，取消贵族特权，使朝廷呈现出新气象。

●由于英宗实行了一系列新政措施，直接触犯了大批蒙古、色目贵族的世袭特权，也使贪官污吏十分恐惧。英宗为消除后患，在追究铁木迭儿罪行的同时，对其余党进行清算，铁木迭儿的义子铁失惶惶不可终日，便决定孤注一掷，准备发动政变。而对这一动向，英宗却缺少必要的防备。铁失知道自己当不上皇帝，便选中了镇守漠北的晋王也孙铁木儿，与其勾结在一起，图谋皇位。元朝皇帝每年夏天都要离开大都（今北京）到上都（今内蒙古正蓝旗）去避暑。一三二三年八月五日，英宗自上都返回大都途中，在离上都西南三十里的南坡店宿营，随行的有拜住和铁失。铁失抓住这一机会，纠合一伙对英宗不满的蒙古亲王，于夜间对英宗下了毒手。他们闯入英宗的寝殿，铁失在榻前亲手将英宗杀死。这样一种悲惨的局面，英宗生前是没有料到的。

●一代明主元英宗硕德八剌在南坡店被叛臣所杀，这正中晋王也孙铁木儿的下怀，他早就觊觎皇位，当铁失与其策划阴谋时，他一方面愿与其同流合污，另一方面暗中派人去上都告变。他知道这样一旦不成，可脱离干系。又因从漠北到上都路途遥远，信使在途中时即可知晓成败。此时，政变成功，他得知英宗死讯当然乐不可支，于是便顺水推舟，于九月初宣布即帝位，是为泰定宗。至此，也孙铁木儿的野心得以实现。

因皇位明宗被毒而死——元朝（明宗）时期

稍虚御座眼皆红，大动干戈壁垒明。
二帝并存分领主，两都相峙各争雄。
方息血雨尘埃散，又起腥风雾水濛。
汗帐投毒君丧命，复得龙椅再执廷。

注释

●一三二八年元泰定帝死于上都（今内蒙古正蓝旗），消息传到大都，武宗的宠臣、手握重兵的燕铁木儿决定发难，不立泰定帝之子为帝，却拥护武宗的后代登基。八月初四黎明，燕铁木儿带十七人手持利刃闯入百官正在集会的兴圣宫，大声吼道：『武宗皇帝的后代早就该继承大统，怎可一误再误？今日皇位应当物归原主了，谁敢反对，格杀勿论！』说罢，将泰定帝的亲信全部逮捕投入大牢，并派人到江陵迎接武宗的次子图帖睦尔即位。此时，正在上都的泰定帝的心腹、中书左丞相倒刺沙闻讯即刻调兵遣将，向大都发起进攻。一时间两方势力壁垒分明，一场争夺皇位的战争随即爆发。

●九月，燕铁木儿率诸大臣跪请图帖睦尔『早正大位，以安天下』。图帖睦尔担心在北方拥有重兵的长兄周王和世㻋，不敢贸然行事。后在燕铁木儿的劝说下，正式即位，改元天历，是为文宗，并假惺惺地承诺，将来再把皇位让给大哥。听说武宗的儿子图帖睦尔登基，倒刺沙也赶紧在上都拥立泰定帝九岁的幼子即皇位。这样，一国之内，出现了二帝并存、两都（上都、大都）相峙的局面，两派各拥一帝，互不相让，残酷厮杀。

●上都兵力雄厚，大都的兵力更精。燕铁木儿亲自领兵，几次挫败对方向大都发动的进攻。正当上都兵倾力南下时，燕铁木儿的叔叔不花帖木儿乘虚进围上都，留守的倒刺沙投降，文宗处死了倒刺沙等人，内战总算结束。文宗即位后，按原来的约定，邀请长兄和世㻋来京，并请和世㻋做了皇帝，是为明宗。可不久明宗忽然『暴崩』。其实，这是同系之中的又一场残杀，只不过未明火执仗，而是暗中操作而已。

●原委如是：明宗为帝后，封其弟文宗为皇太子，政权的交接似乎异常平稳。明宗起驾向大都出发，途中遇前来迎接的文宗，兄弟二人互叙欢情，明宗设宴，君臣诸王喝得欢天喜地。可过了四天，明宗却不明不白地死于帐中。这时，燕铁木儿好像早有准备，立即冲入帐内，强索皇帝玉玺，然后匆忙扶文宗上马，向大都急驰而返。回到大都后，对外宣布明宗『暴崩』，文宗再次坐上龙椅。后经史家考证，明宗的『暴崩』，很有可能是由文宗和燕铁木儿精心策划，投毒致其而死。

脱脱大义灭亲——元朝（顺帝）时期

佞相专权乱纪纲，骄横跋扈甚嚣张。
欺凌君主行邪恶，加害朝臣造祸殃。
恣肆攫财求掠尽，疯狂排汉欲杀光。
亲侄秉义除妖孽，古往今来有几桩？

注释

●元顺帝年间，右丞相伯颜（不是元初世祖忽必烈年间『马踏临安灭南宋』的那个伯颜）独专相权，加号为大丞相。此人初任丞相时辅佐顺帝，做了一些好事。随着权力的增大，日益骄横跋扈，甚为嚣张，大乱朝廷纲纪。

●伯颜凭借自己的权力，恣行无道，上欺君主、下害朝臣，出行时警卫仪仗前呼后拥，气派之大，连皇帝也相形见绌。他不通过皇上，随意擒杀和贬损官员，搞得朝野上下一片肃杀。

●伯颜贪得无厌，大肆敛财，无以复加。谁要想升官，必先向他行贿，只要行了贿，不论是平庸之辈，还是奸佞之徒，都可得到提拔。否则，便晋升无望。他还肆无忌惮地把缴给国家的贡赋据为己有，以致世人说『天下贡赋尽入伯颜家』。作为蒙古贵族，伯颜极端仇视汉人，欲采取灭绝人性的排汉行动。特别是他听巫师的算命，说他要死在南方人手里，就更对汉人恨之入骨。他下令南人不得执持兵器，北人殴打南人，南人不得还手，并禁止汉人学习蒙古文字。当时，广东等地爆发起义，他看到多数是汉人，便向皇上建议，杀光张、王、刘、李、赵姓的汉人，好在顺帝没有答应。

●伯颜无恶不作，引起朝廷众官员的极大愤慨，顺帝也极为恼火。此时，被伯颜自幼收养的亲侄子脱脱，看到伯父如此胡作非为，亦激愤难平。他在自己的汉人老师吴直方的指点下，下决心大义灭亲。一三四〇年二月，伯颜出城打猎，脱脱封锁京师城门，奉顺帝命下诏，列举伯颜罪状，驱逐伯颜，贬为河南行省左丞相。后来，伯颜死于上任途中的驿站。值得称赞的是，脱脱作为从小就被伯颜抚养、视为己出的亲侄子，能为国家大计而秉义灭亲，着实难得。

玩物丧国——元朝（顺帝）时期

军国诸事弃一边，无视濒危恣纵欢。
巧制龙舟装殿宇，精雕宫漏设机关。
开掘地道蹂花苑，编创天魔戏柳烟。
大祸临头逃命去，悲凉寂灭毁江山。

注释

●元朝后期政局黑暗已极，至元顺帝时整个国家机器已腐朽不堪，各地民变此起彼伏，国家已濒于极其危险的境地。在这种情况下，身为天子的元顺帝，却把军国大事弃于脑后，荒朝怠政，整天沉醉于寻欢作乐之中，玩得花样百出，耗费巨额资财，把祖宗留下的家底败得精光。

●时人称顺帝为『鲁班天子』，他不顾京师饥荒、瘟疫流行，甚至发生父子相食的惨状，整日在后花园中设计制造龙舟。他设计的龙舟，长一百二十尺，宽二十尺，上面修筑豪华殿宇，龙身和殿宇披金挂银，五彩纷呈。船前装有两个巨大龙爪，船两边有二十四个撑篙的水手。船在皇家花园的湖泊中往来行驶，龙头、龙尾、龙眼和龙爪都会随之舞动，状如真龙戏水。顺帝还精雕细琢，制造了极为精致的宫漏（报时器），高达六七尺，内设复杂机关，以水为动力。有手执报时筹码的玉女，她身旁列有两个金甲神人，一个托着金钟，一个手握金锤。正点一到，玉女便会浮出水面，金甲神人即把金钟敲响，准得分毫不差。《元史》称：『其精巧绝出，人谓前代所鲜有。』

●顺帝极端荒淫，他请喇嘛僧人到宫中教房中术，并听从恶僧『人生几何，及时行乐』的劝导。为肆意宣淫，他在清宁殿四周建起百花宫，五天换一个地方，并在殿中挖地道，直通艳女住处，不分昼夜，淫荡寻欢。他还编创了『十六天魔』的舞蹈，挑选出十六个能歌善舞的宫女，在龙笛、头管、小鼓、筝、胡琴、响板、笙、琵琶等乐器的伴奏下，搔首弄姿，轻歌曼舞，自己则如醉如痴，似进烟花柳巷，坠入五里雾中。

●顺帝耽于淫乐，不理国事，而农民起义的烽火已燃遍大江南北。朱元璋扫平群雄，于一三六八年正月在应天府（今南京）建立大明。七月，大将徐达兵临元大都城下。顺帝深知气数已尽，不顾臣僚阻拦，仓皇弃城出逃。八月二日，明军攻入大都，元朝灭亡。两年后，顺帝因病死于应昌（今内蒙古克什克腾旗）——他堪称历史上玩物丧国的典型。

『墨王』王冕——元末明初时期

昼牧夜读勤治学，柴门脱颖世堪绝。
赏官辞就守方正，求画拒出讥诡邪。
隐迹荒山离腐臭，插花野岭酿高洁。
痴梅傲骨流清气，寒玉凝香溢砚碟。

注释

●王冕，元末明初杰出画家、诗人。他出身贫寒，聪颖过人，三岁时就能作诗，被时人誉为神童。王冕学习十分刻苦，因生活清贫，常常白天放牛，夜间读书，终于学有所成。在诗歌和绘画上颇有成就，特别在绘画方面，雪、月、风、烟各显奇态，尤以墨梅名世，而无骨梅花更是艺术独创，堪称一绝，人称『墨王』。

●王冕也曾钟情于仕途，但由于屡试不第，于是避离官场，以卖画养家糊口。后来，他卖画积累些钱，便外出壮游，先后到过杭州、南京，并北上大都。在京城他客居蒙古官僚泰不花家，泰不花见其才识，有意收他为幕僚。但王冕力辞不就，恪守方正，因为他看到国势衰微，『眼下这里虽是灯红酒绿，再过几年，此地也可能沦为狐兔出没之地』。当时，有一翰林学士危素仰慕王冕的画，登门向王冕求画，他白眼以对，坚定拒绝。原因是，他通过看危素的文章，觉得危素这个人心术不正，有一股诡邪之气。见其人观其行为举止后，更觉得危素很不地道，于是让他碰了一鼻子灰。

●王冕大都之行，进一步看透了朝廷的腐败，经常对人大言『天下将乱』。人们把他视为狂生，王冕毫不在乎，还效仿屈原，缝制一顶高帽和一件大袍，驾着牛车，挂着木剑，唱着山歌，四处游荡。有朋友欲荐其为府吏，他回绝道：『我有田可耕，有书可读，岂肯送公文，听他人的使唤？』后来，父母去世，王冕干脆隐居深山，远离腐朽世道。他在山上植下千株梅花，并夹以桃杏，自号『梅花屋主』，白天种田，晚上作画，过起与世无争的隐居生活。

●王冕自题所画的梅花：『吾家洗砚池头树，朵朵花开淡墨痕。不要人夸好颜色，只留清气满乾坤。』这正是他人生品格的真实写照。王冕痴情画梅，花枝取直不取曲，梅干劲遒，尽自然之本性，反映出他清高拔俗，孤傲正直的禀性。正如有诗所云：『画梅须高人，非人梅则俗。会稽煮石农，妙笔绘寒玉。』明代大画家徐渭对王冕推崇备至，不但学他画梅，而且学其为人。徐渭曾凭吊王冕墓，作诗道：『君画梅花来换米，予今换米亦梅花。安能唤起王居士，一笑花家与米家。』

官逼民反，红巾起义——元朝（顺帝）时期

万类凋零满目残，哀鸿饿殍遍荒原。
石人谶语一只眼，黄水汹涛百丈澜。
怒火连天掀塞北，红巾漫野扫江南。
求平未至纷称帝，倒使小僧夺御銮。

注释

●元朝至顺帝时，因社会政治腐败而使国家处于崩溃的边缘，百姓苦不堪言，『死者枕藉于道，哀苦之声闻于天』，处处民怨沸腾，纷纷揭竿而起。

●至正十一年，在颍州（今安徽阜阳市）黄陵冈的开河工地上，劳工们掘出一独眼石头人，背上居然刻有文字，众人围上，看到写的是『莫道石人一只眼，此物一出天下反』。联想到近来到处流传的『石人一只眼，挑动黄河天下反』的说法，大家惊呼，这不是天要亡元吗？改朝换代，此其时也！独眼石人当然不是老天埋在地里的，而是对当局不满的人所为。不过自古以来，民意就是天意，于是，在颍州随即爆发了以韩山童、刘福通为首的农民起义。当年五月，韩、刘宣称『弥勒佛降生，明王出世』，聚众三千，杀黑牛白马，誓告天地，共推韩山童为明王，以红巾为

号，向元廷发起了猛烈进攻。

●一时间各地纷纷举起义旗，义军指出当前社会『贫极江南，富称塞北』。徐州萧县的李二，迅速组织一支十多万人的义军，占领了战略要地徐州及周边地区，使北方的元政权惶惶不可终日，而江南红巾遍野，呼声动地，连克武昌、江陵等地，并一路顺江而下，攻取长江中下游众多州县，随后又进军福建和浙西，攻陷江南重镇杭州路（今杭州）。

●起义军的各股力量，当时都是打着为天下『求平』的旗号来造反的，『天遣魔军杀不平，不平人杀不平人。不平人杀不平者，杀尽不平方太平』是他们的口号。但由于义军各有自己的目标，都想过一把皇帝瘾：有的要重开大宋之天，有的称国号为『大周』；有的改国号为『汉』；有的加国号为『大夏』，一时间，各路首领纷纷称帝。结果是不平未除，却造成了『你方唱罢我登场』的乱局。此时，倒是出身皇觉寺的小和尚朱元璋，在郭子兴部逐渐崭露头角，采取『缓称王』的策略，后发制人，终于扫平群雄，于一三六八年在应天（今南京）称帝，建立明朝，并于同年北伐，攻克大都，荡灭元廷，真正坐稳了皇帝的宝座。

史海游吟

千首七律咏国史

（三）

张矛◎著

中国社会科学出版社

图书在版编目（CIP）数据

史海游吟：千首七律咏国史：共五卷\张矛著．—北京：中国社会科学出版社，2018.9

ISBN 978-7-5203-1221-9

Ⅰ．①史…　Ⅱ．①张…　Ⅲ．①中国历史—古代史—通俗读物　Ⅳ．①K220.9

中国版本图书馆 CIP 数据核字(2017)第 256665 号

出 版 人　赵剑英
责任编辑　熊　瑞　张　湉
责任校对　郝阳洋
责任印制　戴　宽

出　　版　中国社会科学出版社
社　　址　北京鼓楼西大街甲 158 号
邮　　编　100720
网　　址　http://www.csspw.cn
发 行 部　010-84083685
门 市 部　010-84029450
经　　销　新华书店及其他书店
印刷装订　北京君升印刷有限公司
版　　次　2018 年 9 月第 1 版
印　　次　2018 年 9 月第 1 次印刷
开　　本　710×1000　1/16
印　　张　142
字　　数　1618 千字
定　　价　598.00 元(全五卷)

目　录

西晋

十六国时期

东晋

南北朝时期

隋

唐

西晋

司马炎建立西晋王朝——西晋（武帝）时期

司马效曹如法因，攫宫绥就予儿孙。
关城举变藏毒计，战殿行杀露野心。
假作谦推即禅位，真行暴抢立夺尊。
改朝为晋更年号，重启统一消乱纷。

注释

● 泰始元年，晋武帝司马炎从魏元帝曹奂手中接过政权，建立了西晋王朝。早在十六年前的嘉平元年（二四九），司马炎的祖父司马懿发动政变，实际上就控制了魏国政权。但他像当年的曹操一样，自己不称帝，而是为后代做准备，待时机成熟再让儿孙们登基。

● 景初三年，魏明帝曹叡病死后，年仅八岁的齐王曹芳即位，司马懿与大将军曹爽共同辅政。司马懿见曹爽势大，便大施诡计，在家装病，并提出要退居闲职，致使曹爽上当，放松了警惕。嘉平元年，曹爽伴随曹芳去洛阳城南高平陵祭祀明帝，司马懿趁机关闭城门，发动政变，之后，把曹爽一家全部杀光，将魏国政权攫到自己手中。司马懿死后，由儿子司马师掌握大权。过了三年，他废掉曹芳，另立十四岁的曹髦为帝。次年司马师死，其弟司马昭当政。

他飞扬跋扈，凌驾于皇帝之上，曹髦不甘忍受，于景元元年五月七日，下令殿中宿卫军士和侍从攻讨司马昭。司马昭的亲信、掌握禁军的中护军贾充带兵迎战，其部下将皇帝曹髦一戈刺死。大殿血战后，司马昭又另立曹奂为帝（曹芳、曹髦、曹奂都是少年登基，史称『三少帝』）。至此，司马昭之心，路人皆知，他要称帝的野心已呼之欲出了。

●可正在司马昭准备篡位当皇帝之时，他突然大病不起，一命呜呼，这样，篡位的事就落到了他的儿子司马炎的头上。咸熙二年，司马炎经过周密策划，让魏帝曹奂仿效尧舜，下诏『禅让』帝位，他自己假装谦恭推让了一番，便半推半就地登上了皇位。这个皇位实际上是靠暴力抢来的。

●司马炎建立的王朝史称西晋，从此，三国纷争基本结束，再次开启了统一的局面。二〇八年，西晋攻下建业（今南京），吴国灭亡。至此，司马氏终于完成了统一大业。

羊祜与『堕泪碑』——西晋（武帝）时期

辞宗世表大名恢，尽把终生付统归。
坐镇襄城昌武运，怀柔吴地盛军威。
挺身求战推良善，负恙陈疏斥恶非。
壮志未酬衔憾去，万民垂泪树丰碑。

注释

●羊祜，字叔子，西晋武帝时期的镇南将军。他文武兼备，品德高尚，被时人称为『文为辞宗，行为世表』（著有《老子传》一书），比作孔子的弟子颜回。西晋建立后，羊祜与晋武帝筹划灭吴，尽心竭力地为实现统一大业奋斗不息，直至生命的最后一刻。

●泰始五年，羊祜上书司马炎，提出六路灭吴之计，次年被任命为都督荆州诸军事，坐镇襄阳（今湖北襄樊市），长达十年之久。他在襄阳，开屯田，储军粮，壮武备，大力发展生产，为灭吴做了各方面的充分准备。同时，对东吴军民采取怀柔政策，争取民心，连与其对峙的吴国主帅都为之悦服，为日后灭吴创造了良好的外部条件。

●羊祜始终把灭吴作为自己坚定不移的目标，加紧作军事、经济、政治等方面的准备。他认为伐吴必定要借助长江上游之势，因此推荐良将王濬（音：俊）监益州诸军事，秘密造船，以待进攻之用。在一切准备就绪后，羊祜分析晋、吴双方态势，上表谏议乘吴主孙皓大失民心之机，开始灭吴行动。却遭到了以太尉录尚书事贾充为代表的保守派的非议和强烈反对，使他的战略受阻。但羊祜仍然执着地上谏，带病到洛阳面陈伐吴之策，终因保守派的干扰，伐吴之举仍未得实施。

●羊祜伐吴的宏图壮志还没有来得及实现，便于五十八岁不幸病逝。他去世时，正逢襄阳人集市，百姓闻之，自动罢市，人人失声哭泣，就连吴国边境上的士兵也流泪不止。感于羊祜生前的高尚品德和盛大功绩，襄阳百姓为其建庙，并立了碑，每逢清明，人们络绎不绝，前来祭扫。面对他的墓碑，人们常会情不自禁地伤心落泪，因此后人把为羊祜立的碑称为『堕泪碑』。

政治家、军事家、大学者杜预——西晋（武帝）时期

学富能强誉美称，竭心一统善谋兵。
奇袭悍将惊吴主，厉斥胡言震晋宫。
奏表请缨求北讨，挥师克塞领西征。
注疏集解三十卷，唐释清修据此宗。

注释

●杜预，字元凯，西晋著名的军事家、政治家、科学家、学者。他通晓经学、礼制、历法、律令、算术和工程，同时擅长军事谋略，时人送其外号『杜武库』。羊祜病重期间，推荐杜预代替其职，从此，杜预便继承羊祜的遗愿，致力于西晋的统一大业，开始了讨伐吴国的一系列行动。

●杜预上任伊始，就出其不意地突然发兵奇袭吴国驻防西陵的名将张政，大获全胜，使吴主孙皓大为吃惊。杜预估计张政吃了败仗会隐瞒不报，就故意将俘获的吴军将士归还吴国。孙皓闻之，火冒三丈，立即将张政调离，用一个平庸之辈留宪接替了张政。这样，杜预就轻而易举地搬走了悍将张政这块拦路石。咸宁五年十一月，晋举六路大军，东西万里，水陆并进，向吴进攻。第二年正月，晋军王濬率八万巴蜀水军，攻破吴军江上封锁，占领许多城池，并

一举攻克西陵（今湖北宜昌附近）杀死吴都督留宪。这时，杜预使兵八百，乘夜渡江袭击乐乡（今湖北松滋），在巴山上插了许多旗帜，并燃起火把，吴军以为晋国大军已飞渡长江，便纷纷溃逃。不久晋军又攻克江陵。在这样十分有利的形势下，保守派贾充等却出来阻挠，说吴为百年强敌，不可能一下子消灭，企图让杜预就此罢兵。杜预据理力驳说：『战国时燕国大将乐毅凭借济西一战打败了强大的齐国。当今战士士气高涨，如同刀劈竹筒，劈开头上几节，以下自会迎刃而解，再无碍手之处，还要等待什么？』杜预『势如破竹』的一番话语，使满朝震动，于是，信心倍增，决心乘胜前进，一举灭吴。

●杜预在打败张政的第二年，曾两次上表要求北伐。太康元年，又统兵西征，攻克要塞江陵（今属湖北），之后沿江而下，进入秣陵，取得了一系列平吴的巨大胜利。

●杜预立功之后，耽思经籍，注疏和撰写《春秋经卷集解》三十余卷和《春秋释例》等，在文字训诂、文义诠释及制度、地理说明等方面均有独到之处，成为历史上有很高学术价值的鸿篇巨制。后来唐代修《五经正义》、清代修《十三经注疏》，均以杜预的《集解》为宗脉、基础。

晋武帝荒淫无度——西晋（武帝）时期

依凭父祖坐江山，不懂先人创业艰。
烽火方熄即怠政，云霓初现便寻欢。
吴宫月貌拥怀里，晋域花容揽榻边。
令女选前皆勿嫁，羊车游幸命归天。

注释

●门阀贵族出身的晋武帝司马炎，是靠祖父司马懿和父亲司马昭而登上皇帝宝座的。他虽然在统一全国、安定社会方面有功绩，但他实际上并不懂得前人创业的艰难，最终成为一个骄奢淫逸的君主。

●平定吴国实现统一的烽火刚刚熄灭，社会稳定繁荣的局面刚刚显现，司马炎就荒废政事，堕入了淫乐无度的泥沼之中。晋书评论他说：『明达善谋，能断大事，平吴之后，遂怠于政术，耽于游宴。』

●司马炎的荒淫集中表现在选美女上。他多次下诏选美人充入后宫。灭掉东吴后，把吴宫中原属孙皓的五千多美女尽数收来，加上他在全国各地遴选的，后宫美女竟有三万多人。

●司马炎下诏选美，专找纯洁处女，为此，他命令天下女人在他选定前，一律不准出嫁。由于美女不可胜数，每夜不知上哪家好，他就坐着羊拉的华丽宫车，随它拉到哪家门口，就在哪家过夜。宫女们为了引来羊车，就在自己的门口插上羊喜欢吃的竹叶，又在路上洒羊爱舔的盐，后来，家家都这样做，弄得羊也不知去哪家好了。司马炎终因荒淫过度，于太康十年一命呜呼，死时年仅五十五岁。

豪门斗富——西晋（武帝）时期

太康之治始兴初，遂卷奢风世骇殊。
国舅丝绸拉步障，权臣香料抹宅屋。
你标高贵出一树，我炫荣华展六株。
顿饭万钱无啖味，豪门欢笑庶民哭。

注释

●西晋统一全国后，出现了太康年间（十年时间）经济发展、人民安居乐业的局面，史称『太康之治』。但由于西晋是代表士族大家的政权，本身必然腐朽。国家稍有起色，享有种种特权的达官显贵们，便掀起了一股处处追求豪华、斗富赛奢的狂潮，其行径亘古绝有，令世人心惊发指。

●西晋最富者有三：一是羊琇（司马师妻景献皇后的堂弟，官至中护军、散骑常侍），二是王恺（司马昭妻文明皇后的弟弟，晋武帝的舅舅，官至后将军），三是石崇（开国元勋，曾任散骑常侍、侍中、荆州刺史）。此三人，生活极其奢靡，并常在一起相互斗富比赛。国舅王恺拉起长达四十里的丝绸步障，用来遮挡尘土，石崇就用织锦花缎做步障，超出王恺十里。石崇用香料（花椒）和泥抹墙，王恺不服气，就用赤石脂（一种贵重药材）涂墙，色彩红亮，像蜡一样细腻、有光泽。

●晋武帝为了支持王恺斗富，特地送给他一株高有二尺的珊瑚树，王恺拿着它在石崇面前炫耀，石崇用铁如意当场将其打碎，然后取出六株高达三四尺的珊瑚，让王恺任选一株，以作赔偿。经过这番较量，王恺自叹弗如。

●当时的世家大族挥金如土，奢华至极，衣服车马都极其华贵，吃的更是山珍海味。太尉何曾，每天的伙食费就要上万钱，还说没有什么可下筷子吃的。其子何劭更是奢侈成性，日食费用超过其父一倍。豪门为了显富、斗富，大力搜刮民脂民膏，人民越来越苦不堪言，西晋短期而亡，势在情理之中。

金钱崇拜风——西晋（武帝）时期

下浸豪族上染皇，痴钱醉帑似癫狂。
朝臣守富绝亲友，国主贪财忘庙堂。
昔可卖官充府库，今能鬻位饱私囊。
嗡蝇职场如商市，社稷江山怎久长？

注释

●西晋是门阀贵族政权，他们生活放荡奢侈，需要大量钱财作支撑。因此，拜金爱钱之风，浸染上到皇帝、下到豪族的整个权贵阶层，几乎达到疯狂的程度。

●他们为了钱财，可以六亲不认，忘记国家，不顾廉耻，糟蹋朝廷。司徒王戎，属『三公』高官，他通过霸占、掠夺暴富后，每天不停地拨着算盘，生怕人家少给他钱，并极度吝啬。他的女儿出嫁，借了他数万钱，没有按时还上，女儿回娘家他便不理不睬，直到女儿把钱还了，他才露出笑脸。他的侄子结婚时，他只送了一件单衣，婚后却又向侄子讨回。他家的李子树品种好，果子大，他怕别人买去种后和自己竞争，竟然把果核钻洞后再卖。不仅权臣爱钱如命，就连皇帝也毫不逊色，为了穷奢极欲，武帝可以不顾体统、不择手段地大肆敛财。

●晋武帝敛财的一个招法就是卖官鬻爵。卖官鬻爵在汉代末期的桓帝、灵帝时曾有过，但他们卖官得来的钱充了府库，而晋武帝卖官得到的钱却饱了私囊。

●整个西晋的官场就像商品市场一样，什么官都可以买，什么官都可以卖，朝廷蝇营狗苟，腐朽昏暗，江山社稷短命也就不足为奇了。

鲁褒写『钱神论』——西晋（武帝）时期

精析透论去迷蒙，痛刺拜金揭丑形。

闹市囊虚罗燕雀，深山袋鼓聚宾朋。

冤情不洗因钱短，罪案能销靠币盈。

贵贱尊卑由此定，众人崇奉若神灵。

注释

●西晋武帝时期，社会上兴起了一股拼命追逐钱财的腐朽之风。针对这种情况，南阳人鲁褒写了一篇《钱神论》，形象深刻地剖析了追求、崇拜『钱』而引发的种种丑恶现象，如一把利剑，痛刺时弊，大快人心，一时间，大街小巷，人们争相转抄、传诵。

●鲁褒以有钱人和没钱人作对比，从各个侧面揭露了拜金思想导致的腐败。他指出，在当时的社会，你口袋里没钱，即使身居闹市，也是门可罗雀，无人问津；你囊中钱厚，纵使居在深山，也能宾朋满座。

●他还指出，由于人们迷恋钱财，所以『有钱能使鬼推磨』，你虽然有冤情，但没钱冤便得不到昭雪；你使上了钱，即使作恶多端，也可以消灾免祸，逍遥法外。

●鲁褒列举了大量事实说明，在那个昏暗的社会中，贵贱尊卑都是由有钱多少决定的，钱多可以当大官，钱少只能当小官，无钱什么官也别想做。所以，世人对钱都顶礼膜拜，奉为神灵。（这与马克思在《资本论》中阐述的货币拜物教有异曲同工之妙）一个社会到了这种程度，它的覆灭也就指日可待了！

贾充嫁女——西晋（武帝）时期

受命督师恐不归，合谋议嫁巧辞推。
贿通皇后压娴女，诱骗君王捧恶妃。
丑妇偷情极享乐，俊郎当宠备遭摧。
煞痴一对专朝政，大晋江山见式微。

注释

●贾充，西晋大臣，袭父爵为侯，拜尚书郎，后任黄门侍郎、典农中郎将，再后来，官至尚书令、车骑将军，是晋武帝司马炎的亲信。此人一向巧言令色，奉承拍马，善搞阴谋。泰始五年，他被任命都督秦、凉二州诸军事，主持西北战事。但他并不想离京赴任，更怕永不归朝，可又不好公开拒绝。于是，便与同党中书监荀勖等人秘密合谋，想方设法将自己的女儿贾南风嫁与太子，以求得巧妙推托任命、避免离京。

●晋武帝原打算要太子娶镇北大将军卫瓘的女儿。贾充为了达到目的，便指使妻子郭槐去贿赂杨皇后及她身边的人，怂恿他们去说服武帝改变主意。卫瓘的女儿本来贤良、貌美，而贾充之女南风身材短小，皮肤黝黑，十分丑陋，且心术不正。但他们却硬说贾南风才色绝世，素有美德，比卫瓘的女儿强得多。由于这些人的不断劝说和诱骗，晋武帝最终同意了娶贾南风为太子妃。

●贾南风入宫后，其生性淫荡而残忍的面目随即暴露无遗。她见太子喜爱一个宫女，妒火中烧，竟然用戟掷向她怀孕的肚子，使胎儿落地而死。太子即位（是为晋惠帝），贾南风被立为皇后，她的淫荡本性变本加厉。她在与太医令程据通奸的同时，还不断把亮丽俊俏的健美少年引入宫中，与其寻欢淫乐。为了掩盖自己的卑劣行径，她常在淫欢后将玩弄过的健美少年秘密杀害。当时许多少年就是这样死于非命。

●晋惠帝司马衷是一个愚蠢如猪的白痴，而他的皇后贾南风又是一个淫荡成性的凶神恶煞，西晋江山由这样一对夫妇掌控，瞻念前途，不言自明。

白痴太子司马衷——西晋（武帝）时期

蠢拙如豕甚低能，执掌军国逆理情。
傻气惊天询庶馑，愚言骇地问蛙鸣。
凶妃掩假蒙君目，良相披真怒主容。
本是痴呆还嗣位，只因一脉必接承。

注释

●司马衷，被晋武帝于泰始三年立为太子。此人从小就蠢拙如猪，智能甚低。他被立为太子，就意味着将来接班做皇帝。靠这样一个人来执掌军国大权，其局面可想而知。

●有一年发生饥荒，许多百姓被活活饿死，侍从向司马衷说及此事，他却傻里傻气地问道：『百姓肚子饿，为什么不吃肉糜粥？』此言一出，朝廷震惊，无不啼笑皆非。一天，司马衷在华林园玩耍，听到蛤蟆叫，他便问左右侍从：『它们这么叫是为了官家还是为了私家？』众人瞠目结舌，暗自发笑，又不能不回答。一侍从只好说：『在官地的是为官家，在私地的是为私家。』仅上述两件事，就足见这个太子愚蠢到何等程度！

●晋武帝对这个太子确实也不放心，他要考核一下太子究竟低能到什么程度。一次，武帝要将由尚书处理的事让太子去决断，贾妃预感大势不好，便请亲信张泓代太子草拟对答问题的诏书。开始引经据典过多，贾妃怕露出马脚，又令张泓改成直接表达。然后呈武帝批阅，武帝看后，认为答诏写得不错，十分高兴。从而，他们用作假蒙住了武帝的眼睛。大臣和峤对太子的低能忧心忡忡，他对武帝说：『太子忠厚老实，而当今世道险恶，处处弄虚作假，恐怕不能对付这些事情。』武帝默然。一次，武帝让荀勖与和峤一起去太子处，看太子是否有所长进，回来后，荀勖投皇帝所好，硬说太子的见识和道德大增，而和峤实事求是，直言太子和以前差不多，没有什么变化。武帝听了和峤对太子的评价，十分不快，面带怒气，起身而走。

●其实，晋武帝明明知道他的这个儿子又呆又痴，但是依然立他为太子，其原因可能很复杂，但只缘为『一脉』，所以即便又呆又傻，也不得不『传承』，恐怕是其中的根本原因。

浪子回头的周处——三国西晋时期

少时为歹劣行纷，累恨乡间切齿根。
老者疾言驱噩梦，名家励语指迷津。
杀蛟射虎赢民意，改过读书洗自心。
浪子回头成大器，通文善武受拥尊。

注释

●周处，字子隐，曾历任东吴东观左丞、西晋新平太守、广汉太守，迁御史中丞，最后战死疆场。他自幼父母双亡，没有受到很好的家庭教育。少年时的周处，纵情恣欲，横行乡里，为非作歹，人们把他与当地南山猛虎和长桥恶蛟并称为『三害』，对其恨之入骨，咬牙切齿。

●有一天，周处在路上遇见一位满面忧愁的老人，他上前问道：『今年五谷丰收，你为什么还要愁眉苦脸呢？』老人边叹气边说道：『我们乡里有「三害」，使人不得安宁，我怎么高兴得起来呢？』周处问有哪「三害」，老人吞吞吐吐地说道：『此「三害」就是南山上的白额老虎、大河中的凶猛恶鱼，还有一个人人憎恨的你呀！』周处听到乡里把自己与恶鱼猛兽相提并论，深受触动，下决心要改正自己的错误。后来，周处为了使自己成为一个有道德有知识的人，便去请教当时的著名学者陆机、陆云兄弟，表示重新做人的心愿，但又困惑为时已晚。陆机对他进行了一番鼓励，并为其指点迷津。他受到极大鼓舞，顿觉眼前一亮，从此幡然醒悟，彻底改过，弃旧图新。

●周处在路上听到老者刺激之言后，就奋不顾身地到南山射死了吃人的猛虎，下大河擒杀了作恶的蛟龙（大鱼）。拜见过陆家兄弟后，便开始发愤读书，并严格束己，尽力助人，以实际行动和良好形象，洗涮了自己的污点，得到乡里人们的普遍认可。

●『浪子回头金不换』，周处经过自己的不懈努力，终于成了文武兼备的大气之才。入仕后，他为官清正廉洁，不避豪强，还注意团结少数民族，很受人们的爱戴。周处读书亦成绩斐然，他死后留下了《默语》三十篇、《风土记》、《吴书》等不少著作。

杨骏专权终遭灭顶——西晋（惠帝）时期

因戚而肆胆包天，狠手黑肠尽诡端。
矫诏欺君独领辅，集权枉法自行专。
擢拔党羽罗群佞，笼络人心赏众官。
悍后岂能甘待毙，精筹密策恶诛奸。

注释

● 杨骏，西晋武帝杨皇后之父，他凭着外戚的身份，手握朝廷重权，胆大妄为，无恶不作。

● 永熙元年，晋武帝病重，临死前，他下诏指定自己的叔父汝南王司马亮（司马懿四子）和杨皇后的父亲杨骏共同辅弼即将即位的司马衷（晋惠帝）。此时，诡计多端的杨骏从中书监手中借来诏书，趁武帝昏迷时让杨皇后问道：『杨骏一人辅政吧。』武帝迷迷糊糊地点了点头。这样，武帝原有遗诏中要二人共辅政，就轻而易举地变成了杨骏一人辅政。第一步阴谋得逞后，杨骏一人兼任太尉、督中外诸军事、侍中、录尚书事数个要职，独揽了朝廷大权。从此，他操权弄柄，自行专擅，甚至所有起草的诏书，都要先经他阅后同意，方可让惠帝看，使得晋王朝政事混乱，一片狼藉。

●杨骏大肆网罗党羽，提拔亲信。他的外甥段广当上了散骑常侍，掌管机要；他的亲信张劭为中护军，掌握禁军。为了收买人心，杨骏还大封百官，普遍晋升一等，参与武帝丧事者加二等。对此种极不正常的做法，有左将军提出反对意见，说如此搞下去，几代以后，人人都成为公侯了。可杨骏置之不理，仍我行我素。

●杨骏与其女儿杨皇后及党羽，将朝权尽控于手中，其中一个目的就是不让贾后（贾南风）插手。可贾后也不是省油的灯，她更是一个心毒手狠的恶女，绝不甘心坐以待毙。元康元年三月，贾后与楚王司马玮经过一番精心策划，终于反戈兴变。她们让惠帝下诏，称杨骏谋反，废除了他的一切职务，随后将其杀死于马厩之中，并灭其三族，牵连而死的达数千人之多。

贾后的『一箭双雕』——西晋（惠帝）时期

剪灭政敌即举刀，挟君使狠廓周遭。
施诬异派先清障，嫁祸同帮再扫礁。
力鼓凶王泼血雨，竭推蠢帝泛腥涛。
淋漓毒计玩钦旨，竟用一箭射二雕。

注释

●贾后，即贾南风，佞臣贾充之女，晋惠帝司马衷的皇后。杨骏死后，贾后要汝南王司马亮和太保卫瓘共为录尚书事，同辅朝政。贾后权势日盛，外甥贾谧、族兄贾模、堂舅郭彰等，都成为亲信和权贵。她将呆傻的惠帝玩弄于股掌之中，大肆专权，并千方百计清除异己，扫清周边。

●因辅佐大臣司马亮和卫瓘不愿做贾后的傀儡，她便下决心将这两个人清除。这时，她想到了性格倔强固执、残忍好杀的楚王司马玮。司马玮因司马亮要夺他的兵权而对其恨之入骨，贾后则利用这个情势，以皇帝名义召司马玮入朝，让他将司马亮和卫瓘干掉。为此，她使人诬陷二臣想做伊尹、霍光，专擅朝政。楚王司马玮未来得及弄清真相，就将二臣诛杀。这样，贾后就清除了自己专权的最大障碍。之后，她又让惠帝下诏，称司马玮假冒皇帝名义杀害两个大臣，又想杀死其他大臣，图谋不轨，应该处死。致使年仅二十一岁的楚王一命呜呼。于是，贾后又清除了一个对她擅政的潜在威胁。

●楚王司马玮奉命杀死了司马亮和卫瓘，二臣的子孙亦全部遭殃，制造了一起骇人听闻的血案。后来，贾后又借惠帝之名，杀了司马玮及其部下，并株连三族，其血雨腥风，更令人发指。

●贾后为了专权，就是这样翻手为云，覆手为雨，随意玩弄皇帝的诏令，采取一箭双雕之术，轻而易举地廓清了政敌，其手段之毒辣，可见一斑。

贾后害太子——西晋（惠帝）时期

非亲为嗣不甘心，使尽毒招欲剪根。
装孕抱婴充己肉，播谣谤储替他身。
迷汤化套诬夺位，伪诏成刀罪弑君。
岂料前螂跟后雀，一杯金屑命归阴。

注释

● 时为太子的司马衷在和贾南风成婚前，曾与伺候他的才人谢玖生了一个儿子，名叫司马遹（音：玉）。这个孩子天资异于常人，十分聪颖，武帝司马炎对他特别喜欢，曾说，他也许能振兴司马家族。永熙元年，司马衷即位，是为晋惠帝。司马遹被立为皇太子。这时，贾后（南风）心生担忧，她怕将来太子得政对自己不利，于是，歹心涌起，搞起了阴谋诡计。

● 贾南风想出一个损招，表面上假装自己已怀孕，暗地里把妹妹贾午刚出世的儿子抱来冒充顶替。同时，她到处传播谣言，控制舆论，对太子进行诽谤，以便将来用自己抱来的那个孩子取而代之。

● 元康九年十二月，贾后决定废掉太子。她假借惠帝有病，召太子进见，太子来到，她令婢女硬逼太子喝下迷魂汤，在太子神志不清的情况下，乘机拿出一份伪造的诏书，其中有『陛下宜自了，不自了，吾当了之』等内容，让太子抄写，然后送给惠帝，诬陷太子阴谋夺位。惠帝闻之大惊，遂下诏将太子废为庶人。接着，贾后中赵王伦（司马懿九子）的反间计，相信了司马遹要恢复太子地位的传言，便令其死党太医令程据假称皇诏，以弑君之罪，携毒药赴许昌毒死司马遹。司马遹不肯吃药，太监孙虑遂将其以乱刀杀死。

●贾后哪里知道她中了赵王伦的奸计。在她诛杀司马遹之后，赵王伦遂邀齐王冏、梁王肜（音：荣）一举占领内宫，抓住了贾后。五天后逼她喝金屑酒而死。这正是『螳螂捕蝉，黄雀在后』，害人者终于又被人所害。

司马伦百日皇梦——西晋（惠帝）时期

神语九锡浊浪汹，终乘法驾入西宫。
子孙朋党皆擢晋，吏士臣僚尽赐封。
狗尾续貂当帽顶，木章充印代官称。
诸王共愤齐伐逆，百日皇威一盏崩。

注释

●西晋惠帝时期，赵王司马伦杀了贾后及其亲党，掌握了朝中大权，皇帝成了他的傀儡。淮南王司马允起兵欲除掉赵王伦，却兵败被杀。之后，在赵王伦亲信孙秀的策划下，朝廷给赵王伦加『九锡』（古代帝王尊礼大臣的九件宝物，这种仪式往往是禅让的前奏），并使人假传宣帝司马懿的神语：『伦宜早入西宫（皇帝所住的禁中）。』一时间，整个西晋朝廷乌云滚滚，浊浪翻腾。经过一番紧锣密鼓的策划，赵王伦便逼迫惠帝发布禅让诏书，交出玉玺。永宁元年正月，他终于乘坐法驾，进入西宫，登上了皇帝宝座。

●赵王伦当了皇帝，立即将长子立为太子，其他几个儿子都封了王，狐群狗党个个加封，宫廷臣僚一直到最低的士卒都加了爵位。

●由于封官太多，官帽上做装饰的貂尾不够用，只好用狗尾巴来顶替（成语『狗尾续貂』由此而来）。不仅如此，而且全国所举贤良、秀才、孝廉一律不经考试即可做官；守令在大赦之日任职的全都封侯。由于封侯太多，铸造铜印都来不及，就用木头刻印代替。

●赵王司马伦篡位称帝，引起『人神共愤』，月余后，齐王首先发难，随后成都王、河间王、常山王以及南中郎将新野公等，纷纷响应，就连开始倾向于赵王伦的平西将军也倒戈讨之。赵王伦惊恐万状，派出六路人马分头抵抗，但很快就被诸王的军队打败。这时，卫将军王舆带七百禁军，也打出了反赵旗号，在中书省把赵王的死党孙秀砍死，随即抓住赵王伦，逼其写下认罪诏书，几天后，令其饮一盏金屑酒而毙命。赵王司马伦大逆不道，篡夺皇位，前前后后不到一百天，就被诸王掀下了台。可在讨伐他的这场战争中却有近十万人毙命。

齐王重蹈赵王覆辙——西晋（惠帝）时期

造势声威入洛城，独担宰辅乱朝廷。
吞财扩苑修豪邸，纵欲戕民霸艳容。
结党专权擢恶妄，挟君弄柄害贤明。
野心膨胀皆无忌，重蹈覆辙合理情。

注释

●诸王除掉了赵王司马伦，晋惠帝复政。齐王司马冏率领装备精良的十万大军，威风凛凛地进入洛阳城，惠帝下诏以他为大司马，加九锡，独自领衔辅政。齐王独揽大权后便忘乎所以，把朝廷搞得乌烟瘴气。

●登上辅政之高位，齐王志得意满，首先便大兴土木，修造王府，拆毁附近几百幢官私住房，王府的规模不亚于皇宫。他还不顾朝廷纲纪，恣意专权，寻欢作乐，整日沉湎于酒色之中，从不过问民间疾苦。

●齐王司马冏像赵王伦一样，野心勃勃，妄想篡位。为此，他极力结党营私，排拒忠良，把自己的恶佞亲信悉数擢拔，都封为公，号称『五公』。他挟持惠帝，操纵王爵，不守臣节，大肆贿赂，残酷打击、伤害和排挤朝廷忠节之臣。

●看到司马冏如此荒淫无道，南阳处士郑方上书指出他有『五失』。多位臣僚也纷纷上书劝谏，告诫他『大名、大权、大威都不应长久留恋』，切不可重蹈前车之辙。可对于这些语重心长的话，他不但一概充耳不闻，而且还把上谏者王豹活活打死。司马冏作恶多端，终于招来了诸王的内外夹击，兵败后被推出斩首。多行不义必自毙，他的如此下场，完全合乎情理，出于必然。

火烤长沙王——西晋（惠帝）时期

八王作乱互加兵，仅剩四人仍酷争。

颙欲废君攫相印，颖思除弟控皇宫。

二凶联手弹协曲，一恶出刀奏和声。

夜逮长沙燃烈火，魔嚎鬼叫卷凄风。

注释

●西晋王朝司马家族的八王，为争权夺势互相攻伐，兵连祸结，搅得天下大乱。楚王杀汝南王，赵王杀淮南王，齐王、成都王、河间王杀赵王，河间王、长沙王杀齐王……一时间相互加兵，最后只剩下了三王，但争斗仍在残酷地进行。

●河间王司马颙本以为齐王司马冏会擒长沙王司马乂（音：义），然后他以为乂报仇为借口，宣告四方共讨冏，同时废除惠帝，立成都王司马颖为帝，自己做宰相。想不到乂杀了冏，使他的美梦落空。恰在这时，成都王颖觉得自己的弟弟长沙王乂是自己操控朝廷、为所欲为的最大障碍，总想除掉他。

●于是，颙与颖一拍即合，决定联手兴兵去征讨乂。河间王颙以张方为都督，率七万兵马，自函谷关向东进攻洛阳，成都王颖的军队屯在朝歌（今属河南），以陆机为前将军、前锋都督，率二十万人马南下攻洛。长沙王带惠帝迎击张方军队，开始取得胜利，长沙王便放松了警惕，结果被张方击败。长沙王又多次与成都王的军队交战，前后斩获六七万人。这时，身在洛阳的司空、中书监东海王司马越想乘机夺取朝廷大权，就秘密与宫中的将领们里应外合，于永兴元年的一个夜间逮捕了长沙王乂，上奏皇帝，免去了他的官职，并把他关在了金墉城。

司马越打开城门，向成都王颖和河间王颙投降。张方带兵来到金墉城，将长沙王乂押到自己的营房，置于火堆之上，活活烤死。当时烈焰熊熊，乂被烤得惨叫声撕心裂肺，连张方的士兵见状都泪流满面。

八王之乱结束——西晋（惠帝、怀帝）时期

前浪难平后浪拥，谎称迎驾又兴兵。
河间无谋驱骁勇，东海有策裂恶凶。
诡计频出多致死，毒招尽使屡夺生。
八王作乱七非命，剑影刀光促速崩。

注释

● 西晋王朝八王作乱，一波未平，一波又起，永兴二年七月，东海王司马越又起叛兵，他下檄文到各州郡，声称要集合义师，讨伐河间王司马颙及张方，奉迎惠帝还都洛阳（此前，张方已挟持惠帝迁往长安，受王颙控制）。

● 河间王司马颙听说司马越在山东起兵，十分恐惧，他借惠帝的名义发出征讨诏书，任命张方为大都督，统率十万精兵骁勇前去讨伐。而东海王司马越盟军的人马也不少。在临阵即将交锋之际，司马越使出假和谈、真离间的计谋，使得司马颙和张方之间产生裂隙。司马越派人对司马颙说，张方挟持皇帝到长安，全国痛恨，这事不能一错到底。劝颙把惠帝送回洛阳，并说兄弟（二王是远房兄弟）之间有事总是可以商量的。这样，一箭双雕，既使颙不再信任部将张方，又动摇了颙的征讨意志。

●恰在这时，河间王司马颙的参军、曾被张方侮辱过的毕垣欲除掉张方。他乘机设计，给张方加谋反罪，并威逼张方的亲信郅辅作应和，终使河间王颙将张方杀死，并把张方的头颅送到司马越处求和，可司马越没有同意。到这时司马颙才知道上了司马越的当，但为时已晚。接着东海王越派祁弘率鲜卑兵西攻长安，河间王逃入太白山，祁弘奉惠帝回到洛阳。这期间成都王司马颖也被杀死。几个月后，司马越在面条中下毒药，将惠帝毒死，拥皇太弟司马炽为帝（是为晋怀帝）。再后来，司马越让怀帝下诏令司马颙到京任司徒之职，在来京的路上将其暗杀。

●八王作乱前后持续十六年之久，在这场你争我夺的相互残杀中，有七王命归黄泉。至此，西晋王朝到处是刀光剑影，令人不寒而栗。其灭亡之日已不远了。

张昌起义（『百鸟朝凤』）——西晋末期

集合壬午纳流民，振臂揭竿挑晋门。
奉驾披袍推圣主，开廷握柄任权臣。
石岩筑殿一宫踞，竹片织凰百鸟吟。
席卷五洲威四海，终因本性断雄魂。

注释

●西晋末年，各地纷纷爆发起义。蛮族人张昌集合不愿为朝廷卖命的『壬午兵』（西晋朝廷于太安二年三月九日发出诏书，征发兵员，镇压起义，因这一天是壬午日，故称『壬午诏书』，所征的兵叫『壬午兵』）和聚集到江夏的流民，揭竿而起，向风雨飘摇的晋王朝发起了进攻。

●江夏太守弓钦派兵去镇压，被张昌率部打败，张昌攻克江夏郡，斩获颇丰。他见山都县（今湖北襄樊市西北）的县吏丘沈长得一表人才，就让他坐上华丽的舆驾，穿上皇帝的衣袍，将他推为『圣人』，并把他说成汉朝皇室的后代，改姓名为刘尼。张昌自己也更姓改名为李辰，自任相国，兄张味任车骑将军，弟张放为广武将军，各领部众。

●张昌还在石岩山上用石头造起巍峨的宫殿，在山顶上用竹片编织成一只大凤凰，披上五色彩绸，在它身边放上肉，引来了许多飞鸟，张昌称其为『百鸟朝凤』。因此，他宣布年号为『神凤』。

●张昌的义军队伍在战斗中迅速壮大，攻城略地，捷胜不断，高潮时竟控制了荆、江、扬、徐、豫五州的大部分地区，一时威震四海，势不可当。但因农民小生产者的固有弱点和本性，使得他们在取得一系列胜利后，便纪律涣散，内部混乱，最终被官军剿灭。张昌被晋军追赶进山林，晋军反复搜寻，张昌遭到逮捕，被杀于永兴元年秋天。至此，张昌起义彻底失败。

匈奴贵族刘渊起兵称汉——西晋末期

匈汉兼融智逸群，文韬兵略聚精魂。
宣德各部多归顺，显誉诸儒屡访临。
夺位兴戎伐晋室，称王立号续刘门。
五胡十六即开幕，烽火连天滚战云。

注释

●在北方各族人民的反晋斗争中，一些少数民族上层分子也乘机起兵，其中尤以匈奴贵族刘渊为显要。刘渊是领匈奴一万户的都尉刘豹之子，他当时以『任子』（人质）身份居住晋都洛阳，受汉文化影响很深，幼时还读过《诗经》、《尚书》、《史记》和《汉书》等汉文化经典，总觉得汉朝的『随陆无武，绛灌无文』（指汉初的随何、陆贾、周勃『绛侯』、灌婴）皆有缺憾，因而立志文武双全。由于刘渊把匈、汉文化融于一身，所以他的才干出类拔萃，超出常人。

●刘渊在其父刘豹死后，被晋武帝放回匈奴继承左部帅，后又拜为北部都尉。刘渊轻财好施，待人真诚，处事公正，其德行威震五部，因此，五部中的许多豪杰纷纷归附了他。刘渊的声誉日盛，深受世人敬仰，幽州、冀州一带的众多儒生名士也不远千里慕名前去拜访。

●晋八王之乱以后，刘渊在堂祖父、曾当过匈奴左贤王的刘宣的建议和帮助下，决定起兵反晋，立国号为汉，自称大单于，又称汉王，表示他既是北方各少数民族的首领，又是刘汉正统的继承者。他说：『灭晋容易，但晋朝的百姓未必心向我们，因汉朝立国长久，恩德结于人心，我们祖先与汉和亲，约为兄弟，兄亡弟继，理所当然。』刘渊改年号为元熙，以刘宣为丞相，刘宏为太尉，率军很快攻下太原等地，势力从山西迅速发展到河北、山东。永嘉二年，刘渊在平阳（今山西临汾）称帝，积极准备灭晋。

●刘渊起兵反晋，拉开了五胡十六国的序幕，从此，北方各族开始了割据争夺的残酷战争。

汉帝刘聪灭西晋——西晋（怀帝、愍帝）时期

觊位诛侄自领班，驱兵伐晋扫残烟。
困城屠首惊魂怵，劈椁焚尸厉鬼欢。
烧毁皇宫劫御宝，辱羞君主斩廷官。
威逼后帝出降表，驰骋中原舞汉鞭。

注释

●刘渊称帝后，于永嘉四年七月病死，其弟刘聪将刘渊之子、自己的侄子刘和杀死，篡夺皇权，即汉帝位。他驱兵猛进，继续向洛阳进发，欲攻破西晋王朝的最后堡垒。

●永嘉五年二月，西晋司马越忧死项城，太尉兼尚书令王衍被推为统帅，领兵护送东海王司马越的遗体去东海国。汉将石勒闻讯立起直追，至苦县宁平城（今河南鹿邑西南），将晋军紧紧包围，然后猛攻，杀死十万余人，尸体堆积如山，石勒还令部下劈开司马越的棺椁，将其尸体付之一炬。同时，俘虏了晋朝的众多王公贵族，宣称让他们死得体面些，乘夜色，命士兵把墙推倒，将这些晋臣和王公贵族活活压死，一时间腐臭难闻，血腥漫天，晋地百姓惊怵，汉军将士狂欢。

●永嘉五年，刘聪派前军大将呼延晏进攻洛阳，刘曜、石勒、王弥也引兵前来会战，洛阳陷落。汉军进入南宫太极殿，放纵士兵大肆抢掠，把御宫中的珍宝和美女洗劫一空，并杀了太子司马诠，挖掘了帝王陵墓，放火焚烧皇宫寺庙，许多辉煌建筑毁于一旦。建兴元年元旦，刘聪在晋宫光极殿大摆酒宴，命令晋怀帝穿着青衣为大家斟酒。有晋臣见状无比悲愤，刘聪大怒，当场把晋大臣十余人杀死。

●在晋怀帝被俘后，晋廷拥立武帝之孙司马邺于长安，号称皇太子，得知怀帝被杀，便即皇位，是为愍帝。当时长安城到处断壁残垣，粮食奇缺，饿死的人不计其数，实在无法支撑下去，愍帝只好口含玉玺，坐着羊车呈送降表。至此，维持了五十二年的西晋王朝终于被汉的强劲攻势摧毁。

『清谈』的社会思潮——魏晋时期

放浪形骸善弄玄，流播魏晋尚清谈。
非及具体讲空话，故作简约说讳言。
初领风先当二士，继跟尘后属七贤。
哲学史上虽留迹，沦教耽国却此源。

注释

●在魏晋时期，出现了一股崇尚空谈的社会思潮，它把儒家学说和道家学说结合起来，故弄玄虚，专门讨论一些脱离社会实际的问题。崇尚清谈的士人中，有不少走到了放纵任性、玩世不恭的荒诞境地，甚至散发裸身、疯狂饮酒，为官者常常贻误政事。

●清谈者的一个突出特征是，讨论问题只说抽象不及具体。如在『有与无』、『才与德』、『言与意』、『名教与自然』等方面大发议论，而对国事、政事中的实际问题却避而不谈。他们说话还故意过分简约，尽祛冗繁，以示清高，如司徒王戎问阮瞻：『儒家圣人看重名教，老子、庄子看重自然，其含意是相同还是不同？』阮瞻回答了三个字：『将无同』，意即差不多相同。因他有这样的回答，所以时人称之为『三语掾（音：院，属员之意）』。

●开启清谈之风的是曹魏正始年间的学者王弼和何晏二士，后来步他们后尘的有西晋的山涛、阮籍、嵇康、刘伶、向秀、王戎、阮咸七人，号称『竹林七贤』。

●玄学和清谈专门研究抽象概念，虽然在中国哲学史上有一定的历史地位，但正如清初大学者顾炎武所说，正是清谈使晋朝『国亡于上，教沦于下』。这就是历史上人们常说的『清谈误国』。

陈寿撰《三国志》——西晋时期

研新采旧取材博，断代分编自立格。
卷帙浩繁修纪传，文辞简略写军国。
当依裴氏注疏广，莫据罗生演义活。
以正跻身前四史，虽存缺憾不失卓。

注释

●陈寿，曾任西晋著作郎、治书侍御史等职。太康元年晋灭吴后，他广泛搜集魏、蜀、吴三国的新旧史料，撰写成了《三国志》。此书把三国分开编写，在断代史中可谓别具一格。

●一部《三国志》，卷帙浩繁，共六十五卷，其中《魏志》三十卷，《蜀志》十五卷，《吴志》二十卷，只有纪、传，而无表。该书叙述军国史实文辞简略，条理清晰，取材严谨，一般都直书实况，如对曹魏和吴国的赋役苛重，就如实作了揭露。

●在陈寿死后一百三十多年，南朝宋的裴松之为《三国志》作了广泛而翔实的注疏，引用各家史籍达二百一十多种，注文超过原书数倍。裴注兼容并包，广集诸说，不妄加评判，并很好地补充了原书的遗漏和过于简略，由此，裴注成为后人解读《三国志》的基本依据。到元末明初，文人罗贯中从《三国志》中撷取大量素材，并以民间评话为基础，写出了著名小说《三国演义》，塑造了诸如诸葛亮、关羽等众多鲜活生动的人物。但《三国演义》只是艺术加工的文学作品，考察历史的真实，还必须以《三国志》为基准。

●陈寿的《三国志》虽然也有一些不足之处，如文字过于简约，对一些重大事件述之不详，对一些著名科学家像马钧、张仲景没有专门为之立传，但它仍不失为一部卓越的史书。正因如此，《三国志》以正宗跻身『前四史』（其他为：《史记》、《汉书》、《后汉书》），是二十四史中最早也是写得较好的史书之一。

中国科学制图学之父裴秀——西晋（武帝）时期

胸存夙愿寓恢宏，借任凭才绘地形。
细考山川勘误证，深察郡县掌实情。
发明六体出新法，创造微缩改旧成。
后世遵循千百载，制图之父耀殊荣。

注释

● 裴秀，西晋武帝时期官至司空。他出身官宦家庭，从祖父、父亲到他，祖孙三代均任过宰相。裴秀自幼聪明颖慧，被时人称为『后进领袖』。他早有绘制大型地图的远大志向，恰巧调任司空职位，掌管各地的道路和国家的地图、工程等，于是他借自己的职务之便和丰厚的学识，开始了绘制新的《禹贡地域图》、《地形方丈图》的工作。

● 裴秀组织人力对《禹贡》所记的山岳、湖泊、河道、高原、平原、沼泽以及古代九州的范围作了详细的考订，并结合晋时十六州下的郡国县邑和疆界变化，参照古今地名，弄清了古代各诸侯国间结盟定约的古迹及古今水陆交通的变迁。经过这样的深入考察，去粗取精，去伪存真，终于在门客京相璠等人的帮助下，绘制成了《禹贡地域图》十八篇，这是我国见诸文字记载最早的大型历史地图集。裴秀将其献于武帝，被当作重要文献珍藏起来。

●裴秀在绘制《禹贡地域图》的过程中，发明了『制图六体』，即分率（按比例尺）、准望（确定各地间彼此的方位）、道里（各地间的路程距离）、高下、方邪、迂直（说明由于地形高低变化和中间物的阻隔，各地道路有高下、方斜、曲直的不同，制图时应取两地间的水平直线距离）。这六体新法，必须综合运用，才能制出科学的地图来。裴秀还创造了微缩方法，绘制出《地形方丈图》，标明山、川、镇、村，一改旧有的巨型地图携带阅览不便之弊端，大大方便了使用，因而该图流传了几百年。

●裴秀的『制图六体』法成为绘制平面地图的基本理论，直到明末意大利传教士利玛窦所绘有经纬线的地图在中国传播以前，一直被我国地图绘制者所遵循。这个理论在世界地图史上有着十分重要的地位，为此，人们把裴秀称为『中国科学制图学之父』。

左思与《三都赋》——西晋（武帝）时期

沉心作赋若痴狂，尽把风言置耳旁。
细考三都寻据确，深究诸类采资详。
剑磨十载惊文苑，纸贵一时骇洛阳。
羞愧大家甘止笔，名流序释赞辉煌。

注释

●左思，字太冲，以写《三都赋》闻名遐迩。他少时学业欠佳，受父激励后，发愤读书，终得成就，写得一手好文章。他决心要写《三都赋》（魏都邺城，吴都建业，蜀都成都），描绘它们当年的繁华景象。为了读更多的书来积累资料，特请求朝廷让他做秘书郎（管理图书的官）。听说左思要写《三都赋》，时人大多抱以讥讽，当时著名文人陆机，在给弟弟陆云的信中说：『这里有个北方佬想写《三都赋》，我看他写出来恐怕只能用来盖酒坛子。』对于别人的讥讽和闲言碎语，左思不屑一顾，专心致志地从事自己的写作，他在房间、走廊、厕所都挂上纸笔，想好的句子立刻记下来，一时间达到如痴如醉的地步。

●为了把《三都赋》写好，左思细致地考察了魏都邺城（今河北临漳）、吴都建业（今江苏南京）、蜀都成都（今四川成都），力求证据确实。同时，他对三地的历史、特产、风土人情等诸类资料，详细探究，做到言之有据，绝不虚构杜撰。

●经过十年的艰苦努力，左思的《三都赋》终于大功告成，一出炉，就立即引起文坛的轰动，在洛阳的文人和高门豪富之家竞相传抄，一时间洛阳的纸张都因短缺而贵了起来（『洛阳纸贵』成语的来历）。

●曾经讥笑过左思的大学者陆机看了《三都赋》后，亦表示赞叹，为自己小看左思而感到羞愧。陆机原本也打算写《三都赋》，看了左思的赋，自觉难以超越，便主动放弃原来的想法。左思的《三都赋》引起大家名流的极大关注，著名学者皇甫谧倍加赞赏，专为赋写了序言。诗人中书著作郎张载和中书郎刘逵也分别为《吴都》、《蜀都》作了注释。尚书郎卫权更为《三都赋》作了『略解』。司空张华读了此赋，不禁感叹道：『这是班固张衡一流的水平呀，使人读后余味无穷。』

陆机含冤而死——西晋末期

英生俊士自高门，学富才丰尽望尘。
弱武拙兵羞战场，强文善墨誉学林。
一篇赋论开先径，百代宗师惠后人。
秉正遭诬徒殒命，华亭鹤唳泣精魂。

注释

●陆机，西晋著名学者，名门之后（其祖父为吴国丞相陆逊，父陆抗是大司马），相貌堂堂，文章出众。在他二十岁时吴被晋灭，之后他闭门读书十载，学识愈盈。他想到祖父、父亲都是东吴名将名相，而吴却因孙皓昏庸腐败而灭亡，便写了一篇《辨亡论》，深刻剖析和总结了吴亡的沉痛教训，彰显了他超群出众的才学。

●陆机在西晋建立后，与弟陆云同到洛阳做官，在成都王司马颖掌权时，得到重用，被任为讨伐长沙王乂的后将军、河北大都督。陆机本是个文人，对兵戎武事并不内行，再加上他所率的军队内部矛盾很尖锐，所以，建阳门一役，被司马乂打败，损兵折将无数。陆机打仗欠功夫，在文坛上却声名显赫，是西晋太康年间的著名文人，被誉为『百代文宗，一人而已』。

●陆机的代表作是《文赋》，它是以赋体的形式写成的文学评论专著。赋中提出，文章贵在创新；文学作品应有丰富的想象，即『神思』；诗歌应『言情』，即有抒情色彩和鲜明个性。陆机以独到见解，开一代先河，对后世诗歌的写作影响颇深。

●陆机因主持公正，在朝廷得罪了宦官孟玖而遭到诬陷，指控他与长沙王司马乂勾结，被成都王司马颖杀害，含冤死去。在被捕前，陆机给司马颖写了封信，然后长叹道：『华亭鹤唳，可复闻乎？』华亭是自古有名的『鹤巢』，因当年陆逊在吴被封华亭侯时家就住在此地，陆机早年在此常闻鹤唳，所以在临刑前他格外留恋年轻时的悠闲生活。陆机被杀时年仅四十三岁，后来其弟陆云也被司马颖杀害。

针灸学家、作家皇甫谧——西晋（武帝）时期

迷途返正亮心灯，抱病勤学拒辟征。
博览古籍丰厚蕴，广研今典练深功。
史文佳作多赢誉，针灸鸿篇尤受称。
荟萃精髓成甲乙，传播中外惠苍生。

注释

●皇甫谧，西晋集文、史、哲、医于一身、尤长于医的伟大作家。他从小被过继给叔父，年轻时不好好学习，到处游荡。一次，他婶母流着泪，苦口婆心地教育他，要他为自己的前途着想，不能再这样游荡下去了。听了婶母的告诫，皇甫谧十分感动，从此改邪归正，发愤读书，终于成为一个有高深学问的人。后来，皇甫谧因病半身不遂，但他仍孜孜不倦，勤学不辍。这期间朝廷屡次征召他去做官，都被他以有病为由，一次次拒绝，而且他还乘机上表向晋武帝借书，获得了整整一车书，为此他无比高兴。

●皇甫谧对医学情有独钟，他广泛阅读历代医学著作，特别是认真领略黄帝、扁鹊、华佗、张仲景等名医著述的精髓，积累了丰厚的底蕴。同时，他对当代的医学理论也进行深入研究，并大胆付诸实践，造就了自己非常精湛的医

疗技术。

●皇甫谧在医学上最宏大的成果，是他编撰了共十二卷，一百二十八篇的《针灸甲乙经》，内容包括脏腑、经络、腧（音：树）穴、病机、诊断、治疗、禁忌等诸方面。它吸收了秦汉以来的针灸成就，不仅理论完备，而且实用通俗。书中详细地介绍了针灸的操作方法和要求，确立了后世针灸穴位的基本排列规则，创造性地总结出一套针灸操作手法和注意事项。此外，皇甫谧在文、史、哲诸方面也颇有造诣，他写下了许多很好的著作，如《帝王世纪》、《高士传》、《逸士传》、《列女传》、《玄晏春秋》等。

●皇甫谧所著的《针灸甲乙经》是我国古代针灸学的集大成，后世多定其为学生用书，并传到日本，亦列为教材。现今国际针灸经络穴位委员会同样将其列为必读的参考书。

十六国时期

石勒从奴隶到皇帝——十六国（后赵）时期

幸去奴身聚友朋，投军反晋露峥嵘。
驱兵纵勇摧坚垒，引智招才设特营。
兴教举贤求固本，择都占地以威名。
多得汉俊相谋助，一统北方皇梦成。

注释

●石勒，羯族人，祖父、父亲曾为部落小首领，他长大后威武有胆略，善骑射。后来并州地区闹饥荒，石勒与许多胡人一起被西晋并州刺史司马腾抓到，卖到山东为奴，以充军费。当时，石勒二十多岁，被卖到茌平（今山东茌平西北）师懽（同：欢）家，师懽见他相貌不凡，怕他闹事，便把他放了。离开师懽家后，石勒先后联络了十八位朋友，乘西晋八王之乱的时机，参加了成都王司马颖部将公师藩起兵反晋的队伍。从此，石勒经过无数坎坷，集聚实力，渐渐大展雄风。

●永嘉元年攻下邺城后，司马颖的部将公师藩战败，石勒投靠了刘渊，被任命为辅汉将军。刘渊称帝后，令石勒攻掠冀州，永嘉三年，石勒驱兵以威猛之势，攻下了几百个坚固坞壁，发展到十多万人马。这时，他开始招贤纳士，延揽汉人中的知识分子为己所用，任命博通经史的汉人张宾为谋主，还有刁膺、张敬等，并进一步广泛引智招贤。永嘉三年攻下冀州后，他把一些汉人知识分子聚于一处，另设一营，号称『君子营』，给这些智者以优厚待遇，让他们积极出谋献策，制定政治军事方略。

●晋太兴二年，石勒称赵王，史称后赵。他听从张宾等人的建议，命令大臣和地方州郡官员推荐有道德、有学问的人来朝廷做官。同时，兴办学校，让将吏子弟入校学习知识。石勒采取这些措施，目的是为了从长计议，巩固自己的统治。这之前，石勒在河北一带打了不少胜仗，但没有根据地，张宾便建议他在邯郸、邢台二者中选一地，作为都城，并以此为依托，凭山据险，然后四面出战，兼并群雄，成就霸业。石勒采纳了张宾的建议，从此有了比较稳固的根据地，为后来进一步威震北方，取得更大发展，奠定了基础。

●石勒这个奴隶出身的人所以能够成功，除了凭借本人骁勇善战外，关键在于他能很好地依靠像张宾这样的汉族知识分子以谋相助。咸和三年，石勒终于打败了前赵刘曜，统一了北方，两年后，他自己便正式登上了皇位。

石虎积恶致赵灭亡——十六国（后赵）时期

暴虐无边握重戎，杀臣斩主踞龙廷。
刮膏筑殿几十座，掠美淫娇多万名。
即立凶儿堪恶兽，随封逆子甚毒虫。
天良丧尽积深孽，后赵濒亡已定型。

注释

●石虎，为后赵皇帝石勒之侄，被封为中山王。此人野心勃勃，凶残多诈，长期执掌重兵。石勒即位时，立谦恭好学的二子石弘为太子，石虎自恃有功而不服。大臣徐光和程遐见状，反复上谏石勒，要他尽快除掉石虎。石勒虽然知道石虎的劣性，但因其作战勇敢，总是下不了除之的决心，终留下后患。咸和八年七月，石勒病死，石虎立即带兵入宫，杀掉徐光和程遐后，逼迫石弘任其为丞相、魏王、大单于，以魏郡等十三郡为封国。咸和九年，石虎杀死石弘，自立为赵大天王（三年后改称大赵天王）。

●石虎夺位后，到处搜刮民脂民膏，在邺城和长安建起豪华无比的楼台宫阁几十座。同时，他荒淫无度，征发民间十三到二十岁的美女三万多人，用以淫欢作乐。

●石虎的长子石邃（音：岁）也是个无恶不作、杀人如麻、淫荡成性之徒，他见石虎宠爱兄弟河间公石宣和乐安公石韬，十分不满，竟然与李颜等人密谋，要将其父石虎杀死。事情败露后，石虎将其剪除，一下子杀了他的妻子儿女二十六人，亲党二百多人也一并诛灭。石虎刚杀了石邃，随即立石宣为皇太子。石宣也是一个荒淫残暴的家伙，于夜间将他忌妒的石韬偷偷杀掉。石虎闻之大怒，又将石宣和妻儿及其手下的三百多人全部烧死和车裂，并把东宫卫士十多万人发配凉州。

●石虎父子作恶多端，丧尽天良，罪孽深重。石虎死后，诸子争位，血雨腥风，后赵江山濒临灭亡、国祚断绝已成定局。

慕容父子建前燕——十六国（前燕）时期

屯居塞外渐强雄，反北拥南蓄略明。
笼络汉官袭旧法，遵循晋制拓新程。
招流促稼开疆土，办校培才旺御廷。
祛陋移风刑慎用，中原立马展威容。

注释

●鲜卑族的慕容氏，原来分布在东北的辽东与辽西地区，曹魏时发展了与中原的经济文化联系，西晋时已成为塞外的一支强大部族。元康四年，部主慕容廆（音：归）迁都至大棘（今辽宁义县），开始了定居的农业生活，不久，他北挫宇文部，西击段部，势力逐渐强大起来。后来，当匈奴、羯、氐、羌在北方反晋之际，慕容廆却打出了反胡拥晋的旗号。慕容廆深知，本部族远在东北，南下中原遇到的阻碍不是晋朝，而是匈奴等族，因而他审时度势，采取了反北拥南、从长计议的高明战略。

●慕容廆很有远见，他特别注意笼络汉族地主官员，对逃到他这里来的人，极尽礼贤之事，并委以重任，甚至让他们统率军队。同时，他依靠汉人承袭魏晋旧法，遵循汉族模式，建立起一套政治制度，为他继续开拓进取奠定了坚实基础。

●慕容廆还大力招募汉族流民，在辽河流域设立侨郡，对流民给予免役特权，一时间，中原地区投奔到他那里的流民多达原有人口的十倍之多。慕容廆去世后，其子慕容皝（音：晃）继位，称燕王。他不遗余力地开疆拓土，迁都龙城（今辽宁朝阳），实行恤民政策，大力发展农业生产，使慕容氏的实力大增。他还十分重视教育，让大臣的子弟都到学校读书，自己还常到学校亲自授课。通过这样一些措施，加速了慕容氏的汉化，提高了本族的文化素质，为选择朝廷官员，振兴宫廷，积累了充分的后备力量。

●慕容氏借助汉人，提出了一系列治国方针，如促稼重农、慎使刑狱、选贤任良、力戒酒色等。这些措施的实行，进一步巩固了慕容氏的统治基础，后终于进军中原，建立前燕，成为与前秦并立的强大政权。

慕容翰报国无门——十六国（前燕）时期

武勇德高获盛尊，消灾避难自逃身。
初蛰他部藏忠义，再寄别支守赤心。
盗马脱危彰大智，征敌破险著奇勋。
贤良如是仍遭害，有愿报国无渡津。

注释

● 慕容翰，为十六国时前燕皇帝慕容皝同父异母之兄。他武艺高强，雄才大略，且德行高尚，跟随先公慕容廆出征作战，屡建功勋，深受士大夫和士兵们的拥护和尊重。可慕容皝表面上恭敬他，心中却有些妒忌他。慕容翰觉得慕容皝终不能容他，便伤心地逃往段部，以避免大祸殃身。

● 慕容翰虽然投到段部，但一直心系前燕。咸和九年二月，段辽派段兰和慕容翰进攻前燕柳城（今辽宁辽阳南），慕容氏的军队不敌，段兰要乘胜追击，可慕容翰心存故国，怕自己的国家被灭，便以种种理由劝段兰退兵。后来，段兰被慕容皝和后赵的石虎联军打败，慕容翰又投到鲜卑族的另一支宇文部。首领宇文逸豆归对慕容翰心存猜疑，不肯重用。慕容翰怕遭不测，就表面上装疯卖傻，整日披头散发，跪拜乞讨。暗地里窥测时机，并细心观察这里的要塞、地形，想有朝一日，返回自己的国家，再来攻打宇文部。

●前燕主慕容皝明白慕容翰是被迫离去的，知道他没有忘记自己的国家，便派人与其秘密联络。咸康六年，慕容翰盗了宇文逸豆归的名马，逃离了宇文部。宇文逸豆归派人去追，慕容翰对追来的骑兵说：『我在你们国家住了很久，因此不想杀你们，你们在离我百步之遥插一把刀，我如射中，你们就回去；如不中，你们可以追来。』骑兵们照着做了。慕容翰一箭射出，正中刀环，骑兵见状，目瞪口呆，不敢再去追杀。慕容翰返国后，对国家极尽报效之力。咸康八年，他跟随慕容皝出征高句丽，获得大胜，俘获五万余人口，次年高句丽称臣于燕。建元二年，慕容翰又大败宇文逸豆归，连连建立卓越功勋。

●就是这样一位勇略兼备、德行高尚的人，终被慕容皝所不容。慕容翰攻打宇文逸豆归，不幸负伤，在家养病，病渐好，试着骑马，被人诬告『谋反』，慕容皝借机将其『赐死』。一位忠心耿耿的爱国将领，报国无门，饮恨而去。

慕容恪忠心辅政——十六国（前燕）时期

厚道谦和力尽忠，推承任辅效周公。
宽容理政彰仁义，谨慎察才举俊英。
剪佞长谋施缓策，伐奸善断遏急兵。
知恩莫过推贤士，七载襄君致盛兴。

注释

●慕容恪，为前燕帝慕容儁之弟，十六国时期著名的军事家、政治家，是鲜卑政权前燕的重要人物。他为人随和厚道，谨慎守正，对慕容氏王朝忠心耿耿。慕容儁病重时，碍于儿子年幼，要把皇位让给慕容恪，慕容恪坚决拒推，并说：『陛下既认为臣能担大任，难道就不能辅佐幼主吗？』慕容儁感动地说：『你想学周公辅佐成王，我还有什么可忧虑的呢？』

●慕容恪辅佐新帝慕容暐，掌握朝廷大权。他为人处世雍容大度，虚心对待百官，力修仁政，对于有过错的官吏，一般不公开他们的错误，只是调动一下职务，作为贬职。同时，他量才授任，使一些品德好、能力强的官员都能够得以擢升，让他们为国家兴盛充分展示自己的才干。

●慕容暐即位不久，太师慕舆根自以为功劳大、资格老，对慕容恪任太宰心中不服，想乘机作乱。他先是给慕容恪设圈套，让他废主登基。被慕容恪严厉斥责后，又向皇帝进谗言，说慕容恪欲谋反。在身家性命十分危险的情况下，慕容恪处变不惊，当时有人建议他杀掉慕舆根，他着眼全局说：『先皇刚去世，秦晋两国蠢蠢欲动，宰辅互相残杀，恐违背人心，还是忍耐一下吧。』后来，皇帝识破慕舆根的阴谋，将其处死。这时有人劝慕容恪多加警惕，慕容恪说：『现在人心惶惶，应该使大家安定，不能自己制造紧张空气。』前燕建熙二年三月，燕国河内太守吕护投降东晋，引晋兵攻邺（今河北临彰附近），慕容恪心系国家安危，发兵五万，将吕护困于城中。当时军中急躁情绪迅速滋长，纷纷要求急攻，慕容恪对大家说：『吕护作战经验丰富，他据城守备，难以轻易攻下，我围而不攻，城内粮少，外无援军，不过十旬，必定不守。』正如慕容恪所料，后来吕护果然无法支持，城中粮饷断绝，其只身逃走，部众纷纷投降。

●建熙八年，慕容恪因体弱上表要求归政，慕容暐未允。次年五月，慕容恪病重，临终前对慕容暐说：『我听说报恩莫大于推荐贤才。吴王慕容垂的将相之才高我十倍，才能仅次于管仲、萧何，陛下如能委任他，国家可保安宁。』慕容恪辅政七年，使前燕在与后赵、高句丽、中山、冉魏以及东晋的战争中，始终立于不败之地，前燕一时成为强大的国家。

慕容垂投苻坚与前燕灭亡——十六国（前燕）时期

临危请战保前燕，大败晋军功盛宣。
受妒谋盘离臭水，被揭逃路奔蓝天。
忠国反倒遭凶祸，乱政犹能享泰安。
愦主奸臣同作孽，都失帝遁毁江山。

注释

●慕容垂，十六国时期前燕名将，曾为吴王，后被慕容恪推荐入廷。太和四年，东晋桓温率五万大军北伐前燕，来势凶猛，离燕都邺城仅有二百里，危在旦夕，皇帝慕容暐想逃往和龙（今辽宁朝阳）。此时，慕容垂主动请缨说：『让我前去抵御晋军，如不胜，再走也不迟。』于是慕容垂被任为南讨大都督，领军抵抗桓温。他断绝了桓温的粮道，后又设下埋伏，使桓温中计，全军大败，伤亡惨重。慕容垂立下赫赫战功，威望飙升。

●看到慕容垂战胜晋军，声望日隆，生性贪婪又无勇无谋的辅政大臣、太傅慕容评（慕容皝之弟），心生妒火，私下里与皇太后可足浑氏密谋，要将慕容垂杀掉。慕容垂得到消息，便与儿子慕容令谋划防止太傅慕容评加害的办法，想去邯郸暂避，以待皇上明察。不料此计被慕容垂的少子慕容麟向朝廷告发。在走投无路、万般无奈的情况下，慕容垂只好西去长安，投奔了前秦的苻坚，被封为冠军将军。

●此时的前燕，奸臣操权，忠良报国之士反倒落得悲惨境地，而像慕容评这样的乱政之徒却受到信任，国家的前途已可想而知。

●慕容评贪得无厌，他利用手中权力，收受贿赂，任人唯亲，打击异己，而皇帝慕容暐又听不进忠臣的意见，致使前燕政权陷入十分危急的境地。前秦建元六年四月，苻坚任王猛为统帅，率步骑兵六万进攻前燕，慕容评驱兵三十万抵御，由于他既无能，又胆怯，且在此时还肆无忌惮地聚敛财富，结果在潞川（今浊漳河）大败，损兵五万多人，自己单骑逃回。前秦王猛乘胜追击，前燕军又投降十多万，至此，燕军主力基本被消灭。王猛军从潞川挥师东进，苻坚又亲率十万大军会攻邺城，慕容暐狼狈逃跑，后被秦军俘虏，苻坚攻入邺城，前燕遂告灭亡。

前凉奠基者汉人张轨——十六国（西晋、前凉）时期

凉州理政著辉煌，讨虏靖边名愈扬。

设郡造钱兴稼穑，尊儒揽士办学堂。

上思拥主竭忠胆，下想安民尽善肠。

大略方针传后继，开基奠础未称王。

注释

●张轨，字士彦，十六国时期前凉政权的奠基者。西晋惠帝时，他因当过征西军司，被任命为凉州刺史。凉州地处边境，百姓生活极端困苦，赖其治理有方，民生得到改善，赢得人民拥护。凉州常受鲜卑等少数民族的侵扰，张轨到任后两次讨伐鲜卑，斩首万余，俘获十多万，安定了边防，更使其名声大噪。

●西晋末年，中原大乱，北方士大夫和众多百姓纷纷逃难，不少人逃到了西北的凉州，张轨广纳流民，特设立了武兴郡、晋兴郡加以安置。凉州地区因兵连祸结，魏晋以来已不用货币，严重影响了经济发展。针对这种情况，张轨下令铸造五铢钱，方便了商品交换，有力地促进了经济发展。他还大力鼓励农耕，广泛招揽有学问之人。同时，提倡儒学，在姑臧（今甘肃武威）设立学校，把各地地主子弟五百多人招到学校学习，请有学问的人担任老师。在当时

的战乱年代，凉州成了西北汉文化的中心，汉魏以来的汉族传统文化在这里得以保存。

●张轨一直对西晋皇室忠心耿耿，每年都派使者赴朝廷进贡钱帛。京师危机时，他又派精骑去保卫京师。西晋王朝正是有赖于凉州的不断支援，才得以苟延一时。张轨能够体恤黎民百姓的疾苦，多施仁政，使人民能在一个比较安定的环境中生活。

●建兴二年，六十岁的张轨病重，临终前他在遗令中说：『文武将佐都应当尽忠皇帝，安定百姓，上思报国，下以宁家。』这实际上就是对后继者提出的立国大政方略。张轨为前凉的建立奠定了基础，确定了方针，但他自己始终没有称王。

王猛辅佐苻坚——十六国（前秦）时期

寒门庶子系乾坤，拒晋投秦著赫勋。
治水兴农丰府库，倡儒督教慰民心。
严惩恶吏除朝弊，狠饬劣戚维主尊。
大略襄君一统北，鼎国繁盛献终身。

注释

●王猛，字景略，十六国时期前秦重臣。他出身寒门，却博览群书，心怀大志。当年东晋大将桓温北伐入关，屡破秦军，招王猛进见，王猛见桓温后，一面谈论天下大势，一面在衣襟里捉虱子，旁若无人。桓温见王猛气度不凡，要他随其一起南下，王猛看透了桓温北伐不入近在咫尺的长安，目的仅在于提高自己的威望，而不在于收复失地，于是，便断然拒绝了桓温的要求。后来，王猛被前秦苻坚派人请去，两人一谈，他觉得苻坚更能成大事，是一个明主，就立即投到苻坚门下。苻坚高兴地说：『我得到王猛，就好像刘备遇到了诸葛亮。』王猛果然如苻坚所望，在以后的日子里为前秦的振兴建立下了巨大功勋。

●前秦因面临长期战乱而经济凋敝、社会矛盾尖锐。为此，王猛协助苻坚推行了一系列改革，如：奖励农业、兴修水利、改善财政、充盈府库、提倡儒学、推广教育、缓和民族矛盾、安抚民心等，使经济、文化都得到很大发展。

●王猛严格整顿吏治，特别勇于向不法的皇亲国戚『开刀』。他任始平（今陕西武功一带）令刚一上任，就处决一批横行不法的贵族豪绅。后来他提升为京兆尹，听说前秦开国皇帝苻健的妻弟乘酒劲掠人财货、子女，便毫不容情地将其斩首，陈尸于街市，并在几十天内，捕杀了恶霸豪强二十多个。一次，苻坚问王猛，为什么一上任就杀人？王猛说：『太平时代用礼，乱世用法。』苻坚看到由于王猛的严格执法，混乱局面大有改观，高兴地说：『我今天才知道，国家有了法制，天子才有尊严！』

●苻坚在王猛的襄助下处理军国大事，国势日强，先后灭掉了前燕、代、前凉等国，于建元十二年统一了北方。在统一的前一年，王猛病逝，为前秦的昌盛献出了自己的一生，对他的死去，苻坚悲痛不已。

淝水之战苻坚惨败——十六国（前秦）时期

战晋初赢再逞凶，骄蛮恣意忘西东。
寿阳轻取得一胜，洛涧惨输丢万生。
淝水鹤风皆作唳，八公草木俱成兵。
塞川蔽谷尸横野，脉断气绝国速倾。

注释

●苻坚，十六国前秦之帝。重臣王猛死后，苻坚自恃强大，不顾民力，穷兵黩武，不听王猛临终劝告，于太元三年发十几万大军进攻东晋襄阳，取得胜利，尝到了甜头。三年后，他决心再次发兵攻晋。此议一出，众臣僚纷纷反对，尚书左仆射权翼、太子左卫率石越、大将苻融等，都上谏陈明道理，极力劝其罢兵。可此时的苻坚头脑膨胀，忘乎所以，把大臣的忠言一概当作耳旁风，最后还是一意孤行地做出了发兵攻晋的决策。

●太元八年七月，苻坚驱八十多万大军伐晋，秦军先锋轻取寿阳（今安徽寿县），俘虏了东晋守将徐元喜。首战告捷，苻坚更加骄狂，接着，派兵进至洛涧。由于部将朱序心怀故国（他原属东晋），向晋军献计，晋军将领刘牢之即率『北府兵』主动出击，将秦军打得措手不及，五万兵士争先恐后渡过淮河溃逃，淹死者不下一万五千人。

●晋军洛涧大捷，士气倍增，挥师乘胜前进，抵达八公山（今安徽寿县北），而秦军则在八公山下的淝水西岸逼水而阵。此时，晋军谢玄使计，派人对秦军说：『你们悬军深入，现在逼水而阵，这是持久之计，不是速战之策。你军如移阵稍退，让出一片空地，我军渡过淝水，双方即可决一胜负。』苻坚想利用晋军渡河之半发动突然袭击，一举歼灭，于是答应了晋军的要求。但不料离乡背井被迫来作战的秦军士兵一听到后退，立刻如潮水般一哄而散，晋军乘势抢渡，展开猛攻。秦军苻融见势不妙，急忙驰马赶到后面整顿队伍，结果马倒人落，被晋军杀死，秦军失了大将，顿时全线崩溃。谢玄乘胜追击，秦军向后逃跑的人，回望八公山上的草木，黑压压一片，都以为是晋兵之阵，听风声和鹤鸣，都以为是晋兵追来。

●秦军在晋军的追击下，一片大乱，自相践踏而死者塞川蔽野，由于昼夜不停地逃跑，一路饥寒交迫，死者十分之七八，苻坚也中箭负伤，单骑逃到淮北。淝水一战，秦军惨败，损兵折将六七十万，前秦政权元气大伤，迅速瓦解，彻底倾覆灭亡已成定局。

慕容垂重建燕国——十六国（后燕）时期

感念前恩暂侍鞍，寄人篱下又非甘。

虽呈赤胆襄他主，却隐异心谋自天。

募勇袭营充武备，焚桥渡水树旗幡。

复国长梦终如愿，称帝择都建后燕。

注释

●慕容垂，本为十六国前燕功勋卓著的大臣，因受辅政奸佞慕容评的诬害而逃到前秦，投靠苻坚。秦晋淝水之战，苻坚惨败，收拾残兵败将来到慕容垂军中。当时不少人建议慕容垂乘苻坚兵败之际，将其除掉，然后恢复燕国。可慕容垂想到当年苻坚曾有恩于自己，如果乘苻坚之危，落井下石，有愧良心，便不顾众人反对，未行杀事，且将自己的士兵交给了苻坚，但慕容垂多年来寄人篱下，每思故国，总是心有不甘。

●慕容垂在前秦期间，忠心臣服苻坚，但他始终胸怀返回故土、恢复燕国政权（此时前燕已被前秦所灭）的宏大目标和雄心壮志。

●苻坚在部下的屡次劝说下，对慕容垂产生了疑忌之心。慕容垂看明此情，在两个儿子和部下的建议督促下，把握时机，终于离苻坚而去。他来到河内郡（今河南武陟西南）招募士兵八千余人，后来又袭杀苻飞龙（苻坚部下）一千多人，充实了自己的武备。然后，渡过黄河，烧了桥以断追兵之路，沿途又招收不少兵马，队伍扩充到三万人。同时，派人潜入邺城，秘密通知留守的慕容农（其子）等起兵响应，并利用丁零部翟斌的势力，共同起事。太元九年一月，慕容垂在荥阳自称大将军、大都督、燕王，打起了复国的旗号。鲜卑、丁零、乌桓各族纷纷响应，部众发展到二十多万。

●慕容垂多年来的复国之梦终于如愿以偿。太元十一年正月，他自称皇帝，定都于中山（今河北定州），不久占领了河北广大地区，建立起新的政权，史称后燕。

姚苌建立后秦——十六国（前秦、后秦）时期

已明秦厦近塌坍，逃罪脱身自树幡。
定略驱兵移岭北，望烽渔利下长安。
逼君禅位谋龙辇，缢主夺权舞御鞭。
拓土开疆兴帝业，一时雄起可敌燕。

注释

●姚苌（音：常），羌族人，十六国前秦时曾被苻坚封为龙骧将军，深得苻坚恩宠。淝水之战惨败后，苻坚西归长安，命姚苌、苻睿攻打西燕慕容泓，苻睿战死，姚苌畏罪叛逃渭北。他见苻坚大势已去，就在太元九年自称大将军、大单于、万年秦王，脱离了前秦，并被关陇一带的豪族推为盟主，渭北地区也有十多万户羌胡族人投其麾下。苻坚率三万人马攻伐姚苌，姚苌陷入困境，军中因缺水渴死者无数。正在濒临危亡之际，忽然天降暴雨，危机随即解除，姚苌仰天长叹，连声大吼：『这真是天意！』

●姚苌听说慕容冲攻打长安，召开紧急军事会议，讨论战略方针。会上有将领认为应先攻取长安，建立根本，然后再经营四方，姚苌却不以为然，他主张移兵岭北，广积力量，待燕人与苻坚两败俱伤，然后坐收渔翁之利，这样无须

大动干戈便可取得长安。姚苌确定的战略果然奏效。

●苻坚被慕容冲击败，逃到五将山，被姚苌部将抓获，姚苌逼迫苻坚禅位，被苻坚大骂为叛贼。因苻坚过去有恩于姚苌，所以见到姚苌特别愤恨，大骂不止，誓死不禅让，遂被姚苌在寺庙中缢死。

●姚苌入据长安后，于太元十一年称帝，国号为大秦，史称后秦。太元十八年姚苌病死，其子姚兴继位，遂即开疆拓土，消灭关陇一带的割据势力，后又取得黄河以东地区，还乘东晋衰乱之机攻取洛阳，后秦一时雄起，成为与后燕并立的强盛政权。

吕光征西域建后凉——十六国（前秦、后凉）时期

马啸沙飞千里长，西征大漠越苍茫。
兵威焉地降服主，垒锁龟城败逆王。
异宝奇珍皆满驾，名歌美舞尽盈囊。
荡平回路集权柄，悼罢先君建后凉。

注释

●吕光，氐（音：低）族人，他原为前秦苻坚的部将。苻坚平定中原后，国力强盛，于是想经营西域。太元七年九月，吕光被任命为使持节、都督西讨诸军事，率七万五千步骑兵从长安出发，征伐西域。十月，正值秦晋淝水大战之际，吕光到达高昌（今新疆吐鲁番东）后继续西进，深入大漠腹地，克服天旱缺水等重重困难，开始了对西域诸小国的猛烈讨伐。

●吕光率兵逼近焉耆国，国王泥流见吕光大军来势凶猛，慑于威势马上投降。而龟（音：秋）兹（地处今新疆库车）国王帛纯则据城抗御。吕光在其城南五里设一军营，挖深沟，筑高垒，把城牢牢锁困，并做了大量木人，身穿盔甲，手持武器，以此迷惑敌人。帛纯用大量财宝请来邻国七十多万兵马前来救援，吕光用兵营环环相连的一种叫

『勾锁』的战法，终于打败这些援军，帛纯只好携宝物逃走。

●西域各小国听说吕光平定了龟兹，纷纷送来贵重礼物，有些国家还从千里之外前来归降。吕光东归时，搜罗了大量奇珍异宝，装满两万多头骆驼的驮乘，他还带回了西域庞大的乐队、舞队及各种乐器，各种装具，所有行囊都塞得满满的。这些东西，对促进和加强内地与西域的经济文化交流，起到了重要作用。

●太元十年九月，吕光从龟兹来到宜禾，前秦凉州刺史梁熙阻断了吕光的归路，二人互相指责，互不相让。接着，吕光在酒泉将梁熙打败，不久进入姑臧（今甘肃武威），自称凉州刺史、护羌校尉，凉州各郡县纷纷投降。太元十一年，吕光得知苻坚死亡，他下令全军穿素戴孝。同年十二月，他自称侍中、中外大都督、大将军、凉州牧、酒泉公，正式建立了后凉政权。

兄弟相残后凉倾国——十六国（后凉）时期

误立嗣君埋祸根，飞腥溅血满天昏。
一嫡绩弱无雄气，二庶功丰有野心。
方作联盟同灭主，随成对手互争尊。
他杀你砍纷生乱，难抵外侵即断音。

注释

●十六国时期后凉龙飞四年，皇帝吕光病重，安排正夫人所生的儿子吕绍继位，吕绍不是长子，而为长子的吕纂和次子吕弘却是嫔妃所生。这样，在皇位的继承上，三个儿子之间便引发了一场场残酷杀戮，搅得整个朝廷血雨腥风，一片昏暗。

●吕光明知吕绍才能平庸，底气不足，且无任何功绩，只因他是嫡子，所以硬让他继承皇统。吕光心悬忧虑，为此特对吕纂、吕弘进行一番开导，让他们与吕绍和睦相处，尽心辅弼。可吕纂、吕弘跟随吕光东征西讨，颇有战功，而今却未得嗣承，自然不满。所以，二人勾结起来，结成同盟，决定剪灭吕绍。

●吕纂、吕弘在姑臧城联手发动兵变，他们分别率兵向两个城门进攻。吕绍闻讯立即派禁兵抵抗，吕光的另一个儿子吕超率两千士兵赶来援助吕绍，然而士兵们历来畏惧吕纂，所以纷纷不战而逃。吕绍被迫自杀，吕超趁乱逃走。于是，吕纂夺得皇位，任命吕弘为大都督、大司马、司隶校尉、录尚书事。不久，吕纂因吕弘功高位尊，产生疑忌，吕弘也后悔当初让出皇位，就在四〇〇年三月，发东苑兵向吕纂进攻，吕弘战败出逃到广武，不久被吕纂派人诛杀。

●被吕纂安置守边的吕超也在暗中扩充实力，与中领军吕隆（吕光弟吕宝之子）策划谋反。后来在一次宴会上，吕超趁吕纂醉酒之际，将其刺死，吕纂死后，吕隆即位。在后凉诸吕自相残杀之际，于神鼎元年七月，后秦姚硕德统兵六万，对后凉发起进攻，九月，吕隆投降，后来离开姑臧迁到长安，至此后凉灭亡。

李皓建立西凉——十六国（西凉）时期

善武长文誉走廊，公推上座建西凉。
开通言路求真善，察举人才任俊强。
垦地屯田兴稼穑，崇儒促教办学堂。
赫然基业由儿毁，未现宏图却致亡。

注释

●李皓，十六国时期西凉政权的建立者，其为汉人，是汉代名将李广的后代。李皓善文长武，性格沉毅，德行高尚，深得河西走廊一带官民的赞服，他曾任敦煌太守，为许多望门大族所推崇。隆安四年，北凉段业和沮渠蒙逊的矛盾不断激化，晋昌太守唐瑶联合六郡士人，公推李皓为大都督、大将军、凉公、领秦凉二州牧、护羌校尉，正式建立起西凉政权。

●西凉所处之地为河西地区的西部（今甘肃酒泉、玉门、安西、敦煌及新疆东部的一块），与中部的北凉、南部的南凉相比，国小力单，土地贫瘠，人口稀少。为了稳定统治，李皓励精图治，采取多方面有力措施。他广开言路，认真接受臣下建议，执法宽简，赏罚分明，抑恶扬善。他还按汉魏选拔官吏的办法，实行察举制度，州选秀才，郡举孝廉，统一策试，因才授官，使一大批有真才实学的文官武将得到重用，为巩固政权奠定了良好的组织基础。

●李皓大力发展经济，在玉门、阳关一带实行大规模屯田，鼓励百姓开垦土地，兴农事稼，使西凉出现了安居乐业的兴旺景象。他在文化上推崇儒学，重用儒生，并十分重视教育，大力兴办学校，不仅保留了中原传统文化，而且造就了许多有名学者。

●建初十三年，李皓病逝，次子李歆继位，初期尚好，后来便骄纵放荡，独断专行，大兴土木，搞得国力匮乏，民不聊生。嘉兴四年，北凉来攻，李歆不听臣谏，莽撞出击，全军中敌埋伏，断送了自己的性命，不久，西凉灭亡。这样，李皓创下的多方面有所建树的基业和原本准备统一河西，恢复晋室的雄心壮志，都因其英年早逝，被接班的儿子毁于一旦。

南凉始末——十六国（南凉）时期

根弱屈身暂卧龙，廉川洒泪表心雄。
兴兵讨逆威风起，亮剑推官帝梦成。
始嗣多谋方盛旺，续接缺略遂凋零。
由生至灭十八载，宛若流星速逝明。

注释

●十六国时期的南凉，是鲜卑族秃发氏首领秃发乌孤建立的国家。秃发氏在西晋末年发动起义，占领凉州，秃发乌孤任部帅后，重视农业，和善睦邻，得到部众的拥护。后凉麟嘉二年，吕光任其为冠军大将军、河西鲜卑大都统、广武县侯。大将石真若留考虑到现在根本未立，力量不足，建议秃发乌孤暂且受命，于是秃发乌孤成为后凉臣属。在此位置上，他时刻观察情势，伺机而动。麟嘉三年的一天，秃发乌孤登上廉川大山（今青海乐都以东），一言不发，默默流泪。随从问何故，秃发乌孤说：『我们祖先以德怀远，远近部落都来归顺，自我即位，诸部背叛，使我深感忧虑。』随从看出了秃发乌孤的雄心壮志，便说：『大王何不率众发兵，讨伐他们？』秃发乌孤当即决定举兵征讨。

●后凉龙飞二年，秃发乌孤出兵讨伐背叛他的各部，先后征服了河南部、意云部等鲜卑部落，其威风大振，实力倍增。吕光见秃发乌孤势力越来越强大，赶紧任命他为征南大将军、益州牧、左贤王。秃发乌孤此时已经看清了吕光的衰败迹象，便对吕光直言不讳道：『吕王你穷兵黩武，不能使百姓安宁，现在诸子贪淫，外甥肆暴，郡县土崩，民不聊生，我不能违反天下民心，受不义的爵位！帝王兴衰，有德则昌，无道则亡。我要顺天下民望，自成帝业。』于是，秃发乌孤在廉州（今青海民和西北）自称大都督、大将军、大单于、西平王，建元太初，大赦境内，建立起秃发氏政权。因地处河西走廊东南，故称南凉（其统治区域为今甘肃西部、青海一带）。

●后来，秃发乌孤攻破后凉，迁都乐都，进一步发展壮大。不久，秃发乌孤因摔伤不治而死，其弟秃发利鹿孤继位。此人在位三年，对内加强政权建设，发展经济文化，对外采取灵活政策，对西凉、西秦表示友好；对强大的后秦称臣观变；对北凉寸步不让；对后凉继续打击。由于他多谋善断，利用矛盾，分清主次，所以能在诸国中周旋，求得了发展。秃发利鹿孤于建和三年病死，其弟秃发傉（音：怒）檀继王位，他只知道连续不断地东征西讨，不注意发展农业生产，不管百姓死活，而且搞得朝廷内部矛盾重重，纷争激烈。虽然在取得姑臧后，脱离了后秦的束缚，但南凉已由盛转衰，很快就被西秦所灭。

●南凉政权从秃发乌孤起至秃发傉檀止，前后仅存十八年，犹如一颗流星，稍纵即逝，其中原因不言自明。

沮渠蒙逊杀段业建北京——十六国（北凉）时期

雪耻报仇集万兵，拥王救驾赫威声。
通身睿智长度势，满腹高韬善辨风。
使计拨非除太守，借刀诬罪剪堂兄。
悲情惑众腾杀气，灭主迁都自树旌。

注释

●沮渠蒙逊，十六国时期北凉的建立者。其家族原属后凉，他的两个伯父被后凉晚年昏庸的吕光所杀，当时蒙逊在朝中当侍卫，闻之处变不惊，但却下定了报仇雪耻的决心。于是，回家参加葬礼时集结万众起事，攻下后凉的临松郡，杀了护军和郡守，与堂兄沮渠男成共拥建康郡太守段业为凉州牧，建立起北凉政权。段业以男成为辅国将军，蒙逊为张掖太守。蒙逊在段业麾下屡建功业，生擒西郡守城的吕光之侄吕纯、降晋昌太守王德、敦煌太守孟敏。特别是在段业追敌时遇险，蒙逊挺身而出，于乱军中救驾，使段业免于一死。

●神玺三年二月，段业即凉王位，改元天玺，任蒙逊为尚书左丞。蒙逊英勇多谋，段业感到威胁，心生疑忌，便用亲信马权取代蒙逊张掖太守之职。蒙逊看出其中的内情，深感祸殃临头，于是巧施多计，终将危及自己的祸患除掉。

●蒙逊为除掉马权，无事生非，在段业和马权之间制造隔阂，终使段业将太守马权杀掉。之后，蒙逊想联合堂兄男成一起除掉段业，男成未同意，于是，蒙逊心生杀机，欲除男成。他使出诡计，布下陷阱，加罪男成谋反，又借段业之手将男成问斩，使其有口难辩，蒙冤而死。

●男成死后，蒙逊假装无限悲伤，召集大家隆重发丧，并哭着对众人说：『男成忠于段王，而段王却无故杀他，太冤枉了，诸位一定要为他报仇！』把大家的愤怒情绪煽动起来后，蒙逊率领兵马向张掖进军，讨伐段业，终将段业杀死。天玺三年，蒙逊任大都督、大将军、凉州牧、张掖公，改年号为永安，建立起一个沮渠氏统治的胡汉联合政权。蒙逊东击南凉、西秦，西灭西凉，占领了整个甘肃西部。永安十一年攻克姑臧，次年迁都于此，自称河西王。

凶残的夏主赫连勃勃——十六国（夏）时期

诛丈吞兵自立国，狂言统万霸山河。
凶残罕见天惊悚，暴虐难寻地骇咋。
铠甲矢穿工必死，垛垣锥进匠非活。
鞠谦不受犹夺命，嗜血杀生甚恶魔。

注释

●赫连勃勃，匈奴人，十六国时期夏国的建立者。他早先投奔后秦高平公没亦干，并娶其女为妻，后来他竟然把岳父没亦干杀死，吞并其部众，自称大夏天王、大单于，建立夏国。夏凤翔元年，赫连勃勃征发岭北汉族和其他各族民夫十万，修筑城池。他声言，自己要统一天下，君临万邦，所以把建筑的新城命名为『统万城』。

●赫连勃勃极端残忍暴虐，把杀人夺命视为儿戏，疯狂践踏道德和人性。他总是把弓、箭放在身边，随时问斩，朝中大臣中如有人讲一点逆耳之言，他就先割掉人家的舌头，然后杀掉；如有人朝他看看，目光含有不满，就挖掉那人的眼睛；如有人讥笑他，他就要割破那人的嘴唇。

●在修筑统万城时，城墙所用的土都要经过蒸煮，夯实后非常坚固。即使这样，赫连勃勃仍要找理由杀人。他发布命令，墙体用锥子如能刺进一寸，说明质量不过关，修城的工匠就要被杀死。在制造弓箭和铠甲时更极端苛刻，箭射不穿铠甲，制箭人必死；射穿了铠甲，制铠甲者必亡。如此这般，筑城和造甲的工匠死于非命者不计其数。

●赫连勃勃到长安后，找来了一个隐士，名叫韦祖思。此人彬彬有礼，见到赫连勃勃表现得十分谦恭，赫连勃勃却大怒，认为此人这样做，是把他当成了非类，竟然把韦祖思杀了，其荒唐之举，实在不可思议。赫连勃勃在战斗中更是杀人如麻，与南凉作战时，杀伤万计，把人头堆在一起，叫作『京观』。后来，他纵容部将王买德在青州打败宋军后，同样『积人头以为京观』。

慕容垂发兵攻魏惨败参合陂——十六国（后燕）时期

未得名马近发疯，怒火冲天举讨征。
速战难达吃诈术，久托无效撤疲兵。
遭诓散阵生骚乱，拒劝松防致溃崩。
大败参合伤底气，随临覆没丧都京。

注释

●慕容垂建立后燕，国力日益强大，占有关东的黄河中下游及幽、并等地，与关中的后秦并立为北方东西最强大的两个国家。三八六年，北方鲜卑拓跋珪建立北魏。原先慕容氏与拓跋氏曾通婚，关系很好。后来慕容垂扣留北魏使者，求取名马，因未得到，两国关系立即紧张起来。再加上北魏又帮助西燕抗后燕，于是，太元二十年五月，慕容垂决定遣将驱师攻伐北魏。散骑常侍高湖上谏，认为魏、燕关系一直很好，不能因求马不得就翻脸，且万一出师不利，后果不堪设想，极力劝阻罢兵。但慕容垂不仅不听，而且一怒之下免去了高湖的官职。

●后燕伐魏大军在骄矜的太子慕容宝率领下长驱直入，轻易收降曾依附北魏的部族，可他不知这是拓跋珪故意设下的

『示弱』之计。正在后燕军得意忘形、打造船只准备渡黄河之际，拓跋珪向后秦求援，并调兵遣将，准备反击。慕容宝出兵四个月，连魏军主力都没找到，此时已近隆冬，北风呼啸，几十只船又被吹到黄河南岸。这样久拖不战到十月，慕容宝只得撤兵。

●其实，在慕容宝待战的时候就已军心懈怠，再加上拓跋珪在五原到燕都中山的路上早已设下伏兵，并扣下后燕使者，让他们向黄河北岸喊话说慕容垂因病而死，慕容宝不知真假，士兵一片骚动。慕容麟的部将慕舆嵩以为慕容垂真的死了，打算谋反，推举慕容麟为主。虽因事败露，慕舆嵩被处死，但慕容宝对慕容麟产生了戒心。后燕军撤退中，拓跋珪派二万精骑追击。十一月九日，燕军撤至参合陂（今内蒙古凉城西北）时，忽然狂风大作，随军和尚支昙猛劝说慕容宝赶快做好抵御魏军的准备，慕容宝认为魏军离得尚远，未予理睬。支昙猛一再建议，慕容宝却说他是妄言惑众，并要将其斩首。就在慕容宝整日骑马打猎，逍遥玩耍之时，北魏大军日夜兼程，在燕军没有任何防备的情况下赶到了参合陂西边，衔枚束马，占领山头。当燕军正向东行军时，魏军突然从山上冲杀下来，燕军无心反击，争着向黄河边逃去，踩死溺死上万人，剩下的四五万人全部被俘，上千文武将吏成了俘虏，慕容绍被杀，慕容宝单骑逃跑。

●参合陂一役，后燕军丧失了主力，从此一蹶不振。太元二十一年八月，拓跋珪大举伐燕，慕容农出战失败，全军覆没。次年三月，慕容宝撤出都京中山，半年后中山被魏军攻克。

冯跋建北燕——十六国（北燕）时期

灭掉昏君建北燕，多行善举换新天。
恤民轻赋施仁政，饬吏严纲肃恶官。
尚俭督耕兴作本，崇文促教治当先。
但因身后即生乱，耀眼辉煌仅瞬间。

注释

●冯跋，汉族人，十六国时期北燕政权的建立者。他原为后燕禁卫军将领，因在慕容熙统治时期犯禁而逃匿山中，寻机起事。义熙三年，他使一妇人潜入龙城，杀死荒淫无道的慕容熙，推高云为主，后高云被部下杀死，冯跋即天王位，于昌黎（今辽宁义县）建立北燕。冯跋与德才兼备的长弟冯素弗携手治国，多行善举，使北燕在短时间内出现了令人可喜的气象。

●冯跋兄弟采取了一系列经国理政措施，他们体恤民生，废除苛政，减轻徭赋，不准官吏侵害百姓。同时，整饬吏治，严肃纲纪，力肃贪腐官员。慕容熙败亡时，有一官员偷盗许多宝物，用于行贿，攫得一个县令职位，后来被人告发，冯跋当即将其处死，于是朝野上下再也不敢贪污和行贿受贿。

●冯跋坚持以农为本，十分重视稼耕，奖勤罚懒。他动员百姓每人种桑树一百棵、柘树二十棵。为提倡节俭风气，他号召薄葬，并带头不扩建祖先陵墓。同时，他把『求治』当成第一要务，大力发展文化教育，下诏说：『武以平乱，文以治国。』为此营建太学，挑选十五岁以上的官家子弟入太学学习，为治理国家培养人才。

●冯跋使北燕兴旺起来。元嘉七年，他病死，其弟冯弘却把他的许多儿子杀了，自立为燕天王。由于内生凶乱，外遭北魏的连续攻击，冯弘在四百三十六年投奔了高丽。这样，北燕政权仅存在了二十八年就灭亡了。

南燕灭国慕容超被杀——十六国（南燕）时期

恣乐纵淫朝政荒，屡攻东晋反招殃。
骄蛮拒谏抛优策，武断驱师采劣方。
布势虚兵丢要塞，守城穷计丧金汤。
求秦助力遭蒙骗，军覆国倾涌血浆。

注释

●慕容超，十六国时期南燕末代皇帝。南燕立国者，其叔父慕容德于义熙元年去世，慕容超继位。他整日逸乐淫欢，不管政事，又不断举兵攻伐东晋，招来东晋的大规模反攻，致使南燕面临灭顶之灾。

●义熙五年三月，东晋刘裕兴兵北伐南燕，慕容超得知刘裕进军，召集群臣讨论对策。征虏将军公孙五楼分析敌我态势后，提出对敌的上、中、下三策，建议慕容超采取固守险要、迂回夹击的上策，或据守屏障，坚壁清野的中策为佳。太尉桂林王慕容镇也极力劝谏慕容超，千万不可采取让敌越过大岘要塞然后再打的下策。可慕容超对大臣们的这些好建议一概不听，我行我素，独断专行，执意采用了让出固塞以保麦禾的下策。

●刘裕率军轻易地越过了南燕的要塞大岘，使南燕失去了抵抗的天然屏障。义熙元年六月，刘裕到了东莞（今山东沂水境内），慕容超慌忙派兵据守临朐，因判断失误，城内虚兵，被刘裕发奇兵一举攻下，慕容超见状，狼狈逃回都城广固（今山东青州西北）。刘裕乘胜追击，进围广固，攻下大城后，又包围慕容超蜷伏的小城。

●在被围困的紧急情况下，慕容超向后秦求援，可秦王姚兴将其诓骗，未发一兵一卒。义熙六年，刘裕攻下广固城，慕容超被俘，随后被押往建康（今南京）斩首。而广固城在刘裕『高抬贵手』的情况下还杀了南燕王公以下三千余人，有上万人沦为奴婢。

佛经大翻译家鸠摩罗什——十六国时期

幼时随母苦修行，久住龟兹探大乘。
誉满东西皆景仰，声播前后尽恭迎。
勤学汉语蓄功厚，准译梵经开象隆。
卷帙浩繁多永续，跻身四大享殊荣。

注释

●鸠摩罗什，十六国时期著名的佛经翻译家，父籍天竺（古印度），他本人生于西域的龟兹国（今新疆库车一带），七岁时随母出家修行。后来其母去了天竺，他留在龟兹（音：秋慈），整整二十六年。在这里罗什广泛研究佛教大乘经论。

●罗什因研究佛经取得卓越成就，声名鹊起，西域、东土皆生仰慕，每当他讲经时，许多王公贵族都前来听讲。前秦苻坚听到罗什大名，敬仰不止，决定迎来。建元十九年，特派骁骑将军吕光率大军西伐龟兹，将罗什带到姑臧。后秦时期，秦主姚兴亦对罗什心仪向往，发兵打败吕氏，将罗什迎入长安。

●罗什在姑臧时，勤奋学习汉文，积累了丰厚的汉语知识，为后来翻译佛经做了充分的准备。罗什到长安后，姚兴用国师的礼仪待他，请他在西明阁逍遥园翻译佛经，并派八百多人协助。罗什因熟梵语，懂汉文，所以译出的佛经既忠于原文，十分准确，又合乎汉语要求，颇具文采，使其名声在东土大振。他还为姚兴写了《实相论》二卷，姚兴把它奉若神明。罗什在草堂寺讲经时，姚兴常带领大臣及和尚上千人肃坐听讲。

●罗什翻译的佛教经典多为大乘经论，共三十五部，二百九十四卷，其中重要的有：《摩诃般若波罗蜜经》、《金刚经》、《妙法莲华经》、《维摩诘经》等。这些经典对大乘佛教在中国的传播起到了极其重要的作用。罗什作为与南朝的真谛、唐代的玄奘和不空齐名的中国佛教史上四大翻译家之一，其功绩永垂不朽。

东晋

『王与马，共天下』——东晋（元帝）时期

临厄出逃避虎狼，督军建业拢豪强。
蹈节明义竭辞帝，雪耻中冤勉领王。
群口呼拥终握柄，一门叱咤始成梁。
立国东晋续先业，皇室大族同坐堂。

注释

●司马睿，司马懿的曾孙，东晋王朝的建立者。西晋末年，成都王司马颖打败东海王司马越，司马睿的叔父司马繇（音：由）被杀，司马睿怕受连累，连夜出逃，经历种种危险曲折，回到自己的封地琅琊国。后来，他在知心好友王导策划下，经东海王司马越同意，于永嘉元年被任命为安东将军，都督扬州诸军事，出镇建业（今南京）。司马睿到建业后，在王导和其堂兄王敦的帮助下，极力拉拢南方大族和有名望的士人，请他们出来做官。这样，司马睿的威望大大提高，为其日后的发展创造了良好的外部环境。

●建武元年，长安陷落，愍帝被俘。朝廷群官和州郡牧守纷纷劝进，请司马睿称帝，司马睿坚持不答应，他流着泪说：『孤，罪人也，只有蹈节死义，以雪天下之耻。』他打算回自己的封国去，群臣不敢再逼，退一步只好称晋王，

司马睿勉强接受。

●建武二年三月，愍帝被害的消息传到建业，百官再次呼拥晋王称帝，司马睿终于登上了皇帝宝座。接着他大赏文武百官，直至平民百姓，受嘉奖者多达二十余万人。因以王导为首的王氏家族对其成就帝业建立了巨大功勋，所以司马睿把朝廷许多重要权力都给了他们。王导总揽朝政，王敦执掌军权，王导的几个堂兄弟也都身居要职。王氏家族在朝廷内外一呼百应，叱咤风云，成了朝廷的顶梁柱。

●司马睿是西晋皇室后代，他建立的政权史称东晋。司马睿继承先祖事业做了皇帝，但朝廷许多大权却控制在王氏大族手中，所以人们把东晋王朝称作『王与马，共天下』(马，指司马氏)。

缓和南北大族矛盾——东晋（元帝）时期

你沛膏腴我瘦田，我居实位你虚官。
冲突迭起非同伍，怨恨丛生不共天。
周氏煽风连逆反，晋廷熄火屡容宽。
北南矛盾得和缓，清静无为致稳安。

注释

●东晋是北人南下建立的政权，所以，从一开始朝廷内部就存在南北士族地主之间的矛盾。经济上，江南的膏腴之地早已被南方士族所占据，北方士族南下『无田何由得食』；而政治上，北方士族基本占据了高官显位的实职，南方士族多担任一些清闲的职务，往往只有虚名。

●由于南北士族之间的利益纷争，所以相互很难同廷共事，虽然王导助司马睿努力拉拢南方大族，使矛盾有所缓和，但并没有从根本上解决问题，直至发展为怨恨丛生，甚至不共戴天。

●太湖边上的周氏三兄弟，曾为稳定江南局势、建立东晋立下功劳，可并未得到重用。于是，他们怀恨在心，周玘（音：起）便于建兴元年与王恢联合，密谋起兵反叛，因走漏风声，王恢被周玘杀死灭口。晋元帝虽知周玘策划了此事，但只当不知，仅几番将其调动职务，可周玘觉得这是元帝在捉弄他，引起他的强烈愤慨，直至临终时还要儿子周勰为他报仇。果然周勰于建兴二年联合一些地方豪强，以讨王导为名，起兵反晋，结果又遭失败。元帝考虑到周氏在吴中有很大的势力和声望，仍然宽容对待，没有深入追究。

●由于晋元帝采取了王导提出的『清静无为』的方针，使南北士族的矛盾得到有效缓和。同时，一方面在南方士族势力较弱的地区设立侨州郡县，使北方士族与南方士族分开，另一方面让北方士族到钱塘江以南地多人少的会稽一带发展。而原先比较落后的浙江、福建一带，也得到了开发。

祖逖中流击楫——东晋（元帝）时期

闻鸡立起剑飞旋，国破家亡誓复盘。
迎浪拍楫抒壮志，渡江编伍展威颜。
数降坞主平坚壁，屡败敌军挫恶蛮。
浴血三秋收广土，终因内乱又还原。

注释

●祖逖（音：替），大族出身，东晋名将。幼时不用功，长大后博览群书，通晓古今。他刻苦习文练武，每日清晨听到鸡叫就起身在庭院中舞剑练功（『闻鸡起舞』成语的来历）。西晋灭亡后，司马睿建立东晋，偏安江南一隅，北方遗民饱受匈奴等胡族的蹂躏，汉族百姓迫切盼望东晋朝廷出兵解救，但东晋统治集团只求维持半壁江山，对北伐并不积极。祖逖心急如焚，便主动上表要求统兵北伐，以收复中原。

●司马睿不好推辞，只好给了祖逖一个『奋威将军、豫州刺史』的空头衔，勉强拨给一千人的口粮和三千匹布，让祖逖自己去招兵筹饷。建兴元年，祖逖率领自己南渡时带来的百余家渡江北上。船行至长江中流，他击楫发誓说：『我祖逖如不能扫清中原之敌，就像大江一样有去无回！』其壮烈情怀，使大家无不感动。祖逖渡江后，驻屯淮阴

（今江苏淮安南），立即铸造兵器，招募到两千多名士兵，编成营伍。于是，他有了一支坚强有力的部队，开始一展雄风。

●祖逖从淮阴向北进发。当时黄河流域一些没有逃亡的汉族地主，为了自保自救，据险修筑了许多坞壁或坞堡，并拥有自己的武装。他们在后赵军事力量的威慑下观望徘徊，甚至设阻抵抗晋军。祖逖对这些坞主能招降的招降、不投降的攻杀，扫平了北伐之路的障碍。同时，祖逖与后赵石勒、石虎展开一场场激战，重挫后赵及匈奴等胡族的兵马，取得了一个又一个胜利。

●祖逖经过三年多的浴血奋战，依靠北方人民和部分坞壁主的支持，收复了黄河以南的大片土地，并大振军威，畅通号令。可这时，东晋朝廷的内部争斗愈演愈烈，从皇帝到大臣，只关注内斗而不思北伐，祖逖深感夙愿难以实现，积忧成疾，病死于雍丘。他死后，黄河以南地区重被石勒占领，北伐成果白白断送。

王敦『清君侧』未遂——东晋（元帝）时期

大族皇室互争雄，此抑彼扬杀气腾。
帝望集权修武备，臣期揽政动兵戎。
名曰讨佞清君侧，实在行奸反御廷。
篡位专国同受遏，皆因仲父善平衡。

注释

● 晋元帝司马睿建立的东晋王朝，是一个南北几个大族的联合政权。特别是王氏大族，几乎占据了朝廷的所有重要位置，而皇帝的权限反倒很小。这样，皇室与大族之间便产生了尖锐矛盾，双方争雄，互不相让。王氏兄弟专权，引起了元帝的强烈不满，他采取了一系列抑制措施，而王氏心生怨恨，不甘屈就。于是，此抑彼扬，展开了一场杀气腾腾的残酷斗争。

● 为防止王氏生变，司马睿开始集权，让儿子司马绍秉持申不害和韩非子的学说，熟读遵行。同时，他重用寒门出身、主张『崇上抑下』、维护皇权的刁协、刘隗、戴渊等人，坐镇合肥、淮阴等地，假节带兵，大修武备，并以讨伐石勒为名，建立了一支对付大将军王敦的军事力量。而王敦看到元帝对自己的种种抑制，深感擅政受到威胁，便心怀怨恨，于永昌元年正月在武昌起兵，将刁、刘、戴的抵抗大军打败。

●王敦名为讨伎『清君侧』，实际是要乘机推翻司马氏，自己夺取皇帝宝座。他在击败刁、刘、戴之后，便自封为丞相、督中外诸军事、录尚书事，控制了朝廷，伺机夺权。晋元帝在王敦恣意专权、大施淫威的氛围中，终于忧愤而死。

●在朝廷大族与皇室严重对峙的形势下，被司马睿称为『仲父』的王导，从维护和稳定大局出发，在皇权与大族之间搞起了平衡，任何一方要打破这个平衡，他都进行遏制。刘隗、刁协要加强皇权，他反对；王敦企图代晋，他也反对。王敦起兵诛刘、刁，他赞成，但王敦要推翻司马氏，他认为是『非人臣之事』，坚决反对。正是王导『镇之以静』，把握平衡，使王敦的野心无法实现，让东晋朝廷得以暂时稳定。

王导愧对周顗——东晋（元帝）时期

一人反叛累门庭，求免株连乞友朋。
受拒心哀难忘恨，得帮气振未知诚。
忠良受害非施救，奸恶行杀却纵容。
宫档查清明内幕，潸然洒泪愧亡灵。

注释

●王导，出身世家大族，东晋三朝宰辅，被司马睿称为『仲父』。永昌元年，王导家族成员、大将军王敦起兵反叛，王氏家族皆受牵连，按法律，都将被诛灭。为了免除株连，王导率宗族二十多人到宫门外跪着待罪。恰在这时，王导的好友、尚书左仆射周顗（音：以）上朝，王导就拉着周顗的手，乞求他在皇帝面前说情，以保住王家一百多人的性命。

●可周顗未予理睬，等周顗下朝时，王导仍在宫门外面等待，再次请周顗帮忙，周仍然不理，这使王导暗暗发恨，觉得周顗很不够朋友。可是，王导哪里知道，周顗进宫后一再向皇帝陈述王导的忠诚，建议不要把他与王敦一样看待。而且回家后，还再次言辞恳切地给皇帝写奏章，请求不要治王导的罪。元帝采纳了周顗的建议，不仅没有追究王导，而且将其重用，任命他为前锋大都督，并下诏表彰他能『大义灭亲』。

●王导对周𫖮一直心怀仇恨。后来王敦攻下建康，要杀了周𫖮和戴渊，可一时又下不了决心，就去问王导。王敦三番五次地询问，王导就是笑而不答。王敦明白了王导是让他将周、戴二人杀掉。在王导的默许纵容下，周𫖮和戴渊终于死在王敦的屠刀之下。

●后来，王导在宫中检查档案，发现了当时周𫖮为自己向皇帝说情的奏章，大吃一惊，感动万分。他双手捧着奏章，颤颤发抖，潸然泪下，哀痛地说：『我虽未杀伯仁（周𫖮的字），伯仁因我而死，幽冥之中，我实在有负于他呀！』

王敦叛乱终惨败——东晋（明帝）时期

起叛诛良造血腥，阴谋篡位自临登。
钦天怒诏伐猖逆，术士直言咒恶凶。
廷将驱师封进路，国君督阵战来兵。
王家父子皆丢命，皇梦化烟一场空。

注释

●东晋初年，大族权臣王敦起兵叛乱。他攻入建康后，大施暴虐，诛杀周顗、戴渊等忠臣良将，放纵士兵满城抢掠，将宝物尽数收入自己家中。晋元帝司马睿死后，王敦逼迫继位的明帝司马绍下诏，让他进京辅政，阴谋伺机夺取皇位。

●鉴于王敦加紧网罗党羽，步步紧逼，明帝决定发兵征讨，随即下诏，宣示王敦的种种罪行。王敦见到诏书，怒火中烧，使本来就很重的病更加严重了。他将擅长占卜的记室参军郭璞叫来，让他预测发兵攻打京都能否成功。郭璞本来就对王敦心怀不满，便直言不讳地告诉他：『如果起事，祸难很快就会来临。』王敦听后大怒，将郭璞杀掉。

●这时，朝廷任命王导为大都督，领扬州刺史，温峤为都督，督东安北部诸军事，对其他各将也都作了部署，以迎击王敦的进攻。王敦杀郭璞后，命王含发五万人马进攻建康。实施阻击的廷将温峤，将王含前进必经的朱雀航桥一火焚之，使王含不得渡江。同时，明帝亲自率军出屯南皇堂，派将军段秀等渡过护城河出击，斩了王含的前锋何康。

王敦闻知王含失败，沉疴雪上加霜，不久便死去了。

●王敦叛军大势已去，王含、王应逃到荆州后终被王舒所杀。王敦叛乱历时两年多，欲夺皇位不成，反以失败告终。

苏峻叛乱——东晋（成帝）时期

寻由抗旨不听征，涌动野心驱叛兵。
宁可攀山观底谷，绝非下狱望崇峰。
削平重镇劫粮饷，陷落京都荡殿宫。
廷辅无能仍拒谏，伐贼惨败血凝冬。

注释

●苏峻，东晋成帝时历阳（今安徽和县）内史，当年平王敦叛乱有功，手握重兵，不把朝廷放在眼里。当朝辅政的庾亮（临朝称制的皇太后庾文君之兄）对他很不放心，欲以强征其入朝任大司农为名，解除其兵权。苏峻以中原未定作理由加以拒绝，接着在部属的建议下决定起兵反叛。

●听到苏峻起兵的消息，朝廷派使者再次去劝他进京。苏峻说：『朝廷说我要造反我还能活吗？我宁可站在山头上看监狱，也不能在监狱里望山头。国家危亡时我出了大力，现在狡兔即死，我这猎狗就要被烹吃了，我只有以死对付害我的人！』苏峻知道豫州刺史祖约也对庾亮不满，就派人联络祖约一起反庾亮，祖约大喜过望，立即参加了叛军。

●咸和二年十一月，苏峻、祖约起兵的消息传到建康，尚书左丞孔坦献策：『趁苏峻兵马未到，应速去阜陵（今安徽全椒东南）守住长江对岸的当利诸口（今安徽马鞍山对岸），断其来路。』王导赞同孔坦的意见，可庾亮就是不听。结果，苏峻的军队于十二月攻下姑孰（今安徽当涂）重镇，获取了大量粮草和食盐，庾亮后悔莫及。咸和三年正月，苏峻率二万人马渡江，向建康进发。这时，又有人建议庾亮以伏兵袭之，庾亮又是拒听。不久，苏峻军便攻入建康，顺风放火，大肆抢掠诸殿和后宫，官军纷纷投降，庾亮与三个弟弟等人狼狈逃向浔阳（今江西九江）。

●由于辅政庾亮愚蠢至极，既无实战经验，又骄矜自负，不能采纳正确建议，导致官军惨败。苏峻军进入建康正值寒冬，他纵兵劫掠，甚至剥下男女行人的衣服，百姓只得用草裹身，用土盖体，整个京城一片狼藉，烟火漫天，血流遍地，哭声叫声撕心裂肺。

『骑虎难下』之战（平苏峻叛乱）——东晋（成帝）时期

四路勤王共举兵，两栖伐逆指都京。
出锋凌厉军威盛，给养拮据士气松。
彼处存粮一腹怨，此方执理满腔忠。
难离虎背和为贵，携手同心靖叛凶。

注释

●东晋成帝时，苏峻起兵叛乱，辅臣庾亮指挥讨伐，大败，京都建康失守，八岁皇帝被苏峻挟持。庾亮逃到浔阳（今江西九江）后，以天子名义下诏，集温峤、郗鉴、陶侃、庾冰四路大军，约定时间，水陆同时向建康挺进，讨伐苏峻。

●四路大军共四万多人马，一路上旌旗前后七百余里，鼓角连天，好不威风。后来，东西两路军与苏峻相对峙长达四五个月，有的军中给养发生短缺，如不及时补充，必然士气松懈，难以坚持再战。

●温峤军的粮食已经不够，无奈之下，他听说陶侃军粮尚丰，便向陶侃去借。陶侃心有怨气，很不高兴地说：『当初你说不必担心良将和军粮，现在怎么又缺粮了呢？如果这样，我打算先回荆州，过些日子再来打也不迟。』温峤听罢陶侃此言，十分激动，据理力争说，古人都知道：『欲取胜利，首先内部要团结。现在天子被关押，国家危在旦夕，正是臣子拼死报国之时，如战胜，与天子共欢庆；如不胜，就应战死沙场以报先帝厚恩。你怎可以随便撤兵，那岂不是要被天下责骂吗？』温峤以国家大局为重的宽阔胸怀和义正词严的话语，使陶侃无话可说，只好拨五万石军粮送到温峤军中。

●温峤在给陶侃分析战场情况时说，今天之势，犹如骑在虎背上，已没有下来的可能（『骑虎难下』成语的来历），我们只有团结一心，才能克敌制胜。正是在温峤这一思想引导下，各路大军众志成城，终于将苏峻叛军剿灭，赢得了平叛之役的全面胜利。

品德高尚的陶侃——东晋时期

寒门入仕统千军，崇尚仁德守本真。
定数搬砖严养性，限额酌酒慎修身。
竭诚待属赢民意，罄力奉朝称主心。
多载图强荆地盛，行端品正受拥尊。

注释

● 陶侃，字士行，东晋重要将领。他出身寒门，入仕官至荆州刺史，一生严格自律，讲究仁德，注重品行修养。

● 任广州刺史时，他每日清晨都把百余块砖搬运到天井，傍晚再搬回书斋。人们不解其意，他说，我将来要竭力北伐，唯恐生活过得舒适做不成这件大事，故以运砖来磨炼自己的意志。平时，陶侃特别注意自我约束，就连喝酒都规定限额，从不超饮，他说：『年轻时曾因喝酒犯了过失，已故的父母给我规定了这个定额，所以不敢违反。』

● 陶侃手握重兵，权力很大，但他一向真心对待和爱护部属，体恤民情，一次他见到有人随手摘下未成熟的稻谷拿在手里玩，便对此人进行了严厉惩罚，说：『你们不种田，还要破坏别人的庄稼？』由于陶侃治军严格，心里装着老百姓，所以赢得了将士和民众的拥护和爱戴。他还十分珍惜时间，尽心竭力地为朝廷工作，使皇帝十分高兴。他常说：『大禹是圣人，尚且爱惜一寸光阴，我等凡人更当珍惜分分秒秒，怎能整日游荡，活着无益于人，死后默默无闻！』

●陶侃在荆州地区任刺史九年，励精图治，使经济发展，人民生活安定。晚年他要告老还乡，幕僚苦苦挽留，因而一拖再拖。咸和九年陶侃因病重再次上表辞官，临行前，他把官印、服饰、车马等归还朝廷，又把军中物资、武器等一一清点，入仓加封，然后移交。船离武昌的第二天他就死于途中。闻其去世，朝野无不悲痛，深切怀念这位两袖清风、品德高尚之人。

外戚褚裒的高风亮节——东晋（康帝、穆帝）时期

皮里阳秋善辨真，清廉朴厚秉公心。
屡辞高位赢嘉许，常举能人受敬尊。
率部北伐谋略浅，败兵南返愧忧深。
胸装社稷薄名利，虽做外戚非自矜。

注释

● 褚裒，东晋康帝时皇后之父。他少年时就与清谈家杜乂齐名，善于识人，被誉为『皮里阳秋』，意思是虽然口头上不对人褒贬，但看人入木三分。他一生为官清廉公正，极受朝野上下拥戴。

● 褚裒因是皇后的父亲，康帝任其为侍中，他觉得自己是外戚，就要求离开京城到外地任职，当了江州刺史。不久，朝廷又任命他为卫将军、中书令，他再次推辞，认为中书令管皇帝诏命，外戚不宜担任，于是改任兖州刺史。建元二年，康帝死，年仅两岁的穆帝即位，褚太后临朝称制。中书监何充上疏推荐褚裒兼任录尚书事，专管朝政。褚裒仍以近戚担此重任易被人猜嫌为由，上疏要求在地方任职。永和元年，扬州刺史、录尚书事空缺，朝廷想让褚裒担任此职，褚裒又坚决推辞，把这一职位让给了会稽王司马昱。褚裒一向恪守任人唯贤的原则，屡向朝廷推荐贤良，

如顾和与殷浩等皆因其所荐当上了尚书令和刺史。为此，褚裒受到朝廷内外的嘉许和尊敬。

●褚裒德行高尚，但在军事谋略和能力上却显欠缺。永和五年，褚裒率部北伐后赵，他派出的部将王龛兵败代陂（今山东滕州），全军覆没。褚裒退兵广陵，原先渡过黄河要归附他的二十余万中原汉人，被少数民族军队追逼，大多丧生。为此，褚裒十分愧疚，觉得很对不起这些民众，不断自责，忧郁不已，终于病死，年仅四十八岁。

●褚裒一生以军国大计为重，对名利、地位看得很轻，特别是从不因外戚的身份而自恃骄矜，干扰朝政。这在历史上是十分难得和罕见的。

殷浩的『咄咄怪事』——东晋（简文帝）时期

谈玄拒政近十年，应召制衡担帅衔。
较劲压桓心气盛，遑能伐赵锷锋残。
先遭暗算方失阵，后受明攻又溃盘。
不解败因终日惑，咄咄怪事入黄泉。

注释

●殷浩，东晋时期善于谈玄的名士，他崇尚道家思想，屡拒入仕，为了推辞当官，以身体有病为由，竟然在墓地居住近十年。后来，简文帝看到重臣桓温的势力越来越大，为了压住桓温，征召殷浩出任扬州刺史，殷浩无法再推辞，只得应允。当时，北方石虎刚死，后赵大乱，朝廷想平定中原，于是在永和八年九月命殷浩担任主帅，领兵北伐。

●殷浩年轻时与桓温齐名，双方互相看不起，结下了怨恨。而今殷浩想借统兵北伐之机，将桓温压倒，所以一时气盛无比。可所部与后赵军尚未正面交锋就损兵折将，落花流水，遭到彻底失败。

●事情的原委是，殷浩率七万大军，由泗口进驻寿春，向洛阳进发。他任命投降晋朝的羌人姚襄为先锋，但姚襄对他早有不满，北进后谎称部下逃跑，殷浩率军去追，在寿春附近的山桑（今安徽蒙城北）遭姚襄伏击，死伤和被俘一万多人，殷浩退保谯城，士兵叛逃无数。接着殷浩派部将去讨伐姚襄，又被姚襄所杀。至此，殷浩北伐军全面崩盘。

●殷浩在桓温上疏强烈谴责下，被罢官流放。他始终对自己的失败想不通，终日向空中比画着，口中连连叨念：『咄咄怪事。』后来桓温不计前嫌，要殷浩出任尚书令，殷浩十分高兴，给桓温回信表示感谢。他生怕写错字，多次将写好的信抽出来查阅，最后竟忘了装入信封，桓温收到一个空信封，十分气愤，殷浩因此错过了当尚书令的机会，郁郁寡欢，两年后就去世了。

科学家、道教领袖葛洪——东晋时期

拜师修悟力深钻，岁近暮年即隐山。
卧舍读经研道法，攀崖采药炼仙丹。
行文洒洒七十卷，著作洋洋五百端。
多有发明结硕果，鼎新民教以成官。

注释

● 葛洪，东晋时期著名的科学家、道教领袖。他自幼家境贫寒，清心寡欲，好神仙导养之法，为求学，拜郑隐为师，深研道经。晚年隐居广东罗浮山，自我修行。

● 在罗浮山中，葛洪一方面净心读经、著述，一方面到深山采药、炼丹，在医学和制药、化学等方面进行探索。

● 葛洪的著作颇丰，有三十八种，其中尤以《抱朴子》最为著名。这部著作分内、外篇，共七十卷，《内篇》言神仙方药、鬼怪变化、养生延年、祛邪却祸，属道家；《外篇》言人间得失，世事臧否，属儒家。《抱朴子》素有『小道藏』之称。此外，葛洪在医、药、化学、文学等方面还有卷帙浩繁的著作，共有五百三十卷之多（大都散佚）。

●葛洪在道教上颇有建树，他与南朝的陆修静、陶弘景，北朝的寇谦之一样，都是两晋南北朝时期把民间道教加以革新，改造成官方宗教的代表人物。葛洪作为晋代著名的科学家，在医学和制药化学等方面，均取得了丰硕成果，有的在世界上居于领先地位。

桓温欲借北伐篡位失败——东晋（废帝、简文帝、孝武帝）时期

重镇拥兵控大江，北伐频举觊朝纲。
攻前败健夺京辅，打后赢襄取许昌。
误丧战机招阵溃，难得御座引神伤。
野心非泯仍思篡，终被拖亡梦泡汤。

注释

●桓温，东晋重臣，出身世家大族，娶晋明帝女儿南康长公主为妻，拜驸马都尉。永安元年七月，被朝廷派往荆州，这样，长江上游的大权便落在他的手中。桓温拥坐荆地，劝课农桑，发展生产，储备军粮；同时，扫平蜀地，灭成汉国，其势力日益强大，朝廷对他已产生芥蒂。在这种情况下，桓温接连三次举行北伐，想借此进一步壮大声威，最终篡夺皇位。

●桓温第一次北伐是攻打前秦，他于永和十年率水陆两军进发，在蓝田大败秦兵，夺取了京畿三辅之地，但他缺乏收复失地的决心，迟迟不渡灞水进攻长安。第二次是永和十二年攻伐后秦姚襄，使其溃败，收洛阳，取许昌，姚襄西走关中，为苻坚所杀。以上两次北伐，桓温都取得了重大胜利，其声望进一步提高，其野心也更加膨胀。

●桓温第三次北伐是在太和四年。他率步骑五万，进攻前燕慕容氏。当他到达枋头（今河南浚县西），慕容暐准备弃

邺而走，可桓温错失战机，未及时发起进攻，以致慕容氏得到前秦援助，使其被迫退兵，中途又遭到燕军骑兵截击，死亡三万多人，大败而返，东晋收复的淮河以北地区又重新丧失。桓温本想借这次北伐进一步提高威望然后篡位，不仅未果，反而威信下降。这时，他听从参军郗超的计谋，将废帝司马奕废为海西公，另立简文帝司马昱。简文帝时时担心自己会像司马奕一样被废，在位两年就忧愤而死，由太子司马曜继位。桓温原想简文帝会把皇位让给自己，结果却让司马曜接了班，他大失所望，无限神伤。

●桓温未得皇位，心有不甘，带病从姑孰进入建康，自称仿效诸葛亮辅政，要求给他加九锡（禅位前的一种荣典）。可大臣谢安、王坦之等故意拖延，有病在身的桓温经不起一拖再拖，九个月后就病死了，其篡权夺位的美梦终于泡汤。

谢安『东山再起』——东晋（孝武帝）时期

国难家衰近陷坍，视情离隐起东山。
遏臣夺位消廷乱，举将督军致政安。
募组雄师撑孝武，运筹卓略败苻坚。
全局在握求和睦，善驭风云稳驶帆。

注释

●谢安，出身头等世族，为东晋重臣，官至丞相，杰出的政治家。他早年未凭借门第去攫取高官，而在会稽上虞过着隐居生活，常与王羲之等人一起饮酒赋诗，逍遥自得，屡拒朝廷征召。到四十岁时，他看到国家不断遭到北方胡族的侵犯，面临危机；再加上谢氏家道中落，几近坍塌，便放弃名士的隐居生活，出会稽东山入仕做官（『东山再起』成语的来历）。

●入廷后，谢安看到当时孝武帝年幼，辅政的权臣桓温想篡权，便千方百计地加以遏制，防止国家发生混乱。桓温在新亭（今南京南）大陈兵卫，人们看出他此举不是要废幼主，就是要诛谢、王（谢安、王坦之）。正在此时朝廷命谢、王去新亭迎接桓温。谢安神色自如地到了新亭，识破桓温在壁后置人欲变乱的阴谋，使桓温不敢轻举妄动，终携其同入建康。后来，桓温一再想身加九锡，谢安与王坦之故意一拖再拖，直到桓温病死也未能得逞。桓温死后，内外危机更加严重。为缓和谢、桓两族矛盾，维护东晋政局，谢安不纠缠恩怨，并未趁桓温之死剪除桓氏集团，而是推举桓温弟桓冲代替桓温，为中军将军，都督扬、江、豫军事。桓冲也深明大义，自知德望不及谢安，便拥谢安为内相。这样，就出现了『将相和』的局面，使朝廷上下得以安定，前秦见势，不敢贸然攻晋。

●为了帮助孝武帝支撑局面，对付北方胡族的侵扰，谢安特授命侄儿谢玄挑选精兵强将，组织了一支新军（北府兵），成为东晋的著名劲旅，在淝水之战中大败苻坚。淝水之战是决定东晋与前秦命运的一场大战，谢安运筹帷幄，派谢玄领兵出战，巧施奇谋，以少胜多，大败苻坚，使前秦政权迅速瓦解。

●谢安确为『宰相肚里能行船』，始终全局在胸，把握方向，着眼朝廷内外和谐，善于调解矛盾，稳定政局，其才能和品德都是十分难得的。

荒淫君臣——东晋（孝武帝）时期

二谬执国造孽深，伤纲毁纪乱乾坤。
戕仁害义驱良善，宠佞擢奸揽恶亲。
府邸豪修全苑景，官爵肆鬻满堂金。
奢靡无度终招祸，魂断后宫无问因。

注释

●淝水之战后，东晋内部的和睦状态开始瓦解，孝武帝司马昌重用其弟司马道子为宰相，二人共掌朝廷，兄弟俩整日沉湎于酒色之中，致使国家天昏地暗，一片混乱。

●上梁不正下梁歪，由于操柄的兄弟二人自乱纲纪，所以朝廷大臣们纷纷玩弄权术，争权夺利，在清除贤臣谢安后，又连连打压正直善良的官员。官场上贿赂公行，乱施惩罚和赏赐，台府小吏、直卫武官、奴婢子女皆可当郡守县令，连和尚、尼姑、奶妈都引荐亲友，获得高官厚禄。

●司马道子为自己大兴土木，修葺豪宅，竟然耗去万金。他指使亲信在宅苑内修造了许多假山湖池，处处布设美景，看上去宛如仙境。而他的爪牙茹千秋，依仗他的权势大肆卖官鬻爵，聚敛钱财竟达亿万之多。

●孝武帝司马昌狂奢无度，整日淫乱于后宫之中。一次，他喝醉了酒，对张贵人开玩笑说：『你已年近三十，我该再找个年轻些的。』张贵人嘴上不说，心中越想越恼，趁孝武帝睡着之际，用被头压在孝武帝头上，将他活活闷死，对外宣称孝武帝得急病而死。而这样一件皇帝突然毙命的大事，竟然被一手遮天的司马道子父子轻易掩盖过去，无人去追问死因。

『人面狗心』的王国宝——东晋（武帝、安帝）时期

阿谀献媚屡荣身，外靓内黑藏狗心。
看势攀权度利弊，随风转舵定疏亲。
托情洗恶保官禄，纵欲逞凶攫美珍。
覆雨翻云一梦碎，羔羊代罪命归阴。

注释

●王国宝，东晋大臣王坦之之子，此人靠阿谀奉承、溜须拍马平步青云，在孝武帝年间官升至侍中、中书令、中领军。他相貌俊美，心地丑恶，被时人骂为『人面狗心』。

●王国宝本是朝廷重臣谢安的女婿，谢安被司马道子排挤出廷后，他看到司马道子权势显赫，便通过堂妹（司马道子的王妃）极力巴结司马道子，终成其亲信。从此，他有恃无恐，愈加骄恣，修的豪宅竟然与皇宫的清署殿相仿。孝武帝见了十分恼火，王国宝感到不妙，便拼命向孝武帝拍马献媚，疏远了司马道子，引起司马道子的强烈不满。后来，孝武帝去世，他看到司马道子的权势更重了，便见风使舵，重新投入司马道子的怀抱，并把堂弟王绪也推荐到

司马门下。

●王国宝的舅舅中书郎范宁为人正直，他看不惯王国宝的恶劣作风，劝孝武帝罢他的官。王国宝怕得要死，便疏通皇太子生母陈淑媛、受皇帝宠信的尼姑支妙音和袁悦之等人，在孝武帝面前说情辩恶，终于保住了官禄。至此，他不仅毫不收敛，而且变本加厉，恣意妄行，大肆搜刮钱财和美女，家中堆满了奇珍异宝，后房美女多达几百人。

●王国宝翻手为云覆手为雨，正在做着高官厚禄美梦时，朝廷内部矛盾激化起来，使他的美梦即刻化作泡影。孝武帝为了牵制司马道子的势力，任命皇后的兄弟王恭为南兖州刺史，出镇京口，掌握北府兵；又任殷仲堪为荆州刺史，掌握长江上游军事。隆安元年，王恭以诛王国宝为名起兵，司马道子看到形势严峻，就丢卒保车，把罪孽推到王国宝身上，将其交给廷尉处死。这样，王国宝既罪有应得，又当了替罪羔羊。

刘牢之『一人三反』终亡命——东晋（孝武帝）时期

衔官北府握兵权，轻弃节操屡换盘。
始逆王恭投道子，继违元显附桓玄。
再谋邪路群鹰怒，终陷穷途孤雁寒。
武艺虽强心不正，掀潮弄浪自翻船。

注释

●刘牢之，出身北方寒门庶族，为东晋重臣谢安建立的『北府兵』的知名将领，他手握北府兵权，在朝廷大族门阀的相互争锋中，朝秦暮楚，反复无常，屡附屡叛，最后众叛亲离，落得十分可悲的下场。

●王恭起兵讨伐晋廷佞臣司马道子，荆州刺史殷仲堪、雍州刺史杨铨期、广州刺史桓玄都纷纷响应，联军沿江东下，会攻建康。刘牢之作为王恭的部将，在司马道子之子司马元显的策反下，投降了司马道子，将王恭杀死，并取而代之，攫得了都督兖、青、冀、幽、并、徐、扬州、竟陵军事，镇京口。司马道子昏聩至极，大权旁落于司马元显之手。元兴元年司马元显发兵讨桓玄，以刘牢之为前锋都督。这时，刘牢之估计桓玄仗全楚之众，朝廷难以制服。恰在此时，桓玄派刘牢之的舅舅来劝刘牢之『改图桓君』，以长保富贵。刘牢之觉得舅舅言之有理，遂又背叛司马元显，投降桓玄，使得桓玄长驱直入建康，放逐了司马道子，杀了司马元显。

●刘牢之被桓玄任命为会稽内史，但他并不满意，觉得这是在夺他的兵权，便又决定反叛桓玄。他召集将佐共议此事，引来一片反对之声。参军刘袭激愤地说：『你去岁反王恭，今岁反司马元显，如今又要反桓玄，一人而三反，岂得立也！』刘袭说完拂袖而走，其余将佐部下也纷纷散去。刘牢之惊恐万分，孤身一人陷入穷途末路，无奈之下率余众北逃，至新州自缢而死。

●刘牢之有一身好武艺，特别勇猛善战，但他心术不正，私心太重，只要对自己的荣华富贵有利，随时可以易主换庭。他本想能够掀潮弄浪，从中得到好处，可哪里知道却在风云际会中翻了船？这大概就是私心过重、不守节操导致的必然结果。

孙恩起义——东晋末期

遁岛怀仇蓄义兵，趁机登岸讨廷宫。
猛摧八郡焚豪府，劲扫三吴戮旺宗。
屡破官军惶御主，数杀朝将震都京。
一十二载连天火，重创士族寒庶兴。

注释

●孙恩，东晋末年农民起义领袖。他一家世代信奉五斗米道，其叔父孙泰为道首，聚众达数千人，引起朝廷不安，孙泰及六个儿子皆被朝廷镇压、杀害。作为侄子的孙恩侥幸逃入海岛，他满怀仇恨，积蓄力量，准备报仇雪恨。恰在此时，东晋统治集团内部矛盾激烈，相互攻杀。孙恩趁朝廷混乱之机，从海上登陆，向朝廷发起征讨。

●孙恩向上虞、会稽发动猛攻，十多天里队伍便壮大到数十万人，起义军占领八郡，焚烧官府，没收地主财物，横扫三吴地区，沉重打击了王、谢两大士族，诛杀了会稽太守王凝之一家及吴兴太守谢邈、会稽旺族孔道民等。

●起义军屡破官军，杀死许多朝廷将领。晋廷任命谢琰为会稽内吏，都督会稽、临海、东阳、永嘉、新安五郡军事，率北府兵驻守海岸线，以防孙恩登陆。可谢琰骄横不可一世，轻视义军，认为孙恩不敢再来，不作任何防备。然而事隔不久，孙恩竟出乎他意料，再次登陆，入余姚、破上虞，直抵会稽，与谢军交战，结果谢琰和两个儿子都被义军杀死，晋廷上下一片惊惶。后来，孙恩死，其妹夫卢循和徐道覆继续领导起义，带领徒众攻番禺，活捉刺史吴隐之，打桑落（今江西九江东北），大败廷将刘毅，直逼建康城下，东晋朝廷陷入混乱，有人甚至提出迁都。

●孙恩起义坚持了十二年之久，终于被朝廷剿灭，但它作为江南地区第一次大规模农民起义，沉重地打击了门阀士族势力，使他们从此一蹶不振，为南朝以后地主阶级中的寒门庶族的兴起奠定了基础。

太尉刘裕伐后秦——东晋末年

闻秦嗣主甚无能，决意征伐再壮名。
策马啸尘攻洛地，扬帆破浪取彭城。
提师借道行谦礼，布阵挥戈展厉容。
挺进长安威正盛，突发变故返朝廷。

注释

●刘裕，东晋后期重臣，官至太尉。义熙十二年，后秦姚兴去世，其子姚泓继位。此人性格懦弱，才能平庸。刘裕觉得这是难得的有利时机，于是决定举兵北伐，征讨后秦，以获取更大功名，为取代东晋做准备。

●义熙十二年八月，刘裕派大将王镇恶、檀道济带步兵从淮河一带向洛阳进击，自己率水军沿黄河前进。一个月后，刘裕夺取彭城，王镇恶领军入秦境，一路势如破竹，所向披靡。

●刘裕本想以厚礼向北魏借道，可当晋军王仲德部进至滑台时，北魏守将尉建已弃城渡河北逃。北魏皇帝拓跋嗣得知，派人问王仲德为何侵魏，王仲德说，晋军入洛阳，是为了清扫山陵，非敢侵略魏国，现在只是借空城暂让士兵休息，随即就西行，绝无动刀兵之意。拓跋嗣又派叔孙建去问刘裕，刘裕更是谦逊地说，洛阳是晋旧都，为羌人占据，早想修复山陵。现秦接受晋之叛臣，晋今伐秦，只想假道于魏，并非敢与魏为敌。拓跋嗣相信了刘裕等人的话，但他为了安全，仍派长孙嵩带十万大军屯于黄河北岸。刘裕水军沿黄河西进，魏军千余骑在对岸随行，并时不时地袭扰晋军。刘裕无奈，便布下『却月阵』（在黄河北岸用许多车子排成半圆形，两端靠河岸，每辆车上有七个士兵，中间一辆车上竖一白羽毛）。魏军见晋并无重兵，便发数万人来攻，晋军与其短兵相接，展开肉搏，杀死魏军数千，扫除了前进障碍。

●在刘裕打退魏军的同时，王镇恶、檀道济已经攻下洛阳，水陆两军会师后，直向长安进发。义熙十三年，晋军攻入长安，后秦主姚泓出降，后秦宣告灭亡。这时刘裕威势正盛，本想乘势收复陇右，但这时留守建康的刘穆之病死，刘裕怕大权旁落，于是收兵罢战，匆忙南归。不久，长安为赫连勃勃的夏国所占。

刘裕智取刘毅——东晋末期

知狼卧侧却从容，以忍为谋自洞明。
貌似无防松绊索，实则有备紧缰绳。
突颁诏令削梁柱，速举廷兵毁引擎。
大略高韬施妙计，豪门惨败庶族赢。

注释

● 刘裕，寒门出身，东晋朝太尉。刘毅，出身士族，东晋时历任青、兖、豫州刺史。他跟随刘裕，在平定桓玄中立有大功，但他对刘裕不服气，总想取而代之。义熙八年朝廷任命刘毅为荆州刺史。对这个职位刘毅很不满意，扬言道：『只恨没有遇到刘邦、项羽，与他们一争中原。』对此，刘裕看在眼里，深感刘毅对自己的威胁，但他从容不迫，实行『忍让』策略，而心里的弦却绷得很紧。

● 刘裕表面上『放纵』刘毅，对他提出的要求一再予以满足，有求必应，而暗中却做了充分的准备，随时准备勒马收缰。如，刘毅对任荆州刺史不满足，提出要兼任交、广二州刺史，刘裕同意了。接着刘毅又提出让自己的亲信郗僧施担任南蛮校尉后军司马，毛修之任南郡太守，刘裕也予以允诺。一次，刘毅要到京口扫墓，刘裕送行时，有部将建议刘裕乘机除掉他，刘裕认为时机不到，要待他充分暴露时再一举除之。

●后来，刘毅到了荆州，因不满而生野心，欲灭刘裕。他撤换了原任官吏，通通安插上自己的亲信，又上表要求让堂弟刘藩任副手。这时刘裕感到时机已经成熟，当刘藩从广陵入建康准备赴任时，刘裕以皇帝名义突然下诏宣布刘藩与谢琨参与刘毅谋反，将二人逮捕赐死，从而清除了刘毅的两个顶梁柱。然后刘裕亲率大军从建康出发，征讨刘毅，对外封锁刘藩被杀的消息，并烧掉刘毅停泊在江津的兵船，一路上继续宣扬『刘兖州（指刘藩）来到』，使刘毅的亲信朱显之信以为真。当他发现刘裕以假乱真、飞报刘毅时，却为时已晚，刘裕部将王镇恶已经入城，刘毅属下士兵纷纷逃散。刘毅见势不妙，便率残兵突围逃跑，在牛牧寺投宿遭拒，无奈之下，上吊自杀。至此，以叛首刘毅毙命为标志，刘毅集团彻底覆灭。

●刘裕以高超的智谋巧施计策，剪灭了不可一世的刘毅，这是寒门战胜士族的一次重大胜利。

刘裕计除宿敌——东晋末期

方结刘毅再出锋，凡有仇敌必肃清。
借案宣威削恶霸，乘机斥武灭毒凶。
攀山打洞崖前阵，坐府迎宾帐后兵。
妙计频施操胜券，一腔壮志满刀弓。

注释

● 义熙八年，刘裕除掉刘毅后来到江陵。他听从咨议参军申永的建议，为巩固和发展自己势力，开始了清除宿怨仇敌司马休之和诸葛长民的行动。

● 司马休之继刘毅后任荆州刺史，其子司马文思十分凶暴，在建康纠集团伙违法杀人。刘裕便借此案大做文章，发兵征讨司马休之，最终致其彻底失败。豫州刺史诸葛长民能文能武，却横行不法，贪污骄奢，并策划谋反。刘裕从江陵返回建康时，他多次带百官去新亭迎接，以掩盖自己的不轨，但都扑空。因刘裕对他早有防备，所以取另道悄悄乘小船进入建康东府，使诸葛长民不能得手。诸葛长民得知刘裕已回府，便赶快去东府拜侯，刘裕乘机将其毙命。

● 刘裕出兵讨司马休之时，进军至江陵，准备渡江。司马文思率四万士兵在对岸峭壁上布阵以待，使刘裕军无法登岸。这时，刘裕命部将率兵用短刀在岸壁上凿出小洞，从陡壁上攀登上岸，冲杀过去，大败司马休之，攻克江陵。司马休之逃往后秦。后来刘裕平定后秦，司马休之又逃向北魏，在半路上死去。当初刘裕回建康后，诸葛长民去拜见，刘裕装作十分热情，与其促膝畅谈，回忆往事，这时埋伏在帐后的士兵突然跃出，一顿拳脚相加，将毫无准备的诸葛长民活活打死。

●刘裕在剪除政敌、宿怨的过程中，连使妙计，屡屡取胜。通过清除司马休之和诸葛长民等后患，刘裕更加雄心勃勃地向取代东晋的目标迈进。

高僧道安——十六国时期

少小出家苦用功，博闻强记拜高僧。
游学传教弘佛法，建寺研籍译梵经。
空蕴诸形从此始，无含各物自其生。
释玄合璧成一体，辟径立门独领宗。

注释

●道安，俗姓卫，常山扶柳（今河北衡水西南）人，十六国时期创立佛教『本无宗』。他十二岁出家，刻苦修行，诵经过目不忘。二十四岁至邺，师从名僧佛图澄。

●佛图澄死后，道安开始独立游学传教，精心弘扬佛法。他先在河北、山西、河南立寺山居。后赵覆灭后，他来到襄阳，在那里研讲般若学，并整理经籍。隆安元年，前秦苻丕攻下襄阳，道安被俘到长安，为前秦主苻坚所尊崇，继续讲经和翻译佛经。道安一生致力于整理佛经、传播佛教哲学，弟子遍及大江南北。

●道安对佛教的解释，和当时玄学中何晏、王弼一派的『贵无』学说接近，他宣扬一切皆空，认为本体是空无，『无为万物之前，空为众形之始』，即天地万物的『有』是从『无』产生的。

●道安把佛教学说与玄学学说巧妙地『合流』，独辟蹊径，创立了以《般若经》为中心的大乘空宗学说（本无宗），成为谋求佛教在中国独立的第一人。

高僧慧远——东晋时期

师谒道安研典经，东林坐寺面炉峰。
空无透解说缘起，因果深究论往生。
雨泻雷鸣出宝殿，溪欢虎啸响洪钟。
结官友贵广传教，净土法门由此兴。

注释

●慧远，原姓贾，出身官僚家庭，二十一岁出家，师事名僧道安，潜心钻研佛教经典，深受道安赏识。太元十一年，慧远途经寻阳（今江西九江），入庐山西林寺，不久江州刺史桓尹特意为他在庐山建造了一座东林寺，该寺面对香炉峰，风景十分优美。从此他在庐山一住就是三十六年，直到八十三岁圆寂。

●慧远对道安的『本无』学说作了详尽透彻的阐释，进一步说明了『空无』是一切事物的源头，他还对『因果报应』学说作了充分发挥，认为人们在世界上作的『业』，即思想、言论、行动是有前因后果的，今世做了好事来世就得好报，做了恶事就得恶报。他还认为只要念佛持禅，不出家也能成佛。

●相传当初江州刺史桓尹开始为慧远建东林寺时，突然电闪雷鸣，狂风大作，摧折了山上的许多树木，被山洪冲到建庙的地方，这些树木正好用来建正殿。正殿的建成，真好似有神来相助，故将正殿命名为『神运宝殿』。慧远在东林寺常与名士学者共谈义理。寺外有条小溪，虎卧其侧，故称『虎溪』，慧远送客从不越过溪水，若过溪虎则鸣吼。可有一次，慧远送陶渊明和陆修静（道士），边走边谈，兴致正浓，不知不觉过了虎溪，老虎马上吼啸起来，三人相顾大笑（『虎溪三笑』故事的来历），声若洪钟。

●慧远在庐山广泛结交达官贵人，借此在江南传播佛教，终于以高超的智慧创立了佛门净土宗。

田园诗人陶渊明——东晋时期

世与我违终弃官，不恭权贵爱丘山。
愿耕荒地十余亩，甘住陋屋八九间。
冲破樊笼归净土，躲开尘网复蓝天。
桃花源里清风畅，心远定无车马喧。

注释

●陶渊明，字元亮，号五柳先生，晚年改名潜。其祖上多为东晋高官。他二十九岁时出任江州祭酒，但不久就感到『世与我而相违』，辞归田园。到四十岁，又出任刘裕的镇军参军和刘敬宣的建威参军。但他看不惯官场中钩心斗角、争权夺利的种种丑象，因而再次归隐。义熙元年，由于生计所迫，又不得已出任彭泽（今九江东彭泽西南）县令，但内心常处于矛盾之中。有一天，郡里派督邮前来巡查，县吏劝他穿戴整齐去迎接，陶渊明生气地说：『我岂能为五斗米而折腰！绝不向权贵卑躬屈膝。』

●陶渊明最后一次出仕仅八十天，此后，他一直隐居田园，宁可耕种几亩荒地，居住在简陋的茅舍之中，再也不肯出来做官。

●陶渊明把现世的官场看成『樊笼』和『尘网』，自己的隐居就是为了冲破和避开这个浊世，回归自然，把心放在一片净土之上和一片蓝天之下。正如他在《归园田居》中所写的：『少无适俗韵，性本爱丘山。误落尘网中，一去三十年。羁鸟恋旧林，池鱼思故渊。开荒南野际，守拙归园田。方宅十余亩，草屋八九间。榆柳荫后檐，桃李罗堂前。……久在樊笼里，复得返自然。』

●陶渊明追求的是『乌托邦』式的理想国境界，他的代表作品是《桃花源记》，在这篇散文中，他通过对武陵捕鱼人进入风景优美的桃花源，见到里面的人们纯朴善良、互助相爱、安适自乐等温馨场景的描写，表达了他对美好社会的向往和对现实社会的强烈不满，同时也展现了他避世求静的心理状态。他的《饮酒》一诗即是明证：『结庐在人境，而无车马喧。问君何能尔，心远地自偏。采菊东篱下，悠然见南山。山气日夕佳，飞鸟相与还。此中有真意，欲辨已忘言。』

法显西行取经——东晋时期

六旬求法探原宗，一路西行几死生。
越漠攀山持本念，游学礼迹觅真经。
抄籍习梵披星月，护典搏涛顶雨风。
涉历天竺十四载，佛门壮举赫德功。

注释

●法显，东晋时期著名高僧大德，俗姓龚，三岁出家，十八岁受戒。东晋隆安三年，年已六十的法显从后秦长安出发，西行取经（同行的有同学慧景、道整、慧应、慧嵬等），一路往返，历尽千辛万苦，九死一生。

●法显等人出玉门关，穿过四顾茫茫、一望无际的塔克拉玛干大沙漠，『所经之苦，人理莫比』（《佛国记》），又攀过海拔六七千米的世界屋脊葱岭和亚洲西部的苏来曼山北部的小雪山，顶风冒雪，寒流滚滚，同行的慧景不幸丧生。尽管如此艰辛，法显仍毫不动摇地坚定信仰，掩埋好同伴的尸体，义无反顾地继续前进。他一路途经三十余国，终于在义熙元年，到达印度中天竺笈多王朝。在这里，他留学三年，并巡礼各地佛教故迹。义熙三年又到达恒河口的多摩黎帝国，在这里又住了两年。然后在义熙六年，他来到狮子国（今斯里兰卡）。这时同行的只剩下法显一人，他在狮子国又游学两年，觅到了《弥沙塞律》等佛经原本。

●法显在中天竺都城巴连弗邑留学三年，一边学习梵文，一边抄写佛经典籍，经常是不分昼夜，披星戴月。义熙七年，法显从狮子国搭船返国，船入印度洋，遇到大风暴，船破漏水。同船的二百余人惊惶失措，把携带的行李都扔进了大海，而法显却不顾生命危险，把经卷紧紧抱在胸前，在海中迎涛冒雨漂泊九十余天，被狂风吹到了耶婆提国（今印尼爪哇）。义熙八年，法显搭一商船又经历了一场大风暴，终于回国，来到东晋都城建康，在道场寺与佛陀跋陀罗合作，共同翻译取回来的佛经。

●法显历时十四年，西行天竺诸国求法取经，终成正果，其堪称佛门壮举，功德无量，声名显赫。特别是他回国后写成的《佛国记》，约九千五百字，记述了除中国外的中亚、南亚、东南亚广大地区的地理、交通、宗教、文化、物产、风俗，以及社会发展、经济制度等方面的情况，还记录了中国和亚洲许多邻国间的友谊和文化交流，成为研究五世纪初亚洲历史的重要资料。

书圣王羲之——东晋时期

博采众家诸体通，丽妍流变创新风。
临池悬腕摹他法，入夜划身悟己宗。
艺绽兰亭行美序，神凝道观楷名经。
奇章妙墨绝千古，誉圣书坛世代恭。

注释

●王羲之，东晋时期著名书法家。他出身贵族，官至右军将军、会稽内史，人称『王右军』，后来辞官定居会稽山阴（今浙江绍兴）攻习书法。他早年师从卫夫人，后改变初学，草书学张芝，正书学钟繇，并博采众家之长，精研诸体，推陈出新，一改汉魏以来质朴的书风，开创了美妍流变的新体，其书尤善正、行，字势雄奇多变，为历代书家所推崇。

●王羲之攻研书法十分刻苦，走路、吃饭都揣摩书体，天天临池悬腕，据说每天练完字到门前池塘里洗笔和砚台，天长日久，池水都黑了，故人称『墨池』。在游历名山大川时，凡见到历代大书法家的手迹，王羲之都一一临摹，直到五十多岁仍乐此不疲。一次，他睡在床上用手在身上画字，无意中画到妻子身上，妻子说：『你怎么在人家体上画呢？自家体没有啦！』王羲之听到『自家体』三个字，忽然悟到应该创造自己的书体风格。从此他汲取各家精华，得千变万化之神，通过勤学苦练，终于自成一体。

●永和九年三月初三，王羲之邀名士谢安、孙绰等四十二人，在会稽山阴的兰亭举行『曲水流觞』（各人分别坐在曲水旁，借着婉转的溪水，以觞盛酒，置于曲曲弯弯的溪水之上，觞流至谁的面前，谁就饮酒吟诗），共得诗数十首，由王羲之结集并写一序言，即《兰亭集序》。这篇优美的散文，共三百二十四字，笔法、结构变化多端，极为精湛，自唐以来，为历代书法家所推崇，被誉为『天下第一行书』。有一次，王羲之在山阴道上散步，看到道观养的许多美丽的白鹅，遂入道观去拜见道士。他见道士正在抄写《黄庭经》（道教的经典），便主动上前代为抄写（楷书）。为此，道士将一只大白鹅送给了他（李白有诗云：『山阴道士如相见，应写黄庭换白鹅』）。《黄庭经》抄就，立即显示出精妙绝伦的功底，与《兰亭集序》、《乐毅论》同为他的代表作。

●王羲之的书法可谓前无古人，后无来者，盖世无双，人们称他的字『飘若浮云，矫若惊龙』，他被后世称为『书圣』。其作品龙飞凤舞，气象万千，惊天动地，是中华书法取之不尽、用之不竭的源泉。

顾恺之画像点睛以布施——东晋时期

三绝美誉大家风，入画形神见力功。

巨款礼佛激众士，宏幅绘像喜群僧。

闭门推客挥椽笔，布告迎宾点炯睛。

轰动八方观盛景，施财百万了初衷。

注释

●顾恺之（字长康，小名虎头），东晋时期著名画界大师。他出身江南名门世族，自幼勤奋好学，绘画、书法、诗赋皆精，时人称其为『虎头三绝』（才绝、痴绝、画绝）。顾恺之幽默机灵，大度洒脱，有大家之风。他曾有五柜画寄存于桓玄处，后来桓玄偷了画，还给他一个空柜。他毫不在意地说：『妙画通灵，变化而去，似人之登仙』，一笑了之。顾恺之绘画颇见功夫，并自有一套绘画理论，主张既要『形似』，又要『神似』，凡画应以『形』写『神』。

●东晋兴宁二年，建康的慧力法师主持兴建瓦棺寺，为筹集资金，向士大夫名流募集布施。认捐者一般未超过十万钱，可年仅二十岁左右且不富裕的顾恺之却认捐了一百万钱，众士人哗然，以为他是在开玩笑。事后，寺僧请他交款，顾恺之要他们在新盖的寺庙内留下一堵墙，他于寺中住下，在墙上开始画大幅菩萨（菩萨名为维摩诘，俗称舍利如来，是深受僧侣尊敬的一位菩萨）像。经过一个多月，画像终于画成，僧人们大喜过望，可看到没有画眼睛，大家都不解其意。

●在绘制菩萨像的过程中，顾恺之专心致志，闭门谢客，昼夜挥毫，精雕细琢。画成后，他对僧人说：『明天我要给维摩诘点眼睛，请大家来看。第一天来看的要捐十万钱，第二天来看的减半，第三天随意布施。』消息传开，前来观看的人络绎不绝。

●听说顾恺之要给菩萨像点眼睛，人们从四面八方蜂拥而至，翘首以待，谁都不肯放过观看这一盛况的机会。顾恺之站在画像前，深思片刻，不慌不忙地拿起笔，轻轻地画上了两只眼睛，顿时画像栩栩如生，如同真人一般。围观者无不赞叹称绝，纷纷慷慨解囊，很快就收足了百万钱。顾恺之将大家捐上来的钱如数交给了寺院，圆满地了却了自己认捐一百万钱的心愿。

才女谢道韫——东晋时期

大家闺秀蕴清纯，聪颖博学智逸群。
咏雪抒怀羞陋士，读经寓愿慕能臣。
屈婚庸辈一腔苦，胜辩名流满眼神。
危难临头仍凛冽，幸得知己论诗文。

注释

● 谢道韫，东晋安西将军谢奕之女，宰相谢安的侄女。她从小聪明颖慧，博学多才，出类拔萃，深得长辈的喜爱和器重。

● 谢道韫文学才华出众，特别善于咏诗。一年寒冬，大雪纷飞，谢家老小聚在一起饮酒赏雪。谢安欲考晚辈的学问，便手指了指窗外的漫天大雪，问大家这像什么？善谈玄、喜佛经的谢安侄子谢朗作答道：『撒盐空中差可拟。』意思是下雪和在空中撒盐差不多。这种比拟显得很粗俗浅陋。接着谢道韫咏道：『未若柳絮因风起。』其意是飞雪如柳絮轻飘空中，意境十分优美，使谢朗大为羞愧，众人皆拍手喝彩。谢道韫熟读《诗经》，一次叔父谢安问她，《诗经》中哪句诗最好？她答道：『尹吉甫和仲山甫作的诗句就像和煦的清风一般，我最喜欢。』尹、仲二人是西周末年宣王时的大臣，他们辅佐宣王，致使国家一度出现繁荣的景象。谢安明白，谢道韫所以欣赏他们的诗句，实际上暗含着她自己的一个心愿，即希望东晋也出现尹、仲那样有作为的能臣。

●谢道韫虽然才华横溢，但个人的婚姻却不幸福。她嫁给了王羲之之子王凝之，此人也出身名门，并擅长书法，可为人处世能力很差，信奉五斗米道，在任会稽内史期间，竟然要用五斗米道来抗衡孙恩的武装起义。这样一位丈夫，使谢道韫很不满意，常常为此暗暗叫苦。谢道韫才思敏捷，能言善辩。一次，王凝之的弟弟王献之与一位才学很高的宾客辩论玄学问题，王理屈词穷，败下阵来。这时，谢道韫前去解围，她坐于布幔后面，接着王献之的话题与宾客进行激烈辩论，唇枪舌剑，妙语连珠，终于把辩客说得哑口无言。

●王凝之迷信五斗米道，对孙恩义军来攻不设防备，结果他和几个儿子都被孙恩杀死。谢道韫强忍悲痛，与婢女一起提刀与孙恩徒众搏斗，手刃数人，终因寡不敌众而被俘。孙恩敬重她的为人，没有杀她。后来，谢道韫一人独居会稽，幸好遇上喜爱诗文的太守刘柳，便经常与他讨论诗文学问。刘柳对谢道韫十分敬佩，每每谈到她都赞不绝口。

刘裕代晋建宋——东晋末期

寒门崛起控廷宫，为振声威屡讨征。
饬政抑豪除旧弊，恤民节己树新风。
脂泽宝地还黎庶，璀璨奇石赏将英。
故放谦言得禅让，临朝代晋冠皇称。

注释

● 刘裕，字德舆，小名寄奴。他出身寒门，父母早亡，捕过鱼、种过田、卖过草鞋，同时练就一身好武艺。淝水之战前，刘裕投靠了东晋谢玄的北府兵，日后屡立战功，逐渐崛起，直到当上朝廷太尉，掌控了军政大权。他自知出身低微，为了提高声望，发动北伐，灭掉了南燕和后秦，从此权倾朝野，为自己取代晋帝、建立新朝做了充分准备。

● 刘裕在北伐不断取得胜利的同时，开始整饬内政，主要是裁并州、郡、县，精简机构，抑制大族豪强，加强中央集权，下力铲除东晋政权的积弊。他推行了『土断』（把流亡南方的侨人编入当地户籍，取消侨人免税的特权）和『计资收税』（原来是计口收税）等措施，严厉打击不法豪强，处死了隐匿千余侨人的会稽大族虞亮，罢了包庇虞亮的司马休之的官。刘裕比较体恤百姓疾苦，免了不少苛捐杂税，如禁止向民间征发车牛，政府需要时向人民购买。

他还带头行节俭之风，住所像农家宅舍一样简陋，以至皇帝都称他为『田舍翁』。

●为了减轻百姓的负担，义熙九年，刘裕让晋安帝下令把皇后的脂泽田四十余顷赐给贫民，同时，禁止世族豪强封山占水、向打柴捕鱼的农民收税。刘裕不恋钱财珍宝，宁州有人献给他一只琥珀枕，造型别致，亮丽璀璨，价值连城。他听说琥珀能治疗创伤，就命人将琥珀捣碎分赏给各个将领。

●经过一系列准备，刘裕看到取代晋朝的时机已经成熟，但又不便明说，便在晋元熙二年的一次酒宴上故意放出谦言，他说自己已经得到朝廷最高荣誉，物忌盛满，不能再居此高位，要回家安度晚年。刘裕以退为进探测群臣，当时在场的众臣僚都未解其意，唯有中书令傅亮恍然大悟，明白了一向热衷权势的刘裕这是正话反说。于是傅亮回到建康后立即准备禅让之事，终使刘裕在文武百官的劝进下，正式登上了皇帝宝座，改元永初，是为宋武帝。

南北朝时期

宋文帝仇杀顾命大臣——南北朝（南宋文帝）时期

难忍兄殃怒火焚，决心雪耻祭亡魂。
分头瓦解赦从将，聚力打击究首臣。
不念国恩出恶气，只思家恨灭仇人。
廓清三辅终如愿，启号元嘉自掌门。

注释

●南朝时期，宋武帝刘裕死后，太子刘义符继位，此人昏聩无能，整日与一群市井小人鬼混。辅佐大臣徐羡之、傅亮、谢晦、檀道济等，欲废之。刘义符之弟刘义真（庐陵王）也是一个不成器的人（『德差于才』）。徐羡之等辅臣罗列刘氏二兄弟的罪名，将他们杀掉，迎立刘裕第三子宜都王刘义隆为帝。刘义隆在进京的路上问及两兄长被杀的情况，顿时泪如雨下，从此他决心为二位兄长报仇雪恨。

●刘义隆即位后，立即恢复了刘义真的庐陵王爵位，并抓紧准备向徐羡之等人下手。他采取分化政策，于元嘉三年正月初十下诏书，宣布徐羡之、傅亮、谢晦三人因杀害营阳王（刘义符被废帝后的爵位）和庐陵王的罪行应处以死刑，而把檀道济和王弘排除在外。同时明确宣称：『须定罪者就是三个元凶，其余参与者概不问罪。』

●刘义隆为报仇出手凶狠，徐羡之得知消息后立即逃往城外，想到终究难免一死，便在城外二十里的新林铺的一个陶窑中上吊自杀。而傅亮也在逃亡中被抓获，于当地处死。谢晦在走投无路的情况下，以『清君侧』（讨王弘、王昙首、王华）为名起兵，刘义隆御驾亲征，擒获谢晦，押回建康斩首。当初，徐、傅、谢三人迎立刘义隆为帝，都有恩于他，为国家建立了卓越功勋，可刘义隆却不念三人利国之恩，只想报杀兄之仇，致使三位老臣命丧黄泉。

●刘义隆清除徐、傅、谢三位顾命大臣，平息了忧愤，自己归政，亲掌宋门皇廷，开始了历史上有名的『元嘉之治』（宋文帝刘义隆在位三十年，以元嘉为年号）。

『元嘉之治』——南北朝（南宋文帝）时期

嗣承基业不凡庸，治水查籍奖稼耕。
诫弟防骄忧社稷，励儿行俭恤民生。
廷僚枉法皆严饬，皇室贪赃尽肃清。
理政经国多上策，元嘉万象现勃兴。

注释

●南北朝时期，南朝刘裕建宋，其子刘义隆（文帝）即位后，继续推进刘裕的改革事业，显示出了不凡的能力。他特别重视兴修水利，修复许多堤、堰。元嘉十二年，丹阳、吴兴一带发大水，他一次就拨出数百万斛大米，赈济五郡灾民。他还继续清查户口，把大地主侵吞隐藏的户口清查出来，登记在政府的户籍上，这样，大大增加了国家的赋税收入。他多次下令奖励农业生产，要求全国官吏带领农民耕种，缺少种子的，政府借予；生产搞不好的，地方官员要受到处分。他还亲自带领文武大臣去京郊锄地，给大家做出榜样。

●文帝非常重视对宗室的教育，他亲自写信给当时任荆州刺史的弟弟刘义恭，告诫他要懂得创业艰难，守成也不易，应该注意约束自己，防止骄奢，时刻以江山社稷为重。他对自己的儿子更是严格要求。元嘉二十二年，文帝为弟刘义季去南兖州饯行，要儿子们都到那里去吃饭，大家来到后，等到日过中午，仍不见摆宴，个个饥饿难忍。文帝见状，趁机教育大家：『你们从小生活优裕，不知百姓生活艰难，现在体会到了饿肚子的滋味，以后生活更应俭朴才是。』

●文帝注重整饬官吏，对贤能者加以重用，对贪官污吏严惩不贷，无论是朝廷大臣还是皇家宗室，凡有贪赃枉法者，概莫能外。一次，吏部尚书庾炳之向一个姓夏侯的人索要一头驴，文帝知道后，立即将其罢官。文帝的堂叔刘遵考贪财好利，侵吞朝廷救灾粮，文帝不徇私情，坚决罢了他的官职。

●宋文帝在位三十年，以元嘉为年号，实施了一系列利国利民的政策，使宋初的政治比较稳定，经济也逐渐繁荣，呈现出生机和活力，历史上将这一时期称为『元嘉之治』。

仕途坎坷的山水诗人谢灵运——南北朝（南宋文帝）时期

性傲文蜚不善官，风波迭起仕途艰。
遭诬犯上险蒙罪，被控叛廷终受冤。
几度隐身离宦场，多方览胜咏诗篇。
自擎一帆开独境，摒弃玄言写水山。

注释

●谢灵运，南北朝时期（南朝宋）的著名诗人，他出身世家大族（东晋宰相谢安的后代），从小天资聪颖，但恃才傲物，放荡不羁，善诗文而不善做官，一生仕途坎坷，风波迭起，险象环生。

●谢灵运曾被宋文帝召为秘书监和侍中，但皇帝只给他优厚待遇，不让他参与机密，一气之下他辞官回家，整天带几百僮仆在崇山峻岭中穿梭，被他的仇敌诬陷为心存异志，预谋造反。他赶到建康上表辩白，宋文帝未加追究，方使其免罹罪责。后来，谢灵运再度出山，仍然整天游山玩水，不理政事，又受到监察御史的指控。朝廷去拘捕他，他反而把捕吏抓了起来，自己准备一走了之。走之前，他写了一首题为『临川被收』的诗，表明自己是晋臣，不愿事宋。谢灵运被抓，宋文帝将其降死一等，流放广州。不久，又有人告发他购买武器，打算谋反。这个莫须有的罪名使他罪上加罪，朝廷终于下令将其斩首。

●谢灵运因仕途不顺几度辞职隐居，整日钟情和迷恋山水，到处探奇览胜，咏出了不少著名诗篇，其中不乏千古名句。

●谢灵运的山水诗独树一帜，极大地丰富和开拓了诗的意境，使山水的描写从玄言诗中独立出来，从而扭转了东晋以来的玄言诗风，确立了山水诗的地位，从此山水诗成为中国诗歌发展史上的一个流派。

宋魏悬瓠之战——南北朝时期

悬瓠攻防锐对锋，两军激战酷搏争。
矢如泻雨围坚垒，剑似流光抗悍兵。
万勇夺城尸蔽地，千骁守阵气凌空。
宋捷一役群情奋，誓复中原共举旌。

注释

● 宋元嘉二十六年五月，经过休养生息国力大增的宋国要出兵北伐，收复中原。这时，北方的北魏在拓跋焘的统治下也正值兴盛时期，他听说宋文帝要北伐，决心先下手为强。于是，宋、魏双方展开了互伐。元嘉二十七年二月，魏太武帝拓跋焘亲率十万大军向宋发起进攻。北魏军来势汹汹，与宋军在悬瓠（音：护。今河南汝南）城展开了一场你死我活的攻防争夺战。

● 北魏军在悬瓠城外筑起高高的楼，推近城墙，对着城堡扫射，飞矢如雨；而宋军在陈宪的率领下，沉着冷静，不断把被魏军攻坍的城墙修复。魏军又用兵车运载泥土，将城外沟堑填平，然后登上城墙，双方展开激烈的肉搏战。宋军当时城内兵力不足千人，但陈宪身先士卒，带领众将士以一当十，拼死搏杀，刀剑飞舞，宛如流星，杀死杀伤敌军上万。

●魏军采取了许多办法登城，皆未奏效，且损失惨重，城外尸体将沟堑都已填平，魏军士兵便踏着尸体爬上城来。而宋军面对魏军的凌厉攻势，个个奋不顾身，士气高昂，毫不示弱，终于以少胜多，将魏军打败。

●拓跋焘攻打悬瓠四十二天，毫无结果，反而损兵折将一万多人，只好撤兵回到平城（今山西大同）。悬瓠一战，以魏败宋胜而告终，它给宋朝举国上下以极大的鼓舞，坚定了同仇敌忾收复中原的决心和信心。

宋魏盱眙大战——南北朝时期

拓跋得手速回旌，趁胜围盱打要冲。

此据坚郭齐固守，彼驱骁勇猛凌攻。

城封若铁南赢战，尸垒如山北撤兵。

二虎相搏均重创，宋伤元气魏昭兴。

注释

●北魏打悬瓠（今河南汝南）四十二天，失利后被迫退兵，宋文帝调兵遣将，分两路大军又进行北伐，东路军王玄谟无能溃军，魏军得手后乘胜回兵南下，攻打宋之要冲盱眙（今属江苏）。

●宋在盱眙的守将沈璞早有准备，他率部修固城墙，储备了大量的矢石、粮草；同时，稳定军心，鼓舞士气，激励大家同仇敌忾，奋力抗敌。北魏军见盱眙城防坚固，一时难以攻下，就留下数千人，尔后继续向南，直抵长江北岸。宋文帝见魏军来势凶猛，便动员江南军民封锁了长江。拓跋焘见前有宋军封住长江天险，后有宋军坚守城池，觉得孤军深入十分危险，不得不再次撤兵，但他又心有不甘，归途中重新围攻盱眙。这时，宋军将领臧质写信故意侮辱拓跋焘，拓跋焘一怒之下，开始疯狂攻城。

●双方激战三十多天，南方宋军浴血奋战，虽有不小伤亡，但盱眙固若金汤，而北方魏军损失惨重，士兵尸体堆积如山，军心动摇，再加上军中流行瘟疫，拓跋焘本人也病倒，无奈之下只好退兵。

●盱眙一战，二虎相争，双方都受到重创。这场战争，宋王朝虽未被北魏灭掉，却大伤了元气，至此，『元嘉之治』结束，南弱北强的局面逐步形成。

『当断不断反受其乱』——南北朝（南宋文帝）时期

任子猖狂蓄祸根，闻其咒已甚伤心。
该除不去难拍案，当断非决未定音。
有备孽儿先下手，无防慈父遂亡身。
骤生廷乱刀兵起，骨肉相残血雨纷。

注释

● 宋文帝刘义隆特别宠爱长子刘劭，在他六岁时就把他立为太子。刘劭长大后又手握重兵，让他的东宫兵马与皇宫中的御林军几乎相等。刘劭骄横跋扈，在背后和弟弟刘濬一起，做了许多坏事。他们怕自己的恶行劣迹暴露，便请女巫搞起了『巫蛊』之术，就是用玉石琢出其父文帝的形象，埋在殿前，咒其早死。文帝得知后，十分吃惊，严厉斥责了刘劭、刘濬二兄弟，为此感到非常伤心。

● 刘劭、刘濬并没有因受到父皇斥责而悔改，仍然暗中与女巫来往。至此文帝打算废去刘劭的太子之位，并赐死刘濬。在商量重立太子时，吏部尚书江湛主张立刘铄（刘铄之妃是他的妹妹）为太子，尚书仆射徐湛之主张立刘诞（刘诞之妃是他的女儿）。侍中王僧绰说：『立太子事应由圣上来定，只是当前之事须急速决定，当断不断，反受其乱。』文帝因刚处死弟弟刘义康，再处死太子怕被人说无慈爱之心，因而犹豫不决。王僧绰见文帝如此，感叹道：『臣怕千年之后，人皆议论陛下只能制裁弟，不能制裁子。』

●文帝日思夜想，总是拿不定主意，就把自己的想法告诉了潘淑妃，不料潘淑妃将此事告诉了刘濬，刘濬又告诉了刘劭。刘劭立即与心腹密谋，决定先下手为强。太初元年正月二十一日深夜，刘劭执刀率士兵二千余人冲入宫中。文帝见状，心知有变，举起茶几抵抗，五指皆被斩断，随即被杀。

●刘劭杀死父皇后，自己称帝。文帝第三子武陵王刘骏闻讯，立即起兵讨伐，荆州刺史南郡王刘义宣、雍州刺史臧质等都起兵响应，不到一个月，义兵四起，京都建康乱作一团。在建康的江夏王刘义恭此时也逃奔刘骏，刘劭一怒之下将刘义恭的十二个儿子全部杀死。刘骏至新亭即位，是为孝武帝。不久，孝武帝攻入建康，杀死了刘劭和他的四个儿子，又杀了其同党刘濬及其三个儿子。至此，因文帝『当断不断』引发的一场宫廷内乱在一片血雨腥风中落幕。

范晔修《后汉书》——南北朝（南宋文帝）时期

妙笔增删尽汇融，通修后汉寄才情。
品评人物多精辟，阐述史实尤简明。
党锢逸民和列女，文坛方术与独行。
别开类传出新境，八志入编成准绳。

注释

●范晔，出身世家大族，官至南朝宋的卫将军、太子詹事，掌管禁旅，参与机要。他自恃有才，不拘礼节，嫌职位太低，对宋文帝不满，与孔熙等密谋迎立刘义康为帝，入狱被杀。范晔于元嘉九年左迁宣城太守时，开始撰修记述东汉一代历史的《后汉书》。他删减众家后汉史书，熔为一炉而成一家之作，充分展示了他丰厚的才学。

●范晔在《后汉书》中品评人物有独到之处，屡现真知灼见；叙述史实文字简洁，明白透彻。

●《后汉书》的「类传」中，涉及的内容很广泛，如「党锢」、「逸民」、「列女」、「文苑」、「方术」、「独行」等。

●范晔所写的「类传」是别开生面的独创，他修撰的《后汉书》仅有「本纪」、「列传」，后人取司马彪《续汉书》八志补入，合为一书，此书问世后，成为研究东汉历史的基本依据，以前诸家所修的后汉史书均告废弃。

极端荒淫暴虐的刘子业——南北朝（南宋前废帝）时期

昏聩凶残骇纣君，戕纲斫理逆乾坤。
父崩滴点无悲意，母恙丝毫不痛心。
敢迫亲姑充女室，竟帮淫姊选男姘。
剁足挖目开肠肚，一柄屠刀万马喑。

注释

●大明八年五月，宋孝武帝刘骏去世，十六岁的太子刘子业继位，史称前废帝。此人是历史上堪比殷纣王的凶残暴虐之君，他干尽了伤天害理的恶事，昏聩已达无以复加的地步。

●其父皇孝武帝驾崩时，刘子业毫无悲伤之意，人们十分气愤，吏部尚书蔡兴宗忍不住对人说：『春秋鲁昭公即位之时居丧不悲，人皆知他不会有德政。今国家的灾祸恐怕即将到来了。』不久，废帝的母亲王太后病重，派人请他去看望，他却说：『病人处有鬼，不能去。』太后闻之，愤怒地对大臣说：『快拿刀来凿我肚子，怎么会生出此等孽子！』不多日，太后含恨而死。

●刘子业荒淫暴虐，不忌乱伦，他竟然看上了姑母新蔡长公主，便杀了姑父何迈，假称姑母死去，改封为谢贵嫔，纳入后宫。他的姐姐山阴公主也是一个荒淫无度的女人，她对刘子业说：『妾与陛下男女虽殊，但都是先帝所生。陛下六宫以万计，我只有驸马一人，太不公平。』刘子业立即荒唐地给她配了三十个『面首』，用作淫乐。

●孝武帝死时，曾立遗诏，命刘子业的叔公刘义恭等辅政。刘义恭看到刘子业残暴成性，喜怒无常，便欲与几个大臣联手将其废掉，不料内部有人告密，计划暴露。刘子业闻之，于永光元年七月率羽林军兴师讨伐，将刘义恭抓住后，先斩断手足，再挖出眼睛，又破开肚子，拉出肠胃，将这些都用蜜拌和在一起，称之为『鬼目粽』，然后又将刘义恭余下的四个儿子全部杀掉。同时，继续追杀刘义恭的同伙柳元景、颜师伯等，将他们和他们的子女亦全部诛尽。刘子业手握屠刀，凶狠至极，从此以后，公卿以下的文武官员无不整日提心吊胆，朝廷上下一片万马齐喑的局面。

宋明帝酷残骨肉——南北朝（南宋明帝）时期

未掌皇权尚秉仁，担纲纵虐越常寻。
多疑嗜暴崇奸佞，极欲追奢信鬼神。
剪灭诸侄撑孽子，谋杀众弟害恩臣。
亲情骨肉皆非命，仅剩一庸暂幸存。

注释

●宋前废帝刘子业死于非命后，湘东王刘彧（刘子业之叔）即帝位，是为明帝。刘彧在做诸侯王时，尚能宽仁平和，可一坐上皇位，就残忍暴虐起来，其行径超乎寻常，令人发指。

●刘彧生性多疑，且十分迷信鬼神。他不允许在文书中出现『祸』、『败』、『凶』、『丧』等字眼，一有犯忌者就立即处死。平时，宫中移床、修缮等事，都要先祭祀土神，并让文人写文辞祝策，因犯他的忌讳被杀的人不计其数。与此同时，他的生活也愈加奢侈，所用的一切器皿，都要一次造三十套。在这种情况下，他身边的恶人便乘势贪污受贿，作恶多端，助纣为虐。

●明帝刘彧平定孝武帝（刘骏）三子刘子勋后，为保住亲生孽子刘昱的太子地位，将子勋的兄弟子绥、子顼、子元全部赐死，此后，又陆续杀死了孝武帝的其他儿子，至此，孝武帝的二十八个儿子都被杀尽。接着，他又向自己的几个兄弟开刀，庐陵王刘祎、晋平剌王刘休祐、巴陵王刘休若（本想讨好，却遭厄运）、始安王刘休仁，皆被他用不同方式除掉。特别是刘休仁，在前废帝多次要杀刘彧时，都巧妙地帮助刘彧化险为夷，对刘彧恩重如山。即使是这样，刘彧也没有放过刘休仁，终将其置于死地。

●在刘彧的屠刀下，亲人骨肉皆死于非命。由于桂阳王刘休范平庸无能，刘彧对他没生疑心，所以仅有他得以存活下来。

呆子皇叔造反失败——南北朝（南宋后废帝）时期

无能却想做丞臣，美梦难圆怒火焚。
备武招才出恶气，驱兵讨佞祀冤魂。
只思夺柄疏奸计，未料挨刀入鬼门。
将死帅亡终告败，庸流岂可驭风云？

注释

●宋明帝死后，十岁的太子刘昱即位，史称后废帝，由褚渊等大臣顾命，并由萧道成任右卫将军、卫尉，掌管宫内禁军。此时，后废帝的叔叔、江州刺史、桂阳王刘休范，虽平庸无能，却想入朝当宰相，因未得成功，怒火中烧，便起叛心。

●刘休范在谋主典签许公舆的策划下折节下士，大兴武备，招罗人才和有武功的壮士数万人，于元徽二年在寻阳（今江西九江）举兵造反。他们征调民船，率两万多士兵，沿长江东下，同时写信给朝廷，指出要清除蛊惑先帝杀建安、巴陵二王的杨运长和王道隆，以出恶气、谢冤魂。

●朝廷闻之，会商后由萧道成率兵前去迎击，萧道成刚到新亭，刘休范前军已到新林（今南京西南）。屯骑校尉黄回与越骑校尉张敬儿建议萧道成用诈降计谋，于是，二人受遣到刘休范营中投降，刘休范不知是计，对黄、张二人倍加信任，并让二人常侍身边，其亲信劝说要多加提防，刘不予理会。一次，刘休范喝醉了酒，黄回向张敬儿使一眼色，张敬儿立即夺下刘休范的防身刀，随即将其杀死，并取其首级，飞马返回新亭。

●后来，刘休范的大将杜黑骡始之攻新亭，继之攻进皇宫，但在陈显达、张敬儿、袁粲等人的内外夹攻下，杜黑骡军大败，其本人在宣阳门被杀。至此，由庸人刘休范发起的一场叛乱宣告失败。

萧、袁相斗书生败——南北朝（南宋顺帝）时期

诛杀聩主立冲龄，四贵辅君一擅行。
尔欲夺权他意晓，他筹篡位尔心明。
此多防略控兵马，彼少攻谋丢阵营。
钝昧书生诗赋尽，唯余溅血染石城。

注释

●宋后废帝刘昱恶劣残暴，不得人心。萧道成暗中联合亲信，于元徽五年七月将其诛杀，立年仅十一岁的刘准即帝位，史称宋顺帝，由萧道成（任司空、录尚书事、骠骑大将军）、袁粲（任中书监）、褚渊（任开府仪同三司）、刘秉（任尚书令，加中领军）共同辅政，号称『四贵』。褚渊一向依顺萧道成，刘秉和袁粲也不敢与萧对抗，『四贵』辅政，实际上成了『一贵』专权。

●面对这样一种状况，袁粲心里很清楚萧道成要篡权，所以他想以石头城为据点，伺机推翻萧道成。而萧道成对袁粲要反叛也心知肚明，早有提防。

●萧道成精于谋略，他听到袁粲欲反，随即做出周密安排：派亲信王敬则为直阁将军，与袁粲的党羽、直阁将军卜

伯兴一起掌握禁军；又派军主苏烈、薛渊、王天生去石头城，表面上帮助守城，实际上暗中控制袁粲。而袁粲却缺谋少略，疏漏百出，先是把政变计划告诉了萧道成的亲信褚渊，接着又过早地暴露企图，使萧道成及时掌握了主动权，很快就派兵分头行动，将袁粲的计划迅速粉碎，使他落得个满盘皆输。

●袁粲平时喜欢饮酒赋诗，部下有事向他请示，他也常常吟诗作答，足见其迂腐至极，最后，反叛不成，被萧道成的部下杀死于石头城。时人评论他说：『智不足以除奸，权不足以处变。』其失败是必然的。

『烛中手令』一败涂地——南北朝（南宋顺帝）时期

买马招兵久异心，烛中手令竟当真。
非知诡道驱盲旅，未晓玄机使乱军。
路断风萧折父子，巢倾血淌丧儿孙。
输赢多在德高下，此理不明难保身。

注释

●宋明帝死时，沈攸之为顾命大臣之一，后废帝即位不久，他被任命为都督荆襄等八州诸军事、荆州刺史。沈攸之对萧道成的一手遮天心存忌恨，早已产生『异心』，去荆州赴任时，就把自己原先的兵戈人马全都带到了那里；同时，又以讨蛮为名，招兵买马，造船屯粮，准备伺机起事。沈妻崔氏知道丈夫要起兵，便以保全身家性命为由加以劝阻，沈指着背心衣角，称太后派密使赏给他一支蜡烛，内藏手令，上书『社稷之事，一以委公』。为此，沈攸之信心满满。

●对沈攸之的『异心』，萧道成已有察觉，元徽二年，他先召其来京任职，沈以由推辞，后又安排亲信张敬儿任雍州刺史，在上游与朝廷互为表里，以施控制。张敬儿表面上对沈攸之毕恭毕敬，事事向沈禀报，且常送厚礼，使沈渐失警惕，暗地里却将沈的一举一动悉报给萧道成，而沈对此毫无所知，自觉一切准备就绪，便发檄文讨萧。沈攸之欲邀豫、梁、湘各州一并起兵，张敬儿和豫州刺史斩了他的使者，另三州的态度模棱两可。在这种情势下，沈自恃兵力强大，依然进攻。沈驱兵来到夏口，认为区区郢城，无须主力攻取，只用偏师即可，欲自率大军东下。这时，萧道成之子萧赜（音：责）的部将柳世隆采取激将法，不断派人挑战，终使沈沉不住气而改变计划，一连三十多天攻郢城不下，又因司马刘攘投降，而全军崩溃。

●沈攸之见大势已去，便集合残兵两万人马，向江陵进发，准备退回老巢。在离江陵百余里之时，他听说城已被张敬儿所占，士卒又四处逃散，无奈之下与儿子走到华容（今湖北潜江西南），在树林中自缢身亡。起初沈攸之向江陵进发，时在襄阳的张敬儿早已乘机将沈的两个儿子和四个孙子杀死。

●在沈攸之作乱之初，萧道成曾问江淹，如何看天下大势。江淹说，早先项羽、袁绍都比刘邦、曹操强大，而最终失败，这就是所谓『在德不在鼎』，而沈攸之正是不懂这一决定胜败的道理而最终覆灭的。

萧道成夺权建齐——南北朝（南齐高帝）时期

梦寐龙袍正恰期，招星揽月筑天梯。
方加太傅衔十印，又领公爵冠九锡。
以势压廷逼禅位，凭权受玺获登基。
谁怜少帝潸然泪？一语深长百代嘘。

注释

●萧道成独擅朝权，势力越来越大，一心想篡夺皇位。在平定沈攸之叛乱后，他觉得称帝的时机已经成熟，但自己又不好开口，于是，便汇集一批名士来捧场，以形成众星捧月之势。他先选中了出身名门的谢朏（音：匪，世家大族谢安之后），让他为自己造势，但谢朏未允。接着又找吏部郎王俭（世家大族王僧绰之子），王俭心领神会，为萧出了主意，让他去探褚渊的底，可褚渊又一时不解其意，于是，昇明二年九月，由王俭倡议，又由萧道成的亲信任遐去游说褚渊，褚表示不加反对。

●这样，萧道成所控制的朝廷便下诏加其为太傅，至此萧已有十个职衔。次年三月，再封为齐公，加九锡；四月，萧又晋爵为王。

●在这种形势下，宋顺帝刘准不得不下禅位诏书。在举行仪式时，刘准惊恐万分，司空褚渊率文武百官，拿着皇帝玉玺到齐王宫劝进，萧道成假意推辞了一番，第二天就正式即位，建立了齐王朝，史称齐高帝。

●刘准禅位时年仅十三岁，在位还不到两年，萧道成亲信王敬则将他带到别宫去住，他禁不住哭着说：『愿后世勿再生帝王家。』这一句悲凉之语意味深长，让世世代代的人们为之唏嘘，不久，刘准被萧道成杀害。

萧道成为政——南北朝（南齐高帝）时期

深铭宋鉴论衰兴，成败得失尽纳听。
秉朴经国彰俭气，持德理政抑苛风。
还山让水严皇室，检户查籍限贵宗。
当使金银同粪土，常怀悲悯救苍生。

注释

● 萧道成登基建立南齐，即位伊始就广开言路，与臣僚共议宋灭亡的经验教训。学问渊博的刘瓛（音：环）要皇帝能以前车之覆为戒，虽危可安；如重蹈宋之覆辙，虽安必危。其他人也纷纷谏言，有的说要崇尚简易、废除苛政，施以恩德；有的说要择优录官，开办文武学校；有的说要制定新法，改革前朝之弊……凡是正确的意见，萧道成都认真听取，予以采纳。

● 萧道成经略国家以节俭著称，他在即位的前一年就曾上表，要求禁止奢侈装饰，共有十七条规定，即位后，严格施行，以彰正气。他自己带头，将衣帽库中存有的一种头上装饰用的玉制品——『玉导』——亲手击碎，以提倡节俭之风。他还听从朝臣意见，体恤民生，去掉和减轻各类苛捐杂税，力求让百姓安居乐业。

●当时比较突出的问题是，自东晋以来，世家大族把一些山林川泽开辟为自己的庄园，使国家掌握的土地越来越少，百姓失去了在林间打柴、在湖中捕鱼的自由，最后只能依附世家大族，沦为奴隶。萧道成即位后，严格规定皇家不得封山占水，不该占的必须还民。同时，他还采取有力措施，限制贵族官僚，命令检查户籍，以元嘉二十七年为标准，确定可以免税的户口，防止假冒，有力地堵塞了贵族官僚偷税漏税的漏洞，促进了国家财税收入的增长。

●萧道成在位仅四年，但他怀有强烈的图强意识，追求政治清明。他常宣称：『我如能治理天下十年，当使黄金与粪土同价。』决心要使重利轻义的社会风气发生转变，他说：『风俗败坏已二十余年，我一时无法全都改变，唯有尽力做出些成绩来……如果大家都能各自努力，不愁不能拯救苍生。』这说明萧道成有改变荒淫奢侈风气的抱负，在战乱频仍的南北朝时期，这样的皇帝是不多见的。

阴险毒辣的两面派萧昭业——南北朝（南齐武帝）时期

狡诈阴毒善隐埋，明人暗鬼两张牌。
期爷快死早承驾，咒父速薨急上台。
痛悼宫廷悲满脸，狂欢府邸喜盈怀。
龙墩未暖先杀戮，数月奢光亿万财。

注释

●南朝齐武帝萧赜经国，创造了『永明之治』。永明十一年一月，太子萧长懋死，武帝立孙子萧昭业为皇太孙。萧昭业阴险狡诈，善耍两面派，明里乖巧，矫揉造作；暗中阴毒，冷酷无情。

●萧昭业之父、皇太子萧长懋病重，萧昭业装出满面忧愁，见人就流泪，可心里却盼父亲快快死去，自己好及早接位，为此，他请来女巫不断作法。其祖父、齐武帝有病时，他在身边侍奉，常常话讲到一半就哽咽而止，而暗中也请女巫作法，诅咒武帝迅速驾崩，急于自己上台。

●萧长懋和武帝先后去世，萧昭业进宫哀悼时，装出十分悲痛的样子，可一返回府邸，立即兴高采烈，开怀痛饮。武帝大殓刚结束，他就叫来歌伎奏乐跳舞；棺木未出端门，就迫不及待赶回宫中开宴作乐。

●萧昭业登皇位后立即大开杀罚，将当年不同意立他的王融以诽谤朝廷的莫须有罪名斩首。同时，他骄奢淫逸，挥霍无度，几个月的时间，就把武帝积下的亿万钱财耗得精光。

杀人如麻的萧鸾——南北朝（南齐明帝）时期

因非正统甚忧忡，决意开杀以定宗。
面示温良藏利刃，心存冷酷亮钢锋。
高皇子嗣悉丢命，武帝儿孙尽丧生。
只为固基消后患，尸横血溅漫天腥。

注释

●萧鸾，齐武帝萧赜的侄子，与武帝次子萧子良共同辅佐武帝之孙萧昭业，子良因生性淡泊，不爱处理政务，所以，萧鸾一人独擅朝政。后来，他将萧昭业杀死，自己称帝，即齐明帝。掌握朝权后，萧鸾因自己不是正统的皇位继承人，儿子幼小，而高帝、武帝的子孙日渐长大，深感威胁，所以决意下手清除障碍，以定本宗嗣位之规。

●为了达到目的，萧鸾表面上故作温良谦恭，以掩盖自己的真面目，心里却磨刀霍霍，随时准备出锋亮剑。

●萧鸾寻找各种理由，展开了大规模的残酷杀戮，将高帝尚存的八个儿子、武帝尚在的十六个儿子全部杀掉。武帝的孙子除萧昭业、萧昭文已被杀外，巴陵王萧昭秀，桂阳王萧昭粲，萧子良的儿子萧昭胄、萧昭颖，也通通被杀。至此，高帝之后，仅有豫章王萧嶷有后代于梁，其余都已绝后。这些人被杀时，小的仅七岁，大的也不过二十六岁。

●萧鸾为了清除后患保住皇位，如此惨无人道，大肆屠戮亲族，疯狂残忍，在历史上留下了骇人听闻的血腥记录！

荒淫至极的萧宝卷——南北朝（南齐东昏侯）时期

每有出游必帐廊，珠帘锦幔麝涂墙。
黄金作画铺豪地，琥珀妆衣扮丽娘。
不靠廷臣荒政略，只依刀敕乱纲常。
罄竹难尽淫欢事，骇怪夏桀惊纣王。

注释

●南齐末代皇帝东昏侯萧宝卷是齐明帝萧鸾之子，此人极度奢侈荒淫，他经常外出游玩，每当出行，必将沿途用幔帐围起，并派士兵防守，称为『屏除』；所经道路，百姓必须回避，有违反者皆遭杀戮。他大起宫殿，不仅雕梁画彩，珠帘锦幔，而且用麝香涂刷墙壁，苑中山石皆涂五彩，楼观壁上画满男女私亵之像。

●萧宝卷极度宠幸潘贵妃，为讨潘妃欢心，竟然用黄金制成莲花铺在宫廷地上，让她在上面行走，说是『步步生莲花』。潘妃的衣服上饰满各种奇珍异宝，皇家库房里不够用，就向民间购买，一个琥珀钏价值高达一百七十余万。

●作为皇帝，萧宝卷不依靠朝臣理政，而对『刀敕』（刀：在皇帝左右提刀的卫士。敕：皇帝左右传达诏命的人）

十分宠信，甚至百依百顺。他竟然把『刀敕』茹法珍和潘宝庆称为『阿丈』，把梅虫儿称作『阿兄』，这些『刀敕』得宠而有恃无恐，竟敢擅改诏令，控制大臣。一次，『刀敕』王宝权公然骑马闯入金銮殿，公卿大臣见状无一人敢说不。

●萧宝卷作恶多端，荒唐至极，《南齐书》记载他的罪恶说：『罄楚、越之竹，未足以言。』（『罄竹难书』成语的来历）历史上的殷纣、夏桀若见此昏聩的君王也定会自叹不如啊！

萧衍起兵灭齐——南北朝（南齐东昏侯）时期

残烛近灭厦将倾，度势兴伐速举兵。

密信悬疑削斗志，虚函离间转机锋。

火烧营帐撅廷帅，血染河池困御宫。

昏主终成刀下鬼，更名易号遂临登。

注释

●萧衍，与南齐皇帝同宗，博学通达，谋略过人。他见到皇帝萧宝卷荒淫昏聩至极，齐朝大厦即将倾覆，便招兵买马，暗兴武备，准备讨伐这个作恶多端的皇帝。萧衍劝说长兄萧懿起兵。萧懿未听，后来被萧宝卷赐死。接着萧宝卷又派人刺杀萧衍，由于及时得到消息，萧衍逃过一劫。

●南齐永元二年十一月，萧衍召集部属共商兴义师、除暴君之事，大家一致赞同。当天萧衍就建立了大本营，竖起义旗，集结人马，共有士兵万余人，马千余匹，船三千艘，他还把早就沉在檀溪的竹木取出，建造船舰。当时，萧宝卷之弟南康王萧宝融任荆州刺史，他年仅十三岁，大权握在行府州事的萧颖胄手中。荆州在雍州之南，两地唇齿相依，又是兵甲集聚之地，地位十分重要。萧宝卷派刘山阳带三千人马去打荆州治所江陵，拉拢萧颖胄，要他一起攻打雍州治所襄阳。萧衍得知他的阴谋，就派参军王天虎到江陵，给荆州的官吏各送了一封密信，告诉他们刘山阳西上是为了进攻荆、雍二州。荆州人向来害怕襄阳人，所以这些官吏的斗志迅速被削弱。然后，萧衍又派王天虎带了两封信分别给萧颖胄和其弟萧颖达，信上只有『天虎口具』四字，其余什么都没有。王天虎是萧颖胄的亲戚，这就让人怀疑他们之间有什么秘密，特别是引起刘山阳的猜忌，最后萧颖胄走投无路，只得与萧衍共约进兵。他们于十二月发布檄文，列举萧宝卷及其党羽的罪行，然后沿长江东下，直指建康。

●中兴元年正月，萧衍从襄阳出发，七月，鲁山（今湖北汉阳东北）和郢城（今湖北武昌）守军相继投降，萧衍军沿江而下，直达建康。萧宝卷派征虏将军王珍国率十万大军守城，摆出决一死战的架势。萧衍的大将王茂率众冲锋陷阵，并乘势放火，把对方军营烧得火光冲天，主帅王珍国大败而逃，秦淮河上到处是尸体，污血漂满河面，最后将萧宝卷围困在宫中。

●十二月六日，萧宝卷在一片混乱中被斩杀，死时年仅十九岁。至此，齐王朝从建立到灭亡只有二十三年，成为南朝最短命的一个朝代。后来，萧衍登基，建立南梁。

范缜与《神灭论》——南北朝（南朝梁武帝）时期

大讲无佛正视听，驳诘论理若雷轰。
形骸存世神则在，躯体离尘念必终。
树倒何能花吐蕊，刀折怎有刃含锋？
精思厉语迎围剿，拒诱推官志不更。

注释

●范缜，南北朝时期著名的无神论者，著有《神灭论》。他在齐竟陵王萧子良召集的宾客会上，公开宣称「无佛」，明确批驳因果报应的观点，引起朝廷和民间的极大震惊。

●范缜在《神灭论》中主张「形神相即」、「形质神用」，他认为「形」与「神」在一起不能分离，「形存则神存，形谢则神灭」，「形称其质，神言其用」。

●他还以形象的比喻说明，神之于形，如同树与树上的花，树倒了，树上的花也就不存在了，又如刀锋离不开刀刃，刀刃折了，刀锋也就没有了。深刻论证了形体死亡，精神不能独立存在的道理，批驳了佛教的神不灭论。

●范缜的这一系列观点，引起一片哗然，梁武帝和萧子良召集众僧和名士对他进行围攻，以恶语相加，十分激烈。但范缜为坚持自己的观点和理念，唇枪以对，毫不屈服妥协。当时，朝廷甚至要以官职诱其放弃「无神论」，但他坚决不「卖论取官」，充分表现出一个学者的坚定品格和高尚操守。

有所作为的梁武帝——南北朝（南梁武帝）时期

挥师造反自临登，紧握乾纲大略清。
广纳群言修律法，力革积弊肃廷风。
举贤疏滞擢能士，设馆督学育俊英。
减赋招流多惠众，民安局稳现隆兴。

注释

●萧衍，南朝梁的开创者，其父为齐高帝萧道成的族弟，他见齐王朝日益腐败，便在雍州起兵，经过数番苦战，于中兴二年四月登上皇位，是为梁武帝。萧衍建立梁朝后，立即显现出治国理政的不凡功力。

●萧衍广开言路，在公车府设立了两个信箱，听取各方面意见，恢复周、汉用钱赎罪的法律条文，并增删修订《齐律》，更名为《梁律》，共二十卷，另有《令》三十卷、《科》四十卷，正式颁布施行。为消除前朝宫廷中奢靡无度等积弊，武帝带头大兴俭朴之风，简衣素食，并采取一系列措施促使官吏廉洁公正。

●萧衍在选拔地方官吏上，注重『访贤举滞』，规定：小县县长有才干，可升为大县县长，大县县长有才干，可升为郡守，解决了能人长期得不到提拔的问题，并下诏在各州郡设置州望、郡宗、乡豪各一人，『专掌搜荐』，对于庶族寒门也一视同仁。当时得到武帝重用的范云、徐勉、周舍等贤臣良相，皆为梁国的各项大业做出很大贡献。武帝还十分重视发展文化教育，设置五经博士，广开馆宇，招纳学生，一时间各地来学习者络绎不绝。他还常派博士祭酒巡行州郡学校，进行督学。

●南朝梁共有四个皇帝，前后五十五年，武帝萧衍一人就在位四十八年。他在位期间，政治、经济、文化诸方面都呈现出勃兴的良好势头，更屡次下诏减轻或免除税负，允许流移他乡的农民回乡，恢复田宅，使民众得以休养生息，对发展生产、维护社会稳定，起到了巨大作用。

梁武帝舍身同泰寺——南北朝（南梁武帝）时期

弃道皈佛倍笃恭，伽蓝僧侣蔚成风。
研宗论戒自弘法，译卷注疏亲讲经。
餐定素食绝酒肉，祀除荤物忌牺牲。
舍身同泰伤国统，三教一源却可称。

注释

●梁武帝萧衍博学多才，在经学、史学、文学、书法、音乐等诸方面都很有造诣。他原来信奉道教，后来专写了一篇《舍道事佛文》，宣布弃道皈佛。在他的大力提倡下，梁朝佛教风靡一时，全国各地到处兴建大小寺庙，仅建康内外就达五百多处，用金、银、铜、石等铸成的各类佛像比比皆是。

●萧衍深研佛教各宗派，尤以戒律（律宗）为上，并亲撰著作，加以论述。他经常举办斋会，讲经弘法，有时一讲就是几天，太子、王侯、僧尼及外国使者皆要参加，时常听讲者逾万人。他还延请了不少名僧翻译和注疏佛经，深入研究佛法经卷，积累了许多很有学术价值的经典。

●梁武帝十分重视戒律，一改汉朝时僧人吃『三净肉』的习惯，规定僧尼都必须吃素食，为此，他写了四篇《断酒肉文》，从此形成了汉族出家僧尼吃素的传统。为了使僧人做到不杀生，梁武帝穿的衣服质料全都是木棉制品，从不穿着用丝绸制成的衣服，因取丝要杀死许多蚕，衣料上也不能有人、鸟、兽的图案，以免裁剪时有失仁恕。他还下诏宗庙祭祀不用牺牲，改用面和蔬菜。

●梁武帝晚年对佛教的虔诚已到了无以复加的地步，他曾四次舍身同泰寺，自愿入寺为僧众执役，朝廷花费重金才把他赎回来。如此大伤国统，终于引来『侯景之乱』，使梁朝灭亡。但他所创造的『三教同源』（道、儒都源于佛）说，对于儒、释、道相互吸纳、融合起到了重要作用，促进了中华文化的发展，这是值得称道的。

亲情『固基』适得其反——南北朝（南梁武帝）时期

六弟骄蛮恶骇天，该惩却赦尽施宽。
折兵溃阵仍加任，枉法藏凶仅免官。
暗刺非究犹忍暴，明吞不问竟容贪。
本思情到国基固，未料养痈生乱端。

注释

●梁武帝萧衍的六弟萧宏是一个骄纵蛮横、罪恶累累的家伙，但武帝却对他无限宽容，法律在萧宏眼中毫无约束力，致使他越来越胆大妄为。

●天监五年，萧宏兵败洛口，百万大军迅速崩溃，他临阵单骑逃脱。面对这样严重的损失，萧衍不仅没有追究萧宏的责任，反而在第二年擢升他为司徒、领太子太傅，第三年又擢其为司空、扬州刺史，后来又升为中书监、骠骑大将军。天监十七年，萧宏的妾弟杀人后逃到萧宏家藏匿，被南台御史发现，上书皇上要求按国法以窝藏罪处置萧宏，并让他交出凶手。面对此种情况，梁武帝竟在报告上批示：『爱宏者兄弟私亲，免宏者王者正法。』十分不情愿地暂时免了萧宏的官。

●对于武帝如此呵护，萧宏不仅不领情，反而对武帝怀恨在心，想寻机把他杀死。一个夜晚，萧宏派人在武帝去光宅寺的路上设下埋伏，准备行刺，由于武帝临时改变路线而未能得逞。事情败露后，按法律本应处萧宏死刑，可武帝只是流着泪把萧宏教训了一番，并一再表示悲悯。后来，武帝听说萧宏家中的库房内藏有兵器，便派人给萧宏送去许多美酒佳肴，并要与其共进美餐，顺便查个究竟。当他看到萧宏的库房中没有武器，而是堆满贪来的财物时，不但没有责问，而且还赞扬：『阿六家当不小，真会过日子。』然后与萧宏同席共饮，推杯换盏，直到深夜。

●梁武帝萧衍所以不顾国法如此放纵家族人员，是想用亲情来维持内部团结，以达到巩固基业的目的。但却事与愿违、适得其反，使朝廷日益腐败，最终引来『侯景之乱』，自己悲惨凄凉地离开人世。

梁武帝以情代法埋祸患——南北朝（南梁武帝）时期

六子凶残造祸殃，心毒招损甚嚣张。
硬逼吞鳝夺活命，强令脱麻戏死丧。
笞叟发疯仇御座，诛丞泄愤蔑朝纲。
如魔似鬼人皆恨，却屡复出毫不伤。

注释

●梁武帝萧衍的第六个儿子、邵陵王萧纶，凶残暴戾，横行不法，到处作孽造殃，猖狂至极。

●一天，萧纶在街上游荡，问一个卖鳝鱼的小贩：『现在刺史怎么样？』小贩不知他是刺史，便答道：『暴虐不堪。』萧纶听后，勃然大怒，硬逼小贩将鳝鱼吞下，小贩因此丧命。还有一次，萧纶在路上遇到一家出丧，他突发奇想，强令孝子脱下丧服由他穿上，然后学着伤心的样子高声哭叫，用以戏弄丧家而寻欢取乐。这样荒唐的一幕，被武帝知道后，将其刺史职务解除。

●为此，萧纶对父皇怀恨在心，找了个又矮又瘦的老头，逼他穿上梁武帝的皇袍，坐在上面，他自己在下面连连叩头，叨念『无罪』，然后，将老头拉下来，剥去衣服进行鞭笞酷虐，以发泄对武帝的强烈不满。萧纶经常派人去街市赊锦匹、采丝布，店铺怕遭殃都关门不敢营业。府丞何智通将此事报告了武帝，萧纶受到责备。为此他竟然派人将何智通刺死。

● 萧纶蔑视朝纲，无法无天，却一直逍遥法外，梁武帝几次免了他的官职，又都让他复出，仍重用为刺史。武帝这样溺爱不肖之子，其朝廷风气和未来前景可想而知。

梁武帝晚年昏聩——南北朝（南梁武帝）时期

浊流漫涌卷邪风，修庙兴佛遍地僧。
峻法避强官好过，严刑指弱庶难生。
骄矜拒谏遮污秽，蛮横诘疏表圣聪。
纵有良臣忧社稷，奈何君主已昏庸。

注释

●南朝梁武帝晚年，政治腐败，社会风气极端颓废，而皇帝又特别刚愎自用，听不得逆耳之言。他不恤国本民力，痴迷佛教，大兴土木，遍地修建寺庙，搞得国家财政捉襟见肘，人民生活困苦不堪。

●梁朝的法律对权贵豪强特别宽松，对黎民百姓特别严厉。所以，官僚贪腐成风，却得不到惩治，如有一个叫鱼弘的太守，在传授做官经验时就毫不隐讳地说：『我当郡太守有四尽，即水中龟鳖尽，山中獐鹿尽，田中米谷尽，村中人庶尽；人生在世如轻尘栖于弱草，如白驹之过隙，不及时享乐更待何时？』他拼命搜刮民脂民膏，家中有侍妾百余人，车马饰品全用金银翠玉。又如，梁武帝的第五子萧续，爱财好色，聚敛的财富多得仓库都放不下。就是这样一些肆意剥削人民的达官显贵，却都逍遥法外。而百姓不堪忍受盘剥，不得不逃亡时，一人『犯法』，全家受罚，全家逃跑，邻里连坐，经常搞得全村空无一人。

●面对如此两极分化、民不聊生的局面，梁武帝置若罔闻。大同十一年，散骑常侍贺琛上疏直陈当朝种种时弊，事事有据，落地有声。可武帝却文过饰非，一方面极力遮掩污浊真相，另一方面逐条驳斥贺琛的奏疏，大摆自己的功绩，以示圣明。结果其他大臣再也不敢提意见、讲真话了。

●梁朝末期，一些正直臣僚也曾向上谏言，提出不少兴利除弊的主张，但都无济于事，因为梁武帝已陷入昏庸腐朽的境地，他大肆佞佛，每年都要耗去巨额资财。地方官员能按时送上钱财者，不管品行多么恶劣，都被称为好官，而稍有怠慢者，即使清明廉洁、理政有方，也都被视为坏官，或受惩办，或被革职。这样一个黑白颠倒、是非不分的皇帝当政，梁朝末日已近是确定无疑了。

江郎才尽——南北朝（南宋、南齐、南梁）时期

苦读勤砺去穷根，仕道文坛两遂心。
妙笔一骈除厄运，卓文二赋获崇尊。
声喧四海博隆望，名噪三朝显贵身。
尽享奢华滋惰怠，才竭气短再无春。

注释

●江淹，字文通，南朝诗人、文学家。他从小家境贫寒，靠勤奋苦读，练就一手过硬的文字功夫。后来经人推荐入仕做官，连连擢升。

●江淹受到宋建平王刘景素的赏识，随刘一起到南兖州做官。正在江淹时来运转之际，广陵县令郭彦文犯罪连累了他，被关入监狱。江淹在狱中写了一篇骈体文章为自己辩解，刘景素看了这篇极具文采的美文后，惊叹不已，当天就放江淹出了狱。江淹年轻时写得一手美妙的抒情赋，其中以《恨赋》、《别赋》最为著名，将各种不同类型人物的离别情绪、心理状态描写得情愫栩栩，赢得文坛的广泛赞誉和推崇。

●将军萧道成辅政时，江淹是他最得力的助手，朝中的表章奏疏以及军事文书，多由江淹执笔。永明三年江淹任尚书

左丞时，襄阳发掘出一座古墓，出土的竹简古书上的文字人们都不认识，唯有江淹认出这是蝌蚪文，为周宣王以前的文物，这样，江淹的名声便更大了，四海之内无人不晓。江淹身历三朝，官越做越大，到梁朝建立时，他已是散骑常侍、左卫将军，封临沮县伯，后又被任为金紫光禄大夫。至此，江淹功成名就，过上了十分优裕安逸的贵族生活。

●江淹官位越来越高，生活越来越豪华，他便滋生了怠惰情绪，再也不想刻苦学习和认真写文章了，因此才思逐渐枯竭。人们把他的晚年与才华横溢、妙笔生花的早年对比，无不感慨地用『江郎才尽』四字长叹惋惜。

梁武帝引狼入室——南北朝（南梁武帝）时期

仅凭一梦信奸雄，竟引苍狼弃友盟。
利势忠言多拒纳，危局佞策屡推行。
明修栈道犹蒙眼，暗度陈仓尚散瞳。
大难临头仍钻套，囚身饿腹死台城。

注释

●东魏将领侯景，因与高澄无法相处，向西魏投降。与此同时，他又派人到南方梁朝，上表请求用黄河以南十三州土地作奉礼投梁。梁武帝接到侯景的信，觉得正好与自己一个月前做的梦相吻合，便以梦境作为依凭，毫无顾忌地答应了奸雄侯景的要求，为此，不惜与多年友好的东魏断绝关系。他哪里知道，这样做竟然是引狼入室！

●对于梁武帝这一轻率举动，光禄大夫萧介认为十分危险，进谏道：『恶人本性难移，天下皆然……侯景屡换门庭，朝三暮四，心藏诡计，陛下爱匹夫弃邻国，实不值得！』可梁武帝对此忠言却充耳不闻。后来东魏高澄多次表示与梁通好，侯景得知后，伪造一封东魏来信探测梁武帝的真意，搞清真相后侯景决定起兵反梁，可在侯景已攻下几个要塞的情况下，武帝仍然麻木不仁，朝廷大臣羊侃等人一再请求，才勉强出兵讨伐。此时，侯景又玩起花招，以游猎为名，直奔建康。对此，奸臣朱异心存反念，硬说侯景不会渡江，梁武帝竟然轻信朱异之言，把羊侃的正确意见顶了回去。

●在侯景『明修栈道』的同时，临贺王萧正德也在『暗度陈仓』，与侯景内外呼应。而对于这样的危险局面，武帝却浑然不觉，不明情况。

●太清二年十月，侯景渡过长江，直达秦淮河南岸，在萧正德的配合下，围攻武帝所在的台城。在兵临城下、万分危机之时，侯景苦于粮秣缺乏，放出求和的烟幕。梁武帝虽然开始不同意，可后来还是听从了太子萧纲『讲和』的主张，结果又一次上当，勤王兵一撤，侯景便翻脸毁约，接着公布武帝的十大罪状，再次发起攻城。侯景围城一百三十天后，终于在太清三年三月十二日攻下台城，将武帝囚禁，直至饿死。

萧绎命丧江陵——南北朝（南梁元帝）时期

势危城困露狰狞，妄借叛兵夺御廷。
暗盼侯贼戕骨肉，明求魏主打亲情。
方夺兄命清羁绊，又取弟头除障屏。
梦碎身亡他获益，焚书断剑叹江陵。

注释

●萧绎，梁武帝第七子。武帝引狼入室，侯景叛乱围攻台城时，萧绎毫无着急之意，相反，他野心膨胀，想借叛兵之力夺取皇位。

●萧绎迫于舆论压力，不得不出兵救援，但内心中却盼望借奸雄侯景之手杀死父兄。当时对他实现野心的主要障碍是六兄萧纶，为此，萧绎发兵向萧纶进攻，使其逃往武昌又转到汝南，最后被西魏军破城杀死。雍州刺史萧詧（音：查）是梁武帝长子萧统的第三子，其二兄萧誉原是湘州刺史，早在侯景围台城时，因不肯受萧绎节制，与其交锋，战败被围于长沙。萧詧为救二兄，与萧绎为敌，怕力量不足，向西魏求救。为保证除掉萧誉，萧绎也向西魏求救，终将萧誉打败，杀死于长沙。

●萧绎除掉萧纶、萧誉后，其弟萧纪（武帝第八子）成为他夺取皇权的又一主要障碍。当时萧纪镇守梁、益，任益州刺史，手握精兵强将，驻蜀地十七年。他认为萧绎不过一介书生，不能中兴皇室，便于天正二年在成都称帝。与此同时，萧绎也在江陵称帝（史称梁元帝），和萧纪遥相对峙。萧纪率水军东下，萧绎见势不妙，又派人向西魏求援攻打成都。萧纪军还未到江陵，后方益州已被西魏攻破，萧纪与家人均成为萧绎大将樊猛的刀下之鬼。

●萧绎为取得皇位不惜借助外力残杀亲族兄弟，清除了一个又一个称帝的障碍，但梁、益已失，襄阳被西魏控制，当萧绎向西魏提出收复梁、益二州时，宇文泰翻脸，于承圣三年出兵攻破江陵，萧绎皇梦破碎，只得投降，不久被杀。临死前，他将十四万卷书籍烧掉，并把宝剑折断，自叹『文武之道，今夜都完了』。

陈霸先建陈朝——南北朝（南陈武帝）时期

出自寒门武艺精，长谋善断抗齐兵。
痛非更主截傀儡，怒斥伤国拒附庸。
度势除奸重立帝，乘威受禅遂临宫。
以仁施政兴宽简，束己恤民图振兴。

注释

●陈霸先，家世贫寒，但从小富于谋略，处事果断，同时练就一身好武艺。他在平定『侯景之乱』中英勇善战，足智多谋，崭露头角，被梁元帝萧绎任命为司空领扬州刺史。承圣三年，梁元帝被西魏所杀，陈霸先与太尉王僧辩在建康拥立萧绎之子萧方智为梁王。这时，北齐南犯，陈霸先开始了抗齐的英勇战斗。

●北齐高澄派人送信给王僧辩，要将被北齐俘虏并背叛梁的萧渊明（梁武帝之侄）遣归，并立为皇帝，王僧辩开始不同意，后来迫于压力，答应了北齐的要求。陈霸先对王僧辩接纳萧渊明十分不满，公开痛斥拥立傀儡，坚决抵制做齐国的附庸。为此，他对王僧辩反复劝说，可都没有奏效。

●虽然王僧辩接受了北齐的条件，但北齐军到寿春又大举进攻，这时，王僧辩派人通知陈霸先，要他做好抵御准备。

陈霸先趁势扣下使者，召亲信侯安都等率军出发，直指石头城，王僧辩以为陈军是来抗齐的，并未起疑心。陈军到达石头城后，直奔王僧辩居所，这时王僧辩方知大势不好，与儿子逃到南门楼。陈霸先要以火烧楼，王只好下楼，俯首就擒，当夜父子二人即被绞死。接着，陈霸先废除萧渊明，重新拥立萧方智为帝，避免了梁成为北齐的附庸，深得江南人民的拥护。后来，陈霸先集兵与王僧辩的党羽及南下的北齐兵激烈对战，终于在广大民众的支持下，大败敌军，取得最后胜利，他升为丞相、录尚书事。五五七年十月，经过一番禅让，陈霸先即位当上皇帝，建立了陈朝，史称他为陈武帝。

●陈霸先建陈朝后，以仁德施政，大倡宽简廉朴之风，后宫无豪华装饰，不设女乐，平常膳食非常简单。同时，他注重抚慰庶民，非军旅急需，不轻易向人民征发。由于陈霸先实施了一系列有效政策，使得受到极大破坏的南朝社会、经济和文化得到恢复和发展。

『玉树后庭花』——南北朝（南陈后主）时期

芳林丽阙簇妖郎，把酒弹歌狎妓忙。
昏主无心谋政略，骄妃有意擅朝堂。
哀鸿啼血凄声惨，玉树流光笑语狂。
春乐不觉秋已至，后庭花落败枝黄。

注释

● 陈霸先建立陈朝后，历经文帝、废帝、宣帝，至太建十四年，陈叔宝即位，史称陈后主。陈叔宝荒淫无度，整日陷于美酒欢歌之中，与嫔妃及歌伎吃喝玩乐，根本不理朝政，陈朝腐败日甚，国家已处于不可收拾的境地。

● 陈叔宝迷恋女色，身边美女如云，他最宠幸的张贵妃（丽华）虽容貌出众，但阴险狡诈，她用种种手段迷惑后主，使其言听计从，从而专擅朝廷，勾结宦官，拉拢贵戚，收受贿赂，卖官鬻爵，恣肆诬陷。对此陈叔宝一概放纵，任其呼风唤雨，随意作恶。

● 陈叔宝登基伊始就大兴土木，建造豪华宫殿，供自己和嫔妃享用。最出名的有：临春阁、结绮阁、望仙阁，每阁高数丈，连屋数十间，窗、门、梁皆用沉香和檀香木制成，上面装饰金玉宝器和珍珠翡翠，房内设宝床、宝帐，外有珍珠卷帘。院内以奇异山石造成假山，并开掘了许多小湖水池。为此，加重对民众的盘剥，大肆搜刮民脂民膏，就连北方已代周的隋文帝都说：『陈叔宝为满足其无底欲望，无限掠夺百姓，建造宫殿，昼夜劳作……自古昏君，无人能与之相比。』确如隋文帝所言，陈叔宝整日与嫔妃、歌妓一起，在宫中宴饮寻欢，载歌载舞，作诗吟唱，并亲手谱写歌曲《玉树后庭花》，歌中写道：『丽宇芳林对高阁，新妆艳质本倾城。映户凝娇乍不进，出帷含态笑相迎。妖姬脸似花含露，玉树流光照后庭。』唐人杜牧写诗讽刺，将后主后宫的靡靡之音喻为亡国之音。

●国家岌岌可危，陈叔宝君臣却早已把军国大事抛在脑后，虽然给一殿起名『临春阁』，但晚秋已至，花落枝黄，陈朝离灭亡已为时不远。

代国灭亡——东晋、十六国时期

返国即嗣力图兴，制典振戎承汉风。
讨虏多谋轻取胜，迎敌少略惨折兵。
内夺皇位有犀剑，外抗犯军无劲弓。
忧患叠加绝气脉，秦师一触遂盘崩。

注释

●什翼犍是鲜卑拓跋部人，其父郁律在内乱中被杀，兄翳（音：义）槐被拥为代王，什翼犍到后赵做人质。三三八年，翳槐去世，什翼犍被迎回继位，他以盛乐为都城，仿汉人（晋朝）成制，建立国家机构，制定新的法律典章，大力发展军事力量，军队已达百万，国力渐显雄强。

●建国二十三年，什翼犍的妃子慕容氏去世，匈奴首领刘卫辰在参加葬礼后向什翼犍求连姻，什翼犍把女儿嫁给了他。可刘卫辰反复无常，忽而投降前秦，忽而归附代国，为此，什翼犍对他进行讨伐。建国三十年十一月，什翼犍再次出击刘卫辰，当时黄河尚未封冻，什翼犍命人将苇草撒入河中，凝结成路，顺利渡河，出其不意，将刘卫辰打得措手不及，落荒而逃，其十分之六七的部众被俘。刘卫辰吃败仗后投降了前秦。三六七年，前秦苻坚率二十万大军进攻盛乐，什翼犍派外甥刘库仁领十万骑兵进行抵御，结果溃阵战败，损兵折将。当时，什翼犍因病不能参战，只好率部逃到阴山以北，后又回到云中。

●翳槐的另一弟拓跋孤曾与什翼犍两分代国。拓跋孤去世后，儿子拓跋斤失去继承权，心怀不满，且受什翼犍的庶子寔君的挑唆，说什翼犍欲除掉他，于是他寻机杀死了什翼犍和几个弟弟。此时秦军得知代国内乱，危机重重，便乘机发兵讨伐，代国很快就被前秦苻坚所灭。

●代国的灭亡，完全是由于内部生乱，外部进攻，两相结合的结果。苻坚灭代后，下令车裂了寔君和拓跋斤。

拓跋珪建立北魏——南北朝（北魏道武帝）时期

投靠贺兰当魏王，削燕壮势自称皇。

迁都订律编职细，转牧兴农计口详。

倡法尊儒兼各利，擢鲜尚汉取诸长。

开新破旧成封建，大略宏图满锦囊。

注释

●代国灭亡时，作为什翼犍孙子的拓跋珪在母亲贺氏的带领下，投奔到舅舅贺讷处，贺兰部的许多酋长纷纷请贺讷奉拓跋珪为主，贺讷欣然同意。三六八年正月，拓跋珪在牛川（今内蒙古呼和浩特东）登上代王之位，在都城盛乐附近让拓跋部民定居下来。四月，拓跋珪改称魏王，北魏由此开始。接着，拓跋珪向四周部落发动兼并战争，并在参合坡（今内蒙古凉城西）一举消灭了后燕主力，取得了挺进中原具有决定意义一战的胜利。三九六年，拓跋珪称帝，改元皇始。这一年他率四十万大军进军中原，为结束北方分裂局面奠定了基础。

●拓跋珪建立北魏后，于天兴元年将都城迁至平城（今山西大同），改称代都。同时，制定法律、朝仪，编制官爵，建立了比较完备的封建政权机构。拓跋珪努力促进游牧经济向农业经济转变，打败后燕后，把境内的汉族、徒何族十余万人迁到代北，实行『计口授田』，大力发展农业经济。

●拓跋珪对汉文化非常重视，他一方面推崇儒家思想，设太学，置五经博士，祭祀孔子；另一方面也接纳法家思想，特别是对韩非子的集权思想尤为欣赏。他还很看重汉族知识分子，对前来投靠的汉族知识分子皆量才录用，有的还成为他的主要谋士。

●拓跋珪竭尽全力推动拓跋部由奴隶制向封建制转变。他十四岁即位，在位二十五年，使北魏逐渐强盛起来，不愧是推动鲜卑社会前进的杰出政治家。

魏宋虎牢之战——南北朝（北魏明元帝）时期

魏兴国势力彰雄，趁宋发丧欲扩容。
顽拒良谋疏略地，盲施谬策重攻城。
非识诡道轻吃计，不辨忠臣肆动刑。
激战虎牢双百日，大伤元气取一赢。

注释

●北魏明元帝拓跋嗣即位后，发展农业，整顿吏治，加强团结，笼络汉人，使国家实力大为增强，呈现出兴隆景象。泰常七年五月，明元帝得知宋武帝刘裕死去，觉得趁宋国发丧之机，举兵征伐，是开疆拓土的大好时机。于是，便与众臣僚商议出兵进攻洛阳、虎牢、滑台的计划。大臣崔浩进谏说，古人且『礼不伐丧』，现趁人家丧事攻伐，得之不足为美。但明元帝就是不听。

●明元帝又召集公卿大臣讨论是先攻城还是先略地？以司空奚斤为首，主张先攻城，独有崔浩反对，他认为南方人善守城……不如先分军略地，止于淮河，设守宰，收谷物，洛阳、滑台、虎牢皆在我北，敌孤立无援，必南逃，或可被我攻下。事实证明，崔浩的方略是正确的，可惜明元帝予以拒绝，还是采纳了先攻城的主张。

●泰常八年三月，明元帝派奚斤和公孙表攻打虎牢，魏宋双方战斗十分激烈。公孙表是北魏多谋善战的名将，宋虎牢守将毛德祖决定运用曹操曾用过的离间韩遂、马超的计谋，离间公孙表和奚斤，借助早年与公孙表有所交往的条件，派人送信给公孙表，故作问候，公孙表出于礼节，亦回信寒暄。这时，毛德祖秘密派人通知奚斤，说公孙表与自己有联系。奚斤将此事告之明元帝，在与公孙表有过节的太史令的挑唆下，明元帝终将公孙表处死，使战场上一位足智多谋的忠臣因离间计而含冤死去。

●在虎牢一城，魏、宋双方激战二百余天，宋军在毛德祖的率领下，誓与城共存亡，最终失守，但魏军也损失惨重，除战斗伤亡外，光病疫死亡的就有十分之二三。这是北魏进入中原后与南朝进行的第一次大规模战争，虽然攻占了滑台、洛阳、虎牢、青州和兖州的一些地方，使国境扩展到了黄河以南，但却大伤了元气。

太武帝攻取统万城——南北朝（北魏太武帝）时期

两代蓄财国库盈，举兵伐夏缚苍龙。
挥师挺进长安地，率部直逼统万城。
策马逃身装势弱，反戈发力展威雄。
摧枯拉朽敌都陷，王气腾空撼九重。

注释

●北魏明元帝去世后，长子拓跋焘即位，是为太武帝。拓跋焘凭借道武帝、明元帝两代积累下的丰盈财富，决定进行统一北方的战争。当时北方诸政权中，除了柔然，夏国实力最强，因此，太武帝把夏国作为进攻的首要目标。

●此时的夏国，暴君赫连勃勃死后，皇子们为争夺王位相互残杀，最终三子赫连昌继位。北魏太武帝乘机于始光三年派大将奚斤、周几挥师向蒲坂（今山西永济西）、长安挺进，而自己则率轻骑二万，从君子津（今内蒙古清水河西）渡河，直逼夏都统万城。时值隆冬，骑兵从冰冻的河上过去，直到统万城下，夏国君主惊惶失措，战败后退入城中固守。魏军一时难以破城，便带着掠来的人口和牛马返回国中。此时，奚斤攻下长安，赫连昌派弟赫连定带兵欲夺回长安，两军相持不下。

●始光四年四月，太武帝见赫连定去长安，统万城空虚，决定再次进攻。六月，太武帝兵临统万城下，将大部队隐入山谷，以少数兵马引诱赫连昌出战。太武帝先是佯装示弱，策马逃跑，引夏军来追，赫连昌果然上当，紧追不舍；然后，太武帝返军冲击追兵，在身中流矢的情况下仍身先士卒，率部拼死奋战，终将夏军击溃。

●太武帝驱兵以摧枯拉朽之势乘胜追击，杀死赫连昌的弟弟和侄子等人，歼敌万余人，攻破统万城，俘获夏国王公卿将和宫人近万，牛马羊无数，各种珍宝不可胜数，赫连昌被迫逃跑。统万城之战，魏太武帝取得了决定性胜利，充分显示了卓越的军事才能和王者风范。战后第二年，北魏大将奚斤将赫连昌打败，俘获后将其带到平城。四三一年，夏国继位的赫连昌的弟弟赫连定，被吐谷浑所擒，夏国遂告灭亡。

《齐民要术》——南北朝（北魏末东魏初）时期

广涉农桑尽探寻，书名寓意惠黎民。
通观系统集群类，细辟诸宗释各门。
阐述相依出妙论，分析进化现奇云。
百科经典传天下，灼见启迪达尔文。

注释

● 贾思勰在北魏末、东魏初著成的《齐民要术》一书，广泛涉及农林生产的各个方面，并做出详细阐述。全书共十卷，九十二篇，正文约七万字，注释约四万字，内容十分丰富，全面系统地总结了六世纪以前我国农业生产的经验，寻找出许多规律性东西。命名为《齐民要术》，意思是讲为民众谋生的主要生产技术。

● 《齐民要术》对整个农林生产系统进行全面汇集，而且又分门别类，如耕种、栽培、播种、土壤、施肥、轮作、种子、菜疏、果木、桑蚕、畜牧、兽医、加工、贮藏、酿造等，均作了精辟论述。

● 《齐民要术》还清晰地阐释了生物与环境和谐共生的依赖关系，并深刻揭示了遗传变异的进化规律，显示了难得的真知灼见。

●《齐民要术》是我国乃至世界最早的一部农学百科全书，其影响远播中外。到十九世纪，英国生物学家达尔文认为自己的进化论思想，是从『一部中国古代的百科全书』中得到启发的，而这部『百科全书』，正是贾思勰的《齐民要术》。

太武帝灭北凉——南北朝（北魏太武帝）时期

闻凉丧义愤盈腔，驳谬开伐誓灭殃。
遣部渡河夺畜牧，将兵困阵破城邦。
逼降逆主犹施礼，受纳贤学倍赏光。
莫道姑臧无水草，君临大漠现茵芳。

注释

●北魏太武帝拓跋焘灭掉夏国后，拜北凉继位的新主沮渠牧犍为凉州刺史、河西王，并纳其妹兴平公主为右昭仪，又将自己的妹妹武威公主下嫁沮渠牧犍。但沮渠牧犍与其嫂李氏通奸，并与其姐毒害武威公主，魏太武帝要沮渠牧犍交出李氏，沮渠牧犍不从。沮渠牧犍还大肆制造北魏国势衰弱的谣言。鉴于沮渠牧犍的一系列恶劣行为，太武帝决定出兵讨伐。面对太武帝这个决定，朝廷中以鲜卑贵族奚斤为首的三十多人都表示反对，特别是收受北凉贿赂的大臣李顺，故意说姑臧（今甘肃武威地区）遍地枯石，绝无水草，如发兵讨伐，必无水源，肯定失败。而大臣崔浩则力主征伐。双方激烈争辩，太武帝严厉斥责李顺等人的谬论，义无反顾地举兵出征。

●太延五年六月，太武帝率大军从平城出发，渡过黄河后，永昌王拓跋健在河西夺得牲畜二十余万头。同时，太武帝兵临姑臧城下，将其包围，劝降沮渠牧犍侄子沮渠祖，之后，太延五年九月，沮渠牧犍的另一侄子沮渠万年也率部投降，姑臧城终于崩溃。

●眼见大势已去，沮渠牧犍只好率文武百官五千余人自缚请降，太武帝对降者施之以礼，亲自为沮渠牧犍松绑。在投降者中，有许多汉族的学者官员，太武帝对他们更是爱护有加，不仅以礼相待，而且将他们迁往平城，后来大多给予重任，这对北魏接受汉文化起到了很大作用。

●讨伐北凉前，奸人李顺曾蒙骗太武帝说，『姑臧无水草』。但太武帝不被困难所阻，坚决排除各种干扰，取得了统一北方的胜利，从此，结束了十六国分裂的局面。

名臣名将王慧龙——南北朝（北魏明元帝）时期

避开灾祸幸逢僧，投魏南伐亮锐锋。
领战滑台撅悍将，挥师淮颍败强兵。
免遭诬害因明主，不罪刺杀缘阔胸。
备武督农兴百业，仁德厚爱惠苍生。

注释

●王慧龙，南朝名门大族之后，其祖父王愉，因得罪宋武帝刘裕，全家被杀。当时，王慧龙仅十四岁，被和尚僧彬藏匿保护，后来辗转逃到北魏，投于元明帝，决心报仇雪耻。元明帝很理解他的心情，便任命他为洛城镇将，配兵三千。之后，他一再上表要求南伐，得到重臣崔浩的支持，朝廷任命他为南蛮校尉安南大将军左长史。

●王慧龙在南伐中，于滑台大败宋悍将王玄谟，太武帝赐爵长社侯，被任命为荥阳（今属河南）太守。后来，南朝宋文帝刘义隆又派大将到彦之、檀道济率强兵多次进攻淮颍地区。王慧龙督军坚决抵抗，一次次地将他们击败，到彦之都十分佩服他的英勇善战。

●宋文帝刘义隆为了拔掉王慧龙这根钉子，大施离间计，他派人四处传播谣言，说王慧龙勾结边境宋军，企图谋反，好在魏太武帝拓跋焘头脑清醒，识破了宋的诡计，并写信给王慧龙，让他不必介意。离间不成，宋文帝又派刺客吕玄伯行刺王慧龙，吕玄伯假装投降，求见王慧龙，不料阴谋败露，但王慧龙并未杀吕玄伯，而是将他放走。对王慧龙这一举动，人们无不称赞他心胸宽广，人格高尚。

●王慧龙在荥阳执政十多年，不断加强武备，大力发展农业生产，以仁德厚爱施惠于民，建立了卓越功勋，深受百姓的拥护和爱戴。他死后，其部下和荥阳大众为了感念他，特意在他的墓旁建了一所佛寺，画了他和僧彬和尚的像，以作怀念和祭祀。当年被他放走的刺客吕玄伯，为了永志他的恩德，前来给他看守坟墓，一直到死都没有离开。

寇谦之将道教变国教——南北朝（北魏太武帝）时期

自谓通神得密传，身担使命辅金銮。
更新道法除违意，吸纳佛儒立顺言。
推动廷臣呈奏表，周旋御主建师坛。
图谋遂愿执国教，改号真君作纪年。

注释

●寇谦之出身名门大族，是北魏时期的道教领袖。他年轻时就十分仰慕道教，开始学习张鲁五斗米道的方术，后来随成公兴去华山和嵩山修道七年。他为了改造旧的五斗米道，假托天神降临，两次得授经典。第一次是在嵩山遇到太上老君，赐给他道书《云中音诵新科之戒》二十卷；第二次是太上老君派玄孙李谱文授予他《录图真经》六十卷，并要他用此辅助『太平真君』。

●寇谦之凭借这些神话，假托太上老君的旨意，对道教进行更新改造，他清除原五斗米道中有违朝廷、易为农民起义利用的思想内容和意思，吸收儒家礼教的内容和佛教生死轮回的思想，建立起适应和顺从统治阶级需要的新道教——北天师道。

●寇谦之深知，要想振兴道教必须要得到皇帝的支持，于是他利用北魏宰相崔浩对道教笃信不疑的条件，促其上疏太武帝，推荐自己。太武帝接受了崔浩的荐举，派人到嵩山祭祀，迎接天师，显扬道教新法。后来又在京城东南方修建天师道坛，并由国家供给一百二十名道士的衣食，进行道教斋醮活动。

●这样，寇谦之依靠太武帝终将道教变成了官方承认的国教。太武帝接受寇谦之的建议，改年号为『太平真君』，并亲自去道坛接受道教符。

『笔头奴』古弼——南北朝（北魏太武帝）时期

力遏皇家占地风，直疏退苑以还耕。
忙车不载围杀兽，羸马可将出猎兵。
国运萦怀忧武备，民情入耳恤苍生。
胸宽眼阔多长虑，幸有明君赏大忠。

注释

● 古弼，鲜卑族人，北魏太武帝时的尚书令，由于他的头顶较尖，像笔头一样，太武帝称其为『笔头奴』。北魏初年，皇家曾多次在都城平城附近圈地作为狩猎苑囿，侵占了不少农田。看到这种情况，古弼十分痛心，他直言上疏太武帝，奏请把苑囿的大部分土地退给贫民耕种，说这样既可以给贫民以生计，又可发展生产。太武帝接受了他的意见，并赞扬他一心为国。

● 一次太武帝到平城北山打猎，获得野鹿千余只，他下令尚书省派五百辆民车运载。此时正值秋收季节，运粮非常忙。见此情景，古弼上表，讲清理由，拒绝了皇帝的诏令，太武帝觉得他言之有理，放弃了用农车运载的想法。还有一次，太武帝到河西狩猎，要古弼把肥壮的马给狩猎部队用，古弼却没有听令，仅把瘦弱的马匹送了去。为此，太武帝十分生气，但古弼仍以加强防务为由，据理力争，使太武帝心悦诚服。

●古弼的所作所为，在不少地方违逆皇帝旨意，但他为了国家的武备安全，为了黎民百姓的生计，屡屡冒死上谏，将自身一切置之度外。

●古弼心里始终装着国家和军队的根本利益，眼光远大，为民谋利。好在他遇到了太武帝这样英明的君主，所以他常常受到太武帝的赞赏，被称为『国家的忠臣』。

太武帝北征柔然——南北朝（北魏太武帝）时期

岂忍柔然肆逞凶，更防为打举伐征。
一番激辩分高下，两场搏杀见渭泾。
纵马突袭夺速胜，休师缓战悔迟锋。
终驱恶寇消忧患，安北靖疆国力增。

注释

●处于北魏北边的柔然是一个奴隶制汗国，它屡犯北魏边境，开始北魏以防御为主，在边境线上设立了六个军镇，派兵把守，同时又在漠南筑起两千多里的长城。太武帝拓跋焘即位后，国力已经强大，于是决定变防御为进攻，举兵对柔然进行大规模反击。

●四二九年，太武帝决定进攻柔然，引来鲜卑贵族大臣们的强烈反对，就打与不打的问题，在朝廷中展开了一场激烈辩论。尚书令刘洁指使太史令张渊、徐辩提出天象表明出师不利，并说发大兵征伐得不偿失。而懂得天文的大臣崔浩坚决主张出击，把张、徐二人的观点一一驳倒。太武帝明确支持崔浩的意见，于四二九年和四四三年两次进攻柔然，取得了决定性胜利。

●四二九年四月，太武帝与平阳王长孙翰从东西两路向柔然进攻。五月太武帝到达漠南，率轻骑向柔然发起突然袭击，打得柔然措手不及，损失惨重，投降多达三十多万户，俘获牲畜、车辆无数。四四三年，太武帝兵分四路，再次出击柔然，到达鹿浑谷（今蒙古国乌兰巴托西南），柔然未料到北魏大军到来，如果此时发起攻击，定会取胜。可内奸刘洁千方百计加以阻止，太武帝受到蒙骗，错过了有利战机，使得柔然闻讯逃跑。后来太武帝知道了真相，将刘洁等人处死。

●通过两伐柔然，驱逐了强悍之敌，斩获大量战利品，北魏国力大增，进而解除了北方边境的后顾之忧。

太武帝灭佛——南北朝（北魏太武帝）时期

禅门作恶泛污浊，甚有藏戎引怒勃。
即令杀绝城内侣，再宣除尽域中佛。
伽蓝典卷多残毁，和尚僧尼少幸活。
灭释更坛崇道教，浩劫灾难遍全国。

注释

●北魏太武帝拓跋焘曾经信佛，但他后来看到首都平城（今山西大同）寺庙、和尚激增，既不交租税，也不服兵役，严重影响国家利益；当他了解到有些和尚竟然与贵族家的女子淫乱，严重败坏佛门风气、丧失道德时，十分气愤，同时，在笃信道教的重臣崔浩的鼓动下，对佛教更加厌恶。太平真君六年，盖吴起义，这时，太武帝在长安寺院中又发现了和尚藏匿的大量弓箭、长矛和盾牌，怀疑他们与起义的盖吴通谋。鉴于这些情况，太武帝决心灭佛。

●太武帝在崔浩的鼓动下，诏令诛杀长安城内的所有和尚，焚毁所有佛像。在平城监国的太子拓跋晃相信佛教，他得知消息后，一再上表恳求不要滥杀，但太武帝不听，并再次下诏宣布佛教是『邪伪』，要扫除域内一切胡神，灭其踪迹，『和尚不论长幼一律处死』。

●太武帝诏书下达后，在全国开展了一场大规模的灭佛运动，佛寺、佛塔多遭毁坏，众多经卷典籍被焚，无数僧尼被杀，这样的恐怖气氛持续了四五年之久。

●从此，太武帝彻底放弃佛教而改信道教。这场灭佛运动，是有史以来第一次由皇帝出面的大规模灭佛运动，其灾难遍及全国，举世皆惊。

汉人名臣崔浩罹难——南北朝（北魏太武帝）时期

身纤体弱智谋丰，大略能敌百万兵。
立嗣留都呈妙策，伐柔讨夏建奇功。
常排众议出卓论，屡受主荣赢赫声。
修史循真何殒命？潜因本在汉鲜争。

注释

●崔浩，汉族，出身名门，北魏重臣。他体格孱弱，却胸怀宏韬大略，太武帝拓跋焘赞扬他『胸中所藏比百万甲兵厉害得多，屡打胜仗，全靠他出谋划策』，并下令诸尚书：『凡军国大计……都先请示崔浩，然后施行。』

●崔浩参与了北魏许多政治军事的重大决策，朝廷的礼仪制度和诏书等多出自他手。魏主拓跋嗣病重时，正是听从崔浩的建议，立了拓跋焘为太子。神瑞二年，北魏首都平城闹饥荒，不少大臣要求迁都于邺（今河北临漳），崔浩坚决反对，在皇帝面前力陈迁都之弊，拓跋嗣接受了他的意见，继续留都于平城，果然渡过了难关。拓跋焘即位后，崔浩更被重用，在征伐柔然和夏国等重大军事行动中，都采纳了他的建议，做出了正确决策，屡打胜仗，取得了一个又一个胜利，崔洁为此建立了卓越功勋。

●崔浩一心秉公，常常力排众议，提出许多高明见解，如，始光三年朝廷召开军事会议，讨论是先攻夏国还是先打柔然。以鲜卑贵族长孙嵩为首的多数人主张先伐柔然，唯崔浩持反对意见，他精辟地分析了夏国和柔然的具体情况，认为先打夏国为上策。拓跋焘采纳了崔浩的建议，攻打夏都统万，取得大胜。三年后，拓跋焘欲征柔然，朝廷群臣一致反对，又是崔浩一人支持皇帝进军，结果平定了凉州，又获大胜。崔浩屡出高策，得到拓跋焘无比的信任，赢得了极大声誉。

●崔浩作为北魏的『三朝元老』，对北魏政权的建设立下了汗马功劳，可在太平真君十一年却被太武帝拓跋焘杀了。原因是他在撰修北魏历史的过程中，如实写了拓跋氏祖先的丑事（苻秦灭代、什翼犍逃阴山被其子所害等），触犯了鲜卑贵族的尊严。因此引发了一场『文字狱』，不仅崔浩本人毙命，他的同宗、同族及亲戚也未得幸免。其实崔浩之死不完全因为修史『失误』，其深层原因是鲜卑贵族和以崔浩为代表的汉人士族之间的矛盾不断激化的结果。

女政治家冯太后——南北朝（北魏献文帝、孝文帝）时期

豪门才女系乾坤，聪慧刚强蕴略深。
斩相夺权撑御驾，逼皇禅位控龙墩。
期君效汉呼除旧，导帝崇儒倡鼎新。
力挺改革多善策，临朝称制著卓勋。

注释

●北魏文成帝皇后冯氏，汉族人，祖父冯弘、伯父冯跋都当过燕国国王。拓跋焘灭北燕，冯氏之父冯朗降魏。冯氏从小熟读诗书，才华渐显，十四岁入宫，不久被立为皇后。此女性格刚毅，聪明颖慧，且多谋善断。

●文成帝去世后，车骑大将军乙浑控制朝廷大权，作威作福，假传圣旨杀死多名大臣，自封太尉、录尚书事。当时年仅二十四岁的冯太后看到乙浑专权，横行霸道，便不露声色地秘定计谋，突然将乙浑收捕，按罪处斩，使北魏政权转危为安。乙浑死后，冯太后临朝称制，掌控朝廷大权，提拔了许多出身低微的人，赢得了拥护。但这时，她与献文帝之间因用人展开了权力之争，矛盾日益加深，再加上她私生活放荡，引起献文帝不满，于是，两人之间明争暗斗十分激烈。皇兴五年，冯太后经过一番策划，逼迫献文帝将皇位禅让给年仅四岁的孝文帝。五年后，她又将献文

帝毒死，自己重新临朝称制，被尊为太皇太后，从此直到病死，不还政长达二十年之久。

●冯太后对孝文帝极力进行汉化教育，亲作《劝诫歌》三百余章，《皇诰》十八篇，训导孝文帝崇儒学汉，除旧布新，为以后孝文帝的政治改革奠定了重要的思想基础。

●冯太后两度临朝称制，施行了一系列正确政策。可以说，后来孝文帝改革成功创造的卓越政绩，其中蕴含着冯太后不可磨灭的功劳。

孝文帝拓跋宏改革——南北朝（北魏孝文帝）时期

冯氏发端至孝文，相袭一脉去鲜陈。
颁行俸禄惩贪吏，诏令均田遏贵门。
逐项改革更旧法，分层管控定新循。
迁都并轨抛偏见，气度恢宏纳汉魂。

注释

●北魏孝文帝拓跋宏是中国历史上改革的成功者。他五岁即位，二十岁亲政，前十五年，其祖母冯太后临朝承制，就已开始提出一系列去除鲜卑陈规陋习的改革措施，后来孝文帝一脉相承地继续下来，使改革出现全面盛行的局面，终于取得伟大成功。

●孝文帝实行的第一项改革就是推行官吏俸禄制。以前由于受奴隶制残余的影响，官吏没有俸禄，他们的收入主要靠掳掠、搜刮、贪污、利用职权谋取私利等途径获得，造成官吏队伍严重腐败，国家政权受到危害。太和八年，孝文帝下诏实行俸禄制，同时，严禁官吏经商营利，并规定以后凡有贪污超过一匹者就处死刑，其叔祖父、叔伯父都因贪污而被处死。孝文帝实行的另一项重大改革是推行均田制，使农人多少有了土地，抑制了豪门贵族侵占土地的行为。

●孝文帝还于太和十年与冯太后一起推行了『三长制』，规定五家立一邻长，五邻立一里长，五里立一党长，重建了汉族传统中乡、亭、闾、里组织，除掉了北魏原有以宗族为单位的宗主督护制，以与均田制相配套。与此同时，孝文帝还大力实行汉化，在六个方面进行改革：改变鲜卑旧俗，改变服装，改变语言，改变籍贯，改变姓氏，改革官制，一切按汉民族的习俗行事。

●为了推进鲜卑汉化，孝文帝将都城由平城迁往洛阳，并主动抛弃民族偏见，走历史发展的必由之路，充分吸纳汉民族文化，显示了一代改革家高瞻远瞩的胆略和气度。

北魏后期官场——南北朝（北魏）后期

腐气靡风漫政坛，高官小吏尽贪婪。
金龙吐旆水晶盏，玉凤衔铃玛瑙盘。
斗富宣豪吸血汗，开标竞价卖职权。
饥鹰饿虎行天下，遍地揭竿怒火燃。

注释

●北魏到孝明帝时期，朝廷腐败奢侈之风愈演愈烈，无论大官小吏都无比贪婪，一时间整个国家乌烟瘴气，浊流汹涌。

●宗室贵族和权臣们奢靡无度，挥金如土。河间王元琛竟然用白银做马槽，黄金做马锁环，窗户上装饰金龙吐旆、玉凤衔铃，宴会上的酒器全用中原从未见过的水晶、玛瑙和赤玉制作。他还拥有无数奇珍异宝、宝马和美女，时不时就陈列出来，进行炫耀。

●尤有甚者，权臣之间常展开『斗富活动』。一次，河间王元琛和高阳王元雍比富，自以为首富的元雍被元琛陈列出的各种宝贝及库房中堆积如山的钱、绢所震慑，自叹弗如地说：『不恨我不见石崇，只恨石崇不见我。』意思是说元琛比晋朝大富豪石崇还要富。而像元琛、元雍这些大官，所以富可敌国，都是他们残酷榨取黎民百姓的血汗得来的。北魏后期，吏治腐败已到了骇人听闻的地步，竟然公开标价出卖官职，当朝的吏部被人们称为『市曹』，即卖官的市场。对许多高官，人们都不呼他们的姓名，而是简称他们为『元贪』、『王贪』、『李贪』，等等。

●百姓对于那些受到皇帝宠爱而又特别贪钱的官吏，如侍中元晖、卢昶等，都在他们的官街前面加上形象的比喻，称之为『饥鹰侍中，饿虎将军』，等等。统治者如此腐败，如狼似虎地横行天下，吞食民脂民膏，再加上连年的自然灾害，弄得哀鸿遍野，民不聊生，因而遍地燃起反抗的烈火，北魏王朝的末日即将来临。

尔朱荣发动『河阴之变』——南北朝（北魏孝明帝、孝庄帝）时期

散财招勇蓄烽烟，借悼挥戈举叛幡。
河内迎新更御主，洛阳除旧控廷官。
随施诡计兵围岸，即举屠刀血染滩。
武将文臣多毙命，魏如夕照已薄山。

注释

● 契胡人军阀尔朱荣，继承其父尔朱新兴的爵位后，散尽资财，召集骁勇，结纳豪杰，准备伺机夺取北魏政权。武泰元年二月，北魏胡太后杀了不满她专权的孝明帝，另立元钊为帝，尔朱荣决定利用给皇帝举哀之机，发兵讨伐奸佞。武泰元年三月，尔朱荣从晋阳起兵，向洛阳进发。

● 尔朱荣到达河内（今黄河以北河南沁阳一带）后，秘密派人迎来北魏宗室、彭城王元勰的第三子元子攸渡过黄河，即皇帝位。听说尔朱荣军队进入洛阳，北魏朝廷乱作一团，百官奉皇帝玉玺印绶，在河桥迎接尔朱荣。尔朱荣随即派兵逮捕了胡太后和三岁的小皇帝，溺死于黄河中。这样，新皇帝正式登基，是为孝庄帝。

● 尔朱荣听从北魏降将费穆的计策，以控制局势为由，把北魏王公朝臣集中到黄河边上的河阴（今河南孟津东北），

声称祭天，然后派兵团团围住，展开了残酷的大屠杀，一时间河阴尸横遍野，血流成河，哭声震天，惨不忍睹，史称『河阴之变』。

●尔朱荣指挥将士横矛举刀，杀向手无寸铁的文武百官，两千多人死于非命。自此，北魏政权实际上已经灭亡。

孝庄帝不甘傀儡而毙命——南北朝（北魏孝庄帝）时期

不甘傀儡隐忧伤，使计除奸释愤腔。
方灭猖狼消祸患，即出恶虎起灾殃。
遭捉饮恨囚佛寺，受缢含悲入鬼乡。
绝命一诗徒泣叹，何言死苦自身当？

注释

●北魏孝庄帝被尔朱荣迁到河桥，并控制在自己手中，一切要听尔朱荣摆布。孝庄帝心怀忧伤，不甘心当傀儡，下决心伺机除掉尔朱荣。一次，尔朱荣入见孝庄帝，宴饮时酩酊大醉，孝庄帝想乘机杀他，但身边的人认为时机不成熟，把尔朱荣放了。不久，元天穆受诏入京，孝庄帝在明光殿宴请尔朱荣和元天穆时，设下伏兵，但因他们匆匆离去，暗杀未得成功。又过数日，孝庄帝假称妃子早产，召尔朱荣、元天穆入京上明光殿，他们刚一进门，就见光禄少卿鲁安等提刀进来，尔朱荣觉得大势不好，立即跑到孝庄帝身旁，孝庄帝乘势抽出藏在膝下的刀，将尔朱荣刺死，尔朱荣的儿子和三十名随从也一并被埋伏的士兵杀掉。

●孝庄帝灭了尔朱荣，刚除掉心腹之患，尔朱荣的侄子尔朱兆又发起叛乱，从汾州起兵占据晋阳，拥立长广王元晔为帝，并于永安三年十二月渡过黄河直扑皇宫，终将逃跑的孝庄帝捉获。

●孝庄帝被尔朱兆捉住后，囚禁在佛寺内，整日饥寒交迫。建明元年十二月，尔朱兆把孝庄帝缢死在晋阳三级佛寺，时年二十四岁。

●孝庄帝临死时写了一首十分悲凉的绝命诗：『权去生道促，忧来死路长。怀恨出国门，含悲入鬼乡！坠门一时闭，幽庭岂复光。思鸟吟青松，哀风吹白杨。昔来闻死苦，何言身自当。』这首诗可说是他悲惨人生的真实写照。

高欢起兵——南北朝（北魏节闵帝、孝武帝）时期

焚香起誓掩机锋，意在独收六镇兵。
伪造征书燃怒火，催发部曲奋长缨。
奇谋散力敌营乱，妙策凝心我阵兴。
决战韩陵赢大胜，突袭洪岭告成功。

注释

●高欢，本为汉族人，因祖先犯罪被徙配边镇，习俗已鲜卑化。投靠尔朱荣后，取得了他的信任。尔朱荣被北魏孝庄帝除掉，尔朱荣的侄子尔朱兆起叛兵向洛阳进发，派使者去召在晋州任刺史的高欢共同起事，高欢以『山蜀未平，不能前来』为由婉拒。这时，高欢已决定与尔朱氏分道扬镳。接着尔朱兆再次派人召高欢支援，高欢又借口搪塞过去。尔朱兆战败后，高欢怕步藩势力大了无法控制，就渡河与尔朱兆联手打败了纥豆陵步藩，并与尔朱兆点香起誓，结为兄弟，使尔朱兆放松了警惕。当时葛荣起义军被尔朱荣镇压后，余众大多流入并州、肆州一带，共有十多万人。高欢感到这是一股很大的力量，在尔朱兆问其如何处置时，高欢以重点香火、斩白马誓盟的『表演』，赢得尔朱兆的信任，让他去统率六镇散兵。这样一来，高欢略施小计，就掌控了这股军事力量，使自己有了与尔朱兆对

弃的资本。

●高欢到了山东，伪造了一封尔朱兆强征六镇兵民去攻打稽胡的信，同时，煽起兵民强烈的愤怒情绪，指出若不造反，必定死路一条。于是，在晋泰元年六月，高欢率六镇余众在信都（今河北冀州）起兵，公开打出反尔朱氏的旗号。

●高欢为了鼓舞将士们的士气，立章武王元融第三子元朗为帝，改元中兴，自己则把军政大权握于手中。他得知尔朱仲远与尔朱度律的军队到了阳平（今河北馆陶），尔朱兆的军队到了广阿（今河北隆尧东），便使用反间计，传播尔朱世隆兄弟要谋杀尔朱兆、尔朱兆与高欢同谋要杀尔朱仲远等谣言，使尔朱氏集团互相猜疑，徘徊不前。高欢兵力不及尔朱氏，于是转移到邺城西南的韩陵（今河南安阳东北），建起『圆阵』，把牛驴拴在一起，阻塞撤退之路，将士们只能英勇奋战，置之死地而后生。

●韩陵激战，高欢将尔朱兆杀得大败，逃回秀容。高欢预料到尔朱兆在春节一定设宴，就在正月初一派精骑出其不意地突袭尔朱兆营，尔朱兆逃跑，高欢军直追到赤洪岭（今山西离石东北），迫使尔朱兆走投无路，上吊自杀。至此，高欢起兵大功告成。

宇文泰兴起北魏分裂——南北朝（北魏孝武帝）时期

扫平关陇振雄风，对峙高欢势速升。
迎驾别迁图御柄，除君另立控廷宫。
官纲民纪皆独断，国政兵权尽自拥。
你坐长安他占邺，各挟一主踞西东。

注释

●宇文泰，字黑獭，代郡武川（今内蒙古武川西）人，其父和两个哥哥都战死在沙场。宇文泰先被尔朱荣收编，后以步兵校尉随关中大行台贺拔岳入关中镇压关陇起义，因功升为关西大行台左丞。贺拔岳死后，宇文泰被推举为统帅。之后，他率部向陇西进攻，战败曾杀死贺拔岳的秦州刺史侯莫陈悦，平定了关陇地区，从而成为与高欢相对峙的强劲力量。

●北魏孝武帝与高欢的矛盾日益加深，高欢的野心也日益膨胀，在此种情况下，孝武帝决定西迁到长安。宇文泰闻之，派骆超为大都督，带一千多骑兵赶赴洛阳，迎孝武帝西迁。在长安，孝武帝成为宇文泰扶持的一个傀儡皇帝。后来，宇文泰看到孝武帝极端荒淫奢侈，三个堂妹都未嫁人，成了他的姘妇，并全被封为公主，实在忍无可忍，就将孝武帝毒死，另立了南阳王元宝炬为帝。

●宇文泰在迎孝武帝进长安后，就被任命为大将军，兼尚书令，后又晋位大丞相，一切军国大计皆由其独专，朝野上下，无论官民，都为之震慑。

●高欢到洛阳后，立了十一岁的元善见为皇帝，改元天平，是为孝静帝（考虑到洛阳不是理想的建都之地，高欢把都城从洛阳迁到邺城）。宇文泰曾在长安立了二十五岁的元宝炬为皇帝，是为文帝。这样，北魏就有了东西两个皇帝，分裂为两个政权，历史上称为西魏和东魏。

苏绰与『六条诏书』——南北朝（西魏宇文泰）时期

胸怀大略辅君王，六款诏书一锦囊。
恤狱均徭开地力，治心敦教举贤良。
竭诚助政图国盛，尽智谋局为世祥。
可叹英年即殒命，主悲朝恸见情长。

注释

●苏绰，京兆武功（今陕西武功）人，先任西魏小官，后经仆射周惠达推荐，成为宇文泰的主要谋士。他胸怀宏韬大略，忠诚纯朴，尽心竭力辅佐君王，以『六条诏书』，提出安邦定国的施政纲领，为西魏政权的建设做出卓越贡献。

●苏绰提出的六条纲领包括：恤狱讼、均赋役、尽地力、治心身、敦教化、擢贤良，对此，宇文泰十分重视，令地方官员背诵执行，对西魏强盛起到了非常重要的作用。

●在苏绰的帮助下，宇文泰实行了一系列改革，如推行均田制、府兵制、改革官制、整顿吏治、改革文件等，并取得了关陇豪强地主的支持。在这个过程中，苏绰披肝沥胆、夙夜辛劳，一心为实现国家的强盛而不遗余力。

●由于积劳成疾，苏绰于西魏大统十二年去世，年仅四十九岁。宇文泰因失去股肱之臣而悲痛不已，放声恸哭，并说：『只有你知道我的心，也只有我知道你的志向，当今正要和你一起共创事业，你却突然离我而去，奈何，奈何！』

周武帝改革——南北朝（北周武帝）时期

藏锋已久默无闻，玉梃忽击灭佞臣。
亲政集权抓武备，衔纲抑势废衙门。
驱佛立法惩豪贵，减赋兴农惠庶民。
坚定改革国力壮，堪称大统奠基人。

注释

●西魏宇文泰死后，太子宇文觉继位，五五七年，西魏恭帝下诏禅让，宇文觉改国号为周，正式称帝，即周孝闵帝，北周取代西魏。辅臣宇文护手握朝权，先后杀死闵帝和明帝，于武成二年拥立宇文泰的第四个儿子宇文邕为帝，即为周武帝。武帝对宇文护的专权极为不满，但一时又难以解决。于是，他装作无所作为，等待时机成熟。经过十三年的暗中准备，终于向宇文护下手了。建德元年三月，宇文护从外地回京去见皇太后，武帝设计将宇文护骗入太后寝宫，正在宇文护念《酒诰》之时，忽然用玉梃将宇文护击昏，然后将其杀死，除掉了这个不可一世的佞臣。

●杀掉宇文护后，武帝立即亲政。首先，他加强中央集权，牢牢掌控兵戎，将府兵改称为『侍官』，即君王侍卫，成为皇帝直接控制的工具。同时，废除都督中外诸军事衙门，宰相不再管军事。

●此外，周武帝还实行了一系列改革，如：严格立法，惩治豪权，连自己的同胞兄弟犯法也毫不宽容。他还发动了一场废佛运动，因北周僧尼已占总人口的十分之一，消耗了大量人力、物力、财力，既影响国家的赋税收入，又影响兵源，所以，他下令销毁佛经佛像，勒令僧侣道士还俗。武帝还实行减赋政策，大力劝课农桑，多次下令释放战俘、奴婢和杂户，安抚庶民，提高劳动者身份，使社会经济得到恢复和发展。

●由于周武帝坚定地推行改革，北周国力大大增强，为统一北方和隋统一全国奠定了基础。

高欢壮志未酬——南北朝（东魏孝静帝）时期

倾巢出动再发攻，玉壁困城针对锋。
断水堆山掘地道，撞墙烧幔布沟坑。
谋穷略尽五十日，阵溃身亡七万兵。
一曲悲歌腮满泪，难酬壮志憾终生。

注释

●东魏和西魏战争不断，五三七年有沙苑（今陕西大荔南）之战，东魏战败；五四三年有邙山（今河南洛阳北）大战，西魏大败。五四六年八月，东魏高欢集结全国可以作战的部队，再次向西魏发起大规模进攻，他亲自从邺城来到晋阳，一个月后将玉壁城困住，双方展开了激烈的攻防之战。

●东魏军队与西魏军队针锋相对，双方使出了所有招数，如断水、撞墙、堆山、掘地道、挖沟壑、烧布幔等，但总是你出招，我反制，谁也没能制服谁，战斗打得十分惨烈。特别是东魏军用尽了所有办法，始终没能动摇这座城池，无奈之下，高欢派人去劝降，西魏守城将领韦孝宽坚定不移，血战到底，也用同样办法，策反东魏军。

●东魏攻打玉壁前后五十多天，高欢智困谋断，一筹莫展，士兵战死、病死达七万之众，他本人也身染重病，只好撤退。

●玉壁大战，东魏失败，至此，东魏与西魏力量的对比发生了根本转变，西魏开始压倒东魏。高欢由于病重，终日卧床不起。一日，他请大臣斛律金为他唱一首歌以解烦闷。斛律金高唱敕勒歌：『敕勒川，阴山下，天似穹庐，笼罩四野。天苍苍，野茫茫，风吹草低见牛羊。』高欢听着这首歌，不禁潸然泪下，众臣们也个个心生悲凉，激动不已。武定五年，高欢带着满腹未酬的壮志，撒手而去，终年五十二岁，东魏的光景已不长了。

荒淫暴君高洋——南北朝（北齐文宣帝）时期

仗势逼宫自建齐，前曾奋斗后奢靡。
荒淫似兽奸族女，暴虐如魔戮魏遗。
纵酒发疯癫态尽，杀生取乐酷刑极。
投尸漳水达千具，竟使邺城民忌鱼。

注释

●高洋，东魏高澄之弟，高澄称帝不成，被刺杀，高洋继之，依仗强大势力，于武定八年五月逼迫东魏孝静帝让位，自己登上了皇帝宝座，改元天宝，建立北齐。一年后，孝静帝被其毒死。高洋称帝的头几年，兴利除害，提倡法治，释放奴婢，重视兴学，在理政治国上有所作为。可后来，他一反常态，坠入奢靡，成为历史上少有的荒淫暴君。

●高洋淫乱成性，如同野兽，连亲人也不放过，高氏家族的女人，不论亲疏，凡他相中者，多被奸淫。彭城王太妃尔朱氏，原是孝庄帝皇后，高洋要与她上床，她不顺从，高洋当即将她杀死。后来，高洋又看上了李后的姐姐，多次到她家中，想纳为昭仪，为此还将她的丈夫除掉。高洋惨无人道，灭绝人性，将北魏元氏家族斩尽杀绝，先杀了始平世哲等二十五家，不久失言招祸的元韶等十九家也惨遭屠戮。接着高洋又去晋阳再次大肆屠杀元氏，凡父亲、祖父有过王爵，或本人做过高官的，一律斩首，并把婴儿抛到半空，再用长矛刺死。

●高洋嗜酒如命，经常借酒发疯，动辄要跳入火中，或令人用木棍打自己的屁股，出尽了洋相。他杀人成性，常常既不问罪，也不说明理由，乘醉酒之机，说杀谁就杀谁。他造了大锅、长锯、锉刀、石礁等刑具，摆在庭院中，随意杀人，或肢解，或扔入火里，或抛入河中，以此寻欢取乐。

●高洋仅杀北魏元氏家族的人数就达近千人，并把这些尸体都投入漳水之中，以致后来鱼的肚子里往往能找到人的脚指甲，竟使邺城百姓多时不敢吃鱼。

高演荒唐地哀求『柔肠』——南北朝（北齐孝昭帝）时期

攫得相位又称皇，推动改革图盛强。
减赋安民兴稼穑，除苛饬吏振朝堂。
内消私宠防奸佞，外秉公心揽俊良。
昨毙亲侄出狠手，可悲今日盼柔肠。

注释

●高演，高欢第六子。五五九年，高洋死后，高殷（高洋之子，高演的亲侄子）被尚书令杨愔拥立继位。次年，高演和弟高湛（高欢第九子）杀害杨愔，高演谋得大丞相一职，后来，高演逼娄太后让自己称帝，即北齐孝昭帝，将高殷贬为济南王。高演称帝后，励精图治，大力推进改革，一心致力于使国家兴盛，取得了不错的成果。

●他提倡轻徭薄赋，开屯田，兴农事，发展生产；除掉高洋时代的苛法弊政，严格整顿吏治，规范纲常，清明政治。

●高演秉公理政，内无私宠，外收人才，凡事多征求臣下意见，不少贤良才俊得到重用，使朝廷风气一时大变。

●在高演逼迫娄太后让他登上皇位时，娄太后就担心高演会除掉高殷，果不其然，他于皇建元年终将高殷杀死，以消除后患。不料，高演在一次打猎中负了重伤，生命岌岌可危，临终时他担心儿子高百年会遇到不测，便给接班的高湛写信，央求高湛怀有柔肠，『勿效前人』，千万保他儿子一命。可他当初能对亲侄子下毒手，怎能指望今天高湛不效仿他呢？后来高湛为了巩固自己的皇位，于五六四年六月，把高百年一顿毒打后，取首毙命。

太上皇高湛——南北朝（北齐武成帝）时期

轻得御座释魔魂，暴虐凶残纵乐淫。
迫嫂通奸发兽性，逼侄醉饮丧人伦。
狠伤族脉出毒手，肆害廷僚宠佞臣。
甘禅皇权追酒色，精竭气尽入冥门。

注释

●高湛，高欢第九子。高演死后，高湛出人意料地轻易接了班。五六一年十一月十一日，高湛在晋阳南宫称帝，改年号为大宁，史称武成帝。登上皇位后，高湛本性不改，更加荒淫无度、凶残暴虐，达到令人发指、无以复加的地步。

●高湛在宫中的嫔妃无数，但还不能满足他的兽欲，竟然逼迫他的嫂嫂、高洋的皇后李祖娥与其通奸，并威胁她说，如不听从，即杀其子。李后只得依从。后来又把李后打得血流满地，送到寺庙当尼姑。高孝瑜是高澄长子，也是高湛的亲侄，高湛欲除之而后快，硬逼迫高孝瑜连喝三十七杯酒，然后让他跳水淹死。

●高湛杀人成性，一次，他问高洋之子高绍德（太原王）：『你父亲过去打我时，你为何袖手旁观？』说着竟用刀环将其打死，埋在宫廷院内。高演临终时曾要求高湛不要杀他的儿子高百年，可高湛最终还是把高百年一杀了之。与此同时，高湛极力宠幸大奸臣和士开，并受其诱导，不理朝政，整日花天酒地，淫乱嗜杀，凡忠臣良将无不受到迫害，满朝文武噤若寒蝉。

●奸臣和士开与散骑常侍祖珽为自己谋后路，欲早让皇太子登位，便借天象劝说高湛让位当太上皇，高湛竟然乐不可支，欣然接受，原因是他想腾出更多的时间寻欢作乐。高湛当上太上皇之后，更加纵情酒色，不到三年，就重病缠身，在三十二岁时一命呜呼。

和士开使诡计免遭驱逐——南北朝（北齐后主）时期

结党勾奸乱御宫，心存诡计腹藏锋。
乘丧保位唆昏聩，借贿倒职蒙碌庸。
造势煽情留妄佞，伏兵缢命去良忠。
几招出手即得胜，重获擢拔倍逞凶。

注释

●和士开，鲜卑人，因精通赌博，又会弹琵琶，很受北齐武成帝高湛宠爱，官至尚书右仆射。他阴险毒辣，纵容高湛不理朝政，整日吃喝玩乐，荒淫无度。高纬即位后，和士开因拥立有功，更加有恃无恐，与胡太后勾结，如城狐社鼠般秽乱宫掖。为此，引来朝廷正直臣僚的强烈不满。高欢弟高琛之子高壡，清正自守，早就看出和士开是奸佞小人。他出于正义，联合冯翊王高润、安德王高延宗和娄定远等人，屡次启奏皇上，要求将和士开逐出朝廷，到地方任官。但和士开阴险狡诈，使出种种阴谋诡计，终得自保。

●当时正值为武成帝高湛守丧期间，和士开抓住这个时机，与皇上高纬和胡太后密谋，实施缓兵之计，一面放出丧期过后即去兖州任刺史的信号，一面贿赂任司空之职且贪财好色的娄太后侄子娄定远，蒙骗他一起进宫见胡太后和高纬，使其不知不觉落入圈套。

●当他们二人入宫后，和士开便打起悲情牌，说皇上恐有当初济南王（高洋之子高殷，被孝昭帝高演杀死）的下场。遂使高纬大为震惊。和士开乘机让高纬下诏，将他继续留在身边，而任娄定远为青州刺史，并谴责赵郡王高壑有不臣之罪。第二天，高壑又入宫进谏。此前和士开早已布下伏兵，在华林园将高壑缢死，这位清正廉洁、威望甚高的尚书令、录尚书事，最终还是败给了奸佞和士开。

●和士开运用各种计谋，使自己的危机得以解除，高纬重新任命他为侍中、尚书左仆射。娄定远只好把先前和士开送给他的珍宝送回和府，并又加上了许多。和士开反败为胜，从此更加肆无忌惮。

斛律光蒙冤致死——南北朝（北齐后主）时期

族荣自慎效朝廷，屡建卓功气象隆。
嫉恶仇奸忧社稷，亲贤爱属恤军营。
持忠竟被绝活路，守信却遭加死刑。
昏主听谣折砥柱，齐亡因己毁长城。

注释

●斛律光，出身权势显赫家族，他父亲斛律金是与高欢一起打天下的东魏、北齐开国功臣，官至左丞相，封咸阳郡王。斛律光任大将军，其弟斛律羡和孙子斛律武都是开府仪同三司，其他子孙也多封侯拜爵。家族中出了一个皇后、两个太子妃，还娶了三个公主，权势在齐朝可谓首屈一指。斛律光不因有这样的家庭背景而骄矜，反而处处谨慎，生性俭朴，不好声色，对朝廷忠心耿耿，在与北周和北方少数民族的战斗中，屡立战功，取得辉煌战绩，名动朝野。

●高纬即位（齐后主）后，祖珽因拥立有功而在朝中拉帮结派，擅政弄权。斛律光对他十分厌恶，见恶浊漫布，对国家十分担忧，常在夜里醒来抱膝长叹：『盲人（祖珽双目失明）入，国必破！』斛律光既忧国，又恤民，作战时身先士卒，体恤下情，爱兵如子，将士营房不安置好他从不先入帐；士卒有罪，至多杖责，绝不妄杀。将士感其恩德，作战时无不舍生忘死。

●斛律光对祖珽的反感，引起了祖珽的极端仇恨，便利用北周制造的斛律光欲夺皇位的谣言，在皇帝高纬面前大行诬陷，终使皇帝信以为真，设伏兵后以让斛律光入朝取赏马为名，将其骗来。斛律光恪守诚信，应召来朝，随即被伏兵用弓弦缢死。

●忠良斛律光之所以有如此悲惨结局，主要是因为皇帝高纬十分昏聩，轻信奸臣借助他国散布的谣言。当初，正因有斛律光这样的忠臣良将，才使北齐未被日益强大的北周灭掉，而今，斛律光无辜被杀，完全是齐国自毁长城。

『无愁天子』高纬——南北朝（北齐后主）时期

昏聩荒唐史罕闻，无愁小曲自痴魂。
军情紧迫仍围猎，国运濒危尚散神。
马犬鸡鹰皆享禄，差奴侍宦尽腾云。
骄妃宠佞求极乐，终致齐亡首罪人。

注释

● 北齐后主高纬是历史上罕见的昏君。他口吃，却喜欢弹琵琶，整天自弹自唱《无愁曲》，故被时人称为『无愁天子』。他生活奢靡到骇人听闻，在国家岌岌可危的严峻形势下，尽情享乐，干尽了极其荒唐的事情。

● 在北周强大的军事压力面前，高纬不致力于抗敌，却大兴土木，役使上万工匠营造宫殿、寺院，建了拆，拆了建，反复折腾，耗费巨额资财。在为穆皇后建造大宝林寺时，运石填泉，人和牲畜累死无数。高纬特别宠幸冯淑妃，为满足她的欲望，干出了许多荒唐之事。如，北周军包围平阳（今山西临汾），后主正与冯淑妃在晋阳天池打猎，当时有人急奏要求皇帝发兵救援，可冯淑妃要后主陪她再围猎一次，后主不顾晋阳的危局，答应了冯淑妃的要求（唐代诗人李商隐有诗云：『晋阳已陷休回顾，更请君王猎一围』）。高纬由于奢靡无度，造成国库空虚，为此他别出心裁，赏赐宠臣以郡、县、乡等官位，让他们卖官换钱，使得腰缠万贯的富商大贾，摇身一变成了郡守、县令。高纬身边集聚了一批奸佞小人，这些人备受他的宠爱，如穆提婆、韩长鸾等。这些家伙纵容后主及时行乐，轻易放弃国土，大敌当前，不谋抵抗。

●高纬把政治腐败发展到无以复加的程度，他随意封官加爵，封王百余人、开府千余人、仪同三司无数。差役、奴婢、侍中、宦官无不受到提拔，因赏赐而大富大贵者达万人以上。就连马、狗、鸡、鹰都封有『仪同』、『郡君』称号，优胜的斗鸡竟得到『开府』，甚至给予相当的食禄。

●北周军与北齐军在平阳交战，周军守城，齐军进攻，当齐军挖通地道欲乘势进城时，后主突然下令暂停，将士们大惑不解，原来他是等待正在梳妆打扮的冯淑妃，让她来观看即将胜利的场面。冯淑妃迟迟不出现，周军乘机用大木堵住通道，使齐军丧失战机。接着后主又在奸臣穆提婆的误导下，轻率退兵，致使齐军大败。后主欲投奔突厥，在官员的劝说下掉转马头赴邺城劳军，下属给他准备了慰问词，可临场时后主忘得一干二净，半天讲不出一句话来，索性开怀大笑，结果将士们怨声载道，再也无心作战。五七七年，北周军入邺，后主企图东逃，但终成俘虏，北齐至此灭亡。

不肖之子周宣帝——南北朝（北周宣帝）时期

逆子接班乱政坛，伤纲毁道肆凶残。
摸疤咒父出魔语，织罪诬叔动绞盘。
屡斩公卿宣愤怨，常捶吏宦逞威严。
方登御座随行禅，恣意淫欢速断弦。

注释

●宇文赟（音：晕）是北周武帝宇文邕之子，武帝死后，宇文赟即位。此人品行恶劣，独断专行，无恶不作，干尽伤天害理之事，败尽武帝打下的基业，把北周送上了不归之路。

●满朝文武正在为周武帝举丧时，宇文赟便手摸过去被父亲打的伤疤，咬牙切齿地骂道：『死得太晚了！』与此同时，他迫不及待地检阅后宫女子，看见长得漂亮的就大肆奸淫。宇文赟对一向正直、文武双全的叔叔宇文宪既畏惧又忌恨，决心将其除掉。于是，他和郑译、于智等人密谋，罗织宇文宪谋反的罪名，将其绞死。

●宇文赟动辄杀人，无比残忍，不少高官死于他的屠刀之下。一次，郑译向他透露了王轨曾向其父武帝暗示过他的恶行，他听后，怒火中烧，遂将王轨杀掉。宇文孝伯也被他赐死。至于公卿以下的官吏，更是非杀即打，每次挨打至少一百二十杖（称为『天杖』），后来又加到二百四十杖。后宫嫔妃也难逃厄运。

●宇文赟即位的第二年，就把皇位交给了八岁的儿子宇文阐，即静帝，自己做了太上皇，称天元皇帝。从此，他更加肆无忌惮地在后宫中与妃子们寻欢作乐。由于荒淫过度，大象二年时一病不起，命丧黄泉，年仅二十二岁。大定元年，北周灭亡，由隋取而代之。

隋

杨坚的身世神话——隋朝（文帝）时期

自命承天异庶人，涂金挂彩慑官民。
霞光伴降惊宫宇，紫气随出震庙门。
杜撰超凡额长角，鼓吹绝世体生鳞。
寻常童子僧尼育，一派胡诌为造神。

注释

- 隋文帝杨坚，出自将门，其父杨忠为西魏大将独孤信部下，因缚虎救主有功，深得魏主宇文泰赏识，正在他晋升为骠骑大将军之时，其子杨坚于大统七年六月初七降生，这个杨坚就是后来的隋朝开国皇帝。杨坚称帝后，为了树立权威，极力塑造自己的非凡身世，用以表明登皇位、主大隋是承天之命。
- 杨坚利用人们认为谁来当皇帝是由上苍决定的心理，使人编造出其母生他时紫霞冲天的场景，还说有瑞气伴其而来，远震黄河东岸一个寺庙，吸引一女尼前来祝贺，说此婴非凡胎，应精心呵护，并主动要求做男婴的保姆。
- 更有甚者，还编造出杨坚生下来时，额头长了龙角，身体遍布鳞片，暗示他是地地道道的真龙天子。
- 杨坚的确是由前来的女尼抚育带大的，但他就是一个普通的童子，与寻常人家的孩子相比并无神乎其神之处。至于杜撰出的种种无稽之谈，不过是美化、神化皇帝的需要而已。

杨坚避免临阵换将——南北朝（北周静帝）时期

兴师平叛待佳音，不料多官纳贿金。
纨绔出谋督换将，英才献策促劳军。
俗流气懦推当任，勇辈风雄愿挺身。
免犯用兵之大忌，飞来捷报品忠心。

注释

●在北周静帝时期，杨坚任大丞相，相州总管尉迟迥不满他霸占朝廷大权（因尉迟迥的孙女也是周宣帝所立的五后之一），而杨坚也对尉迟迥早有提防，派老将韦孝宽去接管相州的军政大权，尉迟迥不肯相让，于是，举起了反杨坚的大旗。杨坚闻讯，给韦孝宽十万精兵强将，估计不出半个月就可取尉迟迥首级。可当杨坚正在等待胜利佳音的时候，前线忽报韦孝宽属下的几员大将都被尉迟迥以重金收买，倒戈相向，一时形势急转直下。

●杨坚和一些臣僚商议对策。杨坚的心腹、纨绔子弟郑译出了一个馊主意，主张派人将前线几个可疑将领换下来。这时，山东才子李德林坚决反对，认为这样做只能使前线人人自危，扰乱军心，不如派人前去慰劳三军，鼓舞士气，这样就不会发生临阵叛敌的事，杨坚采纳了李德林的意见。

●李德林提出，派出去劳军之人应是丞相心腹。于是，杨坚欲让刘昉前行，但刘昉怯懦，不敢受命。杨坚又要派郑译，郑译也以老母年迈多病为由，借故推托。最后，还是高颎挺身而出，甘为朝廷解除危机。

●高颎一到前线，官军大受鼓舞，不久就将叛军击败。杨坚听从李德林的高见，避免了临阵换将的兵家大忌，自此，他更进一步认识到李德林的忠诚，是个难得的人才。

杨坚用计遮黑幕——隋朝（文帝）时期

欲遮黑幕掩攫权，巧弄阴谋堵口禅。
故引浊流趋垢薮，硬装清气躲污源。
寻由问罪开冥府，借力削官儆政坛。
手狠心毒求净相，机关算尽亦徒然。

注释

●北周宣帝只当了一年皇帝，就把皇位传给了年仅七岁的儿子宇文阐，自己称天元皇帝，整日寻欢作乐，不理朝政，把朝廷所有大事小情都交给了心腹刘昉和郑译。刘、郑二人皆为花花公子、纨绔子弟，在天元皇帝即将驾崩之时，他们把目光集中到了隋国公杨坚身上，觉得杨坚过去虽然遭到天元皇帝的排斥，但因其女是名正言顺的皇后，如果能帮他进宫，事成之后，谁也不敢触犯他们。于是，二人密谋，拟了一道假诏书，将杨坚召进宫来，当上了北周权倾朝野的大丞相。杨坚靠一纸伪诏飞黄腾达的事，一时引起朝野议论纷纷，都说他能有今天，完全是『刘昉牵前，郑译推后』。为了掩盖这一不光彩事件，杨坚使出了种种计谋，企图翻转舆论，堵住人们的口。

●杨坚对刘、郑二人，表面上姑息养奸，装出一副知恩图报的样子，给予他们许多好处，同时故意纵容他们恃功骄横，给京城臣民留下恶劣印象。等到他们张狂到一定程度时，杨坚迅速出手，将他们除掉，以此来证明自己与这些恶浊之辈没有干系。

●杨坚抓住刘、郑二人不肯上前线这件事，先把刘昉罢官，后以参与上柱国梁士彦、大将军宇文忻的未遂兵变为由，将其处死，并没收全部财产，家中年满十五岁的子女一律流放边塞。而对于郑译，则暗使其小妾告发他对皇帝不忠，将其官职解除，让他常年在家读《孝经》。后来虽然又给郑译官复原职，但再也不委以重任了。

●杨坚为了求得自身『干净』，机关算尽，自以为采用巧妙的『姑息养奸』之计，就可摆脱那段不光彩历史，但事实上适得其反，靠伪诏上台的阴影永远在历史的天空中盘旋。

郑译被罚读《孝经》——隋朝（文帝）时期

订律修规显智才，偷鸡蚀米罪难排。
祈天越轨违忠礼，奉旨读经顺孝怀。
新任担肩一脸臊，旧衔还手满头白。
千年远去多遗忘，润笔之词却续来。

注释

●隋文帝杨坚靠刘昉和郑译伪造的诏书登上了皇位。他为了脱掉干系，留下好名声，用计一步步把刘昉引向罪恶的深渊，然后除掉。实际在伪造诏书一事上，郑译起的作用更大，但他未料到『偷鸡不着蚀把米』，虽然杨坚考虑到刘昉已背了那口黑锅，放了郑译一马，但并没有放松对他的管控，其一举一动杨坚都看在眼里，记在心上。郑译才学不凡，在参与制定朝廷礼、乐、律、令四项工程中，其中三项都有他的突出功绩。也许正因为这样，杨坚才没把郑译杀死，但在严加管束的同时，暗中策动郑译的小妾告密，使郑译一直笼罩在无法脱罪的阴影中。

●一次，郑译的小妾告发郑译在家中请道士、设神坛，祈求苍天赐佑于他。在皇帝看来，此种仪式只有天子可举行，而其他人这么做就是违背纲纪，犯有不赦之罪。于是，杨坚便将郑译召来，讽刺挖苦一番，说他活不忠，死不孝，随即命令他天天读《孝经》，学着如何做个忠臣孝子。

●郑译读了大半年《孝经》，文帝忽发慈悲，让郑译到地方去任刺史，郑译心里高兴，表面却一脸羞臊。他在刺史任上虽然仍不忘捞油水，但毕竟收敛了许多。郑译后来因病被文帝召回京城，并为其设宴接风。席间，文帝看他已是满头白发，便叹息着要给他官复原职。

●文帝当场吩咐李德林起草给郑译复职的诏书，郑译识趣地说：『自从皇帝罚我读《孝经》，心不像过去那么狠了，手也不像过去那么长了，所以当一任刺史，回来仍是两袖清风，如今让我拿什么给德林先生润笔呢？』这时，文帝嘿嘿地笑了两声，说：『读了《孝经》有用就好，李德林的润笔钱由我来赏赐好了！』千百年过去了，隋文帝罚郑译读《孝经》一事，人们多已遗忘，但郑译说的『润笔』一词却流传下来，成了后代书法家写字后收费的雅称。

高颎设妙计平陈——隋朝（文帝）时期

明装仁义暂休兵，暗策奇谋紧备征。
纵火烧粮削他力，喧威列阵壮我声。
频繁袭扰虚挥剑，反复出击故敛弓。
待到敌疲无锐气，旌麾十万卷狂风。

注释

●隋开皇二年，文帝欲调兵平定南方陈国，此时正值陈朝君主去世。宰相高颎谏言，自古兵不伐丧，为显王者之师的仁义道德，不应乘人之危而征伐。文帝会意，其实罢兵是假，为了更充分准备才是真。高颎与文帝暗中密谋策略，加紧备战。

●高颎足智多谋，连给文帝献了二策：其一，到八月江南农忙季节，隋在长江北岸调动兵力，设阵布势，摆出进攻在即的姿态，陈必屯兵防守，这就要耽误农时。次数多了，敌人以为我方只是虚张声势，定会渐渐放松警惕。一旦我军发动进攻，他们一定被打得措手不及。其二，江南藏粮仓库皆用竹木茅草建构，正在陈朝以为我方虚张声势之际，我方可多派间谍偷渡入境，将敌方粮仓纵火焚之。他们粮仓被烧后必重建，修好后我们再派人去纵火。这样必致敌疲于奔命。

●文帝听从高颎的计策，派兵对陈朝不断进行衅扰，造成大战即临的紧张态势。就这样反复出击，像打又不打，不打又打，弄得陈军劳顿不堪，斗志松懈，打不起精神来。

●就在陈军放松警惕、无比倦怠的情况下，文帝迅速出动十万大军对陈朝发起全线进攻。高颎又巧用心理战术，一路上撒下三十多万份传单，列举了陈后主二十大罪状，张张盖上隋文帝的御印，致使陈军思想防线彻底崩溃，很快就被隋军灭掉。高颎虽为文臣，但他在战前对敌发动心理攻势，却是驰骋沙场的许多武将没有想到的。

灭陈取胜二将争功——隋朝（文帝）时期

兴师八路举伐征，二将扬威战要冲。
贺打钟山多惨烈，韩捷建业倍轻松。
此强夺彩神情傲，彼悍求荣意气汹。
瞠目拔刀决上下，令君无奈共加封。

注释

●隋开皇八年十月，隋文帝调动五十二万大军，兵分八路向南方陈朝发起全线进攻。八路大军中尤以名将贺若弼、韩擒虎两支最强劲。为此，文帝把他们摆在长江下游庐江和吴州两处要冲之地，用以围攻陈朝都城建业（今南京），并对他们进攻的时间一一作了部署。

●开皇九年正月，贺若弼攻占了建业东面的京口，韩擒虎也在同一天夺取了陈朝的南豫州，然后两支大军同时向建业逼近。此时，贺若弼夺头功心切，不顾预先定好的两军协同作战的方案，率先向钟山之敌发起进攻。但事与愿违，遇到了陈朝强悍主将任蛮奴的强烈抵抗，双方打得十分惨烈，难解难分。由于贺若弼牵制了东路敌军，使得韩擒虎能从西线轻捷地逼近建业，并入城安营扎寨。贺若弼虽然最后取得了胜利，但损失惨重。陈朝主将任蛮奴在溃逃路上，见大势已去，投降了韩擒虎。

●贺若弼入建业时，韩擒虎已到达。韩将陈朝后主交与贺若弼，贺见陈叔宝跪于自己脚下，摆出一副高傲姿态，得意扬扬地说：『小国之君给大国统帅叩首，应该，应该。』说话时的神气，似乎完全未把先入城的韩擒虎放在眼里，引起韩的强烈不满，决心与其一争高低。

●押走陈叔宝后，韩、贺二人激烈地争吵起来，乃至拔刀相向，幸亏宰相高颎赶来相劝，方得平息。文帝得知此事，在他们回朝后，只得劝他们二人以大局为重，给予了相等的赏赐，并同时封为上柱国。虽然这样，贺、韩二将因争功最终也没有消除隔阂。

柳彧劝主『金可赏官不可赏』——隋朝（文帝）时期

老禾余种秽良田，御史陈情阻授衔。
沙场征伐虽显赫，政坛经略却庸凡。
有功当可行高赏，无术何能赐重权？
至理醒君忽豁朗，用人之瑟勿乱弹。

注释

● 隋朝初年，担任州郡长官的都是些作战有功的武将，由于对政坛生疏，造成许多弊端，直到柳彧当上御史，情况才有所改变。那时，隋文帝想派年近八十的老将和干子去任杞州（今河南杞县）刺史。柳彧闻之，立即劝皇上说，现在坊间到处传播一首民谣：『老禾不早杀，余种秽良田』，意思是，这『老禾』便是和干子的姓，而余种是指干子将军手下那些为非作歹的人。仅从这首民谣就可知和干子很不得民心，劝皇上万勿让他再去任刺史。

● 柳彧见文帝不以为然，客观地分析了和干子的情况，说：『和将军在战场上确有万夫不当之勇，足智多谋，功勋卓著，但任赵州刺史期间，却看出他既不会理刑狱，又不会算钱粮，而且手下尽是些玩弄权术、鱼肉百姓的暴虐之徒，所以百姓对其恨之入骨，才有那样一首民谣。可见理政不是和将军所长，如再任其为刺史，必定生乱。』

●柳彧说到这个分上，文帝还是没有被说服，他说：『干子将军随我出生入死，功劳显赫，如今天下太平，难道就不该赏他一官半职，也好让他光耀门庭？』柳彧答道：『皇上想优待老将，尽可以多赏些金银玉帛，如拿一州刺史之衔作为赏赐，依臣之见损失未免太大了！』

●文帝听到柳彧这番话，心里一惊，经反复权衡，深感柳彧言之有理，连连点头称赞道：『金可赏而官不可赏，柳彧说的确实是至理名言啊！』

依法不依上的赵绰——隋朝（文帝）时期

依实断案尽分明，勇顶歪风握准绳。
摒弃私仇除峻法，伸张公义去极刑。
常纠御旨何惜死，屡犯龙颜不吝荣。
敢饮沸汤摇大树，皇权之下几人能？

注释

●隋文帝杨坚是靠阴谋登上皇位的，所以他也怕别人在背后搞阴谋诡计，为此，他严加统治，实行酷吏政治，往往量刑过重。当时形成一种风气，不少官员以当酷吏为荣，而大理少卿赵绰却仍坚持以事实和法律断狱，拒行苛酷，尤其不徇私情。

●赵绰手下有一名叫来旷的官吏，善于见风使舵，投机钻营，他见皇上提倡用法严酷，便乘机告赵绰办案心慈手软，对犯人宽大无边，进而取得文帝赏识；接着他又诬陷赵绰徇私舞弊。可后来文帝一查，发现来旷所言皆为不实之词，于是，一怒之下，要处来旷死刑。这时，赵绰虽然知道来旷是自己的仇人，但为了维护法律的公正，他立即挺身而出，向皇上喊话，说：『来旷有罪，罪不该死啊！』文帝见状，认为赵绰是非不分，拂袖而去。赵绰随进内阁，陈述理由，终于说服文帝，免除来旷一死。隋朝官吏都很迷信，刑部侍郎辛亶（音：胆）听人说穿红内衣能够升官，不仅自己相信，而且还在同僚中散布。文帝得知，认为辛亶妖言惑众，要处以死刑。赵绰审理此案，认为依照法律，辛亶罪不当死。

●文帝见赵绰又想抗旨，十分生气地问他：『你怜惜辛亶，难道就不怜惜自己的头颅？我先把你杀了，看你如何？』可赵绰仍坚持自己的主张，脱去官服，准备受刑，并铿锵有力地说：『执法一心，不敢惜死。』赵绰屡屡犯上抗旨，维护法律公正，把生死和荣华完全置之度外。

●隋初市面上常有假币流行，朝廷严加取缔。一次，守卒抓到几个正在使用假币的人，皇上下令要将他们全部斩首。赵绰却认为这几人只能处以杖刑。文帝勃然大怒，说：『这事与你无关！』赵绰毫不让步，说：『我既然为法官，出了草菅人命的案子，我怎能袖手旁观？』面对赵绰的辩驳，隋文帝火冒三丈，对他说：『一个人想撼动大树，大树岿然不动，就该知趣地站到一边。』赵绰说：『我不是想撼树，我是想感动上天的心。』文帝又说：『你想喝汤，汤太烫，就该放下，天子的威严也是你能挫败的吗？』赵绰仍不以为然。赵绰的这种办案秉公持正、依法不依上的倔强精神，在皇权专制下，能有几人能做到呢？

赵煚发明铜斗铁尺——隋朝（文帝）时期

大局为重系朝廷，谏上开恩赦狱笼。
整饬奸商出狠手，教服黎庶动真情。
专型斗尺防欺诈，同制量衡展信诚。
遂以通则传后世，畅流交易促公平。

注释

●赵煚（音：炯），隋朝文帝年间的宰相，此人大局观念很强，处理任何事情都能着眼于国家利益。北周时他任朝廷御史，皇室中有个大管家常与其作对，两人积怨甚深。后来这个管家官至齐州刺史，因犯重罪入狱，他生怕被判死刑，便越狱潜逃，皇上大怒，下令悬赏捉拿。赵煚接到诏书，立即进宫劝皇上说：『这个人虽是顽劣之徒，但他毕竟在本朝担任过要职，如果追捕急了，他很可能逃入他国，这对朝廷十分不利。现在天下大旱，陛下不如开恩大赦，也顺便给他一个悔过自新的机会。』皇上采纳了赵煚的建议，大赦天下，这个管家因此得以赦免。事后，赵煚从未向人提及此事。

●隋文帝时，赵煚官至宰相，因事得罪了文帝，被贬到冀州当刺史。在冀州他看到不法商人大斗进，小斗出，无情盘剥百姓，历任刺史都没有办法解决。赵煚在深入调查的基础上，终于想出了办法，让奸商的不法行为很快得到遏制。同时，他注重教化黎民，不轻易施以刑罚。一次，有一个农民在赵煚的地里偷割了柴草，衙门差役把这个农民当小偷抓了起来。赵煚得知后立即下令将农民放了，还派人给那个农民送了两车柴草。赵煚认为，用动真情施以教化的方法让一个做错事的人自己感到惭愧，比对他施加刑法更为有效。

●赵煚整治不法奸商的办法是：用铜做一只量斗，再用铁铸一把标准的尺，然后把铜斗铁尺置于集市，每个买家都可以用它们来检验自己买的粮食和布帛，这样专型斗尺、同式衡量，使市场实现了相对公平的交易，欺诈和缺斤短两的现象大为减少。

●赵煚发明的这种铜斗铁尺，被皇上充分肯定，在全国所有集市上推广，成为一种通行规则，并一直流传于后世，今天市场上的公平秤就源于此。

梁毗『哭金罢战』——隋朝（文帝）时期

方至西宁掌大盘，即临诸首献黄颜。
未知真相生疑惑，遂晓实情破绕缠。
果腹难能非解馑，暖身无用不防寒。
哭金罢战除俗弊，醒世千秋誉美谈。

注释

●梁毗（音：皮），隋文帝年间曾任御史、刺史、大理卿等职。他身居高位，执法如山，从不苟且，因而受到小人忌恨，文帝为谗言左右，将他贬到边远的西宁州任刺史。西宁州是少数民族集聚区，土著人分为许多部落。听说梁毗来到西宁上任，各部族首领纷纷给梁毗送上黄金作为礼物。

●梁毗大惑不解，找来办案的孔目问其缘由，孔目告之，当地每个部落都有一顶神秘的金冠，部落里不管谁得到这顶金冠，都自然成为众人的首领。部落酋长之间也以所戴金冠的重量区别贵贱，金冠重的部落可以驱使金冠轻的部落，因此，各部落之间常因争夺金冠而发动战争。梁毗又问，既然金冠如此重要，他们为什么献与官府呢？孔目答曰：『土著人视金冠为权力的象征，自从他们归顺朝廷，他们一直向朝廷的刺史呈献黄金，把它看成接受统治的礼仪。而土著人送上的黄金大多收入了历任刺史的囊中。』至此，梁毗明白了其中内情，解开了迷惑。

●梁毗把土著酋长悉数召入官府，面对大家痛哭失声地说：『这些金子饿了不能当食品充饥，冷了不能作帐篷御寒，你们为了它相互残杀，不知断送了多少同胞的生命。今天你们把它拿来送给我，难道也要我像那些不幸的人一样死去吗？』梁毗的一席话说得酋长们无不自愧，纷纷收回所献的黄金。

●梁毗在西宁州当了十一年刺史，由于他的提倡，土著人除掉了旧俗，不再为争夺黄金而进行战争。隋文帝对梁毗帮助边疆民族移风易俗大加赞赏，遂将他召回京师出任大理卿。而梁毗所说的黄金『饥不可食，寒不可衣』成了千秋万代的醒世恒言，永远被后人颂为美谈。

酷吏燕荣——隋朝（文帝）时期

厉械苛刑尽血污，何分有罪与无辜？
收罗壮汉笞皮绽，集采刺荆抽骨酥。
阳奉廷规凶板落，阴违御旨损招出。
蛆虫似解人间意，爬遍全身噬恶夫。

注释

●燕荣，隋朝时双手沾满血污的酷吏。因隋朝各级官吏执法崇尚严酷，而燕荣又是其中最严酷者，所以后来写史的人将其列入酷吏传中。

●燕荣在任青州刺史时，就以残酷出名，深得隋文帝赞赏。他一上任就招募了一批凶神恶煞的壮汉，在青州境内巡察，遇有作奸犯科者，不问轻重，皆打得皮开肉绽。他不但惩治为非作歹者，在得意时无辜者也常不得幸免。一次，他外出巡视，见路上长着一种带刺的荆条，便对随从说：『这荆条作抽打犯人的鞭子，肯定最好，不妨先在你屁股上试试。』随从吓得颤抖着说：『老爷，我可没做半点错事啊！』燕荣说：『先打你，记个账，待以后你出了差错，免了那几鞭子就是了。』于是，随从白白挨了顿打。后来这个随从果然做错了事，记起了当时燕荣的许诺，燕荣却说：『上回你没做错事尚且要打，这次做错事岂能饶你！』

●后来一个叫田弘嗣的被任命为幽州刺史，他怕燕荣施酷，死活不想去。文帝得知此事，给燕荣下诏，规定他今后凡打田弘嗣十板以上，必要先奏皇上批准。燕荣见田弘嗣竟然以皇上来压自己，十分恼火，对田弘嗣恨之入骨，寻机报复。当时田弘嗣管粮仓，燕荣只要发现百姓交来的谷物有一糠一秕，就要打田弘嗣的板子，虽然每次绝不超过十下，但一天里要打他两三次。燕荣就这样折磨了田弘嗣两三年，后来又找借口把他关进了监狱。

●后来，田弘嗣的妻子入京告状，文帝派人去幽州查办，燕荣滥用刑法证据确凿，于是文帝命燕荣在自己家中自尽。据说燕荣死前，他的寝室无缘无故生出了许多蛆虫，噬咬着他的身体，这也许是作恶多端，天理不容吧！

崔弘度整肃家风——隋朝（文帝）时期

二女作妃虽势隆，宅规府纪却严明。
吃鳖问味煞虚谎，询日查踪诫劣行。
子弟遵章皆谨慎，奴仆守矩尽忠诚。
家风纯正赢声誉，只憾酷苛无友朋。

注释

●崔弘度，隋朝开皇年间官至大将军，崔家两个女儿被选为朝廷王妃，可谓气象盛隆。崔弘度虽然本人是个酷吏，又是朝堂上的红人，但治理家族和府邸却法度严明。自从弟弟崔弘昇的女儿嫁到河南之后，崔弘度就常教育家人说：『树大招风，名望越高越容易惹祸，在外一定要小心谨慎，做人要忠厚老实，千万不能弄虚作假、仗势欺人。』

●一次，崔弘度吃朋友送来的洛水甲鱼，他突然放下筷子问左右奴仆：『你们看这甲鱼味道如何？』奴仆生怕说错了话，其中一个看崔弘度吃得津津有味，随口便说：『味道可鲜啦！』其余几人也随声附和。听奴仆们这么一说，崔弘度翻了脸，破口大骂：『你们这些奴才竟然以假话欺骗我，明明谁也没尝过甲鱼，哪能知道味道好不好？』骂完，便把这几个奴仆各打八十大板。崔弘度调教子弟更是严格，他想出一个主意：规定每天各个晚辈都要到厅堂站班回话，讲清一天干了些什么事情，有没有犯规的，就像在衙门里办公事一样，不管谁稍有差错，一律要动用刑法惩处。这条家规，使得子侄们谁也不敢在外面胡作非为。

●崔府中出来的人，子弟们个个遵纪守法，小心谨慎；奴仆们更是个个老老实实，遵规守矩，不敢越雷池一步。

●崔弘度的家风清正，赢得了朝野各方的一致称道。但他的部属和家人慑于他的苛刻，平时总躲着他，整日胆战心惊，不知所措。于是崔府里便传出『宁饮三升醋，不见崔弘度』的说法。因为崔弘度过于冷酷无情，就连他的弟兄都不愿和他往来，至于朋友，那就更没有了，他只好独自在寂寞中度过晚年。

惶恐一生的蔡王杨智积——隋朝（文帝、炀帝）时期

封王愈慎避疑心，只恐生非犯主君。
读史吟诗亲墨客，离嫌躲忌远豪绅。
喜家无产涵幸运，忧子盈才隐祸根。
如履薄冰难度日，惟求保命不思勋。

注释

●杨智积，隋文帝杨坚的弟弟杨整之子。隋建国后，杨智积与其他皇亲国戚一样，被封王（蔡王），并任同州刺史。由于当年其父杨整与杨坚有隙，所以杨智积尽管被封王，总是心有余悸。他深知文帝疑心过重，所以处处小心谨慎，生怕惹出是非而大祸临头。

●为此，杨智积为人处世一向低调，从不摆皇室贵族的架子。他处理完公事，就一个人坐在厅堂读史吟诗，顶多偶尔有两三个文人墨客前来拜访，谈些文章书画之事。至于当地豪绅，他从不结交，尽量避而远之，以防引出别人的猜疑和闲言碎语。

●杨智积不置家产，并以无财产而庆幸，说这样可以免除许多忧虑和烦恼。他还教五个儿子读《论语》、《孝经》，不

许他们在外面结交朋友。实际上他是怕儿子有了才学会遭嫉惹祸。

●杨智积就这样在惶惶不可终日中艰难度日，不求有功，但求无过。临死前，他吐露心声：『我这一辈子都在担心，脖子上的脑袋会不会被别人取走。现在好了，可以保住首级去见阎王了。』其实，杨智积对朝廷忠心耿耿，杨玄感叛变，攻打弘农郡，杨智积亲自率军登城防守，连战数日使叛军无法入城，足见其对朝廷一片忠心。

『国舅』吕道贵进京——隋朝（文帝）时期

野老盲丁鄙不堪，忽交大运遂登天。

来京晋帝成国舅，返邸驭民当郡官。

往日耕田食粝饭，今朝坐府宴豪餐。

蠢夫何以能华贵？仅在宫廷有靠山。

注释

●山东人吕道贵，是个一字不识、鄙俗不堪的野老村夫。一日，他在集市上听说自己是当朝皇上杨坚的舅舅（其实只是舅舅的堂兄），便迫不及待地央求太守上奏朝廷，说明情况。隋文帝杨坚了解实情后，便立即下诏给予承认。这样一来，吕氏家族忽交大运，吕道贵也一步登天。

●吕道贵在侄子吕永吉的陪同下，一路风尘仆仆，日夜兼程，赶到长安，与皇上见面，当时的场面十分隆重，文武百官悉数到场。可谁知道这个自称国舅的吕道贵竟然是个一点规矩也不懂的乡巴佬。隋文帝初见几十年从未谋面的亲戚，很是激动，还没张口说话就哽咽起来。可这个国舅却一脸惊骇，只顾东张西望，观赏金碧辉煌的宫殿。皇上要让他入座，他却挽起皇上的手，两眼直盯着，放声大叫道：『阿坚啊，看你这张脸……真是我们吕家的种，别人想偷也偷不走啊！』直呼皇帝的名字已是大逆不道，况且他还满口粗话，这使文帝十分难堪。后来日子久了，隋文帝对这位表舅已不感兴趣，便打发他回山东老家，封了一个济南太守的官衔，从此再也不让他到京城丢人现眼了。

●吕道贵返回济南后，逢人便讲自己是当朝国舅。这个往日耕田种地、粗茶淡饭的农夫，现在极力摆出风光无限的架势，经常在府衙大摆酒席，宴请三教九流、狐朋狗友；高兴时还会敲锣打鼓、前呼后拥地去看望从前的街坊，显摆自己的富贵荣华。济南的望族缙绅对于这个粗俗透顶的国舅无不连连摇头，不屑一顾。

●吕道贵这个粗鄙的农夫何以能一下子就被封官授爵，享受不尽的荣华？道理很简单，就是因为他在朝廷有个最大的靠山——皇帝。这正应了人们常说的那句话，『一人得道，鸡犬升天』啊！

隋文帝杨坚教子——隋朝（文帝）时期

督儿励志训箴言，创业艰辛守亦难。
血渍战袍说峻险，汗积刀鞘话凶残。
上称天意能强本，下悦民心可固盘。
苦口柔肠徒诫勉，终因不器未承传。

注释

●隋文帝杨坚共有五个儿子，长子杨勇在十六岁时被立为太子，他很早就显露出不一般的政治才能，但文帝仍是放心不下。为了让太子早日成熟，文帝寻找各种机会和办法，对他进行励志教育，让他懂得『创业难，守业更难』的道理。

●太子杨勇生活上比较奢侈，文帝当面教育他说：『前代的帝王，生活奢侈的没有一个能统治长久。』可杨勇似乎无动于衷。一天，文帝让宫女搬出一只箱子，打开后拿起一件血迹斑斑的旧战袍对杨勇说：『这是我当年在芒山与齐军作战时穿的，上面的血迹是我大腿受箭伤时染的，你二大爷杨整就战死在这场战争中。』接着文帝又拿出一柄带鞘的短刀说：『这是我当年为防身置下的，靠了它我躲过了宇文家对我的一次次暗杀（其实帮他躲过宇文家刺客暗杀的是忠诚的李圆通）。』说完便把短刀赐给了杨勇，要他记住创立江山不容易，经历了无数的险恶和凶残，而要守住江山则更是难上加难。

●文帝看到杨勇花了许多钱制了一身精致的铠甲，语重心长地对他说：『你是皇储，如果不能朴素节俭，难以上称天意，下系民心，如何能够驾驭万千民众，安邦治国？』

●文帝借讲历史对太子说出了许多安邦定国的道理，杨勇表面上都应承下来，但行动却依然故我，文帝的一片苦心实际上并没有见到多少成效，最终还是把太子废掉了。

『云端出龙种』——隋朝（文帝）时期

匠人之女入东宫，取悦储君得册封。

不屑鄙微淋冷水，只思持重履寒冰。

挺身迎辱娇容静，昂首驳诘妙语铮。

本自云端龙种降，睿言出口骇天惊。

注释

● 隋朝的几个皇子府下都招收了不少能工巧匠，名声显赫的兵器制造家云定兴就在储君杨勇那里。云定兴靠精湛的手艺赢得了杨勇的器重，便经常带着自己秀色可餐的女儿阿云出入东宫，一来二去被太子看中，没多久杨勇就提出立她为昭训。虽然独孤皇后一再反对，但最后在无奈中还是同意了。

● 阿云虽被立为昭训，皇后对她这种低微出身的人还是十分瞧不起，总是冷眼相待，每次进宫请安，独孤氏常拉着太子的元妃的手问长问短，而对阿云则满脸冰冷，不屑一顾。在这种情况下，阿云虽然整日如履薄冰，但仍保持着应有的尊严，持重行事。

● 阿云为太子生下了第一个儿子，境况稍有改变。一天，隋文帝抱着孙子乐不可支，可嘴上仍抱怨说：『你是太子的长子，也就是我的皇太孙，可你为什么生的不是地方呢？』阿云听到公公还在挖苦自己低微的出身，表现得十分冷静沉着，接着昂起头，不紧不慢地回敬了公公一句：『龙种出自云端，难道皇上认为有什么不妥吗？』

●文帝听到阿云说出这样一句睿智十足的话，大为震惊，他把『龙种出云端』这句话重复了一遍，深深感到不能小看了这个匠人的女儿。

宇文述借赌行贿谋废立——隋朝（文帝）时期

明作邀约共饮欢，暗藏毒策设机关。
登堂豪赌诱钻套，入室密谈逼下渊。
弃胜围局勾妄佞，揽输行贿买凶奸。
打通节点终如愿，废立图谋遂启篇。

注释

●隋文帝杨坚立杨勇为太子，杨勇的弟弟杨广于心不甘，一直想取而代之。于是，他与亲信柱国将军宇文述密谋后，由宇文述出面，去做权倾朝野的重臣杨素弟弟杨约的工作，企图让杨约打通他哥哥杨素的关节，然后再说通皇上，以达到既定目的。一日，宇文述登门拜访杨约，请他到自己家中饮酒叙旧，杨约到宇文述府上，二人赏玩古董，开怀畅饮，实际上宇文述已开始设定暗道机关。

●酒足饭饱，宇文述又设局请杨约赌博游戏。对弈之中宇文述盘盘皆输，钱输光了，就拿珍贵古玩当赌资。杨约对古玩向来有研究，一见这都是稀世珍宝，摩挲得爱不释手。最后宇文述邀杨约来日再赌。后几天杨约都如期而至，宇文述还是照输不误。杨约知道宇文述是赌场高手，如此这般，大惑不解。这时宇文述将其拉入密室，吐露天机：

这些珍宝都是晋王杨广托他转赠的，意在让他去做哥哥杨素的工作，想办法让皇上把太子废掉。并告诫杨约，如果将来杨勇接班，你们兄弟二人都不会有好下场。听了宇文述的一番话，杨约开始十分震惊，后来只好就范，不得不按照宇文述和杨广的要求去办。

●宇文述故意弃胜揽输，用珍宝围局，以行贿买奸，结成一个反太子杨勇的死党，其手段可谓十分毒辣。

●接着，一切按计划进行：杨约说服了哥哥杨素；杨素又以种种手段征服了独孤皇后。同时，一步一步地使皇上对太子愈加反感。这样，废旧立新阴谋的序篇就开始了，最终以杨勇被废，杨广得立而『大功告成』。

银杏呼冤——隋朝（文帝）时期

东宫嗣座若冰山，意乱心慌恐陷坍。
本想求神迎紫气，何知犯主入乌烟。
悀悀御父生疑惑，瑟瑟皇儿受禁监。
火燧鞍骑皆叛证，夜爬银杏枉呼冤。

注释

●杨勇被隋文帝立为太子，但他从许多迹象中看到晋王杨广和宰相杨素相勾结，在策划对自己不利之事，且父皇对自己日渐不满，深感太子之位势若冰山，岌岌可危，因此，整日心慌意乱，寝食不安。

●正在杨勇惶惶然如坐针毡之际，有个懂巫术的谋士告诉他说：『现在种种天像都是太子地位不稳的征兆，只有多铸些兵器，才能镇住危及太子的邪恶。』同时也有人说：『天象既然是要废太子，不如先在宫中修个「庶人村」，于茅屋中粗茶淡饭，穿布衣睡草席，或许能躲过厄运。』太子照此办理，可此事被杨广、杨素打探得一清二楚，便向文帝添油加醋地作了密报，皇上遂派杨素前去查看。杨勇闻之，更衣束带在厅堂等待，可杨素故意拖延时间，以引起杨勇不满，然后回过头来向皇上汇报，说杨勇满脸怨恨，进一步激怒文帝，引起对太子的更大怀疑。

●杨勇见父皇对自己越发冷淡，为防不测，暗暗在京城内外布置了岗哨，打探皇上的动静。可此事很快就被皇上知晓，因而皇上疑心更重，更加恓恓惶惶，并向大臣们说自己常常觉得如入敌境，有时睡觉都不敢脱衣，半夜如厕竟觉得不安全。于是，文帝下令将太子左右的人全部押入大牢。同时，派杨素深入东宫，搜集太子不轨的证据。杨素在东宫库房里发现了一些用槐树根制成的打火工具，并借别人诬告太子养马千匹是为了偷袭仁寿宫，然后将这些作为太子谋反的证据，汇报于文帝。杨勇几次上状辩解皆被杨广扣押，文帝终下决心将杨勇的太子之位废黜，让杨广把他囚禁起来。

●为除掉杨勇，杨素竟然把火燧和马匹都当作反叛的证据。杨勇无可奈何，夜间乘监管不严爬上一棵老银杏树，高声呐喊，希望文帝能够听到。但他却被说成疯了，一次次的呼叫皆被无视。后来文帝死了，杨广在登基之前终以父皇的名义将杨勇处死。

木匠皇子杨俊——隋朝（文帝）时期

无意官爵险做僧，扬锛运斧近发疯。
镶金砌玉修豪殿，纵乐寻欢戏丽宫。
震怒王妃遭害命，惹急皇父被削称。
君思创业于心痛，一炬化灰敲警钟。

注释

●隋文帝杨坚的三子杨俊，在隋朝建立时年仅十一岁，被封为秦王，又拜为上柱国、行台尚书令和洛州刺史，可他对这一切官衔都毫无兴趣。由于他从小就随母吃斋念佛，做了几年王爷，就闹着要出家当和尚，文帝夫妇费了好多口舌，才打消了他这个念头。但这时他又痴迷起了木匠活，整天使锛弄斧，后来竟然招来一大帮能工巧匠，大兴土木，一时到了痴迷发疯的程度。

●杨俊建造工程，越搞越大，需要钱就违法向老百姓借贷，后来干脆动用官府公款，随意铺张。他在王府花园中建了一座豪华的水上宫殿，以白玉为阶，圆柱镶裹黄金，墙壁抹上香料，每道门上都悬挂珍珠串成的帘子。宫殿落成后，他整天和艺伎们在里面轻歌曼舞，寻欢作乐。

●杨俊如此奢靡，引来了从小家教甚严且喜欢独处的王妃（大将军崔弘度的妹妹）的强烈不满，她一怒之下，在杨俊吃的甜瓜里下了毒药，杨俊吃后立即口吐白沫，幸亏抢救及时，方得保命。文帝听说杨俊挪用公款大兴土木，十分愤怒，立即下诏书，把他的所有官称全部削去，并命令他在王府面壁思过。

●隋文帝每每想到自己创业艰难，而儿子却这般恣意奢侈，就心如刀绞，痛恨万分。两年后杨俊在王府病死（三十一岁），文帝落下几滴眼泪，然后下令将杨俊生前所建的所有工程放火烧毁，以警示皇亲国戚和朝中臣僚。

隋文帝除四子——隋朝（文帝）时期

四儿如己甚心欢，但晓其毒寝不安。
本懂虮虱能咬虎，更知蝼蚁可搬山。
惊闻卜卦谋夺位，怒令开刑遏逆天。
每望前辙思痛训，常忧后患隐身边。

注释

●隋文帝杨坚称帝后，五个儿子都封了王，四子杨秀为越王。杨秀一表人才，秉性、相貌、做派酷似文帝，深得杨坚喜爱。但这个杨秀不甘心在蜀中称王，暗中拉帮结伙，培植自己的势力，甚至不把文帝放在眼里。文帝令杨武通将军去平叛，杨秀竟然只使一小官担任杨将军的行军司马。当文帝得知杨秀种种不轨做法时，十分不满，总觉得将来定有不测，因而整日寝食不安。

●文帝意味深长地对左右说：『坏我法度的，必然是我的子孙，就好比山上的猛虎，没有什么动物可以战胜它，可隐藏在老虎皮毛间的虮虱却可以咬它的肉、吸它的血。』文帝自知文韬武略比不上前朝周武帝，要不是周武帝的儿子周宣帝坏了他的法度，周朝的江山绝不会轻易落到自己手里。在隋文帝眼中，周宣帝就好比藏在周武帝这只老虎身上的觊觎，正是它们毁掉了周朝的江山。文帝此言，就是暗示杨秀的不轨行为将会对大隋王朝的江山产生威胁。

●文帝对杨秀渐多戒心，逐步削减了他手中权力，使杨秀心灰意冷，生活逐渐奢侈荒淫。当他想到大哥杨勇被废、心计颇多的二哥杨广当上了太子，便觉得这都是神灵在冥冥之中的安排。于是，他请术士卜卦，术士通过解析『秀』字，说他可继皇位，承命八千载。此事被杨广探知并报文帝，文帝大怒，欲动用国法，处杨秀死刑，以谢天下。后由驸马柳述说情，方免杨秀一死，投入狱中（杨广登基后终将其处死）。

●隋文帝励精图治，常以史为鉴，可他始终心怀疑惧，生怕后患隐于身边。其实，杨广就是一个大患，可惜他直到临死前才看清，但为时晚矣！

太平公（史万岁）不太平——隋朝（文帝）时期

宿将功名赫四方，靖边平叛更昭彰。
勇披沙场熊熊火，难抵珍珠熠熠光。
屡获拔升拥美誉，多遭贬黜受污伤。
拙于仕道终罹祸，徒具爵称未免殃。

注释

●史万岁，隋朝名将。他在北周时继承父亲太平公的爵位，亦称『太平公』。隋朝建立后，他御边平叛，战功卓著。当年突厥进犯隋境，因涉嫌兵变被革职而做戍卒的史万岁，主动请求让他去挑战敌军的先锋大将，只战几个回合，他就将敌将挑落马下。从此，突厥人只要听到敦煌戍卒史万岁的名字，就胆战心惊，十分畏惧。隋朝统一天下不久，江南接连发生叛乱，史万岁随杨素任先锋前去讨伐，行程二千余里，打了七百余仗，终把叛军消灭于深山密林之中。隋文帝因其功勋卓著，特将其提升为左领军大将。后来云南边陲有人谋反，隋文帝又派史万岁前去讨伐，他统率官军势不可挡，未战即促敌缴械投降，并欲将敌首领作为人质押解京师。

●史万岁在战场上足智多谋，英勇善战，敢打善打硬仗，经得起严峻的考验，却一时糊涂难抵物质利益的诱惑。云南叛敌首领投降后，见史万岁要将他押走，便以祖传的一颗明珠相贿赂，以求免除递解京城。这时，史万岁起了贪念，收了人家的珍宝，答应了该首领的请求。不料数年后，这个敌首又一次兴兵反抗，文帝之子杨秀乘机在文帝面前抖落出史万岁受贿的隐情，文帝大怒，史万岁险些遭斩首。

●史万岁一生驰骋疆场，屡立战功，屡得擢升，屡获美誉。但他由于对官场复杂多变的情势不善驾驭，所以也多遭不测。后来隋文帝废黜太子杨勇，奸相杨素乘机诬陷史万岁是杨勇的同党，文帝召史入宫问罪，史万岁却不识时务，一再讲述征战突厥后朝廷赏赐不公。

●为此，更激怒文帝，遂令御林军用棍棒将史万岁活活打死在朝堂。史万岁是隋初四大名将之一，但他不是战死于疆场，而是被杖毙在朝堂。他虽然被称为『太平公』，但这个爵位并未给他带来『太平』。

隋文帝人亡政息——隋朝（文帝）时期

奋力图强百业兴，节支紧用自洁清。
哀哭饿殍怜民舍，痛骂奢臣饬御宫。
轻信诬谗详小事，惯行苛酷略宏宗。
虽积财富犹埋祸，人去国危致速崩。

注释

●隋文帝杨坚勤于朝政，致力图强，百业渐兴，到仁寿末年，户籍大幅增长（从隋初四〇〇万户增至八九〇万户），国家储备十分可观，官府的粮食、布帛甚丰，仅河南巩义的洛口仓，内有粮食三千窖，而河南孟津的回洛仓周围十里，内有粮窖三百个。上述两处藏粮达两千多万石。二十世纪七十年代，在洛阳发现含嘉仓的二百多个粮窖，根据容积推算可贮藏一万石粮食，而且在一个粮窖中发现已炭化的谷子就有五十多万斤。可见当时大隋王朝已具有丰厚的储备。但在这种情况下，隋文帝仍带头节俭，每日三餐只吃一个荤菜，车马、衣着和御用品都直到用旧才更换。由于皇上做榜样，朝野上下形成了拒绝奢靡的良好风气。

●文帝注意体恤民众疾苦。有一年关中出现大旱，京城长安又发生地震，农民颗粒无收，据说文帝见到饿死的灾民痛哭流涕，下令让难民到洛阳就食，一路上他还让卫队扶老携幼，给予安抚。文帝于开皇十三年命杨素修建了仁寿宫，以作歇夏避暑之用，杨素把这座宫殿建得很豪华。文帝看后，火冒三丈，大骂杨素不惜民力，想要给他以重处，后来在皇后的劝说下方才息怒。

●文帝虽然生活节俭，励精图治，但他疑心重，多猜忌，常常听信谗言，崇尚严刑酷法，开国功臣和从前的部下亲信很少有人能够善终；他眼睛多盯着小事，而对军国大计、政治全局却关注得不够，因而一些突出矛盾不能得到及时处理。

●文帝当政时，为国家积累了巨额财富，但同时也埋下了种种致命的祸根，他死后，杨广接班，他虽十分残暴，却能举全国之力，干一些大事业（如大运河）。但没过多久，各种社会矛盾一起爆发，隋朝随之很快灭亡。

李圆通的荣辱命运——隋朝（文帝、炀帝）时期

女奴私子奉于宫，秉忠职守渐起声。
后灶监厨常获赏，前廷卫帝屡得封。
身卑小吏担军将，位赫老臣安御京。
因正蒙冤含恨去，莫期昏主是非清。

注释

●李圆通，本为杨坚之父北周隋国公府上一女奴的私生子，长到十几岁时，主人见他英俊结实，又与少东家杨坚相仿，便让他当了杨坚的随从小厮。从此，他一心一意侍奉杨坚，既忠诚，又十分认真，深得主人欣赏，渐渐有了名声。

●杨坚常摆酒宴招待朋友，但有时饭菜没等上桌就被杨坚的叔侄兄弟动得七零八落。为此，杨坚特派李圆通下厨监督，李圆通恪尽职守，无论任何人，绝不允许私自乱动饭菜。一次，杨坚请客，杨坚之子杨勇的奶妈来到厨房，竟然大模大样地在做好的宴席中挑了一些送给杨勇。李圆通见状，不容分说就给了厨师几个耳光，厨师仗着有奶妈当靠山，火气发作，便与李圆通激烈争吵起来，主人请客，仆人大闹，不成体统。客人散后，大家都以为杨坚会惩治

李圆通，可没想到杨坚问明情况后，反而对李圆通予以夸奖，并赏赐给他剩下的许多酒菜。自此之后，李圆通对杨坚更加忠诚，而杨坚对李也更加信任。后来杨坚当上北周大丞相，周朝皇族不断有刺客前来行刺，杨坚便以李圆通为保镖，李圆通寸步不离，严加护卫，使杨坚躲过了一次次暗杀。等到杨坚当上隋朝皇帝，李圆通屡受封赏和提拔。

●杨坚不忘这位死心塌地追随自己的小厮，先是封他为御林军首领，不久又破格提拔为刑部尚书，直至拜他为大将军。隋炀帝杨广上台，开始对李圆通依然重用，炀帝巡游江南，委他以坐镇京师的重任。这时李圆通已年过花甲，对杨家忠心耿耿，与当年无二。

●在李圆通留守京师期间，有人告发杨广的亲信、许国公宇文述霸占民田。李圆通明知宇文述与杨广的特殊关系，却不计利害，强令宇文述将田退还百姓，宇文述恼羞成怒，在皇上面前诬告李圆通受贿。皇上听信宇文述的谗言，遂将李圆通革职，这个三代忠良，罢官不久便抑郁而终。炀帝杨广昏聩暴虐，在大是大非面前，他怎么能辨识明察、主持公道呢？

天真诗人薛道衡——隋朝（文帝、炀帝）时期

长篇和韵见功深，南北风靡悦御尊。
作赋吟诗挥妙笔，谈国论政秉忠心。
含情奉主能竭力，洒泪离都未晓因。
赞颂先皇抨后弊，可悲临死尚天真。

注释

●薛道衡，隋朝著名诗人。早在十三岁时，他就写出令人赞不绝口的诗赋，被北齐宰相杨遵彦推荐给朝廷，当上了礼仪官。当时江南陈朝与北齐常有使者往来，由于陈后主是个诗人，所以陈朝派出的使者多有较高文学修养。一次，薛道衡接待了陈朝使者、诗人傅縡，傅縡早闻薛道衡是北方诗人中的后起之秀，在两人会面时他特意写了一首五十韵的长诗相赠。薛道衡见诗，当场就以原韵和了他一首，此事立即引起南北轰动，以至于只要薛道衡有诗作出笼，陈朝人就争相传诵。北周灭北齐，薛道衡被周武帝征召到长安。隋代周后，薛又转而效力杨坚。薛道衡写诗如行云流水，深得皇帝欣赏和器重，朝廷庆典的诏诰、讨伐叛逆的檄文等文书，多出自其手。

●平陈战役中，薛道衡受命在宰相高颎帐下做事。高颎在和他的闲聊中得知，薛道衡不仅写诗作赋妙笔生花，而且忠

心耿耿，对政治时局的分析也鞭辟入里。为此，回到京师高颎就把薛道衡推举为吏部侍郎，后因他处理政事见拙，用人不当被革职流放。

●可能因汉王杨谅说情，薛道衡被召回京，改在内史省任职，几年后提升为内史侍郎，对于这项工作，薛道衡应付起来绰绰有余。但他十分谨慎，严肃认真，常把自己关在屋子里废寝忘食，面壁构思，写出的诏书，深受皇帝赞赏。可是后来由于文帝对杨素疏远，且薛道衡又与杨素过从甚密，生性多疑的文帝怕薛向杨素泄露朝廷机密，便将他调任襄阳代总管。文帝装出一副依依不舍的样子，安慰了一番，薛道衡却不知皇帝的葫芦里卖的什么药，竟然哽咽泪下，十分感动。

●隋炀帝大业年间，薛道衡被炀帝召回，本打算给他个秘书监的官。可他进宫的第一天却进献了一篇《高祖文皇帝赞》。隋炀帝认为他这般赞美高祖，意在讽刺自己，因此心中大生忌恨。后来薛道衡又不听好友相劝，照样批评朝政弊端，甚至说高颎不死，纲纪不会如此混乱。因高颎是炀帝处死的，所以薛道衡立即被加上为高颎翻案的罪名，送进监牢查办。这时炀帝已下了处死他的决心，可他仍怀着天真的想法，希望出狱。第二天炀帝就下令，让他自尽了。

张衡的命运——隋朝（炀帝）时期

助主篡权关键人，赢封受赏跃青云。
犹存圣诲惜国力，尚有良知顾庶民。
放胆遏奢出仕场，窝心抱怨入冥门。
永别昔日清泉水，无奈今朝恶浪浑。

注释

●张衡，在隋炀帝杨广为晋王期间任随从，他虽然职位不高，但足智多谋，是杨广先入主东宫、后坐上皇位的关键谋划人物。为此，在杨广登基后，他平步青云，从一个小小的侍从官，一跃晋升为御史大夫。

●张衡因常迎合皇上出了不少坏点子而得到格外恩宠，但他由于读过圣贤之书，圣人的教诲还多少存于心中，良知并未完全泯灭。有一年，皇帝要重修汾阳宫，张衡想到这几年皇上做了许多劳民伤财的事，便乘酒劲劝谏皇上要珍惜国力，体恤民生，炀帝听后勃然大怒。

●炀帝认为张衡对自己过于放肆，就以莫须有的罪名将他贬为榆林太守。其间，炀帝曾想给张衡官复原职，但看到他仍然红光满面，一脸福相，便又作罢。后来又打发他到江都，让他负责监造宫苑，并派了礼部尚书杨玄感前去视察。杨玄感把张衡为了节省开支，削减原有设施的行为向炀帝作了汇报，炀帝盛怒之下，要将其处死，过后又改变主意，把他削职为民，放逐回乡。张衡回乡后几年中，既十分寒心，又常有抱怨，被他的小妾向朝廷告发。炀帝怕时间长了张衡会把过去为自己出的坏主意说出来，便抓住这个机会，赐他在家中自尽。

●张衡的老家庄园里有一泓清冽的泉水，当年炀帝曾专程前去酌饮，并在小山庄一连待了三天。而今张衡再也见不到清冽泉水，临死前看到的只是世道昏暗、污流浊浪了。

古怪的学者刘臻——隋朝（文帝）时期

醉史痴经不问廷，言混语怪总蒙眬。
名臣满脑纷纷过，贤士盈眸攘攘行。
本到他宅来访友，却回家府去寻朋。
汉书深解堪峰顶，章迹无存内隐情。

注释

●刘臻，原为梁朝人，梁亡后流落到北方，早年曾在北周宰相宇文护手下当过文书，隋建立后当上了东宫太子杨勇的太子学士。当时杨勇正为晋王杨广的恶毒算计而大伤脑筋，杨勇左右的人都忙着为主子出谋献策，而刘臻却整日研究经史典籍，达到如醉如痴的程度，有时说话前言不搭后语，状态迷迷糊糊，被时人称为『古怪老头』。

●刘臻根本不问政事，满脑子都是前朝名臣，满眼睛都是古代圣贤。同事中能与他谈得来的只有勋位同为仪同的读书人刘纳。

●一日，刘臻想和老友刘纳（官为仪同）讨论《汉书》中的一个疑问，让车夫送他到刘仪同家中，车夫驾车到达一座宅院，刘臻下车连声呼喊：『刘仪同，刘仪同……』可开门的竟然是刘臻的儿子。这本是刘臻自己的家（因他也为仪同，所以车夫将其拉回了家里），他却问儿子：『你怎么到这里来了？』弄得儿子不知如何作答。儿子提醒他：『这是你自己的家啊！』他四面环顾后才如梦方醒。

●刘臻沉迷于书本终有成就，他研究《汉书》达到当时的巅峰，无人可与相比。太子杨勇看到刘臻学问高深，对他十分尊敬，但由于后来杨勇的太子之位被废黜，刘臻当然被看成太子的人，所以他研究《汉书》的成果在史书上并没有留下篇什，这实在是文化史上的一大憾事！

飞毛腿将军麦铁杖——隋朝（文帝、炀帝）时期

飞走江湖啸绿林，一宗窃案现奇人。
南征剿叛龙翻水，北讨安边虎跃门。
心系宏恩驰战场，肩担大任驭军神。
辽东洒血标忠义，泪雨钦封悼重臣。

注释

●麦铁杖，在南朝时期就以日行五百里的『飞毛腿』而闻名，他与绿林好汉聚集在山林与官府作对。一次因寡不敌众而被官军俘获，成为陈朝宫廷的差役。麦铁杖沦为宫奴心有不甘，表面上安分守己，背地里却凭自己的『飞毛腿』，在夜间赶往距京城百余里的南徐州盗窃大户人家的钱财，不等天明便悄然返回京城，清晨照样按时进宫当差。后来尚书蔡徵使计，终使这起盗窃大案告破，万万没有想到竟然是麦铁杖所为，从此，人们对这个奇人更是刮目相看。

●后来陈朝被隋军所灭，麦铁杖投身于隋将杨素军中，在平定江南叛乱中，他凭借自己熟悉地形的优势，多次渡江侦察，往返敌营获取情报，为隋军取胜立下了汗马功劳，为此，回京后杨素奏表为其请功。后来杨素北讨突厥，任命麦铁杖为车骑大将军，得胜归来后，又因功晋升为柱国将军，并被派往地方任刺史。麦铁杖不仅在战场上骁勇善

战，而且治理地方也能力不凡，原先朝中许多人把他看成『大老粗』，后来再也不敢轻看他了。

●隋炀帝穷兵黩武，三伐高丽，朝廷上下多有反对，而麦铁杖却忠心耿耿，鼎力呼应。为此，炀帝擢其为右屯卫大将军，率领全军向高丽发起进攻。

●麦铁杖出征前就下定了以一死报皇恩的决心，果不其然，他最终战死辽东。炀帝闻讯，边哭边下诏书，追封他为光禄大夫、宿国公，并让征高丽打败仗的将军为他吊丧。

为知己者死的壮士沈光——隋朝（炀帝）时期

速爬十丈系经幡，正上倒栽皆叹观。
奋力杀敌呈赤胆，竭诚侍主付忠肝。
深铭节义恩知报，恪守职责命愿捐。
为帝复仇迎乱箭，众侠挥泪吊飞仙。

注释

●沈光，隋朝壮士，从小机智勇敢，行动敏捷，相传一次他经过禅定寺，看见一伙僧人正在为旗杆上系幡的绳子断了而无法挂幡发愁，他便把绳子的一头衔在口中，两手交替拍杆而上，迅速爬到十余丈高的杆子顶端将旗幡系好，然后忽然从高空倒栽下来。正在众人见状大惊失色时，他安然用双手撑住地面，倒立着在地上行走了几十步，赢得众人一片赞叹，从此长安城里都称其为『肉飞仙』。

●大业年间，隋炀帝率军攻打辽东，攻城时士兵在城墙上架起十五六丈高的云梯，沈光飞身攀上，迅速爬上顶端，与敌短兵相接，一连砍伤敌方将士十多人。敌人蜂拥而上，将他从云梯上击下，不料他一把抓住垂下来的绳索，嗖嗖几下又重新攀上云梯顶端，与敌继续搏斗。事后炀帝得知此人叫沈光，是应征入伍的『骁果』（即骁勇果毅之士），便把他召到帐下做侍卫。后来又拜他为朝请大夫，并赐予宝刀骏马，让其相伴于左右。

●沈光对炀帝重用自己十分感激，总想以实际行动报恩。后来隋炀帝下江南，被部将宇文化及谋害，忠心耿耿的沈光怒不可遏，决心誓死为炀帝报仇雪恨。

●沈光精心策划诛杀宇文化及，不料走漏了风声。当他们夜袭宇文化及的营地时，宇文化及早已逃到他处，并秘设伏兵，将扑空后的沈光用乱箭射死，其随行百余人无一幸免。沈光死时年仅二十八岁，死讯传出，天下壮士无不潸然泪下，痛悼这位忠诚侠义的壮士。

壮士鱼俱罗的风采——隋朝（文帝、炀帝）时期

膂力超人吼若钟，灭陈驱虏远播声。
丁忧返阵重披甲，御境杀敌再建功。
浩气冲天皆胆颤，疾风扫地尽心惊。
因遭猜忌蒙殃祸，谬在丹诚酿血腥。

注释

●鱼俱罗，隋朝壮士，官至柱国将军。他膂力过人，声若洪钟，英勇善战，在隋灭陈和征伐突厥的战争中，建立了卓越功勋，赢得了显赫名声。

●鱼俱罗在叠州做官期间，其母病逝，按当时的规矩他要回乡『丁忧』（辞职回乡守孝）。路途上他遇到老上司杨素正率军去和突厥人打仗，便要求杨素奏请皇上允准自己上前线作战。获准后，鱼俱罗则随杨素来到阵前，只带七八骑轻装前去挑战，他抓住敌方没太在意之机，圆瞪双目，大吼一声，飞也似地冲向突厥军，打得敌人措手不及。随后杨素挥师进攻，将突厥数万人之旅打得溃不成军，为此鱼俱罗『巨吼退敌』的名声很快传遍长安，并被皇上拜为柱国将军，授丰州总管，负责靖边安塞。其间，突厥慑于鱼俱罗的威力，再也不敢进犯隋朝边塞。

●鱼俱罗天生一副大嗓门，他怒吼一声如冲天霹雳，吓得敌人胆战心惊。他在作战时威猛顽强，迅速果敢，如秋风扫落叶，常使敌军来不及做出反应，就人头落地。

●鱼俱罗兢兢业业镇守边疆，却引起隋炀帝的怀疑，原因是其弟十分残忍，炀帝认为他也不会好到哪里去。隋末国势已江河日下，而鱼俱罗的妻儿老小阻隔在东都洛阳，生活十分困难，连吃的粮食都没有着落。于是他为了将妻子儿女接到身边而筹措盘缠，便弄了几船粮食运到洛阳去卖。不料此举被官府发现，怀疑他图谋不轨，随即将他及全家都判处了死刑。一位身怀绝技的将军，就这样将自己的耿耿忠心付诸了东流！

开凿南北大运河——隋朝（炀帝）时期

舟来舸往若穿梭，诸水归流话逝波。
遍地尸骸堆壮举，一河血泪涌悲歌。
木鹅监质开刑重，魔将吃童害命多。
浩大恢宏盈暴虐，千秋功罪任评说。

注释

●隋炀帝杨广即位后，自六〇五年起，用五六年时间，举全国之力，动用千百万劳工，把已有的四条运河连接起来，形成了一条贯通南北，全长四千余里的大运河，成为我国历史上最浩大的工程之一，为国家统一和经济发展带来了亘古未有的舟楫之利。

●修建大运河役使民众，其残酷程度是历史上十分罕见的，被惩罚和累死者数不胜数，可以说是尸骨积山，血泪成河，它开通后涌起的每一波每一浪都是一曲惨烈的悲歌。

●为赶时间、抢速度、保质量，工地上的监工对民工十分残酷。他们制作了一丈有余的铁脚木鹅检查河床深度，如果木鹅顺流而下时停止不前，则证明深度未达标，施工人员便要被全部处死，其酷苛残忍令人发指。隋炀帝派大将麻叔谋押着民夫施工，四十里为一站，到期完不成任务就要杀头。麻叔谋喜欢吃熊掌，每到一处必有熊掌上桌，后来无处捕狗熊，他就派部下偷老百姓的小孩，将小孩的手掌剁下来当作熊掌烹了吃。遭此厄运的小孩许许多多，民众无不痛恨至极。

●贯通南北的大运河无疑是举世少有的浩大工程，它给中华民族带来的好处也无疑是巨大的。但修建它的过程中始终伴随着骇人听闻的暴虐，其千秋功罪值得后人认真评说。

李密『牛角挂书』终成大器——隋朝（炀帝）时期

貌丑遭逐不晓情，决心发奋露峥嵘。
拜师博览勤修志，挂角深读力蓄能。
幸遇朝臣开慧眼，犹逢宦子挽良朋。
终成大器揭竿起，得入义军扬盛名。

注释

●李密，隋朝蒲山公李宽之子，其父去世后，他被召入宫廷在御林军中做侍卫。一日，隋炀帝看见李密，对御林军首领宇文述说：『我看此人相貌不正，尤其一双眼睛有异样，不能让他再当侍卫。』随即宇文述巧言对李密说：『像你这样聪明之人，应该靠才学谋取官职才是，待在皇家卫队岂不浪费年华？』李密听罢，并不知道是皇帝对他不放心而赶他出宫，反而觉得宇文述说的是肺腑之言。于是，他离开御林军，立志发奋图强，积累才智和能力，以待日后取得更大发展。

●李密拜史学家包恺为师，博览群书，勤读不辍，《史记》、《汉书》及兵法无所不览，并经常把书挂在牛角上，一手牵牛一手翻看书卷，几近如痴如醉，因而掌握的知识越来越丰厚，为以后的成功奠定了良好基础。

●一天，李密正骑在牛背上专心致志地读书，宰相杨素恰在背后看到，感到此人这样用心读书，肯定很不一般，于是纵马追上，问清姓氏名谁。李密见是宰相杨素，立即从牛背上跳下，彬彬施以礼节。杨素回家后，将此情此景说给儿子杨玄感，并让儿子与李密结成好友。

●李密因『牛角挂书』而一时出名，特别是他和有远大抱负的杨玄感结为刎颈之交，更使他有了发展自己的良好条件。他们二人都早已对隋炀帝的残暴统治大为不满，后来，杨玄感在黎阳起兵反对朝廷，李密从长安赶来相助，但因杨玄感不听李密之计，结果兵败被杀。李密逃脱追捕，投奔到翟让领导的瓦岗军，成为这支起义队伍的重要领导成员。

李世民、裴寂以计逼李渊造反——隋朝（炀帝）时期

晋阳别馆赌江山，意引国公举叛幡。
御酒豪筵挖陷阱，皇阁佳丽布深渊。
琼浆醉智即离道，美色迷魂遂犯天。
巧使阴谋绝后路，发兵亮剑下长安。

注释

● 李世民，隋末太原留守、唐国公李渊的次子。裴寂，隋炀帝北方别馆晋阳宫监。当时反隋起义的烽火四处燃烧，隋王朝已岌岌可危。一日，李世民携带珍宝来到裴寂所在的晋阳宫，与一向嗜赌的裴寂以宝物作赌注赌了起来，结果是李世民满盘皆输。不久李世民又带许多财物来宫与裴寂再赌，李世民仍是一输再输，一来二去，两人无话不谈，成为知己。这时，李世民对裴寂说：『我俩赌的输赢只是钱财，如果和天下英雄赌，输赢可就是隋朝的江山了，谁能赢这份赌注，谁就有世代享用不尽的财富。』裴寂早就梦想飞黄腾达，对李世民的话立刻心领神会，加之他与李世民的父亲李渊是老朋友，于是二人一拍即合，共同谋划说服李渊兴兵举义。因李渊和隋炀帝是姨表兄弟，怕他碍于亲戚关系而不允，二人便精心设计逼其就范。

●首先，李、裴二人抓住李渊常贪杯醉酒的习惯，在晋阳宫中设盛宴，摆上专为皇帝所用的陈年好酒和丰盛的美味佳肴，直至将李渊灌得酩酊大醉。然后，又将离宫别馆中皇帝享用的美女派往李渊处与其共寝，这样，李渊就不知不觉地落入了无法摆脱的圈套。

●李渊因贪杯醉卧晋阳宫，第二天清醒过来见身边有宫女同枕，立即身冒冷汗。这时，李世民、裴寂前来，说他和宫女淫乱已远离臣子之道，犯了逆皇天大罪。现在唯一的出路就是起兵造反。李渊在万般无奈之下，只好同意李、裴二人的意见。

●李世民、裴寂以精心设下的诡计，将李渊推向了造反之路。其实在这以前，李、裴二人已做好起事的一切准备。于是，李渊开设大将军府，任命裴寂为长史，很快便占领长安，奉隋炀帝的孙子杨侑为帝。不久，李渊便自己称帝。为掩盖醉卧晋阳宫一事，李渊只得把裴寂封为尚书右仆射。

唐

刘文静酒后怨言引杀身——唐朝（高祖）时期

对策牢中促起兵，反隋征战著勋丰。
非臣恣胆违仪礼，矫主偏心拒视听。
借酒浇愁愁更重，以巫驱鬼鬼愈凶。
虽多辩罪仍罹难，鸟尽弓藏走狗烹。

注释

●刘文静，曾任隋朝晋阳令，与李世民结交甚密。由于他和瓦岗军李密是姻亲，被关入牢狱，李世民冒险探监，刘文静为其分析天下形势，权衡各方政治势力，要李世民审时度势说服其父起兵反隋，为此，他要李世民结交裴寂，利用裴寂游说李渊。同时，他还伪造隋炀帝的诏书，征集二十至五十岁的壮年入伍，以激起百姓对朝廷的更大不满。所以，刘文静无疑是李渊太原起兵的主谋，当是灭隋建唐立头功的人物。

●刘文静在灭隋中为主谋，在与隋作战中又屡立战功，但李渊称帝后却让他一直位处裴寂之下，而裴寂自恃被李渊甚宠，不拘礼节，十分随便。为此，刘文静对裴寂进行批评，李渊不仅不听，还指责他多事。因此刘文静郁郁寡欢，更加与裴寂过不去。

●刘文静常借酒浇愁，一日，他和弟弟散骑常侍刘文起一同喝酒，酒劲上来后，刘文静拔刀砍柱，大声呼道：『裴寂该杀，裴寂该杀！』刘府常闹鬼，文起请巫师在家施法驱鬼。这两件事被一失宠小妾告发，朝廷将刘氏二兄弟关入监狱。

●主审刘家二兄弟的恰是裴寂。公堂上刘文静坦然承认因朝廷不公自己确有不满，因而多喝了酒，发了些牢骚。而高祖李渊却死死咬住刘文静要谋反。礼部尚书李纲、中书令萧瑀、秦王李世民都站出来为刘辩护，但由于李渊一向担心过于机敏的刘文静，再加上裴寂在一旁挑拨，最终还是将这位开国功臣处死。刘文静走上刑场，一路捶胸怒号：『高鸟尽良弓藏，古人的话果然没有错啊！』

『门神』尉迟敬德——唐朝（高祖、太宗）时期

百战扬威勇逸群，降来奉主尽忠忱。
迎锋喝阵诛雄信，浴血突围救世民。
执槊迎杀羞恶棍，开窗待刺慑奸人。
赫功玄武登高位，问鼎一神护万门。

注释

●尉迟敬德，隋末从军，身经百战，以骁勇著称，被授朝散大夫。武德三年归降唐朝，被李世民的真诚所感动，从此一心一意效忠李唐，为保卫大唐江山立下汗马功劳。

●唐军与王世充作战，李世民率五百轻骑巡阵时，突然被王世充率万余大军包围。王世充的大将单雄信直奔李世民杀来，尉迟敬德见状大喝一声，纵马举槊与单雄信搏杀，几个回合即将单挑于马下。但这时他与李世民已陷入重围。尉迟敬德一面左闪右躲，一面护卫着李世民杀开一条血路，冲了出来。

●尉迟敬德因槊挑单雄信，勇救李世民，在朝廷上下声名大噪，而同样善于使槊的齐王李元吉心中不服，要和尉迟比武。尉迟为了不伤及李元吉，特将铁刃除去，李元吉暗喜，想乘机致尉迟于死地，可是，连比三个回合，尉迟三次

将李元吉的槊夺到手中，使心怀歹意的李元吉无比尴尬，被羞辱得十分难堪。一心要杀秦王的太子李建成想收买尉迟敬德，遭拒绝后气急败坏，与李元吉密谋，派刺客暗杀尉迟。尉迟得知消息后，当天晚上打开门窗，点亮灯火，等着杀手前来行刺。刺客来到尉迟窗下见此状，胆战心惊，只好灰溜溜走开。

●武德九年二月发生玄武门之变，李世民杀死李建成，却遭到李元吉的袭击。这时，尉迟敬德飞马前来，一槊刺死李元吉，帮助李世民取得了这场政变的决定性胜利，李世民当上了太子，尉迟因功勋卓著被封为鄂国公。据说一日李世民染病，听到外面鬼哭狼嚎，闹得他夜不安寝。闻此状，秦琼主动请求，要他和敬德一起为世民守门，从此之后，再也未听到凄厉鬼叫。为此，他们二人便取原来的门神神荼和郁垒而代之，成为新的门神，同时，也成了千家万户驱邪逐鬼的神灵。

玄武门之变——唐朝（高祖）时期

暗斗明争卷乱云，皇权一柄系三人。
清山调虎逐双将，倒釜抽薪去二臣。
门下伏兵方取命，殿旁飞矢又夺魂。
成吉毙命终盘定，玄武腥风立世民。

注释

●唐武德七年，高祖李渊全面整顿内治。这时，李渊的三个儿子——李建成（太子）、李世民（秦王，二子）、李元吉（齐王，四子）——之间为未来的皇位争斗得十分激烈。李渊曾想调和他们之间的矛盾，但在嫡长子继承的文化背景下，他只能把情感的砝码放在李建成身上，使曾有大功于天下的李世民遭到冷落。

●李建成已看出李世民对自己未来皇位的威胁，因此他与四弟李元吉合谋，一起对李世民发难。他们先是诬陷李世民图谋不轨，鼓动父皇降罪于他；接着暗中收买李世民身边的大将尉迟敬德，收买不成，又诬陷尉迟谋反；并要调离李世民身边的悍将程知节（程咬金）去康州任刺史；同时，他们又要将李世民身边的谋士房玄龄、杜如晦赶出秦王府。企图通过调虎离山、釜底抽薪之术，将李世民驾空，然后一举灭之。

●对于二李的这一系列阴谋诡计，李世民的谋臣房玄龄、杜如晦，以及武将程知节已看得一清二楚。且在这时，东宫一官员秘密前往秦王府揭露了太子及元吉的阴谋。于是，李世民在房、杜等人的帮助下，决定发动玄武门之变。李世民首先在玄武门设伏兵，待到李建成、李元吉上朝，李世民一箭射死李建成。尉迟敬德射倒李元吉的坐骑，李元吉跌落马下，扑向被树枝绊倒的李世民。尉迟见状，大吼一声，吓得李元吉向武德殿跑去，没出几步就被尉迟一槊毙命。

●李建成、李元吉很快就被李世民等人干掉，李世民在玄武门之变的血雨腥风中被立为太子，两个月后，李渊传位李世民，是为唐太宗。太宗登位，李渊当了太上皇。

『房谋杜断』——唐朝（太宗）时期

共筹玄武定乾坤，默契配合同辅君。
撰典修纲倾睿智，擢能选秀秉公心。
沟通朝野相融洽，调适君臣互敬尊。
杜断房谋兴社稷，贞观繁盛著卓勋。

注释

●房玄龄、杜如晦，二人均为唐初名相，都曾参与『玄武门之变』，帮助李世民登上了皇位（是为唐太宗）。李世民即位后，任房玄龄为中书令、杜如晦为尚书右仆射兼吏部尚书。房、杜二人密切配合，同心协力，共助李世民经国理政，取得了非凡成绩。

●唐初的典章制度都出自房、杜之手，其中蕴含了二人的卓越才能和睿智。他们每人身兼数职，房玄龄甚至还监管国史的编撰；杜如晦既当丞相，又当吏部侍郎，秉公办事，为朝廷选拔和擢升了许多贤能的文臣武将，为大唐国势的兴隆提供了充足的人才。

●房、杜二人不仅默契和谐，而且大力协调朝野上下，尤其注重调适君臣关系，形成了君敬臣、臣拥君的融洽局面。

杜如晦于贞观四年去世时，唐太宗悲伤不已，痛哭流涕，就连吃个瓜都要想到给逝去的杜如晦留一半，以表祭祀。一次太宗赐给房玄龄一根银腰带，也不忘让房送给杜家一条金腰带（据说鬼怕银子），表示对杜如晦的怀念。

●房玄龄、杜如晦各有特点，房善谋，杜善断，故史称『房谋杜断』。李世民称赞房玄龄有『筹谋帷幄，定社稷之功』。正是房、杜二人忠心耿耿襄助李世民，才促成了著名的『贞观之治』，使大唐迎来了历史上的鼎盛时期，此二人的功绩永远彪炳史册。

李世民与魏徵——唐朝（太宗）时期

问罪知诚受震惊，虚怀询策仰高风。
兼听去暗能扬正，偏信失明必抑公。
臣善进言掏肺腑，君长纳谏敞心胸。
虽传佳话赢殊誉，三镜省身难始终。

注释

●魏徵，原为唐朝初年太子李建成的东宫幕僚，在李建成与李世民的争权斗争中，曾劝太子早采取行动。玄武门之变李建成毙命后，李世民召见魏徵，向他问罪：『为什么挑拨我们兄弟之间关系？』魏徵面不改色、神态自若地答道：『如果太子早听我的，哪会有今天的下场！』李世民见魏徵既忠心耿耿，又有胆有识，不觉非常震惊，十分敬佩他的高洁风范，遂将其纳入门下，提升他为谏议大夫，专门负责给皇帝和百官提意见。

●太宗问策于魏徵：『朕怎样才能做明君？』魏徵随即答道：『兼听则明，偏信则暗。』意思是说：如能全面听取各方意见，才能高扬正气，使事业兴旺；而如果片面地偏听偏信，则一定会压制公正，把事情搞坏。世民听罢，豁然开朗，表示非常认同魏徵的说法，若有所思地说：『言之有理。』

●魏徵在皇帝面前总是直言不讳，不管李世民高兴不高兴，愿听不愿听，有什么就说什么。贞观十二年，太宗喜获皇孙，五品以上官员会宴大庆，李世民乘兴问魏徵：『近来施政的成绩和以往相比得失如何？』魏徵毫无掩饰地说：『国家比先前强盛，但陛下纳谏则不如当初。』魏徵举出了一系列事实，说明陛下有时接受正确意见已经很难了，使李世民感到除了魏徵别人不可能这样讲，人有自知之明的确不是一件容易的事。魏徵所以敢于毫无顾忌大胆谏言，那是因为李世民能从谏如流，有比较广阔的胸怀，否则，是绝不会出现『魏徵现象』的。

●李世民长于纳谏，魏徵敢于直言，这已成为历史上的千古佳话。李世民曾说：『夫以铜为镜，可以正衣冠；以古为镜，可以知兴替；以人为镜，可以明得失。朕常保此三镜，以防己过。』但他毕竟是皇权专制下的君主，没有任何制度上的约束，从谏如流可做到一时，绝不能长久。事实上李世民功成即骄满，于贞观十九、二十一、二十二年三次兴师讨伐高丽，结果损兵折将，就是他听不进大臣们劝谏的结果。

贞观初年大讨论——唐朝（太宗）时期

江山初定事纷繁，会召群贤议大盘。
老相疾言创业苦，新臣厉表守成难。
他援汉武推仁政，你引秦皇主霸权。
舌剑唇枪明要略，贞观之治遂开帘。

注释

●唐朝贞观初年国家刚定，内忧外患不止。太宗面对动荡的形势，着眼未来的发展，召集群臣开展了一场『是草创艰难还是守成艰难』的大讨论。

●老相房玄龄认为：『草创阶段天下大乱，群雄逐鹿，败者归顺投降，胜者夺魁称王，胜王败寇，自然是草创艰难。』而新臣魏徵则持相反意见，认为：『推翻昏庸无道，既有百姓支持，又有八方归顺，草创艰难何在！得了天下，君主一旦骄纵，百姓就会贫困，国家衰亡常由此而起，看来还是守成更艰难。』在房、魏针锋相对的论辩中，太宗既对『草创艰难』的观点给予了肯定，更对『守成艰难』的说法给予了赞同。

●接着魏徵又与封德彝进行交锋。魏徵总结汉武帝理政治国的经验教训，提出了『偃武修文』、广施仁政的主张；而封德彝以秦朝历史为例，谏议皇上要实行霸道，以刑律治天下。后来封德彝逝去，太宗在一次会议上说：『贞观之初，有人劝我独运权威，有人劝我征讨四方，只有魏徵谏我偃武修文。我按他的话做了，果然出现了现在的大好局面。可惜封德彝死得太早了，没能见到今日大唐之天下。』从太宗的言辞中可以看出，在那场讨论中他是赞成魏徵的主张的。

●贞观初年的那场大讨论，使唐朝政治核心明确了理政治国的大略方针，因此才有了贞观盛世的出现。由此可见，这场大讨论对唐初全局发展所起的作用不可低估。

御史杜淹朝堂被诘——唐朝（太宗）时期

面对盘诘窘御前，神慌语滞去污难。

官低若可随浊浪，位显怎仍逐恶澜？

隐岭攀阶思重柄，临刀保命卖亲缘。

揭穿老底疮疤痛，尴尬退堂羞满颜。

注释

●杜淹，唐初名相杜如晦的叔父，唐太宗年间御史大夫，历史上污点不少。一天上朝，太宗乘杜淹推荐官员之机，对其过去一些不光彩的事情发出诘问。由于太宗能言善辩，步步紧逼，弄得杜淹慌慌张张，结结巴巴，一时陷入十分窘迫尴尬的境地而难以洗清污点。

●杜淹向太宗推荐刑部员外郎郅怀道，说此人正直，当年隋炀帝去江都前征求意见，百官知道皇帝主意已定，都表示支持，唯有郅怀道劝阻。太宗问杜淹是赞成还是反对，杜淹低声说：『臣虽以为不可，但也随声附和了。』接着太宗说：『你既然明知炀帝去江都是妄谬之行，而郅怀道言之有理，为何不敢直言去支持他？』杜辩解说自己人微言轻，不想徒然送死。接着太宗又发诘问：『隋朝时你没地位不敢直言，那么昏庸无道的王世充称帝时你已青云直上，为何仍不能知无不言而随波逐流？』杜淹这时头上冒汗，不知说什么是好。

●杜淹能说会道、博学多才，隋初就已扬名京师，但他有很强的投机心理，一心想走捷径，飞黄腾达。他听人说隋文帝拜苏威为相，器重的就是苏威隐居山野，淡泊功名。所以他也效仿苏威，隐居于太白山。可隋文帝并没有给他一官半职，直到王世充在洛阳称帝，他才时来运转，一举当上了吏部尚书。可惜好景不长，唐军打下洛阳，王世充曾立下军令：凡有人为唐军效力，其在洛阳的亲戚全部处以死刑。杜淹为了保全自己的性命，竟然出卖了大侄儿（杜如晦的长兄）。

●李世民攻克洛阳，本该处死杜淹，亏得杜如晦的弟弟说情，才使他免于一死，后经房玄龄周旋，被李世民接纳。李世民登基后，于贞观年间任其为御史大夫。这次太宗当面揭了杜淹的一系列疮疤，使其颜面扫地。不过经杜淹保荐的人，大多有出色的表现。杜淹受此重创，心灰意冷，悻悻走下朝堂，十分尴尬。

『人镜』逝去——唐朝（太宗）时期

凛正刚直田舍翁，冲颜力谏尽诚忠。
难能圣主襟如海，幸有诤臣睛若鹰。
屡受诬谗临陷阱，多得庇护遇屏风。
奇才陨落失人镜，御笔书碑悼股肱。

注释

●魏徵，人称『田舍翁』，唐太宗年间为谏议大夫。他一身正气，刚直不阿，为了大唐的江山社稷，不顾皇上情面，常直言进谏，使皇上及时改正错误，实施和坚持正确的理政经国方略。

●李世民是历史上不多的明主，他胸襟开阔，从谏如流；而魏徵是历史上少有的良臣，他智略超群，目光敏锐。魏徵所以敢大胆直言，关键在于李世民愿意听臣属的意见，正如他对魏徵说的：『金子在矿石中没有什么可贵，只有经过匠工冶制成器皿，才被人们当成宝贝，我就如金矿石，你就是良工。』

●由于魏徵为官清廉，且又深得太宗信任，所以常遭到一些人的忌恨，多次受到诬陷。先是有人诬告他包庇亲戚，经调查后认定没有此事，还得清白；后又有人告他谋反，太宗根本不予理睬，并把诬告者杀掉。魏徵每临陷阱，都得到太宗这张屏风的庇护，君臣互相之间如此信任史上绝不多见。

●魏徵年老多病，终于去世，太宗欲用一品官的礼仪送葬，魏徵妻子裴氏婉言谢绝，她说：『魏徵一生俭朴，以这样高的规格送葬不符合他生前的意愿。』太宗才收回成命。对于魏徵逝去，太宗十分悲痛，对大臣们说：『以铜为镜，可正衣冠；以史为镜，可知兴亡；以人为镜，可知得失。魏徵死了，我失去了一面镜子。』说罢痛哭不止。太宗为了悼念魏徵，追谥他为司空之职，并亲自为他书写了墓碑。

『百胜将军』李勣——唐朝（太宗）时期

高风大义获殊荣，百胜将军世赫名。
靖虏消忧南漠定，防胡去患北疆宁。
帝髭疗病知恩重，御锦披身晓爱浓。
自有忠良安要塞，何须耗力筑长城！

注释

●李勣，原名徐世勣，由隋归顺唐后，被唐高祖李渊赐予李姓，为了避李世民之讳，改名为李勣。李勣归唐前是李密的部下，他认为自己掌控的人马和土地原都是李密的，既然李密已归顺，自己就应该把它们交给李密，让他一起献给朝廷，如果自己单独奉献，便是利用主子的不幸捞取功名富贵。所以，他将这些人马土地全部报给了李密，再由李献上，这就为李密又添了一笔功劳。唐高祖李渊得知此情况，十分感慨地说：『徐世勣让功于人，是真正的忠臣啊！』当即赐其李姓，这对于一个臣子来说是极大的殊荣。李勣不仅对君主忠心耿耿，而且也很爱护部下，善于听取大家的意见，再加上他用兵谨慎，很少失败，所以有『百胜将军』之美称。

●六二九年，唐太宗向为患多年的突厥发起大规模进攻，李勣被任命为行军总管，统一指挥李靖、柴绍、薛万彻等各路大军，共十万人。六三〇年一月，李靖夜袭定襄，颉利可汗率部逃跑。李勣兵出云中，与突厥大战于白道，亦取得重大胜利。二月，李勣与李靖周密制订彻底破敌计划，以迅雷不及掩耳之势攻击颉利可汗，并在败兵所经之路布好阵势，将颉利可汗及其所部万余人俘获，为漠南赢得了安定。为此，太宗帝为李勣等将领摆宴庆功，自己高兴得竟然跳起舞来。李勣长期负责北部边疆的防务，因其治理有方，毫不懈怠，所以北部边防一直安宁无事，不仅消除了朝廷之忧，而且使边疆各族百姓得以休养生息。

●李勣战功卓著，深得太宗宠爱，引为心腹之臣。一次李勣生病，太宗听说用胡须可以治疗，便把自己的胡须剪下送给李勣，由此李勣更感念皇上对自己恩重如山。随后太宗又让李勣当了太子的老师，李勣深知皇上的信任，遂把手指咬出血来以表忠心。由于受到感动，李勣饮酒大醉，太宗怕他受风寒，忙把御袍脱下盖在李勣身上，这使李勣更明白皇上对自己的挚意浓情。

●唐太宗有李勣这样的一批忠臣良将威慑要塞，边疆怎能不太平安宁？他曾得意地认为：『隋炀帝不懂得选良臣镇守边疆，只知修筑长城来防突厥，如今，突厥慑于李勣的德行、军威而远逃，使得边塞平安无事，这不比修长城强得多吗！』

马周遇慧眼——唐朝（太宗）时期

大志富才难显凸，愤然辞职上京都。
襄臣拟奏奇文展，共帝谋篇妙论出。
即掖高官担御史，随擢重位任中书。
寒门庶子何成相？幸遇豪光照宝珠。

注释

●马周，唐朝一代重臣。他少怀大志，家境贫寒，发愤读书，在博州州学里谋得一小职务。因怀才不遇，有志难申，整日玩世不恭，借酒浇愁，受到州刺史责骂。于是他一怒之下，愤然离职，直上京城，去寻找出头露日的机会。

●马周经人介绍，到中郎将常何家当了门客。贞观三年六月，唐太宗要众臣上书朝廷谈时政得失和治国良策。常何读书不多，难写奏书，陷入困境。这时，马周主动请求为常何代笔，一蹴而就写成论述精辟、文辞华美的二十条利国利民之事。太宗阅后，觉得此文非凡，条条皆合己意，但他感到这一定不是出自常何之手，常何如实告知是他的门客马周所书。于是，太宗召见马周，二人开怀畅谈，他发现这位门客学识渊博，看问题多有独到之处，便立即将其留在门下省任职。

●太宗十分欣赏马周的才华，不久即授其为监察御史，负责监察百官，马周感恩戴德，竭尽忠诚，勤奋工作。后来一路飙升，官至中书令，这是唐朝地位极高的官职，只授予有特殊资历和名望的人。

●马周出身寒门，之所以能很快成为一朝宰相，固然是因为他才华横溢，能力很强，但在封建专制条件下，他能脱颖而出，归根结底是遇到了慧眼识珠的明主，否则，马周有天大的本事也无济于事。

戴胄抗旨断案——唐朝（太宗）时期

聪慧刚直掌律刑，皇权法令划分明。
遵规取审凭实据，抗旨裁决把准绳。
应作放逐非使酷，该当处死不怜情。
良言劝主彰宏信，臣正君公致盛隆。

注释

●戴胄，是唐朝太宗年间钦选的大理寺少卿，执掌刑律和司法。此人聪明颖慧，刚直不阿，通晓律令，特别是在法律与皇权发生矛盾时，能坚定不移地维护法律尊严。

●戴胄走马上任不久，就与李世民在判案上发生了严重分歧。贞观初年，有些人乘朝廷选拔官员之机，想谋得一官半职，于是造假身份、假资历者屡见不鲜，李世民非常恼怒，当即宣旨：『凡有造假者必须马上自首认罪，否则一律处死。』这时有个造假不自首的被查了出来，太宗将其交与戴胄审理。戴胄严格遵章取审，按实证认为此人只能判为流放，如判其死刑，显然不合乎法律。于是，他冒着抗旨的罪名，毅然以法律为准绳，将此犯判为流放。这样一来，引起了皇上的强烈不满，指责戴胄此行为是让他『失信于天下』。

●此时，朝臣们都为戴胄的犯上行为捏了一把汗，但戴胄神情自若，毫不畏惧，仍然坚持该放逐的放逐，该处死的处死，量刑一定要依据事实和法律，绝不能以权压法、以情代法。

●戴胄为了国家的长治久安，严格依法审案，他劝谏皇上说：『国家颁布法律，是行大信于天下，个人的言语不能作为断案的依据。……陛下应忍小愤而存大信，这样全国百姓才会更看清陛下是依法行事的圣明君主啊！』太宗听了戴胄的一席话，深感言之有理，并公开表示纠正自己的错误。唐朝初期，正是由于有太宗这样的明君和戴胄这样的正臣，上下同心协力，才开创了历史上有名的政治清明、经济繁荣、社会稳定的『贞观之治』。

魏徵式人物王珪——唐朝（太宗）时期

散尽阴霾见朗空，知恩晓义秉诚忠。
敢揭朝弊陈情准，勇犯君威辩理清。
力护乐师扑谬火，猛敲国主遏邪风。
多谋善策长直谏，无畏求真若魏徵。

注释

●王珪，唐太宗年间的谏议大夫。他出生于官宦家庭，但命运多舛，其祖父王颇在隋朝皇室的斗争中被杀，王珪便隐居山中，读书十余年。后来在反隋中，王珪投奔李渊，成为李建成手下的一名官员，可他又卷入李建成兄弟间的矛盾之中，受李建成谋害李世民一案牵连而被流放。直到李世民即位，王珪头上的阴霾才一扫而光，被召回京。他对李世民的恩德十分感激，从此对李唐王朝忠心耿耿、尽心竭力地做事。

●王珪不辱谏议大夫的使命，以无私无畏的精神，敢于直陈时弊，特别是勇犯皇威，直言不讳地及时纠正皇上的失误，且有理有据，针针见血，因而深受李世民的赏识，李世民曾颇有感慨地说：『有王珪做谏官，我必定永远不会有过失。』

●一次，太宗令宫女奏乐助兴，因所奏乐曲不合韵律，太宗大为不快，要对教授乐曲的祖孝孙问罪。王珪当即指出：『祖孝孙的责任是修订雅乐，陛下叫他去教宫人奏乐，未免大材小用，陛下用人不当，怎么能惩罚他呢？』太宗听到王珪为祖孝孙辩解，更是火冒三丈，痛斥王珪『附下欺上』。太宗大发脾气，在场的众臣僚无不震惊，也为祖孝孙辩解的温彦博吓得连连认错。可王珪却理直气壮地说：『陛下曾教导我们「不要因我一时发怒就屈从我的意见，以致造成我的过失」，今天陛下如此责备我，是陛下有负于我，不是我有负于陛下！』王珪出言尖锐，句句在理，太宗只好强忍住怒火。还有一次，王珪在宫中陪太宗喝酒，且有一花容月貌女子在侧。李世民很得意地将此女子指给王珪看，并说：『她原是庐江王李瑗杀了人家的丈夫而得到的小妾。』王珪闻之，顿起反感，随即给李世民讲了春秋时虢国国君亡国的故事，并直言不讳地说：『李瑗杀人夺妻是极不道德的事，皇上你把这个女人留在身边就道德吗？』王珪这么一说，太宗只好点头认理（对这个女人是如何处理的，史无确切记载）。

●王珪无私无畏，多谋善策，长于直谏，他与当朝的魏徵一样，把帮助君主及时纠正失误当成最大的忠诚，此类人物在历史上并不多见，他们的行为实属难能可贵！

后宫良佐长孙皇后——唐朝（太宗）时期

知书懂礼女精英，有错即纠见慧聪。
重赏丹诚夸锐气，博恩凛冽励刚锋。
华服表正颂君圣，智语遏偏称属忠。
大义昭然贤内助，贞观兴旺蕴其功。

注释

●长孙皇后是唐太宗李世民的妻子。她谙熟经史，知书达礼，绝非庸常女子。贞观六年，长孙皇后为即将结婚的亲生女儿长乐公主准备了非常丰厚的嫁妆，价值超过了同为公主的姑姑永嘉长公主的嫁妆的一倍，为此，魏徵对皇上说这样做有违历史传统。长孙皇后闻之，不仅没有怨恨魏徵，而且知道是自己做错了，随即改正，并在皇上面前赞扬魏徵『不愧为社稷重臣』。

●长孙皇后对魏徵不怕得罪皇上而勇于谏言的精神十分钦佩，随即派人赏给魏徵钱四百缗、绢四百匹，以奖励他的一片忠心。同时，还对他大加鼓励：『早已听说魏公为人正直，今天才真正有所了解。希望魏公忠心永存！』

●一天，太宗下朝回后宫，满脸怒气，且口中不住叨念『迟早要杀这个乡巴佬』。长孙皇后得知皇上是冲着魏徵去的，便穿上只有在举行大典时才穿的华丽朝服向皇上表示祝贺，搞得太宗莫名其妙，问其何故如此，有何可贺？长孙皇后言道：『我听说，只有君主圣明，臣子才能正直。魏徵所以敢于屡次冒犯龙颜，直言相谏，就是因为陛下圣明之故。国有明君，君有良臣，这是黎民百姓的福气，我怎能不前来祝贺陛下呢？』长孙皇后凭借智慧的言语，既颂扬了皇上的英明，又称赞了臣子（魏徵）的忠诚，且使魏徵免除一死，足见她非凡的聪明和智慧。

●长孙皇后深明大义，是历史上少有的后宫之主，她以自己的特殊身份，尽心竭力地辅佐李世民，起到了一般大臣不能起到的作用，使太宗避免了许多失误。李世民能创出大唐辉煌的『贞观之治』，其中是有长孙皇后的巨大功劳的。

文成公主入藏——唐朝（太宗）时期

由婚引恨破安宁，几战幡然各气平。
抛怨构和出智使，结亲求睦送花容。
将珠载宝携桑谷，领匠驮书带艺能。
汉藏交流相友好，大昭唐柳见深情。

注释

●吐蕃王朝崛起后，国王松赞干布为了学习唐朝文化，特派使者到长安和唐建立友好关系，并要求迎娶唐朝公主。唐太宗起初没答应，吐蕃使者怕受松赞干布责备，便谎称是因吐谷浑王求亲干扰而未成功。于是，松赞干布发兵攻打吐谷浑，致其退出青海高原。松赞干布为显示实力，接着又向唐朝境内的松州（今四川松潘）进攻，宣称如不能迎娶唐朝公主，就要带兵一直打到长安。吐蕃军与唐军经过几次会战，吐蕃军大败。松州战役后，双方幡然醒悟，平和了心境，都想罢兵和好。

●为了构和，贞观十四年，松赞干布派出绝顶聪明的使者禄东赞来到长安，转达了吐蕃要与唐友好的心愿，唐太宗也答应了松赞干布求婚的要求，将知书达理、花容月貌的侄女封为文成公主，送她去吐蕃做松赞干布之妻。

●六四一年，文成公主在江夏王李道宗的护送下，远嫁吐蕃。出发时，文成公主一行携带了许多金银珠宝、绫罗绸缎，特别是载携了吐蕃没有的谷蔬、树木、蚕桑种子，还驮载了大量的医药、工程技术、天文历法等方面的书籍，并有大批身怀绝技的能工巧匠随行。

●文成公主入藏，为汉藏经济、文化的交流和汉藏两个民族的友谊做出了巨大贡献。松赞干布为文成公主建造了中原式样的宫殿，而文成公主也参与了都城的规划，她指定大昭寺为都城的中心，并在寺前亲手栽植了从中原带来的柳树，后人称其为『唐柳』。

弓匠醒君——唐朝（太宗）时期

自当精品系深情，巨匠识别顿了明。
绝顶良弓极罕见，高端好料更难逢。
纹斜必会偏方位，心正才能准轨程。
忽受启发如梦醒，虚怀问策愈从容。

注释

●唐太宗李世民酷爱收藏良弓，在长期征战中搜集了良弓十几张，他自认为这些弓都是『绝品』。即位后，他把它们收于宫中，寄予深厚感情，在自己把玩的同时，还常邀文臣武将前来欣赏，并十分得意地说：天下良弓莫过于此。一天，太宗找来人称『天下第一制弓高手』的卓越良匠，让他给予辨识。良匠做了精细的鉴别，指出这些弓皆非精品，太宗方恍然大悟。

●弓匠仔细看后说：『弓的好坏关键取决于制弓的木料，而制这些弓使用的木料都不够好。真正绝品的弓是非常罕见的，而制弓所用的高级木料更是难以遇到。』

●李世民问弓匠：『何以见得木料不够好？』弓匠说：『这些木料的纹理是斜的，木心都不很正，所以，弓力虽然强劲，但射出箭去必然脱离方位而走偏；只有木心正的料，制出的弓才能按着既定轨迹命中目标，良弓所以难得，正是木料难选啊！』

●李世民听了弓匠的品评深受启发，如梦方醒，他从弓匠识弓中引申为对人、对事的洞察。弓匠走后，他对身边的大臣说：『听了弓匠的一席话，使我茅塞顿开，这些长久与我相伴的弓，有的还和我征战沙场，我仍没完全了解它们。那么，天下事林林总总，变化万千，我又怎能都懂呢？』于是，李世民下了一道诏书，规定五品以上的京官，轮流到中书省值班，以便自己随时向他们请教为政得失，向他们询问治理国家的经验和道理。

天子夺人之爱（《兰亭集序》）——唐朝（太宗）时期

兰亭未获憾难排，竟遣雅贼蒙庙台。
对弈品茗挖陷阱，挥毫赏字布迷霾。
禅房窃帖僧寒胆，御殿呈书帝喜怀。
莫道夺人心挚爱，但悲殉葬伴棺材。

注释

●唐太宗李世民酷爱书法，收藏了东晋大书法家王羲之的许多真迹，可唯有王羲之最著名的书法精品《兰亭集序》久未得到，虽愿出重金购买，但未能达成，为此，李世民深存遗憾久不得排遣。一日，他在宫中欣赏王羲之的字帖，看着看着，突然叹了一口气。站在他身旁的监察御史肖翼明白了皇上的心思，他知道《兰亭集序》藏在湖州永欣寺王羲之七世孙智永和尚（智永禅师）那里，智永死后，又传给了徒弟辩才和尚，便要求到该寺骗取。太宗欣然允之，并嘱咐肖翼要小心从事，不要弄得全国上下沸沸扬扬。

●肖翼离开长安来到湖州永欣寺住下后，整日与辩才和尚下棋品茶、挥毫泼墨。一来二去，辩才放松了警惕，并把肖翼引为知己。一天，二人谈起王羲之的字，肖翼终于将藏于辩才处的《兰亭集序》引逗出来。

●由于辩才已视肖翼为知心朋友，所以对肖翼无任何防备。一天，辩才外出，肖翼潜入禅房，迅速将《兰亭集序》卷走，快马加鞭，急驰长安，把《兰亭集序》呈于皇上，太宗无比欣喜。辩才和尚知道自己上了肖翼的大当，可得知窃帖的是当今皇上派来的人，除了心灰意冷、无可奈何，还能有什么办法呢？

●李世民作为一个皇帝，采取如此卑鄙手段夺人所爱，实在令人作呕。更可悲的是，他在临死时，竟然特意嘱咐将这幅书法名帖作为殡葬品埋入他的墓中，使得这一名作真迹在世上失传。

药王孙思邈——唐朝（太宗、高宗）时期

才学禀赋远超常，拒宦从医誉药王。
灼见真知服众士，高格亮品惠群良。
分门别类集遗产，列目举纲充锦囊。
二著千金流布广，丹经妙术亦传扬。

注释

●孙思邈，唐代著名的医学家。他少年时期就才华横溢，熟读老庄哲学和诸子百家，被隋炀帝的外公独孤信称为『圣童』。到唐朝太宗以后，孙思邈受到朝廷的厚遇，太宗、高宗都要授予他爵位和官职，但孙思邈一概予以拒绝，专心致志从事医学研究，终成大家，被誉为『药王』。

●孙思邈身怀精湛的医术和高深的学问，且有许多真知灼见，各地名士都来拜他为师。著名诗人宋之问的父亲宋令文、以精于药理闻名的进士孟铣、唐初四杰之一的卢照邻等都对他十分佩服，常向他请教。孙思邈『行方智圆』（不计较私利，能见义勇为，就是行为的方正；能见机行事，不坐失良机，就是智慧的圆融）很能代表他对医学的深刻见解。由于孙思邈秉持『行方智圆』的理念，所以在医德、医术上都达到了前所未有的境界，使天下病患良民

深受其惠。

●为挽救因连年战乱而使医学典籍大量散失的局面，把隋唐医学继续向前推进，孙思邈认真搜集、整理和总结前人的经验和遗产，著就了《千金方》这一集大成的名作。《千金方》按门类编写，以五脏六腑为纲，每一脏器首列总论，综述各家见解，再列诸病脉象、症候，最后采取各家的药方和疗法，理、法、方、药俱全，将先秦以来的医学专著、民间医学经验，分门别类收入书中。

●孙思邈最著名的两部医学著作是《千金要方》和《千金翼方》，各三十卷，取『人命至重，有贵千金』之意而命书名，是中国医学界千载以来训诫医德的典范，流传极为广泛。此外，孙思邈还极善方术，算命十拿九稳。且深谙炼丹，他写的《丹经》一书，记载了我国最早的一副黑火药的配方。

无奈立平庸之储——唐朝（太宗）时期

立储伤神乱绪纷，众儿争嗣满天昏。
一昭劣迹无尊相，四隐奸行有野心。
五少真才犹抢位，九缺雄略却承君。
英杰被迫择庸弱，后继大唐难响音。

注释

●唐太宗李世民有十四个儿子，他为立储之事大伤脑筋，几个皇子为争太子之位，使尽招数，拼死相搏，闹得太宗心绪纷乱，搅得宫廷天昏地暗。

●按照嫡长子继承制的规矩，六二六年李世民继承皇位时，就立了李承乾为太子。承乾虽然能力不错，但后来他沾染了种种恶习，且性情残忍，太宗希望他能悔改，但承乾已无可救药。为此，太宗把目光聚焦于四子魏王李泰身上。李泰聪明过人，但却极能耍两面派，表面上温文尔雅，极力讨好父皇，暗地里却大搞阴谋诡计，野心勃勃，想取李承乾而代之。为此，他设圈套逼李承乾谋反，使承乾被废为庶人。

●正在李承乾见魏王李泰要取代自己而图谋造反时，太宗的第五个儿子齐王李祐也开始觊觎太子之位，于贞观十七年举兵叛乱。李祐并无真才实学，根本不懂指挥打仗，且手下都是乌合之众，所以在朝廷的重兵打击下，很快土崩瓦解，他也被押解回京赐死。李承乾被废，李泰阴谋败露，太宗只好选第九子李治当太子。李治性格懦弱，并无雄才大略，太宗对其不太满意，但在嫡子中已别无可选，所以也只好如此了。

●一代英主李世民本想自己的继承者也是个英明能干的人，但阴差阳错，选了个并不理想的接班人。可以想见，辉煌一时的大唐盛世，后继是很难再有振聋发聩的响音了。

薛仁贵『三箭定天山』——唐朝（高宗）时期

突厥十万犯边关，奉命兼程破异番。
滚滚黄沙催战马，隆隆金鼓扫狼烟。
撒威放吼惊敌胆，趁势搭弓溃寇鞍。
喜奏凯旋歌漫路，将军三箭定天山。

注释

●唐高宗年间，北方少数族九姓突厥酋长比粟青不顾多年友好，率十万大军侵犯大唐边境。敌军来势凶猛，边关一再告急。唐高宗李治即命右领军中郎将薛仁贵等几员大将，日夜兼程，进军天山去破异番。

●行军路上，车马喧啸，黄沙滚滚，战鼓隆隆，好一派气吞万里的景象，并迅速到达天山脚下。

●比粟青既未料到唐军会如此迅速到达，又错误估计了唐军的实力，想乘唐军长途跋涉疲劳之机，打个措手不及。于是，他选出几十名骁勇战将上前叫阵。这时，薛仁贵跳下战马迎上前去，并不与敌将交锋，只听他放声大吼：『来将休要疯狂，且看本将军箭法如何！』吼声刚落遂一箭射出，为首的一名突厥将领应声跌下马来。接着再怒吼一声，搭弓射出第二箭，又一名突厥名将惨叫落马。在唐军的一片欢呼声中，薛仁贵问道：『这第三箭射谁？』有人说：『射那个大胡子！』突厥大胡子军官见势不妙，拨马便逃，当他刚一转身，薛仁贵手疾眼快，一箭射中他的脊背，大胡子军官随即坠下马鞍，当场毙命。突厥军从未见过箭法如此高超之人，个个胆战心惊，前面那几个『勇冠三军』的『名将』，未经交锋就下马投降了，接着，突厥军如潮水般崩溃，纷纷遁逃。

●薛仁贵率领唐军轻而易举地大破突厥军队，迅速取得了胜利。在班师凯旋时，唐军豪情激荡，一路上高唱《将军三箭定天山》的军歌，抒发对薛仁贵的赞誉之情。

武则天为夺后位残忍至极——唐朝（高宗）时期

邂逅佛门复旧情，返宫得宠露狰狞。
杀婴嫁祸出毒手，夺位消忧用酷刑。
断臂削足惊酒瓮，分尸没顶骇囚笼。
冤魂绕梦心余悸，鼠惧猫来寐不成。

注释

●在唐高宗李治为太子时，武则天为太宗帝的才人，那时李治就与武才人眉来眼去，关系暧昧。太宗死后，武才人和后宫其他女人都被赶到寺院做了尼姑。李治即位后第五年去感业寺，不期而遇削发为尼的武则天，二人旧情复燃。此时，李治正对后宫的萧淑妃宠幸有加，而对王皇后十分冷落。为此，王皇后想借助武则天来打击她所嫉妒的萧淑妃，于是力劝高宗宣召武则天重新入宫。武入宫后，表面上对王皇后彬彬有礼，暗地里却想方设法要把王皇后除掉，并取而代之。为此，她施展了一系列阴谋诡计。

●武则天得到了高宗的宠幸，很快就生下了一个女儿，这时她顿生毒计。一日，武则天支走宫女，自己也躲了起来，等王皇后来看小公主时，室内只有小公主一人，王皇后抱起小公主亲了亲就走了。这时，武则天入室，趁周围无人之机，将女儿狠狠掐死，然后用被子捂住。待高宗来看小公主时，武则天陪伴身边，谈笑自若。当高宗发现孩子已气绝身亡，武则天号啕大哭。高宗问曾有何人来过，宫女说王皇后刚走。于是高宗大怒，武则天乘机数落起王皇后的种种不是。这样，王皇后和萧淑妃都被废为庶人，武则天一举夺得了皇后之位。接着，她对王、萧二人施以酷刑，其悲惨之状令人发指。

●武则天使人将王、萧二人痛打一百杖后，又砍断了她们的手和脚，并把手脚放在酒瓮之中，二人死后，又砍下她们的首级，让她们死后也没落个全尸。这在历史上处置的所有囚犯中都是十分罕见、骇人听闻的。

●萧淑妃临死前，大骂武则天道：『只有妖精才能做出这样狠毒的事来，但愿今后我变成猫，阿武变成鼠，我不咬断她的喉咙誓不罢休！』武则天特别迷信，从此她不让在宫中养猫，唯恐所有的猫都是萧氏变的。由于她做尽了亏心事，心有余悸，夜里经常做噩梦，梦见王、萧二人披头散发、浑身是血前来讨命，折腾得她整夜不得安宁，难以入睡。高宗死后，武则天长期住在洛阳，不敢独住长安宫中。

『家事何必问外人』（武则天攫后位）——唐朝（高宗）时期

绌旧册新方动唇，冲突即起惹纷纭。

废王生怨违遗命，立武招讥辱祖门。

国事当须咨本殿，家私不必问别人。

群僚屡谏均遭拒，一语云开造圣神。

注释

●唐高宗李治宠幸武则天，打算废掉王皇后以武代之，但他心存顾虑，担心长孙无忌、李勣、于志宁、褚遂良等四位辅政老臣反对。在武则天诬陷王皇后害死小公主的当月，高宗召见四位大臣，表明自己欲绌旧封新的意愿，向他们征求意见。李治话语一出，立刻引起不同看法，一时冲突激烈，议论纷纷。

●老臣褚遂良当朝直陈：『皇后出身名门望族，先帝临崩时曾有嘱托，称其为「佳媳」，如今若轻易废除，便是违背先帝遗命，陛下怎可率然行事？』遂良一番话，弄得高宗无言以对。第二天早朝，高宗再次提起立武昭仪为后之事，褚遂良抱定必死决心，又站出来加以反对。他说：『武昭仪曾侍候过先帝（唐太宗的妃子），如果立她为皇后，必然招来天下讥笑，千秋万代的人又会如何评说？这种有辱皇家名声的事千万不能做！』此时，武则天正在帘后，听了褚遂良的话，立即暴跳如雷，尖叫道：『为什么不杀掉这头野猪？』只因老臣长孙无忌上前申明道理，高宗才免褚遂良一死。

●武则天是一个心细如发的女人，她发现太尉李勣近两天一直托病在家，且对废立之事从未表态，便要高宗召见李勣。李勣深知武则天心狠手辣，而高宗又懦弱无主见，武当皇后已是难以阻拦的事。所以，在高宗问其态度时，他不动声色漫不经心地说了一句：『这是陛下的家庭私事，何必去问旁人呢？』

●李勣仅一句话，立即使高宗茅塞顿开，使武则天大喜过望。高宗明白了：『先帝命国事问长孙等老臣，并没说家事也要问啊！』于是，他下定决心，一意孤行，在群僚的一片反对声中，封了武则天为皇后。这就为这个野心勃勃的女人后来当上『圣神皇帝』打开了一道关键性的大门。

辉煌的法典《唐律疏议》——唐朝（高宗）时期

律疏一部展辉煌，前冠总则诸目详。
德礼为基明善恶，刑罚是用护纲常。
文辞洗练逻辑谨，法度清晰概念强。
后有王朝多效仿，风靡东亚远播扬。

注释

● 唐朝建立后接受历史教训，注重法制建设。自唐高祖颁布《武德律》，经唐太宗的《贞观律》，至唐高宗永徽二年颁布修订的法律，大唐的法制逐步完善。永徽四年，又由宰相长孙无忌主持编撰《律疏》，对法典进行逐条逐句详解，并明确规定《律疏》和律条具有同等的法律效力。之后，将法典和律疏统称为《永徽律疏》，宋元时改称为《唐律疏议》。《唐律疏议》以总则（《名例》）冠前为统领，以下分九篇，相当于分则，详细规定了各类犯罪的处罚方法，最后的《捕亡》和《断狱》则规定了逮捕、审判方面的制度。

● 《唐律疏议》明确指出：『德礼为政教之本，刑罚为政教之用』，即是说，『德礼』和『刑罚』是治理国家、教化百姓的相辅相成的两大措施，而『德礼』是『本』，是原则，『刑罚』是『用』，是手段，二者结合运用，其根本目的是分明好坏善恶，维护纲常（『三纲五常』）伦理。凡违反『三纲五常』的行为皆被视为『十恶』之类的严重犯罪。

●一部《唐律疏议》，文辞洗练，逻辑严谨，法理清晰，概念准确，堪称中国法制史乃至世界法制史上少有的瑰宝。

●由于《唐律疏议》确为经典，再加上它产生于大唐盛世，所以长期为以后的王朝所沿用。宋朝的法典《宋刑统》，几乎是全文抄录了《唐律疏议》，此后，元、明两朝在司法实践和制定法典时，也多以《唐律疏议》为蓝本。《唐律疏议》广泛传播，对东亚地区各国的法律产生了重大影响，日本、高丽、越南等地的古代王朝都曾以唐律为立法的重要蓝本。

笑里藏刀的李义府——唐朝（高宗）时期

钻营有道屡攀高，背后人皆谓李猫。
温驯谦恭明作善，阴毒狡诈暗行妖。
诛贤蔽丑出魔爪，罗佞戕良使鬼招。
罪孽多端终恶报，留得典故笑藏刀。

注释

●唐高宗年间，有『名士』之称的李义府，是历史上有名的奸臣。他虽出身门第不高，但在官场上特别善于钻营，由太子侍从而至中书舍人，加封弘文馆学士，深受高宗宠信。后来他打出拥立武则天为皇后的旗号，从而得到武则天的赏识，攫得中书侍郎，被武视为心腹。再后来，他又被提拔为中书令，爬上了一人之下万人之上的宰相高位。李义府是个典型的两面派，长于权术，引来朝廷正义人士的痛恨，人们背地里都称其为『李猫』。

●李义府平时温驯如猫，一旦与他人不和，便会露出凶相，伸出利爪。重臣长孙无忌等早就看清了他阴险狡诈的狰狞面目，想把他从皇帝身边撵走，但由于李得到高宗的信任而无可奈何。

●李义府在朝中干尽坏事。一次，大理寺审理一件通奸案，他见女犯有几分姿色，就起了歹心，让大理丞毕正义对那个女犯从轻发落。大理卿段宝玄发现此案审理不当，把疑点上奏高宗，李义府怕丑闻暴露，便将毕正义逼死，以达到杀人灭口的目的。侍御史王义方冒着生命危险向高宗揭露李义府逼死六品官的罪行，结果李义府未被追究，王义方却背上诬告罪名遭到贬谪。朝廷重臣长孙无忌、褚遂良，一心辅政，忠心为国，只因他们成为李义府胡作非为的障碍，李便勾结奸佞许敬忠，在武则天的指使下酷施迫害，置长孙无忌和褚遂良于死地。

●李义府凭借高位无恶不作，干了无数伤天害理的事情。他的家人仗势卖官鬻爵，横行霸道，引得京城大街小巷议论纷纷。一次，高宗对李义府说：『你儿子和女婿做了很多违法的事，我都为你遮盖过去了，你今后应该多加管束才是。』李义府仗着有武则天撑腰，不但不认错，而且还要追究上告之人。为此，高宗对他开始不满。后来，不断有人揭发李义府的罪行，高宗再也不想姑息迁就了，将他问罪下狱，审理后流放嶲州。乾封元年，虽有大赦，但李义府不在赦免之列，终于忧愤而死。李义府成为历史上遗臭万年的奸臣，被世代人们所不齿，但他的行为却给后世留下了一个有名的典故，那就是『笑里藏刀』。

丑恶史官许敬忠——唐朝（高宗）时期

贪财附势弄朝堂，曲笔邪心乱史常。
不顾虚实胡贬损，但凭好恶肆褒扬。
混淆美丑荣成辱，颠倒黑白佞变良。
害理伤天千载恨，纵然更号亦猖狼。

注释

●许敬忠，唐高宗年间与奸臣李义府同为武则天的心腹。在李世民还是秦王时，许敬忠就是李世民所设文学馆中的『十八学士』之一。高宗即位后，许敬忠已是礼部尚书。此人虽然文笔不错，但品行恶劣，随着官越做越大，其丑恶面目也逐渐暴露。他极端贪财好利，把女儿嫁给蛮族酋长的儿子，乘机索取大量钱财。他善于趋炎附势，心知武则天将来必然得势，便极力拥武当皇后。他还与李义府一起对反对武则天当皇后的忠诚之臣褚遂良、长孙无忌、韩瑗、来济等人进行诬陷迫害，致使这批贞观时期的老臣先后被罢官、流放、杀害。后来许敬忠身居宰相之位，仍然监修国史，用他那颗黑心和那支歪笔，任意胡编乱造，把贞观以来的唐史涂抹得面目全非。

●许敬忠修史，根本不顾历史事实，而是全凭自己的好恶，想贬谁就贬谁，想抬谁就抬谁。

●在许敬忠的笔下，尽是黑白颠倒、美丑混淆。老臣封德彝曾在别人面前揭露过许敬忠之父贪生怕死的丑态，许敬忠对封怀恨在心。因此在写封德彝传时，就把许多莫须有的罪名加在了他的头上。许敬忠的女婿钱久陇本是一个由奴隶发迹起来的人。许贪图钱财，把女儿嫁给了他，并在写史时，任意抬高钱家门第，竟然把钱久陇和刘文静放在了同一卷中。许敬忠和尉迟敬德的儿子尉迟宝琪是儿女亲家，曾得到尉迟宝琪大量钱财。因而便在史书中极力美化尉迟敬德，甚至把太宗为赞美长孙无忌而写的《威风赋》也移到了尉迟敬德的传记中。总之，许敬忠所修的唐贞观以来的历史，荣成辱、佞变良的情况比比皆是，所以在他死后，朝廷不得不派人对已修完的国史重新审查修正。

●许敬忠生前作恶多端，所以死后有人建议为其谥号『缪』，暗示他贪财好色，无德无仁。许敬忠的孙子得知，请求皇帝给予改正，为此在幕后大量运作，将谥号改为『恭』。谥号虽改了，但他的无尽丑恶在历史上是永远也抹不掉的。

唯一女皇武则天——唐朝（武周）时期

幸免驱逐反擅权，同君并列欲登銮。
谋杀一子先清障，废黜三儿再定盘。
调遣强兵扑烈火，纠集酷吏镇清澜。
歹毒才女夺皇位，却使盛唐得续延。

注释

●武则天当上了皇后，野心更加膨胀。由于高宗体弱多病，武则天经常代理朝政，她乘势大力排除反对派，黜逐褚遂良，逼死长孙无忌，清除一批老臣。同时，她极力培植自己的势力，重用李义府、许敬忠等奸佞，这样，便与高宗产生矛盾。特别是她因杀害王皇后和萧淑妃心中有鬼，常请道士进宫驱鬼，引得高宗十分气恼，要将其废除。武则天闻之，满脸怒气地责问高宗，高宗胆怯，没敢下诏。从此，武则天更加猖狂，高宗每次处理朝政，她必要过问，同时，把任免赏罚、生杀予夺的大权掌控手中，朝野内外都把她与高宗并列，称为『二圣』。

●武则天一心想登皇位。上元二年，高宗想禅位于太子、武则天的长子李弘。因李弘声誉甚佳，又对武则天监禁两位同父异母的姐姐义阳公主和宣城公主颇有微词，武则天把他视为自己当皇上的最大障碍，所以她将李弘毒死。后来，她又将仅当了五年太子的李贤废为庶人。高宗死后，她又接连把先后即位的李显、李旦弄下了台，自己当皇帝的障碍终于全部清除。

●唐朝廷、宗室的许多大臣对武则天准备登基的所作所为心怀不满，李勣（徐世勣）的孙子徐敬业率先在扬州起兵讨伐武则天，文学家骆宾王积极参加，还写了一篇影响很大的《讨武曌檄》。武则天面对此种状况，立即调动强兵，很快就将反叛的烈火扑灭，一些唐宗室的武装反抗也都被一一镇压。为了巩固自己的地位，武则天纠集了一批酷吏，如周兴、来俊臣之流，靠他们来加强统治，镇压反对派。

●高宗去世六年后，武则天见登皇位的时机已经成熟，便授意和尚法明献《大云经》，称太后是弥勒佛下凡，应代替唐皇为天子。第二年睿宗李旦又被迫组织六万人上书，恭请母后登基为帝，改国号为『周』（因武则天自称周文王后代）。这样，武则天终于以阴谋手段夺取了皇位。应该说武则天确有很强的政治才能，不管她是以皇后、太后的名义，还是以皇帝的名义实施统治，上承『贞观之治』，下启『开元盛世』，使大唐的强盛得以延续，是很了不起的。

武则天的统治术——唐朝（武周）时期

风行告密慑群臣，织罪奇书更罕闻。
暴虐成灾兴惨狱，诬谗泛祸造冤魂。
施刑立瓮魔煎鬼，加陷投石狗咬人。
常以新凶除旧酷，阴毒老辣固廷门。

注释

● 武则天临朝专制，后来又坐上了皇位。为了封杀反对派，她鼓动大兴告密之风，并专铸铜匦（举报箱），挂于朝门之外。同时，她又大肆奖赏告密者，越级提拔升官。如有个酷吏来俊臣，原本是个小无赖，因诬陷好人得到武则天的信任，很快被擢升为御史中丞。来俊臣这个无恶不作的家伙，竟然和另一酷吏万国俊一起写了一本叫《罗织经》的书，专门教人如何罗织罪名诬陷好人，走上了升官发财之路。此书堪称至奇，史上罕见。

● 武则天用酷吏和告密来消除异己，巩固自己的统治地位，搞得暴虐成灾，遍地冤狱。有个叫周兴的原是个小官，由于告密和诬陷得到武则天的赏识，官至尚书右丞。他收罗了几百名无赖，专事告密勾当，还设计了许多毒辣的刑具，凡是被他们逮捕的人，几乎都死于非命。

●由于告密者都想获得武则天的宠信，所以他们之间常常暗中较劲，互相打压。一次，来俊臣请周兴喝酒时问周兴：『囚犯不肯招供，用什么办法惩处好。』周兴得意地答道：『只要取来一只大瓮，让囚犯站在瓮中，四周燃起猛烈炭火，还怕囚犯不招？』来俊臣听罢立即派人搬来一大瓮置于厅中，又在瓮的周围燃起炭火。接着把脸一拉冷冷地说：『圣上有令，叫我审判周兄谋反之事，现在就请君入瓮吧！』周兴吓得面如土色，只好乖乖认罪求饶。来俊臣暴虐成性，最愿听犯人在酷刑下的惨叫声。特别令人不可思议的是，他们竟然把诬告搞成了荒唐的『游戏』。每年三月三游春赏花，都在洛阳龙门竖起许多写有朝中官员名字的石块，然后在远处用石头投击，击中谁的名字，就把谁定为诬告对象，像疯狗咬人一样咬住不放，使数不清的无辜者遭受冤狱。

●武则天运用酷吏和告密来加强自己的统治，但她非常善于把握分寸，既让酷吏互相制衡，又常用新的酷吏来收拾旧的酷吏，这样既可以平息臣民的怨恨，又可以防止酷吏的权势过大威胁自己。她用来俊臣干掉了周兴，然后又抓住来俊臣的把柄，将其处死。用这样一套阴毒老辣的手段，武则天巧妙地达到了巩固皇权的目的，仅此就足可看出武则天的政治手腕绝非寻常。

智勇双全狄仁杰——唐朝（武周）时期

白云亲舍奉公勤，聪慧刚直走御门。
以智求生压恶鬼，据实甄案拯冤魂。
胸中有略长谋事，眼底无私善荐人。
内政外交皆显赫，帝称国老赞能臣。

注释

●狄仁杰是唐武周年间的著名宰相。他自幼聪明好学，考中进士后当了几任地方官都勤勤恳恳，成绩显著，名声很好。一次他路过洛阳，登上高山，见一片白云向自己的家乡河阳飞去，遂扬起马鞭指着那片白云说道：『我父母双亲居住的地方，就在这片白云下面。』说着不由流下了两行热泪。因为狄仁杰当时不愿为私事延误公务，没有回家看望父母，所以才以白云寄托自己的思亲之情。这便是『白云亲舍』典故的由来。狄仁杰为官正处于武则天登基的改朝换代时期，各方面的情况十分复杂，他却能凭着自己的才华、智慧、为人正直的品德和非凡的胆量，自如地行走在宫廷之中，铸就赫赫政绩，赢得朝野广泛赞誉。

●狄仁杰任宰相后，酷吏来俊臣诬告狄仁杰等六大臣谋反，把狄仁杰逮捕审讯。狄知道来俊臣这帮家伙暴虐至极，杀人不眨眼，如不认罪必会被活活打死，所以他说：『甘从诛戮，反是实。』因为按照当时的法律，如果在第一次审讯时就承认罪状算作自首，可减一等处罪，谋反虽是死罪，减一等就是流放三千里可以不死。这样狄仁杰智斗酷吏，钻了法律的空隙，躲过了刑讯这一关，为以后反击创造了条件。酷吏王德用见狄仁杰脱了死罪，心有不甘，接着又令他检举他人，狄仁杰正气凛然，表示绝不做这等无耻之事，说着一头撞到柱子上，血流满面，昏死过去，王德用只得作罢。后来，武则天在为他平反时问他，为何自知冤枉还要认罪？狄仁杰笑答：『要是不认罪，我早就死在枷棒之下了。』狄仁杰心怀正义，处事公道，在做法官时，一年内处理积案一万七千多件，为许多人的冤案平反昭雪，被时人誉为『平恕』。

● 狄仁杰胸怀大志，多谋善断，并长于知人识才，他所推荐的张柬之、姚崇等都为一代名臣。

● 狄仁杰任朝廷宰相，由于他为人正直，工作认真，且从政经验十分丰富，因而成为武则天的得力助手，不论是内政外交诸方面的谋篇布局，都倾注了他大量心血，武则天尊称他为『国老』。在他九十三岁去世时，武则天哭天抢地：『天啊！你为什么这么早就夺走了我的国老啊！』

徐有功执法如山——唐朝（武周）时期

非杀即捕纵狰狞，难有徐君握准绳。
不忌皇威驳伪证，但求法理辨实情。
甄别百案平冤狱，救助千家免酷刑。
屡被夺官头险落，复出犹故秉公明。

注释

● 武则天当政时，为巩固自己的统治地位，纵容酷吏，凶残暴虐，滥杀无辜，引得众生惶恐不安。许多臣僚都以残酷而受到武则天的青睐，而作为负责司法的徐有功却不随波逐流，一向秉正公明，依法办事，这在当时的政治氛围下实属难得。

● 武则天称帝，徐有功刚到大理寺上任，就与武发生了正面冲突。当时有个人被指控为以前的一起谋反案的同案犯，酷吏来俊臣审定为死罪，交由大理寺正式判决，徐有功认为证据不真实，予以驳回。武则天得到来俊臣的报告，严厉斥责徐有功说：『那人难道不是首犯吗？』徐有功反驳说：『有关那个案件的诏书已经说将首犯一网打尽，因此，该人顶多是个从犯，而按大赦令，从犯都应该赦免。』武则天大怒吼道：『那么他为什么和谋反的人通信并收买武器？』徐有功举出确凿证据说明此事与该人无关，迫使武则天终于收回成命。徐有功后来升为刑部侍郎，复查案件时经常和酷吏据理相争，依凭实情，申明法理。后来，徐有功担任御史台的侍御史，直接向皇帝本人报告，处理皇帝交办的案件。当时武则天经常直接任命侍御史，且大多是超常提拔的告密者和罗织罪名的酷吏。可徐有功到任后立即上奏，请求将审判司法的权力全部归还各司法机关，并坚决表示自己只能『守正行法』。

●徐有功于几个司法部门任职十多年，在酷吏横行的险恶环境下，他甄别平反了几百件冤假错案，使近千个家庭、数以万计的人免于酷刑，得到挽救。

●徐有功由于执法如山，屡遭酷吏迫害，多次被罢官，甚至面临死罪，险些人头落地。可是每次回到司法岗位后仍一如既往，从容不迫地严格依法办事。武则天因此对他还是有所尊重和保护的，所以才能在屡遭酷吏陷害的情况下，仍能复出。

模棱宰相苏味道——唐朝（武周）时期

赫名文苑品德庸，满腹诡端权术精。

扶椅教徒抓两面，通津指要秉一宗。

是非良莠何须辩，善恶曲直不必清。

宦海行船多险浪，模棱两可奉真经。

注释

●武则天执政年间，有个宰相苏味道，此人很有才华，是一个出了名的文学家，但他在官场上八面玲珑，极善权术，为人处世圆滑至极，为时人所不齿。他善于攀附武则天的宠臣，为自己的政治安全找靠山。内史李德昭，仗着武则天的宠信，横行霸道，不可一世。苏味道极力向他讨好，以求平安无事。不料李德昭干尽坏事，遭到处分，为此苏味道也被贬官。但他凭着圆滑的处世哲学，不久就被武则天召回京城，官复原职。可没过几年，苏味道又和张锡同时犯罪，被关进三品院（关三品以上官员的监狱）。在院里，他装出一副老实认罪的样子，取得了武则天的同情，又给他恢复了宰相职位，而张锡则被流放到岭南。苏味道虽几经沉落，但都能复出，堪称官场上一个典型的不倒翁。

●一次，苏味道的一个门生前来向他请教为官之道，苏想了一会，站起来转身手扶椅子，摸着椅子棱角，神秘地说道：『你看我摸的是什么？』门生疑惑不解地答道：『椅子的棱角。』他不明白恩师怎么会说这样的话。苏味道叹口气说：『你要记住，对人对事都不要做出明白决断，是是非非谁能说得清、讲得准？要像我手摸椅棱一样，把棱角的正反两个侧面都抓在手里，方能立于不败之地。』门生猛然醒悟，明白了恩师所说的道理，抓住了为官的『根本宗旨』，随即欣喜若狂，连声说道：『多谢恩师指点，这就叫模棱两可（后人将「摸」改成了「模」）啊！』

●苏味道的『模棱两可』，就是告诉门生：在官场上不要去辩明是非曲直，善恶好坏，只要能保全自己并能飞黄腾达，什么昧良心的事都是可以干的。

●苏味道认为，官场上人心难测，多有风险，而『模棱两可』才是规避风险、保护自身的真经啊！

玄奘誉满五印度——唐朝（太宗、高宗）时期

偷渡天竺历雨风，拜师求法取真经。
盘诘那烂驳歪理，论战婆罗解正宗。
上座登坛惊众寺，悬文叫板震群僧。
名扬五印赢尊号，载誉归来万代功。

注释

●唐代高僧玄奘法师，俗姓陈，原名陈祎（音：辉）。他年轻时出家，游学各地，深研佛法，感到佛教宗派迭出，令人无所适从，于是，他立志西行取真经。由于当时的法律禁止僧人出境，玄奘只得借灾荒之机，混在逃荒的难民中，潜行出关开始『孤身万里游』，历经千难万险、雨雪风霜，去五天竺（五印度：东西南北中五部）拜师求法。

●玄奘到天竺后，来到印度最高学府那烂陀寺，拜住持戒贤法师为师，学习大乘佛学理论。那烂陀寺学术氛围十分浓厚，允许自由辩论，玄奘进步极大，很快修业圆满。戒贤法师令玄奘在寺内主持讲席，并让他与大弟子师子光辩论。师子光在讲学中指责了某些经典，玄奘认为师子光对经典理解有偏差，所言毫无道理。因此，在辩论中步步盘诘，丝丝入扣，使师子光无言对答。这样原本是师子光的很多听众，纷纷归附到玄奘这边，达到了返偏为正的效

果，深得戒贤法师的赞许，并对玄奘写的《会宗论》给予很高评价。一天，玄奘正准备去乌荼国辩论，忽听寺外一婆罗门教徒口出狂言，并悬挂起四十条论纲，说围绕这四十条辩论，谁要是输了，立即就砍谁的头。玄奘镇定自若，撕下四十条论纲。婆罗门教徒气焰更加嚣张。玄奘面对众人，逐一剖析四十条的利弊得失，他口若悬河，旁征博引，最后将那婆罗门教徒驳得哑口无言，只好乖乖认输，并要玄奘砍下他的头。玄奘笑道：『我佛慈悲，和尚是不杀生的。』

●为弘扬大乘佛教，戒日王在曲女城召开为期十八天的学术辩论大会，于六四一年开幕，请玄奘升上庄严法坛担任论主。同时，玄奘悬挂起他写的《制恶见论》一文，并宣布：『谁能改动一字，论主将斩首相谢。』玄奘一宣布，立即引起众僧俗一片惊骇。一天天过去了，整整十八天直到大会闭幕，竟无人能改动一字。

●曲女辩经大会之后，玄奘名声愈盛，誉满五印度，大、小二乘分别赠以『大乘天』和『解脱天』的尊号。唐贞观十七年，玄奘满载经典（六五七部）和佛像归国，于贞观十九年正月到达长安，唐太宗盛礼相迎，在以后的日子里，让他在弘福寺、慈恩寺主持佛教经典的翻译工作，直到唐高宗麟德元年圆寂。玄奘为弘扬佛法和中印文化交流（将《老子》、《大乘起信论》等译为梵文）做出了卓越贡献，其丰功伟绩，可谓亿万斯年，永世长存！

六祖慧能——唐朝（高宗、武周）时期

拜谒高僧本意纯，慧根凸显入丛林。
轻吟一偈通禅境，随讲三言越世尘。
顿悟成佛祛妄念，明心见性塑真魂。
传经布道开宗派，手捧衣钵掌法门。

注释

● 唐高宗年间，岭南一位衣衫褴褛的卢姓青年樵夫，来到湖北黄梅破头山东山寺，拜见禅宗五祖弘忍。弘忍问他：『你来看我想求什么？』青年答道：『别无所求，只求作佛。』弘忍笑道：『来到这里的人大多都为求福，你却想成佛，岭南是偏僻之地，像你这样一个獐獠也有佛性吗？』青年人答道：『地有南北之分，佛性不分南北；人不分獐獠大师，佛性无上下之别。』弘忍闻言大惊，觉得此青年虽相貌平常，却有慧根。于是，将他收入寺庙，法名慧能。

● 一日，弘忍大师对众弟子宣布：『你们每人写一偈（音：记，佛经中的唱词），谁能领悟佛法大意，我就把衣钵传给谁，让他做禅宗六世传人。』在众弟子中，神秀最被看好。神秀写了一偈：『身是菩提树，心是明镜台，时时勤拂拭，勿教染尘埃。』他虽然在夜里写在了墙上，但又怕写得不好被别人笑话，所以没有署名。第二天弘忍一看就

知道是神秀所写，便把神秀叫来说道：『此偈可惜还未入佛境，回去另写一偈。』神秀冥思苦想，最终也没写出来。当时还是无名小僧的慧能听说此事，便去听神秀写的那一偈，他立刻感到神秀表达的只是渐悟成佛的方法，境界不高。于是，他临机作一偈，让人帮忙写在墙上（因慧能不识字）：『菩提本无树，明镜亦无台，本来无一物，何处染尘埃。』此偈一出，惊动全寺。弘忍觉得慧能已通禅境，悟透佛法，遂将世代相传的法衣传给了慧能，并让他立即去南方，十年以后再出来弘扬佛法。慧能在岭南隐居了好多年，一天，他来到法性寺（现广州市的光孝寺），听到僧人正在进行『风幡论辩』。一僧人说：『风吹幡动。』另一僧人说：『幡动而知风吹。』慧能听后，仅出三言，就惊骇四座。他说：『不是幡动，不是风动，仁者心动。』法性寺印宗法师见这位衣衫破烂的僧人有如此超凡脱俗的高明见解，随后搞清了慧能的来龙去脉，让他正式即位禅宗六祖。

●慧能认为，人人皆有清静的佛性，一旦驱除妄念立刻顿悟，即可成佛。他还认为，不靠刻意的苦行、特殊的修炼，实现瞬间与万物合一，即是明心见性。而这明心见性，可通过『破』，即故意『冲突』来达到，这样就能祛妄念、塑精魂而入佛之境界。

●慧能在岭南传经布道数十年，创立禅宗『南宗』（神秀为『北宗』），后来南宗成为禅宗的正宗。慧能继承了五祖弘忍法师的衣钵，成为禅宗的实际创始人（印度僧人达摩在中国南朝时来到河南嵩山少林寺修行，他被尊为禅宗始祖，实际上那时的禅宗仅是初创，真正成为一宗，是由慧能完成的）。

第二次『玄武门之变』——唐朝（武周）时期

病入膏肓近命亡，仍执御柄纵凶狂。

老臣度势匡纲纪，宿将寻机灭虎狼。

玄武临兵哀丧宠，长生洒泪叹折梁。

被逼无奈交龙椅，改号更名复李唐。

注释

●长安四年，已八十一岁的武则天，重病缠身，生命垂危，常卧床不起。可她仍然手握大权不放，继续纵容自己的男宠张昌宗、张易之两兄弟胡作非为，致使他们猖狂至极，甚至要造反称帝。

●张氏二兄弟整日在武则天身边侍候汤药，而把太子拒之门外。老臣们见此状，忧心忡忡，十分不满。为此，大臣崔玄暐上疏，请求应让太子侍奉，宫内以不让异姓出入为好，可武则天拒绝采纳。看到朝廷纲纪如此混乱，未来皇权有落入张氏兄弟手里的危险，大臣宋璟、李邕等抓住张昌宗、张易之阴谋造反的种种罪证，要求武则天立即严惩，可武则天不予表态。后来，大臣桓彦范、崔玄暐又上疏，请求处置张昌宗，武则天又给挡住。大臣宋璟甚至以死相谏，可审讯刚开始，武则天又下令赦免了张昌宗。在这种情况下，宰相张柬之认为匡正纲纪的时机已经成熟，便暗中和崔玄暐、敬晖、桓彦范等人商量，决定发动第二次玄武门之变，剪除如狼似虎的二张，逼迫武则天交权，恢复李姓大唐。

●在张柬之的秘密联络下，说服了护卫宫廷的羽林军大将军李多祚，桓彦范、敬晖则去请太子出来主持诛杀张昌宗和张易之的行动，并要在玄武门举兵起事。举兵那天，二张正在宫中，听到外面喧哗，感到不妙，正要走出门，就在廊下被迅速杀掉。病卧长生殿的武则天闻之，强压怒火，痛哀侍奉自己多年的两个男宠命丧黄泉。当她要把已来到宫中的太子赶回东宫时，桓彦范立即上前，要求武则天传位于太子。这时武则天眼见大势已去，一向刚强的她不由流下了眼泪，长叹大势已去。

●无可奈何的武则天数日后，被迫传位给太子。又过数日，太子正式即皇位，恢复大唐国号。武则天在寂寞中撒手归天，最后遗诏宣布除去自己的帝号，以『则天大圣皇后』的名义下葬，表示自己仍然是大唐的皇后，而不是大周的开国皇帝。

姑嫂争权太平得胜——唐朝（中宗）时期

兄坐龙廷嫂掌天，小姑难忍欲夺巅。

你结朋党忙修堡，我买人心紧筑山。

风卷云翻掀恶浪，尸横血涌滚腥烟。

太平得胜重推主，操控皇权自擅专。

注释

●七〇五年，朝臣张柬之等借武则天病重发动政变，迎太子李显即位（李显已是第二次即位，十四年前第一次只当了两个月皇帝就被武则天废除），史称唐中宗。当年李显被废后想自杀，多亏妻子韦氏劝阻方才活下来。因此，李显对韦氏感激不尽，这回登基后，就册封了韦氏为皇后，并每天上朝都为皇后设座，共听朝政。李显与父亲李治一样，都有惧内的毛病，所以，他对韦氏言听计从，朝廷大权实际上控制在韦氏手中。面对这种情况，生性很像武则天的李显的妹妹、韦氏的小姑子太平公主心有不甘。于是，姑嫂之间展开了一场惊心动魄的争权斗争。

●韦皇后周围集聚了几个贵妇人（昭容上官婉儿、小女儿安乐公主等），她们虽然没有武则天的才能，却野心勃勃。韦氏为了巩固自己的根基，还忙着大肆搜罗党羽，公然卖官鬻爵，出钱三十万就给一官，以致朝中官满为患。而太平公主这一边也不甘寂寞，她凭着自己可以开府设官的优越条件，极力收买人心，经常接济生活困难的士大夫，并和中宗的弟弟、相王李旦勾结，在自己周围形成了一股很强的政治势力。

●姑嫂两派势力明争暗斗，云谲波诡，双方连出阴谋诡计。景云元年，中宗吃了韦皇后的点心师做的甜饼突然死去，韦皇后秘不发丧，伪造遗诏，指定中宗仅剩的一个十六岁的儿子李重茂为继承人（史称唐殇帝），她则『临朝摄政』。同时，韦氏的一批党羽极力鼓动韦氏学武则天称帝，党羽们也急于想当『开国功臣』，为此，他们伪造图谶，宣称『韦氏当革唐命』，打算杀死小皇帝、太平公主和相王等人。太平公主更不甘示弱，她的儿子薛崇简任卫尉卿，掌管在京的武器，她又联系相王的儿子临淄王李隆基，随即发动了『万骑』（皇帝的随从骑兵和羽林军）兵变，宣布韦氏杀死皇帝的罪名，下令诛杀韦氏族人，凡超过马鞭长度的一律问斩。士兵半夜冲入皇宫，将韦氏即刻杀死，安乐公主、上官婉儿也一并被砍了头。

●太平公主指挥政变成功后重新入宫，当即将小皇帝拉下御座，说：『天下事归相王管，这不是你坐的位子！』于是推相王李旦登上皇位，史称唐睿宗，朝廷的大权实际上由太平公主掌控。

姑侄相斗隆基取胜——唐朝（睿宗）时期

前恨方平后怨生，姑侄互斗再争锋。
流谗立储名非正，播陷拉帮意不忠。
谋废却襄他座稳，思攫反使自盘崩。
刀旋血溅一廷惨，半代能君掌御宫。

注释

● 唐朝中宗年间，太平公主与韦皇后姑嫂之间为争权展开了你死我活的斗争，最后以太平公主取胜而收场。可随后，太平公主与自己的侄子李隆基的矛盾又成为宫廷的焦点。

● 李隆基是睿宗李旦的第三个儿子，被立为太子。按照『立嫡以长不以贤』的传统，李隆基的太子地位有些名不正言不顺。太平公主为了压倒对手，解除威胁，便抓住这一点大做文章。为此，她指使手下到处散布流言，说：『太子不是长子，不应该立。』可李隆基的哥哥宋王李成器却真心实意地不想和李隆基争太子之位，多次公开表示不当太子。太平公主一计不成，又使他招，她派人侦察太子动向，并放风说太子结党拉帮，心怀不轨。可李隆基的死党韦安石在皇帝面前直言太平公主一伙的那些说法全是『亡国之言』，奉劝皇上勿要轻信。太子一党的宰相宋璟和姚崇又密奏睿宗，建议把有可能取代太子位置的几位亲王都派到外地去当刺史，并把太平公主也安置到东都洛阳。睿宗接受他们的建议，几位亲王被派往外地，太平公主移居蒲州治所（今山西永济）。这样，就减轻了太子身边的压力。

●太平公主绝不甘心就范，迅速组织反击，在把宋璟、姚崇贬到远方，安插自己的亲信为宰相后，于睿宗延和元年七月，借天上出现一颗彗星之际，指使术士上奏皇帝，说此情此景预示着『除旧布新』，意在把太子除掉。可睿宗理解为是让太子早登皇位，于是把皇位传给李隆基（史称玄宗），自己当了太上皇。太平公主一伙本想用彗星出现把太子赶下台，却适得其反，反倒帮助太子提前登基。无疑，太平公主这一招又失败了。但她并未就此罢手，又派人在玄宗服食的药物中下毒。接着又和党羽准备发动政变，夺取皇权。但李隆基抢先一步，派兵将她的党羽一网打尽，并把她『赐死于家』。

●为争夺皇位，姑侄之间展开博弈，弄得刀光剑影，血雨腥风，人头滚滚，最终李隆基登上了皇帝宝座。他本是一位有能力有才干的君主，在他执政前期，唐王朝达到了辉煌顶点，史称『开元盛世』。可后期他却将才能和精力都用在了杨贵妃身上，政事则交给了奸臣李林甫和杨国忠，终于在安史之乱中仓皇入蜀，返京后在抑郁中死去。综观李隆基，他集英明昏聩于一身，顶多也就是个半代明君。

唐代科场时弊——唐朝时期

五十及第乐佳逢，颜悴头白力尽穷。
竟用偷文来取巧，可拿哗众去开程。
平民才子难登榜，贵胄庸徒易题名。
待跃龙门得盛彩，纵然妖面亦芳容。

注释

●隋唐时期，创立了『不论门第，唯才是举』的科举考试制度，激起了普通读书人改变身份地位的欲望。但仅从唐代看，其中的弊端也是显而易见的。唐代的科举分许多科目，尤以进士科最受人重视。考进士的难度是非常大的，录取比例只有百分之一二。但人们都感到，不管当上了多大的官，『不由进士者终不为美』。于是，千军万马考进士，五十岁能得中，都算年轻的，而大多数奋斗一辈子都无望。当时有人赋诗云：『太宗皇帝真长策，赚得英雄尽白头。』

●唐代取士，不仅要看考试成绩，还要靠权贵和名人推荐。于是，举子们纷纷走社会名流的后门，呈上自己的作品，称为『行卷』。有些人本事不行，就大搞弄虚作假、欺世盗名。中唐时，有个叫杨衡的在庐山读书，写得一手好文章，他的表弟竟然厚颜无耻，将他的文稿偷了出来到京师『行卷』，应举及第。有些举子实在没有其他门路，不得不别出心裁，哗众取宠。如陈子昂『十年居京师，不为人知』，为此他特意买了把开价百万的胡琴，然后邀众人到他寓所听琴，拉着拉着，便把琴摔毁在地，接着说：『我有佳作百轴无人赏识，如此乐工之物，哪里值得留心？』这样，他顺利地打开了入仕之路，一日之内声名大振，接着进士及第。

●科场上虽然要靠考试录取，但没有过硬的关系，即使你再有本事和文采，也往往名落孙山，不得登榜，如李白、杜甫这样的顶级诗人都未通过科举。而达官显贵，则大搞营私舞弊，他们利用职权，请托甚至威胁主考官，为他们大开方便之门。如杨国忠的儿子杨暄原本榜上无名，杨国忠仗势欺人，硬是逼迫主考官将他儿子录取，还使其名列前茅。

●进士及第是一种很高的荣誉，时人称之为『登龙门』。只要你中了进士，立即身价百倍，光宗耀祖，又是赴宴谢师，又是游园赏花，又是勒石题名，即使过去干了许多丑陋之事，如今也都会一笔勾销，甚至被涂抹成光荣。正如四十岁才高中的诗人孟郊的《登科后》所言：『昔日龌龊不足夸，今朝放荡思无涯。春风得意马蹄疾，一日看尽长安花。』

『救时宰相』姚崇——唐朝（武周、中宗、睿宗、玄宗）时期

三朝任相露峥嵘，拨乱救时尤显能。
敢雪沉冤求公正，勇革积弊导清明。
消灾无忌独身挡，理政有方双手擎。
辅主竭精开盛世，比肩如晦与玄龄。

注释

●姚崇是唐代四朝元老，在武则天、唐睿宗、唐玄宗三朝任宰相，才能超群，尤以能抓住时机，振兴朝政而功名显赫，被人称为『救时宰相』。

●武则天晚年曾后悔任用酷吏，疑惑曾经定的那些『谋反』案件有冤枉的。当武则天将自己的想法说给姚崇时，姚崇立即明确表态：『过去那些所谓谋反案件，全都是周兴、来俊臣等人制造的冤案，现在上天有眼，使周、来之类的坏蛋得到惩罚，臣敢以全家百口性命担保，内外官员无人谋反。』武则天听后大喜，当场赏银千两。姚崇遂乘机开始平反，为无辜者沉冤昭雪，使狄仁杰等一批良臣得以复出。姚崇曾因蒙『离间姑兄』的不白之冤被贬谪到南方。唐玄宗李隆基即位后，有一次把姚崇召来一起打猎，暗示要他复职再为宰相。姚崇跪下后明确表示：『有十件事要

看陛下是否可行，臣方可接受。』李隆基问他有哪十件事，姚崇铿锵陈述：『一是以仁恕为政代替严刑酷法；二是停止向外扩张；三是皇帝亲信犯法也必严格惩处；四是不许宦官干政；五是禁止各地官员向皇室献礼；六是外戚不得任御史台及三省等要害部门官职；七是皇帝要待臣下以礼；八是允许群臣向皇上诤谏；九是革除佞佛佞道之风；十是将历代外戚乱政的教训记入史册。』玄宗对姚崇这些建议全部认可，第二天就任命他当了宰相。

●姚崇一向敢作敢为，胆略气魄非凡。有一年，山东等地发生前所未有的蝗灾，当时朝野上下，迷信盛行，不敢去捕捉蝗虫，而是一味求神拜佛。为此，姚崇发布文告，痛加驳斥，要求各地晚上点火引蝗捕杀，同时派出御史监督执行。第二年，蝗灾又起，姚崇又顶住来自各方面的巨大压力，依然坚定捕蝗，并放言诤诤：『如果捕蝗导致灾难，由我姚崇一人承担！』姚崇精明强干，处理政务举重若轻，干净利落。有一次他因儿子丧事，十几天没处理公务，另一宰相卢怀慎无法处理政务，惶恐之下只得向玄宗请罪。可姚崇回来后，只消片刻就把积压的事务处理完毕，卢怀慎自叹弗如，以后凡事都请姚崇做主。

●姚崇以自己的精明强干和殚精竭虑的精神，为稳定武周政权和开创『开元盛世』做出了卓越贡献。史家认为他能和唐朝前期杰出的宰相房玄龄、杜如晦相提并论，是我国封建社会中不可多得的政治家和著名『贤相』。

画圣吴道子——唐朝（玄宗）时期

少忍孤贫志若钢，勤学不辍渐昭彰。
痴迷狂草师高艺，酷爱丹青掌妙方。
巴蜀纵情撷美景，嘉陵走笔绘风光。
恢宏豪放多新创，画圣尊名誉满疆。

注释

●吴道子是唐代著名画家。他少年孤贫，但意志坚强，勤学不辍，经过千磨万砺终成大器。

●吴道子起初痴迷书法，师从大书法家张旭、贺知章，学得一手好字，后来又专攻绘画，尤其醉心于丹青，掌握了一套高超技法而逐渐声名大振，被召入宫，官至宁王友，深得玄宗青睐。

●后来，吴道子奉旨入川蜀之地采风，尽览名山大川的胜景，回到朝廷后，于大同殿画了嘉陵江三百里山水风光，其大势磅礴，气象万千，令人赞叹不已。

●吴道子的画风极富创新精神，笔法洗练流畅，飘逸豪放，被后人誉为『画圣』，举国上下，无人不晓，名赫中华。

『谪仙』诗人李白——唐朝（玄宗）时期

负剑游山迷道仙，恣情豪饮涌诗篇。
临宫解表博廷赏，入殿填词取帝欢。
辱宦脱靴招恶陷，讥妃作调受奇冤。
求官未果成流犯，浪迹天涯断紫烟。

注释

●李白，字太白，号青莲居士，唐代著名诗人。他少时遍览儒家经典和诸子百家，并好剑术，痴迷道仙。后遍游名山大川，与不少道士结为朋友。他性情豪放，不苟时俗，纵酒作诗，才思泉涌，故有『李白斗酒诗百篇』（杜甫诗言）之美誉。

●唐玄宗时，西域某国进表朝廷，说唐朝中若有人能解开此表，情愿岁岁进贡；若无人能解此表，就要兴兵前来讨伐，夺取大唐天下。玄宗让人解表，满朝文武皆不知表中说的是什么。这时，贺知章推荐李白入朝，李白不费吹灰之力就将表解释得一清二楚，赢得满朝赞赏。玄宗大喜，遂草诏回复，以宣国威。一次，玄宗要在宫中举行大型歌舞，要李白为新的乐府填词。恰好此时李白正在街市酒肆豪饮，被人找回后，李白在半醉之中挥毫填词，当即草就歌词十数章，使玄宗龙颜大悦，赞不绝口。

●也就是在这一次填词前，李白醉醺醺入宫，太监们只得用冷水浇他的脸，才使他睁开眼睛。按当时的礼节，入阁要换穿布鞋。李白半醉半醒，命令大太监高力士给他将靴子脱掉，高力士被他的气势镇住，只好顺从。对这件事，高力士认为是李白有意侮辱他，所以一直耿耿于怀，伺机报复。恰好李白写了一首《清平词调》，里边说到了『贱之甚也』的汉代赵飞燕。高力士乘机向最能影响玄宗的杨贵妃进谗言，说李白是借赵飞燕影射她，引起杨贵妃的怨恨，接连三次阻挠授李白官职，终于被『赐金还山』，实际上是被放逐。

●李白求官未成，已人到中年，从此，他的诗篇更多了一份怀才不遇的愤懑。以后他又遭诬陷入冤狱，判处流放，被赦后，晚年流落在江南一带，寄居于当县令的叔父的寓所，郁郁而终，从此，人们再也看不到『日照香炉生紫烟』的华美诗篇了。

『口蜜腹剑』的宰相李林甫——唐朝（玄宗）时期

欺君枉法弄朝廷，口吐甜言腹隐凌。
常动贼心挖陷阱，屡出毒手布囚笼。
同流有罪能脱狱，异己无辜却涉刑。
乱政伤国十九载，酿得成语画奸雄。

注释

●李林甫，唐代玄宗年间宰相。此人极善弄权术，表面上甜言蜜语，尽说好话，背地里却极其阴险毒辣，千方百计地欺君枉法，使生灵涂炭，朝廷乌烟瘴气。

●李林甫身居宰相要位，生怕有人取而代之，只要感到是对自己有威胁的人，他就使用种种手段除之而后快。玄宗曾夸兵部侍郎卢绚『好一个宰相风度』。李林甫从宦官那里听到后，唯恐卢绚任朝官久了会抢去他的位子，第二天便找来卢绚的儿子，谎称皇帝打算叫卢绚到岭南任职，如怕远行而推辞，恐要降级。卢绚急忙上表请求转任太子宾客或詹事，李林甫顺势将卢以詹事衔任为华州刺史。等卢到职不久，又诬他因病废事，把他的詹事衔也剥夺了，使其沦落外地。玄宗对时任绛州刺史的严挺之很欣赏，对李林甫说这是个可用的人才。李便警惕起来，找到严的弟弟，让严挺之以得风瘫之疾为由，上表请求还京就医。严不知是圈套，按李林甫说的办了，李林甫又顺势在皇帝面前说严有重病，不如召回授以散官之职，随之把严安置在洛阳『治病』，根本不让他进京见皇帝。李林甫就是通过这样不断挖陷阱，把凡是对他宰相之位有威胁的人一一打掉。与此同时，李林甫还极力封杀舆论，堵塞言路，在部属面前彰显威严。他把谏官、御史都召集起来，对他们说，如今皇上圣明，做臣子的只需听旨就够了，不用多嘴多舌。并以仪仗队的马为例，说它们平时吃三品好料，威风凛凛，可说牵走就被牵走了，暗示别人不得对他提出任何异议。其中有个刺史不信邪，上奏说李林甫犯二十多条罪行，结果被李以『妖言』罪活活杖死。

●被李林甫残害的功臣名将、正吏清僚多不胜数。如他与太子妃之兄韦坚不和，而战功卓著的大臣皇甫惟明和韦坚又十分投机，所以李林甫便无中生有上奏说这二人内外勾结，企图废皇帝、立太子，结果两人被无辜打入大牢。大将王忠嗣长期戍边，功劳显赫。李林甫怕王回朝为宰相，就指使人诬告王拥兵自重，要尊奉太子，并把王下狱，施尽酷刑。而对自己的同党，李林甫却常以种种手段加以庇护，使他们逃脱罪责。

●李林甫是唐朝任宰相时间最长的一个，他从玄宗开元二十二年至天宝十一年病死，一手遮天十九年，由于他祸害朝廷，积累了大量矛盾，为大唐埋下了祸患，成为后来『安史之乱』爆发的重要因素。他一生的所作所为，凝就了一条『口蜜腹剑』的成语，成为人们刻画奸雄的常用词条。

酷吏吉温——唐朝（玄宗）时期

狡诈阴毒酷见长，谁多奶水便即娘。
始攀廷相充鹰犬，继附国戚作虎狼。
度势投门出手狠，随风转舵反戈狂。
依山靠树风光尽，末路穷途断脊梁。

注释

●吉温，唐代玄宗年间有名的酷吏。此人阴险狡诈，心狠手辣，且见风使舵，谁权势大就攀附谁，可谓一个典型的『有奶便是娘』的家伙。

●李林甫身为宰相，权倾朝野，制造了许多政治性大案打击政敌。为此，吉温极力巴结李林甫，成了李屁股后面的一只恶狗。后来，李林甫与国舅杨国忠闹起了矛盾，吉温觉得杨国忠是更有力的靠山，便一头扑入杨国忠的怀抱，为杨出谋划策，竟然把李林甫的爪牙、自己的老上司萧炅（音：窘）、宋浑等打入大牢，或贬或杀，毫不留情。

●吉温从未『从一而终』，他整天观风嗅味，择机转向。安禄山入朝后，他见玄宗帝对安宠信有加，便毫不犹豫地投到安禄山门下，和安结为兄弟。并借安禄山的光，差点攫得宰相高位，只因杨国忠反对才作罢。这时吉温与杨国忠已反目成仇，凡是杨的亲信、爪牙，他都寻机予以残酷打击，绝没有一丝手软。

●吉温先投李林甫，再靠杨国忠，后攀安禄山，抓住新的即弃旧的，不断更换主子，搞得一路风光，不可一世，可好景不长，终临厄运。由于杨国忠和安禄山的矛盾越来越尖锐，吉温的处境也越来越艰难。一次，杨国忠指使人揭发河东道采访史韦陟贪赃，御史台审理时，吉温收受了韦陟的贿赂，想要将韦放过。为此，他给安禄山去信，要安给予担保。岂知杨国忠已在背后侦察得一清二楚，遂向吉温问罪，将其贬到离长安千里之外的澧州当一个小小的长史。至此，吉温昔日的风光荡然无存，他的政治生命已是路尽途穷。

一将功成万骨枯——唐朝（玄宗）时期

屡进边关复要冲，几番失利愈发疯。
良惜众命呼勒马，佞逞己能催举兵。
本致惨输应缓战，却求奇胜再急征。
血拼多日虽达效，一将功成丧万生。

注释

●唐玄宗初年，对唐朝边关形成最大军事威胁的吐蕃王朝夺取了青海湖东部的战略要冲石堡城（位于今日月山以东三十里）。唐、吐双方反复争夺。开元十七年，唐玄宗下令夺回石堡，朔方节度使、信安王李祎一举拿下这天险要塞，可十二年后，吐蕃又发起进攻，再次将石堡城掌控手中。唐朝几次进兵收复，但都以失败告终。好大喜功的玄宗帝气得发疯，为了出这口气，决定出重兵大战吐蕃，攻下石堡。

●玄宗调名将王忠嗣为河西、陇右节度使，要他担任征伐的主帅。王忠嗣审时度势，认为当下攻打石堡，在吐蕃重兵防守的情况下，必然要付出数以万计的生命为代价，很是得不偿失，不如厉兵秣马，等待机会再举进攻。玄宗见王忠嗣抗命，很不高兴。此时王的副将董延光却逞起能来，主动请战，想乘机谋得更高的官位。董借天子之命向王忠嗣索要各种物资，王顶着不给，董便大放怨言。王忠嗣的部下李光弼劝他不必为一些物资招致谗言，王言之诤诤：『用数万人的生命去夺一城，得之未足以制敌，不得也无害于国……我岂能以数万人的生命去换一个官位！』

●果然不出王忠嗣所料，董延光不仅没有夺下石堡，而且伤亡惨重，很快败退。他竟厚颜无耻地把战败的责任全推到王忠嗣的身上，上书皇帝诬陷王『阻挠军机』。为此，王忠嗣被判死刑，后来哥舒翰一再向皇帝求情，才免了一死，被贬为汉阳太守。玄宗帝并未因董延光的失败而罢兵，接着又命哥舒翰领六万三千大军前去攻打石堡，哥舒翰只得衔命出征。

●来到石堡城下，哥舒翰的大军连打数日，吐蕃要塞中仅有几百人，却久攻不下。后来，哥舒翰以若攻不下处死前锋将领相震慑，直到第三天才将这个天险攻破。结果是俘虏吐蕃守军仅四百多人，而唐军则先后死亡数万。此情此景，与王忠嗣的预言毫无二致，可谓『一将功成万骨枯』啊！

高仙芝兵败怛罗斯——唐朝（玄宗）时期

寻端挑衅为邀功，卑鄙献俘得跃升。
震怒域西纷起火，惹翻中亚尽挥缨。
出师气傲征千里，溃阵神惶损万兵。
冒险开边即告败，诸国有幸沐唐风。

注释

●唐玄宗实施『开边政策』，频频用兵，开疆拓土。在这一政策的引导下，边将为了邀功请赏，往往有意制造事端，寻找开战理由。高仙芝以边功升任了安西节度使，但他仍然经常对外开战。天宝九年，他采取欺骗手段，先是假意与石国（位于今乌兹别克斯坦塔什干一带）君主订立和约，然后乘其不备，发兵突袭，将石国君主俘获，连同被俘的西域一些国家及部落的首领，一起押回长安，向皇上『献俘』邀功，得到玄宗的赞扬，并给他加衔开府仪同三司。

●高仙芝的卑鄙行为，立刻激起西域各国的强烈愤慨，他们决定联合起来，借助中亚地区新兴的大食国的兵力，共同对抗唐朝。

●加官晋爵的高仙芝回到安西都护府，已知道中亚各国结成军事同盟，但他傲气十足，满不在乎，还想继续谋取更高的官位，便征集三万兵马，抢先发起讨伐，于天宝十年深入西域近千里，远征重镇怛罗斯城（今哈萨克斯坦东南部的江布尔城）。可他没想到大食和西域各国早已严阵以待。对峙五天后，高仙芝阵营中少数族官兵纷纷倒戈，全军大溃。这时，高仙芝原形毕露，惊惶失措，只顾自己逃命，而不管将士死活。此役，唐军以大败告终，损兵折将几万人。

●怛罗斯战役唐军惨败，宣告了唐玄宗开边政策的彻底破产。不过，在这次战役中，有不少当了俘虏的唐军汉族士兵留在了西域，给那里带去了造纸术等多方面的技艺，使西域国家得到大唐文明的熏陶，扩大了唐与阿拉伯国家的文化、经济交流。

满腹奸猾的安禄山——唐朝（玄宗）时期

骁勇杂胡渐露锋，甚精权术走官厅。
愚拙饰表装良善，狡诈藏心掩恶凶。
始作宠儿蒙御主，终当叛将反廷宫。
举兵夺洛称燕帝，龙辇未温即丧生。

注释

●唐玄宗年间的安禄山，『杂胡』身世，原是突厥部落从事牲口买卖的商人，后来从军，以骁勇善战著称，逐步升迁，为独当一面的将领。此人虽不识字，但对汉族官场的权术却特别精通。比如，送礼是官场的『法宝』，安禄山对此运用得十分熟练，他除了常给皇上奉献奇珍异宝，每有朝廷使者来边疆，也都以重金相酬，不论官职大小，皆深受其惠，所以很快在朝中赢得了好名声。

●安禄山表面上装傻守拙，内心却阴毒险恶。他借胡人的身份弄出了许多笑话，借以掩盖自己的种种阴谋。比如，他第一次朝见太子，假装不识，既不恭敬更不磕头。朝中官员让他磕头，他故作傻态地说：『我是胡人，不知道朝廷礼节，也不知道太子是什么官。』当玄宗告诉他太子是储君，将来要继承皇位，他立即说：『臣实在太笨，过去只知陛下一人，从来不知还有储君。』接着倒身便拜。其实，安禄山什么都知道，只不过是故意表演而已。

●安禄山由玄宗介绍，与杨国忠、杨玉环（贵妃）兄妹结为兄弟。他看准玄宗宠爱杨贵妃，当时杨贵妃刚三十出头，安禄山已是中年，他竟然请求做贵妃的干儿子，以表达对皇上和其爱妃的忠诚。甚至以朝廷大将的身份，甘当小丑，给贵妃寻欢取乐。背地里，他却抓紧广结朋党，收罗人马准备造反。他在军中专门纠集了八千多亲兵，并把他少年时代的伙伴史思明任为大将，终在天宝十四年，以假圣旨『去长安杀奸臣（杨国忠）』的名义起兵反叛。

●安禄山带领十五万人马，一举打下洛阳。这时，他公然打出反旗，自称皇帝，国号大燕。然而起兵不久，他的眼睛就失明了。仅仅过了一年的皇帝瘾，就被儿子安庆绪杀死，结束了奸猾狡诈的一生。

清正仁爱的县令元德秀——唐朝（玄宗）时期

刺血书经祀母魂，粗食陋舍守寒贫。
京门放曲压群乐，故里疏财济众民。
才盛赢崇招秀士，德高受敬引名臣。
弃离官场薄功利，碧水清风诫后人。

注释

●元德秀，唐代玄宗年间曾任鲁山县县令，此人十分孝顺，老母死后，他因家境贫寒，花不起钱请人刻佛经、印佛像，就用针刺破自己手指，用血来书写经文，以表示对母亲亡灵的祭奠。元德秀未娶妻生子，粗食陋舍，长期居住在穷乡僻壤，以清正仁爱的高贵品格度过一生。

●元德秀学富五车，才华横溢。开元二十三年，唐玄宗在东都洛阳举行歌舞会演欢庆新春，下令洛阳周围三百里的州县派艺人进京演出，各州县使出浑身解数登台表演。最后上场的是鲁山县的乐工，大家齐声唱了一首县令元德秀自己谱写的民谣。玄宗艺术修养很高，一听此曲就大为震惊，感到这曲歌谣的艺术水平压过其他所有乐谱，十分感动，连声赞叹。演出后，玄宗立即给予元德秀重赏，为此，元德秀名气大振。可他回到本县后，却把皇上给予的赏赐全部散入民间，接济了穷人。

●元德秀在鲁山任县令期满后，决定再也不做官了，独自一人驾着柴车到陆浑山区去居住。那里虽是穷乡僻壤，但由于元德秀的品德和才学都十分了得，慕名向其求学者络绎不绝，许多人都以做元门弟子而自豪。元德秀的高洁品格受到朝野上下的敬重，就连朝廷宰相房琯（音：管）也常去元的寒舍探望，并总是叹息道：『只要一见紫芝（元德秀的字）的眉宇，就让人把名利忘得干干净净。』

●元德秀弃离官场，将名利地位看得十分淡泊，他一生甘守清贫，使自己的人格达到崇高的境界。他死后，其族弟元结哀号欲绝，有人说元结哀悼过分，不合礼节。元结说：『你们只知道我不合丧礼，却不知情感至大无边！德秀活了六十岁，从未近过女色，从未见过锦绣，从未有过十亩地、十尺屋，也从未穿过一件好衣服，吃过一餐五味俱全的饭；更可贵的是他对贫穷从未有过怨言。我哀悼他，是要告诫世上所有荒淫贪婪的人和衣绮纨、食膏粱的无耻之徒。』

唐玄宗与杨贵妃——唐朝（玄宗）时期

猎色求欢欲不颓，父夺儿爱乱常规。
一娇得宠家族盛，众丑沾光社稷危。
袖舞宫廷脂粉漫，兵逼驿站血浆飞。
割情忍痛实无奈，余恨绵长永泣悲。

注释

●唐玄宗李隆基五十多岁时仍爱好声色，将其第十八个儿子寿王李瑁的妃子杨玉环占为己有。他暗中授意杨氏以出家当女道士为名，借口离开寿王，到他身边。这种父夺子妻的龌龊行为，明显是违背纲常的乱伦，成为唐朝宫闱中的一大丑闻。

●杨玉环入宫后，受到李隆基的极大恩宠，第二年就被册封为贵妃。杨氏天生丽质，温柔婉约，且音乐歌舞才华出众，这恰与李隆基的爱好相投，于是二人更加志同道合。杨玉环为了固宠，便把自己的兄弟姐妹引入宫廷，李隆基一一接纳，并将大姨子、三姨子、八姨子分别封为韩国夫人、虢国夫人和秦国夫人，且允许她们随意出入宫殿。同时，还给了杨玉环的堂兄杨钊（后改名为杨国忠）一个户部度支郎中的官衔，并使其后来登上宰相高位。杨氏一族骤然发迹，而玄宗又对她（他）们言听计从，因而腐败也就集中在了杨氏一族，他们卖官鬻爵、中伤陷害，横行霸道，无所不用其极，把朝廷搞得乌烟瘴气，大唐江山由此出现严重危机。

●玄宗李隆基颇具艺术天赋，很能欣赏歌舞，因此，他经常举行歌舞会演，宫廷中更是歌舞升平，美女如云，脂粉弥漫，常常通宵达旦。由于玄宗丢掉了往日励精图治的精神而整日沉湎于享乐之中，且又信任杨国忠、李林甫等一批奸臣，终于引发了『安史之乱』，不得不携杨玉环等人西逃避难。在逃到马嵬坡驿站（今陕西兴平西）时，随行队伍中发生了哗变，士兵们先将杨国忠乱刀砍死，接着又逼迫皇上除掉杨贵妃，闹得兵荒马乱、血肉横飞。

●在刀兵逼迫和臣僚们的劝说下，玄宗走投无路，百般无奈中只好让大太监高力士令人将杨玉环在佛堂中缢死。从此，玄宗失去了最钟爱的女人，整日郁郁寡欢，思念不已，并叫人画了一幅杨贵妃的像，挂在殿中，每天含悲观看。正如白居易在《长恨歌》结尾所说的：『天长地久有时尽，此恨绵绵无绝期。』

冒昧出征失潼关——唐朝（玄宗）时期

东京陷落骇皇天，急令官军抵叛藩。
收拢残兵重上阵，征发恙将再驱鞍。
昏头拒谏督决战，盲目催师促速歼。
中计遭袭失要塞，风悲雨泣叹潼关。

注释

●唐玄宗天宝十四年，节度使安禄山伙同史思明以讨伐杨国忠为名，起兵叛唐，发动了『安史之乱』。他们率十五万人马，不到两个月就攻陷了东都洛阳。此时，唐玄宗大为震惊，急忙命令官军进行抵抗和防御。

●由于唐室承平日久，军备松弛，在安禄山、史思明叛乱之初，就抵御无力，连吃败仗。玄宗怒斩败将封常清、高仙芝后，重新集结一批乌合之众，并起用重病缠身的老将哥舒翰为兵马副元帅，前去守卫潼关，意欲阻击叛军，解除对长安的威胁。

●哥舒翰带病到前线后，朝廷立即命令他向安禄山部发起进攻。哥舒翰审时度势，认为此时不宜马上进攻，因为叛军远道而来，对速战求之不得；而官军则利在扼险，待时机成熟再出击，可不战而擒之。郭子仪、李光弼等将领亦持同样意见。他们纷纷上书，请求潼关军队实施坚守，吸引叛军主力，然后再乘机直捣叛军老巢，使其首尾难顾。可这些理由充分的请求，却被急于平叛成功的玄宗全部拒绝，并且接连派出使者到潼关强督出兵进行决战，以达迅速歼敌的目的。

●哥舒翰看到玄宗一意孤行，气得捶胸顿足，号啕大哭，迫不得已下令出击，结果中了叛军的埋伏之计，致使全军溃散，死伤无数，逃回潼关时只剩下不到八千人，叛军乘胜追击，第二天潼关要塞就落入叛军之手。这场漠视敌我态势、违背主将意愿的潼关大战推迟了平叛的时间，直到七年以后，唐朝付出惨重代价才算把这场叛乱平息下来。

『山人』顾问李泌——唐朝（肃宗）时期

素朴白衣气若仙，襄君靖乱拒为官。
随形伴影同谋略，对榻联骑共顶天。
当用两师牵四将，宜搁二地使三鞍。
七年讨叛竭心力，婉谢皇恩再隐山。

注释

●李泌，唐肃宗李亨少年时的朋友，六岁时就以『奇童』闻名长安。长大后研究《易经》，探求神仙之术，后来被玄宗任为太子陪读，因放荡不羁被驱出长安，到山中隐居。安史之乱时，玄宗逃往川西，太子李亨在灵武称帝，遥尊玄宗为太上皇。这时正值天下大乱，李亨急需人才帮助处理军国大事，于是，李泌出山襄友。他一身白衣，以示自己为『山人』，工作可以干，但官就是不做，肃宗要任他为宰相，他说：『陛下待我如宾友，就贵于宰相了。』

●李泌与肃宗出则联骑，寝则对榻，整日形影不离，共同谋划军国方略，顶起大唐一片天空。

●安禄山反叛一年多，朝廷依然看不到平叛胜利的曙光，肃宗十分着急，向李泌问策。李泌立即拿出了『两军执四将』的方案：以李光弼一军从井陉出击，牵制住敌军最强的史思明、张忠志，使他们不敢离开范阳（安禄山的老巢）；郭子仪一军从冯翊出击河东，可牵制敌安守忠、田乾真部不敢离开长安。同时，他谏议由建宁王所率西北军、李光弼所率山西军、郭子仪所率关中军，三军轮流出击，形成敌救头打其尾，救尾打其头，促成其主力往来数千里，疲于奔命的局面。同时暂时搁置长安和洛阳二地，使它们变成敌军包袱，先灭敌巢，然后收复长、洛二京。可惜肃宗只想尽快收复长安，没有采纳李泌的方略，结果使平叛大大延迟，直到后来叛军发生内讧，才得以勉强达到目的。

●李泌伴随肃宗七八年之久，立下赫赫功勋。当收复长安平叛结束后，他向肃宗辞行，肃宗百般挽留，李泌坚决要走。他说：『臣遇陛下太早，陛下任臣太重，宠臣太深，臣功太高，山人的言行太奇怪，这是臣「五不可留」的原因。』于是他辞别皇上，再次隐入深山（衡山）去做真正的山人了。

文官张巡死守睢阳——唐朝（肃宗）时期

文官县令武声喧，誓报军国抗叛藩。
破阵猛攻忠至上，防城死守勇当先。
粮空秫尽心犹壮，力罄援绝意愈坚。
数月孤悬腾浩气，睢阳喋血慰河山。

注释

● 张巡，唐肃宗年间雍丘县令，是个文官，但他在安史之乱爆发后，却成为声喧河南的抗叛名将。他以对大唐王朝的一片忠心，誓死报国，坚守雍丘县城时，六次打败叛军的进攻，使叛贼闻风丧胆。后来，应睢阳太守许远之召率军来到睢阳，参加抗击叛军的战斗。

● 睢阳为水路要冲，是叛军略取江淮的必夺之地。肃宗至德二年正月，张巡率军进入睢阳后，立即担当总指挥，与叛军大将尹子奇部展开殊死激战，接连赢得三次大胜。先是张巡抓住敌军麻痹的心理，主动出击，作战十六天，杀得敌军丢盔卸甲，狼狈后退。过了两个月，尹子奇又来攻睢。张巡在求援不得的情况下，慷慨激昂地激励部属，乘叛军依仗兵多将广大肆骄狂之际，突发奇袭，他手持大旗，身先士卒，分成几个小队各自为战，拼死冲杀，致叛军又一次大溃。尹子奇两次野战失败，便调动军队围城。张巡退守城池，与敌相持五个月之久。一天晚上，张巡令士兵在城里擂鼓，做立即出击状，叛军急忙戒备，直至天明，却不见城内出兵，于是解甲休息。正在敌军松懈之时，张巡突然下令打开城门，几支精干的骑兵队伍分头突入叛营，一直杀到尹子奇的营帐前，箭伤其左眼，尹险些丧命，只好后退，宣告围城失败。

●七月间，尹子奇又率数万大军卷土重来。张巡深知敌众我寡，力量对比悬殊，便死守城池。叛军攻城，采取无数办法，都被张巡一一除掉，搞得尹子奇无计可施。由于敌军围城太久，城内粮秣已尽，凡能果腹之物已全部吃光。在这种情况下，张巡激励将士，毫不懈怠，没吃的就掘鼠充饥，甚至将自己的爱妾杀死以飨士兵。一直到十月，敌军仍将城池围得水泄不通，张巡得不到一点外援，但仍然意志坚定，指挥部属誓死坚守。

●张巡率部守睢阳孤城十月有余，终因内无粮草外无救兵，城池被叛军攻破，城内仅剩下四百多人，尚存的士卒已经饿得站不起来。张巡被俘后，铁骨铮铮，痛斥叛军，咬牙切齿地说：『我立志吞贼，只是力不能及！』张巡最后被杀，以自己对国家的一片忠诚告慰了天地河山。

一代忠臣书法大家颜真卿——唐朝（玄宗、肃宗、德宗）时期

耄耋衔命入狼群，至死坚贞浩气存。
利诱威逼非动念，坑埋火烬不惊魂。
书更旧法创一派，字领新风跻四门。
耀古烁今多宝塔，端庄遒劲秀碑林。

注释

●颜真卿，出身名门，北齐大臣颜之推（著有《颜氏家训》）的后人，历唐朝玄宗、肃宗、德宗三代，官至吏部尚书、太子太师，封鲁郡公，是历史上著名忠臣和大书法家。安禄山叛乱时，他联合堂兄颜杲卿召集人马组织抗击，为朝廷平叛立下了汗马功劳。德宗建中三年年底，盘踞在淮西的军阀李希烈公然造反，宰相卢杞因平时与颜真卿有矛盾，便别有用心地向德宗谏议，让年已八十的颜真卿去淮西劝阻。颜真卿明知此行如入狼群，必死无疑，但为了国家的安定，义无反顾地负命前往，与李希烈展开了唇枪舌剑的激烈斗争，终因不果，被叛贼绞死。

●颜真卿到淮西李希烈处，叛贼先是对他围攻，接着又以事成后当『宰相』作诱饵，颜大怒道：『什么宰相！你们知道有个骂安禄山而死的颜杲卿吗？那是我的兄长！我今年八十岁了，难道还会受你们的胁诱吗？』他又痛斥李

希烈道：『你久受国恩，想要和那些乱臣贼子一起覆灭吗？』将李希烈等叛将骂得哑口无言。叛将一招不成，再施新招，又挖了深坑，以将其活埋相威胁，可颜真卿神情泰然，说：『死生已定，何必这么麻烦，给我一剑不是更简单！』李希烈死不悔改，野心膨胀，公然自称皇帝，国号『大楚』，并派人在柴草上浇上油，点上火，再次威胁颜真卿要将他烧死。颜真卿面不改色，毅然扑向火堆，有人将他拦住才作罢。

●颜真卿不仅对国家忠心耿耿，而且还是一代书法大家，他不拘旧（古）法，独开新风，特别是正楷气势开张，行书遒劲郁勃，后人将其与欧阳询、褚遂良、柳公权合称『欧颜褚柳』四大家。

●颜真卿的《多宝塔》碑文，端庄遒劲，烁古耀今，秀于碑林，是后世学书法者必须临摹之作。

杜甫『三吏』、『三别』的诞生——唐朝（肃宗）时期

疮痍满目遍刀兵，户寂村萧府募丁。
少妇幼童皆恐相，垂翁老妪尽悲声。
寒民弃舍方参战，恶吏推门又促征。
感世忧怀凝爱恨，驱情奋笔入诗中。

注释

●唐代肃宗年间，杜甫任华州（今陕西华县）司功参军（这是一个闲职，由于他在朝中任谏官时惹恼了唐肃宗，被贬到华州），时值『安史之乱』，他从洛阳出发回华州任所，一路上遍地兵荒马乱，满目疮痍，民不聊生。特别是因官军于邺城平叛惨败，需要大量补充兵员，政府下令强行抽丁，弄得田地荒芜，乡村萧索，一片凄凉景象。

●杜甫一路经过新安、石壕、潼关，亲眼见到政府官吏正在把免役的十六岁『中男』抓去当兵，孩子和新婚少妇满脸惊恐，听到老头老妇因儿子战死而放声痛哭，心如刀绞，无限悲凉。

●一日，杜甫投宿在陕州城东南约七十里的石壕村，半夜里突然听到村里敲门声四起，他借宿的那户人家的老头翻墙逃走，老太婆出门应对，对着吼叫骂人的官吏哀声哭诉自己的三个儿子都刚被抓去邺城当了兵，已两死一伤，现在

家里只剩下刚生孩子的儿媳，官府一定要征兵，只好我老婆子去了。官吏果然把这老婆子给抓走了。杜甫一路上看到种种生离死别的惨状，深感这都是残暴的军阀叛乱和昏庸的朝廷、腐败的官吏给人民带来的巨大灾难。

●杜甫在连天的烽火中走完了这段旅程，更加激发了他感时感世、忧国忧民的情怀，心中涌起无限愤懑，于是将这些所见所闻，以极高的艺术表现力，写成了『三吏三别』（《新安吏》、《石壕吏》、《潼关吏》、《新婚别》、《垂老别》、《无家别》），被后人称为『诗史』，而他也被尊为『诗圣』，名垂千古。

李光弼河阳之战大败叛军——唐朝（肃宗）时期

河阳抗叛保中原，妙算神机预在前。
斗法筹高长用计，招降道诡善谋盘。
巧驱雌马勾雄骥，智用叉竿破火船。
以少对多决胜负，杀敌上万败凶顽。

注释

●唐肃宗乾元二年，河东节度使李光弼取代郭子仪，加天下兵马副元帅头衔，指挥中原官军于黄河北岸重镇河阳抗击叛军史思明部。史思明与李光弼是战场上的老对手，前两年史思明进攻太原，被当时的太原守将李光弼打败，此时两军再次对阵，都想致对方于死地，因此，展开了激烈的战斗，双方斗智斗勇，但史思明始终处在神机妙算的李光弼的下风。

●李光弼的官军与史思明的叛军在河阳对垒，史连出诡计，而李招招领先，来一个破一个，搞得史思明无可奈何。如史思明几次诱敌失败，就渡过黄河进占河清，威胁李光弼的运粮通道，李带兵出击，在一个叫野水渡的地方扎营，护卫后勤供给线。不过到晚上，他就带主力返回河阳，只留下部将雍希颢率千人守卫，并要雍准备接受敌方勇将来降。雍大惑不解。果然不出李光弼所料，史思明派出勇将李日越时就给李下了死令，他若抓不到李光弼，就别想回来。李日越判定李光弼肯定在野外营中，可当他信心满满地于凌晨偷营时却不见李光弼的踪影。李日越想到若抓不到李光弼，回去后定会掉脑袋，因此带部下投降了官军。此刻，雍希颢深感李光弼眼力非凡，料事如神。

●在河阳对峙之初，史思明使用了许多计策来引诱李光弼上当，但都事与愿违，没有一个奏效。史思明令每日清晨把千匹膘肥体壮的公马赶到河边饮水，诱使李部来夺马。可他万万没有想到李光弼集中了五百多匹母马来到岸边，结果把对方的公马都吸引过河，让史思明的良骥白白跑到李光弼的营中。史思明一计不成，又生一计，他令部下将河上游的战船排成一队，以火船领头，顺流而下，想烧毁李光弼架在河上的浮桥。谁知李光弼早有准备，要士兵用顶部绑有叉子的长竿叉住火船，让它自己烧光；又在岸上发砲（抛石机抛石头），把敌方战船一一击沉。

●史思明接连失策，就驱使大军直扑河阳南城，又命部将进攻北城。李光弼对史思明的部署意图一望而知，即令部将坚守南城，由他率主力出北城与敌决战。双方激战一上午，史军终难支撑，一下子垮掉，留下尸体上万具，被俘八千多人。河阳抗叛一役胜利结束，史思明只得率兵退过黄河，李光弼创造了以少胜多、以智取胜的辉煌战例。

鉴真和尚东渡日本——唐朝（玄宗、肃宗、代宗）时期

独步江淮修律宗，约邀赴日授真经。
诬言谤举心无愧，恶势截行志不更。
五渡搏涛皆告败，六出登陆遂成功。
东瀛十载传佛法，文化交流誉美称。

注释

● 唐代高僧鉴真（俗姓淳于），十四岁出家为沙弥，十七岁受『菩萨戒』后开始到洛阳、长安的寺院游学求经，专修律宗。开元二十一年，四十六岁修成正果，从长安回到扬州，成为独步江淮的律宗大师。佛教从高句丽传入日本，日本许多学问僧到中国求法取经，同时，日本国内建起大量寺庙。天皇要控制佛教，迫切需要戒律，为此，派学问僧荣睿和普照来中国留学，并于天宝元年到扬州大明寺邀请鉴真去日本讲经弘法，鉴真一口应允。

● 鉴真和尚答应赴日时已是五十五岁。正在他抓紧做各方面准备的时候，因佛学根底浅薄而没有入选赴日队伍的高丽僧如海，向官府诬告出海僧人欲与海盗勾结，因而使鉴真东渡计划搁置，鉴真问心无愧，准备继续出行。后来，又连续迎着无数艰难险阻四次东渡，均未达到目的。但他痴心不改，赴日的决心更加坚定。

●鉴真东渡经历的困难无法想象，第二次出海，遇到风暴被困在海滩；第三、第四次遭到同行门徒的阻挠；第五次又遇到风暴，在海上漂流了十四天，一直漂到海南岛。由于鉴真经历了太多的苦难，患眼疾又无法治疗，因而双目失明。即使是在这种情况下，他仍然意志坚定，连遭五次失败后的第六次东渡终于如愿以偿，获得成功。此时是天宝十三年，离第一次东渡已有十一年。

●鉴真在日本直至圆寂，整整十年。其间，他为日本开创了佛教律宗，传播天台宗经典，指导弟子修建了唐招提寺等精美建筑，雕塑了千手观音佛像，并向日本人传授了做豆腐、饮食和酿造的技艺。入日时他还带去了书法大师王羲之、王献之父子的书法真迹。这些都为佛教文化事业和中日文化交流做出了杰出贡献。特别是他广泛传授医药学知识，深受日本人的欢迎，为日本医学贡献十分巨大，被称为『日本神农』。

郭子仪大义退回纥——唐朝（代宗）时期

泾阳被困势分明，我寡敌多难打赢。
单马出郭申大义，只身冒险表真诚。
瞻前晓害抛新怨，顾往思恩念旧情。
瓦解联军逼吐退，唐回酹酒再结盟。

注释

●唐代宗永泰元年，唐朝叛将仆固怀恩引吐蕃、回纥、党项等少数族武装侵入唐朝腹地，包围了战略要地泾阳。镇守泾阳的唐朝老将郭子仪审时度势，认真分析敌我双方态势，感到敌方十几万大军兵临城下，而我方守军只不过万余人，在敌众我寡的情况下，是难以取得御敌之胜的。同时，郭子仪在城墙上看到扎营于城东的吐蕃军与扎营于城西的回纥军配合得并不默契，且仆固怀恩已在一月前暴毙，估计吐、回之间肯定出现了裂痕。于是，他派人以自己的名义去游说谈判，但回纥将领不相信郭子仪在此，要郭亲自出马。

●郭子仪权衡利弊后，决定亲自前往回纥军营谈判。他不顾部下和儿子的劝阻，抱着一己死而使国家安的决心，只身单骑出城。回纥的统帅、可汗之弟药葛罗，站在军营门口，拉弓搭箭，注视来人。郭子仪来到军营前，掷盔甲、长枪于地，回纥酋长看到来营的果然是郭子仪，便纷纷下马跪拜，郭子仪也赶紧下马，紧紧拉住药葛罗的手，两人叙谈起来。

●郭子仪深情地说：『你们对唐朝有莫大功劳，唐朝对你们的报答也很丰厚，为什么要负约深入唐境，弃前功结新怨、背恩德助叛臣呢？仆固怀恩叛君弃母，对你们国家又有什么好处？现在我只身前来，任凭你们抓我、杀我，我的将士会拼死和你们战斗！』听了郭子仪情深意切、刚柔并济的一席话，药葛罗急忙解释说他们是上了仆固怀恩的当，表示再不愿与令公为敌了。

●郭子仪以勇、以智、以情，瓦解了吐、回联军，使泾阳顺利解围。同时，与回纥在阵前酹酒，再缔盟约。吐蕃军听说唐、回再结友好，立即狼狈地退出唐朝边境。

驸马怒打金枝，皇帝一语平息——唐朝（代宗）时期

天娇地俊两相拥，速冷柔情吵闹汹。
御女刁蛮凭自贵，臣儿桀骜恃家功。
亵渎耆老招风起，怒打金枝引祸生。
万幸君王能大度，一言解险去惶惊。

注释

●唐代宗年间，老将纷阳王郭子仪的第六个儿子郭暧与代宗帝的升平公主结为夫妇。升平公主是代宗李豫的掌上明珠，而郭暧又年轻英俊，这二人可谓天作之合。刚结婚时，小两口卿卿我我，如胶似漆，可好日子没过多久，公主从小养成的专横跋扈的脾气发作，与驸马郭暧经常吵闹，且越来越凶，搞得郭家不得安宁。

●升平公主仗着自己是皇帝的女儿，颐指气使，而驸马郭暧因老父郭子仪为大唐建立的卓越功勋而桀骜不驯，二人针尖对麦芒，互不相让，遇一点小事就大吵大闹。

●一次，郭家为郭子仪庆贺生辰，全家老小，儿子媳妇孙子都前来拜寿，可唯独郭暧的妻子升平公主未到场。酒宴间，郭暧形单影只，受尽众弟兄的奚落，引起了一场轩然大波。郭暧咽不下公主对自己父亲不尊不敬这口恶气，宴

罢归宫，愤怒至极，打了升平公主一记耳光，并说：『你仗着老爹是皇上吗？我家老头子是不想做皇帝；要是想做，哪里还会做不了！』一向娇生惯养的升平公主如何能忍得了郭暧的耳光，她又是大哭大闹，又是找皇上告状，把郭暧所放的狂言和盘托给了父皇。郭子仪闻之，吓得冒出一身冷汗，觉得大祸即将临头。于是，将儿子郭暧绑起来，带上朝堂请罪，听候皇上发落。

●代宗在便殿接见了郭子仪父子，郭子仪诚惶诚恐，瑟瑟发抖，牵着儿子郭暧急忙跪下向皇上磕头请罪。这时，代宗将郭子仪扶起，请他坐下，并令人为郭暧松了绑。代宗笑道：『俗话说，不痴不聋，不为阿翁。他们小两口闺房里吵闹，怎么可以当真的听呢！』听了皇上的一番话，郭子仪立即松了一口气，感到躲过了一场大祸。接着，代宗又把升平公主教训了一番，要她从今以后切不能因皇家女儿的身份而自恃高贵，盛气凌人，欺负丈夫。

『二才』互陷两败俱伤——唐朝（肃宗、代宗、德宗）时期

善理钱财各显能，风格迥异累仇情。
生端互害使毒手，造隙相残加罪名。
你陷他奸结党羽，他诬你妄反朝廷。
争来斗去均非命，地府阴曹怎再逢？

注释

●在唐朝肃宗、代宗、德宗年间，有两位卓越的理财家，一个叫刘晏（四十五岁起连续二十年担任朝廷财政主管），另一个叫杨炎（比刘晏小十二岁，写得一手好文章，为皇帝起草的诏书被誉为中唐第一手笔）。刘晏被称为『滚钱大臣』，善于把握市场规律，投资赚钱；杨炎发明了『两税法』，提出了『量入为出』的财政税收原则。刘、杨二人虽然在理财上都是高手，享有极高声誉，但性格却迥然不同：刘晏机智多变，不在乎礼仪；而杨炎一举一动都讲风度，且量小骄忌，因而二人合作得很不融洽。特别是因刘晏审理奸佞元载『图谋不轨』的案件使杨炎受牵连被贬后，杨炎便对刘晏怀恨在心，两人的仇恨越积越深。

●从元载案开始，刘、杨之间的残酷争斗愈演愈烈，双方寻机互下毒手，互加罪名，都想置对方于死地而后快。

●杨炎是元载推荐入朝的，因而刘晏借审理元载案，将杨炎打入元的党徒之列。而杨炎在德宗即位后被召回为宰相，他望风捕影，诬告刘晏为当年欲废陛下太子位的奸臣，后来又授意荆南节度使庚准陷害刘晏勾结藩镇擅自招兵，想要造反，促使唐德宗终将刘晏处死。

●刘晏死后，朝臣纷纷为刘鸣冤，杨炎为了推卸罪责，宣称是德宗帝自己怨恨刘晏。由于他诿过于皇上，引起德宗恶感，当年就让卢杞取代了杨炎宰相的之位。后来生性阴险的卢杞因受杨炎污辱而向皇上报告，说杨炎故意在有王气的地方建家庙，是心存异志，促使德宗一怒之下把杨炎贬到海南崖州当司马。杨炎在赴任途中，皇上派赐他『自尽』的使者赶来，他和刘晏一样，也被勒死。唐朝最杰出的两位理财家，这样争来斗去，最终都死于诬陷。生前他们相互加害，两败俱伤，死后真不知道这二人在阴曹地府怎么再相见！

段秀实笏板击叛贼——唐朝（德宗）时期

突生哗变帝逃奔，窥势闲僚起野心。
佞将拥兵夺社稷，良臣仗义保乾坤。
出谋遏逆勇迎险，挥笏击贼甘舍身。
热血一腔酬壮志，英魂垂史写忠贞。

注释

●唐德宗建中四年十月，一支开往前线的军队在长安附近哗变，五千多名军士转过头来开进长安，泾原节度使姚令言劝阻不成反被裹挟。军士们冲入皇宫，德宗吓得六神无主，慌忙带着几个嫔妃及太子、皇子从北门逃奔。这时赋闲在京的将军朱泚（音：此），看到唐王朝国力衰微而滋生野心，接受哗变军士之拥，威风凛凛地直奔含元殿，自命统帅，想登基为帝。

●当时，长安城里有不少和朱泚一样的野心家，如光禄卿源休、原淮西节度使李忠臣、太仆卿张光晟等，这些人纷纷向朱泚劝进。此时恰有一支凤翔军队前来投奔，朱泚利令智昏，马上任命各级官员，俨然以皇帝自居了。而同样在长安城中由节度使转任闲职的大臣段秀实，则高扬忠义保卫国家。起初，朱泚等人想利用他的名声和在泾原军士中的威望，请他一起造反，可段秀实不允，并对弟子说：『国家有难，我不能旁观，应当以死殉社稷。』接着，他对朱泚申明大义，要朱说服将士，迎接皇上回京，但朱泚拒绝。段秀实见形势已无可挽回，便只好与朱虚与周旋，暗中联系和自己同心同德的朝臣，寻机制叛。

●当时唐德宗逃到奉天（今陕西乾县），身边护驾者不过千人。朱泚派泾原兵马使韩旻率三千精兵，打着『迎驾』旗号去袭击奉天。段秀实见情势危急，就要人伪造军令，命韩旻立即回师，这样就将叛军巧妙截住，减轻了皇上的危险。伪造军令一事暴露后，段秀实与同心者商量，欲在见朱泚面时将其杀掉。他特意穿一身戎装，和朱泚坐在一起，当朱讲到自己要当皇帝时，段秀实怒不可遏，勃然而起，一把夺过源休手中的笏板，向朱的头部用力打去，朱的额角立即鲜血飞溅。

●段秀实与朱泚打成一团。朱身边的李忠臣将段秀实抱住，朱的卫兵用乱刀将其砍死。段秀实的死并没有阻止朱泚建立朝廷，自称『大秦皇帝』，但一年后，朱泚的叛乱终被镇压。段秀实笏板击贼的壮举，被当作忠贞的典范名垂青史。

陆贽苦谏——唐朝（德宗）时期

莽策经国主谬行，诤言谏上挽危情。
直击刚愎求闻过，痛指猜疑冀纳诚。
代诏省身安镇将，督君罪己抚都廷。
人心启稳方一统，随又天昏日不明。

注释

●为消除安史之乱造成的社会动荡不安，唐德宗即位后急于大治，贸然对各藩镇采取强硬政策，实施高压。结果是适得其反，反叛不仅没被压下去，而且屡屡发生，就连曾参与平叛的藩镇，也纷纷起兵反叛朝廷，通往东南的生命线汴河多次被切断，朝廷一片恐慌。特别是德宗即位后连杀了刘晏、杨炎两个理财能手，掌权的宰相卢杞奸恶无能，国库空虚，便向百姓横征暴敛，搞得关中民怨沸腾，以致泾原兵发动兵变，把德宗赶出了长安，推出朱泚为首领，占据长安自称皇帝。面对这样风雨飘摇、动乱不已的局面，德宗一失往昔的劲头，意志无比消沉。这时，身为翰林学士的陆贽忍无可忍，他铁骨铮铮，反复上谏，要求皇上振作精神，修改政策，以解除危机。

●陆贽在上书中，直击皇上的刚愎自用和耻于闻过等『六弊』，特别指出发生危机的主要原因是君臣上下隔绝，皇上对臣下多有猜疑，亲奸佞远忠良，听不得真诚的意见。他希望皇上能够改掉这些错误，扭转国家的危险局面。

●德宗在国家几乎要崩溃的情况下，被迫接受了陆贽的谏议，于是，陆贽代德宗起草了『罪己诏』，向全国发布。在诏书中，皇上做出『推诚改过』的姿态，说李希烈、田悦、王武俊、李纳等起兵反叛，『皆由上失其道而下罹其灾，朕实不君，人则何罪！』并宣布都予以赦免。这样一来，一些藩镇深受感动，马上撤去自封的王号，上表请罪；继续坚持反叛的也最终被平息。诏书中还宣布，过去强征的『除陌钱』、『间架税（房屋税）』以及竹、木、茶、漆等税一律停征。由于下了这样一个『罪己诏』，使得藩将和朝廷官员都得到了安抚，大大缓解了当时面临的严重危机。

●陆贽苦谏，迫使德宗『罪己』，收到了『四方人心大悦』的效果，使大唐王朝在表面上总算恢复了统一，社会初现稳定。但德宗的『罪己』是在万般无奈的情况下被迫做出来的。危机刚一过，德宗便『旧病复发』，对臣下猜忌更甚，对直言不讳的陆贽也讨厌起来，终将其贬逐忠州，李唐王朝重陷天昏地暗之境。

马燧攻心平叛——唐朝（德宗）时期

征伐叛将打河中，立状平敌再请缨。
跃马临池呼晓义，昂头拜阵劝休兵。
袒胸发誓消疑色，拱手宣诚引泣声。
靖乱如期降万众，巧施心战铸丰功。

注释

●唐德宗兴元元年，因朱泚叛乱而流亡在奉天（今陕西乾县）的德宗又面临突然叛乱的朔方节度使李怀光的威胁，德宗只好仓皇逃到梁州（今陕西汉中）。朝廷下令讨伐，李怀光退回河中地区（今山西永济附近），打算与朝廷长期对战。讨伐李怀光的『三大将』之一马燧，虽然连战连胜，但由于后勤供给跟不上，而使进攻时断时续，打了近一年也没有结束。这时有朝臣建议赦免李怀光，不再讨伐。大将李晟坚决反对，表示愿意以自己所部，并自备军粮前去讨伐，保证两个月结束战争。马燧怕自己辛苦了一年多的功绩让李晟夺得，便从前线回到长安面见德宗，请求再给一个月的军粮，必能平定叛乱。德宗应允。

●河中要塞长春宫已被官军围困了四个多月，久攻不下。这时马燧想到叛军将士原是朔方军人，有被说服归降的可能，于是他决定采取攻心策略，力求不战而屈人之兵。于是，马燧不顾部将反对，只身纵马来到长春宫城池之下，放声高喊要守城将领徐庭光出来相见。马见徐率部在城头上向他施礼，觉得他们并非顽固之徒，因此向他们申明大义，陈述利害，要他们放下兵戈，停止反叛，重归朝廷。

●马燧为表诚意，消除叛军将士的疑虑，一把拉开衣襟，袒露出胸膛，拱手说道：『你们如果不相信我，为什么不射我一箭？』看到马燧这般大义凛然，十分诚挚的情景，城墙上的将士都垂头哭泣起来。马燧缓和口气说：『朔方军自安史之乱以来，为国家立功三十余年，为何要做反叛朝廷、罪当灭族的事？叛乱都是李怀光一个人的罪过，你们没有什么需要承担的。』将士们深为马燧的话语和行为所感动，纷纷反正归来。

●马燧巧用攻心战，迅速瓦解叛军，把一万六千多名将士争取过来，彻底孤立了李怀光等少数贼首，终逼李怀光自缢身亡。至此，马燧终于平定了李怀光的叛乱，从他向德宗立下军令状离开长安到平定河中，正好是一个月还差三天。

能臣韩滉调运漕粮——唐朝（德宗）时期

坐镇江南治数秋，兴农备武去贼偷。
殚精平叛消国难，罄力救灾除御忧。
不幸遭诬殃猝起，多亏得辨祸方休。
漕粮如血输前线，心系汪洋驶大舟。

注释

●韩滉，唐德宗年间江淮转运史，他镇守江南十五州数年之久，为政严明，公正廉洁，善于筹谋，当关中地区发生战乱时，他兴农桑、筑城墙、造船只、修武备、惩盗贼，维护了一方的安定。

●韩滉身居江南，心忧国事。朱泚（音：此）、李怀光叛乱，运河常遭淮西叛军袭击。韩滉为解朝廷困难，他一次发出百余艘运粮船，给平叛军主帅李晟，装船时他甚至亲自背米袋。同时，他每月都想方设法往关中发送粮食和各种物资，源源不断地支持朝廷和叛军作战。特别是在关中连年灾荒饥馑，军中无粮、士兵就要哗变之际，韩滉及时将粮食运抵军营，使兵变得以平息，德宗深受感动，更不禁欣喜若狂。

●韩滉出身名门，在朝中任官时常负气使性，得罪过不少人。到地方任职后，仍有很多人忌恨他，所以有朝臣诬告他在江南修造城池想要造反。开始德宗也有点疑虑，找来过去的老师李泌了解情况。李泌秉公陈言，指出韩滉公忠清廉，做了近四十年的官只用过五匹马，家中老妻常服旧衣，住房从不整修；为国家镇守江南十五州，盗贼不起，连年丰收；他修建城池是想陛下可能南渡，预做迎驾准备，这是他对朝廷一片忠诚的表现，何以成为罪过？德宗听了李泌的分析，解除了对韩滉的疑虑，对其更加信任。

● 德宗接见韩滉的儿子韩皋，赐以绯衣，对他说：『有人诽谤你父亲，朕明察秋毫，不会受骗。』韩皋来到父亲的驻节地润州（今江苏镇江），把皇上的话传达给韩滉，韩滉感激涕零，当天就到江边码头督运粮食，发粮百万石，并令韩皋亲自押运返京。就这样，救命的粮食就像给病人输血一样源源不断地运往关中，韩滉以心系军国全局的胸怀，为唐朝维持了一条生死攸关的生命线。

李晟张廷赏将相难和——唐朝（德宗）时期

只因一妓两仇生，水火冤家刃对锋。

张受李谗难晋相，李遭张毁险当僧。

此呼防诈应开战，彼谏推诚务罢兵。

不顾军国狂泄愤，钦天系锦亦无功。

注释

●唐德宗年间，李晟（官至司徒、中书令，封西平郡王）与张廷赏（官至左仆射，为朝廷副相），一个是功高天下的名将，另一个是政绩卓著的名臣，但二人水火不容，针锋相对。原因是李晟曾以神策军将领的身份进驻成都，在打败南昭和吐蕃班师时带走了营妓高洪。当时张廷赏作为李晟的上司，派人半路上把营妓夺了回来，因此，李晟怀恨在心，从此二人互不相让，成为水火不容的冤家对头。

●由于唐德宗在朱泚（音：此）作乱避难奉天（今陕西乾县）时，西川节度使张廷赏全力以赴保障行宫的粮食和物资，德宗回到长安后想把张调到朝廷当宰相。没想到李晟上书表示坚决反对，并说了张廷赏许多坏话，使得张未得相位（后来成为宰相）。而张廷赏也不甘下风，他利用吐蕃首领的离间计，反复向德宗打小报告，说李晟功高震主，图谋不轨，一时搞得满城风雨，使德宗将信将疑，逼得李晟为表清白而不得不把自己的子弟全部送到长安居住，又上书德宗，要交出兵权，削发为僧。

●李、张二人积怨越来越深，以至于不问青红皂白和是非原则，凡你主张的他就反对，凡他拥护的你就作梗。一次，朝廷要调集大军讨伐吐蕃，吐心怀鬼胎向唐求和。李晟认为吐蕃内有阴谋，求和不足为信，还是应以军事解决问题。而张廷赏见李晟主张动武，立即支持从前线归来劝朝廷议和的马燧的意见，建议与吐蕃和亲，并劝说德宗不宜让李晟长期掌握兵权，不如借此机会换掉其凤翔节度使的职务。结果是德宗对李晟采取明升暗降的手法，让李晟当太尉，除了中书令虚衔及王位外，李的实职皆被取消。吐蕃请求在凉川会盟，李晟警告要警惕吐蕃食言。张廷赏知道李晟的意见后，又立即对德宗说李晟的坏话，继续坚持『推诚』。可结果是中了吐蕃的埋伏，唐军损兵折将，吐蕃军乘机进攻，兵锋直指关中。

●李晟、张廷赏不顾军国大计，闹意气，宣私愤，导致了一场又一场朝廷政治危机。德宗曾授意宰相韩滉在二人之间撮合，要他们化解矛盾，结为兄弟。在一次宴会上，德宗还拿出一匹锦缎分系二人，以示尽释前嫌，同心合作。但李、张二人就是放不下冤仇，德宗的一片良苦用心最终化为泡影，劳而无功。

烟波钓徒张志和——唐朝（肃宗、德宗）时期

待诏翰林得赐名，身遭厄运避宫廷。
蛰居野岭结文友，隐入烟波纵钓情。
击鼓吹笛求逸乐，吟诗绘画享闲宁。
词篇五首堪绝作，水色山光尽动容。

注释

●张志和，唐代肃宗、德宗年间的文人，他原名龟龄，十六岁游太学，举明经，肃宗时待诏翰林，赐名志和。后来因受别人牵连被贬为南浦尉。不久他避开宫廷，隐居江湖，自号『烟波钓徒』。

●张志和官场失意后蛰居于深山野岭，在那里他与大书法家颜真卿结为好友，二人经常切磋书法文章。张志和还特别喜欢钓鱼，常隐没在烟波浩渺之中，心无旁骛地垂钓。

●张志和多才多艺，既擅长击鼓、吹笛，又精于歌词、书画，用这些来自娱自乐，抒发闲情逸致，陶冶情操。

●张志和善辞令，作品多写隐居时的闲散生活，其辞令存有《渔父》五首，描写季节景物，鲜明生动，堪称绝作，其栩栩如生的意象，令真山真水都为之感叹、动容。

李泌劝君盟回纥打吐蕃——唐朝（德宗）时期

曾遭回辱恨难平，每念前仇怒火腾。
廷相通观求解怨，国君短见拒推诚。
深析峻势屡陈策，力破僵局终缔盟。
协议和亲结友好，集兵打吐缓边情。

注释

● 安史之乱爆发后，唐朝于七五七年借来回纥军队收复两京，代宗还曾和回纥的叶护可汗结为兄弟。不久洛阳再次失陷，代宗令雍王李适再次向回纥借兵。李适见回纥可汗时，没有拜舞（回纥的礼节），引起可汗手下的不满，把李适的随行人员痛打了一通，然后押送回营。跟随李适的中书舍人韦少华因被打得伤势过重而死去。对这一受辱之事，李适直到登上皇位（德宗）仍耿耿于怀，气愤难平，在对外关系上一直将回纥视为敌人。

● 当时，唐朝的西方和西南方边境常有吐蕃和南诏入侵，北方又有唐视为仇敌的回纥，唐朝要维持漫长边境线的安宁，在各方面都力不从心。对这样严峻的形势，宰相李泌看得一清二楚，他主张与回纥恢复和平关系，共同对付吐蕃和南诏，但德宗不允。七八七年，吐蕃大规模入侵陇东，长安震动。此时回纥的合骨咄禄可汗却前来唐朝要求和亲，德宗一口拒绝。李泌又恳请皇上捐弃前嫌，但德宗执拗不悟地说：『当年韦少华为朕而死，朕岂能忘怀！现在国家困难，虽暂不能报仇，但至少不能谈和。』

●李泌见德宗固执己见，就为其深入分析面临的危机形势，可德宗始终听不进去，采取蒙混和搪塞的办法。而李泌锲而不舍，每次议事必提此事，一连提了十五次。他见德宗依然如故，最后竟以辞官相威胁，终于把僵局打破，在百般无奈的情况下，德宗只好同意与回纥重立盟约。

●李泌见有了转机，立即着手订出五项协议（对我朝称臣；为陛下之子；每次来使节不得超过二百人；每次卖马不过一千匹；不得夹带商胡及中国人出境），取得了德宗的同意。同时，德宗还答应了回纥可汗的要求，将成安公主嫁与合骨咄禄可汗。不久，唐朝又和南诏达成合约，得以集中边防力量对付吐蕃，使得边境危机有所缓解。

『诗囚』孟郊——唐朝（德宗）时期

终生命舛厄压头，虽有揄扬未上游。
食馑衣褴涵雅韵，心清气正拒俗流。
山高水险多吟苦，雨冷风凄尽话愁。
质朴无华独辟径，留得谑号谓诗囚。

注释

●孟郊，字东野，唐代德宗年间诗人，他一生穷困潦倒，始终厄运缠身，虽曾得到韩愈、李观等人的鼎力揄扬，但终未免于饥寒冻馁，直到六十四岁任了山南西道官员时，也没摆脱贫困，被时人称为『寒酸孟夫子』。

●孟郊在饥寒交迫中艰难度日，却拥有一身雅气，决不苟同时俗，随波逐流，始终保持着风清气正的文人形象。

●孟郊的诗，集录在《孟东野集》中。他因自身经历了人世间的无数苦难，所以诗中多蕴含『痛』、『愁』之绪，使其成为苦吟诗人的代表。

●孟郊的诗语句朴实，情感深挚，多数篇章都弥漫着苦涩之味，可谓独辟蹊径，极富创造性。因他与当时的诗人贾岛都以苦吟著称，又多苦语，被苏轼称为『郊寒岛瘦』，诗人元好问甚至将其戏称为『诗囚』。

『永贞革新』失败——唐朝（顺宗）时期

结党操盘助病君，意开清政扭乾坤。
挥刀抡斧急除弊，唤雨呼风力鼎新。
方现明光一点亮，随弥暗雾满天昏。
难敌旧势皆罹罪，转瞬夭折叹永贞。

注释

●唐顺宗李诵，接德宗班之前，就因中风既不能说话，又不能写字，即位后根本没有行为能力。但在他周围，聚集了一个以王叔文、王伾为首的年轻小派别，这些人不满朝政昏暗，强烈要求改革。他们由于过去和皇上关系比较密切，所以就以皇上的名义，大力推行改革措施，力图实行新政，扭转乾坤。

●王叔文、王伾等人急于改革成功，他们借皇威御名，发出了一系列诏书，如贬斥大贪官京兆尹、道王李实，宣布停止盐铁使给皇帝的『月进钱』，召被冤枉贬逐的陆贽等几位名臣回京，出后宫女子三百人，后又出官妓六百人，宣布大赦，蠲免所有积欠官府的钱粮，停止节度使常贡之外对皇帝的『进奉』，等等。这些改革措施来势汹汹，呼风唤雨，大刀阔斧，直指长期以来朝廷的种种积弊，出现了少有的新气象，百姓无不精神振奋，对新政寄予极大希望。

●可是好景不长，顺宗由于长期重病，身体支持不了，只得禅位，太子李淳登基，史称宪宗，这样一来，改革派失去了靠山，再加上他们年轻冒进，又不能团结其他朝臣，得不到臣僚们的支持，且他们自己又不检点，因而授人以柄，招来守旧势力的猛烈攻击，迫使改革赢得的一缕阳光转瞬被满天雾霾所遮盖，改革至此夭折。

●失去靠山的党人立即遭到守旧势力的严厉报复：王叔文被贬为渝州司户，第二年被赐死；王伾被贬为开州司马，很快死在任所。此外，韦执谊、刘禹锡、柳宗元、凌准、韩泰、韩晔、陈谏、程异八人也都被贬到远方当司马。因顺宗退位时改年号为『永贞』，改革派由『二王八司马』组成，故史称『永贞革新』或『二王八司马』事件。

柳宗元贬谪永州十年写华章——唐朝（宪宗）时期

改革罹罪贬出京，十载谪居自乐清。
亭榭池渠名谑号，溪泉丘岛冠愚称。
孤舟蓑笠吟江雪，长水流云写钓翁。
八记篇章尤妙笔，诗情画意大家风。

注释

●柳宗元，唐代文学家、哲学家。他曾参与王叔文、王伾领导的『永贞革新』，革新失败，『二王八司马』均被守旧势力打压，被贬出京。柳宗元先被贬谪到韶州（今广东韶关）出任刺史，半路上又接诏旨，改贬为永州（今属湖南）司马。从此，他在永州谪居了十年。柳宗元虽然身处逆境，但乐观放达，心地清静。

●到永州后，柳宗元先在寺庙里住了四年，后来在城郊冉溪畔建了自己的家园。为了表示自己永不投机取巧，永不与世俗同流合污，他把建起的亭、榭、池、渠、溪、泉、丘、岛，通通冠以『愚』字，如『愚亭』等，共有『八愚』虐号，用以抒胸明志，且自我解嘲。

●柳宗元在愚溪家园，除了种花养树外，还常登山临水，逸情垂钓，他的脍炙人口的《江雪》（千山鸟飞绝，万径人踪灭。孤舟蓑笠翁，独钓寒江雪）和《渔翁》（渔翁夜傍西岩宿，晓汲清湘燃楚竹。烟消日出不见人，欸乃一声山水绿。回看天际下中流，岩上无心云相逐）两首诗，就是这个时候写的。

●柳宗元被贬期间创作的最优秀的篇章是《永州八记》（『始得西山宴游记』、『钴鉧潭记』、『钴鉧潭西小丘记』、『小石潭记』、『袁家渴记』、『石渠记』、『石涧记』、『小石城山记』）。他把永州的山山水水，从人们通常忽略的情景里呈现出独异的自然美，并将自己的喜乐忧伤融入其中，展现出情景交融、诗情画意的艺术魅力和无限情趣，一展大家之风，堪称千古美文，在中国文学史上留下了浓墨重彩的一笔。

大书法家柳公权——唐朝（穆宗、文宗、宣宗）时期

远学书圣近师颜，论字及德巧谏銮。
心正方能挥巨笔，行偏难以掌高权。
磅礴厚重雍容展，遒劲雄浑凛气涵。
柳骨开风独树体，金刚玄秘耀千年。

注释

●柳公权，唐代著名的大书法家。他上追魏晋，初学王羲之，下及初唐诸家，特别是学习颜真卿的笔法，并有修正和发展，尤以楷书最著。一次，唐穆宗向柳公权请教写字的要领，他论字及德，说道：『运笔在心，心正则笔正。』当时穆宗皇帝正荒于政事，醉心游玩，柳公权借此警醒皇上，穆宗即明其意。这件事被后世传为『笔谏』。

●柳公权所说的『心正笔正』，是告诉皇上：写字与经国理政道理相同，都必须首先具备好的德行，否则将一事无成。作为一国之君，如果心不正，必然行为荒谬，是不可能掌好朝廷大权的。

●柳公权为人正直，有诤臣风采，所以他的字才磅礴厚重、遒劲雄浑，透出一股刚风铮骨、雍容凛然之气，真乃是字

如其人！

●柳公权在继承王羲之、欧阳询、颜真卿笔法的基础上，又独树一帜，创造了后人所称的『柳体』，与颜真卿并列，被称为『颜筋柳骨』。他活了八十八岁，一生书碑极多，其中《金刚经》、《玄秘塔碑》等最为精神，千百年来，一直为后代学书法者所必摹。

『中兴贤相』裴度——唐朝（宪宗、穆宗、敬宗、文宗）时期

正气凛然撑大天，四朝风雨走高端。
倾心平叛求国统，竭力襄君盼世安。
屡获荣升情愈切，常遭恶贬志犹坚。
中兴贤相功德盛，韩柳白刘撰颂篇。

注释

●裴度，曾任唐代宪宗、穆宗、敬宗、文宗四朝宰相，封晋公。他正气凛然，居官清正廉明，为大唐政权建设殚精竭虑，呕心沥血。

●裴度为四朝宰相的最大功绩是竭尽全力襄助君主，靖平叛藩，追求国家统一和社会安宁。

●就是这样一位一心为国的忠臣，却屡遭奸佞陷害，在仕途上三起三落，几度入相，几度出藩。尽管如此，裴度对国家忠心耿耿，情深意笃，平藩镇的决心和意志始终坚定不移。

●裴度毕生致力于平定叛藩，恢复大唐中央政权，为国家统一和安宁做出了卓越贡献，被称为『中兴贤相』，韩愈、柳宗元、白居易、刘禹锡等大文豪都曾写诗撰文，歌颂他的无量功德。

李愬袭蔡州致统一——唐朝（宪宗）时期

本是文官甲胄披，高韬妙略讨淮西。
先谋小胜提军气，再策大捷抓战机。
冒雪衔枚袭叛镇，夺城挑帐捣贼居。
翻巢碎卵除顽逆，威慑诸藩暂统一。

注释

●唐朝『安史之乱』后，地方将领割据一方，形成了『藩镇割据』的局面，而在唐宪宗年间，以蔡州（今河南汝南）为中心的淮西镇与朝廷作对最甚。淮西镇已设六十年，辖区虽不大，却处在中原连接江南的要道上，是军阀吴元济的老巢。因此，解决淮西镇的问题，就成为影响全局和平定其他叛藩的关键。唐宪宗元和十二年十月十五日，本为文官出身的名将李晟之子李愬（音：诉）率兵对淮西吴元济进行讨伐，他以深谋大略，巧妙用兵，取得了平叛的决定性胜利。

●李愬开始并未注重操练，而是整日深入官兵之中，与大家同甘共苦，半年后才恢复操练，并试打小规模的前哨战，不打则已，打则务胜。经过几场小仗的胜利，便使这支吃过淮西军败仗的军队的士气得到恢复和提升。在此基础上，李愬感到攻打吴元济的战机已经成熟，便策划对盘踞蔡州的吴发起进攻。

●李愬率部于雪夜出发，悄然无声地跋涉七十余里，在第二天清晨抵达蔡州城外，先偷偷地爬上城墙，杀死守门的敌军，然后打开城门，并命令城墙上的士兵继续击梆打更，接着李愬的军队悄然进入蔡州城，包围了吴元济衙署所在的内城。此时，吴元济做梦也没想到雪夜里会有官军杀上门来，他还以为是前线的军士们回来搬冬衣。等到他上内城城楼看清了是官军的旗号，吓得目瞪口呆，慌忙指挥千余名亲兵进行拼死抵抗。双方经过两天激战，李愬部终于挑了吴元济的大帐，将其活捉。

●李愬雪夜袭蔡州，直捣淮西镇吴元济的老巢，把这个最顽固、朝廷最大的心腹之患一举荡平。从此，蔡州成为拱卫朝廷的重镇，再也没发生反叛之事。淮西镇被平定后，各地的藩镇受到极大的震动，安史之乱以来藩镇割据的气势终被压了下去，国家实现了暂时的统一。

两迎佛骨均未免祸——唐朝（宪宗、懿宗）时期

指望求佛致盛隆，均迎舍利入宫廷。
先皇礼重极虔敬，后主仪豪倍笃诚。
未免血灾归地狱，难祛病害进苍冥。
既然得法当福报，何以逢凶不显灵？

注释

● 晚唐时期，皇帝信佛的比较多，祈盼靠佛的无边法力来实现兴隆，维持自己的统治。唐宪宗年间，听说法门寺护国真身塔内藏有佛祖释迦牟尼的佛骨指，便于元和十四年正月派太监将佛骨迎入长安，进行供奉。事隔五十四年，宪宗的曾孙唐懿宗，又一次把佛骨迎入宫中。这两次举动，就是后人所说的『两迎佛骨』。

● 唐宪宗迎佛骨搞得声势很大，迎入长安后，他怀着十分虔敬的心情，亲自顶礼膜拜，在宫中供奉了三天，然后又送到各寺庙轮流供奉。长安城内的王公贵族、官吏百姓都前来瞻仰膜拜，施舍钱财，有的不惜倾家荡产，一时间整个长安城掀起礼佛的狂潮。后来的懿宗，以表示自己笃信不疑，全然不顾群臣劝阻，竟说：『朕活着能见到佛骨，死亦无憾！』搞的迎请佛骨的场面比起他的曾祖父更加隆重，当时朝廷财政非常困难，他还下令从长安至凤翔三百里

的道路两侧广设宝塔、宝帐、幡花、香辇、幢盖之类，并装饰金玉、锦绣、珠翠，以示豪华壮观。

●祖、孙二人这般虔诚地迎佛骨，本想借佛光，生鸿运，保平安，可宪宗迎佛骨后刚过一年，就被太监暗杀了；懿宗迎佛骨三个月后也病死了。

●按理说，佛法无边，对其虔诚，必有福报。可唐宪宗、唐懿宗对佛那般尊崇，却都没免除厄运，逃过灭顶之灾。人们不禁要问：他们大难临头时，佛法怎么不显灵了呢？

韩愈提携李贺——唐朝中期

妙句华章自幼童，大师惊诧动尊容。
登门探秘高轩过，卧榻呼奇太守行。
罄力提携多赞誉，竭诚鼎助屡推评。
疾书讳辩驳谗毁，老干新枝不了情。

注释

●李贺，唐代天才诗人，其诗长于乐府，多表现政治上不得意，又因其多病早衰，生活困顿，诗中多感于世态炎凉。李贺的诗善于想象，多运用神话传说，创造出新奇意境，在诗史上独树一帜，后人称其为『诗鬼』。李贺七岁时就写得一手奇妙的长短句，如《高轩过》。当时的文坛领袖韩愈经诗人皇甫湜推荐读了《高轩过》，大为震惊。

●听说写此诗的人名叫李贺，是边关从事李晋肃的儿子，韩愈便与皇甫湜一起特意到李晋肃家去探个究竟。当他们确认该诗真是李家的这个小孩子所写，便解除了怀疑，小孩看到二位客人有叫板的意思，为了进一步证实自己，对客人说：『你们若是不相信，我可再写一首。』随即按照韩愈和皇甫湜出的题目，提笔又立即挥就了一首《高轩过》，使得二位客人连连称赞。六年后，韩愈在长安做国子博士。有年夏天他感觉疲倦正想卧榻休息，一学生送来李贺的一份诗卷，韩愈漫不经心地铺开诗卷一角，当他看到第一篇《雁门太守行》中的『黑云压城城欲摧，甲光向日金鳞开』两句时，立即眼睛一亮，困意顿消，随即又束好袍带，将该诗一口气读完，然后连连叫绝：『好诗，好诗！』同时让学生马上去把李贺请来，要与他见面。

●韩愈看到李贺确实是个难得的天才诗人，便决心对其大力提携。他不仅对李贺大加赞颂，而且进行高调推荐和品评，极力为李贺创造脱颖而出的氛围。

●为此，韩愈还鼓动李贺去应试进士，希望他出人头地。可一些文人对李贺的才华十分嫉妒，有意诽谤他，说李贺的父亲名晋肃，儿子就应避讳『进』音，所以不能去考『进』士；又说韩愈劝李贺考进士是有违道统。韩愈闻此情况，立即写了一篇《讳辩》，以周公、孔子和本朝章诏为例，对那些给李贺泼污水者痛加驳斥，文中辛辣地指出：『父名晋肃，子不得举进士，若父名仁，子不得为人乎！』虽然受到韩愈的呵护，李贺最终还是没能去应试，但韩愈对有才学的年轻人大力提携的真情实意却令人十分感动，并成为文坛上千古传颂的佳话。

大诗人白居易——唐朝（宪宗、武宗）时期

野火春风化作梯，文格独具易京居。
绵绵长恨情波涌，郁郁琵琶泪水滴。
往日扬名扇翅凤，今朝贬职落汤鸡。
心托寞岭辞官去，诗酒琴经伴晚夕。

注释

●唐代（中唐）著名大诗人白居易，出身书香门第，少时就写得一手好诗，以后步步高升，获取了功名富贵。他十六岁那年来到长安，携自己的诗卷拜见名望极高的大诗人顾况。顾况对这个年轻人不屑一顾，戏谑地说：『长安米贵，居大不易。』意思是说，你这样一个年轻人，写的诗肯定不会怎么样，别看你叫『白居易』，想在京城待下去，谈何容易？可当他翻到诗卷中的《赋得古原草送别》一诗，见有『野火烧不尽，春风吹又生』的句子时，顿时惊讶万分，觉得该诗文字朴素、简洁、活泼、可爱，其诗风别具一格，很有活力，于是改口说：『有诗如此，居即易也。』由于得到重量级人物顾况的赞许、品评，白居易的『野火春风』一诗便成了他得以在京城安居下来的『梯子』，尔后他渐被诗坛认可，名声越来越大。

●元和元年，白居易中了进士，后做县尉。他时常与好友结伴游山玩水，一日，三人同行，忽而提起唐明皇和杨贵妃悲欢离合的故事，都十分感慨，有人建议白居易把它写成一首长歌。于是，白居易一挥而就，以七言古体诗格律，用波涛奔涌般的激情，写下了《长恨歌》，开创了人的生死形魂离合的新格局，其浪漫主义的美文，引起文坛的极大震撼。不久，白居易又创作了与《长恨歌》相媲美的抒情叙事诗《琵琶行》，借对一位被摧残、被欺凌的长安歌伎的描写，以『同是天涯沦落人，相逢何必曾相识』的句子，抒发自己被贬出长安的忧郁心情，让人读后无限感伤，禁不住流下泪水。这首诗获得了后来朝野的一致追捧，唐宣宗有诗称：『童子解吟长恨曲，胡儿能唱琵琶篇。』歌女们如能唱它，可抬高身价，利市三倍。

●白居易以诗扬名海内外，人们都把他看成文坛的领军人物。可是，他在京任左赞善大夫时，因上疏皇上要求追究藩镇刺杀宰相武元衡一案，而得罪了君主和朝贵。于是被以『刚犯礼制』的罪名，贬为江州刺史，然后再贬为江州司马。当初（二十年前），他以诗文博得声誉，且步步高升，可如今被赶出京城，贬官到荒僻之地，犹如落汤鸡一样悲戚苍凉。

●会昌元年，白居易上书辞官，退居洛阳龙门山东部的香山，将心安顿在荒山野岭之中，自号『香山居士』。他与僧人如满及『香山九老』（原都为地方官员）结为友朋，整日礼佛诵经、饮酒弹琴、游玩赋诗，以此消遣时光。

宦官横行国无宁日——唐朝（敬宗）时期

太监殴众遍哀鸣，县令稍查即获刑。
聩帝庇邪蛮拒理，贤臣护正巧陈情。
审时说孝除冤案，就势修阶保御容。
昏主养奸终丧命，阉人肆虐定无宁。

注释

●唐朝晚期，宦官横行，无恶不作。八二四年末的一个晚上，一伙太监在长安附近的鄠（音：户）县（今户县）街上到处殴打百姓，闹得整个县城哭叫连天，时为县令的崔发知道此事后，把打人的一伙人全部抓了起来。到衙门后发现这些人都是朝中的宦官，崔发出了一身冷汗，觉得实在是惹不起，便把他们全放了。可这些太监回朝后，立即向敬宗哭诉。由于敬宗本是顽劣之辈，从小就和太监们在一起鬼混，所以听到太监们说崔发擅自抓人，就不容分说，将崔发投入了监牢，并遭到太监们的一次次毒打。

●太监们公然毒打命官，引起朝臣一片抗议，纷纷上奏敬宗，要求惩治太监，释放崔发。可敬宗本与太监是一丘之貉，根本听不进朝臣们讲的道理，不仅极力庇护太监们的恶行，而且还要将崔发处以死刑。御史台官员见皇上处事太不公平，只能尽力拖延对崔发的处置。过了近一个月，宰相李逢吉面见皇上，趁着皇上高兴之时，慢慢把话题引到崔发的案件上来，以一番巧妙的话语，切切陈情，终使敬宗改变了处死崔发的决定。

●李逢吉说：『崔发擅抓宦官，确实是犯了不赦之罪，不过崔发之母是前宰相韦贯之的姐姐，现已八十岁，自崔发下狱，忧惧成病。陛下正要以孝道治天下，对这一点希望陛下思之。』李逢吉这样一说，给敬宗搭了一个可下的台阶，敬宗顺势说：『那批谏官尽说崔发如何冤枉，从没人说他犯了不敬之罪，也没人说他有个老母。如果像你这样来说，我怎会不赦免他呢？』这样，李逢吉既解救了崔发，又让皇上下了台阶。敬宗顺水推舟，不仅放了崔发，而且还派人慰问了崔发的老母。

●唐敬宗从十六岁登基起，只知和太监们一起玩乐，很少经国理政。他对太监们几乎言听计从，结果是养奸遗患，终于死在他的球友宦官刘克明、击球将军苏佐明手里，可说是自食其果，纯属报应。综观历史，历朝历代，凡宦官在朝中肆虐，必招致天下大乱，世无宁日，这是一再被历史所证明的啊！

『牛李党争』——唐朝（宪宗—武宗）时期

积仇两辈久纷争，结党拉帮较死生。
造隙拆台相阻障，寻端治罪互讦攻。
只求宗派能繁盛，未虑江山可覆倾。
虽具才华心却暗，因私扰政事难兴。

注释

●自唐代宪宗起，朝臣李德裕、牛僧儒两家就因当年牛僧儒、李宗闵在科考中猛烈抨击李德裕的父亲、朝中宰相李吉甫的施政方针而被放逐，从此结下仇恨，历经后来五朝、两辈人，纷争不断，愈演愈烈，双方各自组织朋党（后人称为『牛党』、『李党』），展开了一场场针锋相对、你死我活的残酷斗争。

●唐文宗五年九月，吐蕃的维州副将悉怛谋突然带三百多部下到成都归降唐朝。西川节度使李德裕喜出望外，赶紧受降，立即派兵占领维州城，并飞报朝廷，说悉怛谋愿意为唐军做向导，断绝吐蕃后路，使其彻底撤出在西北的势力。文宗当即召集群臣商议，大多数人认为这是千载难逢的好机会。可宰相牛僧儒只因是李德裕受的降，就坚决反对，振振有词地使皇上信服了他的意见，下诏要李德裕立即把悉怛谋及其部下归还吐蕃，并令李撤出了维州城。为此，李德裕深感这是牛僧儒故设阻障，实施报复，因而更加深了两人的仇恨。文宗时，李德裕、李宗闵都曾被任为宰相，两人便分别指使同党，伺机向对方发难，罗织罪名，实施攻讦。先是『牛党』把李德裕逐出朝廷去当节度使，并把李的门生故友全部排挤出朝，凡李德裕提出的事一律驳回（维州受降一事只是其中之一）；后是因文宗实在厌烦朝臣的朋党之争，把牛、李双方的主要人物都贬出朝廷。但武宗时，李德裕又被任为宰相，随即翻了维州旧案，并将牛僧儒贬逐、李宗闵流放。可武宗死后，牛僧儒、李宗闵又被召回，李德裕反遭一贬再贬，直至老死海南。

●牛、李的朋党之争，很难说谁对谁错，他们的共同之处在于都只追求宗派利益而置江山社稷于不顾，只想自己及同党繁盛，不顾国家安危。

●李德裕、牛僧儒都是有才华之人，但因他们心理阴暗，长期以来争来斗去，使朝廷的正常运转受到极大的干扰，有李、牛这样的重臣在朝廷中执政，国家怎么可能兴旺发达呢？

『甘露之变』——唐朝（文宗）时期

谎称甘露降严冬，谋借观光剪宦凶。
御殿阶前方贺喜，卫营帘后已伏兵。
臣慌秘破即追剿，阉醒局明立反攻。
数百廷僚遭斩首，尸横血淌主神崩。

注释

●唐代文宗大历九年十一月二十一日，发生了一起以宰相李训、金吾大将军韩约为首，以甘露为信号的剪杀太监的行动，史称『甘露之变』。事件缘起是：这天正当文武百官上朝分班站定之时，金吾大将军韩约匆忙出班启奏，说是早晨在金吾厅后的石榴树上出现了甘露，这是陛下功德感动上天所致，特请皇上和群臣前去观赏。这是李训与韩约密谋而放出的谎言，他们意在借太监随皇上『观光』之机，把他们骗至金吾厅附近，然后悉数诛杀。

●韩约启奏后，宰相李训、舒元舆率文武百官立即跪在殿阶之下，连连磕头，向皇上贺喜，臣僚们不知其中奥秘，都跟着山呼万岁。可此时，李训、韩约早已在金吾厅的门帘后设下了伏兵，等跟随皇上的太监来到后，将他们一网打尽。

●文宗派掌管神策军的大太监仇士良、鱼弘志前往金吾厅进一步确认是否真有甘露。仇士良见韩约神情有异，在寒冬季节脸上竟然淌着汗，觉得其中可能有阴谋。当他看到微风吹起的金吾厅门帘后面隐隐藏着全副武装的士兵的身影时，感到大势不好，立即掉头就跑。李训、韩约发现他们的计谋已被看破，遂令卫士前去追杀，见到太监就砍。这时仇士良已簇拥皇上的龙辇从含元殿逃进皇宫，然后将大门紧闭。李训、韩约等冲到皇宫门前，投鼠忌器，不敢攻打皇宫，只好迅速离开。此时，太监们已明白了局势，便马上组织反攻。

●不到一个时辰，由太监指挥的一千多名神策军士就包围了朝臣们的办公衙署。李训换上小官衣服逃跑，而那些对这场变故毫不知情的官员们还没从惊愕之中醒过神来，就人头落地了。神策军士在衙署中疯狂屠戮，杀红了眼，不一会儿，就当场斩杀了六百多人，整个衙署内尸横血涌，极其恐怖。至此，朝臣们发动的除掉奸宦的『甘露之变』以失败告终，文宗也失去了自由，他的精神亦彻底崩溃，四年后不明不白地死了。

晚唐诗人李商隐——唐朝（宣宗）时期

宏文两论展珍璆，进府为僚志望侯。

勤奉龙韬通理道，谨怀恩义探缘由。

当年获举得登榜，今日遭压未入流。

身陷旋涡徒慨叹，扁舟载郁泛穷愁。

注释

●李商隐，晚唐著名诗人，生于八一二年（唐元和七年），十六岁就写出了《才论》、《圣论》两篇文章，受到大学者令狐楚的赏识。当六十四岁的令狐楚出任天平军节度使时，十八岁的李商隐便被请去做幕僚，当了一位『虚员』（不列编制）。令狐对李的才华十分惊异，还让比李年长十二岁的儿子令狐绹常向其请教。此时的李商隐对令狐父子感激不已，而自己也踌躇满志，决心要出人头地。

●为此，李商隐在离开郓州赴洛阳应举前，还因对令狐楚感恩不尽而写了一首《谢书》诗留呈，诗为：『微意何曾有一毫，空携笔砚奉龙韬。自蒙半夜传衣后（禅宗五祖弘忍半夜将法衣袈裟传给慧能，比喻他得到令狐楚真传），不羡王祥得佩刀（王祥未显时，上司吕虔赠刀，预言他将来必显于世，李以此典感谢令狐楚的关怀）。』李商隐当时既对令狐楚十分感激，又相当自负，对前途充满信心。可十几年后，李商隐已中了进士，他又去考博学宏词科，虽然考得很好，却名落孙山。为此他百思不得其解，便怀着恩义之心，去找令狐绹，想探个究竟。

●李商隐求见令狐绹，先后三次被挡于门外，直到第四次，令狐绹才勉强和他相见，见面后已无过去那般亲热，而是打着官腔，一副冷颜。开始李商隐莫名其妙，自己当年科考四次不第，第五次多亏时任左拾遗的令狐绹打通门路，极力推举，才得以登榜，而现在为何这个样子呢？他突然醒悟，原来是因他做了与李德裕是同党的王茂元的乘龙快婿，而令狐绹却是与李党针锋相对的牛党（牛僧儒）的人，因此，自己尽管考得出色，也是不会被录取的。由于唐代有规定，只有博学宏词科中试，才能取得正式朝官资格。这样，李商隐的仕途就彻底断了。

●想起自己身陷党争旋涡，李商隐慨叹万千。后来他回到安定（今甘肃泾川），登上城楼，触景生情，想起了两汉的贾谊和王粲，感时忧国，不禁作诗道：『迢递高城百丈楼，绿杨枝外尽汀洲。贾生年少虚垂涕，王粲春来更远游。永忆江湖归白发，欲回天地入扁舟。不知腐鼠成滋味，猜意鹓雏竟未休。』借以抒发自己郁愤难平的穷愁胸臆。

装傻的皇叔登皇位——唐朝（武宗、宣宗）时期

装痴作傻以求宁，酷辱凌欺尽受承。
蠢相藏韬赢御位，卓能展略控朝廷。
恤民兴业除苛赋，饬政匡纲去蛀虫。
奋力回天图大治，夕阳虽美瞬间红。

注释

●唐宣宗李忱，是唐宪宗的第十三子，敬宗、文宗、武宗三代皇帝的叔父。因其母郑氏原是镇海节度使李滙（音：禅）的宠妾，李滙因反叛朝廷被杀，郑氏作为战利品被宪宗看中，生下了李忱这位皇子。由于母亲身份低微，李忱从小就受到歧视，三四岁时，一次李忱去拜见宪宗时被宫女袭击，从此他知道了宫廷的险恶，便开始装痴作傻，以求得安宁。久而久之，朝官们也都把他看成了傻子，经常遭到性情顽劣的武宗的欺凌，有一次武宗搞恶作剧，竟然把他扔进了粪坑，好在被大太监仇公武救出。即使这样，李忱都以极大的忍耐力面对，从不表现出愤怒和不满。

●武宗当了六年皇帝，就因服食丹药而死亡。太监们觉得李忱这个皇叔是个傻瓜，认为将他立为皇帝好摆弄，于是一脸蠢相的李忱，蒙蔽了太监们，在三十六岁时赢得了皇帝的宝座。可李忱一上台，立即显示出了经国理政的卓越才

能，武宗时朝廷积压下的大批紧急政务，他都轻松明断，妥善裁决，令朝臣们十分吃惊，大家终于明白皇叔原来的傻样是装出来的，他是在韬光养晦，防备骨肉残杀，避免灾祸临头啊！

●李忱登基，是为宣宗，在位十三年，经国理政，业绩不凡。他体恤百姓疾苦，大力发展生产，减轻苛徭重赋。同时，匡正朝纲，整饬吏治，严惩贪腐，清除朝廷蛀虫，特别对于专权的太监，采取了『有罪勿舍，有缺不补』的方针，让他们自然消耗，使得长期以来宦官专权的局面有很大改变。

●李忱励精图治，奋力回天，使得晚唐出现了一段清明安定的局面，史称『大中（宣宗年号）之政』，『有贞观之风』。但是，唐王朝已如残阳夕照，出现的新气象也仅是回光返照而已。

宣宗铭恩记仇——唐朝（宣宗）时期

爱恨淤怀铸锐锋，登基出鞘必结清。
旧时仇者皆加罪，往日恩人尽赐功。
冗吏曾裁重盛起，高香已灭又隆兴。
虽思大治勤发奋，却使汗衣常战兢。

注释

●唐宣宗李忱当年装呆作傻，以防受害，终于迷惑了太监，武宗死后，太监们出于好控制皇上的考虑，拥李忱即位。实际上李忱早就对欺凌他的武宗及其所推行的政策恨之入骨，心中隐藏着复仇的刀锋。李忱上台伊始，立即如利剑出鞘，清算起久已淤积在心里的爱恨情仇。

●李忱的做法是有仇必报，有恩必偿，绝不含糊。武宗朝执掌朝中大权的是宰相李德裕，后被封为太尉。李忱登位后，立即将其贬逐到海南岛，凡是李德裕提拔的、在武宗朝活跃的大臣也都全部被驱逐。对作恶多端的太监们，更是『有罪勿舍，有缺不补』，让他们自然消耗。而对于自己的恩人们则大加擢用。如其父宪宗去世发丧时天降大雨，路上百官六宫都慌忙躲避，唯有山陵使令狐楚攀着灵驾不松手。李忱将此情此景一直铭记在心。即位后，不顾令狐楚当年因贪赃枉法被贬的情况，将令狐楚（已死去）之子令狐绹立即调进京城任职，很快就提拔为宰相。

●李忱对武宗朝的政策亦是反其道而行之。当年武宗曾裁减上千名冗员，李忱上台后则重新增加；武宗曾大举灭佛，驱赶僧众，拆毁寺庙，李忱上台后则宣布重建佛寺，使几乎断掉的香火又重新兴旺起来。

●李忱在位十三年，他励精图治，整顿朝政，发展生产，减轻徭赋，惩治贪官污吏，打击藩镇势力等，使得衰败的晚唐出现了一段清明安定的局面。但他因在痛苦的经历中形成一种病态的复仇、报恩心理，使得朝官对他的恩威莫测，大家整日战战兢兢。令狐绹当了十年宰相，他说：『我每次在延英殿奏事，未尝不汗流沾衣。』

张议潮收复河西——唐朝（武宗、宣宗）时期

兵聚中原边力虚，吐蕃乘势占河西。

风飙旷漠哀鸿泣，雪覆寒关饿殍凄。

百载沉沦濒死境，一朝奋起现生机。

挥戈举义收疆土，壮志得酬重彩披。

注释

●唐朝安史之乱后，唐肃宗把西域各路军队的主力聚合到中原平叛，河西地区（现在甘肃省黄河以西地区，又称河西走廊）边境防御能力空虚。吐蕃人乘唐朝内乱和唐边境兵力不足，于七五八年开始进攻唐的河西诸城。到唐德宗建中二年，唐朝在河西的最后一座要塞城池——沙州被吐蕃攻破，至此，大唐完全失去了河西走廊的控制权。

●吐蕃人在河西地区实行了十分残暴的统治，烧杀抢掠，酷法严刑，无恶不作，搞得哀鸿遍野，饿殍满路，民不聊生，到处是一片不忍目睹的凄惨景象。

●唐朝的河西地区沉沦于吐蕃人手中达百余年，黎民百姓身陷绝境，几乎已经断了所有的活路。这时，出身名门且父亲又做过唐朝工部尚书的张议潮，在经历了吐蕃人的凶残暴虐之后，以一颗爱国赤诚之心，于唐宣宗大中二年，率

众在沙州发动了起义，打败了吐蕃军队，终于将沙州收复，给长期陷于苦难的人们带来了一线生机。

●张议潮在收复沙州以后，又率领河西人民夺回了伊州（今新疆哈密）、河州（今甘肃临夏）、甘州（今甘肃张掖）等地。大中五年，又派其兄张议潭携河西十州地图和户籍到达首都。唐政府因此决定，在沙州恢复河西节度使，号称『归义军』，任命张议潮为归义军节度使。此后十多年中，张议潮又连克凉州（今甘肃武威）、西州（今新疆吐鲁番），并在河西走廊地区恢复唐朝原有的行之有效的制度，进行水利建设，发展生产，安定社会。张议潮的一系列举措，赢得了河西人民的衷心拥护，后来流传在敦煌的《张议潮变文》就是颂扬他的功绩的。近代人罗振玉还特地写了《补〈唐书〉张议潮传》，使得他在历史上留下了浓重而光彩的一笔。

丑貌才子罗隐——唐朝（昭宗）时期

貌丑文卓受慕尊，孙山屡落蕴别因。
作诗长喻呼明正，放话善讥抨暗昏。
幸有罗公能鉴宝，恰逢钱氏更惜珍。
领官吴越一帆顺，仍秉良知不愧心。

注释

●唐代昭宗年间，江南有一才子名罗隐（本名横，后改为隐），此人相貌奇丑，但诗文却十分了得，当时，常有人带着礼物去求他的诗文。他有个朋友叫令狐滈（音：浩），考中进士时，罗隐写了封信去祝贺，令狐滈的父亲令狐绹对人说，儿子考上了进士自己倒不特别欢喜，欢喜的是因此得到了罗隐的手迹，可见人们对罗隐的才华推崇的程度。就是这样一个诗文出众的人，却一连十次科考都名落孙山，其中的原因当然不是因他长相丑陋，而是因为他经常好说些当权者不喜欢听的话，所以被朝廷和官僚们排斥。

●罗隐仕途不顺，作起诗来善于借物喻人，借古讽今，抨击社会弊端，讥讽昏聩无道，以宣泄心中的愤懑。他的一篇《谗书》，成为晚唐五代时期不可多得的短章妙文。

●罗隐在屡试不第、穷愁潦倒的情况下，偶然间写信给魏博节度使罗绍威，以求得帮助。一向尊重士人的罗绍威，早就喜欢罗隐的诗文，便给了罗隐一大笔钱财，并写信将其推荐给武肃王钱镠（音：流），而钱镠又慧眼识珠。罗隐正是由于有了这两位爱才惜能的人的举荐和接纳，方得脱出困境，出人头地。

●罗隐来到吴越之地，被钱镠委以重任，先是做钱塘县令，掌书记，后来很快升为节度判官、给事中等职，帮助钱镠做了许多大事、好事。罗隐虽然做了官，仕途从此畅通，但他率性求真的脾气并没有多少改变，表面上似乎比过去婉转了些，但骨子里依然故我，真是如世间常说的『江山易改，本性难移』啊！

黄巢进京终失败——唐朝（僖宗）时期

摧枯拉朽取长安，脑胀头昏坐大天。
拒揽藩军荒武备，任当流寇掠粮绢。
未将余勇追逃帝，却使穷凶戮剩官。
速陷危局终撤退，崩盘败北匆深山。

注释

●唐朝僖宗年间，盐贩子出身的黄巢发动了震撼全国的农民起义。这支队伍从广州出发，连破几道朝廷设置的封锁线，席卷湘江、长江中下游地区，渡淮北上后，仅用三个多月的时间，就以摧枯拉朽之势打入唐都长安。黄巢义军因顺利得手，便被胜利冲昏头脑，入长安八天后就匆忙布告登基坐殿，改国号为『大齐』，年号『金统』，并任命了宰相等一大批官员。

●此时的黄巢军尚立足未稳，但他们误判了形势，既没有去招抚各地的藩镇军阀归顺，也没有建立一个可以依托的根据地，就连长安到洛阳一线也没能掌控手中，仍然当『流寇』，打到哪吃到哪，以劫掠粮绢为生。特别是他们连赖以起家的打仗本领也荒弛了，在占领长安三个月后，尚让等大将军指挥对唐凤翔节度使作战，吃了惨重败仗，死伤数万。

●黄巢军占领长安前，唐僖宗已仓皇出逃。黄巢军本该乘胜追击，将唐的小朝廷一举歼灭，可他们没有这样做，反而对剩下的唐朝官员施以酷刑，并大肆屠戮，凡能写诗的人（因有人写了一首讽刺黄巢的诗）都要逮捕，诛杀了三千多人。

●由于黄巢军入长安后实行了一系列错误政策，导致藩镇军阀纷纷向关中进军，再加上黄巢手下将领并不真心实意为其作战，使得长安很快就陷于藩镇军的重重包围之中。黄巢军困守长安两年，局势越来越严峻，最后于唐中和三年被迫撤出长安。流动作战一年后，盘崩兵败，黄巢在泰山的狼虎谷自刎身亡，至此，黄巢起义彻底告败。

韦庄与『花间词』——唐末五代初时期

绫罗锦绣烬成灰，末日挽歌哀式微。
贵妇感时芳草萎，娇娥触景俏枝摧。
云柔月媚绵绵爱，雨冷风凄切切悲。
香软绮靡男女恋，花间堪首溢芳菲。

注释

●晚唐至五代时期，文坛上出现了一批『花间词人』，温庭筠、韦庄、皇甫松、牛峤、孙光宪等十八位词家的作品，被五代西蜀的赵崇祚编选为《花间集》十卷，共收录五百首词作。其中韦庄的《秦妇吟》有名句：『内库烧为锦绣灰，天街踏尽公卿骨』。这首《秦妇吟》被后人称为『大唐帝国末日的挽歌』，十分恰切，人们每读到它，的确撼动魂魄，催人泪下。

●韦庄的《秦妇吟》，写了一个上层社会妇女在时局动荡中的种种遭遇和感伤，真实地反映了当时社会的乱象，使人看到了贵妇人靓艳不再的悲凉情景，惟妙惟肖地折射出晚唐社会的衰落。王建在蜀中称帝后，韦庄做了宰相，他有一个貌美绝伦、才华出众的小妾，被王建以教吟诗填词为由，带入宫中，再也没让她回来。韦庄为此十分痛苦，作了《谒金门》一词，以表达对小妾的追念，词中写道：『空相忆，无计得传消息。天上嫦娥人不识，寄书何处？『满院花落春寂寂，断肠芳草碧。』这首词传入宫中，他的小妾读后触景生情，肝肠寸断，竟绝食而死。

●晚唐至五代文人们所写的『花间词』，内容多为风花雪月，不是绵绵爱意，就是切切悲情，且常以女子的口吻来抒发情怀。

●『花间词』风格倾向于香软绮靡，大多写的是男女之恋。当时西蜀因战乱比北方少，经济文化比较发达，不少中原文人为避战乱而逃到蜀地，因此，前蜀、后蜀就出了不少词人，又因他们为词之风大体相似，赵崇祚把他们的词编辑成一本『花间集』。而韦庄在这些『花间词人』中可谓成就最高的一位，称他为『花间词人』的领军人物名副其实。

高骈装神弄鬼终毙命——唐朝（僖宗）时期

装神弄鬼欲成仙，沉陷骗局痴异端。
着羽习飞骑木鹤，秉烛斋醮炼金丹。
极恭道术失财宝，甚笃妖言落套圈。
未见白云来救难，灭门丢首上西天。

注释

●高骈，唐僖宗年间淮南节度使、诸道行营都统，在平定安南战役和西川打击南诏战役中都立过功，算得上是唐末的名将。可高骈喜欢神仙道术，不走正路，常用装神弄鬼的伎俩来树立自己的『威信』，每当发兵，都在夜间张旗站队，并焚烧纸人纸马，手舞七星剑作法。平时他结交道士仙客，广聘术士，对这些人崇信有加。当时有个叫吕用之的骗子，自称『真君』下凡，能炼长生不老仙丹，高骈深陷此人设下的骗局，对其十分信任，吕用之说什么，他都深信不疑，如法去做，如痴如醉地一心想得道成仙。

●吕用之对高骈说：『只要你认真修炼，玉皇定会派仙鹤来迎你上天。』高骈就毫不怀疑地照着吕的说法行事。他经常身穿羽服，并在庭院里做了一个木头仙鹤，每日骑坐，练习飞升。他还日夜秉烛斋醮，炼金烧丹，祈盼长生不老，早日成仙。

●吕用之知道高骈和朝廷闹独立，又和宰相郑畋（音：田）不和，便蒙骗他说：『宰相派剑客来取你首级，今晚就要到了！』高骈恐惧万分，忙向吕用之问计，吕便编造说有一『赤松子』下凡，可抵御剑客，并让高骈当晚穿上妇女服装，躲进密室，吕用之使人在外面又是弄响动，又是洒猪血。吕用之本想故弄玄虚骗取钱财，可高骈竟然老老实实地予以接受。事后吕用之故意说若没有『赤松子』下凡抵御，高骈早就没命了，高骈为了感谢吕用之，拿出了大量金银财宝作为酬劳。吕用之刚见到高骈时，曾背地里在一块青石上刻写『玉皇授白云先生高骈』几字，然后藏于道院的香案里，高骈去道院烧香，正好发现，吕随之上前祝贺，说高骈是白云先生下凡，高骈也就信以为真，不知这是吕用之精心设下的圈套！

●最终，『白云先生下凡』成为泡影，光启三年，原黄巢部将毕师铎攻入扬州，高骈被俘。毕师铎以后打了几次败仗，怀疑是高骈在暗中作法；又有尼姑对毕师铎说：『扬州今年要有大灾，必须死一大人物方可转危为安。』于是，毕师铎乘机将高骈杀死，高骈的子弟侄甥也一起遭灭门之祸。

末日寡人——唐朝（昭宗）时期

风雨飘摇末日临，除奸靖乱力难寻。
满朝文武少雄胆，一室宗亲多碌人。
虎口求兵跌陷阱，狼穴当偶入绝门。
孑然凄怆无归处，丧尽江山亦断魂。

注释

●唐昭宗登基时，大唐王朝已处于风雨飘摇之中，朝廷内部太监集团专权，地方藩镇军阀割据。昭宗很想和他的祖父宣宗一样能有所作为，却找不到可依靠的力量。

●当时满朝文武百官没有一个有勇有谋、可助皇上一臂之力的。昭宗先是信任大臣张浚，但这个人爱说大话，并无真本事，他劝昭宗『以强兵服天下』，首先拿盘踞河东的军阀李克用开刀，昭宗便派他带兵去讨伐，大太监杨复恭得知此消息，唯恐张浚获胜后来杀太监，就和李克用勾结，致使张浚全军覆没，张浚只身逃往军阀朱全忠处。凤翔军阀李茂贞公然藐视朝廷，上书讽刺昭宗说如果皇上再避难的话，不知还有没有去的地方！昭宗让宰相杜让能领兵去攻打李茂贞，杜让能却不敢领受任务。对朝臣失望至极的昭宗，后来竟然找不出一个像样的臣子当宰相，只好任命仅会作歇后语的郑綮来担当此任，命令一下，就连郑綮本人都哭笑不得。朝臣个个无能，昭宗转而依靠宗室亲属，可这些皇亲国戚，也个个是庸碌之辈。昭宗虽给兄侄们都挂上了军衔，指望他们招募士兵，重整旗鼓，但招来编成的军队全是乌合之众，毫无战斗力可言。不仅如此，乾宁四年，华州军阀韩建和宦官们沆瀣一气，包围了皇家诸王住所十六宅，大肆屠杀，有十一个亲王毙命。

●走投无路的唐昭宗最后只得向地方军阀求兵，这实际上给地方军阀利用他提供了难得的机会。在李克用兵临长安之后，仓皇出逃得以返京的昭宗，在李克用的威势下，竟然把朝廷宣布为叛将的他封为晋王。以后两年里，昭宗又连续遭到两次太监发动的叛乱和劫持。军阀朱全忠以『勤王』为名，率军从河南入关中，唐昭宗落入了朱全忠之手，成为这个军阀手中的『玩偶』，从此昭宗到了彻底无路可走的地步。

●唐昭宗从虎口出来又进了狼穴，久有野心的朱全忠很快就将他仅有的左右亲近侍卫全部剪除，这时，昭宗真正成了孑然一身的孤家寡人，最终被朱全忠的部将杀死。

『清流』反成叛国浊流——唐朝（昭宗、哀帝）时期

名谓清流实恶人，投机肆虐丧天伦。
勾结藩镇挟庸主，专擅朝廷害正臣。
附势帮凶夺顶座，借威除异灭高门。
本思来日仍华贵，不料阎王已叫魂。

注释

●唐朝末年，昭宗先后任命几个所谓的『清流』为宰相，如崔胤、柳璨等，但这些人名为『清流』，实是恶人，他们眼见唐朝日薄西山，便纷纷暗中谋划反叛，丧尽天良，妄想在改朝换代后能为自己谋得高官厚禄。

●崔氏家族在朝中连续四代为高官，朝廷有恩于崔家。崔胤身为宰相，却勾结军阀朱全忠，把持朝政，将庸碌的皇帝架空。同时，残酷打击与自己有矛盾的朝中正臣，使三十多位大臣遭到贬逐。

●柳璨是曾任朝中宰相的柳公绰的重孙，此人博通经史，后来也当上了宰相，他也一心想借朱全忠之力，清除与自己不和的朝臣。九〇三年五月，他借天上出现一颗彗星之机，秘密给朱全忠开了一个高门大族出身的朝臣的黑名单，二人一拍即合，以皇上的威名下敕，将许多人『赐死』，有三十多个被贬逐的朝臣在黄河边的白马驿惨遭毙命。柳

璨在昭宗死后，还竭尽全力为朱全忠谋取皇位，他和同党仿效自东汉曹丕以来改朝换代所习惯的『禅让』，为朱全忠登基设计了一个程序：先封大国，再加九锡，再给予特殊礼遇，最后受禅。

●崔、柳之类的所谓『清流』，依仗军阀在朝中兴风作浪，不可一世。他们得意忘形，哪里知道军阀朱全忠并没有把他们视为真正的心腹。朱全忠的儿子朱友伦打马球时不慎落马身亡，朱全忠怀疑是崔胤搞的阴谋，将其罢免，后被朱全忠的另一个儿子朱友谅杀死，崔的全家也一同被杀光。柳璨给朱全忠设计了一整套受禅程序，朱不耐烦这套繁文缛节，怀疑柳璨等人从中捣鬼，又听说柳璨经常进宫和太后商量禅让的细节，就更加认定柳璨在搞阴谋，所以一怒之下将柳处决。

千首七律咏国史

（二）

张矛◎著

中国社会科学出版社

图书在版编目（CIP）数据

史海游吟：千首七律咏国史：共五卷\张矛著.—北京：中国社会科学出版社，2018.9

ISBN 978-7-5203-1221-9

Ⅰ.①史…　Ⅱ.①张…　Ⅲ.①中国历史—古代史—通俗读物　Ⅳ.①K220.9

中国版本图书馆 CIP 数据核字（2017）第 256665 号

出 版 人　赵剑英
责任编辑　熊　瑞　张　湉
责任校对　郝阳洋
责任印制　戴　宽

出　　版　中国社会科学出版社
社　　址　北京鼓楼西大街甲 158 号
邮　　编　100720
网　　址　http://www.csspw.cn
发 行 部　010-84083685
门 市 部　010-84029450
经　　销　新华书店及其他书店

印刷装订　北京君升印刷有限公司
版　　次　2018 年 9 月第 1 版
印　　次　2018 年 9 月第 1 次印刷

开　　本　710×1000　1/16
印　　张　142
字　　数　1618 千字
定　　价　598.00 元（全五卷）

凡购买中国社会科学出版社图书，如有质量问题请与本社营销中心联系调换
电话：010-84083683

目　录

楚汉相争

西汉

新莽政权

东汉

三国时期

楚汉相争

刘邦入咸阳——楚汉相争时期

尽纳忠言速返兵，消忧靖后再西征。

招降一策赢官助，约法三章获庶拥。

受哙激抨归灞上，得良苦劝弃秦宫。

督军立把咸阳取，据险磨刀渐旺兴。

注释

●楚怀王命宋义、项羽北上救赵，同时命刘邦西进入关，并约定先入者为关中王。刘邦急于入关，为快速前进，放弃了对秦朝的一些重要据点的攻击，居然连南阳郡的宛城都绕过了。张良见状，急忙进忠言：『沛公急于入关，但目前秦兵力尚盛，且据险而守，如不攻下宛城就继续西进，必成腹背受敌之势，那将十分危险！』张良的忠言警告使刘邦猛醒，当天夜里就令军队绕道返回，于天亮之前将宛城团团围住。这样就解除了后顾之忧，为胜利创造了有利条件。

●刘邦采纳南阳太守的门客陈恢的建议，实行『投降者受封』的政策，一路引兵西进，所过郡县果然都开城投降。刘邦又下令军队不许掳掠，所以深受秦地人民欢迎。后来入咸阳又约法三章：杀人者抵命；伤人、偷盗者按轻重抵罪；秦朝所有的法令一概废除，吏民的生活一切照旧。关中百姓大喜，纷纷带着牛羊和酒食来犒劳刘邦的兵士。刘邦由于得到了民心，赢得百姓拥护，所以人们都唯恐他不在关中为王。

●秦王子婴投降后，刘邦在咸阳看到秦宫壮丽豪华，且有上千美女，让他心旷神怡，便想留住秦宫，但遭到樊哙的激烈反对，并让他速回灞上，切不可贪图奢华。刘邦不听，张良又谏，终使他克制奢欲，离开秦宫，返回灞上。

●刘邦急兵速取咸阳，凭借险关屏障，为其日后发展建立了比较稳固的根据地。

刘邦鸿门宴脱险——楚汉相争时期

羽出锋刃指关前，有幸良朋力斡旋。
拱手申诚驱厄运，掬心献礼解疑团。
项庄舞剑凶光冷，樊哙持刀凛气寒。
互敛狰狞终势缓，鸿门一宴品千年。

注释

●项羽听说刘邦已先他进入咸阳，十分恼火，急令挥师入关，去攻打刘邦。当时，项羽拥兵四十万，而刘邦仅有十万，兵临关下，刘邦已危在旦夕。幸运的是，项羽的叔父项伯是张良的好友，项伯听说张良在刘邦军中，便乘夜来见张良，要张良赶快跟他一起逃走。张良不肯，引其见刘邦。刘邦厚礼相待，装出一片诚恳之状，反复说明他绝无反项羽之心，早就盼项羽尽快入关，并希望项伯把此意原原本本转告项羽。项伯答应了刘邦的请求，愿在其间斡旋，并叫刘邦第二天一早就去见项羽。

●按照项伯的安排，刘邦带百余人马去见项羽。在鸿门宴会上，刘邦的参乘樊哙在护卫刘邦的同时，申明刘邦破秦而入咸阳，秋毫无犯，封闭宫室，率军驻于灞上，等候大王（项羽）入关。他所以派军守关，只是提防强盗出入和其他意外。这样劳苦功高，本应受封侯之赏，岂料要遭诛杀，这不是在步秦之后尘吗？樊哙的这番既诚恳又尖锐的话语，使项羽哑口无言。刘邦看到如此剑拔弩张的形势，便以醉酒为名不辞而别，临走时嘱张良将带来的白璧和玉斗各一双分别送给项羽和范增，以消除他们的怀疑之心（其实项羽的谋士范增早就明了刘邦的心思，只是项羽没有听进他的良言忠告，而遗患无穷）。

●当时，在宴会上范增几次暗示项羽动手除掉刘邦，可项羽没有理会。为此，范增把项羽的堂弟项庄叫来，让他以祝寿为名，舞剑助兴，乘机杀了刘邦。项伯见势也起身舞剑，以身体掩护刘邦。张良见大势不好，便将樊哙招来，樊哙横眉怒目，持刀立帐，护卫刘邦，并以喝大碗酒、吃生猪肉来彰显壮士之雄威。同时还怒斥项羽听信闲言碎语、欲杀有功之臣的不仁不义。最后项羽无话可说，只得请樊哙入座，双方对峙的局面方得到缓和。

●稍许，刘邦让樊哙陪同自己如厕，乘机溜走返回军中……至此，一场鸿门之宴落幕，其中的精彩和奥妙，为千百年来人们不断玩味品评。

项羽自称西楚霸王——楚汉相争时期

入咸焚掠洗一空，目短心狭脑不清。
仅恃功高胡坐霸，单凭气盛乱分封。
威逼义帝迁郴县，轻许刘王踞汉中。
恣肆骄狂埋后患，未思敌手备雄兵。

注释

●项羽引兵入咸阳后，杀了秦王子婴，放火烧了秦宫，又掘秦始皇的坟墓，把整个咸阳洗劫一空，然后准备携带掠来的金银珠宝和美女，返回自己的家乡。这时有一个韩姓读书人劝项羽应凭借关中山河之险，以图称霸天下，而项羽却不屑一顾，说：『富贵不归故乡，犹如穿锦绣之衣在夜里行走，哪有谁知道你穿得如此漂亮呢！』韩生听到项羽这番话大失所望，便在私下尖锐地抨击项羽目光短浅，胸无大志，结果被项羽活活煮死。

●项羽自恃抗秦、立楚怀王有功，根本不把楚怀王放在眼里。当楚怀王兑现『谁先入关中谁就为关中王』的约定，意让刘邦为关中王时，项羽暴跳如雷，竟擅自重新分封诸侯，自己则号称西楚霸王，凌驾于诸侯王之上。

●项羽表面上尊楚怀王为『义帝』，为了称王称霸，他以威势逼迫楚怀王迁往长沙郴县。对刘邦他仅封其为汉王，而将关中一分为三，用以钳制刘邦。刘邦盛怒，欲发兵攻项，萧何晓以利害，以『今日屈于一人之下的气量，有朝一日才可能得逞于万人之上』的道理，使刘邦止兵。接着刘邦让张良送重礼于项伯，请他说服项羽把汉中的全部土地都封给刘邦。在项羽看来，刘邦是要安心做他的汉王了，于是很爽快地答应了。张良又劝刘邦，在去汉中的路上，将所过栈道一律烧毁，以防备诸侯进兵汉中，同时也可使项羽相信他不会有夺取天下的野心。

●那个曾劝谏项羽的韩生，把项羽比作猕猴戴帽，招摇过市，生怕人家不知它戴着帽子。韩生的话不幸言中，项羽自以为分封了诸侯王，大家都很顺从，至此可以高枕无忧了，所以带领人马，浩浩荡荡回到自己的封地去了。他哪里知道，刘邦据汉中正抓紧备武兴戎与其争霸天下呢！

韩信投刘拜将——楚汉相争时期

蒙辱无羞欠品端，投邦弃羽盼金鞍。
屈尊忍气腾心火，策马逃身走夜天。
萧相披星追小吏，刘王设场拜高官。
三秦必取呈宏略，茅塞即开主悦欢。

注释

● 韩信，淮阴人，少时家境贫寒，品行也不好。一次，在街市上一无赖当众要韩信用剑刺他，说如若不敢，就从他的胯下钻过去。韩信看了看他，果真甘愿受了胯下之辱。后来韩信来到了项梁、项羽麾下，多次献策未被采纳，且总是得不到重用。当刘邦前往封国时，韩信便投奔了刘邦，指望能在这里飞黄腾达。

● 韩信开始在刘邦属下只做了个治粟都尉（主管征收田赋），却得到萧何的赏识。一日韩信想到萧何一定多次向刘邦推荐过自己，可刘邦还是不重用，看来是没有什么希望了。于是心火升起，乘夜色策马逃走。

● 萧何得知韩信逃跑的消息，急速策马扬鞭，星夜兼程，前去追赶。这时有人对刘邦说萧丞相跑了。过了一天，萧何回来了，说是去追韩信，刘邦说，将领们已跑了几十个（将士多为东方人，不服巴、蜀水土，都盼望能回到东方去），为什么偏去追他？萧何说，要夺取天下，非韩信不可。还说像韩信这样的人，让其做一般将领是留不住的。刘邦听后，马上要萧何择日斋戒沐浴，设坛场，行仪式，拜韩信为大将军。

●拜将仪式结束后，刘邦向韩信问策，韩信指出项羽的『不能知人善任』、『妇人之仁』、『匹夫之勇』等致命弱点，要汉王（刘邦）反其道而行之。接着韩信分析了先进军关中的有利条件，并提出了首攻三秦的战略构想。韩信这番精辟见解，使刘邦十分折服，恨自己没有早一点认识这样一位人物。

刘邦东进失败——楚汉相争时期

发丧先帝示仁良，遂聚诸侯讨霸王。
直捣彭城生逸乐，轻达楚地长骄狂。
迎攻乱阵连失利，退守折兵屡挫芒。
睢水无情推覆没，天风有意助还阳？

注释

● 前二〇六年，刘邦亲率大军东进，先夺三秦，后向项羽进攻。来到河南时一老者拦道而哭，向刘邦述说义帝（楚怀王）之死，并要刘邦向天下公布项羽杀害义帝的罪行，以博得天下的同情和响应。刘邦觉得此建议甚好，于是亲为义帝发丧，且守灵三日。接着布告诸侯，声讨项羽的大逆不道，号召各诸侯联合起来，共讨霸王。

● 刘邦乘项羽正在向齐国大规模用兵而暂时无意顾及之际，集合诸侯军队五六十万人马，长驱直入西楚之都彭城，并把项羽在彭城的金银财宝、美色佳丽全部据为己有，尽情挥霍享乐，整日设宴狂饮，歌舞升平，似乎大功告成，天下已收入囊中。

● 这时项羽得知刘邦占领了彭城，怒不可遏，急率精兵三万回救。刘邦组织诸侯联军迎击，在萧县刘邦的联军一触即败，项羽首战告捷。之后，于彭城以东，两军又大战，诸侯联军再败，只得向南退却，至灵壁睢水边，与项羽军再战，又大败。

●刘邦所率联军乱阵、溃军，屡屡败北，死伤无数，仅淹死在泗水、谷水、睢水的将士就达二十余万，尸体叠压拥挤，堵塞睢水，几乎断流。项羽将刘邦和他的残部团团围住，情况万分紧急。正在刘邦即将全军覆没之时，突然西北风骤起，刮得天昏地暗，飞沙走石，项羽的军队一时大乱，刘邦乘机急忙带十几个亲随，仓皇向沛县方向逃去。

刘邦不慈不孝——楚汉相争时期

四海扬威举大旃，丢慈弃孝却难恭。
逃生竟可抛儿女，求胜还能舍父翁。
已见哀爹即上俎，犹发疯话欲分羹。
亲情骨肉皆无谓，人性失温冷若冰。

注释

● 刘邦举兵反秦，后与项羽争锋，雄威大震，四海扬名。可这样一个人却不慈不孝，实在让人难以恭维。

● 一次刘邦兵败，狼狈逃跑，项羽穷追不舍。一日，刘邦在逃跑途中偶遇儿子和女儿，便将两个孩子拉到车上。此时，项羽追兵已至，刘邦为了加快速度，以利自己逃脱，竟然三次将孩子推下车。夏侯婴反复阻拦，刘邦大怒，险些将夏侯婴杀掉。刘邦不仅对儿女弃爱，而且对老父亦绝情。老父太公与妻子吕雉在沛县落入项羽手中。一次，刘邦率军在荥阳东面将一支楚军包围，项羽带兵前来救援，两军在那里对峙数月，项军开始缺粮。于是项羽在阵前摆了一个大俎，把刘邦的父亲置于其上，欲逼迫刘邦退兵，刘邦却丝毫未因老父面临生命危险而动声色。

●项羽在大俎前对刘邦喊话：『你如不赶快来与我决一死战，我就把太公剁碎了煮成肉羹！』刘邦闻之，笑着对项羽喊道：『我与你一起受命于楚怀王，两人约为兄弟，我的爹当然就是你的爹，你一定要把他剁成肉羹，有幸请分我一杯（幸分一杯羹）！』项羽听了大怒，当场要把太公杀掉，后因项伯苦苦劝解，太公方幸免一死。

●在儿女和老父生命危在旦夕之时，刘邦毫不顾惜，只顾自己，此等不慈不孝，实在令人不齿！

随何策反黥布叛楚——楚汉相争时期

汉败彭城主郁阴，随何策反解忧纷。
深析强弱明趋势，辟论实虚指要津。
斥项失约违道义，称刘守信顺人心。
逼黥就范封回路，巧引劲戈钳楚军。

注释

●刘邦兵败彭城，一路西逃，直到甩下追兵，方得稍息。他看看跟在身边的几个人，悲凉之中，哀叹声声，自言自语道：『就这样，真不足以跟他们谋划天下大事。』这时，一个叫随何的人说没有听明白主上是什么意思，刘邦便说：『如有人能将楚将黥布拉拢过来，让他发兵攻楚，牵制项羽几个月，我们就可夺得天下（黥布为项羽手下悍将，屡立卓功）。』随何听后，主动请缨去施策反。

●随何来到黥布处，精辟地分析了楚汉之间的力量对比，指出：表面上看楚强汉弱，但实际不尽然，因楚国强大，则天下诸侯方与其为敌；而目前楚军受汉军多方钳制，已陷入进退两难的境地，而这也正是汉军真正强大的地方。他要黥布认清形势，倒戈发兵，牵制项羽，并保证将来刘邦一定与他裂地分王。

●随何向黥布发动强大的心理攻势，严厉斥责项羽丧失道义，分封不公，毁弃盟约，杀害义帝（楚怀王），众叛亲离，并盛赞刘邦恪守信用，惠及民众，招收贤良，大得人心，其最后必胜无疑。随何的一番长篇大论，指点迷津，晓以利弊，终使黥布动心，答应归顺刘邦。

●正当随何策反黥布时，楚国的使者也在黥布的客舍里。随何走后，黥布到楚国使者处，想应付一下。随何知道后马上跑回来，当着黥布的面对楚国使者说，黥布已归顺汉王（刘邦），你凭什么要他发兵？黥布一时目瞪口呆，看到随何已彻底断了自己的退路，便只好杀了楚使，率部归刘，从而成为钳制项羽的一支关键力量。

陈平巧施反间计解困荥阳——楚汉相争时期

荥阳陷困主忧忡，秣断粮绝势近崩。
陈尉出招施反间，刘王予帑举谋攻。
谣言造隙除离昧，毒计播疑去范增。
搅乱楚营生内讧，危局速破再争锋。

注释

●汉军的补给线被项羽切断，受困于荥阳，形势岌岌可危，刘邦一筹莫展，找陈平商议对策（此时陈平为护军中尉，节制各护军将领）。

●陈平为刘邦献计说，项羽虽气势汹汹，不可一世，但他只有范增、钟离昧等少数忠心耿耿的大臣，我们如果肯拿出数万金子，离间他们君臣之间的关系，就可以使他们互不信任。项羽妒忌心重，且易听谗言，我们可利用其致命弱点，实施反间，使其内部自相残杀，到那时，乘势举兵进攻，楚军必败。刘邦闻计大喜，当下交给陈平重金，让他支配。

●于是陈平常派人去楚，贿赂楚军的贪财军官，让他们散布钟离昧立功后因不得分地为王而不满，且暗中与汉王勾结，欲与王汉联合消灭项羽，然后各自称王等谣言，终使项羽产生猜忌，不再信任钟离眛。范增是项羽的重臣和大谋士，陈平接着又把目标指向范增。不久，项羽的使者来见刘邦，陈平差人以接待天子的礼数接待他。但当进献者向项羽的使者献礼时，假装大吃一惊，脱口说道：『我以为是亚父（范增）的使者，没想到是项羽的使者。』进献者连忙退出，然后用极普通的礼数来招待项羽的使者。使者归楚，把详情报告项羽，项羽信以为真。自此之后，尽管范增百般催促项羽加紧攻打荥阳，项羽一概不听，总认为范增另有企图。范增看到项羽这样怀疑他，十分愤怒，于是辞职还乡，在途中病倒死去。

●陈平使用反间计使项羽连连上当，其内部已分崩离析，而使刘邦打破危局，迎来了新的勃兴。

蒯通劝韩信『三分天下』——楚汉相争时期

综观天下大局明，劝信称王掣两雄。
二霸争锋生祸患，三足鼎立罢兵戎。
如能助羽楚则胜，若愿襄邦汉必赢。
苦口婆心终不纳，文辙韩蹈断前程。

注释

●正当韩信平定齐地大部，被刘邦封为王时，项羽派术士武涉游说其与刘、项三分天下，韩信拒绝。之后，齐地术士蒯通又以三分天下的道理去劝说韩信。

●蒯通为韩信深入分析形势：现在楚汉相争，兵连祸结，生灵涂炭，却无人解救。而刘、项又一时难分胜负，此种态势下，只有你韩信脱离刘邦，独树一帜，与他们三分天下，形成三足鼎立之势，方可使他们不敢轻举妄动。以你的大智大勇和拥有的军队，依托齐地之富饶，且燕、赵俯首听命，从楚、汉兵力空虚处牵制住他们，为民请命，叫他们停止争斗，天下人必将风从响应，一场陷民于水火的大祸便可平息下来。

●蒯通特别强调：『如今项羽和刘邦的命运都操在你韩信手中，你助汉则汉胜，助楚则楚赢。如果你按照这个建议办，不仅对他们双方都有利，而且你也可分地封王，这是上天赐予的难得机遇，切不可失之交臂啊！』

●但是韩信并未听进蒯通的劝告，说汉王对他如何之好，自己不能见利忘义。蒯通则反驳说：『你现在想以忠诚来换取汉王的信任，其实是一厢情愿，待汉王得天下后，并不能保证不加害于你。古时越国大夫文种，辅佐勾践称霸天下，最后并未因有功而免除一死……胆量和谋略使君主感到震惊的人，他的性命就危险了。如今你有震主之威，有天下第一的功劳，在楚，项羽不会信任你，在汉，刘邦对你也不会放心，你还是认真地想一想应该怎么办吧！』蒯通反复说明道理，但韩信就是执迷不悟，后来终蹈文种的覆辙。

张耳和陈余由友变仇——楚汉相争时期

信誓平生刎颈交，竟因猜忌互削消。
张撑巨鹿急呼救，陈坐常山缓应招。
挚友结仇拉战幕，冤家泄愤举屠刀。
争名逐利心黑透，厚谊深情尽可抛。

注释

●陈余、张耳同为赵王（赵歇）的将领，二人情同手足，自称『刎颈交』。后来却因互相猜疑和争权而成为你死我活的仇人。

●事情的起因是这样的：秦将章邯夷平邯郸后，张耳带赵王退走巨鹿城，被秦将王离团团围住。章邯的军队驻扎在巨鹿以南，不断地给王离输送给养，使王离兵多粮足，连连对巨鹿发起进攻。而张耳却兵少粮缺，眼看就要支撑不住了，情急之下，便派人去常山向陈余求援（此时陈余正在常山北面扩军，已得数万人）。而陈余感到自己虽有一定的实力，但远不是秦军的对手，所以按兵不动，一拖数月，未去支援。

●张耳看到陈余见死不救十分恼火，便遣二使者带信前去责备陈余。陈余辩解说，我今日未前去送死，是为了保存实力，有朝一日为赵王和张耳报仇。使者说，现在已经危在旦夕，就应信守当初共生死的诺言，说别的还有什么用！事已至此，陈余只好出兵五千给使者，让他们带着前去一战，结果全军覆没。后来张耳与陈余见面，张责备陈不来救援，且不相信陈余发兵五千给使者救援之事，并怀疑二使者为陈余所杀……从此，张、陈二人由挚友变成仇敌。后来，项羽封张耳为常山王，而陈余仅被封为侯，陈余愤愤不平，及齐王田荣起兵反项羽时，便向田荣借兵，加上自己在领地上招募的兵士一起，偷袭张耳，一举得手。张耳落荒而逃，投奔了刘邦。陈余则重新立赵歇为赵王，赵歇又立陈余为代王。那时刘邦正挥师东进与项羽交战，派人请赵国出兵援助，陈余乘机提出先杀张耳为出兵的条件。刘邦让手下找一个酷似张耳的人，砍下头送给陈余看，陈信以为真……后来，韩信与张耳连克赵国的井陉等地，在泜水河畔与陈余大战，陈余被杀。两年之后张耳也病死了。

●一对『刎颈之交』的好朋友，就因为猜疑和争权夺利而心生魔鬼，互相残杀。那海誓山盟、挚情笃意即刻烟消云散！

霸王别姬——楚汉相争时期

定以鸿沟划界清，却撕协议再交兵。
固陵刘旅重击鼓，垓下项师即落旌。
美艳情长流恨泪，英雄气短叹悲声。
别姬舍爱揪心痛，一曲楚歌千古听。

注释

●刘邦荥阳突围后，于前二〇三年，又被项羽困于成皋，逃出后趁项羽东征彭越之机，复得成皋。其时两军相持不下，刘邦虽中项羽一箭，伤势不轻，但此时项羽粮草将尽，韩信又率兵进攻楚地，他有些首尾难顾。于是提出与刘邦平分天下：以鸿沟为界，西属汉，东属楚，并在订立和约后，引兵东归。这时，刘邦的谋士张良和陈平都建议刘邦应乘楚军兵疲粮尽退却之机，起兵攻打，以免养虎遗患。刘邦听从张、陈之谏，遂背叛和约，追讨项羽，再开战事。

●前二〇二年，刘邦在固陵追上了项羽，与之重开大战，失利后坚壁自守。张良献策，对彭越、韩信加封大片土地，使他们率军增援，在垓下将楚军团团围住。此时，项羽终于感到兵少粮尽，大势已去。

●一天夜里，项羽听到四面八方都唱起了楚歌，他大吃一惊，以为汉军已全部占领了楚地，心中沉闷，无法入睡，便与宠爱的美人虞姬一起在帐中喝起酒来，边喝边唱，慷慨悲凉。（歌的曲调是楚曲，词的大意是：『我曾经是那样的英雄盖世，如今却时运不济，可我的骏马你为什么不弃我而去……虞姬啊，虞姬，我将怎么安顿你呢』）。虞姬听着歌声，在一旁潸然泪下，也陪伴着忧伤地唱了起来：汉军已略地，四面楚歌声。大王意气尽，贱妾何聊生。一时间左右上下，热泪纵横。

●虞姬唱罢，随即拔刀自刎，从此永别。项羽心如刀绞，泪流满面。大丈夫力拔山兮，亦英雄气短，此之笃爱深情，震撼千古！

项羽乌江自刎——楚汉相争时期

发吼若雷天地惊，拔山盖世卷狂风。
亡秦志满吞云雨，败汉途穷叹雪冰。
有愧焉能参父老，无颜怎肯过江东？
横刀刎颈英雄泪，枉怨上苍非秉公。

注释

● 项羽自称『力拔山兮气盖世』，起兵八年来，驰骋疆场，骁勇善战，以图天下，建立了赫赫战功。据说他在阵前一声巨吼，都令人胆战心惊。

● 项羽于前二〇六年打败秦军，攻入咸阳，觉得不可一世，以『灭秦定天下者』自诩，自封为西楚霸王，大有呼风唤雨、吞云吐雾之势。后来与刘邦签订鸿沟和约，引兵东归时，刘邦背约追杀，困其于垓下，四面楚歌，痛心别姬，只带八百壮士冲出重围，到达乌江（今安徽和县东北）。在穷途末路之时，项羽下马步行，与追击的汉军短兵相接，勇猛拼杀，挥刀斩敌数百人，身上十多处受伤，最后在横刀自刎前，让刘邦的中郎骑将拿他的头颅去领赏。

● 项羽当时准备带领从骑到乌江时，撑船停于江边的乌江亭长为其献策，要他赶快返回江东，坐地为王。项羽苦笑道：『上天要亡我，我何必再渡江呢？何况当初我与江东八千子弟渡江西进，而今除我一人，没有一个生还的，纵使江东父老见怜，我怎么还有脸去见他们呢？纵使他们对我没有怨言，我难道就可以无愧于心吗？』

●项羽英雄一世，最后走投无路，自刎而死，这实在是一出历史大悲剧。然而更可悲的是，他到临死前也没有清醒地认识到自己的错误，仍然认为他的失败是老天不公使然。

项羽自刎后被汉将分尸邀赏——楚汉相争时期

刘诺千金买项头，羽足其愿命当筹。
雄魂铺展腾豪气，毒胆贲张泛恶流。
握刃割尸邀赐赏，挥刀砍首讨封侯。
追名逐利人成兽，除此无他可作由。

注释

●在乌江末路之时，项羽与汉军拼命搏杀，一人毙汉兵几百人，身体受伤十几处。这时，他看见了正和他对杀的自己的故人汉骑吕马童，便对吕说，汉王不是以千金买我这颗头吗？现在我把这颗头送给你，你拿它去请功领赏吧！说完，便横刀自刎。

●项羽临死前大义凛然，仍不失气壮山河的英雄本色。但这些贪卑无耻之徒，并没有丝毫感动和汗颜，反而更加凶狠疯狂地为功名利禄做伤天害理之事。

●项羽刚刎颈，汉军众将便蜂拥而上，中郎骑将王翳（音：义）不由分说，马上就将项羽的头颅砍下，其他人为了领赏，争抢项羽的尸体，一时间相互践踏、相互残杀，死了几十人。最后，杨喜、吕马童、吕胜、杨武各分抢到一块，这五人后来都因此被封了侯。

●此等丧尽天良的可耻行径，令人发指。看来人们一旦被功名利禄所驱使，什么道德、人性等，都将荡然无存，除此之外，没有其他任何理由可解释如此凶残行为。

西汉

布衣皇帝论坐天下之道——西汉（高祖）时期

聚宴南宫费苦心，说赢道败探由因。
笑臣识浅仅知叶，示己韬深能晓根。
文靠张良谋百略，武凭韩信统千军。
勃兴更赖萧何力，善用人杰始定尊。

注释

●前二〇二年，刘邦登基称帝，他是中国历史上第一个布衣皇帝。一日，刘邦在洛阳南宫设宴招待大臣们，其用意是让臣子们明白刘胜项败的原因。

●席间，刘邦要众臣实话实说，各抒己见。高起和王陵都说，陛下所以能取胜，在于攻城略地后，战胜者即受封，与天下同利；而项羽嫉贤妒能，对有功之人常加害，对贤能之人常怀疑，打胜仗者不记其功，攻城略地者不予其赏，所以必败也。刘邦听后觉得他们说的没有什么新意，还是老生常谈，于是干脆自己直说：『你们都是只知其一，不知其二啊！』言外之意这些人太浅薄，只有他才有深韬大略，知道根本之所在。

●刘邦接着说，要论运筹帷幄之中，决胜千里之外，我比不上张良；要论统领百万大军，攻无不克，战无不胜，我比不上韩信……

●刘邦继续说，要论管理国家，安抚百姓，保证物资和粮食供应，我也不如萧何。张、韩、萧三人都是人中豪杰，我能够恰当地使用这类文臣武将，这才是我夺取天下的根本道理；而项羽仅有一个范增都不能信任，这才是他失败的根本原因啊！

『功狗』与『功人』——西汉（高祖）时期

上榜序名谁首称？帝推萧相引纷争。
皇刘以喻平非议，臣鄂据实除怨声。
猎犬猎人休比位，世一世万勿同功。
各得其所息风浪，符理合情气顺通。

注释

●刘邦统一了天下，要对群臣上榜排名论功行赏，而群臣争功不止，特别是榜首之人选，更是众说纷纭，互不相让，拖延了一年多也未出结果，使刘邦心烦意乱。于是，他直接提出，萧何的功劳最大，其他人皆在其下。将军们听刘邦这样说，都很不服气，当着刘邦的面大吵大闹起来，说他们这些人在战场上出生入死，攻城略地，而萧何只是在后方舞文弄墨，发发议论，凭什么获得首功？

●刘邦看到众将情绪激昂，便笑着对大家说：『你们知道打猎是怎么打的吗？打猎时，追杀野兽的是猎狗，而指挥猎狗追逐野兽的是人。你们都是只能捕获野兽的猎狗，就算是功狗吧；而萧何则是猎人，是个功人啊！』听了刘邦这番比喻，狂妄的将军们不敢再争吵了。但到排座次时，将军们又提出平阳侯曹参战功最为卓著，而且曾负过几十次伤，于情于理都应该排在第一位，这使刘邦又犯了难。此时，大臣鄂千秋站了出来，力排众议，历数萧何支撑后方大局、保证前方胜利的种种功绩，言之有理，持之有据，解除了刘邦的为难处境，并使群臣不得不服。

●刘邦、鄂千秋君臣以猎狗和猎人的差异，一时之功和万世之功的不同，终使群臣明白了此中的道理，朝廷的论功行赏得以进行下去。

●萧何因功劳显赫，被列为众臣之首，曹参序列其后。这样的赏赐，合情合理，公平公正，大家终于心服口服。

雍齿封侯——西汉（高祖）时期

众将争封动怒容，宛如群虎破樊笼。
君需妙策消汹涌，臣献良谋止沸腾。
仇怨居功应予赏，亲朋犯错必加惩。
前嫌尽弃推雍齿，立马除疑稳阵营。

注释

● 刘邦统一天下后，已封赏了二十余位功臣，其他人激烈争功，没完没了。刘邦在洛阳南宫经常看见一些将领聚在院中的沙地上窃窃私语，便问张良他们在议论什么，张良说他们是担心陛下不会让每个人都受封，特别是那些与陛下有怨恨的，更是感到没有希望，所以在一起蓄谋造反。

● 刘邦听罢，十分忧虑，急向张良问策，张良马上呈上谋略，使刘邦得以迅速解除危机。

● 张良问刘邦，谁是他最痛恨的人，刘邦说，雍齿这个人与自己宿怨很深，一直想杀了他，但因他立过很多战功，又于心不忍。张良立马说：『既然如此，就应赶紧封雍齿为侯，宿怨者有功当赏，挚友者有过当罚，切不可意气用事。』

● 张良说，封赏雍齿，其用意是做给别人看。于是刘邦听从张良之策，封赏了雍齿，其他将领看到此情此景，都解除了心头的怀疑，再也不担心了，进而朝廷上下得到了稳定。

季布生而丁公死——西汉初期

共祖同廷奉楚王，浪尖风口见阴阳。
兄无旁骛穷追虎，弟有别求擅放狼。
敌手留生非怪诞，恩人致死不荒唐。
其涵奥秘何难解？以励忠心诫异肠。

注释

●季布和丁公，二人是同胞兄弟，都是西楚霸王项羽的部下，但在风口浪尖的关键时刻，他们的品格却泾渭分明，大不一样。

●季布对项羽忠心耿耿，在战场上曾数次进兵追杀刘邦，毫不手软。季布的胞弟丁公也曾在彭城西面追击刘邦，两军短兵相接，刘邦在危急之时对他说：『两贤难道非要狭路相逢吗？』丁公听后，便放了刘邦一条生路。

●刘邦对季布恨之入骨，项羽败亡后，刘邦布告天下，以千金购季布之头，季布匿于朱家。朱家找到夏侯婴，得知夏侯婴认为季布是贤者，便说，既然做臣下的各为其主，那么季布为项羽去追击刘邦，这不过是在尽职……皇帝刚得天下，就为了私怨而到处搜捕这么一个人，那怎么向天下表明自己的宽广胸怀呢？夏侯婴将朱家的话讲给了刘邦，刘邦大悟，速令赦免季布，并拜他为郎中。而曾放过自己、恩重如山的丁公来拜见时，刘邦则不容分说，当场把丁公绑了在军中示众，并且宣布：『丁公作为项王的臣子，是不忠诚的，使项羽失掉天下的，就是这个丁公！』随后，刘邦将丁公杀掉，说是要使以后身为臣子的人绝对不要学丁公的为人。

●季布与丁公两兄弟为人处事不同，最终的下场也不同。遇事总想给自己留后路，到头来却无路可走，历史上这类事例屡见不鲜。所以，讲究正直、忠诚的侠肝义胆之人才是真正的俊良！

博士叔孙通——西汉（高祖）时期

秦殿楚门终汉麾，襄邦献策见精微。
杀敌举盗驰疆场，饬政推儒立法规。
匡范纲常行礼乐，分明秩序定尊卑。
风云变幻识时务，不必苛求论是非。

注释

●叔孙通，鲁地儒生，对秦二世极尽谄媚之能事，为自己免去了牢狱之灾。后来逃离咸阳回乡，待项梁起兵反秦，便投项麾下。前二〇五年，刘邦攻入彭城，他又投降了刘邦。这样几换门庭，叔孙通并没有感到有愧，相反却常为自己得到保全而庆幸。叔孙通投奔刘邦时，带了一百多个学生，什么时候应该向刘邦推荐什么样的人，他依据刘邦的需要，掌握得十分准确。

●刘邦统一天下前，正需要能为他出生入死去打仗的人，于是叔孙通向刘邦推荐的都是些盗贼，让他们到战场上浴血拼杀；刘邦统一天下后，叔孙通看到刘邦正需要为朝廷制定礼仪和规范的人，于是将一批懂得古礼的儒生推荐进京。当时有两个儒生对叔孙通颇有微词，说他背叛了好几个主子，每一次都是因阿谀逢迎而得到宠幸，叔孙通闻之，笑他俩孤陋寡闻，根本不懂得天下大事。

●叔孙通向刘邦举荐儒生，为汉朝制定了礼仪，改变了以往随随便便，没有上下之分的混乱状况，使刘邦感受到了做皇帝的尊贵和权威。叔孙通为汉制的建设做出了重要贡献，刘邦拜他为掌管朝廷礼仪的太常，跟随他多年的学生也都被封为郎官。

●叔孙通能在风云变幻之中顺势而行，保全自己，并能为当政者做出一定贡献，应该说是识时务的，对这样的知识分子，只要他们对社会有用，何必用苛刻的是非标准去衡量和要求呢？

韩信之死——西汉（高祖）时期

兵多域广势方遒，受陷丢王贬作侯。
托病辞征藏诡计，拉帮谋反报深仇。
磨刀未料灾绕体，亮剑何知祸降头？
历览风云昭铁律，威高震主尽难留。

注释

●韩信被封为楚王，兵强将悍，地广人多，刘邦总觉得他是一个巨大威胁，生起无限忧虑，因而以韩信谋反为罪名，欲除之以绝后患。刘邦依陈平之计，到云梦巡视，召韩信来见，乘机将韩信抓捕，回京后，刘邦即将韩信由楚王改封为淮阴侯。这时，韩信才知道刘邦对他是永远怀有戒心的。

●由此，韩信对刘邦恨得要命，便与陈豨（音：希）暗中勾结，密谋造反。当时陈豨被刘邦派往赵王处任相国，韩信与其达成共识：陈举兵在外，韩策应在内。前一九七年，陈豨举兵反叛，刘邦要韩信和他一起出征平叛，韩信推说有病拒绝前往，却在暗中与陈豨抓紧联络；同时准备以假诏释放刑徒和役奴，发给武器，派他们去袭击吕后和太子。

●韩信将一切准备就绪，正在大功即将告成之际，却被曾得罪过的仆人的弟弟向吕后告密。吕后与萧何立即设计，以请韩信参加皇帝平定陈豨叛乱后的朝贺为由，将其骗入长乐宫，令埋伏的武士将其抓捕问斩。至此，韩、陈密谋夺位的计划彻底破产。

●韩信的反叛是被刘邦逼出来的，还是他本有不臣之心，暂且莫论。但历史昭示的一条规律是不容质疑的：威高震主者是很难有好下场的！

梁王彭越被吕后设计诛杀——西汉（高祖）时期

身罹反罪倍熬煎，遘难求情盼案翻。
屈相怜怜思去难，悲声切切欲得安。
何知中计遭魔爪，岂料挨刀入鬼关。
恶吕阴毒局已定，三族尽灭枉呼冤。

注释

●彭越为刘邦夺取天下立下了汗马功劳，后被封为梁王。前一九五年，刘邦亲自率兵征讨叛将陈豨，要彭越发兵，彭越推说有病。这时有人告彭越谋反，刘邦便派人将彭越逮捕，直送洛阳审讯，虽被赦免，却被贬为平民，押往蜀地监管，彭越倍感委屈，深受煎熬。押解途中，他与从长安去洛阳的吕后相遇，便向吕后诉说自己的冤情，希望能得以翻案。

●彭越向吕后苦苦哀求，吕后装出同情彭越的样子，答应在刘邦面前帮他说话，彭越感激涕零，随吕后一起返回洛阳。彭越一心想东山再起，哪里知道自己已不知不觉地落入了吕后设下的陷阱。

●一回到洛阳，吕后就对刘邦说，梁王（彭越）是个壮士，把他迁到蜀地，必留下祸根，不如把他杀了以绝后患。此时，彭越满怀希望等待洗清罪名，回到自己家乡昌邑，他哪里知道吕后正在唆使他府里的人告他谋反，廷尉王恬也为迎合刘邦、吕后，对其穷追猛打。结果彭越在洛阳被斩首、暴尸，并遭灭三族。

●彭越之死，是吕后施展阴谋诡计消除后患的重要步骤，也是继诛杀韩信后的又一大冤案。

淮南王黥布反叛——西汉（高祖）时期

封王领地坐淮南，渐感死神头上旋。
尔欲挥刀来取首，吾当拔剑去夺权。
先捷两役得兴阵，后败一局致溃盘。
无奈东逃终丧命，悲歌再起续彭韩。

注释

●黥（音：情）布叛楚归汉后，于前二〇三年，被刘邦封为淮南王，拥有四个郡。到了前一九六年，吕后诛韩信，黥布为之震恐。那年夏，彭越亦被杀，尸体被剁成碎块，以盛器装了派使者分送各诸侯王。黥布看后，想到自己随时可能落得如此下场，遂暗中准备，伺机反叛。

●恰在此时，黥布怀疑中大夫贲赫与自己的爱姬通奸，派人去抓贲赫，贲赫逃到长安，控告黥布有谋反迹象。不久汉使前来侦察，确实掌握了黥布有关谋反的证据，于是，黥布一不做二不休，决意反叛，推翻汉室，夺取皇权。

●黥布起兵，先是东击荆王刘贾，获得成功；继而渡淮进攻楚王刘交，亦获全胜。连胜两仗后，黥布与刘邦亲率的大军在蕲县西面遭遇，两军接战，黥布一败再败，全盘崩溃。

●最后，黥布带百余人逃入长沙王地界，长沙王不想为他承担风险，派人引其东逃，结果在番阳被当地人所杀。他是继韩信、彭越后的又一个以失败丧命告终的叛将。

韩王降匈奴——西汉初期

当初降羽已污名，后复归邦续丑行。
保命失节丢守地，偷生丧胆叛朝廷。
拒回汉室如疯狗，甘助胡人似屁虫。
无耻之徒多造孽，终遭灭顶遂天情。

注释

●韩信，韩襄王之孙（非汉初三大将之一的韩信），前二〇五年被刘邦封为韩王。刘邦兵败荥阳，韩信与周苛、枞公等一起守城，城被攻破，周苛、枞公血战到底而殒命，韩信却苟且偷生，投降了项羽。不久，他从项羽处逃脱，又回到刘邦麾下，刘邦不计前嫌，还是让他做韩王，韩信虽然一直跟着刘邦打败项羽，但后来还是丑行不改，当了可耻的叛徒。

●当时，匈奴经常进犯边境，韩信以抵御匈奴为名，将封地都城迁往马邑。就在迁国的那年秋天，匈奴冒顿单于发兵围困马邑，韩信畏敌如虎，便派使者前去匈奴求和。刘邦闻之，写信斥其无能，韩信唯恐有一天被刘邦杀掉，遂投降了匈奴，公开举起了反叛朝廷的旗帜，并与匈奴联兵攻打汉朝的援军。

●后来，韩信经常为匈奴带路，骚扰汉朝边境，还派人与陈豨联络，要陈豨跟他们一起造反。前一九六年，韩信带匈奴兵入侵，与汉将柴武短兵相接，柴武写信劝其只要赶快归顺可既往不咎。韩信深知自己罪孽深重，写信给柴武，陈述了自己的三大罪状，说明即使归顺，也必亡命。然后拒绝了柴武的劝告，继续甘当匈奴攻打汉室的帮凶。

●韩信翻手为云，覆手为雨，三易其主，最后沦为蛮夷的走狗，终于在与汉将柴武的交锋中战败被杀，这是叛国投敌者必然的可悲下场。

娄敬献策宁汉匈——西汉（高祖）时期

使者频出屡探风，虚实未辨受欺蒙。
君骄暗势盲兴讨，僚睿明局力阻攻。
上谏通亲双解怨，呈言睦好两休兵。
遂发民女充公主，一策致和宁汉匈。

注释

●前二〇〇年，韩王信起兵反叛，与匈奴勾结。刘邦大怒，准备向匈奴发起进攻。他先后派出十几批使者到匈奴处侦察情况，使者看到匈奴的牛羊很瘦弱，国内都是老人和小孩，回来后向刘邦报告，刘邦被假象所蒙蔽，觉得匈奴已不堪一击。于是决定举兵攻伐。

●最后一个出使匈奴的是娄敬，他回来对刘邦说，两国交战一般都故意把自己的力量显示得强大些。现在我们见到匈奴的人和牲畜都瘦弱不堪，这肯定是他们故意制造的假象，目的是引汉军前去攻打，然后使伏兵袭击汉军。他劝阻刘邦千万不要去攻打匈奴，以免中计。刘邦不仅不听娄敬谏言，反而骂娄敬胡说八道，动摇军心，并令人将娄敬上枷关了起来。等刘邦在平城白登山被匈奴伏兵包围，才后悔没听娄敬的话。从平城脱身回来后，立即将娄敬释放，封为侯，赐两千户，并杀掉其他从匈奴回来的使者。

●刘邦对娄敬器重有加，一天，刘邦问娄敬如何对付匈奴，娄敬说，匈奴首领冒顿是一个只知武力不知仁义的人，所以不可能用仁义去说服他；现在只能寄希望于他的子孙能够臣服汉朝。娄敬建议刘邦将公主嫁给冒顿，公主若生子，定会立为太子，将来就是单于。外孙总不会跟外公分庭抗礼，而匈奴也就不会和汉朝打仗了。刘邦觉得娄敬言之有理，考虑一番，采纳了娄敬之策。

●刘邦认为娄敬出了个好主意，但吕后舍不得把女儿送到匈奴，所以只好找一民女冒充公主，由娄敬送给冒顿，冒顿没有觉察，同意与汉朝联姻和好。

贯高好汉做事好汉当——西汉（高祖）时期

何忍封君屡被欺？忽烧怒火起杀机。

为王解恨腾豪气，替主消冤展凛躯。

吏酷刑严节不辱，皮开肉绽语无虚。

忠诚感帝赢恩赦，甘死担辜甚可惜。

注释

●贯高是赵王张敖的国相，辅佐张耳、张敖父子两代，忠心耿耿。前二〇〇年，刘邦经过赵王的封国，张敖朝夕伺候在侧，而刘邦却非常傲慢无礼，动不动就骂赵王一顿。贯高等看在眼里，十分气愤，怎能容忍自己的封君受这样的欺辱呢？于是，任性使气的劲头又上来了，与赵午等十余人策划，决定杀了刘邦以解愤怒。

●贯高等人考虑到赵王张敖是一个忠厚长者，不应鼓动他这样的人造反，倒不如瞒着赵王，他们自己去干；事情成功了好处归赵王，失败了不能牵连赵王，好汉做事好汉当。前一九九年，刘邦从东垣回长安又途经赵国，贯高等人在途中的柏人县设伏，准备行刺刘邦，可刘邦却鬼使神差地离开了柏人县，使贯高等人的计划落空，后有人告发，贯高等人连同赵王一起被捕下狱。在受审时，贯高凛然面对，一口咬定此事与赵王无关，完全是他们为讨公道，自作主张而为。

●狱卒施尽酷刑，贯高被打得皮开肉绽，但他仍仗义执言，不说一句不实之词，后来刘邦也觉得另有隐情，便派贯高的同乡泄公去探究竟，结果认定暗杀行为确实与赵王无关，终于为赵王洗去了冤情。

●刘邦为贯高的忠诚所震撼，于是下令赦免张敖、贯高，但贯高认为自己为赵王洗冤的责任尽到了，死而无憾，既已有了谋反的罪名，就不能再活下去了，于是自杀身死，以示谢罪。

南山四皓保太子——西汉（高祖）时期

帝思更储后忧忡，问计子房施反攻。

敬请皓眉压阵脚，威逼御驾改初衷。

滔滔热捧说仁盛，冽冽寒侵叹羽丰。

但见吕欢戚氏泪，犹闻悲怆楚歌声。

注释

●刘邦登基后，立刘盈（吕后所生）为太子，刘如意（戚夫人所生）为赵王，后来刘邦见刘盈才智不及如意，便想废刘盈而立如意。吕后既担忧又惊恐，便找开国重臣张良（字子房）商量对策。张良知道吕后不好得罪，若不为其谋划，日后必遭祸殃，于是出一计谋，使形势发生逆转。

●张良谏吕后，可请当今德高望重、令世人仰慕的南山四皓（四位老人，皆为隐士）出来做刘盈的后盾，以压阵脚，利用他们的威望来改变皇帝废立的初衷。吕后听罢大喜，速以金玉璧帛和太子亲笔的恳切谦恭之信，将南山四老请来，让他们做皇帝的工作，促其改变废立的想法。

●这南山四老，年纪都已八十多岁，皓首白眉，仙风道骨，刘邦仰慕已久。一天，刘邦宴请群臣，发现太子刘盈身边总有四个老人，当知道是不同凡响的南山四皓时，不禁大为惊骇，随即问道：『我求你们好多年，你们就是不见，现在为何与我儿在一起？』四人答道：『陛下轻视读书之人，动辄辱骂，我等做人是讲究尊严的，所以召而不见。今听说太子为人仁孝，对读书人恭敬仁爱，天下人都愿为太子效犬马之劳而万死不辞，我等就是为太子而来的！』刘邦听懂了四老的意思，对戚夫人说，我是想换太子的，但有这四老辅佐太子，看来太子羽翼已丰，我也无可奈何。刘邦长叹一声，接着说，看来我死之后，就是吕后掌管一切了！

●借助南山四皓，吕后成功地阻止了刘邦废太子的行动，心中十分高兴，而戚夫人却泪流满面。刘邦对戚夫人说：『你为我跳楚舞，我为你唱楚歌。』于是，戚夫人悲切起舞，刘邦悲怆而歌，一片凄楚悲凉，从此之后，刘邦再也不提易储之事了。

周昌为赵王相——西汉（高祖）时期

眼拒揉沙忌不平，天王老子亦难容。
激言反废戗钦座，厉色拦封稳御廷。
衔命履职竭守义，知责护主尽遵诚。
终遭暗算休朝事，饮恨含悲愤而冥。

注释

●周昌与刘邦同为沛县人，官至御史大夫。他性格倔强，刚直不阿，敢于诤谏，屡犯刘邦，刘邦拿他也没办法。一次，周昌在刘邦喝酒的时候上奏，刘邦正拥着戚夫人，周昌见状转身要走，刘邦上去揪住他，把他摁在地上，问他自己是个什么样的皇帝，周昌仰起头说，陛下跟夏桀、商纣一样。刘邦见玩笑开大了，只好让周昌三分。

●刘邦一直想废长子刘盈而立次子如意为太子，众臣中多有不敢言者，而周昌却公开激烈反对，表示『绝不听从』，对阻止刘邦的废立之事，起到了极为重要的作用。

●刘邦废太子不成，担心自己死后，赵王如意受吕后加害，因而一直郁郁寡欢，心情沉重。为了保护如意，刘邦听臣下赵尧建议，让周昌去做赵王的丞相，以对如意实施保护，周昌虽不同意立如意为太子，却甘受委屈，领命赴任。

之后，吕后几次派人召赵王进京，欲伺机除之，都被周昌阻拦，使吕后的阴谋一时难以得逞。

●为了除掉如意，吕后机关算尽，一计不成，又生一计，她派使者先召周昌回京，周昌不敢怠慢。周昌前脚走，吕后去召赵王的使者后脚即到。周昌到京城受到吕后当面责难。一月之后，吕后将赵王如意毒死，周昌闻之，极度悲愤，从此他推说有病，不再上朝，郁郁而终。

狗屠樊哙——西汉（高祖）时期

秦末兴兵助大风，汉初名将赫威声。
鸿门骇羽亮寒剑，咸阙震邦敲冷钟。
不允荒唐激斥主，难容懈怠怒冲宫。
刚直犯上渐失宠，幸赖陈平得免凶。

注释

●樊哙（音：快），少时以杀狗为生，后来与刘邦同起兵于沛、丰之地，追随刘邦浴血讨秦。他作战勇敢，屡建奇功，堪称英豪，为秦末汉初名将。

●在鸿门宴上，项羽的谋士范增欲杀刘邦，樊哙直闯营帐，亮出利剑，威风凛凛，咄咄逼人，怒斥项羽背信弃义，项羽目瞪口呆，大为震惊，使刘邦得以脱险。当初在起义军攻入咸阳时，刘邦曾恋于秦宫的壮丽豪华，美女如云，想留驻不走。樊哙激烈反对，并尖锐地向刘邦敲起警钟，要他不要忘记秦亡之鉴，终使刘邦幡然醒悟，遏止兴头而冷静下来，随即封闭宫室府库，还军灞上。

●刘邦晚年，因废立之事（欲废长子刘盈，立次子如意为太子）不成而意气消沉，不理朝政。那时像周勃、灌婴等名将都不敢出头劝谏，怕惹祸上身。在形势十分危急的情况下，樊哙把生死置之度外，率大臣们直闯深宫，当他看到刘邦枕着一个太监卧在榻上，气不打一处来，正颜厉色地吼起来：『皇帝和我们这些做臣子的，都是从丰、沛之地出来的，大家一起夺取了天下，那是何等的英雄事业啊！如今天下已经安定，为什么要这样消沉……陛下拒与我们这些人相见，一起商量大计，难道只为了要单独守着一个太监治天下吗？难道就忘了赵高指鹿为马的事吗？』樊哙言辞激烈，刘邦不得不听，但已对樊哙产生了恶感。

●樊哙刚直勇猛，敢于犯上，引起刘邦对他的忌恨。不久燕王卢绾造反，刘邦派樊哙去征讨，樊哙刚出发，刘邦听到有人讲了樊哙几句并没有什么根据的坏话，就派陈平把他抓了起来，并要当场杀掉。多亏陈平比较冷静，樊哙才免于一死。

吕后大施报复——西汉（惠帝）时期

亲子当朝母擅权，疯狂报复不堪言。
谋杀赵主极阴险，囚禁戚妃甚野蛮。
削发锁脖投哑药，砍肢挖眼弃猪栏。
灭绝人性造人彘，触目惊心皆胆寒。

注释

●前一九五年，刘邦驾崩，太子刘盈即位，史称孝惠帝，吕后如愿以偿，终于成为汉廷的实际主宰。接着她便开始了一场大规模的疯狂报复。

●吕后最恨戚夫人，因为戚夫人一直在图谋让赵王如意取代吕后所生的太子刘盈，所以，吕后得势擅权后，即向如意和戚夫人下了毒手。

●吕后先是把戚夫人抓了起来，剃发锁颈，命其囚服春米；继而令人砍掉戚夫人的手脚，挖去她的双眼，再给她灌了哑药，投入猪圈里面，称其为『人彘（音：志）』。赵王如意是吕后的一块大心病，她更是千方百计欲除之而后快。她三次召赵王如意回京，阴谋杀掉他，但都因周昌阻拦而未成。于是她又想出一招，先召周昌回京，再派人召如意，如意回京不久，吕后终叫人寻机将其毒死。

●吕后疯狂肆虐，将戚夫人造成『人彘』，孝惠帝看后十分震惊，忍不住放声大哭，对吕后说：『这样的事，不是人能够做出来的，我作为你的儿子，已无法治理天下了。』

吕氏为王——西汉（吕后）时期

子殁母哭无泪挥，惟忧另立忘伤悲。
精僚悟透应时劝，智相观清顺势推。
吕姓登堂皆受宠，刘宗下殿尽遭摧。
攫权握柄何知祸？自有机锋俟复归。

注释

●孝惠帝刘盈是吕后所生的唯一的儿子，他在位仅七年，二十三岁就在郁闷中死去，可在为孝惠帝发丧时，吕后竟然哭而无泪。此情景被张良之子张辟疆看透，对陈平说，孝惠帝的儿子都还小，且孝惠帝还另有兄弟七人，因此太后所以忘记悲伤，是因为她最担心大臣们在高皇七个儿子中另立新君。

●张辟疆原是孝惠帝的侍中官，他看透了吕后的心思，便劝廷相陈平说：『如果你们想让太后安心，从而不至于使自己灾难临头，那就应去向太后建议，让吕家兄弟（吕台、吕产、吕禄）为将军，同时让吕姓的人入禁宫，掌握军机。』陈平听了张辟疆一席话，觉得当下大势确实如此，于是顺势而行，按照辟疆之意向吕后建议，果然正中吕后下怀。至此，吕后才流出眼泪，顾得上哀伤。

●接着，吕家的人纷纷进入禁宫，掌握了朝廷的军权和机要，吕后从此大权独揽，开始封吕家人为王。她先封自己已死的父兄，以后又封了吕台、吕产、吕禄、吕通。与此同时，刘氏诸侯王刘友、刘恢、刘建都惨遭灭顶之灾。

●当初在朝上吕后提出把吕家一些人立为诸侯王时，右丞相王陵曾公开反对，而陈平、周勃却支持了吕后。王陵斥责陈、周，忘记高祖与他们立下的『不得以非刘氏为王』的盟誓。陈、周二人听了王陵的抨击并未生气，平静地对王陵说：『在朝廷上面对面地和太后争论，我们二人不如你。但要说到维护江山社稷，确保刘氏后代做皇帝，那你就不如我们了！』听了陈、周的话，王陵方解其意，原来陈、周支持吕后，是迫于形势的缓兵之计，表面随机应对，背后却暗藏机锋，等待有朝一日剪灭吕氏，让刘氏重掌朝政。

吕后残杀刘氏骨肉——西汉（吕后专权）时期

欲使江山得改称，大开杀戒灭刘宗。
先除腹患偷诛意，再解心疑密斩恭。
纵恶行诬逼友死，驱凶制控迫恢崩。
诸王必娶吕家女，稍示不从即丧生。

注释

●为使大汉江山由刘姓改为吕姓，吕后擅权后，便对刘氏宗族举起了血腥屠刀。

●赵王如意，曾被刘邦打算立为太子而取代吕后所生的刘盈，为此，吕后一直视如意为心腹大患。于是，在前一九四年，将如意偷偷毒死。孝惠帝（刘盈）即位，吕后为了掌控他，硬是把刘盈姐姐鲁元公主的女儿嫁给刘盈，搞出了舅舅与外甥女（张氏）结婚的荒唐之事。可这个张皇后不生孩子，吕后便使人抱来后宫一美人所生的孩子冒充张皇后之子，然后将那个美人杀掉。抱来的孩子取名刘恭，立为少帝。待他长到八九岁时，不知怎么就知道了自己非皇后所生，竟当着别人的面说，是太后杀了他的亲生母亲，等自己长大了，一定要像太后对待他母亲那样对待太后。吕后闻之，心中疑云重重，以刘恭有病为名将其废掉，后又秘密杀死。

●吕后对亲孙子（刘恭）都可以下毒手，其他刘姓宗室就更不在话下了。淮南王刘友，是刘邦与其他妃姬所生，吕后杀了赵王如意，将刘友改封为赵王，又让他娶吕家之女为王后，但刘友并不宠爱吕家女，因此引起吕姓王后的强烈不满，便向吕后诬告刘友说吕家人没有资格封王。于是吕后将刘友召回京城，围困于宅邸，最后活活饿死。刘友死后，吕后又将梁王刘恢改封为赵王，刘恢也是刘邦与妃姬所生。吕后又让侄儿吕产的女儿做他的王后。这个赵王后是一个毒辣的泼妇，竟把刘恢的一个爱姬用毒酒给毒死了，刘恢痛苦万分，然后悲愤自杀。

●吕后夺取刘氏江山的一个重要手法，就是千方百计让吕家之女成为诸王的王后，从而操控诸王，刘氏诸王稍有不顺从者，便性命难保。燕王刘建也是刘邦与另一妃姬所生，刘恢死后不久，他也死了，留下的唯一的儿子后来也被吕后杀掉。若不是吕后于前一八〇年死去，刘邦的直系后代中，真不知还有多少人死于非命。

萧规曹随——西汉（惠帝）时期

眼亮头清判势明，无为而治自从容。
只拿原法当标尺，不立新规作准绳。
疾首昔年生动荡，喜怀今日现安宁。
曹循萧迹实高策，看似平庸确有能。

注释

●曹参，江苏沛县人，前二〇九年随刘邦起兵反秦，屡建战功，为刘邦建汉称帝立下汗马功劳。丞相萧何死后，其职位由曹参接任，他审时度势，自知能力比不上萧何，所以从实际出发，采取了道家无为而治的方针，而不求个人的功名显赫。

●汉惠帝看到曹参对一切均采取放任的态度，很不理解，便对曹参加以责备。曹参说：『既然陛下比不上高皇帝，我比不上萧相国，且高皇帝与萧相国为天下安定，已制定了比较完备的法律，那么今天陛下只需坐在朝廷上，我曹参和众臣们也只需照章办事，一切因循旧法，不是很好吗？』惠帝听了觉得曹参言之有理。

●由于秦末天下大乱，楚汉相争又使社会元气大伤。所以，朝廷应该一切从简，可以不管的事情尽量不管，该管的事情也尽量少管，这种『无为』才是上策。而『萧规曹随』的无为而治，正符合了当时人们的想法。曹参做了三年相国，有口皆碑，死后百姓都很怀念他，他的清静无为使老百姓得到了安宁。

●『萧规曹随』，一脉相承，虽没有什么开创性，但在当时的社会条件下，这并非停滞不前。而曹参为政看似平庸，实际上恰恰显现了他不同寻常的能力。

陆贾常以诗书提醒刘邦——西汉初期

常以诗书醒御皇，说今道古论兴亡。
戗夺顺守一真谛，武取文襄两栋梁。
秦败缘由应悟透，汉成道理要究详。
连篇政见集新语，辅主治国求盛强。

注释

●陆贾，一介儒生，知识渊博，辩才出众，伴随刘邦左右。刘邦平定天下之后，志得意满，陆贾便常以『诗』、『书』提醒他。一次刘邦发火，对陆贾破口大骂：『老子骑在马上得到了天下，何必非要听你讲诗啊书啊那一套？』陆贾反问道：『你骑在马上打天下，难道也可以骑在马上治天下吗？』然后，他跟刘邦说古道今，分析历史上的兴亡盛衰，把刘邦说得心服口服。

●陆贾做得最为成功的是劝说刘邦读『诗』、『书』。他以『逆取顺夺』、『文武并用』等道理，使刘邦明白了安邦治国所应遵循的基本方略，对以后西汉王朝的长治久安起到了重要作用。

●陆贾提醒刘邦，应该深入详细地了解秦为什么会失去天下而汉为什么能得到天下的道理，让他以史为鉴，万勿重蹈秦之覆辙。

●陆贾把自己连篇累牍的政见，汇集成书，取名为『新语』，刘邦读后，感觉受益匪浅，对其赞不绝口。

陆贾献计，陈平周勃联手灭诸吕——西汉初期

主去后凶如鬼魔，戕刘擢吕擅军国。
权臣隐虑愁无法，智士明局喜有辙。
致乱必因文武隙，解危须靠将丞和。
高韬大略开茅塞，勠力除奸共定夺。

注释

●刘邦去世后，吕后专权，将吕姓人封王封侯的同时，残忍地屠戮刘姓，并将小皇帝玩弄于股掌之中，刘氏江山处于十分危险的境地。

●面对如此岌岌可危的局面，丞相陈平心急如焚，但又无力反抗，只好深藏忧虑。陆贾一直注意着时局的发展，他看透了陈平的心思，便决定登门拜访，献计献策。

●陆贾来到陈平府中，见陈平郁郁寡欢，两人稍谈片刻便云开雾散、不谋而合。陆贾对陈平说：『天下安，注意相；天下危，注意将。』并讲了一番将相团结的重要性。最后陆贾建议陈平主动去找周勃，共商除掉吕后之大计。

●陆贾的谋略使陈平茅塞顿开，他按照陆贾的建议，主动为周勃祝寿，周勃甚是高兴，对陈平也给予同样的回报，两人一来一往，都心照不宣，互相信任日深，终于联起手来，除掉了吕姓诸王、侯，使汉室转危为安。

剪灭吕氏，刘恒为帝——西汉初期

诱夺军印控皇都，一令即发左袒呼。
众吕临殃皆被戮，三王遇祸尽遭诛。
弘除假去刘还始，恒立真来汉复初。
有赖良臣担道统，犹缘智者善评估。

注释

●前一八〇年吕后崩，死前令吕产、吕禄掌皇城南、北军，并遗诏吕产为相国，封吕禄之女为皇后。陈平、周勃通过与吕禄关系密切的郦寄，诱骗无能的吕禄交出了将印，并在此之前取得了兵符，随后周勃顺利进入北军军门，遂下令军中：为吕氏右袒，为刘氏左袒（意思是，保吕氏的袒露右臂，拥刘氏的袒露左臂）！结果是，北军将士群情激奋，无不袒露左臂，纷纷表示服从太尉（周勃）的指挥，坚决捍卫刘氏天下。

●当时，还有南军在吕产的掌握之中。周勃便派军队守住南军军门，又派将守住皇宫的殿门。此时吕产尚不知吕禄已交出北军的将印，欲带人进入未央宫，却被守卫官阻于门外。周勃闻之，速令军队进入未央宫，杀死了吕产及其随从。之后，又四处捕杀吕氏男女老少，处斩吕禄，抽死吕媭（音：须）。镇压吕氏后，众臣认为吕后封的梁王、淮阳王、恒山王都不是孝惠帝亲生，而是吕后从外面弄来养在后宫冒充的。为绝后患，便将『三王』全部杀掉了。

●少帝刘弘也是吕后如法炮制的假刘姓，所以大臣们决定将其废掉，另立新君。于是，令东牟侯刘兴居清宫，将刘弘赶出，迎立代王刘恒（刘邦在世的两个儿子中的一个）入京为帝。终于除掉了假刘姓，确立了真刘姓的统治地位，恢复了汉朝初始时的刘氏天下。

●剪灭吕氏、恢复刘姓天下的这场残酷斗争，之所以能取得决定性胜利，全在于陈平、周勃勇担道统，精心策划，果断地采取措施。而能成功地迎立刘恒为帝，是与中尉宋昌对形势及时做出正确的评估和判断分不开的（因代王刘恒来京前，众僚属担心有权谋机诈，而唯有精明智慧的中尉宋昌审时度势，力排众议，使代王定下了入京的决心）。

陈平独相——西汉（文帝）时期

委曲机敏似游蛇，大略于胸善定夺。
审势联戈除吕雉，观风让位举周勃。
当庭论吏应知任，面帝谈丞莫忘责。
巧获加恩超右相，一人独揽若参何。

注释

● 陈平精明机敏，善使谋略，趋利避害。刘邦曾命陈平杀掉樊哙，陈平与周勃派人持节把樊哙召来后反绑回长安，途中听说刘邦驾崩，陈平心里十分害怕，担心吕媭（音：须。吕后之妹，樊哙之妻）害他。可刚到长安，使者传令，要他与灌婴一起带兵屯驻荥阳，陈平却不顾一切地催马回朝，先在刘邦灵前悲痛欲绝，接着赶忙在吕后面前为自己辩白，使吕后的心软了下来。可陈平又怕吕媭在吕后面前说自己的坏话，又请吕后把他留宿禁中，任命他为郎中令，并让他辅佐孝惠帝。相国曹参死后，王陵当了右丞相，陈平当了左丞相。后来孝惠帝死，吕后欲立吕姓人为王，王陵反对，而陈平却满口称好。于是，王陵被另任为太傅，陈平顺其自然地当上了右丞相。

● 吕后死去，陈平与太尉周勃联手合谋诛杀诸吕，迎立孝文帝。孝文帝特别看重周勃，陈平观察到这个风向后，便推说有病，有意把右丞相之位让给周勃，并一再讲，在镇压吕姓诸王中，周勃之功远超过自己。孝文帝顺水推舟，任周勃为右丞相。

●一日，孝文帝问周勃一年处理多少案件，收缴多少赋税，周勃一概说不上来。这时，陈平侃侃而谈，讲了朝廷官吏应专注本行，各司其职；丞相应兼顾上下内外，负起全责。陈平讲得头头是道，孝文帝听得连连称是。

●周勃在一旁听着，深深觉得陈平比自己强了许多，不久，他也借口有病，辞去了右丞相职务。这样就由陈平一人独相了，跟过去的萧何、曹参差不多。当年刘邦曾认为陈平没有能力独当大任，而今陈平却做到了，人的才能真是难以预测啊！

周亚夫绝食冤死——西汉（文帝、景帝）时期

叱咤风云响汉宫，登侯坐相屡擢升。

严军肃纪雄威展，制叛安国赫绩拥。

遏谬纠偏招祸起，藏戎蓄甲惹冤兴。

囚牢辩罪遭凌虐，呕血绝食饮恨终。

注释

●周亚夫，西汉时叱咤风云的名将，为汉初大将周勃之子，因足智多谋，英勇善战，屡被擢拔，出将入相。

●周亚夫治军有方，纪律严明。一次，文帝到边境劳军，在其他驻军的地方，皇帝的车驾均畅行无阻，唯独到周亚夫驻军处被挡于军门之外。文帝只好派使者手持天子符节说明情况，方得放行。文帝来到军营，周亚夫身披战甲，只以军礼拜见。劳军完毕，文帝对随行的大臣说：『先前在别处劳军，所见守备如同儿戏，带兵之将也可以轻取，而周亚夫乃为真将军啊！』文帝临终前，对太子（后来的景帝）说，将来一旦有情况，周亚夫是可以带兵打仗的。果不其然，后来吴、楚七国叛乱，景帝命周亚夫率兵出征，一举平定，为汉朝的安宁立下了赫赫战功。从此，周亚夫一帆风顺，终登上丞相高位。

●后来，周亚夫因反对景帝废太子，反对封皇后的哥哥为侯，反对封投降汉朝的匈奴王为侯，景帝与其疏远，以至于发展到互不相容的地步。不久，周亚夫的儿子制造和购买甲盾五百副，欲留作父亲百年之后的葬器，被人诬告意欲谋反。景帝马上以此大作文章，将周亚夫下狱。

●在囚牢中，廷尉审讯周亚夫，问他私蓄甲盾是不是想造反，周亚夫申辩他买的均为葬器。廷尉厉喝：『你即便不是想在活着的时候反于地上，那也是想在死后反于地下！』周亚夫在狱中，受到狱吏残酷折磨，一气之下，连续绝食五日，终于呕血而死。

才子贾谊——西汉（文帝）时期

通晓百家才逸群，韶华获荐入廷门。
说秦论过昭前训，议汉督行警后尘。
痛吊骚人舒懑气，哀答鹏鸟遣愁云。
因王致死心存愧，殒命盛年屈子魂。

注释

●贾谊，西汉初期著名政论家、文学家。他少年有为，通晓各家学说，才能出类拔萃，二十岁时就被推荐入宫，成为博士中最年轻者，受到汉文帝赏识。

●贾谊向汉文帝上书了著名的《过秦论》（三篇），精辟地分析了秦灭亡的原因和道理，提醒当政者应引以为戒。贾谊很有远见，他针对当时朝廷中『无为而治』之风弥漫，力主改革，督促官员们马上行动起来做事，切不可坐失良机，结果遭到权臣反对和排挤，被贬为长沙王太傅。

●贾谊怀着惆怅的心情去长沙，在渡湘水时，他想到了当年屈原被奸臣诬陷，投江而死的情景，心中无限感慨悲凉，于是写下了著名的《吊屈原赋》以自喻。在长沙王那里，贾谊做了三年师傅，一直愁眉不展。一日，有一只鹏

（音：服）鸟（貌似猫头鹰的飞禽）突然飞进他的房间，他觉得这是不祥之兆，认为自己活不了很久了，所以又写下《鹏鸟赋》，以表达自己的无限哀伤。

●后来，汉文帝又把贾谊召入京城，让他去做小儿子梁怀王的师傅。这期间，贾谊经常就一些国家大事，向文帝提出建议，有些也被采纳。不幸的是梁王因落马致死，贾谊总觉得自己身为师傅，对梁王之死负有责任，实在有愧文帝，因而经常哀哭，仅过一年多，这位才华横溢的才子就在抑郁中逝去，时年仅三十三岁。当年贾谊虽不赞成屈原投江而死，但他非常钦佩屈原的精神品格，其高风亮节，与屈子一脉相承。

富也邓通，穷也邓通——西汉（文帝、景帝）时期

有幸身临帝梦中，升官获赏运亨通。
抽签问卜做穷汉，开矿铸钱成富翁。
先主当朝迎喜雨，后皇执政瑟悲风。
无能鼠辈绝财路，客死别居满场空。

注释

●邓通，汉文帝时宫中小吏（黄头郎）。一日，文帝梦见自己想上天却上不去，有一黄头郎在后面推了一把使其登天。醒后，文帝寻找那黄头郎，眼光落在邓通身上，觉得『邓』与『登』字谐音，是邓通助他登到天上。从此，邓通受到皇帝宠幸，鸿运亨通，受赏钱上千万，还官升为上大夫。

●文帝对邓通宠幸有加，一次，文帝让人给邓通相面，那人说邓通将来是要穷死、饿死的。文帝不以为然，决心让邓通富起来。于是，便把蜀郡一个县的铜矿开采权给了邓通，让他铸钱致富，结果邓通迅速发迹，国人都说『邓氏钱遍天下』。

●可是好景不长。文帝逝，太子嗣，是为景帝。因邓通曾为文帝用口吮吸疮脓，使太子惭愧，对邓怀恨在心，即位后

便免了邓通的官职。不久，又有人状告邓通在别处违禁铸钱，景帝派人查验，确有其事，就下令没收了邓通的所有财产。当时一算，邓通不仅没挣钱，而且还欠了官府好几千万。

●长公主看到邓通已成为穷光蛋，很可怜他，几次赐给他钱，但都被官府没收。从此，这位并没有什么本事的邓通再也得不到一个铜钱，寄居在别人家里，直到死去。

晁错之死——西汉（景帝）时期

断定七国必反天，拒听规劝谏削藩。
临危失据胡呈策，陷困穷谋乱布篇。
被控夺情罹大祸，遭诬骗主受奇冤。
当街腰斩全族灭，可叹去晁仍未安。

注释

●晁错在汉景帝做太子时就备受其赏识，景帝即位后，成为皇帝身边的重臣。他明察时势，断定吴、楚、齐等七个封国势力强大，骄横无忌，总有一天必谋反作乱。于是，在景帝即位伊始，他就迫不及待地上奏，建议朝廷『削藩』（削减诸侯王的封地）。削藩令一下，朝野上下沸沸扬扬，引起诸侯王的公开、强烈反对。晁错之父听说后，特意从家乡来京，劝儿万万不可，可晁错说，他这样做是为了维护天子之尊严、国家之安宁。晁父见儿决心已定，便服毒自杀。

●过了十几天，吴、楚七国果然起兵，名为『清君侧』（清除皇帝身边的坏人晁错），实为反朝廷。面对危局，晁错一时六神无主，乱了方寸，提不出什么方略，拿不出什么对策，一会提议再给吴王增加一些封地，一会又想到去查袁盎可能与吴王有勾结（袁盎与晁错关系紧张），结果反被袁盎诬陷。

●袁盎向景帝报告说，晁错拿诸侯王问罪，是离间刘氏骨肉；诸侯王联手造反，西进长安是要把晁错杀掉，恢复自己的封地。景帝听信了袁盎的谗言。数日之后，景帝又指使几个大臣上书，历数晁错的罪状，说他蒙蔽了皇帝，伤害其美德和信誉，疏远了皇帝和大臣、百姓的感情，临到危急时刻，又要把城邑给吴王，如此这般，简直大逆不道。至此，晁错已大难临头，再也无法摆脱了。

●于是，晁错被当街腰斩，父母、妻子和同胞兄弟，无论长幼，一律弃市。景帝虽然听信袁盎之言杀了晁错，但是并没有换来吴、楚七国退兵，大汉朝廷仍未得到安宁。

吴王刘濞反叛——西汉（景帝）时期

靠海蒸盐利可观，增财铸币有铜山。

兴戎修武思谋反，抚庶安民备雪冤。

名讨廷臣行靖侧，实伐御主抗削藩。

终得惨败遭枭首，美梦苦心皆化烟。

注释

●吴王刘濞（音：毕），是刘邦兄长刘仲之子，所封吴地三郡五十三城，境内有铜山，可铸钱；又滨海，可煮盐，势力强大，国富民殷。

●吴王刘濞，因自己的儿子在文帝时被当时的皇太子（即现在的景帝）失手砸死而悲愤难抑，一直想报仇雪恨。所以他大力开矿铸钱，煮海蒸盐，积蓄实力，修戎备饷；同时，以铜盐之利，免除百姓赋税，保护逃亡到吴地之人，经过三十多年的经营，深得民心，为他起兵反叛提供了充分的条件。

●这一时机终于来到。前一四一年，景帝在晁错的鼓动下，迫不及待地开始了『削藩』，刘濞随即联合楚、齐等诸侯王，以清君侧、诛晁错为名，向朝廷发难。

●不过，刘濞最终还是被朝廷打败，兵败后他逃到东越，被东越人杀头晋献讨赏。这样，刘濞苦心经营三十余年积累的实力，一下子化为乌有。

儒生袁固——西汉（景帝、武帝）时期

满腹诗书尤善经，犀言厉语辩黄生。
钦天拗口拦博弈，儒士休舌止论争。
贬损哲人伤后院，厮杀烈兽悦前宫。
高龄再就遭非议，被迫还乡落冷清。

注释

●儒生袁固，为景帝时博士，满腹经纶，尤其谙熟《诗经》。一次，他与黄生在景帝面前展开了一场激烈的辩论。黄生认为，商汤、周武取得天下都不是天命所归，而是篡夺使然。袁固反驳道：『商汤、周武都是因为顺应天下民心，诛杀桀、纣，才得以为王。』黄生又说：『事情总有上下之分，桀、纣虽无道，但总是君上，商汤、周武虽圣贤，但总是臣下；君上有错，臣下不进忠言使其改过，反而乘机消灭君上，夺取王位，这不是篡夺又是什么？』袁固进一步反驳道：『那么照你的说法，高皇帝代秦即天子位，也是不对的了？』二人针锋相对，你来我往，互不相让。

●景帝感到二人辩论涉及的问题太敏感了，于是说了一句既拗口又费解的话：『食肉勿食马肝，未为不知味也；言

学者毋言汤武受命，不为愚。』（意思是说，马肝是有毒的，吃马肉的人不吃马肝，你不能认为他就不懂得品味。同样道理，为学也就好像吃马肉，而汤武革命就好像是马肝。那时，已是汉朝天下，若说汤武革命顺应天命，无疑是要鼓励乱臣贼子；若说汤武革命是篡逆，那又否定了刘姓汉朝是天命所归。所以，不争论这个问题是最聪明的）。景帝的一句话，使袁固与黄生目瞪口呆，就此二人的辩论戛然而止。

●一次，袁固被窦太后召去，请教关于《老子》的有关问题。袁固说，《老子》上写的都是奴仆们讲的话。太后特别喜欢读《老子》，听了袁固这种说法怒气冲天，她要惩罚袁固，让他到兽圈里去跟野猪搏斗。景帝十分担心袁固会被野猪咬死，便暗中送他一把尖刀，果然，在野猪扑来时，袁固用刀直插它的心窝，将野猪刺死。太后见他不是泛泛之辈，从此再也不为难他了，景帝也为此十分高兴。

●袁固在景帝时还做过清河王刘乘的太傅，后因生病被免。武帝初，他又以贤良被征入朝，但受到朝中儒生们的攻击，都说他是『老糊涂』，袁固只好离职返回故里，这时，他已经九十多岁了，只能在冷清中度过余生。

韩安国的精明——西汉（景帝、武帝）时期

声宣平叛遂腾云，游刃宫廷道逸群。
登府劝王须去恶，蹲牢恫吏要留门。
为官谲诡防结怨，处事圆滑免罪人。
怪诞咄咄谁解密，贪财却可荐廉臣。

注释

●韩安国曾在梁孝王刘武处为将，吴、楚七国叛乱时，因抗击吴军阻其西进有功而名扬天下。此人处事精明，敏于世故，诡道超人，深得汉景帝和窦太后的信任。

●梁王用谋士公孙诡、羊胜之计，暗杀了汉臣袁盎，事情败露后，汉廷几次派人前往梁王处捉拿这两个谋士，梁王就是不肯交人。为此，韩安国前往梁王府劝说梁王，使其明白皇帝治理天下，绝不会以私乱公，终使两谋士自杀，最终解决了问题。韩安国也曾犯法下狱，狱吏对他很是残忍。一次审讯时，韩安国对狱吏施以威胁说：『死灰难道就一定不会复燃吗？』意思是让狱吏不要把事情做绝，应为自己留条后路。可狱吏警告他，说自己撒泡尿，就可使死灰不能复燃。不过，这以后，他对韩安国不那么残忍了。后来，韩安国被朝廷任命为梁王的内史，官至二千石，狱

吏听说后逃跑，被韩招来来继续做官，并笑着提起『撒泡尿不让死灰复燃』的话，申明自己不会跟他过不去。

●韩安国当了一辈子官，很少与人为敌，凡事权衡利弊，把握刚柔和分寸，得罪人的事从来不干。

●韩安国绝不是一个厚道之人，他除了十分圆滑之外，还特别贪财。可奇怪的是，他向皇帝推荐的人却都很廉洁，能力也都不错。此中的奥妙究竟在哪里呢？

『狂人』东方朔——西汉（武帝）时期

不隐蒿庐爱大风，自夸文武尽精通。
称如贲忌怀捷勇，诩若生叔守正清。
谑语卖乖装认罪，狂言泛谬乱吹功。
诙谐放荡无羁束，异类为官蕴慧聪。

注释

●东方朔，西汉武帝年间的大臣。武帝即位之初，诏征天下贤良方正，东方朔自荐入朝，他宣称自己十三始读书，十五学击剑，十六习《书》、《诗》，十九研兵法，知识渊博，文武皆通。他还自称像他这样的人，只能居于朝廷，干出一番大事业，绝非古时候那些隐于山林蒿庐者所能比拟。

●当初武帝诏征时，东方朔在自我推荐书中自吹自擂了一番，他除了大肆炫耀才学外，还说自己像古代的孟贲一样勇敢，像庆忌一样敏捷，又像尾生那样诚信，更像鲍叔那样廉洁。并说只有像他这样的人，才配做天子的大臣。东方朔言之凿凿，十分自信，引起武帝注意，觉得他确实是个人才，终于让他入官为官。

●东方朔放荡不羁，不修边幅。有一年夏天，武帝要把一些肉赏给众属官，在主持分肉的官员未来时，东方朔等不及，便拔剑擅自割了一块，拿着就走了。武帝得知后，问其为何如此，他伏地谢罪，信口说道：『东方朔啊，东方朔，你等不及诏令下来，就先接受皇帝的赏赐，怎么竟会这样无礼！你敢于自己拔剑割下皇帝赏赐的肉，这又是多么勇敢的行为啊！你只割了很小的一块肉，这又是何等的廉洁啊！这肉是给自己的妻子吃的，可见你跟妻子是多么恩爱啊！』武帝听后笑着说：『要你认错，你却自我表扬、自我吹嘘起来了！』接着，又赏了东方朔一石酒、一百斤肉。

●每次武帝请东方朔吃饭，东方朔总要把吃剩的肉揣在怀里带走，衣服常常被弄得肮脏不堪。东方朔故意自谑，到处诙谐，所以朝廷官员都称他为『狂人』。然而，他正是以这样的聪明智慧，才得以在朝廷中信步自如。

窦婴其人——西汉（景帝）时期

力反兄终弟嗣承，明张祖制拒逢迎。
出言惹祸逼辞位，犯上除族禁入廷。
阻废伤尊多有怨，离朝恶政屡无情。
深积芥蒂难挥去，后荐补缺君不容。

注释

●窦婴，窦皇后堂兄的侄子，文帝时为吴王的丞相，景帝时任詹事（为皇后和太子管杂事的官）。他敢于大胆直言，从不随波逐流。有一次，梁王刘武入朝，与景帝和窦太后宴饮。因梁王深受太后喜欢，景帝为讨好太后，便在酒酣之时口不择言，说自己死后，要让刘武继承皇位，窦太后信以为真，非常高兴。可在场的窦婴觉得景帝如此承诺有违祖制，便说大汉是高皇帝的天下，高祖早已约定江山为父子相传，怎么可以自作主张传给梁王呢？

●窦婴这番话，立即引起太后的强烈不满。窦婴深知祸已临头，觉得当不当这詹事无所谓，便称病主动辞官。但窦太后并不解恨，竟然又将他逐出窦氏家族，宣令以后禁止他入朝。

●吴、楚七国叛乱，景帝觉得窦婴还是个有用的人，决定将其召回。太后也觉得当初是自己不对，收回成命，坚持让窦婴留下。景帝遂拜窦婴为大将军，还赏赐千金。七国叛乱平定后，窦婴被封为魏其侯，后来景帝立了太子，让窦婴做太子的师傅。可过了几年，景帝又要废太子，窦婴坚决劝阻未果，于是称病不朝，归隐于南山脚下，过起舒服的日子。几个月中，多有门客劝其朝见天子，但他一概拒绝，后在高遂反复提醒和申明利害的情况下，才回到朝廷。可这时，他因阻废立、恶朝政，已深深地得罪了景帝。

●当时，朝中丞相的位置空缺，窦太后几次建议让窦婴来补缺，景帝因窦婴屡屡忤逆，心中芥蒂颇深，就是不允。景帝对太后说，窦婴其人，做点事就沾沾自喜，很不稳重，是难以担当大任的。景帝最后还是任命一个叫卫绾的人做了丞相。

国舅田蚡——西汉（武帝）时期

无能鼠辈欲高登，狡诈阴毒善借风。
上仰亲情攫相座，下结朋党弄廷宫。
罗织重罪芟敌手，制造奇冤剪克星。
暗受贿金谋篡位，终揭内幕现真凶。

注释

●田蚡，景帝时王皇后的亲弟弟，那时，窦婴得势，他就像窦婴的儿子一样言听计从。景帝死后，武帝即位，有王太后做后台撑腰，田蚡如鱼得水。此人虽是无能鼠辈，却一向阴险狡诈，善于借风行事，以达到自己不可告人的目的。

●田蚡的野心大大膨胀，想与窦婴一争高下，当上丞相。有一个叫籍福的人对他说，现在他的势力尚不及窦婴，而丞相和太尉的地位却相近。于是，田蚡便要王太后找武帝说情，武帝果然任命窦婴为丞相，任命田蚡为太尉。后来窦婴因与窦太后发生儒、道之争被罢免，待窦太后死后，田蚡终于当上了丞相。这时，他极力网罗党羽，依附他的人越来越多，势力越来越雄厚，在朝廷中大有呼风唤雨之势。

●当一些人见风使舵投入田蚡门下时，唯有将军灌夫仍然与窦婴结交。灌夫生性刚烈，讲义气、重诺言，绝不买田蚡的账，常与田蚡公开作对，成为田蚡的心腹之患。一次灌夫在宴席上大耍大闹，搞得田蚡十分难堪。灌夫酒醒后，有人让他给田蚡赔礼道歉，他说什么也不肯屈服。于是，田蚡令人将其捆绑起来，并让手下举报他故意在太后诏令举行的贺宴上使酒骂座，是对太后的不敬。并出示了灌氏横行乡里的种种罪证，下令将其宗族支属一律逮捕，以弃市罪论处，灌夫自己则身陷囹圄。窦婴虽为田蚡的克星，与其势不两立，却对田蚡一直忍让，但这次实在是忍无可忍，便决意在皇帝面前为灌夫争一个公道（不应轻罪重罚）。但他终于败给田蚡，被田蚡诬以诽谤、谋反等莫须有的罪名，借王太后之手，将其杀头弃市。

●田蚡不久得重病，常幻想窦婴、灌夫变成鬼要来杀他。田蚡死后，被揭发出他在淮南王刘安反叛时，曾接受过刘安的重金贿赂，并与刘安密谋过继承皇位的事。至此，田蚡的奸凶面目暴露无遗。

主父偃其人——西汉（武帝）时期

多方混迹未荣身，上策奏疏得问津。
不用统削压反叛，仅施分治举推恩。
宁遭鼎沸担凶险，亦要钟鸣享贵尊。
阴损歹毒收巨贿，灭族夺首快人心。

注释

●主父偃，齐国临淄人，自幼研习纵横之术和诸子百家。他贫穷困厄，心地阴暗，难以与人相处，在家乡实在混不下去了，便先后到燕王、赵王、中山王门下游学，但都未得到重视。后来跑到长安，卫青几次向汉武帝推荐他，却并未引起武帝的兴趣。在穷困潦倒、万般无奈之下，主父偃只好上书武帝，提出一些建议，终被武帝召见。他一口气谈了九条方略，武帝觉得言之有理，大为称心，遂将他起用。主父偃谈的九策中，其中八策后来成为汉朝法律的内容。

●汉朝自建立就大封同姓王，诸侯王造反之事常常发生，对此几任汉帝都忧心忡忡。主父偃针对此种情况，向武帝提出，如果硬是像过去晁错那样统一削藩，还是免不了诸侯造反。不如让诸侯王将他们自己的封地，再分封给自己所有的儿子，这样皇帝的恩泽更广，而诸侯王的封地则被越分越小，实行分而治之，这也就不足以为患了。武帝接受了主父偃的这个建议，颁布了『推恩令』，从根本上解决了汉朝的诸侯王国问题。这大概是主父偃一生中做的最了不起的一件事了（其实贾谊早就有过这方面的建议）。

●主父偃常在皇帝面前说大臣们的坏话，许多人心里害怕，就暗中给他送钱，以求平安。主父偃认为自己四十多年一直处境不佳，父母不当他是儿子，兄弟们不肯收留，没有人愿意和他交朋友。现在出人头地了，宁可冒着五鼎烹煮的危险，也要享受至尊至贵的生活。既然已是日暮之年，就绝不能按常理行事，所以一味『倒行逆施』。

●主父偃内心积满怨毒，所以热衷于搞阴谋诡计，常侦察他人私密，以作证据加害于人，燕王、齐王都是被他以此种办法陷害而致身亡的。主父偃亦十分贪婪，在建议『推恩』中就大量接受过诸侯的贿赂。他的恶行劣迹败露后，被处以灭族之罪。死的时候，他的上千门客中，只有一个叫孔车的人为其收葬，除此之外，众人皆视其为瘟疫，避而远之。

张骞通西域——西汉（武帝）时期

愿把平生付汉天，两出西域历辛艰。
逃离胡地穿荒漠，造访诸国越险山。
携谊结朋同抗虏，招商促贸互通关。
交流文化开丝路，烁古辉今史永镌。

注释

●张骞，汉武帝时宫廷郎官。他自告奋勇应募，为联手消灭匈奴，两次出使西域诸国，前后十数年，历经千辛万苦，几度死里逃生，终于取得了辉煌成果。

●武帝建元二年，张骞第一次出使大月氏（音：知）国，他带人从陇西出发，不久被匈奴抓获，扣留胡地十年，但终不忘身负使命。天长日久，匈奴放松了管制，张骞乘其不备得以逃脱，向西行几十天，穿过荒原大漠，崇山峻岭，经大宛，终至大月氏。大月氏女王因占领了一块丰腴之地而不想与匈奴打仗。张骞在大月氏一年有余，看到说服女王已无望，便从昆仑山北麓，经羌人区向汉地返回，可在途中再一次落入匈奴魔掌，一年后，因匈奴发生内乱，张骞一行才又脱离险境。张骞第一次出使西域虽没有达到联合大月氏共抗匈奴的目的，却对汉朝西方一直越过葱岭，远接罗马帝国的广袤西土，有了很多的了解。武帝元狩四年，张骞第二次出使西域（这是张骞建议武帝被允后成行的），他带三百人，分别到乌孙、大夏、大月氏、大宛、康居、安息、身毒、于阗等国，进一步了解了西域诸国的情况。

●张骞在两次出使西域诸国的过程中，既与各国加深了了解，结下了深厚的友谊，又与各国相互沟通，实现了经贸往来。前一一五年，乌孙派几十人随张骞来汉，他们看到汉朝地大物博，不禁暗暗吃惊。后来，派往西域其他国的副史，也都带来了各国使者。

●张骞出使西域，开辟了丝绸之路的官方往来和中西文化交流。从此，汉朝不断有人出使西域，去做生意；西域也不断有人来汉朝，进行贸易。张骞所做出的这一重大贡献，永镌青史，烁古辉今！

大将军卫青——西汉（武帝）时期

寒门之后侍奴身，因姊沾光为御亲。
领命征胡多取胜，承封至将屡蒙恩。
官高更谨非专柄，权重犹谦不妄尊。
低调和柔功甚伟，隆仪礼葬墓临君。

注释

●卫青，本姓郑，他和母亲原是平阳公主的家奴，后因其姐姐卫子夫被汉武帝选入宫中立为皇后，他便成为皇亲国戚。

●卫青一生中先后七次大规模率兵出击匈奴，杀死匈奴五万多人，取得一个又一个胜利，因而屡被擢升，最后官至大将军。

●卫青一直受到汉武帝的宠幸，位高权重，但他行事非常谨慎，从不骄矜专断。前一二三年，他率军出击匈奴，遭敌重创，手下二将赵信、苏建，一个投降匈奴，一个弃军逃生。战后有人提议将苏建斩首，以树大将军卫青的威信，卫青说，自己已是皇帝的心腹之臣，本不必再树什么威信，处人以死之大事，自己更不能专断，应交给皇帝亲自处理。后来，汉武帝果然没有杀苏建，只是让他出钱赎罪。

●当时朝野上下都说卫青是『和柔自媚』，皇帝给他权，他不敢专断；皇帝给他钱，他也不敢视为理所当然，一直谨慎行事，严格自律，低调做人。前一〇六年，卫青去世，汉武帝感于他一生厥功甚伟，为他举行了隆重的葬礼，并把他安葬在自己的未来陵寝之旁。

骠骑将军霍去病——西汉（武帝）时期

随机运略善将兵，讨虏安邦屡建功。
万马长驱穿瀚漠，孤军深入捣胡匈。
皋祁浴血撒恢网，平代扬旌卷飓风。
武盛德高千古敬，狼居胥地永思英。

注释

●霍去病，西汉武帝时著名战将（卫青的外甥），他善于随机运谋，指挥大兵团作战，在征讨匈奴，安邦定边中立下了赫赫战功。

●霍去病先在卫青手下任骠姚校尉（骠姚：迅猛之意）。一次战斗中，他率兵孤军深入匈奴腹地数百里，杀敌二千，活捉匈奴单于的叔祖父和叔父等，被武帝封为冠军侯。之后三年，武帝任命霍去病为骠骑将军，令其率一万骑兵出陇西，穿大漠，去攻打匈奴。

●霍去病越过鄢支山一千多里，在皋阑山下与匈奴拼死鏖战，杀敌近九千，并缴获匈奴休屠王祭天金人。不久，武帝又令其率军出北地进击匈奴，深入二千余里，在祁连山下激战匈奴浑邪王部，杀敌三万余，俘获匈奴五王、五王母、单于阏氏、五王子共五十九人，相国、将军等六十三人。前一一九年，武帝令卫青和霍去病各率骑兵五万，步兵和运输兵几十万，进击匈奴。霍去病带兵出代郡和右北平，以秋风扫落叶之势，长驱二千余里，擒拿匈奴王、相国、将军、都尉等八十三人，俘获七万余人。

●基于霍去病战功卓著，汉武帝为其修建了府宅，霍去病却说：『匈奴未灭，无以家为也！』表明了他以国事为重而不顾小家的高风亮节。前一一七年霍去病病死，时年不足三十岁，武帝特为其举厚葬，修巨陵，并在陵墓前耸『马踏匈奴』的石雕，而霍去病的胜利地点——狼居胥，已经成为文人词库中的典故，记载着这位英年早逝将军的辉煌一生。

飞将军李广——西汉（文帝、景帝、武帝）时期

抗匈平叛著奇勋，一号喧天万马喑。
疆场惊寒胡虏胆，营盘暖热汉兵心。
记仇诛斩灞陵尉，背信屠杀陇上军。
贻误战机蒙大辱，求封不遂憾终身。

注释

●李广，西汉名将，历文、景、武三帝。景帝时，吴、楚七国叛乱，李广以骁骑都尉官职跟随太尉周亚夫出征平叛，在昌邑城下夺得叛军军旗，立下显赫战功。后来调任西北边陲做太守，抗击匈奴入侵。武帝时，李广率军出雁门关与匈奴交战，不幸被成倍的匈奴大军包围，一场恶战中李广受伤被俘。押解途中，他乘机飞身夺得敌兵战马，射杀追骑无数，突出重围，返回汉营。从此，李广在匈奴军中赢得了『汉之飞将军』称号，更使胡人闻风丧胆。

●李广任右北平太守时，匈奴一听说『飞将军』名字，无不胆战心寒，几年之中不敢入侵。李广作战骁勇，刚烈顽强，为人亦很廉洁，特别是关心爱护士兵，每每因功得赏，皆分予部下共享。凡出征到缺水之处，士兵们没有喝够，他绝不沾一滴水。他做了四十余年二千石的官，家中竟无余财，且从不为自己及家人置办产业。

●李广很有才气，但其最大的弱点是心胸狭窄，不能容人。他曾因与匈奴作战自己被活捉和兵员损失过大而获罪。在归家时过灞陵亭，被灞陵尉不允夜行，对此事他怀恨在心，直到后来任右北平太守时，仍念念不忘，特把那灞陵尉招来，然后杀掉。李广曾当过陇西太守，那时羌人造反，他诱骗八百人投降，之后，不守信用，全部屠戮。

●前一一九年，李广跟卫青出征，任东路指挥，因没有向导，迷失了方向，不能如期到达指定地点，回营后受到苛察。此时，他已六十多岁，面对狱吏的审问，他觉得受到了奇耻大辱，于是拔剑自刎。李广一生中最耿耿于怀的是那些远不如他的人最终都封了侯，而他却始终未得封赐。

苏武留胡不移志——西汉（武帝、昭帝）时期

留胡十九志如磐，社稷存心渡苦寒。

觅籽挖穴何忍睹，吞旃饮雪怎堪言。

坐牢冰窖身囚北，放牧荒泽眼望南。

凛拒招降彰大义，汉匈重好举节还。

注释

●前一〇〇年，汉武帝有感于匈奴单于对汉朝的友好态度，任命朝官苏武为中郎将，代表朝廷出使匈奴。后因随行的张胜背着苏武参与了缑王反叛单于的密谋而使苏武受到牵连，单于则硬逼苏武投降匈奴，苏武不甘受辱，拔刀自杀未遂，抢救过来之后，被拘胡地十九年，受尽了苦难和折磨，但苏武意志坚如磐石，始终心存汉室，忠心不改。

●匈奴单于见苏武不肯投降，便将他关入冰冷的地窖中，一连数天不给水喝，不给饭吃。他只得以落在窖口的雨雪解渴，以御寒的旃（音：毡）毛充饥。后来，苏武被发配到荒凉的北海（今俄罗斯贝加尔湖）草泽之中放羊，为瓦解他的斗志，匈奴又断了他的粮食和给养，苏武只好挖掘鼠穴寻找草籽充饥。

●苏武虽然身居十分恶劣的境况之中，但他无论坐牢还是放牧，无论白天还是黑夜，总是带着汉朝的使节，以彰示自

己怀念汉室，及忠贞不贰之心。

●苏武在留胡期间，匈奴单于屡次劝降，都被他坚意拒绝。单于派苏武的好友李陵（已降匈奴）来劝他，说武帝对苏家并无恩义，苏武兄长的小弟都因武帝逼迫而自杀，还说苏武的妻子已改嫁，妹妹、女儿和唯一的儿子下落不明……希望苏武像他一样弃汉投匈。苏武却说自己对武帝的忠心，就像对父亲的孝心一样，是不会改变的，告之李陵再也不必来劝降。直到前八十一年，苏武在被匈奴扣留十九年之后，因汉匈再次和好而回到了汉朝，做了二千石的官。前六〇年，苏武八十二岁时去世。

万里远征取汗血宝马——西汉（武帝）时期

宝马难得怒火腾，遂宣国舅讨西戎。

一击溃败回关下，二打捷赢抵宛城。

索骥挑骑称御意，攫功领赏获侯名。

驱兵万里风悲漠，汗血实为汗血凝。

注释

●前一一五年，西域大宛国使者献给汉武帝一种宝马，因马出汗为红色，故称『汗血宝马』。十年后，汉出使西域的使者向武帝报告说，大宛尚有不少宝马藏于贰师城，不肯献于汉朝，且杀了汉廷以金换马的使者。武帝闻之大怒，遂派李夫人之兄李广利率兵攻打大宛，抢夺宝马。

●因大宛的宝马藏于本国的贰师城，故命李广利为『贰师将军』。在西征途中，沿路各小国皆坚城不出，也不肯给汉军提供给养，李广利只得令军队沿途攻城，伤亡十分惨重，再攻郁成城，吃了大败仗，李广利无奈率军退至玉门关下，同时，派人向武帝报告了情况。武帝震怒，遂下死令：『李军若敢入关，一律格杀无赦。』不久，武帝增兵助援，李广利率部又二次西进征伐大宛。汉军兵临大宛城下，大宛贵族眼见大势已去，便杀掉国王，接受城下之盟，愿将宝马献予汉廷。

●李广利停止攻城，挑选了几十匹最上等的大宛宝马、三千余匹中等良马，班师回朝，武帝大悦，遂为李广利加功赐赏，封为西海侯。

●远征万里为宝马，竟使几万将士丧失宝贵生命，浩瀚大漠都为之悲哀，『汗血宝马』实在是将士汗血凝成的啊！

董仲舒谏上崇儒——西汉（武帝）时期

推澜助势倡儒经，一策登堂百略清。
谏黜诸家消暮气，劝尊独术立新风。
纲常互倚说伦理，天地相谐讲感通。
万象包罗皆有论，春秋繁露蕴其宗。

注释

●董仲舒，因深研儒学经典，汉景帝时就做了朝廷博士。汉武帝执政后，想做一番大事业，决心一扫几十年『无为而治』的暮气，渐使儒学吃香起来。董仲舒顺应时势，建议武帝用儒家学说统一人们的思想，并要皇帝下诏令，把不是儒家经典的学说一概斥退，不许它们再登堂入室。他还说，旁门左道的学说像火一样熄灭了，凡事就有了一定之规，诸种方略和法令则清楚可依。

●汉武帝采纳了董仲舒的建议，实行了『罢黜百家，独尊儒术』的政策，打破了官员不思振作、碌碌无为、暮气沉沉的局面，一股生机勃勃的新风扑面而来。

●董仲舒提出了『三纲五常』的封建伦理，把从家庭到社会的各个层面，都列出了明确的等级、秩序。他还大力鼓吹『天人感应』学说，提出『灾异』理论，认为自然界的灾害和异常现象，与人世间的事物联系在一起，说君王做错了事，上天就要以灾害和异象发出警告，若不悔改，上天就要让他遭殃（为此，董仲舒得罪了武帝，险些丧命）。

●董仲舒著述的《春秋繁露》（今传本一般认为系魏晋南北朝时人辑录改编而成）尤为出名，全书以阐发《春秋》大义为名，糅合儒家和阴阳家的学说，形成了一整套关于宇宙、国家、历史、社会以及人性的理论，充分表达了他思想的根本宗旨。

卜式捐财——西汉（武帝）时期

只顾军国不屑官，解囊慷慨屡施捐。
高贤舍命驰沙场，巨贾出资助战鞍。
赐地封爵非意兴，贬职削誉未心酸。
牧羊之道极聪慧，为富难得好胆肝。

注释

●卜式，原为汉武帝时经营农牧业的富商。汉武帝征匈奴，卜式入京上书，要拿出一半家产资助国家军费。使者来到卜式处问他是不是想做官，他说不想；问他是不是想申冤，他说自己向来与世无争，亦没冤屈可伸。使者将卜式之言报告了武帝，武帝将此事说于公卿公孙弘，公孙弘说：『这种人内心肯定不怎么样，如果让他做官，必乱国家法纪。』其实公孙弘是以小人之心，度君子之腹。

●卜式是非常大气的。他曾对武帝派来的使者说，自己捐献财产别无所图，只是想到皇帝派兵讨伐匈奴，贤者应在战场上厮杀，富者应出钱资助军费，唯其如此，才能灭匈奴，安边境。这以后，战争耗费越来越大，卜式的家乡迁来许多贫民，很多人衣食无着。卜式就慷慨解囊，捐出巨资救济贫民。

●后来汉武帝在捐献名单上看到了卜式的名字，便下令免掉卜式四百人的徭役，卜式又把这笔钱都捐了出去。为了树立一个榜样，武帝布告天下，召拜卜式为中郎，并封予左庶长的爵位，赐地十顷。卜式本不想做官，武帝只好答应他的要求，让他牧羊。后来还是让他做了两地县令，卜式都干得非常出色，于是，武帝又擢拔他为齐王刘闳的太傅，继而任命他为齐王的丞相。这以后，卜式还受封为关内侯，直至做到朝廷的御史大夫。在御史大夫任上，卜式因反对盐铁官营和向商人征收财产税，使武帝反感，遂将其贬为太子太傅。不过，卜式把这些沉浮起落，都看作无所谓的事情，并没有觉得有什么失落和不快。

●还在卜式为宫廷放羊的时候，一次武帝称赞他把羊养得膘满肉肥，他就对武帝说：『不仅养羊如此，治理百姓也是如此，按时放归，有恶疾的要赶紧除掉，不要让它败坏整个羊群。』武帝觉得他讲出了施政的深刻道理，所以才把他擢拔起来。卜式因经商有道很有钱，但他更可贵的是有一颗爱国爱民之心，从不吝啬钱财，这与那些有了钱就心黑手毒的富人相比，实在是太难得了！

司马相如与卓文君——西汉（景帝、武帝）时期

孤鸿寡雁各翱天，琴瑟为媒一线牵。
勇涉爱河同顶浪，敢航情海共扬帆。
华章骇世君臣悦，美媚惊俗鸾凤欢。
才子佳人风韵事，品尝千古亦回甘。

注释

●司马相如，汉景帝、武帝时蜀地成都人，原名司马犬子，因仰慕战国时的蔺相如，改称司马相如。此人潇洒英俊，风流倜傥，在文学方面才华出众，虽花钱买了个官职，但其目的是想借此平台在文学上崭露头角。可汉景帝对此并不感兴趣，所以司马相如辞去了官职，做了梁王的门客，在那里他住了好几年，写下了名篇《子虚赋》，淋漓尽致地描绘了齐、楚山川海泽之广大。不久，梁王死去，司马相如回到败落的老家。所幸他与当地县令是好朋友，一日，他受到当地巨富卓王孙等人的宴请，席间，司马相如弹琴抒怀，卓王孙刚丧夫之女卓文君被琴声所吸引，于是，郎才女貌，两情相悦，立即坠入爱河。

●不久之后的一天夜里，卓文君偷偷跑到司马相如处，两人以身相许，不顾世俗羁绊，甘愿清贫度日，双双逃往成

都。在成都生活无着，万分拮据，只得开了一家小酒馆为生。此事让卓王孙大为恼火，觉得女儿丢了自己的面子，整日闭门不出，后经人劝慰，卓王孙无奈之下，拿出一笔钱财施以资助，方使卓文君和司马相如过上好日子。

●一天，汉武帝读了司马相如的《子虚赋》，感慨万分地说：『我怎么就不能与写这篇文章的人同时呢？』在场的狗监杨得意告诉武帝，此文便是他的同乡司马相如所写。于是，武帝召司马相如入宫，司马相如称，那篇《子虚赋》算不了什么，现在他可以写一篇更好的。接着再以『子虚』、『乌有先生』和『亡是公』三个虚拟人物的对话，挥就一篇《上林赋》，写尽了皇家苑囿的豪华靡丽，武帝读后，极为赞赏。在此后的日子里，司马相如与卓文君如胶似漆，鸾凤愉欢。但司马相如仍对政治不热心，对做官无兴趣，偶尔向皇帝进谏，也要写成漂亮的文章，主要还是要在皇帝面前展示自己的文采。

●司马相如与卓文君一见钟情的风流韵事，反映了那个时代男女青年对爱情的浪漫憧憬，千百年来为人们津津乐道，细细品味。

义纵执法——西汉（武帝）时期

曾当匪盗后登坛，酷法苛刑尽胆寒。
豪贵违纲尤罪狠，皇亲越轨亦惩严。
除黑肃恶压强势，镇霸究贪慑重权。
嗜血提刀常过度，终因逆主自倾盘。

注释

● 义纵，汉武帝年间的酷吏。他在年轻时做过强盗，因其姐姐医术高明，深受王太后宠爱，为他谋得长安中郎的官职。义纵入廷后做事认真严谨，武帝十分欣赏，官位连连擢升，始为中郎、县令，继而郡守、太守，直至右内史，成为京师三辅之一。义纵执法十分严格，是一个名副其实的酷吏。

● 义纵对达官显贵、皇亲国戚违纲犯法者，从不瞻前顾后，心慈手软，这是他的一大长处。一次，王太后的外孙犯了法，他照抓不误，因此受到武帝的提拔。义纵做南阳太守时，得知显贵宁成家族横行无忌，遂将宁成家人及宁成缉拿问罪，南阳的另外两个大户人家也被追究。

● 义纵严酷执法，敢于下手除恶打黑。他到河内郡任都尉，下车伊始，就立即将穰姓的恶霸灭了族，这以后，他居然把河内郡治理得路不拾遗。义纵每到一地任职，当地的豪强、权贵，无不闻风丧胆，他们的恶行大大收敛，社会治安明显好转。

●义纵执法过度，甚至嗜杀成性。因定襄社会秩序混乱，武帝派他去任太守，他一到定襄，就把狱中二百多重罪轻判者及那些私下去探望他们的二百多宾客亲信，通通抓了起来，然后一律处死，而有些违法乱纪的刁民却成了他的爪牙。因此，定襄的官吏和百姓暗地里叫他『恶魔』，朝野上下都十分恐惧。后来武帝对义纵渐生不满，到甘泉宫的路因义纵失职而未修好，更对他的忠诚产生怀疑。再后来，武帝任用一个叫杨可的人负责查抄富人财产，受到义纵的阻挠，武帝乘机以『阻挠法令施行』为由，将义纵治罪，判处死刑。

会稽太守朱买臣——西汉（武帝）时期

忍困痴读志若山，虽遭偶弃意犹酣。
亏得友举脱沉夜，幸遇皇识见亮天。
骏马履新担郡守，锦衣还故耀宗先。
前嫌不计襄资葬，滴水之恩报大川。

注释

●朱买臣，西汉会稽人，家境贫寒，与妻子以打柴为生，却喜欢读书，如痴如醉，常一边担柴走路，一边诵读经书。妻子觉得他这样会让人耻笑，屡令他改掉这个习惯，但他就是痴心不改，并说自己五十岁后定会发迹，妻子听后极为愤怒，于是与其离婚。尽管妻子离他而去，但他一如既往，意志弥坚。

●朱买臣苦读经书才学丰盈，终于迎来了机遇，当时，他的一位深得武帝宠信的好友严助，将其荐予武帝。武帝召见朱买臣，跟他进行一番谈《春秋》、论《楚辞》后，十分欣赏他的才学，于是把他留在身边，任命为中大夫。从此朱买臣步入了人生的荣华富贵之路。

●过了几年，东越人反叛，武帝拜朱买臣为会稽太守（做了自己家乡的大官），并要他以大的排场返回家乡，以光宗耀祖。于是，朱买臣乘坐朝廷驷马大车，前后有百余辆马车长随，浩浩荡荡，向会稽奔去。此时，他想到自己从苦海中脱出，现在风光无限，真是百感交集，乐不可支。

●当进入吴地时，朱买臣无意中发现他的前妻正与丈夫和许多人一起为他平整道路，他便立即下令停车。此时他想到，当年妻子虽离自己而去，但当她在山中看到自己饥寒交迫时，曾给过他很多食物，今天自己飞黄腾达了，应滴水之恩，回以大报。于是叫人把他们请上后面的马车，跟他一起回太守舍，让他们住在自己的园中。一个月后，前妻因羞愧而自杀身亡，朱买臣给了她丈夫一笔钱，将她很好地安葬了。

张汤判狱——西汉（武帝）时期

拟审如真少显能，居官断案响朝廷。
既遵圣旨分轻重，又守良知异富穷。
为属彰功甘让誉，代人揽过任失荣。
行诬反被诬言害，老母呼冤主鉴明。

注释

●张汤，汉武帝年间官至御史大夫。孩提时，一天父亲外出让他看家，不料家中一块肉被老鼠偷走，父盛怒，以鞭抽之。张汤便掘鼠洞，将老鼠捉住，然后审讯，并像模像样地写了审讯记录和判决书。父见此状，大吃一惊，觉得这孩子正是干审案的材料，于是让他去学习判狱。张汤后来经人荐举，入宫廷任职，查办多起大案要案，享誉朝廷，受到皇帝赏识。

●张汤审理案件善掌分寸，一般总是遵从皇帝的旨意。汉武帝喜欢儒术，他判重案，就想尽办法使判决符合儒学的经典教条。凡是武帝要重办的，他一定重办；武帝要轻办的，他就一定轻办。但他在不犯龙颜的前提下，尚能秉持公心，案犯如若是富豪，他肯定想方设法给其定罪；如果是小民百姓，他则会尽量予以开释。

●张汤对自己的属下总是倍加爱护，因此很得人心。廷尉府判决的案子，武帝认为好的，他总是把功劳说成是他人的；如果案子办得不好，他便把责任揽到自己身上，宁可丢损名声。

●后来，张汤也有不地道的地方，他与御史中丞李文关系紧张，李文寻机报复。张汤手下一个叫鲁谒居的便写匿名信告李文谋反。张汤明知是鲁谒居暗中捣鬼，可还是定了李文的死罪。可当武帝向他要李文谋反的证据时，他又假装恍然大悟。一波未平，一波又起，有一天，文帝庙中埋的钱被盗，丞相庄青翟与张汤说好，两人一起向武帝谢罪，可事到临头，张汤不仅没有向武帝谢罪，而且想乘机给丞相罗织罪名。庄青翟知道大事不好，便联手朱买臣等与张汤有隙的三人，状告张汤勾结商贾搞投机。这时，恰有一人向武帝揭发张汤与鲁谒居陷害李文的罪行，武帝非常气愤，认为张汤以种种假象蒙蔽了他。张汤知道大势已去，无可挽回，遂带着沉重和遗憾自杀身亡。张汤死后，家产寥寥，不过值五百金，都是他平时的俸禄和赏赐的剩余。张汤老母深感冤屈，不施厚葬，草草掩埋。武帝看到张汤死前的上书，也觉得张汤的案子里有冤情。现在知道张汤很是廉洁，心中感到对不起张汤母子俩，武帝后悔不及，遂下令将朱买臣等三人杀了解气。丞相庄青翟也畏罪自杀。

公孙弘外宽内忌——西汉（武帝）时期

岁至中年学有成，六旬当选入朝廷。
明襄刘主经国事，暗比周公显己能。
貌似宽胸非讳忌，实为窄度不包容。
未侯即相开先例，两面阴阳变色龙。

注释

●公孙弘，西汉薛县人，年轻时做过狱吏，因罪被免官，四十岁时钻研《春秋公羊传》，慢慢成为一个有学问的人，六十岁被地方推选为贤良文士，进入朝廷当上博士。他奉命出使匈奴，毫无成绩，只得辞官回乡。七十岁时再次得到地方推荐入朝。

●一次，公孙弘的策论被评为下等，可到武帝那里却被定为第一，得到接见，再拜为博士。这以后，公孙弘屡屡上疏武帝，大谈治国之道，说官吏不好，民风不正，这样不可能使国家安定，以此来显示自己的高明见解。他还大讲历史上周公之治如何如何。武帝看出了他的用意，亲笔作答，说他这样赞美周公之治，是认为自己的才能也可与周公相提并论，把他狠狠地讽刺了一通。

●公孙弘表面上谨慎忠厚，宽宏大度，对来自外界的刺激从来不温不火，就是在重臣汲黯当着皇帝的面指责他沽名钓誉时，他仍然不争不辩，表现出十分宽容的样子，可他的内心里却十分忌刻，凡是与他有过节的人，绝不轻易放过，一定要寻机报复。主父偃被杀，他在暗中使过许多坏；因为董仲舒曾冒犯过他，他便建议皇上把董派到胶西王那里去做丞相，想借胶西王之手杀掉董仲舒。

●由于公孙弘善于以表面的忠厚掩盖内心的恶毒，蒙蔽了朝廷，武帝总觉得他有器量，非常相信他，他还没有封侯，就被任用为丞相（之后才封为平津侯），这在汉朝是首开先例的。

隽不疑严而不残——西汉（昭帝）时期

盛望远播赢敬尊，登堂遏酷解迷津。
恩威并济成福业，柔厉相彰免祸身。
挫叛安廷涵正气，平冤救死守良心。
宽严适度不施虐，有赖慈娘教子殷。

注释

●隽（音：倦）不疑，渤海郡人，在地方盛名远播，后成为汉武帝、汉昭帝年间的循吏，当朝执法，备受朝野敬重。武帝末年，社会很不安宁，盗匪十分猖獗，一个叫暴胜之的人身穿锦衣，手持利斧，镇压盗匪出手极狠，凡捕来者一律砍头，有的地方居然杀了上万人。暴胜之来到渤海郡，久闻隽不疑大名，召来相见，当即被隽不疑的那种尊严气度所震慑。隽不疑乘机针对暴胜之的残酷行为坦诚进言。

●他对暴胜之及手下的人说，一个朝廷官员，如果过于严厉，就会招来杀身之祸；而如果过于宽忍，则什么事情也办不好；只有恩威并济，刚柔相济，才能立功得福，永远不败。暴胜之及手下官吏听了隽不疑讲的一番道理，无不佩服至极，遂向朝廷推荐，使他当上了青州刺史。

●武帝死后，昭帝即位。齐孝王孙刘泽谋反，隽不疑受命将刘泽迅速收捕，使朝廷得以安宁。这以后，他被提拔为京兆尹（京城长安的最高长官），在此任上，他平反了许多冤假错案，使不少人免于非命。

●隽不疑执法宽严有度，从不乱施暴虐。所以如此，是与其老母殷殷教诲分不开的。当时武帝任用了一批酷吏，一点点小事往往要弄成大案，并牵连很多人，搞出了大量冤假错案。因此，隽不疑老母要求儿子必须谨慎判案，绝不许滥用刑律，并要竭尽全力去平反。每当隽不疑平反了冤案错案，母亲就十分高兴，做的饭菜都比平时好；如果无所平反，母亲就觉得儿子没有尽责，气得连饭也不吃了。有这样的母亲，隽不疑平反冤假错案，必然不遗余力。

戆臣汲黯——西汉（武帝）时期

孤傲清澄秉本真，为臣竭力尽忠心。
直言汉室离唐虞，明指刘皇远圣尊。
不计得失申道义，未思荣辱犯天钦。
先赢敬重后遭厌，欲上滞迁难显身。

注释

●汲黯，汉武帝时主爵都尉，他为人和做官都孤傲清纯，不拘小节，但尽职尽责，主持正义，敢于说真话、讲实情。

●汲黯向皇帝进言从不躲躲闪闪，总是直言不讳。一次，武帝得意扬扬，跟臣子们大谈自己如何英明伟大。臣僚们都知道武帝是个好大喜功的人，所以纷纷阿谀奉承，而汲黯却不随波逐流，当着武帝的面说武帝『内多欲而外施仁义』，绝不可能像唐尧虞舜时代的圣人那样被人尊崇。武帝听后大怒，气得脸色骤变，当即宣布退朝，并反复叨念：『甚矣！汲黯之戆（音：杠）也！』（意思是，汲黯竟然直率倔强到如此地步）。

●汲黯如此不给皇帝留面子，引来朝臣责备，他气愤地说：『天子设置公卿来辅佐自己，难道就是为了找几个人来阿谀奉承，让自己失尽人心吗？』他还说：『身为朝官，如果只爱惜自己的地位、性命，那怎么对得起国家呢！」

●汲黯为人正派、率直，曾受武帝敬重，但由于他常揭皇帝的短处，武帝对他越来越厌恶。因此，原来不起眼的小官，如公孙弘、张汤，有的当上了丞相，有的做了御史大夫，而汲黯却一直滞留在原来的官位上，不得升迁。

淮南王刘安谋反——西汉（武帝）时期

领著淮南汇众言，野心膨胀觊朝权。
逼儿弃爱封明道，遣女窥廷探暗源。
诱导中郎同下水，教唆太子共翻盘。
事发即碎黄粱梦，一命呜呼万骨寒。

注释

●淮南王刘安，为刘长的长子。他在封地里集合一大批读书人和方术之士，常跟他们谈论天文地理、人事兴亡，以及神仙鬼异，并把平时议论的东西集成《淮南子》一书。刘安结识了武帝的舅舅田蚡，田蚡引诱刘安说，皇帝如今没有太子，一旦去世，也只有刘安能够继承皇位。刘安由此野心膨胀，对皇权垂涎三尺。

●为此，刘安一方面暗地里准备兵器和粮草，拉拢郡县官员，另一方面细致地掌握朝廷动向，同时倍加警惕。王太子妃是王皇后的外孙女儿，为防止王太子妃察觉他们造反的阴谋，硬是叫儿子故意不爱她，并送还回朝，以封锁她与朝廷的信息通道。他还把自己聪颖精明的女儿偷偷派往长安，带着很多钱贿赂皇帝身边的人，以刺探朝廷情报，此事一直持续八年之久。

●刘安紧锣密鼓，抓紧各方面的准备，他密召中郎将伍被，要他一起造反，伍被不允，刘安便将其软禁。刘安还教唆王太子，暗杀朝廷使者，并随时准备起事反叛。

●由于刘安的孙子刘建对刘安不宠爱其父刘不害（为刘安长子），且王太子对其父亦不放在眼里，早生怨恨，所以暗中派人向武帝告发，致使刘安的反叛阴谋败露。刘安和他的王后、王太子，以及参与谋反的宾客全部被抓了起来，最后，刘安自杀于狱中，王后和王太子被判处死刑，整个案件株连而死的有万余人。

江充伤天害理致身亡——西汉（武帝）时期

怀仇记恨入朝廷，阴险歹毒杀气腾。
宫役违规绝不允，皇亲破例亦难容。
驱凶制恐兴冤狱，借蛊栽赃使酷刑。
加害一人坑万众，身背血债惨归冥。

注释

●江充，汉武帝时的酷吏。当年，其父、兄被赵太子刘丹弃市论处，因而对刘丹怀有深仇大恨。他上书朝廷，状告刘丹与同母姐姐通奸乱伦，还与封地内大盗勾结，劫掠民财。武帝遂将刘丹交官府法办。江充得到了武帝的赏识，受拜直至绣衣使者，负责抓捕京畿之地的盗贼，并纠察官员奢侈违制的问题。于是，江充冷面铁血，不可一世起来。

●江充对达官显贵乃至皇亲国戚也不客气。一次，他外出，在途中遇到馆陶长公主（武帝的姑母）驱车在皇帝专用的驰道上，便大声呵斥，长公主说她是获得太后诏令恩准的，江充就是不买账。又有一次，他跟随皇帝去甘泉宫，见到太子的差役驱车行驶在驰道上，不容分说，立即把他们抓了起来，投入衙门治罪。

●江充与太子有隙，唯恐武帝死后太子即位对自己不利，便借查巫蛊案的机会，栽赃陷害太子。他特意请来一个外族巫师，说此人可以找到地下埋的偶人，并率爪牙夜间频繁出动，抓不到真正的罪犯，就给人家栽赃，然后用烧红的铁钳炙灼，逼迫他们承认。同时，鼓动胡乱揭发，相互诬陷，大兴冤狱。

●为了暗算太子，江充大肆制造恐怖，前前后后无辜坑害了好几万人。太子得知江充诬陷自己搞巫蛊、咒皇帝，十分气愤，但又有口难辩，情急之下，他命令身边人把江充抓了起来，指责江充曾经加害赵王父子，如今又挑拨他和父皇的关系，作恶多端，血债累累，而后亲手将其杀掉。

戾太子的冤屈——西汉（武帝）时期

蛊案蒙冤一命悬，兴兵自保扼城垣。
临危幸仗将军助，落难亏得履贩怜。
无路绝生臣瑟胆，有疏揭幕主惊颜。
大白真相君滋悔，念子修宫建祭坛。

注释

● 江充借查办巫蛊案来诬陷戾太子，既是因戾太子对他怀恨在心，同时也是为了迎合武帝欲换太子的意愿。戾太子蒙受不白之冤，性命危在旦夕，被逼无奈，发长乐宫卫卒、皇后宫的弓箭手和守长安武库的士兵，想要扼守长安，以求自保。

● 武帝闻之震怒，派兵将长安城团团围住，并传令紧闭城门，不许一个造反者逃出。戾太子在血战五天之后，眼看自己的人马越来越少，只好向城东门逃去。这时，守城将领田仁，考虑到这是皇帝的家事，不想过分逼太子，就打开了城门让他逃走了，使太子暂脱险境，藏在民间一个卖鞋商贩的家里。此鞋贩甘愿用卖鞋的微薄收入供养太子，太子十分感动。

●在当地，太子有个朋友，发了财，太子便派人找他帮忙，结果被官府发现，把太子的住处包围起来。在走投无路的情境之下，太子只好自杀，其他人包括皇孙，全部遇害，引起朝臣一片恐惧。第二年，经查实，戾太子搞巫蛊案根本不成立；武帝也承认，太子是被江充逼得无路可走才发兵自保的，绝不是想要造反。这时，一个叫田千秋的人，也以公允之态上书，为太子喊冤叫屈，并说他上书的话是梦中遇到的一位白发老人教的。武帝听后十分惊骇，与此同时，武帝下令族灭江充。

●田千秋的真情挚意感动了武帝，使他滋生了后悔之意，于是令人建造思子宫，还在太子自杀的地方造了归来望思台，以寄托自己的哀思。

武帝赐死钩弋夫人——西汉（武帝）时期

青云紫气育皇龙？赐号命门含隐情。
有意封尊择稚子，无端问罪去芳容。
忧儿受控丢实柄，虑后失贞辱美名。
故造冤魂昭史训，权臣奉旨辅冲龄。

注释

●钩弋夫人，本为河间赵氏女。相传汉武帝北巡过河，见有青云紫气升起，相信术士此处必有奇女之言，遂遣人查访，将艳丽绝伦的赵家之女收入宫中。武帝对这女子十分宠信，封她为婕妤，住进钩弋宫，故称『钩弋夫人』。前九十四年，钩弋夫人在怀孕十四个月后，生下皇子刘弗陵，武帝非常高兴，说上古的帝尧，就是怀了十四个月生下来的。于是，他将弗陵出生的那个殿门封为『尧母门』。武帝所以有这样的举动，意在揭示朝廷上人尽皆知的一个秘密，即他对卫皇后和太子刘据不满，要用刘弗陵取而代之。

●武帝立新太子弗陵的决心已定的同时，对弗陵年轻貌美的母亲钩弋夫人必除之的决心也已下定。他一反常态，千方百计寻找机会，加罪于钩弋夫人，并最终赐死。

●武帝之所以要这样做，并非对钩弋夫人不爱也，而是担心弗陵太小，将来其母会专擅朝政；同时，因钩弋夫人年纪太轻，担心将来她淫乱放肆，不能守住贞节。

●钩弋夫人死后，有人说武帝不该杀弗陵之母，武帝却说，自古以来，屡有教训，君主年纪太小，皇太后年纪太轻，必使皇权旁落，国家不得安宁。为了避免吕雉的专擅重演，不得不如此啊！武帝新立皇太子的第二天就驾崩了，弗陵即位，是为昭帝，只好由朝廷重臣霍光来予以辅佐。

霍光接受托孤——西汉（武帝、昭帝）时期

谨慎为官倍认真，二十余载沐皇恩。
接图不晓襄新主，领诏方知辅幼君。
肩负托孤承道统，身担赐任掌乾坤。
与民休养惜国力，运势回升可望春。

注释

●霍光，是霍去病同父异母的弟弟。他从小为人稳重，入宫后，在武帝身边二十余年，出入宫禁，小心谨慎，办事认真，深得武帝信任。

●武帝想废除刘据的太子之位另立弗陵，而弗陵年纪太小，继皇位后，必须有可靠大臣辅政，他权衡再三，觉得只有霍光可堪当此任。于是，武帝让宫廷画师作了一幅周公背成王朝见诸侯的画，把它送给了霍光，而此时霍光并没有理解武帝将让他襄助新主的用意。两年后，武帝病重，眼看不久于人世。武帝对霍光说：『你难道还不明白为什么要送你那张画吗？我是要立皇子弗陵为帝，让你辅佐他，就像古时周公辅佐成王那样。』这时，霍光方恍然大悟，于是叩头拜谢，接受了遗诏。

●武帝拜霍光为大司马大将军。武帝驾崩，太子弗陵即位，是为昭帝，时年八岁，霍光担负起托孤的重任。昭帝仅在位十余年就死了，霍光迎立了昌邑王刘贺。但因刘贺荒淫无度，在他登基二十七天后，就被霍光废除，复立宣帝，扭转乾坤。

●霍光成为一人之下万人之上的显臣，在任期间，他注意轻徭薄赋，减轻人民负担，与民休养生息，使西汉的国力有所恢复，百姓的生活得到一些改善。

司马迁写《史记》——西汉（武帝）时期

父愿殷殷子继承，为降申辩受宫刑。
含冤立志究天道，遗恨抒怀探世情。
非蹈常规抛旧框，惟张个性展新容。
思精体大囊千载，无韵离骚百代雄。

注释

●司马迁的父亲司马谈是汉朝的太史令，他去世前对司马迁讲，自己一生的最大愿望就是写一部贯通上下古今的《史记》，希望司马迁能继承他未竟的事业，司马迁遵从父亲的嘱托，决心不负父望。司马谈死后三年，司马迁继任太史令，开始时，事业一帆风顺。可在前九十九年，因给投降匈奴的将军李陵辩罪而被朝廷判处死刑，后改为宫刑，使其受到毁灭性打击。

●面对厄难，司马迁想到的是父亲的遗愿，决心在『述往事，知来者』的事业中，排遣忧愤，以实现自己的宏大抱负。司马迁在写这部书的过程中，探究天道和人世的关系，以及古今变化的道理，并表明自己对历史的看法。

●司马迁终于著成《太史公书》（后世称为《史记》）。他敢于冲破先贤圣人认识历史的旧框框，极力张扬个性，成就了中国历史上第一部纪传体通史，其中处处蕴含着超人智慧和伟大精神。

●一部《史记》体大思精，用去了司马迁十八年的时间，它囊括了从黄帝至汉武帝的千载风云，司马迁因此而被后人称作『学识空前古，文章百代雄』。鲁迅先生把《史记》誉为『史家之绝唱，无韵之离骚』，其文史巨人之地位，罕有所比。

霍光辅政——西汉（昭帝）时期

衔命担纲力辅君，竭能罄智尽忠贞。
敢同奸党争高下，不向凶魔让寸分。
遏阻上官施诡计，打压刘旦逞贼心。
驱邪倡正遭诬陷，赖主明察幸洗身。

注释

●汉武帝遗命霍光辅佐刘弗陵（昭帝），霍光不辱使命，忠心耿耿，秉公办事，深得昭帝信任。

●当时朝廷中，以武帝的大女儿盖长公主和左将军上官桀等人为核心，形成一个反霍光集团。原因起于霍光拒绝给盖长公主关系非同寻常的一个叫丁外人的男人封侯、赐官（光禄大夫），而使公主和上官父子怀恨在心。同时，自认为推行盐铁官营有功的桑弘羊，为子弟谋取官位亦受到霍光的阻拦。这些人便沆瀣一气，结成朋党，不断向霍光施压。霍光面对这伙恶势力，毫不畏惧，与其进行了坚决斗争。

●上官桀诡计多端，但屡屡受到霍光的遏制，阴谋一直难于得逞。后来，燕王刘旦也参与了反霍集团的活动，亦受到霍光的钳制。

●为了除掉霍光，盖长公主、上官父子和桑弘羊，使出更加恶毒的手段，指使人假冒燕王的名义上书昭帝，控告霍光阴谋发动兵变。但年仅十四岁的昭帝仔细分析奏书后，认定这完全是无中生有的诬陷，为霍光洗去了冤屈。同时宣布，今后谁要是再说霍光的坏话，定要用法律制裁。自此以后，再也没有人敢在皇帝面前非议霍光了。

上官父子政变未遂——西汉（昭帝）时期

拉帮构陷未如偿，遂策翻天倍逞狂。
始欲斩光除汉相，继谋诛旦剪燕王。
惟思胜券操于己，不料赢局掌在堂。
暗幕一揭全线溃，血飞头滚化黄粱。

注释

●上官桀父子勾结盖长公主、丁外人、桑弘羊及燕王刘旦等，陷害霍光未得逞，昭帝更加信任霍光。这伙佞人眼见大势已去，于是决意发动政变，想让野心勃勃的上官桀来做皇帝。

●他们精心策划政变，预谋先由盖长公主宴请霍光，待霍光赴宴时，将其杀掉，然后，废除昭帝，另立新君。反霍集团中的这些人，各有自己的打算，上官父子想的是，一旦政变成功，便立即杀掉燕王刘旦，自己称帝。

●上官父子由于身后有盖长公主打气壮胆，一时间忘乎所以，深信政变一定能够成功。但他们万万没有想到，天机泄露，朝廷和霍光立即采取了行动。

●原来，上官等人的行动被人揭发，层层上报给霍光。霍光当机立断，于前八〇年秋，将上官父子、桑弘羊及丁外人等一网打尽，盖长公主自杀，后来刘旦也自尽，随他而死的有二十余人。上官等人密谋发动的这场政变，终于化作黄粱一梦。从此，霍光威震天下，等到昭帝十八岁行过成人礼之后，仍将全部朝政委任于霍光。

邴吉为人为官——西汉（宣帝）时期

秉善怀慈尚爱心，迎危救命保皇孙。
倾诚育养渐脱颖，竭力册封终致尊。
勋绩昭昭推重赏，声名赫赫拒宏恩。
官高位显犹仁厚，大度谦卑不自矜。

注释

●邴吉，汉宣帝时官至丞相。他原本狱吏出身，武帝末年发生『巫蛊之祸』，太子刘据遭诬，被逼反叛，失败后自杀，妻儿老小也一起殉难，唯皇（武帝）曾孙（太子刘据之孙）刚出生不久，在当时担任狱吏的邴吉抗争掩护下得以幸免一死。

●邴吉将太子之孙托人抚养，并取名刘病已。病已渐渐长大成人，他仪表堂堂，好学上进，通晓儒家经典，为人稳重平和，并很有才华。当刘贺被废除帝位后（昭帝死后，刘贺即位，仅二十七天就被废除），邴吉笃意向霍光推荐迎立病已继承皇位，霍光同意，即报皇太后批准，病已终位及至尊，是为宣帝（改名刘询）。

●邴吉在刘病已落难之际，行大善，施大恩，救了病已一命；后来又力荐病已称帝，其功劳非常之大。但他从来不声张自己如何施恩于人，一直低调、谨慎处事。当宣帝了解了情况后，对邴吉十分敬佩，下诏封他为博阳侯，并封户一千三百，而邴吉却上书宣帝，说自己并没有什么功劳，不能凭一点小事就受封为侯。

●邴吉最后当了朝廷的丞相，位列三公，但他始终仁厚谦和，雍容大度，对同僚注重礼让，对部属呵护有加，赢得了朝廷上下的敬佩和尊重。

霍氏家族自取灭亡——西汉（宣帝）时期

毒杀皇后欲攫尊，使女临宫遂梦真。
始掩明情包狗胆，终揭暗幕现狼心。
方谋逆道夺君位，即陷穷途断命根。
歹妇贪权招大祸，亲倾门灭漫天昏。

注释

●汉宣帝对霍光既敬重又畏惧。霍光之妻是个十分阴险歹毒的女人，她做梦都想让自己的女儿入宫当皇后，以享有无比的尊贵，为此，她对许皇后恨之入骨，欲必除掉，取而代之。于是，她抓住许皇后生孩子的机会，背着霍光，指使曾给许皇后看过病的女医淳于衍，用毒药将许皇后毒死。然后说服丈夫霍光，果然将女儿送入宫中，被立为皇后。

●对于许皇后之死因，朝廷内部多有怀疑。霍光听了妻子坦白了事情的经过，开始时大吃一惊，想要大义灭亲，但最后还是压下了朝臣的奏折，把这一血案隐瞒起来。可在霍光之女立为皇后仅一年多，霍光就病死了。这样，关于许皇后被毒死的事情终于传到了宣帝的耳中，暗幕被揭开，霍氏的狼子野心便大白于天下了。

●宣帝怒不可遏，决定消灭霍氏，立即把霍家人在皇宫、京城内外所掌握的兵权全部解除，这使霍家人感到十分恐惧，遂铤而走险，准备发动政变，改朝换代，并预谋杀宣帝而立霍光之子霍禹为帝。不料事情败露，政变破产，霍禹被处腰斩，霍夫人和几个女儿被弃市，霍光的两个侄孙自杀。

●霍光之妻这个歹妇野心膨胀，贪婪权柄，招来了家族血腥大难，不仅霍氏一门基本灭掉，而且与霍氏关系密切而株连被杀的有上千家。

夏侯胜的儒生本色——西汉（昭帝、宣帝）时期

长于测势料如神，谙典通儒秉正纯。
不苟君非驳诏令，直诘臣谬犯廷门。
遭劾罹狱犹传道，获赦回朝力授闻。
敢越雷池担大义，良知无愧做真人。

注释

●夏侯胜，汉昭帝时朝廷博士，宣帝时官至太子太傅。他精通儒家经典，尤谙《洪范五行传》，思想深邃，为人纯正，料事如神。一天，刘贺（继昭帝位，当了二十七天皇帝）乘驾出游，夏侯胜极力阻拦，说老天阴沉了好久，说明大臣中有人阴谋政变，皇帝切不可离宫。当时恰是霍光等人谋划废除刘贺之际。车骑将军张世安百思不得其解，问夏侯胜怎么知道有大臣要废掉皇帝，夏侯胜大谈天人感应，用来证明刘贺的貌、言、视、听、思，都不符合天子规矩，因而天象不佳，其权力自然也就衰落了。后来的变局，果然如夏侯胜所料。

●宣帝即位后，下诏颂扬武帝的丰功伟绩，要在各地为武帝立庙，并制定庙乐，朝廷众臣无不热烈拥护，而独有夏侯胜激烈反对。他直言不讳地说：武帝虽有扩疆之功，可死了那么多士兵，消耗了那么多财物，搞得天下不能安生，

人民流离失所，甚至发生人吃人的现象，这哪里谈得上有什么恩泽，所以不该立庙作乐。夏侯胜语出惊人，直言驳斥群臣和皇帝，立即招来大祸临头。

●夏侯胜被大臣们联名举劾，然后下狱。同他一起被关的还有因不肯随众举劾的一个叫黄霸的丞相长史，黄提出要跟夏侯胜学《尚书》，并引孔子的话：『朝闻道，夕死可矣！』夏侯胜感于其决心，便每天向他传授儒学经典。后来，夏侯胜终获赦放，回朝做了太子太傅，仍孜孜不倦地教导太子，尽职尽责。

●夏侯胜活了九十岁，一辈子恪守良心，主持大义。他说：『讲真话、做真人是做大臣的职责，就是冒再大的风险，甚至因此而死也在所不辞。』

赵广汉之死——西汉（宣帝）时期

凡恶皆惩勇破坚，素称能吏震京川。
豪强胆颤生仇怨，黎庶心宁享乐欢。
怎可扬威胡使虐，何容泄愤滥杀冤？
身加死罪遭腰斩，万众哭街恸地天。

注释

●赵广汉，汉宣帝时先任颍川郡太守，后升任京兆尹，总揽京师重地，他执法严格，凡恶必惩，素称『能吏』，威震颍川和京城。颍川郡的原姓、褚姓等大族，长期横行霸道，欺压百姓，几任郡守都对他们束手无策。赵广汉到任没几个月，就把原、褚两家的首恶杀了，使当地的豪强无不胆战心惊。

●赵广汉对官吏犯法者，一旦抓住把柄，就穷追不舍，一查到底，严惩不贷。那些胡作非为的达官显贵，一旦落到赵广汉手里，都难逃法网。所以，他们对赵广汉既恨之入骨，又怕得要命。由于他严惩豪强，百姓过上了安宁的日子，都对他打心眼里拥护。

●赵广汉由于深受宣帝的信任，渐渐忘乎所以。霍光死后，他知道宣帝对霍家很不满，就借皇威而扬自威，亲自带人冲进霍家，大打出手，搜查酒坊、砸坏酒缸、砍坏酒坊大门，然后耀武扬威地扬长而去。此事得到宣帝的默默认可，从此，赵广汉更加有恃无恐，有时竟滥用起权力。他的一个门客，因私自卖酒被逐出长安，赵怀疑是一个叫苏贤的人在后面使坏，便让人治苏贤的罪。不料案发，赵被贬职一级，仍留任京兆尹，但他不思悔过，怀疑是一个叫荣畜的人为苏贤的父亲出谋划策，于是，公报私仇，将荣畜杀了。后来，宣帝让魏相追查，赵广汉又把矛头指向魏相，以不实之罪加以胁迫，魏相以真凭实据上奏皇帝，赵广汉遂被逮捕法办。

●赵广汉因冤杀无辜、判案不公，被宣帝处以腰斩。虽然他在履职过程中有犯罪行为，但主要是针对上层官僚，而对百姓却十分爱护。判决死刑的消息传出，长安百姓数万人，伏在宫门大哭，悲声震天动地，有人甚至要代赵广汉受死，好让他继续保护小民百姓安居乐业，但这一切都已于事无补了！

『酒狂』盖宽饶——西汉（宣帝）时期

清廉凛正恶逢迎，触纪违纲俱不容。

重过轻非皆审细，高官末吏尽察明。

激抨御主常戗上，痛斥朝臣屡犯廷。

禅让一疏招大祸，拔刀自刎引同情。

注释

●盖宽饶，汉宣帝时任司隶校尉。他为政清廉，刚直不阿，不屑于阿谀奉承。宣帝令其纠察京城风俗，凡触法违规者，他一概举劾，绝不宽容。

●对官吏犯禁者，不论大事小情，不管官大官小，盖宽饶都要严加细审，非弄个水落石出不可，就连宣帝的文人，也要加以警告，要他为人应谨慎，不可忘乎所以。正因如此，盖宽饶得罪了许多官员，特别是那些达官显贵，对他恨得要死。

●盖宽饶对廷僚们，总是千方百计地去抓人家的把柄，然后制人于法。对皇帝也无所顾忌，动不动就以刻薄的言辞上书批评，常把皇帝弄得十分狼狈。

●尽管如此，宣帝考虑到盖宽饶是个儒者，没有治他的罪，但也不再升他的官。他眼看着一些同僚都做了公卿，心中渐生不平，因此在上疏中常带一些怨气，后来竟发展到对皇帝的极端不满。一次，他在上奏中竟然大谈五帝时是『官天下』，三王时是『家天下』；家天下就是把天下传给自己的儿子，而官天下则是把天下传给贤者……皇帝的大位，不是贤者就不应该坐。宣帝见此奏，怒不可遏，认为盖宽饶是要自己效法尧、舜、禹，实行『禅让』。于是，令人将其押入大牢。盖宽饶知道此番必定受辱，刚出北宫门，便拔剑自刎。这一刚烈行为，激起了当时在场人的深深同情。

张敞妙法为官——西汉（宣帝）时期

几地衔职业不凡，儒风治政掌宽严。
赏金除盗盗纷落，标记擒贼贼尽完。
留任五天仍破险，夺官数月又迎难。
似伤规礼实恩爱，为内化妆成美谈。

注释

●张敞，汉宣帝时任过山阳郡太守、胶东相、京兆尹等职。他为人警敏，赏罚分明，宽严相济，注重教化，不失儒者风范，做过官的几个地方，都社会稳定，民众安泰。

●张敞治盗治贼很有一套办法。一段时间里，渤海、胶东盗贼蜂起，他主动请求去那里整治，被拜为胶东相。张敞一到胶东，便张榜告示：民间捕杀盗贼，或能提供盗贼出没情报的，一律重金奖赏；盗贼相互捕杀，亦可免罪；官吏捕杀盗贼有功者，则可向朝廷推荐为候补县令。此举一行，胶东盗贼团伙见大事不妙，纷纷解散。后来长安的治安越来越糟，张敞又被任命为京兆尹，上任不久，他就把京城地区盗贼团伙的『偷长』调查得一清二楚，之后，将他们找来，要他们供出手下盗贼。偷长们提出，不如任命他们为吏，手下的偷儿就会不召自来，张敞当即答应偷长们的要求。他们回家后，摆下酒宴，等着手下偷儿们上门祝贺。席间，乘偷儿们大醉之时，偷长在他们的衣服上做下红色的记号，当偷儿们回家时，守在门外的捕吏，依记号将他们迅速逮捕，并把他们的同伙一网打尽，这样长安市上再也没有盗贼了。

●张敞在京兆尹任上九年，都一直平安无事。后来，因自己的一个朋友犯大逆不道之罪身受牵连，而被参劾。此时，长安发生了盗贼案，虽然张敞在任的剩余时间只有五天了，但他仍命手下一个叫絮舜的去查办。絮舜感到张敞马上就要离任，不想再为他卖力了，因而没有听令。张敞闻之大怒，毫不犹豫地将絮舜判了死罪，后来，因絮舜家人告官，宣帝将张敞贬为平民。张敞罢官后在家待了数月，一日，他接到命令，要他等着天子的使者到来。家人听到这个消息，以为大祸临头，吓得哭成一团，可张敞却预感到是皇帝要重新起用他。果然不出张敞所料，进京后先被任命为冀州刺史，后又调任太原郡太守。

●张敞与妻子恩爱有加，常在家为妻子描眉化妆。有人将此事上奏皇上，说他有失体统。宣帝闻奏，当朝责问，张敞却说，闺房里夫妇间的隐私，比起画眉来，更有之过而无不及。宣帝无言以对，没有处罚他，可从此之后，张敞再也没有升官。但张敞为妻画眉的故事，却成为古时夫妻恩爱的一桩美谈。

黄霸为官——西汉（宣帝）时期

律令谙熟避酷凶，温良礼让自洁清。
羁牢笃意勤学典，释狱专心奋著功。
治郡安民堪显赫，担丞饬吏却平庸。
高层莫测云波诡，纵有才华未必通。

注释

●黄霸，汉宣帝时任扬州刺史、颍川太守，后官至丞相。他明察内敏，谙熟律令，温和礼让，为官清廉，是汉代官吏奉公守法的楷模。特别是他一贯用法宽和，不施酷刑，后世把他与龚遂并为『循吏』，称作『龚黄』。

●黄霸曾因拒绝与众朝臣一起参劾夏侯胜，被问死罪。在死牢中，他还坚意请夏侯胜为他讲《尚书》，并遵先圣之言：『朝闻道，夕死可矣！』表明他的心智不同凡响。出狱后，经夏侯胜举荐，始任扬州刺史，再任颍川太守，无论在哪里，他都尽心竭力，恪尽职守，创造了骄人的业绩。

●黄霸在颍川太守位上，政绩第一，被升任京兆尹，不久因不称职，又回颍川做太守，一干就是八年，使颍川之地，民风淳朴，社会安定，百姓安居乐业。于是，宣帝又召黄霸入朝，为太子太傅，不久官升为御史大夫，邴吉死后，他做了丞相。可是，当郡守治民时黄霸虽然出类拔萃，但当丞相治官时却显得手足无措，有些平庸了。一次，黄霸突发奇想，向皇帝推荐一个叫史高的人为太尉。太尉一职，武帝的时候就取消了，黄霸居然还推荐人任此职，显然太不识时务了。他受到了宣帝的责备，以后不敢再有什么建议了。

●朝廷的丞相是治官的官，可许多朝廷官员与黄霸是平级，情况十分复杂。特别是官厅上层，云谲波诡，高深莫测，其中的奥妙和诀窍，绝非黄霸这样的正人君子所能学来的。古往今来，多少英华才子，忠心耿耿，能力超群，但就是因不行官场的潜规则而受阻，甚至折腰啊！

龚遂治理渤海郡——西汉（宣帝）时期

渤海遭灾酿匪情，迎难除害已高龄。
收兵抚盗宏仁举，选吏勤民大善行。
劝庶还耕消困苦，商丁卖剑致安宁。
虚心纳计功归主，遂被加封领水衡。

注释

●龚遂，西汉宣帝年间的『循吏』（与黄霸并称『龚黄』）。渤海郡因灾荒爆发了严重匪患，搅得当地上下不得安宁，成为朝廷忧心的一大难题。时年七十岁的龚遂，受丞相、御史推荐，应宣帝之召，赴渤海郡去治理盗匪。他采取怀柔等一系列政策，经过几年努力，使该地匪盗猖獗的问题得到解决。

●龚遂到渤海郡后，立即下令各县收回追捕盗贼的军队，随即申明，凡是已经放下武器而回去种田的都是良民，不予追究。于是，原来铤而走险的人，都重新回家；一些原本就是盗贼的人，也借机改恶从善。龚遂又下令开仓借粮，接济贫民。同时，他注重选拔能力强、作风正的官吏担任各职，要求他们勤勤恳恳为老百姓办事，并更严格地约束自己，为百姓做出表率。

●渤海郡当地的人喜欢从事工商业而不愿意从事农业，且比较奢侈，龚遂就一方面带头节俭，另一方面劝民务农，他规定郡中百姓都要种树、种菜、养猪、养鸡。他还派人劝说那些佩刀带剑的人，卖剑买牛，卖刀买犊。几年过去，不但郡中百姓家家都有积蓄，日子越来越富裕，而且社会治安大大好转，盗贼大为减少，出现了社会稳定、安居乐业的良好局面。

●龚遂治理渤海郡政绩突出，被召入朝。临行前，一个叫王生的嗜酒之徒，建议他见到皇帝时，千万不可以说自己如何如何，应当称颂皇恩浩荡，而自己却是微不足道的。龚遂虚心采纳了王生的计策，果然使宣帝大悦，遂被加官任命为水衡都尉。

韩延寿的宦海生涯——西汉（宣帝）时期

主政多方获盛评，竭心罄力著功名。
教民懂礼知仁爱，省己担责守挚诚。
赴死诚儿留痛训，绝生敬庶谢深情。
蒙冤获斩清风泣，万众塞街酒壮行。

注释

●韩延寿，在汉宣帝时任过淮阳郡、颍川郡、东郡太守，后被提拔为左冯翊（音：义）。他主政多方，无论在哪里，都获得朝野赞誉，在颍川还得过治绩全国第一的好评。

●韩延寿注重以德治政。颍川郡多强宗大姓，赵广汉治理颍川时，让那里的官吏和百姓互相告发，形成了人们之间猜忌、仇视、互不相让的风气。韩延寿一到任，就召集当地长老们赴宴，彬彬有礼地向他们询问所在地方的民俗、民情和百姓的疾苦，并给他们讲人与人之间和睦相爱、消除怨恨的道理。然后跟长老们商定了民间一些必须遵守的礼法，让百姓照着去做。韩后来被提拔为左冯翊，上任之后，他视察了二十四个县，走到高陵县时，当地有兄弟二人，为一块田产，把官司打到他这里。对这种兄弟争讼，韩延寿非常痛恨，他教育这兄弟俩，这样做，不仅有伤风化，也使他们的县官、乡官、三老和那些孝敬父母、友爱兄弟的人蒙羞。同时指出，所以出现这样的现象，是他这个做左冯翊的没有教化好大家。从这天开始，韩延寿便闭门不出，自我反省，高陵的官员、长老深为韩延寿的诚意所感动，纷纷绑了自己，以示惭愧。争讼的兄弟二人，更感到无地自容，剃发赤足，前来向韩延寿谢罪。

●后来，御史大夫萧望之，接到告韩延寿在东郡做太守时，曾擅自动用国库钱（实为百姓办事所用）的诉状，萧要调查此事。韩听说后，也着手调查萧在左冯翊任上擅自动用国库钱的事。最终，宣帝听了萧望之的话，让他们把各自查实的证据拿出来，结果，韩出示的证据不足，而萧不仅查出了韩擅自动用国库钱，还查出他曾有『僭越』的问题。于是，韩延寿被判弃市。死前，他告诫三个儿子，他死后都不要再做官了！后来这三个儿子果然都辞官回乡。临刑的那一天，关押他的囚车两旁，为其送行者人山人海，韩深受感动，一再向送行的人群拱手致谢。

●韩延寿与萧望之，二人针锋相对，以韩遭诬告败、含冤获斩而终结，但老百姓却对这位好官心存感激，当韩延寿赴刑场时，从长安到渭城的路上，敬酒的人络绎不绝，韩延寿竟然喝了一石多。他告诉前来送行的人，有劳他们不辞辛苦远送，自己死亦无憾了！

疏广不恋权财——西汉（宣帝）时期

旺运亨通披彩虹，却辞高位避朝廷。
知足常乐防凶险，见好即收保美名。
拒把珍财留后代，但将酒肉予前朋。
练达经世深谙道，坐览风云享太平。

注释

●疏广，汉宣帝时官至太子太傅，他的侄子疏受则为太子少傅，叔侄二人都功成名就，屡屡受到皇帝的赏赐，朝野上下无不对他们羡慕已极。可就在这时，疏广和侄子一起向宣帝请辞回乡，过上了远离宫廷政治的安稳生活。

●做出这一决定，疏广是经过深思熟虑的。当太子长到十二岁，熟读《论语》、《孝经》后，他对疏受说，一个人知足就不会受辱，知道适可而止就不会有危险，功成身退，这是处世的道理；如今官已做到了二千石，名声也有了，还不隐退，恐怕要有祸患了。他建议一起出关回山东老家，以享天年。于是叔侄二人先休假，后请辞，得到皇帝获准。

●回到家乡后，疏广用皇帝赏赐的养老钱，每天都设宴招待族里的人和从前的朋友，并好几次问起家里还剩多少钱，说是要赶快跟大家一起用掉。过了一年多，他的儿孙们见钱都快花完了，便托族人劝疏广给子孙多买些田宅，却被疏广当即拒绝了。

●疏广身居高位，对世态炎凉看得很透，始终保持一种平和宁静的心态，他说：『如果现在还想着要多给子孙们一些积蓄，那只会使他们怠惰，贤而多财，会损害一个人的志向；愚而多财，则会助长一个人的过失。何况人富了，众人就会对他有怨恨……我现在用掉的这些钱，都是皇帝给我养老的，拿来与乡亲们共享，打发余生，难道不是很好吗？』

儒学经师匡衡——西汉（宣帝、元帝、成帝）时期

通经善授誉声隆，投射官途上九重。
审势谀奸藏垢秽，看风揭佞表清澄。
欺朝瞒野行邪道，惧贵屈权辱正名。
终被夺爵失禄位，光芒散尽现原形。

注释

●匡衡，历经汉宣帝、元帝、成帝三代。他家境曾很贫寒，但因精力过人，不仅熟读《诗经》，而且善讲授，被誉为大儒经师，一时间名声大振，远播四方。按汉制，读书人可通过『投射』（就是朝廷出一些策论的题目，让读书人写出自己的见解和建议，投到指定的地方，然后，评品甲、乙、景三科）谋取官职。有一年，匡衡参加了投射，射中景科，虽为三等，但终得进入官场，从此，他好运连连，官阶一升再升。

●汉元帝即位后，匡衡受人推荐，先做郎中，很快就提为博士、给事中，后来因上书指陈朝政得失受到欣赏，升至光禄大夫，太子少傅。元帝崇尚儒术，对匡衡这样的经师十分重视，后来匡衡做了丞相。当朝中书令石显，纠集一伙

人专权擅政，作威作福，危害天下。作为丞相的匡衡心知肚明，却不仅不揭发，而且极尽阿谀奉承之能事，为恶势力掩污藏垢。可当元帝一死、成帝即位时，他却一反常态，立即揭发石显的种种罪行，借以显示自己的清白。

●匡衡的这一招，马上被司隶校尉王尊识破，上奏皇上，说匡衡身为公卿，明知石显等人的罪行，却畏惧恶劣权贵，欺上瞒下，这本身就是犯了对皇帝不忠之罪，根本就不像个做大臣的样子。

●成帝接到王尊的上奏，因对自己的老师特别爱护，不想对匡衡予以追究。但后来，匡衡的儿子因醉酒杀人，被关入监狱，他儿子的一个下属竟然要去劫狱，再加上这时又有大臣揭发匡衡在自己的封地附近盗占四百顷土地，成帝终于看清了匡衡这个大儒的真面目，随即罢了他的官，革了他的爵，发落他回乡了，从此，匡衡经师的光芒散尽，原形毕露。

张禹的为人处事——西汉（成帝）时期

博学聪颖善经营，游刃官厅掌世情。
托病辞职消己祸，昧心蒙主保家荣。
不将国利当标尺，仅以族兴作准绳。
聚富敛财圈田亩，吃喝玩乐享安宁。

注释

●张禹，汉成帝时官至丞相。他聪明颖慧，精通儒学，而且善于经营家产，十分富贵。他一生游走官场，擅长掌握世情，总能规避风险。

●张禹曾做过太子刘骜的老师，刘骜即位，是为成帝，张禹得到重用。当下，成帝的舅舅王凤为大将军，总揽朝政，成帝年轻，凡事谦让，只对儒学感兴趣，因此，对教他儒学的师傅张禹特别敬重。张禹担心这样会引起王凤的忌恨，恐怕日后遭他毒手，便几次上书，假托有病，要求辞官回乡。成帝不想放走他，为他解除了疑虑，要他放心大胆地处理国事，并赏了他很多的黄金和酒食，还派人为其治病。最终，张禹不仅未告病还乡，后来还代王商做了丞相。他在丞相位上六年，年老辞官回家后，成帝有大事仍前去请教。那时灾害频发，民生凋敝，不断有官吏和百姓上书，说这是王氏专权所致。成帝觉得确实如此，便向张禹问策，可张禹想到的是，王家势力这么大，王根又一向跟自己过不去，担心自己的儿孙们将来遭到报复，丧失荣华富贵，便昧着良心，给成帝讲了一番上不着天，下不着地的话，替王氏作解脱，成帝从此不再怀疑王氏了，王根和家人得知张禹为他们说好话，非常高兴。这样，张禹居然由王氏的对手，摇身一变，成了他们的朋友了。

●张禹为人处事的原则，就是凡事自家的利益当先，只要于己有利，他人和国家的利益均可抛弃。

●张禹既四处敛财，又贪图享乐，他置办了大量田产，还放高利贷，泾、渭流域有膏腴之地达四百余顷，家中积藏财宝无数，即使到年老时，仍盘算要在平陵的昭帝寝庙附近的肥牛亭为自己找一块坟地，成帝不顾国舅王根的反对，硬是答应了他。张禹还千方百计为儿子谋官，其生活奢侈更是令人瞠目结舌，他身为丞相，在相府的后院，竟然豢养了许多乐人，常与他们一起吃喝玩乐，饮酒奏乐，纵欲无度。

薛宣为官——西汉（成帝、哀帝）时期

偶来鸿运速兴隆，几地为官几地宁。

断案无私求确证，执纲有度掌实情。

弹劾重据究其过，举荐依长用所能。

做相平庸遭诿罪，丢爵去位丧功名。

注释

●薛宣，汉成帝时原本是一个『斗食』小吏，却一路擢升。所以如此，是因为他偶遇琅琊太守赵贡，一见面，赵凭直觉就说他是个人才，并推荐他做了乐浪郡的都尉丞，从此薛宣官运亨通。后来，他又被大将军王凤看中，做了长安县令，不久，又被提拔为御史中丞。以后，他再次被召回京师，官升为左冯翊，得到成帝赏识，终于代张禹做了丞相。薛宣几地为官，都多有所为，政绩不俗，使那些地方治安良好，社会稳定，深受百姓拥护。

●薛宣既公正执法，断案准确，又能够留有余地，实施宽容。他在左冯翊任上，辖下的两个县令杨湛和谢游都犯有贪污罪，前几任长官曾几次查办他们，反被他们抓住把柄，搞得灰头土脸。薛宣一到任，这二人即来拜访，试探他的态度，薛宣非常周到地接待了他们，事后却着手调查他们的罪行。拿到罪证后，薛宣感到其中一人已有悔改之意，

便亲自将其罪证逐一列出，劝他主动辞职，此人看到薛宣言辞温和婉转，没有追查到底的意思，就交了绶印，并托人向薛宣谢罪。另一个自以为是大儒，有名望，对薛宣很不恭敬，薛宣并未在意，仍写信给他，指出他实行苛政、非法敛财等罪状，迫使他也不得不辞官。

●薛宣在御史中丞位上时，几次上书奏劾官吏和推荐人才，都言之凿凿，有理有据，深受成帝的赞赏。他在用人上更是很有方法，频阳县地处几郡交界之处，盗贼猖獗，不容易管理，而这里的县令薛恭对如何治理并不懂得。但小县粟邑县远在山中，民风淳朴，治安良好，县令尹赏却是个十分能干的人。于是，薛宣便将两个县令互换位置，使他们各自发挥所长，把两县治理得都很好。

●薛宣代张禹做丞相后，看来并不很称职，丞相府的属官们都认为他没有什么作为。他做丞相六年，国家也确实不景气，成帝把一切诿过于他，将他罢官夺爵。两年后，虽在他人推荐下恢复了爵位，职任尚书，但又因与淳于长关系密切再次罢官回家。哀帝时，薛宣因儿子犯法，终被贬为庶人。

尹赏的为官哲学——西汉（成帝）时期

除恶肃黑再逞能，嗜杀无度治京城。
严查劣迹撒天网，狠使毒招造地笼。
身陷寒牢皆毙命，尸埋荒野尽书名。
当官必酷违常理，谬嘱教儿纵暴行。

注释

●尹赏，汉成帝年间的『酷吏』，做县令时曾因『残贼』（用刑过当）被免职。后来，京城长安贵戚骄横，恶少结伙，与盗贼勾结，有组织、有分工地杀人越货，常常是死伤者遍地，而官府却无人敢管。为整肃京城治安，成帝重新起用尹赏，任命他为长安令，并允许他一切见机行事，无须事先请示。于是，尹赏如鱼得水，再逞凶相，『残贼』旧病复发，长安血腥漫布。

●尹赏进行了严格的线索排察，他把县衙的所有官吏，以及乡吏、亭长、里正、父老、伍人等找来，命他们举报长安的无赖恶少和稍有疑点的商人，一时间撒下了天罗地网，竟得到了好几百人的名单，并按名单分头搜捕。在此之前，他曾令人挖了几个既很大又很深的地牢，以作坑杀之用。

●尹赏把抓捕到的这些人，一律定了盗匪的罪名。他还亲自查看这些人的案卷，百人为一组，全部关入『虎穴』（地牢）。因『虎穴』洞口压上了巨大的石板，洞内进不了空气，所有入穴之人，通通被闷死。然后，尹赏让人将闷死者抬出，运到荒野埋掉，并立一木牌，写上死者姓名，同时规定，必须一百天后，死者的家属才可前来认领。尹赏这么一搞，长安的盗贼果然不敢轻举妄动了，但是由于『残贼』过甚，使人们整天笼罩在恐怖的氛围之中而胆战心惊。

●因尹赏手段残忍，常被朝廷派到盗贼多的地方去治理，他每到一地，不仅盗贼畏惧，连官吏和百姓也怕得要死。他在江夏郡做太守时，不仅捕杀了许多盗贼，也冤杀了不少官吏和百姓。他一再因『残贼』被罢官，可不久又会重新被起用。尹赏在常被免职又常被起用的过程中，总结出了一条十分荒谬的经验，临死前对儿子们说，大丈夫为官，因为『残贼』被免职，等朝廷追思他的政绩时，就会重新起用他，但要是因为软弱被罢官，就永远不可能再被起用了，这样的羞辱真比贪污受贿被治罪还厉害。这就是尹赏留给儿子们的遗嘱。后来他的四个儿子都官至郡守，做事风格与他们的父亲别无二致。

赵飞燕——西汉（成帝、哀帝）时期

迷人艺貌引君馋，赢宠攫荣坐后銮。
纳贿王庭推庶子，谋杀帝寝灭嫡男。
昭昭举证虽遭控，暗暗偿恩却免弹。
莫谓红颜皆祸水，犹多瘦燕与肥环。

注释

●赵飞燕，出身贫贱，原本是宫中婢女，因美若天仙，能歌善舞，把『微服私访』的汉成帝弄得神魂颠倒，垂涎三尺，于是将她召入宫中，深加宠幸，终登皇后宝座。

●赵飞燕被成帝宠幸十余年，并未生下一子。眼见得成帝是不会有儿子了，定陶王的祖母傅氏就对赵飞燕姐妹（她的妹妹也被成帝纳入宫中）施以重金贿赂，让她们说动成帝，以定陶王刘欣为皇太子（刘欣是成帝的侄子，其父与成帝为同父异母，但兄弟二人感情向来很好），后来刘欣果然做了皇帝。其实，成帝的许美人及宫史曹宫都曾为成帝生有一子，赵氏姐妹怀恨在心，施展阴谋，把她们连同孩子都给杀了。

●哀帝登基，赵飞燕为皇太后，并封她的弟弟和侄子为侯。后来，司隶解光上奏，举证凿凿，揭露赵氏姐妹谋杀成帝亲子之事，但哀帝感念赵太后在自己册为太子做皇帝的事上，出过大力，功不可没，再加上议郎耿育谏言，所以也就免于追究了。

●人们常说『红颜祸水』，其实并不尽然，但历代像赵飞燕及后来的杨玉环这样的女人确实不少，她们对江山社稷造成了巨大的危害，确是不争的事实。

孝元皇后王政君——西汉（元帝、成帝、哀帝）时期

有备琴书觊顶层，终攫后位驭龙廷。
戗天逆地违约法，擅政专权乱准绳。
王氏加官皆重柄，刘族丧势仅虚名。
新君即立开惩戒，无奈曲身敛恶行。

注释

●孝元皇后，即王政君，曾被许配给东平王刘宇，但未过门刘宇就死了，其父请人占卜，说她将来会贵不可言（男人贵不可言是要君临天下，女人贵不可言则是要母仪四海），于是，她的父亲便为她达到富贵做起了充分准备，教她读书和弹琴。王政君到十八岁时，父亲就把她送入皇廷后宫作为掖庭待选。恰巧一年后，皇太子所爱幸的女人死了，宣帝便命皇后从掖庭中选送几女，让太子遴选，太子虽然对她们并不感兴趣，但为了不扫母亲的兴致，才说他看中了一个。因王政君坐得离太子（后来的元帝）最近，衣着又与众不同，所以就幸运地被选中，进入了太子宫，不久生下孩子，他就是后来的成帝。元帝死后，成帝即位，王政君就成为皇太后，从此大权在握，开始操控皇帝。

●王政君的胞弟王凤当上了大司马大将军领尚书事，同时她的另一个胞弟王崇也被封侯，引得朝廷上下议论纷纷，认

为这是王氏专权，违背了太祖的约法，有悖天地阴阳之理，而成帝对此并不理会。若干年后，王崇死，他的儿子还未出世，就继承了他的侯位。

●王氏专权日甚，前二十七年，在王政君的操纵下，成帝在同一天就封王家五人为侯（王谭、王商、王立、王根、王逢），他们都是王政君的同父异母兄弟。王氏亲属，前前后后得到封侯的共达十人之多。自王政君成为太后，王氏子弟遍布朝廷，刘氏的天下已经是徒有虚名了。

●成帝在位二十余年，因无亲子作继承人，就立了定陶王刘欣（成帝的侄子）为太子。刘欣即位，是为哀帝，他对王氏早有敌意，上台伊始，就把王家的人一个个都罢了官，凡经王氏推荐而做官的，一律斥退，同时起用自己祖母和母亲家的人，他祖母傅氏被尊为太皇太后，地位与王政君相等，母亲丁氏则被尊为太后。这样一种格局，使王政君很无奈，再也不可能像过去那样独断专行了，所以，不得不对哀帝做出退让。

王莽好名为攫柄——西汉（成帝）时期

不堕奢靡奉谨行，名流盛赞帝加封。
赢荣束己彰节俭，获赏予人装敬恭。
妻系短裙如侍女，夫着长褂似儒生。
心藏诡秘谁知晓？为掌龙廷故作清。

注释

●王莽，是王政君（孝元皇后）的侄子。那时，王氏子弟都过着奢靡的生活，一个个轻车肥马，声色逸乐，只有王莽不堕浊流，不仅谦恭谨行，而且好学上进，十分孝顺，赢得了朝野上下很好的口碑。王莽被叔父王商看重，上书皇帝，请将自己的一部分封户转给他，朝廷上的几个当世名流，也都在皇帝面前大说王莽的好话。于是，成帝对王莽也越来越重视，终于在前十六年封他为新都侯，官至二千石。

●王莽在叔父王根的竭力推荐下，终于当上了大司马。为了让自己的名望超过所有的前任，他对自己约束更严了，皇帝给他的赏赐，他无一例外地分给下人，自己则更加节俭，对人则更加谦恭。

●王莽刻意追求名声，可谓无所不用其极，在家时穿衣十分朴素，人们都说他像个儒生，而他的妻子则更是一身庶人衣着。他的母亲病了，朝臣的夫人们前去探望，见其妻穿的裙子只遮到膝盖（那时，就是一般人家女人的长裙也要曳地的），活像一个侍仆。

●王莽千方百计要把自己塑造成一个天下人都敬仰的道德楷模，其用心良苦，目的在于有朝一日主掌朝政，而这一隐秘，朝野时人是不知道的。

淳于长的下场——西汉（成帝）时期

攫位九卿如虎狼，凭戚借宠饱私囊。

敛财堆垛盈宅邸，纳妾成群满寝房。

立燕谀君得盛宠，蒙嬷戏后索丰偿。

豪光美景灰飞去，莽解忧疑控汉堂。

注释

●淳于长，为王政君（孝元皇后）和大司马王凤的外甥，凭着这样的关系，他受到成帝的眷顾，官至九卿。同时，他以种种手段，赢得了成帝的宠信，于是，依威仗势，为所欲为，中饱私囊。

●淳于长与朝廷公卿和地方官吏广为交结，到处接受贿赂，疯狂敛财。他生活极其糜烂，身边美女如云，妻妾成群。

●当年成帝宠幸赵飞燕，想立为皇后，可太后王政君嫌赵出身卑微，不允其立。淳于长便襄助成帝，从中斡旋，终使太后改变主意，将赵立为皇后。这样一来，成帝对他十分感激，并倍加信任，遂封其为定陵侯。成帝的皇后许氏已被废除，禁锢于长定宫，她一直幻想有一天能得到成帝的谅解，便通过和淳于长有私通关系的姐姐许嬷，行贿淳于长，指望他来说服成帝。淳于长收了许皇后的金钱和财物，表面上答应必将此事办成，到时侯立她为左皇后，可实际上并无动作，把许氏姐妹蒙骗得一塌糊涂。特别是淳于长狗胆包天，竟然以污言秽语对许皇后进行调戏。

●曲阳侯大司马骠骑将军王根，因病欲请辞，淳于长位列公卿，同样是外戚，且受成帝宠信，王莽十分担心他会接替王根。于是，王莽暗中对淳于长发起了进攻，他调查掌握了淳于长收受贿赂的大量事实，然后征得太后同意，向成帝作了揭发，成帝一怒之下，罢了淳于长的官。后来，淳于长暴露的罪行越来越多，便将其逮捕拷问，淳于长随即崩溃，把自己的种种恶端和盘托出，遂被判死刑，但没等到执行，就死在狱中了。这样，王莽轻而易举地消除了自己的竞争敌手，解除了心中的重重忧虑。由于他与淳于长是表兄弟，他还因此赢得了不徇私情的正人君子的好名声。淳于长死后，王莽果不其然接过了大司马的职务，为其控制汉廷，以至后来实现当皇帝的野心铺平了道路。

哀帝与男宠董贤——西汉（哀帝）时期

断袖之交共寝更，无能有貌列三公。

凭淫领赏狂屯垢，恃宠攫封肆逞凶。

愦主仿尧思禅让，邪仆效舜欲临登。

靠山一倒猢狲瑟，绝命暴尸皇梦终。

注释

● 董贤，汉哀帝时官至大司马。他原本在哀帝做太子时仅是个舍人，并没有什么能力，只因长得漂亮，在哀帝登基后，便被拜为黄门郎，与哀帝成为『断袖之交』（一次午睡，董贤与哀帝同寝，哀帝先醒，欲起身，一只袖子却压在了董贤身下，为了不惊醒董贤，哀帝竟然用剑将自己的衣袖割断。后人将男子间的同性恋称为『断袖之交』）。由于哀帝对董贤过于宠幸，董在二十二岁时，就当上了大司马，位列三公，同时掌管内廷机要，大臣们给皇帝奏事，都必须先经过他。

● 董贤凭着与哀帝之间的同性恋关系，在哀帝那里领得丰厚赏赐，后来这样不干净的钱竟达到十分庞大的数额。丞相王嘉看到哀帝给董贤封侯，实在忍无可忍，便公开揭发董贤借宠幸败坏朝廷法纪和风气的种种罪行，结果王嘉被哀帝问罪下牢，惨死狱中。而另一个为王嘉打抱不平的丁明（哀帝的舅舅）也痛遭哀帝斥责，被罢官职。

●哀帝对董贤宠幸到了无以复加的地步，给他以至高无上的权力。在任董贤为大司马的册文中，竟有『允执其中』四字，这是当初尧把帝位禅让给舜时使用过的词语。有一次，哀帝宴请董贤父子，席间，哀帝含情脉脉、目不转睛地看着董贤，说自己想仿照尧舜，把皇位禅传于董贤，在场的人万分震惊，一个叫王闳的宫中常侍，觉得太不像话了，便直言刘氏天下是祖宗传下来的，这个皇位当然应该永远地传给刘姓子孙，像这样皇位继承的大事，天子是不能随便说的。哀帝听了很不高兴，从此王闳再也不能侍候皇帝了。

●哀帝死后，风云突变，董贤预感大祸临头。果然，太皇太后（王政君）指使王莽严查董贤之罪，罢了他的官职，卸了他的冠冕，收了他的印绶。董贤自知罪责难逃，必死无疑，便在家中拔剑自杀，后来又被暴尸街市，没收了全部家产。至此，一个男宠欲当皇帝的美梦终于彻底破灭。

王莽受封安汉公——西汉（平帝）时期

三载别官恨满腔，忽来时运复风光。
网罗亲信将疑灭，唆使党徒把绩彰。
明表公心欺世道，暗藏私欲窥朝纲。
喧嚣鼓噪加爵号，虽未登极却挽缰。

注释

●王莽曾被罢官三载（哀帝因早对王氏家族有敌意，一上台就把王家的人一个个都罢了官，王莽当然列在其中），整日仇恨满腔，闭门不出。前二年，因日食，周护等策论王莽功德，使其时来运转，在官吏们的压力下，哀帝终于再召王莽入京。一年多后，哀帝死，此前丁太后和傅太后已过世，于是王政君得以反把，收取皇帝玉玺，然后召王莽入宫，把朝政都交给了他，并拜他为大司马。同时，王政君与王莽一起立了九岁的平帝，自己临朝称制，政事由王莽处理。

●王莽复得大权后，立即开始网罗亲信，清除一切对自己不利的势力，为此，他对哀帝的外戚和大臣中自己不喜欢的那些人，一个个地给他们罗织罪名，予以罢官。至于丁太后、傅太后和董贤的亲属在朝为官的，也都遭罢免，流放远方。红阳侯王立是王政君的亲弟弟，王莽疑惧他在王政君面前说自己的坏话，便指使人上奏王立有旧恶，不可再住京城。开始王政君不听，后来在王莽百般说服下，王政君不得不同意逐出。王莽还经常唆使他的党羽在太皇太后面前颂扬他的功劳业绩，说他应该得到像萧何、霍光一样的封赏，还说他的功劳可以比得上周公，应该尊他为『安汉公』。

●王莽一方面指使那些效忠他的人在太皇太后面前颂扬他，另一方面又总是装出一副一心为公的样子，讲话娓娓动听，且常叩头流泪，一再推让说应彰显他人功绩。可谁知道他正是通过这样明一套暗一套的表演来欺世盗名，掩盖自己觊觎朝廷最高权力的野心！

●在自己的精心伪装和众党徒的鼓噪下，王莽终于攫得了『安汉公』的名号，这对于他来说，无论是排除异己，还是结党营私，都更加方便了。此时的王莽，虽然还未称皇帝，但已实实在在地挽住了朝缰，和皇帝并没有什么不一样了。

王莽制造中山卫王后案——西汉（平帝）时期

为保王家自擅权，阻隔皇母见儿颜。
颁封赐赏假施惠，明训诫行实设栏。
因子怜情即鸩害，缘儒仗义立磔残。
诛杀数百冤魂叫，苦妇凄哀彻骨寒。

注释

●哀帝死，无子，遂由中山王刘箕子即位，是为平帝。他是成帝的侄孙，登基时方九岁。王莽担心平帝之母卫王后一旦进京入朝，也会像过去丁氏、傅氏那样，对王氏专权不利，便千方百计将平帝与母亲分隔开来，不让他们相见。

●为此，王莽还另立了一个中山王，而立卫氏为中山孝王后，同时，对她的两个兄弟和三个妹妹也都授予了封号和封户，假装进行安慰。后来卫王后在王莽长子王宇的暗助之下，上书谢恩，表示自己如若进京，绝不会像丁、傅二氏那样忘恩负义。王莽看了卫王后的上书后，即请太皇太后（王政君）写信给卫王后，一方面数落当年丁氏和傅氏因哀帝即位，就想与太皇太后平起平坐，败坏国家法度的种种『罪行』；另一方面提醒卫王后，要接受丁氏和傅氏的教训，谨奉圣教国法，以享天年，永葆中山孝王的祭祀，同时，还给了卫王后很丰厚的赏赐。王莽与太皇太后联手，采取敲山震虎、假赏实推之术，目的就是阻止卫王后进京，使平帝与亲生母亲永远不能相见，以便王家能够独揽朝政。

●王莽的长子王宇是个书生，他看到父亲这样阻隔人家母子相见，觉得实在不近人情，恐有一天要遭报应，便暗中屡让卫王后上书，并去找自己的老师吴章和舅子吕宽商量对策，利用王莽对鬼神的迷信，欲以在王家门口洒血示不祥，来迫使王莽让卫王后进京，不幸被当场抓获。王莽怒不可遏，立即将儿子投入监狱，并令其饮鸩自杀，他的妻子分娩后也被判了死刑。同时，将名儒吴章处以腰斩，碎尸示众，吕宽及与吕接近的人，也一律作为同党，全部杀掉。

●王莽除了杀掉亲儿子王宇和吴章、吕宽之外，还杀了元帝的妹妹敬武长公主、叔父红阳侯王立，逼迫堂弟平阿侯王仁自杀，并将卫王后的兄弟姐妹和其他近亲统统处死，追究卫氏党羽又冤杀了好几百人，只有卫王后凄楚悲凉地活了下来，但不久也被王莽废掉了。

王莽篡权称帝——西汉（孺子）时期

收买人心钓誉名，力积隆势备临登。
镌石符命宣天意，摄政专权掌幼冲。
先做假皇逼太后，再攫真帝辱周公。
唏嘘伪善鳄鱼泪，改号立廷除汉宗。

注释

●为了最终称帝，王莽大力收买人心，沽名钓誉。他首先拉拢读书人，扩大太学生住舍，增设经学学科，以博士带弟子，达成千上万之多，并对这些读书人施以恩惠，使他们对其感激涕零。王莽还大封宗室和功臣的后裔二百多人，并宣布，官吏二千石以上者，退休可终身享受原来俸禄的三分之一。他还经常装出悲天悯人之状，时常把自己的财产拿出来救济贫民。有一次，由于王莽拒受朝廷赐予的田亩，前后竟有四十八万七千多人上书，要求对他加倍奖赏。王莽正是通过一系列收买人心的活动，终使自己的势力越积越雄厚，他觉得登临皇位的时机到了。

●王莽买得人心，又重权在握，形成了趋之若鹜、一呼百应的局面。当泉陵侯刘庆上书，要王莽『行天子事』时，众大臣竟然一致赞同。恰于此时，年仅十四岁的平帝死了，王莽见时机已到，便暗中使人在石头上刻『告安汉公莽为皇帝』的红字，并让大臣们告之太皇太后。王政君听了很生气，但无奈之下，还是下诏令王莽做『居摄（摄政皇）』。王莽遂立年仅二岁的刘子婴（玄帝的玄孙）为皇太子，号孺子。

●立刘子婴为皇太子，王莽居摄大位，引起刘氏宗室起兵反抗，可朝中大臣们却说，刘氏反抗，是因为王莽的权力还没有至尊至重。接下来，太皇太后王政君就再给了王莽一个『假皇帝』的称号。可就在王莽当上假皇帝的第二年，又发生了东郡起义，义军号召天下人起来反对王莽。后来，这些起义的头领或兵败被杀，或被击败，王莽又认为自己有了足够的威势和德望，于是，要自立为真皇帝了。公元八年，很多地方都出现了王莽要当真皇帝的符命，这年的十一月，一个叫哀章的人献上一铜匮，金策书上刻有『王莽为真天子』的汉高祖遗命，王莽于是称真皇帝。登基那天，他说，周公辅政，最终把天子的权力归还给成王，自己却迫于天命，不敢不登皇帝大位。他竟把自己比作周公，实在是对周公的莫大侮辱！

●王莽在登基时，仍然装出一副无可奈何的样子，他亲自搀着孺子的手，唏嘘流泪，哀叹很久，才让人将孺子抱下殿，向自己称臣，并封为定安公。接着王莽叫人把他禁锢起来，不许他与任何人接近。至此，王莽篡夺皇权的阴谋终于得逞，遂改国号为『新』（新莽政权），并以『托古改制』为名，大施暴政，摧毁汉廷宗室，残害黎民百姓。

新莽政权

赤眉起义——新莽政权时期

骤起狂飙巨浪翻，赤眉纷涌怒揭竿。
归崇各部同兴义，指莽诸师共讨奸。
迎战骄兵折劲旅，追杀溃将毙汹官。
成昌较力威风盛，横扫中原势撼天。

注释

●政治狂人王莽用眼花缭乱的政治手腕，篡夺了西汉刘氏江山，建立了新莽政权，他不断玩弄『复古』的新花样，把治国大事当作儿戏。同时，地方上贪官污吏横行，百姓无法安生，荆州地区绿林好汉纷纷起义，齐鲁大地也狂飙骤起，用大红颜料涂饰眼眉的义军，在樊崇等人的率领下，向新莽王朝发起了猛烈的进攻。

●齐鲁地区反抗王莽暴政，始于海曲县（今山东日照）的吕母（因其儿被冤枉而死），随之在琅玡，有个叫樊崇的好汉，率领百余人在家乡莒县起义。后来，附近一带小股农民武装纷来归附，这时，琅玡人逄安、东海人徐宣、谢禄、杨音等人各自聚众起兵，集合共数万人之多，一起来加入樊崇的队伍，大家同仇敌忾，共兴义举，讨伐奸贼王莽。

●王莽派太师王匡和更始将军廉丹，率官军十余万人来剿杀樊崇的义军，他们从长安出发，一路上杀了不少分散的农民武装，直到进入梁郡地界才遇上真正的赤眉军。在离无盐县不远，一个叫成昌的地方，官军与赤眉军对阵。王匡气势汹汹，不可一世，可刚一交锋就落荒而逃，赤眉军乘势追击，官军将领廉丹迎战而死，其他二十余将官也惨遭毙命。

●成昌一役，是赤眉军与王莽军队的第一次交锋，也是最后一次大交锋。后来赤眉军从东向西，横扫中原，撼天动地，给王莽政权以沉重打击。

『刘秀当为天子』——新莽政权时期

民谣谶语遍坊间，纷议文叔必领天。
汉室红衣即解惑，春陵白水立揭竿。
兄驱众属临危境，弟纵单骑度险关。
买马招兵谋远略，扫平诸障坐江山。

注释

● 乱世多民谣谶语，各地反王莽的势力纷起时，民谣谶语更是满天飞舞。当时在绿林军活动的北面的南阳郡下，有个白水乡，住着西汉春陵侯的后代，其中有刘縯、刘仲、刘秀兄弟三人。一日，刘秀与姐夫邓晨一起去拜见当地一位擅长收集民谣谶语的蔡少公，蔡便把其中的一段『刘秀（字：文叔）当为天子』说了出来，随即人们议论纷纷，都说刘家将灭掉王莽，再领天下。

● 刘縯、刘秀果然要起事，可当刘縯亲自去发动白水乡的春陵子弟时，那些汉高祖的后代们却都惊恐万状，说是刘縯想害死他们，害怕得躲了起来。这时，刘秀公然穿起汉王朝的大红衣裳，头戴武将的大帽子，在众人中走来走去。刘秀在人们的印象中，是一个胆小老实的秀才，见他都敢如此，众人也就都消除了疑虑，壮起了胆子，纷纷投到刘縯手下，一时间来的春陵子弟达七八千之多。这时刘縯开始用军法把大家组织起来，自称为『柱天都部』，并联系周边的武装力量，准备点起讨伐王莽的滚滚烽烟。

●刘縯想贸然攻打郡府宛城，不料在一个聚落遇上了守将甄阜、梁丘赐的部队，春陵兵不知虚实，仓促接战，被官军杀得大败。刘秀见势不妙，便单骑夺路而逃，路上遇到妹妹伯姬，两人共乘一骑，后又遇上大姐刘元，结果是刘秀与伯姬得以脱身，刘元和三个女儿都被追兵杀死；二哥刘仲和同宗兄弟十人，也在此役中丧命。

●后来，刘縯与下江兵联合，又设法促使新市兵和平林兵一起反攻宛城，杀死了城中守将，总算在南阳一带站住了脚跟。刘縯虽然英勇善战，威望很高，但他绝无刘秀的心计，终在内讧中被杀。而刘秀看上去谦和老实，却在危机四伏中招兵买马，壮大实力，并利用机会，削平群雄，剪灭异势，最后真的当上了东汉王朝的天子，算是应验了坊间的民谣谶语。

王莽的末路血腥——新莽政权时期

丧尽天良惹愤膺，揭竿而起遍伐攻。
民谣漫布王族灭，谶语广传刘室兴。
每日难安浊气涌，无时不郁恶魂惊。
穷途末路仍施暴，肆斩臣僚愈逞凶。

注释

●王莽篡权，大施暴政，民不聊生，各地纷纷起义，反抗新莽政权，到处盛传王莽丧尽天良，曾以安汉公的身份，暗中毒死了孝平皇帝，并效仿当年的周公，把策文放在盒子中，用金绳扎起来，藏在大殿中，一旦阴谋败露，便用来洗涮罪名。现在，他面对到处反抗的熊熊烈火，果然使出了这样的伎俩，但天下人已看清了他的真正面目，谁还能相信他的鬼把戏呢？各路义军照样向长安进攻，全国各地讨伐王莽的浪潮已势不可挡。

●新莽政权已失去人心，当时，民谣、谶语到处传播，说王家要灭，刘氏又要重新兴起，并说『刘秀当为天子』，表明了人心所向。

●王莽耳朵里塞满了民谣、谶语一类的东西，眼看王家的龙庭好景不长了，整天忧心忡忡，在皇帝的宝座上心惊肉跳，惶惶不可终日。

●王莽的堂弟卫将军王涉，面对这样的局面，为堂兄王莽十分担忧，想到不如将窃来的皇位还给刘家，兴许这样一来王氏家族还可以得以保全。于是，王涉联合国师刘歆、大司马董忠和司中大赘孙伋，准备用手下的士兵去胁持王莽，逼迫他向刘氏宗室投降，交还政权，以保性命。不料，孙伋告密，王莽将董忠召来，当场将其处死，并把他的尸首斫得粉碎，随之，将董家满门坑埋，而刘歆和王涉则双双自杀。至此，王莽以非常残忍的手段，把王涉等人要发动的一场逼宫政变镇压下去，而他从此也更加抑郁忧闷，不思茶饭，卧不安席了。

更始天子——新莽政权时期

莽逆人心起谶言，纷纭刘姓复登坛。

南阳选胄思拥缜，新市择宗欲立玄。

软手疏空丢宝座，刚锋落地定金銮。

称皇更始重开幕，弱子无能怎驾船？

注释

●王莽丧尽人心，反抗的义军此起彼伏，各地民谣谶语不胫而走，纷纷传言，说刘氏要复兴，再做皇帝。

●此时，各地的起义军风起云涌，但都各自为政，缺乏统一行动。于是，都想以拥刘氏宗室后代为名义，作为号召。南阳的地方豪强和下江兵王常等人，极力推举春陵兵首领刘缜；而新市、平林的将军们则坚持要立投在平林兵中的刘玄（刘玄生性懦弱，以便日后好控制），双方一时争执不下。

●刘缜分析时局认为，在王莽尚未被打倒之时，刘氏宗室就先互相敌对起来，这不利于同心协力推翻王莽政权。况且，春陵宗室一旦被拥立，马上就会成为天下要对付的目标，反而要吃眼前亏（实际上刘缜在搞缓兵之计）。所以，他手一软，就暂时放弃了当皇帝的念头。可新市那里却不然，大将军张卬（音：昂），拔剑张目，猛砍在地面上说：『犹豫不决，成不了大事！今天就是要立刘玄为皇帝，谁敢不同意？』见张卬这样剑拔弩张，气势汹汹，大家便都同意了。于是，刘玄就当上皇帝。

●登基那天，刘玄被拥上高坛。他本来懦弱无能，从未见过如此场面，再加上觉得自己不配做皇帝，便憋得满头大汗，举起双手，不知说什么是好。因刘玄原来的称号为『更始将军』，于是，称帝改年号为『更始』，人们就称他为『更始皇帝』。这样，去莽后汉室又回到了刘氏手中，可谓重新拉开了刘氏江山之幕。与此同时，更始帝封卿拜将，王匡为定国上公，王凤为成国上公，刘縯为大司徒，陈牧为大司空，其余诸将为九卿将军。而暗暗企盼要当天子的刘秀，却仅被封为太常偏将军。

刘秀指挥昆阳保卫战取大胜——新莽、更始帝时期

厄降昆阳色不惊，以孱迎劲酷搏争。
虽拥守战八千士，却顶攻夺百万兵。
有智出锋威贯阵，无谋丧锐血涂缨。
头清目炯多奇略，即起声名自此兴。

注释

●王莽镇压东方义军的两员大将严尤和陈茂，屡屡战败，为此，王莽派司徒王寻、司空王邑率大军增援，途经昆阳，而这里恰是更始军的地盘。更始将领眼看王莽大军汹涌而至，纷纷撤入城中，昆阳城被莽军团团包围，情势万分危急。这时，有不少将士认为，如抗击，必败无疑，因此，想散伙返回家乡。在这个关键时刻，刘秀苦口婆心地做大家的工作，使众将士树起决一死战的信心。于是，一场敌强我弱的攻防战激烈地展开了。

●当时，王寻、王邑所部号称百万大军，并且还把上林苑里的虎、狮、象、犀等许多动物驱赶上阵助威，而更始军守昆阳城的将士仅有八千多人，其余的都是将士的妻儿老小。

●在敌我双方力量对比悬殊的情况下，大家要刘秀拿出办法。刘秀决定，由王凤、王常带领仅有的八千将士坚守城

池，由他和五威将军李铁带十三名骑士，连夜冲出城门，到附近去召救兵。而这时，官兵的将领王邑却骄横傲慢，不听严尤移师宛城（更始帝刘玄正在那里）的建议，扬言要显示军威，把昆阳小城中的人全部杀光，然后踏着血迹，前歌后舞，再进军宛城。刘秀一行果然在郾城和定陵召来许多义军，他亲自领兵千余打头阵，直奔昆阳而来，与昆阳城内守军形成内外夹击之势，杀敌上千。义军个个以一当百，直攻官军大营，使官军阵脚大乱，溃败而逃，踏死者无数，后又因退路上的河水暴涨，溺死万众，尸体充塞河流，辎重丢弃遍地。

●刘秀以自己超人的胆略和聪明才智，临危不乱，头脑清醒，目光敏锐，转劣为优，取得了昆阳保卫战的重大胜利。从此，这个平时被诸将看不起的刘秀，声名鹊起，走上了夺取皇权的政治勃兴之路。

新莽王朝覆灭——新莽时期

遍地烽烟末日临，竟盟囚犯镇惊魂。
火逼沧水绝生路，血涌渐台登死门。
取命枭头宣罪恶，斫尸碎骨表功勋。
一十五载新朝灭，史末专修仅附陈。

注释

●更使军威胁长安，长安四周的大姓地主也都乘机起兵，均自称汉朝将军。这些所谓的『汉将军』都想抢先入城，一方面争大功，另一方面抢夺财物。面对兵戈四起，王莽深感末日来临，他无计可施，就大赦长安城中的囚犯作为依靠力量，发给他们武器，并杀猪宰羊，与囚犯一起歃血为盟，以给自己壮胆，可这些拿了武器的囚犯，刚一出城就一哄而散了。

●城外『汉』军终于从长安城东北角进入城内，大臣张邯被杀，官署和府第里的人都乘机逃散。这时，市民放火去烧未央宫的便门，大火延烧到后宫，王莽被火势逼得乱躲乱藏，可他躲到哪里，火就烧到哪里，最终被逼到未央宫沧池中的渐台上。王邑父子等几个死心塌地跟随王莽的人与『汉』兵格斗，皆被『汉』兵斩杀，王莽只好自己面对冲杀过来的长安市民。这时，商人杜吴冲上前去，一刀结果了这个作恶多端的新莽皇帝，污血喷洒在渐台上。

●另一个卷入反莽风潮冲入皇宫的校尉东海公宾，是一个懂得如何邀功请赏的内行，他见王莽已毙命，便快速向前，用刀割下王莽的脑袋，提着溜出人群；其他军士也纷纷上来，你一刀我一刀地将王莽尸体割得七零八落，拿着抢去领赏。后来，更始帝刘玄下令把王莽的首级挂在市中心示众，当地百姓无不恨之入骨，有人甚至切下王莽的舌头吃了。

●王莽建立的新莽政权，在中国历史上是短命的，仅存在十五年就覆灭了。后来的史学家们，没有哪一个愿意为这一政权专门修史，仅以《王莽传》的形式列在《汉书》的末尾。

僭主王郎——更始帝时期

纷乘乱世举刀兵，多以皇族作冒充。
这里方标刘氏脉，那边则榜汉家宗。
无缘本假能登位，有据实真却望宫。
岂允泼皮拥冀地？中原逐鹿卷腥风。

注释

●王莽死后，各地的野心家纷纷起兵，他们为了名正言顺，都打着刘汉皇族的旗号，招兵买马，以求攫得江山。

●当时，刘氏皇族的牌子成了抢手货，一时冒出了许许多多刘氏后裔，都说自己是正宗，搞得人们眼花缭乱、真假难辨。

●邯郸城的街面上有一卖卦人名叫王郎，自称是汉成帝的儿子刘子舆（真的刘子舆，当年已被王莽杀死），信誓旦旦地以谎言欺骗了汉景帝的第八代孙刘林，使得这个与刘家宗室毫无瓜葛的恶棍无赖，在赵地居然登上了皇帝宝座，且冀州各郡都差不多归顺了他。而真正的皇家后代刘秀却被王郎悬赏追杀，只能望皇宫而兴叹。

●但刘秀绝不会甘心把皇位让给这么一个泼皮无赖去坐，他逃出王郎的魔掌后，抓紧积蓄力量，决心与王郎决一雌雄，一场逐鹿中原的血雨腥风便来临了。

刘秀终灭王郎——更始帝时期

困境难脱陷恐惶，听彤一论遂重昂。
征兵造势封雄悍，略地招降败恶狂。
幸弇倾心服上谷，亏恂竭力揽渔阳。
邯郸血战除贼首，铁马飞骑挑大梁。

注释

●刘秀借更始帝的名义空手去经略河北，却被王郎抢先一步，占据冀州郡县。他和他的随从到处碰壁，狼狈南逃，对下一步如何去做，已拿不出办法。这时，没有归顺王郎的和成太守邳彤、信都太守任光，正困守孤城，听说更始的大司马刘秀来到本地，都十分高兴。当他们见到刘秀信心不足时，邳彤便为他分析了形势，指出，现在天下人心思汉，如果明公放弃此地返回长安，不仅会使河北地区丧失，而且他自己也将威信扫地。刘秀听了邳彤的一番高论，最终还是留了下来，决心重整旗鼓，再与王郎进行较量。

●刘秀觉得，单凭两郡的兵力，不足以打败王郎，于是，听从任光的建议，开始在邻近县邑召集精兵四千；并任命任光为左大将军、李忠为右大将军，邳彤为后大将军，万脩（音：修）为偏将军，且都封为列侯。同时，以邳彤为前锋，向巨鹿进发，一路上大造声势，说是大司马刘秀率百万大军来讨叛贼，因而沿途经过的县城都迎风归降。汉景帝的七世孙真定王刘杨，拥兵十万，已附王郎，刘秀派人前去劝降，刘杨即刻反正。刘秀为了将这个握有重兵的刘杨拉拢住，娶了刘杨的孙甥女郭氏为夫人。他还顺手攻下了附近的两个大县，斩获了王朗手下的大将李恽，击败李育，锋芒直指王郎所在的邯郸。

●这时，两军交战的战场已移到千里之外的幽州。王郎见刘秀连连获胜，便派使者远去上谷、渔阳征兵。当时幽州人心浮动，不少官员想支持王郎。正好耿弇（音：演）在当初逃离时与刘秀失散，回到了上谷郡的昌平县，他与寇恂、闵业等一班吏佐，劝说其父耿况支持刘秀，一起攻打僭主王郎，耿况终于同意。之后，寇恂领命，去渔阳说服了彭宠，决定双方各派突骑二千，步兵一千，去支援刘秀。突骑一出，连攻下二十二个县城，斩杀王郎的大将、九卿、校尉和士兵达三万余人，最后与刘秀会合。

●刘秀的人马围攻巨鹿城，久打不下，后来听从耿纯的计策，由他亲自率大军先打邯郸，在邯郸城外连连取胜，刘秀催兵加紧猛攻，二十天后，王郎的近臣李立打开了城门，引汉兵入城，王郎趁夜逃跑，刘秀手下的王霸立即追赶，终将王郎斩于马下。至此，在赵、魏一带骄横一时的僭主王郎，终于结束了逐鹿中原的美梦。而在刘秀取得这场伟大胜利的过程中，耿弇和冠恂搬来的铁马突骑起了关键性作用。

刘秀走出迷津觊皇权——更始帝时期

方得幽冀诏催还，郁愤填膺陷惑然。
智汉出谋拨亮盏，明公纳略解谜团。
诛杀廷将掀汹浪，拜任属官开巨船。
收揽铜军威势壮，遂征更始倒皇权。

注释

●刘秀刚打下邯郸，控制幽、冀地区，更始帝便派使者来到军前，封刘秀为萧王，并让他解散部队，偕同立功的将领到长安待命。同时，更始帝派出人员去幽州接管州治蓟城和上谷、渔阳。刘秀明白这是要解除自己的兵权，一时间心中十分郁闷，无计可施，陷于深深的困惑和迷茫之中。

●聪明过人的耿弇看出刘秀的苦恼，便前去指点迷津。他故意请示要回上谷再去征发人马，以补充伤亡减员。刘秀大惑不解，说消灭了王郎，河北已太平无事，为何再去征兵？耿弇却说：『王郎虽已败亡，但天下的战乱才刚刚开始，现在更始使者要我们解散军队，可千万不能听他的。且铜马、赤眉有上百万人马，更始帝是对付不了的，皇家失败的日子已经不远了！』刘秀听后十分惊骇，先是故装震怒，要杀耿弇，接着便用心倾听耿弇的计谋。于是，耿弇和盘托出自己的想法，明确指出更始帝不得人心，断定更始朝廷一定会失败，今天下至尊，非刘秀莫属，请刘秀绝不能掉以轻心，让别人获取皇位。刘秀感到耿弇的分析正中下怀，于是决心脱离更始帝的控制，另树旗帜而为皇权去奋斗！

●在当时的农民军团中，有十几股势力，其中铜马为最盛。刘秀为了对付他们，就拜吴汉、耿弇为大将军，并让他俩把幽州各郡的骑兵全部征发上来，南下支援刘秀与铜马交战。在吴汉和耿弇前去幽州时，幽州已被更始帝派出的苗曾接管，吴汉带二十骑士，直驰幽州治无终城，当即将苗曾斩首；耿弇在上谷，二话不说，也把更始帝派来的韦顺、蔡充二将擒下。

●刘秀正在巨鹿的东北境与铜马军激战时，得到了吴汉征来的幽州骑兵的有力援助，遂在阳平郡境的馆陶县，将铜马军一战击溃，并收编铜马军数十万部众，且诱以官禄，使铜马军成为他的基干力量。这样，刘秀在脱离更始夺取皇权的路上迈出了重要的一步。

刘秀用计诛谢躬——更始帝时期

灭罢王郎忌谢躬，身旁不允起威风。
装诚示好施麻痹，掩伪加荣致放松。
调虎离山挖陷阱，引狼钻套设伏兵。
抽刀即斩因何罪？暗算他人为己兴。

注释

●刘秀在更始军谢躬及幽州突骑的协同下，经过几遭败绩后，终于消灭了王郎。然后，他忧患内部的朝廷尚书令谢躬，遂暗将矛头指向谢，欲将其除掉，为自己在夺取皇权的道路上扫清障碍。

●在攻打王郎的战役中，谢躬作为更始军所派遣的一部，始终参与了所有的战斗，在这个过程中，谢躬与刘秀屡生摩擦。攻取邯郸后，刘秀与谢躬各住一城，这时，刘秀已经有了要除掉谢躬的想法，于是，他常装出一副伪善面孔，寻机向谢躬装诚示好，一有机会还当众讲谢躬如何能干，『是块真正办事的材料』。谢躬听得多了，就忘记了自己与刘秀之间无法调和的矛盾，疏忽了随时都有可能发生危险。倒是谢躬的妻子对刘秀这一套看得很明白，劝说自己的丈夫不要轻信刘秀那些言不由衷的话，可谢躬却认为妻子是妇人之见，未予理睬。

●不久，谢躬率数万人马南下屯驻邺城。刘秀去征剿青犊农民军团时，要求谢躬离开驻地，远涉邻郡去攻打驻扎在林虑山的农民军。谢躬出师不利，大败而归，可他哪里知道刘秀早已令悍将吴汉和岑彭，趁谢躬离境时，就出兵偷袭了邺城，在城中埋下了伏兵，专等谢躬回来，一举歼之。

●谢躬是一个恪尽职守、办事认真的人，不懂军中的险诈和凶残。他吃败仗返回邺城，便自带亲随轻装入城，当他来到衙署时，见吴汉、岑彭二将高踞堂上，方大吃一惊，正要回头出城，刘秀事先埋伏的刀斧手一拥而上，将谢躬拿下，既不审也不问，立即将他和六将军在堂前斩首。城外的更始军得知主帅已死，纷纷缴械投降。刘秀以柔面示人，而在背地里暗下毒手，这是因为他为了实现皇权这个最终目标，其他的一切都可以不管不顾了。

东汉

刘秀称帝——东汉（光武帝）时期

逐鹿幽燕势渐隆，兼施软硬扫群雄。
长风凛气服降帐，大略宏威慑悍营。
劝顺人心犹顾忌，说合天意立应从。
因收铜马方登位，初现统一功告成。

注释

●刘秀在绿林风暴中崛起，逐鹿幽、燕之地，采取软硬兼施的手段，扫荡各路群雄，降服了铜马和后来的高湖、重连诸部的首领，并都封为列侯。刘秀的势力逐渐强盛起来。

●铜马军的成员出自阡陌陇亩，虽具憨厚善良本色，但由于长期与强敌周旋，也生出了警惕之心。当刘秀收降他们时，他们对刘秀的诚意心存猜疑。刘秀深知他们的心理，便一方面下令归降的农民军首领们回到自己原来的大营中去；另一方面轻装简从，直入铜马、高湖的大营去巡视、检阅。大家看到，作为一个三军统帅，几乎不加防备地到刚刚投降的敌对军营中去，真是有超凡的勇气和度量，于是降军十分感动，都表示：『人家对我们推心置腹，我们怎能不为他去拼死作战呢！』刘秀把铜马部众收降后，兵力已达数十万。于是，率军继续扫荡赵地的农民武装，连连取胜。这时，他在一次战役中，因疏于防卫，轻军冒进，遭到伏击，单骑逃脱，回到营帐。农民军虽然胜了一仗，但他们慑于刘秀的大略声威，还是悄然撤走了。

●此时，在河内与更始军（官军）作战的将领冯异、寇恂送来捷报，并要求给诸将加官晋爵，同时，趁机劝说刘秀称帝，以顺应人心，可刘秀心存疑虑，没有答应，自己回到了蓟县观风审势；后来又有诸将劝进，刘秀不是不想做皇帝，但仍顾虑重重。直到刘秀大军来到巨鹿城北，有个儒生强华，献上了一篇《赤伏符》，满纸荒唐谶言符语，竭尽吹牛拍马之能事，说刘秀登基是符合天意。这时刘秀认为，时机终于到来，便筑土为坛，心安理得地宣布承天命，做皇帝。

●刘秀之所以能在黄河以北的冀州和幽州的广大地区扫清敌手，并最后称帝，一个重要原因是收编了以铜马为主的数十万农民武装，所以，关中的民众都称刘秀为『铜马帝』。刘秀登基后，改元『建武』，西汉末年战乱频仍、四分五裂的局面终于结束，实现了一定程度的统一。

赤眉终局——更始末期

陷困求生再返城，遂抛更始立村童。
拥兵挟主无实义，赐位封臣仅假名。
只顾眼前极恣乐，不思长远尽狂行。
穷途末路降刘秀，血沃中原后世评。

注释

●更始帝迁都长安时，赤眉军首领樊崇等臣服了朝廷，并入京受封为列侯，但仅是虚衔，而赤眉军数十万部众仍在关东，无人主持。于是，樊崇等人离开了长安，返回颍川大营。至此，赤眉军朝不保夕，衣食无着，回家不是，留在本地也不是，陷入了困窘的境地。在万般无奈的情况下，他们只好决定重返长安城。在去长安路上的华阴，军中有个叫方阳的人对樊崇说：『将军拥兵百万，西攻长安，但没有称号，只能算是盗贼；不如抛弃更始帝，拥立一个刘氏宗室，也好名正言顺地发号施令。』樊崇觉得有道理，便在刘氏中选了一个只有十五岁的小村童，名叫刘盆子，把他连拉带扯地推上了『皇帝』宝座。

●刘盆子当上了皇帝后，立即进行封官授爵，以徐宣为丞相，樊崇为御史大夫，逄安为左大司马，谢禄为右大司马，一时间赤眉军变成了汉家军了。其实这些卿、相、帝、宗都毫无意义，仅是虚名假号而已。

●赤眉军终于再入长安，更始帝刘玄投降。这支农民军就像当年的更始军一样，把长安当成了安乐窝。他们将刘盆子撇在一边，尽情地挥霍享受库房里的财物和粮食，根本没去想如何管理政事，更没去注意危机已从四面八方逼来。至于以后怎么办，更是没放在心上。

●赤眉军把长安城中库房的粮食消耗殆尽，已无法再留在城里，只好将财物全部装车带走，并焚烧了宫殿署寺，沿街随意抢掠，东归而去。可城外尽是各种与赤眉军水火不容的势力。经过几番辗转和失败，赤眉军实在是走投无路了，只得向刘秀请降。这支曾威震全国达数年之久的农民军团，终于走完了艰辛的历史征程，一下子消失在了黄河与洛水之间那片血染的荒原上，只留下了『赤眉军』的威名，让后人去见仁见智地评说。

冯异与光武帝——东汉（光武帝）时期

拼杀疆场展恢宏，力鼎登基势更隆。

避赏推功多谨慎，封侯拜将益谦诚。

遭诬擅柄伤国法，受陷沽名觊御廷。

幸有知人一英主，乌云尽散见天晴。

注释

●冯异，东汉开国名将。他一直跟随在刘秀身边，先领兵鏖战于幽、冀之地，后奉命开拓关中，为建立东汉政权立下了汗马功劳，特别是在刘秀称帝上，他更是鼎力相助，功不可没，因而在朝廷享有赫赫声名。

●冯异为人处事一贯谦虚谨慎，从不张扬和夸耀自己。平时见到同僚都主动让道，每有赢捷之时，诸将大多都为自己标榜战绩，以邀功请赏，而战功显赫的冯异却常常躲在大树下，一人独处（所以军中都称他为『大树将军』），不去与人争抢。冯异曾配合刘秀的意图，用反间计，使更始洛阳守军上下离心，并与寇恂合力击败苏茂等，宣扬了刘秀汉军的威势，促使刘秀借此下定了称帝的决心。刘秀称帝的第二年春，冯异便被封为阳夏侯，并下诏让他回乡拜祭祖茔。冯异的官位和声望虽已如日中天，他却更加谦恭谨慎，低调做人。

●赤眉军被基本平定后，关中尚存十多个自称将军的地方势力，冯异发兵讨伐，终于廓清。冯异在长安附近的上林苑驻了三年，把这个皇家园林治理成了一个大都市。这时有人向光武帝刘秀上书，诬陷冯异在关中不顾朝廷纲纪，擅自专断，甚至处斩长安县令；指控他有意提高自己的声威，以赢得当地百姓拥戴，而称为『咸阳王』（一个大将被称为『王』，这是皇权至上的时代最为忌讳的），这是公开冒犯朝廷和皇帝的大罪。

●但是光武帝深知冯异其人，他把这一份奏书拿给冯异看，冯异吓得浑身颤抖，光武帝对他说：『你我在身份上是君臣，可在感情上像父子，有什么嫌隙可言，又怕什么呢！』后来，在建武六年，冯异入朝，光武帝又特意向公卿引荐，深情地讲述冯异辅助他披荆斩棘的功劳。这样，那些谗言不攻自破，冯异仍回关中，专心对付关陇一带的隗嚣和蜀中的公孙述，直到病死在前线，追谥为节侯。

刘秀、朱浮联手陷害彭宠——东汉（光武帝）时期

当年得助破危局，不想前恩却视敌。
力举狂徒担重任，狠压名将做低级。
居心怂恿行诬陷，蓄意挑拨施间离。
联手合谋多诡计，杀冤本为自安席。

注释

●刘秀当年被王郎追击得走投无路时，渔阳太守彭宠伸出了援助之手，几次为刘秀提供精锐骑兵，还派出吴汉、王梁两员战将到刘秀手下效力，后来还不断输送军粮，使刘秀摆脱危险境地。可在刘秀称帝、建都洛阳后，不仅对彭宠之恩忘得一干二净（其实未忘记），而且心生疑忌，把彭宠当成了潜在敌手，他感到彭宠拿出的兵马越精良，粮草越丰厚，说明他的实力越强大，因而就越有与自己争雄的危险，所以一直盘算着如何把彭宠除掉。

●为此，刘秀派了一个年轻狂妄之徒朱浮去当幽州牧，做了彭宠的顶头上司，而彭宠这位功勋卓著的人仍然当太守，以此来压制彭宠，并千方百计地制造他俩之间的矛盾。

●彭、朱二人越来越水火不相容，朱浮自高自大，彭宠桀骜不驯，仇恨越积越深，再加上刘秀蓄意挑拨，使朱浮多次

在他面前诬陷彭宠。朱浮这样做，正中刘秀的下怀，从而决定了彭宠必然落个可悲的下场。

●在两个心术不正的君臣联手之下，渔阳太守彭宠被逼造反，最终被刘秀以高官厚禄悬赏彭宠身边的人，把彭宠及夫人一并杀害。彭宠是个冤魂，但刘秀所以这样做，完全是为了剪除自己认为的潜在对手，以达到稳固皇帝宝座的目的。

屡投机屡得赢的窦融——新莽、更始、东汉（光武帝）时期

满腹奸猾重预期，随风转舵善寻机。
联姻莽系方开道，降顺玄门又架梯。
度势献城随汉走，酌情缴印入京居。
攫荣获赏全族幸，禄厚官多确属稀。

注释

●窦融的七世姑祖是西汉初年的窦太后，窦融生不逢时，他为官时已是王莽当政的混乱时期，只能做一个将军手下的司马。但窦融精于世道，满腹奸猾，擅长观风行事，时刻不忘寻觅对自己有利的机会。

●他为了出人头地，不失时机地阿谀王莽，将自己的妹妹嫁给了王莽宗室的当朝三公之一——大司空王邑为小妾，从此，窦融便跻身于贵族的行列，铺平了进入上层的道路，并且通过结交英雄豪杰，竟然成了上得天、下得地，任何人都不能轻视的人物。后来，窦融看到了反莽义军的威势，虽被任命为长安外围军事要塞——波水的将军，他却留了后路，待刘玄的更始军进入长安，他立即主动到更始亲贵大司马赵萌军前投降，很快取得信任，被任命为更始政权的巨鹿太守。可他不想在混乱之际去为更始政权到东方卖命，便整日央求赵大司马（更始帝的国丈），终得改任

河西（因为那里有他家族的老根据地），当上了张掖属国都尉。在这期间，窦融施展各种手段，把酒泉、金城、张掖、敦煌等地的太守、都尉及其他实力派人物统统弄得服服帖帖，从而培植起雄厚的势力，为日后攫得更大利益，准备了充足的筹码。

●后来更始政权垮台，窦融立即把河西五个郡的太守全部换成了自己的亲信。光武帝刘秀即位，窦融审时度势，见机遇难得，便向刘秀表示通款献城，遂携五郡兵马归附汉室，得凉州牧一职，后又被封为安丰侯。窦融极善于观察动向，当他觉得自己不能在河西混下去时，就借回京述职之机，把家眷和兄弟、属吏等，一起迁到洛阳，然后恭恭敬敬地将凉州牧、张掖属国都尉和安丰侯的大印全部上缴。光武帝见窦融如此知趣，就允许他们全在京城居住，并施以重赏。

●窦融归汉后鸿运大交，后来窦氏一族，纷纷飞黄腾达，有一人为公爵、两人为侯爵、三人为驸马、四人为二千石大官。如此官多禄厚，满门得幸，这在东汉一朝中是十分罕见的。

白帝与赤帝之争——东汉（光武帝）时期

笃信谶言毫未疑，赤白凭妄各开局。

彼标西蜀成家号，此树中原汉室旗。

你讲应天该握柄，他称顺命必登极。

夺赢哪是苍冥意？致败实因不匹敌。

注释

●西汉末、东汉初，朝野上下、帝王百姓，对隐语谶言都十分相信。这时，东方的刘秀把自己称作赤帝（当年刘邦起兵时就自称『赤帝子』），以大红色为旗帜和衣服的主色；而西方的在更始帝时自立为蜀王的公孙述，则依据谶言，以白色为标志。赤、白两大势力，各自撑起一片天地，展开了一场你死我活的争夺帝位的较量。

●公孙述凭借自己据地富饶、兵多将广，做梦都想称帝。当时有谶言说他可享受十二年的帝王运，其妻觉得太短，他却说：『朝闻道，夕死尚可，况十二乎？』终于在建武二年（二十五年）自立为天子，号『成家』。而此时的刘秀根据一儒生献上的《赤伏符》，雄踞中原，已建立起了东汉王朝。

●公孙述说自己称帝是天命所归，为此，他在谶书上找出许多文字来证明；刘秀亦称自己做皇帝是顺应天命，也有大量隐语的神圣依据，双方各执一词，都认为自己应承天意，因而都想消灭对方，独领天下。

●可是，最后的赢家还是刘秀，虽然在相互格斗中各自都有胜败，且刘秀在公孙述陷于困境时曾招降，但公孙述一直认为，兴废是天命决定的，哪有投降的天子？最后，公孙述在成都被长矛刺死，公孙氏家族全部丧命。从结局上看，刘秀取胜了，公孙述失败了，但胜败皆取决于双方力量（军力、心力）的对比，与所谓的上天之意毫无关系。

宋弘的品格——东汉（光武帝）时期

才学品貌尽超强，位列三公辅帝王。
警主推儒驱靡惰，戗皇拒婿守贤良。
知心贱友应存脑，结发糟妻勿下堂。
至理箴言昭后世，教人处事秉衷肠。

注释

●宋弘，东汉光武帝时位列三公（大司空），此人才学品貌都出类拔萃，方方正正、忠心耿耿地辅佐帝王。

●宋弘把一个满腹经纶、多才多艺的儒生桓谭推荐给了光武帝，意在让他于朝廷中发挥应有的作用，可光武帝却常让桓谭给他当众弹琴。宋弘知道后，当着光武帝的面说：『臣下推荐桓谭，是让他用忠正来辅佐皇上，现在让满朝文武来听他弹奏的靡靡之音，这是臣下的罪过呵！』光武帝知道宋弘在警示自己，于是只得表示歉意，再也不让桓谭来给他弹琴了。光武帝的姐姐湖阳公主刚死了丈夫，她想再嫁，看上了宋弘。一次，光武帝在宫中单独召见宋弘，让湖阳公主躲在屏风后面，然后由他试探宋弘。光武帝说：『俗话讲，显贵了要换一批朋友，发财了要换个老婆，这大概是符合人情的吧！』宋弘当即不假思索地接过光武帝的话茬，不软不硬地戗了回去，使光武帝大吃一惊。

●宋弘对光武帝说：『我只知道贫贱之交不可忘，糟糠之妻不下堂，这是为人处世的基本品格。』

●宋弘的这句话，成为古代中国最有骨气而又最富人情味的格言（中国封建社会初期，人们的婚姻观念还保有相当的人情味：寡妇可以改嫁，在权贵面前，人们还可以保留自己所认同的节操）而流传千古，它教导人们在获得荣华富贵之后，一定不能忘恩负义，骄奢淫逸，做人不管在什么时候都应该具有一副好心肠。

董宣执法严明——东汉（光武帝）时期

家奴仗势滥杀生，公主徇私藏恶凶。
懦吏缩头纷避害，铮官放胆自迎锋。
湖阳泄恨求罚罪，光武发威欲取缨。
弹压不俯宁犯上，严明执法为国兴。

注释

●汉光武帝之妹湖阳公主的家奴，仗着公主的权势，竟然在光天化日之下杀人，事后躲入公主府中，得到公主的庇护。

●当时执法的许多官吏都慑于皇妹的权势，不敢到公主府中去捉拿凶犯。而时任洛阳县令的董宣，却是个铁骨铮铮的硬官（人称『卧虎』），他决心将这个公主家的恶奴缉拿归案。董宣料定公主外出时，这个恶奴定会为公主驾车，就设法探知到了公主外出的日子，在她经过的路旁守候。待公主的车一到，董宣就立即上前扣住车马，高声责备公主的过失，又喝令把那个恶奴拉下车，趁势在路边将其打死。

●家奴死后，公主十分痛恨董宣，她到皇宫向光武帝哭诉，说一个小小的洛阳令，竟不把皇家体面放在眼里，当众羞辱了她，要求光武帝治罪董宣。光武帝听到妹妹的哭诉，一时怒火中烧，立刻大耍淫威，将董宣召进殿来，一顿训斥之后，喝令要把董宣当场打死。

●董宣毫不畏惧，一身凛然地说：『请让我讲一句话再死不迟！』他面对光武帝慷慨陈词：『陛下圣明使天下得以中兴，可是纵容恶奴杀人，今后将如何治理天下？臣下不须陛下来拷打，让我自杀就是了！』说着，他一头撞向殿柱，顿时血流满面。光武帝连忙叫人将其拦住，并让董宣向公主叩头认罪算是了结。可董宣就是不肯，光武帝令人去摁董宣的脑袋，想迫使他叩头到地，董宣就用双手撑地，最终也没有叩下头。最后，光武帝只好把董宣撵出宫去，同时赏给他三十万五铢大钱。董宣随即把赏钱全部分给了手下的大小吏役。

汉光武帝与阴丽华之爱——东汉（光武帝）时期

天香国色梦中花，如愿称心娶丽佳。
真定二婚情有限，宛城原配爱无涯。
征敌讨逆她随尔，寝榻欢宫尔伴她。
鸾凤和鸣皇与后，妻贤夫贵罕绝搭。

注释

●当光武帝刘秀还在王莽朝当顺民时，就把新野县城里有名的大美女阴丽华看成是自己的梦中情人，他曾对人说：『仕宦当作执金吾，娶妻当得阴丽华。』到了刘秀参加反莽义军的第二年，他果然在宛城如愿以偿，娶了阴丽华为妻。

●可是，新婚不久，刘秀就奉更始帝之命到黄河以北去扩充势力，在赵、魏地区与僭主王郎周旋近一年，历尽千辛万苦。当兵至真定时，他遇上了拥众十余万的真定王刘扬。为了把刘扬从王郎那里拉过来，刘秀又娶了刘扬的外甥女郭圣通为妻。尽管如此，刘秀的心中还是只有阴丽华，而娶郭圣通只是不得已而为之（刘秀称帝后，于建武十七年废了郭后，立阴为皇后）。

●又过了一年，崛起的刘秀终于当上了皇帝。于是，他立郭圣通为贵人，随后定都洛阳，并把原配夫人阴丽华接到宫中，同样立为贵人。可是两个贵人中只能立一个皇后。阴丽华宽厚贤淑，她考虑到郭圣通已生有皇子，而自己还未生儿育女（后来生汉明帝），就主动让郭圣通做皇后。但刘秀对阴丽华更加宠爱，御驾亲征时，每次都要带上阴贵人；在宫中也总是与阴贵人朝夕相伴，两人如胶似漆，你离不开我，我离不开你，恩恩爱爱，情切意绵。

●后来郭圣通失宠，于建武十七年被废黜，她的儿子也被废黜太子位，阴丽华成为皇后。阴丽华为后期间，恭敬节俭，庄重沉静，待人宽厚，怀有仁慈之心。刘秀与阴丽华这一对贵男贤女的恋情故事，真如鸾凤和鸣，此种绝好的男女搭配，在历史的宫廷中十分罕见。

马援蒙冤——东汉（光武帝）时期

东讨西伐战列前，高龄挂甲再征蛮。
安边重业得封拜，卧榻轻仪受毁谗。
恶佞怀仇毒手辣，忠良抱恨病尸寒。
身埋荒野冤魂泣，未榜云台有隐缘。

注释

●马援，东汉名将，一生在战事中度过，功勋卓著，为国尽忠，实现了『马革裹尸』的志愿。他追随刘秀后，先是参与平定隗嚣，随即协助他人出兵凉州，把金城、武威一带的羌豪逐出塞外；不久又远征交阯，得胜而归；接着奉命出征赵郡、代郡和上谷郡一带的乌桓。在东讨西伐的历次战斗中，马援始终身先士卒，冲锋在前。直到六十二岁高龄，还自告奋勇，披甲上阵，率军征讨武陵郡的五溪蛮，最后病死在辰州前线。

●马援在『安边』战事中，因功拜为伏波将军、新息侯。但他过于热心功业，疏忽官场礼仪，引来了小黄门郎梁松（皇帝的娇婿）的忌恨。一次马援卧病在家，梁松前来问候，在床前下拜，马援大大咧咧地接受了梁松的拜礼，而没有像对待贵宾那样答拜，这使梁松感到是对他的大不敬，因而怀恨在心。后来，在马援征讨五溪蛮时，由于与副将因追击路线发生争执，被副将以裹足不前而作战失利为由，向光武帝告了一状。光武帝立即命令梁松为虎贲中郎将直抵前线，去问责马援，并取代马援的监军之职。正巧马援已病死在前线，梁松就一手编造马援的罪状，上报朝廷。光武帝大怒，立即收缴了马援的新息侯印绶。

●马援『马革裹尸』回到洛阳，还尚未下葬，谣言和诬词便铺天盖地而来，说马援在征交阯时，带了整整一车『明珠文犀』回家，并找出从征的国戚出面作证。光武帝更加恼火，吓得马援的妻儿不敢把他送回家乡安葬，只能在洛阳城外的荒地里，草草掩埋了事。

●后来，马援的夫人六次上书为马援辩冤，讲清马援征交阯带回的是一车治病的药物，光武帝这才准许将马援归葬家乡。光武帝去世，明帝刘庄即位后不久，下令在南宫云台画中兴功臣二十八将像，后又加四人，共三十二人，可是唯独没有战功显赫的马援。为什么一代名将马援不在云台功臣之列？这里边一定有不可言说的隐情（历史的文献中没有留下确凿的记载）。

桓谭不读图谶——西汉、东汉时期

通音谙典蕴华英，凛冽刚直秉正公。
议士非儒招冷眼，嫉俗犯主引寒风。
虽出新论赢荣赞，却反谶言罹罪称。
亲历两朝经六帝，积哀垒郁了一生。

注释

●桓谭，东汉光武帝时任议郎给事中、郡丞，对于一个老资格的朝官来说，官做得不大。此人博学多才，善鼓瑟，通五经，文笔也出色，且性情刚直凛冽，直率无忌，敢申公义。

●桓谭为人随便，不修边幅，而且总爱非议那些庸俗的儒生和士人，招来了周围人的冷眼。他与时俗和潮流常常相悖，特别是不能迎合皇上的意图，作为议郎上书议事，每每不合光武帝的心意，引得光武帝对他越来越不满。

●其实，光武帝对桓谭的才能和学识是欣赏的，桓谭撰写的《新论》，得到了光武帝的赞誉，并在光武帝的建议下，把各篇都分成上、下篇，以便阅读。但是，作为一位以谶纬之言作为护身符而登上皇帝宝座的君主来说，对桓谭反对谶言是不能容忍的。有一次，光武帝召集群臣讨论皇宫前的『灵台』应建在什么位置，一时众说纷纭，光武帝对桓谭说，要以谶言来决定。桓谭却说：『臣不读谶』，并论述了一番谶纬之语荒诞不经的道理。光武帝听后大怒，斥责桓谭反对圣人，目无王法，令人将桓谭拉下去斩了。虽然桓谭终得宽恕，但被贬出京城，到下边去当郡丞，在上任的途中便郁闷而病死。

●桓谭是个跨西汉、东汉两朝的才情之士，他虽然经历过六个皇帝（西汉成帝、哀帝、平帝，王莽，更始帝，东汉光武帝），但由于不苟时俗，特别是屡犯皇威，不仅没得到重用，而且被逐出京都，最终心含悲怆，郁郁而亡。

中兴功臣邓禹——东汉（光武帝）时期

策杖追随志向明，诚心助友拓宏程。
精于果断长谋划，拙在逡巡短践行。
负命西征多丧甲，含羞东返未伤荣。
泊功淡利德服众，举俊推贤尤见能。

注释

●邓禹，是汉光武帝刘秀心目中的开国勋臣之首，少年时他与刘秀是学友，更始称帝，邓禹放弃做官的机会，而拄着手杖，追赶以司隶校尉身份去开拓河北的刘秀。从此，他成为刘秀身边的一个具有前瞻性的战略家，直至帮助刘秀夺取天下。

●邓禹其人长于居高层、度大势。当年他策杖追上刘秀后，刘秀念于学友情谊，要给他一个官做，邓禹却郑重其事地对刘秀说：『希望明公能得到天下，而我则从中得以立下尺寸之功。』在刘秀境遇不佳、困难重重的时刻，邓禹如此披白心迹，使刘秀十分感激，终生难忘。特别是邓禹向刘秀透彻地分析了当时各个军事集团的态势，指出更始政权目前虽无大的闪失，但更始诸将目光短浅，贪财图利，早晚天下必生大乱，奉劝刘秀再去辅翼毫无意义，应该招揽英豪，取悦民心，去复兴高祖皇帝创下的基业。邓禹这番话，稳固了刘秀争衡天下的信心，也大致定下了刘秀日后行动的基本方略。后来，刘秀攻下广阿，但他觉得自己历尽千辛万苦，才取得一郡之地，不免感到前途茫然，此时邓禹又及时以『古之兴者，在德厚薄，不在大小』来劝说，使刘秀重树信心。邓禹善于在宏观上把握战略，而且十分果断，但在实施具体作战任务上，却有时缺乏魄力，犹豫不决，因而丧失战机，归于失败。

●当赤眉军与更始军相斗之时，刘秀为取渔翁之利，便把乘机西取关中的任务交给了邓禹。而邓禹一路上屡受抗击，在河东受阻，数月间不能前进一步，后来又连连失利。当他率军渡过汾阴河进入关中边境时，正值三大势力（更始、赤眉、地方豪强）无所适从，且见汉军很有纪律，纷来归顺，邓禹威名一时震动关西地区。此时，恰是进军长安的大好时机，可邓禹却不听劝告，以似是而非的遁词，按兵不动，坐失良机。即使光武帝下诏催他进军，他还是固执己见。后来，直至赤眉军在长安无法待下去时，邓禹才趁势进入长安，不久又被返回的赤眉军驱走。在此情况下，光武帝不得不以冯异去经营关中，邓禹见自己大失脸面，便屡用饥兵去攻打赤眉，结果都以失败告终。最惨的是，他竟然被赤眉军诱骗，一败涂地，自己仅带二十四骑逃命。尽管邓禹西征大败而返，但光武帝暂缴邓禹印绶不过几个月，还是授予了他右将军之职，后又封为高密侯。

●邓禹一生淡泊功利，德行高尚，为人敦厚，赢得了皇帝的信任和朝臣赞许。他在举贤荐能方面尤其见长，所推举之人皆才干出众，为东汉政权建设做出了突出贡献。

贪功好杀的吴汉——东汉（光武帝）时期

貌似憨实暗用心，凶残剽悍冠三军。
歼击陇右腥风起，突入成都血雨纷。
服吏降兵皆斩首，蒙童老妪尽杀身。
挥刀本为将功著，纵获侯爵岂有尊？

注释

●吴汉，东汉开国名将。表面上是一个『质厚少文』的忠厚汉子，实际上他久经江湖，养成一种勇猛剽悍而又善用心机的性格。他观风审势，向渔阳太守彭宠进言，投靠了刘秀（当时刘秀是更始朝的司隶校尉），以击僭主王郎来建『一时之功』。他带着幽州突骑，直接由刘秀指挥，在消灭铜马、青犊、尤来等农民军、火并更始派来的谢躬诸战役中，总是舍生忘死，冲锋在前，立下了赫赫战功。

●吴汉因贪功而嗜杀成性，在西出陇右打隗嚣时就已经充分显现出来。建武十一年春，吴汉和征南大将军岑彭等又受命入蜀，突入成都后，便制造了一场血雨腥风。

●当时，盘踞成都的公孙述已战死，另一将领延岑献城投降。可吴汉入城后，仍大开杀戒，尽斩公孙述妻儿老小，延岑的家族也被灭掉。同时，纵兵烧杀，焚宫毁室，『城降三日，吏人从服，孩儿老母，口以万数』，整个成都城内，尸横遍野，惨不忍睹。

●吴汉杀人不眨眼，完全是贪功心理所致。他虽然战功卓著，被拜为大司马，封为舞阳侯，但如此这般，还有什么值得尊敬的地方呢？

屠伯耿弇——东汉（光武帝）时期

随风就水改门庭，逞悍扬威屡打赢。
速募精兵襄正统，急发劲旅讨奸雄。
横刀狂扫四十郡，策马疯屠三百城。
嗜血积习驱惯性，堆尸垒骨著功名。

注释

●耿弇，汉光武帝初年的建威大将军。更始帝时，耿弇之父耿况任上谷太守，因他的官职是王莽任命的，所以派儿子耿弇携贡品去见更始帝，以求改换门庭。耿弇在途中投奔了刘秀（此时的刘秀为更始朝的司隶校尉，奉命征召人马，讨伐王郎）。当时僭主王郎势力强大，刘秀被压制在河北，几乎无立足之地。正在刘秀十分艰难的情况下，耿弇前来投奔，刘秀非常高兴。从此，耿弇就成为刘秀手下的一员悍将，建立了赫赫战功。

●耿弇见到刘秀后，立即向刘秀提出到上谷、渔阳去征募精兵，来与据守在邯郸的王郎对抗。同时，他回到昌平，说动其父耿况和彭宠合约，各出突骑二千，南下支援刘秀。耿弇就凭手中的上谷突骑和渔阳方面的吴汉、盖延合力南下，沿途杀死王郎的将校卿官四百余人，斩杀兵卒三万，攻克二十二个县，直到广阿（今河北隆尧东）与刘秀会合，刘秀立即把上谷、渔阳来的将领任为偏将军。刘秀称帝后，耿弇被封为建威大将军。

●耿弇在十四年的戎马生涯中，平定了四十多个郡，屠城三百多座（平均每年要屠二十多座），杀人如麻，不知有多少人死于他的屠刀之下！

●耿弇与吴汉一样，是一个嗜血成性的悍将，他的功名利禄，完全是由千千万万的尸骨垒筑起来的，真可谓『一将功成万骨枯』！

赤胆忠心的王霸——东汉（光武帝）时期

审时度势辨风云，笃定初衷付挚忱。
面困逃离达百位，临危坚守仅一人。
诛杀僭主除敌手，抵御匈奴保我门。
武略文功非最上，丹心赤胆却超群。

注释

●王霸，颍川人，刘秀军中名将，东汉初上谷太守。西汉末，刘秀起兵，王霸便在风云变幻中审时度势，追随刘秀。从此，他痴心不改，不管遇到任何情况，都以坚如磐石的意志，襄助明主，以夺取天下。

●更始帝时，刘秀以大司马虚衔空身闯荡河北地区，王霸作为功曹令史，随从刘秀到了前途未卜的赵、魏之地。面对困难重重、人单力薄的恶劣情势，从颍川募来的部属都很悲观失望，百余人纷纷惶然离去，只有王霸一人坚定不移地留了下来，跟着刘秀继续开拓。并且千方百计地稳定军心，在与王郎的作战中，一次次化险为夷。

●刘秀到蓟县招抚当地的郡县守吏，受到僭主王郎的打压，在滹沱河受阻，众将士惊惶失措，王霸以智慧安定军心，胜利渡河。之后，经过一年苦战，刘秀兵力转强，终于击败王郎，王郎从邯郸城中逃跑，王霸穷追不舍，终将王郎诛杀。刘秀称帝后，王霸奉命守边二十余年，与匈奴、乌桓作战近百次，都无失误，保卫了边境的安宁。

●王霸论文功武略都不是一流的，但他那坚如磐石的意志，那执着追求的信念，是他所以成功的根本原因。王霸这方面的品格，是许多际会风云的英豪人物所不可比拟的。

淳厚长者铫期——东汉（光武帝）时期

恩威并济效朝廷，淳厚温良气度宏。
略镇夺城非恣意，封爵拜将不狂行。
冲颜虑政竭全力，助上经国尽所能。
秉善衔仁一长者，忠侯无愧盛功名。

注释

●铫期，东汉光武帝时名将。此人淳厚温良，遵礼法，重孝义，秉忠诚，且宽宏大度，有十分明显的循吏色彩。他既有威严，又善于施恩，跟随刘秀打江山，独当一面，立下赫赫战功。王郎被消灭后，铫期受封为虎牙大将军，刘秀称帝，铫期被封为安成侯、魏郡太守。

●铫期注重信义，对攻下的城邑，从不烧杀掳掠（不像吴汉和耿弇那样）；封侯拜将也不骄狂，总是严格律己，时时表现出德高望重的长者风度。

●铫期时刻忧国忧君，秉持公明，为此，他尽职尽责，屡犯上谏言，指出光武帝不应该经常带豪门少年骑士外出驰猎游玩而耽误国事。

●因铫期忠心耿耿，一心为东汉中兴尽其所能，被称为『必世而后仁』的谆谆长者，他死后，被谥为『忠侯』，此高爵显位，应是当之无愧的。

马武其人——东汉（光武帝）时期

沙场打拼虽可称，品德操守却俗庸。
观风附势投刘秀，见利失节叛谢躬。
刻意谀君行妄佞，昧心诬将害良忠。
云台列榜非服众，人加诨号马屁精。

注释

●马武，东汉光武帝时期的功臣、名将。此人在战场上奋勇杀敌，战功显赫，着实可称。但其品德操守，则庸俗不堪，实在无法恭维。

●史书上称马武『为人嗜酒，阔达敢言』，其实这只是表面现象，实际上他非常善于趋炎附势，投机钻营。原来他曾支持刘玄，在火并刘縯（刘秀之兄）时特别卖力。后来，刘秀奉更始之命，单身去河北开拓，直到刘秀打开局面时，马武才随尚书令谢躬去攻打邯郸的僭主王郎，企图从刘秀的锅中分一杯羹。攻克邯郸后，刘秀想在酒筵间诛杀谢躬与马武，未果。后来，谢躬在刘秀的甜言蜜语下失去警惕，终于丢了性命，而马武看到刘秀势力已强大，便把自己的部属拉了出来，投降了刘秀。

●马武非常善于溜须拍马，每当光武帝举行宴会时，他总是抢先给皇帝敬酒，来讨主子欢心。再加上他在战场上确实英勇善战，且在一次汉军兵败时勇敢断后，使刘秀免受追杀，就更赢得刘秀的信任。又有一次，马武随大将耿弇攻打陇中隗嚣，汉军失利，遭陇兵追击，马武又故伎重施，自己率兵断后，杀敌数千，迫使隗军停止追击，保护诸将退回吴中。马武为高爵显位，拼命讨好刘秀，最拿手一招就是在酒席上借酒揭露别人的短处来取笑，以博取主子欢心。马武心术极其不正，竟然昧着良心和人一起诬陷良将马援，并不惜作伪证，促成刘秀对马援实施惩处。

●马武因对皇上极尽溜须拍马之能事，终于进入了表彰辅佐光武帝中兴的二十八名功臣之中，列榜于云台之上。但世人源于他的糟糕品行，皆不服气，为此，人们暗地里给他起了一个谑号——『马屁功臣』。

白马驮经建祖庭——东汉（明帝）时期

南宫奇梦现神灵，遣使觅踪西域行。
过岭翻山临月氏，鞠心拱意请摩腾。
高僧护卷披三载，白马驮经踏万程。
佛法东来开序幕，祖庭即立日兴隆。

注释

●东汉时，一天，明帝刘庄在南宫做了一个奇怪的梦，梦见一个金人，身材高大魁梧，头顶光芒四射。第二天上朝他问大臣们这个梦意味着什么？博士傅毅说，皇帝梦见的就是西方之佛。于是，明帝立即派遣大臣蔡愔（读：音）、秦景等十余人，出使天竺（古印度），去寻踪觅迹，求佛问法。

●使者蔡愔、秦景等人，风餐露宿，翻山越岭走到大月氏（今阿富汗一带）时，正巧碰上从天竺过来的携带大量经卷和佛像的两个高僧——迦叶摩腾、竺法兰。于是，在使者诚心笃意的邀请和长时间的劝说下，二高僧终于同意和他们一道来中土传播佛法。

●由于佛经和佛像比较重，他们就找了匹健壮的白马，驮着这些佛像和佛经，一路向汉廷洛阳走来，历时近三年的时间，行程万余里，于六十七年终至洛阳城。

●东汉朝廷对二高僧和带来的佛经、佛像十分重视，奉以极高的礼遇，并安排他们入住专管外交的官署鸿胪寺。同时，汉明帝敕令建造一座庭院，专门安排两位高僧解读经书。为了纪念将佛经驮到中原的白马，再加上二高僧之前曾住在鸿胪寺，就把这座新建的庭院称为『白马寺』(后来就将僧人诵读经书的地方统称为『寺』)，这是中国古代官方所建的第一座寺庙，从此，佛法东来开启了序幕，白马寺也被称为『释源』和『祖庭』，不少高僧在此译经，北魏时白马寺是洛阳千所佛寺中最隆盛者，隋、唐达到鼎盛。

水利专家王景——东汉（明帝）时期

频发洪害屡灾年，受命治黄除患源。
周密勘察明细部，翔实论证掌全盘。
分流筑坝开通道，缓势修闸破阻岩。
复稼兴农疏水运，及民大惠保安全。

注释

●王景，汉明帝年间的水利专家。当时黄河连年洪水泛滥，百姓怨声载道，明帝决心治理水患。他考虑到王景曾在修筑水渠中采用过『堰流法』，有丰富的治水经验，便令王景担当起治理黄河的重任。

●王景受命后，带领助手，花费了大量时间进行周密的勘察，通过测绘地形，察看水势，掌握了各个细部的准确情况，在此基础上，进行翔实的论证，着眼全盘，制定出切实可行的治理方案和实施方法。

●王景把荥阳以东到千乘海口一千多里确定为黄河的主干道，然后筑坝开渠，进行分流，并疏通淤泥，清除河中的岩石，且每隔十里设一道闸门，以减缓水势。

●经过一年多时间，王景终于成功地治理了黄河，分离汴水，此后八百多年黄河未曾改道，恢复了黄河两岸的农业生产，疏通了漕运，使黎民百姓得到了很大的实惠，对保护人民生命财产安全起到了重要作用。

班超投笔从戎——东汉（明帝、章帝、和帝）时期

不甘微吏效张骞，投笔从戎戍远关。
声震匈奴服鄯善，名扬疏勒响于阗。
捷赢姑墨夺莎宿，制胜龟兹取月焉。
西域诸国均属汉，得封受禄上高端。

注释

●班超，东汉著名的外交活动家和军事家。其兄为著名史家、《汉书》的作者班固。明帝时，班超随兄到洛阳，为官署抄写文书，以微薄收入贴补家用。一日，班超越抄写越心烦，扔下毛笔感慨地说：『大丈夫如果做不出别的大事业，也应该像张骞那样到边疆去为国家建功立业啊！』永平十四年，国戚窦固出征匈奴，征用班超为代理司马，从此班超就一直战斗在西域边疆，为稳定中国北方社会，加强民族融合，做出了卓越贡献。

●班超和郭恂奉命一起出使西域诸国，说服他们脱离匈奴。班超到达鄯善国时，匈奴使者也已到达，是依附匈奴还是归顺汉朝，鄯善王一时举棋不定。班超觉得，不杀掉匈奴使者，鄯善王就不会决心归汉，于是趁月黑风高之夜，率人杀入匈奴使者大帐，当场斩杀三十余人。第二天班超提着匈奴使者的人头去见鄯善王，鄯善王终下决心归汉。此

举使班超在匈奴威声大震。继而，班超凭借在鄯善立下的威名，轻易地招抚了于阗王，随即赶往疏勒，当时疏勒王已被倚恃匈奴的龟（音：秋）兹王所杀，由龟兹人兜题来做疏勒王。班超派手下到疏勒，立即擒拿了兜题，谴责龟兹王无道，并立已故疏勒王的兄子忠为王。后来班超被召回京，刚离疏勒，疏勒的都尉就自杀而死。到了于阗，于阗的王公官吏无不痛哭挽留，班超大为感动，调转马头，又回头奔向疏勒。此时，疏勒因班超离开，又投降了龟兹，班超返回后立即逮捕了反叛者，并出兵攻打与疏勒反叛者串通一气的尉头国，杀敌六百余人，使疏勒重新安定下来。

●班超一鼓作气，率疏勒、康居、于阗、拘弥四国一万余兵马，攻打姑墨的石城，大获全胜。此后，他又用诸国兵力先后收降了莎车、龟兹、姑墨、温宿诸国，还击败了葱岭以西的月氏（音：肉知）远征军。汉和帝永元六年，班超终于以全力出击焉耆国，诱斩了国王，并把首级送到洛阳献降。

●至此，西域大小五十余国全部归属了汉朝，和帝下诏封班超为定远侯，食邑千户。班超在西域战斗了三十一年，于永元十三年携全家回到洛阳，被任命为射声校尉，逝世时，享年七十一岁。

母仪天下的马皇后——东汉（明帝、章帝）时期

智颖才丰塑品行，谦和俭朴尚宽容。
胸怀大略张清气，心系宏图遏蛀虫。
力禁外戚攫重柄，严防内室占高层。
深铭史训除积弊，遍数汉宫唯此能。

注释

●马皇后，是东汉名将马援的女儿。她十三岁入宫，明帝即位后，晋升为贵人，因品德高尚，才能出众，谦和宽容，纯朴节俭，后来被明帝刘庄立为皇后。明帝死后，被尊为皇太后。她知书达理，能背诵《易经》，熟读《春秋》、《楚辞》等儒家经典，对董仲舒的文章尤为精通，且著有《显宗起居注》。

●马皇后贵为天下之母，她胸怀军国，心系前程，所作所为，都是为了东汉江山的兴旺发达。为此，她力倡清风，遏浊流，防止蛀虫侵蚀朝廷。

●东汉时期，历来有加封外戚的惯例，主要是一些大臣为取悦皇帝，捞取政治资本，给外戚溜须拍马。汉章帝即位第二年，天下大旱，一些大臣就趁机上书朝廷，认为天旱的原因是没有封赏外戚，请求皇帝将皇太后的两个弟弟封侯

加爵，并说这也是有旧例可循，但马皇后没有答应。此后，天下无事，章帝又封他的三个舅舅（马皇后之弟）为列侯，马皇后知道后又加以阻挡，使其弟马廖不得已只接受了封爵，而不参与政事。

●马皇后之所以不让自己的家族参政，是因为她深记历史教训。东汉时期，皇帝大都是幼年即位，在皇太后的支持下，外戚专权擅政，导致东汉王朝极其腐败，对此，她刻骨铭心。马皇后列举历史上外戚恃宠骄横的例子，指出外戚应该谦恭自律，不能参与朝政，并公开谴责那些张罗给外戚加封的大臣。她常说：『我是天下之母，应该为朝廷做出表率，怎么能纵容自己的家族子弟参与政事、专擅朝政呢？』在东汉一朝，像马皇后这样高风亮节，禁止外戚参政的，仅此一人做到，实属难能可贵！

多才多艺的张衡——东汉（和帝、顺帝）时期

屡推征辟淡华荣，笃爱科文注赤诚。
妙赋二京播广土，奇书灵宪走苍穹。
观天造器察辰象，测地制仪析震情。
常受谗诬因凛正，重霾何允巨星明。

注释

● 张衡，东汉著名的科学家、文学家。他从不贪图名位，汉和帝永和年间就被举孝廉，三公署府也来征辟，他都推辞不就，而如痴如醉地致力于文史、科学等方面的研究，取得了永垂史册的丰硕成果。

● 当时天下比较太平，王公贵族奢靡成风，张衡深感不满，就按照班固当年《两都赋》的风格，用了十年的时间，潜心观察、构思，终于以逸丽的文风、宏大的体制，铺张的笔法，写就了《二京赋》（分为《西京赋》和《东京赋》），文中用讽喻的方式，抨击了朝廷上下的荒淫奢侈。（张衡还撰有《思玄赋》、《南都赋》、《归田赋》等诗文，还参与过《东观汉记》的修撰，对司马迁和班固史著中的错误，指出十余处之多）。张衡在科研上造诣更深，以高超的智慧，写出了世界天文史上的名著《灵宪》一书，对宇宙现象做出了科学解释。他所撰的《浑仪图说》，成为

中国宇宙结构的主体学说。

●张衡不仅是一个高深的理论者，更是一位伟大的实践者，他改进并制成了『浑天仪』，用以在室内观察日月星辰的位置。他还发明和制作了『候风地动仪』，铜质尊状，中空、顶隆，腹中竖一震摆，震摆四周有指向八方的装置，连接尊体外的八条铜龙，每条铜龙口含一枚铜丸，龙嘴下方铸有八只铜蟾蜍，张口正对龙嘴。每有地震，则相应的龙嘴因震摆的倾压而张开，铜丸落入所对的铜蟾蜍的口中，视蟾蜍的方向，就可知地震的方位（候风地动仪是世界上最早的地动仪，先于欧洲一千七百多年）。

●张衡入仕途，每次为官都停滞不前，久不提升，曾两度任太史令。后来，担任侍中，在皇帝身边当顾问，引起宦官们的担心，因此，常受他们的谗言诋毁，被排挤出京，当河间王的国相。任内，他整饬乱政，打击豪强，使『上下肃然』，可三年后，张衡还是不得不离职而去。张衡这样一位各方面都出类拔萃、各个领域都获最高成就的人物所以不受重用，就在于他一身正气，不苟时俗。在世风恶浊、乌云重重的政治环境下，一代巨星难得闪耀，是在所难免的。

无神论者王充——东汉时期

痛世辞官怒火熊，封门反谶砺锋凌。
抨击谬理驳通义，揭露邪说写论衡。
判证天人无感应，阐发灵肉必相从。
潜心著述三十载，唯物哲思若炬明。

注释

●王充，我国古代（东汉）伟大的唯物主义哲学家。他博览群书，精通诸子百家，居贫苦而志不倦。王充曾做过会稽太守的属官，针对社会积弊，屡出谏策，屡遭拒纳，一气之下，便愤世辞官。从此，他闭门谢客，潜心研究，从事著述，激烈反对当时流行的谶纬迷信学说。

●东汉时期，谶纬迷信十分猖獗，夺权者、执政者无不以此来为自己『正名』，标榜『君权神授』，王莽、刘秀都是靠这种东西登基坐殿的。特别是刘秀，临死前下令让图谶学说流行天下。当时，谶纬学说的集大成者是皇帝钦定的《白虎通义》。王充所著的《论衡》就是针对《通义》所宣扬神秘主义的谶纬邪说，进行了有理有据的深刻批判，以此求得辨明是非真伪，拯救被迷惑的心灵。

●王充以朴素的自然观，指出气是万物开始的根源，人和万物并没有区别，因此不能以权位的高低和出身的贵贱来评价一个人的德才。他论证了『天人感应』以及谶纬迷信都是无妄邪说，阐述了人神俱亡的科学思想，认为人在肉体死亡后，精神也就不存在了，『肉』和『灵』是相伴相从、不可分离的，因此根本没有什么鬼神存在。

●在凄寒中经过三十多年的呕心沥血，王充终于完成了《论衡》，该书共八十五篇，二十多万字，充满唯物主义的哲学思想。它的问世，惊世骇俗，犹如一支明亮的火炬，闪现于中国大地，给谶纬迷信统治的思想学术界，带来极大的震撼，成为中国哲学史上辉煌灿烂的篇章。

蔡伦造纸——东汉（和帝）时期

皇坊履任显奇能，造纸术精尤誉隆。
偶见丝织得启悟，顿开茅塞遂通灵。
创新工艺增原料，规制流程定范型。
后历千年传世界，惠及人类促文明。

注释

●蔡伦，东汉和帝时的宦官，官至龙亭侯。汉和帝永和九年，蔡伦升任尚方令，负责掌管皇家的手工作坊，他在监管作坊期间，常和匠人一起刻苦钻研，掌握一身高超技艺，制造出的各类军械、宝剑都非常精良，天下之人无不大加赞服。尤其是他发明新的造纸术，更使其赢得无比盛大的荣誉。

●有一天，蔡伦看到宫女们在用蚕丝制造各种丝织品，从她们制造的过程中，他得到了启发，顿时产生了灵感，于是，决定参照丝织，进行造纸。

●西汉时已经出现了纸张，由于技术水平低下，成本很高，质量很差，所以一直未得到推广。此时蔡伦和匠人们共同研究，对造纸的工艺技术进行大胆革新，他们扩大原料来源，把树皮、麻头、破布、渔网等物品加以混合，捣碎弄烂，然后将这些东西糅合在一起，拌匀晒干，定成纸型；同时，经过反复实验，终于研究出了一整套流程。蔡伦把造纸的过程详细地记录下来，连同自己制造的第一张纸，一起奉献给汉和帝，和帝看后，龙颜大悦，将蔡伦造纸的方法颁布天下，马上在社会上传播开来。

●蔡伦所造的纸，物美价廉，给书写带来了极大的方便。后来经过一千多年，造纸术传遍了世界五大洲，对人类的文明进步和飞跃做出了巨大贡献，蔡伦的功绩永远镌刻在人类文明的史册上。

许慎与《说文解字》——东汉（安帝）时期

今古经学互有疑，说文解字去分歧。
观形释法深究义，溯本追源细探迷。
创造部旁排六类，破析结构论三题。
二十一载倾心血，终立通则始定局。

注释

●许慎，东汉时期著名的经学家、文字学家。从西汉到东汉安帝时，今文经学（因秦始皇焚书坑儒，诸子百家的经典几乎全部被销毁。到西汉时，一些老儒生凭记忆口授以前的经书，并让弟子记录下来，传之后世。这些经书因是当时人所作，故称今文经学）与古文经学（汉武帝末年，人们从孔子的旧宅中发现了汉代之前的《尚书》、《礼记》、《论语》、《孝经》等数十篇，加上在民间搜集到的先秦遗书，这些都被称为古文经学），在文字书写、读音以及对经义的解释上，都存在极大的分歧，形成的两派争论十分激烈。而作为被世人称为『五经无双许叔重（许慎字：叔重）』则认为，要真正理解儒学之精髓，就必须对经学著作的载体即文字有透彻的了解。因此他殚精竭虑创作了《说文解字》一书，既扩大了古文经学的学术领域和范围，又使长期以来今古学派的争论得以平息。

●许慎从汉字的『形』入手，破译造字的方法，然后再深入研究它的含义。同时，他溯本追源，对文字的内在意义进行明确解释，消除各种迷惑。

●为了把杂乱无章的文字进行归纳、整理，许慎从汉字的基本构造出发，创造了五百四十个部首偏旁，找出它们之间的联系，然后将九千三百五十三个字，系统地排列在各部首之下。他还把所有的文字分为『象形』、『指事』、『会意』、『形声』、『转注』、『假借』六种类别，并从『形』、『音』、『义』三个方面加以分析论证，由形而及义，由音而及义。

●自一〇〇年到一二一年，历时二十一载，许慎倾注心血，终于创作出了我国历史上最早、影响最大的旷世鸿篇《说文解字》，成为人们理解汉字的通用准则，以至于后来影响越来越大，唐朝时，《说文解字》作为科举考试必考科目，北宋初年对此书进行了重新整理和修订，清代研究该书的学者更多，直到今天，人们仍然把《说文解字》作为查考文字的重要依据。

女学者、文史大家班昭——东汉（和帝）时期

闺秀芳华透雅风，通今博古见深精。
继修朝史善朝史，续补汗青垂汗青。
忧礼开章编女诫，急兵运笔写东征。
临廷授典犹加誉，一代奇才百世功。

注释

●班昭，中国历史上第一位女史学家。东汉时期人，出身书香门第，文史兼通，博学多才，举止大方得体，一身儒雅之风，名声享誉朝野。

●班昭之父班彪，是有名的大学者，他续作《史记》（因《史记》没有完成西汉时期的所有历史），著有《史记后传》。班昭的长兄班固，就是在此基础上修撰《汉书》的。但他由于受外戚窦宪的牵连，被迫自杀，《汉书》没有全部完成。汉和帝便令班昭补写《汉书》。班昭继承父、兄的遗志，夜以继日地整理父兄的书稿，翻阅了大量史料，终于完成了父兄的遗愿，和另一位史学家马续共同著成《汉书》，它和《史记》、《后汉书》、《三国志》并称为前四史，被誉为古代史学名著之一。班昭正是由于写史而名垂青史。

●班昭在四十岁时，感于人生无常，深忧礼法颓落，为了让自己的女儿引以为戒，恪守妇道之礼，她总结历代优秀妇女的行为，结合自己的心得体会，编就了《女诫》七篇，作为女子的礼仪规范。这些规范，虽然维护了封建家长制，压抑了女性的自由和蓬勃的生命力，在当时却成为女性行为举止的规范，被广为传诵。此外，班昭还急于兵事抒臆，写有《东征赋》。

●由于班昭才华横溢又举止端庄高雅，汉和帝对她非常欣赏，让皇后和妃子跟从她学习儒家经典及天文地理知识，她的品德和才学赢得了后宫的敬重，被誉为『曹大家（音：姑）』（其夫叫曹世叔，早丧），这在历史上是绝无仅有的。班昭文史兼通的超人才华，特别是她在史学方面的伟大贡献，更是功赫百代千秋，永远闪烁着熠熠光辉。

出色的女政治家邓太后——东汉（和帝、殇帝、安帝）时期

两册冲龄自控权，临朝称制善谋盘。
阉戚并用衡廷柄，号令独出驾御銮。
做事清明崇朴俭，为人宽厚尚良贤。
复平天下功卓著，罕见女流蜚政坛。

注释

●邓太后（邓绥），东汉和帝刘肇的皇后。刘肇去世时，她年仅二十五岁，先后册立殇帝、安帝，自己以太后身份临朝称制，统谋全局，执政达十七年，创造了非凡业绩。

●邓太后治理天下，汲取历史的经验和教训，并用外戚和宦官，让他们双方相互钳制，相互制衡，从而防止军政大权旁落于外戚和权臣，达到自己独揽朝纲、号令自出的目的。

●邓太后做事比较清明，且崇尚节俭，削减内宫费用，减少郡国贡奉。她以古代贤王明君的政治经验为镜鉴，遵从孟子『唯仁者宜在高位』的学说，为人比较正派、仁良。

●在『天下复平，岁还丰穰』的大业中，邓太后建立了卓著的功勋，以『皇后之冠』享誉政坛。一介女流执掌国柄而荣膺盛名，这在历史上是十分罕见的。

『关西孔子』杨震——东汉（安帝）时期

谙经饱典响关西，出仕腾达屡上梯。
两袖清风辞馈礼，一身正气阻痈疽。
有心襄主遭昏遣，无力回天受恶欺。
饮恨服毒绝命去，路人挥泪暗云低。

注释

●杨震，出身名门大族，自幼饱读经书，对《尚书》尤为精通，名声很大，被当地读书人称为『关西孔子』。他屡推征辟，直到五十岁才出仕，开始被大将军邓骘征用属吏，又荐举为茂才（即秀才），直接进入高层仕途，屡上台阶，四次迁官为荆州刺史和东莱太守。后来，官至朝廷太仆、太常。

●杨震一生以清明廉正著称。他在上任东莱太守途中经过昌邑，此地县令王密，是经他推荐而任职的，所以王密连夜来访，拿出十斤黄金，以示酬谢报恩，并说：『夜里黑黑的，没人知道。』杨震对王密严肃地说：『我因为知道你的能力才举荐你，难道你不知道我的为人吗？』杨震的一通责备，使王密只好收回礼金。汉安帝亲政，宫中乳母王圣与宦官勾结作恶，政治十分黑暗。延光二年，杨震转任太尉，国舅耿宝推荐中常侍李闰的兄长，要杨震将其征辟为府吏，杨震不从。另一个外戚阎显，是皇后之兄，也向杨震推荐自己的亲朋好友，杨震同样不听命。于是，这两家外戚都对杨震非常怨恨。安帝要为乳母王圣大建宅第，大宦官樊丰和侍中周广、谢恽等狼狈为奸，从中取利。杨震上书劝谏无效，这些奸人就更变本加厉。杨震再次上书皇帝，要皇帝改变政事，远离小人。这样，不仅得罪了安帝，樊丰、周广、谢恽更对他恨之入骨。

●杨震心怀军国大事，对奸佞所干的坏事痛心疾首，屡次上书安帝，伸张公义，可是非但没有奏效，而且招来皇帝的不满和宦官、外戚的诬陷，诬他对皇帝常有怨恨，于是，不明不白地被没收了太尉的印绶。后来，奸佞们又上奏皇帝，说杨震不肯服罪，安帝又下诏将他遣返本郡，临行时，杨震愤慨至极，扼腕长叹。

●返归本郡的路上，杨震想到自己无法除奸，无力回天，便饮恨含冤，服毒自尽，时年七十岁。简陋下葬时，天空乌云低垂，路上百姓无不为之挥泪。一年后，安帝去世，顺帝即位，樊丰、周广等人的罪恶被揭露，杨震才得以平反，但东汉王朝的外戚专政、宦官作恶的政治局面依然如故。

班勇再通西域——东汉（安帝）时期

丢边丧土自心寒，力主开关促复盘。

挂帅经疆出鄯善，驱兵镇漠进楼兰。

奋击车旅鸣金鼓，猛打匈师奏凯旋。

再战焉耆降悍虏，厥功甚伟却遭谗。

注释

●班勇，班超次子，曾与其兄班雄一起出敦煌。东汉安帝元初元年，因北匈奴和车师发起进攻，控制了西域北部通道，朝官大多数主张关闭玉门关，放弃西域。而班勇心有不甘，他力主开关，恢复敦煌军屯，复置西域副校尉，并派西域长史屯守楼兰。延光二年，北匈奴来攻河西，朝廷任命班勇为西域长史，从此，班勇参与西域事务二十年，算无遗策，攻无不克，建立了卓越功勋。

●班勇被任命为西域长史后，出屯柳中（今新疆鄯善西南），翌年，进驻楼兰。

●然后，班勇征龟兹万余人马进攻车师前部，获胜，延光四年，又出动河西骑兵六千，以及鄯善、疏勒和车师前部兵马，一起攻打车师后部，斩获颇丰，又大获全胜，从此，车师六部都得以平定。当年冬，班勇再次征发西域诸国兵力，出击北匈奴呼衍王，其部众二万余人投降，呼衍王率余部逃到枯梧河，至此车师境内再无北匈奴的足迹。

●西域诸国只有焉耆王不肯归附。永建二年，班勇上书要求出击焉耆王元孟，获准后，班勇征发西域诸国士兵四万余人，兵分两路，由班勇和欲建功赎死罪的张朗率领，从南北两路出击，并约定日期，在焉耆会合。可张朗急于立功免罪，先期到达爵离关，并立即挑战，斩获焉耆二千余人，接着，张朗不通过主持西域军务的班勇，擅自入焉耆受降，张朗因此得以免除死罪，而班勇却被诬告为延误军机，被捕入狱，后来总算被免罪。但就此无声无息地赋闲家中。这位厥功至伟，对国家、民族保疆护土做出卓越贡献的英雄，最后终在郁郁寡欢中含悲而死。

跋扈将军梁冀——东汉（顺帝、质帝、桓帝）时期

戚宦横行胜虎狼，无人比冀更猖狂。
疯贪暴敛膏盈府，酷虐残杀血满堂。
君放轻言即命断，臣揭重罪遂身亡。
凶男悍女专朝政，富可敌国太上皇。

注释

●东汉一朝，外戚、宦官专权最甚，朝纲大乱，政治极度黑暗。其中，外戚大将军梁冀，肆无忌惮，为所欲为，其疯狂已到了无以复加的地步。

●梁冀骄奢淫逸，为了自己享乐，竟然把洛阳近郊的民田都霸占下来，作为他的私人花园。他还把几千个良家子女抓入府第作为奴婢。其阴险歹毒更是令人发指，他视人命如草芥，屡屡戕害良善，有一西域商人，误杀了梁冀园中的一只兔子，便招致十余人被杀戮。

●在汉冲帝去世的当月，梁冀就和梁太后合谋，迎立八岁的刘缵为皇帝（质帝）。梁冀一手操控朝廷大权。对梁冀独揽朝纲作威作福，小皇帝心怀不满。在本初元年六月的一次朝会中，质帝目不转睛地注视着趾高气扬的梁冀，口中

轻轻地说道：『此跋扈将军也！』梁冀听后，立即怀恨在心，萌生杀机。那年六月，他派人给质帝的汤面中下了毒，质帝只因轻轻一言，便被梁冀夺去了性命。梁冀作恶多端，不少正直之士纷纷上书揭露他的罪恶，但大多被他迫害致死。

●梁冀的妻子孙寿，是个大美人，但她生性好妒，善于要挟人，梁冀对她既宠爱又害怕，夫妻二人沆瀣一气，到处算计别人，贪得无厌地侵吞他人钱财。梁冀执掌朝廷大权将近二十年，是实际上的太上皇，朝廷事无大小，皆决于梁冀，就连四方进贡，也须备两份，并要先奉梁冀，后贡皇上。桓帝时，梁冀派人暗杀桓帝宠爱的梁贵人的母亲，桓帝实在忍无可忍，终于联合五个宦官，动用羽林军千人，逮捕了梁冀全家，梁冀与妻子孙寿眼看大势已去，便双双自杀。之后，从梁家抄出的财物可抵全国年租税的一半，真可谓富可敌国。

立志匡扶汉室的太尉李固——东汉（顺帝、冲帝、质帝）时期

痛心疾首汉宫秋，力挽衰颓去隐忧。
借谶削戚惩佞宦，动情安庶靖贼偷。
严查孽鬼绝无忌，勇抗凶魔誓不休。
洒血抛头搏恶浪，惜缺巨缆锁沉舟。

注释

●李固，东汉顺、冲、质帝时期人，曾任荆州刺史、泰山太守、将作大匠、大司农，汉冲帝即位后，任太尉。东汉一朝，国家权力多被外戚和宦官交替把握，政坛黑暗腐朽，浊流滚滚。在这样的形势下，李固明知为政艰辛，却仍义无反顾地为匡扶汉室而勇顶逆流。

●汉顺帝时，天灾人祸连绵不断，由于当时谶纬迷信流行，许多官僚就借机把天灾归咎于任用外戚和宦官上。汉顺帝令李固上书解释灾祸的原因，李固就针对皇帝的养母和宦官勾结的情况，指出那个养母不能一直居住在宫里，想借此剥夺她与宦官勾结的机会。同时，他建议对贵族豪强子弟和中常侍子弟，不能因他们出身高贵而委任职位。顺帝阅罢李固的奏章，基本按照办理。但却遭到外戚和宦官的嫉恨，他们编造谣言，诬告李固，使其下狱，由于大司农

黄尚等担保，才得以获释。当时天下十分混乱，荆州地区盗贼蜂起，民众生命财产受到严重威胁，朝廷派李固为荆州刺史，去镇压盗贼。他以对子民怜悯的情怀，深入调查情况，了解到盗贼首领本来是一个安分的良民，因官府黑暗、欺压百姓，愤怒之下才不得已揭竿而起的。在弄清事实真相后，李固宽赦了他们以前的罪过，并写信劝他们归附朝廷。盗首非常信服，下令解散队伍，使荆州百姓过上了安稳的日子。

●李固对贪官污吏绝不手软。南阳太守高赐贪赃枉法，被百姓举报，因其与大将军、外戚梁冀过从甚密，便向梁冀求救，李固排除干扰，在弄清事实后，毫不犹豫地将高赐抓捕归案。但由此却招来了殃祸，再加上他在与梁冀共同主持朝政时，意见经常相左，梁冀便把他看成眼中钉、肉中刺，欲除之而后快。梁冀暗中毒死质帝，李固坚持要查清质帝的死因，梁冀怕事情败露，于是诬告李固图谋不轨，终将李固杀死。

●李固对朝廷忠心耿耿，一心想使汉室复兴，但东汉王朝已经千疮百孔，风雨飘摇，李固纵然有齐天之志，也已无济于事了。

桥玄舍子求法——东汉（灵帝）时期

拒苟时俗铁骨铮，勇排浊浪力扬清。
查贪不畏猖狼狠，斗佞非屈恶虎凶。
舍子彰德擒盗寇，督君诏法廓都京。
难能忘我求明治，抱病卧宅犹建功。

注释

●桥玄，东汉灵帝时任过司空、司徒、太尉，位至三公。此人看似带有『酷吏』色彩，但做起事来能够合情合法。他不随波逐流，在世风日下的情势下，敢于不苟时俗，抑浊扬清。

●桥玄年轻时曾在县里当功曹，他在拜见豫州刺史周景时，主动要求到邻县陈地去调查处理国相羊昌的罪行。桥玄一到陈地，就把羊昌手下的人全部逮捕，并严加审讯贪赃的案情。可这个羊昌与凶狠歹毒、权倾朝野的大将军梁冀是好朋友，梁冀为此下文书到豫州，要把桥玄召回州府，桥玄没有屈服于梁冀的压力，把公文退回，不仅未回州府，而且对羊昌追查得更加严厉，最后将羊昌用槛车押送至京城。

●桥玄七十岁时，因病挂名太中大夫的虚衔。他的小儿子刚十岁，被盗寇绑架，要求桥玄以重金来赎，桥玄就是不肯。司吏校尉阳球带人前来解救，他们唯恐伤及桥玄的儿子，不敢硬逼劫持者。桥玄圆瞪双目，高声喊道：『这些罪犯无法无天，我桥玄怎能为一个儿子的性命而放纵这些危害国家的盗贼！』他的儿子最终被歹徒杀害。之后，桥玄亲自到皇帝面前承认过失，并请求：『从此有人劫持人质，一律格杀勿论，不准用赎金来换取人质，免得奸人有机可乘。』皇帝果然同意桥玄的建议，下诏制法，使京城内时常发生的劫持人质事件得以廓清。

●桥玄公正无私，舍子求法，使其声名鹊起，盛播天下。此时，他已抱病在家，却还在为国建功，实属难能可贵！

大德名士郭泰——东汉（桓帝、灵帝）时期

贞未绝俗避自矜，推官却仕不违亲。
抑扬得体执公理，臧否相宜秉正心。
导教无别帮竖子，提携有据荐良君。
喈书墓志深情赞，尽在德高获仰尊。

注释

●郭泰，东汉名士，东汉末为太学生首领。他出身贫贱，不屑出仕，却与正直官员交往；不满浊世，爱憎分明，但不故作清流姿态。当时有一位极端激进的名士范滂评价他是『隐不违亲，贞不绝俗』，就是说郭泰能做到：隐退不仕，却不影响他供养父母；行为高尚，却能和世人交往。

●郭泰不满世道黑暗，常常针砭时弊，褒贬人物，但他从不偏激，从不出危言骇论，议政评人，皆出以公心，注意掌握分寸。所以，在东汉末年的两次『党锢之祸』中，他都得以幸免。

●郭泰不愿混迹于官场，却在奖掖士人方面做出了突出贡献。他闭门教授讲学，弟子数千之众，并且尽心竭力，有教无类。有个郡学生叫左原，因错被开除学籍而欲愤然报复，郭泰置酒好言相劝，使其十分惭愧，就此罢手。当时有

人批评郭泰竟然与恶人交往，郭泰说：『对有过错的人要教化他，若是逼迫他就会出乱子。』郭泰有个同乡叫贾淑，为人阴险，郭泰老母去世时，他也来吊唁。巨鹿名士孙威认为郭泰是个贤人，怎能接受贾淑这样恶人的吊唁呢？郭泰对孙威说：『贾淑的确曾是凶险之人，但他已洗心革面，所以我不能拒绝他改过！』贾淑闻后，果然改过自新，终于成为一个善良的人，乡亲中有危难之事，他都能挺身而出，受到州郡上下的称赞。郭泰自己品德高尚，对自己的学生也首先看人品。被他提携举荐的人，有田夫野老、有贫寒庶民，有门卫、屠夫……不管是哪类人，都是在郭泰的教育下，才成为有名望的人物的。

●郭泰死后，人们对他无不深深怀念，大名士、大学者蔡邕（字伯喈）特为他写了碑铭，并说：『我写的碑文多了，人总是有些品德不足的地方，唯有郭泰的碑文，是当之无愧的！』

承明门事变——东汉（灵帝）时期

浊流汹涌雾千重，三剑争锋互不容。
臣子联戚谋主政，乳妈结宦策操廷。
此方出手随遭败，彼处反戈即获赢。
血染承明天地暗，秋萧满目尽凋零。

注释

● 东汉末年，朝廷政治黑暗，浊流汹涌，污气漫布，宦官、外戚、朝官三种势力不断争斗，你死我活，互不相让。

● 汉桓帝刚死（时年三十六岁），新君未立，太傅陈蕃联合外戚窦武（国丈）主持朝政。陈、窦合力维持大局，又提拔李膺、杜密、尹勋、刘瑜等朝官，参与政事，得到士人的支持。可汉灵帝（后来立的新君）的乳母赵娆带着一批宫中的女尚书，和中常侍曹节、王甫等宦官勾结在一起，专门谄谀窦太后，暗中卖官鬻爵，想要操纵朝廷。这样，以朝官、外戚和皇帝乳母、宦官各为一方，展开了一场殊死的搏斗。

● 陈蕃和窦武欲除掉曹节、王甫等宦佞，经过一番密议，在没有得到窦太后支持和缺乏周密计划的情况下，匆忙出手，贸然诛杀了并非首要之敌的中常侍管霸和苏康，引起了曹节和王甫的警觉。接着陈、窦又逮捕了为太后临朝而掌管外朝文书的长乐尚书郑飒，并对其进行拷问，得到了一些曹节和王甫的罪证。他们本想拿到证据后上奏太后，希望通过太后首肯后再诛灭曹、王势力，可是曹节、王甫已闻风而动，反手出击，他们逼灵帝出面，紧闭禁门，通过囚禁诸尚书，到狱中杀死狱官，将郑飒放出，并拘禁窦太后，夺下皇帝的玺印，再派郑飒去逮捕窦武，窦武只得逃入步兵营，与侄子带领北军五千人守在北宫外的都亭，观望态势。宫外的陈蕃闻讯带人冲进承明门，与王甫对峙，终因寡不敌众而被捉，后被杀死于狱中。窦武手下的士兵被劝降瓦解，窦氏叔、侄最后也自刎而死。

●这一场朝官、外戚、宦官之间的血腥搏斗，因发生在洛阳宫中的承明门，故史称『承明门事变』。此役，宦官一方取得了绝对胜利，于是，外戚窦氏及亲属为官者，尽遭杀戮；朝官中侍中刘瑜、屯骑校尉冯述也被灭族；与窦武有来往的虎贲中郎将和前尚书也被迫自杀；窦太后被迁出内宫；凡是窦武、陈蕃推荐的公卿及门生故吏均遭免官禁锢。这样，朝廷便由一班心理极端黑暗的小人所把持，东汉王朝已如落叶凋零、破败不堪了！

陈蕃立志『清扫天下』——东汉（桓帝、灵帝）时期

少有雄心铸铁肩，甘担道义净河山。
崇良设榻尊徐稚，鄙莠开庭罪赵宣。
冒险明疏求朗日，迎凶密策扫乌烟。
不及出手随临难，浓瘴重霾仍满天。

注释

●陈蕃，东汉桓、灵帝时期人，官至太尉。他自少年起，便立下了『清世』的雄心壮志。一天，其父之友要来看他，父亲对他说：『知道有长辈来看你，为何不打扫一下以接待宾客？』陈蕃随口便说：『大丈夫应当清扫天下，怎么能仅扫一室！』陈蕃为人方正清直，有人多次向朝廷推举，可他就是不出仕，直到太尉李固上表奏荐，他才允诺。他为官清廉公正，手握重权，与各种黑暗势力进行针锋相对的斗争，一心为了政治清明，天下平安。

●陈蕃特别尊崇品德高尚、才学出众的人，而对故意作秀之徒，则给予严厉惩罚。他在任豫章（相当于今江西全省）太守时，对一位叫徐稚（字孺子）的高洁之士非常欣赏，几次请徐稚到府中做客，徐稚都未答应，但徐稚早已知道陈蕃礼贤下士的事迹，便去见陈蕃一面，但还是拒绝出仕。陈蕃见状，并未勉强，就专设一榻，欢迎徐稚随时来交

谈，徐稚离开，就把木榻悬于梁上。陈蕃这样尊崇贤达俊士，令人叹服不已。为此，唐代著名文学家王勃在《滕王阁序》中写下『物华天宝，龙光射斗牛之墟；人杰地灵，徐孺下陈蕃之榻』的千古名句。豫章郡里的官员多次向陈蕃推荐一个号称『大孝子』的赵宣，说他在隧道内的大墓旁为双亲守孝长达二十余年。陈蕃查明，这位『大孝子』竟然在守孝期间生了五个孩子，严重违反了当时的礼制，所以，对赵宣不仅没有任用，而且依法判其有罪。

●司隶校尉李膺，因诛杀宦官张让犯罪的弟弟而被下狱，并要处以死刑，陈蕃深感不公，于是冒险以激烈言辞奏疏灵帝，指出：『如果处死像李膺这样的忠臣，那就是朝廷的污点；像李膺这样的忠臣，就是赦免他十代子孙无罪也是应该的。』灵帝迫于陈蕃的义正词严，不得不免除了李膺的死罪。陈蕃从营救李膺的事件中，看到了仅靠这种办法是不能清理天下的冤假错案的，必须诛灭那些作恶多端的宦官，才能使政治清明，天下太平。于是，他联合外戚国丈窦武，筹谋剪灭曹节、王甫、张让等宦官势力。

●但是，由于陈蕃、窦武计划不周，留下疏漏，且不慎事泄，宦官们突然袭击，先下毒手，陈蕃面对穷凶极恶的一群太监，手持佩剑，奋力搏斗，终因寡不敌众，被捕入狱，直至死于狱中，一位怀有『清世之志』的高洁名臣，一生的抱负终未得以实现，这是东汉王朝末年政治黑暗的必然结果。

老官僚、不倒翁胡广——东汉（安帝、灵帝）时期

混迹高层一路通，身经六帝列三公。
媚戚推后随权动，附恶立君唯势听。
非问清浊多害正，不分良莠惯执中。
百官罹难独其幸，老辣圆滑不倒翁。

注释

●胡广，东汉时期历经六个皇帝（安、顺、冲、质、桓、灵帝）的老官僚，此人熟知典章，善于望风而倒，毫无做人的准则和骨气，在官场上混迹三十余年，轮转出任四种三公高职。

●汉顺帝要册立皇后，因同时宠爱四个贵人，一时不知册立哪个为好。当时有朝官提出用抽签的办法来解决，胡广上疏反对，说应该选四个贵人中容貌品行都好的『良家女』为后，这番说法看似堂皇有理，实则隐含着对外戚的阿谀，因为四贵人中唯有外戚世家梁商的女儿是『良家女』。胡广的疏奏使梁氏深感满意。在胡广不动声色之中，梁贵人被册立为皇后，梁商便从侍中屯骑校尉升迁为特进执金吾，第二年升为大将军，执掌朝政。这样胡广与外戚的关系就更紧密了。汉质帝本初元年，小皇帝被『跋扈将军』梁冀（梁商之子）毒死，胡广迁为太尉。这时又议立新

君，李固和司空赵戒再次建议立刘蒜（在当初立质帝时，李固就主张立刘蒜）为帝，胡广也参与了此建议。可当梁冀凶神恶煞地要立将娶自己妹妹的蠡吾侯刘志为帝时，胡广吓得大气都不敢出，连连嗫嚅地说：『一切听从大将军的命令。』于是梁冀让梁太后出面，将李固免职，册立刘志为帝（即汉桓帝）。胡广因拥立桓帝有功，被封为育阳安乐乡侯。

●胡广一向圆滑世故，左右逢源，毫无正义可言，当时人们赠他一语：『万事不理问伯始（胡广字伯始），天下中庸有胡公。』

●东汉末年，政治极度黑暗，发生两次『党锢之祸』，仅灵帝建宁二年的第二次党锢之祸，名臣李膺、杜密、范滂以下百余党人被杀，此外遭死、徙、废、禁的达六七百人之多，稍正直之士几乎被清除殆尽，而胡广在两次党锢中不仅毫发无损，还连连擢升，成为享尽高官厚禄、老奸巨猾的不倒翁。

李膺舍身执法——东汉（桓帝、灵帝）时期

终生奋力抗奸阉，盛誉楷模八俊先。
冷眼纠风逐恶吏，凛身执法肃污官。
惩凶闯府威惊地，仗义登廷气撼天。
党锢重兴罹大难，世浊焉允有清涓？

注释

●李膺，东汉末期名士，他对朝廷宦官最为仇恨，奋力与这些恶势力斗争一生。在太学生心目中，他是『天下楷模』，并被士人称为『八俊』之首。

●李膺出身孝廉，被征入司徒府任职后，因政绩出色而做青州刺史。他对当时的社会风气绝不苟同，威严明察，整饬官吏，青州治下郡县中的长史，对他都十分害怕，他们平时多有作恶，便纷纷弃官而逃。后来，李膺调任天子脚下的河南尹，了解到有个从北海郡卸任回来的叫羊元群的人，在任时贪赃枉法，声名狼藉，便毫不犹豫地凛然上书，要求治这个贪官的罪。可羊元群与朝中的宦官过从甚密，通过向宦官行贿，不仅没有获罪，反而朝廷将李膺撤职，送到皇家工场服苦役。

●后来李膺复出，任监察京城地区的司隶校尉。当时，大宦官张让之弟张朔在野王（今河南沁阳）当县令，贪污残暴，横行霸道，甚至杀死孕妇，他听说李膺要出任司隶校尉，就离职逃回京城，藏匿于张让的另一个弟弟家中。李膺刚到任便展开周密侦察，然后立即指挥吏卒闯入张家，将张朔抓获，审讯完毕，遂将其处死。此案引起极大震动，大宦官张让到皇帝面前哭诉，皇帝便召李膺入朝，斥责他不先请示就对犯人处以死刑，并要对他施以惩罚。李膺义正词严地说：『当初孔仲尼当鲁国司寇，到任第七天，就诛杀了少正卯；臣下到官已十天，才有所作为，臣下认为已经是有拖拉之罪了！望能让臣下留任五天，把作恶之人消灭，然后再到陛下面前领受严惩。』李膺仗义执言，使天子无话可说，只得劝说张让就此了结。此后，宫中的宦官再也不敢肆无忌惮了，连皇帝都感到有些奇怪，就询问原因，众宦官都哭着说：『畏李校尉！』

●李膺严格执法，宦官们对其恨之入骨，他们制造了第二次『党锢之祸』，终使李膺成为第一个牺牲者。李膺只是在东汉末年浑浊政治中泛起的一股清流，即或如此，腐朽王朝也是不允许存在的。

范滂慷慨临刑——东汉（桓帝、灵帝）时期

敢逆浊流铁骨铮，抨奸肃歹勇出锋。
芟芜为使稼禾壮，剪恶只求王道清。
救世推贤惟守义，忧国抵宦不惜生。
高节老母无遗憾，荣耀同归有密膺。

注释

●范滂，东汉末期名士，虽生不逢时，却注重名节，疾恶如仇，刚正不阿，尤其痛恨宦官当权。范滂在太守黄琼手下任职期间，检举欺压百姓、为非作歹的官吏、奸凶二十多人，敢于向恶势力出锋亮剑，那时就展示出了一位清流名士铁骨铮铮的风范。

●因范滂检举了那么多不法之徒，触怒了黑恶势力，便有尚书说他与这些人有私仇。范滂义正词严地予以反驳说：『我检举的都是害群之马，只是因为时间太急迫了，才揭发了这么几个，没有来得及审查的还有很多，等到一一核查清楚，还要再检举！这好比农夫种庄稼，要先除掉杂草，稻禾才能生长得更好；为官理政也是这样，只有惩奸除恶，才能使王道澄清，如果你认为我说得不对，或者我讲的不是事实，我甘愿受到重罚。否则，我一定坚守自己的看法和原则，绝不会做任何妥协！』

●范滂被聘为太守宗资手下任功曹期间，为拯救危势，竭力荐举贤良，而对违背孝悌，行为不轨者，一概解除不用，就连自己的外甥也绝不迁就。正因为他光明磊落、大公无私，引来了宦官和小人的忌恨，他们沆瀣一气，对范滂大施诬陷，说他结党营私，诽谤朝政，将其投入监狱，施以毒刑。面对灭顶之灾，范滂毫不畏惧，正气凛然地回答中常侍王甫的种种责问。建宁二年，宦官大诛党人，范滂在劫难逃，慷慨就义。

●范滂临刑前劝老母亲不要难过，老母亲却说：『你今天能和李膺、杜密（二人均为清流名士）这样的人死在一起，还有什么可遗憾的呢？既想有好的名声，又想获得长寿，两者是不可以兼顾的呀！』范滂死时年仅三十三岁，此后不久，就爆发了大规模的黄巾起义，东汉政权在风雨飘摇中逐渐走向崩溃。

张俭望门投止——东汉（桓帝、灵帝）时期

逢临党祸速逃殃，投止多门匿四方。
只顾藏身消自祸，非思累众致他伤。
何及李士诚崇义，怎比范君勇赴汤。
牵死数十全己命，虽曾有誉却无光。

注释

●张俭，东汉末期士人，在宦官集团兴起『党锢之祸』时遭追捕，他在逃亡途中，困顿之时只要一看到人家，就去投宿，四处藏匿，被后人称为『望门投止』。

●当时人们都很景仰『清议』名士的品行，所以，凡张俭逃到之处，无不舍家接纳。张俭终于在一个个善良人家的保护下，经过渔阳郡出了边塞。张俭虽然通过不断藏身避开了临头大祸，而接待过他的那些百姓人家却受到牵连而遭了殃，均受到了宦官的残酷迫害。

●按照当时的道德行为准则，刚烈正直的汉子是绝不会为了个人的安危而累及他人的，对景仰自己的人就更不能那样去做了。太中大夫李膺，同样受党锢迫害，但他拒绝逃亡，而被严刑拷打，死于狱中；范滂在将要被捕时，县令

要弃官和他一起逃跑，范滂却说：『我的死，可以中止祸事的延续，怎么可以因我而连累你呢？』相比之下，张俭在品行上与李、范二人，实在是相去甚远！

●张俭因『望门投止』，而使数十人被杀，他虽然自己保全了一命，虽然他也有一定的名声（被士大夫标榜为『八俊』之一），但在生死关头的所作所为，却使得他这个『名士』暗淡无光，而那些舍命接纳他的人才是真正刚烈的汉子。

硕儒马融——东汉（安帝、桓帝）时期

高才厚蕴世弥声，门下千徒聚俊英。
遍览章籍研浩典，博通儒术注群经。
趋邪代笔戕良善，弃正修文颂恶凶。
放诞奢华常逆礼，但求俭葬尚堪称。

注释

●马融，东汉时期名望极高的大学者，两次出仕，皆因得罪外戚而辞官。在他门下求学的生徒达数千人之多，像郑玄、卢植等学问家，都是其门下高足。

●马融遍览古代经典，并加以深入研究，对儒家典籍尤为精通，发奋遍注儒学群经，如《孝经》、《周易》、《诗经》、《尚书》、《论语》，及至《老子》、《离骚》、《淮南子》、《列女传》等，都一一作注。

●马融这位大学者，才学方面可谓独步一时，享誉天下，可人格上却不怎么高尚，他在经受外戚（邓氏家族）的挤兑压制之后，对权势之家再也不敢得罪，竟然替外戚、『跋扈将军』梁冀起草迫害忠臣太尉李固的奏章。同时，极尽阿谀谄媚之能事，又写了为梁冀帮闲的《大将军西第颂》。马融的这些所作所为，被当时的清流名士非

常看不起。

●马融虽为硕儒，但他不拘泥于儒者的许多繁文缛节，不仅居住、服饰都十分豪华，就连讲学也要在挂着绛色帷幔的高堂上进行，面前是学生，背后却是一排女乐伎（他的这种作风，开了后来魏晋时代清谈放诞之风的先河）。马融讲究奢华，但他在八十八岁临终时，却遗命薄葬，就这一点来说，还是值得称道的。

大学问家郑玄——东汉（桓帝）时期

古典今籍力彻穷，西行深造又从融。
三年未见宗师面，一刻非荒学子情。
累惑皆询得益盛，积疑尽解获功成。
东归指误鸿儒叹，遍注群经更响名。

注释

●郑玄，东汉名儒、大学问家，兼通今文经学（主要由西汉时经师口耳传承下来）和古文经学（主要指从孔氏壁中所藏经典的传承），并对天文历算造诣颇深。后来他觉得关东地区经师的学问已尽其所得，便决定西入长安，投到硕儒马融门下，以求扩容深造。

●当时马融门下生徒四百余人，能登堂入室亲耳聆听马融授课者，仅有五十人。郑玄到此已三年，还未曾见马融一面，但他既未气馁，也没懈怠，依然起早贪黑，埋头研读。

●有一次，马融和高足弟子在一起研考谶纬之书，听说郑玄善于算术，就把他召来。郑玄借此良机，把历来在经学上积累下的疑问，通通向马融请教了一遍。当所有的疑问都破解之后，郑玄即告别马融返回了家乡。马融立即悟出了奥妙，对弟子们说：『郑生今去，吾道东矣！』

●郑玄学成东归，由于他学养厚重精深，对今古经学自有真知灼见，所以不轻易苟同各种观点。他著文对今文学鸿儒大师何休所著的《公羊墨守》、《左氏膏肓》、《榖梁废疾》诸书中的不当和错误之处，给予有理有据的指正，何休惊叹说：『康成（郑玄，字康成）入吾室，持吾矛，以伐我乎！』郑玄还对群经加以注释，所注释的书有：《周易》、《尚书》、《毛诗》、《周礼》、《仪礼》、《礼记》、《论语》、《孝经》、《尚书大传》等，凡百余万言，这使得他更加受到有识之士的尊崇。郑玄七十四岁去世，送葬者千余人，无不为之挥泪。

大恶人段颎——东汉（桓帝、灵帝）时期

通身毒液任喷发，蛇胆蝎心嗜血花。
附宦攀奸结死党，帮凶助虐灭仇家。
疯狂造狱千人罪，恣肆行诬百口杀。
尸骨搭梯登显位，终遭恶报满门塌。

注释

●段颎，字纪明，东汉末年平定羌人的三大名将之一，与皇甫规（威明）、张奂（然明）。共称『凉州三明』。他在战场上是一员悍将，可在品格行为上却是一个非常可恶之人。在对待羌人问题上，他一味嗜杀狠斗，拒绝『诛其首恶，余皆慰纳』的招抚政策，大小作战一百八十多次，杀人三万八千六百有余。

●当时宦官专权，兴风作浪，段颎为了求得更大的功名利禄，极力迎合奸宦，帮助他们残害对手。魏郡人李暠（音：搞）被任命为司隶校尉后，杀死仇人苏谦，苏谦的儿子苏不韦决心报仇，杀死了李暠的小妾和小儿子，致李暠又惊又气，呕血而死。苏不韦却遇上大赦。段颎因与李暠是好友，就派手下将苏不韦全家六十多人全部杀害。

●窦太后死后，有人在朱雀门上贴无名告帖，说是宦官王甫、曹节两人杀死了窦太后。朝廷令司隶校尉刘猛去追查贴

帖之人，刘猛不愿追查，段颎顶替，他派人到处布网，逮捕了千余在太学游学的生员，并秉承宦官曹节之意，诬告刘猛，把刘猛送到皇家工场服苦役。渤海王刘悝被迁徙，他为了恢复渤海王爵位，要王甫给打通关节，答应事成后送十万钱以作酬谢，不料桓帝临死前下诏恢复了刘悝的爵位，刘悝知道这不是王甫的功劳，便不肯付谢仪。王甫得知后，就让段颎指使人诬告刘悝要谋皇位，刘悝被迫自杀，妻儿家属百余人都被处死在狱中。

●段颎后来官至太尉，可以说，他向上爬的每一个台阶，都是以无数人的尸骨垒起来的。多行不义必自毙，段颎的种种恶行，终被接替他司隶校尉之职的阳球所查处，在走投无路的情况下，段颎只好在家中服毒自杀。

皇甫规的名将风范——东汉（桓帝、灵帝）时期

通武精文晓战局，公推上阵讨羌敌。
扬威夺胜挥戈猛，壮势逼降使策奇。
拒附奸邪抒浩气，甘承党锢展威仪。
卓勋显赫名凉陇，天下服膺赞品极。

注释

●皇甫规，东汉名臣，与张奂、段颎同为『凉州三明』。他文武兼备，尤通战事，在任郡功曹时，就亲率八百披甲之士抵御来犯本郡的羌人，大获全胜。可后来在仕途上长期不顺，遭『跋扈将军』梁冀党羽的迫害，几乎致死，只得在家中教授学生，平淡生活十四年。直到梁冀被诛，皇甫规才被征为泰山太守。过了两年，羌人大举进攻关中诸郡，朝廷三公联袂推举皇甫规为中郎将，持节指挥关西地区的军队，征羌靖边。

●皇甫规率部与羌人交锋，以迅雷不及掩耳之势，威猛扫荡，首战告捷，杀敌八百，使敌人既畏惧又钦佩，东羌诸部相约到皇甫规军前投降的达十余万人。第二年，皇甫规又出大军向陇右推进，可道路被各部羌人盘踞，不能通过，恰逢此时，军中发生疫病，死者众多。皇甫规亲自到营中慰问士卒，终使军威复振。羌人见状，纷纷出来投降，于

是从关中到凉州的道路被打通。皇甫规又以义师之举，消除当地羌人的反汉情绪，他整饬地方大吏，该续用的续用，该免职的免职，该处死的处死，羌人心悦诚服，氐族大豪率领十余万族人，向皇甫规请求归顺。

●皇甫规不仅军功卓著，名声显赫，而且举劾无私。特别是在宦官专权的情况下，他不肯与这些丑类为伍，所以结下许多仇家，终被宦官诬陷，要送入皇家工场服苦役，多亏三公和太学生三百余人到宫前请愿，才得释放。后来，为抵御北方的匈奴、鲜卑，皇甫规又被起用，但他几次设法离职，都未成功。到宦官兴起『党锢之祸』时，皇甫规与党人心心相通，因自己是战将，无法参与其事，竟然觉得是人格上的一种耻辱。于是就主动上书，千方百计把自己与党人捆在一起，说：『我曾推荐张奂，这是我依附党人；要我去服劳役时，太学生张凤等上书为我辩解，是党人依附我，我应该为此得到重罚。』但因朝廷还要靠他来守边，所以未加理会。

●皇甫规在凉州、陇西立下了赫赫战功，名扬天下，为人们所尊崇，而他的品质、人格更为人们所折服。皇甫规起家于抵御羌人，而其最后做的官还是与羌人有关的护羌校尉，终年七十一岁。

为官一方造福万众的张奂——东汉末期

初衔低任却高勋，威化大行赢盛尊。
领命安边多妙策，将兵击寇屡佳音。
督军保境狄戎惧，治郡兴州吏庶亲。
绿绶十腰福万众，措尸椂榻只一巾。

注释

●张奂，东汉名将。虽善文精武，但青壮年时仕途不顺，五十二岁才当上安定郡属下的一个都尉。张奂刚到任，就遇上了郡北边的南匈奴首领率七千人马来侵犯边境小镇美稷，而美稷守军仅百余人。再加上游牧在这一带的东羌人，想准备接应南匈奴，情况十分危急。面对此种局面，张奂一方面鼓动士气，不准撤退，另一方面派人以和亲等优厚条件联络东羌人，晓以利害，要他们共同抗击匈奴，并谎称汉朝大军将至，终于结成与东羌共同抗击匈奴的联合阵线，取得连战连捷的胜利。东羌首领对张奂的勇敢、才能和言而有信的人格十分敬佩，便派人将十二匹马和大量黄金器具送予张奂，张奂令手下逐一登记。当第二天与东羌首领会面时，如数退还了这些礼品，遂使东羌人十分折服。张奂这种洁身自好的行为迅速在边疆各民族中传开，史称『威化大行』。

●张奂在美稷抗击匈奴有功，朝廷任命他为使匈奴中郎将，佩带银印绿绶。在美稷损失七千余兵马的匈奴伺机报复，于是联络乌桓人大举侵扰边境，使东汉守边将士们惶恐不安，而张奂却镇定自若，谋略在胸，他针对乌桓人贪财的特性，派出使者以重金收买，并让他们刺杀了匈奴大首领和各部落的酋长，匈奴随即土崩瓦解。

●张奂曾被禁锢，匈奴、乌桓、鲜卑见张奂不再是将军，就纷纷背叛东汉朝廷，有时竟派五、六千骑兵侵扰幽、并、凉三州九郡的边境。这时，朝廷又任命张奂为护匈奴中郎将，并以九卿的身份都督幽、并、凉三州和度辽、乌桓二营的军事，还有权监察刺史和二千石官员的政绩。早已领略过张奂智勇双全的匈奴、羌人、乌桓见大势不好，又纷纷投降，有二十余万人，鲜卑人逃往关外。张奂后来担任了武威郡太守，在这个多民族杂居的地方，他大胆进行赋税改革，使各族人民都感到公平，皆愿意在武威定居。他还以明确规定的赏罚条文，大破『杀婴』的陈规陋习（当地的习俗是，凡二月、五月出生的婴儿都要被杀死），深受各族百姓的爱戴。于是在他活着的时候，民众就建起『生祠』以供奉他（这是对官员的最大奖赏）。

●张奂在二十六年中曾两度被禁锢，十次腰系绿色绶带，给庶众带来极大恩惠，人们对其无不佩服得五体投地。可他在临终时却留下遗嘱：只需『措尸棂床，幅巾而已』！其一世清廉可见一斑。

愤世嫉俗的潜夫王符——东汉末期

品亮文渊特立行，拒谀权贵鄙逢迎。
结交高士磋经道，撰写佳篇辟政情。
倡导博学祛卜谶，主张仁爱召贤能。
孤门细户拥恭敬，一介潜夫铸盛名。

注释

●王符，东汉名士，自幼好学不倦，通经谙典，才学丰厚；他为人耿直，情操高洁，不苟时俗，特立独行；不阿权贵，鄙视曲意逢迎。一生中虽很有才学，但却由于自己的个性，一直得不到升迁。

●王符不在乎别人对自己的种种看法和议论，平时结交的都是当时很有名的人，如大学者马融、张衡等，经常与他们在一起谈经论道，切磋学问。王符对东汉末年的黑暗政治十分不满，为了表达自己的愤懑，评论时政得失，后来隐居起来，潜心撰写了三十多篇指陈时弊、卓有见地的文章，集成一书，由于他淡泊名利，故将书名定为《潜夫论》。

●王符的《潜夫论》，以儒家学说为本，辅以道家方法，把万物归于『气』，反对巫术卜谶等迷信思想。他极力倡导一个人要对世界了解得更多，必须不断地读书学习，强调学习对个人成长的重要性。他还针对时政的种种弊端，提出当朝应以仁爱治理天下，施行『德政』；同时要爱惜民力，选贤任能，只有这样才能使东汉繁荣昌盛。

●王符的《潜夫论》一经问世，便引起极大轰动和广泛好评，使这个没有权贵作靠山的『孤门细户』盛名远播。连号称『凉州三明』之一的皇甫规对他都恭敬有加。皇甫规告老还乡后，当地许多乡人名士前去探望，其中一个通过贿赂取得太守职位的人，也备厚礼去拜访。皇甫规很看不起他，听说他来拜见，躺在床上没动一下。可当听说王符来了，马上从床上爬起，急忙跑到门外去迎接，并手挽手地同入大门，两人谈得十分投机。时人有感于皇甫规前倨后恭的不同态度，都深有感触地说：『那个太守，虽然官很大，但他却比不上一介布衣文士啊！』以此来赞颂王符的名气和声望。

赵壹只求出名不求做官——东汉末期

拥才傲物蔑裙风，屡被投监险丧生。
鄙势赢尊惊相府，追名获荐震都京。
骄声鹊起自心喜，凌气翼扬他目瞠。
避政推官循本色，闲庭信步满身轻。

注释

●赵壹，东汉时期著名文学家，他恃才自傲，看不起那些靠权贵出身和裙带关系取得官位的人，因此得罪人甚多，几次被投入监狱，险些命丧黄泉。

●光和元年，赵壹作为上计吏到京城洛阳，当时的司徒袁逢接待了几百名上计吏，他们见到袁逢后都下跪在大厅，不敢仰视，只有赵壹对袁逢不下跪，并说，西汉时期的郦食其见到汉王刘邦也不过是作揖，我今天面见的只不过是三公，不跪有什么奇怪？赵壹这番举动，使整个相府大为震惊。袁逢知道赵壹很有才学，连忙走下大堂，拉着赵壹的手请他坐在上座，并向其问政。赵壹发表了许多真知灼见，袁逢十分佩服，遂将他介绍给其他官员。赵壹一心想显姓扬名，他知道要达此目的，必须有人引荐。于是他几次去找羊陟，羊陟就是不见。可他毫不气馁，使用计策，终使羊陟感动，予以接见。交谈后，羊陟深为赵壹的才华所折服，和袁逢一起大力举荐赵壹，使其一夜之间名动京城，洛阳的士大夫都争相一睹其风采。

●赵壹终得扬名，心满意足，回去路经皇甫规的家门，想顺便去拜会一下，不料皇甫规的门人不为通报，他愤然离去。皇甫规知道后大惊，急忙写信致歉，并派人去追，但赵壹就是不理，最终也未与皇甫规见面。

●赵壹出名后，许多州郡纷来邀请他参政议事，他都一口回绝，自己过着悠闲自得的日子，一身轻松，直至老死于家中。

黄巾起义（太平道）——东汉末期

招徒布道遍河山，符水谶言迷万千。
头裹黄巾掀大地，心期甲子讨苍天。
诸方起事同兴义，各处回声共举幡。
难抵官军遭剿灭，朦胧未解速成烟。

注释

●东汉末年，政治无比黑暗，民众苦不堪言。在这样背景下，巨鹿人张角创建了太平道，自称『大贤良师』，于各地传教布道，开始组织教团，并广用符水咒语为人消灾治病。张角所至，从者如流，迷信他的徒众千千万万，遍布北中国八州之地。

●由于广大农民不知苦难来自何方，太平道便把施我荼毒的罪责归之于老天，张角聚集各方信众，头裹黄巾，心怀愤怨，喊出了『苍天已死，黄天当立，岁在甲子，天下大吉』这一既激动人心，又朦朦胧胧的口号。虽然人们不甚了解这一口号的含义，但有一点是清楚的，那就是『甲子』年有『大吉』到来，而最近一个甲子年是汉灵帝中平元年。这样就给朦胧的中原民众带来了一种朦胧的希望。

●张角不动声色地把数十万徒众部署为『三十六方』，各方任命首领，最后都归他指挥，在此基础上他们准备于甲子年揭竿而起。不料叛徒告密，张角立即下令提前起兵，三十六方所及的七州二十八郡的徒众，纷纷头戴黄巾为标志，旬日之间，天下响应，共举义旗，使京师极为震动。张角自称『天公将军』，其弟张宝称『地公将军』、张梁称『人公将军』。这就使人们对张角等人起兵的目的更加朦胧难明。

●黄巾军起事后，东汉朝廷派出何进、皇甫嵩、卢植、董卓、袁绍、袁术、曹操、孙坚、公孙瓒、刘备等官员和豪强进行镇压和清剿，前后只九个月，其主力就被消灭了。黄巾军的朦胧目标还没有得到破解，希望便化成了烟云。

西园卖官——东汉（灵帝）时期

刮财敛物肆淫欢，专设厅堂自鬻官。
按秩分级开价码，依钱定任列清单。
矮职低座当须买，显位高阶更要捐。
亘古难寻贻笑柄，荒唐如此必塌天。

注释

●东汉延熹十年，汉桓帝去世，因其未留下子嗣，由河间王一支的解亭侯刘苌之子刘宏即位，是为汉灵帝。灵帝十二岁登基，他生活奢华无度，喜爱出游，尽情挥霍。为了更好地满足自己的奢侈欲望，他想方设法聚敛钱财，光和元年，竟然在自己经常去游乐的西园建置邸室，专门作为公开卖官敛财的场所。

●汉灵帝所卖官爵，按品级对应列单开价，以职位定价格，以钱数定职位，买个郡守，要出钱二千万，想当个县令，要拿四百万，一时付不出钱的，可暂时赊欠，等上任以后加倍付款。

●谁要想当官，都必须花钱来买，无论芝麻小吏，还是三公九卿，概莫能外。当时司徒袁隗被免职，朝廷打算任命廷尉崔烈为司徒，崔烈走了灵帝傅母程夫人的后门，还交了五百万钱才得到任命。灵帝后来竟觉得吃了亏，对亲信说，如果开价时狠一点，可以卖到千万钱。

●明码标价，公开卖官鬻爵，这可谓是东汉腐朽王朝的一大『创造』，后人无不嗤之以鼻。遗憾的是，当今社会在某些地方竟把这种招法变成了『潜规则』，真是社会的悲哀啊！

屠夫国舅何进——东汉（灵帝）时期

妹宠兄荣遂上堂，加权拜将御京防。
擒杀道首消烽火，剪灭政敌推嗣皇。
轻信昏言迎恶虎，拒听灼见引猖狼。
宦戚同尽群雄起，汉室名存实已亡。

注释

●何进，东汉末期大将军。他出身屠户之家，因异母妹被选入宫，封为贵人，并深受汉灵帝的宠爱，而成为国舅。后来，何贵人被册封为皇后，何进便被召进京城，任过侍中、将作大匠、河南尹等。中平元年，发生黄巾起义，何进升为大将军，直接主持京师及周围地区的卫戍防务。

●当时，太平道张角的弟子、黄巾军大方首领马元义潜入洛阳，秘密发动宦官参加起事，准备在京师地区发起大行动。因何进平时一直注意宦官的动向，便很快发现了这个预谋，于是，立即擒杀了道首马元义，使东汉宫廷附近避免了一场战火。黄巾起义后，汉灵帝建立了西园八校尉，以上军校尉小黄门蹇硕为元帅。当时关于皇子嗣位的问题成为朝廷各方博弈的焦点，何进想立何皇后生下的刘辩，蹇硕迎合灵帝之意，想立王贵人生下的刘协，何、蹇两股势力针锋相对，互不相让。蹇硕欲杀何进，几次均未得手而何进反倒乘机命黄门令在宫中捕杀了蹇硕，除掉了自己的政敌。之后，何进立刘辩为帝，何皇后成为太后，临朝主政，何进则与太傅袁隗共同辅政，掌控军政大权。

●何进剪除蹇硕后，与袁绍、袁术、荀攸等，谋划清洗宦官，可何太后和何进的弟弟何苗平时多受宦官的贿赂，反倒成了清宦行动的掣肘。这时庸才袁绍给何进出了一个『昏招』，让他召地方上的猛将豪强带兵入京，来迫使太后就范，何进竟然笃信不疑；而文学之士陈琳出来劝阻，指出这是极其危险的做法，照此办理，必出大乱。但何进就是听不进去。结果，董卓、桥瑁、丁原等都纷纷入京。

●正在这时，宦官张让率人潜入何进的办公地点，当场将何进杀死。接着何进的部将吴匡、张璋和袁绍兄弟带兵入宫，将宦官通通诛斩。陇西董卓也带三千甲兵入京，杀死何太后，废除少帝刘辩，改立刘协为帝，是为汉献帝。经过这场事变，外戚被诛灭，宦官被杀绝，群雄并起，战火纷飞，东汉王朝已是风雨飘摇，名存实亡。

十常侍多行不义必自毙——东汉末期

薄暮阴风啸政坛，众多常侍倍凶残。
驱玩昧主狂攫柄，戕害忠臣肆弄权。
借宠阉官结恶伥，凭威枉法敛财钱。
横行朝野二十载，黄水溺生息恶澜。

注释

●东汉末期，朝廷宦官的权力已达到最高点，他们不仅参与机要，还可担任官职，甚至卷入皇位争夺的政治旋涡之中，把政局搅得天昏地暗。桓帝时有单超、徐璜、具瑗、左绾、唐衡五人，被封为『五侯』，还有侯览、王甫、曹节等大宦官扰乱朝政，掀起迫害士人和正直朝官的党锢，与此同时，另有一批宦官势力，以张让、赵忠为首，纠集夏恽、郭胜、孙璋、毕岚、栗嵩、段圭、高望、张恭、韩悝、宋典等，共十二人，在朝野大肆作恶，倍加凶残。时人统称『十常侍』（或因举其大数，或因和帝时额定十人之故）。

●十常侍崛起于桓、灵帝之间，灵帝时，张让、赵忠两人一起升为中常侍，封列侯，他们独霸宫中，其子弟父兄都在州郡担当大吏，无恶不作，为害四方。灵帝年少入宫，张让、赵忠将其玩弄于股掌之中，引导他纵情淫乐，聚敛钱财，竟使灵帝把他们视为父母。与此同时，张、赵等恶宦，残酷打击陷害朝廷正直臣僚。黄巾起义后，郎中张钧上书，说天下百姓所以乐于跟从黄巾军，是因为十常侍残害百姓之故，应诛杀他们以谢天下。结果张钧反被他们诬陷，遭诛斩。

●十常侍假灵帝之手，大肆卖官鬻爵，聚敛钱财，中饱私囊，并且到处网罗奸凶党羽，遍布天下，横行朝野，使得国家衰微破败，人民苦不堪言。

●作为东汉一朝的乖戾势力，十常侍为非作歹二十余年，最后，司隶校尉袁绍入宫剪杀，张让、赵忠等向黄河渡口小平津逃跑，被滔滔黄河拦住去路，只好投河而死。至此，十常侍擅政专权的局面得以结束，而东汉王朝也要了结了。

董卓的真面目——东汉（灵帝、少帝、献帝）时期

人神共愤恶名传，据证还实不尽然。
靖叛伐羌当可点，平冤起士亦犹盘。
屠集掠物淫公主，掘墓搜珍灭驾銮。
中计逢凶随毙命，暴尸割首万冠弹。

注释

●董卓，东汉末年任太师，此人是历史上人神共愤、臭名远扬的残暴之徒。但是，依据史实仔细分析，说他身上完全都是负面的东西也不公正。《后汉书》的作者范晔，在指出他凶狠残暴一面的同时，说他有时还能克制自己，任用贤能之士，做坏事还有所顾忌。

●董卓青年时曾在羌人地区驻守边塞，使羌胡畏服。汉桓帝末年，他当名将张奂的军司马，击败过汉阳郡一带的叛羌，得到的赏赐全部分给了部下。后来，他跟随车骑将军张温去抵御北宫伯玉、边章、韩遂的叛乱，又在陇中、三辅一带抵御过韩遂、马腾的叛乱。灵帝去世，大将军何进召董卓入京，他乘外戚和宦官互相残杀、两败俱伤之机，拥立刘协为汉献帝，并与司徒黄琬、司空杨彪共同领衔，上书皇帝，平反了陈蕃、窦武和党人两大冤案，同时起用

一批原来的党人及名士，而自己的属下都不让他们担当显赫要职。以上这些，无疑是董卓一生中可圈可点的。

●董卓率兵马入洛阳，便干起了伤天害理的事情，他纵凉州兵到处掠夺财物，奸淫妇女。一次，他们竟把市集上的人全部杀死，将首级挂在车子上，招摇回营。董卓还经常入宫，去奸淫公主，掠取宫女。董卓的胡作非为引起朝官和地方大员的强烈不满，不少人纷纷加入反董义军，而在朝廷内部的伍琼、周秘则作为内应，使得董卓十分惊慌，于是，他毒死少帝刘辩，处死伍琼、周秘。他还指使吕布挖掘诸帝陵寝和公卿墓冢，大肆掠夺珍宝，搞得一片狼藉。

●董卓到了长安，更变本加厉地放纵淫乐，诛杀政敌。以王允、士孙瑞、张温为首的朝官密谋欲除掉董卓，还未发动，张温便被董卓诬杀。于是王允、士孙瑞加紧准备，定计在未央宫设宴，乘机将董刺死。董卓不知是圈套，如约赴宴，当他见势不对，心起惊疑，急忙返府时，被吕布拦住，一矛将其毙命，然后暴尸街头，并割下头颅。长安百姓闻讯后无不奔走相告，沽酒欢呼，载歌于道，弹冠相庆。

一代医圣张仲景——东汉末期

德高艺湛见卓能，治病为官尽重情。
急患明伤随药愈，沉疴暗恙伴疗融。
深研古案撷精粹，遍览今方汇大成。
著述颇丰多辩证，冠称医圣灿如虹。

注释

●张仲景，东汉末年，官至太守，他自幼好学，博览群书，尤爱医学，因经常治病救人，人们只知他是医家，而不知他还是太守。张仲景睿智贤德，无论为官还是行医，都十分体恤百姓疾苦，当他见到病人增多，便在繁忙的公务中抽出时间，每月的初一和十五都坐在大堂上给百姓看病，分文不取，『坐堂』一词由此而来。

●张仲景对霍乱、伤寒诊断十分准确，而且药到病除，治疗顽疾杂症，更是效果显著，凡其经手者，大多祛除沉疴，得以康复。

●长期的治病救人，使张仲景积累了丰富的医疗经验，他坚持把每次临床的病例、药方的点点滴滴都记录下来，久而久之集成为大量的医籍。他遍览了秦汉传下来的医药典籍，并进行深入研究，采撷精华，荟萃一炉，教授弟子和门生，共同治疗病人，予民健康。

●张仲景在医学方面著述颇丰，如：《伤寒杂病论》十卷，《金匮要略》二十四卷等，通篇贯穿着丰富的辨证施治思想。尤其是他的《伤寒杂病论》，是秦汉以来医药理论之集大成，并被广泛应用于医疗实践中，是我国医学史上影响最大的古典医著之一，也是我国第一部临床治疗学方面的巨著。该书逐渐演变为《金匮要略》和《伤寒论》二书。张仲景因医术高超，前无古人，被奉为中国古代的医圣，他的伟大英名，在中华医学史上永远熠熠生辉！

末世英才蔡百喈——东汉（献帝）时期

通音谙史且长文，旷世奇才秉正循。
屡斥阉官撅酷吏，偶凿焦木制名琴。
直言荣号伤天理，激指豪舆犯震神。
敢逆群情哀虐主，遵心吊客第一人。

注释

●蔡百喈，名邕，东汉大学者，他博学多才，通音律，尤善文史，校正六经文字，丹书刻石（『熹平石经』），被誉为『旷世奇才』。他性情耿直，为人纯正，一生屡遭冤屈。

●蔡邕经常议论时政，屡屡得罪宦官，被流放到朔方郡，又因叔父的缘故，冒犯了酷吏阳球，被阳球派出的刺客在流放途中追杀，未果。后来遇到大赦返回内地，又得罪了宦官的兄弟，再次逃亡到江南，在吴地呆了十二年。就在此地，他偶然得到一段烧焦的桐木，将其制成一把琴，竟成了闻名千古的『焦尾琴』。

●汉灵帝去世后，朝廷发生政变，边将董卓入京拥立汉献帝，蔡邕被强制召为府吏，由于蔡邕才学出众，很得董卓重用。当时有朝官拍董卓的马屁，要尊董卓为『尚父』，把他说成是汉朝的姜子牙，董卓不敢贸然接受，去问蔡邕，蔡邕直言不讳地说：『姜太公为周朝立下开国大功，才称尚父，你要称尚父还为时过早！』董卓听后，不得不放弃尊号。不久，关中发生地震，那时人们认为地震是上天对当政者有所不满的征兆，所以董卓又去问蔡邕，蔡邕本来就对董卓的骄横不满，便乘机说：『你所乘的车子规格太高，不是臣子所该乘的，触犯了地神，造成地震。』董卓闻此言，只得改换车舆。

●后来，董卓被大臣王允设计诛杀，并暴尸街头，当时朝廷上下、黎民百姓无不拍手称快。可蔡邕想到平时董卓对自己有恩，且被看重，还能在一定程度上听从自己的规劝，就在王允主持的会议上，遵从自己的真实想法，表示出对董卓的悼念之情。王允大怒，以『怀其私遇，以忘大节』为由，将蔡邕投入大狱，尽管有许多朝官和士大夫为其说情，但蔡邕还是没能免去一死。鲁迅在评论蔡邕时曾说，他是中国历史上的第一吊客，对国人都说该杀的董卓表示哀悼之情，这种敢于逆众人之口的勇气，正是世人所缺乏的。

人品不高的评人者许劭——东汉末期

察举补官需品评，子将开口控舆情。
豪门畏否谋佳誉，凡户求臧躲恶名。
拒拜贤良防起祸，弃离亲友遏兴隆。
鉴人之者应高尚，可叹此公心不澄。

注释

●许劭，字子将，东汉末期在察举制度中应运而生的品评者。两汉时期，实行选拔推举来补充官员，因而舆论的认同就显得十分重要，如果舆论不认可，即使具备被察举的资格也难以入仕。而舆论又常常控制在某些人的手中，这个许子将就是其中的『权威』人物之一，他如何评价一个人，对此人能否入仕起着关键性作用。

●正因许劭有这样的名声，所以不论豪族还是平民，都对他那张嘴既敬之又怕之，就连身为三公族人、平时颐指气使的袁绍，从外地还乡路过许劭的所在地时，也要遣开仆从，只驾一车而过，生怕被许劭挑出毛病，给予否论，断送自己的前程。有『阉宦之后』不良声誉的曹操，『卑辞厚礼』地慕名前来谋求许劭给他一句评语，屡次遭到拒绝，终于见面后，得到了一句『清平之奸贼，乱世之英雄』的品评。好在只求实用，不顾浮名的曹操，要的只是一句评语，不太在乎内容如何。

●许劭善于评论别人，自己的人品却不怎么样。颍川人陈寔，是一位处事公平，为人正直，宁可自己受屈也不想别人遭难的长者，他受到第二次党锢之祸的牵连。可许劭到颍川，以种种理由拒绝拜访陈寔。正直大臣陈蕃丧妻回乡归葬，乡亲们都去吊唁，而许劭却不参加。对于二陈，许劭所以如此，是怕这些正直之士『惹祸』而累及自己。许劭有一同乡李逵，为人豪爽，品行高尚，许劭原本与其很友好，可日子一长，便分道扬镳了。许靖是许劭的堂兄，很有仁厚之名，也是个品评人物的高手，可许劭却与之合不来，并利用自己的功曹之职，对其大肆排挤，使许靖不得入仕，只能靠养马和开磨坊度日。

●按理来说，品评选拔人的人，首先应该品格高尚，可像许劭此类心术不正的『组织干部』，靠他们的歪嘴一张，致使多少真正的人才不能得到利用啊！

四世三公之门的袁绍——东汉末期

四世三公命不凡，虚名徒表好狂言。
浑筹致进涂肝脑，懦气招卓废驾銮。
虽欲除贼担帅任，却思削异觊皇权。
缺谋少略一庸辈，逐鹿群雄付笑谈。

注释

●袁绍，东汉末年司隶校尉，他出身于『四世三公』名门（从高祖父起，四代人中有三人当过三公之职），很善于自我标榜，喜欢结交贵戚，投靠国舅何进而得到重用。此人相貌堂堂，但金玉其外，败絮其中，平时好出大话狂言，实际上并没有什么真本事。

●大将军何进欲剪灭宦官，但受何太后阻拦，袁绍给他出了一个『昏招』，要何进引边将董卓入京，以迫使何太后就范，何进听从了他的计策，结果不仅未达成效，反被凶宦砍头。董卓心怀野心入京，当时就有人劝袁绍趁董立足未稳之际，先下手将其除掉，可袁绍面对董卓仅有的三千兵痞，就是没有胆量动手，结果招致董卓嚣张无度，竟公然提出废掉少帝，另立新君。面对此情此景，袁绍也只是在百般无奈的情况下叫了一板，然后逃亡去了冀州。

●董卓为了安抚袁绍，给了他一个渤海太守的官衔。第二年，袁绍以渤海太守的身份，联合堂弟袁术、冀州牧韩馥、豫州刺史孔伷（音：咒）、兖州刺史刘岱、陈留太守张邈、广陵太守张超、东郡太守桥瑁、济北相鲍信等州郡长官，起兵反董，并被推为联军统帅。但此时袁绍想的是通过讨伐董卓，达到一石二鸟的目的，即消灭董卓又削弱其他异己势力，最后夺取皇权。对袁绍这个算盘，曹操看得十分清楚，他在诗中写道：『……初期会盟津，乃心在咸阳……势力使人争，嗣还自相戕。淮南弟称号，刻玺于北方。』揭露了袁绍要像当年秦末刘邦、项羽那样，争先入咸阳为王。曹操诗文，入木三分，袁术随后私刻玉玺，自称皇帝就是明证。

●袁绍虽然野心勃勃，但他是一个缺谋少略的平庸之辈，要想在群雄争锋，逐鹿中原中取胜那简直就是笑谈。后来的事实完全证明了这一点。

循吏和酷吏——东汉时期

循僚酷吏尽容兼，泾渭分明若两端。
既要怀柔安众庶，又需发狠饬群官。
这帮崇善情温水，那伙嗜杀尸垒山。
表象虽别无异质，功能互补共撑天。

注释

●东汉时期，朝廷使用风格截然相反的两种官吏治政：一种是循吏，以施仁方式为主；另一种是酷吏，心狠手辣，以严刑酷法为快。二者看似泾渭分明，各执一端。

●其实，这两方面都是政治统治所必需的。因为，要使政权能够正常运行，任何统治者都要一方面以怀柔政策安抚平民百姓，使他们发展生产，改善生活；另一方面严格执法，整饬官僚队伍，特别是高官，使他们不能胡作非为。

东汉一代的循吏和酷吏，正是适应王朝统治的需要应运而生的。

●东汉时期比较出名的循吏有：卫飒（桂阳太守）、任延（九真太守）和汉高祖儿子刘肥的后代刘宠（曾任豫章和会稽太守，官至司徒、太尉）。这些人的共同特点是，都有一颗慈善之心，崇尚宽容，体恤民众疾苦，能够为百姓做些事情，他们所经略的地方，一般都社会安定，生活富裕。而酷吏出名的有：敢于惩治湖阳公主、人称『卧虎』的董宣，任阳平县令、千乘太守和琅玡太守的李章，任司隶校尉的阳球等。他们既执法如山，不惧高爵显位，敢于向黑恶势力开刀，又过于狠毒，使尽酷刑，动辄杀人，戕害无辜。如：董宣在任北海相时，处死恶人公孙丹父子（这是合理的）的同时，竟然不问青红皂白，将公孙家族三十多人一并杀死；李章竟有一次斩首三百余级的记录；被阳球打死的王吉，也是个酷吏，任五年国相间，杀了一万多人。

●循吏和酷吏在表面上看是完全不同的两类人，但其实质都是为了维护封建统治，只是采取的手段不同而已，他们二者在封建政权中具有很强的互补性。但从人性的角度看，『循』总是比『酷』要好得多。

终身不仕的遁者严光——东汉（光武帝）时期

离尘遁世自求安，随性逍遥举钓竿。
利厚财丰身外物，名高位赫眼中烟。
无心宫阙疏官场，有意田园近水边。
追慕当年巢父志，神清气定子陵滩。

注释

●严光，字子陵，浙江余姚人，曾与刘秀（汉光武帝）是同学。他一生离尘遁世，只求心安自得，逍遥逸乐，经常在江河沼泽悠然垂钓。

●严光看破红尘，把荣华富贵、高官厚禄，都看成是眼中烟、身外物，对浮名功利根本不感兴趣。

●王莽当朝，曾数次请严光为官，但他一直隐而不出；刘秀称帝后，用安车玄纁（音：勋）接他入宫，邀他一同临朝执政，也被他直言相拒，刘秀百般延请，他从不动心，最终执意回到富春江边，耕田度日。

●刘秀曾恳切地请严光帮他治理天下，严光说：『当年唐尧那样有德行，当巢父听说尧要禅位给自己，赶忙去用溪水洗洗耳朵，表示不愿意；士人有自己的想法，为什么要逼迫我呢？』严光此话意在他要像巢父那样，绝不做官。严光一生远离官场，终身不仕，他喜欢在富春江上游的一个地方钓鱼，后人将这个地方命名为『子陵滩』。

别有胸怀的梁鸿——东汉（章帝）时期

不慕芳颜娶丑娘，挚诚恩爱共衷肠。
霸陵归隐耕荒垅，吴地栖居卧敝廊。
异处更名离御远，他乡入土靠侠旁。
胸积块垒谁知味，若览五噫当去茫。

注释

●梁鸿，东汉末期的逸民，有节操之名，其父在王莽托古改制时，被推为少昊的后裔，封修远伯。梁鸿父逝，时局混乱，家境陷于贫寒，但他因父亲的缘故，尚能去太学读书，学业结束后，在废置的皇家上林苑养猪，不慎失火殃及邻舍，以猪赔偿。周围耆老看出梁鸿品格高尚，纷纷指责那家邻舍不该索赔，邻舍羞愧，要把猪归还梁鸿，梁鸿拒不接受，然后返回故里平陵。当地有财有势者钦佩梁鸿的节操，都想把女儿嫁给他，但他一概推辞。同县一个姓孟的大户，有女长相丑陋，三十多岁尚未嫁出，但此女很贤惠，她要父母给她找一个像梁鸿那样的人为夫，梁鸿听说后，便毫不犹豫地娶了孟女为妻。婚后，二人恩恩爱爱，执手相携，每天梁鸿做完工，孟女都将饭煮好，把食案高举过眼眉，送到梁鸿面前。

●梁鸿早有隐居的打算。一日，孟女提醒他，他便马上带着孟女入霸陵山中耕织度日。后来，因故又迁居齐鲁之间和吴地，寄住于大族皋伯通家房屋的廊下，为人舂米过活。

●梁鸿所以离开霸陵山迁往异地，是因为他在一次路过洛阳城时作了一首诗，表示了对朝廷的不满，被汉章帝追查，为了避险，他改姓更名，远离了君王所在的是非之地。后来梁鸿因病死于吴地，临终前他想到延陵季子，要求将他就地埋葬，千万不要送回老家，皋伯通等人就将他葬于当年吴国著名刺客要离的墓旁，让他与清高之士为伍。

●梁鸿表面上追慕季子的行为，实际上是一种无可奈何的遁避，其胸怀是皋伯通们可能无法理解的。梁鸿当年曾作过一首《五噫歌》，说帝王居住在高高的宫殿中，而百姓辛苦无穷尽，抨击了汉章帝的荒唐无耻，这也正是他受追查的原因。

傲世不拘的戴良——东汉末期

嫉俗愤世蔑流风，怪诞迭出尽不恭。
拒受官职安故里，推接禄位隐山中。
悠然度日求康健，潇洒经年享静清。
特立独行心气傲，自觉神圣越群英。

注释

●戴良，东汉末期人，曾祖是关东著名豪侠，他向来不拘于常规，有些事情做得出人意料，他的母亲喜欢听驴叫，为了取悦母亲，他便不时地放声学驴吼。其母去世，兄长在庐室守丧，吃的是粥，一举一动都按丧礼办事，而戴良却照常吃肉喝酒，什么时候感到悲哀了就哭上几声。

●戴良才华横溢，却誓不做官。州郡要举他为孝廉，他不爱功名，安于故里，拒不接受；司空府要征他去任职，将近一年的时间也不去报到；州郡强制他去履职，他带着妻儿谎称赴任，可在半路上却逃到江夏的丛山中去了，从此再也不出来。

●戴良只想悠然度日，潇洒生活，求得身体健康，心地宁静，所以他能以长寿而终。

●戴良傲世不恭，特立独行，很像后来魏晋时的放诞之士。有人问他，天下何人可与你相比？戴良说：『我就像孔丘生长在东方鲁地，大禹出身于西羌一样，独步天下，有谁可以和我相比呢？』

入世书生赵岐——东汉末期

议政评人必辨清，洁身傲世屡逢凶。
蒙灾京兆家遭灭，躲难夹墙己获生。
由锢丢职淋冷雨，因需复任栉寒风。
涉足官场五十载，恪守本真从不更。

注释

●赵岐，东汉末期人，出生于御史台的官舍中，他年轻时就通晓经典，才华横溢。赵岐与别的读书人一样，洁身傲世，但又不避世，愿意当官从政。他为人正直，在仕途上敢于议政评人，不失批评者本色，因而得罪奸佞，屡遭迫害，险象环生。

●赵岐在任京兆尹下的功曹时，多次评贬中常侍唐衡之兄唐玹，说其无德无能。不久，唐玹竟升为京兆尹，赵岐预感要遭报复，便逃亡西方，唐玹果然将赵岐家属全部杀光。赵岐流浪在江淮海岱，改名换姓，隐藏于北海孙宾石家的夹墙中好几年，直到唐衡被诛灭，才得救回家。

●后来三公府署同时征辟赵岐，他最终进了名臣胡广府署，为御北方边患，他被公卿推举为并州刺史，但此时阉宦兴起了第一次党锢之祸，赵岐受牵连，被免职回家。后来灵帝朝又发生第二次党锢之祸，赵岐又未免其难。两次党锢，他先后被贬黜在家十余年。中平元年，天下到处战乱，因需人才，赵岐又被起用，大将军何进任命他为敦煌太守，可上任途中刚到陇西郡，就被当地作乱的边章抓住，险些被杀掉，说了许多谎言遁词才得以被放回长安。董卓、李傕（音：决），直至曹操时，赵岐都行走在朝廷。后来，曹操迎汉献帝到许昌，即派使者去荆州，就地拜赵岐为太常卿。

●赵岐在坎坷不平的为官之路上，艰辛跋涉了五十多年，书生本色不改，可见他是一个名副其实的正宗读书人。

北海名士孔融——东汉末期

少时聪慧誉神童，入仕漠潮仍守成。
逆董常非招酷害，违曹屡讪受极刑。
让梨遵礼传佳话，担罪崇节铸美名。
虽善清谈缺治略，却修辞赋享殊荣。

注释

●孔融，孔子第二十代孙，东汉末期名士，汉灵帝时为侍御史，董卓专权时任北海相，故时称『孔北海』。孔融自幼聪明颖慧，被誉为『神童』。他恃才傲物，不随波逐流，入仕后对昏暗的时政极度不满，发表的言论往往与时局相悖，且一心固守汉制成规，反对有任何改动。

●董卓以保护汉室的名义进京，劫持汉献帝，号令天下。时任北海相的孔融忠于汉廷，对董卓篡位的心态非常了解，因而平时议论朝政，经常忤逆董卓，招来了董卓的几次残酷陷害。后来曹操势力壮大，曹操想拉拢孔融为他出力，孔融看出了他的奸雄之心，屡屡拒绝，并常给予嘲讽，使曹操萌发了杀害孔融的念头。汉献帝被曹操挟持到许都后，对孔融十分信任，更引起曹操的嫉妒。特别是孔融为人宽厚，赢得海内英豪的钦佩，身边聚集了许多宾客，愈使曹操担心，终于以『谤讪朝廷』、『不遵朝仪』等罪名，将孔融处以极刑，并同时杀了孔融的妻子儿女。

●孔融不愧为孔子的后人，他遵守礼仪，崇尚名节，小时候就因兄弟间的让梨而声名远播。在他十三岁时，一天，有一个叫张俭的人，为躲宦官迫害，逃到孔融家避祸，当时孔融之兄不在家，孔融就做主将张俭留下。后来宦官的爪牙到孔家搜查，张俭得以逃跑，孔家却大难临头。当宦官要追究罪责时，孔融挺身而出，说此事与兄长和母亲无关，完全是他一人所为。孔融此举，轰动朝野，从此其声名远播千里。

●孔融毕竟只是一介书生，高谈阔论是其能事，在理政务实上则显得志大才疏。但他的文章辞赋却出类拔萃，他于曹操手下任职时，曹操曾募召天下，说有超过孔融文章者，赏以金帛。孔融死后，魏文帝曹丕也用重金布帛募集散落在民间的孔融的辞赋文章。

三国时期

吕布反复无常终丧命——三国时期

飞将温侯气象隆，朝秦暮楚欠忠诚。
金珠赤兔夺恩命，秀色芳颜灭义情。
平燕扬威喧绍帐，弈德遭困附操营。
何知此主别丁董，魂断白门化鬼雄。

注释

●吕布，字奉先，东汉末年声名显赫的战将，他武艺高强，擅长弓马，号称『飞将』，王允当政时，被任为奋威将军，仪比三司，进封温侯。此人相貌堂堂，武功出众，但德行欠缺，对主不忠，反复无常，几次改换门庭，结果落得十分可悲的下场。

●最初，吕布投于并州刺史丁原麾下，与董卓对抗，董卓利用他深受丁原信任的条件，仅用一匹赤兔马和一条金珠玉带，就将他收买下来，诱使他杀了对其有恩的丁原，转而归附董卓，并认董卓为义父。吕布在董卓身边当贴身护卫，与董的侍婢貂蝉私通，他唯恐隐情暴露，日夜惴惴不安。正在这时，司徒王允和仆射士孙瑞密谋要除掉董卓，王允便使反间计，使吕布很快就抛弃了义父义子之情，在董卓陷入困境时，乘机杀死了董卓，又投于王允门下。

●董卓死后一个多月，董的部下李傕又攻杀了王允，吕布又去投奔袁术，可袁术深知吕布反复无常，拒不接纳，于是他又改投袁绍，在攻打张燕时，他一展骁勇善战的风采，迅速战胜了张燕军，时人赞叹『人中有吕布，马中有赤兔』，一时名声大噪。后来，吕布占据徐州一带，自称徐州刺史。东汉兴平元年，吕布与曹操（字孟德）大战于濮阳，双方相持百余日，第二年又在巨野开战，吕布损兵折将。建安三年，在下邳（今江苏宿迁境内）被曹军围困三月有余，此时，其部下又产生矛盾，最后吕布登上白门楼，投降了曹操。

●吕布投降曹操后，虔诚地表示要为曹操效犬马之劳，可他哪里知道曹操并非丁原、董卓，虽然曹操开始有些犹豫，但还是听了刘备的进言，终于令人将吕布缢死在白门楼上。

刘表守业不成——三国时期

荆州为政万民安，却丧良机只守摊。
统领雄兵求小保，踞拥冲要弃宏观。
胸无远略难成势，目仅微光怎霸天。
徒虚外表乏内气，三分美味自失餐。

注释

●刘表，字景升。他出名很早，人称『江夏八俊』之一，东汉末年，做荆州刺史，后任荆州牧。荆州一带，是天下枢纽，兵家必争之地。刘表任荆州牧后，北与冀州牧袁绍结好，在当地他重视文化，兴办学校，发展生产，百姓富裕，社会安定，取得了不错的政绩。但是在这风云际会、战乱频仍的年代，他却一味守业，而不知道依凭荆州的地缘优势开拓进取，丧失了争雄天下的大好时机。

●刘表虽拥兵十万，占据要冲，却只以保住自己的地盘为目标，同时，旁观天下之变。官渡之战，袁绍向刘表求援，刘表表面答应，实际按兵不动，袁绍败于曹操。后来刘备与曹操作战，败走荆州，被刘表接纳，刘备虽寄人篱下，但他胸怀大志，一心想建功立业，而刘表势力雄厚，却鼠目寸光，安于一隅，两相比较，天壤之别。

●曹操统一北方后，想进一步北征乌桓，将士们担心刘表会乘机派刘备袭击许昌，谋士郭嘉认为，刘表不过是个谈客，其才能不如刘备，且刘备也绝不会为他所用，因此，可以不必担忧。郭嘉对刘表看得入木三分，知道他胸无大略，目光短浅，成不了大气候。

●建安十三年七月，曹操率军征伐荆州，曹军还未到达，刘表已经病亡，刘表之子刘琮降曹，把一个极有霸王实力和基础的荆州，如一盘美味大餐，让给曹、刘、孙三家去吃。毛泽东在读《三国志》看到刘表的传文有所谓『（身）长八尺余，姿貌甚伟』的话，曾经加以批注：『虚有其表』。其实，早在范晔写的《后汉书》中就有对刘表的评价：『其犹木偶之于人也。』认为刘表不过是一个徒有其表的木偶罢了。

曹操挟天子以令诸侯——三国时期

群雄逐鹿举兵戎，善打皇牌即正名。
绍拒良言抛御驾，操从妙策控宫廷。
权倾朝野令侯走，势盖臣僚挟主行。
胸有宏图积厚力，虚留傀儡为终成。

注释

●曹操，东汉末年朝廷重臣，献帝时官至司空，行车骑将军。自董卓进京始，各路牧守的武装力量纷起，形成了群雄割据的混乱局面，这时，谁会打皇帝这张王牌，谁就会在争雄中名正言顺，处于有利地位。

●当时袁绍的势力雄厚，其谋士沮授曾力劝袁绍迎献帝至邺（今河北临漳县西南邺镇），并指出，将军威震河朔，名重天下，如果纵横黄河之北，集合四州之地，广收英雄人才，拥有百万之众，迎圣驾于西京，复宗庙于洛邑，号令天下，讨伐异己，以此争锋，必可取胜。但袁绍目光短浅，拒绝了沮授的良言，因此坐失良机。而此时曹操刚从东郡太守转为兖州刺史，他听从重要幕僚荀彧的主张，立即迎献帝，并迁都许县（今河南许昌东）。从此，曹操把汉献帝紧紧控制于手中，让这个徒有虚名的皇帝为他的争雄服务。

●迁都后，曹操被任命为司隶校尉、大将军、录尚书事，封武平侯，后来又拜为司空，行车骑将军。从此，东汉朝廷逐渐被曹操控制，汉献帝已经成了一个傀儡，曹操便挟天子以令诸侯，使他的军事势力在北方迅速崛起。

●曹操不愧为一个雄韬大略、极富远见的政治家，他着眼于长远发展，采纳枣祇、韩浩等人的建议，开始在许地屯田，以增强自己的经济实力，为以后征伐四方打下了雄厚的基础。曹操虽然把汉献帝当成摆设，但献帝从迁都到离开帝位，其间二十五年，曹操始终没有废黜他。这正是曹操的聪明和高明之处，他就是要用足皇帝这块牌子，借以镇压各路诸侯，其最终目的，是为了消灭异己势力，夺取皇权。

荀彧服毒自尽——三国时期

择木栖身为汉兴，千更万变不离宗。
出谋迎帝抓关键，献策削雄取要冲。
举俊推贤襄霸主，崇德尚义否爵公。
难求同道与操悖，含恨服毒了此生。

注释

●荀彧，东汉末年的大谋士，人称『王佐之才』，曾在冀州牧韩馥手下，袁绍夺位代韩后，成为袁绍的座上宾。但荀彧明白袁绍终不能定大业，就在二十九岁时，改投曹操麾下。荀彧一生追求匡扶汉室，他认为曹操是担当这一重任的强者，所以他呕心沥血，为曹操出谋划策，在一系列转折关头，充分展示了高瞻远瞩的大家风范。

●当袁绍拒绝迎天子时，荀彧不失时机地建议曹操将汉献帝迎来，使曹操后来得以『挟天子以令诸侯』。同时，在曹操破张绣、擒吕布、灭袁绍、平定北方和袭取荆州要冲等重大战事中，荀彧帮助曹操制定了正确的战略决策，对取得胜利发挥了极其重要的作用。

●为了成就曹操的霸主大业，荀彧还向曹操举荐了许多贤能之士，如荀攸、钟繇、郭嘉、陈群、杜袭、司马懿等，他们都成为曹氏集团举足轻重的人物，荀彧也因此受到曹操的赞许。但在如何对待汉室的问题上，他却和曹操大相径庭，因此得罪了曹操。建安十七年，董昭等人要给曹操加九锡，晋爵魏公，荀彧明确反对，他说：『曹公兴起义兵，本意是匡振汉朝，君子爱人以德，不宜如此劝进。』这就再次大大地得罪了曹操。

●荀彧辅佐曹操完全是为了匡扶汉室，而此种想法与曹操的本意是相悖的，因而他必然使曹操怀恨在心。后来曹操派人给荀彧送去一盒食物，荀彧打开后一看，盒子里面是空的，此时，他什么都明白了，知道曹操已容不得他了，于是服毒自尽，时年五十岁。

奇策之士荀攸——三国（魏）时期

效力曹营屡凯旋，宏筹大略系全盘。
明局勿懈遂擒吕，昭势莫迷即捣袁。
遇战定从奇用计，逢谋必献慎出言。
一腔热血倾军帐，地恸天哀主泪涟。

注释

● 荀攸，字公达，才学出众，智慧非凡。曹操迎汉献帝到许都后，先请荀攸任汝南太守，后入朝为尚书，接着做了曹操的军师。此人胸有大略，善于运筹全盘，是一位超乎寻常、出类拔萃的大谋士。

● 曹军在下邳攻打吕布，连战不胜，兵疲欲退，在此关键时刻，荀攸与郭嘉建议曹操，绝不能放松，必须趁吕布锐气未得恢复、计谋尚未定下之际，再发起进攻。曹操采纳了他们的建议，最后终于破城，生擒了吕布。建安八年，袁绍的两个儿子袁尚、袁谭彼此兵戎相见，展开了内斗。此时，曹军正屯于许都南边的西平，准备攻打刘表，曹操部下多数认为，二袁（袁尚、袁谭）不足担心，先平定刘表要紧。荀攸对多数人的意见表示反对，他为曹操精辟地分析了形势和时局，指出：『刘表坐保江汉，无称霸四方之志；而袁氏据河北四州之地，甲士数十万，倘若二袁和睦，共守袁绍基业，则天下难以平定；如今二袁相争，机不可失，乘乱而取之，天下可定。』曹操随即走出迷惑，觉得荀攸对大局的分析很有道理，立即从之，结果不到两年，就占领了冀州、幽州，基本统一了北方。

●荀攸始终伴于曹操左右，鞍马劳顿，建立了赫赫战功。曹操在为荀攸论功封赏时说：『军师辅佐有功，无征不从，前后克敌，皆攸之谋也。』遂将其封为陵树亭侯，并要求儿子曹丕应当尽礼敬重他。荀攸一生中曾策划过许多奇谋良计，最为突出的是『十二奇策』（由于没来得及编成，后人不悉其详）。他身为军师，高层谋略和决策，必亲自参与，但他说话非常谨慎，从不胡吹乱侃，可见其为人师表的风范。

●荀攸忠心耿耿地辅弼曹操，建安十九年，他在跟曹军征伐孙权时，因病死于途中，享年五十八岁。后来曹操每每想起他，总会泪水涟涟，痛惜不已。曹芳后来做魏齐王时，再追封荀攸为敬侯。

曹操大捷官渡——三国时期

面对袁攻弱抵强，屡出奇策展锋芒。

伏兵诛丑他心散，布阵杀良我气昂。

明争官渡收智士，暗打乌巢烬屯藏。

一决高下初局定，续战七秋愿以偿。

注释

● 官渡之战，是三国时期曹操与袁绍之间关系到战略命运的一次极其重要决战。当时，袁绍实力雄厚，拥兵十万，粮秣充足，是北方最为强大的军事力量。而曹操的势力在兖、豫、徐三州，仅有兵力三万余。建安五年，袁绍大举攻伐曹操。面对来势汹汹之敌，曹操集团，依靠谋士荀攸等人的精心策划，屡出奇谋妙计，实施正确的决策和指挥，终于以少胜多、以弱胜强，达成了重挫袁绍，扫平北方的战略目标。

● 袁绍率部进军黎阳，同时派遣大将颜良领兵围攻曹军所据的白马（今河南滑县旧城东）。曹操听从荀攸的计谋，采取声东击西的办法，将袁军兵力分散。当时身在曹营的关羽，精心布阵，挥刀将颜良斩于马下。接着，曹军又设伏兵，杀了袁绍的大将文丑，袁军受到重创，人心涣散，士气低落，而曹军则备受鼓舞，士气大大提升。

●建安五年八月，袁、曹双方相拒于官渡，各自筑垒挖壕，你攻我防，战斗异常激烈，处于胶着状态，一时难见分晓。这时，袁绍的谋士许攸谏言袁绍派轻骑攻袭许都，迎天子以讨曹操，袁绍拒绝采纳许攸的建议，致使许攸一气之下改换门庭，投奔曹操。曹操欣喜万分，遂听从许攸的建议，亲率五千精锐，出奇兵，乘夜色，偷袭袁绍的屯粮之地乌巢，将粮食付之一炬。乌巢大败的消息传到官渡前线，正在攻打曹营的袁军大将张郃、高览攻营不下，见大势已去，遂投降曹操。此时，袁军大溃，曹操乘势发起猛攻，大获全胜，歼袁军七万余人。

●官渡一战，曹操因决策有方，指挥得当，取得了决定性的胜利，从此，奠定了曹魏政权的基础。官渡之战后七年，曹操继续扫荡，消灭了袁绍的儿子袁谭、袁尚、袁熙的势力，平定了北方，终于实现了自己的战略目标。

谋士郭嘉英年早逝——三国（魏）时期

长天闪亮暗群星，大智宏韬奉主公。

擒吕折袁襄统北，征胡讨虏助平东。

眼光深邃精谋略，手段奇绝善用兵。

不幸英年匆逝去，痛伤曹魏涌哀声。

注释

●郭嘉，字奉孝，三国时期曹操手下的杰出谋士，他死后，有人作诗评曰：『天生郭奉孝，豪气冠群英。腹内藏经史，胸中隐甲兵。运谋如范蠡，决策似陈平。可惜身先丧，中原梁栋倾。』曹操对郭嘉十分欣赏，起初二人见面，经过一番交谈之后，曹操就说：『能助我成大业者，必定就是此人！』当时，曹操和袁绍相比，力量相差悬殊，曹操担心自己不是袁绍的对手，与其争雄有些顾忌。然而，郭嘉详细分析双方的形势，指出曹军有十大优势，无论从道义上说，还是从用兵的策略上讲，都是胜过袁绍的。这样就坚定了曹操战胜袁绍的决心和信心。果然，在消灭吕布的势力后，曹操很快就进军中原，取得了讨袁的决定性胜利。

●郭嘉为曹操成就大业建立了不朽功勋，在擒吕布、战袁绍、定中原、斩单于、平辽东诸役中，郭嘉都出谋划策，临敌制变，成为取胜的决定性因素。

●郭嘉跟随曹操东征西讨十一年有余，他始终胸怀全局，眼光远大，手握大势，奇招频出，可谓是运筹帷幄之中，决胜千里之外，因而深得曹操的信任，把他视为知己，曹操常说：『只有奉孝是善知吾意的！』

●郭嘉是曹操众谋士中最年轻的一位，曹操本打算用郭嘉为曹氏后代的股肱重臣，可郭嘉身体不好，病得很重，终于在从柳城回兵后不幸死去，时年三十八岁。曹操失去了知己，呼天喊地，悲痛万分，挥泪如雨，一再喊着：『哀哉奉孝！痛哉奉孝！惜哉奉孝！』

赤壁大战定格局——三国时期

浪卷涛飞赤壁惊，孙刘共举抗曹兵。

强师陌水拙江战，弱旅熟楫善火攻。

反间诈降行诡术，连环设陷借狂风。

操军惨败格局定，魏北蜀西吴踞东。

注释

● 荆州刘表死后，曹操不战而得荆州。建安十三年十月，曹操夺取江陵后，沿江顺流而下，虎视江东。为抗衡曹操，经过鲁肃、诸葛亮的彼此穿梭外交，孙权、刘备结成抗曹联盟，派周瑜统兵五万，溯江西上，雄踞江南赤壁（今湖北赤壁市北），与屯守乌林的曹军隔江相峙，摆出了大战一场的架势。

● 当时曹操率军十五万以上，居于强势，而孙、刘联军仅有五万人，显然为弱势。但是，曹军长期在北方作战，不谙水性，对在江上打仗很陌生。而孙、刘联军却熟悉舟楫，且又擅长火攻。

● 联军和曹军相拒于赤壁，隔江对峙。孙、刘一方，占据有利地形，并使用了『反间』制乱、『苦肉』诈降、计设『连环』等一系列诡计。周瑜采纳黄盖的火攻之计，用十艘舰船装载干柴芦苇，浇上油脂，外面遮掩帐幕，上竖旗帜，并由黄盖前去诈降，约定时日驾船前往曹营。这时，恰巧东南风狂起，黄盖驾十条船驶去，其余舰船尾随在后，船到江心，扯起满帆，在离曹营二里远处，十艘船上同时举火，风大火猛，火船如箭般飞快驶向北岸，火势在曹军水营迅速蔓延，并吞及旱营，曹军人马被烧死和落水者无数。

●赤壁一战，曹军惨败，曹操带领残部从华容小路（今湖北潜江西南）逃往江陵，路上又有不少人马被践踏而死。刘备与周瑜，从水、岸两路，追击曹军，直至江陵。这时，曹军已有一大半死于战场、疾病和饥饿。曹操自知难以与孙刘联军继续作战，便命曹仁、徐晃留守江陵，乐进驻守襄阳，自己则引军北还许都。经过这场惊天动地的赤壁大战，曹军元气大伤，荆州大部分地盘便由刘、孙两股势力瓜分。这样，魏踞北，蜀踞西，吴踞东的三国鼎立之势基本形成了。

知足长寿的程昱——三国（魏）时期

捧日追星愿奉操，卓识远见蕴谋韬。
瞻前笃劝离袁绍，顾后竭襄讨马超。
审势知足交重柄，省身明短避尖刀。
急流勇退独安乐，无意奢求寿自高。

注释

●程昱，原名程立，三国时期曹操的谋士。汉献帝初年，兖州刺史刘岱表荐他为骑都尉，他予以拒绝，后来曹操接管兖州，征聘他为官，他却欣然应允，乡人不得其解。原来他早年曾做过一个梦，梦中登上泰山，两手捧日。曹操的姓里有个『日』字，和梦境是对应的，其实，他胸怀天下大势，认为曹操是能够成就大业的当世精英，所以乐意接受曹操的聘用。为此，曹操根据他梦境所述，将其名字『立』上加了一个『日』，这样就改名为程昱了。

●程昱善于掌握时局，极富远见。在曹操遭兖州之败，处于不利的形势下，袁绍提出与曹『连和』，程昱一眼便看穿袁绍意在乘机吞并曹操的阴谋。于是，他力劝曹操，万不可答应袁绍的要求。后事证明，程昱确有远见卓识，诚如曹操所说，当年遭兖州之败，如果没有程昱的谋断，哪里会有今天的成功！后来，曹操征伐马超，让程昱协助曹丕留守后方的邺城，程昱果然不辱使命，不仅出色地完成了任务，而且很好地调整了曹氏父子的关系，为前方的胜利提供了有力保证。

●曹操、曹丕对程昱都十分信任，他日后的前途和官运越来越被看好。不料，就在同一宗族的亲人们为他举行庆贺宴会时，程昱却出乎意料地表示要交出兵权，回归故里，颐养天年。因为程昱知世识人的同时，对自己也有充分的了解。他分析自己，深知自己的性格刚戾，脾气暴躁，跟人家不容易相处好；且曾有人在曹操面前说他意欲谋反，虽然曹操没有相信，但程昱总觉得迟早会有大祸降临。所以，他决定让出权力，避开锋芒。

●程昱在功业如日中天之时急流勇退，这是很不容易的一件事情。从此他安享快乐，不问时政，一直活到八十岁才寿终正寝。他能够在风云际会、动荡不安的环境中求得长寿，与他达观知足的良好心态是不无关系的。

谋略高超的贾诩——三国（魏）时期

有誉奇才不过言，算无遗漏善谋盘。
投操弃绍宏图展，破马平袁妙计连。
曲径答承防废长，低门就嫁免翻船。
名扬朝野人皆仰，岁逾七旬自保全。

注释

●贾诩，字文和，三国时期曹操的大谋士。他年轻时曾被有眼光的名士誉为汉初张良、陈平一类的奇才，后来事实证明，此评价并非言过其实。他机智敏锐，善谋全局，尤其擅长两军对阵之策略规划，每每奏效。

●起初，贾诩跟随张绣，官渡之战曹操与袁绍对峙，袁绍请求张绣助援，张绣欲答应。贾诩为张绣分析天下大势，使张绣头脑清醒起来，遂率部归降曹操。从此，贾诩成为曹操须臾不可离开的重要谋士，在后来的破马超、平袁绍的诸战役中，他连献奇略妙计，都取得如期胜利，因此，他越来越受到曹操的信任和重用。

●曹操不仅在战事上靠贾诩出谋划策，而且还在未来接班人的问题上让他提出意见，因为此事关系重大，且机密性极高，所以，曹操单独与贾诩商量。曹操说：『曹丕与曹植各有长处，究竟立谁为好呢？』面对曹操提出的这一难题，贾诩默不作答，曹操再加追问，贾诩未作正面回应，只是说：『我刚才正巧在思考一个问题，就是关于袁绍、刘表的儿子的继承问题。』曹操听了如此巧妙的回答，就确定了长子曹丕为继承人。原来袁绍、刘表都因为废长立幼，在儿子继承的问题上出了错，才误了大事。贾诩对周围、对时局、对自己都有清醒认识，他深知自己不是曹操的老部下，生怕遭到主子的猜疑。因此，他为人处事极度谨慎，平时不结交朋友，就连嫁女也不攀高门，防止政治上翻船。贾诩的地位一直很稳定，与他时时处处小心翼翼不无关系。

●后来，曹丕做了魏文帝，贾诩被拜为太尉，晋爵魏寿乡侯，他一直活到七十七岁，政治上平平安安，死后谥肃侯。他名播四海，深受仰慕，史书说：『天下论智计者都尊敬他，佩服他。』

志行高洁的徐邈——三国（魏）时期

干练求真百事通，忠心履任尽服膺。
将兵保境多得誉，行政安民屡获称。
品亮格高经四帝，勋卓绩赫列三公。
自嘲名盛一囊酒，家素身洁两袖清。

注释

●徐邈，字景山，三国时期曹魏政权的重要臣僚，此人办事认真，干练利落，百事通达，讲究效率。曹操、曹丕期间，曾任陇西太守，谯县（今安徽亳州）相，平阳郡、安平郡太守，颍川典农中郎将等职。他每在一地，都由于尽心竭力，政绩显著，得到朝野上下和黎民百姓的佩服和称赞。

●曹丕逝后，曹叡即位，是为魏明帝。因凉州远离京城，南接蜀国，需要干练之才前往治理，徐邈被任为凉州刺史，还持节领羌校尉。在此地，他一方面率兵守土保境，另一方面发展生产，以致家家丰足，仓库盈溢。同时，还兴办学校，明训示教，废除陋习，抑恶扬善，为推进西北地区发展，做出了突出贡献，因其屡建功勋，朝廷多次给予赏赐和荣誉，被魏明帝封为都亭侯。

●徐邈为人品行端正，功勋卓著，历经四世（曹操、曹丕、曹叡、曹芳），一直受到重用，在曹芳即位后，官至司空，位列三公，百官对他既敬重又畏惮。

●徐邈嗜酒，他曾诙谐地说：『我有饮酒的嗜好是出名的，我能出名也正是因为喝醉酒的缘故。』他一生廉洁，两袖清风，平日生活俭朴，凡是朝廷给予的赏赐，他都分给部下将士，自己从来不拿，家中妻儿衣食勉强过得去就行。徐邈七十八岁去世，死后六年，朝廷还诏令褒奖，说他『历事四世，出统戎马，入赞庶政，忠清在公，忧国忘私，不营产业，身没之后，家无余财。』

张辽威震逍遥津——三国（魏）时期

面敌十万困城垣，以少搏多自凛然。
拂晓突袭攻壁垒，黎明劲扫破营盘。
挥刀立斩孙军颤，冲帐痛杀吴主孪。
威撼逍遥天地动，一声巨吼震千年。

注释

●张辽，字文远，三国时期曹操手下著名悍将，在跟随曹操攻袁谭、袁尚及征乌桓诸役中屡建战功，而逍遥津（今合肥市区）一战，大败孙权，更使其威名远扬。赤壁之战结束后，曹操大军北撤，留下张辽、乐进、李典领兵共守东线重镇合肥。二一五年，孙权亲率十万大军围困合肥，而曹军在合肥的兵力仅有七千余人。面对敌众我寡的严峻形势，张辽处变不惊，毫无惧色，提出了『只有挫败敌方盛势，以安我方军心，然后可守合肥』的主张。

●为达到这样的目的，张辽挑选出八百壮士，亲自披甲持戟，在拂晓时分率部突袭敌方壁垒，孙权军队在毫无准备的情况下，一下子被打得措手不及。

●张辽身先士卒，率众将士猛杀猛砍，刚冲上敌营垒，就刀起头落，杀死了数十个吴兵，并斩了两名吴将，使孙权的军阵里个个目瞪口呆，万分惊骇。接着，张辽大吼一声：『张辽在此！』策马径直冲到孙权大帐门前，孙权大惊失色，在众将士护卫下，被迫撤到一处高地，用长戟自卫。此时张辽又吼声震天，叫孙权来战，孙权听了，吓得浑身发抖，不敢动弹。

●吴军后来看到张辽带的兵少，便将张辽的人马团团围住，张辽左冲右突，带领身边几十人突出重围。这时他听到余下的壮士喊『张将军』，又重新杀入敌阵，带出余众。孙权的人马被张辽杀得晕头转向，竟然没有人敢上前抵挡。十天后，孙权见城久拔不下，只得撤退，张辽又率精锐，将孙权围困在逍遥津，差点活捉孙权。张辽在逍遥津充分展示了威猛神武的风采，千百年来，人们一直还纪念这位英雄。逍遥津现在已辟为公园，园内就耸立着张辽的威武塑像。

戎马一生善于攻坚的乐进——三国（魏）时期

五将惟其贯始终，竭心罄力奉曹公。
常临恶仗精筹略，屡战顽敌善用兵。
遇险撤军当后卫，迎难领阵打先锋。
横刀立马鸣沙场，尤以攻坚最著称。

注释

●乐进，三国时期曹操麾下的五员名将之一，他与其他四员名将（张辽、于禁、张郃、徐晃）不同，别人都是归降过来的，唯有他从曹操举兵时起就跟随在帐下，尽心竭力地伴随左右，南征北战，出生入死，一生未改初衷。

●乐进身材矮小，但胆识过人，勇打大仗、恶仗，并精于谋略，擅长用兵。一生中鞍马不离，与吕布、张超、袁术、张绣、刘备、袁绍、袁谭、袁尚、关羽、孙权等诸将帅都交过手，取得了一次又一次胜利，因功勋卓著，最后升迁为右将军，死后谥为威侯。

●曹操上表汉献帝，为乐进、于禁、张辽等战将请赏时说：『乐进等将领不仅勇武有胆略，忠心守节义，而且督率攻坚，无坚不摧，派遣率征时能统御军队，安抚地方时能奉令无犯，当敌制决，没有失误，应予记功褒奖。』乐进诚如曹操所言，其忠心赤胆时时处处可见，为曹操成就大业，英勇战斗，万死不辞。每当部队遇险撤兵时，他总是殿后护卫，而当需要夺城破塞时，他都要一马当先，勇往直前。建安二年九月，曹军与袁绍部在苦县（今河南鹿邑东）发生遭遇战，乐进率部抢先攻城，破城后斩敌将桥蕤。在其他诸战中，他斩杀了袁军大将淳于琼和严敬等无数将士，立下了赫赫战功。

●乐进戎马生涯几十载，参与战事无数，而他最擅长的是打攻坚战。

于禁观画而丧命——三国（魏）时期

打仗统兵多有成，认真执法秉公明。
驰援陷困七军没，败阵丧节一己宁。
白发憔颜归故里，哀心愧泪谒皇陵。
抬头见画思前事，痛烈羞极自不容。

注释

●于禁，字文则，三国时期曹操手下五名将之一，在战吕布、破高雅、克寿张，定陶、雍丘等城池的诸战役中，立下汗马功劳。他治军也很有一套办法，向来以坚毅稳重著称，每逢行军途中要驻扎时，总是先立下营垒，预先做好各种准备，以防敌人袭来措手不及。在征讨张绣一战中，曹军兵败，一片混乱，这时只有于禁带领的几百人的队伍，边战边撤，阵形不乱。曹操高度赞扬于禁，认为古之名将也不过如此，将其封为益寿亭侯。于禁在执法上也非常严格，不徇私情。东海郡（今山东郯城北）的昌豨（音：希）反叛，曹操派于禁领兵征讨，昌豨大败，前来投降。昌豨和于禁是故友，他本想于禁会放他一马，不料于禁一边落泪一边亲临刑场，处斩了昌豨，为此，曹操更看重于禁。

●可是，于禁临危变节，却让曹操大失所望。建安二十四年，关羽在樊城围困曹仁，曹操派于禁率七军驰援救围。关羽水淹七军，曹兵惨败。曹军中的庞德不屈而死，但于禁却投降了关羽，为此，曹操十分伤心。

●曹操死后，曹丕登基，这时孙权称藩，将原先擒获关羽所部的于禁遣返曹魏。此时，于禁已满头白发，面容憔悴，见到魏文帝曹丕，忙不迭痛哭顿首，文帝抚慰一番后，给了他一个『安远将军』的头衔，并安排他先去邺城拜谒高陵，祭奠曹操。

●于禁来到高陵，心情十分深重，深感无颜面对曹公。忽然他抬头，看到了挂在墙上的一幅画，详细地绘出了当年水淹七军中关羽得胜、庞德愤怒、于禁降服诸情景，他看后，心如刀绞，无地自容，终因羞愧至极而死去。

曹魏名将张郃——三国（魏）时期

拨散迷霾见彩虹，如韩归汉喜曹营。
能征惯战服吉利，善略长筹骇卧龙。
担帅撑局安阵脚，衔谋判势取街亭。
可悲节度逼盲动，一叹千哀目不瞑。

注释

●张郃，三国时期曹操手下五员名将之一。他早年在韩馥帐下为军司马，韩馥败后，归降袁绍。官渡之战，张郃原本有正确建议，袁绍未予采纳，而大败后却反诬张郃，张郃一气之下投奔了曹操，从此结束了先前的迷茫岁月，找到了真正的明主。张郃归降，曹操十分高兴，他把张郃比作当年韩信归汉，遂拜其为偏将军，封为都亭侯。

●张郃能征善战，屡建功勋，曹操（又名：吉利）非常佩服，张郃在攻邺城、围雍奴、破马超、征张鲁、斗张飞、进宕渠（今四川渠县东北）等战役中都勇谋兼备，不负使命。特别是他巧识机变，善于用兵，连诸葛亮（号：卧龙）对他都有所惊骇和顾忌。

●有两场大战，张郃表现得尤为突出。一是在定军山，曹军主帅夏侯渊被刘备的大将黄忠斩杀，曹营差点失控，此时，张郃临危受命，代理主帅，消除了部队的混乱状态，稳住了阵脚。在魏明帝曹睿时期，蜀国诸葛亮北伐魏国，派马谡在汉中咽喉要地街亭布阵，马谡忘却诸葛亮『靠山近水』的部署，不听王平的谏言，擅自在山顶扎营。张郃见蜀军如此布阵，便抓住机遇，乘势督率大军，进击街亭，使马谡惨遭失败。

●太和五年，就在诸葛亮二出祁山时，张郃受命统兵到略阳抵御。蜀军粮尽而退，负责节度的大将军司马懿令张郃追进，张郃看到蜀军撤退有序，便建议不宜去追。可是司马懿不听，硬逼张郃追击，果然如张郃所料，中了诸葛亮的伏兵之计，张郃右膝中箭，终因伤势过重，长叹含哀而亡。至此，曹营中的最后一颗巨星因节度失误而悲惨陨落，真是死得冤枉，死不瞑目！

屡建奇功的名将徐晃——三国（魏）时期

效魏投曹志未更，军中翘楚舞雄风。
痛伐袁吕扬威势，劲讨关周展猛旌。
策马长驱突险堑，挥戈近战扫汹兵。
执锐披坚驰沙场，誉比亚夫不世功。

注释

●徐晃，字公明。三国时期曹操麾下五员名将之一。当年曾跟随董卓，董卓被杀后归于杨奉、韩暹。曹操迎汉献帝时，徐晃受命攻打曹军。后来因韩暹和董承双方争斗，徐晃便弃二人，投归曹操。徐晃能征善战，智勇双全，而且志向远大，投曹后，徐晃一心效魏，死心塌地，永不改志，他南征北战，攻白马、打颜良、逼延津、破文丑，大显身手，屡立战功。

●尤其在征战吕布，讨伐袁绍时，徐晃大展雄威，立功最多，被封为都亭侯。建安十三年，随曹操征荆州，后同满宠在汉津战关羽，同曹仁在江陵打周瑜，都充分显示了他英勇善战、有勇有谋的硬功夫。

●后来，徐晃率兵包围樊城和襄阳，在此役中，他勇猛过人，敢打敢拼，策马长驱直入，飞越敌军用鹿角设置的重重拦堑，杀入敌阵，短兵相接，砍得敌军人头滚滚落地。战后曹操感慨地说：『我用兵三十多年，对古代善用兵者也很熟悉，从来没有见过像徐晃这样长驱直入冲入敌围的。』

●徐晃忠心耿耿，戎马一生，后来积劳成疾，还去征战东吴的诸葛谨，终因病而死。魏明帝曹叡谥其为壮侯。曹操曾把他比作西汉良将周亚夫、周勃，还赞誉他要超过孙武、司马穰苴这些古时名将，可见徐晃在曹操心目中的位置。

肝胆忠烈的白马将军庞德——三国（魏）时期

白马披风啸四方，归曹靖叛扼荆襄。

三军冠勇赢操赏，一箭扬威致羽伤。

被困樊城犹凛冽，遭擒汉水愈铿锵。

浩气冲天申节义，血铸忠魂耀日光。

注释

● 庞德，字令明，三国时期曹魏名将。他常骑白马，骁勇善战，故被称为『白马将军』。庞德原为马腾、马超部下，后来投降曹操，拜为立义将军，封关门亭侯。他配合曹仁扼守荆襄一带，宛城的侯音、卫开叛曹，庞德领兵与曹仁一起攻拔宛城，斩杀侯、卫。接着，于建安二十四年发生樊城之战，庞德屯兵樊城与关羽对阵。

● 庞德有一堂兄在刘备手下做事，樊城将领中有人怀疑庞德仅归降四年，如今同关羽对阵，能否可靠？庞德闻之，严正表态说：『我深受国恩，理应效命。我要亲自跟关羽较量，反正不是我杀关羽，就是关羽杀我！』当年庞德跟随马腾时，就因威猛过人、勇冠三军而名声大振，每当提到他的名字，敌方便畏首畏尾，心惊肉跳，就连关羽对他都很忌惮。他在樊城与关羽对阵，不久就进行了一次交战，他一箭飞出，射中关羽的额角，使关羽险些丧命，羽军皆十分惊骇。

●庞德屯兵于樊城北十余里，因秋雨连绵，汉水暴涨，樊城附近水深达五六丈，庞德军受困，面临灭顶之灾，这时，关羽指挥水军将曹兵四面包围。面对严峻形势，庞德披甲执弓，箭无虚发，雄风不减。曹军另一重将于禁在别处被关羽擒住后投降；庞德这里的将军董衡、董超见势不妙，也想投降，庞德闻之，把他们立即处死。后来，终因箭矢射光，船翻被擒。来到关羽营帐前，庞德昂首挺立，凛凛威风，说什么也不肯跪下就范。

●庞德在与关羽短兵相接，眼看就要覆没之际，仍对督将成何说：『良将是不会怯死而苟免的，烈士不应当毁节以求生，今天我的死期到了！』他在被杀前，大义凛然，视死如归，高声颂扬曹操，贬低刘备，并留下了『宁为国家鬼，不为贼将也』的豪言壮语，其忠贞节义，壮烈英魂，令人肃然起敬。

勇略兼备的曹仁——三国（魏）时期

武略文韬负盛名，独当一面赫曹营。
支前靖后刀芟草，破险突围气贯虹。
阵困昂扬搏汉水，势危坚毅守樊城。
三军竖指皆服叹，善使骑兵更见雄。

注释

●曹仁，字子孝，三国时期曹魏名将，他文武兼备，先后在破袁术、攻陶谦、征吕布中，屡立战功，特别长于独当一面，在曹营中地位显赫，最后官至大司马，谥为忠侯。

●建安五年，曹操与袁绍相持于官渡。此时，袁绍派遣刘备，企图在曹军后方下手，形成前后夹击之势，曹操对此十分担心。曹仁正确分析形势，奉命领骑至汝南，以快刀芟草之势，迅速击败迂回深入曹军后方的刘备，又西向鸡洛山大破袁绍部将韩荀，既保证了曹军西道补给线，又消除了曹操的后顾之忧。赤壁之战后，曹操留曹仁镇守江陵，阻挡南军进入中原。东吴周瑜领兵数千攻打江陵，曹仁部将牛金带三百勇士前去挑战，陷入重围，危在旦夕之时，曹仁浩气冲天，只带几十个壮士，冲入困阵，救出牛金，当他看到还有余众仍处于敌方包围之中，便再次杀入敌阵去救人。曹仁奋勇作战，使敌方前锋数千人不得不后退。回到江陵，曹军上下对曹仁无不表示叹服，都说：『将军真天人也！』

●建安二十四年，关羽在樊城围困了曹仁，曹仁一方面指挥部队拼杀，另一方面等待曹操派兵救援。在关羽水淹七军、援军将领于禁投降的危难形势下，曹仁仍坚定不移地带领部下坚守樊城。

●曹仁骁勇善战，威猛过人，全军对他都极为佩服。他特别善于使用骑兵，夜袭乌巢，烧毁袁绍后方的粮秣，为官渡之战曹军的胜利，立下汗马功劳，就是善用骑兵的一例。

治农官枣祗——三国（魏）时期

劲鼎兴农具远瞻，极言谏主启新篇。

民屯入制耕芜地，军垦成营辟野滩。

定数分成非少与，酌情减赋不多担。

高明大策增国力，后现丰饶赖拓先。

注释

●枣祗（音：知），三国时期曹魏政权的经济人才。建安元年，曹操迎汉献帝到许都后，实施屯田。在讨论这一问题时，枣祗极富远见，力陈旧弊，提出新见，建议改变屯田的办法，但遭到一些臣僚的反对。针对此种情况，枣祗反复向曹操谏言，提供周密计划和落实措施，终于得到曹操的同意，他被任命为屯田都尉，首先在许都周围开始，当年就得谷百万斛（音：胡）。

●枣祗实施的新方法是，把屯田分为两种：一是民屯，即招募流民，设屯制，五十人左右为一屯，屯设屯司马，县设典农都尉，郡设典农中郎将，负责管理；二是军屯，即令部队兵员及其家属，以营为单位，每营六十人。通过上述两种形式，把人员有效地组织起来，恢复耕种已荒芜的田地，使野岭荒滩也得到了开垦。

●枣祗制定并实施了比较完善的分配政策，即屯田的农民不能随便迁移，凡用官牛耕种的将收获物六成上缴，不用官牛的上缴五成，其他的赋税和劳役一概免除，军屯的租税大体和民屯相同。这样，就有效地调动了屯田者的积极性，使农业生产得到迅速发展，军队的实力也大为增强。

●枣祗实施的屯田制，是曹魏政权的一项大政策，对富国强兵起到了非常明显的作用，被曹操誉为『不朽之事』。枣祗作为实施屯田制初始时期的重要人物，对后来屯田的发展的引领作用，是十分巨大的，史称的曹魏军国之饶，『起于枣祗而成于任峻（典农中郎将）』，盖缘于此。

盈才八斗的曹植——三国（魏）时期

赢赞独得八斗才，绝章妙句若珠排。
燃萁煮豆哀盈殿，叹世悲俗怅满台。
寄赋洛神思挚爱，赠诗白马咏真怀。
情兼雅怨拓新境，显秀建安开未来。

注释

●曹植，字子建，三国时期魏主曹操的三子，才华横溢，擅长诗赋，在中国文学史上占有重要地位。东晋诗人谢灵运对其有极高评价，他说：『天下才共一石，子建独得八斗，我得一斗，自古及今别人共得一斗。』

●因曹操对曹植宠爱有加，并几次打算立曹植为太子（由于重臣贾诩的巧妙反对而未果），引起曹丕忌恨，总想寻找机会将曹植除掉。一次，曹植醉酒，侮辱了朝廷的使者，曹丕就乘机把曹植抓了起来，后来在母亲的压力下，被迫免除曹植一死。但曹丕不甘心，曹母走后，他又将曹植叫到殿上，限他在七步之内，必须吟诗一首，否则处死。曹植闻之，挥泪随口吟道：『煮豆持作羹，漉菽以为汁，萁在釜下燃，豆在釜中泣。本是同根生，相煎何太急！』曹植吟完，还没有跨出七步。曹丕听后，深受触动，禁不住也流下泪来。曹丕虽然留了曹植一命，但始终不给他重任，多次改换封地。在这样的逆境中，曹植只好借诗赋抒发内心的不平。他在《高台多悲风》中写道：『南国有佳人，容华若桃李。朝游江北岸，夕宿潇湘沚。时俗薄朱颜，谁为发皓齿。俯仰岁将暮，荣曜难久持。』他将自己比作南国佳人，命运多舛，岁月流逝，景况始终不佳。

●曹植的《洛神赋》将洛神写成一个绝代佳人，表示了自己对『爱』的大胆追求。而以五言叙事长诗形式写成的《赠白马王彪》则淋漓尽致地抒发了自己的情怀，表现出一位文学大家的坦荡胸襟。

●曹植与其父曹操、兄曹丕，并称『三曹』，是建安时代文学的杰出代表，曹植的诗赋，『骨气奇高，词彩华茂，情兼雅怨』，堪称『一代诗宗』（《诗品》作者钟嵘语），从形式到内容，都蕴含着先秦、两汉文学的精华，对六朝、隋唐乃至后来的文学演进，影响至深。

文聘巧施空城计——三国（魏）时期

石阳被困陷围笼，处变沉着判势明。
敌具攻威拥劲旅，我乏防力坐空城。
硬行坚守绝难保，盲动出击必不赢。
索性倒头装入睡，巧施一计退吴戎。

注释

●文聘，字仲业，三国时期曹操手下的一位能征善战、足智多谋的名将。他早年属刘表部下，刘表病死后，其子刘琮投降。后来文聘归附曹操，任战略要地江夏的太守，直到魏文帝曹丕时，仍镇守江夏。一次，吴国孙权突然亲率大军发起进攻，把文聘的守城石阳（今湖北孝感西南）团团围住，情势十分危急。面对来势汹汹的敌军，在己方毫无准备的情况下，文聘处变不惊，审时度势，拿出了退敌妙计。

●文聘认真分析了双方的态势，认为孙权有备而来，手中强兵五万之多，已突破了城外的薄弱防线（因连降大雨，城栅已被洪水冲坏），而己方兵将大多在田间劳作，来不及赶回，城内缺乏防守的兵力，石阳基本是一座空城。

●文聘认为在这种情况下，欲战不能，欲守不成，无论是出击还是固守，都逃不脱失败的厄运。

●于是，文聘眉头一皱，计上心来，当即命令城里所有人都隐蔽，不让吴军看见，然后，自己在房内装作睡起大觉的样子。孙权的部下侦察到情况后，向孙权报告，孙权遂起疑心。他早就听说文聘是忠臣，而且办事谨慎，所以魏主才把这样重要之地交给他，如今兵临城下，他竟然毫无动静，这里面肯定有深谋密计，布下了陷阱。于是，孙权立即班师回返，不攻自退。文聘镇守江夏几十年，威震敌国，他死后，谥为壮侯。

司马懿韬晦装病——三国（魏）时期

明升暗降怎心甘，称恙蛰伏以静观。
瑟手端盅需婢喂，颤身挪步要仆搀。
指南为北痴言混，把并当荆老泪潸。
故作垂危施诡术，寻机举事遂翻天。

注释

●司马懿，字仲达，三国时期曹魏政权中司马氏集团的实力派人物，后期夺得曹魏政权，为西晋的建立奠定了基础。魏明帝曹睿时，司马懿任太尉，受明帝遗诏，与大将军曹爽一起，辅佐幼主曹芳。这时，曹爽一伙弄权，将司马懿名义上升为太傅，实际上是要削弱他的权力。对此，司马懿看得十分明白，于是，他便在家装起病来，含恨蛰伏，静观事变，伺机反扑。

●魏正始九年，曹爽的心腹李胜由河南尹改任荆州刺史，临行前曹爽派他以向司马懿告辞为名，去打探司马懿是否有病。李胜来到司马懿府上，看到的是这位七十岁老人，用手指嘴，意思是要喝粥，婢女送上，老人持盅时手抖动得很厉害，粥从嘴边流出，弄了一前胸，只好由婢女来喂。而他在走路时，只能一步一步往前挪，浑身瑟瑟发抖，连衣服都披不住，得要仆人搀扶着才能勉强走上几步。

●李胜对司马懿说自己要到荆州去任职，司马懿听了，停了好长时间，指南为北，才痴呆呆地说：『年老病重的人，生死危在旦夕，你屈就并州，近北边胡地，请好自为之。我病重，恐怕不能再相见了。』司马懿故意言词错乱，把荆州说成并州，使李胜对他病重笃信不疑，忙向他解释是『荆州』不是『并州』。这时，司马懿再一次说自己将不久于人世，并老泪纵横，唏叹不已。

●司马懿搞的这套装作垂危的诡术，使曹爽一伙信以为真，从此便不把司马懿放在心上了。有谋士曾提醒曹爽切不可总是随幼主出城打猎，以防有人乘机关上城门，招来大祸，但目空一切的曹爽根本不听。就在李胜去看司马懿后不出两个月，司马懿终于把握住曹爽一伙又结伴外出的机会，立即令手下人占领武库，关闭城门，同时上表朝廷，指控曹爽的罪行。一切就绪，司马懿精神抖擞，磨刀霍霍，终于将曹爽一举拿下。

争分夺秒的读书人董遇——三国（魏）时期

学古研今注典籍，争分夺秒近痴迷。
经商事稼书相伴，入仕差廷卷不离。
明义应需读百遍，得时务要捕三余，
儒宗之誉人皆仰，贵在无鞭自奋蹄。

注释

● 董遇，字季直，三国时期魏文帝时任太守，明帝时官至大司农。他是当时的著名学者，为《老子》作训注，对《春秋左传》、《墨经》等都有很深的研究，与贾洪、邯郸淳、薛夏、隗禧、苏林、乐详等人，一起被当世尊崇为『儒宗』。

● 董遇从小就喜欢读书，在务农经商时，总是把经书带在身边，有空就争分夺秒地学习。后来，他被举孝廉入仕，直至到朝廷做官，始终手不释卷。

● 当时向董遇求学请教的人很多，别人问起如何做学问，董遇总是强调『必当先读百遍』，『读书百遍，其义自见』，告诉人们，只有反复阅读，反复思考，才能掌握基本道理。又有人对他说：『想读书，但苦于没有时间怎么办？』

董遇回答说：『冬者，岁之余；夜者，日之余；阴雨者，时之余也。』只要捕捉住『三余』时间，便可积少成多，知识就会逐渐丰富起来。

●董遇在学问上的成功，完全是他勤学不辍的结果，尤其是有很强的自觉学习意识。这大概是所有在学问上有造诣的人士，提供给后人的最根本经验。

一生清廉的胡质——三国（魏）时期

承宗效父秉清明，处世为人重品行。
办案求真凭确证，消结与善据实情。
拥功获赏通泽众，著绩升官尽奉廷。
心系军国多盛举，严家律己享殊荣。

注释

●胡质，字文德，三国时期曹魏政权一名治绩显著的官员，年轻时在江淮一带已有名声。其父胡敏，为人正派，豁达大度，深得曹操赏识。胡质继承了家父的好品格，为官后无论处事还是为人，一贯清正廉明，成为当时官场上的典范和楷模。

●胡质被曹操召请担当顿丘县（今河南浚县北）令，他一到任就遇到了一个棘手的案子：郡吏冯谅被卷入一起通奸谋杀案之中。被害人程他，其妻和她的表兄郭政有私通谋害嫌疑，但这表兄妹两人就是一味抵赖，死不认账。冯谅经受不起刑讯逼供，只得自诬有罪。胡质觉得内中有疑，便认真地查询、检验，拿到了确凿证据，终使真相大白，将那一对表兄妹绳之以法。后来，胡质担任曹操的丞相东曹议令史。魏将张辽跟他的护军武周之间闹起了矛盾，张辽请求上级以胡质换掉武周，胡质推辞的同时，在张、武两人之间劝解、调和道：『古人之交，注重品质，崇尚信誉……不听信流言蜚语，宽宏大度，才能始终友好。』经过胡质一番苦口婆心的善意调和，张、武二人对胡质的高尚德行十分钦佩，都自觉惭愧，终于消除了矛盾，重归于好。

●胡质在魏文帝曹丕时期做过吏部郎、常山太守，后来还在东莞做过九年太守。这期间每因功得赏，他都分给部属，自己一概不取。因此，地方上的将士、吏民都能够同心协力地工作。胡质政绩突出，屡得提升（如东吴大将朱然率军围攻樊城，胡质不为对方威势所迫，率精兵解救），官做得越大，他越尽心竭力地为朝廷奉献，赢得上下一致好评。

●后来，胡质升迁为东征将军，假节都督青州、徐州诸军事。在此期间，他组织部属军屯，一边生产一边守卫，存储了大量粮食，使军队和百姓皆受大益。他还兴修水利，便利舟楫，大大加强了沿海防务。嘉平二年，胡质去世，人们看到他家除了朝廷所赐的衣服和书箧之外，没有余财。为了褒奖他严家律己、清正廉洁的品行，朝廷追封他为阳陵侯，谥贞侯。

陈群的政治家眼光——三国（魏）时期

名士流风誉满廷，眼光独到入深层。

熟读兵法通八卦，遍览典章知五行。

举善推贤惟顾业，压庸遏佞不留情。

官分九品开新制，曹魏遵施两晋承。

注释

●陈群，字长文，三国时期曹魏重臣，官至司空、录尚书事，位列三公。他出身官宦世家，具有名士风流，其祖父陈寔（音：实）乃一代名儒，其父陈纪也是名士。陈群自幼胸怀大志，聪明刻苦，善于独立思考，分析人和事眼光独特，常常直击要害。

●陈群知识面很广，精通兵法，熟悉典章制度，还会推算阴阳五行。

●陈群是由荀彧推荐给曹操的。他在任县令时，曹操想起用该县王模、周逵二人，让陈群经办。陈群经过考察，了解到这二人品德不端，用他们会坏事，遂把曹操送来的任命公文退了回去，对二人不予任用（后来果然王、周犯法被诛）。对贤良之才，陈群却大胆推荐，毫无顾忌，他向曹操举荐的陈矫、戴乾，都表现很出色，后来，一位为尽忠义而赴难，另一位也成为当时的名臣。

●建安二十五年，曹丕嗣位为魏王，陈群被提升为尚书，负责任免官员。他充分发挥自己的聪明才智，首次推出了历史上有名的『九品官人法』，又称『九品中正制』。曹丕认定后，颁布施行，给予世家大族以特殊的政治地位。这无论在当时，还是对后世，影响都非常大，为两晋南北朝所继承。

义士桓范的悲哀——三国（魏）时期

透雾穿云审雨风，众人迷势自独清。
拦游被拒知临祸，劝走遭绝晓降凶。
不附权臣戗叛逆，只勤国主尽诚忠。
昂然赴死宣节义，痛谴无能二畜生。

注释

●桓范，字元则，出身望门士族，三国时期曹魏政权的重臣，官至大司农。他胸有全局，善于观察和判断形势，见微知著。面对司马氏集团对曹氏集团的威胁，不少人糊里糊涂，而桓范却能保持头脑清醒，对事态的发展看得十分明白，深感曹氏集团面临危机。

●当时，曹芳主政，曹爽与司马懿辅佐。曹爽恣肆骄奢，做事糊涂，常同几个兄弟随从魏主出游。桓范看出这样下去，早晚要出事。于是，他屡次阻拦说：『总摄朝政的人和掌管禁军的人，不宜同时出游，一旦有别人关闭城门，就进不了城了。』可曹爽就是不听，终于被司马懿乘机起兵，发动了『高平陵之变』。后来，桓范又劝曹爽、曹羲兄弟，赶快奉请魏主离开洛阳去许昌，然后召集四方共讨司马懿。如果采纳桓范的意见，司马懿后来的政变就难以成功，说不定三国归晋的历史就会改写。可惜，曹氏二兄弟又没听桓范的良谏，最后丧失了曹魏政权。

●当初，在司马懿举兵关闭城门时，就曾召请桓范管领中领军的事，但桓范以节义为重，一口拒绝了这位司马老相的盛邀。当他骑马手持假诏出城被截获后，司马懿将其判处死刑，诛灭三族。桓范坦然地以自己的鲜血表达了对魏主的忠诚。

●桓范在临刑前，廷尉手下的官吏用力地推缚他，他凛然地说道：『慢慢来，我是一名义士！』并放声大喊：『曹子丹（曹真）是个能人，却生了你们（曹爽、曹羲）这两头畜生，想不到今天跟着你们一起遭到灭族了！』

旧臣王凌回天乏术——三国（魏）时期

司马擅权曹近崩，旧臣怀恨欲重兴。
谋除老佞难如愿，筹立新君遂落空。
轻信赦书及陷阱，枉摸实底受棺钉。
终知被骗服毒去，懿谓忠国任负卿。

注释

●王凌，字彦云，为司徒王允之侄。他早年任职曹操麾下，曹丕时，出任兖州、青州、扬州、豫州刺史，多有治绩，得到百姓好评。后来，司马懿发动高平陵之变，实行专权，大肆杀害曹氏集团成员，曹氏几近崩溃。面对这样严峻的局面，作为先臣的王凌忧心忡忡，怀恨于胸，一心想扭转颓势，重振曹门。

●王凌抓紧谋划清除司马懿，废掉实为司马懿手中傀儡的幼主曹芳，迎立年纪较大、能力较强的曹彪为帝。他先与自己的外甥令狐愚和儿子王广秘密商量，但令狐愚后来病死，王广又觉得大事难成，于是废立之事暂被延迟。魏嘉平三年四月，孙吴派兵堰塞涂水（今安徽涂水），以阻防魏军。王凌想以讨伐孙吴之名，举兵起事，却被司马懿否决。恰在此时，王凌的两个部下联名向司马懿告发了他。于是，王凌除司马、迎新帝的计划化为泡影。

●司马懿闻知王凌要谋反，并没有马上收拾他，而是采取缓兵之计，一方面下赦书赦免王凌的罪行，另一方面亲率大军从水道进兵，向王凌逼近。王凌得知司马懿要赦免他，便信以为真，自缚乘单船去见司马懿，想凭旧情求得宽宥，可司马懿并没有见他，这时，王凌才觉得受了欺骗。接着司马懿派六百士兵送他去洛阳，临行时，王凌还天真地想摸一下底，以搞清自己的吉凶。他向司马懿讨要棺材钉子，司马懿果然给他送来了。

●至此，王凌才知道大势已去，必死无疑，于是行至项县（今河南沈丘南）时服毒自杀了。当初，王凌自缚前来见司马懿，司马懿拒见时，他曾隔船对司马懿说：『你欺骗我！』司马懿回答得很坚决：『我宁可负卿，不可负国家。』这充分显示了司马懿强烈的政权意识。

聪明选择前途的钟繇——三国（魏）时期

满腹文韬彻典经，谙熟武略善将兵。
天昏地暗识途准，雨骤风狂辨势清。
力鼎先君职列相，竭襄后主位居公。
奇章妙法巅书苑，后并钟王誉美称。

注释

●钟繇，字元常，三国时期曹魏政权文武双全的重臣，他精于史学、易学、《左传》等经典，著有《易记》，同时研习兵法，熟悉攻防战略战术，善于用兵。

●钟繇作为汉室旧臣，凭着自身的文武才干，于乱世之中能够选准方向，辨别形势，在各路枭雄纷起之时，偏倚于曹操，足见其智慧超人。

●曹操执政后，钟繇倾心力鼎，受命率三千兵马进军关中，劝和韩遂、马腾，召集人口，发展生产，为日后曹操平定关中做了积极有效的准备。曹操任魏公后，钟繇为大理，主管刑法，后又升为相国，负责十郡的行政。曹操死后，曹丕嗣任，钟繇仍竭尽全力辅佐，任大理，主管刑法。曹丕称帝，命他为廷尉，并与王朗、华歆一起，被称为『三公』和『一代伟人』。

●钟繇精于书法，他师承蔡邕，博采众长，兼备各体，尤擅隶楷，绝书妙迹，蜚声天下，后人将他与书圣王羲之并称为『钟王』，在中国书坛上享有重要的历史地位。

娄圭得意忘形祸从口出——三国（魏）时期

投曹麾下尽心帮，事涉军国共与商。
受宠有加名满帐，聚财无度利盈仓。
一身傲气招嫉恨，满嘴狂言惹祸殃。
云诡波谲须谨慎，怎能随马任由缰？

注释

●娄圭，字子伯，三国时期曹魏阵营中的重要幕僚。他少年时就志怀高远，气概非凡。建安十三年，曹操攻打荆州，娄圭离开刘表，投归曹操麾下，从此，便随军谋略，功绩连连。曹操凡涉及军国大事，常找娄圭商议，而娄圭的建议，曹操多有采纳。

●曹操对娄圭宠爱有加，娄圭一时成为曹营中声名显赫的大红人。时间一长，他积聚的财富也越来越丰厚，连曹操都深感望尘莫及，说道：『娄子伯比我还要富有，只是权势不如我而已。』

●娄圭建功甚多，曹操常感慨地说：『筹谋算计，我比不上子伯。』娄圭听了，便滋生傲气，飘飘然起来，自己也觉得确比别人胜出一筹，于是，更加得意忘形，说话办事都很不检点。一次，他同南郡的习授一起乘车出行，刚好曹操和儿子也乘车驰过，威仪不凡，令人羡慕。习授说：『像这样的父子，该有多快活啊！』娄圭听了这话，批评习授说：『人活在世上，理当自己有所作为，岂可只是羡慕别人而已！』后来，习授将娄圭这番话报告了曹操，曹操感到娄圭话中有取而代之的意思，便将娄圭杀了。

●娄圭与曹操是老朋友，情谊很深，但他终因口无遮拦，引来杀身之祸。祸从口出，这是千古教训，在政治场合上，即便是老朋友之间也不能无所顾忌地乱说乱讲。

牧童出身的一代名将邓艾——三国（魏）时期

泥腿牛娃志不凡，终成大器赫军坛。

摧坚克锐伐强劲，治水屯田救弱孱。

险路突袭除铁障，雄兵骤困倒金銮。

恃功独断行封赏，获罪衔冤下九泉。

注释

● 邓艾，字士载，三国时期魏国后期名将之一。他少时家境贫寒，但志存高远，以大学者陈寔碑文的『文为世范，行为士则』为座右铭，决心自我奋斗以成功名。后来，邓艾被司马懿看中，从此，在军坛大显身手，声名赫赫。

● 邓艾于军中攻坚克锐，屡建战功，在和蜀国名将姜维、廖化的作战中，身先士卒，英勇顽强，因功勋卓著，受爵为关内侯，加号讨虏将军。不久，他被调任为汝南太守。在汝南，他兴修水利，垦荒屯田，广泛吸纳流民，救助饥庶，成绩卓然，又被提拔为兖州刺史，加号振威将军。

● 司马昭上台，授邓艾为安西将军，假节兼护东羌校尉，主持西线对蜀战事，在对姜维的多次战斗中，邓艾屡屡获胜。司马昭决定全面伐蜀，时年邓艾已六十六岁，仍受遣与钟会一起，分别担任两路伐军的主将。景元四年十月，邓艾选择阴平险路，长途奔袭七百余里，出奇兵战败蜀军，斩其主将诸葛瞻（诸葛亮之子），清除了大军西进的一道坚固防线。然后，邓艾经江油攻至成都城下，以强大的威慑力，迫使蜀主刘禅投降。

●邓艾功勋累加，便滋生了居功自傲的情绪，在收降刘禅之后，他不经司马昭同意，就擅自封赏了刘禅，引起司马昭的强烈不满。正在这时，钟会等人乘机诬告他谋反，于是，邓艾被捕，含冤被杀，他的几个儿子也一并罹难。

钟会据蜀不成反被杀——三国（魏）时期

机敏渊博众艺精，西征大胜著丰功。
冲关破隘收降将，寻隙树旗谋叛兵。
彼设毒局皆看透，此临绝境尽度清。
横心霸蜀学刘备，美梦飘飞血染缨。

注释

●钟会，字士季，曹魏大臣钟繇之子，三国后期司马氏集团的智囊人物。他机敏灵活，博学多才，精通数般技艺。景元三年，钟会受任镇西将军，假节都督关中诸军事，次年秋，司马昭令邓艾、诸葛绪各领兵三万分道进蜀，另命钟会统率十万大军从斜谷、骆谷入蜀。在此次平蜀西征中，邓艾一马当先，受降蜀主刘禅，而钟会因和邓艾有矛盾，便诬陷邓艾谋反，而自己却立了大功。

●西征开始，钟会手握重兵，很快就越过秦岭，进入汉中盆地，并迅速破阳安关（今陕西宁强西北的阳平关），与蜀将姜维对峙于剑阁（即剑门关，今剑阁县东北）。十一月，邓艾大军进成都，刘禅投降，并命姜维向钟会投降。这时，姜维向钟会进言道：『你平蜀威德显著，司马氏所以如此昌盛，全是依靠将军的努力，怕只是你功高震主，究竟能否平安班师回朝，还很难说。如此看来，何不学古时范蠡，功成身退，以求保全。』当钟会表示不必非得学范蠡时，姜维马上接着说：『将军才高智强，其他办法就不用老夫我多说了。』弦外之音，是鼓动钟会起兵反叛。

●钟会作为司马昭身边的智囊人物，他对司马昭之心是了如指掌的。当邓艾被捕后，司马昭命钟会率军进入成都，又命贾充领兵入斜谷，而他自己则亲率十万大军西进长安，以控制蜀中局势。钟会马上就意识到，这是司马昭防他会生变故，怀疑他拥兵闹独立。再看一看自己的未来，觉得在司马昭身边不会有好下场。于是，他召集手下将领和蜀汉官员，宣布为魏故太后举哀，说太后生前有密诏要废司马昭。这样，一场反司马集团的血雨腥风就突然降临了。

●钟会本以为举事若成功，便可得天下，如若不成，也可占据巴蜀，做第二个刘备。但是，他手下的一个叫丘建的人将他出卖了，魏将胡烈及其子胡渊领乱兵群起攻杀钟会、姜维等，一时成都城内尸横遍野，血流成河。至此，钟会夺取皇权的美梦已完全化作了泡影。

独特的隐士阮籍——三国（魏）时期

小隐于山大隐宫，铮铮傲骨慕庄生。
吟诗作赋求安乐，纵酒弹琴避祸凶。
崇尚自然轻礼法，鄙夷权贵蔑俗风。
心归寥野身居政，独具一格阮步兵。

注释

●阮籍，字嗣宗，三国魏时著名文学家、思想家。古代名士为远离仕途，常归隐山林，而阮籍却与众不同，他提出了『小隐在山，大隐在朝』的思想，且身体力行。阮籍性情孤傲，博览群书，尤其爱好庄子的学说。

●阮籍被征辟入仕，曾任尚书郎、曹爽的参军，因与曹爽集团意见不合，托病回归故里。他曾游历于山阳（今河南修武），与嵇康、山涛、向秀、王戎、刘伶、阮咸（人称『竹林七贤』）等人为友，常在竹林中饮酒下棋，吟诗作赋，抚琴长啸，既是为了超脱世尘，欢心安乐，又是为了躲避各种祸患，以求保全自己。

●阮籍主张回归自然，公开倡导无君无臣、无富无贵的思想。平时，他对束缚人的礼法极度轻视，把它比作钻进裤裆咬人的虱子，对其深恶痛绝。他对权贵特别鄙视。当时，司马昭要让自己的儿子司马炎娶阮籍的女儿为妻，阮籍不愿答应，就连续醉酒六十天，不给对方开口提亲的机会。

●阮籍虽然心在寂野，却身居朝廷，这在所有隐士中，绝对独具一格。高平陵之变，大批名士被杀，阮籍不愿真正与司马氏合作，便补了步兵校尉的空缺。因为这个职位，属下善酿酒，厨中多有酒，所以他主动要求担任此职，人们因此而称他为『阮步兵』。在这个职位上，阮籍纵酒酣醉，不问世事。

任侠嵇康——三国（魏）时期

不苟俗流带刺芒，竹林聚友隐山阳。
吟诗舞墨开才库，作画弹歌敞酒囊。
仗义行侠襄弱势，抗权嫉恶鄙强梁。
绝生痛叹广陵散，家诫遗儿情远长。

注释

●嵇康，字叔夜，三国魏七名士之一，官至中散大夫，故世称『嵇中散』。他才华横溢，性格刚烈，尚奇任侠，常与阮籍、山涛、向秀、刘伶、阮咸、王戎诸名士聚于山阳（今河南修武）竹林之中，肆意酣畅，世谓『竹林七贤』。此七人意气相投，但品格有高下之分，其中任侠的嵇康最为人称道。

●嵇康与诸贤士隐居山林，吟诗作画，弹琴下棋，探讨学问，大展才艺。同时，他们都酷爱饮酒，常常一醉方休。

●嵇康一生仗义行侠，路见不平，拔刀相助。他和吕昭的两个儿子吕巽、吕安是朋友，弟弟吕安遭哥哥吕巽诬陷被关押，嵇康就到官府证明吕安无罪，虽然因钟会公报私仇，吕安最终被杀害，但嵇康的行为让人十分敬佩。嵇康喜欢打铁，有一天，司马氏集团的干将钟会前来看望嵇康，嵇康感于钟会的人格低下，只是低头打铁，对他的到来不予理睬，使钟会十分尴尬难堪。后来钟会自知没趣，准备离开，嵇康问道：『何所闻而来？何所见而去？』钟会很生气地说：『闻所闻而来，见所见而去！』后来，司马氏大将军府打算征嵇康为官，钟会便从中作梗。

●魏景元四年，嵇康遭杀害。临刑前，他泰然自若，操琴弹起了《广陵散》，弹罢，深深感叹道：『不恨身死，只恨《广陵散》从此失传了！』嵇康在离别人世前，特地遗（音：魏）儿子一篇《家诫》作为遗嘱，他要求儿子注意人情世故，对官吏要敬而远之；当别人需要帮助时，只能接济一点，多了反而不好；当别人争论时，要慎重，不能随便加入；别人说悄悄话时，要快点离开；不了解的事情，切勿妄言……嵇康给儿子留下这些话，反映了他的性格特征和处世理念，无非是想让儿子谨慎从事，洁身自好，以保全自己，安泰吉祥。

一代神医华佗——三国（魏）时期

诸科病患尽融通，用药行针简且精，
施术发明麻沸散，健身编就五禽功。
不追荣禄求清气，拒侍威权鄙恶风。
饮恨临刑焚大作，神医万古死犹生。

注释

●华佗，字元化，三国时期著名医学家，他对内科、外科、妇科、儿科、针灸等都十分精通，尤其擅长施针用药，简精而有效。

●华佗为了在手术时不让病人感到疼痛，发明了一种麻醉剂，取名叫『麻沸散』。同时，方面在修身养性之术方面也造诣颇深，自编了一套『五禽戏』作健身运动，模仿虎、鹿、熊、猿、鸟类动作及表情，练身保健，并传给一些病人，用以健体养身。

●华佗一生立志行医，对功名利禄极为淡泊，而且为人清正，不事权贵，不愿做官。他与曹操是老乡，听说他医术高明，曹操召他为侍医。曹操患头痛病，华佗的治疗很有效果，但华佗对曹操心存反感，便以种种借口离开曹操，回家后再也不出来。曹操派人催请，并亲自写信召他，可他就是不肯前往。

●曹操见状大怒，将华佗缉拿收捕，投入许都监狱。荀彧出面为华佗求情，未果。曹操认为自己的头痛病可以治好，是华佗有意不除去病根，所以恨他并要杀他。华佗临刑前，拿出自己写的医书给狱吏，让他传出去，因狱吏怕事，不敢留书，华佗只得将自己倾注心血的大作一把火烧掉。华佗死时约五十三岁。作为我国古代历史上的神医，华佗永远活在人们的心中，为中华医界千古敬仰。

刘备涿郡起兵——东汉末期

汉胄刘宗自为荣，编席卖履蕴恢宏。
面无声色藏城府，胸有风云觊御廷。
幸获双商相鼎力，难得二勇共结盟。
招兵买马图崛起，寻隙积威誓纵横。

注释

●刘备，字玄德，为汉景帝刘启之子、中山靖王刘胜的后裔。东汉后期，其父刘弘在州郡做过小吏，但死得较早，留下孤儿寡母，清贫度日，以织席卖鞋为生。刘备虽然家境破落，却以汉室之胄而自荣，且胸怀恢宏之志，广交朋友，多方涉猎，以待将来出人头地。

●刘备仪表不凡，城府很深，向来喜怒不形于色，而胸中却风云翻滚，其一心想以汉代皇室的身份，在乱世中站稳脚跟，成为一国之君。

●东汉中平元年，黄巾起义爆发，各州郡刺史郡守、豪强地主纷纷起兵，镇压义军。刘备乘势也纠合一批人马准备起事，可碍于无实力支撑，非常苦恼。恰在此时，中山（今属河北）大商人张世平、苏双对刘备颇有好感，便慷慨解囊，给予他许多资助，使其拉起了一支小小武装。更巧的是，关羽自河东解县（今山西临猗西南）避罪而逃到涿郡，便与当地人张飞一起加盟了刘备的队伍，从此这二位勇士成了他忠诚得力的助手，三人情同手足，共兴大业（桃园三结义，是后人编出来的故事，历史上并无此事）。

●刘备有了自己的武装，便开始广泛招兵买马，壮大队伍。同时，他极力笼络人心，礼贤下士，在各路军阀争夺的缝隙中发展实力，为在日后的群雄逐鹿中纵横驰骋奠定了基础。

刘备鞭打督邮——东汉末期

初职小吏事基层，淘汰临头寝不宁。
礼拜督邮遭冷眼，怒冲传舍动凶容。
按床绳缚煞威气，绑树鞭笞解恨情。
抛绶携卒蹚自路，迎锋浴火赴争雄。

注释

●东汉末年，刘备在官方镇压黄巾起义时，自己也拉起了一支小股武装，从属于校尉邹靖，参与了征讨黄巾军的战斗。后来因立下军功，被任为中山郡安喜县（今河北定州）县尉，是一个辅助县令、负责治安司法的基层小吏。刘备当上县尉不久，正赶上郡里的督邮来到安喜，要淘汰县里以军功为吏的人。刘备预感到自己在被淘汰之列，一时心神不定，寝食不安。

●于是，刘备前去拜访督邮，想疏通一下，保住职务，可是这个督邮拒绝和他见面，使他极为恼火。愤怒之下，刘备带领手下一批吏卒，冲入督邮所住的传舍，口称受太守府君的密言，前来捉拿督邮。

●刘备一伙，当即将督邮按在床上，用绳索将其绑缚起来，然后推出传舍，带到界县地方，再将这个督邮捆绑在树上，狠狠地抽打了两百鞭，以解心头之恨。

●刘备把自己的绶带官印，通通挂在了督邮的脖子上，然后扬长而去。从此，他带领着那支小小的武装力量，投入到了充满血与火的军阀混战之中，开始了他创建蜀汉政权，争雄天下的艰难曲折的征程。

刘备在夹缝中求生存和发展——东汉末期

披烟蹈火力微薄，夹缝图存铸自铎。
前日归降喝吕水，今朝投附饮曹河。
人单马弱行时策，志大心雄运远辙。
檐下十秋终奋起，扬声壮势自鸣锣。

注释

●东汉末年，在镇压黄巾起义中，各路军阀纷纷起兵，相互展开了血腥搏杀。刘备带着自己的一小股武装，也想在其中分得一杯羹，但由于实力相差太远，屡遭失败，因此，他审时度势，只好在夹缝中求生存。

●刘备当时采取的基本策略是依附别的军阀势力，借水行船，他投过公孙瓒、陶谦，后来又归降吕布。与吕布发生争端后，又归附了曹操。

●当时，刘备不足万人兵马，比起别的军阀，其势单力薄，所以只能寄人篱下，这是他采取的暂时策略，实际上他从来都没有放弃夺取天下的远大目标。

●建安三年，曹操东征吕布，将其于下邳生擒。这时，刘备便从原来受袁术、吕布等挤压攻击的夹缝中走了出来，经过十年居人屋檐下的痛苦煎熬，其军力和名声终于有了很大提高，于是，他便开始独立，自驱兵马，鸣锣开道了。

刘备巧借雷声掩饰惊恐——东汉末期

寄人篱下窥风云，养晦韬光故默闻。
种菜消时明丧志，闭门绝客暗留神。
同酌美酒杯蒙雾，共论英雄箸落尘。
巧借雷霆脱窘境，随机应变掩惊魂。

注释

●刘备于建安三年，依附了曹操，但他并不甘心做人家的附庸，只是在万般无奈的情况下采取的韬光养晦之策。对此，曹操也心知肚明，对他始终存有戒心，几次派亲信伺察他的居所，掌握动向。

●刘备为了解除曹操的疑心，就在居处的园子里默默种菜，打发时光。同时，闭门谢客，以避曹操的耳目，并让曹操觉得他胸中并无远大志向。而在暗中，他却十分留神，随时观察着风云变幻。

●一天，曹操请刘备去喝酒，表面上是和刘备叙情，实际是探刘备的底。席间，二人议论起天下的英雄人物，曹操说：『当今天下英雄，只有你和我了，像袁本初（袁绍）那种人是沾不上边的。』当时，袁绍在北方的势力很强大，且又是四世三公的名门之后，其门生故吏遍布天下。曹操一语出口，刘备听了十分震惊，正想进食，却连筷子都从手中抖落掉到地上。

●恰在这时，空中响起一声惊雷，刘备马上随机应变，转移话题，对曹操说道：『圣人云，迅雷风烈必变，说得真对啊。一震之威，使我筷子都掉地上了。』刘备巧妙地借雷声掩饰了自己的惊恐。通过此事，刘备更加对多疑的曹操处处存有戒心。后来，他乘攻打袁术之机，率部离开了曹操，曹操后悔放走了刘备，派人去追，但已来不及了。刘备到了徐州，马上杀了曹操委任的刺史，自己重新占领了徐州。

刘备三顾茅庐请诸葛——三国（蜀）时期

夹缝图存欲纵横，求才若渴觅贤能。
屯兵新野得徐庶，屈驾隆中请孔明。
两次恭临非致果，三番拜访始达成。
如鱼得水呼风雨，倒海翻江现卧龙。

注释

●刘备起兵后的十多年间，一直势单力薄，尤其是缺少谋略人才，只能在群雄争斗的夹缝中艰难地生存，所以，解决人才问题，是他的当务之急。

●建安十一年左右，刘备屯兵于新野（今属河南），在这里他得到了良才徐庶。徐庶随即向他推荐了诸葛孔明，说此人是个奇才，但他不会随便就自己上门来，要想见他，必须亲自屈驾前往。刘备听了徐庶的意见，于是就亲往孔明居住的隆中（今湖北襄樊襄阳西），请他出山，来助自己隆兴大业。

●由于事先无法约定，刘备接连两次前去拜访，都因孔明不在家而未能晤面，直到第三次，才见到了孔明，孔明为刘备的真心实意所感动，一口答应出山襄助，共成大业，并当即与刘备纵论天下大势，使刘备十分折服。

●刘备得到了一位旷世奇才，他无限感慨地说：『我之有孔明，犹鱼之有水也！』从此，刘备进入了新的驰骋空间，开始呼风唤雨，而诸葛孔明这条『卧龙』（东汉末年名士司马徽称诸葛孔明为『卧龙』，称庞统为『凤雏』）也崛起腾飞，大展雄才伟略，成为刘备争雄天下不可须臾离开的智囊，为刘氏打江山、坐江山建立了不朽的历史功勋。

诸葛亮隆中对策——三国（蜀）时期

三顾茅庐已动情，隆中对策论争雄。
综观整体皆析透，分考诸方尽阐明。
占益夺荆须据险，联东打北必结盟。
揽才修政和戎越，俟变出川业遂成。

注释

●建安十二年，刘备在襄阳城西二十里的隆中终于见到了诸葛孔明，刘备推心置腹，讲了自己想伸张正义、挽救倾危汉室的雄心壮志，并谦恭地向诸葛亮请教方略，诸葛亮为他的真诚深深感动，便向刘备陈述了自己思索已久的基本对策，这就是历史上著名的『隆中对』。

●诸葛亮首先着眼于整体大局，对自东汉末年董卓作乱以来，各地豪杰并起、割据州郡、群雄纷争的局面作了透彻分析，然后，他又详细、精辟地分别论述了曹操、孙权与刘备三方的战略态势，指出了各方的有利和不利条件。在此基础上，诸葛亮为刘备提出了一整套战略方针。

●诸葛亮指出，在三方争斗的大格局中，刘备必须先把战略重点放在荆州和益州，凭借两地险要，可东连吴、西通蜀，并掌握富庶之地。同时要联合东边的孙权，与其结成同盟，共同对付北方的曹操。

●诸葛亮特别提醒刘备要广泛延揽人才，这是成功的关键。同时，要内修政理，西和诸戎，南抚夷越。只要实施上述一系列战略，待到天下一旦有变，就可以速出秦川，达成霸业。隆中对策，既是诸葛亮帮助刘备兴大业努力实现的总体战略目标，也是指导实际行动并贯彻始终的根本纲领。

名士庞德公——东汉末、三国初期

笑傲荣华做隐君，推官拒禄自纯心。
非拿逸乐传儿女，只以耕读授子孙。
达理识才结俊友，明节守正挽知音。
安魂野岭腾清气，不苟世俗赢盛尊。

注释

●庞德公，东汉末、三国初期的名士。他不慕荣华富贵，只求心纯意正，刘表几次请他入府为官，都遭到他的拒绝，而长期隐居于鹿门山中。

●刘表对庞德公说：『你不肯当官受禄，将来拿什么留给子孙？』庞德公明确地回答道：『世人留给子孙的大多是贪图享乐、好逸恶劳的坏习惯，而我要留给子孙的是耕读传家，让他们过上安居乐业的生活就可以了。』

●庞德公高风亮节，且知人识才，他与当时隐居在襄阳的徐庶、司马徽、诸葛亮等，过从甚密，堪称好友知音，并为他们起了名副其实的雅号，将诸葛亮称为『卧龙』，司马徽为『水镜』，庞统为『凤雏』，后来这三人果然声名大振，成为旷世之才。

●庞德公终日在深山老林中采药，直到死去。他在浊世乱象中，始终保持一身清气，出淤泥而不染，受到天下人的无比尊敬。

诸葛亮娶丑妻——三国（蜀）时期

黄发黑肤丑貌稀，贤才迎娶作堂妻。
愚人浅见多嘲傻，智者卓识屡赞谓。
史上乏陈难定据，疏中有证可凭依？
朱公一语明真谛，何必劳神枉费机。

注释

●沔南名士黄承彦长女，黄头发、黑皮肤，长得十分丑陋，人称『阿承丑女』，但有才气，一代贤达诸葛亮便在黄承彦的要求下，娶了这位丑女为妻。

●当时，知道这件事的人，无不对此讥讽取笑，其实这些讥笑之人见识短浅，不明白其中的深奥。因为黄承彦是位名士，他与襄阳蔡家、荆州刘表等都有密切关系，而诸葛亮客居隆中，人地生疏，能与黄承彦等名士交往，进而同襄阳蔡家、荆州刘表挂上钩，是求之不得的事情。对这一点，后来南宋的朱熹看得十分清楚。朱熹曾赞美诸葛亮娶丑女为妻，是使他『智虑之所以日益精明，威望之所以日益隆重』的因素之一。

●关于诸葛亮娶丑女为妻一事，正史上记载缺略，因后人在注释正史时加进了地方志材料才有此说，因而人们一直猜测不断。

●好在大儒朱熹揭示了这一事情的实质，因而诸葛亮娶丑女为妻是真是假，似乎就没有了探究的必要，重要的是，诸葛亮的聪明才智让人折服就够了。

关云长成偶像——三国（蜀）时期

偃月青龙天下闻，忠心烈胆铸精魂。
暂栖曹帐当恩汉，永事刘营做义人。
本为骁雄驰宝马，却成超圣驭凡尘。
加封日盛登极顶，并祀孔丘尊武神。

注释

●关羽，字云长，为三国时期蜀国刘氏集团的核心成员。他急公好义，心地纯正，忠贞不贰，在战场上手使青龙偃月刀（关羽到底使用的是何种武器，说法不一，青龙偃月刀是一说），威猛过人，为蜀汉大业立下了汗马功劳，天下无人不知。

●东汉建安五年，下邳之战刘备败于曹操，关羽被曹操所擒，拜为偏将军，受到优厚礼遇。在此期间，关羽怀着报恩之心，为曹操解白马之围，在万军之中斩了袁绍的大将颜良。为此，曹操表封他为万寿亭侯（这是他平生得到的第一个封号），但他还是离曹操而去。关羽原先就无留在曹操帐下之意，当曹操派张辽去探询他的想法时，他明确地表示：『我极其明白曹公对我优礼，但我受刘将军（刘备）厚恩，誓以共死，不可背之。虽然我最终不会留下，但我会报效曹公之后再离去。』曹操闻之，感叹地说：『事君不忘其本，天下义士也！』

●毫无疑义，关羽是一位不可多得的忠勇悍将，但他死后却成了脱离尘世，并驾驭人间的神灵，岂非咄咄怪事？其实这完全是后人为了将他的忠义武勇为自己所用，而渲染神化的结果，其起源大概来自陈寿的《三国志》。

●关羽死后，历朝历代加封日盛，由公、王、帝君、大帝，直至被奉为『武庙』的主神，与孔子的『文庙』并祀。据统计，他先后被二十二个行业奉为祖师爷、行业神，超过任何一位儒、道、释的神仙圣人。

关羽水淹七军——三国（蜀）时期

提师北上势恢宏，破取樊襄战略明。

冒雨驱兵封汉水，搏涛荡桨打曹营。

困围于禁招降虏，擒斩庞德送鬼雄。

淹没七军夺大胜，逼操躲锐易都城。

注释

●建安二十年，刘备与孙权再次联盟，分治荆州后引军还成都，后来西定益州，令关羽负责荆州。到建安二十四年，刘备为汉中王，任关羽为前将军。当年七月，关羽令南郡太守麋芳守江陵（今属湖北，是当时南郡治所），将军傅士仁守公安（今属湖北），自己亲率大军北进，欲攻取樊城（今湖北襄樊）。樊城在汉水北岸，为曹操所控制，与樊城隔水相望的是曹操所据的荆州治所襄阳，襄、樊距许都很近，所以是曹操防御的重点。为此，曹操以武艺高强的名将曹仁、庞德来镇守襄、樊。在关羽攻伐时，曹操又派出威名远扬的大将军于禁前去支援。

●当时正值八月，大雨不断，汉水猛涨，平地水深五六丈，樊北的曹营七军驻地全部为洪水所淹，于禁、庞德等避于高处。此时，关羽乘洪水之势，领兵乘着大船，将汉水封锁，对曹营发起猛攻，使曹军无法进行有效防卫。

●于禁见关羽大军攻势威猛，而自己所带的援军尽遭水淹，无奈之下，被逼投降。而庞德披甲挽弓，箭无虚发，矢尽后与蜀军短兵相接，终被生擒，为关羽所杀。曹操见樊、襄陷入十分危险的境地，便急派徐晃领兵驰援，待徐晃赶到樊、襄，洪水已稍退，关羽才撤军。

●关羽在樊城一战，水淹曹营七军，致于禁投降，诛斩庞德，使其威震华夏。经过这一仗，许都以南的地方势力都遥受关羽的号令，成为他的外围力量。曹操看到这样的形势，为避开关羽的锐利锋芒，不得不打算迁都。

关羽失荆州走麦城——三国（蜀）时期

拒听忠告肆孤行，不晓全局擅弃盟。
任性伤和吴获益，纵骄迟撤魏得赢。
遭袭将叛丢荆地，被困途穷走麦城。
再陷伏兵罹大难，悲风扼腕叹枭雄。

注释

●关羽受刘备之命守荆州，对曹军樊城一战，水淹七军，威名大震。但他为人自大，看不清全局，诸葛亮屡次忠告他要想办法维持与孙权的联盟，以利于抗击曹操，可他就是不听。

●东吴吕蒙在鲁肃死后，代掌兵权，放弃了鲁肃联蜀拒曹的路线，征得孙权同意，欲以武力向蜀取回荆州，恰巧此时曹操要利用这个矛盾，以解樊城之围（司马懿向曹操提出的建议），并达到破坏吴蜀联盟的目的。而关羽只会意气用事，没把这样严峻的形势放在心上，当江陵、公安二城陷于危险境地时，仍自以为防御坚固，迟迟没有退兵。于是，吴蜀联盟瓦解，吴从中得到了好处，占领了荆州，而魏也从中渔利，解除了樊城之围。

●吕蒙趁势偷袭，蜀方的江陵、公安守将麋芳、傅士仁叛变投降东吴，军中士兵也纷纷离去，江陵、公安失守。关羽陷入极大的困境之中，此时才知道自己势单力薄，再也无法夺回江陵。在末路穷途的无奈之下，只好逃出麦城（今湖北当阳东南），西至漳乡。此时，关羽身边仅剩十余骑将士，归路已被截断，自己和儿子关平一起被孙权的部将朱然、潘璋设下的伏兵擒获，不久丧命于孙权之手。

●关羽大意失荆州，一代枭雄就这样在骄矜自大中，了结了轰轰烈烈的戎马生涯。关羽殒命，蜀地悲风四起，众英无不扼腕叹息。

张翼德长坂坡救主——三国（蜀）时期

声威天下勇超常，百万军中挑大梁。
断后迎敌瞋怒目，当先救驾亮锋芒。
横矛啸阵雷霆吼，纵马拖枝尘土扬。
长坂发飙敌怯胆，逼曹撤退主安详。

注释

●张飞，字翼德。刘备手下的得力干将，以勇猛雄威著称于世，他和蜀将关羽同样被称为『万人之敌』的超勇人物。建安十三年，曹操夺荆州，刘备军力单薄，败逃时路经长坂坡（今湖北当阳东北），先率数十骑逃离，张飞领二十骑断后，靠勇猛和智慧解除危机，保住了刘备的性命。

●曹操的大将文聘，追赶到当阳桥边，见张飞独自一人立马于桥上，十分惊疑，不敢向前。不久，曹仁、李典、张辽、许褚等也陆续追到，同样未敢前进，使人飞报曹操，曹操闻报，飞马驰来。

●张飞见曹操来到，手握长矛，吼声如雷：『我乃燕人张翼德，谁敢与我决一死战？』曹操早就听说『张飞在百万军中取上将之首，有如探囊取物』，此刻更是不敢轻敌。这时，曹军又见张飞身后的树林中烟尘滚滚，不知是张飞令士兵用马拖着树枝冲起的尘土，疑有伏兵，更是不敢贸然前进。

●张飞据水断桥，悍气飙腾，致使敌方胆战心惊，众将士两腿发抖，曹操身边的将领夏侯杰竟然吓得摔落马下。曹操见状，拨马便走，迅速退兵，刘备得以虎口脱险。

马超的悲剧人生——三国（蜀）时期

一身智勇自名宗，血溅族门恨满胸。
暂附张营承苦雨，长归刘帐受凄风。
居官领地非当任，拜将加侯仅挂称。
篱下经年难度日，辛酸痛楚伴平生。

注释

●马超，字孟起，汉代名将马援的后代，其父马腾在当时西部地区颇有势力，东汉末年起事，受封为征西将军，他年老时，由儿子马超统领兵马。马超承接祖宗遗风，威猛雄悍，英勇善战，在征讨李傕、郭汜时，因功被擢为偏将军，年仅十七岁。马超与曹操结怨由来已久，互相仇视，你死我活。曹操曾说：马儿（指马超）不死，我就无葬身之地。曹操终于得到机会，趁马超率军远离家族居地之时，将在邺城的马家二百余人全部杀害。

●后来，马超在军事上失利，进退维谷，就投奔汉中，打算依托张鲁的势力，作从长计议。但张鲁并不与其合作，马超很不得志，他几次向张鲁借兵，想要夺取凉州，都被拒绝。后来，张鲁的部将竟然要害死他，因此，马超于建安十九年，又归附到刘备麾下。可刘备表面上欢迎他，内心里却并不真把他看作自己的嫡系，这又使马超长期感到凄楚悲凉。

●因马超在刘备讨伐刘璋作战中立下大功，又依其出身和门第，被刘备封为平西将军，却不让他到督辖的地域，而将他长期留在蜀国成都。章武元年，刘备称帝，马超升为骠骑将军，领凉州牧，进封斄乡侯。他虽号称凉州地方最高长官，却挂的是有名无实的虚衔，并没有实际的兵权。

●马超一生过着寄人篱下的生活，虽说是临阵勇猛，威名远扬，但始终郁郁寡欢，辛酸痛楚。刘备称帝的第二年，马超便去世了，临终前他向刘备上疏说：『我全家当年有二百余口，几乎全遭曹操杀害，只有堂弟马岱，继承祖宗血脉，现在我把他托付陛下，深表心意。别的就没有更多的话要说了。』这便是马超最后留下的辛酸话语。

老将黄忠——三国（蜀）时期

金甲铁弓气宇轩，刚锋不老尚犹酣。
葭萌解困甘迎险，天荡削敌勇破坚。
用计凌攻撅隽乂，挥师猛打斩侯渊。
定军一战愈声赫，并列马张同赵关。

注释

●黄忠，字汉升，为三国时期蜀国名将。他刚毅勇猛，气贯长虹，直到老年，仍宝刀不老，拼杀在疆场，不断立下赫赫战功。

●在曹操进攻益州时，刘备所据的葭（音：家）萌关告急，老将黄忠受命前去救援，他用智谋攻击曹军的屯粮重地天荡山，既解除了葭萌关之危，又获得了大量粮草。后来，黄忠又率部攻打刘璋，他带头冲锋陷阵，登城夺池，终于平定西川，攻取益州。

●在葭萌关驰援作战中，黄忠先是用计打败了张郃（字隽乂），接着智夺天荡山，尔后，于建安二十四年，与曹军会战定军山（今陕西勉县南）。黄忠挺锋锐进，金鼓震天，双方刚一交战，就将曹军主帅夏侯渊斩于马下，致曹军大败。

●定军山一战，对刘备来说，非常关键，这是他夺取汉中，建立蜀汉政权的西进序曲。为此，黄忠名声大振，后人有诗为证：『老将说黄忠，收川立大功。身披金铠甲，手挽铁胎弓。胆气惊河北，威名震蜀中』。不久，刘备做了汉中王，封赏黄忠为后将军和关内侯（关羽为前将军），同关羽、张飞、马超、赵云比肩，成为诸武将中最高一级，深受刘备的信任和重用。可惜，岁月不饶人，黄忠在封侯的第二年就告别了人世。

费诗劝服关羽——三国（蜀）时期

同忠并列羽雷霆，受命临荆说悍雄。
不亢不卑申挚爱，非急非缓诉真情。
名尊汉相有宏度，实贬蜀侯无大容。
柔里寓刚激猛醒，遂将排拒化服从。

注释

●老将黄忠归附刘备不久，在定军山大破曹军，立功后拜为后将军，与关羽的前将军并列。此时，关羽正在荆州，他听到这个消息，大发雷霆，公然叫嚷：『我大丈夫怎能跟老兵并列呢？』并坚决不接受前将军的职衔。为了消除关羽的怨气，前部司马费诗，受刘备之命，前往荆州去劝服关羽。

●费诗来到荆州见到关羽，关羽就要起了脾气，怒气冲冲地说黄忠不配封为后将军。费诗不为关羽的傲气所挫，早就想好了应对的话，他不卑不亢、不紧不慢地对关羽动之以情，晓之以理，使关羽逐渐消减了火气，开始了冷静思考。

●费诗从容不迫地劝慰关羽说：『要成大器、立王业的人，使用的人不可能是一种类型。西汉时，刘邦与萧何、曹参是从小亲密无间的关系，后来，韩信投奔刘邦麾下，封位列班，名头最高，萧何、曹参却并不以此为怨。如今，我主称汉中王，以一时之功，加黄忠封号，我认为在我主心中，谁重谁轻，那是不言而喻的。我主与君侯同休戚，共祸福，就好比是人同一体，不会有丝毫改变。』费诗这番话，是用汉相萧何、曹参的宽广胸怀来教育关羽，奉劝他切不可小肚鸡肠。

●费诗见关羽有所动容，便趁热打铁，柔中寓刚地说道：『以我之愚见，君侯你不宜介意官号的高低和爵禄的多少，我只是听命奉使而已，你如果不接受的话，那我回去就是了。只不过未免替你感到可惜，事过之后，恐怕你会后悔的！』关羽见状，如梦中惊醒，当即受封前将军之职，并对费诗表示真诚感谢。费诗以自己的聪明才智，终于圆满地完成了刘备赋予的使命。

刘备白帝城托孤——三国（蜀）时期

溃师逃返大疾生，白帝托孤郁满胸。
嘱相竭诚襄社稷，督儿尽善理廷宫。
甚忧新帝难争气，更喜老臣能奉忠。
本望回天重振蜀，却因昏嗣致国倾。

注释

●章武元年七月，刘备率大军伐吴。第二年六月，连营七百里的蜀军全面崩溃，刘备逃回鱼复（当年改名永安，即今重庆奉节白帝）。不久，刘备患痢疾，同时，其他病也一起并发。章武三年三月，刘备病情危急，随即在白帝城托孤。

●刘备将丞相诸葛亮从成都召到奉节永安宫，让他与尚书令李严一起辅佐刘禅。刘备对诸葛亮说：『君才十倍于曹丕，必能安国，终定大事。嗣子如可辅助，就辅助他；如其不才，君可自取。』同时，立下遗嘱，要求儿子刘禅『勿以恶小而为之，勿以善小而不为』，『唯贤唯德，能服于人』。

●生命最后一息的刘备，此时既担忧新主（刘禅）不争气，撑不起局面，又很高兴老臣诸葛亮在危难时刻，忠心耿耿。刘备托孤时，诸葛亮眼含热泪，虔恭地表示：『臣必当尽心竭力相辅，忠贞效节，死而后已！』

●刘备临终时曾听说刘禅的智量大有进步，实指望他能在诸葛亮等人的辅佐下，挽回败局，重兴大业。可他哪里知道，这个刘禅是个扶不起来的阿斗（刘禅的小名）。刘禅即位后，统而不治，昏庸无度，终招致蜀国灭亡。在亡国之后非但无痛心之意，而是『乐不思蜀』。

诸葛亮七擒孟获——三国（蜀）时期

南逆兴风叛蜀廷，伐曹受扰必戡平。
亮亲出马筹谋细，谡自倾囊献略明。
秉善攻心当可取，失仁灭命不该行。
七擒七纵服夷首，巧以德威致久宁。

注释

●刘备死后，南中夷人部帅孟获，在孙权任命的永昌郡太守雍闿的煽动下叛蜀。南中如不平定，蜀军北伐曹魏必有后顾之忧，很难达成目标。

●在这种情况下，经过两年的准备和细致筹谋，诸葛亮亲率大军进兵南中。参军马谡送行数十里，临别时，诸葛亮向马谡问策，马谡原本就有考虑，便从容不迫地拿出了英明的方略。

●马谡说：『南中各部恃山险路远，不服久矣。丞相意欲倾国伐魏，南中部帅知我内部空虚，其叛更速。对之尽行剿灭，并非仁者所为，且一时亦难如愿。因此，用兵之道以攻心为上，愿丞相服其心。』诸葛亮对马谡的意见深表赞同，成了他后来平南中战略的指导思想。

●孟获与蜀军首战就失败了，被诸葛亮擒获，然后将他释放，让他率兵再战。如此再战再擒，再擒再放，前后共七次，第七次释放孟获时，孟获口服心服地说：『诸葛公真乃天威，南人不再叛变啦！』平定南中后，诸葛亮任用当地部帅担当郡府长吏，这样可以不留兵，不运粮，同时也有利于地方安定。攻心为上，以德威服，诸葛亮取得了平定南中的成功，直到诸葛亮去世，南中地区始终安定，同时免除了伐魏的后顾之忧，还从南中地区得到了大量的人力物力支援。

诸葛亮殒命五丈原——三国（蜀）时期

直入秦川据渭南，对决司马陷泥潭。

粮缺秣短输途断，将倦兵疲士气残。

本欲凌攻求速取，但遭固守致拖延。

强锋劲弩终无力，呕血倾身五丈原。

注释

● 蜀建兴十二年初，诸葛亮最后一次伐魏，一改以往由祁山出兵的路线，率军出褒斜栈道，直入秦川，在武功五丈原（今陕西岐山县城南四十里处），与司马懿对阵于渭南。几个月过去了，司马懿在渭水以北，就是坚守不出，等待蜀军粮草竭尽时，再一举捷胜，这样双方就陷入了长期纠缠之中。

● 诸葛亮率军长驱，远离本土，粮秣运输十分困难，八个月下来，供应已难以为继，因长期不打，全军士气也大大减弱。粮秣殆尽，人困马乏，使蜀军陷入极大困境之中。

● 诸葛亮本打算此次伐魏，以速战速决达成目的，却不料遭遇了司马懿的拖延战术，致使蜀军欲战不成，欲返不能。

● 诸葛亮连年征战，积劳成疾，身体状况越来越差，特别是又陷入了进退维谷的境地，心情忧郁万分，病情愈加严重，最后吐血而亡。建兴十二年八月，一颗巨星终因劳瘁，而陨落于五丈原。

诸葛瞻魂壮绵竹——三国（蜀）时期

败于涪县损前锋，列阵绵竹再对攻。
铮骨拒降诛魏使，丹心赴难战曹兵。
足埋黑土彰节义，冠落红尘表孝忠。
壮烈浩然承父志，虽乏计略亦精英。

注释

●诸葛瞻，诸葛亮之子，蜀末景耀四年，任行都护卫将军，与辅国大将军、南乡侯董厥并列为平尚书事。景耀六年冬，魏国征西将军邓艾领兵大举攻蜀，诸葛瞻率蜀汉诸军抗击邓艾大军。当蜀军来到涪县（今四川绵阳东）时，诸葛瞻未听尚书郎黄崇『迅速进军，占据险要』的劝告，犹豫不决，丧失主动，前锋部队被邓艾攻破，遂退至绵竹（今四川德阳市），与魏军再次对阵，摆开了最后决战的架势。

●这时，魏将邓艾派使者送信与诸葛瞻，劝其投降，并答应表荐他当琅玡王。诸葛瞻阅信后大怒，下令斩杀了来使，并与儿子（诸葛尚）决心临难赴义。

●为了表示自己绝不后退半步与敌血战到底的决心，诸葛瞻将双脚埋于土中，最后终因寡不敌众，英勇阵亡，以忠孝节义的实际行动，为自己的人生画上了句号。

●诸葛瞻为蜀国临难赴义，是以鞠躬尽瘁、死而后已闻名的诸葛家族中的又一亮点，是对诸葛亮高风亮节的传承。他虽然智略欠缺，不足以扶危拒敌，但其精神品格是非常值得称道的。

一身是胆赵子龙——三国（蜀）时期

浑身是胆令敌寒，勇战千军破万难。
长坂飞骑安蜀子，荆州横水遏吴船。
如需撤阵常于后，若要突围必在前。
冠誉虎威忠社稷，德高武盛尽惊寰。

注释

●赵云，字子龙，三国时期蜀国著名将领。其人身高八尺，姿颜雄伟，因曾以数十骑拒曹操大军，名赫军坛，被称道『一身是胆』，军中更称其为『虎威将军』，敌人无不闻风丧胆。

●建安十三年，曹操取荆州，刘备败于当阳长坂坡，弃妻儿南逃。在此危急关头，作为刘备主骑（侍从长官）的赵子龙，单骑奋战，怀抱刘备幼子刘禅，全力保护，杀出一条血路，并携甘夫一起突出重围。刘备见到赵云后，将婴儿扔在地上，说：『为一孺子，险折我一员大将！』刘备入蜀，赵子龙留守荆州，为偏将军。后来，刘备去益州，孙权乘机派出大批船只，要接回已为刘备之妻的妹妹回吴，并要把刘禅掠入吴地，当作人质。赵子龙发现后，马上与张飞一起领兵在江上把吴国船只堵截住，将刘禅夺了回来。

●赵子龙在对敌作战时，一贯奋不顾身，冲锋陷阵。当遇到危机需要撤退时，他总是退守在后，保护部属；在陷入危险要突围时，他又总是战斗在前，并善于以少胜多，突围取捷。

●赵云一生忠心耿耿，把自己的全部都贡献给了蜀汉事业，成为千百年来人们心目中名将的典范，而永垂青史。

黄权改换门庭而不失儒雅——三国（蜀、魏）时期

似失节义又如忠，两换门庭俱股肱。
此地倾心襄奋起，彼廷全力助勃兴。
蜀君钦佩多思念，魏主折服屡赏封。
敌对双方同盛赞，概因儒雅蕴华英。

注释

●黄权，字公衡，有远见，有气度，是三国时期著名儒将。他原为益州牧刘璋的主簿，刘备袭取益州，许多郡县都望风归附，黄权在广汉却闭城坚守，刘璋称服后，他才归降刘备。待刘备称帝后，举兵伐吴，让黄权去江北督军以防魏。后来，刘备失败，黄权因道路隔绝，无法回蜀，只得率部投降魏文帝曹丕。黄权两易门庭，都是国主的手足重臣、股肱，起到了别人无法替代的作用。

●黄权归附刘备后，倾心襄助，不遗余力，他曾用股和臂的关系比喻汉中的重要性，帮刘备确定了东进汉中的战略决策，并在尔后攻取汉中的一系列战役中，屡屡贡献克敌制胜的谋略。黄权投曹丕后亦尽心尽力，帮助魏国勃兴，直到魏明帝曹叡即位，仍一如既往，深受魏主赏识。

●当年刘备伐吴，黄权曾进谏说，吴军悍战，蜀水军顺流而下，进时容易退时难，怕有危险，他愿为先锋以作试探，建议刘备留后为宜。可刘备未听，仍以黄权为镇北将军，去江北督军防魏。结果刘备失败。当黄权投降曹丕时，有人向刘备提出要问罪黄权家属，刘备却说：『是我有负黄权，黄权并没有负我。』且每每说到黄权，都深表钦佩而思念不已。魏主曹丕、曹叡也都非常折服黄权儒雅的气质和度量，对他十分器重，并屡屡封赏，从开始的镇南将军、益州刺史，直至擢升为车骑将军、仪同三司，并谥为景侯。

●黄权一生不失儒雅，敌对双方都对他赞誉有加。他们父子，各为其主（儿子黄崇在蜀，任尚书郎），都是品格高尚、智勇双全的名将。

性格内向悟性极高的王平——三国（蜀）时期

街亭惨败众遭惩，得赏获封唯此雄。
对战祁山多冷静，交兵骆谷甚从容。
文功疏浅涵宏略，武治精深蕴巨能。
稳重练达高悟性，言行必果更蜚名。

注释

●王平，字子均，原在曹操麾下，后归降刘备，为蜀后主（刘禅）时期的名将。建兴六年，诸葛亮首次北伐，王平在马谡部任先锋。由于马谡一意孤行，王平劝谏不成，兵败街亭，几乎全军覆没，只有王平率部众千余人，突出重围。事后，诸葛亮挥泪斩了马谡，张休、李盛、黄袭等将领均遭到惩处，唯独王平受到褒奖，加拜参军，晋升讨寇将军，封为亭侯。

●过了三年，蜀、魏双方又战于祁山，魏军主帅司马懿攻打诸葛亮，名将张郃攻打王平。在气势汹汹的强敌面前，王平冷静沉着，精密布营设防，使得张郃毫无战绩可言。延熙七年（王平已官拜前监军、镇北大将军），魏军大将曹爽率步骑十余万直逼汉川，前锋已达骆谷。此时，汉中蜀国守兵不足三万，蜀将大多惊慌失措，而王平却从容不迫，缜密思考对策，并与东边的邓芝、南边的马忠诸路兵马联合，费祎又带兵从成都赶来助战，使多于蜀军数倍的魏军无功而退。

●王平基本是文盲，据说识字不超过十个，却有很深的谋略，悟性极高，经他口授，由人笔录的文章，条分缕析，有理有据。他请人给他读《史记》、《汉书》，听了之后，就能领会，并抓住要旨。他戎马一生，战功辉煌，显示了非凡的智能。

●王平一生耿直，性格内向，稳重练达，办事认真，说到做到，非常讲究信用，所以他始终受到人们的信赖和尊重。

马谡失守街亭——三国（蜀）时期

扼踞咽喉系败成，请缨衔命守街亭。
登山设帐节非受，离水扎营谏不从。
险阵骄狂折劲旅，危局怯懦弃残戎。
误择一将亮心痛，挥泪举刀彰法明。

注释

●马谡，字幼常，三国时期蜀国的『智计之士』，好论军计，深得诸葛亮赏识。蜀建兴六年，诸葛亮第一次出兵祁山，计划从街亭（今甘肃秦安县城东北四十五公里的陇城镇与张家川回族自治县城西北三十公里的龙山镇之间，近六盘山，向东不远就是陕西的关中地区）一带进兵，拿下关中。街亭乃是汉中的咽喉要地，此处能否守住，直接关系到这次北伐的成败。诸葛亮的战略意图是：以赵云、邓芝率偏军出箕谷，用佯攻引诱魏军主力，自己率主攻部队，进取祁山。这时，马谡自告奋勇，请缨作先锋。许多将领不同意，诸葛亮力排众议，起用马谡作先锋，去守街亭。

●马谡刚愎自用，只知兵法教条，不知审时度势，他一到街亭，就不服从诸葛亮的节度，拒绝执行诸葛亮『须靠山近水扎营』的叮嘱，竟然在山顶设营，而不顾水道。副将王平屡次劝谏，让他改变做法，他根本听不进去，仍然坚持高居山顶，不据城而守。

●在对阵时，马谡更是自以为是，被魏将张郃断其水道，使全军几近覆没。街亭失守后，蜀军危困，这时，马谡却只顾自己逃命，而丢下残兵不管，后来还是王平负责收拢而还。

●马谡失守街亭，诸葛亮十分惭愧，后悔自己在关键时候择将不当，没有听刘备临终时所说的马谡『言过其实，不可大用』的忠告。诸葛亮痛定思痛，不顾蒋琬的说情，最终挥泪将马谡斩首，以严明军法。

名将白眉马良——三国（蜀）时期

马氏家族有五常，白眉逸众最优良。
奉节出使博恭敬，守镇担纲获誉扬。
衔令招安欢蜀主，将兵殒命骇吴王。
忠贞不贰多骄绩，勇盛才丰智满囊。

注释

●马良，字季常，三国时期蜀国刘备身边的重要臣僚，他兄弟五人，都因具有才学而出名，字中皆有『常』字，故人称『五常』。马良为马谡之兄，其长相特别，眉中有白毛，世人称为『白眉』，且才学超出其他弟兄，当地乡里都说：『马氏五常，白眉最良。』在刘备看来，马良的地位比马谡重要得多，因而对他特别信赖和倚重。

●刘备称帝时，拜马良为侍中，在此之前，马良一直留驻荆州重镇，替刘备出谋划策。马良奉刘备之命出使东吴，出发前他曾请诸葛亮致信孙权以作推介，诸葛亮要马良自己起草信稿，结果因措辞得体而赢得了孙权的敬重和礼遇。马良长期驻守荆州，所有问题都处理得有条不紊，屡受刘备赞誉。

●蜀章武元年，刘备征讨东吴，派马良去武陵招纳五溪少数民族人士，由于办法高明，当地的首领都接受了蜀汉的印号，使刘备非常欣喜。正当马良宦途顺遂之时，发生了蜀吴之间的关键战役——夷陵之战，刘备亲率大军沿江直下，连营七百里，结果败于吴将陆逊，马良战死。从此，刘备失去了一位股肱之臣，而吴主孙权也为之惊骇不已。

●马良一生忠心耿耿服侍刘备，为蜀国的军国大事建立了骄人的功绩，他的智勇才学为世人深深折服。

社稷之栋梁蒋琬——三国（蜀）时期

少小蜚声气度弘，倾心奉蜀尽忠诚。
安民务本思兴业，理政求真拒饰名。
继相经国犹谨慎，辅君筹略更从容。
人皆誉美称伏虎，腹蕴高韬比卧龙。

注释

●蒋琬，字公琰（音：掩），三国时期蜀国名臣。他早在十多岁时，就与表弟刘敏一起成为荆襄一带的名士。蒋琬一向凝重深沉，气度不凡，后来随刘备入蜀，渐显卓越才能。

●蒋琬在做广都（今四川双流）县令时，有一次刘备巡游，突然经过广都，见蒋琬喝得醉醺醺的不管事，便大怒，欲把蒋琬处死。诸葛亮急忙劝阻说：『蒋琬是社稷之才，并非百里之才。他治理政事以安民为本，讲的是务实，不追求虚饰。主公您正巧碰上他喝醉，并不说明他不善管理……』听了诸葛亮这番话，刘备才放过蒋琬。建安二十四年，刘备为汉中王，这时蒋琬已颇有业绩，担任了尚书郎。刘备死后，刘禅继为后主。建兴元年，诸葛亮丞相开府，特地让蒋琬做东曹掾文书幕僚。数年间，政绩斐然，升为参军。

●诸葛亮常说：『蒋公琰忠心耿耿，是辅佐王业的够格人选。』他密表后主，托以后事，说宜由蒋琬当丞相的接班人。建兴十二年，诸葛亮逝世，刘禅依丞相遗愿，任蒋琬为尚书令，很快又升迁为大将军，封爵为安阳亭侯。在这种情况下，蒋琬沉着坚毅，不露喜色，更加谨慎地帮助后主处理政事，从容自如，有条不紊。延熙二年，蒋琬统帅各路军马屯驻汉中，开设幕府，加为大司马。

●蒋琬病逝后，谥为恭侯，蜀国人把蒋琬同诸葛亮相提并论，称诸葛亮为『卧龙』，蒋琬为『伏虎』。

治国良才费祎——三国（蜀）时期

跻身四相久鸣声，悟性极高善要宗。
出使维尊吴蜀敬，担调解怨魏杨恭。
尊崇俭朴防污秽，厌恶奢豪守雅清。
教子严格尤可贵，惜遭暗刺落华英。

注释

●费祎，字文伟，三国时期蜀国名臣，与诸葛亮、蒋琬、董允并称为『四相』，也称为『四英』。他早年即成名士，悟性极高，无论是处理军国大事，还是面对烦琐公务，都能马上抓住要旨，解决得明确清晰。

●费祎在任昭信校尉时，诸葛亮派其出使东吴，执行联吴政策。在双方谈判时，吴主孙权不时嘲弄和戏谑费祎，东吴名士诸葛恪等人又唇枪舌剑，咄咄逼人。面对如此的羞辱和非难，费祎胸有成竹，沉着应答，直击要害，使得吴方既畏惧又钦佩，从而维护了蜀国的尊严，同时显露了出众的才华，更加赢得蜀人的尊重。建兴八年，费祎升为中护军，后升为司马。军师魏延和长史杨仪二人结怨甚深，成为死对头，有时恶言相骂，甚至剑拔弩张，各不相让。费祎担当起调解劝和的任务，他耐心做工作，分别谏喻，终使魏、杨二人释掉怨恨而各司其职，各尽其才。二人对他都十分恭敬。

●费祎始终追求名士谦虚的雅性。当年蜀汉太傅许靖丧子，费祎与董允一起去参加葬礼，借的是一辆旧车，来到现场后，董允看到许多高官都车舆豪华，觉得很没面子。费祎却泰然自若，并未觉得难堪。费祎一生不慕奢华，秉持正气，生活十分俭朴，常为世人所称道。

●费祎家风正，教子严，在他精心严格的教育下，儿子费承、费恭也都布衣素食，出入不乘车骑，克勤克俭，跟普通百姓没什么两样。这与大多数高官家的纨绔子弟有天壤之别。延熙十六年正月，朝中举行岁首大会，费祎因欢饮沉醉，不幸遭到魏降人郭循的杀害（死后被谥敬侯），一代治国英才，就这样轻易地身亡了。

辩才邓芝使吴——三国（蜀）时期

两英宏略不约同，奉使江东说复盟。
辟论得失谈走向，深剖利害指行程。
相协进可达兼并，互鼎退能求制衡。
妙语连珠均入理，重合吴蜀获双赢。

注释

●邓芝，字伯苗，三国时期蜀国名臣。刘备过世后，吴蜀关系日益紧张。邓芝分析当时的形势，对诸葛亮说：『现今主上幼弱，嗣位不久，应当派遣大使去吴国，重申结盟之好。』此意正与诸葛亮不谋而合，诸葛亮答道：『我对这事也考虑很久了。』于是，便派邓芝出使江东，去做与吴复盟的工作。

●邓芝与孙权会面，孙权虽有与蜀和好之意，可担心蜀国幼主软弱，魏国一旦施压，进攻蜀国，恐蜀无力自保。邓芝从容不迫，精辟地分析了天下大势，陈明了利害关系，指出未来发展趋势，使孙权十分折服，看清了大局，终于愿意重新与蜀结盟。

●邓芝深刻分析了吴蜀双方的态势，指出：『吴、蜀二国有四州之地，吴主名重于世，诸葛亮也乃当今英杰，加上蜀国有重险之固，吴国有大江之阻，两国间互相以长处配合，唇齿相依，结成同盟，进可兼并天下，退可保持鼎足之势，这是理所当然的选择。』邓芝还谈到吴王如附从魏国，魏必要吴王入朝，并以太子为人质，若不从命，魏便伐攻。此时蜀再沿江顺流而下攻吴，那么江南地方就不再是吴国的了。听了邓芝的透彻分析，孙权沉默良久，最后连声说：『你分析得对！』

●邓芝以雄辩之才，博得了吴蜀双方的盛赞，孙权在写给诸葛亮的信中赞扬道：『和合三国，唯有邓芝。』邓芝出使成功，达成了蜀吴重新结盟的目的，对蜀国集中精力平定南中创造了极为有利的条件。

一身清正忠于职守的董允——三国（蜀）时期

为人厚朴续家风，负命承托力尽忠。
劝善兴德匡御座，弥阙补漏饬廷宫。
尊贤礼士压邪恶，尚义崇节守正清。
热血一腔扶社稷，良臣不幸伴昏庸。

注释

●董允，字休昭，为三国时期蜀国『四相』（诸葛亮、蒋琬、费祎、董允）之一。其父董和品格高尚，为人忠厚，办事勤恳，董允继承了良好家风，在后主刘禅即位后，升迁为黄门侍郎。诸葛亮北伐，考虑到刘禅年轻，便将宫中大事交与费祎、董允，并上疏说：『他们是先帝亲自选拔辅佐陛下的人，他们的责任是进言尽忠，斟酌规益。愚以为宫中之事，事无大小，悉以咨之，必能裨补缺漏，有所广益。如果没有兴德之言，那就应该治董允等人死罪。』可见诸葛亮对董允是何等信赖和倚重。董允果然不负厚望，尽心竭力、忠心耿耿地担负起了重托，做出了显著成绩。

●不久，董允升为侍中，领虎贲中郎将，统管宿卫亲兵。他对后主刘禅经常劝谏、匡正。刘禅想要扩充后宫，董允直言不讳地指出：『古代天子后妃不过十二名，现已有后妃不少，不宜再增加。』遏制了刘禅的荒淫逸乐。平时，董允加强对宫廷、朝政的整饬，随时纠正不良风气，堵塞各种漏洞，使朝廷得以正常有序地运转。

●董允一向礼贤下士，对正派之人，无论职位高低，都非常尊重。有一次，他和费祎、胡济等约好一起去游宴，即将出发时，突然有个年轻的下官要谈事情。可这个下官看到董允即要行动，便欲言而止，想要离去。董允见状，立即取消了游宴活动，来处理下官要办的事。董允一身正气，对朝中的邪恶之徒从不让步。后主宠爱的宦官黄皓，时常兴风作浪，为后主出坏主意，董允知道后，总是痛加斥责，使其不敢过度放肆。

●董允把满腔热血献给了蜀国的江山社稷，延熙六年，被加封为辅国将军，第二年以侍中守尚书令，成为大将军费祎的副职，延熙九年逝世。董允去世后，宦官黄皓遂由黄门丞升为中常侍，奉车骑尉，操弄朝廷权柄。而刘禅在黄皓的推波助澜之下，变得更加昏庸无道，最后蜀国终于倾覆。对于这一点，恐怕是董允始料不及的。

显要的智谋之才法正——三国（蜀）时期

善审全盘掌要端，常出计略见高瞻。
酌情劝备驱孱牧，造势击操斩悍渊。
虽报私仇无大度，却急公义有宏观。
超人智术服诸葛，叹陨明星暗蜀天。

注释

●法正，字孝直，蜀国名臣。刘备麾下有不少文韬武略的人才，而法正智谋显要，其不少方略事关成败大局，因而被刘备、诸葛亮所倚重。

●早年，法正为刘璋部下，但刘璋不善任用，于是，法正就在好朋友、益州别驾张松的帮助下，暗地为刘备献策，劝他乘刘牧懦弱，以张松为内应，攻取益州，以殷富之地、天府之险形成大业。此计深得刘备欣赏。建安十九年，因刘备重用，法正任蜀郡太守、扬武将军，外统京都，内为重要谋士，成为刘备的重要帮手。建安二十四年，刘备领兵南下，与曹军大战于定军山，黄忠听从刘备调遣，挺锋锐进，占据有利地形，将魏悍将夏侯渊立斩马下，赢得了大胜。事后曹操说：『我早知道刘备不会有如此智术，必是别人所教。』所教之人就是法正。

●法正的弱点是气量比较狭窄，得志以后，对过去结下仇怨的人施以报复，实不足取。但是他急公好义，为蜀国政权的建立和巩固，立下了不小的功劳，这却是值得称道的。

●诸葛亮非常佩服法正的智术，法正逝去后，刘备不听群臣之谏，一意孤行，为替关羽报仇而东征孙权，结果遭到惨败。这时，不在成都的诸葛亮感叹地说：『法孝直若还活着的活，就能及时制止主上的东征。即使出兵东征，如有孝直辅佐献策，也不致如此倾危。』在刘备为汉中王时，法正任尚书令、护军将军，第二年就逝世了，年仅四十五岁。刘备为失去这位智谋之士，曾十分伤心，痛哭了好几天而不能自已。

一生曲折的孟达——三国（蜀）时期

武文兼备不平庸，厄运缠身自作聪。
拒救樊城离本主，绝交蜀室入别宫。
始欢博赏得温暖，继苦遭讦遇冷冰。
遂念回归谋复反，终因败露了残生。

注释

●孟达，字子敬，后改字子度，在东汉灵帝时官为凉州刺史，后来归附刘备，此人文武兼备，处事有方，协助刘备养子刘封夺取和镇守蜀汉前哨战略要地上庸（今湖北竹山县）出了大力。但此后，他因自作聪明，致使命运多舛，处境艰难，一生可谓曲折多变。

●建安二十四年八月，汉中王刘备遣关羽攻打樊城、襄阳，后因孙权用计，曹操增援，关羽陷于危机，一再派人要刘封、孟达从上庸出援兵相救，可刘、孟却按兵不动，理由是上庸刚降服不久，未可动摇。结果关羽兵败身死。孟达感到压力很大，加上刘封仗势欺压他，他便留下信函，离开刘备而去投奔曹丕。

●延康元年，孟达以上庸作献礼，归附曹丕。开始时，曹丕对他很重视，封其为散骑常侍、建武将军和平阳亭侯，并以房陵、上庸、西城之地合为新城郡，由他领新城太守。此间，孟达对刘封实行策反（后来刘禅听诸葛亮之计杀死了刘封），在劝降信中，对刘备表示了强烈不满。曹丕死后，曹叡即位，孟达遭到魏朝廷一些人的攻讦，丧失了昔日的风光。

●于是，孟达打算重新归蜀，他秘密传信诸葛亮，表示要将功折罪。诸葛亮虽然给他回了信，但对他仍有怀疑。在多次联络的过程中，孟达的行为终于败露，司马懿在魏太和元年抢先下手，攻破上庸，诸葛亮因对孟达怀疑，并未出兵相救，结果孟达被擒处斩，终结了曲折多变的一生。

蜀末主将姜维——三国（蜀）时期

凉州上士好名功，末代英才力挽倾。
手握军权衔统领，肩担遗命负独撑。
七出屡败仍决意，九进难捷不改衷。
怎奈局颓亡必至，丹心碧血叹秋风。

注释

●姜维，字伯约，原为雍州刺史郭淮部下，后率众降蜀。他胆略过人，喜好功名，是军中难得之将才，被诸葛亮称为『凉州上士』。在蜀国面临倾危之际，姜维以一片赤诚之心，担负起了挽救危局的重任。

●姜维归蜀后不久，就被擢升为中监军征西将军。诸葛亮死后，他肩负诸葛亮的遗命，成为右监军辅汉将军，统领诸军兵马，独自撑起蜀国岌岌可危的残局。

●延熙十年，姜维升为卫将军，与大将军费祎共录尚书事。从这一年起直到蜀汉灭亡，姜维前后七次出陇右，九次北伐，与曹魏大军展开了殊死搏斗。但由于此时的蜀国整体实力衰落，再加上后主刘禅被奸臣黄皓等人左右，使得姜维的征伐战事屡遭失败。但他振兴蜀国的雄心壮志始终不改。费祎死后，姜维担任大将军，仍然为挽救危局而拼杀在疆场。

●炎兴元年八月（初秋），魏军邓艾、钟会兵分两路大举攻蜀，姜维与廖化、张翼联合，坚守剑阁。后来魏军兵临成都，蜀主刘禅投降，并派人通知姜维就地降魏，姜维只得表面上听从安排，暗地里利用邓艾与钟会的矛盾，策动钟会叛魏，不料钟会被手下将领出卖，钟会和姜维都被魏军乱兵所杀。

扶不起来的阿斗（刘禅）——三国（蜀）时期

乱阵逢凶被救生，冲龄受辅坐廷宫。
不思经略任衰败，只想寻欢抛复兴。
理政乏能推恶浪，执纲无道抵清风。
屈膝降魏丢廉耻，篱下求安弃祖宗。

注释

●阿斗，刘备之子，蜀后主刘禅的小名。当年，刘备兵败当阳长坂坡，赵云单骑突围，救出襁褓中的阿斗。章武三年四月，刘备在白帝城永乐宫托孤诸葛亮、李严等老臣，嘱托他们辅佐刘禅。诸葛亮病死五丈原后，由蒋琬、费祎、姜维等相继辅佐。刘禅十七岁即位，蒋琬卒后，费祎为大将军，此时，刘禅开始自摄国事。

●刘禅主政，蜀国已是千疮百孔，岌岌可危。但他无视局势的严峻，终日耽于声色犬马，淫乐放荡，根本不想如何使蜀国解危复兴。

●刘禅把先主临终时给他的『勿以恶小而为之，勿以善小而不为』的训诫丢在了脑后，极力宠幸黄皓等奸佞宦官，对忠良贤臣则一概排拒。刘禅自己本来就没有理政经国的能力，却又昏庸无道，如此这般，蜀国灭亡就是不可避免的了。

●炎兴元年八月，魏军邓艾、钟会兵分两路大举攻蜀，突至成都，蜀廷一片混乱。刘禅听从光禄大夫谯周之言，欲降魏。刘禅之子刘谌闻之大怒道：『父子君臣当背城一战，与国共存亡，以见先帝，为何投降！』刘谌又去昭烈庙哭祭刘备，然后自杀身亡。而刘禅作为一国之君却寡廉鲜耻，于炎兴元年十一月，卑躬屈膝地投降了魏国，把刘备建立起来的仅有四十三年的江山社稷，轻易地就拱手相送了。刘禅降魏后，举家东迁魏都洛阳，自己被封为安乐县公，从此，便名副其实地享受起安乐来了。当司马昭问他想不想蜀地时，他竟然恬不知耻地说：『此间乐，不思蜀。』（这就是『乐不思蜀』一语的由来）寄人篱下，却把老祖宗忘得一干二净！

笃学好古的谯周——三国（蜀）时期

好古笃学通典经，外呈邋相内含功。
直击恣乐出言狠，劲阻频伐放论汹。
末路神清思据理，穷途气定谏由衷。
勤耕不辍高足盛，名赫文坛著述丰。

注释

●谯周，字允南，三国时期蜀汉的著名学者，官至太子仆和太子家令、光禄大夫。此人少时家境贫寒，但仍诵读不辍，深研六经，颇知天文，擅长文书信札。他表面上不修边幅，十分邋遢，可内中却满腹经纶，对形势判断颇具功力。

●后主刘禅即位后，终日耽于游玩娱乐，无心处理朝政。谯周看到这种情况，深感危害军国，便上疏直言劝谏，力图扼制刘禅的骄奢淫逸。结果引起刘禅的不满，被免去太子家令职务，调任中散大夫，谯周不因此而气馁，仍然屡屡上谏。当时，蜀汉军旅频频出动讨伐，劳民伤财，国力日衰。谯周见状，就与尚书令陈祗一起，议论批评此事，并写就一篇《仇国论》，狠加讽喻。

●谯周六十四岁时，魏将邓艾率大军自阴平入蜀逼近成都，蜀国面临生死存亡，刘禅急忙召开御前会议商讨对策。这时满朝文武已六神无主，有人主张东投吴国，有人主张南撤巴郡或南中。而谯周力排众议，引经据典，强调应以降魏作为切合时宜的选择。刘禅最后还是听从了谯周的建议，决定降魏。

●谯周一生都没有松懈做学问，他的高足弟子很多，著述《三国志》的陈寿就是其中之一。谯周的著作等身，成果颇丰，诸如《后汉记》、《古史考》、《蜀本纪》、《异物志》、《益州志》、《法训》、《五经论》等一百多种。

能吏学者向朗——三国（蜀）时期

徙地迁职俱见能，勤学不倦获佳评。
追名逐利他心动，乐道安贫我意宁。
校典究真堪谬误，研经探理释模棱。
训儿谙道知和贵，天地九族应互容。

注释

●向朗，字巨达，三国时期蜀汉能吏。原为刘表属下，刘表去世，归于刘备，几易任处，曾任巴西、牂牁、房陵太守，每到一地，都业绩显著，以能吏见称。向郎一生勤奋，善于学习，《三国志》的作者陈寿对其有高度评价，称他『好学不倦』。

●向朗性行慎独，不为时俗和功名利禄所动，当他人在官场上拼命角逐、摧眉折腰时，自己却能安贫乐道。

●晚年的向朗，仍勤奋读书，潜心钻研典籍，孜孜不倦，并认真校定书中的谬误。同时，他广泛接待宾客，讲论古代经典，探讨义理，去掉似是而非、含混不清的理解，上至朝廷，下至童蔻都十分敬重。

●向朗在离世前，训导儿子要明白『和为贵』的处世道理，他说：『天地和则万物生，君臣和则国家平，九族和则动得所求、静得所安。』他特别强调：『贫非人患，唯和为贵。』这也正是他一生处事为人的写照和总结。

东吴大业的奠基者孙坚——东汉末期

脉源孙武志恢宏，乱世兴兵渐显能。
清剿民军初露颖，讨伐廷虏更彰嵘。
结盟打董著卓绩，率部攻刘扬盛名。
殒命于骄实可叹，江东大业塑雏形。

注释

●孙坚，字文台，三国时期吴主孙权之父，追溯宗族渊源，属春秋时期军事家孙武的后代。孙坚年轻时就有胆识，有志向，后来在东汉末年的乱世中兴兵随战，其才能渐渐显露。

●中平元年爆发黄巾起义，东汉朝廷派兵镇压，孙坚募集人马，跟随朱儁（同：俊）出击汝州、颍州一带的黄巾军。在攻打宛城时，他率先登城，指挥部属勇猛杀敌，取得重大胜利。朱儁上表朝廷，拜孙坚为别部司马，从而他开始崭露头角。当时奸雄董卓掌控朝政，关东各州郡纷纷起兵讨伐董卓，孙坚也举兵而起，和袁术合兵屯驻鲁阳（今河南鲁山），袁术上表推荐他为破虏将军，领豫州刺史，至此，孙坚已显露峥嵘，而且实力大增。

●由于董卓不得人心，各州郡兵马结成联盟共同抗董。孙坚战功卓著，在梁县的阳人城大败董卓的军队，斩杀其部下都督华雄，董卓对他都心生畏惧。后来，袁术和袁绍反目，与袁绍友好的刘表便成了袁术的仇敌。东汉初平二年，袁术派遣孙坚进攻刘表，与刘表的大将黄祖在樊城（今湖北襄樊市）、邓县（今襄樊北）对战。孙坚身先士卒，拼力搏杀，终于击破黄祖阵地，直追过汉水，进围襄阳。此役使孙坚声威大震，盛名远播。

●孙坚打仗勇猛顽强，但有急躁骄傲情绪，并疏于防范。就在兵围襄阳攻打黄祖守军时，他竟然单枪匹马去襄阳城外视察战地，不料被黄祖的伏兵用暗箭射杀而死，时年仅三十七岁。孙坚虽然英年殒命，但东吴的后人永远不会忘记他，因为正是他以自己英勇善战所累积的成果，为尔后吴国的建立奠定了基础。

孙策割据江东——东汉末期

神威武勇誓争雄，啸马江南一路平。
渡水攻繇盈谷秣，破郭摧礼壮兵戎。
逼降王部夺东冶，袭溃袁师捣皖城。
电掣风驰吞六郡，吴基轮廓渐分明。

注释

● 孙策，字伯符，孙坚之长子，后来的吴主孙权之兄。此人风流倜傥，性情豁达，武艺高强，胆略过人。他原属袁术部下，因得不到重用，于兴平二年，离开袁术，独自到江南一带发展势力，准备与众豪强争锋天下。后来孙策果然威震东南，踏平坎坷，剪灭许多地方势力。

● 孙策首先攻打扬州刺史刘繇（音：由），渡江大破刘繇存粮的营盘，获取了丰厚的粮草。接着又征伐彭城相薛礼和下邳相笮（音：则）融，终使刘、薛、笮全面崩溃，收聚了大量兵马，使自己的实力大增。

● 当时除刘繇外，江南会稽太守王朗的势力也很大。孙策于建安元年八月，引兵渡浙江（钱塘江）进攻王朗，直追到东冶（今福州），迫使王朗投降。于是，丹阳、吴、会稽三郡之地都归了孙策所有。建安四年，孙策率军溯江西上，被庐江郡（今安徽潜山）太守刘勋所阻。孙策在派人迎击刘勋的同时，与周瑜趁敌后空虚之际，率二万人马攻袭皖城，俘获了袁术、刘勋妻儿和袁术部众三万余人。接着又进军至豫章郡，太守华歆投降。

●孙策仅用了短短三四年的时间，就夺得了稽、吴、丹阳、庐江、豫章、庐陵六郡之地，从而为建立孙吴政权奠定了基础，使得孙氏割据江东并与诸方抗衡有了比较雄厚的资本。

壮士太史慈——三国（吴）时期

美髯长臂力超能，亨誉江东笃信诚。

远避纠葛离险境，重偿恩典冒危情。

争锋秉义甘一主，拒诱持忠不贰庭。

屡建卓勋方气盛，未酬宏愿却归冥。

注释

●太史慈，字子义，三国时期吴地壮士。此人身长七尺七寸，美须猿臂，威容凛凛，善射技，讲诚信，名震江东，堪称一杰。

●太史慈年轻时就好学不辍，曾做过郡奏曹史。二十一岁时，因为该州长官与郡本地长官之间闹矛盾，太史慈不愿陷入他们的纠葛之中，就避开险境，远走辽东，躲开了牵连。可在黄巾军头目管亥领兵围攻北海相孔融时，因孔融曾优待过太史慈的老母，他为了报答恩典，奋不顾身，冒着生命危险，搬请刘备军队作救兵，前去解围。

●当时的扬州刺史刘繇与太史慈是老乡，太史慈从辽东回家见到了刘繇。正在此时孙策至境，太史慈受命侦察孙策的兵力，仅以一名随员与孙策十三人相对，两人在神亭（今江苏金坛市境西北）与孙策展开近身搏斗，从马上打到马下，再从步战变成厮打，斗得难解难分。最后，孙策拔掉了太史慈身后的手戟，太史慈夺下孙策头上的护胄。经过一番激斗，彼此反倒产生好感。不久，太史慈就归附了孙策，从此，他便忠贞不贰地与孙策为伍。后来，太史慈跟随孙策征战不疲，屡建功勋。曹操听说太史慈大名，便派人送信与他，信中无一字，只放了中药『当归』，意思是让太史慈改换门庭，当归曹营，但太史慈丝毫不为其所动，使曹操枉费了心机。

●太史慈深受孙策的青睐，战功卓著。孙策死后，孙权当事，委任太史慈负责南方军事（因他对付刘磐很有办法）。可在建安十一年，年仅四十一岁的太史慈却去世了。临死前，太史慈连连叹息道：『大丈夫活着一世，应佩带七尺剑，荣登朝廷之阶。现今我志愿未遂，怎么就要死去了呢！』旁边的人听到此话，无不深受感动，孙权对太史慈的去世更是十分惋惜。

孙权建国称帝——三国（吴）时期

嗣业担纲气度宏，多谋善断揽贤能。
毅然平叛昭天意，果断诛仇慰父灵。
联手伐敌捷赤壁，扩盘迁所建石城。
经国力致三足鼎，逾越父兄赢赞评。

注释

● 孙权，字仲谋，三国时期吴国君主。他气度宽宏，多谋善断，继承其父孙坚、兄孙策开创的割据江东的基业，表现出非凡才干。孙权接班后，注重招揽贤能，对待老臣张昭如师长，并委任周瑜、程普、吕范等将领统帅军队。此外他还广泛招募名士俊才，鲁肃、诸葛谨等人都成其麾下重要幕僚。

● 孙权掌权后不久，庐江太守李术不服，在皖城（今安徽潜山）举兵叛变。孙权闻之，表示绝不手软，以昭天意之名，立即发兵攻打皖城，致李术粮竭秣尽，破城后将其斩杀，收复其部三万余人。建安八年，孙权挥师西进，讨伐与其有杀父之仇的黄祖，大破其水军。建安十三年再次征讨，攻克夏口（今湖北武汉），乘胜追击，将黄祖斩杀，终以复仇之举，告慰其父在天之灵。

●建安十三年，东吴孙权与蜀国刘备联合，大破曹军于赤壁，使他在江东的势力得到巩固，其后又开始向岭南发展。建安十六年，孙权将治所迁到秣陵，次年，建石头城，改秣陵为建业（今南京）。

●在魏、蜀皆已称帝二世的情况下，孙权于黄龙元年四月，在武昌南郊即皇帝位，史称吴大帝。其后，孙权不仅确保了父兄打拼得来的成果，而且全力推进三国鼎立事业，其成就远超父兄。就连曹操都佩服不已，赞叹道：『生子当如孙仲谋！』

张昭辅吴——三国（吴）时期

眼不入沙泾渭明，受托襄辅尽忠诚。
迎刀犯主遵遗命，罢酒冲颜遏肆行。
何故功丰难任相，皆因性烈易伤情。
权非阿斗昭别亮，薄暮修书自享宁。

注释

●张昭，字子布，三国时期吴国重臣。他容貌矜严，性情刚烈，不惧上，敢直言，义形于色，眼中揉不得一粒沙。他与孙策亦师亦友，关系甚密。孙策死后，张昭受命辅弼孙权，他尽心竭力，忠心耿耿，为吴国的事业做出了不可磨灭的贡献。

●张昭凡事直言不讳，从不随波逐流，更不曲意逢迎。一次，孙权欲派使者去辽东拜公孙渊为燕王，张昭与孙权意见相左，发生了激烈争论，局面搞得很僵。张昭执意不让，孙权大为光火，手握佩刀，怒气冲冲，甚至对张昭进行威胁，张昭却依然寸步不让，坦然地说：『我虽说了也没用，还是要竭尽愚忠，这是讨虏将军（孙策）的嘱托，也因为是吴太后临终时将我叫到床前遗诏顾命的缘故。』张昭这一席话，使孙权感动，掷刀于地，与张昭对面而泣。还有一次，孙权在武昌行宫举行酒宴，众僚都饮得大醉，张昭却独自退出，孙权将其叫还，张昭便以商纣王饮酒误国的教训规劝孙权，遏其恣行。

●张昭对吴国事业所建立的功勋十分显赫，且是朝中元老，但到头来却未当过丞相，这是什么原因呢？按孙权的说法，就是张昭『性刚』（性情刚烈），如果不采纳他的意见，容易产生怨艾，对事情不利。

●孙策临死前托嘱张昭辅佐孙权，犹如刘备死前托孤诸葛亮，但孙权不是阿斗（刘禅），而张昭也有别于诸葛亮。黄龙元年四月，孙权始为吴大帝，张昭列班位次比三司低。晚年他闲居间巷，专心写作，著有《春秋左传解》、《论语注》，自逸闲情，直至八十一岁终老。

江东周郎——三国（吴）时期

名门后俊起江东，效力孙吴统重兵。
度大胸宽羞普老，文华武勇动曹公。
雄姿盖世拥国色，卓艺超凡揽律声。
善略长谋经百战，威扬赤壁赫群英。

注释

●周瑜，字公瑾，三国时期吴国名将，为名门之后，其祖父周景、叔父周忠都在东汉时做过太尉。周瑜秉承家风，才华横溢，享誉江东。建安三年，周瑜来到孙策门下，从此，他竭诚效力于孙氏。孙权为将军时，周瑜拜为偏将军，成为统领兵马的大帅。

●周瑜不是像小说《三国演义》描绘的那样，气量窄小，而是有宽广的胸怀。老将程普自以为年长，曾对周瑜多有不敬，可是周瑜从来不和他计较。时间长了，程普自觉羞愧，常对人说：『与周公瑾相处，就像饮醇醪美酒，在不知不觉中自己就醉了。』曹操早就听说周瑜年轻有为，是个文武双全的人才，对他特别心仪，曾密使蒋干去游说，欲将他招致麾下，可周瑜并不为其所动。

●周瑜一表人才，英姿勃发，使得号称『国色』的乔公的二女儿小乔对他十分倾慕，欢心地做了他的妻子（大乔嫁给了孙策）。周瑜文武兼备，样样皆通，尤其精于音律。他曾说过：『吾虽不及夔、旷，闻弦赏音，足知雅曲也。』时人口头流行一语：『曲有误，周郎顾。』

●周瑜叱咤风云，身经百战，特别是赤壁之战，大败曹操，为吴国建立了卓越功勋。宋朝苏东坡在《赤壁怀古》中，对周瑜的英勇善战作了生动形象的描绘：『……谈笑间，樯橹灰飞烟灭。』

历史上真实的蒋干——三国（魏）时期

方巾小丑戏中形，实为奇才具俊容。
本欲招降临帅帐，却装寻故阅军营。
巧言思谊谀情盛，妙语歌功赞业隆。
策反周郎虽未果，犹彰睿智见精明。

注释

●蒋干，字子翼，三国时期江淮一带无人可比的奇才高士。小说《三国演义》及戏剧舞台上，都把他描绘成『方巾小丑』的样子。而历史上真实的蒋干，则是『有仪容，以才辩见称』。

●赤壁之战，曹操被周瑜打败，后来，周瑜又击败曹仁，夺取江陵，曹操对周瑜愈加佩服。在此情况下，曹操派人密下扬州，请出蒋干，要他利用熟识关系去劝说周瑜归降。蒋干负命前往周瑜营帐，周瑜一眼看穿他是来招降的说客。面对此情此景，蒋干马上调整策略，和周瑜拉老乡关系，说此次前来，完全是寻故叙旧，并顺便瞻览一番贵营军容。

●蒋干巧言令色，对周瑜说：『我们是老乡，有州里之盛谊，现已阔别多年，很是思念，今特来拜访。同时，听说将军功业显赫，所以衷心为将军盛赞。』

●尽管蒋干百般掩饰自己前来的真实意图，周瑜还是心知肚明，明确表示绝不背叛已成知已的上司，即使是苏秦、张仪再世，也是无济于事的。蒋干没有达到招降周瑜的目的，但仍然彰显了他精明大气的高士风范。

顾雍为相——三国（吴）时期

受教大家学养丰，止行得体尽服膺。

开言必中合君意，举事准成应庶声。

若有功劳功属主，如出过错过归卿。

一十九载为吴相，品亮格高贯始终。

注释

●顾雍，字元叹，三国时期吴国丞相。少时曾师从大学者蔡邕，学习琴艺与书法，渐累丰厚学养。后来，他做吴国丞相，服侍孙权，始终言行举止得体，为吴国政权建设做出了巨大贡献。

●顾雍悟性极高，长于审时度势，遇事能迅速抓住实质，直击要害，拿出切实可行的对策和办法。他平时不轻易开口，很注重调查政事，常到民间走访，倾听庶民呼声，因此，上表奏谏，多如君意，制定政策，深得民心。孙权对其十分器重和信任，常常赞叹说：『顾君不言，言必有中。』

●顾雍一心为国，从不夸耀自己。每当他的建议得到采纳，并在实施中取得成效时，他都把功劳归于孙权。而一旦主上出了疏漏，他都揽在自己身上，勇于承担责任，极力维护君王的威望。

●顾雍任吴国丞相十九年，殚精竭虑，鞠躬尽瘁，且严格教育子女，以自己的能力和人格魅力，赢得了朝野上下的恭敬和尊崇，七十六岁去世时，孙权深表哀悼，谥其为肃侯。

才捷善辩的诸葛恪——三国（吴）时期

玉自蓝田少见功，长辞善辩誉江东。
之驴二字含机警，优父一言显睿聪。
诘相说禽塞谬语，回君讲蛋引欢声。
奇才逸众赢恩宠，位赫吴廷撞响钟。

注释

● 诸葛恪，字元逊，三国时期吴国重臣诸葛瑾的长子。他少年时就小有名气，能言善辩，名鹊江东，被视为神童。有成语『蓝田生玉』，比喻贤父生贤子，最早就是形容诸葛瑾、诸葛恪父子的。

● 诸葛恪小时常随父去孙权处。一次，孙权大会群僚时，想跟诸葛瑾开个玩笑，叫人牵来一头驴，在驴脸上写了『诸葛子瑜』（诸葛瑾字子瑜，脸长得长）四个字。站在一旁的诸葛恪见状，立即跪请孙权让他用笔再添加两个字。孙权同意，诸葛恪便在四个字的后面，加上了『之驴』二字。对这一机警之举，周围人无不连连赞叹，孙权十分高兴，就把这头驴赐给了诸葛恪。过些日子，孙权见到诸葛恪，又问他：『你父和你叔（诸葛亮）比较，谁更贤更优？』诸葛恪马上回答说：『臣父为优。』孙权问他为何这么说，他答道：『臣父明白应该在吴为您做事，而叔父不明白，所以臣父为优。』孙权听后，开心大笑，非常欣赏诸葛恪的聪明睿智。

●一次，孙权召集群臣，在殿前看见一只白头飞禽，就问是什么鸟，诸葛恪回答：『是白头翁。』老臣张昭以为是在戏弄他，就说道：『诸葛恪是在欺骗陛下，未听说有名叫白头翁的鸟。果真有的话，就让他再举出白头母的鸟来。』诸葛恪当即反驳道：『这同鹦母未必有对一样，否则，试请辅吴（指张昭）再找出鹦父来吧。』几句反诘，使张昭语塞，无言以对，周围人都发笑不止。又有一次，诸葛恪献马给孙权，在马耳上穿了个孔，有人嘲笑他，说这是『伤仁』。诸葛恪却说：『这同母亲给女儿穿耳附珠一样，是表示宠爱，何伤于仁？』这时，在一旁的太子和他开起玩笑说：『诸葛元逊（恪）可食马粪。』诸葛恪当即回应：『愿太子食鸡蛋。』孙权惑然，问道：『别人叫你吃马粪，你却叫人吃鸡蛋，为什么？』诸葛恪答道：『这两种东西虽然不一样，但它们从哪里出来的，却是一样的。』这话引起孙权开怀大笑。

●诸葛恪才思锐敏，惊动朝野上下，人们都十分佩服他睿智善辩，孙权对他更是恩宠有加。陆逊逝后，孙权任命诸葛恪为大将军，并兼太子太傅。孙权病危时，召诸将领托付后事，诸葛恪是其中的重要成员。可惜，他后来被孙峻杀害，并夷三族，使吴国失去了一位不可多得的栋梁之材。

宽宏大度的步骘——三国（吴）时期

宽宏忍让腹行船，度势屈伸咽苦甜。
陋舍躲灾犹感暖，豪门受辱不言寒。
澄心助善推公义，慧眼擢能倡正廉。
魂系军国谋大略，遏风平浪奏谐弦。

注释

●步骘（音：志），字子山，三国时期吴国重臣。此人胸襟开阔，以宽宏、忍让著称，长于审时度势，能屈能伸。步骘最后官至丞相，真可谓『宰相肚里能行船』。

●东汉末年，步骘避难于江东会稽郡，穷困潦倒之时，与友人卫旌寄人篱下，以种瓜为生，并研习经典，却也自得其乐。他怕受到当地豪门大族焦矫的侵害，便与卫旌挑些瓜给焦矫送去。可这个焦矫，为人恃傲，听说有人登门，仍然卧睡不起，拒不相见，卫旌十分生气，步骘却神色自若。后来焦矫见了他们，吃饭时只给他们上了几小盘粗糙饭菜，显得十分无礼，卫旌更加气愤，而步骘仍然不动声色。离开焦府后，卫旌责怪步骘不该如此忍让，步骘对卫旌说：『人家是有势力的豪门，我们贫贱者受到这样的待遇，也是应该有心理准备的，我看不出这有什么可以引以为耻的。』

●步骘心地澄净，与人为善，秉持公义，当遇到群僚中有人受弹劾时，他常常主动出面，积极化解。同时，他特别善于发现和推举人才，孙权的太子孙登在武昌驻守时，专门请步骘帮助选拔清正廉能之人。

●步骘身居高位，尽心竭力地谋划军国大事，以宽广的胸怀和忍让为先的处事原则，及时解决朝廷臣僚间的矛盾，平抚了许多风浪，谱写了一曲优美动听的和谐之音。

高德大智者张纮——三国（吴）时期

才茂德高智满胸，深得倚重赫江东。
铭恩必报襄吴主，申义非攻偃魏兵。
力辅伐敌出计略，竭推选址定都京。
谆谆教子行仁善，句句箴言铸警钟。

注释

●张纮（音：红），字子纲，三国时期吴国重臣。东汉末年，游学京城，通晓经史典籍，才学深厚，智慧超人，屡有征辟，但称病不就，后避难江东，投于孙策麾下，深受倚重。孙权时期，张纮被任命为会稽东部都尉，并称其为『东部』，以表示对他的尊敬。

●建安四年，孙策遣张纮到许都呈奉章疏，曹操欲将张纮留在朝廷，为己所用。但张纮铭记孙策的旧恩，一心想襄助孙氏建功立业，所以称病谢绝了。同时，他还劝说曹操，不要乘孙策刚死而兴师伐吴，那样有失仁义。曹操本意是想让张纮归附于他，所以听从了张纮的话，不但不去伐吴，而且还表荐孙权为讨虏将军，领会稽太守。

●孙策死后，孙权年纪尚小，张纮等人受吴夫人之托，尽职辅弼，给了孙权以极大帮助，孙权征伐合肥取得大胜，就是因为张纮献计使然。后来，张纮又精心谋划，竭力推动建都于地势险要而又大气的秣陵（今南京），孙权采纳了他的谏议，并一再称他为『智者』。

●张纮对孙策、孙权可谓是鞠躬尽瘁，死而后已。直到去世前，他还谆谆教导儿子，要他为国出力，并以古人说的『从善如登，从恶如崩』的至理箴言，教导儿子多行良善，并以此为警钟，不要滑入不仁不义之道。

江东大儒阚泽——三国（吴）时期

时比董杨通典经，德高才盛大儒风。
竭诚奉主群臣赏，尽礼彬僚众吏拥。
荐史明辙昭酷败，遏苛申道倡仁兴。
吴宫助政谋宏业，帝痛常潸念爱卿。

注释

●阚泽，字德润，三国时期吴国名士、朝廷重臣。他遍览群书，通经晓典，亦知天文、数学等方面知识，且严于修身养德，成为名震江东的一代大儒，时人将其比作西汉的董仲舒和蜀地的扬雄。

●孙权嘉禾年间，阚泽担任中书令，加侍中，赤乌五年，拜为太子太傅，并继续任中书令之职。阚泽成为孙权身边高参幕僚，凡朝中有大事，主必咨之。而阚泽一向尽心竭力，忠诚事主，因而孙权及臣僚对其极为赞赏，信任有加。阚泽不仅对孙权及太子负责，而且对属下微僚小吏亦彬彬有礼，凡有人向他提出引经据典方面的问题，他都不厌其烦地礼貌作答，赢得了众属官的一致拥戴。

●阚泽目光长远，胸有军国大局。一次，孙权问他，在众多书传中哪些是可以品读的佳作，阚泽乘机向孙权推荐了西汉学者贾谊的《过秦论》，意在让主上明白秦亡的道理，从而深刻汲取教训，以防重蹈覆辙。阚泽注意帮助孙权提高治国才能，力主仁政。如，吕懿犯了大罪，有人奏请孙权对吕处以大辟的重罚，或者焚裂其身。孙权问阚泽可否，阚泽说：盛明之世，不宜有这些重刑。因此得到孙权的赞许。

●赤乌六年，阚泽去世，孙权对他的离去长久悲痛不已，每当想起他，就潸然泪下，深感惋惜。

周瑜之后的第一重臣鲁肃——三国（吴）时期

江东系志付深情，远瞩高瞻似卧龙。
合榻推心襄定略，单刀赴会促维盟。
振威驳羽分区界，负重承瑜统帐营。
天下怀胸明大势，终生罄力鼎三雄。

注释

● 鲁肃，字子敬，三国时期著名的政治家、军事家，继周瑜之后，吴国的第一重臣。在孙权为讨虏将军、领会稽太守时，鲁肃就有志于江东，他带了家乡一大批人去江东找周瑜，投到孙权麾下。初见孙权，鲁肃就以高瞻远瞩的一番宏论，使孙权十分折服，与当年诸葛亮（卧龙）为刘备的隆中对策极其相似。

● 孙权召见鲁肃，众人退出后，单独留下鲁肃，二人合榻对饮。孙权向鲁肃请教成就功业的对策，鲁肃胸有成竹地说道：『现在汉室已不可复兴，曹操一时也不会被除去（当时刘备还没有多大势力），为将军计，唯有鼎足江东，以观天下之变。乘北方纷杂多事之机，先剿除黄祖，再进伐荆州刘表，溯长江而上，据其全境，然后建号帝王以图天下，必定能像汉高祖那样成就一番事业。』鲁肃的这一对策，成了孙吴集团后来的基本方略。荆州是南北的枢纽，兵家必争之地，原先刘备从东吴借了荆州，到建安十九年，刘备取得益州后，拒不归还。于是，孙权就派吕蒙去取荆州的长沙、零陵、桂阳三郡，另派鲁肃屯驻巴丘（今湖南岳阳），以御关羽。在吕蒙攻打三郡时，刘备领军到公安（今湖北公安西北），派关羽领兵三万到达益阳，和鲁肃部形成对峙局面。在孙刘联盟面临破裂的危急关头，鲁肃单刀赴会，通过和关羽一番激烈会谈，终于缓和了局势，使孙刘联盟维持下来。

●当时，鲁肃手下部将担心他去关羽营地赴会有危险，一再加以阻拦。鲁肃不计个人安危，来到关羽营帐，义正词严地驳斥了关羽，痛批刘备『贪而弃义』，使得关羽理屈词穷，无言以对，终于同意以湘水为界，分荆州的长沙、江夏、桂阳以东之地属东吴，南郡、零陵、武陵以西之地属西蜀，蜀、吴双方矛盾暂时缓解。周瑜死后，鲁肃接替周瑜职位，统帅三军，尽心竭力地辅佐孙权，为东吴大业做出了卓越贡献。

●鲁肃始终保持清醒头脑，时刻审视全局大势，毕生致力于促成孙刘联盟以抗曹魏的这件事上。正是由于他与诸葛亮一起，从各自利益出发，极力主张三足鼎立，才出现了中国历史上的三国时期。

东吴名将吕蒙——三国（吴）时期

国士奇才一引擎，同瑜并肃辅朝廷。
夺州破郡频出计，迎险攻坚屡展能。
据变伐刘更旧策，寻机败羽拓新程。
充识蓄略当刮目，汗马孙吴永志铭。

注释

●吕蒙，字子明，三国时期吴国名臣，与周瑜、鲁肃一起，被孙权称为『国士』、『奇才』。鲁肃去世后，吕蒙接替其职，成为辅佐君主、统率全军的首席人物。

●早年的吕蒙，随孙权讨丹杨，征黄祖，围曹仁，取南郡，定荆州，屡建战功。特别是他每战都频出谋略，善于以计取胜。在攻打曹仁时，吕蒙建议周瑜以柴草拦道，阻滞曹军，而获得三百余匹马，迅速增强了吴军实力，最终将曹仁击败，占据南郡，抚定荆州。

●周瑜、鲁肃去世后，孙权就将西线主战场的最高指挥权交给了吕蒙。吕蒙根据形势的变化，改变了鲁肃一向坚持的孙刘联盟的策略，主张用武力攻伐刘备，夺取湘水以西的南郡、零陵、武陵三郡之地，并取得了孙权的同意。建安二十四年，关羽撤去江陵（当时的南郡治所，被蜀所控）的多数兵马，去增援樊城。吕蒙抓住难得机遇，迅速发兵溯江而上，命将士暗伏于船中，摇橹驾船者均穿白衣，装扮成商人，昼夜兼程，将关羽沿江设置的哨兵一一收伏，并派人策反了与关羽有矛盾的关羽部将傅士仁和麋芳。吕蒙兵不血刃，轻取江陵、公安，迫使关羽败走麦城。

●吕蒙原先没有多少文化，后来在孙权的督促下，勤奋学习，认真刻苦，学识大增。加上他本来就聪颖过人，所以谋略水平、统揽能力越来越令人刮目相看，就连原来不太瞧得起他的鲁肃都甘愿与其结成莫逆之交。吕蒙为东吴政权的建设立下了汗马功劳，吴记江山上永远铭刻着他的丰功伟绩。

智勇双全的名将徐盛——三国（吴）时期

辉煌战绩铸平生，武勇充身智寓胸。

屡破强敌长猛取，多出妙策善凌攻。

奇发劲旅袭曹阵，巧设疑城退魏兵。

以少胜多拿手戏，忠贞不贰效江东。

注释

●徐盛，字文向，三国时期吴国名将。他戎马一生，战绩显赫，且文武兼备，智勇集身。

●徐盛在任别部司马时，负责镇守军事要地柴桑镇，与江北的黄祖军隔江对峙。黄祖的儿子黄射，带数千人马来袭，当时徐盛身边不足二百人。面对强敌，徐盛毫不畏惧，先用飞箭乱石杀伤黄射手下千余人，然后打开城门，猛打猛冲，直杀得黄射丢盔弃甲，狼狈逃窜，从此，再也不敢来侵扰。徐盛不仅骁勇剽悍，而且长于谋略，善用兵法，在战场上机动灵活，随机应变，屡屡取胜。

●徐盛勇毅无畏，冲锋陷阵，在所不辞。建安十八年，曹操领兵攻吴，徐盛随孙权大军抵达横江进行抗击。当时正刮大风，吴军的一些船只被刮向对岸敌军营畔，将官们担心自己准备不足，没敢向敌军叫阵。而此时，徐盛突然大吼一声，一马当先，率部猛烈突击曹军阵地，杀伤敌军无数，风停后便迅速调头回营。魏黄初三年十月，曹丕以文帝身份从许昌领大军南征东吴。徐盛提议从建业（今南京）至江乘，用木架套上苇席，再加彩饰，布置成战楼模样，并在江中设置浮船，以造成巨大声势，众将领不解其意。结果魏军果然被徐盛设置的疑城所迷惑，悄悄退兵而去，将士们无不佩服徐盛智谋高超。

●徐盛驰骋疆场，能征善战，其最大的特点是出奇制胜，以少胜多。同时，他对孙吴政权的忠诚，更是令人钦佩。魏黄初二年秋，曹丕派太常邢贞持节拜孙权为大将军，封吴王。见面时邢贞极端傲慢，徐盛见状十分愤恨，对周围的人说：『我等不能奋力效命，为东吴并吞许都、洛阳，消灭巴蜀，致使我君屈身受盟，这是耻辱啊！』徐盛说完，涕泪横流，足见其效主奉国的耿耿丹心。

粗人悍将潘璋——三国（吴）时期

一介粗夫甚悍凶，置身行伍却非庸。
截杀关羽赢宏誉，抗斩冯习著盛功。
据势避芒长用计，酌情集锐善排兵。
但悲僭越奢无度，劣性恣张留恶声。

注释

●潘璋，字文珪，三国时期吴国猛将。他出身低微，本为粗人，嗜酒、嗜赌，常赊欠酒钱并拒绝付还而被人不齿。可是，在那个风云际会的时代，他却被孙权看中，招为部下。因其戡平乱事、讨伐山贼有功，而渐显功名。后来孙权称帝，潘璋被拜为右将军，几近朝廷顶级官阶。

●潘璋作战勇猛，屡著卓功。尤其是建安二十四年，在蜀将关羽遭吴军吕蒙攻击，丢失江陵，败走麦城之际，潘璋与朱然领兵截断关羽逃亡的后路，将关羽父子擒杀，因而军威大振，声名远播。吴蜀夷陵大战时，潘璋同陆逊一起，奋力对抗刘备大军，其部下将刘备的护军将官冯习等人斩杀，又取得了骄人的战绩。

●潘璋虽然粗俗，却不失智慧。魏黄初三年，魏文帝曹丕遣征南大将军夏侯尚率大军与曹真部围攻江陵，吴方由潘璋会同诸葛瑾、杨粲等赴战。夏侯尚驱前锋三万人在江上架设浮桥，并派步骑万余人乘夜用船到下游水浅处暗渡，想用火攻烧毁吴军兵船。这时，潘璋审时度势，避开魏军正面锋芒，率部到魏军上游五十里处，伐苇草缚成许多大筏，想要顺流放火，烧毁曹军浮桥。当时曹军如不退兵，肯定会惨吃败仗。潘璋所领兵马仅数千，却能征善战，仿佛是万人之众。特别是潘璋善于根据情势，集中优势排兵布阵，往往能够以少胜多，屡建奇功。

●潘璋战功卓著，可原来的劣性却根深蒂固。他对财物奢求不止，服饰器用方面更是多有僭越，他见部下有致富者，甚至杀人夺取财物。他的种种不法行为，引来举奏，但孙权看他追随自己多年，还是没有忍心问罪。

大器晚成的丁奉——三国（吴）时期

南征北战效吴廷，勇冠三军势渐隆。
绕道扬帆摧魏阵，挥矛纵马破曹营。
寿春援困驱师猛，腊会除奸献计明。
一片丹心掬四代，终成大器掌兵戎。

注释

●丁奉，字承渊，三国时期东吴大器晚成的名将。几十年的南征北战中，他勇冠三军，常常夺旗斩将，虽任偏将军，但直至孙权去世后，他才名声渐盛。

●建兴元年十二月，魏将诸葛诞、胡遵率步骑七万围攻吴要塞东兴。丁奉准确判断形势，预料曹军会抢先占据险要之地徐塘，便会同诸将领兵乘船绕道而行，北风鼓帆，船如箭发，迅速占据徐塘。在对将士做了一番鼓动后，令三千水军全部脱下铠甲，手持短刀，勇猛冲杀，一举捣毁曹军阵地，并将曹军将领韩综、桓嘉等斩杀。东兴之战后，丁奉升为灭寇将军，进封都乡侯。建兴四年，魏将文钦来降吴，魏将曹珍率兵追文钦，在高亭与吴军相遇。丁奉挥矛纵马，率兵冲入曹营，斩首数百，缴获甚丰，为此晋封为安丰侯。

●太平二年，魏将诸葛诞据寿春降吴，魏军围攻寿春时吴军去救援，丁奉和黎斐担当解围任务，丁奉大发威势，取得胜利，因功而拜为左将军。孙休即皇帝位后，想除掉丞相孙綝。丁奉在张布推荐下，被召入宫与帝共谋计策。丁奉献计说：孙綝兄弟及党羽甚多，为防不测，可利用年终『腊会』之机将其除掉。孙休按丁奉计行，在『腊会』时令丁奉、张布伏置左右心腹，出刀立斩孙綝，使帝如愿以偿。

●从孙权到孙皓（孙休死后，由丁奉和丞相濮阳兴等合谋拥立即位），丁奉为东吴四代君主竭诚效力，由当年的一员小将升为右大司马左军师，最终成为东吴后期的掌兵大臣。

创业功臣朱然——三国（吴）时期

与主同窗尽奉躬，高韬大略舞雄风。

突袭临沮擒敌帅，据守宜都保我兵。

困境彰忠激悍勇，危局遏叛斩奸凶。

随君征战五十载，创业重臣堪股肱。

注释

●朱然，三国时期吴国重臣名将，与吴主孙权既是同龄，又是情深意笃的同窗挚友。朱然胆识超人，一生忠心耿耿地侍奉东吴政权。

●建安二十四年底，吴攻打荆州的蜀将关羽部，朱然和潘璋领吴军在临沮（今湖北远安西北），擒住逃亡的蜀军大帅关羽，朱然因功擢升为昭武将军，封西安乡侯。虎威将军吕蒙病重时，向孙权荐举由朱然代替他。于是，朱然督领大军镇守重地江陵。黄武元年，刘备举兵攻打宜都，朱然督五千兵与陆逊合力据守，并攻破刘备前锋部队，截断退路，刘备败走，从而保全了宜都。

●黄武元年，魏遣曹真，夏侯尚、张郃等攻江陵。在敌阻绝外援、城内仅有五千人能作战且粮草殆尽的危急情势下，朱然镇定自若，千方百计激励士气，使众将兵重振决战到底的雄风。恰在此时，守江陵北门的吴将姚泰，欲叛变作敌内应。在这千钧一发之际，朱然悉察姚泰的阴谋，当机立断，将姚泰斩首，最终使围困江陵的曹军无功而退。从此，朱然威名震于敌国，改封当阳侯。后又拜为左大司马、右军师。

●陆逊死后，朱然在名将中的地位最为突出。他伴随孙权征战讨伐五十余年，多获克捷，战功卓著，成为东吴创业固基的一代股肱名臣。

创业功臣吕范——三国（吴）时期

同舟涉海付终身，戎马一生屡建勋。
助帅合兵歼魏旅，督师领将保吴津。
忧公奉世求国盛，忘我勤廷护主尊。
罄力竭诚襄创业，贤臣病殁痛君心。

注释

●吕范，字子衡，三国时期吴国重臣。他年轻时曾任县吏，后来避乱来到寿春，与孙策一见如故，引为挚友，并愿为孙策效力。他明确表示，自己所以舍弃故土跟随孙将军从事征伐，并非为己一家，而是为了同舟涉海，共济乱世。从此，吕范将自己的终身托付给了东吴大业，且屡建卓勋。

●建安十三年的赤壁之战，周瑜所以能大破魏军，取得辉煌胜利，是和吕范与其合兵协同密不可分的。后来，魏军曹休、张辽、臧霸奉曹丕之命大举伐吴，吕范督领徐盛、全琮、孙韶等，在洞浦（今安徽和县境内）抵御魏军，保住吴之要津。洞浦之战后，吕范因功升为前将军，改封南昌侯。

●吕范一生勤事奉法，忠贞不贰，忧公为先，竭尽全力为吴国之兴盛而效力朝廷。黄武七年，升为大司马。

●吕范以秉正持公出名，他为东吴的创业立下了汗马功劳，成为孙权的股肱之臣，孙权常将他和鲁肃比作东汉刘秀左膀右臂的吴汉和邓禹。黄武七年，吕范因病去世，孙权素服举哀，后来每当经过吕范墓地时，孙权都潸然泪下，哀痛不已。

自谓『一介书生』的名将陆逊——三国（吴）时期

清剿近贼三郡宁，驱师远战更扬名。
藏韬制惑夺冲要，展略发威守障屏。
漫布吴军七百里，连烧蜀阵四十营。
东风莫道知天意，笑看书生辱劲雄。

注释

●陆逊（本名陆仪），字伯言，三国时期吴国著名的军事家和政治家。建安八年，陆逊二十一岁时，开始进入孙权的幕府为仕。后来孙权看到陆逊很有才干，便将自己的侄女嫁给陆逊。这样，孙权与陆逊关系愈加亲密，常与陆逊谈论方略。陆逊建议孙权应先在腹地征讨并剪灭山贼，解决内患，方能图远，而且由此可以扩大兵源，组成精锐部队。孙权采纳了陆逊的建议，任命陆逊为帐下右部督。陆逊用疑兵之计击败了丹杨山贼费栈的支党，从而使吴、会稽、丹杨三郡境内的山贼得以肃清，为孙权向外进攻创造了稳定的后方环境。陆逊因此崭露头角，渐显名声。后来，陆逊驱兵前方，更是演出了一幕幕精彩的好戏，屡立卓功，成为继吕蒙之后，孙权身边的又一位股肱重臣。

●建安二十四年，陆逊和吕蒙屯兵陆口（今湖北嘉鱼县西南），与关羽接境对峙荆州东，吕蒙假装有病，借以麻痹关羽。陆逊深知其意，在吕蒙『治病』时，代替吕蒙领兵。他采取韬隐之术，针对关羽好大喜功、骄矜自负的性格弱点，写信给关羽，盛赞关羽水淹七军、擒获于禁，名震遐迩、功勋足以与世长存。同时，又极力贬低自己，说他仅是一介书生，能力疏浅，所以受命西来，当然是仰慕关将军的威望。关羽阅信后，竟然信以为真，将荆州兵力抽出，去打樊城。结果吕蒙和陆逊乘虚偷袭江陵，轻取荆州。孙权夺荆州、杀关羽，刘备决心为关羽报仇。章武元年，刘备亲率四万余大军沿江直下，第二年进至猇（音：肖）亭。陆逊担任主帅，他严肃纪律，按兵不动，伺机发起进攻，大败蜀军，守住了夷陵这一阻蜀的险要屏障。

●当时刘备气势汹汹，沿江七百里，结成大规模的连营。陆逊终于等到蜀军士气由盛转衰，并派人小战探明实情后，突然向刘备的连营发起猛烈火攻，使其四十余座营盘全部烧毁。

●陆逊发起火攻时，正值东南风大作，火势迅速蔓延，树木皆被烧着，吴军趁势掩杀，蜀军全面崩溃，刘备连夜遁逃，器械装备损失殆尽，死尸重叠，几乎塞江。陆逊指挥取胜的夷陵之战，使刘备遭受起兵以来的最惨重失败。目睹惨景，刘备仰天长叹：『想不到我竟会被陆逊这个一介书生所折辱，岂非天意！』

史海游吟

千首七律咏国史

（一）

张矛◎著

中国社会科学出版社

图书在版编目（CIP）数据

史海游吟：千首七律咏国史：共五卷\张矛著．—北京：中国社会科学出版社，2018.9

ISBN 978-7-5203-1221-9

Ⅰ.①史…　Ⅱ.①张…　Ⅲ.①中国历史—古代史—通俗读物　Ⅳ.①K220.9

中国版本图书馆 CIP 数据核字（2017）第 256665 号

出 版 人　赵剑英
责任编辑　熊　瑞　张　湉
责任校对　郝阳洋
责任印制　戴　宽

出　　版　中国社会科学出版社
社　　址　北京鼓楼西大街甲 158 号
邮　　编　100720
网　　址　http://www.csspw.cn
发 行 部　010-84083685
门 市 部　010-84029450
经　　销　新华书店及其他书店

印刷装订　北京君升印刷有限公司
版　　次　2018 年 9 月第 1 版
印　　次　2018 年 9 月第 1 次印刷

开　　本　710×1000　1/16
印　　张　142
字　　数　1618 千字
定　　价　598.00 元（全五卷）

凡例

一　本书以七律吟咏中国上古至清末一些重要历史事件和人物，把握核心、关节、要点，以诗叙史，着力呈现历史真实。

二　按照中国历史演进的时序，分朝代次第展开，同时，观照历时性与共时性的统一、适度抽象与适度具体的统一、文学色彩与历史事实的统一。

三　为方便和适应当下阅读，在遵循『七律』规则的基础上，使用『新声韵』和简体汉字，以《现代汉语词典》（中国社会科学院语言研究所词典编辑室编）第五版的音韵为标准，词语运用注意通俗、朴实、生动。

四　采取一联一注方式，每首四注，接续贯通，以形成事件（人物）的整体轮廓和面貌，且与全诗的每联叙述对应、契合。

五　以历史事件牵引历史人物，在事件中透视人物的地位、作用、特质等，着眼整体、突出重点、力求精准。

六　全书以《话说中国》（上海文艺出版社二〇〇五年版）的基本内容为线索和注释依据（正文中不再加以说明），同时，参考和采撷其他诸种文史典籍的史料素材。

张矛其书其人（代序）

忽培元

一

如果你认真阅读，且不带任何厚古薄今的偏见的话，你或许会感到《史海游吟——千首七律咏国史》是一部旷世奇书，一部足以传世的大书。某种意义上讲，这部多卷本大众化的古典诗歌历史读本，的确是一部今人读史论古、独领风骚之作。

本书篇什达一千多首，诗注并重，有名有姓者涉及上万，是一部中华民族国史人物的古典诗传长卷，它取材于过往，但思想情愫并不拘泥于古人。潜心读来，你会惊异地发现诗人的作诗方式既传统又新颖，语言风格既通达又典雅，思想观点既鲜明又深邃，人物形象既简约又细腻生动。这都是很难达到的综合美学境界，可谓当下运用马克思主义唯物史观与美学原则，实事求是地分析研究和诗意地表达中华民族历史面貌与各色人物的个性化、典型化的系统诗体笔记。就其诗句高度概括凝练、人物个性把握准确、叙写简明扼要、注释内容严谨精当而言，本书既是一部普及性的大众化原创文学艺术作品，也是科学严谨的具有较强学术价值的历史研究著述。

目前，社会上敷衍戏说历史事件、随意褒贬历史人物的垃圾书籍不少。有的出版物，名曰『一家之言』，实乃奇谈怪论，颇多危言耸听、信口雌黄。有不少观点是非模糊，不惜歪曲历史，损正帮邪。有的甚至一味哗众取宠，肆意颠倒黑白，混淆视听，令人难以卒读。此等所谓戏说演绎，谬论流传，危害不浅。而文学与史学两界，却长期失之辨别清理，致使闹剧愈演愈烈。但在这种泥沙俱下、乌烟瘴气、种种荒唐几近泛滥成灾的情势下，张矛先生的言古大著，如同一颗种子，于五千年历史的深厚沃土之中，默默播下，悄然孕育，历经十载寒暑，精耕细作，兼收并蓄，纳新吐故，充分酝酿，待到一朝破土面世，从容生根抽枝……终于在历史文化的广袤旷野中，成长为一株参天大树。

笔者大半生读书作文，虽难免眼高手低，可毕竟见识不少，读书更是十分挑剔。半年之前，拿到张矛先生的书稿，沉甸甸五大本子，起初并无奢望，甚至没有看好，心里以为『又是老干部出书』。但翻阅之中，很快就被作者质朴清新的文笔与厚重凝练的内容所吸引，心头为之一震。待到再仔细品味，方知完全是专业的高水准。虽不是字字珠玑，却句句讲求言之有据，显然是经过反复推敲，字斟句酌、合韵遵律，可谓不同凡响。遂精神为之大振，捧读不可收矣，并写出以上初步心得，此后再读，感到言犹未尽。于是，随读随记，片断录之于后。

二

作者开言，一扫当下谈及历史多见的一知半解即盲目愚妄评说之恶风陋习，一改那种莫名其妙的居高临下、目空一切的武断吐槽和浮泛调侃，而代之以敬畏审视的肃穆宁静、庄严景仰与恳切探求之凝重姿态。随后读来，如同欣赏一部宏大的交响乐，感受到那至关重要的第一个音符确定得格外慎重又激昂；又如同倾听一曲荡气回肠的陕北民歌，那头一声吼喊，就足以颤弦销魂，刻骨铭心；更像回味一曲蒙古长调的悠长委婉，痴情的穿越，忧郁深沉、凝重庄严的肇始基调，令读者顿然拨开许多扑朔迷离的历史烟云。

还说开卷第一首。写神话传说（远古历史的存在形式）中的盘古，诗人心境貌似平缓，内中却翻卷起火山腹内的炽热岩浆。诗情饱满奔涌，如翻江倒海般忘我吟来，声萦洪荒，呼天唤地：

苍茫混沌久迷蒙，终有英雄释巨能。
沉地推天开广宇，生人育物塑精灵。
风雷云水循规走，日月山川按律行
自此纷繁呈万象，神奇幻化现黎明。

一幅多么宏阔悠远的盘古开天辟地图景，读来令人如临其境，若闻其声，顿时热血澎湃，仿佛面前之书即是一条魔毯，承载你起飞，穿越时空，进入了神话世界的历史源头。

三

盛夏酷暑，深夜远离尘嚣，潜心精读，的确就像作者携读者云游于中华五千年历史风云之中。朝代更替，宦海沉浮，正邪较量，人妖格斗，各路神仙，风云际会。热心痴情的诗人，诚挚地相约读者从远古洪荒走来。一路之上，相逢那么多人物与鬼魅，见识那么多英雄业绩与怪异事件，其中愚昧与文明、和平与战乱、盛世与衰朝、田园与市井……刀光剑影，箴言机巧，高山流水，淫逸腐朽，绵绵无涯……形形色色的人物故事，是是非非、尔虞我诈，丝毫不叫读者感到厌倦。因为那是历史的结晶，忠奸泾渭分明地呈现。就这样，我们的诗人，如同一位高明的行吟者，历朝历代，从容吟来，高亢低回，娓娓动人。

还说盘古开天辟地一首，犹若白描勾线，胜于浓墨重彩。更像太极运行，平淡起势，蓄蕴饱满。继而大刀阔斧，终见神来之笔，万古传奇英雄，赫然挺立于天地之间。寥寥数句，中华古体诗词的凝练魔力已显。

再如王莽与刘秀争夺天下的故事。如此历史大事，何等浩繁？然而昆阳一战竟见端倪。

厄降昆阳色不惊，以羸迎劲苦搏争。
虽拥守战八千士，却顶攻夺百万兵。
有志出锋威贯阵，无谋丧锐血涂缨。
头清目炯多奇略，即起声名自此兴。

一首『刘秀指挥昆阳保卫战取大胜』，短短八句五十六个字，如同象牙微雕，弹丸之间，千军万马，跃然纸上。除却主人公浓墨重彩之外，还忙里偷闲，轻轻点到或典故暗含的历史人物不下十位，足以展开成一部电视连续剧。

本书如此的细密浩繁，诗行如一枚枚珍珠，连缀成一棵根深叶茂、秩序井然的大树：中华民族波澜壮阔的历史，以及其中的人文基因与人物性格谱系，假若铺展开来，要问此卷能有多长？瞧那恣肆汪洋、仪态万方的阵势，大大小小的人物群雕，排列成一字长阵，足以成为横跨九州江河、千仞群峰之人文长城。

四

鲁迅先生曾赏赞《史记》为『史家之绝唱，无韵之离骚』。客观地讲，眼下读者所见到的这部多卷本的大部头，亦令人惊叹，虽不及《史记》伟大，然据史实而创作，正是与《史记》传播历史具有异曲同工之妙。而且因为着眼的矛盾不同，切入的角度不同，书写的动机不同，表达的方式不同，且动用的资料与思想武器也不尽相同，凡此种种，使本书更浓缩了文史哲三味，相得益彰的古典之美与治国理政的韬略。

比如，论及乾隆皇帝的文韬武略乃至治国机巧之为，诗人如实写了人们讳莫如深的《贰臣传》。所谓忠君不二，历来是封建社会忠君思想的重要体现。然而『贰臣现象』自古却十分普遍，这是一个很难说清的话题。不能简单地用『人格』高低优劣来概括断定。为了巩固政权而强化纲常，聪明过人的乾隆皇帝命人于《国史列传》之外，特意编纂了奇书《贰臣传》，可谓『另册』是也。书中集中列入清初重要的明朝降臣（文臣六十六人，武臣五十四人）计一百二十人。后还附有《逆臣传》，吴三桂当然就在其中。本书作者显然对此举此书颇有微词，在诗与注释中明确指出，《贰臣传》对于人物的褒贬臧否并不完全符合史实，甚至多失公允。其所持观点，皆依乾隆帝之意图，其中不乏冤屈之说与冤枉之人，比如抗清名将郑成功之父郑芝龙等。故诗的最后感叹曰：『均随主意施褒贬，可使无辜进鬼门。』

作者以诗记人，以人论史，通过梳理、回顾历史人物与历史故事，提炼经纬之线，织就精致锦缎，呈现我们民族的来路，文史哲浑然一体，厚重严谨，忠奸自辨，一唱三叹，真可谓史家之吟判，有韵之《通鉴》矣！

自上古及清末，诗人一路吟来，高唱低回，嬉笑怒骂，酣畅淋漓，通俗浅近，老少皆宜，文史家读之亲切，工农者览之入迷。读完这部书，笔者相信在收获满满之时，读者更会折服于作者求学写作的执着与痴情。可以说，这是一个人用一生的心血乃至生命构筑的一座终将不朽的历史文化长城。因为他所动用的每一块砖石，都是优选出来的，以一当十。全国每年不知出版多少本诗集，笔者敢说，没有一本诗集的分量有这部书厚重，它以横跨五千年、纵横九万里，鲲鹏展翅一样的视野与气势，彰显了自己的分量与不朽。

五

孟子曰：『颂其诗，读其书，不知其人可乎？』读一本新书前，最好先读作者本人的人生。许多年前，见到北方文艺出版社出的一本古体诗集，书名很不寻常：《历史名人大写意——张矛诗选》。诗集的封面设计像历史小说一样夸张大气，左上方耸立的黄帝肖像，选择的是我们陕西黄陵的黄帝庙中供奉的那尊浮雕立像，看着感觉格外亲切。

张矛是谁？『矛』字看着怪怪的，像缺点什么。也许这是个笔名，有些领导干部出书，喜欢玩化名游戏，用一两个生僻字作笔名，实际上逢人便说这书是自己所写，到后来也就知道是他的著作了。

翻阅《历史名人大写意》之前，很想了解一下作者，但苦于没有机会相见。岂不知那位作者——真名实姓的张矛，正与笔者在同一座城市工作、生活。或许在一些场合见过面，也记不清了。大约又过了十年，我们才得以真正相识，这也许就是所谓的『缘分』到了。

张矛先生的古体诗词，起初并没有给笔者留下深刻印象。那些虽经反复推敲的诗句，倒也不是小情小调、儿女情长或偏执妄言，是建立在熟读经史上的有感而发。这在人欲横流、浮躁不安的世风之下，已经难能可贵了。诗人文风平实凝练，其中不乏褒贬世事、评说忠奸的好诗句，其论述翔实、分寸得体，可见其治学态度很是严谨，但终究感觉还是业余所为。如今看来，自己当初的确有些走眼。现在研读《史海游吟》，深感诗人运用简略的笔法描写复杂纷繁历史事件的矛盾纠葛和人际关系的技巧更加驾轻就熟了。比如，写魏晋人物司马懿、司马昭、司马炎爷父孙三人，如何长期预谋篡夺魏国皇位的曲折复杂而血淋淋的历史过程，一首七律，附以几百字的简明注释，就已经脉络清晰地完成陈述，且众多人物栩栩如生，读来酣畅淋漓。

六

笔者读张矛，并不是从他的身份开始的，而是先读了他的诗，此后才见到其人。因为有诗文的铺垫和朋友的介绍，等到见了面，就像欣赏一尊雕像：岁月与时光精心雕刻半个多世纪的一尊雕像。其喜怒哀乐、爱憎忧怨统统刻在那张不太安分的脸上，躲在每一道深深浅浅的皱纹里面。脸上的皱纹，那是一个人一生的积蓄，是真正属于自己的财富，谁也无法夺走的宝贵财富。有的人掏钱求人千方百计去掉脸上的皱纹，就等于主动放弃自己的财富，那该是多么的愚蠢，又是怎样的一种悲哀！笔者第一眼看到张矛，就又一次情不自禁地这样想。这是笔者的一个观点，有时不经意地会对上了年纪的友人讲讲，但却从未写进文章里面。张矛先生的脸上柔和而有规律地分布的皱纹和皱纹下依然潜在的童稚诗意，令笔者在那一刻突然有些感动。

那是一年夏天，笔者回大庆，在一位朋友处聚会，就遇到了张矛。握手之后，他笑嘻嘻地望着我，目光里充满了热情。他就那样笑嘻嘻地望着我，眼角、嘴边的皱纹中溢出真诚的笑意吸引笔者仔细地端详，甚至欣赏他。记忆中，他就那么笑嘻嘻地看笔者，老半天没有说话。但那真诚而亲切的笑容，给笔者留下了深刻印象。那笑容中表达的意思显而易见，感染着笔者报以同样的表情。初次见面的那一刻，彼此心照不宣，显然全读懂了对方。我们相互对视的那种笑容，大体上可以概括为一个词语，就是『尊重』。

在大庆工作时，我们同处一城，但彼此并不认识。他也许听说笔者喜欢文学，笔者也听说他喜欢历史，可并不知道他在读史写诗，还是用律诗的形式在完成一部鸿篇巨制。

七

一个人，特别是上了年纪的人，其外表往往最能反映他的内心世界。由此可见传统文化中的观相识人也不无道理。张矛先生是个有近五十年军旅生涯的军人，担任过省军区宣传干事、宣传处长、师政治部主任、师政委等职，但他既不很像军人，又不很像文人，倒是像一名无官相、无官气的典型基层党政干部，为人坦荡、真诚豁达、处事干练、开朗爽快，且不失严谨与幽默，虽已年近七旬，却有积极向上的心态，总是洋溢着朝气。据说他特别好交年轻的朋友，经常与年轻人在一起谈天论地，交流思想和心得，每当这时，他都兴奋不已。特别是他时常哈哈大笑，以激情感染周遭的年轻人，使年轻人觉得他对生活永远充满着热情和信心。

八

人各有志，结果不同，而人生说到底也就是不断选择的过程，关键看选择的标准是什么。就张矛先生来说，他原本就是个农家子弟，在『文化大革命』开始时，由于大学停止招生，在断了大学梦的情况下当了兵，虽然后来读了大学，但那时的遗憾已永远成了笼罩心头的阴影。为此，他几十年来从未放弃读书学习，尤其对文学、历史学、经济学、哲学情有独钟，且在读书中笔耕不辍。特别在年近古稀之际，竟大胆挑战自我，决心在文学与史学方面再上一个台阶，且欲用一些文字痕迹来充实不落俗套的余生，皇皇五卷《史海游吟》的付梓，仿佛使他年轻了许多。

张矛先生好读有文字之书，更喜欢于无字句中读书，中国历史说白了也就是一部有字句又无字句的巨著，看来张矛先生下了大功夫将这两部分读懂，他的学习心得，就是眼下这部诗卷。笔者面对这五大本稿子，沉浸于博大精深的震撼和难以平复的兴奋之中，真想与他一起畅游浩瀚的历史大海，共同吟咏出对华夏历史热爱和敬畏的心声。

（本文作者为全国作家协会会员、国务院参事）

目　录

上古时期

夏商周

春秋　战国

秦

上古时期

盘古氏开天辟地——上古时期

苍茫混沌久迷蒙，终有英雄释巨能。
沉地推天开广宇，生人育物塑精灵。
风雷云水循规走，日月山川按律行。
自此纷繁呈万象，神奇幻化现黎明。

注释

●传说很久很久以前，天地混沌一体，一片迷蒙，万物皆在其内。有一天，天地间生出了一个人，叫盘古氏，此人魁伟雄壮，声威逼人，能力巨大无比。

●经过一万八千年，天地渐渐动起来，慢慢分离。在天地之间的盘古氏开始活跃，一日九变，上下跳动，于是，天每日升高一丈，地每日加厚一丈，盘古也每日长高一丈。他不断将天往上推，将地往下沉。又经过一万八千年，天变得极高，地变得极厚，盘古也长得极长，直至天和地离开九万里时达到极限，成为现在的样子。由于盘古氏开天辟地过于劳累，终于累死。临死前，他的身体突然化作天上地下的万物：眼睛变成太阳和月亮，血液变成江河，肌肉变成田地，头发和胡须变成天上的星星和地上的草木，呼气变成风云，汗水变成雨水，身上的小虫变成了活生生的人……

●从此，天地万物都按一定的『规』和『律』运行，相互依赖，相互制约，形成了神奇的秩序。

●从这时开始，大千世界呈现出丰富多彩的景象，迎来了世界诞生的第一缕曙光。此则神话反映了原始人对世界开初的幻想，它有奇妙的构思，丰富的想象，广阔的意境，生动的情节，具有『永久的魅力』（马克思语）。

有巢氏筑巢栖居——上古时期

始和他类共杂栖，继入洞穴仍受逼。
看鸟筑巢离旧所，效禽择木造新居。
遮风挡雨能脱害，避兽防虫可躲袭。
后建屋宅重落地，皆缘大智奠初基。

注释

●人类出现时，开始与自然界的他类如禽兽等混居在一起。因常遭到野兽侵害而受伤、致死，便找到山里的洞穴居住下来。但由于洞穴阴暗潮湿，且野兽经常出没，仍不能有效地保护自己。

●正当人们为没有理想的居所发愁时，部落中一个人看到了树上的鸟巢。鸟儿白天外出寻找食物，晚上回来栖息在巢中，地上的野兽不能予以伤害，且有树叶的遮蔽，下雨也淋不到它们。受此启发，这个人就想，人为什么不可以学鸟的居住方式呢？于是，他折来一些树枝插在树上，用泥浆把树枝加固，筑成了一个能住人的巢。一时间，人们纷纷效仿在树上筑巢，居住起来果然既舒服又安全。

●由于有了树上的『巢』居住，既可遮风挡雨，防止潮湿，又可避免野兽和蛇虫侵害，人们都十分高兴，于是，推选这个人为王，并称其为『有巢氏』。

●随着时间的推移，人们逐渐感到，在树上居住爬上爬下也不方便，后来又回到地面开始建筑房屋，这就使居住条件得到进一步改善。但是人们不会忘记，正是有巢氏的最初发明，奠定了后来建造房屋的基础，所以，人类永远怀念这位功德无量的先知。

燧人氏钻木取火——上古时期

茹毛饮血度初年，损寿伤身受病缠。
雷电燃山知火种，凌砄钻木晓能源。
即别生味充饥腹，兹用熟食解馑寒。
因有燧人推巨变，一除旧貌换新颜。

注释

●上古时代初始，人们饮食粗糙，生吃动物和各种植物果实，疾病肆虐，严重损害身体，人们的寿命很短。

●偶然的机会，人们在雷击起火后吃到了被火烧过的动物，感觉到了香味，并知道了火种。同时燧人氏发现用石头不断钻木头就会产生火星，于是又知道了能源。

●从此人类告别了生吃食物的历史，开始了用熟食果腹。

●因有燧人氏钻木取火，人们吃生食的野蛮习惯得以彻底改变，它标志着人类发展进入了一个新的历史阶段。

伏羲画八卦——上古时期

牧狩乐文诸事通，发明八卦更堪称。
观天俯地寻规律，看物察人探特征。
长短和谐呈互济，阴阳匹配表相生。
绝思妙想涵深理，万代千秋奉典经。

注释

●燧人氏去世后，又出现了一位能人伏羲氏，当了天下王。此人对打猎、畜牧、娱乐、文化等诸多方面都非常精通，而他发明的『八卦』尤为奇妙、著名。

●伏羲氏细心观察天、地、物、人等各种现象，用心体察规律、特征。

●在此基础上，他用一条长线代表阳，用两条短线代表阴，相互匹配，相与相生，画成八种图案，称作『八卦』，象征天、地、雷、风、水、火、山、泽八种自然现象。

●从此，祭祀天神、告示民众、表达万物之情，皆可用『八卦』来进行，后世人们一直把它奉为经典。此故事反映了原始人对推动文明进步杰出人物的崇拜。

女娲补天救苍生——上古时期

九州开裂四极倾，力靖灾殃救众生。
冶炼顽石当堵塞，切割龟腿作支撑。
焚芦化烬驱淫荡，镇兽杀妖止恶凶。
踏地拥天监万类，造人兴物浴清风。

注释

●这是一则扶正祛邪、伸张正义的神话。传说女娲氏人头蛇身，日有七十二变，本领十分高强。她是伏羲氏的妹妹，兄妹结为夫妻。她生活在天地很不太平的时期，那时四极忽然塌陷，九州开裂四散，野兽横行，灾害丛生，女娲看到人们受苦受难，决心竭力拯救。

●于是，她造一巨炉，用高温炼五色顽石，遂将天洞堵上，又截断海中一大龟的四足，立于地的四极，把天撑起。

●同时，她焚烧芦苇成灰，止住地面冒出的洪水，并杀死水妖黑龙，制服各种凶猛野兽，使它们藏匿爪牙、毒汁，不再恣意逞凶。

●女娲还不断捏土造人、繁兴万物。她脚踏四方土地，双手拥抱浑圆天体，监控着世间万物，使得天下太平，风清气正，民众安居乐业。

神农治天下——上古时期

后继伏羲受戴拥，恩泽天下拓新风。
亲尝百草寻疗药，自种五禾教稼耕。
制耒耘田提产效，造琴娱众创音声。
法宽刑缓民安定，人谐气顺世旺兴。

注释

●伏羲氏之后又一位能人『神农氏』为王，他以自己的聪明智慧开拓新风，为民造福。

●他奔走各地，尝遍百草，不惜『一日而遇七十毒』，寻找良药（可谓中医学的鼻祖），为民解除病痛。他还教人们耕种五谷，获取固定食物。这标志着中国原始时代从采集、渔猎文化进步到了农耕文化。

●他发明制造农具『耒』，提高翻土效率。并制作琴瑟，上有五弦［宫、商、角、徵（音：止）、羽］，丰富和发展了乐理，娱乐了民众。

●神农氏的统治法宽刑缓，使人和气畅，天下无争。

炎黄争锋，得人心者胜——上古时期

世代分栖两水滨，曾经友好互通婚。
却因争地烽烟起，亦为夺财血雨纷。
黄秉仁德赢众望，炎施暴戾丧民心。
阪泉三战决高下，自此轩辕领至尊。

注释

●在神农氏后期，中国大地上出现了两支氏族部落——黄帝和炎帝。黄帝族为姬姓，活动于姬水附近；炎帝族为姜姓，分布在姜水之滨。两氏族部落长期关系融洽，互通婚姻。

●由于人口的不断增长，原有地域已不能容纳，两部落均沿黄河南北岸东迁，在这个过程中为争夺土地和财物不断发生征战，打得不可开交，使得局势越来越混乱。

●炎帝依仗人多势众，经常对其他部落侵扰施暴，掠夺财物，受到侵扰的部落不断向黄帝求救。这时，经过长期准备的黄帝，决心在阪泉之野（今河北涿鹿县东南）对炎帝发动大规模攻击。他以熊罴虎豹为先锋，以雄兵干戈为后阵，双方展开了激烈搏斗。

●在阪泉经过三次血战，炎帝族大败，自此黄帝（号轩辕氏）更为各部落拥戴，终成为大家的共同首领。

黄帝擒杀蚩尤——上古（黄帝）时期

为致安宁抗恶流，决心除害灭蚩尤。
天公壮势出方略，玄女助威谋计筹。
风后造车冲雾障，应龙放水锁铜头。
旱神发力消风雨，涿鹿高歌斩逆酋。

注释

● 黄帝打败炎帝，天下暂趋太平。时隔不久，另一部落联盟首领蚩尤（居于今山东一带）又横行霸道，企图向西发展，扩大势力，与黄帝一争高低。为解除世人忧患，黄帝决心除掉蚩尤。

● 黄帝伸张正义，天公深受感动，特遣玄女下凡，授予黄帝一块『兵信神符』，出方略，展计谋，使黄帝取胜信心倍增。

● 战斗开始，蚩尤作大雾三日，致黄帝迷失方向。黄帝乃令大臣风后制指南车拨开雾障，并令水神应龙放水困住蚩尤（因蚩尤身壮如兽，铁额铜头，故称『铜头』）。

● 正当蚩尤请来风伯、雨师，使战场上风雨大作时，黄帝得到旱神相助，使风雨骤停。最终黄帝大胜，将蚩尤斩杀于涿鹿（今河北涿鹿）之野。

历史上第一位乐理大师伶伦——上古时期

远涉昆仑作采风，觅竹于谷定黄钟。
高低各调均厘定，整半诸音尽辨清。
仿风吹符十二律，择材制器五八声。
咸池一曲绝高妙，乐理先师万代功。

注释

●原始社会人们已会弹琴歌唱。为使音的高低有一定规律，黄帝令乐师伶伦制定音律。伶伦便从大夏之西一直走到昆仑山，在溪谷中找到一根竹子，试吹这根竹管，定其律为『黄钟』，其音为『宫』。

●伶伦接着又制作了十一根竹管，慢慢进行校正，找准了高、低、整、半各音。

●伶伦一边吹，一边听凤凰鸣叫，相互比较，极力仿真，终定『十二律』为标准。他还制定了五个音名，即宫、商、角、徵（音：止）、羽，称为『五声』；同时，他又用八种不同材料制成埙、笙、鼓、管、弦、磬、钟、柷（音：触），谓之『八音』。

●伶伦在『五声』、『八音』、『十二律』的基础上又创作和演奏了『咸池』这首艺术水准很高的乐曲。他是中国第一位音乐理论家、作曲家和演奏家。

仓颉造字——上古时期

时需造字录繁情，遂现奇才展慧灵。
细览人群观动作，深察物类品姿容。
凭神勾画皆彰意，据貌描摹尽象形。
震撼苍天惊大地，滥觞伊始载文明。

注释

●原始社会人们为了记事，最早采用绳上打结的办法。到伏羲氏时代用八卦来表示事物，但八种图案符号毕竟太少，不能满足繁多的应用。为适应治理社会、记录繁杂事物的需要，黄帝的一位十分聪颖的奇才史官仓颉（有说是先于黄帝的远古帝王）决心造字，以应人们之需。

●仓颉上爬高山，下俯沼泽，观察人群、鸟兽、山川、河流等万类状况和姿态，认真领悟其中的真谛。

●然后依凭它们的形态状况、神韵特征进行勾画、描摹，既象形，又会意，至此，中华文字终于诞生。

●传说仓颉造字成功，天上地下都出现了奇异现象：天上下起谷，地下鬼哭夜，引发了种种议论。总之，仓颉造字震动极大，开辟了中华文字的先河，随着后世的不断完善，成为传承文明的基本载体。

黄帝求贤致盛世——上古时期

阔域辽疆万事繁，如饥似渴揽良贤。
路边求俊擢高位，梦里寻才委重权。
猛兽知情生悯善，鸷鹰明状弃凶残。
麒游凤舞民安乐，地泰天和度盛年。

注释

● 黄帝战胜炎帝、擒杀蚩尤后，成为广大领土上部落联盟的首领。面对疆域辽阔、事务繁多的局面，急需各类人才辅佐治理。

● 据说当时黄帝派人站在交通道口，遇到行为高尚、才能出众的人，立即请入宫中给予提拔。在夜里梦见大风把天下的尘垢吹尽，又梦见有人挥重鞭驱赶羊群，便暗自解析：『风』为号令，吹刮天下，他应该成为执政者；垢字去土，还有『后』在；驱赶羊群必是管理天下的牧民者。于是急派两路人马去寻觅，终于找到『风后』和『力牧』，二人遂被委以丞相和将军之任。

● 由于黄帝重用贤才，连鸷禽猛兽都深受感动，再也不随便咬人和逞凶了。

● 黄帝用才治世，引来凤凰在庭院中飞翔，麒麟在郊外游荡，呈现一派太平祥和的景象。

共工怒触天柱——上古时期

暴戾贪婪一恶酋，居人之下怎甘休。
欲攫盟首伐项帝，未获公权触不周。
陆陷东南群水漫，穹倾西北众星匀。
虽凭想象编神话，已示酷争藏隐忧。

注释

● 在黄帝和少皞之后，帝颛顼担任部落联盟首领，颛顼德高才盛，引来另一个部落首领共工的不满。共工贪婪、残暴，不甘居颛顼之下。

● 共工欲夺颛顼之位而攻打颛项，失败后一怒之下猛触不周山。

● 传说这不周山是天柱，由于共工猛触而折断，致使东南地陷，群水汇聚；西北天塌，众星偏移。

● 这虽是一则神话，却反映了当时部落之间争夺领导权的斗争已十分激烈。

织女与牛郎——上古时期

天孙负罪坐机房，纤手穿梭面悴黄。
抑郁悲织服上帝，欢心喜渡嫁牛郎。
痴情忘锦归寒室，忍痛思夫守冷床。
云汉相隔飞泪雨，七七短会诉衷肠。

注释

●原始社会，人们就富于想象，牛郎与织女的爱情故事便是其中之一。传说织女原是天帝的孙女，故称『天孙』，因她惹怒天帝，被罚在机房长年织布，纤嫩的素手日夜穿梭，累得面目憔悴。

●织女整天郁郁寡欢，用心织『云锦天衣』，服侍天帝。天帝发恻隐之心，允许她嫁于天河西岸的牛郎，织女高兴无比。

●织女嫁牛郎后，沉湎于爱河而忘记了为天帝织云锦，于是又被遣返河东，重新归入寂寞凄凉之境。

●云汉（即天河）相隔，牛郎和织女只能遥遥相望，每年七月七日见上一面。此神话反映了原始人对爱情的追求。

精卫填海——上古时期

溺水身亡怒火烧，遂成精卫斗魔妖。
花头白嘴常栖顶，彩羽红足久望涛。
叼木筑堤拦恶浪，衔石填海锁狂飙。
积年累月勤旋翼，破雾穿云志愈高。

注释

●炎帝的女儿『女娃』在东海捕捉海物被海潮吞没，溺水身亡。女娃怀恨死后，化作『精卫』鸟，决心向海妖开战。

●这只『精卫』鸟，头上有花纹，白嘴、彩羽、红脚，经常停留在发鸠山的柘树峰顶。

●『精卫』痛恨海潮吞噬人的生命，便取木筑堤，衔石填海，阻挡恶浪，锁住狂风。

●『精卫』每天不停地劳作，以坚韧不拔的毅力与大海搏斗着。这则神话昭示了原始人在恶劣的自然环境中不屈不挠的伟大精神。

愚公移山——上古时期

绵延横亘路难通，发动全家铲二峰。
智叟冷讥拦老者，天神热鼎助耄翁。
夸娥两子临河冀，王太双山去朔雍。
奇妙传说昭大理，顽强坚韧寓成功。

注释

●有位老者叫『愚公』，险峻的山峦挡住了家门，出行非常不便。他决意把山铲平，将路打通。

●在河曲的地方有一个叫『智叟』的老人嘲笑愚公太不聪明。而天帝却为愚公的顽强精神所感动，便命巨人族夸娥氏的两个儿子鼎力相助。

●于是，夸娥氏二子直奔冀州之南、汉水（河）之滨，将太行、王屋二山一座搬到了朔东，一座搬到了雍南，从此愚公一家出门畅行无阻。

●这则寓言反映了我们的先民在与自然斗争中的伟大气魄和坚强毅力。

夸父追日——上古时期

痴心追日探西沉，禺谷失踪继找寻。
瘦水喝竭濒死境，丰泽涉远断生门。
膏涵荒野成田地，杖插苍山化邓林。
坚毅执着开壮举，奇石美玉铸精魂。

注释

●夸父是炎帝后代中的英雄，夸娥氏家族的一员，其先辈曾参加过对黄帝的战争。夸父体魄健壮，一日突发奇想，要去追赶太阳，搞明白它到底西落何处。夸父追到一个叫『禺谷』的地方，太阳失去了踪影，此时夸父并未灰心，仍继续寻找。

●夸父感到口渴，就近将黄河、渭河中不多的水喝干了，仍未解渴，又想到北方有一多水的大泽，便去寻找，不料在路上因过度口渴丧命。原来是黄帝部下一个叫应龙的水神故意把黄河、渭河上游的水放小，害死了夸父。

●夸父死后以自己的尸体膏肉浸润大地而化成肥沃的田野，以自己的手杖化作『邓林』（桃林）而绵延几百里。传说后来周武王伐纣时曾在此放过牛。

●夸父追赶太阳的英雄壮举，永为后世所纪念。后人命名的『夸父山』，山上有许多奇石美玉，传说它们就是夸父的精魂。

仁君典范帝尧——上古时期

博赢禅让获传承，遴选百官擢俊能。
授命羲和编历法，加责鲧禹治灾洪。
征服夷部除凶险，取信氏族求泰平。
广布仁德恩万众，如失考妣悼英灵。

注释

●帝尧曾受封于陶、唐等地而号陶唐氏，通称唐尧。尧勤劳、俭朴、处事公正、才能超群，受兄（帝挚）禅让帝位。尧登临帝位后即选拔品德高尚、才干出众的人任各种官职。

●同时命令羲、和编制历法，以应农时，授权鲧（禹之父）、禹治水防洪，以消灾害。

●尧还征伐蛮夷部落，流放恶人凶顽，取信周边各氏族部落，使民众安居乐业。

●尧的治理政绩显赫，深受天下拥戴，成为传说中的古代圣人。据说他逝世时，百姓『如丧考妣』，就像自己的亲生父母死了一样悲痛伤心。

鲧治水无功而死——上古时期

受荐治洪承重担，非疏只堵策施偏。
围堤截水多遭毁，铲土填洼屡被淹。
九载奔波无绩效，一朝赴难有屈冤。
明因今罪招诛斩，实为前仇引祸端。

注释

●在尧担任部落联盟首领时，中原地区最大的灾害就是洪水经常泛滥。为了消除这一祸患，尧决心进行治理，而四方部落酋长一致推举鲧来完成此项任务。鲧在接受命令后，并未总结过去的经验教训，也没有治理的总体方案，只是按照过去共工的老办法，一味地堵而不疏。

●由于铲高填低、筑坝截水，围堤大多被毁，洪水泛滥更甚。

●鲧治水历时九年无大绩效，被舜（尧的接班人）以『治水无状』的罪名先流放，后诛斩。

●其实鲧的死是有冤屈的，原因是他在舜的接班问题上曾提出不同意见，得罪了舜。

羿怀绝技为民除害——上古时期

应天遵命握彤弓，去害消灾救众生。
挽弩穿云除九日，出矰透雾灭七凶。
畴泽激战诛凿齿，青水搏杀斩大风。
扫荡妖魔安四海，编奇颂羿赞豪英。

注释

●传说在尧的时代，各种灾难频仍，妖魔横行，怪兽肆虐。这时，天帝派出一位身怀绝技的英雄『羿』下凡，手握『彤弓』，来澄清玉宇。

●羿挽弩穿云，一连射掉天上九个太阳（传说当时有十日中天），解除干旱；又用『素矰（音：增，一种利箭）』一举扫荡地上七凶（七种妖怪），为民除害。

●羿与『凿齿』这头怪兽在『畴华』（南方一大泽名）展开了殊死搏斗，终于把它杀掉；又在青丘（东方一大泽名）水畔斩了『大风』（风妖）。其他几个恶兽也先后被羿剪灭。

●妖魔鬼怪清除了，天下得到安泰。人们编造这样一个神奇故事，意在颂扬羿的丰功伟绩，反映了古代人们对太平世界的向往和对救世英雄的期盼。

羿求长生药，娥偷奔月宫——上古时期

羿展雄威获众拥，西行觅药欲长生。
披星顶日穿林漠，涉水翻山踏雪冰。
王母真情播圣雨，姮娥妄念驾仙风。
飘然而起飞天去，寂寥孤独守月宫。

注释

●羿射掉九日，除去妖魔猛兽，盛名远扬，深受大众拥戴。为了更多地造福人们，他西行（昆仑山方向）去寻求长生不死之药。

●一路上羿克服了无数难以想象的困难，披星顶日，跋山涉水，爬冰卧雪，穿荒漠越林莽，终于到达了目的地。

●在昆仑之丘，羿遇到了神仙西王母。西王母为羿的英雄壮举所感动，便拿出了珍藏的灵丹仙药赠给了羿。羿的妻子姮娥（西汉时为避讳汉文帝刘恒而改称嫦娥）对此药能否使人长生不死心存疑虑，于是她便乘羿不备把仙风圣药偷吃了。

●姮娥吃下仙药后肚子突然躁动起来，身体飘然而起，一直朝着月亮的方向飞去。从此，她化为月精，永远看守着广寒宫。羿射九日是关于太阳的神话，姮娥奔月是关于月亮的神话，可见原始人已经有了十分丰富的想象力。

纪昌与飞卫斗箭——上古时期

拜师学箭向精深，决意超拔占至尊。
屏气迎锥非眨眼，专神射靶必击心。
此突发矢出毒手，彼速飞镝展善根。
技法相当无胜负，投弓立誓泪沾襟。

注释

●原始人把弓箭作为防身杀敌的主要武器。飞卫射艺高强，是纪昌的老师，而纪昌立志要超过老师独占鳌头。

●纪昌学箭十分刻苦，他伏在妻子的织布机上，两眼盯着机杼来回穿梭，眼睛一眨不眨，后来眼力越练越好，即使锥子逼到眼前，眼睛依然不闪动。几年之后纪昌的箭法已十分精准，可谓箭箭不离靶心。

●这时纪昌产生了非分之想，他想取代飞卫，于是他决定谋杀飞卫而使自己独一无二，于是在野外趁老师不备突然搭弓射之。不料飞卫对射一箭，将纪昌箭头拦截，两支箭头相撞，力量抵消，轻轻落地。如此几次都是同样的结果。

●经过几番惊心动魄的较量，二人都觉得无法胜过对方，于是投弓于地，拥抱在一起，泪流满面，相认为父子，并立下誓言：不再将射箭技术教给任何人。

舜以德服人——尧、舜时期

多遭虐待数逢凶，养性修德志不更。
宁让肥渔招己损，甘亏沃野助他兴。
帮工授技提陶艺，除陋革俗改世风。
代政八年登帝位，孔丘称圣永尊恭。

注释

●舜是黄帝、颛顼的后代，从小受到父亲和继母的虐待，屡遭暗算，险些丧生，但他修德养性的志向始终不渝。

●坎坷的命运使舜未成年就出外劳动，在与人相处中总是谦逊忍让。开荒时他宁可将肥沃的土地让与众人，自己开垦贫瘠的地块；捕鱼时他宁可把就近多鱼的区域让给别人，自己在远处寻找新的捕捞地点。

●舜极度聪明能干，指点人们在黄河之滨制造陶器，帮助大家改进技术，使陶器的质量大大提高。舜不仅在历山耕田，在雷泽捕鱼，在河滨制陶，而且致力于移风易俗。

●舜代政八年终于登上帝位，后世孔子赞扬他是伟大的圣人。

历史上最早的大法官皋陶——帝舜时期

才智杰出大法官，倾心辅舜统江山。

施刑求准昭公正，判案防疏去假冤。

力倡九德民纳善，严惩五罪世得安。

教罚并举犹灼见，留下哲思作后参。

注释

●在辅佐舜治理天下的诸多人才中，皋陶是杰出的一位。他是中国历史上最早的大法官。

●皋陶施刑、判案力求准确，公正无误，严密无疏，避免了冤假错案的发生。

●皋陶主张以德治政，经常在舜面前陈述此见。他大力倡导『九德』（宽厚待人而又恭敬谨慎；性情温和而又有主见；行为谦逊而又严肃认真；精于治理而又细致耐心；善听意见而又刚毅果断；性格正直而态度和气；勤于检查而廉洁奉公；意志坚强而考虑全面；精力充沛而一身正气），使民致善；严惩『五罪』，使世致安。

●皋陶提出的教罚并举的思想尤显灼见，富于深刻的哲理，是留给后世司法实践的一份宝贵遗产。

抑恶扬善，倾心治政——帝舜时期

辛勤治理恤民生，良莠分明济世清。
力举群贤扬正气，严惩诸恶抑邪风。
驱逐敦机除饕餮，流放奇兜剪共工。
施惠泽恩勃万象，人和地泰五德兴。

注释

●舜在帝位时，勤政为民，体恤民生，力求世事清明。

●舜举贤良，抑邪风，先后任用帝颛顼高阳氏和帝喾高辛氏才子十六人（人称『八恺』、『八元』），让他们担任官职，管理百事，深受人们拥护。

●同时，舜大力惩治邪恶势力，除掉了黄帝、少皞氏、颛顼、炎帝的四个不肖子孙，即『四凶』：浑敦、穷奇、梼机（音：陶务）、饕餮。此外还流放了南方一个氏族部落中为人恶狠的驩兜和怒触不周山的共工，为民消除了祸患。

●舜不断施恩惠于人们，大力倡导『五德』（父义、母慈、兄友、弟恭、子孝），使天下万象勃兴，友善和睦。

舜野死苍梧人皆怀念——帝舜时期

五载一巡解众急，奔波视政已成习。
年高体弱终苍梧，绩盛德丰葬九嶷。
恶象罚耕尝苦郁，贤君奖颂品欢娱。
恩泽大地人皆念，鸾凤齐鸣喜瑞弥。

注释

●帝舜一生勤于政事，他规定了『五载一巡狩』制度（每隔五年要到四方诸侯驻守的地方去巡视一次），解决世间难题，这已经成为他执政的习惯。

●德高绩盛的舜在晚年仍到南方巡察，因年事已高和路途劳累，突然病死在苍梧之野，遂葬在了九嶷山。

●后来人们在舜的葬地建了庙堂，庙中常有弦歌之声来颂扬这位英雄奇人的功德。舜在青少年时期，受其弟『象』的虐待，人们为此愤愤不平，传说埋葬舜的苍梧之野常有象在那里耕地，以表示对舜的忏悔。

●舜以自己的德行恩泽了大地，世人无比怀念他，据说连他的后代治理的地方，都鸾鸟歌唱，凤鸟跳舞，各种兽类和谐相处，互不伤害，谷物生长繁茂，人们丰衣足食。这些传说，显然是人们为纪念舜的功德而刻意编出来的。

湘夫人娥皇、女英——帝舜时期

千古传说撼万生，双妃侍舜尽贞忠。
呈衣裹体逃毒手，奉药洗躯脱险坑。
泪洒潇竹飘爱雨，身投湘水起情风。
洞庭弹浪吟绝唱，敬颂娥皇赞女英。

注释

● 尧的两个女儿娥皇和女英，是舜的两个妃子，她们对舜的爱至深至切，无比忠贞，编织了一则神圣、美丽的传说。

● 她们自从嫁给舜后，屡次助舜脱险：一次舜的父亲和弟弟想借舜上廪顶修补之时将舜烧死，二妃及时送去鸟衣，使舜如鸟般飞出火焰，安全落地。还有一次舜的父亲和弟弟想用酒灌醉舜然后将其杀害，二妃知道后，让舜用药水洗身而使舜免遭算计。

● 舜登帝位后，二妃日夜相伴，感情弥笃。有一年，她们随舜南巡至湘江，二人迷恋湘江两岸的景色，舜就将她们暂留那里，自己先行，不料没过几天舜就猝死于苍梧之野。二妃闻讯后悲恸不已，泪水洒在湘江边的竹子上，形成斑斑痕迹，后来人们把这种竹子称为『湘妃竹』或『斑竹』。随后，她们便投入湘江，以身殉情。

● 二妃对爱情的忠贞不渝，深深感动了后人，人们在湘江边修建了二妃庙纪念她们。据说二妃的神灵常漫游于洞庭之渊、潇湘之浦，江湖涛如弦鸣，永远为『湘夫人』吟唱歌颂。

夏商周

大禹治水——夏朝（帝禹）时期

新婚领命踏征程，舍爱含悲去治洪。
越岭翻山标水系，披荆走野录灾情。
疏淤建库泽诸物，排涝修田惠众农。
三过家门赢美誉，千秋万代颂功名。

注释

●禹的父亲鲧因治水毫无成绩被舜处死，舜又命禹接替父任主持治洪，禹含悲登程。当时是禹刚与涂山女娇结婚的第四天。

●为了使治水有一个统一的规划，禹带领一批人走遍大地，标水系、记灾情，制定了一套切实可行的总体治理方案。

●禹一改父亲鲧过去的旧办法，『疏』、『堵』结合，建库修田，取得了防洪治涝的巨大成绩，使人们免除了水患之害。

●传说禹在广阔的大地上辛苦治水八年（一说十三年），曾多次路过家门而不入，就连儿子启出生也没能照看。他这种一心一意为民除害的伟大精神，永远感动后人，传颂千秋万代。

禹施阴谋，启夺帝位——夏朝（帝启）时期

明里选君遵制行，暗中谋子坐龙廷。
安插亲信结团伙，笼络诸侯壮阵营。
益褪谦容求既轨，启揭凶相破原程。
休言禅让实虚伪，纵有真心怎可能。

注释

●禹继舜位，建立了夏王朝。按照尧、舜禅让帝位的惯例，禹曾选定接班人益。禹死后，益按过去的传统，开始要避让前帝之子一段时间，以示谦恭。不料在益避居时，诸侯们不去朝见益，却去朝见禹之子启，其原因是禹在生前为谋儿子坐帝位而在背后做了手脚。

●禹在表面上宣布将帝位禅让给益，内心却打算让儿子接班。为此他采取了一系列不光彩的做法，如帮助启安插亲信、拉拢诸侯等，为启即位做准备。

●见此情状，益便撕掉了谦让的面纱，以武力将启监禁起来，而此时启的势力已很强大，远非益所能制服。启在狱中得到亲信帮助得以逃脱，遂动用勤王之师将益擒获并杀掉，启终于夺得了帝位。

●这场血腥的斗争，其实是不以人们意志为转移的历史必然，因为生产力水平的提高，剩余产品增多，帝王手中权力增大，私有制的阶级社会已经开始，帝位的禅让制度已失去了存在的基础。

太康失国——夏朝（太康）时期

常年游猎走八方，弃政荒廷乱纪纲。
百姓煎心怒火起，诸侯切齿劲弓张。
疯狂纵欲享欢乐，凄惨丧国罹祸殃。
五子悲歌慈母泪，冥中先祖亦神伤。

注释

●夏后帝启死后，由他的长子太康即位。太康登位后对国事朝政一概不管，整天打猎游玩（史书说他『盘于游田，不恤民事』）。一次，他打猎渡过洛水，一直玩了一百多天还不想返回都城。

●太康长期过着放荡不羁的生活，百姓受尽煎熬，愤怒四起，诸侯国恨得咬牙切齿，剑拔弩张。

●在夏王朝东北部有一个方国『有穷』，其首领叫『后羿』（羿的后代），很早就对夏存有野心，听说太康终日游玩，百日不归，便乘机率军攻入夏都。而此时的太康只知纵欲行乐，却不知先国的大难已临头。丧国后，太康只得向东流浪，最终病死。

●太康失国，他的五个弟弟搀扶着他们的母亲来到洛水边，仰天放歌，潸然泪下，叹息太康忘记了先祖的遗训。后人将太康五兄弟所唱的歌记载下来，称为『五子之歌』（共五曲）。

寒浞杀后羿——夏朝时期

歹徒奸佞获高升，拍马吹牛掩恶锋。
笼络人心蒙善眼，培植亲信贿贼丁。
强弓射主即戕命，沸釜烹尸立啖羹。
霸室夺妻杀羿子，攫来帝位更残凶。

注释

●后羿废除夏后帝相，自己登上帝位，称『帝羿』，国号『有穷』。后羿篡位后一反常态，对贤臣冷漠，对奸佞亲近。有一个叫寒浞（音：浞）的人，曾是个被寒国驱逐的流浪汉，此人奸诈狡猾，搬弄是非，吹牛拍马，隐藏野心。后羿却对他很器重，任其为丞相。

●寒浞攫得高位，一方面迷惑帝羿，另一方面加紧笼络人心，欺骗善良，培植亲信，贿赂帝羿的家丁逢蒙，让其为实现自己的阴谋卖命。

●寒浞欲寻机杀后羿，在后羿外出打猎游玩返回的路上，命后羿的家丁逢蒙将后羿射死，并把他的尸体放在锅里煮熟，令后羿的儿子吃肉羹。

●寒浞取了帝羿的命，自己登上了有穷国的帝位，同时霸占帝羿的妻室，杀了帝羿的儿子，凶残狰狞的面目暴露无遗。

少康中兴——夏朝（少康）时期

偏安帝相已亡灵，遗腹少康心志雄。
忍辱招兵伏暗夜，含仇蓄势盼黎明。
施恩聚众兴纶邑，借力袭敌灭有穷。
重整山河登主座，蓬勃各业露峥嵘。

注释

●夏王朝帝仲康的儿子帝相被有穷氏后羿驱逐后，在同姓诸侯的帮助下建立了偏安政权。后又被寒浞攻灭，帝相身亡，他留下一遗腹子，取名『少康』，其意就是要继承祖辈太康、仲康，恢复夏王朝帝业。

●少康隐于他国（有仍），终被寒浞发现，后又逃至『有虞国』，受到友好的保护。在这里，少康怀着仇恨招兵买马，积蓄力量，盼望雪耻，复国崛起。

●同时，他在有虞赠予的纶邑这个地方广施恩惠，聚集力量，并派出间谍，借助原夏王朝的一个高级官员『靡』（来自叫有鬲氏的诸侯国）的力量潜入有穷国，一举攻下其都城，将寒浞杀死。

●少康终于回到原来的夏都，重新建起夏王朝，自己登上帝位，接着又利用间谍，灭掉过国，恢复夏禹的业绩，使国家呈现繁荣景象，史称『少康中兴』。

迷恋妹喜，淫乐无度——夏朝（夏桀）时期

凌弱加兵耀武威，因得美色速收麾。
修宫建榭一妖乐，蓄酒挖池万隶悲。
放虎追人观踩踏，驱奴套驾赏奔飞。
荒淫无度伤国脉，纵若金汤亦必摧。

注释

● 桀是夏朝的末代帝王，他的一个致命缺点就是贪恋女色。夏的东边有施氏是一个弱小的诸侯国，对夏一直怀有二心，为此，桀对它展开攻伐，形成了一举灭亡之势。在生死存亡之际，有施氏听说夏桀是个好色之徒，便选了一个叫妹（音：默）喜的美女献给了桀，桀立即改变了态度，不再灭有施氏，迅速罢兵而归。

● 妹喜见桀十分喜欢她，便提出各种荒唐的享乐要求，建豪宫华殿、修阁台亭榭、造阔大酒池（令许多人在池边把头伸下去饮酒），不一而足，而桀有求必应，全部满足。

● 尤其是妹喜要桀在集市放出老虎追人，使无数人遭践踏而死。她还让奴隶套上绳索拉车，像牛一样奔跑，以此取乐。

● 桀贪淫好色，暴虐至极，终于导致历时四百七十余年的夏王朝覆灭。后来的历史一再证明，贪恋女色的昏庸之主，纵使拥有固若金汤之国亦必倾矣！

夏桀宠佞害忠——夏朝（夏桀）时期

刮膏榨血布阴森，宠佞亲奸待上宾。
这里逢迎如犬马，那边谀媚似儿孙。
忠臣凛冽抨黑胆，愤主猖狂灭赤心。
竟以极刑戕正义，浊流恣涌满天昏。

注释

●夏桀荒淫无道，无休止地搜刮民脂民膏，把整个国家搞得一片阴森。同时，他把一些奸臣歹徒揽在身边，奉为上宾。

●夏桀时有两个著名的佞臣，一个是身居丞相之位的侯侈，能说会道，颠倒是非，像一条恶狗绕在昏主膝下；另一个是也当了丞相的凶奸干辛，最善阿谀奉迎，像儿孙一样投主所好。夏桀对他们无比宠信，言听计从，百般呵护，而对诸侯百姓却耀武扬威，残酷无情。

●当时有一位忠臣叫关龙逢，看到桀荒淫无度，便直言苦谏，力图说服桀改邪归正，不料却惹怒了昏主。

●桀遂将关龙逢处以极刑，先斩四肢，然后杀头。天真的关龙逢，哪知道暴虐无道的国主是听不进至理箴言的。

夏桀末日——夏朝（夏桀）时期

罄竹之罪犯天公，面对商军立怵惊。
众叛亲离皆拒战，途穷日末自逃生。
云翻浪涌长愁起，雨吼风号短命终。
先后承国十四代，荒淫暴虐致盘崩。

注释

●夏桀荒淫暴虐引起天怒人怨，当商汤的军队直逼夏都时，桀胆战心惊，被迫在野外摆开决战的架势。

●由于桀早已众叛亲离，部下无人愿为其战斗，纷纷逃离战场。桀见大势已去，便亡命奔逃，最终还是被商军所擒获，后被流放南巢（今安徽巢湖市西南的巢湖边）。

●桀与妹喜在巢湖中漫游，不觉长愁郁胸，于是自寻短见，登上南巢山，跳崖身亡，结束了荒淫无耻的一生。

●夏王朝自禹建国至桀覆灭，历经十四代十七帝，共四百七十一年，其兴亡的教训是极为深刻的。

『空桑』伊尹成首臣——商朝（商汤）时期

空桑有志树雄心，慕舜追尧挺圣尊。
为媵来商甘奉力，当谍去夏宁捐身。
宫廷献略聪英主，虎口摸情灭暴君。
助势襄汤兴大业，五朝元老建卓勋。

注释

●相传伊尹是黄帝大臣力牧的后代，出生于『空桑』（桑树的空穴中，很可能是一个被遗弃的婴儿），在有莘氏国中接受教育。他历尽苦难，长大后向往尧、舜时代，立志要做一个圣贤之人。商汤闻之，曾三次派使者聘请，伊尹虽未接受，但为汤的精神所感动，决心把个人追求尧舜时代的快乐，变为助汤成尧舜那样的君王的理想。后来，商汤为了得到伊尹，想出一个主意：娶有莘国君女儿为妃子，让伊尹作为『媵臣』陪嫁过来。这样，商汤终于得到了伊尹。

●伊尹在有莘国当过厨师，陪嫁到商，为商汤所器重，当了宰相。为了助商汤实现灭夏的计划，伊尹甘愿冒着生命危险赴夏当间谍，以搜集夏的情报。

●伊尹经常在朝廷中和商汤谈论天下大势，谋划宏图大略，使商汤开阔了眼界和思路。他做间谍在虎口中详细摸清夏的实况，并巧妙地蒙蔽了夏桀，为商灭夏做了充分准备，立下汗马功劳［《孙子兵法》说：『殷之兴也，伊挚（即伊尹）在夏。』］，建立了不朽功勋。

●伊尹审时度势助商汤成就了大业，并走向强盛。他作为商朝开国史上的五朝元老和独一无二的重臣，受到人们尊敬。

商汤宽仁大度受拥戴——商朝（商汤）时期

大度宽怀显圣明，各国纷附渐兴隆。
网开三面惜禽兽，仁布八方聚友朋。
痛悼冤魂揭暴虐，力扬威望示慈诚。
深得拥戴服天下，遂亮刚锋扫害虫。

注释

●商汤在夺取夏政权以前就以宽仁大度赢得了天下方国诸侯的信任，大家纷纷归附。

●汤常外出巡视，一次驾车到郊外山林，看见一狩猎者正在四面张网捕捉飞禽走兽，便说，这样会把鸟兽全部捉尽，岂不太残酷了吗？只有夏桀才如此呀！于是，他令人撤掉三面的网，只留一面。汤对禽兽都这般仁慈，深受各方诸侯敬仰。商汤布仁德于四方，一时间归附商汤的竟有四十国之多。

●当听说夏桀杀死忠臣关龙逢后，汤觉得可以利用这一事件进一步使夏孤立，并提高自己的威望。于是，他派人到夏宫廷悼念冤魂，借以揭露夏桀的暴虐，宣扬自己的仁慈。此举使夏桀大为光火，将汤拘捕入狱，后来在诸侯及各方请愿的巨大压力下，桀不得不将汤释放。

●汤的威望与日俱增，赢得了民心，深受天下人拥戴，为他日后灭夏奠定了牢固的群众基础。

仲虺弃夏投商成重臣——商朝（商汤）时期

趋明避暗顺潮流，计略连绵尽若璆。
秉义播恩亲众庶，修仁蓄势密诸侯。
功高遂励行丰赏，德茂即擢使厚酬。
携手伊君同辅弼，兴商灭夏站排头。

注释

●夏王朝江河日下，不可挽回地走向灭亡，仲虺（音：毁）看清这一趋势，便弃夏投商。汤早就听说仲虺是一个很有才干的贤人，便拜其为『左相』，并向他请教方略，仲虺胸有成竹，逐条陈述，十分精妙，鼓励商汤努力壮大自己，为灭掉夏朝做好各方面准备。

●仲虺给汤出了很多战略方面的好主意，如广施仁义，安抚民众，修仁蓄力，亲密诸侯等。

●仲虺尤其建议商汤要做到功大行厚赏，德茂封高官，敬天恭民，征服人心，以此为基础成就大业。

●仲虺与伊尹一起，成为商汤的左右手，尽心竭力为商灭夏出谋划策。

迂腐至极的卞随和务光——商朝（商汤）时期

未晓夏衰商已勃，逆潮发谬却言德。
抨击丧义拒新伍，标榜守仁行旧辙。
尔显身洁投洞水，他彰脚正跳庐河。
顽冥迂腐忠无道，可有哀怜问死活？

注释

●卞随和务光是夏末商初的守旧人物。本来夏必亡、商必兴，已成为历史的大趋势，可他们却不识时务，逆潮流而动，大讲所谓『道德』，极力维护已经衰落腐朽的夏政权。

●他们激烈抨击商伐夏，认为其违背天道、丧义失仁，鄙视汤所实行的正义事业；同时，极力标榜自己：『生在乱世，没有道德的人一再以羞辱的行为来玷污我。……在这个不讲道德的世界上，我绝不做其官、受其禄；绝不闻其声、践其土……』以『大义凛然』的姿态拒绝与商汤合作。

●商灭夏后，卞随和务光为了显示自己的身清心正和气节不凡，甘愿以死效忠旧政权，分别投入了『洞水』和『庐水』，两人皆一命呜呼！

●冥顽不灵之辈，观念陈腐，是非不清，临秋末晚，仍抱住夏桀这样昏愦无道之君死死不放，他们虽然双双溺水，可有谁关心他们是死是活呢？

五朝元老伊尹——商朝时期

奉事五朝逾百龄，为梁作栋任阿衡。
襄丁理政出优策，佐甲修德去劣行。
勇敢担当求奋起，忠诚辅弼现飞腾。
三牲大祭华章颂，天子之仪享盛荣。

注释

●伊尹活了一百多岁，辅佐了五位商王，被称为『五朝元老』，当年以奴隶身份随有莘国君的女儿陪嫁到商国后，被商汤赏识而举为『尹』，或称『阿衡』（即后来的丞相），从此成为国家的栋梁。

●伊尹帮助商汤（至沃丁）经国理政出了许多好主意，并教育太子甲修治道德，勤于政事，去掉恶习。他将太子甲流放到商汤的葬地，经过三年反省直至认识到错误后，才将其接回宫。

●伊尹协君勤奋治国，勇敢担当，为商朝的奋起腾飞、兴旺发达建立了卓越功勋，获得了商王和天下人的一致称誉。

●伊尹死时，商王沃丁以天子之礼为其送葬，用牛、羊、猪三牲作为牺牲来进行祭祀，商王亲自主持丧事，行三年丧礼。当时的卿士咎单还作文（『沃丁』）大加颂扬伊尹的功德。

武丁选奴隶为相——商朝（武丁）时期

瞒名暗访品民言，惊诧一奴气不凡。
即位图强思俊士，托天演梦召英男。
犹如遇旱即逢雨，好比临江立获船。
敢让胥靡担重任，非分贵贱选能贤。

注释

●商王小乙为了培养接班人，让儿子武丁隐瞒身份到民间察访。武丁在一山崖之下看到了一群打夯筑墙的『胥靡』（当时人们对奴隶的称谓）。其中有一个叫傅说（音：悦）的，谈论治政兴国气势不凡，武丁大为震惊。

●小乙去世后武丁即位，他常想把傅说召入宫中委以重任，但考虑到傅说是个奴隶，如果任高官不仅必招来耻笑，而且会降低自己的威信。于是，他想出一个办法，借托天演梦，说明天意，并令画工画出梦中人像，四处张贴。经过一番故弄玄虚，终于在虞山下的岩石边找到了傅说，达到了求贤的目的。

●武丁得到傅说十分高兴，他要求傅『朝夕规谏』，并把得到傅说视为久旱逢甘霖、过河来渡船。

●武丁把一个奴隶任为丞相，不分高下贵贱选拔人才，使商朝的面貌有了明显改观，此举在中国历史上堪称佳话。

祖己以鸡诫主——商朝（武丁）时期

祭祀成汤兴正浓，忽来一雉引吭鸣。
武丁观状随生惑，祖己捉机立解朦。
改过除非说义理，修德行善述公平。
借禽言事督君省，力振殷商复盛隆。

注释

●商朝迷信盛行，遇到事情就认为是鬼神作怪。武丁即位后，任用一批贤人，政权逐渐得到巩固，诸侯归附，人民安居，国家强盛。所有这些成果，人们都看作是老天赐福、祖先保佑，因而祭祀活动更加频繁。有一天，正在祭祀成汤进入高潮时，突然一只野鸡从林中飞到太庙广场，在上空盘旋一圈，随后落在一只大鼎上，伸长脖子鸣叫起来。

●武丁见此情景大惊失色，其他官员也惶恐万状。武丁问贤臣祖己是怎么回事，祖己借题发挥，训诫大王。

●祖己劝大王不必惊慌，遇到这种事，首先要端正王心，力行公平，积善修德，遵行义理，改过自新。

●祖己借鸡说事明理，促使武丁深刻反省，从此洗心革面，发奋图强，修德行善，使商朝得以复兴。

武乙射天而丧命——商朝（武乙）时期

兴兵动武展雄心，征讨诸方肃叛军。
遂感超群失冷静，即觉盖世陷昏晕。
鞭笞木偶戕神圣，箭射血囊伤帝尊。
激怒雷霆轰孽种，莫非天遣祸加身？

注释

●康丁去世后，儿子武乙即位，他大力整顿武备，屡次兴师征伐西部以旨方为代表的叛乱方国。据卜辞记载，武乙征伐旨方，一次就俘虏了两千人。此外，还去南方讨伐过归伯。

●由于武乙强悍威凛，周围各方国都被平复，皆来朝贡，商朝得到暂时稳定。在这种情况下，武乙忘乎所以，逐渐失去冷静，觉得自己强大无比，十分有能耐，不仅把诸方国不放在眼里，而且认为上帝天神也没有什么了不起。

●于是，武乙为打破对天神的迷信，加强王权专制，令工匠制造木偶，称为『天神』，在投掷游戏后，让人当众羞辱木偶，用木棍抽打。他还令工匠缝了个皮囊，里面装满牛羊血，然后自己拉弓而射，号称『射天』，当鲜血四溅时，武乙拍手大叫：『可见上帝天神不中用！』

●武乙征方国，伤天神，辱上帝，狂妄至极。当周侯季历击败鬼戎捷报传来后，武乙率大队人马外出打猎，以庆贺胜利。不料在一座山上，忽然雷雨大作，被一个暴雷击中，当场毙命。人们纷言，这是侮辱天神必得的报应。虽然此说无科学根据，但说明狂妄骄横者均无好下场。

帝乙嫁妹解困境——商朝（帝乙）时期

周侯雪恨欲伐商，帝乙筹谋遏弩张。

嫁妹通婚求互谅，消仇和好免相戕。

专心南讨平诸逆，聚力东征靖各方。

施策高明赢主动，驱云拨雾见阳光。

注释

●武乙被雷击死后，儿子文丁继承王位。文丁眼看周君季历势力越来越强，担心商王朝有危险，于是便将季历突然囚禁，季历一气之下殒命。季历死后，儿子昌继为周侯，昌决心为父报仇（他就是后来的周文王）。过了两年，文丁也病死，儿子帝乙继承王位。帝乙深知周侯昌必伐商雪恨，且东南地区各方国纷纷叛商，商已处于两面受敌的困境之中。于是帝乙想办法与周和解，先稳住西方，全力以赴对付东方。

●帝乙有一妹，天生丽质，他想用嫁妹于昌的办法来化解矛盾，免除相互戕害。

●最终如愿以偿，消除了父辈造成的商周仇怨，使得帝乙能专心南讨和东征，取得了预期效果。

●帝乙嫁妹解困境的策略是高明的，它使商从被动危险的局面中走出来。

纣王宠幸妲己——商朝（帝辛）时期

天盈瘴气地弥昏，宠幸女妖花样纷。
琼室豪宅须嵌玉，华宫丽馆必镶金。
人行炮烙赏焦体，酒淌肉林观裸身。
吮血吸膏征重赋，哀鸿遍野尽欢心。

注释

●受德，即商末代王纣。他一上台就到处搜罗美女，过着荒淫无度的生活。商附近一个小属国『有苏』，在遭到商纣王攻伐，处境非常危险之时，从国中挑选一绝色佳丽妲己进献商纣王，商纣王便退兵，沉浸在宠幸妲己的花天酒地之中。

●商纣王对妲己百依百顺，有求必应。妲己嫌都城内宫殿不够气派，纣立即为她修筑豪华壮丽、铺金盖银的离宫别馆，并在北面的邯郸（今河北邯郸市）和沙丘（今河北平乡东北）建造用美玉装饰的『琼室』。

●商纣王为讨妲己欢心，竟以妲己的好恶作为赏罚的根据，并对口出怨言者施以灭绝人性的酷刑。纣王想出了一种『炮烙之刑』，即把一根铜柱横在炭火熊熊的炉上，令『犯人』在铜柱上行走，上去一个，掉下来一个，个个烧成焦糊状。纣还在沙丘离宫的院子里建造了一个酒池，把许多肉挂在上面，像个肉林（称作『酒池肉林』），令青年男女裸体在池中追逐嬉戏，渴了喝酒，饿了吃肉，以供妲己观赏。

●为了满足挥霍享乐的需要，纣王拼命地搜刮民脂民膏，增加税负，造了两个巨大的仓库，专门存放钱财，不顾广大劳苦民众在死亡线上挣扎。

纣王兵败自焚——商朝（帝辛）时期

怪事迭出示不祥，交兵牧野陷惊惶。
前锋反叛决堤水，后阵溃崩蹿圈羊。
只悔留他埋祸患，非思罪己逞凶狂。
穷途无助焚身去，暴虐荒淫致自亡。

注释

●商纣无道，天怒人怨，怪事迭出。据说天上下起血和肉块，都城有妖晚间作怪，有鬼夜里吟唱，有女人变为男人，有宽阔的路上突生荆棘，有麻雀生出乌鸦，等等，这些讹传使得人心惶惶。实际上是人们以不祥之兆预言商纣末日来临。于是周武王借势举兵伐纣，陈兵牧野，两军对峙，未等开战，纣王就陷入了惊慌失措之中。

●双方短兵相接，展开激战。商纣把奴隶放在前面打先锋，以自己的亲军、卫队作后阵。不料一交火，前锋便倒戈，与周军一起向纣的亲军发起进攻（史称『前徒倒戈』），商军随即如散圈之羊，四处溃逃。

●商纣眼见大势已去，一口气逃回宫廷。此时，他只后悔当初囚禁西伯昌（周文王）时，未听臣下劝告杀了他，而没有想到是因为自己昏庸无道招致众叛亲离，大祸临头。

●周军逼近，无路可逃，无人相助，纣王便来到储藏财宝的鹿台，把各种宝物、钱财堆在自己的周围，穿上宝玉镶嵌的衣服，然后自焚身亡。

太公钓鱼逢西伯——周王姬昌时期

七旬老者志怀胸，欲以奇才辅圣聪。
渭水闲居观丽景，兹泉戏钓盼清风。
欣逢故友赢嘉许，幸遘明君受毕恭。
文武兼承谋大略，开国创业助周兴。

注释

●姜太公，即吕尚、姜尚（住在姜姓的吕国，遇到周文王后被尊为『太公』，故称『姜太公』、『姜尚』，又因其封国姓吕，取名尚，故亦称『吕尚』）。他命途多舛，做过『赘婿』，当过小贩，干过屠夫，过着流浪生活。但他到七十岁时，仍然胸怀大志，寻找明君，欲献治国用兵的雄才大略。恰巧在朝歌的集市上遇到了周国国君西伯昌，为以后入仕从政埋下了伏笔。

●姜尚做生意不成，又不愿为暴虐无道和贪图享乐的君王做事，于是返回老家。一日他听说西伯昌很贤德，又特别需要辅佐之人，便长途跋涉，来到渭水边，在兹泉上一边钓鱼观察动向，一边等待时机见西伯昌。

●正巧西伯昌到外面打猎，当行进到渭水边时，看到一老者正在垂钓，二人惊愕之后回忆起当年朝歌屠宰市场上相遇的情景，并十分投机地谈论起天下大势。西伯昌对姜尚的精辟论析十分钦佩，连连表示赞同，遂将其请入宫中，称其为『太公』，拜为『太师』（文武兼管的最高官职），对其极为尊崇。

●从此，姜太公全心全意辅佐文王、武王，屡呈高韬大略，为周推翻商朝，取得天下，开国奠基建立了不朽功勋。

为灭商大造舆论——周王姬昌时期

舆论先行导视听，盛播荒诞猛煽风。
厄临商殿生荒草，祥降周廷长劲松。
怪鸟衔书说纣灭，奇禽叼玉话姬兴。
绝招使尽昭天意，借力征伐大举兵。

注释

●西伯昌深知要推翻殷商的统治，必须舆论先行，由于当时的人们十分迷信，西伯昌便使人编造各种离奇荒诞的传说，使人们形成一种观念：周兴殷亡是神灵和上天的意志。

●据说周王昌的正妃太姒做了一个美梦，梦见商朝的宫廷院中荆棘丛生，一派荒凉，而周廷中由太子种的梓树迅速成长，化为高大的松柏。

●怪事奇闻连绵不断，到处传播。据说有一年秋季甲子日那天，一只怪异的鸟衔来一张『丹书』（红色的喜报），丹书上写着『姬昌苍帝子，亡殷纣王者』（周王昌本姓姬，故称姬昌）。还有一个传说：有一只神奇的禽叼来一块碧玉，在祭祀土地神的社坛上开口讲话，宣布天命周王伐殷，姬姓勃兴。

●总之，姬昌使出各种招数大造舆论，昭示天意，以借势举兵伐纣。

太公教文王兵计——周文王时期

助施仁政获尊恭，聚力合心共讨征。
审势度情分善恶，观天看道辨吉凶。
鸷鹰将捕当收翼，猛兽临搏必敛声。
计略频出连取胜，去尘涤甲励雄兵。

注释

●姜太公入宫后任太师，一直襄助文王，谋划伐商之事，史书上说，太公辅佐周王『多兵权与奇计』。他教文王修善德，施仁政，笼络天下诸侯，使他们愿意归附。同时，联合有共同患难、共同感情、共同仇敌的国家，一起讨伐商纣。

●太公教文王一定要审时度势，细心观察各个方面，分清善良和邪恶；还要随时观察天道和人事，掌握吉凶迹象，时机成熟，方可举征。

●太公教文王，在向敌人出击之前，要不露声色，像鸷鸟一样先收拢翅膀，像猛兽一样先收敛声音，采取俯伏姿势，为发动进攻做好充分准备。

●在太公的辅佐下，文王的攻伐节节胜利。为了配合伐商战争，周国的都城不断东移，以营造更加有利的形势。一天风雨大作，似有不吉之兆，太公觉得气可鼓而不可懈，于是便对文王说，天刮大风是要吹掉我们身上的灰尘，天下大雨，是要洗涤我们的盔甲和兵器，此非凶而吉也。一番话说得将士们信心倍增，战斗力更强。

文王临终嘱太子——周朝初期

昭前警后建明堂，晓谕勃衰为久长。
广济恩德应谨慎，盛播忠信勿骄狂。
同心灭纣除凶恶，勠力兴周向善良。
至理箴言多教益，儿承父业创辉煌。

注释

●文王晚年，周国一天天兴旺壮大，商朝已日暮途穷，只要再给其致命一击，便可把它推翻，但文王已力不从心。为了让后人牢记经验教训，完成未竟大业，使周朝长盛不衰，他决定在都城建造一所大型的房屋，称为『明堂』，把历史上的兴亡得失绘成壁画，晓喻人们，永志不忘。

●文王要太子及后人懂得，只有忠信厚德、谦虚谨慎、遵行做君王的道德准则、防止骄傲狂妄，才能不辜负先祖重托。

●文王还嘱咐太子，凡事要和太公（姜尚）商量，和兄弟们搞好团结，同心同德灭掉商朝，使周朝兴旺发达起来。

●文王临终前的谆谆教导，使太子大受裨益。据说文王享年九十七岁，他死后，人们根据他慈惠爱民、德高望重的一生，给了他一个谥号——『文』，从此，后世便称他为『文王』。中国古代帝王或贵族死后，人们往往要给予评定，加一个称号，这种制度，叫作『谥法』，而这一制度是从周文王开始的。

牧野决战，商亡周兴——商朝末期

诸侯联手共伐殷，牧野扬威怒火喷。
吕尚诱敌施妙策，姬发励士振雄心。
摧枯拉朽出鹰爪，破险攻坚使虎贲。
速扫残云结纣命，兴亡遂定转乾坤。

注释

●武王（姬发）继承文王的遗志，会合各路诸侯对商纣进行全面讨伐，大军在武王十二年二月甲子日到达商都的南郊牧野，摆开与商军决一死战的阵势，同时举行了誓师大会，武王慷慨陈词，历数纣王的荒淫无道，众将士同仇敌忾，群情激愤，决心舍生忘死，英勇杀敌。

●黎明时分，战斗即将打响。武王一方面派姜太公使计谋诱敌，以小分队到商军阵前挑战，另一方面不断激励将士，提振军心。

●太公神机妙算，勇冠三军，像老鹰般捕捉商军中的散卒，商军士立即大惊失色。接着，武王再以虎贲勇士冲锋陷阵，猛烈搏杀，商军士气低落，不多时，叛变的叛变，投降的投降。

●武王之师，势如破竹，在一两个时辰内，商军几十万人马全部土崩瓦解。纣王眼见大势已去，驾车逃回朝歌宫廷，走进鹿台的宣室，抱着一堆珍珠财宝自焚而死。至此，武王灭商的一次战略性决战取得了决定性胜利。

伯夷、叔齐之风——西周（武王）时期

不问昏明护恶凶，惊闻伐纣立阻兵。
伏身跪地责失孝，举目呼天斥丧忠。
宁啖山薇来果腹，不食周粟去求生。
节操骨气虽堪敬，但逆潮流未可称。

注释

●伯夷和叔齐兄弟是孤竹国君之子（孤竹国在今河北省卢龙县南），他们从小就受到严格的忠、孝、仁、义教育，眼不看恶色，耳不听恶声，天下治便进而论道，天下乱则退而隐居，不越雷池一步。当他们听说周武王要讨伐商纣王，便跑来周国，加以阻挠申斥。

●武王伐纣大军出发时，伯夷、叔齐跪在武王马前阻挡出师，并斥责武王以臣下身份诛昏君亦是『不忠』、『不孝』、『不仁』、『不义』的可耻行为。

●武王伐纣成功，殷纣毙命，商朝灭亡，天下归周朝统治。伯夷、叔齐为表明自己的贞节情操，宁可吃山上的薇菜，也不吃周朝送给他们的粮食。

●伯夷、叔齐的骨气或许是可敬的，几百年后孟子还在赞扬，但是他们看不清情势之变，逆历史潮流而动的『操守』则是不可能得到世人赞同的。

箕子的治国『洪范』——西周（武王）时期

念故归来谒武王，经国九策震朝堂。
阴阳两界均言细，天地八方尽述详。
疏堵兼施应黜恶，刚柔并用勿伤良。
修德定序当洪范，纳入尚书成典藏。

注释

●箕（音：机）子是商纣王的亲属和大臣，商亡后不忍奇耻大辱而出走朝鲜，在那里为朝鲜的开发和繁荣做出了积极贡献。后来，他思念故国，感激一直对他友好相待的武王，便从朝鲜来到周都谒见武王，并提出了治国安民的九策，即九种『洪范』，使朝野上下茅塞顿开，大为震惊。

●箕子纵横捭阖，详细论述阴阳、天地各个方面（五行、五事、八政、五纪、皇极、三德、稽疑、五福、六极），提出了一整套治国方案。

●他以鲧（大禹之父）和禹治水的经验教训为例说明，治国理政应疏堵结合、刚柔并济，对恶人必惩，对贤者勿伤。

●箕子的一系列主张，其核心思想是规范道德和秩序，被当作经国理政的『洪范』。后来有人把箕子对武王的这番谈话整理成文，收入《尚书》而成为典藏。

周公修德献策——西周（武王）时期

助君伐纣盛名扬，筹略襄国献锦囊。
罄力安民除暴虐，竭心恤众秉仁良。
泉深可引鱼鳖聚，林茂能招燕雀翔。
精彩诗篇激奋进，修德顺命效文王。

注释

●周公是文王的第四个儿子，因他有一块封地名『周』，故称周公。周公在帮助父亲文王和辅佐兄长武王完成伐纣大业，以及建设周朝政权中功勋卓著，盛名远扬，特别是他以自己非凡的聪明才智，为周的兴国治世谋划了许多宏韬大略，做出了巨大而突出的贡献。

●伐纣胜利后，如何安定广大殷民，武王一时无策。姜太公主张统统杀掉，召公主张有罪者必杀，无罪者放活，而周公觉得这些政策皆有失偏颇，他认为，应使殷民有房住、有田耕、有饭吃，消除他们的顾虑和恐惧，并要武王施行各族一视同仁的政策，不管归附早晚，不论交往新旧，都要仁爱待之，把他们当成亲兄弟。

●周公不断消解武王处理政务中产生的疑问，向其阐述深刻道理：泉水深能招鱼鳖来遨游，草本茂能引雀燕来飞翔，所以，欲使人民归服，一定要让他们有利可得。

●周公为歌颂武王伐纣的胜利，把文王开创的事业发展下去，以文王为题作了一首精彩诗篇，叙述创业的艰辛，鼓励后人修仁德、顺天命，效法文王，不断前进。由于周公品德高尚、计谋多、能力强、忠贞不贰，因而成为武王最倚重的人。

姜太公辅弼武王——西周（武王）时期

一腔热血付图强，着眼当前虑久长。

辟论厉慈关胜败，精析贤恶系兴亡。

丹书警世彰仁义，古训昭国避虐狂。

促主铭心多自诫，以德施政铸辉煌。

注释

●姜太公为辅佐武王致周图强，倾注了满腔热血，贡献了所有智慧和力量。

●他向武王详细说明如何分清奸、恶、厉、善，要他深入了解诽谤和赞誉的实情，不要被表面现象迷惑，告诫武王用人之道，事关胜败兴亡。

●有一次，武王召来士大夫问哪里有可供收藏、效仿、作为子孙万代永久教训的格言，太公说，在『丹书』中有黄帝、颛顼的遗训，随即念给武王听。然后，阐述了『以仁义夺取天下、巩固天下，可传万世；以暴虐夺取天下，巩固天下，本世就要危亡』的道理。

●武王听了『丹书』上的话和太公的警示，决心以此为戒，便在座席、弩机、铜镜、拄杖、衣带、鞋履等物件上铭文，时时提醒自己。太公教主应天顺民，以仁义道德治理国家，创造了辉煌的业绩。

天公动威，叔侄和好——西周（成王）时期

王殒英年子幼龄，周公遵嘱握纲绳。
既招兄长发嫉火，又引侄儿露峻容。
暴雨行灾惩恶意，金縢现誓诉衷情。
乌云散尽消疑惑，协力同心舞彩虹。

注释

●武王在文王受命七年时即位，十一年底至十二年初伐纣取得胜利，到十三年末就因操劳过度、思虑太多而得病身亡，在位仅六年，去世时只有四十五岁。当时，太子刚十三岁。武王灭纣，只进行了伐纣一战，原殷王畿附近的属国和殷朝上层贵族，特别是殷朝东面的许多夷族方国，基本上原封未动。在大业未竟的情况下，周公根据武王的临终嘱托，毅然代理太子（后来的成王）执政。

●周公的这一决定，在兄弟中引起轩然大波，他的哥哥管叔心生妒火，联合蔡叔、霍叔等兄弟，散布周公『要篡夺王位』之类的流言蜚语。而太子因年少幼稚，竟对流言十分相信，整天板着脸，对周公采取不合作态度。

●为了不使矛盾加深，周公决定暂到外地躲避。周公出走，成王知道是自己行为不当所致，心怀内疚。那一年秋，忽然狂风大作，电闪雷鸣，未收割的庄稼全部倒伏，人心惶恐不安，都说是天帝来惩罚周国。同时，成王在周公处发

现一只用金丝带包扎的匣子（金縢），内有周公书写的致先王的祷词，他在词中发誓要代武王去死，以使武王病体康复，表达了为国的一片赤诚忠心。

●周公出走，暂避成王，是一种策略。一场暴风雨和一只金丝匣，终使成王清醒。他认为这是上天动怒，天公有意，于是消除疑虑，痛改前非，和周公同心协力一起治理国家。

周公东征平叛——西周（成王）时期

返廷即见叛连生，果断挥师举讨征。
沿水东突除二恶，泗河北进灭一凶。
分兵打弱方欢胜，合力击强再庆功。
数役皆赢平众逆，天晴日朗荡春风。

注释

●成王消除了对周公的疑虑，将周公迎回宫廷。这时，分封于东方的管叔、蔡叔以及纣王之子武庚，还有东夷的几个大国，相互勾结，发动反叛。面对气势汹汹的叛乱，周公当机立断，举兵征讨。

●出发前，周公向各诸侯国发布文告，说明平叛是完成文王、武王力图达到的功业，是上天的旨意，然后，沿黄河以南的大道向东进军，以迅雷不及掩耳之势，在洛邑郊外击溃管蔡联军。接着渡河北上，劲扫武庚（不久被东征军捕获、处死）。

●攻克殷都、处死武庚后，周公接受部下避强打弱的建议，调转矛头，向南征伐，平定了虎方、贯、楚、录（音：六）等南方诸国，而后全力以赴向叛乱的顽固堡垒东夷诸国进发，采取两路分进合击的战术，一举剿灭东夷的奄和蒲姑两国。

●从周公摄政的二年初到四年夏，历时约两年半，通过平管蔡、克武庚、伐虎方、剿淮夷、践商奄、灭蒲姑等几个大的战役，终于把东方的叛乱势力全部解决，取得了比武王伐纣时更大的胜利。

姜太公就国——西周（成王）时期

尚父之尊美名彰，德高业伟获封疆。
临朝度势驱敌寇，执政酌情定纪纲。
拓展农耕兴纺绣，打通经贸促工商。
奋发图治求繁盛，国泰民殷越列邦。

注释

●姜太公在周室宫廷长期担任太师之职，武王尊他为『师尚父』。太公在帮助武王、文王伐纣的事业中建立了卓越功勋，盛名昭彰，因而受封领国。

●太公受封于老家东夷之地，建立齐国。他初来乍到，在封地营丘（今山东省淄博东）就进行了一场保卫国土、驱逐莱国人的战争。同时，在治国理政上，适应当地习俗，建纲立制，设置简便有效的官制和礼制。

●太公深谙营丘土地情况，从实际出发，发展种桑养蚕事业，并鼓励女子刺绣和纺织。太公特别重视发展工商业，要人们到中原去进行产品交换。

●由于太公实行了一系列符合当地实际情况的政策，使齐国富裕昌盛起来，人民丰衣足食，周围的民众看到齐国的繁荣景象，纷纷来归附。此时，齐国疆域比初封的营丘要大得多了。

周公诰词，二公和好——西周（成王）时期

周摄王权召不拥，诰词衷意做沟通。
说清辅政非思己，讲透担纲仅为公。
回顾前朝明至理，纵观当代展高风。
情牵大势剖心迹，解怨消疑共赴兴。

注释

●周公、召公、太公同为三公，是周王室的最高官职。召公名奭（音：是），是周王室的同姓亲戚，其受封的采邑在周畿内的召地，故称召公。周公因成王年幼，主动为成王摄政，代理行使王权，引起召公的妒忌、怀疑和不满。见此情景，周公便给召公写了诰词，敞开心扉，开诚布公，谈了殷命的丧失和周命的来之不易，显示了一心为国的高风亮节。

●周公向召公说明商朝时贤士辅佐使国祚延长的历史经验，让他晓得负天命、担国责是自己的使命，明白治理国家是第一位的重任。

●周公在诰词中还详细谈了文王、武王时因贤臣辅佐而致圣明的道理，明确地表白了自己的忠诚心迹，劝勉召公要以

大局为重，搞好团结，同心协力，辅助成王，振兴周室。

●周公的一篇诰词，着眼大局，情深意切，剖白心迹，表现出以国家利益为重的高尚品德，使召公大为感动，消除了疑虑和不平，并对周公产生了尊敬和钦佩之情。从此，将相由不和谐而转为真诚合作，为周朝的繁荣振兴做出了非凡贡献。

周公制礼作乐——西周时期

礼乐安邦创意奇，访贤查典解诸题。
方方面面遵规矩，处处时时守等级。
唱颂功德求紧密，歌吟传统去疏离。
文明开启新阶段，始有源头永继袭。

注释

●周公东征平叛后，为了稳定国家社会秩序，使人们的生活有共同遵守的规矩，以高超的智慧，制定了一整套礼仪规范，并创作了歌颂周朝历史、振奋和鼓舞人心的音乐舞蹈。他废寝忘食，阅读大量典籍，请教四方贤士（『朝读书百篇，夕见七十士』），开动脑筋，勇于探索，终于制定出《周礼》，创作出气势磅礴的音乐。

●周公制定的礼仪，延伸到社会生活的方方面面，使政治、经济、生产、待人接物等活动，时时处处都按礼的规定完成。《周礼》中详细规定了从天子、诸侯直到庶民的各个等级，要求人人遵守，不得僭越。

●在周公指导下创作的音乐歌舞主要有两部：一部叫《大武》，歌颂武王伐纣、周朝开国的盛况；另一部叫《三象》，歌颂周公东征驱逐商朝在东夷肆虐的象队。通过这样的音乐和舞蹈，提振人们精神，牢记周朝传统，增强各方团结，促进社会和谐。

●周公制定了全社会都要遵守的礼仪规范，创作了激发热情、鼓舞人心的音乐歌舞，使周初的社会面貌发生了深刻变化，开创了中国历史的新阶段。以此为源头，中华民族逐渐成为讲究文明的礼仪之邦，千秋万代永远承袭下去。

周公诫侄——西周（成王）时期

摄政七秋还大权，挚诚一诰诫操盘。
当学圣主知民意，勿效昏君漠庶言。
只可忧国迎险阻，不应荒政忘艰难。
叔侄携手兴周室，互信相尊誉美谈。

注释

●周公摄政七年，在成王十九岁时，把君位还给成王，周公怕没有经历过战争年代的成王不知江山的来之不易，滋长贪图享乐的思想而影响经国理政，就作了一篇诰词《无逸》，劝诫并警示侄儿。

●诰词中，周公要成王学习历史上的圣主，如商朝的中宗、高宗、祖甲和周族的祖先太王、王季、文王等，辛勤治国，关怀小民，不要步商朝后来的昏君殷纣的后尘，只图安逸享乐，迷乱于酒色，不顺民意，不顾民生，尤其要听取小民的怨言，切不可逆之。

●周公在诰词中，勉励成王实行德政，时刻忧国忧民，奋发图强，迎难而上，不能忘掉过去的艰难而稍有怠惰，一定要光大文王、武王开创的事业。

●周公代成王行政七年中，虽然成王曾一度猜忌周公，但很快醒悟。成王亲政后，叔侄二人同心合力，使周室繁兴。他们之间情长谊深的关心和信任，成为周初历史上一段动人的佳话。

周公求葬侄未允——西周（成王）时期

身离摄位念朝堂，写就诰词留锦囊。
确定原则情挚切，昭明往训意绵长。
嘱托为政须除佞，劝诫经国必任良。
求葬成周侄不允，尊恭如主伴先王。

注释

●周公虽然已不再摄政，但他还是念念不忘自己辅佐的责任。为了进一步提醒成王管理好国家大事，作了一篇《立政》的诰词，告诫成王治国的原则和经验。

●在这篇写给成王的诰词中，周公明确了如何选拔人才、分官定职、建立正确方针的一系列原则。诰词回顾了历史，阐述夏、商、文王、武王在用人方面的经验教训，可谓苦口婆心，情真意切。

●周公嘱托成王，治国理政最关键的是任用贤良，除去奸佞。

●周公晚年在丰邑（今陕西西安市西南沣河之西）度过，这里是文王建都的地方，文王死后安葬在附近。周公晚年心情很复杂，他既依恋着父亲文王，又关怀着由他一手抚育培养起来的侄子成王，经过再三考虑，周公向成王提出要求：死后务必将他葬于成周，永不离开今王。但成王还是把周公与文王葬在了一起，不敢以周公为臣，而把这位功勋卓著的前辈如同周文王一样看待，表示出无限的崇敬和尊爱。

成康之治——西周（成、康王）时期

步履铿锵且慎行，以德为上秉宽宏。
恩施百姓播仁爱，礼待诸侯促友情。
竭力担纲求鼎盛，全心治世向繁荣。
空虚囹圄四十载，业旺民安享太平。

注释

●成王年少时目睹过武王伐纣的战争和平叛的征战，深知周朝政权来之不易。亲政后，他坚定执着，且一步一个脚印，处处小心谨慎，三思而行，并善待臣民，宽宏大量，以仁德治国。

●成王广纳良谏，心系百姓，赢得民众的尊敬和爱戴。对周初分封的众多诸侯，以礼相待，曾在岐山之阳举行诸侯盟会，增进彼此友谊，促进相互合作。

●成王二十五岁正式登上王位，五十岁因病逝世，后由太子钊（即：康王）即位。太子不负先王遗命，全力以赴治理四方，使政治清明，百业兴旺，天下太平，人民安居乐业。

●由于成王、康王都兢兢业业，勤于治政，周朝社会稳定，和平发展。史书载，成、康之际，天下安宁，刑罚放置四十余年不用。后人称西周历史上的这段黄金时代为『成康之治』。

昭王征楚，周室危机——西周（昭王）时期

失德丧道渐荒唐，利欲熏心胜虎狼。
恣肆掠夺常击弱，疯狂索取屡攻强。
一征斗兽劫财返，二讨翻船溺水亡。
难怪紫微呈异象，西周不再现辉煌。

注释

●康王在位二十六年，去世后，其子瑕即位，称昭王。昭王丢掉了先王的传统，失德丧义，私欲膨胀。

●昭王不断对诸侯勒索财物，引起各方强烈不满。南方的楚国财力日丰，不断壮大，昭王便出动大军讨伐、掠夺。

●昭王在第一次伐楚渡汉水时，遇到了一头大水兽，十分惊恐，经过周军奋力扑击，大水兽逃跑，昭王掠了一些财物而返。伐楚得到甜头后，过了三年，利欲熏心的昭王又率师对荆楚发动更大规模的征战。由于船夫对昭王的粗暴态度和强盗行径恨之入骨，便以胶粘板合成的船来运载他，当船驶到汉水中流时，胶液溶化，船只解体，昭王虽被救上岸，终因溺水时间过长而身亡。

●昭王伐楚失败。这一年，天空出现奇异的光环，传说晚上天空晴朗，有五色光贯穿于紫微星座。至此，周王室出现了前所未有的危机。

穆王征犬戎仅得白狼——西周（穆王）时期

登基伊始尚图强，振纪兴纲景不长。
渐起贪婪丢古训，膨生骄横悖先王。
驱军炫武失威望，损将折兵耗涩囊。
西讨犬戎无斩获，堪悲仅猎几只狼。

注释

●昭王溺水死后，太子满即位（即穆王）。刚登基时，穆王尚发奋图强，针对昭王留下的烂摊子，进行了一番整顿，力求振纪兴纲，但好景不长，很快重蹈了昭王的覆辙。

●穆王逐渐滋生了贪婪、骄横、专暴的情绪，他不听贤臣祭公（祭公谋父，是周公的后代）的劝谏，把先祖的传统全都抛在了脑后。

●当时的西方犬戎，秉性淳朴，仅因没有按照君臣之礼定期前来朝贡，穆王便发兵征讨，结果是不仅大失威望，而且损兵折将。

●穆王一意孤行，虽长时间在西北地区征战，并没有使犬戎屈服投降，而且一无斩获，只猎得四条白狼和四头白鹿，使他在周边少数民族中的威信丧失殆尽，从此戎狄再也不来朝见。这是继昭王南征荆楚之后，周王朝又一次征伐的失利。

吕侯修刑——西周（穆王）时期

失仁嗜酷怨声腾，谏主依规去滥刑。
详论凭杀招混乱，深析用教致公明。
纲条目类定章法，惯偶重轻核案情。
系统修文成善律，颁昭天下促安宁。

注释

●周穆王晚年刑法混乱，民众怨声载道。当时有贤能之德的吕侯为相，他向穆王建议整修刑法，依律定罪，去掉滥刑，采用中刑。

●吕侯详细论述了随意诛杀招致混乱，注重德教可使人心向善、世道公明的道理。

●同时，他对查案和判刑的方法做了系统阐述，归纳出纲、条、目、类，分别出惯（一惯）、偶（偶然）、轻（轻犯）、重（重犯），在诸多方面提出了切合实际的主张。

●吕侯把这些论述整理成文，以穆王的名义发表，责成四方必须遵守，促进了天下安定。这便是古代刑法史上的重要文献《吕刑》。

周穆王痴迷远游——西周（穆王）时期

恣肆游玩遍域西，离宫别馆伴良驹。

瑶池敬酒尊王母，重璧安棂礼盛姬。

寒路哀民生恻隐，深更梦羿涌惶凄。

虽知纵乐耽国事，怎奈入云难下梯。

注释

●周穆王是中国历史上最喜欢旅游的君王之一，他在位期间，经常放纵任性，走出宫门，游玩打猎。即位初年，在都城附近建了许多离宫别馆，后来，由造父（穆王的驾车能手）在各国的贡品中挑选了八匹骏马，之后，飞快疾驰，长驱远游，西域大地到处留下了他的车辙马迹。

●穆王在漫游西域途中，传说他来到西王母之邦，一日持礼物去见西王母，西王母欣然受拜，次日，天子与西王母在瑶池之上相互敬酒，并作歌赠答。还有一次，穆王与盛姬一起到东方一大泽之中游玩。盛姬是盛国国君之女，深受穆王喜爱，特为她建了一座『重璧之台』。此次远游，盛姬因染风寒生病而亡，穆王哀痛至极，后来为盛姬举行了隆重葬礼，将她的灵柩安葬于重璧之台，并谥号『哀淑人』，命盛姬的坟丘为『淑人之丘』。

●一日，穆王出游，天气骤冷，路上已有冻死之人。见此情景，穆王便挥笔作三章哀民诗，以表达怜悯、恻隐之心。这一夜，穆王思绪万千，梦见有穷氏帝羿射于涂山，不理政事，而被其助手寒浞杀死，吓醒后心生惶恐、凄凉。

●其实，穆王是知道恣乐误国的，他在作罢哀民诗时，曾无限感慨地说：『我一人淫于游乐，不思万民之急，还如何管理政事？』但由于他对游乐已经如痴如醉，要改掉此恶习已绝无可能。

召穆公的忠心义胆——西周（厉王）时期

百孔千疮亦向前，屡拿殷鉴诫冥顽。
去邪扶正谋长略，遏乱消灾想大盘。
为使王儿脱血海，不惜亲子入黄泉。
丹心义举虽堪敬，蠢孝愚忠却可怜。

注释

● 召穆公，名虎，是周初辅政大臣召公奭的后代（『穆』是他的谥号），周厉王的重臣。面对千疮百孔、行将就木的周朝，他不畏艰难，屡次以殷朝灭亡的历史教训劝诫昏庸暴虐的周厉王，但始终未能阻止厉王的昏愦恶行。

● 召穆公理政，以国家大局为重，为消除厉王造成的严重后果，做了大量的去邪扶正、消灾遏乱的工作。

● 厉王肆虐无道，引起国人暴动，愤怒的人群冲入王宫，厉王狼狈逃窜。太子静藏匿于召穆公家，后被发现，万人围宅，生命危在旦夕。在此关键时刻，召穆公毅然让儿子穿上太子的衣服，冒充太子送出门外，结果保全了太子，助其日后登基（即周宣王），而自己的儿子却命丧黄泉。

● 召穆公忠心耿耿，为周室忍痛舍弃爱子，其忠君效国之举，在封建社会的历史上传为美谈，但其蠢孝愚忠实在可怜。

宣王力图复兴——西周（宣王）时期

逃出虎口尚余惊，往训深铭誓复兴。
内举英才革弱政，外伐夷寇壮强兵。
安侯抚庶民心顺，振业固防国力增。
稍现繁荣赢美誉，即滋昏聩弃前功。

注释

●周宣王就是召穆公所救的太子静，若不如此，他定会被国人打死。虎口逃生后，仍心有余悸，鉴于父亲厉王的教训，他决心励精图治，改变局面，求得复兴。

●宣王实行了许多改革，第一个步骤是起用贤良人才，任命召穆公为相，接着又以卿的高位任用樊仲山父、尹吉父、程伯休父等一批精英（『父』或作『甫』，是古代的男子的美称）。由于宣王收用人才，安抚民众，使厉王时的官政废弛、百姓离散的局面得以改变，出现了一派新气象。同时，他着手整顿军队，起用能带兵打仗的武将，给入侵的少数族以有力的回击。

●为了巩固统治地位，宣王命召穆公到封国中安抚诸侯，还在宗庙举行册命之礼，大施赏赐，使诸侯们保一方平安，效忠天子，成为周朝的牢固屏障。与此同时，宣王努力体恤庶民，清明政治，发展经济，使国力有所增强。

●宣王内修政事，起用贤良，外攘夷狄，巩固边防，取得了出色的成绩，史称『宣王中兴』。但由于急于求成，想尽快恢复西周立国时的繁荣，却使西周从此永远失去了真正复兴的可能，『宣王中兴』也只是昙花一现而已。

姜后脱簪待罪——西周（宣王）时期

颖慧贤德坐后宫，脱簪待罪满廷惊。
明说己过思除弊，实指君非意正风。
阻遏奢心督奋起，激发壮志促勃兴。
奇招警诫一时效，故态复萌终溃崩。

注释

●姜后，即宣王之正妻，她贤惠有德，一切行事遵循礼的教化，受到大臣们的尊重。宣王前期曾有所作为，创造了可喜的『宣王中兴』，进入中年后，渐生淫逸，不思进取，终日混迹于女人之中，不理朝政。见此情景，姜后欲对宣王进行劝告，可又鼓不起勇气。在忍无可忍的情况下，便脱下头发上的簪子在后宫待罪，并命人传言给宣王，说因自己的无能和淫乱之心，才使君王失礼而乐女色、好奢侈、贪无厌，请求君王治妾之罪。姜后此举出人意料，引起满廷惊骇。

●姜后故意张扬自己的过错，意在刺痛宣王，改掉过去的不良习气。

●果不其然，姜后这番举动，使宣王大为震惊，幡然醒悟，检讨自己的过错，丢掉奢靡，又勤于政事。事实上，宣王成为『中兴』之主，与姜后的贤惠和经常劝谏是分不开的。

●姜后诫君，取得了成效。但宣王到了晚年，故态复萌，而且脾气暴躁，征伐戎狄部落频频失败，又不断扩充军队，滥用民力，造成民众的怨恨，政局顿呈江河日下之势。

周宣王被『杜伯』射杀——西周（宣王）时期

惯举征伐屡败兵，酷苛加税狠抽丁。

区区小事常开斩，荦荦大端皆塞听。

猎场驱车观胜景，丛林中箭没凄风。

杜伯三载阴曹恨，鬼使红衣灭煞凶。

注释

●周宣王晚年屡次发动战争，由于经济凋敝，军力衰竭，因而屡战屡败，丧师辱国。为了补充兵员、解决财力匮乏的问题，便实行抽丁参军、按人增税的政策，招致怨声载道，民不聊生。

●宣王脾气暴戾，动辄杀人，四十三年，大夫杜伯因一件小事不顺宣王的心，竟遭杀戮，而宣王对军国大事又独断专行，不容他人劝谏。

●杀害杜伯三年后，宣王又会合诸侯在京城附近打猎。当时，出动猎车数百乘，随从徒众数千人，宣王洋洋自得地在猎车上观赏美景。忽然间，从路旁树丛中射出一箭，宣王当即毙命。

●当年杜伯被杀时曾悲愤地说：『我没罪而君王杀我，如死后有知，不出三年，我一定要让君王知道杀戮无辜的罪孽。』而今射杀宣王的人装扮成杜伯，穿红衣，戴红帽，手持红弓箭。当『杜伯』射宣王时，周围的人都看得一清二楚，因为怕是鬼从阴曹而来，不敢前去救助。这或许是应天意而必得的报应（后来的史官已将此事记载于《周春秋》这部史书中）。

幽王烽火戏诸侯——周朝（幽王）时期

不顾江山宠美人，连出花样骇听闻。
常擂战鼓博欢笑，屡点烽烟解蹙颦。
惹怒诸侯招祸乱，耗竭国库陷沉沦。
荒唐堕落极昏聩，断送西周丧恶魂。

注释

●周宣王死后，由儿子宫涅即位，他就是西周的末代天子周幽王。幽王自见到褒姒（幽王的宠妃，传说是妖孽之神）后，被美色迷住，终日和她厮混在一起，对国家的一切事情都不闻不问。幽王最喜欢看到褒姒的笑容，觉得她笑起来特别美，但褒姒就是不笑。为了博得褒姒一笑，幽王想方设法，使出了种种昏招。

●周朝都城附近常有戎狄部落来侵扰，为此建造了许多烽火台，点燃柴草和狼粪造狼烟作通知诸侯来救援的信号。一天，幽王忽然想出一个使褒姒张开笑口的妙法，他命人点起烽火台的烟火，并亲自在台上擂鼓，接着，一个个烽火台上狼烟四起，诸侯们也相继点火、击鼓。当各路人马前来救援时，看到是一场为讨褒姒欢心而搞的把戏时，纷纷气得火冒三丈。

●幽王屡次用此法博取褒姒一笑，耗费了大量的人力、物力、财力，诸侯们几次上当受骗后，再也不理睬他的胡作非为了。

●幽王的荒淫堕落达到极致，这预示着西周王朝末日已临。后来，申侯攻破镐京，幽王带着褒姒仓皇出逃，终被杀于骊山脚下。

郑桓公迁居救国——西周（幽王）时期

预知周厦已将倾，笃定迁居躲血腥。
数地权衡察利弊，诸国比较测衰兴。
出资换邑堪宏略，诉武开疆建大功。
如若当年乏远见，实难日后获新生。

注释

●郑桓公，名友，是周厉王的小儿子、周宣王的小弟弟，受封于郑（今陕西华县东），建立郑国并为国君，即郑桓公。周幽王八年，又被任命为周王室的司徒。他眼看周王朝政局腐败，可能导致倾覆，便决心迁居而逃避灾难。

●桓公选择了几个地方，进行比较、权衡，同时又认真分析了诸侯国的情况，向太史官请教，预测历史发展趋势，最终于周幽王九年，举家迁往虢国（今河南荥阳东北）和郐国（今河南新密东南）。

●桓公给了虢国、郐国国君许多财物，使他们高兴地让出两个邑。过了两年，动乱果然爆发，幽王毙命，桓公在朝廷做官，同时罹难，其子郑武公继君位。此时，虢、郐两国想乘机收回给郑桓公的二邑，武公不应，立即率师反攻，又占领了八邑之地，于是，郑国正式在洛邑东面宣告成立，建都于今河南新郑。

●如果当初不是郑桓公远见卓识，看出西周将要灭亡，把家室、亲属和国民东迁，那么郑国早就被西戎所灭，也就不会有东周时的郑国了。

春秋 战国

伐弟平叛——春秋（郑庄公）时期

胞弟娘亲欲篡权，修城练甲二十年。
廷臣怀愤常急躁，国主藏威久泰然。
度势挥兵迎骤雨，割情肃逆挽狂澜。
消除叛乱结分裂，一统江山固大盘。

注释

●郑武公去世，按照嫡长即位的制度，其长子寤生被立为郑国国君，是为郑庄公。由于庄公出生时难产，差点要了母亲武姜的命，武姜对他一直很冷淡，在即位的问题上，更是主张让小儿子段嗣承。此愿未遂，武姜便要挟新即位的庄王将京城之地封给段，后又与段相互勾结，图谋篡位。为此，太叔段暗中抓紧修城练甲，扩疆掠地，长达二十年之久。

●在弟弟段厉兵秣马、准备夺权的过程中，庄公一直静观其变，保持高度警惕。虽然大臣们议论纷纷，主张发兵讨伐，但庄公却冷静沉着，劝大家少安毋躁，自有成竹在胸。

●双方对峙了二十年，太叔段已三十六岁，迫不及待地要夺取王位，于是与武姜里应外合，起兵叛乱。庄公看到时机成熟，便一举挫败叛军，太叔段仓皇逃跑，后流浪四方，穷愁潦倒。庄公将母夫人武姜押送至城颍（今河南临颍县西北），别居冷宫。

●郑庄公攻伐封于京城的胞弟太叔段，消除了分裂叛乱势力，使郑国集权统一，成为春秋初期的强大国家。

『黄泉地府』见老母——春秋（郑庄公）时期

怒驱凶母断情缘，每念残烛又可怜。
属将尝食说孝道，主公明计喜心田。
开山进隧同挥泪，携手吟诗共悦颜。
养育之恩终不忘，黄泉地府释前嫌。

注释

●郑庄公因母亲武姜勾结弟弟制造分裂，差一点被弟弟夺权而恨透了母亲，于是，在讨伐弟弟的同时，将母亲驱逐到城颍，别居冷宫，决心断掉血缘。但时间一长，每每想起母亲的养育之恩和她已风烛残年，不觉常生怜悯之情。

●将军颍考叔听说庄公逐母别居，很是不安，决意以述职为名去劝谏庄公，颍考叔携礼拜庄公，庄公亦按礼赐食颍考叔。颍考叔进食时，将肉挑出，放入怀中，庄公问其何故，颍考叔回答说：『臣自幼家境贫寒，靠母亲辛苦织洗为生，今念及老母，不忍下咽，故取出待回家供老母品尝。』庄公听罢，更加触动心事，不禁泪流满面，长叹道：『你有母亲能孝敬，我却无法恪行孝道。』颍考叔见状，乘机说：『如今太叔段已不知去向，姜夫人只剩下主公一个儿子，怎能忍心再让她别居呢？』接着献上一计：颍地有座山，山中有泉水呈黄色，可择一暗泉，掘地建一隧道，母子二人可在隧道相见，谁又会说不对呢？庄公听罢，大喜过望，速按颍考叔之意办理。

●不久，隧道建成，道口上书『黄泉』二字。母子在隧道中相见，抱头痛哭。庄公当即吟诗一首，诗道：『大隧之中，其乐融融』。武姜亦吟诗附和道：『大隧之外，其乐泄泄』。

●郑庄公在颍考叔的启发下，终不忘母亲的养育之恩，在『黄泉地府』中冰释前嫌，母子重归于好。

石碏大义灭亲——春秋（卫庄公）时期

闻儿助虐恶无穷，怒火中烧誓不容。
一信送出张扣网，二凶擒入锁囚笼。
昭明治世应维法，警策当官勿徇情。
大义灭亲天下颂，豪门巨宦几人能？

注释

●春秋初期，卫国大夫石碏（音：确）的儿子石厚，整天与卫庄公的性情暴戾、骄横霸道的三儿子州吁在一起，兴风作浪，干尽坏事。卫庄公去世后，即位的太子完（为桓公）对弟弟州吁的骄奢淫逸常加呵斥，引起州吁强烈不满。桓公十六年，卫桓公要去洛邑吊唁周平王并参加周桓王即位典礼，州吁感到时机来临，便与石厚率敢死队埋伏城外，卫桓公一出城门，就将桓公杀死，州吁由此夺得君位。大夫石碏见此情景，怒火中烧，决心除掉这两个祸患。

●由于州吁要称君，必须得到周天子（桓王）的封赐，州吁便让石厚向其父石碏请教。后来又去走陈侯的后门（陈侯与天子关系密切）。石碏知道后，抢先修血书一封，暗送陈国。陈侯亲近公子完而厌恶州吁，州吁和石厚来到陈国殿上，陈侯一声令下，将二人一举擒获，分别关了起来。

●当廷臣公议如何处置二犯时，有人提出，州吁为主谋，石厚为从犯，且老大夫石碏定国有功，石厚可免一死。石碏却说：『身为大臣，自当以公正无私为先，石厚不死，如何警策后世乱臣贼子？』石碏终派家臣将石厚斩杀。

●石碏如此大义灭亲，深受天下爱戴。古往今来，豪门势宦有几人能做到这样呢？

箭射天子，周王室名存实亡——春秋（郑庄公）时期

出言九鼎掌廷宫，重柄被夺临下风。
抱恨违仪休礼谒，戗尊犯忌受伐征。
四方联战无雄势，三路合击有劲兵。
大败王师伤共主，飞镝一响寓周倾。

注释

●郑庄公承袭周卿士世职，以天子司徒身份执掌周朝权柄，加之他比天子（东周周桓王姬林，为周平王之孙）大两辈，所以在宫廷内外，一言九鼎。年少气盛的周桓王受不了郑庄公的倨傲之态，想方设法削夺他的权力，后来干脆剥夺了他的执政权。于是，郑庄公心生怨恨。

●从此，郑庄公公然违背维持王朝面子的最后一点礼仪，不再对周桓王行朝拜礼，周桓王怒不可遏，于前七〇七年传令蔡、卫、陈、虢四国军队，讨伐郑国，并亲率大军为中军。

●四国攻伐之军见郑军来势凶猛，顿时四散逃跑，而郑军分三路迎战，实行迂回包抄，王军两面被攻，支持不住，仓皇后撤，大败而逃。

●郑军上将祝聃见王军阵营绣旗下盔甲鲜明之人，断定为周桓王无疑，于是拉开强弓，一箭射去，正中桓王肩膀。箭射共主（天子），在周制礼法中实属不赦之罪，郑庄公虽获胜也不敢张扬。但周桓王已经明白，诸侯早已不把天子的号令看在眼里，兵刃加于天子也难以治罪，周王室已名存实亡了！

祭仲变节卖主——春秋（郑昭公）时期

虽做高官屡显能，却无德品叛朝廷。
难禁利诱丢先嘱，不抵威逼忘旧情。
惧死偷生失骨气，贪华辱义丧节名。
屈人卖主招国难，丑谬至极天必惩。

注释

●郑国大夫祭仲，处理政务明细清晰，能力较强，深受郑庄公信任，由此被拜为上卿，统理朝纲。宋庄公对郑国一向深怀敌意，有意除掉郑庄公的太子忽，让幼子突即位。现在郑庄公将幼子突寄养宋国，正合其阴谋，于是，邀请祭仲到宋国访问。祭仲一到宋，便落入圈套，被打入囚牢。祭仲在牢房中饥寒交迫，又急又怕，终经不起宋国的威逼利诱，背叛郑国。

●宋国太宰华督来到牢房，望着浑身发抖的祭仲。一方面声色俱厉，以斩首威胁；另一方面甜言蜜语，以富贵引诱。祭仲既贪生怕死，又舍不得丢掉荣华富贵，把郑国先公的嘱托和旧时的感情统统忘掉了。

●宋庄公安排突与祭仲见面，由华督监督，血盟为誓，议定祭仲助突登位，突以祭仲为卿，统揽政务。至此，祭仲已彻底失忠变节。

●由于祭仲投降变节，不仅葬送了郑昭公的君位，而且使郑国输金割城，遭受国难。身为人臣，如此丑谬，真是天理不容！

翁婿恶斗——春秋（郑厉公）时期

翁婿争权起歹心，刀光剑影漫阴森。
夫藏诡计思诛丈，妻泄毒谋欲拯亲。
尔设筵席吾就势，吾伏兵甲尔亡身。
陈尸暴殄更国主，虽复昭公不再春。

注释

●郑卿祭仲与大夫雍纠是翁婿关系，但两人为争权夺利，互恨有加。祭仲凭着辅立郑厉公有功，便在国中专权，厉公忧心忡忡，便指使祭仲的女婿雍纠预谋在郊外设宴击杀祭仲。而这恰好与雍纠想取而代之的野心一拍即合，随即向厉公表示愿为除掉祭仲效犬马之劳。

●女婿雍纠争权心切，回家后难掩内心的波动，妻子祭氏（祭仲之女）生疑，问其何故，雍纠支吾说：『主公将命你父前往东郊安抚灾民，我准备于东门外设宴为岳父饯行。』祭氏暗想，父出东郊安民，实为平常政务，何需设宴饯行？其中必有隐情！于是，她把酒劝饮，将夫灌醉，醉梦中，雍纠终于泄露了要杀祭仲的天机。次日，祭氏假装高兴，遂回娘家，将雍纠密谋加害之事全部告诉了父亲。

●女婿如期设宴，岳父将计就计，祭仲在雍纠设宴处预先埋伏下武士，赴宴时随行的数十名侍从个个暗藏利刃。席间，祭仲一声令下，众武士蜂拥而上，雍纠当场被刺身亡。

●祭仲下令将雍纠暴尸示众，郑厉公得报大惊，急忙驾车出宫，逃往蔡国。祭仲派人前往卫国将昭公接回复位，但强盛一时的郑国大伤元气，春风得意的日子已一去不复返了。

公子完及后代的聪明——春秋时期

避乱投齐拒盛荣，甘居小位奉低层。
立足当下求发展，放眼将来欲跃腾。
五续积功赢庶众，八连壮势赫朝廷。
盈丰羽翼夺国柄，远虑深谋终致成。

注释

●陈国的公子完，由于国内动乱，投奔到姜姓的齐国。齐桓公要封公子完为卿，被公子完婉言拒绝，他说：『我是出逃而来的臣子，若能得到大王的宽恕，宥免罪过，已经是福分了，岂敢接受这一耀职？』于是，齐桓公改授他为掌管各种手工业的基层官『工正』。

●公子完的后代也都如此从基层官吏做起，脚踏实地，不断努力，立足当前，着眼长远。

●积五代之功德，公子完的后代们，终于具备了拉拢民心的实力，赢得民众的拥护，及至第八代，其势力已完全遍布朝廷。

●如同一只濒临死亡而得救的小鸟，公子完及其后代靠聪明智慧，终于羽毛丰满，翅膀强硬，演出了一幕威武雄壮的『田氏代齐』的历史大剧（古代『田』与『陈』音义略同。公子完死后，谥号为敬仲，他的后代改姓田），篡夺了齐国姜氏的政权（当年姜太公助周灭商后，被封于山东北部的齐地，在薄姑建国，即齐国）。这在春秋、战国时代是个奇闻。

公子小白诈死夺君位——春秋（齐桓公）时期

一柄王权两欲收，皆急速返领金瓯。
鲍叔催马驰车乘，管仲搭弓射带钩。
次弟布圈装丧命，长兄钻套误除忧。
小白机智夺君位，反手发威立斩纠。

注释

●齐襄公即位后，政令随意，无端诛杀臣子。为躲避内乱，襄公同父异母之弟公子纠和另一弟公子小白，分别在师傅管仲、鲍叔牙拥奉下，逃到鲁国和莒国。前六八六年，齐大夫连称、管至父杀掉襄公，立公孙无知为君。两个月后，公孙、连称、管至父又被大夫雍廪、高傒所杀。此时，君位出现空缺，公子纠和公子小白各为阵线，一场争夺君位的残酷斗争开始了。因大夫高傒与公子小白是好友，密遣心腹嘱小白快速回国，欲抢先一步登上君位。不料事情被鲁庄公得知，遂发兵护送公子纠回国争夺君位，同时派管仲领兵阻击小白。

●鲍叔牙陪小白日夜兼程，管仲拥纠穷追不舍，在都城外三十里处两支队伍相遇。管仲佯装离去，趁对方不备，迅速拉开强弓，一箭射去，小白应声伏辕倒下。

●其实，管仲一箭只是射到了小白束衣的带钩上，小白早有防备，此时不过是装死。但对方却不知是计，公子纠自认为君权必得，无忧无虑了。

●公子小白靠机智灵活，捷足先登，取得君位（就是历史上著名的齐桓公）。后鲁对齐发起进攻，结果鲁军战败，齐军乘势打到鲁国，逼鲁庄公杀死了公子纠。

齐桓公以非常之举拜管仲为相——春秋（齐桓公）时期

胸怀伟业纳良贤，一箭之仇付笑谈。
巧取奇才加重任，恭听卓略问全盘。
开疆拓土均厘定，治世经国尽了然。
幸获人杰多辅弼，身拥霸主赫中原。

注释

●齐桓公即位后，拜鲍叔牙为太宰，鲍叔牙推辞说：『主公如仅想治理国家，有高傒、叔牙足矣；如想成就一代霸业，则非管仲不可。』接着列举了自己在五个方面不如管仲，称管仲为『天下奇才』，劝谏主公切不可失去。桓公听了鲍叔牙的一番道理，不计『一箭之仇』（原来管仲辅佐的是公子纠，鲍叔牙辅佐的是公子小白，为使公子纠得到君位，管仲曾向公子小白即后来的桓公射了一箭），将其付为笑谈。

●经鲍叔牙一番策划，使鲁庄公上当而把管仲交还于齐（后知上当已晚矣）。齐桓公喜得奇才，以隆重礼仪相待，遂拜管仲为相，并虔心向他求问治国、称霸之方略。

●管仲就选贤任能、法规制定、各业繁兴、民众治理、政区划分、奖善惩恶、尊卑礼仪、攻防征战、外交谋略、尊王攘夷、成就霸业等诸多方面，向桓公提出了一整套完备周密的计划。桓公听后，眼前一亮，茅塞顿开，拓疆扩土、治世安邦的宏图大略立即清晰可见。

●齐桓公以宽广的胸怀喜获人杰，管仲则忠心耿耿辅弼主公，在齐国推行了一系列改革措施，使齐国强盛起来，终于成为春秋时期的首个霸主。

曹刿以弱胜强败齐军于长勺——春秋（鲁庄公）时期

既谙兵法又英豪，受荐抗齐襄鲁朝。
审势遏锋听鼓角，捉机亮刃奋旌旄。
明察辙迹晓纷乱，细看队形知溃逃。
把握竭盈施判断，出神入化战长勺。

注释

●齐桓公即位后，鲁庄公欲用公子纠取而代之，曾伐齐，被齐击败。次年，齐桓公进行报复，发兵攻鲁，直入鲁境长勺。鲁国朝野震惊，众大臣沉默不语，无计可施。在此危难之际，谋臣施伯向庄公推荐了精于兵法的平民曹刿（音：贵）。曹刿拜见庄公后，陈述了忠信爱民，方可以弱击强的道理。

●曹刿与鲁庄公同乘一车，随驾出征，来到长勺。布阵完毕，鲁庄公就要下令擂鼓出击，曹刿急忙劝止，审视四周，建议庄公紧缩阵形，坚守阵地。齐军两次擂鼓攻击，鲁军按兵不动，待齐军第三次擂鼓进攻时，曹刿见齐师斗志松懈，队形散乱，便不失时机地挥师跃出阵地，一时鼓声大作，旌旗招展，杀得齐军落花流水。

●当敌军撤退时，鲁庄公急令全线出动，乘胜追击。此时，曹刿又劝『且慢』，待仔细看清齐师车辙和队形已混乱，断定其确实溃逃时，方驱兵追击。

●长勺一战，鲁胜齐败，以少胜多，出神入化，其奥妙就在于：两军对阵，在基本条件大体相当的情况下，全凭勇气决定胜负。第一次擂鼓，士气亢奋；第二次擂鼓，锐气稍损；第三次擂鼓，士气衰竭。即『一鼓作气，再而衰，三而竭，彼竭我盈，故克之』（《曹刿论战》）。战后回到曲阜，曹刿将这一士气规律述于鲁庄公，满朝文武莫不叹服。

曹沫（曹刿）劫盟——春秋（鲁庄公）时期

怀仇忍辱护君行，冒死赴齐参会盟。
箭步登坛抽利匕，飞身扯袖斥强凌。
一腔怒火求公正，七尺威躯讨邑城。
三败羞颜即刻洗，千秋侠客冠英名。

注释

●齐桓公采取管仲『尊王攘夷』的策略，随着国力日强，开始实施称霸计划。前六八一年，齐桓公请旨以天子名义召集诸侯，明定秩序，重振权威。可王命发出后，诸侯国纷纷抵制，齐桓公大怒，欲拿最弱的鲁国开刀，兴师问罪。鲁国战败，鲁庄公被迫献地求和，并约定在齐国境内举行齐鲁会盟，所谓『会盟』，实际上就是逼迫鲁国割地给齐国。面对此种情况，鲁庄公和众臣僚一筹莫展，唯独曹沫（即曹刿）凛然上奏，愿冒死护送主公赴齐会盟，以维国尊。

●鲁庄公来到盟坛下，齐国大夫厉声喝道：『国君令旨，只许鲁国一君一臣上坛。』鲁庄公见此阵势脸色发白，身穿暗甲的曹沫却毫无惧色，扶着鲁庄公拾阶而上。当击鼓三通，两国国君欲行歃血礼仪时，曹沫突然一个箭步上前，左手扯住齐桓公衣袖，右手抽出暗藏的匕首，怒斥齐桓公恃强凌弱，夺地陈兵，道理何在？

●曹沫义正词严道：『今天齐君还我侵地，我便放手，不然在下只能以七尺之躯求取公道二字。』齐桓公被逼无奈，只好答应曹沫的要求。

●齐桓公在管仲的劝说下，遵守了诺言，将三次战争侵占的鲁国土地归还于鲁。曹沫以舍生忘死的勇气一洗鲁国的奇耻大辱，从此被后世推为侠客之祖，真可谓：三败羞颜一日洗，千秋侠客首称曹。

『五羖大夫』百里奚——春秋（秦穆公）时期

家破国亡做媵奴，幸逢机遇入秦都。
身廉五羖能当柱，智盛七旬可掌枢。
拓土开疆兴战甲，安民惠众茂禾株。
中原逐鹿皆争霸，聚揽贤才必胜出。

注释

● 虞国人百里奚，胸罗济世经国之才，但家境贫寒，命途多舛，屡受磨难。在晋国灭掉虞国后，宁可为奴也不背主做官，后作了晋献公嫁女给秦穆公之子陪嫁的奴仆，半途逃走，被楚兵抓获，在楚放牛、放马。秦穆公对照名单时发现少了个百里奚，便派人打听此人情况。回报者说百里奚是个治国人才，一生坎坷，未遇明主，又死守臣节，不愿为晋献公所用，最终陪嫁为奴。此时秦穆公正苦于人才稀缺，于是打算去楚用厚礼赎买百里奚。

● 大臣公孙枝认为，百里奚既然在放马，可见楚国不知道他的才干，如用厚礼去换，岂不是告诉楚国人百里奚是个贤才？不如按眼下奴隶的价格，用五张羖（公羊。音：谷）皮去换他。秦穆公遂派人赴楚，与楚成王达成交易，将百里奚带回秦国都。此时的百里奚已年过七旬，秦穆公拜他为大夫，执掌朝政。因百里奚的大夫头衔是用五张羖皮换来的，故称『五羖大夫』。

●百里奚深知社会弊端，对民心民意了如指掌，所以谋划的治国方案招招见效，尤其是他提出的西并诸戎、拓地千里、修武整兵、发展农耕、安抚百姓等方略，更取得显著成绩，使秦国进入了前所未有的强盛时代。

●百里奚与他推荐的蹇（音：简）叔一起，忠心辅佐秦穆公，使秦国国力昌盛，为后来的争霸中原打下了坚实基础。

唇亡齿寒——春秋（虞国）时期

非懂获得应予前，财迷心窍拒良言。
收珍纳宝身钻套，导路发兵脚陷潭。
引虎上山他覆顶，招狼入室已翻盘。
只因私利抛邻友，未晓唇亡齿必寒。

注释

- 晋献公欲吞并南边的虢国，但由于虢国与虞国关系密切，晋攻虢，虞必救援，这样以一敌二，难保胜算。且攻虢必经虞，须向虞借道方可。晋献公采纳大夫荀息之计，利用虞国君主好财的心理，将传国玉璧和宝马送给虞君，使其弃助虢国，并借路于晋，待灭掉虢国后，再来收拾虞国。荀息使虞，按计施行。虞君见宝眼开，目痴神迷，不听大夫宫之奇劝告，轻易就上了当。
- 虞君收了晋国的玉璧、宝马，出师为晋军作先导，使晋军顺利攻取虢国的下阳（今山西平陆县一带）。
- 三年后，晋国再次提出要向虞借路伐虢，虞君仍听不进劝告。由于虞君纵虎上山、引狼入室，在晋灭虢后，回过头来，轻而易举地把虞也灭掉了。
- 大夫宫之奇几次力谏虞君，虞与虢是邻邦好友，要他明白『唇齿相依，唇亡齿寒』的道理。可是财迷心窍的虞君怎么能听得进去呢？

懿公好鹤而亡国——春秋（卫懿公）时期

淫荡昏君烂事多，懿公好鹤更堪说。
翩翩丹顶临池榭，款款白毛驻水波。
依品封爵吃俸禄，凭级定位坐轩车。
荒唐如此实难见，丧命亡国尽在奢。

注释

●卫懿公生于王侯之家，自幼生活安逸，不知民间疾苦。前六六八年即位后，终日淫乐，不理朝政，其昏庸奢侈令人匪夷所思。特别是好鹤、玩鹤，令人啼笑皆非。

●上有所好，下必甚焉，求官邀宠的大小官吏百般迎合，在宫中、庭院、廊庑、苑囿、池榭，到处养起了鹤，一时多达数百上千只。

●懿公别出心裁，竟然按品质、体姿，将鹤分成不同品第，以朝廷官员的等级封爵赐禄（上品鹤享卿俸禄，中品享大夫俸禄，下品享士俸禄）。懿公出游，这些鹤也分班侍从，各依品秩，乘载于华丽的轩车之中。

●由于给鹤封爵授禄，卫国平白增加了成百上千的『官』，需要大量的钱财支撑。为此，懿公对百姓横征暴敛，引得天怒人怨。前六六〇年，狄人侵犯卫国，卫懿公要发兵交战，众将士哗然：鹤有爵位俸禄，应该让鹤去打仗。结果，卫国军队不战而溃，卫懿公被杀，卫国在一片鹤唳声中灭亡。

齐桓公凄惨的晚年——春秋（齐桓公）时期

凌驾诸侯以霸称，随即堕落陷昏庸。
擢奸宠佞伤国祚，醉乐迷奢败世风。
羸体囚宫糙糗断，腐尸弃地臭蛆生。
枭雄末路何凄惨，煊赫一时未善终。

注释

●齐桓公伐楚归来，功成名就，荣耀至极，三十五年来苦心追求的称霸中原的目标终于实现，于是志满意得，一扫往昔的雄心壮志和公正清明，过起了昏庸腐朽的生活。

●桓公不听老臣管仲临终时的嘱咐，重用易牙（厨子）、竖刁（太监）、开方（弄臣）等奸佞，纵容他们肆无忌惮地干预朝政。而自己沉湎于美色淫乐之中，除三位夫人外，又纳了六妾，并选了二百多美女充储后宫。他还让工匠在后花园里专修一条街，二百多美女各居一宅，自己整天与她们厮混，一年三百六十五天几乎天天娶新娘。

●后宫中因立嗣发生内乱，其中桓公长子无亏闹得最凶，其母卫姬联合宦官竖刁和厨子易牙等，说服桓公把公子昭

（郑姬所生）的太子之位废除，换成无亏。为控制桓公，他们将其囚禁于宫中，不准一切人入内探视，同时断水断食，以致桓公最后饥饿而死（前六四三年十月）。桓公死后，无人料理，尸体腐烂在地上，蚊蝇丛生，蛆虫一直爬到户外。

●名震一时的齐桓公曾何等风光，其晚年又何等凄惨，其中的教训，实在令人深思！

蠢猪式的宋襄公——春秋（宋襄公）时期

错估实力去争雄，气焰嚣张硬逞能。
本欲会盟当霸主，却遭发难陷囚笼。
逢机不打施仁义，见乱非攻待阵形。
愚蠢如猪贻笑柄，腹空囊涩事无成。

注释

●齐桓公死后，齐国衰败，各诸侯国呼唤新盟主出现。前六四二年，宋襄公以受齐桓公托付为名，率兵护送太子昭回齐，打败易牙、竖刁、开方的军队，拥立太子昭登位（史称齐孝公）。宋襄公自以为有重定乾坤的功劳，便滋生了当盟主的野心。可各诸侯国都认为他自不量力，当他传檄盟会时，响应者寥寥无几。宋公子目夷劝告，没有实力为后盾，千万别有称霸的想法，要他懂得『不期之求，必有不测之祸』，但宋襄公拒绝良谏，仍一意孤行。

●参加盟会的诸国，各有自己的打算。楚国利用盟会之机，突然发难，大多诸侯国纷纷表示唯楚马首是瞻，楚成王命部下将宋襄公拘押起来，然后挥军伐宋。后见宋有准备，突袭不成，乃释宋襄公回国。

●争霸不成反受污辱的宋襄公咽不下这口窝囊气，于次年夏，以郑国不朝天子为由，率军伐郑，楚军赶来救援，双方遭遇于泓水（今河南柘城县北）。楚军正在渡河之时，大司马公孙固请宋襄公抓住时机下令出击，以全军击楚之半军，宋襄公却说：『寡人向来以仁义领军，从不投机取巧。』当楚军全部过河后，公孙固又请宋襄公乘楚军立足未稳发动攻击，宋襄公又拒绝说：『君子将兵，不向未成阵形的敌军发动进攻。』

●宋襄公如此迂腐，接连丧失战机，当两军交锋时，宋率领的联军一触即溃，宋襄公右腿中箭，不久伤重而死，他那沽名钓誉的以『仁义』争霸之论，成了千古笑柄。

清高孝廉的介子推——春秋（晋文公）时期

伴主外亡十九年，为君割股亦心甜。
不逐俗气抛功利，只揽清风守孝廉。
携母隐山迎烈火，怀节抱树进黄泉。
寒食定日托思念，绵岭更名设祭坛。

注释

●前六五五年，晋献公杀太子申生，改立恩宠的骊姬之子奚齐，导致晋国发生内政危机。晋献公的次子重耳为避骊姬毒手，逃亡在外十九年，贤臣介子推为重耳贤德所服，一直随身相伴。一次，在逃亡路上，饥渴交加，寻食不得，正在面临绝境之际，介子推将自己腿上的肉割下煮成肉汤，给主公食用，使重耳感动得流泪。

●在楚、秦等大国帮助下，重耳六十二岁时返回晋国，登上君位（史称晋文公），遂赏赐随从流亡和拥立有功人员。一时间，追名逐利、钻营拍马之风盛起，晋文公被一群小人所包围，竟然在赏赐时把介子推这个在关键时刻的救命恩人忘得一干二净。介子推不愿和这帮蝇营狗苟之徒为伍，宁可忍受清贫，带着老母，归隐山泉，渔樵为生。

●晋文公得知介子推归隐山林，顿时醒悟，马上率领人马到山上搜寻，但介子推就是避而不见。此时有人出主意说，介子推是大孝子，如放火烧山，他考虑到老母安全，必能出山。于是文公令人在山前山后四处放火，大火烧了三天三夜，等山火熄灭，人们只见介子推母子怀抱枯树已被烧死。

●晋文公见状号啕大哭，于是下令，于绵上立县，改绵山为介山，并于山下建立祠堂，岁岁祭祀。晋国百姓为纪念这位清风君子，以见火忧伤之意，约定俗成清明节前一天（介子推烧死的这天）禁火、禁烟，是为『寒食节』。

晋楚城濮大战——春秋（晋文公）时期

使策拆盟遏聚锋，故激敌帅作拚争。
退师三舍先偿礼，伏甲千戎后用兵。
诸旅合攻腾锐气，孤军独抗漫哀声。
城濮决战分高下，晋遂扬威举霸旌。

注释

●晋国崛起，打破了列国间原有的平衡，局势剧变。楚国为争霸中原，加紧向北扩张；曹、卫等国纷纷倒向楚国；宋与楚断交，投向晋国。楚庄王联合陈、蔡、郑、许，出兵伐宋。宋在危难之际向晋求救。为实现『报恩、救难、取威、定霸』之宏图大略，晋文公采纳大臣先轸、狐偃的种种高超计谋，使楚、齐、秦联盟不成。同时，扣押楚使，激怒楚帅子玉，并在道义上赢得主动，于是，晋、楚两国在城濮（今河南范县）展开了一场生死攸关的决战。

●由于晋文公未登位前逃亡在楚，受过楚的善待，并且曾允诺，他日晋楚相争，晋当退避三舍（古代一舍为三十里），以报楚恩。所以，在楚、晋列阵待战之时，晋文公兑现了当年的诺言，晋军连退三舍，楚军步步进逼，晋文公令少量军队佯败，其余作伏兵，诱使楚军进入埋伏。

●晋与齐、秦、宋联军四面合击，楚军孤立无援，全军崩溃，楚帅子玉自杀身亡。

●城濮大战，是春秋时期的一场著名战役，它使晋国既救了宋国，又扬了自己的威名。战后，晋文公被周襄王册封为『侯伯』，取得了安抚四方诸侯、惩治不朝的权力，晋文公终于成为春秋时代继齐桓公之后的第二个霸主。

弦高犒军解危——春秋（郑文公）时期

秦作偷袭郑不清，弦高路遇计忽生。
悄然遣属急回报，隆重献牛忙堵封。
拱手迎师劳众将，曲身谢罪犒群兵。
沉着勇敢除国难，智贾奇招著赫功。

注释

●前六二七年，秦穆公出兵偷袭郑国，历时一个月，来到滑国（今河南偃师缑氏镇），而郑国却蒙在鼓里，毫无准备。此时郑国商人弦高正经过滑国，他赶着一大群牛准备到周地去卖，迎面遇到了奔袭郑国的秦军。看到自己的国家面临危险，弦高急中生智，想办法阻滞来犯的秦军。

●弦高一面暗派一名伙计日夜兼程向郑君报告军情，一面取出几张牛皮，又挑选十二头肥牛，拦在路上，高声大喊：『郑国使臣弦高求见秦军主帅！』

●弦高整理衣冠，镇定地装出一副谦恭的样子，上前向秦帅孟明施礼说：『敝国君主听说秦君派大军来问罪于敝国，敝君知罪矣，特遣下臣远道相迎，并以肥牛十二头作犒师之资，现在郑国军民正整饬纲纪，以自检讨。』弦高一席话，使秦军上下顿时泄气。秦帅孟明见计谋败露，只得谎称行军走迷了路，与郑没有干系。

●秦军主帅真以为弦高就是郑国的使者，便认为郑国已有准备，不可能取得速胜，攻其不克，围其又缺乏后继保障，于是灭掉滑国后，只好回师。弦高以自己的胆识和智慧，消弭了一场灭国之灾，成为令人敬仰的爱国商人。

欲换太子引杀身之祸——春秋（楚成王）时期

难登霸位陷颓唐，欲换传接又撞墙。
逆子逞凶出狠手，奸臣助虐使毒肠。
虽知熊掌难蒸煮，却忘白绫可缢亡。
错走一棋生内乱，被逼无奈自悬梁。

注释

●楚成王曾励精图治，积极向中原扩张，欲争霸主，可先后遇到了齐桓公和晋文公两个强悍对手，尤其与晋城濮决战，因中晋计而精锐尽失，输掉了再争霸的本钱，自此，楚成王便心灰意冷，陷入颓唐。前六二七年，又因更立太子引发了一场祸患。事情的原委是：令尹子上对王长子商臣印象极坏，所以在成王问是否可立商臣为太子时，令尹子上说楚国立幼吉祥。但成王考虑到需要稳定楚国政局，还是立了长子商臣为太子。可由于成王与子上的对话被商臣探得，商臣便对子上下了毒手，将其害死。成王看到商臣如此残忍，决定废除商臣，另立幼子职为太子。这样，因争夺太子之位，引发了一场内乱。

●逆子商臣伙同奸臣潘崇发动了政变。在设计害死令尹子上后，前六二六年十月，潘崇率卫队包围成王寝宫，逼迫成王让位。

●成王见此状，先乞求让位后能保住性命，潘崇不允，继而又要求吃烧熊掌，想以此拖延时间，以待外援。潘崇看破成王的缓兵之计，说『熊掌难熟』，遂将一条白绫扔在成王面前，令他自尽。

●此时，楚成王方知当初未听令尹子上的话（子上曾劝成王立幼子为太子），造成如此局面而追悔莫及，被逼无奈之下，只得悬梁自尽，一死了之。

竹林遗尸，梦中阴鬼——春秋（齐懿公）时期

暗毙新君自立公，即撕伪饰现狞凶。
夺妻猎艳羞魔鬼，掘墓削足愧畜生。
兰桂幽幽旋美梦，筇竹瑟瑟起腥风。
恶魂一缕归阴去，逆道伤天惨而终。

注释

● 齐懿公商人是齐桓公第四个儿子，在桓公去世那年争位不得，一直野心萌动，为了达到夺权的目的，他明示仁厚，暗藏杀机。恰巧连续嗣位的齐桓公的长子、次子、三子先后死去，三子又立了性格懦弱的太子舍为新君。此时，商人感到时机来到，便暗中派人将舍杀死而自立为国君（即齐懿公）。君位到手后，齐懿公便撕去仁厚的面纱而凶相毕露。

● 齐懿公本性贪婪，淫乱无度。他下令全国广选艳色佳丽纳入后宫，整天左拥右抱，笙歌美酒，并公然霸占大夫阎职的妻子。当年他还是公子时与大夫邴歜（音：促）之父争夺邑界之地，因理亏而败了官司，如今刚即位，就下令将与其争地已亡的大夫邴歜之父从墓中挖出，重施刖足之刑，同时命大夫邴歜为其驭车。

● 齐懿公常到临淄南门外的申池游玩，这里兰桂幽幽，竹风瑟瑟，美不胜收。一次，当懿公来此消夏避暑，酒酣耳热、昏昏入睡之际，一直怀恨在心的阎职和邴歜乘机杀了懿公。

● 齐懿公在美梦中被人斩杀，遗尸竹林，这是他作恶多端的必得报应！

楚庄王以静制动，一鸣惊人——春秋（楚庄王）时期

疮痍满目乱纷纭，现伪藏真以静临。
假作荒唐装废政，佯耽逸乐故关门。
甚欢能见兴国将，更喜犹存济世臣。
三载明察识众相，鲲鹏展翅越千寻。

注释

●楚庄王熊侣即位时，接的是父亲楚穆王（商臣，曾逼死楚成王）留下的千疮百孔的烂摊子，面对混乱的局面，一时难辨良莠。于是楚庄王想了一个聪明办法：示伪藏真，用以弄清真相，检验和识别臣僚。

●楚庄王故作昏愦，三年来整日耽于享乐，不理朝政，把宫门关上，并悬令于朝门：『有敢谏者，死无赦。』

●庄王长期不问政务，使内政废弛，民怨鼎沸，外患沓至，众叛亲离。面对国将不国的情势，忠臣良将再也坐不住了，右司马伍举怒闯宫廷，向庄王讲了一则隐语，刺激庄王：『有一只大鸟，身披五彩羽毛，降落于楚山，已有三年，可三年来，没人看到它飞，也没人听到它叫，请问大王，这是什么鸟？』庄王听后笑答：『这不是一只平凡之鸟，它三年不飞，一飞必定冲天；三年不鸣，一鸣必定惊人！』庄王看到有忠臣竟敢冒

死救世，无限欣喜。

●经过三年多的考察，楚庄王终于分辨出忠奸，心中有了底。特别是前有武将伍举喻谏，后有文臣大夫苏从冒死斥主误国，使庄王看到了希望。于是，他登堂入室，整饬纲纪，依据众臣僚三年来的表现，诛杀数百人，擢拔数百人，任命伍举、苏从掌管全国军政事务，楚国开始走上大治繁兴之路。

赵盾大行仁德得好报——春秋（晋灵公）时期

格高品正受崇尊，几遇凶杀屡保身。
刺客收刀昭大义，饥徒斩犬报宏恩。
昏君酷虐无真近，俊士贤德有挚亲。
乐善好施天赐助，为人本在秉良心。

注释

●晋国正卿赵盾，是位正直无私的大臣，但晋灵公却与其不共戴天。原因是晋襄公去世时，将后事托付给赵盾，赵盾觉得太子夷皋（晋灵公）年幼轻浮，难以承国，主张迎立襄公胞弟公子雍回国即位。后来由于夷皋母亲的干预，赵盾又不愿落下先君尸骨未寒就欺其未亡人的罪名，使夷皋终登君位。从此晋灵公对赵盾一直怀恨在心，屡欲除之而后快。但赵盾却几次得以脱身，保全了性命。

●前六〇七年，晋灵公派杀手行刺赵盾，该刺客想起平时百姓对赵盾的颂扬，又目睹灵公的胡作非为，突然良心发现，觉得妄杀贤人于心不忍，于是撞树而死，以昭大义。晋灵公并不甘心，又于前六〇七年九月，在精心策划和准备之后，于酒宴上放出一只猛獒扑向赵盾。在此千钧一发之际，过去曾受过赵盾救助的当朝宫内总管，迅速拔剑将猛獒刺倒，助赵盾虎口脱险，而自己却被恼羞成怒的灵公的甲士们砍成肉泥。

●晋灵公屡次加害，赵盾屡次脱险。昏君虽然大权在握，但因丧失民心，关键时刻终无人为其卖命；贤臣良将，因心系百姓，关键时刻总会有人知恩图报，甘愿以命相救。

●一个人多做好事，很可能在生死攸关之时得到受恩人的回报，古往今来，做人不能丧失良心啊！

王孙满以卜术智退楚军——春秋（楚庄王）时期

九龙神鼎示王权，自禹至今一脉传。
楚主陈兵怀恶歹，周臣占卜阻贪婪。
承天应续三十代，享祚可延七百年。
吓退野心离境去，巧凭巫术保中原。

注释

●据说『九龙神鼎』是大禹平定九州之后，用天下所贡之金（铜）铸成，九座宝鼎各重逾千钧，鼎上铸有荆、梁、雍、豫、徐、扬、青、兖、冀九州名号，足耳皆饰以龙纹。因九鼎象征九州，为天子宗庙器重，成为王权的标志和传国礼器，由夏经商至周，一脉相传。

●楚庄王『一鸣惊人』后，楚国强盛起来。同时，他对中原各国把楚国看成蛮夷十分不满，所以，野心与报复心日渐增长。前六〇六年，他乘为旧天子周匡王落葬、发兵攻打陆浑戎之机，直接陈兵天子境内的洛河之滨，名为打探九龙神鼎轻重大小，实为觊觎周室王权。周定王派出『慰劳』的大夫王孙满深知楚人狂妄，便利用楚人特别信奉鬼神的心理，以占卜的妙术击破了楚庄王的阴谋。

●王孙满驳斥楚庄王道：『神鼎之义，不在轻重大小，而在天命与道德。周成王承天应福，定鼎洛邑，卜世三十，卜年七百，可见福祚绵长，现在离尽头至少还有二百多年呢！』

●王孙满以卜术之词加以恫吓，楚庄王掐指一算，从周武王登基起，迄今不过四百四十年，还有二百余年福祚可享，于是不敢造次，只得悻然班师回楚。

因葬马孟优讽劝庄王——春秋（楚庄王）时期

闻奢葬马愤填膺，正话反说激谏宫。

若用王仪堪厚重，如行士礼似薄轻。

戏抨愚蠢渎贤俊，谑斥荒唐敬畜生。

巧使针芒惊主醒，力驱浊气树新风。

注释

●楚庄王的一匹视若掌上明珠的宝马因病死去，庄王十分伤心，竟要群臣着丧服，用葬大夫的礼仪为其举行隆重葬礼。有大臣提出异议，庄王拒听，且下命令：『有敢再提非议者，杀无赦！』乐工优孟闻知，无比气愤，遂入宫来见庄王，以戏弄的方式劝谏庄王放弃荒唐之举。

●优孟故作姿态，边哭边说：『宝马乃是大王的至宝，实为罕见，而大夫智士随处可得，所以葬礼不应用大夫规格，而应以王侯规格葬之为妥』。并提出，里面要用雕花的玉棺，外面套刻有图案的木椁，让最有才华的文人题写讣辞，派三军将士为它挖坟，令四野百姓背土，并建庙祭祀，享天子太牢之礼。

●优孟一番哭诉，『恭维』和『赞赏』庄王如此轻贱人才而重视玩器，庄王受到强烈的讥讽。

●楚庄王毕竟是位雄主，在听了优孟辛辣的讽刺后，幡然醒悟，深感错误严重。于是，听从优孟的谏议，将马以人间六畜之常礼，葬入大伙口腹之中，表明自己迷途知返，以及去邪气树新风的决心。

优孟以表演实现托孤——春秋（楚庄王）时期

深铭托付隐忧伤，故扮叔敖训楚庄。
唱斥贪官常受宠，歌讦廉吏屡遭殃。
廷臣被触含羞色，国主遭抨溢泪光。
遂予厚封消困顿，续延一脉不绝香。

注释

●楚相孙叔敖为官清廉，与艺人优孟私交甚好，临终时将儿子托付给优孟，嘱咐儿子在日后困难时找优孟解难。后来孙叔敖之子果然因陷入贫困来找优孟，优孟见状十分伤心，便穿戴上老朋友孙叔敖生前的衣服、帽子，模仿孙叔敖的样子，借给楚庄王祝寿之机，进宫作了一番连讽带挖苦的表演，为孙叔敖之子讨公道。

●优孟巧扮孙叔敖的样子进宫，楚庄王大吃一惊，以为是孙叔敖复活，当他明白过来之后，执意要拜优孟为相，优孟说要与妻子商量后再决定是否接职。三天后，优孟假借妻子之口对庄王说：『当楚国的相没有什么意思，你看孙叔敖作楚相，清正廉明，尽心尽力，辅佐楚王成就了霸业，可死后他的儿子却穷得无立锥之地，破衣烂衫，靠打柴活命。』说罢，优孟便唱道：『家富累万的恶官，贪赃枉法，不仅得不到惩治，反而受到恩宠，而清正廉洁的好官，一心为公，死后却没有好结果，孙叔敖即是如此。』

●优孟一边歌唱一边表演，当演到孙叔敖妻子落魄的惨状时，泪如泉涌，满朝文武尽受触动，都含羞低头。此时楚庄王受到讥讽，亦深感愧疚，满眼闪动泪光。

●深受刺激的楚庄王，等优孟表演完毕，站起身来毕恭毕敬地向优孟施了一礼。第二天就下令召孙叔敖之子进宫，封四百户为孙叔敖邑，以奉其祭祀，且后十世而不绝。

门规森严，一视同仁——春秋（楚庄王）时期

王宫纪令俱彰清，一视同仁不变通。

若敢临门违正律，必行诛驾灭歪风。

皇儿犯戒得惩治，廷理执规获晋升。

法度忠臣及俊士，国拥三宝定勃兴。

注释

●楚庄王时，国力强盛，与加强法制建设密切相关。楚国的法规中有一项『茅门之法』。茅门，即宫中三道门中的第二道，以此门划界，外面是治理政务的外朝，里面是嫔妃所在的后宫。

●该法明确规定：群臣大夫及各位公子进入朝廷时，凡马蹄踩到了茅门屋檐的滴水坡处，就要砍断车辕，杀掉驾车人。执行此法一视同仁，概莫能外。

●一天，楚庄王因急事召见太子，太子为按时到达，急匆匆令车夫将马车一直驾到宫门口，却被执掌刑法的廷理拦下。太子显然触犯了王宫之法，尽管一再解释，廷理就是不依不饶，不由分说挥手令卫士上前击断了太子的车辕，杀掉了车夫。太子进宫后向楚庄王哭诉，要庄王杀了那个廷理，庄王教训了太子一番，申明法令是保证祖宗神庙得

到尊重、国家政权得以延续的工具，不但未惩罚廷理，反而对廷理的忠诚大加赞赏，将其晋升两级。太子出宫后，露宿三日，向北跪叩请罪，表示对违法的忏悔。

●楚庄王认为，国有法度、忠臣和人才这『三宝』，国家就一定能勃兴昌盛，这揭示了治国安邦之要义。

赵氏孤儿的境遇——春秋（晋景公）时期

赵家罹难满门诛，有孕庄姬免血污。
毒胆奸臣绝后患，善心贤客保遗孤。
偷梁换柱依山隐，匿迹销声待日出。
终雪奇冤除恶佞，程婴杵臼大德殊。

注释

●前五九七年，晋景公的弄臣屠岸贾以赵盾弑君之罪名，致赵氏家族惨遭灭族之灾。因赵朔的妻子庄姬是先主晋成公的胞姐、晋景公的姑妈，且当时有孕在身，甲士不敢动她，庄姬乘机逃入景公宫中，免遭诛杀。

●但屠岸贾看到庄姬身怀六甲，将来必是后患，所以派人搜杀庄姬。此时赵盾从前的心腹门客公孙杵臼和程婴决心设法保全庄姬，希望庄姬生男婴，并把他抚养成人，为赵氏报血海深仇。

●逃入宫中的庄姬果然生一男婴，取名赵武。屠岸贾闻讯入宫窥探，庄姬将孩子藏入裤中，蒙过屠岸贾。接着，程婴和公孙杵臼采取偷梁换柱的手法，于半夜抱着赵武向山中逃去，公孙杵臼被追来的甲士砍成肉泥，程婴携赵武潜入盂山隐居下来，以等待复仇时机。

●十五年后，晋景公病危，噩梦连连，卜师说是冤死的晋国功臣作祟。晋景公请老大夫韩厥商量，而韩与赵氏私交甚厚，又深知赵家的冤情，现在见时机成熟，便将赵氏遗孤的事一一说出。景公笃信因果报应，忙下令召赵武进宫承袭赵氏卿位，同时下令将奸臣屠岸贾灭族。在保护赵氏孤儿的过程中，程婴和公孙杵臼立下了汗马功劳，特别是他们的高德大义，令后人永远景仰。元代、明代以后，戏剧家写了许多这方面的剧本，以扬善鞭恶，教育世人。

神医扁鹊——春秋末期

深钻医道蕴精功，尽谓英名忘本称。
搭脉诊疗昏返醒，捻针施救死还生。
察颜即晓沉疴起，观色便知薄命终。
妙手回春除百病，悬壶济世却罹凶。

注释

●扁鹊，春秋末、战国初期人，原名秦越人。因聪明颖慧，深研病理，医术高超，药到病除，名声大噪。赵国百姓用传说中黄帝时期神医扁鹊的名字称呼他，久而久之，世人只知道他叫扁鹊，而把他的真名忘记了。

●晋国大夫赵简子病势危重，人事不知，朝中大臣焦急万分，派人将扁鹊请来看病。扁鹊搭脉诊察，立即认定是一种罕见的血脉壅阻之症，三天内自会苏醒，并将醒后出现的症状及调理方法告知众人。两天半后，赵简子真的如其所说，众人皆无比佩服。一次，扁鹊经过虢国，得知该国太子猝死，当他详细了解当时『猝死』的情形后，断定为『假死』，并要举丧人向虢国国君报告说自己可以相救。扁鹊砥靡金针，在太子三阳五会间施以治疗，果然使太子起死回生。

●扁鹊在齐桓侯慕名招待他的宴席上，一见桓侯便说『大王有病，病在肌肤』，桓侯未信，并报以讥笑；五天后，扁鹊又见桓侯说，『大王有病，病在血脉』，桓侯又未相信，并给予冷落；再过五天，扁鹊又说，『大王病已进入胃肠，如再不治，后果不堪设想』，桓侯仍执迷不悟；扁鹊第四次见桓侯时，明确指出大王已病入膏肓，无可救药。不久齐桓侯归天，验证了扁鹊的诊断。

●扁鹊医术高超，远近闻名，可谓妙手回春，能治百病，引起秦国太医李醯（音：西）嫉妒，暗中派人将其杀死。

师旷鼓琴寓深意——春秋（晋平公）时期

援琴引鹤落祁台，借曲言衷寓盛衰。
愦主难招千凤舞，明君易唤百花开。
德高赏徵熏风起，品下听角暴雨拍。
经世当知殷纣训，堕靡荒政必生灾。

注释

● 这是一则关于音乐的神奇传说：师旷是晋国的掌乐太师，琴艺高超，无与伦比。晋平公邀请楚灵王来汾水畔庆祝虒（音：丝）祁宫落成。宴席间，晋平公令师旷拨琴演奏前代悲凉之曲《清徵（音：纸）》、《清角（音：决）》，师旷说，殷商末年，乐师师延为纣王谱写了这些靡靡之音，纣王听而忘政，进而迷性，并直言：『当世德薄，不宜演奏此曲。』借机以盛衰兴亡之理警示平公。

● 平公不听，师旷只得演奏，引来一群玄鹤落于祁台，同时，圃中百花盛开，好一番美妙景象。

● 师旷拨琴而奏，虽一时百花争艳，凤凰舞鸣，但再次援琴而奏时，忽然天上黑云滚滚，随即狂风大作，暴雨如注，虒祁台上帘幕撕裂，屋瓦纷飞。晋平公抱头鼠窜，躲在廊室一角瑟瑟发抖，从此身体瘫痪，卧床不起。

● 此传说再次说明，经世治国应牢记殷商灭亡之教训，凡放纵贪婪、荒唐废政者，都没有好下场。

庆封使计致崔家遭灭门之祸——春秋（齐景公）时期

右相宠新家乱生，左丞寻隙挑纷争。
假装怜悯求公道，伪作襄帮保正宗。
随动兵戈皆斩净，即抄府第尽劫空。
一石数鸟弹冠庆，遂擅朝权肆逞凶。

注释

●崔杼在杀齐庄公、立齐景公之后，被封为右相，庆封为左相。崔杼与原配生有崔成、崔强二子。因宠幸后妻棠姜，爱屋及乌，对棠姜与前夫所生的棠无咎及嫁崔杼后所生的崔明分外垂青，欲破除嫡长继承制，立崔明为嗣子，引起崔成、崔强的强烈不满，二人与棠无咎、东郭偃、崔明之间展开了一场血腥纷争。心术不正的左相庆封想从中渔利，乘机两面挑拨，引起崔氏家生内乱。

●当崔成、崔强找到一向与他们关系不错的庆封，请他出面主持公道时，庆封装出一副怜悯的样子，满口答应帮忙以保『正宗』。并愿出甲士，助兄弟二人除掉仇人棠无咎和东郭偃。

●崔成、崔强不知是计，便带领庆封的甲士将棠无咎和东郭偃除掉。崔杼闻变大惊，急忙到庆府问由，庆封却佯装不知，派人将二人抓获，将崔氏一族满门抄斩，并把崔府洗劫一空。

●庆封利用崔杼家族的内部纷争，大施阴谋诡计，一石数鸟，逼迫崔杼上吊自杀，崔明逃到鲁国，庆封乐不可支，从此他把齐国大权掌控在手中，为所欲为。

晏婴使楚——春秋（齐景公）时期

智术迭出甚慧聪，伶牙俐齿善驳争。
狗国当可钻低洞，恶主非须使俊英。
北枳南橘因异地，齐良楚盗自别风。
凛然驱辱抨骄霸，成命维尊举世恭。

注释

●晏婴，字平仲，夷维（今山东高密）人，他在齐国当了三朝官，常为重要事务出使他国。晏婴明察形势，善于辞令，巧运机锋，故出使他国总能不辱使命。

●当时楚国强大，齐景公为了在列国争霸的多边关系中争取有利地位，派晏婴为使臣赴楚递表修好。狂傲的楚灵王听说晏婴身高不足五尺，想借机羞辱他，以灭齐国威风。为此，特在城门边另开一个高仅五尺的小门，让晏婴从此小门入城。晏婴一看便知其用意，让防军转告楚王说：『你们在墙上开的只是个狗洞，如果我出使的是狗国，就从狗门入，现在臣出使的是楚国，不当从此门入。』楚王羞辱晏婴未得逞，自己反受其辱。晏婴进楚宫后，楚灵王又出衅言，说：『齐国是不是没人，不然怎能派这么一个矮子当使臣？』晏婴从容不迫地反击道：『我齐国派使臣有个规矩，贤人应对贤明的君王，不肖之人应对不肖的君王。我是最不肖之人，所以被派到楚国来了。』楚灵王听罢，哑口无言。

●楚灵王不甘心屡屡受挫，席间令武士缚一盗犯经过，并说是齐国人，且对晏婴说：『你们齐国人喜欢偷东西。』晏婴躬身施礼说：『橘生于淮南是橘，移到淮北就变成了枳，看上去相似，其实味道不同。齐人在齐国不偷盗，到了楚国就变成了盗贼，大概是楚国的水土会使民变成盗贼吧！』

●楚王听罢，脱口说道：『看来齐国有人，不可轻侮啊！』晏婴以自己的大智大勇，巧妙地抨击了狂傲的楚灵王，圆满完成了使命，出色地维护了齐国的尊严，赢得齐国上下一片赞扬。

晏婴施谋术，二桃除三狂——春秋（齐景公）时期

两桃三士陷纠缠，各表其勋尽抢前。
护主公孙说毙虎，救王古治讲杀鼋。
田君瞠目出悲语，晏子开心露笑颜。
一刎二随皆丧命，轻施小计剪骄蛮。

注释

●齐景公宠爱立下大功的三位勇士田开疆、古冶子、公孙接，但这三人勇猛有加，却飞扬跋扈，成了朝廷的大祸害，相国晏婴决定找机会惩治他们。一日，齐景公宴请鲁国国君时，晏婴建议用园中蟠桃佐酒，齐、鲁二君吃后，盘中尚剩两枚，晏婴又建议景公赏给有功勇士，以示犒劳。景公将公孙接等传至殿上，让三人当着鲁君面自陈功绩，由晏婴评判，功大者食桃一枚，于是，三人争先恐后，各表其功。

●公孙接一步跨出，说一次出猎，在一猛虎危及主公性命之时，自己用双拳将虎打死，救主有功，理应吃一枚桃子。晏婴就势说『应该』。古冶子不甘示弱，忙说，主公渡黄河时遇一大鼋，叼走了主公的乘马，是自己跳入水中与妖鼋搏斗，保驾平安，功劳可谓大矣！景公说『该赏』，晏婴忙将余下的一枚赏给了古冶子。

●一旁的田开疆按捺不住，凄然说，毙虎杀鼋不过是个人小事，而自己血战千里，功在社稷，反而不能得赏，这分明

是羞辱自己于齐、鲁二君面前，今后已无颜面见人！随即拔剑自刎而死。

●公孙接、古冶子见状大惊，说：『我等结拜为兄弟，誓同生共死；今因我们得赏致他于死命，我二人又有何脸面苟活于世？』说罢也双双抽剑自刎。『二桃杀三士』的故事已史无考证，但它却揭示了宫廷权术斗争的残酷。

晏婴以金壶箴言诫齐景公——春秋（齐景公）时期

金壶偶获确难逢，内有丹书动主容。

晏子借题说政道，景公知意悟君情。

香鱼不反应亲善，驽马非骑勿近狩。

八字箴言明至理，深藏莫比力遵行。

注释

●齐景公巡游纪地（今山东省寿光市南纪台村），偶获一只金壶，内有丹书写着八个字：『食鱼无反，勿乘驽马。』景公从字面上理解为：『吃鱼不翻，是免得腥味四溢；驽马不乘，是说劣马不能走远。』

●相国晏婴却借题发挥，说此中另有君王为政的含义，使景公豁然开朗。

●晏婴说，吃鱼不翻，是劝诫人们鱼吃到一半就该停止，如身为人君，就不可对百姓的赋税过于苛刻，当留一半让百姓过日子。驽马不乘，是告诫人们不要接触品质不良的人，如为人君，就不要重用品德恶劣的奸臣。

●景公问晏婴：可拥有丹书的纪国为何灭亡了呢？晏婴回答说：『原因十分清楚，那是因为君子得到箴言忠告，能付之行动；而纪国得到这份箴言，却封在金壶之中深藏起来，岂有不灭亡之理？』齐景公听后，连连点头称是。

晏婴答景公三问——春秋（齐景公）时期

连发三问涉衰兴，厉语直陈答景公。
莒必先亡因丧本，鲁当终灭在缺聪。
齐廷苛庶难得助，田氏亲民可获拥。
听者虽惊无远虑，疾言只作耳旁风。

注释

●在一次散朝后，齐景公留下晏婴聊天，谈起列国兴亡的事情，景公向晏婴发了三问，晏婴都直言不讳地作了回答。

●景公问：『莒国与鲁国哪个先亡？』晏婴答道：『莒国将先灭亡。原因是莒国小民反复多变不讲信义，性格贪婪喜欢作假；君主崇尚勇敢而鄙弃仁义，士子熟习武艺而急功近利；举国难以团结，上下脱节，各行其是，这样国家巩固的根本就丢掉了。鲁国的君臣尚能讲究礼仪，百姓也能安分守己，近期看，国家尚有稳定的基础。但从长远看，由于鲁国有一个致命的弱点，就是缺乏聪明智慧，在外交上依附错了对象，亲近弱小的宋国而不依附强大的齐国，所以最终灭亡也是必然的。』

●景公又提出一个尖锐的问题：『后世谁会拥有齐国？』晏婴从江山社稷考虑，毫无忌讳地答道：『田无宇的后人可能会拥有齐国。』景公大惊，忙问何故，晏婴答道：『田氏广设义仓，救济灾民，深得民心，饥荒之年，大斗借出，小斗收回。平时，凡有困难者有求必应，倾力相助。所以，关键时刻，国人必死心塌地地拥戴田氏。』

●晏婴答景公『三问』（莒国、鲁国、齐景公家族的命运），入情入理，振聋发聩。遗憾的是齐景公是一个没有远大眼光的平庸之辈，吃惊之后，依然故我，尽情享乐，盘剥苛重。后来，果如晏婴所料，齐国终被田氏取而代之。

田穰苴由士拜将解齐危——春秋（齐景公）时期

面对凌攻挽败局，由卒任将抗强敌。
登坛挂帅发征令，赴阵节兵祭战旗。
破矩即杀彰铁纪，违规立斩示威仪。
痛击燕晋收失地，一举夺赢不是迷。

注释

●齐景公时，政治腐败，国势衰弱，晋、燕等国乘机向齐国发起进攻，毫无准备的齐军节节败退，晋、燕兵锋直抵黄河边上。齐景公急召晏婴商议对策，晏婴向齐景公推荐了一名下层士兵田穰苴（音：居），齐景公拜其为将军，率师御敌。

●田穰苴领命后，考虑到自己出身卑微，为保障军令畅通，特请景公派一大臣作监军，景公便派出宠信的庄贾担当此任。田、庄二人相约，定于第二天正午祭旗发兵，不得迟到。

●第二天午前，田穰苴先到军中，令军士立木设漏（古时的一种计时工具），以待庄贾。庄贾自恃景公宠信和贵族出身，没把田穰苴这个平民出身的人定的时间当回事，以至正午已到，三军静候多时，庄贾方姗姗来迟，并讲了一番不伦不类的理由。穰苴正色斥责庄贾违犯军法，当即将其推出斩首，把首级挂于辕门之上。此时景公已得报，急派使节驰入军营来为庄贾求情（庄贾已被斩了），穰苴坚定地表示：『将在外，君命有所不受！』并按军法『军中不得驰车』的规定，拆毁使节轺车左边的夹车木，杀掉拉车的左骖，以代使节之死。

●田穰苴率大军迎敌，一路上与将士同甘共苦，全军为之感动，人人表示愿同敌军决一死战。晋、燕两军听说穰苴的行为，自知难敌，不战而退，穰苴乘胜追击，收复全部失地。齐军凯旋之日，景公出郊相迎，穰苴被拜为大司马。从此，人们皆称司马穰苴为军事大家，他所以能一举功成，绝非偶然，全是他天生聪颖，且刻苦学习之结果。

奸佞费无忌陷害太子——春秋（楚平王）时期

手辣心毒善制冤，封杀太子设机关。
名将国色呈儿赏，实把天香供父餐。
始陷怀仇思泄恨，继诬谋叛欲揭竿。
间离王室生纷乱，盖自昏君宠佞奸。

注释

●楚平王时的佞臣费无忌，诡计多端，心狠手辣，善造冤案，他竟然把矛头指向了太子，原因是他与伍奢一个是太子少师，一个是太子太师。伍奢为人正派，一丝不苟，深受太子尊重，引得费无忌妒火中烧。他想，如果太子即位为王，肯定没有自己的好果子吃，于是，便想出一条陷害太子的毒计。

●前五二三年，费无忌以太子少师的身份建议楚平王与秦国联姻，为太子成婚。秦哀公有同楚国交好之心，便决定将国色天香的长妹孟嬴许配给楚太子建。费无忌向楚平王报告，绘声绘色地渲染孟嬴之美，原本好色贪婪的楚平王不由心动。费无忌计上心来，对楚平王说：『此女虽以太子名义相聘，但未正式迎娶，大王娶之入宫，名正言顺。』色迷心窍的楚平王竟然同意了。

●楚平王夺了太子所爱，生怕太子生事，便下令太子不得入宫。此时费无忌担心有朝一日太子登基，事情无法了结。一日他又想出一条毒计，向楚平王进言，派太子去镇守边关。太子被发配到边关后，费无忌一不做二不休，继进谗言，说太子和伍奢要率军叛乱，结果伍奢被囚，太子逃往宋国。

●费无忌用极其卑鄙的手段离间王室骨肉，引起朝廷内乱。之所以出现这种局面，根本原因是昏君宠信奸臣。

延陵季子的高尚品格——春秋（吴国）时期

坚辞不就耻争夺，养性修身塑品格。
净念洁操栖陋舍，仰高崇礼访昌国。
心存诚信守诚信，意在道德遵道德。
拒染俗风涵正气，孔丘题墓赞英卓。

注释

●季札，吴王寿梦的四子。吴王寿梦临终前欲将王位传给季札，季札耻于争权，坚辞不就。后来，诸樊（季札的长兄）不得已即位后，将延陵（今江苏常州一带）封给季札，从此人称他为『延陵季子』。

●季札为免于承继王位，离家出走，在山野另辟草屋，耕地而食。十三年后，诸樊病死，要求其他两个弟弟秉承兄终弟及的方式把王位传给季札，实现父王之遗愿，季札又一次拒绝。前五四四年，季札负笈北上，寻访中原诸国，『观礼』华夏礼乐最完善的地方。

●季札经过徐国时，徐国国君极为欣赏季札的佩剑，季札看出他的意思，但因接下来还要访问晋国，使臣不带佩剑是失礼的行为，所以暂不能把剑送给徐君。可等他访晋归来再过徐国时，徐国国君已病故，季札十分伤心，祭奠后便将剑系在徐君坟头的树上离去。随从不解其意，季札说：『心许不以死背。既然心里承诺了，就要兑现诺言，恪守诚信。』

●夷昧（季札之兄）即位十七年后去世，临终前又想将王位传给季札，季札仍然拒绝，并说自己的愿望是践行贤人的为人之道，『洁身清行，仰高履尚，唯仁是处』，富贵于己不过如过眼云烟。季札老死后，葬于延陵。孔子亲题其碑云：『有延陵季子之墓』，赞扬他的高尚品格。

子产推行改革——春秋（郑国）时期

布新除弊肃国风，敢越雷池勇抗争。
整顿田宅竭限贵，施行丘赋力兴兵。
刑条铸鼎防随意，法度陈街免害公。
自郑发端及晋地，豪强夫子怨连声。

注释

●郑国的公孙侨，字子产，是郑穆公的孙子。他虽然出身上层贵族，却对贵族的贪得无厌、专制腐败强烈不满，决心在经济、政治等方面推行改革，以肃国风。

●前五四三年，子产执政（担任卿，相当于最高行政长官）后，做的第一件事就是整顿田地、房屋，使都邑、郊野都循章法，上下等级按规定执行，大大限制了权贵们随意侵占土地的行为。过了两年，子产推行的第二项改革是『作丘赋』，规定原来享有特权的贵族也要交纳军赋。这项改革遭到一些权贵的反对，但子产不惧风险，坚定不移地加以贯彻。

●前五三六年，子产又进行了一项重大改革，即将国家的刑法铸在鼎上，当街公布于众，要全国上下都照此执行。原来的刑法掌握在贵族手中，他们按照自己的需要，随意解释和宣判，现在公开出来，使贵族的特权得到有效限制，大大提高了法度的公开、公正性。

●子产在郑国开始的鼎铸刑书，给周边国家带来了极大的影响。前五一三年，晋国亦效之，在社会上再次引起强烈震动和各种纷争，豪族权贵和守旧势力发起猛烈攻击。站在保守立场上的孔子都说：『贵贱等级不乱就是法度，现在抛弃这个法度而铸刑鼎，民只知按刑鼎执法，何以尊贵？贵贱无序，怎么治理国家？』

公子光遣专诸刺杀吴王僚——春秋（吴王僚）时期

非嫡继嗣引仇发，厚礼伍员谋暗杀。
密访忠徒恩母子，精培刺客烤鱼虾。
煽情设宴弥香气，就势抽刀溅血花。
穿甲诛僚还祖制，夺回王位掌吴家。

注释

●前五二七年春，吴王夷昧去世，儿子僚即位，引起诸樊的儿子公子光不满。他以为，按祖父遗训，夷昧死后应传位给季札，季札不受，依嫡长继承的宗法原则，王位仍应回到长子诸樊这一支。僚是第三房的儿子，不应继承。因此，公子光私下以厚礼结交伍员（伍子胥，被楚国追捕，逃到吴国），策划了一场暗杀吴王僚的行动。

●公子光密令伍员去民间物色杀手，伍员来到堂邑（今江苏南京六合区北）寻访专诸。伍员早知道此人既是勇士，又是孝子、忠徒，于是，刻意与其交往，并把公子光介绍给他。后来公子光常携礼拜访并周济专诸母子，如此数年，专诸深受感动，决心助公子光除吴王僚。当专诸了解吴王僚喜食烤鱼虾后，便来到太湖边，专心致志学习技艺，终以厨师身份进入僚府，为下一步伺机动手做准备。

●前五一五年，吴王僚发兵攻楚，国内空虚，正是发难的大好时机。公子光取出祖传的『鱼肠』宝剑交给专诸，商定以设宴款待吴王僚为名，由专诸乘机下手。菜肴上了一道道，专诸随之捧上烤鱼，在甲士照常搜身后，低首膝行而前，诱人的鱼虾香气在宴席上四溢，吴王僚喜不自禁。这时专诸突然从鱼腹中抽出宝剑，向吴王僚心窝处刺去。

●鱼肠宝剑直透吴王僚的三层坚甲，贯穿背脊而出。公子光率甲士抢入宫中，宣布吴王僚违约即位的罪过，然后自登王位，号吴王阖闾，任伍员辅政，并封专诸之子为卿。

干将、莫邪铸剑——春秋（吴王阖闾）时期

遵王铸剑造尖端，材选六合择五山。
烈焰熊熊长未化，惊心颤颤久难欢。
夫急望火求奇迹，妇速投炉现大观。
两柄阴阳终亮相，青龙震怒自飞天。

注释

●这是一则有关铸剑名师的民间传说。吴王阖闾酷爱宝剑，派人四下寻访铸剑名家，最后找到了干将、莫邪夫妇，便命他们铸造两把宝剑。夫妇领命后，遍访天下名山。他们采五山之铁精、六合之金英，等天时地利相合、阴阳同光、百神临观之日，开始生火铸炼。

●炼铁的焦炭堆得如山高，火焰在炉中连燃三个月，可金英和铁精却不见一点熔化。这时夫妇二人不明原因，十分惆怅。

●正在丈夫干将一筹莫展之时，妻子莫邪说出了埋藏在心底的疑虑，大凡神奇的事物臻于成功，必有人介入其中。干将突然想到，先师铸剑，师母投身于炉，然后成物。莫邪听罢，立即从容地剪去头发和指甲，然后纵身一跃，跳入

炉中，炉中顿时烈焰腾腾，金英和铁精化作一汪金黄色的半透明物体。

●干将终于铸成了雌雄两把宝剑，阳剑取名『干将』，阴剑取名『莫邪』。干将把阳剑收藏起来，把阴剑献给了吴王阖闾。后来阖闾得知干将藏匿了阳剑，便派人向干将索取，逼他交出，干将不肯。双方正在争执之时，忽见那柄阳剑从匣中跃出，化作一条青龙飞天而上，成了仙剑。

要离行刺——春秋（吴王阖闾）时期

害子杀妻有所求，甘当刺客献谋筹。
乔装叛逆招追捕，伪饰忠贞获挽留。
本想出刀即毙命，却遭呛水险丢头。
良心发现知三罪，伏剑自裁赎咎由。

注释

●吴王阖闾除掉吴王僚夺得王位后，僚之子庆忌还活着，阖闾担心后患，欲除之。伍子胥知道阖闾的心思，向他引荐了一个叫要（音：腰）离的人。要离想得到新王恩宠，便自告奋勇，甘当刺客，并为阖闾出谋划策，巧施苦肉计。

●要离为了得宠和出名，不惜假装阴谋叛变，吴王阖闾故作姿态，大张旗鼓地追捕，且烧死了他的妻子和儿子，以掩人耳目。要离逃往庆忌处，暗藏杀机，明装忠诚，取得了庆忌的信任，二人同吃同住，亲密无间。

●过了一段时间，要离鼓动庆忌潜回吴国，以图推翻阖闾。庆忌不知是计，遂按要离的建议行事。当船过长江中心时，乘风高浪险、船身晃动之机，要离迅速拔出暗藏的匕首，向庆忌胸口猛刺过去。庆忌猛挥手臂击倒要离，然后倒提起要离的双脚，向水中连插三次，要离被呛得双鼻喷血，浑身无力。公子庆忌将要离摔在船板上，对要离说：『你以此种手法行刺，堪称豪士，今天干脆成就你的名业。』遂放走了要离。

●要离回到吴国，假报行刺成功。吴王欲施重赏，要离坚辞不受，并沉痛地对吴王说自己造孽深重，罪行有三：为谋求宠信，杀妻害子，乃为不仁；为新王而杀先王的公子，乃为不义；成就君王除掉庆忌的愿望，自己却家破人亡，乃为不智。这三罪俱在，还有何面目活于世上？说罢，伏剑自杀而死。

孙武拜将——春秋（吴王阖闾）时期

出山弃隐入吴宫，术略连篇震主惊。
诡策奇谋说布势，绝招妙法论修兵。
饬军执纪磨钢刃，拜将挥师展锐锋。
殊誉战神称武圣，名扬中外尽服膺。

注释

●吴王阖闾准备与宿敌楚国一决胜负，但苦于无中意的统兵大将。伍子胥知道阖闾的心思，便将自己的朋友、当时隐居在穹窿山中研究兵法的孙武（孙武祖上原姓陈，后由齐景公赐姓孙。孙武十八岁时就已深谙兵法，然而齐景公昏愦无能，孙武来到吴国，遁于深山）介绍给了阖闾。阖闾把孙武接入宫中，向他请教用兵之道，孙武将自己撰写的兵法十三篇次第呈于吴王。吴王阅后，大为震惊，赞赏不已。

●兵法篇篇构思奇妙，论述周密，奇正诡出，从战略、战术到军事原则、谋略、计策等，都有精辟的阐发。

●阖闾被孙武的书面论述所折服，但还需测试他的实际操作能力。于是，令宫女一百八十人出动，供孙武演练。不料在列好队形、一通击鼓时，宫女个个掩口而笑，东倒西歪。孙武遂严肃地复述了一遍军法令规。二通击鼓时，宫女们依然扭扭捏捏，嬉笑不止。孙武厉声说道，约束不明，错在主将；三令五申违令依旧，则错在士官。说罢，喝令绑下两位队长斩首示众。阖闾在台上看到孙武要杀自己的爱姬，急忙叫侍者求情。孙武正气凛然地说，臣以军法为重，君命有所不受！立即将两名宠姬砍头。孙武此举，使阖闾对孙武的带兵能力深信不疑，不久便筑坛设祭，拜孙武为吴国将军。

●后来孙武在吴、楚决战中，指挥吴军五战五捷，战功赫赫，闻达于诸侯，被后人称为『战神』和『武圣』。他所著的《孙子兵法》在中国军事史上占有重要地位，在世界军事史上也享有极高声誉。

申包胥哭廷借兵——春秋（楚昭王）时期

国危之际献诚忠，请命赴秦求助兵。
尔语蒙蒙竭堵塞，吾言诤诤力沟通。
扶墙洒泪甘残体，站殿绝食宁舍生。
七日连哭皆感动，获援驱险建丰功。

注释

●前五〇六年，吴国军队攻占楚国郢都，伍子胥掘墓鞭尸（楚平王），报仇雪恨。楚大夫申包胥想到自己是楚武王的后代，理应忠心耿耿，倾力复国。他考虑到楚平王娶秦媳逐子，生了如今的楚昭王，现在的秦哀公与楚昭王有一定的亲戚关系，向秦求救或许有一线希望。于是打定主意，越过终南山和秦岭，去秦国求援。

●秦哀公早已听说吴王阖闾任用伍子胥、孙武二臣，国强兵勇，故对申包胥的请求支支吾吾，不置可否。申包胥见秦哀公不肯出兵，就进一步陈说楚被灭秦必遭殃的利害关系，可秦哀公仍一味敷衍推托。

●申包胥见秦哀公还是不肯松口，便一身破衣烂衫，独立于秦廷，扶墙痛哭不已，连续七天七夜，一口汤水未进，最后哭得眼中竟滴出血来。

●申包胥的这番举动使秦哀公大为惊叹，说：『臣子如此急君王之急，真是忠义之士啊！楚国有这样的贤臣，尚且被吴国灭掉，寡人朝廷上找不到这样的忠义之士，吴国怎会放过我们呢？』于是，很快做出了发兵助楚的决定，并迅速击败吴军。前五〇五年九月，楚昭王回到郢都，重新登上王位。申包胥兑现了他『恢复楚国』的诺言。

夫差接降勾践深埋大祸——春秋（吴王夫差）时期

数代积仇释恨难，临操胜券却心绵。
痴迷勾践呈温暖，忘掉阖闾诫冷寒。
不信子胥极上谏，只听伯嚭肆行谗。
接降堕志留遗患，忽略死灰能复燃。

注释

●吴、越两国边境争端不断，几代结仇。前四九六年，越王允常去世，吴王阖闾乘机兴兵伐越，越国明显处于劣势。但越王勾践组成敢死队，采取灵活战法，一箭射中吴王阖闾，致其不治身亡，阖闾的儿子夫差牢记这笔不共戴天的仇恨。过了三年，越王勾践听说吴王夫差日夜练兵，图谋复仇，就先发制人，兴兵伐吴，却惨遭失败，被困于会稽山。在万般无奈之下，越向吴求降，吴王夫差本已稳操胜券，见越『诚恳』求降，心软了下来。

●越国把所有宝器、玉帛、美女献给吴王，以勾践作吴王奴仆、勾践之妻作夫差小妾等为条件请降，吴王夫差欣然接受，把先王阖闾临终前的遗嘱忘得一干二净。

●在这个过程中，伍子胥几次劝谏，夫差不但根本不听，而且十分反感，还听信接受贿赂为越国说项的太宰伯嚭（音：匹）的谗言。

●吴王夫差接受越王勾践的投降，不知是计，为以后吴国的灭亡埋下了隐患。

勾践卧薪尝胆——春秋（越王勾践）时期

为奴三载秉初衷，返越多磨誓复兴。
穿布吃糙黎庶相，卧薪尝胆帝王胸。
天天云雨折淫主，日日弦歌毁滥宫。
蓄力待机重奋起，盛衰之道自当清。

注释

●越王勾践在吴国做奴仆三年，一直不忘东山再起。他返回越国后，自觉地刻苦磨炼，决心让越国在自己手里得到复兴。

●勾践为了不使自己忘记在吴国岩洞中度过的非人的日子，特意像平民百姓一样穿布衣、吃糙食，并且在破旧屋子的地上铺上柴草当床铺，又在床头上方吊一枚苦胆，每天起卧都舔一舔，然后告诫自己，不要忘掉当年求降的耻辱。

●勾践在严格束己、安抚庶众的同时，不断向吴进贡，以甜言蜜语歌功颂德，讨吴王夫差高兴。并送美女西施、郑旦予吴王，使其天天弦歌、日日云雨，不事朝政，且拒绝伍子胥的苦言相劝，陷入歌舞升平之中而不能自拔。

●而此时，百里之外的越王勾践，正满怀刻骨仇恨，周密地盘算着如何实现自己的目的。后来两国国力逐渐发生逆转，吴终被越所灭。

伍子胥冤死——春秋（吴王夫差）时期

虽遭冷漠亦忠诚，未料毒谋正暗行。
出使齐国宣战表，返回吴域落辜名。
抽刀刎首悲风起，入袋抛尸怒火腾。
千古奇冤天地痛，钱塘潮涌愤难平。

注释

●前四九〇年，吴王夫差决定乘齐景公去世齐国内乱之机北上伐齐。伍子胥虽备受冷遇，但出于一片忠心，不避吴主嫌恶，直言诤谏，指出越国才是吴国的心腹大患，应先消灭越国，方能安心北上，不先灭越而谋齐，实为荒唐之举。伍子胥入木三分的分析和措辞严厉的用语，更招来夫差的不满。此时，奸臣伯嚭极尽挑拨离间之能事，诬陷伍子胥勾结齐国，企图谋反。同时，策划一条毒计，欲致伍子胥于死地。

●伯嚭劝吴王派伍子胥出使齐国去下战表，一则为伐齐做准备，二则观察伍之动向。伍子胥考虑自己在吴国的处境不妙，便带儿子一起赴齐，把儿子托付给朋友鲍氏，以一介平民的身份存续伍氏一脉香火。待他回到吴国，伯嚭早已为其编织好『内不得意，外倚诸侯』、心怀『怨望』、意存『深祸』等罪名。

●吴王夫差听说伍子胥托子于齐，派人将一柄利剑赐给伍子胥，令他自尽。伍子胥仰天长悲对家人说：『吴国不出三年就会灭亡！』遂自刎而死。夫差听使臣回报伍子胥临终之言，勃然大怒，到子胥自刎处，将伍子胥的尸体装入皮囊扔入钱塘江中，围观的百姓见此情景，无不怒火中烧，义愤填膺。

●伍子胥本为忠臣，却被夫差视为忤逆，无辜迫害致死。伍子胥死的这天为八月十八日，后来每年八月十八日，钱塘江便潮水奔腾，人们说，这是伍子胥在鸣冤咆哮。

范蠡急流勇退——春秋（越王勾践）时期

察情看主测于先，苦去甜来必脸翻。
决意弃功辞重赏，断然逃祸拒高官。
修书劝友应知险，洒泪哀朋未晓奸。
兔死狗烹非罕见，恶人旗下枉呼冤。

注释

●越王勾践灭吴回国后大摆宴席，庆贺胜利，君臣皆沉浸在论功行赏的欢乐中。此时，唯有与勾践卧薪尝胆、苦身勠力二十余年的辅臣范蠡（音：里）十分冷静，因为他从勾践的刚愎傲慢、贪婪多疑的举止言行中，预知了勾践已忘却当年，他是个只能同患难而不能共享乐的人。

●范蠡在别人邀功请赏时提出辞呈，勾践十分震惊。说：『寡人正准备与你分享越国，你怎能离我而去呢？你这样一走了之，不怕寡人处死你的妻子吗？』范蠡坚定地说：『臣去意已决，怎么处置就听凭大王了！』说罢辞谢而走。

●范蠡到达齐国后，曾提醒好友文种（与范蠡同为勾践的辅臣）赶快隐退，他给文种写信道：『飞鸟尽，良弓藏；狡兔死，走狗烹……』可文种未听范蠡之劝，结果终因『胸罗九术之策』，被勾践赐死。文种临死前仰天长叹：『范蠡比我聪明啊！』

●历史上忘恩负义、兔死狗烹的事屡见不鲜，身处恶人旗下，纵有百屈千冤，也无处讲理，只能默默承受啊！

老子出关——春秋时期

修身养性智如渊，探本究源宇宙间。
抱朴归真心蕴地，拥虚入静意涵天。
离尘避乱出奇谷，退仕求安著睿篇。
上下两经多辩证，青牛紫气道家仙。

注释

●老子，姓李，名耳，字聃（音：担），故称老聃，生于陈国苦县厉乡曲仁里（今河南鹿邑县东），生卒年份不详。曾任东周王朝的『守藏史』。老子在道德方面，极尽自我修养和完善，他的学说，潜心探索的是宇宙、人性的本源。

●老子是道家学派的创始人（后被道教徒神化，奉为教主），他创立的哲学体系，以『道』为核心，倡导世界本原说、朴素辩证法及认识论，特别是他提出的恬淡虚无、清静无为、抱朴归真的人生观备受后人推崇，成为传统养生学的基本准则。

●老子眼见周王室日渐式微、衰败，乃弃职而去，一路西行，来到函谷关，受关令尹喜之邀，写下千古流传的文化经典《道德经》。

●《道德经》分上、下篇。上篇『道经』主要阐释天地人世的本体，下篇『德经』主要阐释人生与社会的本质，通篇蕴含着朴素的辩证思想。道家的代表人物老子，被后人赋予很多意义，尤其到宋代，把老子列入了仙籍，他骑青牛、御紫气的形象深入人心。

孔子修典兴教——春秋末期

匡世嫉衰力倡仁，尊卑必序守天伦。
出游说政遭冰冷，归返兴学获热忱。
陋舍豪门无异类，长材短板不同群。
临夕发奋修经典，开创儒学百代循。

注释

●孔子，名丘，字仲尼，生于前五五一年的春秋鲁国，儒家思想的创始人，中国著名的思想家、教育家。当时，周室衰微，诸侯间征伐不断，社会道德沦丧，人民苦不堪言。孔子经过长期学习、研究，问周礼于老子，『不耻下问』于樵夫，以匡世济民为己任，以《易经》中『和』的思想为出发点，肯定周礼中尊卑有序、上下有节的社会秩序的合理性，并在其中注入了充满人文精神的『仁』的内核，终于形成了一套完整的社会改良方案。

●经过精心准备，孔子于三十五岁时，满怀壮志踏上了周游列国的道路，宣传以『仁』治国救民的政治主张。然而在当时诸侯争霸的背景下，孔子的思想在各国都受到排斥与非难，他本人甚至遭到追杀，『惶惶然如丧家之犬』。前四八四年，六十八岁、离家二十年的孔子终于回到故乡，从此专心治学授徒，兴教育人。

●孔子的主要成就在教育方面，他以『六经』为教材，实行『有教无类』、『因材施教』的教育方针，将原来属于贵族特权的受教育权利推向了民间。

●孔子为历史文化的传承做出的贡献，永载史册。晚年他整理《易》、《礼》、《诗》、《书》，并将鲁国史书《春秋》加以删定，编成中国第一部编年体史书。他的言论被学生辑为《论语》一书，集中反映了他的思想和主张。孔子开创的儒家学派所提出的思想，成为中华传统文化的重要组成部分，为历代官民所推崇和遵奉。

墨翟智斗鲁班，说服楚王停止伐宋——战国（楚惠王）时期

杀伐为害甚堪忧，博爱谦诚作拒钩。
斗败能工申道义，折服劲主话春秋。
华衣怎把褴衫盗，彩乘何将破驾偷？
互恶相残天下乱，求谐遏战盼同舟。

注释

● 墨翟（音：敌），墨家学派的创始人，主张『兼相爱，交相利』，他的『非攻』学说认为，攻伐实为『天下之巨害』。公输般（鲁班，鲁国人）为楚惠王造出了『钩』和『拒』（钩，可以钩住想要逃走的敌船；拒，可以顶住想要靠近的敌船）两样新式作战装备，楚军凭借它们多次打败擅长水战的越军。一次，公输般遇到四处讲学的墨翟，得意地对墨翟炫耀他发明的『钩』和『拒』使楚之水师百战百胜，并贬斥墨翟宣扬的『义』根本无用，墨翟说：『我倡导的「义」，以博爱作钩，以恭敬为拒。……如今你用钩钩别人，别人也会用钩钩你；你用拒顶别人，别人也会用拒顶你，这样只能彼此伤害。所以，我倡导的「义」的作用，比你的钩和拒强得多！』

● 不久，墨翟听说公输般又为楚惠王制造了『云梯』，准备用它攻打宋国，他便昼夜兼程赶到楚国去找公输般说：『齐国有人侮辱我，请你去把他杀了！』公输般说：『我讲道义，不愿杀人。』墨翟乘势说：『你发明云梯，准备

用来攻宋，宋何罪之有？』并严厉地指责公输般这样做是『不智』、『不仁』、『不忠』、『无能』。墨翟要他停止制造云梯，拉着他的手，一起去说服楚惠王。

●墨翟见到楚惠王说：『现在有个人，扔掉自家的华丽彩车，去偷邻居的破车；扔掉自家的锦绣衣裳，去偷邻居的破衣烂衫……请问大王，这人何以如此？』楚惠王不知其意，说：『这人定是患了嗜偷病。』墨翟话锋一转，对比楚、宋实力和地盘后，指出楚惠王若攻宋与嗜偷者无异，这是有违天道的不义之举。

●楚惠王虽然觉得墨翟的话有道理，但仍不甘心。墨翟在桌上做了一番模拟攻城演示，公输般九次运用不同的攻城器械，均被墨翟抵御住，公输般无可奈何，心生杀掉墨翟之念。墨翟一眼看穿，对楚惠王说：『我的学生三百余人，已经拿着我做的守城工具，在宋国等候楚军了，杀掉我又有何用？』楚惠王终于泄了气，决定不攻打宋国了。墨翟用高超的智慧和坚韧不拔的意志，阻止了一场不义战争的爆发，完成了他『非攻』思想的一次伟大实践。

义士豫让——战国（晋）时期

携仇带恨入敌廷，宁死报恩还旧情。
涂面化装当侍役，漆身破嗓改音容。
厕中偷刺曾非遂，桥下伏杀又未成。
一片丹心昭日月，斩袍绝命耀英灵。

注释

●晋国执政卿智伯被赵、韩、魏三族击溃后，众门客四散，唯有豫让要为主人报仇。豫让最初臣事于范氏、中行氏，都没被重用，后转投智伯门下，智伯对他宠信有加，待遇优厚，豫让因此感恩戴德。当他听说智伯被赵襄子杀掉，异常悲愤，决心『士为知己者死』。

●豫让隐姓埋名，化装成受刑人，混进晋国王宫当贱侍，想乘机谋刺赵襄子。一次在厕中行刺未遂，赵襄子为其忠义打动，放了他一马。此后，豫让为避免赵襄子的卫士认出他来，便在身上涂满漆，找来炭吞咽下去，把嗓子弄哑，致使声音、面貌全非。

●不久赵襄子出巡，豫让预先潜伏在赵襄子必经的桥下。赵襄子骑马刚踏上桥头，马受惊跳了起来，赵襄子想到桥下有人，便令卫士上前搜查，果然在桥下抓住了豫让，豫让的暗杀又遭遇失败。赵襄子问豫让：『你以前侍奉范氏和中行氏，智伯灭了他们，你不替他们报仇反而去投靠智伯。如今智伯已死，你为什么还想为他报仇呢？』豫让倔强地说：『范氏、中行氏只把我当普通人看待，所以我用普通人的态度回报他们；我侍奉智伯时，他把我当国士看待，所以我用国士的态度报答他！』赵襄子听后，又一次从心里佩服这位忠义之士。

●豫让想到自己再也没有报仇的机会了，便对赵襄子说：『微臣听说贤明的君主不埋没他人的美德，忠臣义士则有必死的决心，上次你放过我，天下都称道你贤明，今天我知道必死无疑，但请求你满足我一个要求：愿你脱下衣服，让我刺它几剑，以了我报仇的心愿。』赵襄子为豫让的忠义气概所感动，脱下衣服让卫士交给豫让，豫让跃起接连猛刺三剑，然后说：『我总算为智伯报仇了！』说罢，拔剑自刎。

西门豹治邺——战国（魏文侯）时期

邺地凶官若鬼魔，受命即访便明辙。
河神豪娶强征敛，府吏狂贪肆掠夺。
恶老行欺投恶老，巫婆使骗坠巫婆。
治人还用其人道，水碧天青铸大德。

注释

●由魏国大臣翟璜力排众议推荐，为人正直、公而好义的西门豹被魏文侯任命为邺令（邺城：今河北临漳县西南）。邺城长期以来贪官当政，巫术横行，人民苦不堪言。西门豹受命于困厄之际来到邺城，未进衙门，先在地头、巷间微服私访，从百姓口里了解到了邺城黑暗的真实情况，掌握了治邺的第一手材料。

●当地老百姓告诉西门豹，邺城人民最不堪忍受的是每年一次的『河伯娶妻』，官吏年年向百姓强征数额巨大的『河伯娶妻』税，且只将其中的少量作活动费用，其余的全由官吏和巫婆神汉们私下分了。巫婆们挨家窥探女子，见到美女便以当河伯妻子为由，投入河中……西门豹听后胸中有数，计上心来。

●『河伯娶妻』的日子又到了，西门豹随众来到河边，命巫婆把河伯要娶的女子唤来，上上下下打量一番，故意说此女子长得不漂亮，连声道：『不行，不行！』随后令大巫婆到河伯那里去禀报，说等选到更漂亮的女子隔日送来，遂令军士将那巫婆投入河中。老巫一去不还，西门豹又令军士一连将三个年轻的女巫投入河中。等了一会儿仍不见回音，西门豹说：『这些女巫真没用，连说句话的事也办不了。还是麻烦三老到河里走一趟吧！』于是，军士们又将平日里作威作福、鱼肉乡民的三老投入河中。西门豹继续率众面对漳河侍立等待，那些官吏、豪长们个个吓得面如土色，纷纷扑倒在地，拼命叩头。

●西门豹以其人之道还治其人之身，严惩了邺城作恶多端的巫婆、三老和贪官污吏，使人心大快。接着他立即带领百姓，开渠十二条，引漳河水灌溉良田，使人们丰衣足食，过上了富裕的生活，由是邺城大治。直到汉代，人们犹称他『名闻天下，泽流后世』。

魏文侯选相——战国（魏文侯）时期

二臣谁任陷迷茫，伯仲难分各有长。
讨教规则明哪弱，倾听标准晓何强。
权衡能力应择魏，对比品德非选璜。
公正擢官赢盛赞，用人之道系兴亡。

注释

●魏文侯尊重人才。他手下有两名最得力的辅臣：魏成、翟璜，二人才能相当，各有所长，究竟任谁为相，魏文侯一时拿不定主意。

●为了把人才选准，魏文侯召来学识渊博的李克进宫商议。李克认为自己地位低下，不宜参与朝中机密，文侯打消了李克的顾虑，李克婉转地说出了看法：『主公用人向来是有规则和标准的：居家时看他同哪类人交往；富有时看他钱用在何处；得势时看他举荐何人；穷困时看他能否不失志向；贫苦时看他能否守住清白。有这五条就足以看出一个人的品质而定何人为相了。』听了李克的一席话，文侯心中有了选相的标准，笑着说：『寡人的相国已选定了。』

●李克与翟璜私谊极深，翟璜问李克确定谁为相，李克说是魏成。翟璜听后忿然不平，大摆自己辅君的桩桩丰功伟绩。李克直言不讳地说：『你无论是才能还是品德，都不如魏成，比如，魏成食禄千钟，将十分之九分给了手下和一般穷人，而你食禄无一外用；魏成举荐的三人（卜子夏、田子方、段干木）主公均以师礼相待，而你所荐五人主公仅以臣子之礼相待。财用显其志节，荐才见其品位，你怎能同魏成相比呢？』翟璜听后，深感愧疚，对于选魏成为相，心服口服。

●不久，魏文侯果然任命魏成为相国，人们皆佩服文侯识人、用人公正。为此，四方贤达纷纷投奔而来，使魏国日渐兴旺。

田子方以特殊方式教育太子——战国（魏文侯）时期

受聘廷师力尽责，深谋远虑为强国。
既襄今主兴宏业，又教来君铸大德。
屡拒恭维察禀性，常呈傲慢探人格。
醍醐灌顶明真谛，至理非凡确见卓。

注释

●田子方为孔子弟子子贡的学生，道德、学问闻名于诸侯，被魏文侯聘为师，他深谋远虑，尽职尽责，一切着眼于振兴国家。

●魏文侯对田子方执礼甚恭，可田子方就是一副名士派头，但他心里却时刻想着既辅今主安邦治国，又教太子（来君）修德承业。一次，文侯与田子方一起饮酒赏乐，文侯对田子方说：『今日钟声似乎不大协调，高音部分过高，先生以为如何？』田子方稽首为礼说：『臣听说，为君者致力于辨官，不着意辨音。今天主公着意辨音，臣担心会削弱对满朝文武的识辨。』魏文侯肃然起敬道：『先生说得极是！』

●为了教育和考验太子，田子方用心良苦，常常故作不恭和傲慢，以此来探察太子的禀性和人格。在廷上见到太子，他傲然而坐，并说，『敬其父者不兼其子』；在外面遇到太子，太子下车向他施礼，他却端坐车上，不予答礼，傲然驶过。如此这般，田子方的用意在于：眼下魏国虽然稳健，但潜藏危机，周边多有威胁。现在魏文侯贤明信达，列国震慑，一旦文侯崩逝，这局面是否能保得住呢？正是出于这种考虑，他才以特殊方式考察太子的品格，锻炼他的德行，以便将来他能很好地接班。

●田子方怠慢太子，使其蒙羞，太子大为不悦。田子方望着满脸通红的太子说：『真正有资格傲慢看不起人的，只能是贫贱者。富贵者怎敢傲然待人呢？』此言一出，太子大惊。田子方继续说：『一国之君如果傲然待人，就会失去人心，国家必定不保；大夫如傲然待人，就会失去支持，引起家臣作乱，导致祖业毁弃。……反观贫贱者，无家无业，四海漂泊，言语不见用，处境不合心，就可一走了之，如脱鞋一样，贫贱者难道还怕失掉贫贱不成？』太子听完这番话，顿时如醍醐灌顶，受到极大震动，以前父亲讲的许多道理一下子都明白了，且从中看到老师田子方的品德与智慧确实卓越超凡。

白圭的经商策略——战国（魏）时期

博览多家懂典经，深钻商略效朱公。
循规立项酌情准，审势出招获利丰。
尔取吾抛如饱兽，他收我与若饥鹰。
仁强智勇皆长用，巨贾辉煌誉美称。

注释

●白圭，名丹，与孟子同时，曾任魏惠王的相国。他钻研经商理论和谋略，对陶朱公（范蠡）的『夏则资皮，冬则资绨（音：吃。古代指细葛布），旱则资舟，水则资车』、『贵出如粪土，贱取如珠玉』等至理名言，深解其义，巧妙地运用于经商的实践之中。成为巨富后，他对兵家（孙子）、法家（商鞅）、阴阳家的书无所不读，并能很好地学以致用。他非常自信地把自己指挥佣工比作孙子、吴起的用兵；把自己制定和厉行法规制度比作商鞅行法。

●白圭善于掌握规律和机遇来选择经商项目，从而获取厚利。比如，他不仅赚取地区性差价，而且注意赚取季节性差价，并能运用天文学知识，预测年成的好坏。

●白圭有一句名言：『人弃我取，人取我予』。他认为，在盈利机会出现时，应趋之若猛兽鸷鹰，必须做出迅速反应，如稍有迟疑则会丧失机会。

●白圭在实践中体会到，经商的要诀为『智』（即权变）、『勇』（即决断）、『仁』（即人弃我取，人取我予）、『强』（即坚守时机）四个字。对这些经验，他秘不示人，认为是商业机密，不可泄露。白圭成为天下做生意的祖师，他的经商理论和策略是战国时代商业繁荣的结晶。

吴起伏尸变法失败——战国（楚悼王）时期

如鱼得水现精英，除旧布新求振兴。
打破承袭平世道，裁割冗赘济民生。
豪门累恨出毒手，恶党积仇起叛兵。
护主伏尸镞遍体，楚回原路弃前功。

注释

●吴起，战国初期卫国（今河南濮阳）人，先后在鲁、魏、楚国做官，军事、政治才能卓越，著有《吴子兵法》，其军事才能可与孙武、孙膑相媲美。吴起由魏投楚后，得到楚悼王的重用，被提拔为令尹。吴起对楚悼王的知遇之恩无比感激，决心倾其全力实施变法，辅佐悼王治理好楚国。

●当时的楚国，旧体制成分特别浓（整个中国正处在奴隶制与封建制两种制度并存的变革时期），虽幅员广大，甲士百万，但政治落后，缺乏人才，在与齐、秦、韩、魏等大国的角逐中，始终处于下风。为此，楚悼王亟须变法图强，而这正是吴起所期盼的。吴起认为，楚之国贫兵弱，其原因在于楚国的贵族政治恶性膨胀，对人民的盘剥越来越重。因此，他在楚悼王的支持下，雷厉风行地开始变法：废除不公正的贵族世袭制，建设公正的法制社会；裁掉冗官赘职，减少国库支出；节省钱粮，奖励将士，改善民生。他制定了官员编制和奖惩条例，大刀阔斧地推行，使楚国的财富迅速集中，冗政改变，民气提振。楚军也成为一支训练有素的军队，在吴起的指挥下，南平百越，西败强秦，北并陈、蔡、魏、赵、韩等国，各诸侯国无不对楚刮目相看。

●吴起的变法使国威大振，但几乎得罪了整个贵族阶层。前三八一年，楚悼王突然去世，早已怀恨在心的贵族乘机发难，诛杀吴起，吴起向宫中逃去，叛党们穷追不舍……

●当时楚悼王还未入殓，叛党们将吴起和楚悼王的尸体一起包围，箭像雨点般射来。吴起身中数箭，飞身扑在悼王尸体上，疾飞而至的箭镞刺满二人的身体，吴起命绝。吴起变法在楚国贵族的叛乱中失败了，此后楚国的军政大权仍掌握在大贵族手中，楚国又回到旧路上。

稷下学宫——战国（齐）时期

耳目一新百载兴，趋之若鹜蔚成风。
智英云聚稷山下，才俊蜂拥阁馆中。
邹衍田骈和慎到，孟轲接子与荀卿。
争鸣论辩皆无讳，学术自由千古称。

注释

●齐国为了招引学者前来讲学，在临淄城西面稷门附近稷山之下建了一个学宫。其创立者是齐桓公（此齐桓公非春秋初年的霸主，乃战国时期的田齐桓公）。桓公子齐威王时，学宫进一步发展；威王子宣王更喜欢文学游说之士，学宫更加繁盛；直到齐襄王时，稷下学宫犹存。当时四面八方的学者对稷下学宫趋之若鹜，来此讲学络绎不绝，已成时尚。学宫的学术讲论活动，在齐国一直延续了一百余年。

●由于齐王对来稷下学宫讲学的学者礼厚有加，赠予『列大夫』称号和高额俸禄，建造大宅，专划区域，开辟宽路，放手让他们在学宫中高谈阔论，使得一批批学子和英才云聚稷山之下，会合于阁馆之中。

●当时各国的学者大部分都到稷下学宫讲过学，如齐国的邹衍、田骈、接子；邹国的孟轲；赵国的慎到、荀卿等大家。最盛时来稷下学宫的学者达数百甚至上千。

●来稷下学宫的学者，分属不同学派，大家自由讲学，各抒己见，相互切磋，形成了百家争鸣的生动局面。据说齐国有个辩士田巴在讲学时，诋毁五帝，斥责三皇，赞美五霸，一天折服千人，而鲁仲连发问，又使田巴无言以对，从此终身不谈。稷下学者著作颇丰，除个人的学术成果外，学宫还有许多集体的研究成果（论文汇编），如『管子』、『司马法』、『穰苴兵法』等。

邹忌谏齐威王——战国（齐威王）时期

皆称我貌美徐君，故作阿谀必有因。
下榻沉思明奥妙，上朝诚谏点迷津。
歌功顺语少充耳，指过逆声多入心。
英主宽怀常自省，广开言路壮乾坤。

注释

●齐相国邹忌，伟岸英俊。一天，他上朝前对镜打扮，突然问妻子：『我与城北徐公（徐公是齐国有名的美男子）比哪个更美？』其妻说：『你长得如此英俊，徐公怎能比得上你呢！』邹忌又问小妾，小妾亦如是说。第二天，有客人来访，邹忌提起同样话题，客人也说徐公比不上他美。过了一天，徐公恰巧来邹家拜访，邹忌仔细观察徐公后，对着镜子再三审视自己，觉得自己比徐公差得远了。可为什么妻、妾及客人都这般奉承自己呢？其中必有原因。

●当天晚上，邹忌独卧床上，反复思考，终于领悟：『妻说我美，是爱我；妾说我美，是怕我；客人说我美，是有求于我啊！』次日上朝，邹忌对齐威王讲述了这桩事情，并说：『臣长得确实不如徐公美，但因妻子爱我，小妾怕我，客人有求于我，所以都说我比徐公美。如果我相信了他们的话，我就受了蒙蔽。现在齐地千里，百二城池，宫妃嫔娥，侍卫内臣，无人不爱大王；百官大臣，满朝文武，无人不敬畏大王；四境之内，士农工商，无不有求于大王，他们都在说同样赞美的话。由此可知，大王受到的蒙蔽更大啊！』

●邹忌一番鞭辟入里的分析，使齐威王大受震动，明白了当别人歌功颂德时，头脑一定要清醒；当别人指出错误时，一定要敞开胸怀，认真听取。

●齐威王于是下了一道诏令：『无论官民，能当面指出寡人过失者，给上赏；能上书指出政疵、提出建议者，给中赏；能在朝廷和街市间，指出寡人错误而被寡人知道者，给下赏。』诏令一出，官民争着献策献议，国势渐呈兴隆气象；周边列国纷纷派使者持书奉礼，争着同君臣贤明、万众归心的齐国修聘结好。

齐威王整顿吏治——战国（齐威王）时期

整治官风握准绳，奖优罚劣据实情。
悉查稼穑明真相，细访田园辨假名。
面众称贤即重赏，当廷斥佞立严惩。
歪门邪道皆加罪，枉法贪赃更不容。

注释

●齐威王在邹忌的辅佐下治理国家，决心从整饬吏治开始。他向大臣们询问各地官员的政绩，并表示，要根据实情，好的奖励，坏的惩处，通过奖优罚劣，促进官吏队伍建设。

●朝野上下一般认为，最好的地方官是阿城（今山东阳谷县东北）大夫，最坏的地方官是即墨（今山东平度市东南）大夫。为使奖惩的依据准确无误，齐威王派人前往阿城和即墨暗中调查，当他了解到即墨地区庄稼长得绿油油，人民安居乐业、生活富足，而阿城地区田园荒芜，人民面黄肌瘦、衣衫褴褛、苦不堪言时，立刻明白了事情的真相，对阿城大夫和即墨大夫谁是好官，谁是坏官，心中有了数。

●齐威王下令传阿城大夫和即墨大夫来都城，在殿上架起一口盛满沸水的大锅，先召即墨大夫上廷，当众称赞他勤勤恳恳，实实在在，深得民心，对即墨地区治理有方，遂赐俸禄万户，以表彰其勤政清廉。接着又召阿城大夫上朝，当面列数他弄虚作假、贪赃枉法、盘剥人民、行贿朝臣的罪行，并当即令人将其投入沸水锅中。

●齐威王以即墨、阿城二大夫为正反典型，使得好官得好报，坏官得严惩。接着又当廷一一点名，把查有实据，在举荐、选任、评誉阿城大夫升迁过程中负有责任的几个朝臣也一起投入锅中煮死。通过这次大张旗鼓的奖惩，齐国各级官吏人人自危，枉法贪赃者大大减少，齐国由此大治，很快强盛起来。

淳于髡智谏齐威王——战国（齐威王）时期

滑稽善辩蕴才丰，定势安邦著大功。
戏语大鹏消怠政，谑言薄礼获援兵。
酒极招害廷生乱，乐盛降殃国致倾。
诚谏威王常警醒，慧聪多寓笑谈中。

注释

●淳于髡（音：坤），齐国人，曾是有名的稷下先生之一。他滑稽善辩，才情四溢，常在谈笑间给人以教育，为齐威王安邦定国立下巨大功劳。

●齐威王初即位时，沉湎酒色，朝中政事混乱，周边诸侯并侵，国势堪忧，左右不敢进谏。淳于髡目睹此状，巧妙地借喻威王说：『国中有鲲鹏大鸟，停在王廷院中，三年不飞又不鸣，为何？』威王一听，明白淳于髡是在讲自己，于是召集各地长官，严明赏罚，国内大治，同时训练军队，奋兵而出，震惊诸侯，纷还所侵土地。前三四九年，楚宣王调兵攻齐。为东西夹击对付楚国的侵犯，齐威王欲以黄金百斤、车马十驷为礼品，派淳于髡去赵国求助援兵。淳于髡觉得威王出礼太轻，便讲了一个故事，说：『我今天从东边来，见路旁有一人在祭祀，面前只摆一只猪蹄和一杯酒，口中却念念有词地祈祷上苍保佑他家五谷丰登，粮食满仓。臣见其祭祀物品这样少，求取的欲望又这么多，觉得太可笑了！』齐威王马上听懂了淳于髡此故事的用意，立即令人取黄金千镒、白璧十双、车马百驷作为礼物，由淳于髡送给赵国，赵侯速调精兵十万、革车千乘援齐。听到这个消息，楚国连夜退兵。

●淳于髡出使成功，威王为其设宴。席间威王问淳于髡喝多少酒才会醉，淳于髡先以玩笑的方式讲了不同场景下饮酒的状态，接着说道：『酒极则乱，乐极则悲，凡事皆如此。故做事不可极端，极之而衰，应当尽量避免这种结局。』第二天威王就在朝廷上宣布，禁止宫中进行长夜之饮。

●淳于髡常以高超的智慧和滑稽的方式劝谏齐威王，屡见成效。齐威王任命其为『诸侯主客』（负责接待各国使者的官），凡齐宗室举办宴会，都由淳于髡督察，执权掌握，适可而止。

公孙鞅变法终落难——战国（秦孝公）时期

连出三术盼秦从，霸道之说动主容。
立法宣威消顾忌，赏金彰信去迷蒙。
外伐残义施毒计，内治戕生用酷刑。
难以千功除万恨，孤鸿无助自哀鸣。

注释

●商鞅，姓公孙，卫国人，故称公孙鞅或卫鞅，后被封于商地，所以亦称商鞅。他在卫国未被重用，后来西行到秦国，在秦孝公的宠臣景监引荐下，三次游说秦孝公。第一次谈的是『帝术』，孝公觉得乏味；第二次谈的是『王术』，孝公觉得无趣；第三次大谈『霸术』，孝公听得如痴如醉，接连谈了几天，仍兴趣不减。公孙鞅遂被拜为『左庶长』（秦国最高的军政长官），并主持变法改革。这一年是前三五六年，秦从此踏上起飞之路。

●公孙鞅进行了两次变法（两次都是四个方面的内容）。为了推行新政，树立法令的权威，取信于民，他让人在咸阳南门竖起一根三丈长的木头，旁边贴一告示，说谁能把这根木头扛到城北门，可得赏黄金十斤，众人无响应；公孙鞅又出一告示，将赏金增至五倍。此时，一人挺身而出，欲探虚实，将木头扛到北门，公孙鞅立即兑现承诺，当众赏该人黄金五十斤。从此，百姓对变法深信不疑，所有变法新政随之推开，经过两次变法改革，秦进一步国富兵强。

●公孙鞅辅佐秦孝公变法图强，成效显著。但他在主持变法过程中过度采用了严刑峻法。据说他在一次巡视中，一天之内就处死七百余人，使河水都染成了红色。太子犯法，太子的师傅太傅公子虔、太师公孙贾即被处以劓（音：义）鼻、黥面之刑。并且在伐魏时，以诡计诈骗过去的老朋友公子卬（音：昂），有负信义。

●公孙鞅变法，强效急政，伤众太多，特别是严重损害了宗室贵族的利益，引起了权贵们的强烈不满和怨恨。前三三八年，秦孝公去世，太子驷即位（后称秦惠文王，他与商鞅早已结仇）。保守派乘机复辟，他们诬陷商鞅谋反，正愁没有把柄的秦惠文王马上将商鞅革职，逐出咸阳，随后即下发捕杀并夷灭其全族的诏令。走投无路的商鞅向魏国逃去，想以魏国为据点东山再起，但魏国人痛恨他诱俘公子卬的无义之举，闭门不纳。商鞅又想率家兵攻打郑国以掠取一个自保的据点，但刚与郑军对阵，就被秦公孙贾带领的追兵赶上来活捉。秦惠文王历数商鞅的罪恶后，将其『五牛分尸』。

陈轸以一则故事退敌兵——战国（齐）时期

齐临楚犯满朝惊，多赖陈君化险凶。
既讲拥爵爵到顶，又说居位位凌峰。
画蛇添脚非得酒，弄巧成拙必丧功。
震撼昭阳忽梦醒，一则故事退雄兵。

注释

●战国时代，一些策士用小说的故事进行游说活动，以达到各种政治目的。客卿陈轸就以『画蛇添足』的小故事，帮助齐国退了来犯的楚兵。前三二三年，楚国大将、上柱国昭阳奉楚怀王之命伐魏，连下八城获得大胜之后，又挥师东向，欲向齐国出击，齐王闻讯大为震惊。此时秦国使者陈轸拜见齐王，表示有办法扼制楚军进攻，随后，陈轸自告奋勇，前往楚将昭阳大营，以三寸不烂之舌，通过讲故事，使昭阳罢兵回朝，解除了齐国面临的一场危机。

●陈轸得知昭阳已获楚国最高爵位（上执珪）和最高武官（上柱国）之职，便对他说，你无论是爵位还是官位都已尊贵无比，达到了顶峰，现在将军击败了魏军，杀掉了魏将，又占领了魏国的八座城邑，而今再率兵攻打齐国，还要图什么呢？

●接着，陈轸给昭阳讲了一则故事：从前有个人祭祀后欲将一杯酒赏给众门客喝，门客对主人说，一杯酒几个人喝太不过瘾，不如大家在地上画蛇，谁先画好就谁喝。不一会儿，一人已画完，拿过酒就要喝，他低头一看别人才画了一半，不禁得意起来，一手端着酒杯，一手给蛇添上了几只脚。这时旁边一人立即将他的酒杯夺过来，说：『蛇本无脚，你画上脚就不是蛇了！』说完将酒一饮而尽。画蛇添足者终失其酒，现在将军的官爵已无可再升，且楚军连日征战十分疲劳，又在齐国家门口作战，稍有闪失，正如画蛇添足者一样，必将前功尽弃。

●陈轸的一则故事使昭阳受到极大震动，眼前一亮，如梦初醒，不觉出了一身冷汗，遂对陈轸甚是感谢，留他一起喝酒吃饭，又送了他许多礼物，然后班师回楚。

景鲤沉着脱险——战国（楚怀王）时期

奉使异邦遭扣押，脱危化险解囚枷。
从虽惶恐无方用，我却沉着有计发。
论魏联齐难避祸，析秦裂楚必临塌。
僵局打破结盟友，保土维尊且免杀。

注释

●景鲤为楚国贵族，楚怀王最宠爱的大臣。楚怀王派其出使秦国，秦国谋臣为秦王献计，将景鲤扣押，或让楚国以土地来换，或将景鲤杀害。在万分紧急关头，景鲤以自己的聪明才智解除了凶险。

●景鲤被秦扣押后，景鲤的随从慌了手脚，个个吓得脸色发白，不知所措。而景鲤却十分冷静，盘算着计谋。

●景鲤清楚地知道，对背信弃义、唯利是图的秦国君臣讲理、争辩，无疑是与虎谋皮。此时能救自己又能保全国家的最有效办法，就是让秦国感到扣押他只会使秦国丧失更大的利益，带来更大的祸患。于是计上心来，让看押他的秦官转告秦王：『大王这么做会被天下各国看轻，而根本得不到土地。我来秦前听说齐、魏二国都想割地与秦结盟，他们之所以这样，是因为秦与楚结成了兄弟盟约，秦楚两个大国联手，使他们感到害怕。现在大王扣留我，等于向他们表明秦、楚并不友好。秦、楚一旦分裂，势力大减，齐、魏两国联盟合力，还畏惧秦国什么？势必不愿再向秦割地求和。如此一来，秦将陷于孤立。那时楚王不仅不会割地给秦国，还会与齐、魏联合对付秦国……局势十分清楚，扣留我对秦无一利而有百害，明智的国君怎会做这等不明智的事呢？』

●秦王听完手下的详细转述，惊讶万分，深以为然，僵局立即打破，马上吩咐放了景鲤，并以上宾之礼相待，希望景鲤能促成楚、秦盟好。

孙膑围魏救赵——战国（齐威王）时期

驰援救赵略于胸，掌控全局巧用兵。
伪作击前虚造势，佯装打后故张声。
那边发力投明饵，这里藏威布暗弓。
伏战桂陵擒魏帅，军神亚圣大家风。

注释

●前三五四年，赵国攻卫国，因卫国已入朝于魏，当然为魏所庇护，于是，魏惠王便以庞涓为将军，率兵八万，向赵国首都邯郸进发，将邯郸团团围住，赵成侯无奈之下，急忙向齐国求救。齐威王欲任命孙膑（孙武的后代，人称『兵家亚圣』，著有『孙膑兵法』）为大将驰援，孙膑感到自己是刑余之人，担将任恐使他国藐视齐国，便谏以田忌为将，而自己担任军师，随军出征。接着他以炉火纯青的精妙战术，指挥了一场中国古代战争史上脍炙人口的战役——『围魏救赵』。

●田忌欲直取邯郸，孙膑说：『一团乱麻，不能用拳头去解，要讲究巧劲；与人打架，不可用手臂挡他的刀剑，要避其锋锐。用兵同样如此，应避开正面冲突，从侧面乘虚而入……现在魏与赵会战于邯郸，魏留守国内的只剩下老弱病残……如不攻邯郸，直接出兵攻魏，佯装直奔魏国都城，定能迫使攻打邯郸的魏军紧急回撤，这样既能解赵之围，又可乘机收拾魏军。』田忌听了孙膑的建议，依计行事。

●攻魏救赵，按照孙膑的战略计划，先打平陵（今山东曹县西），因平陵是战略要地，甚为难攻，攻它是要向敌显示齐军『不智事』。接着，孙膑又选择两位莽撞大夫率兵直奔平陵，在行进途中就被魏军杀得大败。这就更滋长了庞涓的轻敌心理。这时，孙膑又忽然调遣轻车，西驰至魏都大梁的郊外，同时，分出少量的士卒跟随在战车之后，以示齐军力量单薄。当时，魏军已攻克赵都邯郸。庞涓忽闻齐军以少量兵车西驰大梁，钻到魏国心脏里去了，不由怒火中烧。于是丢下辎重车辆，只率轻骑锐卒，日夜兼程，直奔大梁而来。孙膑知道庞涓已经中计，便不停歇地调动主力部队，埋伏于庞涓回军的要道上。

●当庞涓的轻骑行至桂陵（今河南长垣县西南）时，孙膑布置的伏兵四面出击，把魏军杀得一败涂地，生擒魏将庞涓。孙膑妙计，使围魏救赵之役成为中国古代的经典战例，千百年来不断被人们研究、借鉴和传颂，从中足见孙膑军神、『亚圣』的大家风范。

孙膑智取马陵——战国（齐威王）时期

援韩打魏再当梁，握准时机抖锦囊。
减灶悬疑织密网，伏兵布惑隐锋芒。
敌师溃败涓声偃，我旅捷赢膑誉扬。
决战马陵重定势，齐成东土第一强。

注释

●魏国虽然在桂陵遭到惨败，但它毕竟是战国前期最强的大国。前三四三年，魏国进攻韩国的南梁（今河南汝州市西），韩向齐求救。齐威王采纳孙膑之建议，在魏、韩两国都打得精疲力竭时，方应韩之求而出兵击魏。齐国仍以田忌为将军，孙膑为军师。魏惠王听说齐国出兵直逼大梁而来，即命庞涓为将（庞涓在桂陵之战时曾被齐军生擒，后被释放回国，再度为将）、太子申为上将军，率魏军前来迎击。这次庞涓遇到的对手依旧是田忌和孙膑，仇人相见，分外眼红。孙膑审时度势，又施行了一套援救的锦囊妙计。

●齐军进入魏国境内后，一边进军，一边大造声势。第一天宿营，造了可供十万人吃饭的炉灶，第二天将炉灶数减半，第三天再减半，降至仅供三万人吃饭的样子，然后下令装作怯战，快速离开魏地，向东『逃』去，在齐国边境的马陵（今山东马陵山）的险要处埋伏下来。庞涓见齐军逃跑，便下令追击，一直追到齐军的第三个宿营地。庞涓数了军灶后，不由大笑起来，『依你三万之众，怎可抵我十万大军？』于是，登车宣布：『以我魏军之骁勇，格杀三万疲兵，不过如砍瓜切菜！』可他哪里知道，孙膑的兵马早已到达马陵道，设下伏兵，在道上投放蒺藜，当作壕沟和护城河；把大盾连放当作城墙，用以掩护自己和观察敌情；把士卒依次排列成一个有缺口的圆圈，中央无一人，只有一棵大树立于其间，就等庞涓的军队钻入圈中。魏军于天黑时分来到马陵道，加上时值朔日，天上无月光，林中漆黑一片。庞涓亲自前出观察，只见路中央的一棵大树上写着『庞涓死此树下』，此时庞涓方知『中计』，但为时已晚。

●孙膑调集的一万余强弩手已在此埋伏多时，只杀得魏军四散溃逃，全军覆没，魏太子申被活捉，心高气傲的庞涓害怕被俘受辱，长叹一声，拔剑自刎。

●马陵一战，孙膑更加名扬天下，魏国不得不屈从齐国势力，齐国取代魏国成为东方第一强国。

齐貌辨冒死报恩——战国（齐宣王）时期

王疑相忌客伤神，冒死襄君据理陈。

若是听吾行废立，何能让尔获登临？

犹凭尽孝安先主，更赖怀德保祖坟。

道正说公弥罅隙，知恩图报乃贤人。

注释

●战国时期，养士成风。齐貌辨是靖郭君田婴的门客之一，靖郭君不顾众人非议而对齐貌辨十分器重。齐宣王即位后，靖郭君与他交情远不如与过去的齐威王密切，因此他只好辞官离都回到封地薛。齐貌辨看在眼里，决心冒死去拜见齐宣王，据理陈词，以求消除隔阂。

●齐貌辨见齐宣王，宣王一腔怒气，冷嘲热讽地说：『先生是靖郭君所听从、所喜欢的人吧？』齐貌辨立即展开如簧之舌回答：『如果说喜欢那是有的，若说听从却是没有的事。』接着齐貌辨讲了两件事，第一件：『当初大王刚做太子时，我曾对靖郭君说过，看太子的面相不像是仁义之人……这样的人肯定会背叛你，不如废掉太子，另立他人，靖郭君却不忍心这样做。如果他听了我的话，今天你怎么还能继承君位呢？』

●齐貌辨又向齐宣王陈述了第二件事：『靖郭君回到薛地，楚国将军昭阳曾请求用几倍的土地换取薛地，当时我又说，一定要接受这个请求。靖郭君却说，薛地是先王封赐的，今虽得罪了新王，将来自己怎么去对先王说呢？况且先王的宗庙在薛地，我难道可以把先王的宗庙交给楚国吗？如今先王之宗庙能得以保存，这正是靖郭君没有听从我的意见的结果。』

●经齐貌辨秉持公理的一番游说，齐宣王深感惭愧，靖郭君得以返都，遂再被任为相国，七天后，靖郭君又以生病为名辞去职务。齐貌辨知恩图报，此乃大贤大德之人也！

孟母教子有方——战国（邹）时期

儒林亚圣创恢宏，赖母言传又教行。
几地迁居除惰气，一刀断布励激情。
为人守信皆无假，做事遵规尽有诚。
至理达心勤诱导，以德潜化助功名。

注释

●孟子，名轲，邹国（今山东邹城）人，人称『亚圣』，为一代大儒。他的成才是和他母亲的精心教导分不开的。

●孟轲早年丧父，从小和母亲生活在一起。他和母亲原来的居所靠近墓地，孟轲常在坟墓间嬉戏玩耍，母亲看到这种情形，认为住在这里对儿子的教育没有什么好处，于是搬到一个闹市旁住了下来。孟轲看到商人们叫卖自己的商品，也跟着吆喝，孟母见此，又感到这里也不是安顿儿子的好地方，遂携子迁到一所学宫旁。在这里，孟轲听到的是朗朗读书声，看到的是恭敬礼让的举动，时间长了，耳濡目染，孟轲既喜欢读书，又讲究礼貌。母亲看到孩子的变化，非常高兴。孟轲年少时，有一次从学堂归来，孟母问他今天学到了什么，孟轲说玩得很开心。孟母一听，立即沉下脸来，拿了刀子将所织的布全部斩断。孟轲问母亲为何这样做，孟母说：『你现在荒废学业，就像我斩断织布一样。君子学以立名，问则广之，所以居则安宁，动则远害。你现在荒废它，将来会盗窃犯罪，或只能做苦役。』

孟轲看到母亲的行为，听了母亲的训导，从此再也不贪玩了，天天早起晚睡，勤学不辍。

●孟母时时处处以自己的言行给儿子以教育。一次孟轲看见房东家杀猪，便问母亲东家杀猪干什么，孟母开玩笑说：『杀猪是为了给你吃肉。』随后便后悔起来，自语道：『我怀这儿子时，席不正不坐，割不正不吃，是为了在胎儿时就教育他。现在他刚懂事就欺骗他，是教他不诚信了。』想到这里，孟母便到房东家买了一块猪肉给孟轲做着吃了，以表明做人的诚实。

●孟母善于循循诱导，用高尚德行的潜移默化来教育儿子，终于使孟轲勤勤恳恳学习、老老实实做人而功成名就。

庄子其人——战国（宋）时期

游戏污渎志不屈，平生拒仕乐无羁。
坦然歌死说终转，淡定归冥论始期。
人物物人非异二，梦蝶蝶梦尽同一。
汪洋十万多灼见，自在超脱亘古稀。

注释

●庄子，即庄周，宋国蒙人（今河南商丘东北），任蒙地漆园吏（漆园的管理者），生活朝不保夕，他把自己的生活境况说成是『游戏污渎之中』。尽管如此，庄子却矢志不渝，勤奋好学。楚成王得知庄子的贤能，派两个大夫去请庄子到楚国做官，庄子以『珍藏于太庙的竹笥（音：四，盛饭或盛衣物的方形竹器）中之龟和摇尾伸颈地生活在泥涂中之龟哪个自由自在』的回问，表明了自己不愿出仕的志向。楚成王不甘心，又派使者携重金厚礼，请庄子到楚任相，庄子不仅不为所动，而且明确表示这是污辱自己，遂令楚使赶快离开，说：『我宁可游戏于污渎之中而自快，绝不会让高官厚禄来束缚自己。我终生不仕，情愿这样无拘无束快乐地活着。』

●庄子的妻子去世，惠施见庄子一边敲击陶盆一边唱歌，便责备庄子太狠心、太过分了。庄子说：『她刚死时我确实很痛苦，但仔细一想，人本来就无生、无形、无气，在茫野恍惚之中变成有气、有形、有生了。从生到死，返回初始，就像春夏秋冬四季轮转。现在她躺在巨室之中，而我在一旁号啕大哭，认识到这是不理解「命」，所以我不再痛苦，反而要为她返回初始无生而击盆歌唱。』若干年后，庄子老病将死，弟子们欲为其厚葬，庄子说：『我把天地当作棺椁，把日月当作琏璧，把星星当作珠玑，天下万物都是我的随葬品，何必增加更多的东西？』弟子们担心乌鸦会啄食先生的尸体，庄子却坦然地说：『在上为禽鸟啄食，在下为蝼蚁侵食，夺彼而予此，岂非太偏心了？』正由于庄子把死亡理解为返回初始无生的大自然，所以能坦然处之。

●『人与天地万物齐一』的学说，是庄子丰富哲学思想的核心。一天晚上，庄子做了一梦，梦见自己变成一只蝴蝶，上下翻飞，愉快无比，竟然不知这是在梦境之中。醒来后，庄周还是庄周，可他还在怀疑：究竟是庄周在梦中变成蝴蝶呢，还是蝴蝶做梦变成了庄周？其实庄子十分清楚庄周、蝴蝶为二物，他只不过是用此梦来说明『万物与我为一』的道理。既然人与万物齐一，那么物就可以互化，庄周可以变为蝴蝶，蝴蝶也可以化为庄周；庄周可以梦见自己变为蝴蝶，蝴蝶也可以梦见自己变为庄周。

●庄子以恣肆汪洋的文笔著书十余万言，是继老子之后又一杰出的、亘古稀有的道家思想家，他不愿『为国者所羁』，自在超脱，避世而居，其著作辑为《庄子》，后世道家把他与老子并称为『老庄』。

韩宣惠王受骗——战国（韩）时期

正欲和秦以保全，忽钻楚套弃横连。
虚辞入耳未疑助，实难降头方惑援。
丧土沦城丢二地，折兵损将乱一团。
凡庸无略犹胡断，受骗遭殃自必然。

注释

●战国后期，西方的秦国日益强大，东方六国却各怀异心，给秦的兼并提供了可乘之机。前三一五年，秦攻打韩国的浊泽（今河南长葛市西北），东方各国袖手旁观。韩宣惠王听从相国公仲朋的谏言，以割让一个大城为条件，然后发兵联秦攻楚。楚怀王闻之，召陈轸计议。陈轸出一计：可先令边境线上的所有军队进入战争状态，大张旗鼓地在军队中选拔精英，声言要去救援韩国，并摆开阵势，做即将出发之状，同时，另派使者携厚礼赴韩，以取得韩国信任，使其放弃与秦军联合，楚国的祸患便自然解除。韩王不听公仲朋苦口相劝，果然听信楚国虚言，糊里糊涂上当受骗，与秦绝交。

●秦闻讯大怒，增兵向浊泽猛攻，韩宣惠王派使臣去催促楚怀王出兵，楚军却按兵不动，这时，宣惠王才知道上了楚国的当。

●不日，浊泽被秦军攻陷。次年，秦军又大破韩军于岸门（今河南长葛市东）。韩丢城丧地，损兵折将，只好以太子为人质，向秦求和。

●韩宣惠王凡庸无略，目光短浅，又拒绝良谏，其上当受骗，最终失败亦属必然。

张仪离间楚齐之盟——战国（秦）时期

衔命拆盟使诡端，翻云覆雨布迷烟。
重金贿赂拉臣助，美誉恭维讨主欢。
假意姻亲挖陷阱，虚言奉地设深渊。
坑蒙诈骗施离间，搅乱楚齐秦骋鞍。

注释

●秦惠文王想出兵伐齐，但因齐、楚刚结盟，使其心有顾虑，便召张仪商量对策。张仪使楚，以狡诈计谋欺骗了楚怀王。

●张仪来到楚国，先以重金贿赂了楚怀王的宠臣靳尚，然后去见楚怀王。他知道楚怀王喜欢听好话、狂妄自大，就投其所好，虚言道：『天下诸侯间，敝国君最尊敬的国君是大王，微臣最钦佩的明主也是大王，敝国君无时无刻不想同大王结交！』楚怀王见自己在秦国有那么大名声，不由得乐不可支，于是飘飘然起来。

●张仪马上乘势说道：『关键在于齐国仗着贵国的支持，整日和敝国作对。大王如能同齐国绝交，敝国不仅愿同贵国永结盟约，互结姻亲，还愿送上商于之地六百里，以表示诚意。』楚怀王见秦国诚意如此真切，条件如此丰厚，便喜笑颜开。而得到贿赂的宠臣靳尚在一边顺水推舟。张仪接着又说：『当今天下七国，齐、楚、秦三国最强，大王若与秦国缔约结盟，既可削弱齐国，又可得到秦国支持，加强大王在诸侯中的威望，更可得六百里商于之地，增强国力，真可谓一举三得啊！』

●楚国大臣们听说秦赠予六百里地给楚，纷纷向楚怀王祝贺，唯客卿陈轸不悦，且尖锐地指出，这是秦国的阴谋，楚不仅得不到商于之地，而且还会招来意外之灾。楚怀王无奈，便派一将军跟随张仪去秦探听虚实，并想接收六百里赠地。一路上张仪耍尽花招，天天宴请将军，想方设法减缓行进速度，希望楚国使者先到齐国与齐断交。当车子来到咸阳城外，张仪又假装醉酒，从车上栽下，在馆舍中一住就三个多月。后来，楚怀王与齐国正式绝交，齐宣王派出使臣见秦惠文王，要求同秦结盟，一起攻楚。这时，张仪终于露面，对着楚国的将军开始耍赖，说：『秦国的土地都是将士流血拼命争来的，我区区一个外来客卿，有何权力拿秦国的土地送人呢？别说六百里，就是六十里也不行！』张仪以阴谋诡计和三寸不烂之舌，诱使楚怀王进了圈套，成功地打破了齐、楚联盟，使它们皆陷入一片混乱之中，而秦国则得以出兵伐齐。

爱国诗人屈原——战国（楚）时期

名赫当朝受毁冤，清风浩气拒污沾。
伤时哀叹汨罗雨，嫉世愤吟荆楚烟。
勇逆浊流呼大地，执求美政问苍天。
忧国殉命抒悲壮，一峻奇拔越万山。

注释

●屈原，名平，字原，是楚王的同姓贵族。屈原年轻时受到楚怀王的高度信任，官至左徒，是君王左右的高参，『入则与王图议国事，以出号令；出则接遇宾客，应对诸侯』，是楚国内政外交的核心人物。屈原出众的能力和业绩，遭到了上官大夫靳尚和公子子兰等人的妒忌，他们不断在楚怀王面前进谗言诋毁屈原。于是楚怀王疏远了屈原，免去他的左徒之职，转任三闾大夫（掌管王族昭、屈、景三姓事务）。秦国听说屈原在楚失宠，便乘机派张仪拆散楚、齐联盟，使楚以后接连遭到秦、齐、韩、魏的围攻，陷入困境。楚怀王三十年，秦人诱骗楚怀王会于武关，屈原极力劝阻，但公子子兰等却力主怀王入秦，结果怀王被扣而不得返，客死于秦。顷襄王即位，子兰任令尹（相当于宰相）。顷襄王为求苟安，即位后第七年，竟然与秦约为婚姻，屈原极力反对，并指责子兰对怀王屈辱而死负有责任。怀恨在心的子兰又勾结上官大夫靳尚，在顷襄王面前造谣诋毁屈原，于是屈原被流放到边远的地方。

●顷襄王二十一年，秦攻破楚都郢，次年秦军又进一步深入。屈原眼看自己的祖国已陷入绝境，踌躇中来到汨罗江畔，披头散发在江岸边走边吟。一渔夫问：『三间大夫何以落魄到如此地步？』屈原惨笑道：『举世皆浊而我独清，众人皆醉而我独醒，所以被放逐。』渔夫劝其应随波逐流，屈原说：『人怎么能以自己的洁白之躯，去蒙受世俗的玷污呢？我宁愿投江，葬身鱼腹，也不愿让自己高洁的品德去蒙受世俗的污染』。于是写下《怀沙赋》，自沉于汨罗江中。

●屈原一生，悲惨而不得志，于是投入全部激情创作诗歌。他在《天问》这首诗里，提出了一百七十多个问题，既讲自然现象，又说社会历史，『放言无惮，言前人所不敢言』（鲁迅语）。屈原所作的《离骚》，是古代诗歌史上最长的一首浪漫主义政治抒情诗，执着追求『美政』理想，抨击黑暗现实，表现坚决不与邪恶势力同流合污的斗争精神和至死不渝的爱国热情。

●屈原以自己的生命，抒写了一曲悲壮的爱国主义颂歌，特别是他所作的《离骚》，成为影响千秋万代的名篇。

公孙龙的诡辩术——战国时期

暂抛奇论过城关，怪语僻言驳孔穿。
立异惊人割色状，标新骇世裂白坚。
车轮滚动形非辗，鸟翅翻翔影未扇。
名物分离虽诡辩，逻辑兴起却开先。

注释

●公孙龙，赵国人，曾为平原君赵胜的门客，是战国时期的『名家』(亦称辩者、察士)，他认为，事物的概念可以脱离事物本身而独立。有一次公孙龙骑着白马过城关，守关的军士贴出告示：骑马者不得进入此城。想以此刁难主张『白马非马』的公孙龙，可没想到公孙龙却说：『我骑的是白，不是马。』军士无奈，只得让他进城。又有一次，公孙龙进城，军士又贴出告示加以刁难：非骑马者不得入。公孙龙说：『我骑的是马，不是白。』军士们不能接受，说：『上次你说骑的是白，不是马，你主张白马不是马，所以你骑的不是马，不能进入！』公孙龙觉得不好办了，只得暂且承认白马也是马，这才过了关。还有一次，一个叫孔穿的儒生在平原君处见到了公孙龙，要拜他为师，不过有一个前提条件，即需公孙龙放弃『白马非马』之说。公孙龙予以反驳：『我所以成名，就是因为白马之论。你要我放弃这一学说，那我就没有什么可以教你的了。……更何况白马论是尊祖孔仲尼所主张的。』孔穿甚为惊讶，他还没有听说过先祖曾主张『白马论』，便向公孙龙继续讨教。公孙龙接着说：『楚昭王在云梦打猎，不慎将宝弓遗失，左右臣下请求去把弓找回来，楚昭王却说停止寻找。「楚人遗弓，楚人得之」，又为什么要找呢？仲尼听说此话后说：「楚昭王想成为仁者而未得，不如说『人失弓，人得之』，方显仁义之心。」仲尼区别「楚人」与「人」的意义，正与我所主张的「白马非马」相同。』孔穿被驳得哑口无言，遂当场拜公孙龙为师。

●公孙龙的『白马非马』论，是这样论证的：『白，讲的是颜色；马，说的是形状，颜色不是形状，形状不是颜色。讲颜色不应把形状掺杂进去；说形状，也不宜与颜色连在一起。现在把讲颜色的白与说形状的马合在一起，当然与单纯说形状的马是不一样的，所以说「白马不是马」。』公孙龙还主张所谓的『离坚白』，即一块石头在被看的时候，只能看到它的白色，而不知道它的坚硬；在摸的时候，只感到它的坚硬，而不知道它是白色。因此，『坚』和『白』是分离的。

●公孙龙还主张：车轮滚动，并非辗地；飞鸟翻动翅膀，其影未动，等等。

●公孙龙的一系列命题，其基本特征是把事物的『名』与事物的『形』分离开来，把个别与一般割裂开来、对立起来，形成诡辩。但是，公孙龙等一些名家的学术活动却开启了我国逻辑学发展的先河。

阴阳家邹衍——战国（齐）时期

目睹仁德日渐崩，游学四海抗俗风。
谈天终始说衰盛，讲地微宏论灭生。
妙想精思君主敬，奇言怪语庶民恭。
相彰互配阴阳界，赤县神州作代称。

注释

● 邹衍，齐国人，战国时期阴阳家的代表人物。他目睹当时儒家所提倡的德治仁政已日渐崩溃，追名逐利成了社会的时俗风尚，便以自己的聪明睿智，深入观察阴阳变化和天地的种种怪异现象，著书立说，并四处游学，以匡世风。他首先在齐国得到尊崇，继而在列国中享有盛誉，名噪一时。

● 邹衍著作虽已佚失，但《史记》记载了他的『五德终始说』和『大九州说』。邹衍用『五德（土、木、金、火、水）』同五行相生相胜的学说相配，同历史相配，说黄帝和尧舜时代得到土德势力，故兴盛；大禹得到木德，故胜土而夏代兴盛；商汤金德，故胜木而殷商兴盛；周为火德，故胜金而周代兴盛。为进一步证明『五德终始说』的合理性，他从黄帝推论到天地未生最原始的历史，同『五德』相配的还有颜色、数字等。既讲开始，又讲终结；既谈微观，又谈宏观；既说阳界，又说阴界。使人眼花缭乱，信以为真，尤其使那些骄奢淫逸的国王受到震慑，而不得不有所收敛。

●邹衍的一套学说，使得当时上至君王，下至百姓无不钦佩和恭敬。

●邹衍的『大九州说』，首先罗列了中国九州的名山大川、水土的不同、物产的差别、禽兽的差异等可以验证的事物，接着他做出推论：既然中国九州各不相同，那么中国以外还有小九州，小九州又各不相同；小九州之外又有大九州，大九州也各不相同。天下共分八十一州，中国只是八十一州中的一个州，名为『赤县神州』。邹衍利用类比推理的方法，使人们开阔了眼界，知道世界很大。同时，由于他把中国命名为『赤县神州』，从此，『赤县神州』就成了中国的代名词。

秦武王举鼎毙命——战国（秦）时期

垂涎数载见真容，遂欲归秦举九龙。
运气喝声方半尺，挺胸发力未一程。
折躯坠地愧神鼎，呕血升天羞鬼雄。
好胜不知应自量，因狂丧命本合情。

注释

● 秦武王攻克宜阳后喜不自胜，亲自带一班文武大臣直抵成周（洛阳），要亲眼看一看多少年来日思夜想的九龙神鼎。此时，周赧王虽名义上是天子，但已没有昔日的尊严。慑于秦武王的威力，周赧王急派几名使者，去郊外列队迎接秦武王。秦武王早就听说这九座宝鼎是大禹治水后收取全国贡金，依中国九州区划冶铸而成的，鼎上载各州的山水人物、田地贡赋，鼎足鼎耳上都饰以龙纹，所以又称『九龙神鼎』，至今已有两千年的历史。秦武王一行拜见周天子的使臣后，便直奔太庙侧殿，瞻仰心仪已久的镇国宝鼎。只见基座上九只宝鼎一字排开，古朴凝重，神光辉映，当他来到刻有雍州的鼎前时，他回头对随员说：『雍州就是咱秦国吧？那这座宝鼎就是咱们的了？那咱们就把它搬回去吧！』随即问看管宝鼎的周朝官吏鼎有多重，官吏告诉他，这鼎每座都有一二千斤，搬是搬不动的。周朝守鼎官吏本想吓阻秦武王，却激起了秦武王的好胜心，在令随从搬鼎失败后，自己赤膊上阵，欲将鼎举起。

●秦武王走上前来，暴喝一声，宝鼎被举起半尺左右，不料刚一挪步，前足尚未踏实，宝鼎便轰然坠地，只听『咔嚓』一声，武王的右足胫骨被压得粉碎，随着一声惨叫，顿时扑倒在地，因伤势过重，当晚呕血数斗，不治而亡。

●此事再一次说明，办任何事情都不能自不量力，骄狂莽撞必然要受到惩罚。

赵武灵王学胡人改军制——战国（赵）时期

军戎落后险环生，师法胡人力振兴。
换掉长袍穿短褂，废除合乘训单兵。
朝惊野骇遭非议，志定神雄抗逆风。
革故鼎新收巨效，开疆拓土挽强弓。

注释

●赵武灵王即位之初，由于国家兵力薄弱，连遭周边国家攻伐。面对日趋激烈的战争和严峻的生存压力，赵武灵王终于理清思路，决心向胡人学习，改革军制，以求振兴。

●当时中原各国仍然沿袭上古三代传下来的车战战法（一名军官坐在战车上，左边长枪手，右边弓箭手，前面是驭车夫，车后跟着数十名步兵，交战时，车对车，人对人），既缺乏作战的灵活性，又没有作战的主动性。而胡人的骑兵灵活机动，左右逢源，其战力明显高于传统的车战。赵武灵王于前三〇七年，开始向胡人学习以改革本国军制，首先从服装改革入手，让全国都着胡服。当时心腹老臣楼缓不解，赵武灵王明确向他解释：『胡人穿紧袖短衫，腰束皮带，脚蹬皮靴，走路做事，风火泼辣，穿上这种服装，就可引进胡人的骑兵军种，将士可以在马上自如地射箭、挥刀。这样一来，我国军队的作战能力就会大大提高。』楼缓领会了赵武灵王的意图，于是君臣二人商定了实行的步骤。

●胡服骑射的诏令颁发后，朝野一片哗然，引起很多人的强烈反对，他们认为『冠冕服装是华夏礼仪之邦区别于未开化蛮夷的标志，是炎黄先人传下来的文明，怎可轻易改变呢？』赵武灵王召来老臣肥义商议，肥义以历史上帝舜向有苗学舞蹈、大禹入裸国而袒臂等事实，说明华夏民族几千年来，正是依靠不断向周边民族地区的先进事物学习，才达到今天的文明境界，进而鼓励赵武灵王。赵武灵王决心力排众议，坚定不移地推行改革。为此，他们君臣二人，分头去做反对者的工作，并且和朝中核心大臣们一起带头示范，终于使这一改革得以推开。

●赵武灵王的胡服骑射改革，取得了巨大成效，赵国上下出现了穿胡服、练骑兵的热潮。一年后，大规模的骑兵军阵已训练完成。赵武灵王亲统大军南征北战，到前三百年左右，中山、林胡、楼烦都被收复。仅数年间，赵国的疆域北边扩大到燕、代、雁门，西边直抵云中、九原。由于胡服骑射的改革，赵国由弱变强，使四方邻国刮目相看。

赵武灵王遭困致死——战国（赵）时期

为腾精力振雄风，破序传承引险凶。
仅想外伐夺乐土，何思内乱降灾星。
长儿毒胆夺龙椅，主父柔肠陷禁宫。
水断粮绝极困顿，凄然惨痛了一生。

注释

● 赵武灵王实行胡服骑射的改革，使赵国国力增强，连续兼并胡人小国而称雄北方。为了从烦琐的政务中解脱出来，亲自统军攻打强秦，赵武灵王打破了历来国君死后方立新君的传统，决定先将王位传子。幼子赵何为武灵王所宠爱，故他破除封君按序的旧制，传位于赵何（赵惠文王），而自号为『主父』，并命有丰富政治经验的老臣肥义为相国，以辅新君。但他并没有做好长子赵章的工作，结果引发内乱，招致凶险。

● 当时赵武灵王只是一心一意地想着向外扩张，却忽略了内政将面临的危机。在他传位于赵何的第三年（前二九六年），将长子赵章封于代地安阳，号『安阳君』，并命田不礼为赵章之相，这样，就为一向性格孤傲、不服其弟为王的赵章依据封地聚众扩张势力提供了可乘之机，埋下了兄弟相残的隐患。

● 前二九五年，乘群臣会朝、『主父』及惠文王游沙丘宫之机，赵章与田不礼率其党徒作乱，企图夺取王位。他们先杀掉相国肥义，接着便与王军作战。后靖难之军击退赵章叛军，赵章走投无路，逃到『主父』沙丘的宫中，『主父』感念父子之情，收容了他。但此时靖难军已将沙丘宫团团围住，终将赵章击毙。靖难军的首领公子成和李兑杀的毕竟是『主父』的亲生儿子，他们害怕『主父』秋后算账，所以一不做二不休，干脆将『主父』围困在宫中。

●此时的『主父』困于宫中，欲出不能，宫中断水断粮，只好抓麻雀充饥，三个月后，赵武灵王饿死在沙丘宫。赵武灵王由于在继承人问题上安排不当，造成了骨肉相残，自己受辱身死，其教训是极为深刻的。

冯驩讨债——战国（齐）时期

弹剑吟歌似入魔，鱼车尽俱上高格。
襄君讨债出良策，为众疏财使妙辙。
除去盘剥昭大义，买来恩爱展宏德。
醒公知本施仁政，全赖奇人用策活。

注释

● 齐相孟尝君广揽食客，是战国后期有名的『四公子』之一。有个一贫如洗的穷人冯驩（音：欢），草履破衫，腰间挂把无鞘剑来投奔孟尝君。孟尝君问其有何爱好、有何特长，他说皆无，于是，将他安排到『传舍』去住。孟尝君按才干和名望把食客分为三等：上等的住『代舍』，食有鱼，行有车；中等的住『幸舍』，食有鱼，行无车；下等的住『传舍』，食无鱼，行无车，只供些粗茶淡饭。冯驩因孟尝君把自己安排在传舍，时常弹剑唱歌：『长剑啊，咱们回去吧，因为食无鱼！』孟尝君听说后，将其调整到幸舍。过些日子，冯驩又弹剑唱歌：『长剑啊，咱们回去吧，因为行无车！』孟尝君又满足了他的要求，让他住进了最高等级的代舍。可是过了一阵子，冯驩仍弹剑唱道：『长剑啊，咱们回去吧，因为我无法养家！』看此情景，众食客都觉得冯驩太过分了。当孟尝君了解到冯驩家有老母，衣食无着后，便吩咐手下以后按月给冯母送粮。冯驩通过不断地弹剑唱歌，终于登入高格，鱼车皆有，家母无忧。

●孟尝君食客三千，开销甚大，他就在自己的封地薛城（今山东滕州市东南）向百姓放债，收高利贷以补贴用度。一日，孟尝君贴出告示，招人到薛城讨债，几天无一应者，唯冯驩前来领命。孟尝君得知是那弹剑唱歌之人，便为其备好车马，把债据和契约都交给了他。临行时，冯驩问孟尝君收完债后要买些什么东西回来，孟尝君说：『你看我家缺什么就带点回来吧。』其实此时冯驩已经想好了良策妙计。

●冯驩到薛城后，看到百姓因高利贷利滚利，根本无力偿还债务，便杀牛置酒，请来欠债的百姓，拿出债据、契约核对完毕，然后一炬焚之，并对众人说：『孟尝君借钱给你们，原是为了救你们的急，并非贪图你们的利钱；他为了治理齐国，收容数千门客，费用太大，才不得不让我到这儿来收钱……现在我已查明，有钱还债的已经还了，剩下的，能还就还，不能还的全免了，只要大伙记着孟尝君的大恩大德就行了。』

●冯驩返回向孟尝君讲明情况后说：『臣以为主公珍宝满屋，骏马满厩……要说缺少的，只剩下一个「义」了，所以臣买了些「义」回来。』孟尝君一时不解其意，冯驩解释道：『薛城是主公的立足根基，现在主公非但没有在薛城施行爱民措施，反而放高利贷盘剥百姓，这岂不是自伤根基？……臣所以假传主公命令：有能力延期归还的，延期归还；无能力归还的，皆把债据焚毁，就是要为主公买回来一个「义」字啊！』孟尝君听后，深深佩服奇人冯驩的高超智慧，并知晓了明主理政必行仁爱、固本基的道理。

狡兔三窟——战国（齐）时期

落难孟尝身陷孤，冯驩使计造三窟。
撒钱买义赢尊厚，免债施恩获誉殊。
先劝秦王应取宝，又督齐主莫丢珠。
双强竞揽君渔利，解困脱危巧复出。

注释

● 孟尝君因受谗言之毁被齐湣王罢去相国之职，三千门客『树倒猢狲散』，只有冯驩一人跟随他回到封地薛城，孟尝君被孤立，主仆二人陷入极大的痛苦之中，且未来吉凶难卜。此时冯驩献上『狡兔三窟』之计，以免在危难时遭遇杀身之祸。

● 冯驩对孟尝君说：『为臣替主公放钱、免债买了义，只能算挖了一个窟，还不能高枕无忧，现请主公允许臣再为您挖两窟。』

● 冯驩乘坐孟尝君为其备好的马车，携厚礼赴秦国，对秦昭襄王说：『成群结队西行来秦的天下士子，无不希望秦国强盛；成群结队东去齐国的，莫不希望齐国无敌。秦、齐之间的人才争夺已经展开，谁得到的人才越多，谁就是未来的胜利者。眼下齐湣王罢黜孟尝君，不正是大王获得人才的好机会吗？』秦昭襄王正在为找不到合适的人选出任相国而发愁，听到冯驩说的这个消息，不由大喜过望，立即下令备上华丽的车马、丰厚的礼品去薛城迎接孟尝君。趁着秦王张罗之际，冯驩又快马加鞭驰向齐国临淄（此为冯驩心中的第三个『窟』），急对齐泯王说：『齐秦对峙，其势已成，谁胜谁负，就看谁对人才的拥有和使用，得人才者得天下。臣听说秦王派使者带华车、重金正以迎请丞相的礼仪去薛城接孟尝君赴秦就任，如果孟尝君真的当了秦国的丞相，那么齐国就岌岌可危了！』齐泯王已经知道先前自己罢孟尝君的官是中了他人的反间计，如今却让秦乘虚而入，于是急问如何是好。冯驩立即抓住这一机会说：『请大王速派人去边界截住秦使臣，宣告孟尝君已被大王官复原职；同时马上派人去薛城迎请孟尝君，恢复他的相国职位，再加封一些土地，这样既可阻止秦趁火打劫，又得到天下士子的归心，岂不一举两得？』齐泯王听后觉得言之有理，连忙照办。

●冯驩连施『狡兔三窟』之计，驱齐、秦二主为人才而相争，使孟尝君摆脱困境，并从中得利，巧妙地恢复了相国的职位。此后，冯驩成了孟尝君更为信任的得力助手。

平原君杀妾赔礼——战国（赵）时期

妾于窗口望街途，谑笑失恭辱跛足。
讨理求真凡子怒，推责敷衍贵君渎。
丢风丧度招非议，重色轻才惹不服。
贤士纷辞临灭火，赔情杀爱再燃炉。

注释

●平原君为赵国卿相，与齐国孟尝君、魏国信陵君、楚国春申君一样，在战国后期地位显赫，声名远播。一天，一个瘸子挑水经过平原君府，住在临街画楼上的一名平原君的宠妾看到一个瘸子挑水一跛一跛的样子，不禁嘲笑起他来。

●可哪知那瘸子不甘羞辱，第二天找上府来，与平原君论理，要求惩治那个笑话他的女子。平原君不想与这个俗人多说什么，便不耐烦地草草安抚了几句，把他打发走了。随后便轻傲地回过头来对身边的人说：『这算个什么东西，不过是一笑，就要我惩处美人？』

●不料平原君这一句话不胫而走，引起贤士达人非议不绝，都说平原君爱色轻士，此处不可久留。

●接着，贤士们纷纷不辞而别。见此情景，平原君大吃一惊，如梦初醒，知晓了自己的过错，便毅然将那个美妾杀掉，并向跛足人赔礼道歉。贤士们看到平原君有如此悔过之举，又都陆续回到了他的身边。

鸡鸣狗盗之徒使孟尝君脱险——战国时期

一袍二许为脱监，两客聪灵使诡端。
仿犬发声潜府库，装鸡亮嗓过城关。
亏得奇术偷方妙，幸赖绝招口技专。
如若当初无慧眼，何来今日保平安？

注释

●秦昭襄王钦佩、仰慕齐国孟尝君，把自己的嫡亲弟弟泾阳君派到齐国去换孟尝君为人质，并委任孟尝君为秦相。后在大臣们『于秦不利』谗言的鼓动下心生猜疑，遂将孟尝君囚禁起来，欲杀之，以免后患。为此，孟尝君召集门客谋划逃脱的办法。正在一筹莫展之时，多亏门客中的两个鄙徒在危急关头出了大力，使孟尝君得以脱险。

●一门客献策：『可求助于秦王宠爱的燕姬。』鉴于燕姬最喜欢漂亮的衣饰，孟尝君便将已送予秦王的白狐皮袍，又许给了燕姬。可纯白如雪、天下无双的白狐皮袍放在什么地方呢？此时，一门客预料秦王的白狐皮袍因天热必存于府库之中，便自告奋勇，趁月黑之夜，穿上特别的夜行衣，从狗洞中潜入库房。守夜的士兵听到响动前来察看，这门客便『汪、汪、汪』装作狗叫，将士兵骗走，遂盗出白狐皮袍，交给孟尝君买通燕姬说服秦王放他们出秦国。半夜时分赶到函谷关时，关门早已关闭，按照秦律，须到鸡叫时方可开启，孟尝君怕秦王反悔追杀上来，一时心急如焚。这时，门客中一人忽然捏着鼻子『喔、喔、喔』学起了鸡啼，使周围的鸡也跟着一声声地啼鸣起来。于是，守关士兵打开了关门，孟尝君一行火速离关远去。秦王果然生了悔意，下令追赶，但孟尝君早已无影无踪了。

●孟尝君所以能够化险为夷，完全得益于一个曾当过小偷和一个曾学过口技的门客的高超技艺。

●当初孟尝君收留这两个鸡鸣狗盗之徒时，其他门客都感到羞于为伍。这次孟尝君在秦遇险，全靠此二人才得以保全，直到最终脱险。通过这件事，门客们无不钦佩孟尝君的慧眼识人。

燕王哙沽名钓誉误军国——战国（燕王哙）时期

糊涂愚蠢甚昏庸，不辨欺蒙落陷坑。
轻率交权痴美誉，虚荣禅位醉高风。
引发兵叛生灾祸，招致敌侵漫血腥。
笃意沽名贻笑柄，害国丢命势濒崩。

注释

●燕王哙（音：快）是战国中期十分糊涂的一个君王，他非常容易被人蛊惑而上当受骗，表面上看似精明，实际上十分昏庸。

●前三一八年（燕王哙三年）苏代（苏秦之兄）受齐宣王派遣来到燕国，以阿谀奉承为圈套，使燕王哙忘乎所以，轻易地将朝廷大权交与苏秦的儿女亲家子之，遂使子之网罗党羽，控制朝政。接着子之的亲信又上奏，要燕王哙学习古代唐尧，实行禅位，以铸千古美名。燕王哙在接受一番恭维后，即把所有权力交给了子之，使子之独断专行，有恃无恐，行使起国君的权力。而燕王哙却整日在深宫里，听人们赞扬他如何礼贤下士、高风亮节、禅位于臣的英明。

●子之是一个只会搞阴谋诡计而无真才实学的政客，一朝得势，便顺我者昌、逆我者亡，引起官僚贵族间的激烈冲突。齐宣王见有机可乘，在子之掌权的第三年（前三一五年），暗中派人到燕国挑唆燕太子夺取政权，在齐国的支持下，将军市被和太子平发动了兵变，围攻子之，后太子平与市被又互相攻杀起来，市被兵败毙命。齐宣王乘机攻燕，燕王哙在宫中被杀，子之逃亡国外。后由于列国干涉，齐撤兵，燕国内乱整整持续了三年。

●燕王哙因沽名钓誉丧命亡国，非但没留下千古美名，反成千古笑柄。

黄金台招贤——战国（燕昭王）时期

忧国思痛渴贤能，拜访达人晓理情。
君见高低应划等，才别上下可分层。
恭听死马招活马，重用无名揽有名。
特筑金台隆盛景，八方引凤落梧桐。

注释

●燕国内乱三年后，燕太子平即位为王，史称燕昭王。燕昭王痛记国破家亡的惨痛教训，日夜操劳国事，特别是广揽人才，期盼早日兴国复仇。一天，他得知附近有一长者郭隗（音：奎）很有学问，便特意前去拜访，请教招贤揽才之策。

●郭隗见昭王一片诚心，便和盘托出自己的一系列想法：『振邦兴国，以人才为本，但招揽何等人才却有三种不同情况。上品君主以贤者为师成就帝业；中品君主以贤者为友成就王业；下品君主以贤者为臣成就霸业；不入流的亡国之君则以贤者为奴。……如君主颐指气使，投奔其手下者只会是家奴一类人物。至于刚愎自用、目中无人，又不懂尊重人才的君主，其手下汇集的无非是吹牛拍马之辈。』郭隗的一席话鞭辟入里，说得昭王连连施礼，点头称是。

●燕昭王说：『寡人一心想振邦治国，招贤当然以上品为目标。』并希望郭隗推荐他所知道的最佳贤才。郭隗对昭王说：『天下之大，贤才不知凡几，为臣所知毕竟有限。』遂给昭王讲了一则故事：『古时有一君主以千金求千里马，派人寻访三月终于找到，可惜此马已死，使者却用五百两金买下这匹死马，然后持马头交与君主。君主大怒说：「死马有何用？」使者笑言：「微臣代大王用五百两重金买下已死的千里马，此消息定会不胫而走，轰动海内。死马尚值五百金，活马价格岂不更高？大王稍待数日，一定会有人送千里马来。」结果不到一年，君主果真得到三匹千里马。现在大王若真想招贤纳士，不妨从微臣开始，人们看到连微臣这样的无名之人都能得到大王赏识，比我贤能之人必定更受青睐。这样，即使千里之外的贤才也会闻名而来为大王效力了！』

●燕昭王听罢郭隗一席话大喜过望，马上为郭隗造了一座高台，装饰得金碧辉煌，取名『黄金台』，专门用于接待天下贤士，又选定吉日，在台上举行隆重仪式，拜其为师。消息传出，引起极大轰动，许多贤士看到默默无闻的郭隗尚且受此荣宠，自己到了燕国必定更受重视！于是乐毅自魏往，邹衍自齐来，剧辛自赵赴，一时间贤士云集，人才济济，燕国由是大治，国力大增，为向齐国复仇积蓄起强大的实力。

狂妄至极的宋王偃——战国时期

篡逆逐兄已忘形，野心疯长欲称雄。
东伐西讨攻齐魏，北战南征打楚滕。
笞地焚坛降鬼怪，射天扬血镇神灵。
诸国共愤伐桀宋，铁帚一挥扫害虫。

注释

●宋国为殷商遗族（今河南商丘一带）。战国后期，宋王偃发动兵变，赶走哥哥后登位。从此，他野心更加膨胀，自恃不乏雄才大略，面对群雄逐鹿的局面，想以小制大，争当霸主。

●为此，宋王偃穷兵黩武，狂妄至极。他首先亲自东征打败齐国，占领五座齐城；然后西进击退骁勇的魏军；灭了弱小的滕国；又南下击败楚军，夺得淮北之地三百里。这一系列的战果，使宋王偃忘乎所以，自认为成了与秦、齐平起平坐的强国之君。

●宋王偃其实也知道自己取得几次胜利十分侥幸。为了强化人们对他的崇拜，他令属下用皮囊装满牛血，以长竿高高挑起，他在下面搭箭连射三次，囊破血迸，他称之为『射天得胜』，说是降服了天。接着他又特制一根长鞭，用来笞地，将祭坛付之一炬，宣称此为『笞地得胜』。于是，他宋王偃就成了降服天地间所有鬼神的至高无上的君主。

他为以这种虚张声势迷惑百姓、威慑邻国的可笑之举而自鸣得意。

●宋王偃如此狂妄使各国诸侯对他恨之入骨，皆称其为『桀宋』。于是，前二八六年齐泯王在楚、魏两国配合下，出动大军向宋进攻。而此时的宋王偃却连斩了通报实情的侦察人员，陶醉在『强大』的幻觉之中。齐军终于以风卷残云之势攻破宋国都城，宋王偃此时如梦初醒，只得仓皇出逃至温（今河南温县西南），不久死于该地，宋国就此灭亡。

苏秦当间谍——战国末期

悬梁刺股致功成，一副巧舌谙纵横。
既搞离心行反间，又施合力促结盟。
明襄齐主兴宏业，暗助燕王解恨情。
冒死当谍终败露，难说是耻或为荣。

注释

●苏秦，字季子，与张仪同为鬼谷子的弟子。他以头悬梁、锥刺股的精神刻苦攻读各种书籍，掌握了娴熟的纵横捭阖之术，从此，便以三寸不烂之舌，游说于各国之间，成为战国时期最杰出的战略家之一。

●苏秦的游说得到了许多诸侯的欣赏，曾兼为齐、赵、燕三国的重臣和封君，而他对燕昭王却情有独钟，为昭王破齐复仇策划了大计。苏秦计划首先怂恿齐国去攻打和吞并宋国，并向南进攻楚国，然后再破坏齐国与秦国、赵国的关系，燕国便可联合秦、赵而攻齐，定能取得大胜。昭王痛快地采纳了苏秦的计谋。

●苏秦为燕定下破齐大计后，又以燕之使者的身份赴齐，齐泯王同样给予其卿位和封君之号。苏秦装作诚心诚意地帮助齐国振兴大业，而暗中却在为燕国报仇雪恨效犬马之劳。在苏秦的鼓动下，齐国果然于前二八六年经过多次进攻，灭掉了宋国并吞并其土地。齐灭宋，引起秦、赵等国的不安，于是，秦国主动谋划合纵攻齐。

●苏秦在齐国曾暗中写信给燕昭王，表示要像传说中为爱情守信而被大水淹死的尾生一样，甘愿为燕复仇当『死间（即被发现后必被处死的间谍）』。前二八四年，当多国部队开始破齐时，苏秦的间谍行为随即暴露，被齐湣王判以『反间』之罪，车裂而死。对苏秦的间谍行为，后人评说不一，司马迁在《史记》中说：『苏秦被反间而死，天下共笑他。』但也有人说：『燕的兴起，苏秦在齐。』把苏秦与兴殷的大臣伊尹和兴周的大臣姜尚相提并论，给予高度评价。

乐毅伐齐——战国（燕昭王）时期

纵览风云献锦囊，力督联手打骄狂。
挥戈济水五旗展，策马临淄一剑扬。
整纪明规安弱庶，夺城取地灭凶王。
尽因贤士赢奇胜，雪耻报仇终得偿。

注释

●乐毅，赵国人，曾在多国为官，后至燕，被拜为亚卿，主持军政，为燕昭王破齐兴燕、报仇雪耻，立下了汗马功劳。当时，齐泯王狂妄、骄横，对外灭掉宋国，欺凌楚、魏，引起诸侯怨恨；对内横征暴敛，民不聊生，人心丧尽。燕昭王觉得此时正是齐国多事之秋，举兵伐齐的时机已经成熟，便与乐毅商议如何行动。乐毅着眼天下大势，深刻分析形势：一方面指出齐王众叛亲离，伐齐为人心所向；另一方面指出齐国土辽阔，兵多将广，切不可轻敌，特别是仅凭燕国之力，很难制胜。由此，乐毅提出，欲有胜利把握，必须联合天下诸侯共同出兵。燕昭王深感乐毅所言极是，便按乐毅之计，携礼分头活动，抓紧促成了五国联盟。

●前二八四年，燕昭王尽发燕国之兵，以乐毅为上将军，会同赵、秦、韩、魏四国，大举伐齐。齐泯王不甘示弱，亦尽出齐国之兵，在济水之西与五国联军列阵决战。燕军在乐毅指挥下，心怀必胜信念，争先恐后，奋勇杀敌；而齐军人心涣散，士气低下，无法抵御燕军攻击，纷纷后退。与此同时，四国军队从侧面席卷而来，齐军大败，齐湣王带一小股人马狼狈逃窜。击溃齐军后，四国都觉得自己的目的已达到，无心继续作战，乐毅只好独自率燕军乘胜追击，长驱直入齐都临淄，大获全胜。

●一路上，乐毅一边约束军纪，一边安抚百姓，因此顺利进军，毫无阻挡。入临淄后，将齐王府中积聚了近五百年的珍宝财物、钟鼎礼器劫掠一空，燕昭王终于报了破国杀父之仇，乐毅因功被封为『昌国君』。齐湣王逃出临淄，最终被杀于莒邑，齐国有七十余座城邑被燕军占领。

●因燕昭王在『黄金台』招揽贤士而得乐毅，方创造了报仇雪耻、克齐兴燕的历史神话，再一次证明了得人才者得天下的道理。

田单复国——战国（齐襄王）时期

大势濒危近溃崩，无名小吏逞豪英。
巧施一计更敌将，妙使三招振我兵。
睿智约降心理战，奇谋布阵火牛攻。
山呼海啸收失地，迎主复国重获生。

注释

●田单，齐国人，原为『市掾』（掌管市场的小吏），后在齐国危亡之际，被众人推举为即墨守将。当时燕国的乐毅率军横扫齐境，连下七十余城，齐仅剩即墨、莒邑两城苦苦支撑。燕昭王去世后，太子燕惠王即位，他过去就与乐毅有隙，故上台后以骑劫代替乐毅为将，这一变动，给垂亡的齐国送来了一线希望。正在此乱云飞渡、生死攸关的时刻，即墨小吏田单崭露头角，成为拯救齐于死亡线上的英豪。

●首先，田单妙施缓兵之计：他派人潜入燕国，四处扬言乐毅不把新王（燕惠王）放在眼里。此流言恰中燕惠王痛处，遂以骑劫取代乐毅，并命乐毅接受审查，燕军立即士气瓦解，不思再战。田单一计去乐毅，接着又施三招励本军，鼓士气：一是让一名军士装作天神附体，扬言燕军气数已尽，齐国复辟在望，嘱令田单完成这一使命；二是要全城百姓在庭院洒食引飞鸟来即墨上空，乘机令人放风说是天神保佑齐国；三是派谋士扮作奸细去向骑劫『献计』，说齐人最怕挖祖坟、割鼻子，齐兵必定魂不守舍，斗志丧尽，那时即墨便可不攻自破。骑劫果然中计，竟照着做了，结果守城军民无不咬牙切齿，争先恐后要出城去同燕人拼命。

●田单见涣散敌心、激励己志的目的已达到，便下令妇女老幼上城巡守，精壮将士全部隐蔽，养精蓄锐。同时，派使者施心理战术，押大量金银财宝，去燕军大营向骑劫约降，并故意要求燕军『即墨投降之日，请不要掳掠我们的家族妻妾』。骑劫竟然信以为真。与此同时，即墨城里一面城门紧闭，加强防守；一面选出千余头壮牛，套上绛色绢衣，通身画上五彩龙纹，两角缚上锋利匕首，尾巴捆上浸油芦苇；又令人在城墙下端挖了几十个洞。半夜时分，田单一声令下，牛尾上的火把一起点着，壮牛痛极狂奔，破洞而出，向着燕军大营疯狂冲去，睡梦中毫无准备的燕军来不及起身就被撞得人仰马翻，牛尾上的火把又燃着了燕军的营帐，燕营顿时一片火海。……这时城中老弱击鼓助威；精选的五千壮士身穿神汉服装，脸涂狰狞泥彩，手操大刀，紧跟牛阵之后冲入敌营，直杀得燕军魂飞魄散，骑劫在乱军中被齐军砍死。

●田单率领齐军倾城而出，以摧枯拉朽、山呼海啸之势，乘胜追击……很快就收复了被燕军侵占的七十余座城池，并火速到莒邑将齐太子法意迎回临淄，拥立为王，史称齐襄王，至此，齐国在危亡中得以复生。田单因复国有功，被封为安平君，掌相国之印。

鲁仲连奇策襄齐助赵——战国（齐襄王）时期

计策频出用必成，襄齐助赵赫声名。
攻心入理直击痛，指路含情猛打疼。
厉语维尊督反省，激言斥暴促服从。
才丰智睿称高士，拒赏推官自隐形。

注释

●鲁仲连，齐国人，战国后期著名策士，他计策频出，有用必成。前二七九年，齐将田单以火牛阵打败燕军，收复失地，后攻打聊城，连攻不下，一筹莫展。此时，鲁仲连决定以自己的聪明才智为国家排忧解难。后来，又去赵国，凭自己的计策为解救邯郸立下汗马功劳。

●鲁仲连提笔疾书一信，指责聊城燕将在兵败如山倒时不救援燕军，为个人利益而占据聊城，这是不忠、不勇、不智的行为。向其陈述天下形势，告诉他齐国暂不同其他诸侯争强，只用大军包围聊城，欲将其困死城中，燕国内大乱，无力来援。同时，向其指出两条路：一是保存实力，将军队带回燕国，会得到燕王的赏识；二是投降齐国，齐王会给予封赏。最后，鲁仲连以管仲、曹沫不为小耻辱而死却立终身之名、定累世之功的事实，希望他幡然醒悟。一封入情入理的书信写罢，绑在箭上，让士兵射入聊城。这位燕将读了此信，受到极大震撼，痛哭三天三夜，犹豫不决：想回归燕国，恐怕被杀；想投降齐国，因自己杀齐人很多，齐国不会轻易饶恕。在进退维谷之下，这个燕将自杀而死，燕军就此溃散，聊城复归齐国。

●鲁仲连隐居一段时间后又出游天下，来到赵都邯郸，正碰上秦军实施包围。此时赵国平原君向魏国求救，魏虽已出兵，但并不想真与秦交战，魏将晋鄙只将援军驻于半途之中；同时，派将军新垣衍潜入邯郸，劝平原君尊秦昭王为帝。新垣衍见鲁仲连在此，口出污辱之言，且有逐客之意。仲连凛然回对，说自己是为帮助赵国抗击秦军，解除围困而来的，一个拥有军队的武将以尊秦为帝换取解围，而一个手无寸铁的文士却不尊秦为帝，而主张抗击，相形之下，新垣衍实在是大丢颜面。接着鲁仲连据理陈述历史上一些暴君的残忍，并指出：『如果魏不与赵合力败秦，而尊秦王为帝，那么魏国的宫殿将不为魏王所有，魏国的将士必遭杀害，魏国的民众都将沦为奴隶。你新垣衍虽不一定必死，但秦会派奸细形影不离地监视你，你还能像现在这样生活吗？』新垣衍被鲁仲连的威武不屈精神所感动，也为他那强有力的言辞所折服，决定回去说服晋鄙，同秦军交战。此时正巧信陵君窃符救赵，杀死了不愿与秦交战的晋鄙，赵、魏真的联合起来了，秦军只得撤围。

●鲁仲连以睿智奇策帮助齐、赵两国摆脱困境，立了大功，赵以千金相谢，齐以高官相许，均被其拒绝，他不图高官厚禄，甘过隐居生活，人皆称为高士。

庄子论剑——战国（赵惠文王）时期

侠装上殿故骄狂，借剑说人醒赵王。
天子出锋思致盛，诸侯亮刃欲求强。
凡夫对打如鸡犬，庶士格杀似虎狼。
妙论锥心惊主座，脱偏返正去荒唐。

注释

●赵惠文王痴迷剑术，收拢剑客三千余人，不分昼夜比武，三年来国政荒废，太子十分着急，遂让门客召庄子入宫，以说服惠文王。庄子一身剑客装束，摆出一副狂傲的样子，入殿见惠文王。惠文王问庄子的剑术有何特别出色之处，庄子故意自吹自擂一番。七天后，入宫面对惠文王和六名高手，出语惊人，以剑论政，终使赵王从痴迷中解脱。

●庄子对赵惠文王说：『剑的长短无所谓，但臣有三种剑（天子剑、诸侯剑、庶人剑）可供选择。』惠文王不禁好奇，侧耳倾听。庄子依次道来：『天子之剑，以燕谷、石城为锋刃，齐国岱山为剑棱，秦国、魏国为剑脊，周都、宋国为剑环，韩国、赵国为剑柄，四夷四季为剑鞘，渤海、常山为穗带；以五行生克之道运剑，以赏罚奖惩之理转动，此剑一经使用，诸侯为之战栗，天下由是顺从；诸侯之剑，则以英雄豪杰为锋刃，以廉明耿直为剑棱，以忠孝节义为剑脊，以仁慈博爱为剑环，以智慧勇敢为剑鞘，此剑一经使用，四野震慑，山河肃敬，万物尽服。』

●庄子接着又讲了庶士凡人之剑：『那无非是身穿盔甲，拔领短衣，与人拼杀，上斩头颈，下刺腹脏，与鸡犬争斗、虎狼撕咬没什么两样。』

●惠文王听庄子妙语连珠地论剑，开始是瞠目结舌，后来渐会其意。这时庄子乘势说：『现在大王贵为诸侯，却沉湎于庶人之剑，臣实在为大王遗憾！』赵惠文王听了庄子一番话，深感惭愧，绕桌三圈难以坐下。此后三个月不出宫门，三千剑客全部驱散，赵国的政治从此又走上正轨。

孟卯诈骗之术得逞——战国时期

两强联手逞威雄，魏主惶然寝不宁。
孟士设圈投诱饵，赵王钻套毁同盟。
翻云覆雨除忧患，捣鬼兴妖获邑城。
三寸簧舌何可信？欺蒙诈骗甚风行。

注释

●前二九〇年左右，秦、赵两国结成军事同盟，决定联合攻魏，魏昭王闻报寝食不安，一筹莫展。

●这时策士孟卯献上『出尔反尔』之计予魏昭王：『大王可派使臣对赵说：「寡人管理邺城颇感力不从心，听说大王要联合秦国进攻我国，不知何所图？寡人为省心计，意欲将邺城割让大王，则魏赵两国免伤和气。若如此，大王必须放弃同秦国的盟约，不知大王意下如何？」赵王如表示同意，大事即成功了。』魏昭王听罢，觉得此计可行，便吩咐照此办理。使者赴赵，如孟卯之计施行，赵惠文王喜出望外，遂下令闭关，与秦绝交。至此，赵、秦同盟瓦解。

●赵国按约定派使者去接收邺城，孟卯以邺城太守的名义盛情款待赵国来使。当赵使说到接收邺城一事时，孟卯装出一副莫名其妙、毫不知情的样子，对赵使说：『怎么能有这样的事呢？列国间友好往来，皆为广结邦交，保全自己的国家，我们魏国怎会无缘无故将自己的领土割让他人呢？此事我没听说过，我们大王也从未说过，肯定是我们的那个使者搞错了。』听了孟卯这番抵赖的话，赵国使者火冒三丈，又拿不出证据，只得垂头丧气回朝复命。就在设宴招待赵国特派使者的同时，孟卯已派人潜入赵国市井放风说，魏国不满赵王无礼，准备联秦一同攻赵。赵惠文王听到风声后，不禁又惊又恼：眼下秦王斥赵不义，魏王如主动与秦结盟攻赵，秦王定允，赵国必将大祸临头。赵王越想越卧不安席，最后终于决定与魏讲和，割让五座城邑作为谢礼。这样，魏靠孟卯的『出尔反尔』之计，未动一兵一卒就解除了秦、赵同盟，并获五城之利。

● 战国时代，兵连祸结，尔虞我诈，欺骗风行，有商鞅以邀请为名，伏兵突袭公子卯，有张仪说楚怀王，若与齐绝交则献地六百里而矢口否认。此次孟卯的欺诈成功，只不过是其中的一例而已。

完璧归赵——战国（赵惠文王）时期

秦涎和氏赵廷惊，一客扬威抵万兵。
烈胆维尊如利剑，疾言抗辱若洪钟。
痛揭欺诈批失信，怒谴贪婪斥丧公。
完璧回归赢盛誉，声名鹊起遂加封。

注释

●秦昭襄王恃强凌弱，听说赵惠文王得到了一块名为『和氏璧』的玉，便垂涎三尺，假意用十五座城邑交换。赵惠文王闻讯，召集众臣商议对策，大家议论纷纷：如将和氏璧交予秦，十五城邑未必能得；如不给，必为秦攻赵提供借口。正在莫衷一是，晕头转向之时，宦官缪（音：庙）贤向惠文王推荐了自己的一位门客蔺相如，说此人有勇有谋，可担当与秦交涉的重任。惠文王召见蔺相如，相如保证：『如秦将十五城予赵，就将和氏璧留秦；如秦不交十五城，一定把和氏璧完好无损地带回赵国。』惠文王遂派蔺相如奉璧西行，出使秦国。

●蔺相如赴秦行礼后奉上和氏璧。他见秦王只顾把玩玉璧而根本没有交城之意，便上前对秦王说：『璧有微瑕，容臣指给大王看。』当将玉璧接到手后，蔺相如猛退几步，身倚殿前大柱，厉声道：『大王想得和氏璧致书赵王，廷臣一致认为，秦王贪婪，依仗强大，定用以十五城交换的谎言谋夺玉璧。而我说，布衣之交，尚不相欺，何况秦是有尊严、讲体面的大国，难道连平头百姓也不如吗？今见大王态度倨傲，玉璧到手却无意将十五城交给赵国，所以臣取回玉璧。现在大王如想用武力逼臣就范，臣将头颅与玉璧一同撞碎在石柱之上！』蔺相如说罢，捧着玉璧做出奋力击柱的样子。

● 秦昭襄王十分震惊，唯恐玉璧被撞碎，马上施缓兵之计。蔺相如就势凛然道：『和氏璧乃天下至宝，赵王奉出玉璧时曾斋戒五天，现在大王想得到此玉，亦应斋戒五天，设九宾之礼于朝廷，臣方敢交玉。』蔺相如料定秦王虽可斋戒五日，但不会守信交城，于是令随从藏好玉璧，化装后携玉逃回赵国。五天后，秦王斋戒期满，引蔺相如奉璧入见，蔺相如上殿行礼后对秦王说：『秦自穆公以来二十余位君主，从未有一诺千金之人。臣实担忧受大王欺骗而失信于赵，故已令手下将和氏璧送回赵国。事已如此，臣甘愿一死，该剐该煮，一切由大王定夺！』在场的朝臣、卫士个个瞠目结舌，两卫士冲上前去，要将蔺相如捆绑，不料秦王大喝一声『放了他』，又说道：『现在就是杀了他，也得不到玉璧了。与其秦赵交恶，不如仍然以礼相待，放他回去，想赵王也不至于因一块玉璧而欺骗秦国。』

● 蔺相如不辱使命而『完璧归赵』，从此声名鹊起，赵惠文王因其大智大勇，拜他为上大夫。秦昭襄王或许因自觉理亏，或舍不得十五座城邑，再也不提此事了。

蔺相如不辱使命——战国（赵惠文王）时期

维尊宁可献英魂，赴渑盟约勇逆秦。
不忍本王单鼓瑟，硬逼他主伴击盆。
尔求吾地贺生礼，吾索尔都恭诞辰。
国有忠良雄气盛，虎狼何敢窥家门？

注释

●秦昭襄王得不到赵国的和氏璧很不甘心，连续三年攻伐赵国，杀人占城，赵举国震动，向楚、魏、韩求援。此时秦突然提出愿与赵缔结友好盟约，约赵惠文王到渑池（今河南渑池西）会面。赵国朝廷商议对策，决定由蔺相如陪惠文王赴会，而廉颇镇守国内、保护太子。蔺相如抱定即便流血牺牲，也绝不有辱使命的决心，针锋相对地与秦作殊死斗争，捍卫了国家尊严。

●前二七九年，秦昭襄王与赵惠文王在渑池会面。席间，秦王以骄横、鄙夷之态，要赵王弹奏宝瑟，为饮酒助兴。赵王无奈，只得为之，秦王拊掌大笑，并令人写下：『某年某月某日，秦王与赵王会饮，令赵王鼓瑟！』此时惠文王恼羞交加，深感受辱，正在窘迫间，蔺相如从席上站起拾起一只瓦盆，对秦王说：『我们赵王听说大王擅长秦声，臣请大王击缶为曲，给大家助兴。』秦王万没想到蔺相如会出如此一招，一时不知如何应付，只好装作未听见的样子，继续饮酒。蔺相如见状站起身来，怒目相视，大声道：『秦赵会盟，应当平等相待，大王如以为秦国强大就可以污辱赵国君臣，眼下相如离你不足五步，请允许相如将一腔颈血溅到大王身上！』大殿上众人无不目瞪口呆，秦王左右的人欲上前击相如，相如圆瞪双目，厉声呵叱，左右不敢靠近。秦王见如此情景，怕难堪之事发生，不得不敲击一下瓦盆。蔺相如这才后退几步，回身对随行的赵国史官说：『把此事记下来，某年某月某日，赵王和秦王盟会，秦王给赵王击缶。』

●大臣们看到秦王被反击而沮丧的样子，想为其挽回面子，便奏言：『今日是秦王生日，君主盟会不能没有礼数，请赵王割让十五城作为寿礼。』蔺相如快速做出反应说：『礼尚往来，请秦王割咸阳（秦国都城）作为给赵王的寿礼。』正在双方争执不下之时，有秦探子回报，赵军五千精锐就在附近，一二十里外另有赵国大军严阵以待。秦自感准备不足，开始缓和气氛，直到会盟结束，秦王始终未能侮辱赵王。

●自渑池会后，秦知赵有蔺相如、廉颇等杰出的、忠心耿耿的文武干才，好几年不敢加兵于赵国。

廉颇负荆请罪——战国（赵惠文王）时期

不服门客速擢升，泄愤撒泼辱上卿。
那里谦卑多忍让，这边骄横屡激争。
迷失窄巷丢国利，忘却通衢较己功。
大义忽明终猛醒，负荆请罪见高风。

注释

●蔺相如原本是宦官手下一门客，因在渑池会上以大智大勇、不畏强暴的英雄气概捍卫了赵国尊严，被超擢为上卿，位列老将廉颇之上，引起廉颇强烈不满，扬言若见蔺相如必辱骂之。

●廉颇的话传到蔺相如那里后，相如为息事宁人，极力避免同廉颇碰面。一天，相如车驾上街，远远望见廉颇车乘迎面而来，令随从急忙将车避入巷中。此举招来门客埋怨，都说廉将军肆意欺凌国家之重臣，实在让人难咽这口恶气，怀疑相如惧怕廉颇。

●蔺相如平静地对大家说：『即使像秦王那样凶狠，我也敢针锋相对与之斗争，又怎会害怕廉将军呢？我所以避让，是因为我知道，强秦不敢攻赵的主要原因是赵国有廉、蔺二位勇猛善战、不畏强暴的文武重臣，如果意气用事，互相争斗，秦国正好坐收渔翁之利。到那时，深受其害的乃是我们的国家。……个人争高下是小事，国家生死存亡才是大事啊！』门客和随从听了相如这番话，心中暗自惭愧，无不钦佩相如谦让容人的宽怀大度和以国家利益为重的高风亮节。

●蔺相如的言行传到廉颇那里，使廉颇久久不能平静。他深为相如的高贵品格所感动，一夜未眠，自知羞愧，第二天即按照当时认错请罪的习俗，赤裸上身，背着可以刺鞭的荆条，来到蔺相如门口，跪地请罪，大声悔过自新，说：『我是个卑鄙的小人，不知道上卿胸怀的宽广，以致于此啊！』蔺相如闻讯大惊，急忙出府扶起廉颇，扔掉荆条，脱下自己的衣服披在廉颇身上，拉着他的手将其迎入府中。围观的庶众见赵国有这样光明磊落、肝胆相照的文臣武将，无不称道喝彩，而对廉颇知错必改的勇气更是十分钦佩。

马犯借兵筑周城——战国（周赧王）时期

墙颓王叹露愁容，马犯出谋解困情。
诱魏驱师收宝鼎，蒙秦举力抢神明。
唆拨二主争锋对，诡骗一国就势行。
巧借他兵圆我梦，分毫不费筑周城。

注释

●战国晚期，周王朝已呈苟延残喘之势。前二七三年，秦军在华阳（今郑州南）大败魏军，近在咫尺的周朝君臣吓得六神无主，周赧王望着雒邑四边残破的城墙，担心祖庙里那九座传国宝鼎不保而愁眉苦脸。当时，最要紧的是把城墙筑高筑牢，可是国库空虚，人力稀缺，根本无力修葺。这时，谋臣马犯晋见赧王，自告奋勇地说他有办法来解决这个难题。

●马犯来到魏都大梁，因是天子的使者，魏王自然以礼相待。接着马犯以九鼎为诱饵，引魏王上钩。马犯哭丧着脸对魏王说，周王病重，秦、楚等国对传国九鼎早有觊觎之心，如不及早处理，早晚会被他们夺去，因此，周王想将这镇国九鼎托付给大王。魏王听后为之一惊，他知道，周朝的九座宝鼎，乃是大禹汇九州之英所铸，一直作为传国之宝、华夏神明之器，如果宝鼎归了魏国，说不定魏国就此国运昌盛、大业可期啊！想到此，魏王不胜欣喜地让马犯做主。马犯见魏王上钩，便顺势让魏王立即派军队前往周都，在城外安营扎寨，护卫宝鼎。魏军到了周都，马犯又来到秦国，对秦王说，魏国大军已忽然来到周都城下，对外扬言助周戍守，实为另有所图。秦王马上就想到那九座宝鼎。马犯见秦王神色不定，知道他也中了圈套，便故作缓态说，大王要是不信，不妨派兵前去一探。秦王果然马上发兵，如若魏军真有举动，就立即抢夺宝鼎。

●马犯见秦军出动，又快马加鞭去见魏王，大惊失色地说，各诸侯王都起了疑心，秦已派大军赶来，要与魏军一较高低，此时兵锋已临周都城下。如果这时我们运鼎，只怕鼎未动各诸侯兵马就杀到大梁了。魏王听说秦军将至，不知如何是好，忙向马犯问策，马犯就势说，现在只有一条路可供选择，即干脆将错就错，令魏军帮助周王修筑城墙，如此一来，诸侯们眼见为实，自然无话可说了。

●马犯以蒙骗之计，巧借魏军将周都城墙加高垒固，周朝分毫未费而取得了预期效果，只是苦了受骗的魏国几万士兵！

赵奢阏与胜秦——战国（赵）时期

边城急报满朝惊，我弱敌强尽默声。
闷主煎心宣救将，达臣放胆率援兵。
扎营筑垒先欺诈，卷甲衔枚后进攻。
智勇抗秦夺大胜，位同廉蔺获高封。

注释

●前二六九年，秦国以其强大的军力，在击楚、打魏、攻赵连战连胜的基础上，发兵二十万众，越过韩国的上党地区，进攻赵国的边邑阏与（今山西和顺县）。赵惠文王得报，速召文武大臣商讨救助对策。此时面对强敌，满朝惊惶，默不作声，无可奈何，就连老将廉颇都感到『阏与路远险狭，难救』。

●赵惠文王深知众臣不是不想救援，而实在是力不从心，但他还是存有最后一线希望。这时刚获提拔的赵奢以坚定的目光望着十分郁闷的惠文王说：『去阏与路远险狭，犹如两鼠在窝里争斗，唯勇者胜！』听了赵奢的话，惠文王长舒了一口气，立即拜赵奢为将军，率兵出发救援阏与。

●赵奢驱师前进，刚走了三十里路，就下令安营扎寨，并传令全军：『有言及军事者，杀无赦！』此令一出，全军肃然，将士们每天除加固堡垒，就是吃饭睡觉。包围阏与的秦军得知赵来了援兵，傲然迎上前来，列阵呐喊，声威震天。这时瞭望的军士急报赵奢，请求赶快布兵。赵奢以违背禁令罪将其推出斩首。全军继续固垒，在驻地停留了二十八天。秦军见赵奢如此怯战，又听说他原先是个小小的官吏，越发瞧不起他，就派使来赵营投书约战。赵奢以美酒佳肴盛情款待来使，并说明，赵军此次西来，只为加强邯郸防务，怎敢与兵多将广的秦军对阵？秦使回报，秦军主帅大喜，自认为阏与必不是赵国的了。赵奢密切注视秦军动向，当看到秦军远去回兵阏与时，急令全军拔营，卷甲衔枚，以骑兵和射手一万人为先导，日夜兼程向阏与进发，然后，采取密集队形攻击、抢占制高点控制要冲、夹击合围等战法，致秦军无处躲藏，伤亡惨重，溃不成军地逃回了国。

●赵奢率军以机智勇敢的战略战术击溃了秦军向赵的进攻，挫败了秦大踏步东进的锐气，大大鼓舞了东方各国抗秦的勇气和信心。赵奢因智勇双全，抗秦功高，被赵惠文王封为马服君，其地位与廉颇、蔺相如等同。

触龙智劝赵太后——战国（赵）时期

赵求齐助抵秦雄，以子质押方可能。
太后疾言持短见，左师柔语指长程。
功多禄盛堪真爱，绩少爵高为假疼。
理透情深君负命，援兵速到退强戎。

注释

●前二六五年，赵惠文王去世，年幼的赵孝成王即位，由赵太后代掌朝政，秦乘机进攻赵国，赵太后派使臣向齐国求救。但齐王说，必以赵惠文王的小儿子长安君为人质，方可发兵。

●赵太后最宠爱长安君，怎舍得让他去当人质？左右大臣以国家利益计，纷纷劝谏，太后恼羞成怒，疾言谁再提及长安君当人质一事，必唾其脸！此时赵国形势危急，朝野人心浮动，见此情景，早已赋闲在家的左师触龙，入宫以请安为名，婉转地说服太后，使她抛弃短见，从长计议，明白了什么才是真正疼爱子女的道理。

●触龙先绕了一个圈子说：『老臣幼子少不更事，万一老臣死了，这孩子怎样生活，着实令人担心，太后能否让他补个宫中侍卫，以除老臣后顾之忧。』太后感慨地说：『想不到男人也偏爱小儿子！』触龙说：『男人偏爱小儿子更甚于女人。比如，太后爱远嫁燕国为后的女儿远胜过爱长安君。当年燕后远嫁时，太后虽然拉着她的手哭泣，但又总说千万不要回来。这难道不是太后希望她能得到燕王荣宠，将来生子继承王位吗？』触龙见太后渐渐听进去了他的话，接着又讲了三代以前到赵国建立，赵君的子孙所以大多无出息，皆因为他们无功而爵高位显，无劳而俸禄优厚，只知道享受前辈的成果而不知艰苦创业。话到此处，触龙单刀直入地说：『现在太后一再提高长安君的爵赏，封以富庶之地，如不及时让他为国立功，一旦太后百年之后，长安君用什么在赵国立足呢？看来太后为长安君打算得近，而为燕后打算得远啊！』

●触龙以巧妙的『兜圈战术』讲了一番理至情深的道理，使赵太后心悦诚服，同意送幼子赴齐作人质。于是触龙和众大臣商议后，护送长安君入齐，齐国接着出动兵马助赵，秦军闻讯随即退兵，赵国解除了危机。

范雎死里逃生展宏图——战国（魏、秦）时期

伴使说齐彰慧聪，遭诬下狱幸逃生。
化名离魏披寒雪，避难投秦沐暖风。
打近交遥纠主误，集权限贵助朝兴。
宏图大展终如愿，拜相封侯做股肱。

注释

●范雎是魏国人，德高才盛，报国无门，只得投于中大夫须贾当门客。由于当年魏参加五国联军讨齐，田单复国后魏昭王担心齐国报复，便派须贾为使臣，带随从范雎去齐聘问修好。席间，齐襄王大骂魏国不仁不义，须贾无言以对。范雎见状，据理陈情，说明魏虽参加了五国联军，但严格遵守礼仪，也未随燕攻入临淄，魏对齐始终留有情谊。『……如今魏极盼齐君能成就一代霸业，想不到齐王心存前嫌，难道大王不想以齐桓公为榜样，而沿习齐泯王的作风吗？』范雎的一席话使齐襄王暗起钦佩之心，当晚便派心腹以重金厚礼欲将范雎留于齐，被范雎婉言谢绝。事后须贾得知此事，又看到齐王冷淡自己，不禁妒火中烧，暗记在心。回到魏国后，须贾就在相国魏齐面前大肆诬陷范雎是吃里爬外的奸人。魏齐将范雎抓捕，施以酷刑，直至断气，然后弃于茅厕。范雎其实未死，被看守以蒙骗魏齐的巧计救出，第二天得以逃脱。

●范雎逃出魔掌后，化名『张禄』。不久秦国使臣来魏修聘，暗中寻访人才，范雎在好友推荐之下，被秦偷偷招贤，在返程入秦境的路上，恰遇专横跋扈、厌恶东方诸侯客的秦相穰侯魏冉，范雎见势不妙机智敏捷地躲过一劫。来到咸阳，使臣向秦昭襄王极力推荐『张禄』（范雎），不料秦王反应并不强烈，只让『张禄』住进馆舍，但『张禄』不甘如此，极力寻找机会，发挥才能，终于得到秦王赏识。

●当时秦昭襄王正在被朝中权力纷争和丞相穰侯串通太后欲出兵伐齐弄得一筹莫展，『张禄』见时机到来，便上书请秦王召见问策。在离宫中，『张禄』经过与秦王『交浅不言深』的一番对话，终见秦王诚意，遂开诚布公、先外后内地献策：『秦强而不能成就霸业，最大原因在于外交策略失误，如现在攻齐就是一例，齐与秦间隔韩、魏，路途遥远，即便攻下也无法占领。今穰侯之所以要攻齐，是因为齐的刚、寿两地与其封地接壤。秦要角逐群雄、争霸天下，最好的策略应是「远交近攻」。』『张禄』一席话，使秦王茅塞顿开，十分佩服，当即拜『张禄』为客卿。『张禄』又乘势谈到内政，直言大权旁落的危害，谏秦王要集中权力，昭襄王遂立即废除太后，逐穰侯等贵戚出关，使秦朝廷得以安宁。

●『张禄』成了秦昭襄王最宠信的大臣，拜为丞相，同时封于应地（今河南宝丰西南），号为『应侯』。而他的仇人魏国的须贾和魏齐，终因多行不义，一个如丧家之犬，另一个走投无路自刎身亡。

秦施反间，赵败长平——战国（赵）时期

敌求速战我延拖，对峙胶着四月多。
彼使挑唆挖陷阱，此遭离裂起浑波。
谣言即信夺真剑，诡计非识换伪戈。
血染长平哀赵括，势衰尤念老廉颇。

注释

●秦国实行了范雎『远交近攻』的战略方针，离秦最近的韩国便成了他的首攻目标，韩为摆脱困境，以上党十七座城邑献给赵国，企图引祸水入赵，并达到联赵抗秦之目的。赵虽然接受了韩献的城邑，却未出兵增援，韩上党太守冯亭抵抗两月余，伤亡惨重，无奈向赵国转移，一直撤到长平（今山西高平市西北），才遇到廉颇率赵军来援，此时秦军已追赶上来。廉颇见秦军来势凶猛，便审时度势，下令筑垒挖沟，坚守不出，并宣布：『言兵者，杀无赦！』秦将王龁（音：合）见廉颇按兵不动，每天增垒挖壕，心中十分急躁。这样双方对峙，整整胶着了四个多月。

●秦远路而来，拖了四个多月，欲速战不成，十分恼火。秦昭襄王问计范雎，范雎指出，赵国之利，在于老将廉颇经验丰富，如设法使赵王调回廉颇而以一缺乏经验的新将代之，秦即可成功。秦王按范雎之反间计，派人携金入赵，收买奸细，散布流言蜚语，说廉颇人老无刚，怎能抵挡强弓硬弩的秦兵？四月不战，空耗钱粮，如让年轻勇猛的

赵括领兵，早已把秦军赶跑啦！又说秦国最怕赵括，如让这位兵学奇才出任赵国将军，秦军必定望风而逃。……范雎所用的反间计果然奏效，赵孝成王听后信以为真了。

●年轻的赵孝成王被秦的反间计迷惑而上当，遂将经验丰富、老谋深算的廉颇换掉，以初出茅庐、急功近利的赵括为赵军统帅。至此，赵国的危难必不可免。

●赵括为马服君赵奢之子，他认为自己自幼饱读兵书，熟知兵法，不把任何人放在眼里。当孝成王召见问其有无制胜把握时，他侃侃而谈，口出狂言。赵括一到战场上，立即改变廉颇的战略，贸然出击，主动与秦军交战。长平一役，兵败身死，四十万兵士降秦，遭到全部杀害。一着不慎，满盘皆输。当时赵国是唯一可与秦抗衡的强国，可在长平之战后，赵国力尽丧，从此一蹶不振。此时，人们只能在哀叹中怀念廉颇老将军了。

血染长平——战国（赵）时期

从无实战尚空谈，挂帅出征父胆寒。
妄论滔滔一地涌，狂言滚滚满天旋。
昏头布阵胡决断，盲目驱师肆贸然。
身陷重围遭惨败，用人失误毁全盘。

注释

●赵孝成王中了秦国的反间计，以年轻气盛的赵括取代了老将廉颇。赵括之父赵奢深知儿子的水平，忧心忡忡，曾有预言：『他只不过学了一些兵书上的皮毛，就滔滔不绝，目中无人，其实全是纸上谈兵，华而不实，万一赵王看中他，那必是赵国遭殃、括死之时。』

●诚如其父所言，赵括领命时当着孝成王的面吹嘘了一番。赵王问他有无决心与秦军作战，他不屑一顾地说：『秦国除白起之外，其他人根本不在话下，至于王龁（音：合），只配做廉颇的对手，与我遭遇，一定如秋风扫落叶般，被我打得落花流水。』

●赵括率军直抵长平后，立即废除了廉颇所定的一切旧章，颁布了一系列贸然进攻的命令。冯亭再三劝他须审时度势，谨慎从事，但他自恃拥有四十万大军，对良言苦谏一概不予理睬。此时，秦已知赵走马换将，马上派武安君白起悄然前往长平指挥作战。白起严密封锁消息，只用一支千人队伍向赵括挑战，然后佯装失败溃逃。傲慢的赵括不知是计，挥兵全力追杀，不知不觉中陷入秦军的埋伏，赵军被一分为二，团团围住。

●在秦军坚如铁桶的围困之下，赵军无法突围，且粮草断绝。赵括一筹莫展，只得率五千精锐强行突围，在秦军万箭齐发的猛攻下，五千人马全部毙命，赵括本人被乱箭射死。白起令人将赵括首级挑在竹竿上竖旗招降，当天夜里，降兵全部被杀掉。赵国长平一役惨败，根本在于用错了一个人——赵括。

毛遂自荐——战国（赵）时期

尖锥脱颖放犀言，伴使求兵促纵联。
按剑静听燃怒火，登台疾论斥骄蛮。
恨秦凭暴伤天理，愤楚蒙羞愧九泉。
歃血结盟达两利，锋芒初露展非凡。

注释

●赵、秦长平之战，赵国惨败，秦军乘势长驱直入，围困邯郸。赵孝成王命平原君为使臣，以『合纵』名义去楚国求援，需带二十位文武双全的门客作随从。在挑选了十九名而最后一名怎么也挑不出时，门客中一个叫毛遂的主动要求与君同行前往。平原君问后方知毛遂来此已有三年，不觉大失所望，便说：『大凡人才，如同放在口袋里的锥子，尖头很快会露出来，先生在我门下这么长时间，既未听到人们有何赞誉，也未做过出色之事，可见只是平常之人。』于是决定不让毛遂跟从。毛遂听后说：『既然如此，请主公今日将微臣放入袋中，主公如早将微臣放入袋中，微臣早就脱颖而出了，何止扎出一点尖头？』平原君见他出语不凡，为之一震，便答应了让他同行去楚。

●平原君拜见楚考烈王，长谈了一上午，任凭平原君苦口婆心，楚王就是不允出兵。毛遂见楚王如此骄蛮，怒火中烧，手按腰间佩剑，迈步走上台阶，以大义凛然之姿，在楚王面前慷慨陈词，疾论利弊。

●毛遂面对楚考烈王的骄蛮无礼毫不退让，厉声说道：『天下成大事者不仅靠兵多，根本原因在于君主英明。今楚地五千里，甲士上百万，完全拥有争夺天下的条件，可眼下匹夫白起（秦国名将）率数万人马来攻，一战夺鄢、郢，再战焚夷陵，三战又毁贵国祖庙，大王历代先人遭受如此凌辱，实是百世之羞，连我赵国都感到愤愤不平，而大王却丝毫无痛恨之心！我主公此来贵国商议合纵之策，其目的是商讨如何同心协力打败暴秦，此举对楚实现复仇称霸大大有利，难道仅仅是为了赵国吗？』毛遂一席尖锐激论，深深触动了楚王的隐痛，使其渐渐醒悟。

●毛遂见楚考烈王答应了『合纵』，忙要楚王的侍从拿鸡、狗、马血来歃血为盟（按当时的礼制规定，天子用牛、马血，诸侯用狗、猪血，大夫以下用鸡血）。至此，平原君终于不辱使命，在毛遂的协助下完成了『合纵』。回到赵国后，平原君深有感慨地说：『以往我总觉得阅人无数，优劣巧拙一眼就能看清，从不埋没人才，想不到这回毛遂给自己上了一课。』历史一再证明，英贤俊才往往出自平凡庶伍之中！

信陵君窃符救赵——战国（魏）时期

救赵畏秦途偃旌，信陵询策访侯生。
莽夫依勇难得胜，智士凭谋易获功。
盗窃虎符驱战马，诛杀悍帅统援兵。
三军并进雄威振，解困邯郸挽覆倾。

注释

●赵都邯郸被秦军围困后，赵国一面派平原君向楚国求援，一面由平原君夫人多次写信给魏王及她的弟弟魏公子信陵君，请求魏国出兵，魏安釐（音：离）王派将军晋鄙领兵十万援赵。秦昭襄王闻之大怒，致信魏王，以武力相威胁，魏王被恐吓，忙令已到邺城的晋鄙大军停止前进，就地驻扎，不进不退。信陵君不愿姐姐一家遭难，也不愿看到赵国灭亡后魏国将面临的危险，便反复晓以利害，劝魏王继续进军，可魏王就是不肯。绝望的信陵君别无他法，便集合门客，准备前往赵国与姐夫一家同生死共存亡。车离大梁时，信陵君在夷门下车向他尊敬的、过去的小吏侯生道别，并顺便让他出个主意。但侯生并未理会，公子大失所望，可离开后又心有不甘，于是返回再见侯生。这时侯生方说出自己的想法和计策。

●侯生对信陵君说：『军国大事当凭谋略策划，怎能凭匹夫之勇？秦、赵两军在邯郸已呈胶着状态，此时谁能获得援军，谁就是胜者。公子率区区门客，除了表明赴死的决心外，对大局有何帮助呢？』

●侯生的话刺到了信陵君的痛处，但他又实在拿不出办法。此时侯生便把自己的计谋和盘托出：『正门不通，就走边门，公子曾为大王最宠爱的如姬报过杀父之仇，现在何不求如姬从大王身边偷出兵符，调动晋鄙，以促成魏军救赵？』公子按侯生之计而行，果然奏效。可当公子持符来到晋鄙军中，晋鄙生疑，不交兵权。见此情景，公子随行的侯生好友、屠夫朱亥跨前一步，一锤将晋鄙砸死。

●接着，信陵君向众将士宣布晋鄙违抗援赵的君令，已被处死，遂率八万精兵向秦军发起猛攻。这时楚国援军也赶到了邯郸，赵国军队则从邯郸城中杀出，形成了三路并进、内外夹击之势，将秦军打得落花流水，挽救了濒于倾覆的赵都。

一代名将白起之死——战国（秦）时期

百万军中久赫名，南伐东讨立头功。
含忧拂旨推承令，秉理申由拒领征。
受贬夺爵石落井，蒙冤毙命剑扬锋。
将兵多法惜拙政，一片丹心却遇凶。

注释

●白起，秦国郿（音：眉。今陕西眉县）人，是秦国名声煊赫的武将，夺得韩、魏、赵、楚许多土地，拔城数十，杀敌百万，堪称战功卓著，位至武安君，后被秦王无辜杀害。白起之死，标志着战国旧时英雄人物的终结。

●赢得长平一战后，白起乘胜围困赵都邯郸，赵国危在旦夕。此时正在平原君家作客的燕国大夫苏代，甘愿赴秦说服应侯范睢和秦昭襄王撤兵，为赵解围。苏代来到咸阳，献上黄金珠宝后对范睢说，如白起战绩愈发显赫，必位列三公，应侯也将屈居其下。范睢出于私心，答应领苏代入宫面陈秦王，秦王果然下令白起班师回朝。白起不敢违命，回朝后方知这是范睢出的主意，便对范睢大为不满。此消息传入宫中，秦王亦很后悔，有意再派白起去攻打邯郸，然而此时形势已变，赵、韩、魏、齐、楚等国已经联合，赵军的兵权又回到老将廉颇手中。白起已看清再战无望，便忧心忡忡，装病不朝，推掉成命。秦王只得退而求其次，派五大夫王陵再次攻打邯郸，结果败于廉颇手下，紧急向朝廷求救。昭襄王无奈再召白起出马担纲，白起连连摆手，秉理论势，指出今非昔比，强攻必败无疑，此仗不可再打！

●白起以戗逆之言拒绝再征，秦王只得派范雎面见白起，请他领命出山。可白起早就对范雎耿耿于怀，所以一口回绝，秦王只好派王龁把王陵换回。王龁连攻五月不克，后在赵与楚、魏的联军的夹击下惨败。得此消息，白起逢人便讲因大王不听他的劝告，才得如此失败下场。秦王听后怒气盈胸，最后通牒白起速赴前线稳定局势，可白起就是不接诏书。昭襄王一怒之下削去白起武安君爵位，贬为庶民，赶出咸阳，迁往阴密（今甘肃灵台西）。一路上白起大发牢骚，有人将他说的话传给了秦王，范雎乘机落井下石，说白起是名将，此时心怀不满，若被其他诸侯引诱过去，秦国可是危险万分啊！秦王心中一惊，立即令手下取出宝剑，快马追上白起，赐他自尽。

●白起作为一代名将，忠心耿耿，虽将兵有法，但在政治上却显得幼稚、拙笨。历史告诫人们，为政者光有一片好心而无技巧，往往是避不了凶险的。

蔡泽取范雎而代之——战国（秦）时期

奇谋诡术久难鸣，鸿运忽来力纵横。
广布秦丞即丧宠，盛传燕士必得荣。
说功道过言规律，论古谈今讲理情。
妙语连珠激梦醒，雎辞泽继获双赢。

注释

●蔡泽，燕国人，专攻纵横权谋之术，他先后到过赵、韩、魏国，可处处碰壁。一日，蔡泽忽然听说秦相范雎日子不好过，便喜上眉梢，立即向咸阳奔去，欲乘机取而代之。

●秦相范雎曾推荐郑安平、王稽担任将军和河东守，不料两人相继出了问题（一人降魏、赵联军；一人里通外国）。自此，秦昭襄王与范雎产生隔阂。昭襄王认为，武安君（白起）之死，郑、王二人叛变，均与范雎有关，所以范雎整日惶恐不安，胆战心惊。蔡泽摸准了范雎的心病，一到咸阳就四处放风，说秦相范雎已失宠，燕国大纵横家蔡泽，是天下杰出的雄辩之士，只要一见秦王，秦王一定拜他为相，取代范雎。

●范雎听到蔡泽在市井间的扬言，便召蔡泽入府，问其缘由，蔡泽毫不隐讳地指出了范雎的见识迟钝，并以季节交替、功成身退的道理说服范雎。蔡泽列举了历史上商鞅、吴起、文种地位很高，功劳很大，但下场很可悲的史实，告诫范雎：『日过午而下降，月现满而始亏，万事万物无不盛极而衰，故应顺从规律。你如今位极人臣，势若中天，但多年积下的仇怨已深，秦王的恩宠也已消退，若仍沉溺于昨日的权势中而不知变更行止，岂不危险至极？我所以扬言取你而代之，正是为了提醒你早筹良策，善始善终啊！』

●听了蔡泽妙语连珠的一番至理箴言，范雎茅塞顿开，遂向秦王推荐蔡泽，蔡泽被拜为客卿。范雎从此称病不朝，过一段时间便辞去了丞相职务，安全着陆。而蔡泽终以自我推荐的方式被拜为秦相。

李园献妹——战国（楚）时期

醉心华贵做人渣，借妹姿容计屡发。
先予王公怀六甲，后呈国主作儿妈。
收凶蓄士磨锋刃，纵恶诛君溅血花。
使色夺权极龌龊，拥朝弄柄噪昏鸦。

注释

●赵国人李园，为追求荣华富贵，竟然以自己姿色靓丽的妹妹为资本，干了一件令人作呕的荒唐事。

●李园原想将妹妹献予楚考烈王，但听说楚王不能生子，恐日后无宠，便自己托门路去春申君门下当了舍人。不久，他回家探亲，故意拖延时日不归，春申君问其故，他编造说是齐王派人向其妹求婚，引起春申君想见其妹的欲望。李园设圈套成功，将其妹带入宫中，春申君一见钟情，遂宠幸有加，很快使其怀孕。接着李园又策划了一场新的阴谋，让其妹对春申君说：『大王无后，去世后必由一兄弟即位，而你已作令尹二十余年，得罪不少人，只怕到时不但权力旁落，身家性命也恐难保。现在臣妾已怀有您的子嗣，当初进府时并无人知晓，如今您可将臣妾装扮成新聘来的美人献给大王，如此便可移花接木，说是大王的血裔，若生一男，大王百年之后，即位之人岂不就是你的儿子？』听了李妹的一席话，春申君觉得在理，便将其打扮一番，送入宫中，果然得到楚考烈王宠幸。几番云雨后，李妹说自己已怀孕，楚王信以为真，喜出望外。妊娠期满，李妹真生一男孩，楚王立即册封婴儿为太子、李妹为王后。这样，李园也就轻松地当上了国舅。

●平步青云的李园深感春申君成了他的威胁和隐患，便出重金招雇了数名死士，抓紧训练，等待时机，杀人灭口。在春申君当令尹的第二十五年，楚考烈王一病不起，春申君的策士朱英看到李园暗蓄死士，谏春申君先下手除掉李园，以绝后患，可春申君却认为李园和自己关系不错，不会有不义之举。过了数日，楚考烈王去世，李园果然抢先进宫，将死士埋伏在棘门之内，入宫吊唁的春申君刚至棘门，死士突然跃出，一剑将他刺死，割下他的头颅抛出棘门。

●刺死春申君后，李园假传圣旨，领兵灭了春申君全族。李园的妹妹所生之子即位，即楚幽王。

吕不韦『奇货可居』——战国（秦）时期

今冬投入为明春，不吝巨资襄异人。
游说华阳收后嗣，征服嬴柱储来君。
献姬呈礼甘割爱，救主消灾任舍金。
如意算盘终遂愿，巧居奇货享封尊。

注释

●吕不韦，卫国商人，谙熟经商之道。一次他去赵都邯郸做买卖，无意中见到秦国人质、流落街头的秦昭襄王之孙、秦太子安国君之子异人，便产生了奇货可居的念头。回家后他问父亲，耕地和做珠宝生意能获利几倍，其父答，耕田获利十倍，买卖珠宝获利百倍。不韦又问，要拥立一个国王能获利多少倍呢？父亲说，那获利可是不计其数啊！于是，吕不韦决定向异人投资。他找到异人，说明意图，异人始而怀疑，继而相信。吕不韦甘愿拿出千两黄金，替异人到咸阳置办礼品珍宝，结交朝中大臣，攀附华阳夫人，以求达到目的。

●秦王年事已高，接班者必是太子安国君（嬴柱），而华阳夫人为安国君特别宠爱，但她未能生育，未来太子只能由她在二十余位子嗣中选择。吕不韦先以异人孝敬的名义送礼给华阳夫人的姐姐，然后让她捎信给华阳夫人，说王孙异人仁义贤能，经常在他人面前赞颂华阳夫人和安国君，并说他们二位就是他的亲生父母，因远质他国不能在身边侍奉而经常痛哭流涕。华阳夫人听后十分高兴。接着吕不韦又让华阳夫人的姐姐转告华阳夫人：『美色事人无常，一旦色衰便会失宠，眼下夫人无子嗣，终难长久，不如抓紧在众多儿辈中物色一贤良孝顺的收为嗣子，将来好有个依靠。今王孙异人为人忠厚贤良，且愿认华阳夫人为母亲，如夫人愿意接纳，以夫人的备受恩宠，今后极可能得继王位，这样，安国君百年之后，夫人依然可享荣华富贵。』华阳夫人听后，觉得此主意甚好，便用柔情、泪水去做安国君的工作，安国君一口答应，并让吕不韦想方设法将异人带回秦国。

●吕不韦在邯郸时娶了一个舞女赵姬为妾，此时刚怀身孕。一日，异人在吕不韦家饮酒，见赵姬后魂不守舍，请求吕不韦将赵姬让给他为妻。吕为了实现自己的长远计划，马上答应了，但隐瞒了赵姬怀孕的实情。异人正准备逃出赵国，却发生了秦攻邯郸的战事，赵孝成王欲杀异人泄愤。吕不韦闻之，赶紧将异人装扮成他的仆人，匆匆奔向南门，出六百金送给守门官兵，说自己是卫国商人，因秦军攻赵回不了家乡，请他们行个方便，于是守门官兵将他们放出城去，二人逃脱了劫难。

●回到秦国后，华阳夫人正式把异人认作儿子，并给他改名为子楚。前二五〇年，秦昭襄王去世，安国君即位，为秦孝文王，立华阳夫人为王后，子楚为太子。赵王为缓和与秦的紧张关系，将赵姬及她的儿子政（因赵姬的男孩生在正月，故取名『正』，后改为『政』）送回秦国。一年后，秦孝文王去世，子楚（异人）即位为秦庄襄王，立赵姬为王后，政为太子，拜吕不韦为丞相，封文信侯，总管秦国一切军政大事。至此，吕不韦的『奇货可居』一本万利，终于达到预期目的。

吕不韦的『一字千金』——战国（秦）末期

已霸政坛仍野心，竟思文苑掌乾坤。
集合群客修鸿制，汇总诸篇纂大尊。
悬挂百章夺万目，增删一字赏千金。
奇招妙法威名震，寒气逼人谁试身？

注释

●吕不韦因『奇货可居』，使子楚（异人）终得即位，为秦庄襄王，而他遂被任为丞相，封文信侯。前二四七年，庄襄王去世，太子政立为王，再称吕为『相国』，号『仲父』（秦王的叔父）。此时吕不韦更加权势显赫，不可一世。但他仍不满足，又想在文坛上出人头地，以求流芳百世。

●吕不韦学『四公子』（魏信陵、赵平原、楚春申、齐孟尝四君），家中豢养门客、奴仆一万余人。为了编写一部巨著，吕将门客集合起来，让人人各著所闻，然后将这些文章汇总整理，终于编成一部二十余万字的大书。此书共一百六十篇，分为八览、六论、十二纪，包含道、儒、法、兵、墨、农、阴阳等各家学说。吕不韦宣传此书兼容天地，统揽古今，取名为《吕氏春秋》。因该书以『八览』开首，后世又称其为《吕览》。

●《吕氏春秋》编成后，吕不韦看世人反应不强烈，便想出一奇招：把编好的书悬挂于都城咸阳的大门旁，又放一千两黄金在上面，并贴出告示说：『凡诸侯、游士、宾客中的任何人，有能增损书中一个字的，给予一千两黄金的奖赏。』『一字千金』的成语由此而来。

●吕不韦使用这一招，其目的是通过造势、炒作来提高自己的身价。告示贴出好长时间，却无人提出异议，更无人进行增删。文章虽然简洁、生动、形象，总结了春秋战国时百家争鸣的成果，但再好的文章也不会一字不可改动。之所以无人修改，那完全是因为慑于吕不韦的显赫权势。

秦王政重拳铁腕——战国（秦）末期

难容奸宦肆横行，痛恨权臣恣擅宫。
承位登基观冷雨，加冠亲政破寒冰。
分尸嫪毐灭狂佞，夺印不韦除恶凶。
迅起雷霆平叛乱，钢拳铁腕露芒锋。

注释

●秦王政十三岁即位，朝廷大权掌握在太后和她宠幸的宦官嫪毐（音：涝矮）及相国吕不韦手中。在秦王政二十一岁即将亲政的时候，太后封嫪毐为长信侯，对他的胡作非为不仅一概不予限制，而且事情无论大小，皆由他决断，后来又给他加大封地，意在秦王政亲政前，先抢占好地盘，以便维持并扩张其权势。而吕不韦亦野心勃勃，将他组织编写的《吕氏春秋》公布在咸阳城门上，想在秦王亲政前使自己的学说定于一尊，使秦王成为他的学说的执行者，从而维护其原有的地位和权势。吕不韦和嫪毐形成了争权夺利、钩心斗角的两派，这两大势力不仅严重威胁秦王政的统治，而且发展到了分裂国家的地步。

●前二三八年，秦王政年满二十二岁，即举行亲政冠礼。在此之前，他一直观察宫中各种动向，而不轻易定夺，这时，他要亲自主政了，有人向他告发嫪毐不是宦官，他经常与太后私通，生有二子，并蓄谋篡国。秦王政暗查后知晓此事为实，于是，开始准备对嫪毐下手了。

●嫪毐得知自己的阴谋被发现，决定先发制人，于是就诈用秦王政印信和太后印信调动军队，打算发动叛乱。秦王政知道此消息后，立即出兵进攻嫪毐，双方在咸阳交战，反叛者被杀死数百人，嫪毐逃跑，秦王随即下令捉拿，不久将他抓获，对其车裂分尸。嫪毐当年进宫，为吕不韦所荐，因此，次年吕不韦因牵连获罪，被免除职务，迁往洛阳。吕在那里仍接待各国宾客、使者。秦王政恐其作乱，书信一封，严厉谴责，并令他全家迁至蜀郡。吕不韦知道再也不会有好结果了，遂喝毒酒自杀。

●秦王政刚掌权就当机立断，以迅雷不及掩耳之势，迅速平定了嫪毐的叛乱，剪除了操控国权的相国吕不韦，显露出经国理政的重拳铁腕。从此，秦国的内政外交出现了崭新的局面。

稚子上卿甘罗——战国（秦）末期

稚子入朝当侍从，年方十二展奇能。
威逼秦使作人质，讹诈赵王割邑城。
两弱交锋皆受损，一强观火尽得赢。
兵卒未费开通道，荣拜上卿三尺童。

注释

●甘罗，秦国前左丞相甘茂之孙，耻于家道中落，发愤学习，智慧超群，被吕不韦收留做贴身侍从。他很快在吕不韦的相府中崭露头角，十二岁时，抓住机遇，大展奇谋，震惊朝野，一举成名。

●事情的原委是：秦相吕不韦为了实现秦国东扩的战略，特派刚成君蔡泽出使燕国，经过三年努力说服燕同秦结盟，并将燕太子丹送到秦作人质。为了对等，秦要派一使臣张唐去燕国作丞相，可张唐此时正被赵国张榜悬赏缉拿，怕去燕经过赵国时送命，因而不肯前往。甘罗得此讯，对吕不韦说他有办法让张唐去燕。吕将信将疑。甘罗面见张唐，问其与武安君白起相比谁功劳大，张唐认为自己与白起无可相比；甘罗又问范雎与吕不韦谁更为秦王重用，张唐说范雎当然比不上吕不韦。接着甘罗以威胁的口吻说：『当年范雎要攻打赵国，白起拒绝合作，结果被逼出咸阳，后被杀头；现在吕不韦亲自请你去任燕相，你却一口回绝，我真不知道你将死在什么地方！』张唐听了甘罗这番话，顿时胆战心惊，面如土色，握住甘罗的手，连说：『请因孺子行。』张唐出发后，甘罗又向吕不韦请命去赵国为张唐开道，吕禀报秦王，秦王允之，破例让这个十二岁的稚子以秦使身份前往赵国修聘。赵悼襄王即位不久，正处在秦、燕的夹击之中而惶惶不可终日，见秦使虽是三尺之童也不敢怠慢。甘罗遂展开了讹诈之术，他故意问赵王否听说燕太子丹到秦国当人质、秦国派张唐到燕国当丞相，赵悼襄王说都听说了。甘罗接着为其分析道：『这说明燕将忠于秦，秦将不会欺凌燕，秦、燕已结成同盟，而秦联燕攻赵的目的无非是谋求河间的土地，如赵割让河间五城予秦，秦即把燕太子丹送回燕国，并助赵攻燕。』赵悼襄王对秦垂涎河间五城早已心知肚明，如若不答应，秦绝不会罢休，只好照甘罗之意办理。

●不久，秦果然将太子丹送还，赵国马上兴兵伐燕，一举攻取燕国三十六座城邑，将其中十一座送予秦。在双方对战过程中，燕、赵这两个比较弱小的国家都受到了极大损失，而强大的秦国却在一旁隔岸观火，从中渔利。

●十二岁的甘罗，凭两次游说，使秦国未费一兵一卒，就得到了战略地位十分重要的十几座城邑，打开了东进的战略通道。为奖赏甘罗的功绩，秦王拜这位三尺稚童为上卿，于是，人们皆称其为『稚子上卿』。

谋略超人的尉缭——战国（秦）末期

看雨观风计在胸，运筹精略秉一宗。
寻机制隙破明障，造势蓄奸挖暗坑。
反间赵王杀悍将，买通齐相废雄兵。
清晰透彻说三胜，为灭诸国立大功。

注释

●前二三七年，在秦王政筹划兼并六国，实施统一大业时，大梁人尉缭综观天下，审时度势，来到秦国献上了一套巧妙消灭各诸侯国的方略，得到秦王政的极大赏识，遂受优厚礼遇，十分受尊重。这时，尉缭为了促使秦王尽快采纳他的计策，实现速灭六国的宗旨，便故意在背后以尖刻的言词散布秦王的缺点，然后佯装逃走。秦王发现后，不仅没在乎尉缭说自己坏话，而且立即派人将他请了回来，封作国尉，并最终按其计策行事，取得了统一大业的巨大成功。

●尉缭的计策主要是：千方百计使各诸侯国产生裂隙，破坏他们的『合纵』；并以重金贿赂各国有权势的豪臣，使他们听从秦国的摆布，成为里应外合的内奸。

●秦王政按尉缭之计行事，在统一战争中，多次以行贿离间他国君臣，取得了一次又一次的胜利。如贿赂赵王宠臣郭开，散布功勋卓著的悍将李牧谋反的谣言，赵王当即换将，并将李牧斩首；齐相后胜，因多次受秦之贿，便屡劝齐王不修武备、不助五国，因而使秦得以各个击破，齐不战而亡。

●尉缭在秦国担任国尉，制定了一系列成功的战略、策略，使秦仅用十年的时间就完成了统一大业。他的军事思想主要体现在《尉缭子》一书中。尉缭认为，取胜有三种，即道胜、威胜、力胜。他在这三方面中主要论述的是『威胜』。为了取得『威胜』，他主张推行法家政策，首先要在政治、军事、战略、战备上造成『必胜』的态势。尉缭的军事思想，清晰明确，精辟深远，在秦兼并六国的统一战争中发挥了十分重要的作用。

李斯谏逐客令——战国（秦）末期

师荀求术欲峥嵘，离楚来秦断势明。
辟论六合谋大略，深析一统指宏程。
无辜受谤云积雨，有理抗逐阴转晴。
挚谏服王即撤令，重襄大业展卓能。

注释

●李斯，楚国上蔡人（今河南上蔡县一带）。年轻时曾做过看守粮仓的小吏，后拜一代儒学大家荀子为师，学习帝王之术、治国之道。学成后他看到『楚国不足事，而六国皆弱』，惟秦国具备统一天下、创立帝业的条件，于是决定赴秦一展抱负。当时，秦庄襄王已过世，秦王政尚未亲政，大权实际上掌握在相国吕不韦手中，李斯看准形势，便投奔吕不韦门下，被任命为秦王政的侍卫。

●李斯利用与秦王政接触较多的机会，呈上《论统一书》，精辟剖析时局，言明统一大略，指出宏伟前程，劝说秦王应抓紧『万世之一时』的良机，『灭诸侯，成帝业』，实现『天下一统』。此方略正中秦王下怀，秦王欣然接受，并任命他为长史，后又拜为客卿，让他具体制定吞六国、统一天下的策略和措施。

●正在李斯如愿以偿之时，发生了一起间谍案，使他遭遇了严重危机。原来韩国人郑国，来秦名为帮助兴建水利工程，实为企图削弱秦攻六国的力量，使六国特别是韩国能得到喘息和重振之机。此事败露后，秦宗室贵族纷谏秦王把别国客卿通通逐出。秦王遂下逐客令，列在其中的李斯不甘心就此放弃，便给秦王上了一道奏章，列举了秦历史上的四位君主（秦穆公、秦孝公、秦惠文王、秦昭襄王）广揽天下名士，得东宛百里奚、宋国蹇叔、晋国丕豹、公孙支，重用商鞅、张仪、范睢，依靠客卿建立功业的事实，尖锐地指出：现在大王不效四君主，却要把外来的人才全部撵走，这不是陷秦国于虚空之境吗？李斯的『谏逐客令』鞭辟入里，言之凿凿，犀利明确，正中秦王要害，形势随即发生转变。

●秦王览罢『谏逐客令』，立即收回成命，撤销了逐客令，并给李斯官复原职。不久李斯又被擢为廷尉。此后，秦终于完成了统一大业，李斯当上了一人之下万人之上的秦国丞相，在理政经国上展现了不凡的才能。

李斯迫害韩非——战国（秦）末期

三汇一炉集大成，主张遭挫愤难平。
秦王动武夺才俊，李相施谗去智能。
加害囚身织恶罪，兴冤使鸩用毒刑。
同窗学子曾情重，因妒结仇灭友朋。

注释

●韩非，战国末期韩国人，法家的主要代表，他把法、术、势三个方面熔为一炉，成为战国时期的大思想家。面对当时韩国积贫积弱、内忧外患的局面，韩非心急如焚，接二连三地上书韩王，但他的主张均遭拒绝。他痛恨治国仅靠强权而不修明法制，痛恨把浮夸、拍马的蠹虫放在有功劳有才学的人之上，为此，他在观察以往经验教训的基础上，于郁愤难平中写出了『孤愤』、『五蠹』、『说难』、『说林』、『内外储』等著作，洋洋十万余言。

●韩非的一系列著作流传到秦国，秦王政读后十分赞赏，特别是韩非主张的赏罚分明、以利使人，以害禁人、『刑过不避大臣，赏善不遗匹夫』等思想，与秦王的固有观念不谋而合，因此，秦王政下决心要把这个人才弄到手。秦王政立即发重兵进攻韩国，迫使韩王让韩非到秦国效力。韩非一到秦国，便受到秦王的高度重视，这引起了韩非的同学李斯的忌妒，于是李斯寻机捏造种种诬陷之词，企图致韩非于死地。

●原来韩非进秦宫不久，楚、越、燕、赵四国准备联合攻秦，大臣姚贾提出用重金贿赂四国，以使他们断绝联盟，并愿亲自出使，结果此事办成，秦王封姚贾为上卿。可韩非向秦王尖锐指出，姚贾不过是拿国家钱财结私交，以扩展个人势力，恐会留下后患。这时姚贾勾结李斯，说韩非终究是韩国公子，他身在秦而心在韩，若留他在秦，久而久之，必成后患。秦王听了他们的话，立即将韩非投入牢狱。韩非欲自陈无罪，因李斯从中作梗，不得见秦王。李斯怕日后有反复，便命人送毒酒逼死韩非。后来秦王又想到要用韩非，李斯报说韩非服毒自杀，秦王追悔莫及。

●李斯与韩非曾是情谊很深的同学（同师从荀卿），仅因妒忌就结怨加害。此种事情在战国时发生多起，可叹世态炎凉，人心难测啊！

良将李牧冤死——战国（赵）末期

忠心耿耿赫功名，足智多谋战必赢。
御境安边驱悍虏，救急除险慑强雄。
秦施反间泼污水，赵受欺蒙纵蛀虫。
昏主不思前代痛，枉杀良将毁长城。

注释

●李牧，赵国人，是赵孝成王时期的重臣良将。他足智多谋，战功赫赫，对国家忠心耿耿，为朝野上下有识之士所敬仰。

●李牧长期坚守北部边境的雁门郡（现山西省宁武县以北一带），抵御匈奴的屡次进攻，但军队无任何伤亡损失，培育出一支装备精良、英勇善战的边防军，匈奴闻风丧胆。李牧曾因被诬怯战而去职，但新将领守边一年多却连吃败仗，为此，赵王只好再请李牧出守。一次，匈奴派小股人马入侵，赵军佯装败走，并抛下数千民众，匈奴单于贪图民众财物，遂率大军前来。李牧设下奇阵，两侧包抄，痛击顽敌，大破匈奴骑兵十余万，又乘胜灭掉襜（音：掺）褴，攻破东胡，降服林胡，单于落荒而逃，此后十多年未敢再进犯赵国。赵悼襄王即位后，赵奢、廉颇已死，李牧遂成朝中独一无二的重臣。前二三四年，秦大将樊於期攻取赵的平阳、武城，杀赵将扈辄，斩首当地军民十余万人，其后又派重兵进攻赵国，赵国处境十分危险。在此关键时刻，李牧任大将军，面对强敌，毫不畏惧，大破秦军于宜安，因功被封为武安君。

●前二二九年，秦大将王翦大举攻赵，李牧率师全力抵抗，两军相持到第二年仍不分胜负。秦在战场上不能速胜，便施反间计，以重金贿赂赵王的宠臣郭开，使其诬告李牧谋反。昏愦的赵王不问青红皂白，轻信谗言，将李牧逮捕杀头，忠心耿耿的一代名将就这样惨死在昏君和小人的刀下。

●赵国中秦国的反间计不止一次。前有以赵括代廉颇，四十余万人坑死长平，此次又上秦当而冤杀李牧，自毁长城，如此这般，岂有不亡之理！

荆轲刺秦王——战国（燕）末期

剑胆侠心重品格，使秦行刺救诸国。
苍凉哀曲惊燕岭，慷慨悲歌动易河。
晋礼图穷毒匕现，搏凶力尽凛身折。
昂然喋血英魂壮，千古雄风颂大德。

注释

●荆轲，卫国人，游侠，品格高尚，曾多处游历，未遇知音，后到燕国投靠策士田光门下，被介绍给太子丹。当时秦国正进行大规模兼并六国的战争，燕国危在旦夕，太子丹遂拜荆轲为上卿，以出使为名派其赴秦，寻机刺杀秦王，以扼秦兼并，拯救诸国。

●出发前荆轲做了充分准备。为保证能够见到秦王，他向太子丹建议，把将军樊於期的头颅和燕国督亢的版图献上，必能使秦王乐见，那样就可以得手了。因秦王早就以千金之赏、万户之封悬赏樊於期之人头，樊听说后，拔剑自刎，甘愿为国家利益献出生命。于是，荆轲将樊的头颅装于匣内，太子丹又征召天下最锋利的匕首，以毒药淬染，并派一个叫秦舞阳的勇士作助手。荆轲动身那天，太子丹穿上白色丧服来到易水边为其送行。祭拜仪式结束后，荆轲好友高渐离取出随身携带的『筑』（一种用竹尺敲打的乐器），为其奏曲壮行，荆轲和声而歌，悲壮苍凉，听者无不泪流满面。荆轲最后歌道：『风萧萧兮易水寒，壮士一去兮不复还！』慷慨激昂的歌声令燕山、易水都为之动容！

●荆轲到秦都咸阳后，以重金买通秦王宠臣蒙嘉，并表示燕愿与其他诸侯国一样归秦，编为秦国的郡县，同时献上樊於期的头颅和燕国督亢地区的版图作为晋见礼。秦王闻之，自然高兴，便以受一国之降的礼仪召见荆轲。前二二七年的一天，荆轲携秦舞阳上殿跪拜秦王，呈上地图，随着地图逐步展开，卷藏在地图中的那把淬毒的匕首露了出来，荆轲乘秦王尚未反应过来之机，左手一把扯住他的衣袖，右手拿起匕首向秦王胸口刺去。秦王大惊失色，猛然挣脱，向后跳开，衣袖被撕断。荆轲跨上前去再刺，秦王四处躲闪，一时间，殿上众大臣目瞪口呆。因秦律规定，大臣上朝不得携带任何兵器，所以全都无可奈何。此时秦王一边逃一边想抽出自己的佩剑，但剑身太长，不果，只得围着柱子乱跑。不料御医举起药囊向荆轲砸去，荆轲被挡了一下。此时秦王在众臣的呼叫提醒下，将佩剑移至身后，抽了出来，向荆轲劈去，荆轲匕短而秦王剑长，荆轲被刺扑倒在地，忍着剧痛将匕首投向秦王，不中而钉在柱上。这时秦王返身向荆轲连刺八剑，荆轲在血泊中倚柱放声大笑，骂道：『今天没把你刺死，是因为我要活捉你，逼你立下退还诸侯土地、停止进攻他国的协议，以报答燕太子丹对我的知遇之恩。』这时秦宫卫士蜂拥而上，将荆轲杀死。

●荆轲以刚毅沉着、舍生取义的惊天动地之举，在历史上留下了浓重的一笔，为世代景仰，千古传颂。

姚贾遭谗巧申辩——战国（秦）末期

妙计于胸破四联，归来见主洗诬言。
称曾赞伍说忠孝，挞纣鞭桀话毁谗。
周靠屠夫兴大业，齐依囚犯壮王权。
如簧巧辩赢尊宠，遂以丰功领重衔。

注释

●在秦国进行兼并战争的最后阶段，韩、魏已濒临灭亡，齐亦不设攻战之备，剩下北方的燕、赵和南方的楚、越四国，想最后一拼，决定联合出兵，与秦决战。秦王闻之大惊，急忙召集群臣商议对策，众臣一时拿不出主意。此时，魏国来秦任职的姚贾主动走上前去，愿负命出使四国，绝其谋，止其兵。于是秦王派姚贾穿王衣、携重金，到四国去贿赂、游说。姚贾第一次返国后却迎来了诋毁，有人说他是假以王权、国宝，自交于诸侯。并且翻出他曾是魏守门人的儿子、因盗窃被赵国驱逐的不光彩历史。秦王听后，召来姚贾盘问，姚贾以机智伶俐的言辞说服了秦王，为自己洗除了诬陷。

●秦王怒斥姚贾：『你用寡人之财交于诸侯，还有脸来见寡人吗？』姚贾沉着地对答：『曾参孝其亲，天下都愿以为子；伍子胥忠于君，天下都愿以为臣。贾以财交四国是忠于王，王为何不知？夏桀听谗而诛良将，殷纣听谗而诛忠臣，以致身死国亡。今王听谗，则无忠臣效力了！』秦王听后觉得很有道理。

●接着秦王又问：『你是守门人之子、魏的盗贼，且是赵的驱逐之臣？』姚贾马上回应：『姜太公是朝歌的屠夫，周文王用他而王；管仲是鲁国的囚犯，齐桓公用他而成霸业。故明主不听其他人的诬蔑诽谤，只考察其本人是否能为自己所用。』秦王心中暗暗对姚贾钦佩起来。

●秦王为姚贾巧舌如簧、滔滔不绝的申辩所打动，连连点头称是，又派他再次出使四国。经过用珍宝和巧舌的一番周旋，四国都不愿联合出兵了，均表示愿与秦结交。姚贾以三寸不烂之舌，破坏了四国联盟，立了大功，秦王遂拜其为上卿。然后，秦将四国各个击破，最后实现了统一大业。

王翦求赏避后祸——战国（秦）末期

老练沉着善洞悉，复出伐楚再开局。
征师未启邀封紧，战马方行讨赏急。
明现低格招将惑，暗藏高策解王疑。
深知险恶多防范，一举双得见智奇。

注释

●秦灭掉了韩、赵、魏，并占燕、溃楚，已呈横扫天下之势。至此，秦王决定一举灭楚，召众臣商议，用多少人马方可达到目的。大将李信说不超过二十万即可，而老练沉着的王翦却说至少需要六十万，不然难以成功。秦王觉得王翦老了，已无胆量和魄力，便任李信为大将，领兵二十万，南下伐楚。王翦本是秦军的重要将领，曾在灭赵、占燕、攻楚、击魏中屡战屡胜，功勋卓著，而今自己的真知灼见却被秦王一口否决，深感已失去秦王的信任，于是便推说有病，告老还乡。可李信年轻气盛，中楚军埋伏，被杀得落花流水，死伤无数，帐下将军就死了七名。无奈之下，秦王只好亲临王翦家乡，请他再度出山，王翦百般推辞，最后只得从命。

●王翦被拜为征楚大将，秦王到灞上亲自为其送行。席间，王翦掏出一清单，上列一长串咸阳最好的良田、美宅、池塘，请秦王将这些都封赐予他，说是为子孙后代着想。秦王一怔，看到这位老将军打仗是行家，却没有什么大志向，便笑着答应了他的要求。王翦带六十万大军向楚地进发，刚走几天，他便打发人去请求秦王立即赐予他良田美宅，这样急匆匆地一连去请求了五次。

●王翦如此做法，使副将蒙恬实在看不下去了，便说他像乞讨，要这要那，太过分了。王翦悄声对蒙恬说：『你误会了，大王向来多疑，不专信臣子，这次几乎把全国的兵力都交给了我，我左一次右一次求取田宅，是为了让大王知道我想得到的不过是些许小利，好让他不对我产生猜忌之心！』蒙恬听后，恍然大悟，心中对老将军佩服得五体投地。

●王翦由于看透了秦王生性多疑、好以铁腕置人于死地，所以才采取此种妙计。这样，既得到了丰厚的利益，又使秦王消除了疑心，真是一举两得啊！

秦

历史上第一位『皇帝』登基——秦朝（始皇帝）时期

终结分裂史无前，坐统六合集大权。
纬宇经寰吞浩海，称皇道帝覆桑田。
定型文字推同体，规制交通去异辕。
拒设封国行郡县，相因一脉续千年。

注释

●秦王政十三岁登基，二十二岁亲政，经过一场血雨腥风（杀嫪毐、去吕不韦）的激烈斗争，在六国相继被灭掉后，于前二二一年，终于结束了自春秋战国以来的长期分裂状态，实现了史无前例的大统一，建立了中央集权的秦王朝。

●秦王政自觉不可一世，远远超过历史上的三皇五帝，是真正的开天辟地第一人。为了向天下人显示自己的尊贵与神圣，永远让后代记住他的开创之功，便命令朝臣为他议定一个『帝号』。有的认为应该称『皇』，有的建议称『泰皇』，可嬴政偏偏对『帝』这个称号特别感兴趣（战国之前，在中国人的观念里，天神的最高尊号就是『帝』），但对『皇』这个尊号也很喜欢，因为『皇』象征着光大辉煌，也是天上了不起的神），只是『泰皇』也是人皇，权力还不够大。于是便把『泰』字去掉，『皇』字保留，再加上『帝』字，称『皇帝』。从此，秦王嬴政当上了中国历史上的『始皇帝』。这个始皇帝胃口极大，自认为可经天纬地，气吞八荒，不仅能统治天下，还想统治天上，以后的日子里，他动不动就惩罚神，以表示自己至高无上，无所不能。

●为了加强统治，巩固统一，秦始皇实行了『书同文，车同轨』。战国时期由于长期分裂，各国的文字书写很不一致，秦统一后，命令天下一律以原秦国的小篆为书写标准，并对小篆也进行了一番改革。同时，还统一了交通规制，即规定了车轴上两个轮子间的距离，一律定为六尺（约合一点五米），另外，还修筑从咸阳到全国各重要地方的大路，路面一律宽五十步（每步六尺），由此加强了中央与各地的联系，疏通了商业贸易和文化交流的阻碍。

●秦统一后，『天高皇帝远』，鞭长莫及，管理难以到位。丞相王绾建议皇帝封自己的子弟们为诸侯王，把他们派到燕、齐、荆等边远之地，建立诸侯王国，许多大臣亦表赞同。而廷尉李斯强烈反对，认为设诸侯国必重蹈周王朝诸侯各自为政、不服天朝、互相攻伐之覆辙。李斯之见，正与秦始皇不谋而合，遂拒绝王绾等人的建议，将天下划分为三十六郡，每郡又分为多县，县以下设乡，乡以下设里。后来随着疆域越来越大，郡的建制逐渐增至四十六个。秦王朝虽然短命，但从汉、唐到明、清，郡县制一直被一脉相承地实行下来，成为中国政治体制的基本架构。

秦始皇焚书坑儒——秦朝（始皇帝）时期

为帝称皇驭四方，妄求天下共一腔。
坑儒埋士割经脉，毁典销籍断滥觞。
诸子学说皆烬灭，多国史记俱焚光。
君臣惨造千秋孽，谬种遗传百代殃。

注释

●秦始皇坐统天下，驭使四方，不可一世，绝对容不得半点犯上非议、逆言。

●前二一三年，嬴政在咸阳宫会宴文武大臣和七十多位博士，席间，仆射周青臣向始皇帝献上颂词，肉麻地阿谀奉承。博士淳于越听后大唱反调，他认为秦应效仿古法，分封诸侯，方能长治久安，而如今皇帝显然是做错了，周青臣却一味歌功颂德，称这是要加重皇帝陛下的错误！嬴政听后虽生气，但强压怒火，未动声色。这时李斯大概是摸准了皇帝的心思，抑或是出于自我表现和向主邀功的想法，对淳于越进行激烈抨击，然后他建议皇帝将古代典籍（除《秦记》外）一律烧掉。后来，又有一些儒生常在咸阳议论朝政，评头品足，多有微词。于是，始皇帝为了堵塞言路，在大规模焚书之后又来了一场残酷的坑杀儒生的行动。他下令将咸阳的儒生通通抓了起来，最后有四百六十人被活埋。经过这番焚书坑儒，再加上后来项羽入咸阳烧秦宫三月不熄，古代的文化典籍基本荡然无存，中华文化之源几乎断绝。

●在这场焚书坑儒的浩劫中，先秦诸子百家的学说无一幸免，尤其是六国的史记，由于很少流入民间，被烧掉后也就从此绝迹了。

●造这场大孽而使中华文明遭受万古祸殃的罪魁祸首就是秦始皇和重臣李斯，不管当时有何种理由，他们的焚书坑儒都被历史所永远不容！尤其是他们在历史上开了『文字狱』的先河，谬种遗传，绵延不绝，几千年来对中华文明造成了极大伤害，更是罪孽深重。

秦始皇大兴土木——秦朝（始皇帝）时期

痴迷土木造天堂，渭水骊山驱役忙。
广揽名工修信殿，博收湛技筑阿房。
序排兵马拥陵寝，秩列臣僚侍帝皇。
陪葬活人戕众命，奢华暴虐贯阴阳。

注释

●秦始皇特别痴迷建筑，统一六国后就着手大兴土木，在渭水岸边、骊山之上大规模建筑豪华宫殿、陵寝，以求阴、阳二界皆有『天堂』。当时全国仅有人口二千万，而被驱使建宫造墓者竟多达七八十万人。这些苦役，许多被活活累死，他们是以累累白骨和斑斑血泪为嬴政建造了一座座殿堂陵墓啊！

●秦始皇会聚天下能工巧匠，以最精湛的技艺建造了无数的宫殿，其中渭水南面的信宫（又称极庙，咸阳宫）和长安西南朝宫的前殿阿房宫最为豪奢。信宫的布局大致是按照天上的星宿排列的，并引渭水从宫殿穿过（以示银河）；阿房宫东西长五百步，南北宽五十丈，庭中可坐万人，大殿上能竖起五丈高的旗杆，以磁石作殿门，可防有人暗藏铁器入内行刺。宫门前立十二铜人，各重二十四万斤。正殿至南山，修一阁道相连，其尽头为阿房宫阙。由阿房宫向北，有一条两边筑墙的甬道直达咸阳。此建筑布局亦是象征星宿的排列。

●秦始皇早在即位之初，就开始在骊山为自己造墓，其陵东西八千五百米，南北七千五百米，到处是高大的宫殿建筑，还有巨大的兵马俑群。始皇帝的墓室高达一百二十米，周长一千三百九十米，墓室的底座以铜液灌注，整个墓室的构造，同样是上具天文，下具地理。墓室内排列着文武百官的位秩，象征着始皇帝继续统治着他的帝国。……用水银灌注的江河大海，可以流动。为防备有人盗墓，墓室内设下各种机关，稍一触动，便暗箭齐发。整个陵寝的外面以黄土密封，远远望去，就是一座山。这座庞大的地下宫殿，前后动用了七十万个劳力，费时三十余年。

●前二一〇年九月，秦始皇死后被送进他的陵寝，下葬时，后宫里的宫女们在士兵的押解下都被迫成为他的陪葬。许多修墓的工匠，在完成最后的任务正准备离开时，也被关在墓内窒息而死（怕他们活着出去泄露墓中的暗道机关）。……如此这般奢华暴虐、视黎民百姓的生命如草芥的皇帝，其罪孽贯满阴阳两界，好景不长是必然的！

赵高使计助胡亥篡位——秦朝（二世）时期

沙丘染恙主归冥，秘不发丧掩内情。
毒胆瞻前推鬼蜮，私心顾后助蝎虫。
即拥胡亥同攫嗣，立剪扶苏共篡承。
二世登基天地暗，凶阉弄柄擅秦廷。

注释

●秦始皇追求长生不老，到处派人寻仙问药，并对方士的占卜笃信不疑。前二二一年秋，一奇人说『今年祖龙死』，始皇帝闻之十分恐惧。方士卜卦说『游徙吉』，于是始皇帝在迁徙三万户人家后，于前二一〇年率众大臣和庞大的队伍开始了第五次巡游。当到山东平原津（今山东平原县南）时染病，至沙丘平台（今河北巨鹿县东北）驾崩。此时，随行的宦官赵高，以稳定朝廷、防止有人乘机作乱为名，返回路上秘不发丧。嬴政的尸体因天气炎热已腐烂发臭，赵高便将随行各车都装上一筐鲍鱼，使人闻不出腐尸气味，巧妙地掩人耳目，众人不知皇帝已死。

●其实在始皇帝病重、预感死神来临时，赵高就与胡亥合谋扣押了皇帝召回扶苏的诏书（扶苏因一度惹恼皇帝被派往蒙恬部任监军），欲在皇帝死后让胡亥即位。而今皇帝已去，赵高便在路上加紧实行他们的阴谋诡计。他深知李斯为丞相，不能越过李斯，于是找李斯明确说出了自己的想法，李斯先是惊骇，后来在赵高的花言巧语、威逼利诱之下，因私心作怪（怕扶苏上台对自己不利）而就范，甘愿与赵高同流合污。

●赵、李与胡亥三人紧锣密鼓，一起策划、伪造了始皇帝的遗诏：立胡亥为太子；扶苏、蒙恬有罪，赐死。扶苏接到诏书后，万念俱灭，百口难辩，含冤自刎，蒙恬则被投入大牢。至此，赵高一伙的阴谋顺利得逞。

●胡亥登基，为秦二世，随即立杀威，施暴虐，宠佞宦，乱朝政，搅得天昏地暗，赵高之流控制昏君，专擅朝廷，为所欲为，秦王朝很快便土崩瓦解了。

奸宦赵高『指鹿为马』——秦朝末期

长舞阴风善弄云，上挟天子下欺臣。
推皇嗜血张魔口，骗相钻圈入鬼门。
鹿马混淆兴假案，黑白颠倒泛冤魂。
生杀废立玩于掌，宦佞君昏葬大秦。

注释

●赵高用阴谋助胡亥篡夺帝位，但他深知自己是个身份低贱的宦官，仅官居郎中令（掌管宫中警卫），心中大为不甘。为了实现日益膨胀的野心，他大搞阴谋诡计，对上操控天子，对下欺凌群臣，千方百计为自己扫清障碍。

●赵高利用胡亥对自己言听计从、高度信任，便怂恿胡亥先发制人，用血腥屠杀来建立权威。胡亥依赵高之策大施暴虐，杀了许多大臣和廷官，他的皇兄、皇弟也几乎被斩尽杀绝。胡亥由于双手沾满了无辜者的鲜血，精神变得十分脆弱，听不得各地造反的消息，并在赵高的蒙骗下，深居后宫，不和大臣见面，这就为赵高独揽朝政，为所欲为提供了十分方便的条件。赵高觉得李斯是他最大的绊脚石，便欲除之而后快。于是设下圈套，巧言骗李斯去劝谏胡亥，说百姓十分辛苦、不应再多征兵员、应该停建阿房宫等。然后回过头来又对胡亥说李斯要做诸侯王，企图谋反。胡亥一怒之下将李斯下狱。在牢中李斯几次上书皇帝为自己申辩，都被赵高压下，然后变本加厉地进行迫害，使李斯终被处死，并灭三族（父族、母族、妻族）。

●赵高杀掉李斯，攫为丞相，一人之下，万人之上。但他眼看秦王朝即将崩溃，于是他决心除掉胡亥，独揽大权，为此他上演了一场『指鹿为马』的闹剧，以测试群臣对他是否忠诚。一天，赵高当群臣面牵来一头鹿，硬说是一匹宝马，要献给胡亥，胡亥大笑，说是赵高搞错了，赵高却说胡亥神志不清，而胡亥信以为真。群臣中有的默不作声，有的曲意逢迎，有的不愿受愚弄说就是一只鹿。赵高看在眼里，记在心上，凡是不肯把鹿说成马的大臣，后来都被他找借口给杀了。赵高用这样指鹿为马、颠倒黑白的手法，制造了无数冤假错案，借以排除异己，独擅朝政。

●不久起义军逼近咸阳，胡亥终于知道了赵高长期对他隐瞒真相，便派人责备赵高欺骗他。赵高于是狗急跳墙，与其弟赵成和咸阳令阎乐密谋造反，闯入宫中，逼迫胡亥自刎。至此，赵高完全把朝廷的生杀予夺大权掌控于股掌之中，后来他立子婴为秦王（他的理由是再称帝也只是徒有虚名），却终被子婴所杀。但此时秦王朝大势已去的局面已无可挽回。

李斯之死——秦朝（二世）时期

受陷罹牢悔自愚，回眸往事屡长嘘。

吃刑领罪甘吞苦，饮恨思功欲辩屈。

只见赵高掘死路，未闻胡亥赐生机。

连遭诡计终绝命，腰斩灭族极惨凄。

注释

●李斯中赵高所设圈套受诬陷而获牢狱之灾，这时才后悔当初在沙丘伙同赵高搞阴谋诡计，把胡亥扶上皇位。面对眼下秦王朝岌岌可危，想到这些年尽心竭力辅佐始皇帝开创的事业即将灰飞烟灭，而自己又蒙冤下狱，不觉潸然泪下，无限凄凉，总是长吁短叹。

●李斯经不住赵高的打手们的严刑逼供和残酷折磨，终于屈打成招，承认自己谋反。但他又不甘心，想到自己曾为秦朝立下汗马功劳，又确实无谋反的想法，且自己又有好口才，于是在狱中奏书一封，以历数自己的罪行为名，为自己申辩，评功摆好，以期求得胡亥回心转意。此时的李斯仍没有看清赵高的阴险毒辣，他满怀希望把信交给狱吏，却没有想到会落到赵高手中。

●赵高扣押李斯的上书后，又十几次派自己的亲信提审李斯，一次次的酷刑之下，李斯又一次次地承认自己谋反的

『罪行』。后来他终于看清了赵高的真面目，再也不敢喊冤叫屈了。一天，胡亥真的派人来复审他的案子，李斯误以为又是赵高在捣鬼，为了避免皮肉之苦，一口承认自己阴谋造反，结果胡亥真的确信无疑。接着赵高又编造了李斯谋反的假材料，呈于胡亥。至此，李斯寄希望寻找赵高的空隙向胡亥求得生存的一线希望彻底破灭了。

●李斯连中赵高的诡计，终于被处以腰斩之刑，并被胡亥和赵高灭了三族（父族、母族和妻族）。

赵高被杀——秦朝末期

擅政诛君立子婴，图谋篡位霸关中。
本思行刺夺王命，却被伏杀丧己生。
枭首灭族欢市井，陈尸谢众喜廷宫。
万言难尽千般罪，天人共愤遣恶凶。

注释

●胡亥登基后，赵高封锁各地起义造反的信息，一直将胡亥控制于宫中，粉饰太平，实施欺骗。真相暴露后，他惶惶不可终日，遣爪牙将胡亥杀死，然后立子婴为王（赵高认为原六国已恢复，再称皇帝不妥，所以应称『王』）。其实他立子婴只是一个幌子，此时他已与外面的造反队伍暗中定约，要把秦朝宗室全部消灭，尔后自己在关中称王。

●为了达到不可告人的目的，赵高设了一个圈套：让子婴去祭拜祖庙，乘机行刺以除之。可是他的阴谋很快被子婴识破，遂策划以托病延误时间，将计就计。到了该子婴祭拜宗庙的那一天，赵高几次派人去催，子婴只说有病，无奈赵高亲来催促，他劝子婴的话音未落，子婴事先埋伏好的人便一拥而上，将他的脑袋砍了下来。

●子婴是个很有胆量的人，早就对赵高的倒行逆施深恶痛绝，此时连多说一句话的机会都没给赵高，便将其枭首，并灭其三族，陈尸于咸阳街头示众。

●赵高一生罪恶累累，罄竹难书，得到如此下场实乃自得报应。

陈胜、吴广起义——秦朝末期

赴戍误时临死刑，揭竿举义反朝廷。
狐鸣篝火说神意，鱼隐丹书谓圣灵。
将相王侯何有种，黎民黔首岂无能？
拥兵万众建张楚，后致秦倾始二雄。

注释

●前二〇九年，陈胜、吴广等九百余人被征发戍守边疆，行至大泽乡（今安徽宿州东南）时，一连数日大雨如注，道路难行，眼看延误行期。按秦律戍卒不能准时报到必处死刑。此种情况下，陈胜与吴广决定率众造反，把矛头直指暴虐的朝廷，燃起了一场农民大起义的熊熊烈火。

●为了在戍卒中建立威信，达到一呼百应的效果，陈胜、吴广依照卜者的暗示，用神意和圣灵来凝聚人心，召服从众。他们在丛祠中燃起篝火，装作狐狸鸣叫，连呼『大楚兴，陈胜王』，并在买来的鱼腹中藏匿帛书，上写『陈胜王』三个红字。这样一来，戍卒们都认为陈胜为王是理所当然的神意，大家群情激昂，决心跟陈胜、吴广大干一场。他们故意激怒监领的军尉，然后将其杀掉。此时戍卒们心中的仇恨犹如火山一样爆发，于是在震天的喊声中扯起了造反的大旗。

●陈胜、吴广对大家说：『是壮士，要么不死，死就要死得壮烈，干一番大事业，难道只有王侯将相有种有能，我们黎民黔首（秦始皇相信阴阳五行的「五德终始」，秦为水德，故尚黑，所以下令将人民一律称为「黔首」。秦诏令中还把人民称为「黎民」）就命中注定不能成为王侯将相吗？』陈胜的这番鼓动，更使众戍卒心潮澎湃，热血沸腾，纷纷表示服从他和吴广的命令。

●大泽乡起义后，兵分两路，一路由陈胜亲自率领，一鼓作气攻下五座县城，打到陈县时已是拥有千乘万人的浩荡大军，于是陈胜自立为王，并建立了张楚政权。后来陈胜虽然失败了，但刘邦完成的灭秦大业，本是陈胜、吴广为其开辟的道路，所以司马迁才把刘邦、项羽的灭秦之功归于陈胜的发难。

陈胜丧命——秦朝末期

初胜头昏急坐堂，怡然自醉纵骄狂。
轻敌拒谏招兵败，忘本抛情致友亡。
谬信奸臣抬恶佞，枉杀忠将害贤良。
溃逃失助空悲泣，鼠目寸光难久长。

注释

●陈胜攻占陈县后，一些趋炎附势之人揣摸透了他的心思，劝他坐地称王，他高兴万分。可张耳、陈余则认为刚取得初步胜利就急于称王，恐怕难以服众，现在应该迅速引兵西进，并复立六国，赢得众望，那时再称王也不迟。但陈胜听不进张、陈二人良言苦谏，终于还是称王了。从此，他志满意得，日渐骄狂，很快便走上下坡路，最终导致彻底失败。

●博士孔鲋（音：富）见陈胜越来越轻敌，便劝说他应抓紧壮大自己的军队，切不可把胜利寄托在敌人不来进攻上面，如果那样，一旦失利，必然一败涂地，后悔晚矣！可陈胜居然一句也听不进去，并说：『这是我的军队，是胜是败，就不烦先生多虑了。』其最终结局，果真被孔鲋不幸言中。陈胜当年曾向穷兄弟发誓『苟富贵，毋相忘』，可称王后，对以往的老朋友越来越不能容忍了。在他刚称王不久，过去的一个乡下的穷哥们来找他，他不得不让这个人在宫中长住。日子一长，这位穷哥们由于不懂宫中规矩，到处讲陈胜在民间时的一些往事，很不中听，陈胜觉得大丢颜面，有失尊严，竟然毫不念故情旧义，将这位穷哥们处死。

●陈胜称王后，信任的基本都是小人，将军们在外打仗立功，往往因小人们的几句谗言，就被处死。佞臣田臧施阴谋诡计杀死吴广，还能得到陈胜的加官晋爵。这样一来，朋友遭弃，忠良被害，小人得志，正直之士便不辞而别，将领们再也不忠于他了。

●后来，陈胜屡战屡败，被秦将章邯接连大破，兵逼陈县，虽亲自督阵，已无济于事。在撤退途中，得不到各路人马的支援，陷入孤家寡人的境地，最后竟被自己的车夫杀死。陈胜的如此惨局，是胸无大志、鼠目寸光小农生产者的必然下场。

郦食其投奔刘邦——秦朝末期

不趋萤火奔明灯，竭力诚心辅沛公。
怒斥伤尊轻长者，痛批违礼侮儒生。
征服县令降英主，谏取陈留扼要冲。
三寸之舌敌万乘，高韬大略蕴于胸。

注释

●郦食其（音：丽义基），陈留县高阳人，虽贫寒卑微，却心高气傲，满腹才华。各路起兵者有十几批路过高阳，郦生皆认为他们的首领胸无大志，自以为是，所以一概避见，不想明珠暗投。当他听说刘邦人虽不拘小节，但可谋大事时，便托人求见，并心甘情愿地投其门下，竭尽全力帮助刘邦（沛公）成就大业。

●当初，郦食其来见刘邦时，刘邦正坐在床上让两女子为其洗脚，郦生见状，怒火升起，指责刘邦说，你要壮大自己的队伍，并统率各路义军，就不应该用这样不礼貌的态度来接见长者（当时郦生已六十余岁）！刘邦听后，马上起身，请郦生入座，并认真听起郦食其的合纵连横之术。郦生还激烈地批评了刘邦向儒生帽子里撒尿侮辱儒生的恶劣行为，使刘邦明白了尊重人才方能取得天下的道理。

●郦食其在谈过合纵连横之术后，刘邦茅塞顿开，便追问如何行事。郦生马上为他透彻地分析了形势，指出，仅有一支不满万人的队伍，想要直取关中，无异于虎口夺食。他建议应先夺取陈留，这样不仅能控制交通要道，而且能获取大量粮秣储备。接着他利用与陈留县令的关系，说服县令开城投降，轻易地拿下陈留，为刘邦尔后的发展奠定了坚实基础。

●郦食其以自己的满腹经纶和三寸不烂之舌，帮助刘邦不断攻城拔寨，并将自己的弟弟郦商（带四千人马）引到刘邦麾下，为尔后的刘邦夺取天下立下头等功劳。

张良巧遇黄石老得兵书（传说）——秦朝末期

自作闲游遇老翁，奇服怪态蕴仙风。
踢屐桥下差帮捡，跷腿杷头令助登。
会面黎明甘反复，相约夜半任折腾。
精诚所至得兵法，力佐图强不世功。

注释

● 张良，字子房，韩国贵族后裔，秦灭韩后，立志复仇。一日外出闲游，在一座桥上偶遇一位身穿黄黑色衣服、神态怪异的老者。

● 这位老人走到张良跟前，故意将自己的一只鞋子踢到桥下，然后对张良说：『年轻人，去把我的鞋子捡过来！』张良面对这突如其来的要求，一时恼怒，真想揍他一顿。但看到他那奇怪的样子，便强压怒火捡了鞋子。谁知这老人又跷起腿，还让张良把鞋子给穿上，张良想事已至此，穿就穿上吧。于是，跪下替老人穿上了鞋子，老人未言半句谢语，笑呵呵地傲然而去。此时张良突然感到自己遇到了奇人。老人走了一段路，又返回桥上，对张良说：『你当是个可造之才，五天之后，天刚亮时我们再到此处会面。』

● 张良跪拜老人，表示一定遵命。到第五天黎明，张良到桥上赴约，老人已等在那里，见到张良就毫不客气地说，与老者约会，居然迟到，岂有此理！他要张良五天以后再来。又过了五天，鸡鸣时分张良便赶到，没想到这一次老人又比自己先期到达。老人十分生气，要他过五天再来，一定要早。五天以后，没过半夜张良就来到桥上等候，不多时，老人也来了。他看见张良在桥上等他，很是高兴，觉得这个年轻人意志很坚强，定会有大作为。

●张良以自己的真心实意，感动老者，赢得信任，于是老者将一卷书交给了张良，说：『读过此书，可以为帝王师，再过十年，当有王者兴。十三年后，你到济北来见我，当地谷城山下的黄石就是我的化身。』说完，老者便走了。天亮后，张良发现老人送给他的书竟是失传已久的《太公兵法》。此后，张良运用所学的《太公兵法》，向刘邦献计献策，为其争雄天下建立了不世之功。